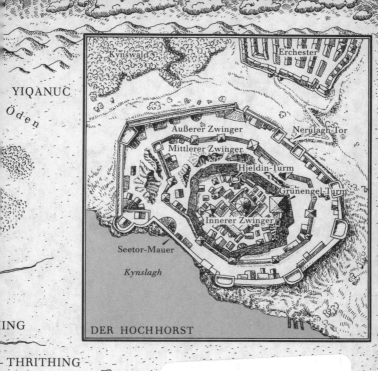

Tad Williams ist einer der bekanntesten und erfolgreichsten Fantasy-Autoren. Er wurde 1957 in San José in Kalifornien geboren, studierte in Berkeley, arbeitete als Journalist, Musiker, Illustrator und Schriftsteller. Tad Williams lebt inzwischen in London. Bisher erschien von ihm im Fischer Taschenbuch Verlag der Katzenroman »Traumjäger und Goldpfote« (Bd. 8349), das gemeinsam mit Nina Kiriki Hoffman geschriebene Buch »Die Stimme der Finsternis« (Bd. 11937) und der auf Shakespeares »Sturm« beruhende Roman »Die Insel des Magiers« (Bd. 12683). Die gesamte Chronik über das sagenumwobene Land Osten Ard besteht aus den Romanen ›Der Drachenbeinthron‹ (Bd. 13073), ›Der Abschiedsstein‹ (Bd. 13074), ›Die Nornenkönigin‹ (Bd. 13075) und ›Der Engelsturm‹ (Bd. 13076).

Der Drachenbeinthron. Dies ist die Geschichte von Simon Mondkalb und Ineluki Sturmkönig und von ihrer tödlichen Feindschaft im Lande Osten Ard.
Auf der uralten Feste Hochhorst wächst der rotschöpfige, wenig anstellige, aber ungemein wißbegierige Küchenjunge Simon auf. Von dem skurrilen, greisen Doktor Morgenes als Lehrling angenommen, lernt er Lesen, Schreiben und die Geschichte seines Landes. Einst herrschten in Osten Ard die Sithi, ein Elbenvolk, bis aus dem hohen Norden die Menschen kamen und sie mit kaltem Eisen vertrieben. Nur mit Hilfe schwärzester Magie vermochte Ineluki, der Sohn des Elbenkönigs, einige wenige seines Volkes zu retten. Er selber gilt als tot.
Simon wird in die letzten Jahre der Regierung des siebten Königs seit jener großen Schlacht hineingeboren. Er ist der schon zu Lebzeiten sagenumwobene Johan Presbyter, der den Feuerdrachen Shurakai erschlug. Aus dessen Knochen ließ sich der König einen Thron aus Drachenbein bauen. Als Johan mit über hundert Jahren stirbt, hinterläßt er zwei Söhne; Elias, der ältere, wird neuer Hochkönig von Osten Ard. Er gerät immer mehr unter den Einfluß seines Ratgebers Pryrates, eines machtgierigen und skrupellosen Zauberpriesters. Aus Mißtrauen gegenüber seinem Bruder Josua schließt Elias zur Sicherung seiner Herrschaft einen Bund mit den Nornen. Von diesen bleichen, schwarzverhüllten Wesen erhält der junge König das Schwert »Leid«, eines der drei magischen Schwerter von Osten Ard.
Ohne Elias' Wissen hat Pryrates als Gegenleistung Josuas Leben versprochen. Der Prinz wird von ihm in einem der unterirdischen Verliese des Hochhorstes gefangengehalten. Durch Zufall entdeckt ihn dort der stets neugierige Simon und befreit ihn mit Morgenes' Hilfe. Als Pryrates davon erfährt, muß auch Simon in letzter Sekunde fliehen.

Tad Williams

Der Drachenbeinthron

Roman

Aus dem Amerikanischen von
V. C. Harksen

Fischer Taschenbuch Verlag

Der Text Gottfrieds von Straßburg auf Seite 5
wird in der neuhochdeutschen Übertragung von Ertzdorff, Scholz und Voelkel
(Wilhelm Fink Verlag München, 1979) zitiert.

Limitierte Sonderausgabe
Veröffentlicht im Fischer Taschenbuch Verlag GmbH,
Frankfurt am Main, November 1997

Deutschsprachige Erstpublikation 1991 im
Wolfgang Krüger Verlag, Frankfurt am Main
Die Originalausgabe erschien unter dem Titel:
›The Dragonbone Chair‹ im Verlag DAW Books, Inc., New York
© Tad Williams 1988
Deutsche Ausgabe:
© S. Fischer Verlag GmbH, Frankfurt am Main 1991
Satz: Jung Satzcentrum GmbH, Lahnau
Druck und Bindung: Clausen & Bosse, Leck
Printed in Germany
ISBN 3-596-50110-5

Vorbemerkung des Verfassers

»Ich habe mir eine Aufgabe zur Freude der Menschen gestellt und zum Wohlgefallen der edlen Herzen, für die Herzen, zu denen ich mich hingezogen fühle, für die Menschen, in die ich hineinsehe. Ich meine nicht alle Menschen; nicht die, von denen ich höre, daß sie keinen Schmerz ertragen können und nur in Freude leben wollen. Die lasse auch Gott in Freude leben! Diesen Menschen und diesem Leben ist meine Erzählung unbequem: ihr Leben und das meine gehen auseinander. Ich meine andere Menschen, und zwar die, die in sich vereint tragen ihre süße Bitterkeit, ihr angenehmes Leid, ihre innige Liebe, ihren sehnsüchtigen Schmerz, ihr angenehmes Leben, ihren leidvollen Tod, ihren angenehmen Tod, ihr leidvolles Leben. Dieses Leben erstrebe ich, zu diesen Menschen will ich gehören, mit ihnen sterben oder leben.«
Gottfried von Straßburg, Prolog zu *Tristan und Isolt*

Dieses Werk wäre ohne die Hilfe vieler Menschen nicht möglich gewesen. Mein Dank gilt Eva Cumming, Nancy Deming-Williams, Arthur Ross Evans, Peter Stampfel und Michael Whelan, die alle ein entsetzlich langes Manuskript lasen und mir dann Unterstützung, nützlichen Rat und gescheite Anregungen spendeten; er gilt auch Andrew Harris für logistische Hilfe weit über den Rahmen jeder Freundschaft hinaus; und vor allem meinen Lektorinnen Betsy Wollheim und Sheila Gilbert, die so lange und hart daran mitgearbeitet haben, daß ich das beste Buch schrieb, das ich schreiben konnte.

Zueignung

Dieses Buch ist meiner Mutter Barbara Jean Evans gewidmet, die mir die innige Zuneigung zu Krötenburg, den Hundertackerwäldern, dem Auenland und vielen anderen verborgenen Orten und Ländern jenseits der bekannten Felder vermittelt hat. Sie hat auch die tiefe Sehnsucht in mich gelegt, selbst Dinge zu entdecken und andere daran teilhaben zu lassen. Ich möchte dieses Buch mit ihr teilen.

Warnung des Verfassers

Wanderer im Lande Osten Ard werden davor gewarnt, sich blind auf alte Regeln und Formen zu verlassen; sie sollten alle Rituale sorgsam beobachten, denn oft verlarvt der *Schein* das *Sein*.

Das Qanuc-Volk der schneebedeckten Troll-Fjälle hat ein Sprichwort: »Wer davon überzeugt ist, das Ende der Dinge zu wissen, die er gerade erst beginnt, ist entweder außerordentlich weise oder ganz besonders töricht; so oder so ist er aber gewiß ein *unglücklicher* Mensch, denn er hat dem Wunder ein Messer ins Herz gestoßen.«

Um es deutlicher zu sagen: Wer zum ersten Mal dieses Land besucht, sollte sich vor voreiligen Schlüssen hüten.

Die Qanuc pflegen auch zu sagen: »Willkommen, Fremder. Die Pfade sind tückisch heute.«

Vorwort

».. . Das Buch des wahnsinnigen Priesters, so sagen jene, die es in
Händen gehalten haben, ist sehr groß und so schwer wie ein kleines
Kind. Man entdeckte es an der Seite von Nisses, der tot und lächelnd
neben dem Turmfenster lag, aus dem vor wenigen Augenblicken sein
Gebieter, König Hjeldin, in den Tod gesprungen war.

Die rostbraune Tinte, gebraut aus Lammsblatt, Nieswurz und Raute –
und aus einer noch röteren, dunkleren Flüssigkeit –, ist trocken und
flockt leicht von den dünnen Seiten. Die unverzierte Haut eines
haarlosen Tieres von nicht festzustellender Gattung bildet den Ein-
band.

Diejenigen der heiligen Männer von Nabban, die es nach Nisses'
Dahinscheiden lasen, erklärten es für ketzerisch und gefährlich, aber
aus irgendeinem Grund verbrannten sie es nicht, wie es üblicherweise
mit solchen Schriften geschieht. Statt dessen ruhte es viele Jahre in
den schier unendlichen Archiven der Mutter Kirche, in den tiefsten,
geheimsten Gewölben der Sancellanischen Ädonitis. Nun aber
scheint es aus der Onyxschatulle, in der es bewahrt wurde, verschwunden zu sein; der (zu keiner Zeit geschwätzige) Orden der Archive gibt
über den jetzigen Verbleib nur unbestimmte Auskünfte.

Einige Leser von Nisses' ketzerischem Werk behaupten, daß alle
Geheimnisse Osten Ards darin enthalten seien, von der düsteren
Vergangenheit dieses Landes bis zu den Schatten der Dinge im Schoß
der Zukunft. Die ädonitischen Prüfpriester sagen nur, der Inhalt sei
›unheilig‹.

In der Tat mag es stimmen, daß Nisses' Schriften das Kommende so deutlich – und man darf annehmen: so absonderlich – voraussagen, wie sie das Gewesene aufzeichnen. Man weiß jedoch nicht, ob die großen Taten unserer Zeit – vor allem, soweit es uns betrifft, Aufstieg und Triumph von Johan dem Priester – Teil der Aufzeichnungen Nisses' sind, obwohl gewisse Andeutungen dafür sprechen. Vieles von dem, was er schreibt, ist geheimnisvoll und verbirgt seinen Sinn in seltsamen Reimen und dunklen Anspielungen. Ich habe niemals das ganze Werk gelesen, und viele, die es getan haben, sind schon lange tot.

Das Buch trägt, in den kalten, harten Runen von Nisses' Geburtsstätte hoch im Norden, den Titel DU SVARDENVYRD, was soviel heißt wie *Das Verhängnis der Schwerter* . . .«

aus *Leben und Regierung König Johan Presbyters* von Morgenes Ercestres

ERSTER TEIL

Simon Mondkalb

I

Grashüpfer und König

An diesem Tag aller Tage rührte sich etwas Fremdartiges tief im dämmernden Herzen des Hochhorstes, im verwirrenden Kaninchenbau der Burg mit ihren stillen Gängen und efeuüberwucherten Höfen, in den Mönchsverstecken und den feuchten, schattendunklen Kammern. Höflinge und Dienerschaft, sie alle rissen die Augen auf und flüsterten, Küchenjungen tauschten über den Waschwannen bedeutungsvolle Blicke. In allen Gängen und Torhöfen der gewaltigen Feste schienen sich Menschen mit gedämpfter Stimme zu unterhalten.

Der allgemeinen Stimmung atemloser Erwartung nach hätte es der erste Frühlingstag sein können, aber der große Kalender in Doktor Morgenes' vollgestopftem Zimmer zeigte etwas anderes: Man befand sich erst im Monat Novander. Der Herbst hielt die Tür auf, und langsam wanderte der Winter herein.

Was diesen Tag von allen anderen unterschied, war nicht die Jahreszeit, sondern ein Ort: der Thronsaal auf dem Hochhorst. Drei lange Jahre waren seine Pforten auf Befehl des Königs geschlossen gewesen, die buntfarbigen Fenster von schweren Vorhängen verhüllt. Nicht einmal die mit der Hausreinigung betraute Dienerschaft hatte die Schwelle übertreten dürfen, was der obersten Kammerfrau unendliche persönliche Qualen bereitet hatte. Drei Sommer und drei Winter war der Saal ungestört geblieben. Jetzt stand er nicht mehr leer, und die ganze Burg summte von Gerüchten.

Um die Wahrheit zu sagen, es gab einen Menschen im geschäftigen Hochhorst, einen zumindest, der nicht seine ganze Aufmerksamkeit auf jenen lange unbewohnten Raum gerichtet hatte, *eine* Biene im murmelnden Stock, deren einsames Lied nicht zur Tonart des größeren Gesumms paßte. Dieser eine hockte im Herzen des Heckengartens in einer Nische zwischen dem stumpfroten Stein der Kapelle und der Flanke eines zum Skelett entlaubten Heckenlöwen und glaubte, niemand werde ihn vermissen. Der Tag war bisher recht unerfreulich verlaufen – die Frauen steckten alle mitten in ihrer Arbeit und hatten wenig Zeit, Fragen zu beantworten, es hatte zu spät Frühstück gegeben, und kalt war es auch noch gewesen. Wie gewöhnlich hatte man ihm verwirrende Anordnungen erteilt, und niemand hatte auch nur ein bißchen Zeit auf seine Probleme verwendet...

Das war, dachte er mürrisch, ja auch nicht anders zu erwarten. Wenn er nicht diesen riesigen, prachtvollen Käfer entdeckt hätte – der da durch den Garten gekrochen war, selbstzufrieden wie ein erfolgreicher Dorfbewohner –, wäre der ganze Nachmittag eine einzige Zeitvergeudung gewesen.

Mit einem Zweig verbreiterte er die winzige Straße, die er in die dunkle, kalte Erde an der Mauer gekratzt hatte, aber trotzdem wollte der Gefangene nicht vorwärtslaufen. Vorsichtig kitzelte er den glänzenden Panzer, aber der dickköpfige Käfer rührte sich nicht. Der Junge runzelte die Stirn und sog an der Oberlippe.

»*Simon!* Wo im Namen der heiligen Schöpfung steckst du da!«

Der Zweig entsank seinen kraftlosen Fingern, als hätte ihm ein Pfeil das Herz durchbohrt. Langsam drehte er sich zu der Gestalt um, die hinter ihm aufragte.

»Nirgendwo...«, wollte Simon sagen, aber noch während das Wort dem Mund entfloh, packte ihn ein knochiges Fingerpaar am Ohr und zerrte ihn ruckartig auf die Füße. Vor Schmerz jaulte er auf.

»Komm mir nicht mit ›nirgendwo‹, junger Strolch«, bellte ihm Rachel der Drache, die oberste der Kammerfrauen, mitten ins Gesicht – eine Höhengleichheit, die nur dadurch erzielt wurde, daß Rachel auf den Zehenspitzen stand und der Junge von Natur aus zu schlechter Haltung neigte; denn Rachel fehlte fast ein Fuß an Simons Länge.

»Ja, Herrin, es tut mir leid, tut mir leid«, murmelte Simon und bemerkte betrübt, daß der Käfer auf einen Spalt in der Mauer der Kapelle und damit auf seine Freiheit zusteuerte.

»Mit ›tut mir leid‹ kommst du auf die Dauer auch nicht durch«, knurrte Rachel. »Jedermann im ganzen Haus rackert sich ab, damit alles bereit ist, nur du nicht! Und als ob das nicht schlimm genug wäre, muß *ich* auch noch meine kostbare Zeit verschwenden, um dich zu suchen! Wie kannst du so ein unartiger Junge sein, Simon, wenn du dich doch längst wie ein Mann benehmen solltest? Wie kannst du nur?«

Der Junge, vierzehn schlaksige Jahre alt und in peinlichster Verlegenheit, antwortete nicht. Rachel starrte ihn an. *Traurig genug,* dachte sie, *dieses rote Haar und die Pickel, aber wenn er dann noch so nach oben schielt und eine Flunsch zieht, sieht er ja geradezu schwachsinnig aus!*

Simon, seinerseits seine Ergreiferin anglotzend, sah, daß Rachel schwer atmete und kleine Dampfwölkchen in die Novanderluft pustete. Außerdem zitterte sie, wenn Simon auch nicht sagen konnte, ob vor Kälte oder vor Zorn. Es kam eigentlich auch nicht darauf an, so oder so machte es alles noch schlimmer für ihn.

Sie wartet immer noch auf eine Antwort – wie müde und verärgert sie aussieht! Er ließ die Schultern noch deutlicher hängen und warf finstere Blicke auf die eigenen Füße.

»Na, dann komm eben so mit. Der gute Gott weiß, daß ich genug Arbeit habe, um einen faulen Burschen damit in Trab zu halten. Weißt du nicht, daß der König vom Krankenbett aufgestanden und heute in seinen Thronsaal gegangen ist? Bist du denn taub und blind?« Sie packte ihn am Ellenbogen und schob ihn vor sich her durch den Garten.

»Der König? König Johan?« fragte Simon überrascht.

»Nein, du unwissender Knabe, König Wer-weiß-was! *Natürlich* König Johan!« Rachel blieb auf dem Absatz stehen, um eine dünne Strähne schlaffes, stahlgraues Haar unter die Haube zurückzuschieben. Ihre Hand bebte.

»So, hoffentlich bist du nun glücklich«, sagte sie endlich. »Du hast mich so durcheinandergebracht und aufgeregt, daß ich es geschafft habe, respektlos mit dem Namen unseres guten, alten Königs Johan umzugehen. Und das, wo er so krank ist, und überhaupt.« Sie schniefte laut, beugte sich dann vor und versetzte Simon einen schmerzhaften Klaps auf die dicke Stelle seines Arms. »Komm du nur mit.«

Sie stapfte weiter, den nichtsnutzigen Jungen im Schlepptau.

Simon hatte nie ein anderes Zuhause gekannt als die alterslose Burg mit dem Namen Hochhorst, was soviel bedeutete wie Hohe Feste. Sie trug den Namen zu Recht: Der Grünengel-Turm, ihr höchster Punkt, ragte weit über die ältesten und höchsten Bäume hinaus. Hätte der Engel selbst, der auf der Turmspitze stand, einen Stein aus der grünspanigen Hand fallen lassen, wäre dieser Stein fast zweihundert Ellen in die Tiefe gestürzt, bevor er in den brackigen Burggraben gefallen wäre und dort den Schlaf der gewaltigen Hechte gestört hätte, die dicht über dem jahrhundertealten Schlamm dahintauchten.

Der Hochhorst war weit älter als sämtliche Generationen erkynländischer Bauern, die in den Dörfern und auf den Feldern rund um die große Festung geboren wurden, gearbeitet hatten und gestorben waren. Die Erkynländer waren lediglich die bisher letzten, die Anspruch auf die Burg erhoben – viele andere vor ihnen hatten sie ihr eigen genannt, auch wenn sie niemandem je wirklich ganz gehört hatte. Die Außenmauer um das weitläufige Festungsgelände zeigte das Werk unterschiedlicher Hände und Zeitalter: den rohbehauenen Fels und die groben Balken der Rimmersmänner, das wahllose Flickwerk und die fremdartigen Steinmetzarbeiten der Hernystiri, ja sogar die übersorgfältige Mauerkunst der Handwerker aus Nabban. Alles jedoch überragte der Grünengel-Turm, den die unsterblichen Sithi errichtet hatten, bevor die Menschen ins Land kamen, damals, als sie über ganz Osten Ard herrschten. Die Sithi hatten als erste hier gebaut und ihre vorzeitliche Feste auf der Landzunge gegründet, die über den Kynslagh und die Wasserstraße zum Meer hinausblickte. *Asu'a* hatten sie ihre Burg genannt; wenn es einen wirklichen Namen hatte, dieses Haus so vieler Herren, dann lautete er Asu'a.

Das Schöne Volk war längst aus den grasigen Ebenen und dem wogenden Hügelland verschwunden, zumeist in die Wälder und zerklüfteten Berge geflohen oder an andere, für Menschen unbewohnbare Stätten. Das Gerippe der Burg, ein Heim für die Räuber der Macht, blieb zurück. Asu'a – der Widerspruch: stolz und schäbig zugleich, festlich und abweisend, scheinbar unberührt vom Wechsel seiner Bewohner. Asu'a – der Hochhorst: Wie ein Gebirge ragte er massig über Umland und Stadt, über seinem Lehen zusammengekauert wie eine schläfrige, honigschnauzige Bärin über ihren Jungen.

Oft hatte es den Anschein, als sei Simon der einzige Bewohner der gewaltigen Burg, der sich in seine Lebensstellung nicht hineinfinden wollte. Die Maurer verputzten die weißgetünchte Verblendung des Wohngebäudes und stützten die bröckelnden Burgmauern – obwohl das Bröckeln manchmal schneller voranzuschreiten schien als die Instandsetzung –, ohne sich je den Kopf darüber zu zerbrechen, wie oder warum die Welt sich drehte. Die Küchen- und Kellermeister pfiffen vergnügt und rollten riesige Fässer mit Südwein und gepökeltem Rindfleisch hierhin und dorthin. An der Seite des Burg-Seneschalls feilschten sie mit den Bauern um die bärtigen Zwiebeln und erdfeuchten Mohrrüben, die jeden Morgen säckeweise in die Küche des Hochhorstes geschleppt wurden. Und Rachel und ihre Kammermädchen hatten immer schrecklich viel zu tun; sie schwangen ihre aus Stroh gebundenen Besen, jagten den Staubflocken nach, als gelte es, ungebärdige Schafe zu hüten, murmelten fromme Verwünschungen über den Zustand, in dem *manche Leute* bei der Abreise ihre Zimmer hinterließen, und übten eine allgemeine Schreckensherrschaft über die Liederlichen und Nachlässigen aus.

Inmitten all dieses Fleißes war der ungeschickte Simon der sprichwörtliche Grashüpfer im Ameisenhaufen. Er wußte, daß er es nie zu etwas Rechtem bringen würde; das hatten ihm schon viele Leute gesagt, die fast alle erwachsen – und vermutlich klüger als er – waren. In einem Alter, in dem andere Jungen längst lautstark nach männlicher Verantwortung begehrten, war Simon noch ein unsteter Wirrkopf. Ganz gleich, welche Aufgabe man ihm übertrug, schon bald schweifte seine Aufmerksamkeit ab, und er träumte von Schlachten und Recken und Seereisen auf hohen, glänzenden Schiffen . . . und auf geheimnisvolle Weise zerbrach dann etwas oder ging verloren oder wurde falsch gemacht.

Manchmal war er überhaupt nicht aufzufinden. Wie ein magerer Schatten drückte er sich überall in der Burg herum, konnte so behende wie die Dachdecker und Glaser jede Wand hinaufklettern und kannte so viele Gänge und Verstecke, daß das Burgvolk ihn den »Geisterjungen« nannte. Rachel gab ihm häufig Kopfnüsse und rief ihn »Mondkalb«.

Endlich hatte Rachel der Drache seinen Arm losgelassen, und Simon zog mißmutig die Füße nach, während er der obersten der Kammerfrauen hinterherschlurfte wie ein Stock, der sich im Rocksaum verfangen hat. Er war erwischt worden, sein Käfer entkommen und der Nachmittag ruiniert.

»Was soll ich machen, Rachel«, murmelte er unwirsch, »in der Küche helfen?«

Rachel schnaubte verächtlich und watschelte weiter, ein Dachs mit Schürze. Voller Bedauern blickte sich Simon nach den schützenden Bäumen und Hecken des Gartens um. Seine Schritte mischten sich mit denen der Kammerfrau und hallten feierlich in dem langen Steinkorridor wider.

Die Kammerfrauen hatten Simon aufgezogen, aber da er ganz sicher nie eine der ihren werden würde – denn ganz abgesehen davon, daß er ein Junge war, konnte man ihm offensichtlich keine feineren Hausarbeiten anvertrauen –, hatte man sich gemeinschaftlich bemüht, eine passende Arbeit für ihn zu finden. In einem großen Haus, und der Hochhorst war zweifellos das größte Haus überhaupt, war für Leute, die nicht arbeiteten, kein Platz. Simon hatte eine Art Beschäftigung in den Burgküchen gefunden, aber selbst in dieser anspruchslosen Stellung war er wenig nützlich. Die anderen Küchenjungen lachten und pufften einander, wenn sie Simon betrachteten, der – bis zu den Ellenbogen im Wasser, die Augen in selbstvergessener Träumerei zugekniffen – gerade die Kunst des Vogelflugs erlernte oder Traumjungfrauen vor imaginären Untieren errettete, während sein Waschprügel quer durch die ganze Wanne davontrieb.

Der Legende nach war einst Herr Fluiren – ein Verwandter des berühmten Herrn Camaris von Nabban – in seiner Jugend auf den Hochhorst gekommen, um ein Ritter zu werden, und hatte in eben dieser Spülküche ein ganzes Jahr gearbeitet, so unsagbar demütig war er gewesen. Die Küchenleute hatten ihn geneckt, erzählte man, und ihn »Hübschhand« genannt, weil die schreckliche Schufterei das feine Weiß seiner Finger nicht beeinträchtigen wollte.

Simon brauchte nur die eigenen rosagesotten Pfoten mit den gesprungenen Nägeln anzuschauen, um zu wissen, daß *er* nicht der verwaiste Sohn eines großen Herrn war. Er war ein Küchenjunge und Eckenausfeger, und damit hatte es sein Bewenden.

König Johan hatte, wie jedermann wußte, in kaum höherem Alter den Roten Drachen erschlagen; Simon kämpfte mit Besen und Töpfen. Nicht, daß das einen großen Unterschied bedeutet hätte: Die heutige Welt war anders und ruhiger als in des Königs Jugend, was sie großenteils dem alten Herrscher selber verdankte. In den dunklen, endlosen Hallen des Hochhorstes wohnten keine Drachen mehr, zumindest keine feuerspeienden. Allerdings kam Rachel, wie Simon oft innerlich fluchte, mit ihrer sauren Miene und den gräßlichen Kneifefingern ihnen nahe genug.

Sie erreichten das Vorzimmer des Thronsaals und damit den Mittelpunkt der ungewohnten Betriebsamkeit. Die Kammerfrauen bewegten sich im Laufschritt und brummten von Wand zu Wand wie Fliegen in einer Flasche. Rachel blieb mit in die Hüfte gestemmten Fäusten stehen und musterte ihr Reich, und dem Lächeln nach, das ihren dünnen Mund zusammenzog, schien sie zufrieden.

Simon, einen Augenblick unbeachtet, kauerte an einer teppichgeschmückten Wand. Krummrückig starrte er aus den Augenwinkeln auf das neue Mädchen Hepzibah, das rundlich und lockenhaarig war und sich mit einem unverschämten Hüftschwung fortbewegte. Als sie mit einem überschwappenden Wassereimer an ihm vorbeikam, fing sie seinen Blick auf und lächelte breit und amüsiert zurück. Simon spürte, wie ihm knisterndes Feuer vom Hals bis in die Wangen stieg und drehte sich um, um an den ausgefransten Wandbehängen herumzuzupfen.

Rachel war der Blickaustausch nicht entgangen.

»Daß dich der Herr auspeitschen möge wie einen Esel, Junge! Hab ich dir nicht gesagt, du solltest dich an die Arbeit machen? Los damit!«

»Los damit? Was denn?« rief Simon und hörte tiefgekränkt, wie Hepzibahs silberhelles Lachen aus dem Gang herüberschwebte. In ohnmächtiger Wut zwickte er sich in den eigenen Arm. Es tat weh.

»Nimm den Besen hier und geh die Wohnung des Doktors ausfegen. Der Mann lebt wie ein Hamster, der alles in seinen Bau schleppt, und wer weiß, wohin der König noch gehen will, jetzt, da er wieder auf den Beinen ist!« Ihr Ton zeigte deutlich, daß Rachel die allgemeine Aufsässigkeit der Männer selbst durch eine königliche Stellung nicht gemindert fand.

»Die Wohnung von Doktor Morgenes?« fragte Simon. Zum ersten Mal, seit er im Garten erwischt worden war, besserte sich seine Laune. »Sofort!« Er schnappte sich den Besen und war schon fort.

Rachel schnaubte und drehte sich um, die fleckenlose Vollkommenheit des Vorzimmers zu prüfen. Sie fragte sich einen kurzen Augenblick, was wohl hinter der gewaltigen Tür des Thronsaales vorgehen mochte, verbannte dann jedoch diese Gedankenabschweifung so unbarmherzig, wie sie eine umhersummende Mücke erschlagen hätte. Mit Händeklatschen und stählernen Blicken trieb sie ihre Legionen zusammen und führte sie hinaus aus dem Vorraum und hinein in eine andere Schlacht gegen ihren Erzfeind, die Unordnung.

Dort in jener Halle hinter der Tür hingen in langen Reihen verstaubte Banner an den Wänden, ein verschossenes Bestiarium phantastischer Tiere: der sonnengoldene Hengst des Mehrdon-Stammes, Nabbans schimmernder Eisvogel-Helmschmuck, Eule und Ochse, Otter, Einhorn und Basilisk – Glied um Glied schweigender, schlafender Geschöpfe. Kein Luftzug bewegte diese fadenscheinigen Stoffbahnen; selbst die Spinnweben hingen leer und ungeflickt herunter.

Aber trotzdem hatte sich eine Kleinigkeit verändert im Thronsaal: In diesem Raum voller Schatten gab es wieder etwas Lebendiges. Mit der dünnen Stimme eines kleinen Jungen oder eines sehr alten Mannes sang jemand ein leises Lied.

Am äußersten Ende der Halle hing zwischen den Standbildern der Hochkönige des Hochhorstes ein gewichtiger Wandteppich, ein Gobelin mit dem königlichen Wappen, Feuerdrachen und Baum. Die grimmigen Malachitstatuen, eine Sechser-Ehrenwache, flankierten einen riesigen, schweren Sitz, der ganz aus vergilbendem Elfenbein geschnitzt zu sein schien, mit knotigen, knöchrigen Armlehnen, die Rückenlehne überragt von einem ungeheuren, vielzahnigen Schlangenschädel mit Augen wie schattige Teiche.

Auf diesem Sessel und davor saßen die beiden Figuren. Die kleine, buntscheckig gekleidete, sang; es war ihre Stimme, die vom Fuß des Thrones aufstieg, zu schwach, um auch nur ein einziges Echo auszulösen. Zu ihr hinunter beugte sich eine abgemagerte Gestalt, die auf der Kante des Thrones hockte wie ein altes Raubtier – ein müder, gefesselter Raubvogel, angekettet an den stumpfen Knochen.

Der König, drei Jahre lang krank und geschwächt, war zurückgekehrt in seine staubige Halle. Er lauschte dem kleinen Mann, der zu seinen Füßen sang; die langen, fleckigen Hände des Königs umklammerten die Armlehnen seines großen, vergilbenden Thrones. Er war ein hochgewachsener Mann – einst sogar sehr hochgewachsen, jetzt aber gebeugt wie ein Mönch beim Gebet. Er trug ein Gewand von himmelblauer Farbe, das an ihm herunterhing, und war bärtig wie ein Usires-Prophet. Quer über seinem Schoß lag ein Schwert, das glänzte, als sei es frisch poliert; auf der Stirn saß die eiserne Krone, über und über mit seegrünen Smaragden und geheimnisvollen Opalen besetzt.

Das Männchen zu Füßen des Königs hielt einen langen, stillen Augenblick inne und begann dann ein neues Lied.

Kannst du Tropfen zählen,
wenn kein Regen fällt?
Kannst im Fluß du schwimmen,
der kein Wasser hält?
Kannst du Wolken fangen?
Das kann nie geschehn...
und der Wind rief ›Warte!‹
im Vorübergehn.
Ja, der Wind rief ›Warte!‹
im Vorübergehn...

Als die Weise verklungen war, streckte der große alte Mann im blauen Gewand die Hand nach unten, und der Narr nahm sie. Keiner von beiden sagte ein Wort.

Johan Presbyter, Herr von Erkynland und Hochkönig von ganz Osten Ard, Geißel der Sithi und Verteidiger des wahren Glaubens, Schwinger des Schwertes Hellnagel, Verderben des Drachen Shurakai... Johan der Priester saß wieder auf seinem Thron aus Drachenbein. Er war alt, sehr alt, und hatte geweint.

»Ach, Strupp«, flüsterte er endlich, und seine Stimme war tief, doch brüchig vom Alter, »das muß wohl doch ein unbarmherziger Gott sein, der mich in diesen elenden Zustand versetzen konnte.«

»Vielleicht, Herr.« Der kleine alte Mann im buntscheckigen Wams lächelte ein runzliges Lächeln. »Vielleicht... aber gewiß würden andere nicht über Grausamkeit klagen, wenn sie Eure Stellung im Leben erreicht hätten.«

»Aber das meine ich ja gerade, alter Freund!« Der König schüttelte unwillig den Kopf. »In diesem Schattenalter schwacher Hinfälligkeit sind alle Menschen gleich geworden. Jeder holzköpfige Schneiderlehrling hat mehr vom Leben als ich!«

»Ach, nicht doch, Herr...« Strupps grauer Kopf wackelte von einer Seite auf die andere, aber die Glöckchen an seiner Kappe, lange schon ohne Klöppel, klingelten nicht. »Herr, Ihr beklagt Euch zu angemessener Zeit, doch ohne angemessene Vernunft. Alle Menschen, ob groß oder klein, geraten in diesen Zustand. Ihr hattet ein schönes Leben.«

Johan der Priester hielt den Griff von Hellnagel vor sich wie einen Heiligen Baum. Er fuhr sich mit dem Rücken der langen, schmalen Hand über die Augen.

»Kennst du die Geschichte dieser Klinge?« fragte er.

Strupp sah mit scharfem Blick zu ihm auf; er hatte die Geschichte viele Male gehört.

»Erzählt sie mir, o König«, erwiderte er ruhig.

Johan der Priester lächelte, ließ aber den lederumwundenen Griff vor sich nicht aus den Augen. »Ein Schwert, kleiner Freund, ist die Verlängerung der rechten Hand eines Mannes... und der Endpunkt seines Herzens.« Er hob die Klinge höher, bis sich ein Lichtschimmer aus einem der winzigen, hohen Fenster darin fing. »Genauso ist der Mensch die gute rechte Hand Gottes – er ist der Scharfrichter von Gottes Herz. Verstehst du?«

Jäh beugte er sich hinab, die Augen unter buschigen Brauen vogelblank. »Weißt du, was das ist?« Seine zitternden Finger deuteten auf ein Stückchen krummes, rostiges Metall, das mit Golddraht im Heft des Schwertes befestigt war.

»Sagt es mir, Herr.« Strupp wußte es ganz genau.

22

»Das ist der einzige Nagel des wahren Richtbaumes, den es in Osten Ard noch gibt.« Johan der Priester führte den Schwertgriff an die Lippen und küßte ihn. Dann hielt er das kühle Metall an die Wange. »Dieser Nagel stammt aus der Handfläche von Usires Ädon, unserem Erlöser... aus seiner Hand...« Die Augen des Königs, in die von oben sekundenlang ein seltsames Halblicht fiel, waren feurige Spiegel. »Und dann ist da natürlich auch die Reliquie«, fügte er nach einem Augenblick des Schweigens hinzu, »der Fingerknochen Sankt Eahlstans des Gemarterten, des vom Drachen Getöteten, genau hier im Griff...«

Wieder eine Pause der Stille. Als Strupp aufblickte, hatte sein Gebieter von neuem angefangen zu weinen.

»Pfui, pfui über alles!« stöhnte Johan. »Wie kann ich mich der Ehre Gottes würdig erweisen, wenn immer noch soviel Sünde, solch schwere Sündenlast, meine Seele befleckt? Ach, der Arm, der einst den Drachen erschlug, kann heute kaum noch die Milchtasse heben, geschweige denn das Schwert des Herrn. Ich sterbe, mein lieber Strupp, ich sterbe!«

Der Narr beugte sich vor, löste eine der knochigen Königshände vom Schwertgriff und küßte sie. Der alte König schluchzte.

»Ich bitte Euch, Gebieter«, flehte Strupp. »Weint doch nicht mehr! Alle Menschen müssen sterben – Ihr, ich, jedermann. Bringen uns nicht jugendliche Torheit oder ein Mißgeschick zu Tode, so ist es unser Schicksal, dahinzuleben wie die Bäume, älter und älter zu werden, bis wir endlich schwanken und stürzen. So geht es mit allen Dingen. Wie könnt Ihr Euch dem Willen des Herrn widersetzen?«

»Aber ich habe dieses Reich *gegründet!*« Johan Presbyter erfüllte bebender Zorn, als er die Hand aus dem Griff des Narren riß und sie jäh auf die Armlehne des Thrones fallen ließ. »Das *muß* jeden Sündenfleck auf meiner Seele aufwiegen, so schwarz er auch sein mag! Ganz gewiß wird der Gute Gott das in seinem Rechnungsbuch stehen haben! Ich zog diese Menschen aus dem Schlamm, geißelte die verfluchten, heimtückischen Sithi aus dem Land, gab den Bauern Recht und Gesetz... das Gute, das ich getan habe, *muß* schwer wiegen.« Seine Stimme wurde vorübergehend schwächer, als wanderten seine Gedanken in die Ferne.

»Ach, mein alter Freund«, meinte er endlich mit bitterer Stimme, »und jetzt kann ich nicht einmal mehr die Mittelgasse bis zum Marktplatz hinuntergehen! Im Bett muß ich liegen oder mich am Arm jüngerer Männer durch dieses kalte Schloß schleppen. Mein . . . mein Reich liegt verfaulend auf der Streu, während vor meiner Schlafzimmertür die Diener flüstern und auf Zehenspitzen gehen! Alles in Sünde!«

Die Worte des Königs hallten von den Steinwänden des Saales wider und zerfielen langsam zwischen den tanzenden Staubkörnchen. Strupp ergriff von neuem die Hand des Herrschers und drückte sie, bis der König seine Fassung wiedergewonnen hatte.

»Nun gut«, bemerkte Johan der Priester nach einiger Zeit, »wenigstens wird mein Elias mit festerer Hand regieren, als ich es jetzt kann. Als ich heute sah, wie hier alles verfällt«, er machte eine Handbewegung, die den ganzen Thronsaal umfaßte, »habe ich beschlossen, ihn aus Meremund zurückzurufen. Er muß sich darauf vorbereiten, die Krone zu übernehmen.« Der König seufzte. »Wahrscheinlich sollte ich dieses weibische Geflenne einstellen und dankbar sein, daß ich habe, was viele Könige nicht haben: einen starken Sohn, der mein Reich zusammenhält, wenn ich nicht mehr bin.«

»*Zwei* starke Söhne, Herr.«

»Pah!« Der König verzog das Gesicht. »Ich könnte Josua vieles nachsagen, aber ich glaube nicht, daß ›Stärke‹ dazugehört.«

»Ihr seid zu hart mit ihm, Gebieter.«

»Unsinn. Willst du mich belehren? Kennt der Narr den Sohn besser als sein Vater?« Johans Hand zitterte, und sekundenlang schien es, als wolle er sich mühsam erheben. Endlich ließ die Spannung nach.

»Josua ist ein Zyniker«, begann der König mit ruhigerer Stimme weiterzusprechen. »Ein Zyniker, ein Melancholiker, kalt zu seinen Untertanen. Ein Königssohn ist ja nur von Untertanen umgeben – und jeder einzelne davon kann ein Meuchelmörder sein. Nein, Strupp, er ist seltsam, mein Jüngerer, vor allem, seit . . . seit er die Hand verlor. Ach, barmherziger Ädon, vielleicht ist es meine Schuld.«

»Was meint Ihr, Herr?«

»Ich hätte mir vielleicht eine neue Frau nehmen sollen, nach Ebekahs Tod. Ein kaltes Haus war es ohne Königin . . . vielleicht ist das der Grund für das merkwürdige Wesen des Jungen. Aber Elias ist trotzdem nicht so.«

»Prinz Elias' Wesen ist von einer gewissen rohen Geradlinigkeit«, murmelte der Narr, aber falls der König es hörte, ließ er es sich nicht anmerken.

»Ich danke dem wohltätigen Gott, daß Elias der Erstgeborene ist. Hat einen tapferen, kriegerischen Charakter, der Junge – ich glaube, wenn *er* der Jüngere wäre, säße Josua nicht sicher auf dem Thron.« Bei dem Gedanken schüttelte der König mit kalter Zuneigung den Kopf, tastete dann nach unten, packte seinen Narren beim Ohr und kniff ihn, als sei der kleine Alte ein Kind von fünf oder sechs Jahren.

»Versprich mir eins, Strupp...«

»Ja, Herr?«

»Wenn ich sterbe – und das wird bald sein, denn ich glaube nicht, daß ich den Winter überlebe –, mußt du Elias in diesen Saal führen... meinst du, daß die Krönung hier stattfinden wird? Und wenn schon – dann mußt du eben warten, bis sie vorbei ist. Anschließend bring ihn her und gib ihm Hellnagel. Ja, nimm das Schwert jetzt an dich, und verwahre es. Ich fürchte, daß ich vielleicht schon sterbe, während er noch weit weg ist, in Meremund oder an einem anderen Ort, und ich möchte, daß das Schwert mit meinem Segen ohne Umwege in seine Hände gelangt. Verstehst du mich, Strupp?«

Mit zittrigen Händen schob Johan der Priester das Schwert in die geprägte Scheide zurück und bemühte sich einen Augenblick vergeblich, das Wehrgehenk abzuschnallen, an dem sie befestigt war. Die Verschnürung hatte sich verhakt, und der Narr hob sich auf die Knie, um mit kräftigen alten Fingern an dem Knoten zu arbeiten.

»Wie lautet der Segen, Herr?« fragte er, die Zunge zwischen den Zähnen, während er an dem Knotengewirr herumzupfte.

»Sag ihm das, was ich dir gesagt habe. Erzähl ihm, daß das Schwert die Spitze seines Herzens und seiner Hand ist, so wie wir die Werkzeuge von Herz und Hand Gottvaters sind... und sag ihm, daß kein Preis, und sei er noch so edel, es wert ist... es wert ist...« Der König zögerte und führte die bebenden Finger an die Augen. »Nein, achte nicht darauf. Sprich nur von dem, was ich dir über das Schwert erzählt habe. Das genügt.«

»Ich werde es tun, mein Gebieter«, erwiderte Strupp. Er runzelte die Stirn, obwohl er den Knoten gelöst hatte. »Ich werde Euren Wunsch mit Freuden erfüllen.«

»Gut.« Johan der Priester lehnte sich wieder in seinen Drachenbeinthron zurück und schloß die Augen. »Sing mir noch etwas, alter Freund.«

Und Strupp sang. Die verstaubten Banner über ihnen schienen ganz leise zu schwanken, als wandere ein Flüstern durch die zuschauende Menge, durch die uralten Reiher und trübäugigen Bären und die anderen, die noch fremdartiger waren.

II

Eine Zwei-Frosch-Geschichte

Müßiggang ist aller Laster Anfang. Über diesen Spruch, eine von Rachels Lieblingsweisheiten, dachte Simon mißmutig nach, als er auf das Sortiment von Pferdepanzerteilen starrte, die jetzt über die ganze Länge der Wandelhalle des Burgpfarrers verstreut lagen. Nur einen Augenblick vorher war er noch vergnügt den langen, mit Steinplatten gefliesten Gang hinuntergehüpft, der an der äußeren Längswand der Kapelle entlangführte, auf dem Weg zu Doktor Morgenes' Wohnung, die er ausfegen sollte. Natürlich hatte er ein bißchen mit dem Besen herumgefuchtelt und sich vorgestellt, es wäre die Baum-und-Drachen-Fahne der Erkyngarde von Johan Presbyter, die er, Simon, gerade in die Schlacht führte. Vielleicht hätte er besser aufpassen müssen, wo er mit dem Besen herumwedelte – aber welcher Trottel hängte auch eine Pferderüstung in die Wandelhalle des Pfarrers? Unnötig zu erwähnen, daß das Scheppern gewaltig gewesen war und Simon jede Sekunde damit rechnete, daß der dürre, rachsüchtige Vater Dreosan herunterkommen würde.

Hastig machte sich Simon daran, die schmuddligen Panzerplatten aufzusammeln, von denen einige aus den Lederriemen gerissen waren, welche die Rüstung zusammenhielten. Dabei dachte er über einen anderen von Rachels Grundsätzen nach: *Für leere Hände findet der Teufel schon eine Arbeit.* Das war natürlich töricht und erbitterte ihn. Schließlich waren es nicht die Leere seiner Hände oder die Müßigkeit seiner Gedanken, die ihn in Schwierigkeiten geraten ließen. Nein, es waren vielmehr sein *Tun* und *Denken,* die ihm immer wieder ein Bein stellten. Wenn sie ihn nur in Ruhe lassen wollten!

Vater Dreosan war immer noch nicht aufgetaucht, als Simon endlich alle Teile der Rüstung auf einen wackligen Haufen geschichtet und diesen dann eilig unter den Rock eines Tischbehangs geschoben hatte. Dabei hätte er fast noch den auf dem Tisch stehenden goldenen Reliquienbehälter umgeworfen. Aber endlich war, ohne weiteres Mißgeschick, die verräterische Rüstung außer Sicht, und nur ein geringfügig sauberer aussehender Fleck an der Wand deutete noch darauf hin, daß es überhaupt jemals eine solche Rüstung gegeben hatte. Simon ergriff seinen Besen und schabte damit eifrig über den rußigen Stein, um die Ränder zu verwischen, damit der helle Fleck nicht so auffiel. Dann rannte er weiter den Gang hinunter und an der Wendeltreppe zur Chorempore hinaus ins Freie.

Als er von neuem den Heckengarten erreichte, aus dem ihn der Drache gerade so grausam entführt hatte, hielt Simon einen Augenblick inne, um den stechenden Geruch von grünem Laub einzuatmen und so die letzten Reste des Talgseifengestanks aus seiner Nase zu vertreiben. Ein ungewöhnliches Gebilde in den oberen Zweigen der Festeiche zog seinen Blick auf sich. Der Baum am entfernten Ende des Gartens war uralt, knorrig und hatte derart ineinandergewachsene Äste, daß er aussah, als wäre er jahrhundertelang unter einem riesigen Scheffelkorb weitergewachsen. Simon kniff die Augen zusammen und hob die Hand gegen das schräg einfallende Sonnenlicht. Ein Vogelnest! Und so spät im Jahr!

Es war knapp. Schon hatte er den Besen fallengelassen und war mehrere Schritte in den Garten hineingelaufen, als ihm einfiel, daß er ja mit einem Auftrag zu Morgenes geschickt worden war. Keine andere Aufgabe hätte Simon daran gehindert, in einer Sekunde auf dem Baum zu sein, aber ein Besuch beim Doktor war eine besondere Vergünstigung, selbst wenn er mit Arbeit verbunden war. Simon versprach sich, daß das Nest nicht lange unerforscht bleiben würde, und setzte seinen Weg fort, zwischen den Hecken hindurch und in den Hof vor dem Inneren Zwingertor.

Zwei Gestalten hatten soeben das Tor durchschritten und kamen auf ihn zu; die eine langsam und kurzbeinig, die andere noch langsamer und noch kurzbeiniger. Es waren Jakob der Wachszieher und sein Gehilfe Jeremias. Letzterer trug einen großen, schweraussehenden

Sack über der Schulter und bewegte sich, soweit das überhaupt möglich war, noch träger als sonst. Simon rief ihnen im Vorbeilaufen einen Gruß zu. Jakob lächelte und winkte.

»Rachel will neue Kerzen für den Speisesaal«, rief der Wachszieher, »also bekommt sie Kerzen!« Jeremias machte eine saure Miene.

Ein kurzer Trab den grasigen Abhang hinunter brachte Simon an das massive Torhaus. Über den Zinnen hinter ihm schwelte noch ein Splitter Nachmittagssonne, und die Schatten der Wimpel auf der Westmauer huschten wie dunkle Fische über das Gras. Der rotweiß uniformierte Wächter, kaum älter als Simon, lächelte, als der Meisterspion vorüberjagte, in der Hand den tödlichen Besen, das Haupt gesenkt für den Fall, daß die Tyrannin Rachel zufällig aus einem der hohen Turmfenster blicken sollte.

Sobald Simon unter dem Fallgitter durch und im Schatten der hohen Tormauer allen Blicken entzogen war, verlangsamte er seinen Schritt wieder. Der unbestimmte Schatten des Grünengel-Turms überbrückte den Burggraben; die verzerrte Silhouette des Engels, der auf seiner Turmspitze triumphierte, lag am äußersten Rand des Wassers in einer Lache aus Feuer.

Wenn er schon hier war, entschied Simon, konnte er genausogut ein paar Frösche fangen. Es würde nicht allzu lange dauern, und der Doktor konnte sie meist gut gebrauchen. Es würde nicht einmal bedeuten, daß er seinen Auftrag hinausschob, sondern war vielmehr eine Erweiterung seines Dienstes. Allerdings würde er sich beeilen müssen, es wurde schon bald Abend. Simon konnte bereits hören, wie sich die Grillen mühsam auf eine der letzten Vorstellungen des schwindenden Jahres einstimmten und die Ochsenfrösche mit ihrem unterdrückten, dumpf dröhnenden Kontrapunkt einsetzten.

Der Junge stieg in das lilienbedeckte Wasser, hielt sekundenlang lauschend inne und sah zu, wie sich der östliche Himmel zu mattem Violett verdunkelte. Neben Doktor Morgenes' Wohnung war der Burggraben sein liebster Ort in der ganzen Schöpfung... jedenfalls von dem, was er bisher davon gesehen hatte. Mit einem unbewußten Seufzer zog er den formlosen Stoffhut vom Kopf und watete an die Stelle, wo Teichgras und Hyazinthen am dichtesten standen.

Als Simon endlich am Mittleren Zwinger ankam, war die Sonne bereits untergegangen, und der Wind pfiff durch die Katzenschwänze, die um den Burggraben herumwuchsen. Mit triefenden Kleidern, in jeder Tasche einen Frosch, stand der Junge vor Morgenes' Tür. Er klopfte an die dicke Täfelung und achtete dabei sorgfältig darauf, das fremdartige Symbol nicht zu berühren, das mit Kreide auf das Holz gemalt war. Durch harte Erfahrung hatte er gelernt, nichts, was dem Doktor gehörte, ungefragt anzufassen. Eine kleine Weile verging, bevor Morgenes' Stimme sich hören ließ.

»Geht weg«, sagte sie in ärgerlichem Ton.

»Ich bin es . . . Simon!« rief der Junge und klopfte nochmals. Diesmal gab es eine längere Pause, gefolgt vom Geräusch schneller Schritte. Die Tür schwang auf, und Morgenes, dessen Kopf kaum bis an Simons Kinn reichte, stand vor ihm. Sein Gesicht lag im Dunkeln; sekundenlang schien er starr vor sich hinzuglotzen.

»Was?« fragte er endlich. »Wer?«

Simon lachte. »Na, ich natürlich. Möchtet Ihr ein paar Frösche?« Er zog einen der Gefangenen aus seinem Verlies und hielt ihn an einem glibbrigen Bein in die Höhe.

»Oh, oh!« Der Doktor schien wie aus tiefem Schlaf zu erwachen. Er schüttelte den Kopf. »Simon . . . aber natürlich! Komm herein, Junge! Du mußt mich entschuldigen – ich bin ein wenig zerstreut.« Er öffnete die Tür so weit, daß Simon an ihm vorbei in den schmalen Innengang schlüpfen konnte, und schloß sie dann wieder.

»Frösche, wie? Hmmmm, Frösche . . .« Morgenes stakste den Korridor hinunter. Im Glühen der blauen Lampen, die den Gang säumten, schien die dürre Gestalt des Doktors wie ein Affe zu hüpfen anstatt zu gehen. Simon, dessen Schultern die kalten Wände zu beiden Seiten fast berührten, folgte. Er hatte noch nie verstehen können, wie Räumlichkeiten, die von außen so klein wirkten wie die des Doktors – und er hatte von den Mauern des Zwingers auf sie hinabgeschaut und war im Hof ihre Ausdehnung abgegangen –, wie so eine kleine Wohnung derart lange Korridore haben konnte.

Simons Gedankengänge wurden von einem plötzlichen Höllenlärm unterbrochen: Pfiffe, Knaller und etwas, das wie das hungrige Gebell von hundert Hunden klang.

Morgenes machte einen überraschten Satz und sagte: »O Name eines Namens, ich habe vergessen, die Kerzen zu löschen. Warte hier.« Mit flatternden weißen Haarsträhnen rannte der kleine Mann den Gang hinunter, öffnete die Tür am Ende einen winzigen Spalt – das Heulen und Pfeifen schwoll an – und huschte schnell hinein. Simon vernahm einen erstickten Ausruf.

Jäh verstummte der entsetzliche Lärm – so schnell und vollständig, als ob . . . *als ob man eine Kerze auslöscht,* dachte Simon.

Der Doktor streckte den Kopf heraus, lächelte und winkte den Jungen herein.

Simon, der schon früher Szenen dieser Art erlebt hatte, folgte dem alten Mann vorsichtig in dessen Werkstatt. Ein hastiges Eintreten konnte – und das war noch das Wenigste – bedeuten, daß man auf irgend etwas Sonderbares trat, dessen Anblick Unbehagen bereitete.

Von den Urhebern des gräßlichen Geheuls von eben war keine Spur mehr zu erkennen. Wieder staunte Simon über den Unterschied zwischen dem, was Morgenes' Wohnung zu sein schien – eine umgebaute Wachkaserne von vielleicht zwanzig Schritt Länge, an die efeuüberwucherte Mauer der Nordostecke des Mittleren Zwingers geduckt –, und ihrem Anblick von innen, der ein weitläufiges Zimmer offenbarte, das zwar eine niedrige Decke hatte, aber beinahe so lang wie ein Turnierplatz war, wenn auch weit schmaler. Im orangefarbenen Licht, das durch die lange Reihe kleiner Fenster zum Hof hereinsickerte, spähte Simon nach dem hintersten Ende des Raumes und stellte fest, daß er große Mühe haben würde, es von der Tür aus, in der er stand, mit einem Stein zu treffen.

Aber dieser merkwürdige Dehneffekt war ihm durchaus vertraut. Tatsächlich sah das ganze Zimmer trotz der angsteinflößenden Geräusche eigentlich aus wie immer – so als hätte eine Horde geistesgestörter Krämer ihre Verkaufstische aufgebaut und dann mitten in einem wilden Sturmwind jäh die Flucht ergriffen. Der große Refektoriumstisch, der sich über die ganze Länge der einen Wand ausdehnte, war übersät mit Rillenglasröhren, Kästen und Tuchbeuteln mit Pulvern und stechenden Salzen sowie mit komplizierten Konstruktionen aus Holz und Metall, an denen Retorten und Phiolen und andere undefinierbare Behälter hingen. Den Mittelpunkt des Tisches bildete eine gewaltige

Messingkugel, aus deren glänzender Oberfläche winzige, eckige Hähne hervorragten. Sie schien in einer Schüssel mit silbriger Flüssigkeit zu schwimmen, und Schüssel und Kugel balancierten auf der Spitze eines Dreifußes aus geschnitztem Elfenbein. Aus den Hähnen pustete Dampf, und der Messingball drehte sich langsam um sich selbst.

Auf Fußboden und Wandregalen wimmelte es von noch seltsameren Dingen. Polierte Steinblöcke, Kehrbesen und lederne Schwingen lagen auf den steinernen Platten verstreut und machten sich mit Tierkäfigen, teils leer, teils besetzt, den Platz streitig, mit Metallgerüsten unbekannter Geschöpfe, mit zerrupften Pelzen oder nicht zusammenpassenden Federn bedeckt, mit Platten aus scheinbar klarem Kristall, wahllos an den mit Gobelins verzierten Wänden aufgestapelt . . . und mit Büchern, überall mit Büchern, halb geöffnet fallengelassen oder hier und da im Zimmer aufgestellt wie riesenhafte, plumpe Schmetterlinge.

Es gab auch Glaskugeln mit farbigen Flüssigkeiten, die ohne Hitze vor sich hin blubberten, und eine flache Schachtel mit glitzerndem schwarzem Sand, der sich unaufhörlich neu formte, als fegten ihn unmerkliche Wüstenwinde. Von Zeit zu Zeit würgten hölzerne Wandschränkchen bemalte Holzvögel hervor, die unverschämt piepten und wieder verschwanden. Daneben hingen Karten von Ländern mit gänzlich fremdartiger Geographie – obwohl Geographie zugegebenermaßen ein Gebiet war, auf dem sich Simon ohnehin nicht sonderlich sicher fühlte. Alles in allem war die Höhle des Doktors ein Paradies für einen wißbegierigen jungen Mann . . . ganz ohne Zweifel der wunderbarste Ort in ganz Osten Ard.

Morgenes war inzwischen am anderen Ende des Raumes unter einer schlaff herabhängenden Sternkarte auf und ab gewandert. Sie verband die hellen Himmelspunkte durch eine gemalte Linie, so daß die Gestalt eines seltsamen Vogels mit vier Flügeln entstand. Mit einem kleinen triumphierenden Pfiff beugte der Doktor sich plötzlich nach unten und fing an zu graben wie ein Eichhörnchen im Frühling. Hinter ihm erhob sich ein Schneegestöber aus Schriftrollen, buntbemalten Lappen, Miniaturgeschirr und winzigen Pokalen von irgendeinem Zwergen-Abendbrottisch. Endlich richtete er sich wieder auf, wuchtete einen großen Kasten mit Glaswänden in die Höhe, watete zum Tisch, stellte den Glaswürfel hin und griff sich, offenbar wahllos, von einem Gestell ein Flaschenpaar.

Die Flüssigkeit in der einen hatte die Farbe des Sonnenuntergangshimmels draußen; sie schmauchte wie ein Weihrauchfäßchen. Die andere Flasche war mit etwas Blauem und Zähflüssigem gefüllt, das, als Morgenes die beiden Flaschen umdrehte, ganz, ganz langsam in den Kasten rann. Als sie sich vermischten, wurden die beiden Flüssigkeiten so klar wie Bergluft. Der Doktor breitete seine Arme aus wie ein fahrender Künstler. Einen Augenblick herrschte Stille.

»Frösche?« fragte er dann und wedelte mit den Fingern. Simon sprang herbei und zog die beiden Tiere, die gefangen in seinen Manteltaschen steckten, hervor. Der Doktor ergriff sie und warf sie mit schwungvoller Gebärde in das Aquarium. Die beiden verblüfften Amphibien plumpsten in die durchsichtige Flüssigkeit, sanken langsam auf den Grund und begannen dann energisch in ihrem neuen Heim umherzuschwimmen. Simon lachte erstaunt und erheitert.

»Ist das Wasser?«

Der alte Mann drehte sich um und blickte ihn mit hellen Augen an. »Mehr oder weniger, mehr oder weniger. . . so!« Morgenes fuhr sich mit langen, verkrümmten Fingern durch den schütteren Bartkranz. »Soso. . . hab Dank für die Frösche. Ich glaube, ich weiß schon, was ich mit ihnen anfange. Völlig schmerzlos. Vielleicht macht es ihnen sogar Spaß, obwohl ich nicht glaube, daß sie die Stiefel gern anziehen werden.«

»Stiefel?« wunderte sich Simon, aber der Doktor wuselte schon wieder im Zimmer herum. Jetzt schob er einen Stapel Landkarten von einem niedrigen Hocker und winkte Simon, sich hinzusetzen.

»Nun also, junger Mann, welche Münze schulde ich dir für dein Tagwerk? Ein Fithingstück? Oder vielleicht möchtest du lieber *Coccindrilis* hier als Haustier?« Kichernd schwang der Doktor eine mumifizierte Eidechse.

Bei der Eidechse zögerte Simon einen Augenblick – es mußte herrlich sein, sie in den Wäschekorb zu schmuggeln, damit sie dort von dem neuen Mädchen Hepzibah entdeckt würde. . . Der Gedanke an Kammermädchen und Saubermachen wollte sich in seinem Kopf festsetzen und reizte ihn; irgend etwas verlangte, daß er sich daran erinnerte, aber Simon verdrängte es. »Nein«, sagte er schließlich, »ich würde lieber ein paar Geschichten erzählt bekommen.«

»Geschichten?« Fragend beugte sich Morgenes vor. »Geschichten? Du solltest lieber zum alten Shem Pferdeknecht in die Ställe gehen, wenn du so etwas hören möchtest.«

»Nicht diese Art«, erklärte Simon schnell. Hoffentlich hatte er den Doktor nicht gekränkt; alte Leute waren so empfindlich. »Ich meine Geschichten über wirkliche Dinge. Wie es früher war... Schlachten, Drachen – über das, was sich tatsächlich ereignet hat!«

»Aha.« Morgenes setzte sich auf, und das Lächeln kehrte in sein rosiges Gesicht zurück. »Jetzt verstehe ich. Du meinst *Geschichte*, nicht Geschichten.« Der Doktor rieb sich die Hände. »Das ist besser – viel besser!« Er sprang auf und begann umherzuwandern, wobei er gewandt über das auf dem Fußboden verstreute Gerümpel stieg. »Nun, wovon möchtest du hören, Junge? Vom Untergang Naarveds? Von der Schlacht von Agh Samrath?«

»Erzählt mir von der Burg«, bat Simon. »Vom Hochhorst. Hat sie der König erbaut? Wie alt ist sie?«

»Die Burg...« Der Doktor hörte mit seinen Wanderungen auf, raffte einen Zipfel seines abgetragenen, speckig-grauen Gewandes und rieb damit geistesabwesend an einem von Simons liebsten Wunderdingen herum, einer Rüstung von exotischem Schnitt, in wildblumenbunten Blau- und Gelbtönen gefärbt und ganz und gar aus poliertem Holz gefertigt.

»Hmmm... die Burg...« wiederholte Morgenes. »Ja, das ist in der Tat eine Zwei-Frosch-Geschichte, zum allermindesten. Wenn ich sie dir wirklich *ganz* erzählen sollte, müßtest du wohl den Burggraben trockenlegen und mir deine warzigen Gefangenen fuderweise bringen, um dafür zu bezahlen. Aber für heute, glaube ich, tut es erst einmal das nackte Gerüst der Geschichte, und das kann ich dir jedenfalls geben. Halte einen Augenblick Ruhe, bis ich etwas gefunden habe, um mir die Kehle anzufeuchten.«

Während Simon versuchte, ganz still zu sitzen, ging Morgenes an seinen langen Tisch und griff nach einem Becher mit brauner, schäumender Flüssigkeit. Mißtrauisch schnüffelte er daran, hob dann den Becher an die Lippen und nahm einen kleinen Schluck.

Nach kurzer Überlegung leckte er sich die kahle Oberlippe und zupfte beglückt an seinem Bart.

»Ah, dieses Stanshire-Dunkel. Da gibt es keinen Zweifel, nichts geht über Bier! Also, worüber sprachen wir? Ach ja, die Burg.« Morgenes räumte eine Stelle des Tisches leer und sprang dann, sorgsam seinen Becher festhaltend, mit verblüffender Behendigkeit in die Höhe und ließ sich auf der Tischplatte nieder, wobei seine Füße in ihren Pantoffeln eine halbe Elle über dem Boden baumelten. Wieder nahm er einen Schluck.

»Ich fürchte, diese Geschichte beginnt lange vor unserem König Johan. Fangen wir mit den ersten Männern und Frauen an, die nach Osten Ard gelangten – einfachen Leuten, die an den Ufern des Gleniwent lebten. Sie waren größtenteils Hirten und Fischer, vielleicht Vertriebene, die über eine Landbrücke, die heute nicht mehr vorhanden ist, aus dem verlorenen Westen kamen. Sie machten den Herrschern von Osten Ard wenig Schwierigkeiten.«

»Aber ich dachte, Ihr sagtet, sie seien *als erste* hierher gekommen?« unterbrach Simon, der sich insgeheim freute, den Doktor bei einem Widerspruch ertappt zu haben.

»Nein, ich sagte, sie waren die ersten *Menschen*. Die Sithi beherrschten dieses Land, lange bevor ein Mensch es betrat.«

»Ihr meint, es gab wirklich ein *Kleines Volk*?« Simon grinste. »So wie Shem Pferdeknecht erzählt? Pukas und Niskies und so weiter?« Das war aufregend.

Morgenes schüttelte heftig den Kopf und nahm einen weiteren Schluck. »Es gab sie nicht nur, es *gibt* sie – obwohl das meiner Erzählung vorgreift –, und sie sind ganz und gar kein ›Kleines Volk‹ . . . warte, Junge, laß mich weiterreden.«

Simon duckte sich und gab sich Mühe, geduldig auszusehen.

»Ja?«

»Nun, wie gesagt, Menschen und Sithi waren friedliche Nachbarn. Sicher gab es gelegentlich Auseinandersetzungen wegen Weideland oder ähnlichen Dingen, aber da die Menschheit ihnen nicht als wirkliche Bedrohung erschien, war das Schöne Volk großzügig. Im Lauf der Zeit begannen die Menschen dann, Städte zu bauen, manchmal nur den Fußweg eines halben Tages von dem Gebiet der Sithi entfernt.

Noch später entstand auf der felsigen Halbinsel Nabban ein großes Königreich, und die Sterblichen von Osten Ard begannen sich seiner Führung unterzuordnen. Kannst du mir noch folgen, Junge?«

Simon nickte.

»Gut.« Ein langer Zug aus dem Becher. »Nun, das Land schien groß genug für alle, bis schwarzes Eisen über das Wasser kam.«

»Was? Schwarzes Eisen?« Der scharfe Blick des Doktors ließ Simon sofort wieder verstummen.

»Die Schiffer aus dem fast vergessenen Westen, die Rimmersmänner«, fuhr Morgenes fort. »Sie landeten im Norden, bewaffnete Männer, wild wie Bären. In ihren langen Schlangenbooten fuhren sie.«

»Die Rimmersmänner?« fragte Simon erstaunt. »Wie Herzog Isgrimnur am Hof? In Booten?«

»Sie waren große Seefahrer, ehe sie hier seßhaft wurden, die Ahnen des Herzogs«, bestätigte Morgenes. »Aber als sie landeten, waren sie zunächst nicht auf der Suche nach Weide- oder Ackerland, sondern auf Raub aus. Doch das Wichtigste war, daß sie das Eisen mitbrachten, oder zumindest das Geheimnis seiner Bearbeitung. Sie schmiedeten eiserne Schwerter und Speere, Waffen, die nicht zerbrachen wie die Bronze von Osten Ard; Waffen, die selbst das Hexenholz der Sithi bezwingen konnten.«

Morgenes sprang auf den Boden und füllte seinen Becher aus einem zugedeckten Eimer, der auf einem Dom von Büchern an der Wand stand. Statt an den Tisch zurückzugehen, blieb er stehen und strich über die glänzenden Schulterstücke der Rüstung.

»Niemand leistete ihnen lange Widerstand – der kalte, harte Geist des Eisens schien die Schiffer selbst ebenso zu erfüllen wie ihre Klingen. Viele Leute flohen nach Süden, in den Schutz der nahen nabbanischen Grenzstationen. Die Nabbani-Legionen, gut organisierte Garnisonsstreitkräfte, leisteten eine Zeitlang erfolgreich Widerstand. Aber endlich mußten sie doch den Rimmersmännern die Frostmark überlassen. Es . . . gab große Gemetzel.«

Simon rutschte begeistert hin und her. »Und die Sithi? Ihr habt gesagt, sie hatten kein Eisen?«

»Es war tödlich für sie.« Der Doktor leckte sich den Finger und rieb einen Fleck vom polierten Holz der Brustplatte.

»Auch sie konnten die Rimmersmänner nicht in offener Feldschlacht besiegen, *aber*«, er wies mit dem staubigen Finger auf Simon, als betreffe die Tatsache den Jungen persönlich, »aber die Sithi kannten ihr Land. Sie waren mit ihm verbunden, waren in gewisser Weise ein Teil davon, wie es die Eindringlinge niemals sein konnten. So behaupteten sie sich lange Zeit, indem sie sich langsam an Orte zurückzogen, an denen sie mächtig waren. Und der wichtigste davon – und der Grund dafür, daß ich dir das alles erzähle – war Asu'a, der Hochhorst.«

»*Unsere* Burg? Die Sithi haben auf dem Hochhorst gewohnt?« Simon konnte den Zweifel in seiner Stimme nicht unterdrücken. »Wann ist die Burg denn erbaut worden?«

»Simon, Simon . . .« Der Doktor kratzte sich am Ohr und hockte sich wieder auf den Tisch. Aus den Fenstern war der Sonnenuntergang inzwischen gänzlich verschwunden, und das Fackellicht teilte Morgenes' Gesicht in zwei Teile wie eine Maske beim Mummenschanz, halb beleuchtet, halb im Dunkeln. »Vielleicht – nach allem, was ich und alle anderen Sterblichen überhaupt wissen können – stand hier schon eine Burg, bevor noch die Sithi selbst ins Land kamen . . . damals, als Osten Ard so neu und rein war wie ein Bach aus geschmolzenem Schnee. Gewiß aber lebte das Volk der Sithi hier schon ungezählte Jahre, ehe der Mensch erschien. Dies ist der erste Ort in Osten Ard, der das Werk gestaltender Hände erfuhr. Es ist die mächtigste Stelle des Landes, der Ort, der die Wasserwege beherrscht und über das beste Ackerland gebietet. Der Hochhorst und seine Vorgänger, die noch älteren Festungen, die unter uns begraben liegen, haben hier gestanden, lange bevor sich die Menschen zu erinnern begannen. Als die Rimmersmänner kamen, war diese Stätte alt, uralt.«

Als die Ungeheuerlichkeit dieser Erklärung des alten Mannes in Simons Kopf einzudringen begann, wurde ihm schwindlig. Die alte Burg schien ihm plötzlich bedrückend, ihre Felsenmauern kamen ihm wie ein Käfig vor. Er schauderte und blickte sich hastig um, als griffe jetzt, in dieser Sekunde, etwas Uraltes, Eifersüchtiges mit staubigen Händen nach ihm.

Morgenes lachte fröhlich – ein sehr junges Lachen für einen so alten Mann – und hüpfte vom Tisch herunter. Die Fackeln schienen ein wenig heller zu glühen. »Fürchte dich nicht, Simon. Ich denke – und wer, wenn nicht ich, sollte es wissen –, daß du den Zauber der Sithi nicht zu fürchten brauchst. Heutzutage nicht mehr. Die Burg ist vielfach verändert, Stein wurde auf Stein gesetzt und jede Elle von hundert Priestern kräftig gesegnet. Gewiß, Judith und ihre Küchenhelfer drehen sich vielleicht manchmal um und stellen fest, daß ein Teller mit Kuchen fehlt, aber ich glaube, das kann man mit einiger Logik eher gewissen jungen Männern zuschreiben als Kobolden . . .«

Eine kurze Folge von Klopftönen an der Zimmertür unterbrach den Doktor. »Wer ist da?« rief er.

»Ich bin's«, erwiderte eine kummervolle Stimme. Es folgte eine lange Pause. »Ich, Inch«, beendete die Stimme ihre Erklärung.

»Bei Anaxos' Gebeinen«, fluchte der Doktor, der exotische Ausdrücke bevorzugte. »Dann mach die Tür auf . . . ich bin zu alt, um herumzurennen und Narren zu bedienen!«

Die Tür schwang nach innen. Der vom Glühen des inneren Korridors eingerahmte Mann war wahrscheinlich groß, ließ aber den Kopf derart hängen und den Körper vornüberkippen, daß man es nicht mit Sicherheit angeben konnte. Unmittelbar über seinem Brustbein schwebte ein rundes, leeres Gesicht wie ein Mond mit einem Strohdach aus stachligem, schwarzem Haar, das man mit einem stumpfen und ungeschickten Messer geschnitten hatte.

»Tut mir leid, wenn ich . . . Euch gestört habe, Doktor, aber . . . aber Ihr habt gesagt, ›komm früh‹, sagtet Ihr nicht so?« Die Stimme war dick und zähflüssig wie triefender Speck.

Morgenes stieß einen ärgerlichen Pfiff aus und zupfte an einer Strähne seines weißen Haares. »Ja, das habe ich, aber ich sagte, früh *nach* der Essenszeit, die noch gar nicht gekommen ist. Nun, es hat keinen Sinn, dich jetzt wieder wegzuschicken. Simon, kennst du Inch, meinen Gehilfen?«

Simon nickte höflich. Er hatte den Mann ein paarmal gesehen; Morgenes ließ ihn manchmal abends kommen, wenn er Hilfe brauchte, wohl beim Heben schwerer Gegenstände. Anderes kam kaum in Frage, denn Inch machte nicht den Eindruck, als könne man sich darauf verlassen, daß er vor dem Schlafengehen das Feuer auspinkelte.

»Also dann, junger Mann, ich fürchte, das setzt meiner Geschwätzigkeit für heute ein Ende«, bemerkte der Doktor. »Da Inch nun einmal hier ist, muß ich auch Gebrauch von ihm machen. Komm bald wieder, dann erzähle ich dir mehr – wenn du willst.«

»Bestimmt.« Simon nickte Inch noch einmal zu, der die Augen nach ihm rollte wie eine Kuh, und war schon an der Tür, als ihm flammend eine jähe Vision durch den Kopf schoß: ein klares Bild von Rachels Besen, der da lag, wo er ihn fallen gelassen hatte, im Gras am Burggraben, wie der Leichnam eines seltsamen Wasservogels.

Mondkalb!

Er würde gar nichts sagen. Er würde auf dem Rückweg den Besen mitnehmen und dem Drachen sagen, es sei alles erledigt. Sie hatte so viel um die Ohren und redete auch nur selten mit dem Doktor, obwohl sie und er zu den ältesten Bewohnern der Burg gehörten. Ja, das war offensichtlich der beste Plan.

Ohne zu verstehen, warum, drehte Simon sich um. Der kleine Mann untersuchte gerade, über den Tisch gebeugt, eine gewundene Schriftrolle, während Inch hinter ihm stand und nur in die Luft stierte.

»Doktor Morgenes . . .«

Beim Klang seines Namens sah der alte Mann auf und blinzelte. Er schien erstaunt, daß Simon sich noch im Zimmer befand, und dieser war selber erstaunt darüber.

»Doktor, ich bin ein Dummkopf.«

Morgenes wölbte die Brauen und wartete.

»Ich sollte Euer Zimmer ausfegen. Rachel hat mich damit beauftragt. Jetzt ist der ganze Nachmittag vorbei.«

»Oh. Ah!« Morgenes' Nase kräuselte sich, als jucke sie ihn. Dann zog ein breites Lächeln über sein Gesicht. »Mein Zimmer ausfegen, was? Gut, Junge, komm morgen wieder und mach das. Sag Rachel, ich hätte noch mehr Arbeit für dich, falls sie dich freundlicherweise entbehren könnte.« Er wandte sich wieder seinem Buch zu, sah dann erneut auf, kniff die Augen zusammen und biß sich auf die Lippen. Während er so in stillem Nachdenken dasaß, verwandelte sich Simons Hochgefühl plötzlich in Unruhe.

Warum starrt er mich so an?

»Wenn ich mir die Sache recht überlege, Junge«, sagte der Mann endlich, »wird es hier demnächst eine ganze Menge Arbeit geben, bei der du mir helfen könntest – und irgendwann werde ich auch einen Lehrling brauchen. Komm morgen wieder, wie ich gesagt habe. Über das andere will ich mit der obersten der Kammerfrauen reden.« Er lächelte kurz und beugte sich dann wieder über seine Schriftrolle.

Simon merkte plötzlich, daß Inch ihn über den Rücken des Doktors anstarrte; unter der ruhigen Oberfläche seines käsigen Gesichts regte sich etwas Undeutbares. Simon machte kehrt und rannte aus der Tür. Voller Begeisterung sprang er den blau erleuchteten Gang hinunter und tauchte unter dem dunklen, wolkenverschmierten Himmel ins Freie. Lehrling! Beim Doktor!

Als er das Torhaus erreichte, machte er halt und kletterte zum Burggraben hinunter, um seinen Besen zu suchen. Die Heimchen waren schon mitten in ihrem Abendchoral. Als Simon den Besen endlich gefunden hatte, hockte er sich einen Augenblick an die Ufermauer und hörte ihnen zu.

Während ringsum der rhythmische Gesang aufstieg, ließ Simon die Finger über die Steine neben sich gleiten. Er strich über die Oberfläche eines Blocks, der so glattgescheuert war wie handpoliertes Zedernholz. Seltsame Gedanken gingen ihm durch den Kopf: *Vielleicht steht dieser Stein schon seit . . . seit vor der Geburt unseres Herrn Usires an diesem Ort. Vielleicht hat hier in dieser Stille einmal ein Sithijunge gesessen und der Nacht gelauscht . . .*

Woher kommt dieser leichte Wind?

Eine Stimme schien zu flüstern, die Worte zu leise zum Hören.

Vielleicht ist er mit der Hand über genau diesen Stein gefahren . . .

Und erneut dieses Flüstern im Wind: *Wir holen es uns wieder, Menschenkind. Wir holen uns alles wieder.*

Simon raffte seinen Mantelkragen eng gegen die unerwartete Kälte zusammen, stand auf und kletterte den grasigen Hang wieder hinauf. Er hatte plötzlich Sehnsucht nach vertrauten Stimmen und Licht.

III

Vögel in der Kapelle

»Beim gesegneten Ädon . . . «
Klatsch!
». . . und Elysia, seiner Mutter . . . «
Klatsch!
». . . und allen Heiligen, die da wachen über . . . «
Klatsch!
». . . wachen über . . . autsch!« Ein Zischen ohnmächtiger Wut.
»Verfluchtes Spinnenpack!« Das Klatschen begann von neuem, vermischt mit Verwünschungen und Beschwörungen. Rachel säuberte die Decke des Speisesaales von Spinnweben.
Zwei Mädchen krank, ein weiteres mit verstauchtem Knöchel – das war einer von den Tagen, an denen die Achataugen von Rachel dem Drachen so gefährlich glitzerten. Schlimm genug, daß Sarrah und Jael an der Ruhr darniederlagen – Rachel war eine harte Zuchtmeisterin, aber sie wußte, daß jeder Tag, den man ein krankes Mädchen weiterarbeiten ließ, drei Tage bedeuten konnte, die es am Ende dann doch länger ausfiel –, ja, schlimm genug auch, daß Rachel selber die Lücken stopfen mußte, die dadurch entstanden. Als ob sie nicht ohnehin schon für zwei arbeitete! Und nun erklärte der Seneschall, der König wolle heute abend in der Großen Halle speisen! Zudem war Elias, der Prinzregent, aus Meremund eingetroffen, und nun gab es *noch mehr* Arbeit!
Und Simon, vor einer Stunde losgeschickt, um ein paar Bündel Binsen zu holen, war immer noch nicht zurück.
Da stand sie nun mit ihren müden, alten Knochen auf einem wackli-

gen Hocker und versuchte mit einem Besen die Spinnweben aus den hohen Deckenwinkeln zu entfernen. Dieser Junge! Dieser, dieser...
»Heiliger Ädon, gib mir Kraft...«
Klatsch! Klatsch! Klatsch!
Dieser verflixte Bursche!

Es war ja nicht nur, überlegte Rachel später, als sie mit rotem Gesicht und verschwitzt auf den Hocker gesunken war, daß der Junge faul und schwierig war. All die Jahre hatte sie ihr Bestes getan, die Aufsässigkeit aus ihm herauszuklopfen; ganz bestimmt, das wußte sie, war er dadurch ein besserer Mensch geworden. Nein, bei der Guten Mutter Gottes, viel schlimmer war, daß *kein anderer Mensch sich um ihn zu kümmern schien!* Simon war so groß wie ein Mann und alt genug, um bald wie ein Mann arbeiten zu können – aber nein! Er versteckte sich und entzog sich und träumte vor sich hin. Die Küchenhelfer lachten über ihn; die Kammermädchen verwöhnten ihn und verschafften ihm heimlich Essen, wenn Rachel ihn vom Tisch verbannt hatte. Und Morgenes? Barmherzige Elysia, der Mann *ermunterte* den Jungen noch!
Jetzt hatte er Rachel sogar gefragt, ob Simon nicht kommen und täglich für ihn arbeiten könne – ausfegen, helfen, die Sachen sauberzuhalten – haha! –, und dem alten Mann ein bißchen von seiner Arbeit abnehmen. Als ob sie es nicht besser wüßte! Die beiden würden nur herumsitzen, während der alte Süffel Bier kippte und dem Jungen Gott-weiß-was für Teufelsgeschichten erzählte.
Trotzdem konnte sie nicht umhin, sein Angebot ernsthaft zu prüfen. Es war das erste Mal, daß überhaupt jemand nach dem Jungen gefragt hatte oder ihn gar haben wollte – er lief allen bisher eben immer nur so zwischen den Füßen herum! Und Morgenes schien wirklich zu glauben, er tue dem Jungen damit etwas Gutes...
Rachel sah zu den breiten Deckenbalken hinauf, ließ den Blick in die Schatten schweifen und blies sich eine feuchte Haarsträhne aus dem Gesicht.
Sie dachte an damals, an jene Regennacht, mit der alles angefangen hatte – wann war es, vor vierzehn, fast fünfzehn Jahren? Sie kam sich so alt vor, wenn sie daran zurückdachte. Dabei schien alles nur einen Augenblick her zu sein...

Tag und Nacht war der Regen heruntergeprasselt. Als Rachel vorsichtig über den schlammigen Hof ging, wobei sie mit der einen Hand den Mantel über dem Kopf, mit der anderen eine Laterne festhielt, trat sie in eine breite Wagenspur und fühlte, wie ihr das Wasser die Waden hinaufspritzte. Mit einem saugenden Laut kam ihr Fuß frei, aber ohne Schuh. Sie fluchte und hastete weiter. Sie würde sich den Tod holen, wenn sie in solch einer Nacht mit einem nackten Fuß herumlief, doch jetzt war keine Zeit, in Pfützen herumzustochern.

In Morgenes' Studierstube brannte Licht, aber es schien eine Ewigkeit zu dauern, bis sich Schritte näherten. Als er die Tür öffnete, sah sie, daß er schon im Bett gewesen war: Er trug ein langes, dringend ausbesserungswürdiges Nachthemd und rieb sich im hellen Lampenlicht benommen die Augen. Die zerwühlten Decken seines Bettes, das, umgeben von einer sich bedrohlich nach innen neigenden Palisade aus Büchern, am äußersten Ende des Zimmers stand, ließ Rachel an das Nest irgendeines scheußlichen Untiers denken.

»Doktor, kommt schnell!« rief sie. »Ihr müßt Euch beeilen!«

Morgenes starrte sie an und trat einen Schritt zurück. »Tretet ein, Rachel. Ich habe zwar keine Ahnung, welches nächtliche Herzklopfen Euch hergeführt hat, aber wenn Ihr schon einmal da seid . . .«

»Nein, nein, törichter Mann, es ist Susanna! Ihre Zeit ist gekommen, aber sie ist sehr schwach. Ich habe Angst um sie.«

»Wer? Was? Also gut. Nur einen Augenblick, ich suche meine Sachen zusammen. Was für eine furchtbare Nacht! Geht nur vor, ich hole Euch schon ein.«

»Aber, Doktor Morgenes, ich habe die Laterne für Euch mitge . . .«

Zu spät. Die Tür war zu, und Rachel stand allein auf den Stufen. Von ihrer langen Nase tropfte der Regen. Fluchend lief sie zurück in die Mägdekammern.

Es dauerte nicht lange, bis Morgenes die Treppen hinaufstampfte und sich das Wasser vom Mantel schüttelte. Von der Tür aus überschaute er das Bild mit einem einzigen Blick: auf dem Bett eine Frau mit abgewendetem Gesicht, hochschwanger, stöhnend. Dunkles Haar breitete sich über ihre Züge, und sie preßte mit schweißnasser Faust die Hand einer anderen jungen Frau, die neben ihr kniete. Am Fuß des Bettes stand Rachel mit einer älteren Frau.

Diese trat auf Morgenes zu, während er seine umfangreichen Überkleider abwarf.

»Nun, Elispeth«, sagte er ruhig. »Wie sieht es aus?«

»Nicht gut, fürchte ich, Herr. Ihr wißt, daß ich sonst allein damit fertiggeworden wäre. Sie müht sich seit Stunden, und sie blutet. Ihr Herz ist sehr schwach.« Bei diesen Worten trat auch Rachel näher.

»Hm, hm.« Morgenes bückte sich und wühlte in dem mitgebrachten Sack. »Bitte gebt ihr etwas hiervon«, sagte er zu Rachel und reichte ihr eine verkorkte Phiole. »Nur einen Schluck, aber achtet darauf, daß sie ihn auch zu sich nimmt.« Während er weiter in seiner Tasche suchte, zwang Rachel sanft die zusammengebissenen, zitternden Kiefer der Frau auf dem Bett auseinander und goß ihr ein wenig von der Flüssigkeit in den Mund. Mit dem Geruch von Schweiß und Blut, der den Raum erfüllte, mischte sich sofort ein stechendwürziger Duft.

»Doktor«, meinte Elispeth, als Rachel zurückkam, »ich glaube nicht, daß wir Mutter *und* Kind retten können – wenn wir überhaupt einen von beiden durchkriegen.«

»Ihr müßt das Leben des Kindes retten«, unterbrach Rachel. »Das ist die Pflicht aller Gottesfürchtigen. Der Priester sagt es. Rettet das Kind!«

Morgenes warf ihr einen gereizten Blick zu. »Ich werde Gott auf meine Weise fürchten, gute Frau, wenn es Euch nichts ausmacht. Wenn ich sie rette – und ich will nicht so tun, als könnte ich es –, kann sie immer noch ein zweites Kind bekommen.«

»Nein, das kann sie nicht«, knurrte Rachel wütend, »ihr Mann ist tot.« Und wenn einer das wissen mußte, dachte sie, dann Morgenes. Susannas Mann, der Fischer, hatte den Doktor oft besucht, bevor er ertrank – obwohl Rachel sich nicht vorstellen konnte, was die beiden miteinander zu bereden gehabt hatten.

»Ach was«, bemerkte Morgenes zerstreut, »sie kann ja durchaus noch einen anderen – wer war ihr Mann? Der Fischer?« Ein erschreckter Ausdruck trat auf sein Gesicht, und er eilte an das Bett. Erst jetzt schien er wirklich zu begreifen, wer da lag und auf dem groben Laken sein Leben ausblutete.

»Susanna?« fragte er leise und drehte das angstvolle, schmerzverzerrte

Gesicht der Frau zu sich hin. Eine Sekunde lang öffnete sie weit die Augen, als sie ihn sah, dann ließ eine neue Welle von Todesqual ihre Lider wieder zufallen. »Was ist hier geschehen?« seufzte Morgenes. Susanna konnte nur stöhnen, und der Doktor sah mit zornigem Gesicht zu Rachel und Elispeth auf. »Warum hat mir niemand gesagt, daß dieses arme Mädchen so kurz vor der Geburt stand?«

»Sie wäre erst in zwei Monaten soweit gewesen«, antwortete Elispeth sanft. »Das wißt Ihr. Wir sind genauso überrascht wie Ihr.«

»Und warum sollte es Euch kümmern, wenn eine Fischerswitwe ein Kind bekommt?« fragte Rachel scharf. Auch sie konnte zornig sein. »Und warum streitet Ihr Euch jetzt deswegen?«

Morgenes starrte sie einen Moment an und blinzelte zweimal.

»Ihr habt vollständig recht«, erwiderte er und wandte sich wieder dem Bett zu. »Ich werde das Kind retten, Susanna«, erklärte er der zitternden Frau.

Sie nickte einmal mit dem Kopf und schrie dann laut auf.

Es war ein dünnes, klagendes Jammern, aber es war das Geschrei eines lebendigen Säuglings. Morgenes reichte Elispeth das winzige, rotverschmierte Geschöpf.

»Ein Junge«, erklärte er und widmete seine Aufmerksamkeit wieder der Mutter. Sie war jetzt ruhig und atmete langsamer, aber ihre Haut war weiß wie Harcha-Marmor.

»Ich habe ihn gerettet, Susanna. Ich mußte es tun«, flüsterte er. Die Mundwinkel der Frau zuckten – es hätte ein Lächeln sein können.

»Ich . . . weiß . . .«, hauchte sie, und die Stimme aus ihrer wunden Kehle klang ganz, ganz leise. »Wenn nur . . . mein Eahlferend . . . nicht . . .« Die Anstrengung war zu groß, und sie verstummte.

Elispeth beugte sich hinunter, um ihr das Kind zu zeigen, in Decken gewickelt, noch am blutigen Nabel hängend.

»Er ist klein«, lächelte die Alte, »aber das liegt daran, daß er so früh gekommen ist. Wie ist sein Name?«

»Nennt . . . ihn . . . Seoman . . .«, krächzte Susanna heiser, »das heißt . . . ›wartend‹ . . .« Sie drehte sich zu Morgenes um und schien noch etwas sagen zu wollen. Der Doktor neigte sich tiefer, bis sein weißes Haar ihre schneeblasse Wange streifte, aber sie konnte die

Worte nicht mehr herausbringen. Gleich darauf keuchte sie einmal, und die dunklen Augen rollten nach hinten, bis man das Weiße sah. Das Mädchen, das ihre Hand hielt, begann zu schluchzen.

Auch Rachel fühlte, daß ihr Tränen in die Augen stiegen. Sie machte kehrt und tat, als finge sie an aufzuräumen. Elispeth durchtrennte die letzte Verbindung zwischen dem Kind und seiner sterbenden Mutter. Die Bewegung ließ Susannas rechte Hand, die sie fest in die eigenen Haare gekrallt hatte, heruntersinken und schlaff zu Boden fallen. Die Finger öffneten sich und gaben etwas Glänzendes preis, das über die rohen Dielen rollte, bis es neben dem Fuß des Doktors liegenblieb. Aus dem Augenwinkel sah Rachel, wie Morgenes sich bückte und den Gegenstand aufhob. Er war klein und verschwand leicht in der Handfläche des Doktors und von dort in seiner Arzttasche.

Rachel war empört, aber niemand sonst schien den Vorfall bemerkt zu haben. Sie wirbelte herum, um ihn zur Rede zu stellen, die Augen noch voller Tränen. Aber der Ausdruck in seinem Gesicht, der furchtbare Gram, brachten sie zum Verstummen, ehe sie noch ein Wort gesagt hatte.

»Seoman soll er heißen«, erklärte der Doktor mit heiserer Stimme, und als er näherkam, waren seine Augen voll fremdartiger Schatten. »Ihr müßt für ihn sorgen, Rachel. Seine Eltern sind nämlich tot.«

Ein schneller Atemzug. Rachel hatte sich gerade noch gefangen, bevor sie vom Hocker rutschte. Am hellichten Tag einzunicken – sie schämte sich für sich selbst! Aber das zeigte eben nur, wie sträflich sie sich heute abgerackert hatte, nur um einen Ausgleich für das Fehlen der drei Mädchen zu schaffen . . . und für Simon.

Was sie brauchte, war ein bißchen frische Luft. Auf einem Hocker zu stehen und wie eine Verrückte mit dem Besen herumzufuchteln – kein Wunder, wenn man dabei melancholisch wurde. Sie mußte einfach einen Augenblick hinaus ins Freie; sie hatte weiß Gott ein Recht auf frische Luft. Was war dieser Simon doch für ein Nichtsnutz!

Natürlich hatten sie ihn großgezogen, sie und die Kammerfrauen. Susanna hatte keine Verwandtschaft in der Nähe, und über ihren ertrunkenen Mann, Eahlferend, schien überhaupt niemand so recht etwas zu wissen; also blieb der Junge auf dem Hochhorst. Rachel hatte so getan, als mache sie einen Riesenaufstand deshalb, aber sie hätte ihn ebensowenig fortgelassen, wie sie ihren König verraten oder die Betten nicht gemacht hätte. Rachel war es auch, die ihm den Namen Simon gegeben hatte. Alle, die in königlichen Diensten standen, nahmen einen Namen von Warinsten, der Heimatinsel König Johans, an. ›Simon‹ klang am ehesten wie ›Seoman‹, also blieb es bei diesem Namen.

Rachel stieg langsam die Stufen zum Erdgeschoß hinunter. Sie fühlte sich ein ganz klein wenig wacklig auf den Beinen und wünschte, sie hätte einen Mantel mitgenommen, denn die Luft würde recht beißend sein. Die Tür knarrte – eine schwere Tür, deren Angeln wohl wieder einmal geölt werden mußten –, und Rachel trat in den Eingangshof. Die Morgensonne lugte eben erst über die Zinnen und spähte herein wie ein Kind.

Die Kammerfrau mochte diesen Ort, gerade unter dem steinernen Übergang, der den Speisesaal mit dem Hauptbau der Kapelle verband. Der kleine Hofgarten im Schatten des Überganges war voller Kiefern und Heidekraut, verteilt auf kleine, sanft ansteigende Hügel; der ganze Garten war nicht mehr als einen Steinwurf lang. Wenn sie nach oben schaute, über den steinernen Laufgang hinüber, konnte sie den nadelspitz aufragenden Grünengel-Turm sehen, der weiß in der Sonne glänzte wie ein elfenbeinerner Stoßzahn.

Es hatte eine Zeit gegeben, erinnerte sich Rachel, lange vor Simons Geburt, in der sie selbst ein Mädchen gewesen war und in diesem Garten gespielt hatte. Wie manche von ihren Mägden darüber lachen würden – allein der Gedanke: der Drache als kleines Mädchen! Aber das war sie gewesen, und danach eine junge Dame – und keineswegs unansehnlich, auch das war nichts als die Wahrheit. Damals war der Garten erfüllt gewesen vom Rauschen der Brokate und Seiden, vom Lachen der vornehmen Herren und ihrer Damen, die den Falken auf der Faust und ein heiteres Lied auf den Lippen gehabt hatten.

Simon dagegen, der immer glaubte, er wüßte schon alles – Gott schuf junge Männer eben dumm, und damit hatte es sich. Diese Mädchen hatten ihn fast unrettbar verzogen und hätten es ganz geschafft, wenn Rachel nicht ein Auge auf ihn gehabt hätte. *Sie* wußte, was sich gehörte, auch wenn diese jungen Dinger anderer Meinung waren.

Früher war alles anders, dachte Rachel... und bei dem Gedanken
wollte der Kiefernduft des schattigen Gartens ihr das Herz zusam-
menschnüren. Ein wunderbarer, aufregender Ort war die Burg gewe-
sen: hochgewachsene Ritter mit Helmbüschen und schimmernden
Rüstungen, und schöne Mädchen in prächtigen Kleidern, und die
Musik... ach, und erst der Turnierplatz, juwelenbunt von Zelten!
Jetzt lag die Burg in tiefem Schlaf und träumte nur. Über die hochra-
genden Zinnen herrschten Leute wie Rachel: Köche und Köchinnen,
Kammerfrauen, Seneschälle und Küchenjungen...
Wirklich, es war etwas kühl. Rachel beugte sich vor, zog ihr
Umschlagtuch enger und richtete sich dann jäh auf. Sie starrte auf
Simon, der, die Hände auf dem Rücken versteckt, vor ihr stand. Wie
in aller Welt war es ihm gelungen, sich ganz unbemerkt anzuschlei-
chen? Und warum hatte er so ein idiotisches Grinsen im Gesicht?
Rachel fühlte, wie die Stärke des Gerechten in ihren Körper zurück-
flutete. Sein Hemd, noch vor einer Stunde sauber, war schwarz von
Schmutz und an mehreren Stellen zerrissen, ebenso die Hosen.
»Gesegnete Sankt Rhiap, steh mir bei!« kreischte Rachel. »Was hast
du angestellt, Dummkopf?« Rhiappa, eine Ädoniterin aus Nabban,
war, von Seepiraten mehrfach geschändet, mit dem Namen des Einen
Gottes auf den Lippen gestorben. Sie erfreute sich bei Dienstboten
großer Beliebtheit.
»Schau, was ich habe, Rachel!« sagte Simon und zeigte ihr einen zerfetzten, windschiefen Strohkegel: ein Vogelnest, das schwache Piep-
töne von sich gab. »Ich habe es unter dem Hjeldin-Turm gefunden.
Der Wind muß es heruntergeweht haben. Drei leben noch, und die
will ich aufziehen!«
»Bist du denn ganz und gar von Sinnen!« Rachels Besen sauste durch
die Lüfte wie die strafenden Blitze des Herrn, die zweifellos Rhiaps
Vergewaltiger vernichtet hatten. »Du wirst diese Kreaturen so wenig
in meinem Haushalt aufziehen, wie ich vorhabe, nach Perdruin zu
schwimmen! Schmutzige Biester, die überall herumflattern und den
Leuten in die Haare gehen – und sieh dir deine Kleider an! Weißt du
eigentlich, wie lange Sarrah brauchen wird, bis sie das alles wieder
geflickt hat?«
Simon schlug die Augen nieder. Natürlich hatte er das Nest nicht auf

der Erde gefunden. Es war jenes, das er im Heckengarten entdeckt hatte, halb von seinem Platz auf der Festeiche heruntergerutscht. Er war hinaufgeklettert, um es zu retten, und hatte vor lauter Aufregung bei der Vorstellung von eigenen jungen Vögeln überhaupt nicht an die Arbeit gedacht, die er Sarrah damit machte, dem stillen Mädchen, das die Sachen der Dienstboten ausbesserte. Eine Woge von Schwermut und ohnmächtigem Zorn überschwemmte ihn.

»Aber Rachel, ich habe auch daran gedacht, die Binsen zu pflücken!« Vorsichtig hielt er das Nest im Gleichgewicht und zog unter dem Wams ein mageres, zerzaustes, verklumptes Schilfbündel hervor.

Rachels Miene wurde ein wenig weicher, aber die gerunzelten Brauen blieben. »Du denkst einfach nicht nach, Junge, du denkst nicht nach – du bist wie ein kleines Kind. Wenn etwas kaputtgeht oder zu spät getan wird, muß jemand die Verantwortung dafür übernehmen. So geht es nun einmal zu in der Welt. Ich weiß, daß du es nicht wirklich böse meinst, aber muß du *bei-unserer-lieben-Frau* so dumm sein?«

Simon sah vorsichtig auf. Obwohl sein Gesicht noch das richtige Maß von Kummer und Reue zeigte, konnte Rachel mit ihrem Basilisken-blick erkennen, daß er das Schlimmste überstanden zu haben glaubte. Ihre Brauen zogen sich von neuem finster zusammen.

»Es tut mir leid, Rachel, wirklich, es tut mir leid«, sagte er. Sie streckte den Arm aus und stieß ihm den Besenstiel gegen die Schulter.

»Komm mir nicht mit deinem ewigen ›Tut-mir-leid‹. Schaff diese Vögel fort und setz sie wieder dahin, wo du sie hergenommen hast. Hier drinnen gibt es keine flatternden, fliegenden Biester.«

»Ach, Rachel! Ich könnte sie doch in einen Käfig tun. Ich werde einen bauen!«

»Nein, nein und nochmals nein. Nimm sie und bring sie deinem nichtsnutzigen Doktor, wenn du willst, aber trag sie nicht hierher, um damit anständige Leute zu ärgern, die ihre Arbeit tun müssen.«

Simon trottete davon, das Nest in den hohlen Händen. Irgendwo hatte er einen Fehler gemacht – Rachel hätte fast nachgegeben, aber sie war eine harte, alte Nuß. Der kleinste Irrtum im Umgang mit ihr bedeutete eine schnelle und schreckliche Niederlage.

»Simon!« rief sie ihm nach. Er wirbelte herum.

»Ich kann sie behalten?«

»Natürlich nicht! Sei kein Mondkalb.« Sie schaute ihn durchdringend an. Eine unbehaglich lange Weile verging; Simon trat von einem Fuß auf den anderen und wartete.

»Du wirst künftig für den Doktor arbeiten, Junge«, sagte sie dann endlich. »Vielleicht kann er dir ein bißchen Verstand eintrichtern. Ich bin es leid.« Sie warf ihm einen finsteren Blick zu. »Denk aber daran, daß du tust, was er dir sagt, und dich bei ihm – und bei dem bißchen Glück, das dir noch übrigbleibt – für diese einzige und letzte Chance bedankst. Verstanden?«

»Ja, gewiß«, antwortete er glücklich.

»So leicht entkommst du mir nicht. Sei zum Abendessen zurück.«

»Ja, Herrin!« Simon drehte sich um und wollte zu Morgenes rennen, blieb aber noch einmal stehen und wandte sich der obersten Kammerfrau zu: »Danke, Rachel.«

Rachel stieß einen angewiderten Laut aus und marschierte zur Speisesaaltreppe zurück. Simon wunderte sich über die vielen Kiefernnadeln, die in ihrem Tuch hingen.

Ein sanfter Schneenebel begann aus den tiefhängenden, zinnfarbenen Wolken herabzuschweben. Das Wetter hatte sich endgültig geändert, das wußte Simon: Jetzt würde es bis Lichtmeß ständig kalt sein. Anstatt die Vogelkinder über den zugigen Hof zu tragen, zog er es vor, durch die Kapelle zu huschen und so zur Westseite des Inneren Zwingers zu gelangen. Die Morgenandacht war schon lange vorüber, und die Kirche mußte eigentlich leer sein. Vielleicht würde Vater Dreosan es nicht sonderlich schätzen, wenn Simon durch sein Reich trampelte, aber der gute Vater saß jetzt ganz bestimmt bei Tisch, widmete sich seinem üblichen, umfangreichen zweiten Frühstück und stieß bedrohliche Summtöne über die Qualität der Butter oder die Zusammensetzung des Honig-und-Brot-Puddings aus.

Simon stieg die zwei Dutzend Stufen zur Seitentür der Kapelle hinauf. Der graue Stein der Türumfassung war mit den nassen Überresten sterbender Schneeflocken besetzt. Die Tür schwang überraschend geräuschlos nach innen.

Um keine verräterischen nassen Fußabdrücke auf den Steinfliesen der Kapelle zu hinterlassen, schob Simon sich durch die Samtvorhänge an der Rückseite des Vorraumes und kletterte die Stiege zur Chor-Empore hinauf.

Die vollgestopfte, stickige Empore, im Hochsommer ein dampfender Folterkasten, war jetzt angenehm warm. Der Fußboden war übersät mit dem Abfall der Mönche, Kleinkram: Nußschalen, ein Apfelrest, Stückchen von Schiefertafeln, auf die – ein läßlicher Verstoß wider das Schweigegelübde – Botschaften gekritzelt waren; es sah mehr nach einem Käfig für Affen oder Tanzbären aus als nach einem Raum, in dem Gottesmänner zusammenkamen, um das Lob des Herrn zu singen. Simon lächelte und suchte sich leise einen Weg durch die zahlreichen anderen merkwürdigen Dinge, die da verstreut umherlagen – Ballen schlichten Tuchs, ein paar kleine, wacklige Holzschemel. Es war nett zu wissen, daß diese mürrisch aussehenden Männer mit ihren kahlrasierten Köpfen so widerspenstig sein konnten wie Bauernjungen.

Aufgeschreckt von den plötzlichen Lauten eines Gesprächs, blieb Simon stehen und drückte sich in den Wandvorhang, der den hinteren Teil der Empore abschloß. In das staubige Tuch gepreßt, hielt er den Atem an, und sein Herz raste. Wenn Vater Dreosan oder der Küster Barnabas dort unten waren, würde er es nie schaffen, unbemerkt wieder herunter- und zur Hintertür hinauszugelangen. Dann mußte er sich dort, wo er hineingekommen war, auch wieder hinausschleichen und doch den Weg über den Hof nehmen – der Meisterspion im feindlichen Lager.

Jeden Laut vermeidend, strengte Simon die Ohren an, um den Standort der Sprecher herauszufinden. Es waren zwei Stimmen, die er zu hören schien. Während er sich konzentrierte, piepten die Vögelchen in seiner Hand ganz leise. Er kauerte sich nieder, ließ das Nest einen Augenblick achtsam in seiner Ellenbogenbeuge ruhen und nahm den Hut ab – um so schlimmer für ihn, wenn ihn Vater Dreosan mit Hut in der Kapelle erwischte! Als er die weiche Krempe von oben über das Nest stülpte, verstummten die Vogelkinder, als sei es Nacht geworden. Mit größter Vorsicht teilte Simon die Vorhangränder und steckte den Kopf hindurch. Die Stimmen kamen aus dem Mittelgang vor dem Altar und klangen unverändert; man hatte ihn nicht gehört.

Nur wenige Fackeln brannten. Das gewaltige Dach der Kapelle lag
fast völlig im Schatten, die schimmernden Fenster der Kuppel schienen an einem Nachthimmel zu schweben, Löcher in der Dunkelheit,
durch die man die Umrisse des Himmels sehen konnte. Simon, seine
Findlinge wohlbehütet unter dem Hut wissend, kroch auf lautlosen
Füßen zum Emporengeländer. Dort hockte er sich in die schatten-
dunkle Ecke neben der Treppe, die in die eigentliche Kapelle hinunterführte, und steckte das Gesicht zwischen die geschnitzten Säulen
der Balustrade, die eine Wange am Martyrium des heiligen Tunath,
während die andere die Geburt der heiligen Pelippa von der Insel
streifte.

». . . und du mit deinem gottverfluchten Gejammer«, schimpfte eine
der Stimmen. »Ich habe es unaussprechlich satt!« Simon konnte das
Gesicht des Sprechers nicht sehen; er kehrte der Empore den Rücken
zu und trug einen Mantel mit hohem Kragen. Seinen Gefährten
jedoch, der ihm gegenüber auf einer Kirchenbank zusammengesun-
ken war, konnte Simon deutlich ausmachen und erkannte ihn
sofort.

»Leute, denen man etwas sagt, das sie nicht gern hören, sprechen oft
von ›Gejammer‹, Bruder«, sagte der auf der Bank und bewegte müde
die schlankfingrige Linke. »Aus Liebe zum Reich warne ich dich vor
diesem Priester.« Einen Augenblick Schweigen. »Und im Gedenken
an die Zuneigung, die uns einmal verbunden hat.«

»Du kannst alles sagen, alles, was du willst!« bellte der erste Mann,
und sein Zorn klang sonderbar nach Schmerz. »Aber der Thron
gehört mir, nach dem Gesetz und dem Wunsch unseres Vaters.
Nichts, was du denkst, sagst oder tust, kann daran etwas ändern!«
Josua Ohnehand, wie Simon den jüngeren Sohn des Königs oft hatte
nennen hören, erhob sich steif von der Bank. Sein perlgraues Wams
und die Beinkleider zeigten kunstvolle Muster in Rot und Weiß; er
trug das braune Haar kurz ums Gesicht und hoch aus der Stirn
gestutzt.

»Ich will den Drachenbeinthron nicht, glaub mir das, Elias«, zischte
er. Seine Worte waren höflich, aber sie flogen in Simons Versteck wie
Pfeile. »Ich warne dich lediglich vor Pryrates, einem Mann mit . . .
ungesunden Neigungen. Bring ihn nicht hierher, Bruder. Er ist ge-

fährlich – *glaub mir,* denn ich kenne ihn von früher, aus der Usires-Priesterschule von Nabban. Die Mönche dort mieden ihn wie einen Pestüberträger. Und doch leihst du ihm noch immer dein Ohr, als wäre er vertrauenswürdig wie Herzog Isgrimnur oder alte Herr Fluiren. Sei kein Narr! Er wird der Untergang unseres Hauses sein.« Josua nahm sich zusammen. »Ich will nur eines: dir einen aufrichtigen Rat geben. Bitte, hör auf mich. Ich habe keinerlei Absichten auf den Thron.«

»Dann verlaß die Burg!« knurrte Elias und drehte seinem Bruder den Rücken zu, die Arme über der Brust verschränkt. »Geh, damit ich mich darauf vorbereiten kann, zu herrschen wie ein Mann – ohne dein Gejammer und deine Ratschläge.«

Der ältere Prinz hatte die gleiche hohe Stirn und Adlernase, war jedoch weit kräftiger gebaut als Josua; er sah aus wie ein Mann, der mit bloßen Händen ein Genick zerbrechen kann. Seine Haare, ebenso wie Reitstiefel und Wams, waren schwarz, Mantel und Beinkleid, vom Reisestaub fleckig, grün.

»Wir sind *beide* unseres Vaters Söhne, o zukünftiger König . . .« In Josuas Lächeln lag Spott. »Die Krone ist von Rechts wegen dein. Was wir einander vorwerfen, braucht dich nicht zu kümmern. Deine demnächst königliche Person wird ganz und gar sicher sein – mein Wort darauf. *Aber*«, seine Stimme wurde eindringlicher, »ich lasse mich nicht, hörst du, *nicht* aus meines Vaters Haus weisen, und zwar von niemandem. Auch nicht von dir, Elias.«

Sein Bruder fuhr herum und starrte ihn an. Als ihre Blicke einander begegneten, kam es Simon vor, als blitzten Schwerter.

»Was wir einander vorwerfen?« fauchte Elias, und es klang etwas Zerbrochenes und Qualvolles aus seiner Stimme. »Was kannst *du* mir vorwerfen? Deine Hand?« Er ging ein paar Schritte von Josua fort und blieb mit dem Rücken zu seinem Bruder stehen. Seine Worte kamen stockend vor Bitterkeit. »Den Verlust einer Hand. Ja. Aber deinetwegen stehe *ich* hier als Witwer, und meine Tochter ist halb verwaist. Sprich mir also nicht von Vorwürfen!«

Josua schien eine Weile den Atem anzuhalten, bevor er erwiderte.

»Dein Schmerz . . . ich kenne deinen Schmerz, Bruder«, meinte er endlich. »Weißt du denn nicht, daß ich nicht nur meine rechte Hand, sondern mein Leben gegeben hätte?«

Elias wirbelte herum, griff sich mit der Hand an den Hals und zerrte etwas Glitzerndes aus seinem Wams. Simon starrte mit aufgerissenem Mund durch das Geländer. Es war kein Messer, sondern etwas Weiches und Nachgiebiges, wie ein Streifen aus schimmerndem Stoff. Einen höhnischen Moment lang hielt Elias es seinem Bruder vor das erschreckte Gesicht, schleuderte es dann zu Boden, machte auf dem Absatz kehrt und stapfte durch den Mittelgang davon. Lange blieb Josua regungslos stehen, bis er sich schließlich bückte wie ein Träumender und den glänzenden Gegenstand aufhob – den silbernen Schal einer Frau. Er schaute ihn an, schützte den Glanz in der hohlen Hand, und eine Grimasse des Schmerzes oder der Wut verzerrte seine Züge. Mehrmals atmete Simon ein und aus, bevor Josua endlich den Schal in seine Hemdbrust steckte und seinem Bruder aus der Kapelle folgte.

Ein längerer Zeitraum verstrich, bevor Simon sich sicher genug fühlte, seinen Lauscherposten zu verlassen und sich zur Haupttür der Kapelle zu schleichen. Ihm war, als hätte er ein seltsames Puppenspiel gesehen, ein Usires-Spiel, für ihn allein aufgeführt. Jäh schien die Welt weniger beständig, weniger zuverlässig zu sein, da die Prinzen von Erkynland, die Erben von ganz Osten Ard, einander anbrüllten und sich streiten konnten wie betrunkene Wachsoldaten.

Als er in die Halle spähte, erschreckte Simon eine plötzliche Bewegung. Eine Gestalt im braunen Wams huschte über den Korridor, eine kleine Gestalt, ein Junge, vielleicht so alt wie Simon oder jünger. Der Fremde warf einen Blick nach hinten – ein kurzer Eindruck von verschreckten Augen – und war dann um die Ecke verschwunden. Simon hatte ihn nicht erkannt. Konnte der andere ebenfalls den Prinzen nachspioniert haben? Simon schüttelte den Kopf. Er fühlte sich verwirrt und dumm wie ein Ochse mit Sonnenstich. Er nahm seinen Hut von dem Nest und brachte den Vögeln das Tageslicht und zwitscherndes Leben zurück. Wieder schüttelte er den Kopf. Es war ein beunruhigender Morgen gewesen.

54

IV

Grillenkäfig

Morgenes lief in seiner Werkstatt herum, völlig in die Suche nach einem Buch vertieft. Er winkte Simon die Erlaubnis zu, sich nach einem Käfig für die Jungvögel umzusehen, und setzte dann seine Jagd fort, wobei er Stöße von Manuskripten und Foliobänden umwarf wie ein blinder Riese in einer Stadt voll zerbrechlicher Türme.

Eine Behausung für die Nestlinge zu finden war schwieriger, als Simon erwartet hatte; es gab eine Menge Käfige, aber keiner schien ganz der richtige zu sein. Manche hatten so weit auseinanderstehende Gitterstäbe, daß sie für Schweine oder Bären gemacht zu sein schienen; andere waren schon mit seltsamen Dingen vollgestopft, die überhaupt nicht an Tiere erinnerten, Endlich fand er unter einer Rolle glänzenden Stoffes einen Käfig, der ihm geeignet schien. Er war kniehoch und glockenförmig, aus enggeflochtenen Flußbinsen gefertigt und – bis auf eine Sandschicht am Boden – leer. An der Seite gab es eine kleine, mit einem Stückchen Seil verschlossene Tür. Simon zupfte den Knoten auf und öffnete das Türchen.

»*Halt!* Hör sofort auf!«

»Was?« Simon sprang zurück. Der Doktor hüpfte an ihm vorbei und stieß mit dem Fuß die Käfigtür zu.

»Tut mir leid, wenn ich dich erschreckt habe«, keuchte Morgenes, »aber ich hätte ein bißchen nachdenken sollen, bevor ich dich hier herumgraben und alles durchwühlen ließ. Der da ist für deine Zwecke nicht brauchbar, fürchte ich.«

»Aber warum nicht?« Simon beugte sich vor und kniff die Augen zusammen, konnte jedoch nichts Besonderes entdecken.

»Nun, mein Schmutzfink, bleib ein wenig hier stehen und rühr nichts an, dann will ich es dir zeigen. Töricht von mir, nicht daran gedacht zu haben.« Morgenes schaute sich einen Augenblick suchend um, bis er einen lange nicht mehr beachteten Korb mit Dörrobst fand. Er pustete den Staub von einer Feige und trat an den Käfig.

»Nun paß genau auf.« Er öffnete die Tür und warf die Frucht hinein. Sie landete im Sand des Käfigbodens.

»Ja?« fragte Simon verwirrt.

»Warte«, flüsterte der Doktor. Kaum war das Wort über seine Lippen, als auch schon etwas vorzugehen begann. Zuerst schien es, als schimmere im Käfig die Luft; dann sah man deutlich, daß der Sand selber sich bewegte und rund um die Feige in zartes Strudeln geriet. Plötzlich – so plötzlich, daß Simon mit überraschtem Ächzen zurücksprang – öffnete sich im Sand ein großer, zahniger Mund und verschluckte die Feige so schnell, wie ein Karpfen den Spiegel eines Teiches durchbricht, um eine Mücke zu schnappen. Ein kurzes Kräuseln im Sand, dann war es im Käfig wieder still, und alles schien so unschuldig wie zuvor.

»Was ist unter dem Sand?« keuchte Simon. Morgenes lachte.

»Das ist es!« Er schien hochzufrieden. »Das ist das Tierchen selber. Es gibt gar keinen Sand, er ist nur eine Art Maskerade. Alles dort auf dem Käfigboden ist ein einziges, schlaues Tier. Entzückend, nicht wahr?«

»Ich glaube schon«, antwortete Simon ohne große Überzeugung. »Woher kommt es?«

»Nascadu, draußen in den Wüstenländern. Du verstehst jetzt, warum ich nicht wollte, daß du darin herumstocherst – ich nehme auch nicht an, daß deine gefiederten Waisen damit sehr glücklich geworden wären.«

Morgenes schloß die kleine Tür wieder, band sie mit einem Lederriemen fest zu und stellte den Käfig hoch oben ins Regal. Dazu war er auf den Tisch gestiegen und wanderte dann über dessen ganze Länge weiter, wobei er geschickt über allen Müll hinwegkletterte, bis er gefunden hatte, was er suchte, und herunterhüpfte. Dieser Behälter, aus dünnen Holzlatten gebaut, enthielt keinen verdächtigen Sand.

»Grillenkäfig«, erklärte der Doktor und half dem Jungen, die Vögel in ihr neues Heim zu setzen. Ein kleiner Wassernapf wurde hineingestellt, und aus irgendeinem anderen Winkel förderte Morgenes sogar noch ein winziges Säckchen mit Sämereien zutage, die er auf den Käfigboden streute.

»Sind sie denn alt genug dafür?« fragte Simon erstaunt.

Der Doktor wedelte sorglos mit der Hand. »Keine Sorge«, erläuterte er. »Gut für ihre Zähne.«

Simon versprach seinen Vögeln, bald mit etwas Geeigneterem wiederzukommen, und folgte dem Doktor durch die Werkstatt.

»Nun, junger Mann, der du die Finken und die Schwalben bezauberst«, lächelte Morgenes, »was kann ich an diesem kalten Vormittag für dich tun? Mir scheint, daß wir neulich dein gerechtes und ehrenwertes Froschgeschäft noch nicht ganz abgewickelt hatten.«

»Ja, und ich hatte gehofft . . .«

»*Und ich* glaube, da war noch etwas anderes?«

»Was?« Simon dachte scharf nach.

»Eine Kleinigkeit von einem Fußboden, der ausgefegt werden sollte. Ein Besen, einsam und verlassen, mit einem Reisigherzen voll schmerzlicher Sehnsucht nach Benutzung . . .«

Simon nickte düster. Er hatte gehofft, seine Lehre würde mit verheißungsvolleren Dingen beginnen.

»Oho. Eine gewisse Abneigung gegen niedere Dienste?« Der Doktor hob eine Braue. »Verständlich, jedoch fehl am Platz. Man sollte diese alltäglichen Aufgaben, die den Körper in Anspruch nehmen, Geist und Herz aber ungefesselt lassen, hochschätzen. Nun, wir wollen uns bemühen, dir über deinen ersten Diensttag hinwegzuhelfen. Ich habe mir eine großartige Methode ausgedacht.« Er machte einen komischen kleinen Tanzschritt. »Ich rede, du arbeitest. Gut, wie?«

Simon zuckte die Achseln. »Habt Ihr einen Besen? Ich habe meinen vergessen.«

Morgenes stocherte hinter der Tür herum und brachte endlich etwas zum Vorschein, das so abgewetzt und voller Spinnweben war, daß man es kaum noch als Kehrwerkzeug erkennen konnte.

»Nun denn«, sagte der Doktor und präsentierte es Simon mit so viel Würde, als wäre es das persönliche Banner des Königs, »wovon soll ich dir erzählen?«

»Von den Seeräubern und ihrem schwarzen Eisen und den Sithi . . . und natürlich von unserer Burg. Und von König Johan.«

»Aha. Ja. « Er nickte nachdenklich. »Eine ziemlich lange Liste, aber wenn uns dieser hohlköpfige Faulpelz Inch nicht wieder unterbricht, könnte ich sie vielleicht ein bißchen verkürzen. Fang an, Junge, fang an – laß den Staub fliegen! Übrigens, wo war ich eigentlich in meiner Geschichte stehengeblieben? «

»Oh, die Rimmersmänner waren gekommen, und die Sithi zogen sich zurück, und die Rimmersmänner hatten eiserne Schwerter und hackten die Leute in Stücke und brachten sie alle um und töteten die Sithi mit schwarzem Eisen . . . «

»Soso«, meinte Morgenes trocken, »jetzt fällt es mir wieder ein. Hmmm. Nun, um die Wahrheit zu sagen, die Nordräuber brachten nicht *alle* um; auch ihr Vordringen und ihre Angriffe waren vielleicht nicht ganz so gnadenlos, wie ich das dargestellt habe. Viele Jahre lebten sie im Norden, bevor sie überhaupt die Frostmark durchquerten – und selbst dann stießen sie noch auf ein erhebliches Hindernis: die Männer von Hernystir. «

»Ja, aber das Sithi-Volk! « Simon war ungeduldig. Er wußte alles über die Hernystiri – er hatte schon viele Leute aus diesem heidnischen Land im Westen gesehen. »Ihr sagtet, die kleinen Leute hätten vor den eisernen Schwertern fliehen müssen! «

»Keine ›kleinen Leute‹, Simon. Ich . . . o je! « Der Doktor ließ sich auf einen Haufen in Leder gebundene Bücher sinken und zupfte sich am spärlichen Kinnbart. »Ich sehe schon, daß ich dir die Geschichte ausführlicher erzählen muß. Erwartet man dich zum Mittagessen? «

»Nein«, log Simon, ohne zu zögern. Eine durch nichts unterbrochene Geschichte des Doktors schien ihm ein guter Gegenwert für eine von Rachels berühmten Trachten Prügel zu sein.

»Gut. Dann wollen wir uns ein Stück Brot und ein paar Zwiebeln suchen . . . und vielleicht ein Krüglein mit irgendeinem Getränk – Reden macht durstig –, und dann werde ich versuchen, Schlacke in das reinste Metall, das Metall an sich, zu verwandeln; kurz gesagt: dir etwas beizubringen. «

Als sie sich verproviantiert hatten, nahm der Doktor wieder Platz.

»Nun gut und nochmals gut, Simon – oh, und genier dich nicht, beim Essen den Besen zu schwingen. Die Jugend ist ja so beweglich! –, berichtige mich also bitte, wenn ich etwas Falsches sage. Heute

58

haben wir Drorstag, den fünfzehnten – sechzehnten? – nein, den fünfzehnten Novander. Und das Jahr 1164, nicht wahr?«

»Ich glaube ja.«

»Hervorragend. Leg das da drüben auf den Schemel, ja? Also das elfhundertvierundsechzigste Jahr seit wann? Weißt du das?« Morgenes beugte sich vor.

Simon zog ein saures Gesicht. Der Doktor wußte, daß er ein Mondkalb war, und neckte ihn nur. Wie sollte ein Küchenjunge etwas von solchen Dingen wissen? Er fegte schweigend weiter.

Wenig später sah er auf. Der Doktor kaute und blickte ihn über einen knusprigen Kanten dunklen Brotes gespannt an.

Was für scharfe, blaue Augen der alte Mann hatte!

Simon drehte sich wieder um.

»Nun?« fragte der Doktor mit vollem Mund. »Seit wann?«

»Ich weiß es nicht«, murmelte Simon und haßte den Klang seiner eigenen vorwurfsvollen Stimme.

»So sei es. Du weißt es nicht – oder wenigstens glaubst du das. Hörst du den Bekanntmachungen zu, wenn der Ausrufer sie verliest?«

»Manchmal. Wenn ich auf dem Markt bin. Sonst erzählt mir Rachel, was sie sagen.«

»Und was kommt zum Schluß? Zum Schluß lesen sie das Datum, erinnerst du dich nicht? Und paß auf die Kristallvase auf, Junge, du fegst wie ein Mann, der seinen schlimmsten Feind rasiert. Wie heißt es am Ende?«

Simon, beschämt und gereizt, wollte gerade den Besen hinwerfen und fortrennen, als plötzlich ein Satz aus den Tiefen seiner Erinnerung aufstieg, begleitet von den Geräuschen des Marktes – dem Knallen von Fähnchen und Dachplanen im Wind – und dem sauberen Duft des unter die Füße gestreuten Frühlingsgrases.

»Seit der Gründung.« Er war sicher. Er hörte es, als stünde er gerade auf der Mittelgasse.

»Ausgezeichnet!« Der Doktor hob wie zum Ehrengruß den Krug und nahm einen großen Schluck. »Und nun – was für eine ›Gründung‹? Mach dir keine Sorgen«, fuhr er fort, als Simon wieder den Kopf schütteln wollte. »Ich werde es dir erzählen. Ich erwarte nicht, daß junge Männer von heute – die man mit unverbürgten Geschichten von fahrenden Rittern und deren Heldentaten aufwachsen läßt – viel über den wirklichen Hergang der Ereignisse wissen.« Mit geheuchelter Trauer schüttelte der Doktor seinerseits das Haupt. »Es war das *Nabbanai-Imperium*, das vor elfhundertsoundsoviel Jahren gegründet wurde, von Tiyagaris, dem ersten Imperator. Damals herrschten die Legionen von Nabban über alle Länder der Menschen im Norden und Süden, zu beiden Seiten des Gleniwentflusses.«

»Aber – aber Nabban ist klein!« Simon war erstaunt. »Es ist ja nur ein kleiner Teil von König Johans Reich!«

»Das, junger Mann«, versetzte Morgenes, »ist genau das, was wir ›Geschichte‹ nennen. Kaiserreiche haben einen Hang zum Niedergang und Königreiche zum Untergang. Im Lauf von ungefähr tausend Jahren kann alles mögliche passieren – und Nabbans Blütezeit war sogar von weit kürzerer Dauer. Worauf ich aber hinauswollte, ist, daß Nabban einst über die Menschen herrschte, und diese Menschen lebten Seite an Seite mit den Sithi. Deren König regierte hier in Asu'a – dem Hochhorst, wie wir es nennen. Der Erlkönig – ›Erl‹ ist ein altes Wort für Sitha – verweigerte den Menschen das Recht, das Gebiet seines Volkes zu betreten, sofern man es ihnen nicht ausdrücklich erlaubte; und die Menschen, die die Sithi nicht wenig fürchteten, gehorchten.«

Aber was *sind* Sithi? Ihr habt gesagt, sie seien kein ›Kleines Volk‹.«

Morgenes lächelte. »Ich weiß dein Interesse zu schätzen, Junge – vor allem, wo ich heute noch kein Wort vom Töten und Verstümmeln erzählt habe! Aber ich würde es noch mehr würdigen, wenn du nicht so schüchtern mit dem Besen umgingst. Tanz mit ihm, Junge, tanz mit ihm! Hier, feg das weg, sei so gut.«

Morgenes trottete zur Wand hinüber und deutete auf einen Rußfleck von mehreren Ellen Umfang, der große Ähnlichkeit mit einem riesigen Fußabdruck hatte. Simon beschloß, keine Fragen zu stellen, und machte sich statt dessen daran, den Fleck von dem weißverputzten Stein zu kehren.

»Aaaah! Vielen herzlichen Dank. Das wollte ich schon seit Monaten hier weghaben – seit Allerheiligen letztes Jahr, genau gesagt. Also, wo im Namen der Niederen Vistrils war ich? Oh, deine Frage. Die Sithi? Ja, die waren als erste hier und werden vielleicht noch hier sein, wenn es uns nicht mehr gibt. Wenn es uns *alle* nicht mehr gibt.

Sie sind so verschieden von uns wie der Mensch vom Tier – aber trotzdem ähnlich . . .« Der Doktor unterbrach sich und überlegte.

»Um gerecht zu sein, Mensch und Tier in Osten Ard haben nur eine verhältnismäßig kurze Lebensspanne, und das trifft auf die Sithi nicht zu. Wenn das Schöne Volk auch nicht wirklich unsterblich ist, so doch weit langlebiger als alle Menschen, selbst unser König mit seinen über neunzig Jahren. Es kann sein, daß sie überhaupt nicht sterben, wenn es nicht aus freiem Willen oder durch Gewalt geschieht – vielleicht *ist* Gewalt sogar etwas Freiwilliges, wenn man ein Sitha ist . . .«

Morgenes verstummte. Simon starrte ihn mit offenem Mund an.

»Mach die Klappe zu, Junge, du siehst aus wie Inch. Es ist mein gutes Recht, mich ein bißchen in meinen Gedanken zu verlieren. Oder möchtest du lieber wieder zur obersten der Kammerfrauen gehen und ihr zuhören?«

Simons Mund schloß sich, und er machte sich erneut daran, den Ruß von der Wand zu kehren. Er hatte jetzt den ursprünglichen Fußabdruck so verändert, daß die Gestalt eher einem Schaf ähnelte. Von Zeit zu Zeit hielt er inne, um seine Arbeit zu betrachten. Irgendwo im Nacken juckte ihn die Langeweile: Er hatte den Doktor wirklich gern und war lieber hier als an jedem anderen Ort – aber der alte Mann hörte ja gar nicht wieder auf! Vielleicht, wenn er oben noch ein bißchen wegfegte – würde es dann aussehen wie ein Hund? Sein Magen knurrte gedämpft.

Morgenes fuhr fort – mit, wie Simon fand, vielleicht nicht unbedingt notwendigen Einzelheiten über das Zeitalter des Friedens zwischen den Untertanen des alterslosen Erlkönigs und denen der Emporkömmlinge, der menschlichen Imperatoren.

». . . und so gelangten Sithi und Menschen zu einer Art Gleichgewicht«, erklärte der alte Mann. »Sie trieben sogar ein wenig Handel miteinander . . .«

Simons Magen grollte jetzt laut. Der Doktor lächelte ein winziges Lächeln und legte die letzte Zwiebel zurück, die er gerade vom Tisch genommen hatte.

»Die Menschen brachten Gewürze und Farben von den Südlichen Inseln oder Edelsteine aus den Grianspog-Bergen in Hernystir; dafür erhielten sie köstliche Dinge aus den Schatztruhen des Erlkönigs, kunstreich und geheimnisvoll gefertigte Gegenstände.«

Simons Geduld war zu Ende. »Aber was war mit den Schiffern, den Rimmersmännern? Was geschah mit den eisernen Schwertern?« Er sah sich nach etwas Eßbarem um. Die letzte Zwiebel vielleicht? Vorsichtig schlich er näher. Morgenes stand mit dem Gesicht zum Fenster. Während er in den grauen Vormittag hinausblickte, steckte Simon das papierähnliche braune Ding ein und eilte zu dem Fleck an der Wand zurück. Die inzwischen wesentlich kleiner gewordene Stelle erinnerte jetzt an eine Schlange.

Ohne sich vom Fenster abzuwenden, fuhr Morgenes fort: »Ich glaube, in meiner heutigen Geschichte gibt es in der Tat eine ganze Menge friedlicher Zeiten und Leute.« Er wiegte den Kopf und ging an seinen Platz zurück. »Der Frieden wird aber bald aufhören – nur keine Angst.« Wieder schüttelte er den Kopf, und eine dünne Haarlocke legte sich über seine runzlige Stirn. Simon knabberte verstohlen an der Zwiebel.

»Das goldene Zeitalter von Nabban dauerte etwas über vier Jahrhunderte, bis die Rimmersmänner zum ersten Mal nach Osten Ard kamen. Damals hatte das Nabbanai-Imperium schon begonnen, sich selbst zu vernichten. Tiyagaris' Linie war am Ende ausgestorben, und jeder neue Imperator, der an die Macht kam, war ein anderer Wurf aus dem Würfelbecher. Einige waren gute Männer, die das Reich zusammenzuhalten versuchten; andere, wie etwa Crexis der Ziegenbock, waren schlimmer als alle Nordräuber. Und manche, wie Enfortis, waren einfach nur schwach.

Es war in Enfortis' Regierungszeit, als die Eisenschwinger kamen. Der Imperator beschloß, den Norden ganz aufzugeben. Der Rückzug erfolgte so schnell, daß viele der nördlichen Grenzposten sich im Stich gelassen fanden und ihnen nichts übrigblieb, als sich den vorwärtsdrängenden Rimmersmännern anzuschließen oder zu sterben. Hmmm... langweile ich dich vielleicht, Junge?«

Simon, der sich an die Wand gelehnt hatte, schoß in die Höhe und begegnete Morgenes' wissendem Lächeln.

»Nein, Doktor, nein! Ich habe nur die Augen zugemacht, um Euch besser lauschen zu können. Sprecht weiter!«

Aber tatsächlich machten ihn alle diese Namen, Namen, Namen
doch ein bißchen schläfrig... und er wünschte sich, der Doktor
würde sich beeilen und endlich zu den Stellen mit den Schlachten
kommen. Andererseits gefiel es ihm, der einzige in der ganzen Burg zu
sein, mit dem Morgenes sich unterhielt. Die Kammermädchen wußten von solchen Dingen gar nichts... *Männersachen.* Was wußten
Mägde oder Dienstmädchen von Heeren, Fahnen und Schwertern?
»Simon?«
»Ja? Sprecht weiter!« Er wirbelte herum, um den letzten Rest des
Flecks zu beseitigen, während der Doktor weitererzählte. Die Wand
war sauber. Hatte er fertiggefegt, ohne es zu merken?
»Nun, ich werde versuchen, die Geschichte ein wenig kürzer zu fassen, Junge. Wie gesagt, zog Nabban seine Heere aus dem Norden ab
und wurde zum ersten Mal ein ausschließlich südliches Kaiserreich.
Natürlich war das nur der Anfang vom Ende; im Lauf der Zeit faltete
sich das Imperium zusammen wie eine Decke, kleiner und kleiner, bis
es heute nicht mehr als ein Herzogtum ist – eine Halbinsel mit ein
paar dazugehörigen Inseln. Was, im Namen von Paldirs Pfeil, machst
du da eigentlich?«
Simon verrenkte sich wie ein Jagdhund, der sich an einer schwer
zugänglichen Stelle kratzen möchte. Ja, das war der letzte Rest des
Wandschmutzes: ein schlangenförmiger Dreckstreifen hinten auf seinem Hemd. Er hatte sich dagegen gelehnt. Verlegen drehte er sich zu
Morgenes um, aber der Doktor lachte nur und sprach weiter.
»Ohne die Garnisonen des Imperiums, Simon, war der Norden ein
Chaos. Die Schiffer hatten den nördlichsten Teil der Frostmark
erobert und nannten ihre neue Heimat Rimmersgard. Damit aber kei-
neswegs zufrieden, stießen die Rimmersmänner weiter nach Süden
vor und fegten in blutigem Ansturm alles vor sich her. Stapel diese
Foliobände an der Wand auf, bitte.
Sie beraubten andere Menschen, zerstörten ihre Heimat und nahmen
viele gefangen; die Sithi traf es am härtesten. Sie hielten sie für böse
Wesen und jagten das Schöne Volk überall mit Feuer und kaltem
Eisen und töteten sie... Vorsicht mit dem da, sei ein guter Junge.«
»Da drüben, Doktor?«
»Ja – aber bei Anaxos' Gebeinen, laß sie nicht fallen! Leg sie hin.

Wenn du wüßtest, welche gräßlichen mitternächtlichen Stunden ich auf einem Friedhof in Utanyeat zugebracht habe, um sie in die Hände zu bekommen! So, schon viel besser.

Nun waren jedoch die Bewohner von Hernystir – ein stolzes, wildes Volk, das kein Nabbanai-Imperator je wirklich unterworfen hatte – ganz und gar nicht bereit, vor Rimmersgard den Nacken zu beugen. Sie waren entsetzt über das, was die Nordleute den Sithi antaten. Von allen Menschen waren die Hernystiri mit dem Schönen Volk am besten vertraut – noch heute findet man die Spuren einer uralten Handelsstraße zwischen dieser Burg und dem Taig von Hernysadharc. Der Herr von Hernystir und der Erlkönig schlossen einen verzweifelten Bund, und für eine Weile geboten sie der Flut aus dem Norden Einhalt.

Aber selbst ihr vereinter Widerstand konnte nicht ewig dauern. Fingil, der König der Rimmersmänner, überrannte die Frostmark und überschritt die Grenzen zum Gebiet des Erlkönigs...« Morgenes lächelte traurig. »Wir kommen jetzt zum Schluß, junger Simon, hab keine Angst, wir kommen ans Ende von allem...

Im Jahre 663 erreichten die beiden gewaltigen Heere die Ebenen von Agh Samrath, dem Sommerfeld, im Norden des Gleniwentflusses. Fünf Tage währte das furchtbare, erbarmungslose Gemetzel, und die vereinten Hernystiri und Sithi hielten der Macht der Rimmersmänner stand. Am sechsten Tage jedoch wurden sie an ihrer ungeschützten Flanke verräterisch von einem Heer von Thrithingsmännern überfallen, die schon seit langem die Reichtümer des Erkynlandes und der Sithi für sich begehrten. Im Schutz der Dunkelheit führten sie einen entsetzlichen Angriff. Die Verteidigung wurde durchbrochen, die Streitmacht der Hernystiri zerschmettert, der Weiße Hirsch des Hauses Hern in den blutigen Staub getrampelt. Man sagt, zehntausend Männer aus Hernystir seien an diesem Tag auf dem Schlachtfeld gefallen. Niemand weiß, wie viele Sithi starben, aber auch ihre Verluste waren schrecklich. Die überlebenden Hernystiri flohen in die Wälder ihrer Heimat zurück. Heute ist Agh Samrath in Hernystir ein Name, der nur Haß und Verlust bedeutet.«

»*Zehntausend!*« Simon stieß einen Pfiff aus. Seine Augen glänzten, so furchtbar und großartig war das alles.

Morgenes quittierte den Gesichtsausdruck des Jungen mit einer kleinen Grimasse, sagte jedoch nichts dazu.

»Das war der Tag, an dem die Vorherrschaft der Sithi in Osten Ard endete, auch wenn es drei lange Belagerungsjahre dauerte, bis Asu'a den siegreichen Nordmännern in die Hände fiel. Hätte nicht der Sohn des Erlkönigs unheimliche, schreckliche Zauberkünste geübt, würde wahrscheinlich kein einziger Sitha den Fall der Burg überlebt haben. So aber blieben viele am Leben, flohen in die Wälder oder nach Süden oder... an andere Orte.«

Jetzt war Simons Aufmerksamkeit gebannt, als hätte man sie festgenagelt. »Und der Sohn des Erlkönigs? Wie hieß er? Was für einen Zauber hat er benutzt?« Ein plötzlicher Einfall: »Und was ist mit Johan dem Priester? Ich dachte, Ihr wolltet mir auch vom König erzählen!«

»Ein andermal, Simon.« Morgenes fächelte sich mit einem Stoß hauchdünnen Pergaments die Stirn, obwohl es recht kühl im Zimmer war. »Es gibt noch viel zu erzählen über die dunklen Zeiten nach Asu'as Fall, viele Geschichten. Die Rimmersmänner haben hier geherrscht, bis der Drache kam. In späteren Jahren, als der Drache schlief, hielten wieder andere die Burg. Viele Jahre vergingen, und mehrere Könige herrschten auf dem Hochhorst, viele dunkle Jahre und viele Tode, bis Johan kam...« Er verstummte und fuhr sich mit der Hand über das Gesicht, als wollte er die Müdigkeit abstreifen.

»Aber was wurde aus dem Sohn des Sithikönigs?« fragte Simon erneut. »Und was war das für ein ›unheimlicher Zauber‹?«

»Über den Sohn des Erlkönigs... spricht man besser nicht.«

»Aber warum?«

»Genug gefragt, Junge!« knurrte Morgenes und wedelte mit den Händen. »Ich bin müde vom Reden!«

Simon war gekränkt. Er hatte ja nur die ganze Geschichte hören wollen; warum regten sich Erwachsene so leicht auf? Aber man durfte schließlich nicht das Huhn schlachten, das die goldenen Eier legte.

»Tut mir leid, Doktor.« Er strengte sich an, ein reuiges Gesicht zu machen, aber der alte Gelehrte mit seinem rosigen, geröteten Affengesicht und den widerspenstig in die Höhe stehenden Haarsträhnen sah einfach zu komisch aus. Simon fühlte, wie ein Lächeln seine Lippen kräuselte. Morgenes sah es, bewahrte jedoch die strenge Miene.

»Wirklich, es tut mir leid.« Unverändert. Was sollte er noch versuchen? »Ich danke Euch, daß Ihr mir diese Geschichten erzählt habt.«

»Keine Geschichten!« brüllte Morgenes. »*Geschichte!* Und jetzt fort mit dir! Komm morgen früh wieder und stell dich aufs Arbeiten ein, denn du hast ja noch nicht einmal mit der Arbeit von heute richtig angefangen!«

Simon stand auf. Er gab sich Mühe, das Lächeln zu unterdrücken, aber als er sich umdrehte und gehen wollte, riß es sich los und legte sich über sein Gesicht wie eine Bandschlange. Als sich hinter ihm die Tür schloß, hörte er Morgenes fluchen, welche unirdischen Dämonen ihm schon wieder den Porterkrug versteckt hätten.

Die Nachmittagssonne stach durch Risse in den schweren Wolken, als Simon zum Inneren Zwinger zurückging. Äußerlich betrachtet, schien er zu trödeln und Maulaffen feilzuhalten, ein langer, schlaksiger, rothaariger Junge in staubverkrusteter Kleidung. In seinem Inneren aber wimmelte es von sonderbaren Gedanken, ein Bienenstock voller summender, murmelnder Sehnsüchte.

Schau diese Burg an, dachte er – alt und tot, Stein auf leblosen Stein gepreßt, ein Felshaufen, von kleingeistigen Kreaturen bewohnt. Aber das war einmal anders gewesen. Große Dinge hatten sich hier ereignet. Hörner waren erklungen, Schwerter hatten geglitzert, große Heere waren aufeinandergestoßen und wieder zurückgeprallt wie die Wogen des Kynslagh, die an die Seetor-Mauer schlugen. Jahrhunderte waren seitdem vergangen, aber Simon schien es, als geschehe es gerade jetzt und nur für ihn, während das langsame, vernunftlose Volk, das die Burg mit ihm teilte, vorüberkroch, im Kopf nur die nächste Mahlzeit und das Nickerchen unmittelbar danach.

Dummköpfe.

Als er durch das hintere Tor trat, fiel ihm ein Lichtschimmer ins Auge und lenkte seinen Blick auf den Umgang oben auf dem Hjeldin-Turm. Ein Mädchen stand dort, bunt und klein wie ein Schmuckstück; ihr grünes Kleid und goldenes Haar fingen den Sonnenstrahl auf, als wäre er wie ein Pfeil vom Himmel allein auf sie gezielt gewesen. Simon konnte ihr Gesicht nicht erkennen, aber irgendwie wußte er genau, daß sie schön war – schön und großmütig wie das Bildnis der Unbefleckten Elysia, das in der Kapelle stand.

Sekundenlang entflammte ihn der grüngoldene Blitz wie ein Funke, der in trockenes Holz fällt. Er spürte, wie aller Ärger und Groll, die er mit sich herumgeschleppt hatte, verschwanden, in einer hastigen Sekunde zu Asche verbrannt. Er fühlte sich leicht und voller Auftrieb wie Schwanenflaum, die Beute jedes kleinen Windes, der ihn fortblies, ihn vielleicht emportrug zu jenem goldenen Glanz.

Dann löste er den Blick von dem wunderbaren, gesichtslosen Mädchen und sah hinunter auf die eigenen, zerrissenen Kleider. Rachel wartete, und sein Essen war kalt geworden. Eine vertraute, unbestimmte Last kletterte zurück auf ihren angestammten Sitz, beugte seinen Nacken und ließ die Schultern herabfallen, als er zu den Dienstbotenquartieren hinüberstapfte.

V

Das Turmfenster

Der Novander versprühte in Wind und zartem Schnee; geduldig wartete der Decander, das Jahresende am Mantelsaum.

Nachdem König Johan Presbyter seine beiden Söhne zum Hochhorst zurückberufen hatte, erkrankte er aufs neue und zog sich wieder in sein abgedunkeltes Zimmer zurück, umschwärmt von Wundärzten, gelehrten Doktoren und scheltenden, besorgten Leibdienern. Von Sankt Sutrin, der großen Kirche von Erchester, rauschte Bischof Domitis herbei und etablierte sich am Krankenbett, wo er den König zu jeder Tages- und Nachtzeit aus dem Schlaf rüttelte, um Webmuster und Gewicht der königlichen Seele zu inspizieren. Der alte, immer schwächer werdende Mann ertrug Schmerz und Priester mit stoischer Tapferkeit.

In der winzigen Kammer neben dem Gemach des Königs, die seit vierzig Jahren von Strupp bewohnt wurde, lag eingeölt in seiner in feines Leinen gewickelten Scheide das Schwert Hellnagel ganz unten in der Eichentruhe des Narren.

Weit und breit über das breite Antlitz von Osten Ard flog das Wort: Johan der Priester liegt im Sterben. Sofort schickten Hernystir im Westen und das nördliche Rimmersgard Gesandtschaften ans Bett des dahingestreckten Erkynlandes. Der alte Herzog Isgrimnur, Johans Tischgenosse zur Linken an der Großen Tafel, brachte fünfzig Rimmersmänner aus Elvritshalla und Naarved, die ganze Gesellschaft für die Durchquerung der winterlichen Frostmark von Kopf bis Fuß in Pelze und Leder gehüllt. Nur zwanzig Hernystiri begleiteten König

Lluths Sohn Gwythinn, aber das helle Gold und Silber, das sie trugen, blitzte wacker und überstrahlte das ärmliche Tuch ihrer Kleidung.

Die Burg begann sich mit der Musik lange Zeit nicht mehr vernommener Sprachen zu beleben, Rimmerspakk und Perdruinesisch und Harcha-Zunge. Die rollende Inselmundart von Naraxi schwebte durch den Torhof, und die Ställe hallten wider von dem auf- und absteigenden Singsang der Thrithing-Männer – die Grasländer fühlten sich immer am wohlsten bei den Pferden. Über diesen und allen anderen Sprachen hing die dröhnende Redeweise Nabbans, die geschäftige Zunge der Mutter Kirche und ihrer ädonitischen Priester, die sich wie immer sofort um das Kommen und Gehen der Menschen und um ihre Seelen kümmerten.

Auf dem hohen Hochhorst und unten in Erchester trafen sich diese kleinen Heere von Fremden und flossen wieder auseinander, meist ohne Zwischenfälle. Obwohl viele der Völker einst Erbfeinde gewesen waren, hatten fast achtzig Jahre unter dem Schutz des Hochkönigs viele Wunden heilen lassen. Es wurden mehr Viertelpinten Bier als harte Worte getauscht.

Eine ärgerliche Ausnahme gab es von dieser Regel der Eintracht, aber eine, die man nur schwer übersehen oder mißverstehen konnte. Wo immer sie einander begegneten, unter den breiten Toren des Hochhorstes oder in den schmalen Gassen von Erchester, gerieten Prinz Elias' grünuniformierte Soldaten und Prinz Josuas Gefolgsmänner in ihren grauen Hemden aneinander, stritten sich und spiegelten öffentlich den privaten Zwist der Königssöhne wider. Johans Erkyngarde mußte mehrfach eingreifen, um unerfreuliche Auseinandersetzungen zu schlichten. Schließlich erhielt ein Anhänger Josuas einen Dolchstich von einem jungen Adligen aus Meremund, der ein enger Freund des Thronerben war. Zum Glück trug Josuas Mann keine ernstliche Verletzung davon – der Stich geschah im Rausch und war schlecht gezielt –, und die Parteigänger mußten sich den tadelnden Worten der älteren Höflinge fügen. Die Truppen der beiden Prinzen kehrten zu kalten Blicken und höhnischen Bemerkungen zurück; offenes Blutvergießen wurde vermieden.

Es waren seltsame Tage in Erkynland und ganz Osten Ard, Tage, von

Sorge und Aufregung gleichermaßen belastet. Der König war noch nicht tot, aber es schien, als werde er es sehr bald sein. Die ganze Welt veränderte sich – wie konnte irgend etwas bleiben wie zuvor, wenn Johan der Priester nicht mehr auf dem Drachenbeinthron saß?

»Udunstag: Traum... Drorstag: besser... Fraytag: am best...
Satrinstag: Markttag... Sonntag: im Nest!«
Simon nahm die knarrenden Stufen immer zwei auf einmal und sang, so laut er konnte, den alten Reim. Fast hätte er Sophrona, die Wäschebeschließerin, umgerannt, die ein Geschwader mit Decken beladener Mägde durch das Tor zum Kieferngarten führte. Mit einem kleinen Aufkreischen warf sie sich gegen den Torpfosten, als Simon vorübersauste, und drohte dann mit dürrer Faust seinem davoneilenden Rücken nach.
»Ich sag's Rachel!« rief sie. Ihre Schützlinge unterdrückten das Lachen.
Wer scherte sich um Sophrona? Heute war Satrinstag – Markttag –, und die Köchin Judith hatte Simon zwei Pfenninge gegeben, um ein paar Sachen für sie einzukaufen, und dazu ein Fithingstück – wunderbarer Satrinstag! –, das er für sich selbst verwenden durfte. Die Münzen klingelten lieblich und anregend in seinem ledernen Geldbeutel, während er sich wie auf einer Spirale durch die meilenweiten, langen, kreisförmigen Höfe der Burg hinaus ins Freie bewegte, durch das Tor des Inneren Zwingers in den Mittleren Zwinger, der im Augenblick fast leer war, weil seine sonstigen Bewohner, Soldaten und Handwerker, zum größten Teil entweder Dienst hatten oder den Markt besuchten.
Der Burganger im Äußeren Zwinger wimmelte von Vieh, das sich in der Kälte unglücklich aneinanderdrängte und von kaum fröhlicher dreinschauenden Hirten bewacht wurde. Simon trabte an den Reihen niedriger Häuser, Lagerräume und Ställe vorbei, von denen manche so alt und derart von winternacktem Efeu überwuchert waren, daß sie nur warzige Auswüchse der inneren Mauer des Hochhorstes zu sein schienen.
Durch die Wolken glitzerte die Sonne auf den Steinschnitzereien, die das mächtige Chalzedon-Antlitz des Nerulagh-Tores dicht bedeck-

ten. Simon, der jetzt etwas langsamer vorantrottete und den Pfützen auswich, starrte mit offenem Mund auf die verschlungenen Darstellungen von König Johans Sieg über Ardrivis – jener Schlacht, die Nabban endlich unter die Hand des Königs gebracht hatte. Plötzlich drangen der Lärm schneller Hufe und das schrille Quietschen von Wagenrädern an sein Ohr. Als er entsetzt aufblickte, fand er sich den weißen, rollenden Augen eines durch das Nerulagh-Tor heranstürmenden Pferdes gegenüber, unter dessen Hufen der Schlamm aufspritzte. Simon warf sich zur Seite und spürte einen kalten Windstoß im Gesicht, als das Pferd vorbeidonnerte, wobei der Wagen, den es hinter sich herzog, wild schwankte. Er erhaschte einen kurzen Blick auf den Lenker, der in einen dunklen, scharlachgefütterten Kapuzenmantel gekleidet war. Die Augen des Mannes durchbohrten ihn, während der Wagen davonsauste; sie waren schwarz und glänzend wie die grausamen Knopfaugäpfel eines Hais. So flüchtig der Kontakt auch war, Simon kam es vor, als *versenge* ihn der Blick des Wagenlenkers. Er taumelte zurück, klammerte sich an die steinerne Toreinfassung und sah zu, wie der Wagen in der Fahrspur um den Äußeren Zwinger verschwand. Hinter ihm gackerten und flatterten Hühner, soweit sie nicht zerquetscht und blutig in der ausgefahrenen Radspur lagen. Lehmverschmutzte Federn schwebten zur Erde.

»He, Junge, du bist doch nicht verletzt?« Einer der Torwächter zog Simons zitternde Hand von den Schnitzereien herunter und stellte ihn wieder auf die Beine. »Dann schau, daß du weiterkommst.«

Schnee tanzte in der Luft und haftete schmelzend an seinen Wangen, als Simon sich auf den langen Weg bergab nach Erchester machte. Das Klingeln der Münzen in seiner Tasche folgte jetzt dem langsameren Rhythmus seiner wackligen Knie.

»Dieser Priester ist verrückt wie der Mond«, hörte Simon den Wächter zu seinem Kameraden am Tor sagen. »Wäre er nicht einer von Prinz Elias' Männern . . .«

Drei kleine Kinder, die mit ihrer mühsam kletternden Mutter den feuchten Bergweg hinaufstiegen, deuteten auf den langbeinigen Simon, als er an ihnen vorbeilief, und lachten über den Ausdruck seines blassen Gesichtes.

Die Mittelgasse war auf ganzer Länge mit zusammengenähten Tierhäuten überdacht, die oberhalb der breiten Durchfahrt von einem Gebäude zum andern reichten. An jeder Wegkreuzung hatte man große, steinerne Feuerstellen errichtet, deren Rauch größtenteils, wenn auch gewiß nicht ganz und gar, durch Löcher im Zeltdach nach oben abzog. Schnee, der durch diese ›Kaminöffnungen‹ fiel, zischte und dampfte in der heißen Luft. Leute aus Erchester und vom Hochhorst wärmten sich an den Flammen oder schlenderten schwatzend umher, wobei sie verstohlen die auf allen Seiten zur Schau gestellten Waren musterten. Unter sie mischten sich Bewohner entfernterer Lehen, und alles drängte auf die breite Mittelgasse, die sich über zwei volle Meilen erstreckte, vom Nerulagh-Tor bis zum Platz der Schlachten am anderen Ende der Stadt. Im Strom dieser Menschenansammlung schöpfte Simon neuen Mut. Was kümmerte ihn ein betrunkener Priester? Schließlich war Markttag!

Heute war das gewöhnliche Heer von Marktleuten, fliegenden Händlern mit schrillen Stimmen, gaffenden Provinzlern, Spielern, Beutelschneidern und Musikanten noch viel größer als sonst, vermehrt durch die Soldaten der verschiedenen Abordnungen an den Hof des sterbenden Königs. Rimmersmann, Hernystiri, Warinstenner oder Perdruinese – ihr Stolzieren und die bunten Trachten reizten Simons Elsterngeschmack. Er folgte einer Gruppe in Blau und Gold gekleideter Nabbanai-Legionäre, bewunderte ihr prahlerisches Auftreten und die zur Schau getragene Überlegenheit und verstand ohne Sprachkenntnisse die lässige Art, in der sie sich gegenseitig Beleidigungen an den Kopf warfen. Gerade wollte er näher herangehen, weil er hoffte, die kurzen Dolchschwerter, die sie in einer Scheide hoch am Gürtel trugen, etwas genauer betrachten zu können, als einer von ihnen, ein helläugiger Mann mit dünnem, schwarzem Schnurrbart, sich umdrehte und ihn bemerkte.

»Heja, Brüder!« sagte er mit einem Grinsen und packte einen anderen am Arm. »Schaut doch! Ein junger Taschendieb, wette ich, der ein Auge auf deinen Geldbeutel hat, Turis!«

Beide Männer machten kehrt und bauten sich vor Simon auf. Der Stämmige, Bärtige namens Turis warf dem Jungen einen grimmigen Blick zu und knurrte: »Wenn mich berührt, dann ich würde töten.«

Er beherrschte die Westerling-Sprache nicht so gut wie der andere; auch schien ihm dessen Humor abzugehen.

Inzwischen waren drei andere Legionäre hinzugekommen; langsam begannen sie Simon einzukreisen, bis er sich vorkam wie ein in die Enge getriebener Fuchs.

»Was gibt es hier, Gelles?« fragte einer der Neuankömmlinge Turis' Begleiter. »*Hué fauge?* Hat er gestohlen?«

»*Nai, nai . . .*«, lachte Gelles, »ich habe nur Turis ein wenig geneckt. Der dürre Bengel hat nichts angestellt.«

»Ich habe meinen eigenen Geldbeutel!« sagte Simon empört. Er knüpfte ihn vom Gürtel und schwang ihn vor den feixenden Gesichtern der Soldaten. »Ich bin kein Dieb! Ich gehöre zum Haushalt des Königs! *Eures* Königs!« Die Männer lachten.

»Heja, hört ihn euch an!« rief Gelles. »*Unser* König, sagt er kühn!«

Simon wurde langsam klar, daß der junge Legionär betrunken war. Ein Teil seiner Bewunderung – aber bei weitem nicht alle – verwandelte sich in Abscheu.

»Heja, Burschen!« Gelles wackelte mit den Augenbrauen. »›*Mulveiz-nei cenit drenisend*‹ heißt es – also hüten wir uns vor diesem Welpen und lassen ihn schlafen!« Ein neuer Heiterkeitsausbruch folgte.

Simon, feuerrot im Gesicht, zurrte seinen Geldbeutel wieder fest und wollte sich entfernen.

»Auf Wiedersehen, Burgmaus!« rief ihm einer der Soldaten spöttisch nach. Simon schaute sich nicht um und erwiderte auch nichts, sondern eilte rasch davon.

Schon hatte er einen der Steinöfen passiert und die überdachte Mittelgasse verlassen, als er eine Hand auf der Schulter fühlte. Er fuhr herum, weil er dachte, die Nabbanai-Legionäre seien ihm gefolgt, um ihn noch weiter zu kränken, aber vor ihm stand ein rundlicher Mann mit wettergegerbtem, rosigem Gesicht. Der Fremde trug das graue Gewand und die Tonsur eines Bettelmönches.

»Vergebung, mein junger Bursche«, sagte er im schnalzend-schnarrenden Tonfall der Männer von Hernystir, »ich wollte mich nur vergewissern, daß du wohlbehalten bist und diese *goirach* Kerle dir nichts angetan haben.« Der Fremde streckte die Hand aus und klopfte Simon ab, als suche er nach Schäden. Seine schwerlidrigen Augen,

wenn auch von Falten umgeben, die auf ein häufiges Lächeln schließen ließen, hielten etwas zurück: einen tieferen Schatten, beunruhigend, doch nicht furchteinflößend. Simon merkte, daß er ihn, fast
gegen seinen Willen, anstarrte und scheute zurück.

»Nein, danke, Vater«, erwiderte er und benutzte vor Schreck die
förmliche Anrede. »Sie haben sich nur über mich lustig gemacht. Es
ist nichts passiert.«

»Gut ist das, sehr gut . . . Oh, verzeih mir, ich habe mich nicht vorgestellt. Ich bin Bruder Cadrach ec-Crannhyr vom Orden der Vilderivaner.« Er setzte ein kleines, demütiges Lächeln auf. Sein Atem roch
nach Wein. »Ich kam mit Prinz Gwythinn und seinen Männern. Und
wer bist du?«

»Simon. Ich wohne auf dem Hochhorst.« Er machte eine unbestimmte Gebärde zur Burg hinauf.

Der Mönch lächelte erneut, sagte aber nichts und wandte sich dann
um, einem vorübergehenden Hyrkamann nachzuschauen, der, in
schreiendbunte Farben gekleidet, einen Bären mit Maulkorb an der
Kette führte. Als das Paar vorbei war, heftete Cadrach die kleinen,
scharfen Augen wieder auf Simon.

»Manche Leute behaupten, die Hyrkas könnten mit Tieren sprechen,
wußtest du das? Vor allem mit ihren Pferden. Die Tiere sollen jedes
Wort verstehen.« Der Mönch zuckte ironisch die Achseln, um anzudeuten, daß ein Gottesmann solchen Unsinn natürlich nicht glauben
konnte.

Simon gab keine Antwort. Selbstverständlich hatte er auch schon
solche Geschichten über die wilden Hyrkamänner gehört, und Shem
Pferdeknecht schwor, sie wären die reine Wahrheit. Man sah die
Hyrkas oft auf dem Markt, wo sie wunderschöne Pferde zu schamlosen
Preisen verkauften und die Einwohner mit Tricks und Rätseln verwirrten. Beim Gedanken an sie und besonders ihren alles andere als
ehrenhaften Ruf griff Simon nach unten und packte seinen ledernen
Geldbeutel, um sich zu vergewissern, daß er die Schätze darin noch
fühlen konnte.

»Ich danke Euch für Eure Hilfe, Vater«, meinte er endlich, obwohl er
sich nicht recht erinnern konnte, womit der Mann ihm geholfen
haben sollte. »Ich muß jetzt gehen und Gewürze einkaufen.«

Cadrach sah ihn einen langen Augenblick an, als versuche er, sich an etwas zu erinnern, einen Hinweis, der vielleicht in Simons Gesicht verborgen war. Dann erklärte er: »Ich würde dich gern um einen Gefallen bitten, junger Mann.«

»Welchen?« erkundigte Simon sich mißtrauisch.

»Wie erwähnt, bin ich in deinem Erchester fremd. Vielleicht könntest du so gut sein und mich ein wenig herumführen, nur so zur Orientierung. Dann könntest du deiner Wege gehen und hättest eine gute Tat getan.«

»Oh.« Simon fühlte sich ein wenig erleichtert. Seine erste Regung war gewesen, nein zu sagen – es kam so selten vor, daß er einen Nachmittag auf dem Markt ganz für sich allein hatte. Andererseits – wie oft fand er Gelegenheit, mit einem Ädonitermönch aus dem heidnischen Hernystir zu plaudern? Auch schien dieser Bruder Cadrach nicht zu denen zu gehören, die einem nur Vorträge über Sünde und Verdammnis halten wollten. Er betrachtete den anderen noch einmal von oben bis unten, aber das Gesicht des Mönches blieb undurchschaubar.

»Also gut, ich denke, das kann ich tun – sicher. Kommt mit. Wollt Ihr die Nascadu-Tänzer auf dem Platz der Schlachten sehen?«

Cadrach war ein interessanter Begleiter. Obwohl er viel redete, Simon von der kalten Reise mit Prinz Gwythinn von Hernysadharc nach Erchester erzählte und häufig Scherze über die Vorübergehenden und ihre mehr oder weniger exotischen Kostüme machte, schien er doch immer etwas zurückzuhalten und ständig nach irgend etwas auszuschauen, selbst dann, wenn er über seine eigenen Geschichten lachte. Einen guten Teil des Nachmittags wanderte er mit Simon über den Markt. Sie besahen sich die Tische mit Kuchen und gedörrtem Gemüse, die vor den Ladenfronten der Mittelgasse standen, und rochen die warmen Düfte der Brotbäcker und Kastanienverkäufer. Der Mönch bemerkte Simons sehnsüchtigen Blick und bestand darauf, daß sie haltmachten und ein grobes Strohkörbchen mit gerösteten Nüssen kauften, das er freundlich bezahlte, indem er dem Maronenmann mit dem rissigen Gesicht ein behende aus einer Tasche seiner grauen Kutte zutage gefördertes Halbfithingstück gab. Nachdem sie sich beim Versuch, das Nußfleisch zu essen, Finger und

Zungen verbrannt hatten, kapitulierten sie und blieben stehen, um den komischen Streit zwischen einem Weinhändler und einem Gaukler, der den Eingang des Weinladens versperrte, zu verfolgen, während sie darauf warteten, daß ihr Einkauf abkühlte.

Als nächstes sahen sie einem Usires-Spiel zu, das vor einer Meute kreischender Kinder und hingerissener Erwachsener aufgeführt wurde. Die Puppen hüpften auf und ab und machten ihre Verbeugungen; Usires in seinem weißen Gewand wurde vom Imperator Crexis mit Ziegenhörnern und Bart verfolgt, der eine lange Hellebarde mit Widerhaken an der Spitze schwang. Endlich wurde Usires gefangengenommen und am Hinrichtungsbaum aufgehängt. Crexis sprang mit schrillen Rufen um den Baum herum und stach und quälte den an das Holz genagelten Erlöser. Die Kinder, in wilder Aufregung, schrien dem Bocksprünge machenden Imperator Beschimpfungen zu.

Cadrach stieß Simon in die Seite. »Siehst du?« fragte er und zeigte mit einem dicken Finger auf die Vorderseite der Puppenbühne. Der Vorhang, der bis auf den Boden hinunterhing, wogte wie in einem starken Wind. Wieder stieß Cadrach Simon an.

»Würdest du nicht auch sagen, daß das eine großartige Darstellung Unseres Herrn ist?« fragte er, den Blick unverwandt auf das flatternde Tuch gerichtet. Oben tanzte Crexis herum, und Usires litt. »Während der Mensch seine Vorstellung gibt, bleibt der Spielleiter unsichtbar; wir kennen ihn nicht von Angesicht, sondern erkennen ihn nur an der Art, wie seine Puppen sich bewegen. Und manchmal bewegt sich ganz leicht der Vorhang, der ihn vor seinem getreuen Publikum verbirgt. Ach, und wie dankbar sind wir schon für die bloße Bewegung hinter dem Vorhang – dankbar!«

Simon glotzte. Endlich löste Cadrach den Blick vom Puppentheater und sah Simon in die Augen. Ein seltsames, trauriges Lächeln kräuselte den Mundwinkel des Mönchs und paßte ausnahmsweise zum Ausdruck seiner Augen.

»Ach, Junge«, erklärte er, »was solltest du auch schon von Fragen der Religion verstehen?«

Noch eine Weile schlenderten sie auf und ab, bis Bruder Cadrach sich endlich mit vielem Dank für die Gastfreundschaft von dem jungen Mann verabschiedete. Als der Mönch gegangen war, streunte Simon noch lange ziellos umher, und frühe Dunkelheit bedeckte bereits die Stücke Himmel, die durch das Zeltdach sichtbar waren, als ihm endlich sein Auftrag wieder einfiel und er zur Bude des Gewürzkrämers eilte. Dort entdeckte er, daß sein Geldbeutel verschwunden war.

Simons Herz schlug mit dreifacher Geschwindigkeit, als er voller Panik zurückdachte. Er wußte, daß er den Beutel noch am Gürtel gespürt hatte, als Cadrach und er stehengeblieben und Maronen gekauft hatten; aber er konnte sich nicht erinnern, ob er ihn im weiteren Verlauf des Nachmittags noch gehabt hatte. Wann immer er aber auch weggekommen war, jetzt war er jedenfalls nicht mehr da – und mit ihm nicht nur sein eigenes Fithingstück, sondern auch die beiden Pfenninge, die Judith ihm anvertraut hatte!

Vergeblich suchte er den Markt ab, bis die Himmelslöcher so schwarz geworden waren wie ein alter Kessel. Der Schnee, den er vorher kaum wahrgenommen hatte, schien ihm sehr kalt und sehr naß, als er mit leeren Händen auf die Burg zurückkehrte.

Schlimmer als eine Tracht Prügel war, wie Simon herausfand, als er ohne Gewürze und Geld sein Heim erreichte, der enttäuschte Blick der guten, dicken, mehlbestäubten Judith. Auch Rachel bediente sich dieses unfairsten aller Schachzüge, indem sie ihm keine schmerzhaftere Strafe auferlegte als ihren angewiderten Gesichtsausdruck, voller Abscheu über sein kindisches Benehmen, und ihm versprach, daß er sich »die Finger bis auf die Knochen abarbeiten« würde, um das Geld wieder zu verdienen. Selbst Morgenes, zu dem Simon in halber Hoffnung auf Mitgefühl lief, schien über die Unachtsamkeit des Jungen ein wenig überrascht zu sein. Insgesamt hatte Simon, auch wenn ihm die Prügel erspart geblieben waren, sich noch nie so elend gefühlt und sich selbst derartig bedauert.

Sonntag kam und ging, ein dunkler, matschiger Tag, an dem sich der größte Teil der Dienerschaft auf dem Hochhorst in der Kapelle aufzuhalten und ein Gebet für König Johan zu sprechen schien. Simon hatte genau dieses juckende, gereizte Gefühl, bei dem man am liebsten gegen irgend etwas treten möchte, das er normalerweise durch einen Besuch bei Morgenes oder einen Streifzug ins Freie besänftigen konnte. Aber der Doktor war beschäftigt – er hatte sich mit Inch eingeschlossen und arbeitete an etwas, das nach seinen eigenen Worten umfangreich, gefährlich und leicht in Brand zu setzen war; Simon wurde dabei nicht gebraucht. Und das Wetter draußen war so kalt und unfreundlich, daß er sich bei aller Unruhe nicht aufraffen konnte, irgendwo umherzustreifen. So verbrachte er den endlosen Nachmittag mit Jeremias, dem dicken Lehrling des Wachsziehers. Die beiden warfen Steine von einem der Türmchen der Inneren Zwingermauer und stritten sich eher gelangweilt, ob die Fische im Burggraben im Winter erfroren oder, falls nicht, wohin sie gingen, bis es wieder Frühling wurde.

Die Kälte draußen, und mit ihr die andere Art Kälte in den Dienstbotenquartieren, hielt auch am Mondtag an, als Simon aufstand. Er fühlte sich kümmerlich und unbehaglich. Auch Morgenes schien bedrückter und ungeselliger Stimmung zu sein, so daß Simon, sobald er seine Arbeit in der Wohnung des Doktors erledigt hatte, etwas Brot und Käse aus dem Speiseschrank der Anrichte stibitzte und sich fortschlich, um allein zu sein.

Eine Weile drückte er sich am Archivsaal im Mittleren Zwinger herum und lauschte den trockenen, insektenhaften Geräuschen der Schreibpriester. Nach einer Stunde jedoch kam es ihm langsam so vor, als sei es seine eigene Haut, auf der die Federn der Schreiber herumkratzten und kratzten und kratzten ...

Er beschloß, sein Essen mitzunehmen und die Treppe zum Grünengel-Turm hinaufzuklettern, etwas, das er nicht mehr getan hatte, seitdem das Wetter umgeschlagen war. Weil der Küster Barnabas ihn aber mit demselben Vergnügen von dort verjagen würde, mit dem er sich mühte, in den Himmel zu kommen, entschied sich Simon, die Strecke über die Kapelle zum Turm gänzlich zu vermeiden und lieber seinen privaten Geheimpfad zu den oberen Stockwerken einzuschlagen. Er knüpfte seine Mahlzeit fest ins Taschentuch und machte sich auf den Weg.

Während er durch die scheinbar endlosen Hallen der Kanzlei lief und dabei immer wieder von überdachtem Gang in offenen Hof und von neuem unter Dach kam – dieser Teil der Burg wimmelte von kleinen, rings ummauerten Höfen –, vermied er es abergläubisch, zum Turm hinaufzusehen. Außergewöhnlich schlank und bleich beherrschte dieser die Südwestecke des Hochhorstes wie eine Birke einen Steingarten, so unfaßbar hoch und schmal, daß es von unten fast aussah, als stehe er auf irgendeinem fernen Berghang, viele Meilen jenseits der Burgmauer. Simon an seinem Fuß konnte den Turm im Wind beben hören wie eine Lautensaite, straff über einen himmlischen Wirbel gespannt.

Die ersten vier Stockwerke des Grünengel-Turms sahen nicht anders aus als die der sonstigen Gebäude auf der Burg. Frühere Gebieter des Hochhorstes hatten seinen schmalen Sockel in Vormauern und Zinnen aus Granit gehüllt, ob aus dem berechtigten Wunsch nach mehr Sicherheit oder deshalb, weil die Fremdartigkeit des Turms sie beunruhigte, konnte niemand mehr wissen. Über der Höhe der den Turm umschließenden Zwingermauer endete diese Panzerung; nackt strebte der Turm nach oben, ein schönes Albinowesen, das aus seiner unscheinbaren Verpuppung schlüpfte. Balkone und Fenster mit fremdartigen, abstrakten Mustern waren unmittelbar in die glänzende Oberfläche des Steins gemeißelt, ähnlich den geschnitzten Walzähnen, die Simon schon oft auf dem Markt gesehen hatte. Von der Turmspitze schimmerte ein fernes Feuer aus Kupfergold und Grün: ein weiblicher Engel, den einen Arm wie abschiednehmend ausgestreckt, mit dem anderen die Augen beschattend, mit denen er nach Osten in die Ferne blickte.

Die riesige, lärmende Staatskanzlei war heute noch verwirrender als sonst. Vater Helfcenes in Kutten gehüllte Gehilfen eilten hin und her und von einem Raum zum andern oder drängten sich zu zitternd geführten Debatten in der kalten, schneeflockigen Luft der Höfe zusammen. Einige von ihnen, die gerollte Papiere in der Hand und eine zerstreute Miene im Gesicht trugen, versuchten Simon für Gänge zum Archivsaal einzuspannen, aber er schwindelte sich durch und behauptete, er sei für Doktor Morgenes unterwegs.

Im Vorzimmer des Thronsaales blieb er stehen und tat, als bewundere er die gewaltigen Mosaiken, während er darauf wartete, daß der letzte Kanzleipriester vorbeigeeilt und auf der anderen Seite in der Kapelle verschwunden sein würde. Als dieser Augenblick gekommen war, hebelte er die Tür auf und schlüpfte in den Thronsaal.

Die riesigen Angeln knarrten, dann war es still. Simons Schritt hallte von allen Wänden, verstummte dann und verschmolz endlich mit dem tiefen, atmenden Schweigen. Sooft er auch durch den Thronsaal schlich – und er war, soweit er wußte, mehrere Jahre der einzige Bewohner der Burg gewesen, der ihn noch zu betreten gewagt hatte –, nie schien er ihm anders als ehrfurchteinflößend.

Erst letzten Monat, nach König Johans unerwartetem Aufstehen vom Krankenbett, hatten Rachel und ihr Geschwader endlich wieder die verbotene Schwelle überschritten. Sie hatten sich einen zwei Wochen dauernden Angriff auf Jahre voller Staub und Schmutz gegönnt, auf zerbrochenes Glas, Vogelnester und die Netze von Spinnen, die längst zu ihren achtbeinigen Ahnen versammelt waren. Doch trotz solchen unbarmherzigen und unversöhnlichen Reinemachens strahlte der Thronsaal selbst in gründlich gereinigtem Zustand, mit gescheuerten Bodenplatten und abgewaschenen Wänden und manchen von ihrer Rüstung aus Staub befreiten Bannern (es waren bei weitem nicht alle), etwas von Alter und Stille aus. Hier schien die Zeit nur an den gemessenen Schritt des Altertums gebunden.

Das Podest stand am äußersten Ende des großen Saals in einem Teich aus Licht, das sich aus einem Ornamentfenster des Deckengewölbes ergoß. Darauf erhob sich der Drachenbeinthron wie ein fremdartiger Altar – leer, von leuchtenden, tanzenden Staubkörnern umschwebt und flankiert von den Standbildern der sechs Hochkönige des Hochhorstes.

Die Knochen des Thrones waren mächtig, dicker als Simons Beine, und so geglättet, daß sie stumpf glänzten wie polierter Stein. Mit wenigen Ausnahmen hatte man sie so zerteilt und wieder zusammengesetzt, daß man, so deutlich auch ihre Größe zu erkennen war, nur schwer erkennen konnte, in welchem Teil des gewaltigen Feuerlindwurmkörpers sie einst verborgen gewesen waren. Nur die Rückenlehne des Thrones, ein riesenhafter, sieben Ellen hoher Fächer aus gebogenen, gelben Rippen hinter den Samtpolstern des Königs, der weit über Simons Kopf hinausragte, war sofort als das auszumachen, was sie war. Gleiches galt für den Schädel. Über der Rückenlehne des großen Thrones ragte er so weit hervor, daß er als Sonnendach dienen konnte, falls jemals mehr als ein dünner Streifen Sonnenlicht in den düsteren Saal eindringen sollte. Es waren Hirnschädel und Kiefer des Drachen Shurakai. Die Augenhöhlen erschienen Simon wie zerbrochene schwarze Fenster, die Zähne wie braune Spieße, so lang wie seine Hand. Der Drachenschädel hatte die Farbe alten Pergamentes und war von einem Netz winziger Risse überzogen, und doch lebte etwas an ihm, war schrecklich-wundervoll lebendig.

Überhaupt besaß der ganze Raum etwas Erstaunliches, Heiliges, das weit über Simons Verstand hinausreichte. Der Thron aus schweren, vergilbten Gebeinen, die massiven schwarzen Figuren, die in dem hohen, verlassenen Saal einen leeren Sitz bewachten, das alles schien von einer furchtbaren Macht erfüllt zu sein. Es war, als hielten alle acht Personen im Raum, der Küchenjunge, die Statuen, der ungeheure, augenlose Schädel, den Atem an.

Diese gestohlenen Momente versetzten Simon in stille, fast angstvolle Verzückung. Vielleicht harrten die Malachitkönige nur mit schwarzer, steinerner Geduld darauf, daß der Junge mit lästerlicher Plebejerhand den Drachenbeinthron berührte ... harrten ... harrten ... und würden plötzlich mit einem grauenvollen, knarrenden Geräusch zum Leben erwachen! Simon bebte vor nervösem Vergnügen über seine eigenen Vorstellungen, machte einen vorsichtigen Schritt nach vorn und musterte die dunklen Gesichter. Ihre Namen waren ihm einst so vertraut gewesen, ganz unsinnig aneinandergereiht in einem Kinderreim, einem Reim, den Rachel – Rachel? Er konnte sich nicht genau erinnern – ihm beigebracht hatte, als er noch ein kichernder Affe von vielleicht vier Jahren gewesen war. Wenn schon für ihn die eigene Kindheit so lange zurückzuliegen schien, fragte er sich plötzlich, wie mußte es dann bei Johan dem Priester sein, der so viele Jahrzehnte auf den Schultern trug? Unbarmherzig klar, so wie Simon sich an vergangene Demütigungen erinnerte, oder sanft und unbestimmt, wie Geschichten aus glorreicher Vergangenheit? Verdrängten die Erinnerungen die anderen Gedanken, wenn man alt war? Oder verlor man sie – die Kindheit, die verhaßten Feinde, die Freunde?

Wie ging der alte Reim noch? Sechs Könige . . .

> Sechs Könige einst herrschten in Hochhorst-Hallen weit,
> sechs Herrscher einstmals schritten auf seinen Mauern breit,
> sechs Gräber auf den Klippen, hoch über Kynslaghs Gruft,
> sechs Könige dort schlafen, bis Jüngster Tag sie ruft.

Das war es!

> Und Fingil war der erste, Blutkönig, so hieß er,
> auf rotem Kriegsflügel flog er von Norden her.

> Sein Sohn war König Hjeldin, ein irrer, böser Mann,
> der sprang vom Geisterturme, als Toter kam er an.

> Ikferdig der Verbrannte, der hielt getreue Wacht,
> er traf den Feuerdrachen in finstrer Mitternacht.

> Drei Könige von Norden, jetzt alle tot und kalt,
> der Norden herrscht nicht länger im Hochhorst stolz und alt.

Das waren die drei Rimmersgardkönige zur Linken des Thrones. War
es nicht Fingil, von dem Morgenes gesprochen hatte, der Anführer
des Schreckensheeres? Der die Sithi getötet hatte? Dann mußten zur
Rechten der vergilbten Gebeine die anderen stehen.

> Der Reiherkönig Sulis, genannt der Renegat,
> floh Nabban, doch im Hochhorst, da sühnt er seine Tat.

> Mit Stechpalmkönig Tethtain von Hernystir war's aus,
> er kam wohl durch die Pforte, doch niemals mehr heraus.

> Zuletzt der Fischerkönig Eahlstan, der weise Mann,
> der weckte auf den Drachen, im Hochhorst starb er dann . . .

Ha! Simon starrte in das traurig verzogene Gesicht des Reiherkönigs und weidete sich an dem Anblick. *Mein Gedächtnis ist besser, als die meisten Leute hier glauben – besser als das der meisten Mondkälber!* Natürlich gab es jetzt endlich einen siebten König im Hochhorst – den alten Priester Johan. Simon überlegte, ob wohl jemand irgendwann dem Lied einen Vers über Johan Presbyter hinzufügen würde.

Die sechste Statue, der rechten Armlehne des Thrones am nächsten, mochte Simon am liebsten. Sie stellte den einzigen gebürtigen Erkynländer dar, der je auf dem großen Thron des Hochhorstes gesessen hatte. Er trat näher, um in die tief eingemeißelten Augen des heiligen Eahlstan zu blicken, den man Eahlstan Fiskerne nannte, weil er vom Fischervolk des Gleniwent abstammte, oder auch den Märtyrer, weil auch ihn der Feuerdrache Shurakai tötete, das Untier, das dann endlich von Johan dem Priester vernichtet wurde.

Anders als bei Ikferdig dem Verbrannten auf der anderen Seite des Thrones war das Gesicht des Fischerkönigs nicht von Furcht und Zweifel verzerrt dargestellt. Vielmehr hatte der Bildhauer strahlenden Glauben in das steinerne Antlitz gelegt und den undurchsichtigen Augen den Anschein gegeben, als schauten sie ferne Dinge. Der längstverstorbene Meister hatte Eahlstan demütig und ehrfürchtig, zugleich aber auch kühn gestaltet. In seinen geheimen Gedanken stellte sich Simon oft vor, sein eigener Vater, der Fischer, hätte so ausgesehen.

Während er noch so starrte, spürte Simon plötzliche Kälte an seiner Hand, die an die knöcherne Armlehne des Thrones gekommen war. Ein Küchenjunge, der den Thron berührte! Er riß seine Finger los, wobei er sich verwundert fragte, wie die toten Überreste eines so feurigen Tiers sich derart kalt anfühlen konnten, und stolperte einen Schritt zurück.

Einen Augenblick blieb ihm fast das Herz stehen, denn es war, als neigten sich ihm die Statuen langsam zu, als dehnten sich Schatten auf den Wandbehängen. Hastig zog sich Simon zurück. Als nichts mehr folgte, das nach wirklicher Bewegung aussah, richtete er sich mit aller ihm zu Gebot stehenden Würde auf, verneigte sich vor König und Thron und entfernte sich rückwärtsgehend über den Steinboden. Er tastete mit der Hand – *ruhig, ruhig,* ermahnte er sich, *sei kein*

Angsthase –, bis er endlich die Tür zum Stehraum fand, seinem eigentlichen Ziel. Er sah noch einmal zurück auf das beruhigend unbewegte Bild, dann schlüpfte er hinaus.

Hinter den schweren Wandbehängen des Stehraums mit ihrem dikken, roten, mit Festszenen besticktem Samt führte eine Treppe in der Mauer zu einem Abtritt ganz oben auf der südlichen Galerie des Thronsaales. Simon schimpfte mit sich selber, weil er sich gerade so aufgeregt hatte, und kletterte die Stufen hinauf. Oben angelangt, war es ein leichtes, sich durch den hohen Fensterschlitz des Abtritts zu zwängen und auf die darunterliegende Mauer zu steigen. Allerdings war das Kunststück jetzt ein bißchen mühsamer als im Septander, als er zuletzt hier gewesen war: Die Steine waren glatt vom Schnee, und es wehte ein energischer Wind. Zum Glück war die Mauerkrone breit; Simon bewegte sich vorsichtig fort.

Jetzt kam das Stück, das er am liebsten hatte. Die Ecke der Mauer endete nur fünf oder sechs Fuß vor dem breiten Windschatten des Türmchens im vierten Stock des Grünengel-Turms. Simon blieb stehen und konnte beinahe das Schmettern der Trompeten und das Aneinanderklirren der Ritter hören, die auf den Decks unter ihm fochten, während er sich bereitmachte, durch den brausenden Wind von einem brennenden Mast zum anderen zu springen . . .

Ob sein Fuß beim Absprung leicht ausgerutscht oder seine Aufmerksamkeit von dem imaginären Seegefecht unter ihm abgelenkt gewesen war – jedenfalls landete Simon unsanft auf der Kante des Türmchens. Er schlug mit dem Knie heftig auf den Stein und wäre um ein Haar zurück- und hinuntergefallen, wobei er zwei lange Faden tief auf die niedrige Mauer am Fuß des Turmes oder in den Burggraben gestürzt wäre. Als ihm jäh bewußt wurde, in welcher Gefahr er geschwebt hatte, begann sein Herz erschreckt zu galoppieren. Aber er schaffte es, sich in den Raum zwischen den hochstehenden Zinnen des Türmchens gleiten zu lassen, um dann auf dem aus langen Dielen bestehenden Fußboden weiterzukriechen.

Leichter Schnee senkte sich auf ihn herunter, als er so dasaß und sich unendlich töricht vorkam. Er umschlang sein schmerzendes Knie, das brannte wie Sünde, Betrug und Verrat; hätte er nicht genau gewußt, wie kindisch er so schon aussehen mußte, hätte er geheult.

Endlich richtete er sich auf und hinkte ins Innere des Turmes. Wenigstens in einem Punkt war das Glück ihm treu geblieben: Niemand hatte seine schmerzhafte Landung gehört. Nur er allein wußte von seiner Schmach. Er untersuchte seine Tasche – Brot und Käse waren unerfreulich plattgedrückt, aber noch eßbar. Auch das war ein kleiner Trost.

Mit dem verletzten Knie Treppen zu steigen war mühsam, aber schließlich hatte es keinen Sinn, in den Grünengel-Turm einzudringen – das höchste Bauwerk im Erkynland, wahrscheinlich sogar in ganz Osten Ard –, und dann nicht über die Höhe der Hauptmauern des Hochhorstes hinauszukommen.

Die Turmtreppe war niedrig und eng, die Stufen aus einem glatten, sauberen weißen Stein gehauen, der keinem anderen in der Burg glich. Er fühlte sich schlüpfrig an, war aber unter den Füßen sicher. Das Burgvolk erzählte sich, der Turm sei der einzige unverändert gebliebene Teil der ursprünglichen Sithifeste. Doktor Morgenes hatte Simon einmal gesagt, daß dies nicht stimmte. Ob er damit aber gemeint hatte, der Turm sei doch verändert worden, oder nur, daß es noch andere unberührte Reste des alten Asu'a gab, hatte der Doktor in seiner eigenwilligen Art nicht erklären wollen.

Nachdem er einige Minuten geklettert war, konnte Simon von den Fenstern aus sehen, daß er schon über dem Hjeldin-Turm war. Die ein wenig unheimliche Kuppelsäule, in der einst der Wahnsinnige König den Tod gefunden hatte, blickte über die weite Fläche des Thronsaaldaches zum Grünengel auf, wie etwa ein eifersüchtiger Zwerg seinen Fürsten anstarrt, wenn niemand ihn beachtet.

Die steinerne Einfassung im Innern des Treppenhauses war hier anders: eine sanfte Rehfarbe, über und über bedeckt mit winzigen, rätselhaften Mustern in Himmelblau. Simon verharrte einen Augenblick an einer Stelle, an der das Licht aus einem hoch oben angebrachten Fenster auf die Wand fiel. Als er aber versuchte, den Windungen eines der zarten blauen Schnörkel mit den Augen zu folgen, wurde ihm schwindlig im Kopf, und er gab es auf.

Endlich, als es ihm schon vorkam, als sei er unter Schmerzen stundenlang bergauf gestiegen, erweiterte sich die Treppe zum blendendweißen Fußboden des Glockenturmes, der ebenfalls aus dem ungewöhnlichen Stein der Treppe bestand. Obwohl der Turm noch fast hundert Ellen höher war und sich dabei bis hinauf zu der Engelsgestalt immer mehr verjüngte, endete die Treppe hier, wo von den gewölbten Dachbalken die großen Bronzeglocken in langen Reihen wie feierliche grüne Früchte hingen. Die Glockenstube selbst stand der kalten Luft nach allen Seiten offen, damit das ganze Land es hören konnte, wenn das Geläut des Grünengels aus den hohen Fensterbögen ertönte.

Simon hatte sich mit dem Rücken an einen der sechs Pfeiler aus dunkel-glattem, felshartem Holz gelehnt, die vom Boden zur Decke reichten. Er kaute an seinem Brotkanten und genoß die Aussicht nach Westen, wo die Wasser des Kynslaghs unaufhörlich gegen die massive Seemauer des Hochhorstes rollten. Obwohl es ein trüber Tag war und Schneeflocken wie verrückt vor seinen Augen tanzten, bemerkte Simon mit Staunen, wie klar die Welt dort unten sich seinem Blick entgegenhob. Viele kleine Boote schwammen auf den Wogen des Kynslaghs, Männer vom See in schwarzen Mänteln beugten sich gelassen über die Ruder. Weiter hinten glaubte er undeutlich die Stelle zu erkennen, an der der Gleniwent-Fluß den See verließ und seine lange Reise zum Meer antrat, ein vielfach gewundener Lauf von einem halben Hundert Meilen, vorbei an Dock-Städten und Bauernhöfen. Draußen vor dem Gleniwent, in den Armen des Meeres, bewachte die Insel Warinsten die Flußmündung; hinter Warinsten in westlicher Richtung gab es nichts mehr, nur unzählige, unerforschte Meilen Ozean.

Simon prüfte das schmerzende Knie und entschied sich vorläufig gegen ein Hinsetzen, weil man ja irgendwann einmal wieder aufstehen mußte. Er zog sich den Hut über die Ohren, die vom Wind gerötet waren und brannten, und nahm ein Stück bröckelnden Käse in Angriff. Zu seiner Rechten, allerdings weit außerhalb seines Gesichtsfeldes, lagen die Wiesen und steilen Hügel von Agh Samrath, äußerste Marken des Königreichs Hernystir und Ort der furchtbaren Schlacht, von der Morgenes ihm erzählt hatte. Zur Linken, jenseits des weiten Kynslaghs, wogten die Thrithinge – scheinbar unendliches Grasland. Natürlich hatten sie schließlich doch ein

Ende; dahinter lagen Nabban, die Bucht von Firranos mit ihren
Inseln und das Marschland von Wran . . . alles Gegenden, die Simon
nie gesehen hatte und höchstwahrscheinlich auch nie zu sehen
bekommen würde.

Endlich wurden ihm der ewiggleiche Kynslagh und seine eigenen
Vorstellungen von einem Süden, den er nicht sehen konnte, langweilig, und er hinkte zur anderen Seite der Glockenstube hinüber. Vom
Mittelpunkt des Raumes aus betrachtet, schien das wirbelnde,
gestaltlose Wolkendunkel ein graues Loch zu sein, das ins Nirgendwo
führte, und der Turm so etwas wie ein Geisterschiff auf nebligem,
ödem Meer. Der Wind heulte und sang um die offenen Fensterhöh-
lungen, und die Glocken gaben ein schwaches Summen von sich, als
habe ihnen der Sturm kleine, verängstigte Geister unter die Bronze-
haut gejagt.

Simon trat an den niedrigen Fenstersims und beugte sich vor, um das
wirre Durcheinander der Dächer des Hochhorstes zu überschauen.
Zuerst zerrte der Wind an ihm, als wollte er ihn packen und in die
Höhe schleudern, so wie ein Kätzchen mit einem welken Blatt spielt.
Aber Simon hielt sich fester am feuchten Stein, und bald ließ der
Wind nach. Der junge Mann lächelte: Von seiner Warte sah das
prachtvolle Dachgewirr des Hochhorstes – ein jedes von unterschiedlicher Höhe und Bauart, mit einem Wald von Schornsteinen, First-
balken und Kuppeln – aus wie ein Hof voller seltsamer, viereckiger
Tiere, von denen eines halb über dem Rücken des anderen hing und
die um den Platz kämpften wie Schweine am Trog.

Nur von den beiden Türmen überragt, beherrschte die Kuppel der
Burgkapelle den Inneren Zwinger. Graupelschnee bedeckte die farbenprächtigen Fenster. Die weiteren Gebäude der Burg, Wohnquar-
tiere, Speisehalle, Thronsaal und Staatskanzlei, waren samt und
sonders von Anbauten überwuchert, stummen Zeugen der unterschiedlichen Besitzer der Burg. Genauso vollgestopft waren die äußeren Zwinger und die massive Zwischenmauer, die sich in konzentri-
schen Kreisen, einer tiefer als der andere, über den Berg zogen. Der
Hochhorst selbst war niemals über seine Außenmauer hinausgewach-
sen; die hereindrängenden Menschen bauten in die Höhe oder teilten
das Vorhandene in kleinere und immer kleinere Einheiten.

Unterhalb der Festung erstreckte sich die Stadt Erchester, Straße an
Straße mit niedrigen Häusern, in einen Mantel aus weißen Schneewehen gehüllt; nur der Dom erhob sich aus ihrer Mitte, seinerseits
überragt vom Hochhorst und von Simon in seinem Himmelsturm.
Hier und da schwebte ein federleichter Rauchfaden nach oben, den
der Wind zerfetzte.

Hinter den Stadtmauern konnte Simon die unbestimmten, vom
Schnee geglätteten Umrisse der Begräbnisstätte ausmachen – des
alten Heidenfriedhofes, eines übel beleumundeten Ortes. Die niedrigen Grashügel in seinem Rücken reichten fast bis zum Waldrand; über
ihrer demütigen Gemeinde erhob sich der steile Berg Thisterborg so
stolz wie der Dom über die niedrigen Dächer von Erchester. Simon
konnte sie nicht sehen, wußte aber, daß ein Ring aus Steinsäulen,
glattpoliert vom Wind, seinen Gipfel krönte; die Dorfbewohner
nannten sie ›die Zornsteine‹.

Und jenseits von Erchester, noch hinter Begräbnisstätte, Grashügeln
und steinbekränztem Thisterborg, lag der *Wald*. Aldheorte hieß er,
Altherz, und dehnte sich aus wie das Meer, unendlich, dunkel und
undurchschaubar. Menschen lebten an seinem Saum und hatten sogar
ein paar Straßen entlang seiner Ränder angelegt; aber nur sehr wenige
wagten sich weiter in sein Inneres. Er bildete ein eigenes, großes,
schattenreiches Land mitten in Osten Ard, das keine Gesandten
schickte und nur selten Besucher empfing. Im Vergleich zu seiner Erhabenheit schien selbst der riesige Circoille, der Kammwald von Hernystir im Westen, nichts als ein Wäldchen. Es gab nur einen *Wald*.

Das Meer im Westen; der *Wald* im Osten; der Norden und seine Männer aus Eisen; das Land der zerschmetterten Reiche im Süden – weit
blickte Simon hinaus über das Antlitz von Osten Ard und vergaß für
eine Weile sein Knie. Ja, eine Zeitlang war Simon selbst König der
ganzen bekannten Welt.

Als die verhangene Wintersonne den Scheitel des Himmels verlassen
hatte, rüstete Simon sich endlich zum Aufbruch. Beim Versuch, das
Bein auszustrecken, keuchte er vor Schmerz; in der langen Stunde am
Fenstersims war das Knie steif geworden. Es war völlig klar, daß er den
anstrengenden Geheimweg für den Abstieg vom Glockenturm nicht

benutzen konnte. Er mußte sein Glück mit Barnabas und Vater Dreosan versuchen.

Die lange Treppe war eine einzige Qual, aber die Aussicht vom Turm hatte alle Wehleidigkeit verdrängt; er bedauerte sich selbst nicht halb so sehr, wie er es ohne dieses Erlebnis getan hätte. Wie ein niedrig gehaltenes Feuer glühte in ihm der Wunsch, mehr von der Welt zu sehen, und wärmte ihn bis in die Fingerspitzen. Er würde Morgenes bitten, ihm weiteres über Nabban und die Südlichen Inseln zu erzählen, und auch über die Sechs Könige.

Im vierten Stock, dort, wo er ursprünglich hereingekommen war, hörte er ein Geräusch: Unter ihm rannte jemand die Treppe hinab. Sekundenlang verharrte Simon regungslos und überlegte, ob er entdeckt worden war. Es war nicht verboten, den Turm zu betreten, aber er hatte keinen triftigen Grund dafür, und der Küster würde vermuten, daß er irgend etwas ausgefressen hätte. Trotzdem war es sonderbar, daß die Schritte sich entfernten. Ganz bestimmt wäre Barnabas oder jeder andere ohne Zögern zu ihm hinaufgestiegen, um ihn am vielgeplagten Schlafittchen nach unten zu zerren. Simon kletterte weiter die Wendeltreppe hinunter, zuerst ganz vorsichtig, dann trotz des schmerzenden Knies immer schneller, denn die Neugier hatte ihn gepackt.

Die Treppe endete in der großen Eingangshalle des Turmes, die schwach erleuchtet war; die Wände und verblaßten Wandbehänge lagen in Schatten gehüllt. Keine Schritte – und auch sonst nichts. So geräuschlos wie möglich lief Simon über den Steinfußboden. Jedes versehentliche Kratzen seiner Stiefel stieg zischend bis zu den Eichenrippen der Decke empor. Die Haupttür der Halle war geschlossen; das einzige Licht fiel durch die Fenster über dem Türsturz.

Wie konnte jemand, der eben noch auf der Treppe gewesen war, unbemerkt die riesige Tür geöffnet und wieder geschlossen haben? Simon hatte die leichten Schritte sofort gehört und sich selber Sorgen über das Quietschen gemacht, das die großen Angeln verursachen würden. Noch einmal blickte er sich prüfend in der Eingangshalle um.

Da! Unter der Fransenborte des fleckigen Silbergobelins neben der Treppe lugten zwei kleine, abgerundete Gebilde hervor – Schuhe. Bei genauerer Betrachtung erkannte er auch, wie sich dort, wo sich jemand versteckt hielt, die Falten des alten Wandbehanges bauschten.

Auf einem Fuß balancierend wie ein Reiher, zog er leise erst den einen, dann den anderen Stiefel aus. Wer konnte es sein? Vielleicht der dicke Jeremias, der ihm nachgeschlichen war, um ihm einen Streich zu spielen? Nun, wenn das der Fall war, würde Simon es ihm schon zeigen.

Mit nackten Füßen, und damit auf den Steinen fast ohne einen Laut, schlich er durch die Halle, bis er unmittelbar vor der verdächtigen Ausbuchtung stand. Als er die Hand nach dem Wandbehang ausstreckte, fiel ihm plötzlich der seltsame Satz ein, den Bruder Cadrach, als sie dem Puppenspiel zugeschaut hatten, über Vorhänge gesagt hatte. Simon zögerte, schämte sich dann aber seiner Ängstlichkeit und riß den Wandbehang zur Seite.

Anstatt aufzufliegen und den Spion zu enthüllen, riß der schwere Gobelin jedoch aus seinen Halterungen und fiel wie eine schwere, brettsteife Decke nach unten. Simon erhaschte nur einen schnellen Blick auf ein kleines, erschrecktes Gesicht, bevor das Gewicht des Wandteppichs ihn niederstreckte. Während er noch fluchend und strampelnd, völlig in den Stoff verwickelt, dalag, schoß eine braungekleidete Gestalt an ihm vorbei.

Simon konnte hören, wie der andere, wer immer es auch sein mochte, sich mit der schweren Tür abplagte, während er mit dem staubigen Tuch rang, das ihn bedeckte. Endlich kam er frei, rollte auf die Füße und machte einen Satz quer durch den ganzen Raum, um die kleine Gestalt zu packen, bevor sie noch durch die bereits einen Spalt geöffnete Tür davonhuschen konnte. Es gelang ihm, mit festem Griff das grobe Wams zu erwischen. Zwischen Tür und Angel war der Spion gefangen.

Inzwischen war Simon ernstlich zornig, hauptsächlich aus Ärger über sein eigenes Ungeschick. »Wer bist du?« fauchte er. »Du Leutebespitzler!« Der Gefangene antwortete nicht, sondern zerrte nur noch stärker. Aber wer immer er war, seine Kraft reichte nicht aus, um sich aus Simons Griff loszureißen.

Noch während er sich anstrengte, den Widerstrebenden durch die Tür zurückzuziehen – alles andere als eine leichte Aufgabe –, erkannte Simon verblüfft den sandfarbenen Brokat zwischen seinen Händen. Das mußte derselbe Junge sein, der an der Kapellentür gelauscht hatte! Simon zog mit aller Macht und riß endlich Kopf und Schultern des Fremden durch den Türrahmen, so daß er ihn ansehen konnte.

Der Gefangene war klein, mit feinen, fast scharfen Zügen. Nase und Kinn hatten etwas leicht Füchsisches, das jedoch nicht unangenehm wirkte. Die Haare waren schwarz wie Krähenflügel. Einen Moment lang dachte Simon, es könne ein Sitha sein – wegen seiner geringen Größe –, und versuchte, sich an Shems Geschichten zu erinnern, daß man den Fuß eines Pukas nicht loslassen dürfte, damit man einen Kessel Gold von ihm gewann, aber bevor er noch etwas von diesem geträumten Schatz ausgeben konnte, sah er den Angstschweiß und die geröteten Wangen und fand, daß dies hier kein übernatürliches Wesen war.

»Wie heißt du eigentlich?« fragte er. Der gefangene Junge versuchte von neuem, sich loszureißen, war jedoch offensichtlich allzu erschöpft. Gleich darauf hörte er ganz auf, sich zu wehren.

»Dein Name?« beharrte Simon, diesmal in milderem Ton.

»Malachias.« Keuchend wandte der Junge sich ab.

»Also gut, Malachias, warum verfolgst du mich?« Er rüttelte den anderen leicht an der Schulter, nur um ihn zu erinnern, wer hier wen gefangenhielt.

Der Junge fuhr herum und starrte ihn finster an. Seine Augen waren ganz dunkel.

»*Ich* habe dir nicht nachspioniert!« entgegnete er heftig.

Wieder wandte er das Gesicht ab, aber Simon hatte plötzlich das Gefühl, etwas Vertrautes im Gesicht dieses Malachias entdeckt zu haben, etwas, das er eigentlich erkennen müßte.

»Und wer bist du, Bürschchen?« fragte Simon und streckte die Hand aus, um das Kinn des Jungen zu sich zu drehen. »Arbeitest du in den Ställen – arbeitest du überhaupt hier auf dem Hochhorst?«

Bevor er aber das Gesicht umdrehen und noch einmal anschauen konnte, stemmte ihm Malachias plötzlich beide Hände gegen die Brust und versetzte ihm einen unerwartet harten Stoß. Das Wams des Jungen wurde Simon aus der Hand gerissen, er taumelte zurück und landete auf dem Hosenboden. Bevor er auch nur den Versuch machen konnte, wieder aufzustehen, war Malachias durch die Tür entwischt und hatte sie mit lautem, hallendem Kreischen der bronzenen Angeln hinter sich zugeschlagen.

Simon saß immer noch auf dem Steinboden – schmerzendes Knie, schmerzendes Hinterteil und tödlich verletzte Würde schrien nach Beachtung –, als Barnabas der Küster aus dem Gang zur Staatskanzlei herbeigeeilt kam, um die Ursache des Lärms zu untersuchen. Wie vom Donner gerührt, blieb er in der Tür stehen und blickte vom stiefellos auf den Fliesen hockenden Simon auf den heruntergerissenen und zerwühlten Wandbehang neben dem Treppenhaus und von dort wieder auf Simon. Barnabas sagte kein Wort, aber ganz oben in seinen Schläfen begannen Adern zu pochen, und seine Brauen zogen sich zusammen und senkten sich nach unten, bis die Augen nur noch winzige Schlitze waren.

Simon, überrumpelt und hilflos, konnte nur noch sitzenbleiben und den Kopf schütteln wie ein Trunkenbold, der über den eigenen Krug gestolpert und auf der Katze des Bürgermeisters gelandet ist.

VI

Das Steinmal auf den Klippen

Zur Strafe für diese letzte Untat wurde Simon seines neuen Amtes als Lehrling entsetzt und zu Arrest in den Dienstbotenquartieren verurteilt. Tagelang wanderte er durch die Grenzen seines Gefängnisses, von der Spülküche zu den Wäschekammern und wieder zurück, rastlos wie ein Falke unter der Haube.

Das habe ich mir selbst zuzuschreiben, dachte er manchmal. *Ich bin wirklich so dumm, wie der Drache sagt.*

Und zu anderen Zeiten schäumte er: *Warum machen sie mir alle soviel Ärger? Man könnte glauben, ich sei ein wildes Tier, dem man nicht trauen könne.*

Rachel, die ein gewisses Mitleid hegte, fand eine Reihe kleinerer Aufgaben, um ihn zu beschäftigen, so daß die Tage nicht ganz so öde verstrichen, wie es hätte sein können; aber das diente Simon nur als weiterer Beweis dafür, daß er auf ewig ein Karrengaul bleiben sollte. Er würde bringen und holen, bis er zu alt war, um überhaupt noch zu arbeiten, und dann würde man ihn hinaus hinter die Burg führen und ihm mit Shems abgesplittertem Holzhammer den Schädel einschlagen.

So schlichen die letzten Novandertage vorüber, und schon kroch der Decander zur Tür herein wie ein heimlicher Dieb.

Am Ende der zweiten Woche des neuen Monats bekam Simon seine Freiheit wieder – wenn man es so nennen konnte. Der Grünengel-Turm und bestimmte andere Lieblingsplätze wurden ihm verboten; seinen Dienst beim Doktor durfte er zwar wieder aufnehmen, jedoch ergänzt durch zusätzliche Aufgaben, die es erforderlich machten, daß er sich zur Essenszeit stets wieder in den Dienstbotenquartieren einfand. Aber selbst diese nur kurzen Besuche beim Doktor bedeuteten eine erhebliche Verbesserung. Tatsächlich sah es so aus, als verlasse sich Morgenes immer mehr auf Simon. Er lehrte ihn eine Menge Dinge über den Gebrauch und die Pflege der phantastischen Vielfalt von Merkwürdigkeiten, von denen seine Werkstatt überquoll. Außerdem lernte Simon – unter Schmerzen – lesen. Es war unendlich viel mühsamer, als Böden zu fegen oder staubige Destillierkolben und Becher auszuwaschen, aber Morgenes trieb ihn mit entschlossener Hand an und erklärte, ohne Alphabet könne aus Simon niemals ein brauchbarer Lehrling werden.

An Sankt-Tunath, dem einundzwanzigsten Decander, herrschte auf dem Hochhorst geschäftiges Treiben. Der Tag dieses Heiligen war der letzte hohe Feiertag vor Ädonmeß, und man bereitete ein großes Festmahl vor. Dienstmägde umkränzten Dutzende schlanker, weißer Bienenwachskerzen, die alle bei Sonnenuntergang angezündet werden sollten, mit Mistel- und Stechpalmenzweigen. Aus jedem Fenster würde der Schein ihrer Flammen strömen und den umherwandernden Sankt Tunath aus der Mittwinterdunkelheit hereinholen, damit er die Burg und ihre Bewohner segnete. Andere Bediente stapelten pechfeuchte, frischgespaltene Holzscheite in den Kaminen auf oder streuten neue Binsen auf die Fußböden.

Simon, der den ganzen Nachmittag sein Bestes getan hatte, um nicht aufzufallen, wurde trotzdem entdeckt und zu Doktor Morgenes geschickt, wo er herausfinden sollte, ob dieser irgendein für Polierzwecke geeignetes Öl besäße – Rachels Truppen hatten sämtliche Vorräte aufgebraucht, um der Großen Tafel blendenden Glanz zu verleihen, und die Arbeit in der Haupthalle war noch lange nicht beendet. Simon, der schon den ganzen Morgen in der Wohnung des Doktors damit zugebracht hatte, laut – ein zögerndes Wort nach dem anderen – in einem Buch mit dem Titel »Die unfelbarn Heylmittel der Wranna-Heyler« zu lesen, zog dennoch alles, was Morgenes von ihm verlangen mochte, dem Grauen von Rachels stählernem Blick vor. Geschwind wie ein Vogel entflog er der Haupthalle, vorbei an der langen Kanzleihalle und hinaus auf den Inneren Anger unterhalb des Grünengels. Sekunden später hatte er wie ein flüchtiger Sperber die Zugbrücke überquert, und es waren nur Augenblicke vergangen, bis er zum zweiten Mal an diesem Tag vor der Tür des Doktors stand.

Eine ganze Weile reagierte Morgenes nicht auf sein Klopfen, obwohl Simon von innen Stimmen vernahm. Er wartete so geduldig er konnte, kratzte inzwischen lange Splitter aus dem verwitterten Türrahmen, und endlich öffnete der alte Mann. Der Doktor hatte Simon zwar erst vor kurzer Zeit entlassen, machte jedoch keine Bemerkung über seine Rückkehr. Ohne ein Wort ließ er den jungen Mann eintreten; Simon, der seine seltsame Stimmung spürte, folgte ihm schweigend durch den von Lampen erhellten Korridor.

Schwere Vorhänge verdeckten die Fenster. Als seine Augen sich an die Dunkelheit im Zimmer gewöhnten, konnte Simon zunächst kein Anzeichen eines Besuchers feststellen. Dann aber erkannte er eine undeutliche Gestalt, die auf einer großen Seekiste in der Ecke saß. Der Mann im grauen Mantel blickte zu Boden. Sein Gesicht war verhüllt, aber der Junge erkannte ihn trotzdem.

»Verzeiht, mein Prinz«, sagte Morgenes, »das ist Simon, mein neuer Lehrling.«

Josua Ohnehand schaute auf. Seine blassen Augen – waren sie blau . . . oder grau? – streiften Simon mit uninteressiertem Ausdruck, so wie ein Hyrkahändler ein Pferd betrachten würde, das er nicht zu kaufen beabsichtigt. Nach kurzer Musterung wandte der Prinz seine Aufmerksamkeit wieder Morgenes zu, so vollständig, als sei Simon gar nicht mehr vorhanden. Der Doktor forderte den Jungen mit einer Handbewegung auf, in der entgegengesetzten Ecke des Raumes zu warten.

»Hoheit«, fuhr er dann fort, »ich fürchte, daß ich hier nichts mehr tun kann. Meine Kunst als Arzt und Apotheker ist am Ende.« Nervös rieb sich der alte Mann die Hände. »Vergebt mir. Ihr wißt, daß ich den König liebe und es mir furchtbar ist, ihn leiden zu sehen, aber . . . aber es gibt Dinge, in die sich Menschen wie ich nicht einmischen sollten – zu viele Möglichkeiten, zu viele unvorhersehbare Folgen. Zu diesen Dingen gehört auch die Weitergabe eines Königreiches.«

Morgenes, den Simon noch nie in solcher Stimmung erlebt hatte, zog einen Gegenstand an goldener Kette aus dem Gewand und fingerte erregt daran herum. Soweit Simon wußte, hatte der Doktor, der nur allzugern über Prahlerei und Zurschaustellung schimpfte, niemals irgendwelchen Schmuck getragen.

»Aber, bei Gottes Fluch, ich bitte Euch doch nicht, in die Thronfolge einzugreifen!« Josuas ruhige Stimme war gespannt wie eine Bogensehne. Simon fühlte sich überaus unwohl, Zeuge eines derartigen Gespräches zu sein, aber er konnte nirgendwo hingehen, ohne noch mehr aufzufallen.

»Ich habe Euch nicht gebeten, Euch in irgend etwas ›einzumischen‹, Morgenes«, sprach Josua weiter, »nur gebt mir etwas, das dem alten Mann die letzten Augenblicke leichter macht. Ob er nun morgen stirbt oder erst nächstes Jahr, Elias wird Hochkönig, und ich bin immer noch Lehnsherr von Naglimund und von nichts anderem.« Der Prinz schüttelte den Kopf. »Denkt doch an den uralten Bund zwischen Euch und meinem Vater – Euch, der Ihr sein Heiler gewesen seid und seit Dutzenden von Jahren sein Leben studiert und aufgezeichnet habt!« Josua fuhr mit der Hand an seinem Körper vorbei und deutete auf einen Stapel loser Buchblätter, die auf dem wurmstichigen Schreibtisch des Doktors aufgeschichtet lagen.

Über das Leben des Königs geschrieben? dachte Simon verwundert. Das war das erste, was er davon hörte. Morgenes schien heute voller Geheimnisse zu stecken.

Josua gab noch nicht auf. »Habt Ihr denn kein Mitleid? Er ist wie ein in die Enge getriebener alter Löwe, ein großes Tier, niedergestreckt von Schakalen! Süßer Usires, es ist so ungerecht...«

»Aber, Hoheit«, setzte der Doktor gerade an, als allen dreien im Raum plötzlich das Geräusch hastiger Schritte und Stimmen draußen im Hof bewußt wurde. Josua, bleich und mit fiebrigem Blick, war sofort aufgesprungen und hatte das Schwert so schnell gezogen, daß es aussah, als sei es von selbst in seine Hand geflogen. Ein lautes Hämmern erschütterte die Tür. Morgenes wollte öffnen, doch ein Zischen des Prinzen hielt ihn zurück. Simon fühlte sein Herz rasen. Josuas sichtliche Furcht steckte ihn an.

»Prinz Josua! Prinz Josua!« rief jemand, und das Pochen begann von neuem. Mit schneller Bewegung schob Josua das Schwert in die Scheide zurück, trat an Morgenes vorbei in den Gang der Werkstatt und riß die Tür auf. Vier Gestalten standen unter dem Vordach zum Hof; drei von ihnen gehörten zu seinen eigenen, grau uniformierten Soldaten, der letzte, der jetzt vor dem Prinzen das Knie beugte, war mit einem glänzendweißen Gewand und Sandalen bekleidet. Wie im Traum erkannte Simon ihn als Sankt Tunath, längst verstorbenes Motiv zahlloser frommer Gemälde. Was mochte das bedeuten?

»Ach, Hoheit...«, begann der kniende Heilige und hielt inne, um Atem zu holen. Simons Mund, der sich schon zum Grinsen verziehen wollte, als er begriff, daß der Mann auch nur ein Soldat und lediglich verkleidet war, um bei den Festlichkeiten des heutigen Abends die Rolle des Heiligen zu spielen, erstarrte, als er die verstörte Miene des jungen Mannes sah.

»Eure Hoheit... Prinz Josua...« wiederholte der Kniende.

»Was ist, Deornoth?« fragte der Prinz. Seine Stimme kam mühsam.

Deornoth, das dunkle, grobgestutzte Soldatenhaar umrahmt vom weißen Glanz der Kapuze, blickte auf. In dieser Sekunde hatte er wirklich die Augen eines Märtyrers, ausgebrannt und wissend.

»Der König, Herr, Euer Vater, der König... Bischof Domitis hat gesagt... er sei tot.«

Ohne einen Laut schob Josua sich an dem Knienden vorbei und verschwand im Hof, hinter ihm seine Soldaten. Gleich darauf erhob sich auch Deornoth und folgte ihnen, die Hände nach Mönchsart vorn gefaltet, als habe der Atem der Tragödie die Täuschung in Wirklichkeit verwandelt. Lautlos schwang die Tür im kalten Wind hin und her.

Als Simon sich zu Morgenes umdrehte, starrte der Doktor den Männern nach, und seine alten Augen glänzten und standen voller Tränen.

So geschah es, daß König Johan Presbyter endlich starb, am Tage des heiligen Tunath und in ungewöhnlich vorgerücktem Alter: geliebt, verehrt und so ganz und gar ein Teil des Lebens seines Volkes wie das Land selber. Und obwohl man längst damit gerechnet hatte, war die Trauer über sein Dahinscheiden groß und ergriff alle Länder der Menschen. Ein paar von den Allerältesten erinnerten sich, daß es im Jahr 1083 seit Gründung – vor genau achtzig Jahren – auch am Tunathstag gewesen war, daß Johan der Priester den Teufelswurm Shurakai erschlagen und im Triumph durch die Tore von Erchester Einzug gehalten hatte. Als diese Geschichte wieder erzählt wurde, nicht ohne einige Ausschmückungen, nickten weise Häupter. Von Gott – wie durch jene große Tat offenbart – zum König gesalbt, meinten sie, war er nun am Jahrestag wieder in den Schoß des Erlösers aufgenommen worden. Man hätte es voraussehen müssen, hieß es.

Es war traurig zu Mittwinter und zu Ädonzeit, auch wenn aus allen Ländern von Osten Ard die Menschen nach Erchester und der Hohen Burg geströmt kamen. Tatsächlich begannen viele der Ortsansässigen über die Besucher zu murren, die nicht nur in der Kirche die besten Bänke beanspruchten, sondern auch in den Wirtshäusern. Es herrschte auch mehr als nur ein wenig Verärgerung darüber, daß die Fremdländer solch einen Aufwand mit *ihrem* König trieben; denn obwohl er Gebieter über alle gewesen war, hatten ihn die Bewohner von Erchester immer mehr wie einen schlichten Lehnsherrn betrachtet. In jüngeren, gesünderen Tagen war er nur allzugern unter die Leute gegangen; zu Pferd und in glänzender Rüstung hatte er einfach wunderbar ausgesehen. Die Bürger der Stadt, zumindest in den ärmeren Vierteln, redeten oft mit vertraulichem Besitzerstolz von »unserm alten Mann da oben vom Hochhorst«.

Nun war er fort, befand sich zumindest außerhalb der Reichweite dieser schlichten Gemüter. Jetzt gehörte er den Geschichtsschreibern, den Dichtern und den Priestern.

In den vorgeschriebenen vierzig Tagen, die zwischen Tod und Bestattung eines Königs liegen mußten, wurde Johans Leichnam in die Halle der Vorbereitung von Erchester gebracht, wo die Priester ihn in seltenen Ölen badeten, mit stechend riechenden Kräuterharzen von den Südlichen Inseln einrieben und dann von Kopf bis Fuß in weißes Leinen wickelten, wobei sie ohne Unterlaß Gebete von überwältigender Frömmigkeit sprachen. Danach bekleideten sie König Johan mit einem schlichten Gewand, wie es junge Ritter beim ersten Gelübde trugen, und betteten ihn sanft auf eine Bahre im Thronsaal, rings umgeben von schmalen, schwarzen, brennenden Kerzen.

Sobald Johans Körper feierlich aufgebahrt war, befahl Vater Helfcene, der Kanzler des Königs, über der Felsfeste von Wentmund das Hayefur anzuzünden, etwas, das nur in Kriegszeiten oder bei großen

Ereignissen geschah. Wenige unter den Lebenden konnten sich noch an das letzte Mal erinnern, als man den gewaltigen Fackelturm in Brand gesetzt hatte.

Helfcene gebot außerdem, auf dem Swertclif, oben auf dem östlich von Erchester gelegenen Vorgebirge, das weit über den Kynslagh hinausblickte, eine gewaltige Grube auszuheben. Auf diesem windigen Gipfel erhoben sich bereits die sechs schneebedeckten Hügel der Könige, die vor Johan Presbyter auf dem Hochhorst geherrscht hatten. Es war elendes Wetter zum Graben, der Boden vom Winter gefroren, aber die Arbeiter auf dem Swertclif waren stolz und ertrugen die beißende Luft, die Frostbeulen und die aufgesprungene Haut um der Ehre des Auftrags willen. Der größte Teil des kalten Johanever-Monats verging, bevor man mit dem Ausschachten fertig war und die Grube mit einem riesigen Zelt aus rotweißem Segeltuch überdeckt hatte.

Die Vorbereitungen auf dem Hochhorst nahmen einen weniger gemächlichen Verlauf. Die vier Küchen der Burg glühten und qualmten wie geschäftige Eisenwerke, während eine Horde schwitzender Küchenjungen den Leichenschmaus vorbereitete, Fleisch und Brot und Festwaffeln. Der Seneschall Peter Goldschüssel, ein kleiner, verbissener, gelbhaariger Mann, war wie ein Racheengel überall gleichzeitig. Mit derselben Geschicklichkeit kostete er die in gewaltigen Fässern wogende Brühe, untersuchte die Risse der Großen Tafel auf Staub – mit wenig Aussicht, denn hier war Rachel zuständig – und überhäufte die hin und her eilende Dienerschar mit Verwünschungen. Es war, darüber waren sich alle einig, seine größte Stunde.

Auf dem Hochhorst versammelte sich die Trauergemeinde aus allen Völkern Osten Ards. Skali Scharfnase von Kaldskryke, Herzog Isgrimnurs ungeliebter Vetter, erschien mit zehn verdächtig ausschauenden vollbärtigen Verwandten. Von den drei Stämmen, die über die wilden, grasigen Thrithinge herrschten, kamen die Markthane der regierenden Familien. Zur allgemeinen Verblüffung stellten die Stammeskrieger ausnahmsweise die Feindseligkeiten untereinander zurück und trafen gemeinsam ein – ein Zeichen ihrer Achtung für König Johan. Ja, es hieß sogar, als die Nachricht von Johans Tod die Thrithinge erreichte, hätten die Randwarte der drei Stämme sich an den Grenzen, die sie so eifersüchtig gegeneinander hüteten, getroffen und gemeinsam geweint und die ganze Nacht auf des Königs Geist getrunken.

Aus der Sancellanischen Mahistrevis, dem Herzogpalast in Nabban, schickte Herzog Leobardis seinen Sohn Benigaris mit einer Kolonne von Legionären und gepanzerten Rittern, an die hundert Köpfe stark. Als sie aus ihren Kriegsschiffen stiegen, die alle drei Nabbans goldenen Eisvogel auf dem Segel trugen, ging ein bewunderndes Raunen durch die Menge am Anlegeplatz. Sogar für Benigaris gab es ein paar respektvolle Hochrufe, als er auf einem hohen, grauen Zelter vorbeiritt; viele jedoch flüsterten, wenn das der Neffe von Camaris, dem größten Ritter im Zeitalter König Johans, sei, so müsse dieser Apfel vom Stamm seines Vaters und nicht dem seines Onkels gefallen sein. Camaris war ein hünenhafter, alle anderen überragender Mann gewesen, jedenfalls sagten das jene, die alt genug waren, sich noch an ihn zu erinnern; Benigaris dagegen sah, um die Wahrheit zu sagen, ein bißchen verfettet aus. Aber es war ja auch schon fast vierzig Jahre her, daß Camaris-sá-Vinitta auf dem Meer verschollen war; viele von den Jüngeren hatten den Verdacht, daß sich seine Statur in der Erinnerung der Großväter und Klatschbasen ein wenig vergrößert hatte.

Noch eine weitere bedeutende Abordnung kam aus Nabban, kaum weniger kriegerisch als Benigaris' Leute: der Lektor Ranessin selbst segelte auf einem wunderbaren Schiff über den Kynslagh, und auf dem Azursegel strahlten der weiße Baum und die goldene Säule der Mutter Kirche. Die Menge am Kai, die Benigaris und die Nabbanai-Soldaten so milde begrüßt hatte – als erinnere sie sich noch undeutlich der Tage, in denen Nabban mit Erkynland um die Vormacht gerungen hatte –, empfing den Lektor mit lautem Willkommensruf. Die an der Schiffslände Versammelten drängten vorwärts, und es erforderte die vereinten Kräfte der Wachen von König und Lektor, sie zurückzuhalten. Trotzdem wurden einige unsanft nach vorn gestoßen, so daß sie in den eiskalten See fielen und nur schnelle Rettung sie vor dem Erfrieren bewahrte.

»Das ist nicht das, was ich mir gewünscht hätte«, flüsterte der Lektor seinem jungen Adlatus Vater Dinivan zu. »Ich meine – sieh dir nur dieses aufgeputzte Ding da an, das sie mir geschickt haben.« Er deutete auf die Sänfte, ein prunkvolles Gebilde aus geschnitztem Kirschholz mit blauer und weißer Seide. Vater Dinivan, in schlichtes Schwarz gewandet, grinste.

Ranessin, ein schlanker, gutaussehender Mann von fast siebzig Jahren, sah mit ärgerlichem Stirnrunzeln auf die wartende Sänfte und winkte dann mit milder Gebärde einen aufgeregten Offizier der Erkyngarde heran.

»Bitte entfernt das«, sagte er. »Wir wissen Kanzler Helfcenes Fürsorglichkeit zu würdigen, aber wir ziehen es vor, mit dem Volk zu gehen.«

Das anstoßerregende Transportmittel wurde eiligst fortgeschafft, und der Lektor schritt auf die überfüllte Kynslagh-Treppe zu. Als er das Zeichen des *Baumes* machte – Daumen und kleiner Finger wie ineinandergehakte Zweige, dazu ein senkrechter Strich mit den Mittelfingern –, öffnete die unruhige Menge langsam einen Durchgang, der über die ganze Länge der großen Treppe reichte.

»Lauft bitte nicht so schnell, Meister«, sagte Dinivan und schob sich an ausgestreckten, winkenden Armen vorbei. »Ihr überholt sonst noch Eure Wachen.«

»Und woher weißt du« – Ranessin ließ, so schnell, daß niemand außer Dinivan es sah, ein neckendes Lächeln über sein Gesicht huschen –, »daß es nicht genau das ist, was ich vorhabe?«

Dinivan fluchte ganz leise und bereute sofort diese Schwäche. Der Lektor war bereits einen Schritt voraus, und die Menge drängte nach. Zum Glück frischte jetzt der Wind von den Docks auf, und Ranessin war gezwungen, langsamer zu steigen. Mit der freien Hand umklammerte er seinen Hut, der fast so dünn, hoch und bleich aussah wie Seine Heiligkeit selbst. Als Vater Dinivan merkte, daß der Lektor leicht schräg im Wind zu liegen begann, schob er sich eilig weiter. Er holte den Älteren ein und packte ihn energisch am Ellbogen.

»Vergebt mir, Meister, aber Escritor Velligis würde es nie verzeihen, wenn ich Euch in den See fallen ließe.«

»Natürlich, mein Sohn«, nickte Ranessin und formte, während die beiden weiter die lange, breite Treppe hinaufstiegen, immer wieder nach beiden Seiten das Zeichen des *Baumes* in der Luft. »Ich habe nicht genügend nachgedacht. Du weißt ja, wie sehr ich diesen unnötigen Pomp verachte.«

»Aber Lektor«, wandte Dinivan milde ein und hob mit dem Ausdruck geheuchelter Überraschung die buschigen Augenbrauen, »Ihr seid Usires Ädons weltliche Stimme. Es schickt sich nicht, daß Ihr hier die Stufen hinaufrennt wie ein Seminarschüler.«

Dinivan war enttäuscht, daß diese Worte nur ein leichtes Lächeln auf das Gesicht Seiner Heiligkeit brachten. So kletterten sie in wortlosem Gleichschritt bergan, und der jüngere Mann hielt weiter den Arm des älteren in schützendem Griff.

Armer Dinivan, dachte Ranessin. *Er gibt sich solche Mühe und ist so achtsam. Nicht, daß er mich – immerhin den Lektor der Mutter Kirche – nicht mit einer gewissen Respektlosigkeit behandelte. Natürlich tut er das, weil ich es ihm erlaubt habe – zu meinem eigenen Besten. Aber heute bin ich nicht in heiterer Stimmung, und er sollte das wissen.*

Selbstverständlich war Johans Tod der Grund – aber es war nicht nur der Verlust eines guten Freundes und hervorragenden Königs; es war die damit verbundene Veränderung, und die Kirche in Gestalt von Lektor Ranessin konnte es sich nicht erlauben, Veränderungen allzuleicht Vertrauen zu schenken. Natürlich bedeutete es auch den Abschied – nur in dieser Welt, erinnerte der Lektor sich selber energisch – von einem Mann, der ein gutes Herz und gute Absichten gehabt hatte, auch wenn er bei der Ausführung dieser Absichten bestimmt manchmal allzu direkt vorgegangen war. Ranessin schuldete Johan viel, und nicht das Geringste davon war, daß der Einfluß des Königs bei der Erhebung des einstigen Oswin von Stanshire in die Höhen der Kirche und schließlich sogar zum Amt des Lektors, das fünf Jahrhunderte von keinem Erkynländer mehr bekleidet worden war, eine große Rolle gespielt hatte. Man würde den König sehr vermissen.

Allerdings setzte Ranessin Hoffnungen auf Elias. Der Prinz war unzweifelhaft mutig, entschlußkräftig, kühn – sämtlich Eigenschaften, die Söhne großer Männer nur selten besitzen; freilich war er auch jähzornig und ein wenig unbedacht, aber das – *Duos wulstei* – waren Fehler, die durch das Tragen von Verantwortung und durch guten Rat oft geheilt oder doch zumindest gemildert wurden.

Als er die Höhe der Kynslagh-Treppe erreicht und mit seinem hinterherkeuchenden Gefolge den Königsweg betreten hatte, der um die Mauern von Erchester herumführte, nahm der Lektor sich vor, dem neuen König einen zuverlässigen Ratgeber als Helfer zu senden, der freilich auch mit wachsamem Auge auf das Wohl der Kirche achten sollte, jemanden wie Velligis oder den jungen Dinivan – nein, von Dinivan würde er sich nicht trennen. Auf jeden Fall wollte Ranessin einen Mann finden, der ein Gegengewicht zu Elias' blutdürstigen jungen Edelleuten bildete – und zu diesem aufgeblasenen Schwachkopf Bischof Domitis.

Der erste Feyever, der Tag vor Elysiameß – Liebfrauentag –, dämmerte hell, kalt und klar. Die Sonne hatte kaum die spitztürmigen Gipfel des fernen Gebirges erklommen, als auch schon eine langsame, feierliche Menge in die Kapelle des Hochhorstes zu strömen begann. Der Leichnam des Königs lag auf einer mit Goldstoff und schwarzen Seidenbändern verkleideten Bahre vor dem Altar.

Simon betrachtete die Edelleute in ihren reichen, düsteren Gewändern mit grollender Faszination. Er war, geradewegs aus der Küche kommend, auf die unbenutzte Chor-Empore gestiegen und trug sogar noch sein soßenfleckiges Hemd; selbst hier, zusammengekauert im Schatten versteckt, schämte er sich seiner armseligen Kleidung.

Und ich als einziger Bediener hier, dachte er. *Der einzige von allen, der mit unserem König in der Burg gewohnt hat. Woher kommen bloß diese aufgeputzten Herren und Damen?* Er erkannte nur wenige wieder – Herzog Isgrimnur, die beiden Prinzen und ein paar andere.

Irgend etwas stimmte daran nicht, daß die dort unten in der Kapelle Sitzenden in ihren Trauerseiden so prächtig aussahen, während auf ihm der Gestank der Spülküche lag wie eine Decke – aber was war es, was hier falsch war? Sollte man den Küchenhelfer der Burg im Kreis der Edlen willkommen heißen? Oder lag die Schuld bei ihm, weil er es gewagt hatte, sich hier einzudrängen?

Und was ist, wenn König Johan alles beobachtet? Bei dem Gedanken überlief es Simon kalt. *Wenn er von irgendwoher zusieht? Wird er Gott erzählen, daß ich mich mit meinem dreckigen Hemd hier eingeschlichen habe?*

Als letzter trat Lektor Ranessin ein, angetan mit dem vollen Ornat seiner heiligen Amtsgewänder in Schwarz, Silber und Gold. Auf dem Kopf trug er einen Kranz aus geweihten Ciyanblättern, in der Hand Weihrauchfäßchen und Stab aus schwarzem Onyx. Mit einer

Gebärde forderte er die Menge zum Niederknien auf und begann mit dem Eingangsgebet der *Mansa-sea-Cuelossan*, der Totenmesse. Als er in volltönendem Nabbanai, immer noch mit einem winzigen Akzent, den Text sprach, war es Simon, als scheine ein Licht auf Priester Johans Gesicht und als könne er den König einen Augenblick lang so sehen, wie er damals anzuschauen gewesen war, als er zum ersten Mal mit leuchtenden Augen, schmutzig vom Kampf, aus den Toren des gerade erst eroberten Hochhorstes geritten war. Wie sehr wünschte Simon sich, ihn damals erblickt zu haben!

Als die zahlreichen Gebete beendet waren, erhob sich der versammelte Adel, um das *Cansim Falis* zu singen; Simon begnügte sich damit, die Worte lautlos mitzusprechen. Nachdem die Trauernden wieder Platz genommen hatten, begann Ranessin seine Rede, zur Überraschung aller nicht in Nabbanai, sondern in der ländlich-schlichten Sprache der Westerlinge, die Johan zur gemeinsamen Sprache seines Reiches gemacht hatte.

»Erinnern wir uns«, intonierte Ranessin, »daß, als der letzte Nagel in den Hinrichtungsbaum geschlagen worden war und man unseren Herrn Usires dort in furchtbaren Qualen zu Tode marterte, eine edle Frau aus Nabban namens Pelippa, Tochter eines mächtigen Ritters, ihn hängen sah und ihr Herz von Mitleid für sein Leiden erfüllt wurde. Als nun in dieser Ersten Nacht, in der Usires sterbend und einsam am Baume hing – denn man hatte seine Jünger mit Geißeln aus dem Hof des Tempels gejagt –, die Dunkelheit hereinbrach, da kam sie zu ihm und brachte ihm Wasser, und sie gab es ihm mit ihrem kostbaren Tuch, das sie in eine goldene Schale tauchte und an seine ausgedörrten Lippen führte.

Und als sie ihn tränkte, weinte Pelippa über die Pein des Erlösers und sprach zu ihm: ›Armer Mensch, was hat man dir getan?‹ Usires antwortete ihr: ›Nichts, wofür der arme Mensch nicht geboren wäre.‹

Da weinte Pelippa wiederum und sprach: ›Aber es ist schrecklich genug, daß sie dich um deiner Worte willen töten, ohne daß sie dich auch noch mit dem Kopf nach unten aufhängen, um dich zu demütigen.‹ Und Usires der Bekehrer sagte: ›Tochter, es ist nicht von Bedeutung, wie ich hänge, denn ich sehe trotzdem Gott, meinen Vater, mitten ins Angesicht.‹

Und das . . .«, der Lektor senkte seinen Blick auf die Versammlung, ». . . was unser Herr Usires hier gesagt hat, das können auch wir von unserem geliebten König sagen. Das einfache Volk unten in der Stadt erzählt, Johan Presbyter sei nicht von uns gegangen, sondern bleibe bei uns, um über sein Volk und sein Osten Ard zu wachen. Das Buch Ädon verheißt, daß er schon jetzt in unseren herrlichen Himmel voller Licht und Musik und blauer Berge emporgestiegen ist. Andere, wie unsere Brüder in Hernystir, werden sagen, er sei zu den übrigen Helden gegangen, die in den Sternen wohnen. Aber darauf kommt es nicht an. Denn wo immer er jetzt auch weilen mag, er, der einst der junge König Johan war, ob er in leuchtenden Bergen oder den Gefilden der Sterne thront, dieses eine wissen wir: daß er voller Seligkeit in Gottes Angesicht schaut . . .«

Als der Lektor seine Rede beendet hatte, standen selbst seine eigenen Augen voller Tränen. Die letzten Gebete wurden gesprochen, und die Trauergemeinde verließ die Kapelle.

Simon sah in ehrfürchtigem Schweigen zu, wie König Johans schwarzgekleidete Leibdiener ihm die letzte Ehre erwiesen, ihn umschwärmten wie Käfer eine abgestürzte Libelle und ihn mit seinem königlichen Gewand und seiner Kriegsausrüstung bekleideten. Er wußte, daß er sich hätte entfernen müssen – das hier ging weit über Einschleichen und Lauschen hinaus und grenzte an Gotteslästerung –, aber er konnte sich nicht vom Fleck rühren. Furcht und Trauer waren einem seltsamen Gefühl der Unwirklichkeit gewichen. Alles kam ihm wie ein Festspiel, ein Mummenschanz vor, bei dem die Figuren sich in ihren Rollen so steif bewegten, als seien ihre Glieder zu Eis gefroren, aufgetaut und wiederum eingefroren.

Die Diener des toten Königs hüllten ihn in seine eisweiße Rüstung und schoben ihm die gefalteten Handschuhe in das Wehrgehenk, ließen jedoch die Füße bloß. Über den Brustharnisch zogen sie ein langes, himmelblaues Wams und legten dem Toten einen glänzend scharlachroten Mantel um die Schultern, und bei all dem bewegten sie sich so langsam, als litten sie an einem Fieber. Haar und Bart wurden zu Kriegszöpfen geflochten, und der eiserne Reif, das Zeichen der Herrschaft über den Hochhorst, wurde auf seine Stirn gesetzt. Zum Schluß zog Noah, der alte Knappe des Königs, Fingils eisernen Ring hervor, den er bis dahin zurückgehalten hatte; die plötzlichen Laute seines Kummers zerbrachen die lastende Stille. Noah schluchzte so bitterlich, daß Simon sich fragte, wie er vor lauter Tränen überhaupt genug sehen konnte, um dem König den Ring an den weißen Finger zu stecken.

Endlich hoben die schwarzgekleideten Käfer den Leichnam wieder auf die Bahre. Bedeckt von seinem Überwurf aus Goldstoff, wurde er zum letzten Mal aus seiner Burg getragen, drei Männer auf jeder Seite. Dahinter folgte Noah mit dem drachengekrönten Kriegshelm des Königs. Oben im Schatten der Empore tat Simon einen tiefen Atemzug – ihm war, als hätte er eine Stunde lang die Luft angehalten. Der König war fort.

Als Herzog Isgrimnur sah, wie Johan der Priester durch das Nerulagh-Tor getragen wurde und die Prozession des Adels sich hinter ihm zu ordnen begann, überkam ihn ein sonderbares, unsicheres Gefühl wie ein Traum vom Ertrinken.

Sei kein Esel, Alter, sagte er zu sich selber. *Niemand lebt ewig – auch wenn Johan ein großes Stück davon geschafft hat.*

Das Merkwürdige daran war, daß Isgrimnur immer gewußt hatte, selbst als sie Seite an Seite in der tobenden Hölle der Schlacht gestanden hatten und die schwarzgefiederten Thrithing-Pfeile an ihnen vorübergezischt waren wie Uduns – verdammt: wie *Gottes* Blitze, daß Johan Presbyter im Bett sterben würde. Diesen Mann im Krieg zu sehen hieß einen vom Himmel Gesalbten sehen, unberührbar und gebieterisch, einen Mann, der lachte, als Blutnebel den Himmel verdunkelte. Wäre Johan ein Rimmersmann gewesen – Isgrimnur lächelte innerlich –, hätte er ganz gewiß zu den Berserkern gehört.

Aber nun ist er tot, und das ist schwer zu begreifen. Seht sie doch an, diese Ritter und Herren . . . sie haben auch geglaubt, er würde ewig leben. Jetzt haben die meisten Angst.

Elias und der Lektor hatten gleich hinter der Bahre des Königs Aufstellung genommen. Isgrimnur, Prinz Josua und die blondhaarige Prinzessin Miriamel, Elias' einziges Kind, folgten dichtauf. Auch die anderen hochgestellten Familien standen auf ihren Plätzen, ohne das sonst übliche Gedrängel um die günstigsten Positionen. Als der Leichnam dann über den Königsweg nach dem Vorgebirge getragen wurde, schloß sich hinten auch das einfache Volk an, eine riesige Menge, von der Prozession eingeschüchtert und zum Verstummen gebracht.

Auf einem Bett aus langen Pfählen lag am Fuße des Königsweges die *Seepfeil*, das Boot des Königs. In ihr, so hieß es, sollte Johan einst von den Inseln der Westerlinge nach Erkynland gekommen sein. Es war nur ein kleines Fahrzeug, kaum mehr als fünf Ellen lang; Isgrimnur bemerkte erfreut, daß man das Holz frisch lackiert hatte, damit es in der trüben Feyeversonne schimmerte.

Götter, wie hat er dieses Boot geliebt! erinnerte sich der Herzog. Sein Amt als König hatte Johan wenig Zeit für das Meer gelassen, aber Isgrimnur entsann sich einer wilden Nacht vor dreißig Jahren oder noch mehr, als der König in einer solchen Stimmung gewesen war, daß es nur noch eines für ihn gab: Er und Isgrimnur, damals noch ein junger Mann, mußten die *Seepfeil* auftakeln und auf den windgepeitschten Kynslagh hinausfahren. Die Luft war so kalt gewesen, daß sie biß. Johan, fast siebzig Jahre alt, hatte gejohlt und gelacht, als die *Seepfeil* in der hohen Dünung bockte, während Isgrimnur, dessen Ahnen sich lange vor seiner Zeit für das Festland entschieden hatten, das Schanzkleid umklammert und zu seinen zahlreichen alten Göttern und dem einen neuen Gott gebetet hatte.

Jetzt legten die Diener und Soldaten des Königs den Leichnam ganz sanft in das Boot, wobei sie ihn auf ein Gestell hinunterließen, das man für die Bahre vorbereitet hatte. Vierzig Krieger der königlichen Erkyngarde ergriffen sodann die langen Pfähle und legten sie auf ihre Schultern. Sie hoben das Boot auf und trugen es fort.

Der König und die *Seepfeil* führten die gewaltige Menschenmenge eine halbe Meile um das Vorgebirge über der Bucht herum, bis sie endlich Swertclif und das Grab erreichten. Man hatte das darüber errichtete Zelt entfernt, und das Loch neben den sechs feierlichen runden Grabhügeln der früheren Gebieter des Hochhorstes glich einer offenen Wunde.

Auf der einen Seite der Grube erhob sich ein massiver Stapel ausgeschnittener Grassoden, daneben ein Hügel aus Steinen und unbehauenem Holz. Auf der anderen Seite, wo man die Erde im flachen Winkel aufgegraben hatte, wurde die *Seepfeil* niedergesetzt. Sobald das Boot stand, traten der Reihe nach die adligen Familien Erkynlands und die Dienerschaft des Hochhorstes heran, um kleine Dinge als Zeichen ihrer Liebe in das Boot oder das Grab zu legen. Außerdem war aus jedem Land, das unter dem Hohen Schutz des Königs gestanden hatte, ein besonders bedeutendes Kunstwerk geschickt worden, das Johan der Priester mit in den Himmel nehmen sollte – ein Gewand aus kostbarer Seide von der Insel Risa etwa kam aus Perdruin, ein weißer Porphyr-Baum aus Nabban. Isgrimnurs Leute hatten aus Elvritshalla in Rimmersgard eine silberne Axt mitgebracht, Dwerningswerk, bergblaue Juwelen am Heft. Lluth, König der Hernystiri, hatte aus dem Taig von Hernysadharc einen langen Eschenholzspeer gesandt, überall mit rotem Gold eingelegt und mit goldener Spitze.

Die Mittagssonne schien viel zu hoch am Himmel zu stehen. So dachte zumindest Herzog Isgrimnur, als auch er endlich vortrat. Obwohl sie ungehindert über das graublaue Himmelsgewölbe wanderte, schien sie ihre Wärme zurückzuhalten. Der Wind wehte schärfer und tanzte wirbelnd über das Kliff. Isgrimnur trug Johans abgeschabte Kriegsstiefel in der Hand. Er brachte es nicht über sich, den weißen Gesichtern hinaufzusehen, die glitzernd wie Schneeflekken im tiefen Wald aus der Menge spähten.

Als er sich der *Seepfeil* näherte, warf er einen letzten Blick auf seinen König. Bleicher als die Brust einer Taube sah Johan doch so streng und großartig und voll von schlafendem Leben aus, daß Isgrimnur sich dabei ertappte, daß er sich Sorgen um seinen alten Freund machte, der ohne Decke draußen im Wind lag. Sekundenlang hätte er fast gelächelt.

Johan hat immer gesagt, ich hätte das Herz eines Bären und den Verstand eines Ochsen, schalt Isgrimnur sich selber. *Und wenn es hier oben schon kalt ist, wie kalt wird er es erst in der gefrorenen Erde haben . . .*

Vorsichtig, aber sicher schritt Isgrimnur über die steile Rampe aus Erde; wenn nötig, stützte er sich mit der Hand ab. Obwohl ihm dabei der Rücken fürchterlich schmerzte, wußte er, daß niemand so etwas von ihm denken würde, und er war noch nicht so alt, daß er nicht ein bißchen stolz darauf gewesen wäre.

Nacheinander nahm er Johan Presbyters blaugeäderte Füße in die Hand und zog ihnen die Stiefel über. Innerlich lobte er die geschickten Hände im Haus der Vorbereitung für die Leichtigkeit, mit der er diese Aufgabe erfüllen konnte. Ohne seinem Freund noch einmal ins Gesicht zu sehen, nahm er schnell die Hand des Königs und küßte sie. Dann schritt er davon, und es war ihm noch viel seltsamer ums Herz als zuvor. Plötzlich kam es ihm vor, als sei es nicht die leblose Hülle seines Königs, die man da der Erde anvertraute, während die Seele frei davonflatterte wie ein frisch entfalteter Schmetterling. Die Geschmeidigkeit der Glieder, das so vertraute, ruhevolle Gesicht – wie Isgrimnur es unzählige Male erblickt hatte, wenn der König in einer Schlachtpause ein paar Stunden Schlaf ergattert hatte –, das alles gab Isgrimnur ein Gefühl, als lasse er einen lebendigen Freund im Stich. Auch wenn er *wußte*, daß Johan Presbyter tot war, weil er die Hand des Königs gehalten hatte, als dieser die letzten Atemzüge tat, fühlte er sich trotzdem wie ein Verräter.

So besessen war er von seinen Gedanken, daß er beinahe mit Prinz Josua zusammengestoßen wäre, der ihm auf seinem Weg zum Grabhügel geschickt auswich. Isgrimnur erkannte entsetzt, daß Josua auf einem grauen Tuch Johans Schwert Hellnagel vor sich hertrug.

Was geht hier vor? fragte sich Isgrimnur. *Was will er mit dem Schwert?*

Als der Herzog die vorderste Reihe der Menge erreichte und sich wieder umdrehte, um zuzuschauen, wurde sein Unbehagen noch größer. Josua hatte dem König Hellnagel auf die Brust gelegt und verschränkte jetzt Johans Hände über dem Griff.

Aber das kann er nicht tun! dachte der Herzog. *Das Schwert gehört dem Thronerben – ich weiß, daß Johan es Elias geben wollte. Und wenn Elias es wirklich lieber mit seinem Vater beisetzen möchte, warum legt er es ihm dann nicht selber ins Grab? Wahnsinn! Wundert sich denn sonst niemand darüber?*

Isgrimnur schaute nach allen Seiten, fand auf den Gesichtern ringsum aber nichts als Trauer.

Jetzt kam Elias. Langsam schritt er an seinem Bruder vorbei, als nehme er teil an einem feierlichen Tanz – und so ähnlich war es ja auch. Der Thronerbe beugte sich über das Schanzkleid des Bootes. Was er seinem Vater mitgab, konnte niemand sehen, aber alle bemerkten, daß auf Elias' Wange, als er sich abwandte, eine Träne glitzerte, während Josuas Augen trockengeblieben waren.

Die Trauergemeinde sprach noch ein letztes Gebet. Ranessin, mit in der Seebrise wogenden Gewändern, besprenkelte die *Seepfeil* mit geweihten Ölen. Dann wurde das Boot langsam über die Schräge der Grube hinabgelassen. Schweigend arbeiteten die Soldaten mit ihren schweren Pfählen, bis es endlich einen Faden tief in der Erde lag. Dann wölbte man einen hohen Berg aus Holzbohlen darüber, den die Arbeiter mit Grassoden bedeckten, einen über den anderen geschichtet. Endlich häufte man Steine darauf, um das Felsmal für Johan den Priester zu vollenden, und die Trauergesellschaft machte sich auf den Weg und wanderte langsam über die Klippen am Rande des Kynslaghs nach Hause zurück.

Der abendliche Leichenschmaus in der großen Halle der Burg war keine feierlich strenge Zusammenkunft, sondern eher ein Fest voll Mut und Heiterkeit. Gewiß, Johan war tot, aber er hatte ein langes Leben gehabt, weit länger als die meisten anderen Menschen, und ein Königreich hinterlassen, in dem Wohlstand und Frieden herrschten, mit einem starken Sohn als Thronfolger.

In den Kaminen stapelten sich die Scheite; die tanzenden Flammen warfen seltsam hüpfende Schatten an die Wand. Schwitzende Dienerinnen und Diener eilten hin und her. Die Feiernden gestikulierten und riefen den Königen Trinksprüche zu, dem alten, der von ihnen gegangen war, und dem neuen, der am nächsten Morgen gekrönt werden sollte. Die Burghunde, große und kleine, bellten, balgten sich um heruntergefallene Brocken und wühlten im Stroh, das den Boden bedeckte. Simon, dienstverpflichtet, mußte eine schwere Weinkanne von Tisch zu Tisch schleppen und hatte, von grölenden Angeheiterten angebrüllt und bespritzt, das Gefühl, in einer von den lärmenden Höllen aus Vater Dreosans Predigten seine Arbeit zu tun; die auf den Tischen verstreuten und unter den Füßen knirschenden Knochen konnten die Überreste von Sündern sein, die diese lachenden Dämonen erst gequält und dann fortgeschleudert hatten.

Elias sah schon jetzt wie ein echter Kriegerkönig aus. Er saß an der Haupttafel, umgeben von seinen jungen adligen Günstlingen: Guthwulf von Utanyeat, Fengbald, dem Grafen von Falshire, Breyugar vom Westfold und anderen. Alle trugen sie ein Streifchen von Elias'

Grün am Trauerschwarz, und alle wetteiferten sie miteinander um den lautesten Trinkspruch, den härtesten Scherz. Der zukünftige König führte bei diesen Anstrengungen den Vorsitz und belohnte seine Favoriten mit lautem Gelächter. Von Zeit zu Zeit beugte er sich vor und sagte etwas zu Skali von Kaldskryke, Isgrimnurs Verwandtem, der als besonders geladener Gast an Elias' Tafel saß. Obwohl er ein großer Mann war, falkengesichtig und blondbärtig, wirkte Skali von der Ehre, zur Seite des Thronfolgers zu sitzen, etwas überwältigt – vor allem, weil Herzog Isgrimnur keine vergleichbare Ehre zuteil geworden war. Aber etwas, das Elias soeben bemerkte, schien ins Schwarze zu treffen; Simon sah den Rimmersmann zuerst lächeln, hörte ihn dann schallend loslachen und mit seinem Metallpokal krachend mit dem Prinzen anstoßen. Elias drehte sich mit wölfischem Grinsen um und sagte etwas zu Fengbald, der in die allgemeine Erheiterung einstimmte.

Verglichen damit, ging es an dem Tisch, an dem Isgrimnur mit Prinz Josua und einigen anderen saß, weit gedämpfter zu; die Stimmung schien zum grauen Gewand des Prinzen zu passen. Obwohl die anderen Edelleute sich Mühe gaben, eine Unterhaltung in Gang zu halten, konnte Simon im Vorbeigehen feststellen, daß die beiden Hauptpersonen sich nicht daran beteiligten. Josua starrte in die Ferne, als fesselten die Wandbehänge seinen Blick. Genausowenig wie er reagierte Herzog Isgrimnur auf das Tischgespräch, aber seine Gründe dafür waren kein Geheimnis. Selbst Simon konnte erkennen, wie finster der alte Herzog zu Skali Scharfnase hinüberstarrte und mit den riesigen, knorrigen Händen gedankenverloren am Saum seines Bärenfellwamses herumzupfte. Die verächtliche Art, in der Elias einen von Johans getreuesten Rittern behandelte, war an anderen Tischen nicht unbeachtet geblieben. Einige der jüngeren Edelleute, wenngleich höflich genug, es nicht deutlich zu zeigen, schienen das Unbehagen des Herzogs belustigend zu finden. Hinter vorgehaltener Hand tuschelten sie mit hochgezogenen Brauen, um die Größe des Skandals anzudeuten. Während Simon dastand und vor sich hinschwankte, verwirrt von dem Lärm, dem Rauch und seinen eigenen konfusen Beobachtungen, ertönte von einem der hinteren Tische eine laute Stimme, die ihn verwünschte und nach mehr Wein brüllte. Hastig setzte er sich wieder in Bewegung.

Später am Abend, als Simon endlich Gelegenheit fand, sich in einer Nische hinter einem der gewaltigen Wandbehänge einen Augenblick auszuruhen, bemerkte er, daß ein neuer Gast am Ehrentisch Platz genommen und sich auf einen hohen Hocker zwischen Elias und Guthwulf gezwängt hatte. Der Neuankömmling war in für eine Trauergesellschaft höchst unpassendes Scharlachrot gekleidet; schwarzgoldene Tressen faßten die Säume seiner überweiten Ärmel ein. Als er sich vorbeugte, um Elias etwas ins Ohr zu flüstern, betrachtete ihn Simon mit hilfloser Faszination. Der Mann war völlig haarlos, sogar ohne Augenbrauen und Wimpern, aber die Züge gehörten einem noch jungen Mann. Die eng über den Schädel gespannte Haut schien selbst im grell orangefarbenen Binsenlicht auffallend blaß; die Augen lagen tief in den Höhlen und waren so dunkel, daß sie nur wie glänzend schwarze Flecken unter den nackten Brauen wirkten. Simon kannte diese Augen – sie hatten ihn unter dem Kapuzenmantel des Wagenlenkers angeblickt, dessen Fahrzeug ihn am Nerulagh-Tor um ein Haar überrollt hätte. Er schauderte und riß die Augen auf. Es war etwas Widerwärtiges und zugleich Fesselndes an dem Mann, ähnlich wie bei einer sich wiegenden Schlange.

»Sieht gräßlich aus, nicht wahr?« sagte eine Stimme an seinem Ohr. Simon machte einen Satz. Ein junger Mann, dunkelhaarig und lächelnd, stand hinter ihm in der Nische, eine Laute aus Eschenholz liebevoll an das taubengraue Wams gedrückt.

»Ich . . . es tut mir leid«, stotterte Simon. »Ihr habt mich erschreckt.«

»Das wollte ich nicht«, lachte der andere. »Ich kam nur vorbei, um zu sehen, ob du mir aushelfen könntest.« Er zog die andere Hand hinter dem Rücken vor und zeigte Simon einen leeren Weinbecher.

»Oh . . .«, begann Simon. »Es tut mir wirklich leid . . . ich ruhte mich gerade ein bißchen aus, Herr . . . verzeiht mir . . .«

»Friede, Freund, Friede! Ich will dir keinen Ärger machen, aber wenn du nicht aufhörst, dich zu entschuldigen, werde ich doch noch zornig. Wie heißt du?«

»Simon, Herr.« Hastig hob er die Kanne und füllte das Gefäß des jungen Mannes. Der Fremde stellte den Becher in einer Vertiefung der Wand ab, faßte die Laute fester und griff in sein Wams, aus dem er einen zweiten Becher zutage förderte. Mit einer Verbeugung hielt er ihn Simon hin.

»Hier«, meinte er. »Den wollte ich eigentlich stehlen, Meister Simon, aber ich finde, wir sollten statt dessen gegenseitig auf unsere Gesundheit und das Andenken des alten Königs trinken – und bitte nenn mich nicht ›Herr‹, denn ich bin keiner.« Er klopfte mit dem Becher an die Kanne, bis Simon ihm nochmals eingoß. »Na also!« erklärte der Fremde. »Und nun nenn mich Sangfugol – oder, wie der alte Isgrimnur es verstümmelt, ›Zongvogol‹.«

Der Fremde ahmte den Rimmersgard-Akzent so hervorragend nach, daß Simon ein winziges Lächeln zustande brachte. Nachdem er sich verstohlen nach Rachel umgeschaut hatte, setzte er die Kanne hin und führte den Becher, den Sangfugol ihm gegeben hatte, an den Mund. Der rote Wein, stark und sauer, floß wie Frühlingsregen durch seine ausgedörrte Kehle; als er den Becher senkte, war sein Lächeln wesentlich breiter geworden.

»Gehört Ihr zu Herzog Isgrimnurs... Gefolge?« fragte Simon und wischte sich mit dem Ärmel die Lippen.

Sangfugol lachte. Er schien schnell belustigt.

»Gefolge! Was für ein Wort für einen Jungen, der Getränke bringt! Nein, ich bin Josuas Harfner. Ich wohne auf seiner Burg Naglimund, im Norden.«

»Liebt der Prinz denn die Musik?« Aus irgendeinem Grund überraschte Simon dieser Gedanke. Er goß sich noch einen Becher ein. »Er sieht immer so ernst aus.«

»Er ist auch ernst... aber das heißt doch nicht, daß er die Harfe oder das Lautenspiel geringschätzen muß. Es stimmt zwar, daß er meist meine melancholischen Lieder vorzieht, aber es gibt auch Zeiten, in denen er die ›Ballade vom Dreibeinigen Tom‹ oder anderes in dieser Art hören will.«

Bevor Simon weiterfragen konnte, gab es an der Haupttafel großes Gejohle und Heiterkeit. Simon drehte sich um und sah, daß Fengbald einem anderen Mann einen Humpen Wein in den Schoß geschüttet hatte. Der andere, der betrunken war, wrang sein Hemd aus, während Elias und Guthwulf und der Rest der Edelleute spotteten und grölten. Nur der kahle Fremde im Scharlachgewand beteiligte sich nicht daran. Seine Augen blieben kalt, und ein schmales Lächeln entblößte die Zähne.

»Wer ist das?« wandte sich Simon wieder Sangfugol zu, der seinen Becher ausgetrunken hatte und jetzt die Laute ans Ohr hielt, an den Saiten zupfte und ganz leicht an den Wirbeln drehte. »Ich meine den Mann in Rot.«

»Ja«, erwiderte der Harfner, »ich habe gesehen, wie du ihn anstarrtest, als ich kam. Entsetzlicher Kerl, wie? Das ist Pryrates, ein Nabbanai-Priester und einer von Elias' Ratgebern. Die Leute sagen, er wäre ein hervorragender Alchimist, obwohl er dafür noch recht jung aussieht, findest du nicht? Ganz abgesehen davon, daß die Alchimie eigentlich keine passende Beschäftigung für einen Priester ist. Wenn man zudem etwas genauer hinhört, wird sogar geflüstert, daß er ein Zauberer sein soll, ein schwarzer Magier. Und wenn man noch schärfer aufpaßt . . .«

An dieser Stelle wurde, als wollte Sangfugol zeigen, *wie* scharf man aufpassen müßte, seine Stimme hauchleise, und Simon mußte sich vorbeugen, um sie überhaupt zu hören; er schwankte leicht und merkte, daß er gerade einen dritten Weinbecher ausgetrunken hatte.

»Wenn du ganz, ganz sorgfältig hinhörst . . .«, fuhr der Harfner fort, »wirst du von den Leuten erfahren, daß Pryrates' Mutter eine Hexe war und sein Vater . . . *ein Dämon!*« Sangfugol zupfte scharf an einer Lautensaite, und Simon sprang verblüfft zurück. »Aber, Simon, du darfst nicht alles glauben, was du hörst – schon gar nicht von betrunkenen Sängern!« Sangfugol beendete seine Worte mit einem Lachen und streckte die Hand aus. Simon starrte sie ratlos an.

»Für einen Händedruck, mein Freund«, grinste der Harfner. »Es hat mir Freude gemacht, mich mit dir zu unterhalten, aber ich fürchte, daß ich jetzt wieder an meinen Tisch muß, wo mich andere mit Ungeduld erwarten. Leb wohl!«

»Leb wohl.« Simon ergriff Sangfugols Hand und sah dann zu, wie sich der Harfner mit der Gewandtheit des erfahrenen Trunkenboldes durch den Saal schlängelte.

Als Sangfugol wieder Platz genommen hatte, fiel Simons Blick auf zwei Mägde, die gegenüber an der Korridorwand lehnten, sich mit den Schürzen Luft zufächelten und schwatzten. Eine davon war Hepzibah, die Neue, die andere Rebah, eines der Küchenmädchen.

In Simons Blut machte sich eine gewisse Wärme bemerkbar. Es mußte ganz einfach sein, jetzt durch den Saal zu gehen und die beiden anzusprechen. Hepzibah hatte so etwas, eine gewisse Keckheit um Augen und Mund, wenn sie lachte... Mit einem mehr als nur leichten Schwindelgefühl trat Simon in den Saal zurück. Das Stimmengewirr umbrandete ihn wie eine Flut.

Augenblick, Augenblick, dachte er, und plötzlich wurde ihm heiß und ängstlich, *wie kann ich einfach zu ihnen hingehen und sie ansprechen — merken sie dann nicht, daß ich sie beobachtet habe? Werden sie nicht...*

»Heda, fauler Bauerntölpel! Bring uns noch etwas von diesem Wein!«

Simon fuhr herum und erblickte Graf Fengbald, rot im Gesicht, der ihm vom Tisch des Königs mit dem Pokal zuwinkte. Die Mägde im Korridor schlenderten davon. Simon rannte nach der Nische zurück, um seine Kanne zu holen, und mußte sie aus einem Gewirr von Hunden befreien, die sich um ein Kotelett stritten. Ein Welpe, jung und mager, einen weißen Fleck im braunen Gesicht, winselte am Rand der Meute; mit den größeren Hunden konnte er es nicht aufnehmen. Simon fand auf einem verlassenen Stuhl einen Fetzen fettiger Kruste und warf ihn dem Hündchen zu, das mit dem Stummelschwanz wedelte und den Leckerbissen sofort verschlang. Dann heftete es sich an Simons Fersen, der die Kanne durch den Saal trug.

Fengbald und Guthwulf, der großmäulige Graf von Utanyeat, führten eine Art Wettkampf im Armdrücken durch. Sie hatten die Dolche gezogen und neben ihren Armen in die Tischplatte gerammt. Simon lief, so behende er konnte, um den Tisch herum, goß Wein in die Becher der johlenden Zuschauer und bemühte sich, nicht über den Hund zu stolpern, der ihm ständig zwischen den Füßen herumsprang. Der Kronprinz sah dem Wettkampf amüsiert zu, hatte jedoch seinen eigenen Pagen hinter sich, so daß Simon ihm nicht den Pokal füllte. Zuletzt schenkte er Pryrates ein und wich dabei dem Blick des Priesters aus. Doch konnte er nicht umhin, den seltsamen Geruch des Mannes zu bemerken, eine rätselhafte Mischung aus Metall und allzu süßen Gewürzen. Als er zurücktrat, sah er das Hündchen neben Pryrates im Stroh herumwühlen, irgendeinem heruntergefallenen Schatz auf der Spur.

»Komm her!« zischte Simon und klopfte auf sein Knie. Aber der Hund achtete nicht auf ihn. Er begann mit beiden Pfoten zu scharren und stieß mit dem Rücken an die rot umhüllte Wade des Priesters. »Komm doch!« flüsterte Simon wieder.

Pyrates wandte den Kopf, um nach unten zu blicken. Langsam drehte sich der glänzende Schädel auf dem langen Hals. Er hob den Fuß und ließ seinen schweren Stiefel auf das Rückgrat des Hundes niedersausen – eine geschwinde, knappe Bewegung, die nur einen Herzschlag dauerte. Knochen splitterten, ein ersticktes Aufjaulen: Der kleine Hund wand sich hilflos im Stroh, bis Pyrates ein zweites Mal den Absatz hob und ihm den Schädel zerschmetterte.

Der Priester schaute einen Augenblick teilnahmslos auf den Leichnam und hob dann den Blick. Seine Augen hefteten sich auf Simons entsetztes Gesicht. Das schwarze Starren – ohne Reue, ohne Betroffenheit – packte den Jungen und hielt ihn fest. Pyrates' flache, tote Augen flackerten noch einmal hinab zu dem Hündchen und wandten sich dann wieder Simon zu. Langsam breitete sich ein Grinsen über das Gesicht des Priesters.

Was kannst du dagegen tun, Junge? sagte das Lächeln. *Und wen kümmert es schon?*

Die Aufmerksamkeit des Priesters wurde wieder auf die Tafel gelenkt. Simon, befreit, ließ die Kanne fallen und stolperte hinaus, auf der Suche nach einem Ort, an dem er sich übergeben konnte.

Es war kurz vor Mitternacht. Gut und gern die Hälfte der Feiernden war zu Bett getaumelt oder dorthin getragen worden. Es schien äußerst fraglich, ob viele von ihnen morgen bei der Krönung überhaupt anwesend sein würden. Simon goß gerade den stark gewässerten Wein, den Peter Goldschüssel um diese Zeit ausschließlich noch kredenzen ließ, in den Becher eines betrunkenen Gastes, als Graf Fengbald, der als einziger von der Gesellschaft des zukünftigen Königs übriggeblieben war, vom Anger draußen in die Halle stolperte. Der junge Edelmann war zerzaust und seine Hosen standen halb offen, aber sein Gesicht zeigte ein seliges Lächeln.

»Kommt alle nach draußen!« rief er. »Kommt sofort hinaus! Kommt und seht!« Er schwankte wieder zur Tür. Wer noch dazu fähig war, stand auf und folgte ihm. Die Männer rempelten einander an und machten Witze. Manche sangen betrunken vor sich hin.

Fengbald stand auf dem Anger, den Kopf in den Nacken geworfen. Das schwarze Haar hing ihm aufgelöst über den Rücken seines befleckten Wamses, und er starrte zum Himmel hinauf. Er deutete nach oben; eines nach dem anderen hoben sich die Gesichter der anderen und folgten seinem Blick.

Quer über den Himmel war ein seltsames Bild gemalt. Es sah aus wie eine tiefe Wunde, die das Nachtschwarz mit Blut bespritzte – ein riesenhafter roter Komet, der sich von Norden nach Süden über den Himmel erstreckte.

»Ein Bartstern!« rief jemand. »Ein Omen!«

»Der alte König ist tot, tot, tot!« schrie Fengbald und fuchtelte mit dem Dolch in der Luft herum, als wollte er die Sterne herausfordern, herabzusteigen und mit ihm zu kämpfen. »Lang lebe der neue König!« rief er. »Ein neues Zeitalter hat begonnen!«

Jubelrufe erschallten, und einige der Anwesenden stampften mit den Füßen auf und jubelten. Andere begannen einen schwindligen, lachenden Tanz, bei dem sich Männer und Frauen an den Händen hielten und im Kreis herumwirbelten. Über ihnen glomm der rote Stern wie glühende Kohle.

Simon, der den Angeheiterten ins Freie nachgelaufen war, um den Grund für den Tumult zu erfahren, wollte gerade wieder in die Halle zurückgehen, da sah er Doktor Morgenes im Schatten der Zwingermauer stehen. Der alte Mann, gegen die kalte Luft in ein dickes Gewand gehüllt, bemerkte seinen Lehrling nicht – auch er starrte zu dem Bartstern hinauf, dem scharlachroten Schwerthieb quer über das Himmelsgewölbe. Aber im Gegensatz zu den anderen zeigte sein Gesicht weder Trunkenheit noch Freude. Es wirkte verängstigt und kalt und klein.

Er sieht aus, dachte Simon, *wie ein Mann, der ganz allein in der Wildnis dem Hungerlied der Wölfe lauscht.*

VII

Der Erobererstern

Frühling und Sommer im ersten Jahr der Regentschaft König Elias'
waren zauberhaft, sonnenhell von Pomp und Schaugepränge. Ganz
Osten Ard schien neugeboren. Die jungen Adligen waren zurückgekehrt und füllten wieder die so lange schweigenden Hallen des Hochhorstes, und der Unterschied war so groß, daß es schien, als hätten sie
Farbe und Tageslicht an einen Ort gebracht, der vorher dunkel gewesen war. Wie in Johans Jugendtagen war die Burg voller Lachen und
Trinken, voll von der Prahlerei glänzender Schlachtschwerter und
Rüstungen. Nachts hörte man wieder Musik in den von Hecken
umfriedeten Gärten, und die wunderschönen Damen des Hofes
huschten in der warmen Dunkelheit zum Stelldichein (oder flohen
davor) wie anmutig dahinschwebende Geister. Neues Leben erfüllte
auch den Turnierplatz, der bunte Zelte trieb wie ein Blumenbeet Blüten. Für das einfache Volk sah es aus, als wäre jeder Tag Feiertag,
denn das Feiern nahm kein Ende. König Elias und seine Freunde tobten sich aus wie Kinder, die bald ins Bett müssen und dies wissen.
Ganz Erkynland schien zu lärmen und herumzutollen wie ein vom
Sommer berauschter Hund.

Manche Dorfbewohner murmelten düster vor sich hin – es war
schwer, die Frühjahrsaussaat zu bewältigen, wenn soviel Leichtfertigkeit in der Luft lag. Viele der älteren, sauertöpfischen Priester murr-
ten über die Zunahme von Zuchtlosigkeit und Völlerei. Aber die meisten Menschen lachten über diese Unheilverkünder. Noch war Elias'
Königtum frisch, und das Erkynland – und wie es schien, ganz Osten
Ard – war nach einem langen Winter des Alters zu einer Jahreszeit

unbekümmerter Jugend übergegangen. Was konnte daran unnatürlich sein?

Simon merkte, wie sich seine Finger verkrampften, während er mühsam die Buchstaben auf das graue Pergament kratzte. Morgenes stand am Fenster und hielt ein langes, geriltes Glasrohrstück gegen das Licht, um es auf Schmutzspuren zu untersuchen.

Wenn er auch nur ein Wort darüber sagt, daß es nicht ordentlich saubergemacht wäre, verschwinde ich, dachte Simon. *Der einzige Sonnenschein, den ich noch zu Gesicht bekomme, ist der, der sich in den Bechern spiegelt, die ich poliere.*

Morgenes trat vom Fenster zurück und brachte das Stück Glasrohr zu dem Tisch hinüber, an dem Simon über seiner Schreibarbeit hockte. Als der alte Mann näherkam, bereitete sich Simon innerlich auf eine Strafpredigt vor und spürte, wie irgendwo zwischen seinen Schulterblättern eine Stelle vor Groll anzuschwellen begann.

»Vorzüglich gemacht, Simon!« sagte Morgenes statt dessen und legte die Pipette neben das Pergament. »Du pflegst die Sachen hier viel besser, als ich das selbst je könnte.« Der Doktor klopfte ihm leicht auf den Arm und beugte sich vor. »Und wie kommst du damit weiter?«

»Gräßlich«, hörte Simon sich sagen. Obwohl der Grollknoten noch da war, verabscheute er sich doch selbst wegen des kleinlichen Untertons in seiner Stimme. »Ich meine, ich werde das nie richtig lernen. Ich kann die Buchstaben einfach nicht sauber hinschreiben, ohne daß die Tinte kleckst, und außerdem kann ich das, was ich da schreibe, sowieso nicht lesen!« Als er das herausgebracht hatte, war ihm ein bißchen leichter, aber er kam sich immer noch dumm vor.

»Du machst dir Sorgen um nichts, Simon«, antwortete der Doktor und richtete sich auf. Er schien zerstreut; beim Sprechen huschten seine Augen im Zimmer hin und her. »Erstens machen alle Leute zu Anfang Kleckse, und einige tun es sogar ihr Leben lang – was noch lange nicht heißt, daß sie nichts Wichtiges zu sagen hätten. Und zweitens ist es ganz natürlich, daß du nicht lesen kannst, was du da schreibst, denn das Buch ist auf Nabbanai geschrieben, und du kannst kein Nabbanai.«

»Aber wieso muß ich Worte abschreiben, die ich nicht verstehe?« knurrte Simon. »Das ist doch albern.«

Morgenes warf Simon einen scharfen Blick zu. »Und weil ich es dir aufgetragen habe, bin ich wohl auch albern?«

»Nein, so habe ich das nicht gemeint . . . es ist nur, daß . . .«

»Gib dir keine Mühe mit Erklärungen.« Der Doktor zog sich einen Schemel heran und setzte sich neben Simon. Seine langen, gekrümmten Finger kratzten ziellos in dem Gerümpel auf der Tischplatte herum. »Ich lasse dich diese Worte abschreiben, weil man sich leichter auf Form und Gestalt der Buchstaben konzentrieren kann, wenn einen der Inhalt nicht ablenkt.«

»Hmmmpf.« Simon war nur teilweise befriedigt. »Könnt Ihr mir nicht wenigstens verraten, was das für ein Buch ist? Immer wieder schaue ich mir die Bilder an und kann es trotzdem nicht herausfinden.« Er blätterte zurück bis zu einer Illustration, die er in den letzten drei Tagen viele Male eingehend betrachtet hatte, dem grotesken Holzschnitt eines Mannes, der ein Geweih trug und große, starre Augen und schwarze Hände hatte. Zu seinen Füßen duckten sich scheu zurückweichende Gestalten; über dem Kopf des Gehörnten hing am tintenschwarzen Himmel eine flammende Sonne.

»Hier zum Beispiel.« Simon deutete auf das seltsame Bild. »Hier unten steht *Sa Asdridan Condiquilles* – was bedeutet das?«

»Es heißt«, entgegnete Morgenes, klappte den Deckel zu und nahm das Buch an sich, »›Der Stern des Eroberers‹ und gehört nicht zu den Dingen, über die du etwas zu wissen brauchst.« Er legte das Buch auf einen gefährlich schwankenden Stoß an der Wand.

»Aber ich bin Euer Lehrling!« protestierte Simon. »Wann werdet Ihr mich etwas lehren?«

»Törichter Knabe! Was, glaubst du, tue ich die ganze Zeit? Ich versuche dir Lesen und Schreiben beizubringen, denn das ist das Wichtigste. Was willst du denn eigentlich lernen?«

»Magie!« erwiderte Simon, ohne zu zögern. Morgenes starrte ihn an.

»Und wie steht es mit Lesen?« erkundigte sich der Doktor mit unheilschwangerer Stimme.

Simon war verärgert. Wie gewöhnlich schien sich alles gegen ihn verschworen zu haben. »Ich weiß nicht«, meinte er. »Was ist denn so wichtig am Lesen und an den Buchstaben? Bücher sind nur Geschichten über irgend etwas. Warum sollte ich Bücher lesen wollen?«

Morgenes grinste, ein altes Wiesel, das ein Loch im Zaun zum Hühnerhof findet. »Ach, Junge, wie könnte ich dir böse sein... was für ein wundervoller, hinreißender, vollkommener Blödsinn!« Der Doktor gluckste anerkennend, tief in der Kehle.

»Was meint Ihr damit?« Simons Augenbrauen zogen sich zusammen; er runzelte die Stirn. »Warum ist es wundervoller Blödsinn?«

»Wundervoll, weil ich so eine wundervolle Antwort darauf habe«, lachte Morgenes. »Blödsinn, weil... nun, weil junge Menschen vermutlich blödsinnig auf die Welt kommen – so wie Schildkröten mit Panzern und Wespen mit Stacheln – es ist ihr Schutz gegen die Widrigkeiten des Lebens.«

»Wie bitte?« Simon war nun völlig ratlos.

»Bücher«, erläuterte Morgenes mit großer Geste und lehnte sich auf seinem wackligen Schemel zurück. »Bücher *sind* Magie. Das ist die ganz einfache Antwort. Und Bücher sind auch Fallen.«

»Magie?! Fallen?«

»Ja, Bücher sind eine Art Magie« – der Doktor nahm den Band zurück, den er gerade auf den Stapel gelegt hatte –, »weil sie Zeit und Raum sicherer umspannen als alle Zaubersprüche und Wundermittel. Was hat der-und-der vor zweihundert Jahren über das-und-das gedacht? Kannst *du* durch die Zeiten zurückfliegen und ihn fragen? Nein – oder doch wahrscheinlich nicht.

Aber ah! Wenn er seine Gedanken aufgeschrieben hat, wenn es irgendwo eine Schriftrolle oder ein Buch mit seinen Abhandlungen zur Logik gibt... dann spricht er zu dir, über Jahrhunderte hinweg! Und wenn du ins ferne Nascadu oder ins verschollene Khandia reisen willst, brauchst du auch nur ein Buch aufzuschlagen...«

»Ja, ja, ich glaube, das verstehe ich alles.« Simon versuchte gar nicht erst, seine Enttäuschung zu verhehlen. Das war nicht das, was *er* mit dem Wort Magie gemeint hatte. »Und was ist mit den Fallen? Wieso Fallen?«

Morgenes beugte sich vor und wedelte mit dem ledergebundenen Folianten vor Simons Nase herum. »Alles Geschriebene ist eine Falle«, meinte er vergnügt, »und zwar von der besten Sorte. Siehst du, ein Buch ist die einzige Fallenart, die ihren Gefangenen, nämlich das Wissen, für immer lebendig hält. Je mehr Bücher man hat«, der

Doktor machte eine weitausgreifende Geste quer durch das ganze Zimmer, »je mehr Fallen hat man, und desto größer ist die Chance, ein ganz besonderes, scheues, glänzendes Tier zu fangen, das sonst vielleicht stirbt, ohne daß jemand es zu Gesicht bekommen hat.« Morgenes schloß mit großem Nachdruck, indem er das Buch mit lautem Knall wieder auf den Stapel warf. Eine winzige Staubwolke stieg auf, deren Körnchen in den Lichtbändern herumwirbelten, die durch die Fenstergitter in den Raum fielen.

Einen Augenblick starrte Simon auf den schimmernden Staub und konzentrierte sich. Den Worten des Doktors zu folgen, glich dem Versuch, mit Fausthandschuhen Mäuse zu fangen.

»Aber wie steht es mit der *wirklichen* Magie?« fragte er endlich, und zwischen seinen Brauen stand eine hartnäckige Falte. »Magie – wie das, was Pyrates angeblich oben im Turm treibt?«

Sekundenlang verzerrte ein zorniger – oder war es ein ängstlicher? – Ausdruck die Züge des Doktors.

»Nein, Simon«, sagte er dann ruhig. »Komm mir nicht mit Pyrates. Das ist ein gefährlicher Mann und ein törichter dazu.«

Trotz seiner eigenen schrecklichen Erinnerungen an den roten Priester fand Simon die Eindringlichkeit im Blick des Doktors seltsam und ein wenig furchterregend. Er nahm allen Mut zusammen und fragte weiter: »Auch Ihr betreibt doch Magie, oder nicht? Warum ist dann Pyrates gefährlich?«

Morgenes stand plötzlich auf, und einen wilden Moment lang fürchtete Simon, der Alte werde ihn schlagen oder anschreien. Statt dessen ging Morgenes steif zum Fenster und starrte eine kleine Weile hinaus. Von Simons Platz aus sahen die dünnen Haare des Doktors aus wie ein stachliger Heiligenschein über seinen schmalen Schultern.

Morgenes drehte sich um und kam zurück. Sein Gesicht war ernst, schien von Zweifeln gequält. »Simon«, begann er, »wahrscheinlich wird es nichts nützen, wenn ich dir das sage, aber ich möchte, daß du dich von Pyrates fernhältst. Geh nicht zu ihm hin und rede nicht über ihn . . . außer mit mir natürlich.«

»Aber warum?« Im Gegensatz zu dem, was der Doktor vielleicht glaubte, hatte Simon für sich schon beschlossen, einen großen Bogen um den Alchimisten zu machen. Aber Morgenes war sonst nicht so gesprächig, und Simon wollte die Gelegenheit nicht ungenutzt lassen. »Was ist so schlecht an ihm?«

»Ist dir aufgefallen, daß die Menschen sich vor Pryrates fürchten? Daß sie sich beeilen, ihm aus dem Weg zu gehen, wenn er von seiner neuen Wohnung im Hjeldins-Turm herunterkommt? Es gibt einen Grund dafür. Man fürchtet ihn, weil ihm selbst die richtige Art von Furcht fehlt. Es steht in seinen Augen.«

Simon steckte den Federkiel in den Mund und fing an, nachdenklich darauf herumzukauen. Er nahm ihn wieder heraus, um zu fragen: »Die richtige Art von Furcht? Was heißt das?«

»Es gibt niemanden, der furchtlos ist, Simon, es sei denn, er wäre verrückt. Leute, die man furchtlos nennt, verbergen ihre Furcht meist nur geschickt, und das ist etwas ganz anderes. Der alte König Johan wußte, was Furcht ist, und ganz bestimmt wissen es seine beiden Söhne. Auch ich weiß es. Aber Pryrates . . . nun, die Leute sehen, daß er das, was wir fürchten oder respektieren, nicht achtet. Oft ist es diese Eigenschaft, die wir meinen, wenn wir jemanden als verrückt bezeichnen.«

Simon fand das alles faszinierend. Er wußte nicht genau, ob er wirklich glauben konnte, daß Johan der Priester oder Elias sich je gefürchtet hatten, aber das Thema Pryrates allein war schon fesselnd genug.

»*Ist* er denn verrückt, Doktor? Wie könnte das sein? Er ist ein Priester und einer der Ratgeber des Königs.« Aber Simon dachte an die Augen und das zahnige Lächeln und wußte, daß Morgenes recht hatte.

»Ich will es anders formulieren.« Morgenes wickelte eine Locke seines schneeweißen Bartes um den Finger. »Ich habe dir von Fallen erzählt, von der Suche nach Wissen, die wie die Jagd nach einem scheuen Tier ist. Nun, während ich und andere Wissenssucher hinaus zu unseren Fallen gehen, um nachzusehen, was für ein buntes Geschöpf wir zu fangen das Glück gehabt haben, reißt Pryrates nachts weit seine Tür auf und wartet, was hereinkommt.« Morgenes nahm Simon die Schreibfeder weg und hob dann den Ärmel seines Gewandes, um etwas von der Tinte abzutupfen, die Simons Wange zierte.

»Das Problem bei Pryrates' Methode ist«, fuhr er fort, »daß man das Tier, das zu Besuch kommt, vielleicht nicht haben will – und daß es dann schwer ist – sehr, sehr schwer –, die Tür wieder zuzumachen.«

»Ha!« knurrte Isgrimnur. »Berührt, Mann, berührt! Gebt es zu!«

»Nur der Hauch eines Flüsterns über meiner Weste«, erklärte Josua und hob mit geheucheltem Erstaunen eine Braue. »Ich sehe mit Bedauern, daß Euch die Hinfälligkeit zu solchen Verzweiflungstaten treibt...« Mitten im Satz, ohne den Tonfall zu ändern, stieß er zu. Isgrimnur parierte klappernd die hölzerne Klinge mit dem eigenen Schwertgriff und lenkte den Stoß seitlich ab.

»Hinfälligkeit?« zischte der Ältere durch gefletschte Zähne. »Ich werde Euch Hinfälligkeit geben, daß Ihr heulend zu Eurer Amme zurückrennt!«

Trotz seiner Jahre und seines Umfangs immer noch flink, drängte der Herzog von Elvritshalla vorwärts. Er schwang das Holzschwert in großen Bögen, wobei ihm sein beidhändiger Griff gute Dienste leistete. Josua sprang zurück und parierte. Das dünne Haar hing ihm in schweißfeuchten Spitzen in die Stirn. Endlich erspähte er eine Öffnung. Als Isgrimnur das Übungsschwert erneut in pfeifendem Schwung auf ihn zusausen ließ, duckte sich der Prinz, leitete mit Hilfe der eigenen Klinge den Hieb des Herzogs von seinem Kopf ab, hakte dann einen Fuß hinter Isgrimnurs Absatz und zog. Der Herzog krachte rückwärts zu Boden wie ein gefällter Baum. Gleich darauf ließ sich auch Josua neben ihn ins Gras sinken; mit seiner einen Hand nestelte er geschickt die dicke, gepolsterte Weste auf und rollte sich auf den Rücken.

Isgrimnur, prustend wie ein Blasebalg, sagte mehrere lange Augenblicke gar nichts. Er hatte die Augen geschlossen; Schweißperlen in seinem Bart glänzten im grellen Sonnenlicht. Josua beugte sich über ihn und starrte ihn an. Dann machte er ein besorgtes Gesicht und griff nach Isgrimnurs Weste, um sie zu öffnen. Als er die Finger unter den Knoten schob, schoß die große, rosige Hand des Herzogs nach oben und versetzte ihm einen Schläfenhieb, der ihn wieder auf den Rücken schleuderte. Der Prinz hob die Hand ans Ohr und zuckte zusammen.

»Ha!« schnaufte Isgrimnur. »Das wird Euch lehren... junger Welpe!«

Wieder eine Weile Schweigen. Keuchend lagen die beiden Männer da und starrten in den wolkenlosen Himmel hinauf.

»Ihr betrügt, Kleiner«, bemerkte Isgrimnur endlich und setzte sich auf. »Wenn es Euch das nächste Mal hier auf den Hochhorst ver-

schlägt, werde ich mich rächen. Außerdem – wenn es nicht so götter-
verdammt heiß und ich nicht so verflucht fett wäre, hätte ich Euch
schon vor einer Stunde die Rippen eingeschlagen.«

Josua richtete sich ebenfalls auf und beschattete mit der Hand seine
Augen. Über das gelbe Gras des Turnierplatzes näherten sich zwei
Gestalten. Die eine war in ein langes Gewand gehüllt.

»Es ist *wirklich* heiß«, bemerkte Josua.

»Und das im Novander!« ächzte Isgrimnur und zog die Fechtweste
aus. »Die Tage des Hundes liegen längst hinter uns, und immer noch
diese Hitze! Wo bleibt der Regen?«

»Vielleicht hat man ihn verscheucht.« Josua sah mit schmalen
Augen auf die beiden Herankommenden.

»Ho, kleiner Bruder!« rief einer von ihnen. »Und der alte Onkel
Isgrimnur! Sieht aus, als wärt ihr beide vom Spielen erschöpft!«

»Josua und die Hitze haben mich um ein verdammtes Haar umgebracht, Majestät«, rief Isgrimnur dem König zu, der jetzt zu ihnen
trat. Elias war mit einem kostbaren seegrünen Wams bekleidet. An
seiner Seite schritt in flatternder Robe der dunkeläugige Pryrates,
eine kameradschaftliche Scharlachfledermaus.

Josua erhob sich und streckte Isgrimnur die Hand entgegen, um dem
Älteren beim Aufstehen zu helfen. »Herzog Isgrimnur übertreibt wie
gewöhnlich«, bemerkte der Prinz sanft. »Ich war gezwungen, ihn zu
Boden zu schmettern und mich auf ihn zu setzen, um mein eigenes
Leben zu retten.«

»Ja, ja, wir haben eurer Rauferei vom Hjeldin-Turm zugeschaut«,
erwiderte Elias und machte eine achtlose Handbewegung dorthin, wo
die Steinmasse des Turms die Außenmauer des Hochhorstes überragte, »nicht wahr, Pryrates?«

»Jawohl, mein König.« Pryrates' Lächeln war fadendünn, seine
Stimme ein trockenes Rasseln. »Euer Bruder und der Herzog sind in
der Tat gewaltige Männer.«

»Darf ich Euch«, begann Isgrimnur, »etwas fragen, Majestät? So
ungern ich Euch jetzt auch mit Staatsangelegenheiten belästige?«

Elias, der mit starren Augen über den Platz geblickt hatte, drehte sich
mit dem Ausdruck milder Verärgerung nach dem alten Herzog um.
»Zufällig *bin* ich gerade damit beschäftigt, mit Pryrates einige wich-

tige Dinge zu erörtern. Warum kommst du nicht zu mir, wenn ich bei Hof über solche Fragen spreche?« Wieder kehrte er Isgrimnur den Rücken zu. Auf der anderen Seite des Turnierplatzes jagten Guthwulf und Graf Eolair vom Nad Mullagh – ein Verwandter des Hernystir-Königs Lluth – einem widerspenstigen Hengst nach, der seine Stränge zerrissen hatte. Elias lachte über den Anblick und stieß Pryrates mit dem Ellbogen in die Seite. Der Priester schenkte ihm ein weiteres flüchtiges Lächeln.

»Vergebung, Majestät«, setzte Isgrimnur von neuem an, »aber ich versuche seit vierzehn Tagen, Euch in dieser Angelegenheit zu sprechen. Immer wieder erklärt mir Euer Kanzler Helfcene, Ihr wäret zu beschäftigt –«

»Im Hjeldin-Turm«, fügte Josua knapp hinzu. Sekundenlang prallten die Blicke der Brüder aufeinander, dann wandte sich Elias dem Herzog zu.

»Also gut. Um was geht es?«

»Um die königliche Garnison in Vestvennby. Die Leute wurden vor mehr als einem Monat abgezogen und bis heute nicht ersetzt. Die Frostmark ist immer noch eine wilde Gegend, und ohne die Garnison in Vestvennby habe ich nicht genügend Männer, um die nördliche Wjeldhelm-Straße zu sichern. Wann wollt Ihr endlich neue Truppen entsenden?«

Elias hatte den Blick wieder auf Guthwulf und Eolair gerichtet, zwei winzige Gestalten, die in der Hitze schimmerten, während sie den immer kleiner werdenden Hengst jagten. Ohne sich umzudrehen, antwortete er: »Skali von Kaldskryke sagt, du hättest mehr Männer als nötig, mein alter Onkel. Er meint, du hortest deine Soldaten in Elvritshalla und Naarved. Warum tust du das?« Seine Stimme war von trügerischer Unbekümmertheit.

Bevor der verblüffte Herzog etwas erwidern konnte, bemerkte Josua: »Wenn er das behauptet, ist Skali Scharfnase ein Lügner. Nur ein Narr kann ihm glauben.«

Elias wirbelte herum, die Lippen zornig zusammengepreßt. »Ist das wahr, Bruder Josua? Skali ein Lügner? Und das auf dein Wort hin, das Wort eines Mannes, der nie versucht hat zu verbergen, daß er mich haßt?«

»Nun, nun«, unterbrach Isgrimnur bestürzt und nicht ohne Furcht, »Elias... Majestät... Ihr kennt meine Treue. Ich war der beständigste Freund, den Euer Vater je hatte.«

»O ja – mein *Vater!*« schnaubte Elias.

»Und laßt bitte nicht Josua Euren Unmut über diese skandalösen Gerüchte – denn um mehr handelt es sich nicht – entgelten! Er haßt Euch nicht! Er ist Euch so treu, wie ich es bin!«

»Daran«, erwiderte der König, »zweifle ich nicht. Ich werde Vestvennby eine neue Garnisonsbesatzung schicken, wenn ich es für richtig halte, und keinen Augenblick früher.« Er starrte die beiden sekundenlang mit weitaufgerissenen Augen an. Pryrates, der die ganze Zeit geschwiegen hatte, hob die weiße Hand und zupfte Elias am Ärmel.

»Ich bitte Euch, Herr«, sagte er, »hier ist nicht Zeit noch Ort für solche Dinge...«, – er warf Josua unter schweren Lidern einen unverschämten Blick zu –, »...wenn ich das in aller Demut erwähnen darf.«

Der König sah seinen Günstling starr an und nickte dann einmal. »Ihr habt recht. Ich habe mich sinnlos aufgeregt.« Und zu Isgrimnur gewendet, meinte er: »Vergib mir, Onkel, denn wie du selber sagtest, ist es ein heißer Tag. Verzeih meine Unbeherrschtheit.« Er lächelte.

Isgrimnur neigte den Kopf. »Natürlich, mein König. Man läßt sich bei drückendem Wetter nur allzu leicht von schlechten Stimmungen beeinflussen. Es ist auch seltsam, so spät im Jahr, findet Ihr nicht auch?«

»In der Tat.« Elias wandte sich dem Priester im roten Mantel zu und grinste ihn breit an. »Sogar Pryrates hier, so heilig auch seine Stellung in der Kirche ist, scheint Gott nicht davon überzeugen zu können, daß er uns den Regen gibt, um den wir beten – oder könnt Ihr es, mein Ratgeber?«

Pryrates sah den König seltsam an und duckte dann den Kopf in den Kragen seines Gewandes wie eine Albinoschildkröte. »Bitte, Herr«, meinte er, »laßt uns unser Gespräch wieder aufnehmen und diese Herren ihr Schwertgefecht fortsetzen.«

»Ja.« Der König nickte. »Fahren wir fort.« Aber als das Paar wenige Schritte getan hatte, blieb Elias stehen, machte langsam kehrt und sah zu Josua hinüber, der gerade die hölzernen Übungsschwerter vom trockenen Gras aufhob.

»Weißt du, Bruder«, begann der König, »es ist lange her, daß wir beide die Stäbe gekreuzt haben. Was hältst du davon, wenn wir ein paar Gänge machen, da wir gerade alle hier zusammen sind?«

Ein Augenblick Schweigen. »Wie du wünschst, Elias«, antwortete Josua dann und warf dem König eine der hölzernen Klingen zu. Elias fing den Griff geschickt mit der Rechten auf.

»Tatsächlich«, meinte Elias, und ein halbes Lächeln umspielte seine Lippen, »glaube ich nicht, daß wir noch einmal miteinander gefochten haben, seitdem du deinen... Unfall hattest.« Er machte eine feierliche Miene. »Zum Glück war es nicht die Schwerthand, die du dabei verlorst.«

»Wirklich ein Glück.« Josua maß anderthalb Schritte ab und stellte sich Elias gegenüber.

»Jedenfalls gibt es allerhand –«, fuhr Elias fort, – »oh, das Wort war nicht gut gewählt, wie? Ich bitte um Verzeihung. Es gibt aller*lei*, das dagegen spricht, mit diesen armseligen Holzrudern herumzufuchteln.« Er schwenkte das Übungsschwert hin und her. »Ich sehe so gern zu, wie du – wie nennst du diese dünne Klinge, die du so schätzt – ach ja, *Naidel*, also wie du Naidel führst. Schade, daß du sie nicht hier hast.« Ohne Warnung sprang Elias nach vorn und schwang eine harte Rückhand nach Josuas Kopf. Der Prinz fing den Hieb ab, ließ ihn vorbeigleiten und stieß dann selber vor. Elias parierte den Ausfall und lenkte ihn geschickt zur Seite ab. Die beiden Brüder lösten sich, traten zurück, umkreisten einander.

»Ja.« Josua hielt sein Schwert gerade vor sich, das schmale Gesicht schweißglatt. »Zu schade, daß ich Naidel nicht bei mir habe. Genauso schade ist es, daß du Hellnagel nicht hast.« Der Prinz führte einen schnellen Hieb nach unten und ging dann zu einem neuen Drehstoß über. Schnell wich der König nach rückwärts aus, um dann seinerseits anzugreifen.

»Hellnagel?« fragte Elias und atmete ein wenig schwer. »Was willst du damit sagen? Du weißt, daß es mit unserem Vater im Grabe liegt.« Er duckte sich, schlug einen Rückhandbogen und drängte Josua nach hinten.

»Oh, das weiß ich«, antwortete Josua und parierte, »aber vom Schwert eines Königs – so wie von seinem Reich – sollte man weise« – ein Stoß – »und stolz« – ein Gegenstoß –, »weise und vorsichtig Gebrauch machen . . . wenn man der Erbe ist.«

Mit dem Geräusch einer Axt, die Balken spaltet, trafen die beiden Holzklingen aufeinander. Der Druck setzte sich nach unten fort, bis die Griffe aneinanderstießen und Elias' und Josuas Gesichter nur noch wenige Zoll voneinander entfernt waren. Unter den Hemden der Brüder spannten sich die Muskeln; einen Augenblick standen sie fast reglos da, die einzige Bewegung ein leichtes Zittern, als sie sich gegeneinander stemmten. Endlich fühlte Josua, der, anders als der König, den Griff nicht mit beiden Händen halten konnte, wie seine Klinge abzugleiten begann. Mit einer geschmeidigen Drehung löste er sich und sprang zurück, das Schwert wieder vor sich nach unten gerichtet.

Als sie einander über dem Rasenstück ins Gesicht blickten und nach Luft rangen, klang ein lautes, tiefes Geläut über den Turnierplatz. Die Glocken des Grünengel-Turms verkündeten die Mittagsstunde.

»Da habt Ihr es, edle Herren!« rief Isgrimnur, in dessen Gesicht ein verzerrtes Lächeln stand. Der nackte Haß aufeinander, den die beiden Brüder ausströmten, war unverkennbar gewesen. »Da sind die Glocken, und das bedeutet Essenszeit. Wollen wir von einem Unentschieden ausgehen? Wenn ich nicht bald aus der Sonne herauskomme und einen Humpen Wein finde, werde ich Ädonmeß dieses Jahr nicht mehr erleben. Meine alten Nordknochen sind für solch grausame Hitze nicht geschaffen.«

»Der Herzog hat recht, Herr«, schnarrte Pryrates und legte die Finger auf Elias' Hand, die immer noch das Schwert in die Höhe hielt. Ein Reptilienlächeln machte die Lippen des Priesters schmal. »Wir können unsere Geschäfte auf dem Rückweg erledigen.«

»Nun gut«, knurrte Elias und warf das Schwert über die Schulter. Es schlug auf dem Boden auf, wirbelte einmal um seine Achse und fiel dann hin. »Sei bedankt für die Übung, Bruder.« Er drehte sich um und bot Pryrates den Arm. Scharlach und Grün entfernten sich.

»Was meint Ihr, Josua?« fragte Isgrimnur und nahm dem Prinzen das Holzschwert aus der Hand. »Wollen wir einen Becher Wein zu uns nehmen?«

»Ja, ich denke schon«, erwiderte Josua und bückte sich, um die Westen aufzuheben, während Isgrimnur das Schwert holte, das der König weggeschleudert hatte. Der Prinz richtete sich auf und starrte in die Weite. »Stehen denn immer die Toten zwischen den Lebenden, Onkel?« fragte er leise und strich sich mit der Hand über das Gesicht. »Aber laß nur. Komm, wir suchen uns einen kühlen Ort.«

»Wirklich, Judith, es ist ganz in Ordnung. Rachel hätte nichts dagegen...«
Nur wenige Zoll von der Rührschüssel entfernt wurde Simons suchende Hand gepackt. Judith, so rund und rosig sie auch aussah, war ungemein kräftig.
»Hände weg! ›Rachel hätte nichts dagegen‹, ha! Sonst noch etwas? Jeden Knochen in meinem alten schwachen Körper würde sie mir brechen!« Judith schob Simons Hand auf seinen Schoß zurück, pustete sich eine Haarsträhne aus den Augen und wischte sich die Finger an der fleckigen Schürze ab. »Ich hätte wissen müssen, daß der leiseste Hauch von Ädonbrotbacken dich anziehen würde wie einen Troßköter aus Inniscrich.«
Simon malte traurige Muster auf die mehlbestreute Tischplatte.
»Aber Judith, du hast doch ganze Berge von Teig – warum kann ich keine Kostprobe aus der Schüssel bekommen?«
Judith wuchtete sich vom Hocker und segelte anmutig, wie eine Barke auf gemächlichem Fluß, zu einem der Hunderte von Küchenborden. Vor ihr stoben zwei kleine Küchenjungen auseinander wie verschreckte Möwen. »Also, wo...«, bemerkte sie sinnend, »ist jetzt dieser Krug mit der süßen Butter?« Während sie so, den Finger im Mund, in nachdenklicher Haltung dastand, rutschte Simon näher an die Rührschüssel heran.
»Wag es nicht, Bürschchen!« Judith warf die Worte über die Schulter, ohne sich auch nur nach ihm umzudrehen. Hatte sie auf allen Seiten Augen? »Es liegt nicht daran, Simon, daß wir keinen Teig übrighätten; aber Rachel will nicht, daß du dir den Appetit für das Abendessen verdirbst.« Sie setzte ihre Inspektion der Borde fort, auf denen eine Fülle von Lebensmitteln aufgestapelt war, während sich Simon zornig brütend wieder hinsetzte.

Trotz solcher gelegentlichen Mißerfolge war die Küche ein wundervoller Ort. Länger noch als Morgenes' ganze Wohnung, wirkte sie trotzdem klein und gemütlich, erfüllt von der pulsierenden Wärme der Öfen und Herde und den Düften guter Dinge. Schmorlamm brodelte in eisernen Töpfen, im Ofen gingen die Ädonbrote auf, und im beschlagenen Fenster hingen wie Glocken papierschalige braune Zwiebeln. Die Luft war schwer vom Geruch der Gewürze, von scharfem Ingwer und Zimt, Safran, Nelken und kratzigem Pfeffer. Küchenjungen rollten Fässer mit Mehl oder sauer eingelegtem Fisch durch die Tür oder holten mit flachen Holzpaddeln Brotlaibe aus den Backöfen. Einer der Oberlehrlinge kochte auf dem Feuer in einem Topf Mandelmilch-Reisbrei, eine weiße Süßspeise für den Nachtisch des Königs. Und Judith selbst, eine mächtige, sanfte Frau, die die riesige Küche so anheimelnd erscheinen ließ wie eine Bauernkate, leitete das alles, ohne auch nur einmal die Stimme zu heben, eine freundliche, aber scharfäugige Beherrscherin ihres Reiches aus Töpfen und Feuerschein.

Sie kam mit dem fehlenden Krug wieder und ergriff unter Simons mißbilligendem Blick einen langstieligen Pinsel, um die geflochtenen Laibe Ädonbrot mit der Butter zu bestreichen. »Judith«, fragte Simon nach einer Weile, »wenn jetzt schon bald Ädonmeß ist, warum haben wir keinen Schnee? Morgenes sagt, er hätte noch nie erlebt, daß er so lange auf sich warten ließ.«

»Das weiß ich ganz bestimmt nicht«, erwiderte Judith munter. »Wir hatten ja auch im Novander keinen Regen. Ich nehme an, es ist eben ein trockenes Jahr.« Sie runzelte die Stirn und pinselte noch einmal über den letzten Brotlaib.

»Sie haben die Schafe und Kühe aus der Stadt auf dem Hochhorst im Burggraben getränkt«, fuhr Simon fort.

»Haben sie das?«

»Ja. Man kann am Rand die braunen Ringe sehen, die anzeigen, wie der Wasserspiegel gesunken ist. Es gibt Stellen, an denen man stehen kann und wo einem das Wasser nicht einmal bis zu den Knien geht!«

»Und die hast du zweifellos alle entdeckt.«

»Ich glaube schon«, erwiderte Simon stolz. »Und letztes Jahr um diese Zeit war alles gefroren. Stell dir doch vor!«

Judith sah vom Glasieren der Brote auf und betrachtete Simon mit ihren freundlichen blaßblauen Augen. »Ich weiß, daß es aufregend ist, wenn so etwas geschieht«, meinte sie, »aber vergiß nicht, Bürschchen, daß wir das Wasser brauchen. Wenn wir weder Regen noch Schnee bekommen, gibt es auch keine schönen Mahlzeiten mehr. Du weißt ja, daß man aus dem Kynslagh nicht trinken kann.« Der Kynslagh und auch der Gleniwent, der ihn speiste, waren salzig wie das Meer.

»Natürlich weiß ich das«, erwiderte Simon. »Sicher wird es auch bald schneien – oder regnen, weil es so warm ist. Es wird nur einen sehr merkwürdigen Mittwinter geben.«

Judith wollte gerade noch etwas bemerken, hielt jedoch inne und blickte über Simons Schulter nach der Tür.

»Ja, Mädchen, was gibt's?« fragte sie. Simon drehte sich um und sah wenige Fuß hinter sich ein wohlbekanntes, lockenhaariges Gesicht – Hepzibah.

»Rachel hat mich geschickt, um Simon zu holen, Frau Judith«, erklärte sie und machte einen nachlässigen halben Knicks. »Sie braucht ihn, weil er etwas von einem hohen Regal herunterholen soll.«

»Nun, Herzchen, da brauchst du nicht zu fragen. Er sitzt hier nur herum und betet mein Backwerk an; nicht, daß er helfen würde oder sonst etwas täte.« Sie scheuchte Simon mit einer Handbewegung hinaus, die er nicht sah, weil er gerade Hepzibahs enggeschnürte Schürze und ihr welliges Haar bewunderte, das ihr Häubchen weder bändigen noch bedecken konnte. »Lysia erbarm sich, Junge; mach, daß du wegkommst!« Judith lehnte sich über den Tisch und stupste Simon mit dem Pinselstiel.

Hepzibah hatte bereits kehrtgemacht und war schon fast zur Tür hinaus. Als Simon hastig von seinem Schemel sprang, um ihr nachzulaufen, legte ihm die Küchenmeisterin eine warme Hand auf den Arm.

»Hier«, sagte sie, »das hier scheine ich verdorben zu haben – schau nur, es ist ganz schief.« Sie reichte ihm einen krummen Brotlaib, gedreht wie ein Stück Seil und nach Zucker duftend.

»Danke!« erwiderte Simon, nahm den Laib, riß ein Stück ab und stopfte es sich in den Mund, während er hastig zur Tür rannte. »Es ist gut!«

»Natürlich ist es das!« rief Judith ihm nach. »Und wenn du es Rachel erzählst, ziehe ich dir das Fell über die Ohren!« Aber die letzten Worte trafen nur noch einen leeren Türrahmen.

Simon brauchte nur wenige Schritte, um Hepzibah einzuholen, die sich nicht sonderlich schnell bewegte.

Hat sie auf mich gewartet? überlegte er und fühlte sich eigenartig atemlos, kam dann aber zu dem Entschluß, daß jeder, den ein Auftrag aus Rachels Klauen befreite, höchstwahrscheinlich trödeln würde, so gut er könnte.

»Möchtest du . . . möchtest du etwas davon haben?« fragte er und schnappte leicht nach Luft. Die kleine Magd nahm ein Stück von dem süßen Brot und schnupperte daran, bevor sie es in den Mund steckte.

»Oh, das schmeckt gut, wirklich«, erklärte sie dann und schenkte Simon ein strahlendes Lächeln, das ihre Augenwinkel mit Lachfältchen umrahmte. »Gib mir noch ein Stück, ja?« Er tat es.

Sie verließen die Halle und traten in den Hof. Hepzibah kreuzte die Arme, als wollte sie sich selbst umarmen. »Uh, ist das kalt«, sagte sie. Eigentlich war es ziemlich warm – wenn man berücksichtigte, daß man sich im Monat Decander befand, geradezu glühend heiß –, aber nun, wo Hepzibah es erwähnte, war Simon überzeugt, er spüre eine kalte Brise.

»Ja, wirklich kalt, in der Tat«, bemerkte er und verstummte dann aufs neue.

Als sie um die Ecke der Inneren Burg bogen, in der die königlichen Wohnungen lagen, deutete Hepzibah auf ein kleines Fenster gerade unterhalb des oberen Türmchens. »Siehst du das?« fragte sie. »Da habe ich neulich erst die Prinzessin stehen sehen. Sie hat sich das Haar gekämmt . . . meine Güte, hat sie nicht hübsches Haar?«

Eine vage Erinnerung an Gold, in dem sich die Nachmittagssonne fing, stieg in Simon auf, aber er ließ sich nicht ablenken.

»Ach, ich finde, du hast viel schöneres Haar«, erklärte er und wandte sich dann ab, um einen der Wachttürme in der Mauer des Mittleren Zwingers zu betrachten. Ein verräterisches Erröten stahl sich in seine Wangen.

»Meinst du wirklich?« lachte Hepzibah. »Ich finde, es ist ein fürchter-

liches Gestrüpp. Prinzessin Miriamel hat Damen, die es ihr bürsten.
Sarrah – du weißt, das blonde Mädchen – kennt eine davon. Sarrah sagt,
die Dame hätte ihr erzählt, die Prinzessin wäre manchmal ganz traurig,
und sie wollte zurück nach Meremund, wo sie aufgewachsen ist.«
Simon schaute mit großem Interesse auf Hepzibahs Nacken, der mit
lockigen braunen Haarzweiglein bekränzt war, die unter ihrer Haube
hervorlugten. »Hmmm«, antwortete er.
»Soll ich dir noch etwas sagen?« fragte Hepzibah und wandte sich
vom Turm ab. »Warum starrst du denn so?« schalt sie, aber ihre
Augen waren fröhlich. »Hör auf damit, ich habe dir doch gesagt, daß
mein Haar ganz durcheinander ist. Soll ich dir noch etwas über die
Prinzessin erzählen?«
»Was?«
»Ihr Vater will, daß sie Graf Fengbald heiratet, aber sie mag nicht.
Der König ist sehr böse auf sie, und Graf Fengbald droht, den Hof zu
verlassen und wieder nach Falshire zu gehen, obwohl man sich nicht
vorstellen kann, warum. Lofsunu sagt, er würde nie gehen, weil in
seiner Grafschaft niemand genug Geld hat, um seine Pferde und Kleider und alles andere richtig zu würdigen.«
»Wer ist Lofsunu?« wollte Simon wissen.
»Oh.« Hepzibah machte ein gelangweiltes Gesicht. »Das ist ein Soldat, den ich kenne. Er gehört zu Graf Breyugars Gefolgschaft. Sieht
sehr gut aus.«
Der letzte Rest des Ädonbrotes verwandelte sich in Simons Mund in
feuchte Asche. »Ein Soldat?« fragte er leise. »Ist er. . . ein Verwandter von dir?«
Hepzibah kicherte, ein Geräusch, das Simon langsam ein wenig auf
die Nerven zu gehen begann. »Ein Verwandter! Barmherzige Rhiap,
nein, das ganz bestimmt nicht! So wie er mir die ganze Zeit nach-
läuft!« Sie kicherte wieder; es gefiel Simon noch viel weniger. »Vielleicht hast du ihn schon gesehen«, fuhr sie fort, »er steht Wache in
der Ostkaserne. Breite Schultern und Bart.« Sie zeichnete einen
Mann in die Luft, in dessen Schatten Simon an einem Sommertag
bequem hätte sitzen können.
Simons Gefühle kämpften mit seiner vernünftigeren Natur. Die
Gefühle siegten. »Soldaten sind dumm«, knurrte er.

»Sind sie nicht!« versetzte Hepzibah. »Nimm das zurück! Lofsunu ist
ein feiner Mann. Eines Tages wird er mich heiraten!«

»Ein feines Paar werdet ihr abgeben«, fauchte Simon. Dann tat es
ihm leid. »Ich hoffe, ihr werdet glücklich«, schloß er und wünschte
sich nur, die Gründe für seinen Groll wären nicht so kristallklar.

»Das werden wir bestimmt«, meinte die besänftigte Hepzibah. Sie
betrachtete eindringlich ein Paar Burgwächter, die über ihnen die
Zinnen entlangwanderten, lange Hellebarden auf den Schultern.
»Irgendwann wird Lofsunu Unteroffizier, dann werden wir in Erche-
ster ein eigenes Haus haben. Wir werden so glücklich sein wie . . . wie
man nur sein kann. Jedenfalls glücklicher als die arme Prinzessin.«
Simon zog eine Grimasse, hob einen runden Stein auf und ließ ihn die
Zwingermauer hinunterklappern.

Doktor Morgenes, der auf den Zinnen auf und ab lief, schaute hinunter und erblickte Simon, der mit einer der jungen Dienstmägde unten
vorbeiging. Eine trockene Brise wehte ihm die Kapuze vom Kopf. Der
alte Mann lächelte und wünschte Simon innerlich viel Glück – der
Junge schien es nötig zu haben. Seine ungeschickte Haltung und die
Anfälle von Trotz ließen ihn mehr wie ein Kind als wie einen jungen
Mann erscheinen, aber er hatte bereits die Höhe eines Mannes und
ließ erkennen, daß er sie eines Tages auch ausfüllen würde. Simon
stand an einer Grenze, ein Bein auf jeder Seite, und sogar der Doktor,
dessen Alter sich jetzt niemand im Schloß mehr vorstellen konnte,
erinnerte sich, was das für ein Zustand war.

Plötzlich schwirrten hinter ihm Flügel in der Luft. Morgenes drehte
sich um, jedoch langsam, so als wäre er nicht weiter überrascht. Jeder
Beobachter hätte einen flatternden grauen Schatten gesehen, der
wenige Herzschläge lang vor ihm in der Luft hing und dann in den
weiten Falten seiner grauen Ärmel verschwand.

Die Hände des Doktors, eben noch leer, hielten eine kleine Rolle feinen Pergaments, das mit einem schmalen, blauen Bändchen ver-
schnürt war. Er barg sie in der Handfläche und rollte sie dann mit
sanftem Finger auf. Die Botschaft war in der südlichen Sprache Nabbans und der Kirche abgefaßt, aber die Buchstaben waren die starren
Runen von Rimmersgard.

Morgen –
die Feuer von Sturmspitze sind entfacht. Neun Tage lang
habe ich von Tungoldyr aus ihren Rauch gesehen und
acht Nächte ihre Flammen. Die Weißfüchse sind wieder
erwacht und suchen die Kinder in der Dunkelheit heim.
Auch an unseren kleinsten Freund habe ich geflügelte
Worte gesandt, aber ich glaube nicht, daß sie ihn
ahnungslos finden werden. Jemand hat an gefährliche
Türen geklopft.

Jarnauga

Neben die Unterschrift hatte der Verfasser unbeholfen eine von
einem Kreis umgebene Feder gezeichnet.
»Merkwürdiges Wetter, nicht?« bemerkte eine trockene Stimme.
»Und doch so angenehm für einen Spaziergang auf den Zinnen.«
Der Doktor fuhr herum und zerknüllte das Pergament in der Hand.
Neben ihm stand lächelnd Pryrates.
»Die Luft ist heute voller Vögel«, fuhr der Priester fort. »Seid Ihr ein
Vogelliebhaber, Doktor? Kennt Ihr Euch in ihren Gewohnheiten
aus?«
»Ich weiß ein wenig über sie – nicht viel«, antwortete Morgenes
ruhig. Seine blauen Augen waren schmal geworden.
»Ich habe auch schon daran gedacht, sie zu studieren«, nickte Pyrates. »Man fängt sie leicht, wißt Ihr... und sie haben so viele
Geheimnisse, die einem wißbegierigen Gemüt wertvoll erscheinen
könnten.« Er seufzte und rieb sich das glatte Kinn. »Nun ja, lediglich
ein weiterer Punkt, über den man nachdenken müßte – meine Zeit ist
jetzt schon so ausgefüllt. Guten Tag, Doktor. Genießt die Luft.« Er
entfernte sich und stieg von den Zinnen. Seine Stiefel klickten auf
dem Stein.
Noch lange, nachdem der Priester gegangen war, stand Morgenes still
da und starrte in den graublauen nördlichen Himmel.

VIII

Bittere Luft und Süße

Der Jonever neigte sich dem Ende zu. Noch immer war kein Regen gefallen. Als die Sonne langsam hinter den Westmauern versank und im hohen dürren Gras Insekten zu schwatzen begannen, saßen Simon und Jeremias, der Wachszieherjunge, Rücken an Rücken da und schnauften.

»Na, komm.« Simon zwang sich aufzustehen. »Noch eine Runde.« Jeremias, nunmehr ohne Rückhalt, kippte nach hinten, bis er im schütteren Gras ausgestreckt dalag wie eine umgedrehte Schildkröte.

»Mach du allein weiter«, hechelte er, »ich werde nie ein Soldat.«

»Natürlich wirst du das«, widersprach Simon, den solche Reden ärgerten. »Alle beide werden wir Soldaten. Das letzte Mal warst du viel besser. Los, steh auf.«

Mit schmerzlichem Stöhnen ließ Jeremias sich hochziehen. Unwillig nahm er den Faßstock entgegen, den Simon ihm reichte.

»Wir wollen lieber zurückgehen, Simon. Mir tut alles weh.«

»Du grübelst zu viel«, entgegnete Simon und hob seinen eigenen Stock. »Angriff!«

Stab krachte gegen Stab.

»Autsch!« jaulte Simon.

»Ho, ho« jubelte Jeremias schon weit zuversichtlicher. »Ein tödlicher Hieb!« Das Klicken und Klappern begann von neuem.

Es war nicht allein das erfolglose Getändel mit Hepzibah, das in Simon die alte Vorliebe für den Ruhm des Soldatenlebens wieder neu erwachen ließ. Bevor Elias den Thron bestiegen hatte, war Simon überzeugt gewesen, es sei sein Herzenswunsch – für den er alles in der Welt gegeben hätte –, Morgenes' Lehrling zu werden und alle Geheimnisse der unordentlichen, magischen Welt des Doktors kennenzulernen. Aber nachdem er das erreicht und den mühsam strebenden Inch als Helfer des Doktors abgelöst hatte, begann die Herrlichkeit zu verblassen. Es gab einfach viel zu viel *Arbeit*, und Morgenes nahm es mit allem so verdammt genau. Und hatte Simon auch nur den kleinsten Zauber gelernt? Nichts hatte er. Verglichen mit den langen Stunden des Lesens und Schreibens und Fegens und Putzens im dunklen Zimmer des Doktors schienen ihm große Taten auf dem Schlachtfeld und die bewundernden Blicke junger Frauen ganz und gar nicht verachtenswert.

Tief unten im nach Talg riechenden Bau Jakobs des Wachsziehers hatte der kriegerische Glanz des ersten Königsjahres auch den dicken Jeremias erfaßt. Während der einwöchigen Festveranstaltungen, die Elias fast allmonatlich abzuhalten schien, sammelte sich auf den Turnierlisten alles, was Farben trug im Reich. Wie glänzende Schmetterlinge aus Seide und blinkendem Stahl waren die Ritter und übertrafen alle sterblichen Wesen an Schönheit. Der mit Ruhm gewürzte Wind, der über den Turnierplatz wehte, weckte tiefe Sehnsucht in der Brust junger Männer.

Wie in ihren Kindertagen gingen Simon und Jeremias zum Böttcher und holten sich lange Latten, um sich daraus Schwerter zu basteln. Stundenlang droschen sie nach der Arbeit aufeinander ein. Zuerst hielten sie ihre Scheingefechte in den Ställen ab, bis sie Shem Pferdeknecht hinauswarf, um seinen Schützlingen Frieden zu verschaffen; daraufhin zogen sie auf das ungemähte Gras unmittelbar südlich des Turnierplatzes um. Nacht für Nacht hinkte Simon in die Dienstbotenquartiere zurück, die Hosen kaputt und das Hemd zerrissen, und Rachel der Drache schlug die Augen zum Himmel auf und betete mit lauter Stimme zur heiligen Rhiap, sie vor der Tölpelhaftigkeit von Jungen zu bewahren, um dann die Ärmel aufzukrempeln und den blauen Flecken, die Simon sich bereits von Jeremias eingehandelt hatte, noch ein paar hinzuzufügen.

»Ich glaube . . .«, prustete Simon, »das . . . reicht für heute.«

Jeremias, rot im Gesicht und zusammengekrümmt, konnte nur noch zustimmend nicken.

Als sie im schwindenden Licht zur Burg zurückmarschierten, schwitzend und keuchend wie Pflugochsen, stellte Simon beifällig fest, daß Jeremias einiges von seiner Schwerfälligkeit zu verlieren begann. Noch ein oder zwei Monate, und er würde langsam wie ein Soldat aussehen. Vor ihren regelmäßigen Zweikämpfen hatte er eher an eine jener Massen erinnert, in die sein Meister einen Docht hineinstecken würde.

»Das war gut heute, wie?« fragte Simon. Jeremias rieb sich den Kopf unter dem kurzgeschorenen Haar und bedachte Simon mit einem angewiderten Blick.

»Ich begreife selbst nicht, wie du mich dazu überreden konntest«, murrte er. »Leute wie uns lassen sie nie etwas anderes werden als Troßjungen.«

»Aber auf dem Schlachtfeld ist alles möglich!« rief Simon. »Vielleicht rettest du das Leben des Königs vor Thrithingsmännern oder Räubern aus Naraxi – und wirst dafür auf der Stelle zum Ritter geschlagen!«

»Hmmm.« Jeremias war nicht beeindruckt. »Und wie bringen wir sie dazu, daß sie uns überhaupt annehmen, ohne Familie, ohne Pferde, sogar ohne Schwerter?« Er wedelte mit seinem Stab.

»Nun«, sagte Simon, »nun ja . . . ich werde mir etwas ausdenken.«

»Hmmm«, stimmte Jeremias zu und wischte sich das gerötete Gesicht mit dem Saum seines Wamses.

Als sie sich den Burgmauern näherten, flackerte an einem Dutzend Stellen vor ihnen Fackelschein auf. Was einst offenes, weites Grasland im Schatten der Hochhorst-Außenmauer gewesen war, glich jetzt einer Wucherung aus elenden Hütten und Zelten, zusammengedrängt und ineinanderwachsend wie die Schuppen einer alten, kranken Echse. Das Gras war längst verschwunden; Schafe und Ziegen hatten es bis auf die nackte Erde abgeweidet. Während die zerlumpten Bewohner zwischen ihren armseligen Behausungen herumwimmelten, Lagerfeuer für die Nacht errichteten und die Kinder vor der Dunkelheit hereinriefen, wurde der Staub von ihren Füßen zu körnigen Schwaden aufgewirbelt, die kurz umherschwebten und sich dann niederließen, um Kleidung und Zeltmaterial in ein gleichmäßig stumpfes Graubraun zu färben.

»Wenn es nicht bald regnet«, sagte Jeremias und musterte stirnrunzelnd eine Meute kreischender Kinder, die an den farblosen Kleidern einer ebenso farblos aussehenden Frau herumzerrten, »muß die Erkyngarde sie von hier vertreiben. Wir haben auf die Dauer nicht genug Wasser für sie. Sie sollen fortgehen und sich selber ihre Brunnen graben.«

»Aber wo...«, wollte Simon fragen, brach aber jäh ab und riß weit die Augen auf. Weit hinten auf einem der Trampelpfade durch die Behelfsstadt hatte er ein Gesicht entdeckt, das ihm bekannt vorkam. Nur sekundenlang war es aus der Menge aufgetaucht und sofort wieder verschwunden, aber er war sicher, daß es dem Jungen gehörte, den er beim Spionieren erwischt und der ihn dem Zorn des Küsters Barnabas ausgeliefert hatte.

»Da ist der, von dem ich dir erzählt habe!« zischte er aufgeregt. Jeremias blickte ihn verständnislos an. »Du weißt doch, Mal – Malachias! Dem schulde ich noch etwas!« Simon näherte sich dem Menschenknäuel, in dem er, davon war er überzeugt, das Gesicht des Spitzels mit den scharfen Zügen erblickt hatte. Es waren zumeist Frauen und kleine Kinder, aber auch ein paar ältere Männer standen dazwischen, krumm und verwittert wie alte Bäume. Sie umringten eine junge Frau, die vor der Öffnung eines halbverfallenen Schuppens, der hinten unmittelbar an den Stein der großen Außenmauer stieß, am Boden kauerte. Auf dem Schoß hielt sie den blassen Körper eines winzigen Kindes und wiegte ihn weinend hin und her. Malachias war nirgends zu sehen.

Simon betrachtete die gleichgültigen, ausgemergelten Gesichter der Umstehenden und sah dann auf die weinende Frau.

»Ist das Kind krank?« fragte er den Mann neben sich. »Ich bin Doktor Morgenes' Lehrling. Soll ich ihn holen gehen?«

Eine alte Frau hob das Gesicht. Ihre Augen, die in einem sich vielfach kreuzenden Netz schmutziger Runzeln saßen, waren hart und dunkel wie die eines Vogels.

»Laß uns zufrieden, Burgmann«, sagte sie und spuckte in den Staub. »Königsmann. Laß uns nur zufrieden!«

»Aber ich möchte euch helfen...«, begann Simon. Eine kräftige Hand packte ihn am Ellenbogen.

»Tu, was sie sagt, Junge.« Es war ein sehniger alter Mann mit verfilztem Bart. Seine Miene war nicht unfreundlich, als er Simon aus dem Kreis zog. »Du kannst hier nicht helfen, und die Leute sind mächtig wütend. Das Kind ist tot. Mach, daß du fortkommst.« Er gab Simon einen sanften, aber festen Stoß.

Als Simon wiederkam, stand Jeremias noch am selben Fleck. Die Lagerfeuer, die sie auf allen Seiten umgaben, zeigten in ihrem flakkernden Licht seine sorgenvolle Miene.

»Mach nicht so was, Simon«, jammerte er. »Es gefällt mir nicht hier draußen, und schon gar nicht nach Sonnenuntergang.«

»Sie haben mich angesehen, als *haßten* sie mich«, murmelte Simon verwirrt, aber Jeremias eilte bereits voran.

Keine einzige Fackel brannte, und doch herrschte in der Halle ein seltsames, rauchiges Licht. Nirgends auf dem Hochhorst konnte er eine lebende Seele entdecken, aber durch alle Gänge hallte das Geräusch von Stimmen, die sangen und lachten.

Simon ging von einem Zimmer ins andere, zog Vorhänge beiseite, öffnete die Türen von Anrichteräumen, konnte aber niemanden finden. Fast war es, als verhöhnten ihn die Stimmen bei seiner Suche – erst schwollen sie an, dann wurden sie wieder leiser, in hundert verschiedenen Sprachen, von denen er keine einzige kannte, psalmodierend und singend.

Endlich blieb er vor der Tür des Thronsaales stehen. Die Stimmen waren lauter denn je und schienen allesamt aus dem großen Raum zu rufen. Er griff mit der Hand nach unten; die Tür war nicht verschlossen. Als er sie aufstieß, verstummten die Stimmen, als hätte das Knarren der Angeln sie vor Schreck zum Schweigen gebracht. Das dunstige Licht quoll heraus und an ihm vorbei wie schimmernder Rauch. Er trat ein.

Mitten im Raum stand der vergilbte Thron, der Thron aus Drachenbein. Um ihn herum tanzte ein Kreis von Gestalten, die sich an den Händen hielten. Sie bewegten sich so langsam, als wateten sie durch tiefes Wasser. Mehrere erkannte er: Judith, Rachel, Jakob den Wachszieher und andere Burgleute; die Gesichter in wilder Fröhlichkeit verzerrt, verbeugten sie sich voreinander und machten Bockssprünge. Zwischen ihnen drehten sich vor-

nehmere Tänzer: König Elias, Guthwulf von Utanyeat, Gwythinn von Hernystir; wie die Burgleute kreisten auch sie so langsam und bedächtig wie altersloses Eis, das Gebirge zu Staub zermahlt. Hier und da ragten hohe Gestalten aus dem schweigenden Ring, schwarzglänzend wie Käfer – die Malachitkönige waren von ihren Sockeln gestiegen, um dem Fest beizuwohnen. Und in der Mitte erhob sich die Masse des ungeheuren Thrones, ein schädelgekrönter Berg aus stumpfem Elfenbein, der voll von Lebenskraft zu sein schien, aufgeladen mit uralter Energie, die den Kreis der Tänzer an straffen, unsichtbaren Zügeln hielt.

Im Thronsaal war es still, bis auf den dünnen Faden einer in der Luft zitternden Melodie: das Cansim Falis, die Hymne an die Freude. Die Töne kamen langgezogen und erweckten Unbehagen, so als seien die unsichtbaren Hände, die sie zupften, nicht für irdische Instrumente geschaffen.

Simon fühlte sich in den grausigen Tanz hineingezogen wie in einen Strudel; ohne die Füße zu heben, bewegte er sich doch unausweichlich weiter nach innen. Mit einer langsamen Drehbewegung, als lösten sich ineinandergeschlungene Grashalme, wandten sich die Köpfe der Tänzer ihm zu.

Inmitten des Ringes, auf dem Drachenthron selbst, gerann eine Dunkelheit – eine Dunkelheit aus vielen rastlosen kleinen Teilchen wie ein Fliegenschwarm –, und oben an der Spitze dieser schwärmenden, wogenden Dunkelheit begannen zwei glühende Scharlachfunken aufzuleuchten, als habe ein plötzlicher Windstoß sie angefacht.

Die Tänzer starrten ihn jetzt an, wenn sie vorüberschwammen, bildeten mit den Lippen wortlos seinen Namen: Simon, Simon, Simon . . . Auf der anderen Seite des Ringes, hinter der sich windenden Finsternis auf dem Thron, tat sich eine Lücke auf: Zwei verschränkte Hände lösten sich voneinander, als zerrisse ein morscher Lappen.

Als sich die Öffnung auf ihn zudrehte, streckte sich eine der Hände in fischiger Wellenbewegung nach ihm aus. Sie gehörte Rachel, und als er näher kam, winkte sie ihn zu sich. Statt des üblichen mißtrauischen Gesichtsausdruckes stand verzweifelte Fröhlichkeit in Rachels starren Zügen. Sie griff nach ihm; auf der anderen Seite hielt der dicke Jeremias die Lücke offen, ein stumpfes Lächeln im blassen Gesicht. »Komm her, Junge«, sagte Rachel, oder wenigstens waren es ihre Lippen, die sich bewegten; die Stimme, sanft und heiser, gehörte einem Mann. »Komm, kannst du den Platz nicht fühlen, den wir für dich freigelassen haben? Einen ganz besonderen Platz?«

Die tastende Hand packte ihn am Kragen und begann ihn in den Kreis des Tanzes zu ziehen. Er wehrte sich, schlug nach den feuchtkalten Fingern, aber seine Arme hatten keine Kraft. Rachels und Jeremias' Lippen öffneten sich in breitem Grinsen. Die Stimme wurde noch tiefer.

»Junge! Hörst du mich nicht? Komm schon, Junge!«

»Nein!« Endlich war der Aufschrei heraus, dem Gefängnis von Simons zusammengeschnürter Kehle entsprungen. »Nein! Ich will nicht. Nein!«

»Oh, bei Frayjas Strumpfbändern, Junge, wach auf! Du weckst ja alle anderen.« Wieder schüttelte ihn die Hand grob, und plötzlich schimmerte Licht. Simon richtete sich auf, wollte schreien und fiel mit einem Hustenanfall wieder zurück. Über ihm lehnte eine dunkle Gestalt, von einer Öllampe scharf umrissen.

Eigentlich hat der Junge ja niemanden aufgeweckt, dachte Isgrimnur. *Die anderen haben sich auch nur hin- und hergewälzt und gestöhnt, als ich hereinkam – als hätten sie alle den gleichen Alptraum. Was für eine götterverfluchte seltsame Nacht!*

Der Herzog sah zu, wie die ruhelosen Gestalten ringsum langsam wieder still wurden und wandte seine Aufmerksamkeit dann erneut dem Jungen zu.

Sieh an – der kleine Welpe hustet ja fürchterlich. Um die Wahrheit zu sagen, so klein ist er gar nicht mehr, nur dünn wie ein verhungerndes Fohlen.

Isgrimnur stellte die Laterne in eine Nische und zog das vor den Alkoven gespannte Laken aus hausgesponnenem Tuch zur Seite, damit er die Schultern des Jungen besser anfassen konnte. Er richtete ihn im Bett auf und gab ihm einen derben Klaps auf den Rücken. Der Junge hustete noch einmal und hörte dann auf. Isgrimnur klopfte ihn noch ein paarmal mit der breiten, haarigen Hand und sagte dann: »Tut mir leid, Bursche, tut mir leid. Nur schön langsam.«

Während der Junge wieder zu Atem kam, sah sich der Herzog in dem durch den Vorhang abgetrennten Alkoven um, in dem das Lattenbett stand. Hinter dem herabhängenden Tuch hörte man die murmelnden Nachtgeräusche von etwa einem Dutzend in der Nähe schlafenden Küchenjungen.

Isgrimnur nahm die Laterne wieder in die Hand und spähte nach den sonderbaren Dingen, die an der im Schatten liegenden Wand des

143

Alkovens hingen: ein auseinanderfallendes Vogelnest, ein seidenes Band – in dem schwachen Lampenlicht sah es grün aus –, das wahrscheinlich von der Festkleidung irgendeines Ritters stammte. Daneben, ebenfalls an in Mauerspalten getriebenen Nägeln hängend, fanden sich eine Falkenfeder, ein grobgeschnitzter hölzerner Ädonbaum und ein Bild, dessen unregelmäßiger Rand erkennen ließ, daß es aus einem Buch herausgerissen worden war. Isgrimnur kniff die Augen zusammen und schien einen starr blickenden Mann zu sehen, dem die Haare wild vom Kopf abstanden – oder war es ein Geweih?

Als er wieder nach unten schaute und über das unheilige Gerümpel junger Leute vor sich hinlächelte, war der Junge zu Atem gekommen. Mit großen, unruhigen Augen sah er zu dem Herzog auf.

Mit dieser Nase und dem – was ist es, rot? – Haarschopf sieht der Junge aus wie ein verdammter Marschvogel, dachte Isgrimnur.

»Tut mir leid, wenn ich dich erschreckt habe«, erklärte der alte Herzog, »aber du warst der nächste an der Tür. Ich muß mit Strupp sprechen – dem Narren. Kennst du ihn?« Der Junge nickte und sah ihm gespannt ins Gesicht. *Gut,* dachte der Rimmersmann, *wenigstens ist er nicht einfältig.* »Man hat mir gesagt, daß er heute nacht hier schläft, aber ich sehe ihn nicht. Wo ist er?«

»Ihr... Ihr seid...« Der Junge hatte Mühe, es herauszubringen.

»Ja, ich bin der Herzog von Elvritshalla – und jetzt fang nicht an, dich zu verbeugen und mich mit Titeln zu belästigen. Sag mir nur, wo der Narr ist, und ich lasse dich weiterschlafen.«

Ohne ein weiteres Wort rutschte der Junge vom Strohsack, stand auf, zog die Decke herunter und warf sie sich um die Schultern. Darunter schaute der Saum seines Hemdes vor und schlotterte um die nackten Beine, als er über die ringsum schlummernden Männer hinwegstieg, von denen einige, in ihre Mäntel gehüllt, mitten auf dem Boden lagen, als hätten sie es nicht mehr ganz ins Bett geschafft. Isgrimnur ging mit der Lampe hinterher und stapfte vorsichtig über die dunklen Gestalten, als folgte er einer von Uduns Geisterjungfrauen durch ein Schlachtfeld voller Erschlagener.

Auf diese Art durchquerten sie zwei weitere Räume, der große Geist und der kleine, der größere trotz all seinen Umfangs genauso lautlos. Im letzten Zimmer funkelten noch ein paar trübe Kohlen im Kamin.

Auf den Ziegeln vor dem Rost, zusammengerollt in einem Nest aus Mänteln, einen Weinschlauch aus Schafleder noch fest in der hornigen alten Faust, lag schnarchend und vor sich hinmurmelnd Strupp der Narr.

»Aha«, knurrte Isgrimnur. »Nun, dann vielen Dank, Junge. Geh mit meinen Entschuldigungen zurück ins Bett – auch wenn ich glaube, daß du etwas geträumt hast, aus dem man nur allzugern aufwacht. Also los.«

Simon drehte sich um und bewegte sich an Isgrimnur vorbei zur Tür. Als er neben ihm war, stellte der Herzog mit leichtem Erstaunen fest, daß der Jüngling beinahe genauso groß war wie er – und Isgrimnur war kein kleiner Mann. Es waren die Schlankheit des Jungen und sein vorgebeugter Gang, die seine Größe nicht auffallen ließen.

Schade, daß ihm niemand beigebracht hat, sich gerade zu halten, dachte er. *Und wahrscheinlich wird er es in der Küche, oder wo er sonst steckt, auch nie lernen.*

Als der Junge verschwunden war, bückte sich Isgrimnur und schüttelte Strupp – zuerst sanft, dann immer kräftiger, da ihm klar wurde, daß der kleine Mann sturzbetrunken war; doch selbst das stärkste Rütteln erbrachte weiter nichts als schwache Protestlaute. Endlich verlor Isgrimnur die Geduld. Er griff nach unten, packte mit jeder Hand einen Knöchel des Älteren und hielt sie in die Luft, bis Strupp kopfüber baumelte und nur der Scheitel seines kahlen Kopfes noch den Boden berührte. Strupps Brummen verwandelte sich in ein gequältes Gurgeln und schließlich in gute, verständliche Westerlingworte.

»Was...?... Runter... laß mich... runter! Ädon verdamm dich...«

»Wenn du nicht bald aufwachst, alter Säufer, werde ich deinen Kopf auf den Fußboden hämmern, bis du in alle Ewigkeiten glaubst, daß Wein Gift ist!« Isgrimnur ließ dem Wort die Tat folgen, indem er die Knöchel des Narren noch ein paar Handbreit höher hob und dann den Kopf des Alten nicht allzu sanft auf den kalten Stein zurücksinken ließ.

»Laß ab! Dämon... ich ergebe mich! Dreh mich um, Mann, dreh mich um – ich bin doch nicht Usires, daß ich hier mit dem Kopf nach unten hänge... zur Belehrung der... Massen!«

Isgrimnur ließ ihn vorsichtig hinunter, bis Strupp der Länge nach auf dem Rücken lag.

»Besoffensein reicht, du brauchst nicht auch noch zu lästern, alter Narr«, grollte Isgrimnur und schaute zu, wie Strupp sich mühsam auf den Bauch rollte. Dabei übersah er einen schlanken Schatten, der sich hinter ihm gegen die Türöffnung preßte.

»O gnadenreicher Ädon«, stöhnte Strupp und richtete sich zu sitzender Stellung auf. »Mußtet Ihr meinen Kopf als Grabstock benutzen? Falls es ein Brunnen ist, den Ihr aufscharren wolltet, so hätte ich Euch sagen können, daß der Boden hier in den Dienstbotenquartieren zu steinig ist.«

»Genug, Strupp. Ich habe dich nicht zwei Stunden vor Sonnenuntergang aufgeweckt, um Witze auszutauschen. Josua ist fort.«

Strupp rieb sich den Scheitel und tastete mit der anderen Hand blind nach seinem Weinschlauch. »Fort wohin, Isgrimnur? Um Himmels willen, Mann, habt Ihr *mir* den Schädel gebrochen, weil Josua Euch irgendwo treffen wollte und nicht aufgetaucht ist? Ich hatte nichts damit zu tun, das verspreche ich Euch.« Er nahm einen langen Schluck aus dem Schlauch und schüttelte sich.

»Idiot«, sagte Isgrimnur, aber es klang nicht grob. »Ich meine, daß der Prinz *fort* ist. Nicht mehr auf dem Hochhorst.«

»Unmöglich«, versetzte Strupp energisch. Mit dem zweiten zittrigen Schluck Malvasier hatte er einen Teil seiner Selbstbeherrschung zurückgewonnen. »Er reist nicht vor nächster Woche ab, das hat er selbst erzählt. Er hat mir gesagt, ich könnte mitkommen, wenn ich wollte, und sein Hofnarr in Naglimund sein.« Strupp legte den Kopf schief und spuckte aus. »Ich habe ihm erklärt, daß ich ihm morgen – das heißt, inzwischen wohl heute – meine Antwort geben würde, denn Elias scheint es gleichgültig zu sein, ob ich bleibe oder gehe.« Er schüttelte den Kopf. »Und dabei war ich doch seines Vaters liebster Gefährte...«

Auch Isgrimnur schüttelte – voller Ungeduld – den Kopf, und sein graumelierter Bart bebte. »Nein, er *ist* fort. Muß kurz nach Mitternacht aufgebrochen sein, soweit ich das feststellen konnte – jedenfalls hat das der Kerl von der Erkyngarde gesagt, den ich in seinem leeren Zimmer fand, als ich zu unserer Verabredung kam. Josua hatte mich gebeten, so spät zu kommen, obwohl ich mich lieber schlafen gelegt hätte, aber er sagte, es gäbe etwas, das nicht warten könnte. Klingt das nach einem Mann, der abreisen würde, ohne mir auch nur eine Nachricht zu hinterlassen?«

»Wer weiß?« meinte Strupp, das runzlige Gesicht bedrückt und nachdenklich. »Vielleicht war das der Grund, weshalb er Euch sprechen wollte – weil er heimlich fortwollte.«

»Warum hat er dann nicht gewartet, bis ich da war? Die Sache gefällt mir nicht.« Isgrimnur hockte sich nieder und stocherte mit einem herumliegenden Stock in den Kohlen. »In den Gängen dieses Hauses weht heute nacht eine seltsame Luft.«

»Josua handelt oft merkwürdig«, erklärte Strupp ruhig. »Er ist launenhaft – bei Gott, was hat er für Launen! Wahrscheinlich ist er unterwegs, um im Mondschein Eulen zu jagen, oder huldigt sonst einem vertrackten Zeitvertreib. Habt keine Sorge.«

Nach einem Augenblick des Schweigens stieß Isgrimnur lang den Atem aus. »Ach, bestimmt hast du recht«, meinte er, und sein Ton klang beinahe überzeugend. »Selbst wenn Elias und er einander offen den Krieg erklärt hätten, könnte hier im Haus seines Vaters, vor Gott und dem Hof, doch nichts geschehen.«

»Nichts, als daß Ihr mir mitten in der Nacht den Kopf einschlagen wollt. Gott scheint heute abend etwas unachtsam zu sein.« Strupp grinste sein Runzelgrinsen.

Während die beiden Männer ihre Unterhaltung mit gedämpfter Stimme vor den matten Kohlen fortsetzten, stahl Simon sich leise zurück ins Bett. Er lag noch lange wach und starrte, in seine Decke gewickelt, ins Dunkel; als aber der Hahn unten im Hof endlich das erste aufsteigende Sonnenglühen bemerkte, war Simon längst wieder eingeschlafen.

»Und nun vergeßt nur nicht«, warnte Morgenes und wischte sich mit einem leuchtendblauen Tuch den Schweiß von der Stirn, »daß ihr nichts eßt, bevor ihr es zu mir gebracht und mich danach gefragt habt. *Vor allem* nichts mit roten Flecken. Verstanden? Viele von den Sachen, die ihr mir zusammensuchen solltet, sind reinstes Gift. Vermeidet also jede Dummheit, sofern das überhaupt möglich ist.

Simon, du bist der Anführer! Ich mache dich für die Sicherheit der anderen verantwortlich.«

Die anderen, das waren Jeremias der Wachszieherjunge und Isaak, ein junger Page aus den Gemächern des oberen Stockwerks. Der Doktor hatte sich diesen heißen Feyevernachmittag ausgewählt, um eine Pilz- und Kräuter-Suchaktion im Kynswald zu veranstalten, einem Wäldchen von weniger als einem halben Quadratkilometer Ausdehnung, das sich unter der Westmauer des Hochhorstes an das Steilufer des Kynslaghs duckte. Durch die Dürre waren Morgenes' Vorräte an wichtigen Grundstoffen besorgniserregend zusammengeschrumpft, und der Kynswald, der so nah am großen See lag, schien ein geeigneter Ort zu sein, um die feuchtigkeitsliebenden Schätze des Doktors aufzuspüren.

Während sie durch den Wald ausschwärmten, blieb Jeremias zurück und wartete, bis das knirschende Geräusch von Morgenes' Schritten sich im Knistern des braunen Unterholzes verloren hatte.

»Hast du ihn schon gefragt?« Jeremias' Kleidung war bereits schweißnaß, so daß sie an ihm klebte.

»Nein.« Simon hatte sich niedergebückt, um einer Preßpatrouille von Ameisen zuzusehen, die im Gänsemarsch den Stamm einer Vestivegg-Kiefer hinaufeilten. »Ich werde es heute tun.«

»Und wenn er nein sagt?« Jeremias beäugte die Prozession mit einigem Widerwillen. »Was machen wir dann?«

»Er wird nicht nein sagen!« Simon stand auf. »Und wenn . . . nun, dann lasse ich mir eben etwas einfallen.«

»Was flüstert ihr denn da?« Der kleine Isaak war auf die Lichtung zurückgekehrt. »Es gehört sich nicht, Geheimnisse zu haben.« Obwohl er drei oder vier Jahre jünger war als Simon und Jeremias, hatte der junge Page sich bereits eine ›vornehme‹ Redeweise angewöhnt. Simon warf ihm einen finsteren Blick zu.

»Das geht dich gar nichts an.«

»Wir haben uns den Baum hier angeschaut«, erläuterte Jeremias, der sich sofort schuldig fühlte.

»Ich hätte gedacht«, bemerkte Isaak listig, »daß es hier genügend Bäume gibt, die man ansehen kann, ohne heimlich zurückzubleiben und sich Geheimnisse zu erzählen.«

148

»Oh, aber dieser hier«, begann Jeremias, »dieser hier ist –«

»Vergiß den blöden Baum«, unterbrach ihn Simon angewidert. »Gehen wir! Morgenes ist weit voraus und wird uns einiges erzählen, wenn er mehr sammelt als wir.« Er duckte sich unter einem Ast und watete in das knöchelhohe Gestrüpp des Waldbodens hinein.

Es war harte Arbeit. Als sie nach gut anderthalb Stunden eine Pause machten, um einen Schluck Wasser zu trinken und im Schatten auszuruhen, waren die drei Jungen bis zu den Ellenbogen und Knien mit feinem, rotem Staub bedeckt. Jeder trug ein Bündel mit seinen in ein Tuch gewickelten Funden: Simons war am größten, die Bündel von Isaak und Jeremias waren von bescheidenerem Umfang. Sie fanden eine große Föhre, die ihnen als gemeinschaftliche Rückenlehne diente. Die staubigen Beine hatten sie ringsum ausgestreckt wie die Speichen eines Rades. Simon warf einen Stein über die Lichtung. Er fiel in einen Haufen abgebrochener Äste und ließ die welken Blätter zittern.

»Warum ist es bloß so heiß?« stöhnte Jeremias und wischte sich die Stirn. »Und warum ist mein Tuch so voll von albernen Pilzen, daß ich mir den Schweiß mit den Händen abstreifen muß?« Er hielt die schlüpfrigen, feuchten Handflächen hoch.

»Es ist heiß, weil es heiß ist«, knurrte Simon. »Weil kein Regen fällt. Mehr nicht.«

Eine längere Weile verging ohne Worte. Selbst die Insekten und Vögel schienen verschwunden zu sein, sich an dunkle Orte zurückgezogen zu haben, um dort schweigend den trockenen, stillen Nachmittag zu verschlafen.

»Eigentlich müßten wir noch froh sein, daß wir nicht in Meremund sind«, bemerkte schließlich Jeremias. »Sie sagen, dort wären tausend Menschen an der Pest gestorben.«

»Tausend?« sagte Isaak verächtlich. Die Hitze hatte sein schmales, blasses Gesicht stark gerötet. »Viele Tausende! Die ganze Residenz spricht von nichts anderem. Mein Herr läuft mit einem in Weihwasser getauchten Tuch vor dem Gesicht auf dem Hochhorst herum, und dabei ist die Pest nicht einmal auf hundert Meilen an uns herangekommen.«

»Weiß dein Herr, was in Meremund vorgeht?« fragte Simon interessiert – Isaak war doch zu etwas nütze. »Spricht er denn mit dir darüber?«

»Andauernd.« Der kleine Page genoß die Aufmerksamkeit des Älteren. »Der Bruder seiner Frau ist der Bürgermeister. Sie waren unter den ersten, die vor der Pest geflohen sind. Er hat viel Neues von ihnen erfahren.«

»Elias hat Guthwulf von Utanyeat zur *Königlichen Hand* ernannt«, meinte Simon. Jeremias stöhnte und rutschte am Baumstamm herunter, um sich der Länge nach auf dem fichtennadelbedeckten Boden auszustrecken.

»Das stimmt«, erwiderte Isaak und kratzte mit einem langen Zweig im Staub. »Und er hat die Pest dort festgehalten. Sie hat sich nicht ausgebreitet.«

»Woher kommt sie, diese Seuche?« erkundigte sich Simon. »Gibt es Leute in der Residenz, die das wissen?« Er kam sich töricht vor, einem Kind, das soviel jünger war als er selbst, Fragen zu stellen, aber Isaak horchte auf den Klatsch im oberen Stockwerk und war nicht abgeneigt, ihn anderen weiterzuerzählen.

»Niemand weiß es genau. Manche Leute sagen, neidische Hernystir-Kaufleute aus Abaingeat jenseits des Flusses hätten die Brunnen vergiftet. Aber in Abaingeat sind auch viele Leute gestorben.« Isaak sagte es mit einem gewissen Ausdruck der Befriedigung – schließlich waren die Hernystiri keine Ädoniter, sondern Heiden, ganz gleich, was für ein hochrangiger Verbündeter Lluths Haus unter dem Schutz des Hochkönigs auch gewesen sein mochte. »Andere behaupten, die Dürre hätte vor lauter Trockenheit die Erde aufplatzen lassen, und es seien giftige Dünste aus dem Boden gedrungen. Aber was es auch sein mag, mein Herr sagt, daß es keinen verschont, weder reiche Leute noch Priester oder Bauern. Zuerst fühlt man sich heiß und fiebrig«, – hier ächzte der flach auf dem Rücken liegende Jeremias und betupfte sich die Stirn –, »dann bekommt man überall Blasen, als hätte man auf heißen Kohlen gelegen. Schließlich fangen die Blasen an zu nässen...« Er unterstrich das letzte Wort mit einer kindischen Grimasse. Feines blondes Haar hing ihm ins gerötete Gesicht. »Und danach stirbt man. Unter starken Schmerzen.«

Der Wald ringsum atmete Hitze. Stumm saßen sie da.

»Jakob, mein Meister«, nahm Jeremias endlich den Faden wieder auf, »fürchtet, daß die Pest auch zum Hochhorst kommt, weil so viele schmutzige Bauern unter den Mauern hausen.« Der Kynswald tat einen weiteren, langsamen Atemzug. »Ruben der Bär hat meinem Meister erzählt, er habe von einem Bettelmönch erfahren, daß Guthwulf in Meremund äußerst hart vorgegangen sei.«

»Äußerst hart?« fragte Simon mit geschlossenen Augen. »Was soll das heißen?«

»Der Mönch hat dem Schmied gesagt, daß Guthwulf, als er als *Königliche Hand* in Meremund ankam, die Erkyngarde mitnahm und zu den Häusern der Kranken ging. Sie brachten Hämmer, Nägel und Bretter mit und versiegelten die Häuser.«

»Mit den Menschen darin?« erkundigte sich Simon, zugleich entsetzt und fasziniert.

»Natürlich. Damit sich die Pest nicht ausbreitet. Sie nagelten die Häuser zu, damit die Angehörigen der Kranken nicht weglaufen und die Seuche auf andere übertragen konnten.« Jeremias hob den Ärmel und wischte wieder.

»Aber ich dachte, die Pest käme von den üblen Dünsten aus der Erde?«

»Trotzdem kann man sich anstecken. Darum sind ja auch so viele Priester und Mönche und Wundärzte gestorben. Der Mönch hat erzählt, die Straßen von Meremund wären nachts, viele Wochen lang, gewesen wie ... wie ... was hat er noch gesagt? ›Wie die Hallen der Hölle.‹ Man konnte die Leute in den zugenagelten Häusern heulen hören wie Hunde. Endlich, als alles still war, haben Guthwulf und die Erkyngarde die Häuser niedergebrannt. Ungeöffnet.«

Während sich Simon noch über diese letzte Einzelheit wunderte, vernahm man das Geräusch brechender Äste.

»Heda, ihr Faulpelze!« Aus einem Baumdickicht erschien Morgenes, die Gewänder mit Girlanden aus Zweigen und Blättern verziert, um die breite Hutkrempe einen Moosrand. »Ich hätte mir denken können, daß ich euch flach auf dem Rücken finde.«

Simon kam mühsam auf die Füße. »Wir sitzen erst ganz kurz hier, Doktor«, erklärte er. »Wir haben lange gesammelt.«

»Vergiß nicht, ihn zu fragen!« zischte Jeremias und richtete sich auf.

»Hm«, sagte Morgenes und betrachtete kritisch ihre Bündel. »Scheint so, als hättet ihr es unter den gegebenen Umständen ganz ordentlich gemacht. Laßt sehen, was ihr gefunden habt.« Er hockte sich nieder wie ein Bauer, der Unkraut aus einer Baumhecke zupft, und fing an, die Sammlungen der Jungen zu durchsieben. »Ah! Teufelsohr«, schrie er und hielt einen muschelförmigen Pilz in das einfallende Sonnenlicht. »Hervorragend!«

»Doktor«, setzte Simon an, »ich wollte Euch um eine kleine Gefälligkeit bitten.«

»Hmmm?« Morgenes stocherte in Pilzstücken herum, wobei er ein ausgebreitetes Taschentuch als Tisch benutzte.

»Nun, Jeremias möchte gern in die Garde eintreten – oder wenigstens den Versuch machen. Das Problem ist, daß Graf Breyugar uns Burgleute kaum kennt und Jeremias keine Verbindung zu solchen Kreisen hat.«

»Das«, versetzte Morgenes trocken, »ist kein Wunder.« Er leerte das nächste Bündel aus.

»Meint Ihr, daß Ihr ihm einen Empfehlungsbrief schreiben könntet? Ihr seid überall wohlbekannt.« Simon versuchte, gelassen zu klingen. Isaak betrachtete den schwitzenden Jeremias mit einer Mischung aus Respekt und Erheiterung.

»Hmmm.« Der Tonfall des Doktors verriet nichts. »Ich habe den Verdacht, daß ich bei Breyugar und seinen Freunden nur allzubekannt bin.« Er schaute auf und fixierte Jeremias mit scharfem Blick. »Weiß Jakob davon?«

»Er . . . er kennt meine Gefühle«, stotterte Jeremias.

Morgenes stopfte alles Gesammelte in einen Sack und gab den Jungen ihre Tücher zurück. Anschließend stand er auf und klopfte sich die Blätter und Baumnadeln aus dem Gewand.

»Ich denke, das könnte ich«, sagte er dann, als sie sich auf den Rückweg zum Hochhorst machten. »Ich glaube zwar nicht, daß ich das gutheiße – und noch weniger glaube ich, daß eine Botschaft von mir sie alle respektvoll Haltung annehmen lassen wird –, aber wenn Jakob Bescheid weiß, wird es ja wohl in Ordnung sein.« Sie wateten im Gänsemarsch durch das stachlige Dickicht.

»Danke, Doktor«, sagte Jeremias atemlos.

»Ich bezweifle, daß sie dich haben wollen.« Isaak hörte sich ein bißchen neidisch an. Je mehr sie sich der Burg näherten, desto stärker schien auch seine Hochnäsigkeit wiederzukehren.

»Doktor Morgenes«, bemerkte Simon und bemühte sich nach besten Kräften um einen Ton wohlwollender Uninteressiertheit, »vielleicht sollte *ich* den Brief schreiben, und Ihr könntet ihn nachsehen und unterzeichnen? Wäre das nicht eine gute Übung für mich?«

»Wirklich, Simon«, erwiderte der Doktor und stieg über einen umgestürzten Baumstamm, »das ist eine glänzende Idee. Ich freue mich, daß du dich von selbst darum bemühst. Vielleicht mache ich doch noch einen richtigen Lehrling aus dir!«

Diese vergnügte Erklärung des Doktors, der Stolz in seiner Stimme, legten sich auf Simon wie ein Umhang aus Blei. Er hatte noch gar nichts *getan,* ganz zu schweigen von etwas Bösem, aber er kam sich bereits vor wie ein Mörder oder Schlimmeres. Gerade wollte er noch etwas sagen, als ein Aufschrei die erstickende Waldluft zerriß.

Simon fuhr herum und sah Jeremias, weiß im Gesicht wie Weizenbrei, auf etwas im Dickicht neben dem umgefallenen Baum zeigen. Neben ihm stand schreckerstarrt Isaak. Simon rannte zurück, Morgenes nur einen Schritt hinter ihm.

Es war eine Leiche, die im Fallen halb in das Dickicht gestürzt war. Obwohl das Gesicht überwiegend von Gebüsch verdeckt war, zeigte der fast fleischlose Zustand der sichtbaren Körperteile, daß der Tod schon vor längerer Zeit eingetreten war.

»Ohohoh«, hechelte Jeremias, »er ist tot! Gibt es denn hier Gesetzlose? Was sollen wir tun?«

»Sei still«, fuhr Morgenes ihn an, »das ist nämlich das Erste! Laß mich sehen.« Der Doktor raffte den Saum seines Gewandes und watete in das Dickicht hinein, wo er stehenblieb und vorsichtig die Äste anhob, die den größten Teil des Körpers verbargen.

Nach den Bartsträhnen, die noch immer an dem von Vögeln und Insekten zerfressenen Gesicht hingen, schien es ein Nordländer gewesen zu sein – vielleicht ein Rimmersmann. Er trug unauffällige Reisekleidung, einen leichten Wollmantel und gegerbte Lederstiefel, die inzwischen verfault waren, so daß an einigen Stellen das Pelzfutter zu sehen war.

»Wie ist er gestorben?« fragte Simon. Die leeren Augenhöhlen, dunkel und geheimnisvoll, beunruhigten ihn. Der zahnige Mund, von dem das Fleisch geschrumpft und zurückgewichen war, schien zu grinsen, als liege der Kadaver hier seit Wochen, voller Freude über irgendeinen tristen Scherz.

Mit einem Stock schob Morgenes das Wams zur Seite. Ein paar Fliegen erhoben sich träge und umkreisten ihn. »Seht«, sagte er.

Aus einem kreisrunden Loch im ausgedörrten Leib des Toten ragte der Stumpf eines Pfeils, knapp eine Handbreit über den Rippen abgebrochen.

»Der Schütze hatte es wohl eilig – und wollte nicht, daß man seinen Pfeil erkennt.«

Sie mußten einen Augenblick auf Isaak warten, der sich geräuschvoll erbrach, bevor sie zurück zur Burg eilen konnten.

IX

Rauch im Wind

»Hast du's bekommen? Hat er was gemerkt?« Trotz der vielen Stunden in der Sonne immer noch blaß, hüpfte Jeremias neben Simon her wie die Schafsschwimmblase eines Fischernetzes.

»Ich hab's«, knurrte Simon. Jeremias' Aufregung irritierte ihn; sie schien nicht recht zu dem männlichen Ernst ihres Vorhabens zu passen. »Du denkst zuviel.«

Jeremias war nicht beleidigt. »Wenn du es nur hast«, meinte er überglücklich.

Die Mittelgasse, zum harten Mittagshimmel offen, das Zeltdach zurückgerollt, war so gut wie ausgestorben. Hier und da lungerten die Männer der Stadtwache, in gelben Uniformen, um ihre unmittelbare Zugehörigkeit zu Graf Breyugar zu bekunden, aber mit Schärpen im Grün des Königs, in den Hausgängen herum oder würfelten an den Mauern geschlossener Läden miteinander. Obwohl der Morgenmarkt längst vorbei war, kam es Simon trotzdem so vor, als sei viel weniger Volk auf der Straße als gewöhnlich. Hauptsächlich sah man die Heimatlosen, die in den vergangenen Wintermonaten nach Erchester geströmt waren, aus ihren Wohnorten vertrieben von ausgetrockneten Bächen und versiegenden Brunnen. Sie standen oder saßen im Schatten von Steinmauern und Gebäuden, teilnahmslose Klumpen mit langsamen, ziellosen Bewegungen. Die Wachen drängten sich an ihnen vorbei oder stiegen über sie hinweg wie über Straßenköter.

Die beiden Jungen bogen von der Mittelgasse nach rechts in den Tavernenweg ein, die größte der Fahrstraßen, die die Mittelgasse kreuzten. Hier gab es mehr Leben, obwohl auch jetzt die meisten

Menschen Soldaten waren. Die Hitze hatte sie größtenteils in die Häuser getrieben; sie lehnten sich, Humpen in der Hand, aus den niedrigen Fenstern und betrachteten Simon und Jeremias und das vielleicht halbe Dutzend weiterer Vorübergehender mit bierseliger Gleichgültigkeit.

Ein Bauernmädchen im hausgesponnenen Rock, wahrscheinlich die Tochter irgendeines Stallknechts, dem Krug nach zu schließen, den sie auf der Schulter balancierte, kam eilig die Straße herauf. Ein paar Soldaten pfiffen und riefen ihr nach, aber das Mädchen blickte nicht auf, sondern trottete zielstrebig weiter, das Kinn auf der Brust. Ihre Hast, verbunden mit dem schweren Krug, machte ihre Schritte kurz. Wohlgefällig beobachtete Simon ihren geschmeidigen Hüftschwung und drehte sich sogar einmal um sich selbst, um sie im Auge zu behalten, bis sie plötzlich in ein kleines Gäßchen einschwenkte und verschwand.

»Simon, jetzt komm!« rief Jeremias. »Da drüben ist es!«

In der Mitte des Gebäudekomplexes stand, aus dem Tavernenweg aufragend wie ein Felsblock auf ausgefahrener Straße, der Dom des heiligen Sutrin. Im Stein seines gewaltigen Antlitzes spiegelte sich stumpf die geduldige Sonne. Die hohen Bögen und gewölbten Strebepfeiler warfen schmale Schatten über die Nester von Wasserspeiern, deren muntere Grimassengesichter vergnügt gackernd und scherzend über die Schultern humorloser Heiliger hinabspähten. Von der Fahnenstange über den hohen Doppeltüren hingen drei schlaffe Wimpel: Elias' grüner Drache, Säule und Baum der Kirche, und ganz unten der goldene Kronreif im weißen Feld der Stadt Erchester. Zwei Stadtwachen lehnten an den geöffneten Türen, und ihre Hellebarden standen mit den Spitzen nach unten im breiten steinernen Türrahmen.

»Also los«, bemerkte Simon grimmig und stieg, Jeremias dicht auf den Fersen, die zwei Dutzend Marmorstufen hinauf. Oben hob eine der Wachen nachlässig die Hellebarde und versperrte den Eingang. Der Mann hatte die Kapuze seines Kettenhemdes zurückgeschlagen, so daß sie ihm um die Schultern hing wie ein Schleier.

»Was wollt ihr hier?« fragte er mit zusammengekniffenen Augen.

»Eine Botschaft für Breyugar.« Simon stellte beschämt fest, daß

156

seine Stimme brach. »Für Graf Breyugar, von Doktor Morgenes vom Hochhorst.« Ein wenig trotzig streckte er das zusammengerollte Pergament vor. Der Wachmann, der gesprochen hatte, nahm es und warf einen flüchtigen Blick auf das Siegel. Der andere starrte eindringlich nach oben zum gemeißelten Türsturz, als hoffe er, dort seine Dienstbefreiung für den Tag geschrieben zu finden.

Die erste Wache reichte Simon achselzuckend das Pergament zurück. »Hier durch und dann links. Treibt euch aber nicht herum.«

Empört richtete sich Simon zu voller Höhe auf. Wenn *er* erst Wachmann war, würde er sich um ein Vielfaches würdiger benehmen als diese gelangweilten, unrasierten Trottel. Wußten sie nicht, welche Ehre es war, das königliche Grün zu tragen? Er trat mit Jeremias an ihnen vorbei und ins kühle Innere von Sankt Sutrin.

Nichts regte sich im Vorraum, nicht einmal die Luft, aber Simon konnte sehen, wie das Licht auf Gestalten spielte, die sich hinter der Türöffnung auf der anderen Seite bewegten. Anstatt sofort nach der Tür links zu gehen, blickte er sich um, ob die Wächter ihn beobachteten – was sie natürlich nicht taten –, und marschierte dann weiter, um in das große Hauptschiff des Domes hineinzusehen.

»*Simon!*« zischte Jeremias unruhig. »Was tust du da! Da drüben, haben sie gesagt.« Er deutete auf die Tür ganz links. Aber Simon achtete nicht auf seinen Begleiter und steckte den Kopf durch die Tür. Nervös vor sich hinmurmelnd, kam Jeremias hinterher.

Es ist wie auf einem von diesen frommen Bildern, dachte Simon, *ganz hinten sieht man Usires und den Baum, und ganz vorn die Gesichter von Nabbanai-Bauern und solchen Leuten.*

Tatsächlich war das Kirchenschiff so groß und hoch, daß es ihm wie eine ganze Welt vorkam. Von den obersten Deckenbögen strömte, von den bunten Fenstern wie durch Wolken gedämpft, Sonnenlicht herein. Weißgekleidete Priester bevölkerten den Altar, putzend und polierend wie kahlgeschorene Dienstmägde. Simon vermutete, daß sie den Gottesdienst zu Elysiameß vorbereiteten, der in wenigen Wochen stattfinden würde.

Näher an der Tür, ebenso geschäftig, sonst aber in jeder Beziehung anders, drängten sich Breyugars Stadtwachen in ihren gelben Wämsern, hier und da untermischt mit der grünen Tracht der Erkyngarde vom Hochhorst oder der graubraunen oder schwarzen Kleidung eines angesehenen Bürgers von Erchester. Die beiden Gruppen schienen voneinander völlig getrennt; es dauerte einen Augenblick, bis Simon die Schranke aus Brettern und Schemeln bemerkte, die man zwischen dem vorderen und dem hinteren Teil des Domes errichtet hatte. In plötzlichem Erkennen begriff Simon, daß diese Abgrenzung nicht dazu diente, die hin und her eilenden Priester im Inneren der Kirche zu halten, wie man zunächst hätte glauben können – nein, ihr Zweck war vielmehr, die Soldaten auszusperren. Es schien, als hätten Bischof Domitis und die Priester noch immer nicht die Hoffnung aufgegeben, daß die Besetzung ihrer Kathedrale durch den Befehlshaber der königlichen Wachen kein Dauerzustand bliebe.

Als Simon und Jeremias die Treppe weiter hinaufstiegen, mußten sie nacheinander noch drei anderen Wachtposten ihr Pergament zeigen, wobei diese wesentlich wacher waren als die beiden an der schweren Eingangstür – entweder weil sie hier drinnen keine Sonne ertragen mußten, oder weil die Nähe zum Gegenstand ihres Schutzes zunehmend größer wurde.

Endlich standen die Jungen in einem überfüllten Wachraum vor einem narbengesichtigen, zahnlückigen Veteran, dessen Miene vielgeplagter Gleichgültigkeit zusammen mit dem Gürtel voller Schlüssel Autorität anzeigte.

»Ja, der edle Graf Breyugar ist heute anwesend. Gebt mir den Brief, ich werde ihn weiterleiten.« Der Unteroffizier kratzte sich ungerührt am Kinn.

»Nein, Herr, wir müssen ihn selbst überreichen. Er ist von Doktor Morgenes.« Simon bemühte sich, energisch zu klingen. Jeremias schlug die Augen nieder.

»Tatsächlich? Was ihr nicht sagt.« Der Mann spuckte auf den mit Sägemehl bestreuten Fußboden. Hier und da schimmerten Marmorfliesen durch. »Ädon soll mich beißen, was für ein Tag! Nun, dann wartet hier.«

»Aha. Was haben wir hier?« Graf Breyugar saß am Tisch vor den Knochenresten einer Mahlzeit, die aus kleinen Vögeln bestanden hatte. Er hob eine Augenbraue. Seine feingeschnittenen Züge waren im Fleisch der Hängebacken fast verschwunden. Er hatte die Hände eines Musikers, langfingrig und schmal.

»Einen Brief, edler Herr.« Simon, auf ein Knie gesunken, streckte ihm die Pergamentrolle entgegen.

»Dann gib ihn doch her, Junge.« Die Stimme des Grafen war hoch und weibisch, aber Simon hatte gehört, daß Breyugar ein furchteinflößender Schwertkämpfer war – diese schlanken Hände hatten schon viele Männer getötet.

Während der Graf die Botschaft las, wobei er die fettglänzenden Lippen bewegte, bemühte sich Simon, die Schultern gerade und den Rücken steif wie einen Hellebardenstock zu halten. Aus dem Augenwinkel glaubte er zu sehen, daß der grauhaarige Unteroffizier ihn ansah, darum zog er das Kinn ein, starrte geradeaus und dachte darüber nach, wie vorteilhaft er doch von den schlaffen Dummköpfen abstechen mußte, die an den Domtüren Wache standen.

»Bitte laßt Euch . . . die *Überbringer* . . . für den Dienst unter der Führung Eurer gräflichen Gnaden . . . empfohlen sein . . .«, las Breyugar laut. Seine Betonung ließ Simon sekundenlang in Panik geraten – hatte er gesehen, daß Simon aus dem »den« ein »die« gemacht hatte? Er hatte ein bißchen undeutlich geschrieben, damit es nicht auffiel.

Graf Breyugar, den Blick auf Simon geheftet, gab seinem Stabsunteroffizier den Brief. Der las ihn, noch langsamer als Breyugar, während der Edelmann den Jungen von oben bis unten musterte und dann auch dem noch immer knienden Jeremias einen kurzen Blick zuwarf. Als der Unteroffizier den Brief zurückreichte, stand ihm ein Grinsen im Gesicht, das zwei fehlende Zähne und eine rosa Zunge, die im dunklen Abgrund herumbohrte, enthüllte.

»So.« Breyugar flötete den Ton wie einen kummervollen Atemzug. »Morgenes, der alte Apotheker, möchte, daß ich ein Paar Burgmäuse aufnehme und Männer aus ihnen mache.« Er nahm eine winzige Keule vom Teller und knabberte an dem Knochen. »Unmöglich.«

Simon fühlte seine Knie nachgeben und den Magen bis zum Hals hochsteigen. »Aber . . . aber warum?« stammelte er.

»Weil ich euch nicht *brauche*. Ich habe Kämpfer genug. Euch kann ich mir nicht leisten. Niemand kann etwas pflanzen, wenn es nicht regnet, und es stehen schon genügend Männer bei mir nach einer

Arbeit an, die sie ernährt. Aber das Wichtigste ist, daß ich euch nicht *will* – ein paar talgweiche Burgjungen, denen im Leben noch nichts Schmerzhaftes zugestoßen ist als ein Klaps auf ihre rosa Ärsche, weil sie Kirschen geklaut haben. Macht, daß ihr verschwindet. Wenn es Krieg gibt, weil diese lästerlichen Heiden in Hernystir sich weiter dem Willen des Königs widersetzen oder der Verräter Josua wieder auftaucht, könnt ihr eine Mistgabel oder Sense führen wie die anderen Bauern – oder vielleicht sogar dem Heer folgen und die Pferde tränken, falls wirklich nicht genug Männer da sein sollten. Aber Soldaten, das werdet ihr nie! Der König hat mich nicht zum Befehlshaber seiner Wachen ernannt, damit ich Gründlinge hüte. Unteroffizier, zeig diesen Burgmäusen ein Loch zum Wegrennen.«

Auf dem ganzen langen Weg zurück zum Hochhorst sprachen weder Simon noch Jeremias ein einziges Wort. Als Simon in seinem Alkoven hinter dem Vorhang allein war, zerbrach er sein Faßstockschwert über dem Knie. Er weinte nicht. *Er würde nicht weinen.*

Es liegt etwas Merkwürdiges im Nordwind heute, dachte Isgrimnur. *Etwas, das wie ein Tier riecht oder ein Sturm, der gleich losbrechen wird, oder beides . . . irgend etwas Kratziges, das mir die Nackenhaare aufstellt.*

Er rieb sich die Hände, als sei die Luft kalt, was nicht der Fall war, und schob die Ärmel seines leichten Sommerwamses – in diesem seltsamsten aller Jahre um Monate zu früh angezogen – über den von dikken Adern durchzogenen alten Unterarmen zurück. Wieder ging er an die Tür und schaute hinaus, peinlich berührt, daß ein alter Soldat wie er solche Halbwüchsigenspiele spielte.

Wo steckt bloß dieser verdammte Hernystirmann?

Er machte kehrt, um sein Hin- und Herwandern wieder aufzunehmen, wäre fast über einen Stapel Urkundenkästen gestolpert und blieb statt dessen mit einer Stiefelschnalle an der untersten Rolle einer kleinen Pyramide aus Pergamenten hängen, die seinen ohnehin beschränkten Bewegungsspielraum einengten. Vollmundig fluchend, bückte er sich gerade noch rechtzeitig, um den Aufbau am Einstürzen zu hindern. Gewiß war der verlassene Raum im Staatsarchiv – leergeräumt, damit die Schreibpriester dort ihre Elysiameß-Rituale durchführen konnten – der beste Ort, den man in der Eile für eine heimliche Zusammenkunft hatte finden können... aber warum konnten die Kerle zwischen ihren verdammten Klecksereien nicht wenigstens soviel Platz lassen, daß ein erwachsener Mann sich noch bewegen konnte?

Der Türriegel klapperte. Herzog Isgrimnur, erleichtert, daß das Warten vorüber war, sprang vorwärts. Statt vorsichtig hinauszuspähen, riß er die Tür weit auf, fand jedoch nicht, wie erwartet, zwei Männer vor, sondern nur einen.

»Gelobt sei Ädon, daß Ihr endlich kommt, Eolair!« bellte er. »Wo ist der Escritor?«

»Psst!« Der Graf von Nad Mullagh hielt zwei Finger an die Lippen, trat ein und zog die Tür hinter sich zu. »Mehr Ruhe! Der Erzbischof schwatzt gleich nebenan in der Halle herum.«

»Und was geht mich das an?« rief der Herzog, jedoch nicht so laut wie vorher. »Sind wir Kinder, daß wir uns vor diesem ledrigen alten Eunuchen verstecken müssen?«

»Wenn Ihr ein Treffen wolltet, von dem alle wissen«, erwiderte Eolair und setzte sich auf einen Hocker, »warum verbergen wir uns dann in einem Schrank?«

»Es ist kein Schrank«, brummte der Rimmersmann, »und Ihr wißt ganz genau, warum ich Euch hierher bestellt habe und weshalb in der Inneren Feste kein Geheimnis sicher ist. Wo ist Escritor Velligis?«

»Er fand, ein Schrank sei nicht der rechte Platz für die rechte Hand des Lektors«, lachte Eolair. Isgrimnur schwieg still. Wegen seines geröteten Gesichts hielt er den Hernystirmann für betrunken oder zumindest für angeheitert. Am liebsten wäre er das auch gewesen.

»Ich hielt es für wichtig, uns an einem Ort zu treffen, an dem man offen reden kann«, erklärte Isgrimnur schließlich. »Man hat uns in letzter Zeit allzu oft miteinander ins Gespräch vertieft gesehen.«

»Nein, Isgrimnur, Ihr seid es, der recht hat.« Eolair machte eine beruhigende Handbewegung. Er war für die Feiern zum Liebfrauentag gekleidet, bei denen er die Rolle des respektvollen Außenseiters spielte – eine Rolle, die den heidnischen Hernystiri gut stand. Sein Festtagswams aus weißem Stoff war dreifach gegürtet, jeder Gürtel mit Gold oder emailliertem Metall verziert, und seine lange schwarze Haarmähne am Hinterkopf mit einem goldenen Band zusammengebunden. »Ich habe nur einen Scherz gemacht, und es ist ein trauriger Scherz«, fuhr er fort, »wenn König Johans ergebenste Untertanen im Geheimen zusammenkommen müssen, um über Dinge zu sprechen, die kein Treuebruch sind.«

Isgrimnur schritt langsam zur Tür und bewegte den Riegel, um sicherzustellen, daß er eingeschnappt war. Dann machte er kehrt, lehnte den breiten Rücken gegen das Holz und kreuzte die Arme über der mächtigen Brust. Auch er war festlich gekleidet, mit feinem, leichtem, blauem Wams und blauen Beinlingen. Aber die Flechten seines Bartes waren vom nervösen Herumzupfen bereits gelockert und die Beinlinge am Knie ausgebeult. Der Herzog haßte es, sich feinzumachen.

»Nun«, brummte er endlich und warf trotzig den Kopf in den Nacken, »soll ich zuerst reden, oder wollt Ihr es tun?«

»Wir brauchen uns nicht darum zu sorgen, wer als erster spricht«, erwiderte der Graf.

Für eine flüchtige Sekunde erinnerte die Röte in Eolairs Gesicht, die Farbe auf seinen hohen, schmalen Wangenknochen, den Älteren an etwas, das er vor vielen Jahren einmal gesehen hatte: eine gespenstische Gestalt, auf die er über fünfzig Meter Rimmersgard-Schnee einen kurzen Blick erhascht hatte.

Einen von den ›Weißfüchsen‹ hat mein Vater ihn genannt.

Isgrimnur fragte sich, ob die alten Geschichten vielleicht doch stimmten – sollte es wirklich Sithiblut in den adligen Familien von Hernystir geben?

Eolair strich sich im Weiterreden mit der Hand über die Stirn, wischte die winzigen Schweißtropfen ab, und die vorübergehende Ähnlichkeit war verschwunden. »Wir haben oft genug darüber gesprochen, um zu wissen, daß die ganze Sache entsetzlich schiefgegangen ist. Worüber wir jetzt reden müssen – und zwar ungestört und unbelauscht –«, er deutete mit der Hand auf den vollgestopften Archivraum, ein dunkles Nest aus Papier und Pergament, dem ein hohes, dreieckiges Fenster Helligkeit gab, »ist, was wir dagegen tun können. *Wenn* wir etwas tun können. Und genau das ist das Problem: *Was kann man unternehmen?*«

Isgrimnur war noch nicht bereit, so kühn über Dinge zu sprechen, was immer Eolair auch sagen mochte, schon jetzt den schwachen,

Übelkeit erregenden Geruch von Verrat an sich trugen. »Es ist folgendermaßen«, begann er. »Ich wäre der letzte, der Elias die Schuld an diesem verdammten Wetter geben würde. Ich sollte es schließlich besser wissen, denn während es hier heiß wie Teufelsatem und knochentrocken ist, haben wir bei uns im Norden einen furchtbaren Winter; Schnee und Eis sind schlimmer denn je seit Menschengedenken. Also kann man dem König nicht das hiesige Wetter vorwerfen, genauso wenig wie es meine Schuld ist, daß in Rimmersgard die Dächer unter der weißen Last einstürzen und in den Stallungen das Vieh erfriert.« Er zupfte heftig, und eine weitere Flechte seines Bartes löste sich auf. Aus dem grauen Gestrüpp hing das Band schlaff herunter.

»Was man Elias allerdings vorwerfen muß, ist, daß er mich hier festhält, aber das ist eine andere Schnur und ein anderer Haken . . . Nein, das Schlimme ist, daß der Mann sich gar nichts aus allem zu machen scheint! Die Brunnen versiegen, die Höfe liegen brach, in den Feldern schlafen Verhungernde, und die Städte ersticken an der Pest – und Elias scheint das alles gar nicht zu kümmern. Steuern und Abgaben steigen, und den ganzen Tag sind diese verfluchten Arschlecker von Adelswelpen, die er seine Freunde nennt, um ihn herum, trinken, singen und raufen und . . . und . . .« Isgrimnur grunzte angewidert.

»Und die *Turniere*! Bei Uduns rotem Speer, in meiner Jugend war ich genauso wild auf ein Turnier wie alle anderen, aber unter dem Thron seines Vaters zerbröckelt das Erkynland zu Staub; die Länder unter dem Königsfrieden sind unruhig wie erschreckte Fohlen, und trotzdem nimmt das Turnieren kein Ende! Und dann diese Bootsfahrten auf dem Kynslagh! Und die Gaukler und die Akrobaten und die Bärenhatzen! Es ist so arg, wie es damals in den ärgsten Zeiten von Crexis dem Ziegenbock gewesen sein soll!« Jetzt selbst rot im Gesicht, ballte Isgrimnur die Fäuste und stierte zu Boden.

»In Hernystir« – Eolairs Stimme klang nach dem heiseren Ausbruch des Rimmersmanns sanft und melodisch –, »sagen wir: ›Ein Hirte, kein Schlächter‹, und wir meinen damit, daß ein König Land und Volk wie eine Herde hüten und ihnen nur das nehmen soll, was er unbedingt braucht, daß er sie aber nicht so ausbeuten darf, daß ihm zum Schluß nichts anderes übrigbleibt als sie aufzuessen.« Eolair sah hinauf zu dem kleinen Fenster und den Pergamentstaubkörnchen, die im schwachen

Licht tanzten. »Das ist es nämlich, was Elias tut: Er ißt sein Land auf, einen Bissen nach dem anderen, so sicher wie einst der Riese Croichma-Feareg den Berg bei Crannhyr verschlang.«

»Und doch war Elias einmal ein guter Mann«, sagte Isgrimnur grübelnd, »viel umgänglicher als sein Bruder. Gewiß sind nicht alle Prinzen zum König geboren, aber mir scheint, daß hier mehr nicht stimmt, als daß nur einem Mann seine Macht nicht bekommt. Irgend etwas liegt verdammt im argen – und es sind nicht nur Fengbald und Breyugar und ihresgleichen, die ihn in den Abgrund führen.« Der Herzog war wieder zu Atem gekommen. »Wir wissen doch, daß es dieser bösartige Bastard Pyrates ist, der ihm die seltsamen Raupen in den Kopf setzt und ihn nachts mit Lichtern und unheiligem Lärm da oben im Turm wachhält, so daß man manchmal den Eindruck hat, daß der König nach Sonnenaufgang überhaupt nicht weiß, wo er ist. Was kann Elias von einem Kerl wie diesem Hurensohn von Priester nur wollen? Er ist der König der bekannten Welt – was könnte ihm Pyrates darüber hinaus bieten?«

Eolair, den Blick noch immer auf das Oberlicht geheftet, stand da und wischte sich mit dem Ärmel die Stirn. »Ich wünschte, ich wüßte es«, sagte er endlich. »Nun denn. Was also können wir tun?«

Isgrimnur kniff die alten, wilden Augen zusammen. »Was hat Escritor Velligis gesagt? Schließlich ist es ein Dom der Mutter Kirche, den man mit Sankt Sutrin beschlagnahmt hat. Es sind Herzog Leobardis' Nabbanai-Schiffe – neben denen Eures eigenen Königs Lluth –, die Guthwulf unter dem Vorwand der ›Pestgefahr‹ aus dem Reichshafen von Abaingeat gestohlen hat. Leobardis und Lektor Ranessin sind gute Freunde; sie herrschen über Nabban wie ein Monarch mit zwei Köpfen. Velligis muß doch *irgend etwas* zum Besten seines Gebieters vorbringen können.«

»Er hat viel vorzubringen, aber mit wenig Inhalt«, meinte Eolair und ließ sich wieder auf seinen Schemel fallen. Der helle Streifen Sonnenlicht war kleiner geworden, weil die sinkende Sonne den Durchlaß teilweise versperrte, und der kleine Raum lag in noch tieferem Schatten. »Velligis behauptet, er wisse nicht, was Herzog Leobardis von diesem Piratenstück – drei Kornschiffe, ganz unverhohlen aus einem Hernystirhafen geraubt – hält. Was seinen Meister angeht, ist er vage wie stets. Ich glaube, Seine Heiligkeit beabsichtigt, den Friedensstifter zwischen Elias und Herzog Leobardis zu spielen und dadurch zugleich die Stellung Eurer ädonitischen Kirche hier am Hof zu stärken. König Lluth, mein Herr, hat mich beauftragt, als nächstes nach Nabban zu reisen, und vielleicht werde ich dort die Wahrheit herausfinden. Ich fürchte aber, falls das wirklich sein Plan ist, irrt sich der Lektor: Denn wenn die Mißachtung, mit der der König und seine Ohrenbläser Velligis behandelt haben, überhaupt auf etwas hindeutet, dann darauf, daß der König sich unter dem breiten Schatten der Mutter Kirche noch unbehaglicher fühlt als sein Vater.«

»So viele Pläne!« stöhnte Isgrimnur. »So viele Intrigen... Mir wird ganz schwindlig. Ich bin kein Mann für so etwas. Gebt mir ein Schwert oder eine Axt und laßt mich Schläge austeilen!«

»Ist das der Grund dafür, daß Ihr Euch in Schränke zurückzieht?« lächelte Eolair und zauberte aus seinem Mantel einen Schlauch mit Sauerhonigmet. »Es sieht nicht so aus, als gäbe es hier jemanden zum Draufhauen. Ich finde, Ihr nehmt Euch auch in Eurem fortgerückten Alter als Intrigant recht gut aus, ehrwürdiger Herzog.«

Isgrimnur runzelte die Stirn und nahm den angebotenen Schlauch. *Er ist selber ein geborener Intrigant, unser Eolair,* dachte er. *Ich sollte zumindest dankbar sein, daß ich jemanden habe, mit dem ich reden kann. Trotz seines ganzen Hernystiri-Geschwätzes über Dichtkunst, mit dem er die Ohren der Damen verstopft, ist er im Kern hart wie Schildstahl – ein guter Verbündeter in Zeiten des Verrats.*

»Da ist noch etwas.« Isgrimnur gab Eolair den Schlauch zurück und wischte sich den Mund ab. Der Graf nahm einen tiefen Zug und nickte dann mit dem Kopf.

»Heraus damit. Ich bin ganz Ohr – wie ein Circoille-Hase.«

»Der Tote, den der alte Morgenes im Kynswald fand«, erklärte Isgrimnur, »von einem Pfeil erschossen« – Eolair nickte wieder –, »war einer von meinen Männern: Bindesekk, aber als sie ihn endlich entdeckten, hätte ich ihn nicht wiedererkannt, wenn er nicht einen Knochenbruch im Gesicht gehabt hätte, den er sich vor langer Zeit in meinem Dienst zugezogen hatte. Natürlich habe ich nichts gesagt.«

»Einer von Euren Männern?« Eolair hob eine Braue. »Und was wollte er? Wißt Ihr es?«

Isgrimnur lachte, ein kurzer, bellender Laut. »Allerdings. Darum habe ich auch geschwiegen. Ich hatte ihn losgeschickt, als Skali von Kaldskryke seine Verwandten mitnahm und nach Norden aufbrach. Scharfnase hat an Elias' Hof für meinen Geschmack zu viele neue Freunde gefunden, darum sandte ich Bindesekk mit einer Botschaft zu meinem Sohn Isorn. Solange Elias mich mit seinen lächerlichen Aufträgen hier festhält, diesen Theatervorstellungen vorgetäuschter Diplomatie, die angeblich so wichtig sein sollen – wenn sie das wirklich wären, warum vertraut man sie dann einem ungeschliffenen alten Kriegshund wie mir an? –, so lange wollte ich, daß Isorn ganz besonders auf der Hut ist. Ich traue Skali nicht mehr als einem verhungernden Wolf, und mein Sohn hat nach allem, was ich höre, schon genug Ärger zu Hause. Alle Nachrichten, die über die Frostmark hierher durchsickern, sind schlecht – tobende Stürme im Norden, unsichere Straßen, Dorfbewohner, die sich in den großen Hallen zusammendrängen müssen. Wir leben in unruhigen Zeiten, und Skali weiß das.«

»Glaubt Ihr denn, daß es Skali war, der Euren Mann umbrachte?« Eolair beugte sich vor und reichte Isgrimnur abermals den Schlauch.

»Ich weiß es nicht, soviel steht fest.« Der Herzog legte den Kopf in den Nacken und tat erneut einen langen Zug. Die Muskeln in seinem dicken Hals pochten; ein dünner Metfaden troff auf das blaue Wams. »Was ich damit meine: Es sieht zwar sehr danach aus, aber ich habe dennoch Zweifel.« Er rieb einen Augenblick gedankenverloren über den Fleck. Denn selbst wenn er Bindesekk gestellt hätte, wäre es Hochverrat gewesen, ihn zu töten. So sehr er mich auch verachten mag, ist Skali doch mein Lehnsmann, und ich bin sein Lehnsherr.«

»Aber der Leichnam wurde versteckt.«

»Nicht sehr gut versteckt. Warum so nahe bei der Burg? Warum nicht abwarten, bis Bindesekk die Wjeldhelmberge erreichte – oder die Frostmarkstraße, sofern sie überhaupt passierbar war – und ihn dann erledigen, wo man ihn nie finden würde? Außerdem sieht mir der Pfeil nicht nach Skali aus. Ich könnte mir vorstellen, daß er Bindesekk vor lauter Wut mit seiner großen Axt in Stücke hackt, aber ihn zu erschießen und dann in den Kynswald zu werfen? Irgendwie paßt das nicht zu ihm.«

»Wer dann?«

Isgrimnur schüttelte den Kopf und spürte endlich seinen Met. »Das ist es, was mir Sorgen macht, Hernystirmann«, antwortete er nach einer Weile. »Ich weiß es einfach nicht. Es gehen eigenartige Dinge vor. Geschichten von Reisenden, Gerüchte in der Burg . . .«

Eolair trat zur Tür, entriegelte sie und schob sie auf, um frische Luft in den kleinen Raum zu lassen. »Wirklich, es sind seltsame Zeiten, Herzog«, sagte er und holte tief Atem. »Doch nun die vielleicht wichtigste Frage von allen: Wo in all dieser sonderbaren Welt steckt Prinz Josua?«

Simon nahm ein kleines Stückchen Feuerstein und schickte es mit einer Drehbewegung hinaus in die Weite. Es beschrieb einen anmutigen Bogen durch die Morgenluft und landete dann mit gedämpftem Aufprall in einem entlaubten, in Tierform gestutzten Busch unten im Garten. Simon kroch an den Rand des Kapellendachs und nahm die Einschlagstelle wie ein erfahrener Katapultschütze zur Kenntnis, wobei er besonders auf das Beben der Hinterläufe des Hecken-Eichhörnchens achtete. Dann rollte er von der Dachrinne zurück und in den Schatten eines Schornsteins. Er genoß die kühle Festigkeit der Steine unter seinem Rückgrat. Von oben starrte das grelle Auge der Marris-Sonne herunter, die sich ihrem mittäglichen Scheitelpunkt näherte.

Es war ein Tag, an dem man am liebsten aller Verantwortung aus dem Weg ging und sich vor Rachels Aufträgen gleichermaßen drückte wie vor Morgenes' Erläuterungen. Der Doktor hatte Simons mißglückten Vorstoß auf das Gebiet der Kriegskunst bisher nicht entdeckt – oder jedenfalls nicht erwähnt –, und Simon wollte es gern dabei belassen.

Vor ihm dehnte sich das große Kapellendach, ein Feld aus buckligen, unregelmäßigen Schieferplatten, in deren Ritzen dichtgeringelte Knäuel aus braunem und fahlgrünem Moos sproßten. Auf wundersame Weise hatte es die Dürre überlebt und klammerte sich jetzt genauso zäh ans Leben, wie es sich an den zerbrochenen Platten festgesetzt hatte. Die Ebene aus Schiefer marschierte vom Dachrinnenrand bergauf bis zur Kuppel der Kapelle, die durch das Dach brach, wie die Schale einer Meeresschildkröte die seichten Wellen einer stillen Bucht durchbricht. Von hier aus gesehen wirkten die farbenprächtigen Glasfenster der Kuppel, die im Inneren der Kapelle in magischen Bildern aus dem

Leben der Heiligen leuchteten, dunkel und flach, eine Parade roh gemalter Figuren vor einer eintönig grauen Welt. Am höchsten Punkt der Kuppel hielt ein eiserner Knauf einen goldenen Ädonbaum in die Höhe, aber von Simons Warte aus sah man, daß er lediglich vergoldet war – und das Blattgold schälte sich in schmalen Streifen ab und enthüllte den darunter versteckten Zerfall.

Jenseits der Burgkapelle dehnte sich das Dächermeer in alle Richtungen: die Große Halle, der Thronsaal, die Archive und Dienstbotenunterkünfte, alles schief und krumm, immer wieder ausgebessert oder ersetzt. Die darüberhingehenden Jahreszeiten leckten an grauem Stein und bleierner Schindel und nagten sie schließlich ab. Zu Simons Linker ragte der schlanke, weiße Hochmut des Grünengel-Turms auf. Weiter hinten schaute hinter dem Bogen der Kapellenkuppel die graue, vierschrötige Masse des Hjeldin-Turms hervor wie ein Hund, der dasitzt und Männchen macht.

Als Simon so die Weite der Dächerwelt überblickte, gewahrte er erneut am Rande seines Gesichtsfeldes eine kurze Bewegung. Er fuhr herum und sah, wie in einem Loch am Dachrand das Hinterteil einer kleinen, rußfarbenen Katze verschwand. Er kroch über die Schieferplatten, um nachzuschauen. Als er nahe genug war, um das Loch beobachten zu können, legte er sich wieder auf den Bauch und stützte das Kinn auf die Handrücken. Nichts regte sich mehr.

Eine Katze auf dem Dach, überlegte er. *Nun, hier kann außer Fliegen und Tauben ganz gut noch jemand wohnen – wahrscheinlich frißt sie diese herumkratzenden ›Dachratten‹.*

Simon, obwohl er bisher nur Schwanz und Hinterbeine des Tieres zu Gesicht bekommen hatte, empfand eine plötzliche Zuneigung zu dieser Dachkatze. So wie er kannte sie die geheimen Gänge, die Ecken und Winkel, und ging überall hin, ohne um Erlaubnis zu fragen. Wie er folgte diese graue Jägerin ihrem Weg ohne Anteilnahme und Wohltätigkeit anderer. . .

Obwohl Simon wußte, daß dies eine schreckliche Übertreibung seiner Situation war, gefiel ihm der Vergleich recht gut. War er nicht beispielsweise vor vier Tagen, dem Tag nach Elysiameß, unbemerkt auf eben dieses Dach geklettert, um das Antreten der Erkyngarde zu beobachten? Rachel der Drache, ärgerlich darüber, daß er in alles ver-

narrt war außer in seine Pflichten im Haushalt, den sie als sein wahres
– von ihm vernachlässigtes – Reich ansah, hatte ihm vorher verboten, hinunterzugehen und sich unter die Menge am Haupttor zu
mischen.

Ruben der Bär, der Burgschmiedemeister, ein Mann mit höckrigen
Schultern und gewaltigen Muskeln, hatte Simon erzählt, die Erkyngarde breche nach Falshire auf, zum Ymstrecca-Fluß, östlich von
Erchester. Es gebe dort Ärger mit der Wollhändlergilde, hatte Ruben
dem Jungen erläutert und ein rotglühendes Hufeisen in einen Wassereimer geworfen. Dann hatte er den aufzischenden Dampf beiseitegewedelt und versucht, die verzwickte Lage zu beschreiben: Anscheinend hatte die Dürre einen derartigen Schaden angerichtet, daß die
Schafe der Bauern von Falshire, ihr hauptsächlicher Lebensunterhalt, jetzt von der Krone beschlagnahmt werden mußten, um die verhungernden, obdachlosen Massen zu ernähren, die nach Erchester
strömten. Die Wollhändler jammerten, daß sie dadurch ruiniert und
ebenfalls in den Hungertod getrieben würden, zogen in den Straßen
umher und hetzten die Einwohner gegen den unliebsamen Erlaß des
Königs auf.

Und so war Simon am letzten Tiastag heimlich auf das Kapellendach
geklettert, um die Erkyngarde davonreiten zu sehen, mehrere Hundert wohlbewaffnete Soldaten und ein Dutzend Ritter unter dem
Befehl Fengbalds, dessen Lehen Falshire war. Als der Graf an der
Spitze der Garde auszog, prachtvoll anzusehen in seinem roten Wams
mit silbergesticktem Adler, bemerkten ein paar von den Abgebrühteren in der Zuschauermenge, daß er offenbar deshalb so viele Soldaten
mitnehme, weil er fürchte, seine Untertanen in Falshire würden ihn
nicht wiedererkennen, so lange sei er nicht mehr dort gewesen.
Andere meinten, er habe eher Angst, *daß* sie ihn erkennen könnten –
Fengbald hatte sich nicht gerade unermüdlich für die Interessen seines Erblehens eingesetzt.

Simon erinnerte sich mit Wärme an Fengbalds eindrucksvollen
Helm, eine Sturmhaube aus glänzendem Silber mit einem ausgebreiteten Schwingenpaar darauf.

Rachel und die anderen haben recht, schoß es ihm plötzlich durch den
Kopf. *Da sitze ich und träume schon wieder vor mich hin. Fengbald und*

seine adligen Freunde werden nie auch nur erfahren, daß ich am Leben bin.
Ich muß etwas aus mir machen. Schließlich will ich ja nicht ewig ein Kind
bleiben, oder? Er kratzte mit einem Kieselstein auf einer Schieferplatte
herum und versuchte einen Adler zu zeichnen. *Außerdem würde ich in*
einer Rüstung bestimmt albern aussehen . . . oder?
Die Erinnerung an die Soldaten der Erkyngarde, die so stolz zum großen Nerulagh-Tor hinausmarschierten, berührte ihn an einem wunden Punkt, wärmte ihm aber doch zugleich das Herz; träge stieß er die
Füße von sich und beobachtete die Katzenhöhle, auf ein Zeichen
ihrer Bewohnerin hoffend.

Es war eine Stunde nach Mittag, als vorn im Loch eine mißtrauische
Nase auftauchte. Simon ritt gerade auf einem Hengst durch die Tore
von Falshire, aus allen Fenstern mit Blumen überschüttet. Von der
plötzlichen Bewegung wieder aufs Dach zurückgeholt, hielt er den
Atem an, als der Rest des Tieres der Nase folgte: eine kleine, kurzhaa-
rige Graue mit einem weißen Fleck vom rechten Auge bis zum Kinn.
Der Junge rührte sich nicht, als die Katze, kaum einen halben Faden
von ihm entfernt, jäh über irgend etwas erschrak und einen Buckel
und schmale Augen bekam. Simon fürchtete, sie hätte ihn bemerkt,
aber als er weiter unbeweglich ausharrte, kam sie plötzlich heraus,
sprang aus dem Schatten der aufgebogenen Dachkante in den breiten
Gang der Sonnenbahn. Entzückt schaute Simon zu, wie das graue
Kätzchen einen losen Kiesel fand und ihn flach über die Dachplatten
hüpfen ließ, um ihn dann mit geschickter Pfote einzufangen und das
Spiel von neuem zu beginnen.
Eine ganze Weile sah er den Possen der Dachkatze zu, bis ein besonders komischer Sturz auf das Katzenhinterteil – das Kätzchen war mit
beiden Pfoten über ein Stück Schiefer gerutscht und zum Stehen
gekommen, indem es kopfüber in einen Spalt zwischen den Dachplatten gepurzelt war, wo es nun lag und erbost mit dem Schwanz wackelte –
ihn dazu brachte, sich zu verraten. Lang unterdrücktes, prustendes
Gelächter brach sich Bahn; das Tierchen machte einen Luftsprung,
überschlug sich, landete und stürzte zurück in sein Loch, ohne mehr als
einen kurzen Blick in Simons Richtung zu werfen. Dieser hastige
Abgang ließ den Jungen in einen neuen Lachkrampf verfallen.

»Mach Platz, Katz!« rief er der Verschwundenen zu. »Platz, du Katz! Ratzenkatz!«

Als er auf den Eingang des Loches zukroch, um der Grauen ein kleines Liedchen über Dächer, Steine und Einsamkeit, die sie miteinander geteilt hatten, vorzusingen (irgendwie war er ganz sicher, daß sie ihm zuhören würde), fiel Simon etwas anderes ins Auge. Er hielt sich mit der Hand an der Dachkante fest und reckte den Kopf, um genauer hinzusehen. Ein aufkommender Wind zeichnete ihm feine Muster ins Haar.

Drüben im Südosten, weit jenseits der Grenzen von Erchester und den Vorgebirgen über dem Kynslagh, zog sich eine schmierig-dunkelgraue Spur über den klaren Marrishimmel, als fahre man mit einem schmutzigen Daumen über eine frischgestrichene Wand. Hoch im Hinschauen zerfetzte der Wind den dunklen Streifen, aber nun stiegen von unten große, dunkle Wolken auf, eine wirbelnde Finsternis, so dicht, daß kein Wind sie auseinandertreiben konnte. Am östlichen Horizont türmte sich eine schwarze Wolke.

Es dauerte einen langen, ratlosen Augenblick, bevor Simon begriff, daß es Rauch war, was er da sah, ein dichtes Rauchgewölk, das den blassen, reinen Himmel beschmutzte.

Falshire brannte.

König Schierling

Zwei Tage später, am Morgen des letzten Marristages, wollte Simon gerade mit den anderen Küchenjungen zum Frühstück gehen, als ihn eine schwere, schwarze Hand auf seiner Schulter jäh anhalten ließ. Einen unwirklichen, schrecklichen Augenblick lang fand er sich in seinen Thronsaaltraum zurückversetzt, in den schwerfälligen Tanz der Malachitkönige.

Dann aber zeigte sich, daß die Hand einen rissigen, fingerlosen schwarzen Handschuh trug. Auch ihr Besitzer bestand nicht aus dunklem Stein – obwohl es Simon, der verblüfft in das Gesicht von Inch starrte, vorkam, als hätte Gott bei der Erschaffung des Menschen Inch nicht darauf geachtet, genügend Lebensmaterial bereitzuhalten, so daß dieses in letzter Minute durch etwas Lebloses, Unbewegliches hatte ersetzt werden müssen.

Inch beugte sich hinunter, bis sein bärtiges Gesicht ganz nahe vor Simons Nase war; selbst sein Atem schien eher nach Stein zu riechen als nach Wein oder Zwiebeln oder anderen gewöhnlichen Dingen.

»Doktor will dich sehen.« Er rollte die Augen von einer Seite zur andern. »Sofort, ungefähr.«

Die anderen Küchenjungen warfen neugierige Blicke auf Simon und den massigen Inch, liefen aber ohne Halt weiter. Simon versuchte sich unter der schweren Hand hervorzuwinden und sah verzweifelt zu, wie die anderen verschwanden.

»Also gut. Ich bin gleich da«, antwortete er, wand sich noch einmal und kam frei. »Ich hole mir nur schnell einen Kanten Brot, den ich unterwegs essen kann.« Er trabte den Gang zum Eßraum der Dienstboten hinunter. Als er einen verstohlenen Blick zurückwarf, stand Inch immer noch an derselben Stelle und verfolgte seinen Rückzug mit den ruhigen Augen eines Stiers auf der Wiese.

Als Simon bald darauf mit einem Brotranken und einem keilförmigen Stück leckeren weißen Käses zurückkam, bemerkte er zu seinem Kummer, daß Inch auf ihn gewartet hatte. Unaufgefordert marschierte er auf dem Weg zu Morgenes' Wohnung neben ihm her. Simon bot ihm etwas zu essen an und gab sich Mühe, ihm dabei zuzulächeln, aber Inch glotzte nur gleichgültig und gab keine Antwort.

Als sie über den von ausgetrockneten Wagenspuren durchzogenen offenen Platz des Mittleren Zwingers kamen und sich durch die Herde von Schreibpriestern schlängelten, die sich auf ihrer täglichen Pilgerfahrt zwischen der Staatskanzlei und der Halle der Archive befand, räusperte sich Inch, als wollte er etwas sagen. Simon, der sich in seiner Gegenwart derart unwohl fühlte, daß ihn selbst Schweigen nervös machte, sah erwartungsvoll auf.

»Warum . . .«, begann Inch endlich, ». . . warum nimmst du mir meinen Platz weg?« Er wandte seine wächsernen Augen nicht von dem mit Priestern verstopften Pfad vor ihnen ab.

Jetzt war es Simons Herz, das die Eigenschaften von Stein annahm: kalt, schwer und lastend. Dieses Ackertier, das sich für einen Menschen hielt, tat ihm leid, aber er hatte zugleich auch Angst vor ihm.

»Ich . . . ich habe dir doch deinen Platz nicht weggenommen.« Sogar in seinen eigenen Ohren hatten die abwehrenden Worte einen falschen Klang. »Läßt dich der Doktor nicht weiterhin kommen und sich von dir beim Tragen und Aufbauen von Sachen helfen? Mir bringt er etwas anderes bei, ganz andere Dinge.«

Schweigend setzten sie ihren Weg fort. Endlich kam Morgenes' Wohnung in Sicht, in den alles überwuchernden Efeu geduckt wie das Nest eines kleinen, aber einfallsreichen Tieres. Als sie vielleicht noch zehn Schritte davon entfernt waren, packte Inchs Hand Simons Schulter ein zweites Mal.

»Bevor du kamst«, sagte Inch, und sein breites, rundes Gesicht bewegte sich zu Simon hinunter wie ein Korb, den man von oben aus dem Fenster läßt, ». . . bevor du kamst, war *ich* sein Gehilfe. *Ich* sollte der nächste sein.« Er zog die Stirn in Falten, schob die Unterlippe vor und runzelte den durchgehenden Balken seiner Augenbrauen zu einem steileren Winkel. Seine Augen waren noch immer mild und traurig. »Doktor Inch, das wäre ich geworden.« Er richtete den Blick auf Simon, der halb und halb fürchtete, das Gewicht der Tatze auf seinem Schlüsselbein werde ihn zusammenbrechen lassen. »Ich mag dich nicht, Küchenjunge.«

Inch ließ ihn los und schlurfte davon. Über der Bergkette seiner gebeugten Schultern war der Hinterkopf fast nicht sichtbar. Simon rieb sich den Nacken. Ihm war ein wenig übel.

Morgenes schob gerade ein Trio junger Priester aus seiner Wohnung. Sie waren auffallend – und nach Simons Ansicht einigermaßen ungehörig – betrunken.

»Sie kamen wegen meines Beitrages zum Allernarrenfest«, erläuterte Morgenes, als er die Tür hinter dem Dreigespann schloß, das bereits in unzusammenhängenden Gesang ausgebrochen war.

»Halt mir die Leiter, Simon.«

Auf der obersten Stufe der Leiter balancierte ein Eimer mit roter Farbe. Als der Doktor ihn erreicht hatte, holte er einen Pinsel heraus, der hineingefallen war, und begann sonderbare Zeichen über den Türrahmen zu malen – eckige Symbole, jedes einzelne ein winziges, rätselhaftes Bild. Für Simons Augen sahen sie ein wenig wie die uralte Schrift in einigen von Morgenes' Büchern aus.

»Wozu dient das?« fragte er. Der wild vor sich hin malende Doktor antwortete nicht. Simon nahm die Hand von der Sprosse, um sich am Knöchel zu kratzen, worauf die Leiter sofort drohend zu schwanken begann. Morgenes mußte sich am Türsturz festhalten, um nicht umzukippen.

»Nein, nein, nein!« bellte er und versuchte mühsam, Ebbe und Flut der Farbe daran zu hindern, über den Eimerrand zu schwappen. »Du solltest es besser wissen, Simon. Die Regel lautet: Alle Fragen nur schriftlich! Aber warte, bis ich wieder unten bin – wenn ich abstürze und sterbe, ist keiner mehr da, der dir Antwort gibt.« Morgenes machte sich wieder ans Malen und murmelte dabei leise vor sich hin.

»Entschuldigung, Doktor«, meinte Simon ein wenig ärgerlich, »ich hatte es nur vergessen.«

Einige Minuten vergingen ohne ein anderes Geräusch als das des schnurrenden Streichens von Morgenes' Pinsel.

»Werde ich meine Fragen immer aufschreiben müssen? Ich werde es nie schaffen, so schnell zu schreiben, wie mir Dinge einfallen, über die ich etwas wissen möchte.«

»Das«, erwiderte Morgenes und schielte auf seinen letzten Pinsel-strich, »war die Grundidee für diese Vorschrift. Du, Junge, erfindest Fragen, wie Gott Fliegen und arme Leute erschafft – in Schwärmen. Ich bin ein alter Mann und möchte meine Geschwindigkeit lieber selbst bestimmen.«

»Aber«, in Simons Stimme mischte sich Verzweiflung, »dann schreibe ich ja für den Rest meiner Tage!«

»Ich kann mir manche wesentlich weniger wertvolle Beschäftigung vorstellen, mit der du dein Dasein zubringen könntest«, bemerkte Morgenes und krabbelte die Leiter hinunter. Dann drehte er sich um und studierte den Gesamteindruck – einen Bogen aus seltsamen Buchstaben, der sich über dem gesamten Türrahmen ausdehnte.

»Zum Beispiel«, fuhr er fort und warf Simon einen scharfen, wissen-den Blick zu, »könntest du einen Brief fälschen, um dich Breyugars Wachsoldaten anzuschließen, und dir dann die Zeit damit vertreiben, daß Männer mit Schwertern kleine Stückchen von dir herunter-hacken.«

O *nein*, dachte Simon, *erwischt wie eine Ratte in der Falle.*

»Das heißt . . . Ihr habt davon gehört?« fragte er nach einer Weile. Der Doktor nickte, immer noch das verkniffene, zornige Lächeln im Gesicht.

Usires steh mir bei, was er für Augen hat – wie Nadeln! Simon schauderte. Der Blick des Doktors war schlimmer als Rachels Drachenstimme.

Der Doktor beobachtete ihn immer noch. Simon schlug die Augen nieder und brachte es dann endlich heraus, mit einer mürrischen Stimme, die um Jahre jünger klang, als er es gern gewollt hätte:

»Tut mir leid.«

Der Doktor, als hätte man eine Schnur durchschnitten, die ihn fes-selte, begann im Zimmer auf und ab zu gehen. »Wenn ich auch nur die geringste Idee gehabt hätte, wozu du diesen Brief benutzen wolltest...«, wütete er. »Was hast du dir bloß dabei gedacht? Und warum, *warum* mußtest du *mir* etwas vorlügen?«

Irgendwo im tiefsten Innern freute sich ein Stück von Simon, daß der Doktor sich so aufregte – ein Teil seines Wesens, der es genoß, daß man ihn beachtete. Ein anderer Teil dagegen schämte sich. Und wieder an einer anderen Stelle seines Innenlebens – wie viele Simons gab es dort eigentlich? – saß ein gelassener, interessierter Beobachter, der abwartete, welcher Teil für alle sprechen würde.

Morgenes' Hin- und Herlaufen machte Simon langsam nervös.

»Außerdem«, rief er dem alten Mann zu, »was kümmert es Euch? Es ist *mein* Leben, oder nicht? Ein blödes Küchenjungenleben! Und sie wollten mich ohnehin nicht haben...«, schloß er undeutlich.

»Und dafür solltest du dankbar sein!« fuhr Morgenes ihn an. »Dankbar, daß sie dich nicht genommen haben. Was ist es denn für ein Leben? In Friedenszeiten in der Kaserne herumhocken und mit unwissenden Tölpeln Würfel spielen; im Krieg zerhackt, von Pfeilen durchbohrt und von Hengsten zertrampelt werden. Du weißt es nicht, du dummer Junge – ein einfacher Fußsoldat zu sein, wenn alle diese hochfahrenden, bauernschindenden Ritter auf dem Schlachtfeld herumtoben, ist nicht besser als bei den Liebfrauentagsspielen den Federball zu machen.« Er machte jäh kehrt und sah Simon ins Gesicht. »Weißt du, was Fengbald und seine Ritter in Falshire getan haben?«

Der Junge antwortete nicht.

»Den ganzen Wollbezirk angesteckt, das haben sie getan! Frauen und Kinder mit den anderen verbrannt, nur weil sie ihre Schafe nicht hergeben wollten. Fengbald ließ die Schafwaschfässer mit heißem Öl füllen und die Anführer der Wollhändlergilde darin zu Tode sieden. Sechshundert von Graf Fengbalds eigenen Untertanen abgeschlachtet, und er marschierte mit seinen Männern singend zur Burg zurück! Und dieser Gesellschaft willst du dich anschließen...«

Simon war jetzt ernstlich erbost. Er fühlte sein Gesicht heiß werden und hatte schreckliche Angst, in Tränen auszubrechen. Der leidenschaftslose Beobachter-Simon war völlig verschwunden. »Na und?« schrie er. »Und wen interessiert das?« Morgenes' sichtliches Erstaunen über den ungewöhnlichen Ausbruch machte ihn noch elender.

»Was soll denn aus mir werden?« fragte er und schlug in ohnmächtiger Wut gegen die Wand. »Es gibt keinen Ruhm in der Spülküche, keinen Ruhm unter den Mägden und keinen Ruhm hier in einem dunklen Zimmer voller... *dummer Bücher!*«

Die betroffene Miene des alten Mannes sprengte endlich die allzu sehr beanspruchten Deiche; weinend floh Simon ans entgegengesetzte Ende des Zimmers und kauerte sich dort schluchzend auf der Seekiste zusammen, das Gesicht an die kalte Steinwand gepreßt. Irgendwo draußen sangen die drei jungen Priester in zerstreuter, betrunkener Harmonie ihre Hymnen.

Sogleich war der Doktor an Simons Seite und strich dem jungen Mann mit ungeschickter Hand über die Schulter.

»Nun, nun, Junge, nun, nun«, sagte er verwirrt, »was soll dieses Gerede von Ruhm? Hat dich diese Krankheit auch angesteckt? Ein verfluchter blinder Bettler muß ich gewesen sein – ich hätte es sehen sollen. Selbst in dein einfältiges Herz hat das Fieber sich gefressen, ja, Simon? Es tut mir so leid. Man braucht einen starken Willen oder ein geübtes Auge, um durch den Flitter den faulen Kern zu erkennen.«

Simon hatte keine Ahnung, wovon der Doktor redete, aber der Ton von Morgenes' Stimme wirkte besänftigend. Gegen seinen Willen spürte er, wie sein Zorn schwand – aber das darauf folgende Gefühl, das ihm als Schwäche erschien, veranlaßte ihn, sich aufzusetzen und die Hand des Doktors abzuschütteln. Er wischte sich mit dem rauhen Wamsärmel das feuchte Gesicht ab.

»Ich weiß nicht, warum es Euch leid tut, Doktor«, meinte er und versuchte, seine Stimme nicht zittern zu lassen. »*Mir* tut es leid... weil ich mich wie ein Kind benommen habe.« Er stand auf, und die Blicke des kleinen Mannes folgten ihm, als er den Raum durchquerte und an den langen Tisch trat. Dort blieb er stehen und fuhr mit dem Finger über das Durcheinander offener Bücher. »Ich habe Euch belogen und mich selbst zum Narren gemacht«, sagte er, sah dabei aber nicht auf. »Bitte vergebt die Torheit eines Küchenjungen, Doktor, eines Küchenjungen, der glaubte, er könnte mehr sein.«

Im Schweigen, das diesen tapferen Worten folgte, hörte Simon, wie Morgenes einen wunderlichen Laut von sich gab – weinte er etwa? Aber gleich darauf zeigte es sich nur zu deutlich: Morgenes gluckste vor sich hin – nein, er lachte und versuchte, es hinter seinem wallenden Ärmel zu ersticken.

Simon schoß mit glührroten Ohren herum. Sekundenlang fing Morgenes seinen Blick auf, dann sah er zur Seite. Seine Schultern zuckten.

»Ach, Junge . . . ach, Junge«, schnaufte er endlich und streckte dem empörten Simon eine beruhigende Hand entgegen, »lauf nicht weg! Ärgere dich nicht. Du wärst verschwendet auf dem Schlachtfeld! Ein großer Herr solltest du sein und deine Siege am Verhandlungstisch erzielen, weil die bei weitem wichtiger sind als Siege auf dem Schlachtfeld; oder ein Escritor der Kirche, der den Reichen und Lasterhaften ihre unsterblichen Seelen abschmeichelt.« Wieder kicherte Morgenes und kaute dann auf seinem Bart herum, bis der Anfall vorüber war.

Simon stand da wie aus Stein, mit finsterem Gesicht, und wußte nicht, ob man ihm ein Kompliment machte oder ihn beleidigte. Nach und nach gewann der Doktor die Beherrschung zurück, sprang auf und trat zum Bierfaß. Ein tiefer Zug beschloß den Vorgang der Beruhigung, dann wandte sich Morgenes wieder dem Jungen zu und lächelte.

»Ach, Simon, Gott segne dich! Laß dich vom Scheppern und Prahlen von König Elias' Kumpanen und Banditen nicht so beeindrucken. Du hast einen scharfen Verstand – nun ja, wenigstens manchmal – und Gaben, von denen du selbst noch nichts weißt. Lern von mir, was du kannst, junger Falke, von mir und von den anderen, die du findest, die dich auch etwas lehren können. Wer weiß, wie dein Schicksal noch aussehen wird? Es gibt viele Arten von Ruhm.« Er kippte das Faß und nahm einen weiteren schaumigen Schluck.

Simon musterte Morgenes sekundenlang sorgfältig, um sicherzugehen, daß diese letzten Worte nicht schon wieder eine Neckerei darstellten, und gestattete sich dann endlich ein schüchternes Grinsen. Er hörte es gern, wenn man ihn »junger Falke« nannte.

»Also gut. Und es tut mir wirklich leid, daß ich Euch belogen habe. Aber wenn ich einen scharfen Verstand habe, warum zeigt Ihr mir dann nie etwas Wichtiges?«

»Zum Beispiel?« erkundigte sich Morgenes, und sein Lächeln schwand.

»Ach, ich weiß nicht. Magie oder so etwas.«

»*Magie!*« zischte Morgenes. »Ist das alles, was du im Kopf hast, Junge?

Hältst du mich für irgendeinen Wanderzauberer, einen billigen Hofbeschwörer, der dir irgendwelche Tricks vorführt?« Simon sagte nichts.
»Ich bin immer noch wütend auf dich, weil du mich angeschwindelt hast«, ergänzte der Doktor. »Wieso sollte ich dich belohnen?«
»Ich verrichte jede Arbeit, die Ihr wünscht, zu jeder Stunde«, erklärte Simon. »Ich wasche sogar die Decke ab.«
»Komm, komm«, versetzte Morgenes, »ich lasse mich nicht erpressen. Und ich sage dir noch etwas, Junge: Gib diese schreckliche Vernarrtheit in die Magie auf, und ich werde dir einen ganzen Monat lang alle anderen Fragen beantworten, ohne daß du eine einzige aufschreiben mußt! Was hältst du davon, he?«
Simon machte schmale Augen, sagte aber nichts.
»Das reicht nicht?! Nun gut, ich erlaube dir, mein Manuskript über das Leben von Johan dem Priester zu lesen«, bot der Doktor an. »Ich erinnere mich, daß du mich ein paarmal danach gefragt hast.«
Simon kniff die Augen noch enger zusammen. »Wenn Ihr mich Magie lehrt«, machte er sein Gegenangebot, »bringe ich euch jede Woche eine von Judiths Pasteten und ein Faß Stanshire-Dunkelbier aus der Vorratskammer.«
»Aha!« bellte Morgenes triumphierend. »Siehst du! Siehst du, Junge? Du glaubst so fest daran, daß dir magische Kunststücke Macht und Glück bringen könnten, daß du sogar bereit bist zu stehlen, nur um mich zu bestechen, damit ich dich unterrichte! Nein, Simon, in dieser Sache gibt es kein Handeln.«
Simon war schon wieder zornig, aber er holte tief Luft und zwickte sich in den Arm.
»Warum seid Ihr so strikt dagegen, Doktor?« fragte er schließlich, als er sich etwas beruhigt hatte. »Weil ich ein Küchenjunge bin?«
Morgenes lächelte. »Auch wenn du noch in der Spülküche arbeitest, Simon, bist du trotzdem kein Küchenjunge mehr. Du bist mein Lehrling. Nein, es fehlt dir an nichts – außer an Alter und Reife. Du begreifst einfach noch nicht, worum du bittest.«
Simon ließ sich auf einen Schemel fallen. »Ich verstehe es nicht«, murmelte er.
»Genau.« Morgenes kippte einen weiteren Schluck Bier. »Was du ›Magie‹ nennst, ist in Wirklichkeit nur das Zusammenwirken natür-

licher Gegebenheiten, elementarer Kräfte, ganz ähnlich wie Feuer und Wind. Sie gehorchen Naturgesetzen – aber diese Gesetze sind sehr schwer zu lernen und zu begreifen. Manche wird man vielleicht nie verstehen. «

»Aber warum *lehrt* Ihr mich diese Gesetze nicht? «

»Weil ich auch einem Kleinkind, das auf einem Strohhaufen sitzt, keine brennende Fackel in die Hand geben würde. Das Kleinkind, und das soll keine Kränkung sein, Simon, ist auf diese Verantwortung nicht vorbereitet. Nur wer viele Jahre andere Dinge und Wissensgebiete studiert hat, kann anfangen, die Kunst zu meistern, die einen solchen Reiz auf dich ausübt. Aber selbst dann ist man nicht unbedingt dafür geeignet, mit ihrer Macht umzugehen. « Wieder trank der Alte, wischte sich den Mund ab und lächelte. »Die meisten von uns sind erst dann imstande, von der *Kunst* Gebrauch zu machen, wenn sie alt genug sind, es besser zu wissen. Für die Jungen ist es zu gefährlich, Simon. «

»Aber. . . «

»Wenn du jetzt sagst, ›aber Pryrates‹, gebe ich dir einen Tritt«, erklärte Morgenes. »Ich habe dir schon einmal gesagt, daß er ein Wahnsinniger ist – oder doch beinahe. Er sieht nur die Macht, die man mit Hilfe der *Kunst* gewinnen kann, und achtet nicht auf die Folgen. Frag mich nach den Folgen, Simon. «

Stumpfsinnig erkundigte sich Simon: »Und was ist mit den Fol–«

»Man kann keine Kraft in Gang setzen, ohne dafür zu bezahlen, Simon. Wenn du eine Pastete stiehlst, geht jemand anderes leer aus. Wenn du ein Pferd zu schnell reitest, stirbt das Tier. Wenn du die *Kunst* dazu verwendest, Türen zu öffnen, hast du in der Auswahl deiner Hausgäste wenig Freiheit. «

Enttäuscht sah Simon sich in dem staubigen Zimmer um. »Warum habt Ihr diese Zeichen über Eure Tür gemalt, Doktor? « fragte er nach einer Weile.

»Damit die Hausgäste eines anderen nicht zu *mir* kommen. « Morgenes bückte sich, um den Humpen abzustellen. Dabei glitt etwas Goldenes und Glänzendes aus dem Kragen seines grauen Gewandes und fiel nach unten, wo es – an einer Kette pendelnd – baumelte. Der Doktor schien es nicht zu bemerken. »Ich sollte dich jetzt zurückschicken. Aber erinnere dich an diese Lektion, Simon, eine Lektion für Könige . . . oder ihre Söhne. *Nichts ist umsonst!* Jede Macht hat ihren Preis, und nicht immer erkennt man ihn sofort. Versprich mir, daß du das nicht vergißt.«

»Ich verspreche es, Doktor.« Simon, der die Wirkung des Weinens und Geschreis von vorhin zu fühlen begann, war es schwindlig wie nach einem Wettlauf. »Was ist das?« fragte er und beugte sich vor, um den goldenen, hin- und herpendelnden Gegenstand zu betrachten. Morgenes legte ihn auf seine Handfläche und ließ Simon einen kurzen Blick darauf tun.

»Es ist eine Feder«, erklärte er knapp. Als er das glänzende Ding wieder in sein Gewand versenkte, sah Simon, daß das Kielende der Goldfeder an einer Schriftrolle aus perlweißem Stein befestigt war.

»Eine Feder zum Schreiben«, sagte er verwundert, »ein Federkiel, nicht wahr?«

»Also gut, eine Schreibfeder«, knurrte Morgenes. »Wenn du nichts Besseres zu tun hast, als mich über meinen Schmuck auszufragen, dann troll dich! Und vergiß dein Versprechen nicht. Denk daran!«

Als Simon durch die heckengesäumten Hofgärten nach den Dienstbotenquartieren zurückwanderte, grübelte er über die Ereignisse dieses seltsamen Vormittags nach. Der Doktor hatte die Sache mit dem Brief herausgefunden, ihn aber weder bestraft noch endgültig hinausgeworfen. Zugleich hatte er es aber abgelehnt, Simon etwas über Magie beizubringen. Und warum hatte seine Bemerkung über den Federkielanhänger den alten Mann so gereizt?

Nachdenklich zupfte Simon an den dürren, knospenlosen Rosenbüschen und stach sich an einem versteckten Dorn in den Finger. Fluchend hielt er die Hand in die Höhe. Das helle Blut an seiner Fingerspitze war wie eine rote Kugel, eine einzige scharlachrote Perle. Er steckte den Finger in den Mund und schmeckte Salz.

In der dunkelsten Stunde der Nacht, am äußersten Horn des Allernarrentages, hallte ein furchtbarer Donnerschlag durch den Hochhorst. Er schüttelte die Schläfer in den Betten wach und erzeugte in den dunklen Glockentrauben des Grünengel-Turms einen langen, mitfühlenden Ton.

Ein paar junge Priester, die in dieser einzigen Nacht des Jahres, in der sie Freiheit genossen, das Mitternachtsgebet fröhlich beiseite gelassen hatten, warf es von den Schemeln, auf denen sie gesessen, Wein in sich hineingeschüttet und Bischof Domitis verunglimpft hatten. Die Kraft des Schlages war so gewaltig, daß selbst die Betrunkenen die Woge des Grauens fühlten, die sie überschwemmte, als hätten sie an einer versunkenen Stelle ihres tiefsten Inneren schon immer gewußt, daß Gott eines Tages seinen Unwillen kundtun würde.

Aber als die zerzauste, erschreckte Truppe sich im Hof zusammendrängte, um zu sehen, was sich ereignet hatte, geschorene Meßdienerköpfe im seidigen Mondlicht wie bleiche Pilze, da fanden sie keine Zeichen des Weltunterganges, mit dem sie alle gerechnet hatten. Abgesehen von ein paar Gesichtern, die anderen, durch den Schlag aufgeschreckten Burgbewohnern gehörten, die neugierig aus den Fenstern spähten, war die Nacht ungetrübt und klar.

In seinem schmalen Bett hinter dem Vorhang, seinem Nest inmitten der so sorgsam gehorteten Schätze, träumte Simon. Im Traum kletterte er auf eine Säule aus schwarzem Eis, jeder mühevolle Zollbreit aufwärts zunichte gemacht von einem fast gleich weiten Hinunterrutschen. Mit den Zähnen hielt er ein Pergament fest, irgendeine Botschaft. Ganz oben in der kalt brennenden Säule befand sich eine Tür, und im Türrahmen kauerte etwas Dunkles, das auf ihn wartete . . . auf die Botschaft wartete.

Als er endlich die Schwelle erreicht hatte, schoß schlangenartig eine Hand hervor und riß das Pergament mit tintiger, dunstiger Faust an sich. Simon versuchte zurückzugleiten, sich nach hinten fallen zu lassen, aber aus der Tür schoß eine zweite Klaue und packte sein Handgelenk. Er wurde hochgezerrt, auf ein Paar Augen zu, die rotglühend waren wie zwei purpurgrelle Löcher im Bauch eines schwarzen Höllenofens . . .

Nach Atem ringend, erwachte er vom Schlaf und vernahm die mürrischen Stimmen der Glocken, die stöhnend ihrem Mißvergnügen Ausdruck gaben und dann wieder in kalten, brütenden Schlummer sanken.

Nur ein Mensch in der ganzen großen Burg behauptete, etwas gesehen zu haben: Caleb der Pferdejunge, Shems Gehilfe, der ein wenig langsam von Verstand war. Er war schrecklich aufgeregt gewesen und hatte die ganze Nacht nicht schlafen können. Am nächsten Morgen sollte er zum Narrenkönig gekrönt und auf den Schultern der jungen Priester getragen werden, die mit ihm durch die Burg marschieren, unzüchtige Lieder singen und mit Hafer und Blütenblättern werfen würden. Danach sollten sie ihn in den Speisesaal bringen, wo er von seinem falschen Thron aus dem Schilf des Gleniwentflusses dem Allernarrenbankett vorsitzen würde.

Der Pferdebursche erzählte jedem, der ihm zuhören wollte, er hätte nicht nur das große Brüllen vernommen, sondern auch *Worte* gehört, eine dröhnende Stimme, in einer Sprache, von der Caleb nur sagen konnte, daß sie »böse« war. Er schien sich auch einzubilden, daß er gesehen hätte, wie eine riesige feurige Schlange aus dem Fenster des Hjeldin-Turms herausgesprungen war und sich in flammenden Windungen um den Turm gelegt hatte, um dann schließlich in einem Funkenregen zu vergehen.

Niemand achtete weiter auf Calebs Geschichte – nicht ohne Grund hatte man den einfältigen Jungen zum Narrenkönig gewählt. Außerdem brachte die Morgendämmerung dem Hochhorst etwas, das jeden nächtlichen Donner und sogar die schönen Aussichten des Narrentages in den Hintergrund treten ließ. Das Tageslicht machte eine Wolkenbank sichtbar, die sich am nördlichen Horizont duckte wie eine Herde fetter, grauer Schafe – Regenwolken.

»Bei Drors blutrotem Hammer, Uduns schrecklichem Einauge und . . . und . . . und bei unserm Herrn Usires! Es muß etwas geschehen!«

Herzog Isgrimnur, der vor Zorn schier seine ganze ädonitische Frömmigkeit vergaß, schlug mit der narbigen, pelzknöchligen Pranke so hart auf die Große Tafel, daß noch sechs Fuß weiter unten das Geschirr einen Satz machte. Sein breiter Körper schwankte wie ein überladenes Schiff im Sturm, als er vom einen Ende der Tafel zum anderen blickte und dann die Faust noch einmal niedersausen ließ. Ein Pokal schwankte kurz hin und her und ergab sich dann der Schwerkraft.

»Es müssen Maßnahmen ergriffen werden, Majestät!« brüllte Isgrimnur und zupfte wütend an seinem gürtellangen Bart. »Die Frostmark ist in einem Zustand verdammter Anarchie! Während ich mit meinen Männern hier herumhocke wie Astknorren an einem Stamm, ist die Frostmarkstraße zum Schleichweg für Räuber geworden. Und ich habe seit über zwei Monaten keine Nachricht aus Elvritshalla!« Der Herzog stieß einen so gewaltigen Atemzug aus, daß sein Schnurrbart flatterte. »Mein Sohn ist in furchtbarer Bedrängnis, und ich kann nichts tun! Wo bleiben Schutz und Sicherheit des Hochkönigs, Herr?«

Rot wie eine Rübe ließ sich der Rimmersmann in seinen Stuhl zurückfallen. Elias hob lässig eine Braue und warf einen Blick auf die anderen Ritter, die rund um den Tisch verstreut saßen und an Zahl von den leeren Stühlen zwischen ihnen weit übertroffen wurden. Die Fackeln in den Halterungen warfen lange, flackernde Schatten auf die hohen Wandteppiche.

»Nun – nachdem unser bejahrter, doch ehrenwerter Herzog seine Meinung kundgetan hat – möchte sich noch jemand seinem Vorbringen anschließen?« Elias spielte mit seinem Goldpokal, den er über die halbmondförmigen Narben im Eichenholz scharren ließ. »Ist noch jemand hier, der das Gefühl hat, der Hochkönig von Osten Ard lasse seine Untertanen im Stich?« Guthwulf, zur Rechten des Königs, grinste hämisch.

Isgrimnur, zutiefst erbost, wollte erneut aufstehen, aber Eolair legte dem alten Herzog beschwichtigend die Hand auf den Arm.

»Majestät«, begann Eolair, »weder Isgrimnur noch einer der anderen, die hier gesprochen haben, klagen Euch in irgendeiner Weise an.« Der Hernystir-Mann legte die Handflächen flach auf den Tisch. »Was wir sagen wollen, ist lediglich, daß wir Euch bitten – Euch *anflehen*, Herr –, Euch stärker mit den Schwierigkeiten derjenigen Eurer Untertanen zu beschäftigen, die außerhalb Eures Gesichtskreises hier auf dem Hochhorst leben.« Eolair, dem seine eigenen Worte zu hart erscheinen mochten, zauberte ein Lächeln auf seine beweglichen Züge. »Es gibt diese Schwierigkeiten nun einmal«, fuhr er fort. »Überall im Norden und Westen herrscht Gesetzlosigkeit. Hungerleidende Männer schrecken vor fast nichts zurück, und die eben erst zu Ende gegangene Dürre hat die Menschen von ihrer schlimmsten Seite gezeigt . . . alle Menschen.«

Elias starrte Eolair, als dieser ausgeredet hatte, wortlos an. Isgrimnur konnte nicht umhin zu bemerken, wie blaß der König aussah. Es erinnerte ihn an die Zeit auf den Südlichen Inseln, als er Elias' Vater Johan während eines Fieberanfalls gepflegt hatte.

Dieses helle Auge, dachte er, *diese Raubvogelnase. Seltsam, wie diese kleinen Dinge, dieser kurze Gesichtsausdruck, diese Erinnerungen sich von Generation zu Generation vererben, lange nachdem der einzelne Mensch und sein Werk vergangen sind.*

Isgrimnur dachte an Miriamel, Elias' hübsches, melancholisches Kind. Er fragte sich, welche Erblast von ihrem Vater sie wohl mit sich schleppte und welche so ganz anderen Abbilder ihrer schönen, vom Unglück verfolgten Mutter, die nun schon zehn Jahre tot war – oder waren es zwölf?

Gegenüber am Tisch schüttelte Elias langsam den Kopf, als erwache er aus einem Traum oder versuche, die Weindünste aus seinem Hirn zu vertreiben. Isgrimnur sah, wie Pryrates, der links neben dem König saß, schnell seine Hand aus Elias' Ärmel zurückzog. Es war etwas Widerwärtiges an dem Priester, dachte Isgrimnur nicht zum ersten Mal, etwas, das viel tiefer reichte als nur seine Haarlosigkeit und die schnarrende Stimme.

»Nun, Graf Eolair«, erklärte der König, und ein flüchtiges Lächeln kräuselte sekundenlang seine Lippen, »wenn wir schon von ›Verpflichtungen‹ und solchen Dingen reden, was hat Euer Verwandter König Lluth zu der Botschaft zu sagen, die ich ihm sandte?« Er lehnte sich mit augenscheinlichem Interesse nach vorn, die kraftvollen Hände auf dem Tisch gefaltet.

Eolair, der seine Worte sorgsam wählte, antwortete in gemessenem Ton: »Wie stets, Herr, sendet er dem edlen Erkynland seinen Respekt und seine Grüße. Er meint jedoch, daß er, was die Steuern anbetrifft...«

»Den Tribut!« schnaubte Guthwulf, der sich mit einem schmalen Dolch die Fingernägel reinigte.

»... was die Steuern anbetrifft, im Augenblick außerstande ist, größere Zahlungen zu leisten«, schloß Eolair, ohne die Unterbrechung zu beachten.

»In der Tat?« fragte Elias und lächelte wieder.

»Eigentlich, Herr«, Eolair deutete das Lächeln absichtlich falsch, »hat er mich zu Euch geschickt, um Eure königliche Hilfe zu erbitten. Ihr wißt, welche Schäden die Dürre verursacht hat, dazu die Pest. Die Erkyngarde sollte mit uns zusammenarbeiten, um die Handelswege offenzuhalten.«

»So, soll sie das?« König Elias' Augen glitzerten, und unter den starken Sehnen seines Halses fing ein winziger Puls zu klopfen an. »Jetzt heißt es schon ›sollen‹, wie?« Er beugte sich noch weiter vor und schüttelte Pryrates' Hand ab, die ihn schlangengeschwind daran hindern wollte. »Und wer seid Ihr«, grollte er, »der kaum entwöhnte Stiefvetter eines Schafhirtenkönigs, der überhaupt nur ein König ist, weil mein Vater so willensschwach und nachgiebig war – wer seid Ihr, daß Ihr zu mir von ›sollen‹ sprecht?«

»Herr!« rief der alte Fluiren von Nabban entsetzt und rang die altersfleckigen Hände – mächtige Pranken einst, jetzt krumm und knotig wie Falkenklauen. »Herr!« keuchte er, »Euer Zorn ist königlich, aber Hernystir ist ein verläßlicher Verbündeter unter dem Königsfrieden Eures Vaters – ganz zu schweigen davon, daß das Land die Geburtsstätte Eurer eigenen frommen Mutter war, möge ihre Seele in Frieden ruhen! Bitte, Majestät, sprecht nicht so von Lluth!«

Elias richtete seine Smaragdaugen auf Fluiren und schien im Begriff, seinen Zorn auf diesen altersschwach gewordenen Helden zu lenken, als Pryrates erneut am dunklen Ärmel des Königs zupfte und sich nah an ihn heranneigte, um ihm einige Worte ins Ohr zu flüstern. Die Miene des Königs wurde sanfter, aber die Linie seines Kinns behielt die Spannung einer Bogensehne. Sogar die Luft über der Tafel schien sich zusammenzuziehen, ein knirschendes Netz aus schrecklichen Möglichkeiten.

»Verzeiht mir das Unverzeihliche, Graf Eolair«, sagte Elias endlich, und ein sonderbar törichtes Grinsen zog seine Mundwinkel auseinander. »Vergebt mir meine harten, grundlosen Worte. Es ist weniger als einen Monat her, daß der Regen begann, und der Zwölfmond davor war für uns alle schwierig.«

Eolair nickte, Unbehagen in den klugen Augen. »Natürlich, Hoheit. Ich verzeihe gern. Bitte schenkt auch Ihr mir Eure Vergebung, wenn ich Euch herausgefordert haben sollte.« Auf der anderen Seite der ovalen Tafel faltete Fluiren mit befriedigtem Nicken die fleckigen Hände.

Jetzt erhob sich auch Isgrimnur, schwerfällig wie ein brauner Bär, der auf eine Eisscholle klettert. »Auch ich, Majestät, will versuchen, in sanftem Ton zu reden, obgleich Ihr alle wißt, daß das ganz und gar gegen meine Soldatennatur geht.«

Elias behielt die vergnügte Grimasse bei. »Vorzüglich, Onkel Bärenhaut – wir wollen uns alle miteinander in Vornehmheit üben. Was wollt Ihr von Eurem König?«

Der Herzog von Elvritshalla holte tief Atem und zerwühlte sich mit unruhigen Fingern den Bart. »Mein und Eolairs Volk ist in großer Not, Herr. Zum ersten Mal seit den frühesten Tagen der Herrschaft von Johan Presbyter ist die Frostmarkstraße wieder unpassierbar geworden – Schneestürme im Norden, Straßenräuber weiter südlich. Mit der königlichen Nordstraße am Wjeldhelm vorbei steht es nicht viel besser. Wir brauchen diese Straßen, und sie müssen offen sein und offengehalten werden.« Isgrimnur wandte sich ab und spuckte auf den Boden. Fluiren zuckte zusammen. »Wie mein Sohn Isorn in seinem letzten Brief schreibt, leiden viele Stammesdörfer unter Nahrungsmangel. Wir können keinen Handel mit unseren Waren treiben und die Verbindung zu entfernter wohnenden Stämmen nicht aufrechterhalten.«

Guthwulf, der an der Tischkante herumschnitzte, gähnte auffällig. Heahferth und Godwig, zwei jüngere Edelleute, die ihre grünen Schärpen betont zur Schau stellten, kicherten leise.

»Gewiß, Herzog«, näselte Guthwulf und schmiegte sich an seine Stuhllehne wie eine sonnenwarme Katze, »macht Ihr das alles nicht uns zum Vorwurf. Verfügt denn unser Herr, der König, über die Kräfte des allmächtigen Gottes, daß er den Schnee und die Stürme mit einer Handbewegung zum Stillstand bringen kann?«

»Ich habe ihn nicht dazu aufgefordert!« knurrte Isgrimnur.

»Vielleicht«, bemerkte Pryrates vom oberen Ende der Tafel, und sein breites Lächeln wirkte merkwürdig anstößig, »lastet Ihr dem König auch das Verschwinden seines Bruders an, wie wir gerüchtweise vernommen haben?«

»Niemals!« Isgrimnur war aufrichtig empört. Die Augen des neben ihm sitzenden Eolair wurden schmal, als habe er etwas Unerwartetes gesehen. »Niemals!« wiederholte der Herzog und sah Elias hilflos an.

»Nun, Männer, ich weiß, daß Isgrimnur so etwas nie denken würde«, erklärte der König mit müder Gebärde. »Der alte Onkel Bärenhaut hat uns beide auf den Knien geschaukelt, Josua und mich. Ich hoffe natürlich, daß meinem Bruder nichts Übles zugestoßen ist – die Tatsache, daß er Naglimund nach so langer Zeit immer noch nicht erreicht hat, scheint besorgniserregend –, aber wenn daran irgend etwas Unrechtes sein sollte, dann ist es nicht *mein* Gewissen, das besänftigt werden muß.« Doch als er zu sprechen aufhörte, wirkte Elias einen Augenblick unruhig und starrte ins Leere, als streife ihn eine verwirrende Erinnerung.

»Laßt mich wieder zur Sache kommen, Herr«, setzte Isgrimnur seine Rede fort. »Die Straßen im Norden sind nicht mehr sicher, und daran ist nicht allein das Wetter schuld. Meine Männer sind zu weit verstreut. Wir brauchen Unterstützung – starke Männer, die der Frostmark wieder Sicherheit geben. Das Markland wimmelt von Räubern und Gesetzlosen und... und noch Schlimmerem, wie es bei manchen heißt.«

Pryrates beugte sich gespannt vor, das Kinn auf die langfingrigen Hände gestützt wie ein Kind, das durchs Fenster dem Regen zuschaut. In seinen tiefliegenden Augen spiegelte sich der Fackelschein. »Was meint Ihr mit ›noch Schlimmerem‹, edler Isgrimnur?«

»Unwichtig. Die Leute... machen sich ihre Gedanken, das ist alles. Ihr wißt, wie die Markbewohner sind...« Der Rimmersmann verstummte und trank verlegen einen Schluck Wein.

Eolair stand auf. »Wenn der Herzog seine eigenen Gedanken und das, was wir auf den Märkten und von den Dienstboten gehört haben, nicht aussprechen will, werde ich es tun. Die Menschen im Norden fürchten sich. Es gehen Dinge vor, die man nicht mit schlechtem Wetter und Mißernten erklären kann. In meiner Heimat haben wir es nicht nötig, von Engeln oder Teufeln zu reden. Wir Hernystiri – wir aus dem Westen – wissen, daß Wesen auf dieser Erde aufrecht gehen, die keine Menschen sind... und wir wissen, ob man sich vor ihnen fürchten muß oder nicht. Wir Hernystiri kannten die Sithi, als sie noch in unseren Feldern wohnten und die hohen Berge und weiten Wiesen von Erkynland ihr Eigentum waren.«

Die Fackeln hatten angefangen zu tropfen, und Eolairs hohe Stirn und seine Wangen schienen in schwachem Scharlachglanz zu schimmern.

»Wir haben es nicht vergessen«, fuhr er ruhig fort; seine Stimme erreichte sogar den eingenickten Godwig, der den benebelten Kopf hob wie ein Jagdhund, der in der Ferne Rufe hört. »Wir Hernystiri erinnern uns an die Zeit der Riesen und die Tage des Fluchs des Nordens, der Weißfüchse, darum reden wir jetzt ohne Umschweife: Böses ist erwacht in diesem unheilvollen Winter und Frühling. Es sind nicht nur Räuber, die Reisende überfallen und einsamwohnende Bauern verschwinden lassen. Die Völker des Nordens fürchten sich . . .«

»Ha, ›wir Hernystiri‹!« Pryrates' höhnische Stimme durchbrach die Stille und durchbohrte den Zauber jenseitiger Welten wie eine tote Ratte. » ›Wir Hernystiri‹! Unser edler heidnischer Freund behauptet, ohne Umschweife zu reden!« Pryrates zeichnete einen übertriebenen *Baum* auf die Brust seines unpriesterlichen roten Gewandes. Elias' Miene nahm einen Ausdruck hinterhältiger Gutgelauntheit an. »Und was tut er? Er setzt uns die umschweifloseste Suppe aus Rätseln und dunklem Geschwätz vor, die mir je auf den Tisch gekommen ist. Riesen und Elfen!« Pryrates machte eine wegwerfende Handbewegung und ließ den Ärmel über die Teller mit dem Abendessen flattern. »Als ob Seine Majestät der König nicht schon genug Sorgen hätte – sein Bruder verschwunden, die Untertanen hungrig und verängstigt –, als ob dem König selbst nicht schon fast das eigene große Herz bräche! Und Ihr, Eolair, kommt ihm mit heidnischen Gespenstergeschichten aus dem Mund alter Weiber!«

»Ein Heide mag er sein, jawohl«, grollte Isgrimnur, »aber es steckt mehr ädonitische Gutwilligkeit in Eolair als in dem Rudel fauler Welpen, das sich hier am Hof herumlümmelt . . .«, – hier bellte Baron Heahferth, was Godwig in trunkenes Gelächter ausbrechen ließ –, »herumlümmelt, sage ich, während das Volk von magerer Hoffnung und noch magereren Ernten lebt!«

»Schon gut, Isgrimnur«, sagte Eolair müde.

»Edle Herren!« warf Fluiren nervös ein.

»Nein, man soll Euch Eurer Aufrichtigkeit wegen nicht beleidigen!«

brummte Isgrimnur Eolair zu. Schon hob er die Faust, um von neuem auf den Tisch zu donnern, überlegte es sich dann jedoch und legte sie statt dessen auf die Brust und um den hölzernen *Baum*, der dort hing. »Vergebt mir den Ausbruch, mein König. Aber Graf Eolair sagt die Wahrheit. Ob ihre Ängste begründet sind oder nicht, die Menschen fürchten sich.«

»Und wovor fürchten sie sich, lieber alter Onkel Bärenhaut?« fragte der König und hielt Guthwulf seinen Pokal zum Nachfüllen hin.

»Sie fürchten sich vor der Finsternis«, erwiderte der alte Mann, jetzt voller Würde. »Sie fürchten die Finsternis des Winters, und sie haben Angst, daß es in der Welt noch dunkler werden könnte.«
Eolair stellte den leeren Becher umgedreht auf den Tisch. »Auf dem Markt von Erchester füllen die wenigen Händler, die es bis in den Süden geschafft haben, die Ohren der Leute mit Neuigkeiten über eine seltsame Erscheinung. Ich habe diese Erzählung so oft gehört, daß ich fast überzeugt bin, daß sie inzwischen jeder Mensch in der Stadt kennt.« Eolair hielt inne und sah den Rimmersmann an, der ernsthaft mit dem Kopf nickte und sich den grausträhnigen Bart strich.

»Nun?« erkundigte Elias sich ungeduldig.

»In der Öde der Frostmark hat man es gesehen, nachts, ein wundersames Ding: einen Wagen, einen schwarzen Wagen, von weißen Pferden gezogen –«

»Wie ungewöhnlich!« spottete Guthwulf, aber Pryrates und Elias tauschten einen schnellen Blick. Dann hob der König eine Braue und schaute wieder zu dem Mann aus dem Westen hinüber.

»Fahrt fort«, gebot Elias.

»Die Leute, die es gesehen haben, sagen, es sei wenige Tage nach Allernarren zuerst erschienen. Sie erzählen, es liege ein Sarg auf dem Wagen und schwarze Mönche gingen hinterher.«

»Und welchem heidnischen Naturgeist schreiben die Bauern diese Erscheinung zu?« Elias lehnte sich langsam im Stuhl zurück, bis er den Hernystir-Mann über den Nasenrücken ansah.

»Sie sagen, mein König, es sei Eures Vaters Leichenwagen – verzeiht Majestät –, und solange das Land leide, werde er keinen Frieden finden in seinem Hügel.«

Nach einer Pause, in der das Schweigen drückend auf der Runde lag, erklärte der König, und seine Stimme war kaum lauter als das Zischen der Fackeln: »Nun, dann werden wir wohl dafür sorgen müssen, daß mein Vater seine wohlverdiente Ruhe bekommt, nicht wahr?«

Seht sie euch an, dachte der alte Strupp, als er sein verkrümmtes Bein und den müden Körper den Mittelgang des Thronsaals entlangschleppte. *Seht sie nur an, wie sie sich da herumlümmeln und grinsen, als wären sie heidnische Thrithingshäuptlinge und keine ädonitischen Ritter von Erkynland.*
Elias' Höflinge johlten und riefen ihm alles mögliche zu, als der Narr vorbeihinkte. Sie drehten die Köpfe nach ihm, als wäre er ein Naraxi-Affe an der Kette. Selbst der König und Graf Guthwulf, die *Königliche Hand,* beteiligten sich an den rohen Späßen. Elias thronte mit einem Bein über der Armlehne des Drachenbeinsitzes wie ein Bauerntölpel auf einem Tor. Nur Miriamel, die junge Königstochter, saß stumm und aufrecht da, das hübsche Gesicht feierlich und starr, die Schultern eingezogen, als erwarte sie jeden Augenblick einen Schlag. Ihr honigfarbenes Haar, das weder vom dunklen Vater noch von der rabenlockigen Mutter stammte, hing zu beiden Seiten des Gesichtes wie ein Vorhang herunter.
Sie sieht aus, als wollte sie sich hinter ihrem Haar verstecken, dachte Strupp. *Wie schändlich. Sie nennen sie dickköpfig und vorlaut, das sommersprossige Schätzchen, aber ich sehe nur Furcht in ihren Augen. Ich habe den Verdacht, daß sie etwas Besseres verdient als diese prahlerischen Wölfe, die sich jetzt in unseren Burgen herumtreiben, aber angeblich hat sie ihr Vater schon längst diesem versoffenen Angeber Fengbald versprochen.*
Strupp kam nur langsam vorwärts. Hände, die ihn streicheln oder ihm einen leichten Klaps geben wollten, griffen von überall her nach ihm und versperrten ihm den Weg zum Thron. Es galt als glückbringend, den Kopf eines Zwerges zu berühren. Strupp war freilich kein Zwerg, sondern nur alt, uralt und gebeugt, und die Höflinge amüsierten sich damit, ihn wie einen Zwerg zu behandeln.
Endlich stand Strupp vor Elias' Thron. Die Augen des Königs waren rotgerändert, vom allzuvielen Trinken oder allzuwenig Schlafen – höchstwahrscheinlich von beidem. Elias sah mit trübem Blick auf den

kleinen Mann hinunter. »Schau an, mein lieber Strupp«, sagte er, »du erweist uns die Ehre deiner Gesellschaft.« Der Narr bemerkte, daß die Knöpfe an der weißen Bluse des Königs offenstanden und die schönen Rehlederhandschuhe, die in seinem Gürtel steckten, einen Soßenfleck zeigten.

»Ja, Herr, ich bin gekommen.« Strupp versuchte eine Verbeugung, was mit dem steifen Bein schwierig war; die Edelleute und ihre Damen brachen in Heiterkeit aus.

»Bevor du uns unterhältst, ältester der Narren«, Elias schwang das Bein von der Armlehne des Thrones herunter und schenkte dem Alten seinen aufrichtigsten Blick, »darf ich vielleicht eine kleine Gunst erbitten? Eine Frage, die ich dir schon lange stellen wollte?«

»Gewiß, mein König.«

»Dann sag mir, lieber Strupp, wie es kam, daß man dir einen *Hundenamen* gab.« In scheinbarer Ratlosigkeit hob Elias die Brauen und sah zuerst zu dem grinsenden Guthwulf hinüber, dann zu Miriamel, die den Blick abwandte. Die übrigen Höflinge lachten und tuschelten hinter vorgehaltener Hand.

»Niemand gab mir einen Hundenamen, Herr«, antwortete Strupp gelassen. »Ich selbst wählte ihn mir.«

»Was!« rief Elias und schaute wieder den alten Mann an. »Ich habe gewiß nicht recht gehört.«

»Doch, Herr. Ich habe mir *selbst* den Hundenamen gegeben! Euer edler Vater pflegte mich zu necken, weil ich ihm so treu war, immer mit ihm ging, nie von seiner Seite wich. Zum Scherz nannte er einen seiner Hunde ›Cruinh‹ – das war mein Taufname.« Der Alte drehte sich halb um, damit das Publikum ihn besser sehen konnte. »›Nun gut‹, sagte ich, ›wenn es Johans Wille ist, daß der Hund meinen Namen trägt, so will ich seinen annehmen.‹ Und seit dieser Zeit habe ich nie mehr auf einen anderen Namen als Strupp gehört, und so soll es bleiben.« Strupp gestattete sich ein winziges Lächeln. »Es mag sein, daß Euer verehrter Vater seinen Scherz danach ein wenig bereut hat.«

Die Antwort schien Elias nicht unbedingt zu gefallen, aber er lachte trotzdem laut auf und schlug sich aufs Knie. »Ein kecker Zwerg, meint Ihr nicht auch?« fragte er und blickte in die Runde. Die anderen, die dort saßen, versuchten sich der Stimmung des Königs anzupassen und

lachten höflich mit – alle außer Miriamel, die von ihrem hochlehnigen Stuhl auf Strupp hinunterblickte, einen verwirrenden Ausdruck
im Gesicht, den der alte Narr nicht enträtseln konnte.

»Hm«, meinte Elias, »wäre ich nicht der gute König, der ich bin – wäre
ich, sagen wir einmal, ein Heidenkönig wie Lluth von Hernystir –,
dann würde ich dir vielleicht dein winziges Runzelköpfchen abhacken
lassen, weil du so über meinen verstorbenen Vater sprichst. Aber natürlich bin ich kein solcher Tyrann.«

»Natürlich nicht, Majestät«, erwiderte Strupp.

»Nun denn, bist du eigentlich gekommen, um uns etwas vorzusingen
oder um Purzelbäume zu schlagen – wobei wir das letztere nicht hoffen
wollen, denn du scheinst uns zu gebrechlich für solche Possen ...
Komm, sag es uns.« Elias lehnte sich behaglich in seinem Thron zurück und klatschte in die Hände nach mehr Wein.

»Zum Singen, Majestät«, erklärte der Narr. Er nahm die Laute von der
Schulter und begann die Wirbel zu drehen, um die Saiten zu stimmen.
Ein junger Page eilte herbei und füllte den Becher des Königs. Strupp
schaute an die Decke, wo vor den vom Regen bespritzten Oberlichtern
die Banner der Ritter und Edlen von Osten Ard hingen. Der Staub war
entfernt, das Spinnengeflecht zerrissen, aber Strupp schienen die bunten Farben der kleinen Wimpel falsch, zu grell – wie die geschminkte
Haut einer Dirne, die ihre eigene Jugendzeit nachzuäffen versucht und
damit auch das noch zerstört, was an echter Schönheit übriggeblieben
ist. Als der aufgeregte Page auch Guthwulf, Fengbald und den anderen
die Pokale neu gefüllt hatte, winkte Elias Strupp zu.

»Herr«, nickte der alte Narr, »ich will Euch von einem anderen guten
König vorsingen; freilich war er ein unglücklicher und trauriger
Herrscher.«

»Ich mag keine traurigen Lieder«, mischte sich Fengbald ein, der wie
üblich stark angetrunken war.

Guthwulf neben ihm grinste höhnisch. »Sch.« Die *Königliche Hand*
ermahnte ihren Kameraden mit dem Ellenbogen zu schweigen.
»Wenn uns das Lied nicht gefällt, können wir den Zwerg hinterher
hüpfen lassen.«

Strupp räusperte sich und griff in die Saiten. Mit dünner, wohlklin-
gender Stimme sang er:

Wacholder war ein König einst,
uralt war er und schwach,
schneeweiß sein Bart vom Kinn zum Knie;
er saß im Throngemach.

Wacholder rief von seinem Thron:
›Bringt meine Söhne mir!
Die Zeit ist um, ich scheide bald,
ein andrer herrscht dann hier.‹

Sie holten die zwei Prinzen her,
Hund, Falken, Jägerspieß;
der jüngere Prinz Stechpalm war,
der ältre Schierling hieß.

›Wir folgten, Vater, Eurem Ruf,
verließen unsre Jagd‹,
sprach Schierling, ›was begehrt Ihr, Herr?‹
Der alte König sagt:

›Ich sterbe bald, ihr Söhne mein,
doch wenn im Grab ich lieg,
so will ich, daß ihr euch vertragt,
daß zwischen euch kein Krieg.‹

»Ich glaube nicht, daß mir der Klang dieses Liedes gefällt«, knurrte Guthwulf, »es hat einen höhnischen Ton.«
Elias hieß ihn schweigen. In seinen Augen lag ein düsterer Glanz, als er Strupp zum Weitersingen aufforderte.

›O Vater, was befürchtet Ihr?
Prinz Schierling hat das Recht.
Und würd ich mit ihm streiten drum,
ich wär ein Ritter schlecht.‹

Zufrieden hört' der Vater ihn
und schickt' die Söhne fort
und dankte Ädons Gnade für
Prinz Stechpalms edles Wort.

Jedoch in Schierlings Herzen tief
– und König sollt er sein! –,
da weckten Stechpalms Worte nur
Gedanken bös und klein.

›So süß spricht Prinzenzunge nicht,
die Wahrheit sagen kann.‹
Und Schierling denkt: Arglistig sinnt
mein Bruder üblen Plan.

Er fürchtete das milde Herz,
Stechpalm mißtraute er,
und aus dem Wams er heimlich zog
ein Tränklein gifteschwer.

Die Brüder saßen froh bei Tisch,
da goß er es ins Glas
und hieß Prinz Stechpalm trinken und –

»Genug! Das ist Verrat!« brüllte Guthwulf, sprang auf und kippte seinen Stuhl mitten unter die erschreckten Höflinge. Sein Langschwert zischte aus der Scheide. Wäre Fengbald nicht verwirrt in die Höhe gefahren und ihm dadurch in den Arm gefallen, hätte Guthwulf sich auf den ängstlich zurückweichenden Strupp gestürzt.

Auch Elias war sofort auf den Füßen. »In die Scheide mit der Haarnadel, du Tölpel!« schrie er. »Niemand zieht im Thronsaal des Königs das Schwert!« Von dem wütend knurrenden Grafen von Utanyeat wandte er sich dem Narren zu. Der alte Mann, der sich noch nicht von dem erschreckenden Anblick des rasenden Guthwulfs erholt hatte, rang mühsam um Fassung.

»Glaube nicht, Zwergengeschöpf, daß uns dein Liedchen erheitert

hat«, zischte der König, »oder daß die lange Zeit, die du meinem
Vater gedient hast, dich unverletzlich macht – aber denk auch nicht,
daß du mit solch stumpfen Dornen die Haut des Königs ritzen kannst.
Geh mir aus den Augen!«

»Ich will Euch gestehen, Herr, daß dieses Lied ein neu ersonnenes
war«, begann der Narr mit unsicherer Stimme. Seine Schellenkappe
saß schief. »Aber es war nicht . . .«

»*Scher dich fort!*« fauchte Elias, totenbleich im Gesicht, in den Augen
den Blick eines Raubtiers. Hastig humpelte Strupp aus dem Thronsaal, schaudernd vor dem letzten wilden Blick des Königs und dem
eingesperrten, hoffnungslosen Gesicht der Prinzessin Miriamel.

XI

Ein unerwarteter Gast

Am letzten Avreltag, in der Mitte des Nachmittags, war Simon im dunklen Heuboden des Stalls untergetaucht, trieb behaglich in einem kratzigen, gelben Meer dahin, nur den Kopf über den staubigen Wogen. Vor dem breiten Fenster funkelte der Heustaub zur Erde, und Simon lauschte dem eigenen gleichmäßigen Atem.

Er war eben erst von der düsteren Galerie der Kapelle heruntergekommen, in der die Mönche die Mittagsriten gesungen hatten. Die reinen, gemeißelten Töne ihrer feierlichen Gebete hatten ihn ergriffen, wie die Kapelle und die trockenen Verrichtungen in ihren teppichverkleideten Mauern es selten taten; jede einzelne Note sorgsam gehalten und dann liebevoll freigegeben, so wie ein Holzschnitzer zierliche Spielzeugboote in einen Bach setzt. Die singenden Stimmen hatten das geheime Innere seines Herzens in ein süßes, kaltes Netz aus Silber gehüllt; noch immer hielt die zärtliche Hoffnungslosigkeit der Fäden ihn fest. Es war so ein wunderliches Gefühl gewesen – sekundenlang hatte er empfunden, als bestehe er ganz aus Federn und rasendem Herzschlag, ein verängstigter Vogel in Gottes hohler Hand . . .

Aber plötzlich hatte er sich dieser Fürsorglichkeit und Zartheit unwürdig gefunden und war die Galerietreppe hinuntergerannt – er war zu ungeschickt, zu töricht. Vielleicht würde er mit seinen aufgesprungenen Küchenjungenhänden die schöne Musik zu grob anfassen, wie ein Kind, das ahnungslos einen Schmetterling zerdrückt.

Jetzt, oben auf dem Heuboden, begann sein Herz langsamer zu schlagen. Simon vergrub sich tief im muffigen, flüsternden Stroh und horchte mit geschlossenen Augen auf das sanfte Schnauben der

Pferde in ihren Boxen. Er glaubte, die fast unfühlbare Berührung der Staubkörnchen zu spüren, die in der stillen, schläfrigen Dunkelheit auf sein Gesicht herabrieselten.

Vielleicht war er eingeschlummert – er wußte es nicht genau –, aber das nächste, was er bemerkte, war der plötzliche, scharfe Ton von Stimmen unter ihm. Simon rollte sich zur Seite und schwamm durch das kitzelnde Stroh bis zum Rand des Speichers, um nach unten in den Stall zu blicken.

Sie waren zu dritt: Shem Pferdeknecht, Ruben der Bär und ein kleiner Mann, der Strupp der Narr sein konnte – Simon konnte es nicht mit Sicherheit feststellen, weil er kein Narrengewand trug und einen Hut aufhatte, der den größten Teil seines Gesichts verdeckte. Sie waren alle drei durch die Stalltür gekommen wie ein Trio lustiger Hanswurste; der Schmied schwang in der Faust – breit wie die Keule eines Frühjahrslamms – einen Krug. Sie waren betrunken wie die Vögel im Beerenbusch, und Strupp – wenn er es war – sang ein altes Lied:

> *Hans, nimm eine Maid*
> *zum frohen Berg hinauf*
> *und sing vergnügt hei-ho:*
> *Halbkronentag...*

Ruben reichte dem kleinen Mann den Krug. Das Gewicht ließ den anderen mitten im Refrain hintenüberkippen, so daß er einen Schritt zurückstolperte und dann rücklings niederstürzte. Sein Hut flog davon – ja, es war wirklich Strupp. Simon konnte jetzt das runzlige Gesicht mit dem gespitzten Mund sehen, das sich an den Augen zusammenzuziehen begann, als wolle Strupp losplärren wie ein Säugling. Statt dessen fing er an, hilflos zu lachen, an die Wand gelehnt, den Krug zwischen den Knien. Seine beiden Gefährten schwankten unsicher zu ihm hinüber und hockten sich daneben. Alle in einer Reihe, so saßen sie da wie Elstern auf einem Zaun.

Simon überlegte, ob er sich bemerkbar machen sollte; er kannte Strupp nur flüchtig, hatte sich aber mit Shem und Ruben immer gut vertragen. Nach kurzem Nachdenken beschloß er, es nicht zu tun. Es

bereitete mehr Spaß, sie heimlich zu beobachten – vielleicht fiel ihm
ein Streich ein, den er ihnen spielen konnte. Und so machte er es sich
bequem, versteckt und still hoch oben auf dem Speicher.

»Bei Sankt Muirfath und dem Erzengel«, sagte Strupp, als ein paar
triefend nasse Augenblicke verstrichen waren, »das habe ich nötig
gehabt!« Er strich mit dem Zeigefinger über den Rand des Kruges und
steckte dann den Finger in den Mund.

Shem Pferdeknecht griff über den breiten Bauch des Schmiedes zu
ihm hinüber und nahm den Krug an sich. Er tat einen Zug und wischte
sich mit ledrigem Handrücken die Lippen.

»Und wo willst du nun hin?« fragte er den Narren.

Strupp stieß einen Seufzer aus. Jäh schien alles Leben aus der kleinen
Zechrunde gewichen zu sein. Bedrückt starrten die drei zu Boden.

»Ich habe ein paar Verwandte – entfernte Verwandte – in Grenefod
an der Flußmündung. Vielleicht gehe ich dorthin, obwohl sie kaum
glücklich sein werden, einen weiteren Schnabel füttern zu müssen.
Vielleicht reise ich aber auch nordwärts nach Naglimund.«

»Aber Josua ist weg«, meinte Ruben und rülpste.

»Aye, auf und davon«, bekräftigte Shem.

Strupp schloß die Augen und stieß mit dem Hinterkopf gegen das rohe
Holz der Pferdestalltür. »Aber noch halten Josuas Leute Naglimund
und werden einen Mann, den Elias' rohe Gesellen aus seiner Heimat
vertrieben haben, freundlich aufnehmen – und jetzt wohl noch
freundlicher, nachdem die Leute sagen, daß Elias seinen Bruder
ermorden ließ.«

»Aber manche sagen auch, daß *Josua* ein Verräter geworden ist«, warf
Shem ein und rieb sich schläfrig das Kinn.

»Pah!« Der kleine Narr spuckte aus. Auch Simon oben auf dem
Boden empfand die Wärme des Frühlingsnachmittags, sein einschlä-
ferndes, lastendes Gewicht. Es verlieh dem Gespräch dort unten
etwas Beiläufiges, Fernes – Mord und Verrat hörten sich an wie
Namen von Orten, die weit weg lagen.

In der langen Pause, die sich anschloß, fühlte Simon seine Augenlider unerbittlich abwärtsschleichen.

»Vielleicht war's doch nicht so recht klug, Bruder Strupp . . .« – das
war der alte Shem, hager und ausgedörrt wie etwas, das man in die

Räucherkammer gehängt hat –, »... den König herauszufordern. Warum mußtest du auch so ein aufreizendes Lied singen?«

»Ha!« Strupp kratzte sich eifrig an der Nase. »Meine westlichen Ahnen, das waren *echte* Barden, nicht solche hinkenden alten Purzelbaumschläger wie ich. Die hätten ihm ein Lied vorgesungen, daß sich seine Ohren gesträubt hätten! Der Dichter Eoin-ec-Cluias soll einmal ein Zorneslied verfaßt haben, das war so mächtig, daß alle goldenen Bienen aus dem Grianspog sich auf Häuptling Gormhbata niederließen und ihn zu Tode stachen... *das* nenne ich ein Lied!« Wieder lehnte der Narr den Kopf an die Stallwand. »Der König? Bei Gottes Zähnen, ich ertrage es nicht, ihm auch nur diesen Namen zu geben. Ich war von klein auf bei seinem seligen Vater – *das* war ein König, den man mit Recht so nennen konnte! Der hier ist nicht besser als ein Räuber... nicht halb der Mann, der sein... Vater Johan war...« Strupps Stimme schwankte schläfrig. Shem Pferdeknecht sank langsam der Kopf auf die Brust. Rubens Augen waren offen, aber es schien, als blicke er in die dunkelsten Lücken zwischen den Dachbalken. Neben ihm regte sich Strupp noch einmal.

»Hab ich euch das erzählt?« fragte der Alte unvermittelt, »hab ich euch vom Schwert des Königs erzählt? König Johans Schwert – Hellnagel? *Mir* hat er es gegeben, wißt ihr, und hat gesagt: ›Nur du, Strupp, kannst es meinem Sohn Elias weiterreichen! Nur du!‹« Auf der gefurchten Wange des Narren glänzte eine Träne. »›Führe meinen Sohn in den Thronsaal und gib ihm Hellnagel‹, sagte er zu mir, und das tat ich auch. Ich brachte es ihm in der Nacht, als sein lieber Vater gestorben war... legte es in seine Hand, so wie sein Vater es mir gesagt hatte... und er ließ es fallen! *Ließ es fallen!*« Strupps Stimme hob sich zornig. »Das Schwert, das sein Vater in mehr Schlachten getragen hat, als eine Bracke Flöhe hat! Ich konnte es kaum fassen... dieses Ungeschick, diese... Unverfrorenheit! Hört ihr mir zu, Shem – Ruben?« Der Schmied neben ihm grunzte.

»Psst! Ich war natürlich ganz entsetzt. Ich hob es auf und wischte es mit den leinenen Binden ab und reichte es ihm abermals; diesmal ergriff er es mit beiden Händen. ›Es hat sich gedreht‹, sagte er, als ob er einfältig wäre. Und als er es in der Hand hielt, ging ein seltsamer Ausdruck über sein Gesicht, wie...« Der Narr verstummte. Simon fürchtete schon, er wäre eingeschlafen, aber anscheinend dachte der Kleine nur nach, auf langsame, weinwirre Weise.

»Sein Gesichtsausdruck«, fuhr Strupp fort, »war wie bei einem Kind, das man bei etwas ganz, ganz Bösem erwischt – ja, genau so! Er wurde blaß und bekam einen ganz schlaffen Mund. Und dann gab er es mir *zurück!* ›Begrab das mit meinem Vater‹, hat er gesagt. ›Es ist *sein* Schwert, er soll es behalten.‹ – ›Aber er wollte es *Euch* geben, Herr‹, wandte ich ein . . . aber hat er auf mich hören wollen? Hat er? Nein! ›Ein neues Zeitalter ist angebrochen, Alter‹, erklärte er mir, ›wir brauchen nicht mehr an diesen Überbleibseln der Vergangenheit zu hängen.‹ Könnt ihr euch die gottverdammte Unverschämtheit von so einem Kerl vorstellen?«

Strupp tastete mit den Händen, bis er den Krug fand, und hob ihn zu einem langen Zug. Seine beiden Zechgenossen hatten die Augen geschlossen und stießen rasselnde Atemgeräusche aus, aber der alte Mann, versunken in empörtes Sinnen, achtete nicht darauf.

»Und dann wollte er seinem armen, toten Vater nicht einmal die Höflichkeit erweisen, es ihm selber ins Grab zu legen. Wollte es . . . wollte es nicht einmal anfassen! Ließ seinen jüngeren Bruder das machen! Ließ Josua . . .« Strupps kahler Kopf nickte. »Als ob er sich dran verbrannt hätte . . . so sah es aus, als er es mir wieder hinhielt . . . so schnell . . . verfluchter Welpe . . .« Strupps Kopf fuhr noch einmal in die Höhe, sank dann auf die Brust und hob sich nicht wieder.

Als Simon leise die Heubodenleiter hinabstieg, schnarchten die drei Männer schon wie alte Hunde vor dem Kamin. Auf Zehenspitzen schlich er sich hinaus – war nur so freundlich, im Vorbeigehen den Krug zuzukorken und beiseite zu stellen, damit kein jäh im Schlaf ausgestreckter Arm das Gefäß umkippte. Dann trat er in das schräge Sonnenlicht des Burgangers.

Soviel Seltsames ist geschehen in diesem Jahr, dachte er, setzte sich an den Brunnen in der Mitte des Angers und warf Steinchen hinein. *Dürre und Krankheit, der Prinz verschwunden, in Falshire Menschen verbrannt und getötet . . .* Aber irgendwie schien das alles gar nicht so ernst zu sein. *Es passiert immer jemand anderem,* entschied Simon, halb erfreut, halb bedauernd. *Alles passiert fremden Leuten.*

Sie hatte sich auf dem Fenstersitz zusammengekauert und starrte durch die zierlich geätzten Scheiben auf irgend etwas hinunter. Als er eintrat, schaute sie nicht auf, obwohl das Scharren seiner Stiefel auf den Steinplatten ihn deutlich ankündigte. Einen Augenblick verharrte er mit über der Brust gekreuzten Armen in der Tür, aber noch immer drehte sie sich nicht um. Er schritt auf sie zu, blieb stehen und blickte über ihre Schulter.

Auf dem Anger war nichts zu sehen als ein Küchenjunge, der auf dem Rand der steinernen Zisterne saß, ein langbeiniger, zerzauster Junge im fleckigen Kittel. Sonst war der Hof leer bis auf ein paar Schafe, schmutzige Wollbündel, die den dunklen Erdboden nach Stellen mit jungem Gras absuchten.

»Was ist?« fragte er und legte ihr die breite Hand auf die Schulter. »Haßt du mich auf einmal, daß du so ohne ein Wort davonschleichst?«

Sie schüttelte den Kopf, und ein schneller Streifen Sonnenlicht verfing sich im Netz ihres Haares. Ihre Hand stahl sich hinauf zu seiner und umschloß sie mit kühlen Fingern.

»Nein«, antwortete sie und starrte noch immer auf den Anger hinab. »Aber ich hasse, was ich um mich herum sehe.« Er beugte sich zu ihr, aber hastig riß sie die Hand los und schlug sie vor ihr Gesicht, als wollte sie es vor der Nachmittagssonne beschirmen.

»Und was soll das sein?« erkundigte er sich, und eine gewisse Gereiztheit schlich sich in seine Stimme. »Möchtest du lieber wieder nach Meremund und in diesem zugigen Gefängnis von Haus leben, das mein Vater mir gab, dort, wo der Fischgestank noch auf dem höchsten Balkon die Luft vergiftet?« Er griff hinunter und faßte sie am Kinn, das er mit fester Sanftheit drehte, bis er ihre zornigen, tränenfeuchten Augen sehen konnte.

»Ja!« entgegnete sie und schob seine Hand fort, wich jedoch seinem Blick nicht länger aus. »Ja, das möchte ich. Man kann dort auch den Wind riechen und das Meer sehen.«

»O Gott, Mädchen, das Meer? Du bist die Herrin der bekannten Welt und weinst, weil du das verdammte Wasser nicht sehen kannst? Schau! Schau dorthin!« Er deutete über die Wälle des Hochhorstes. »Und was ist dann der Kynslagh?«

Verächtlich gab sie den Blick zurück. »Eine Bucht ist er, eine königliche Bucht, die ergeben darauf wartet, daß der König im Boot darauf herumfährt oder schwimmen geht. Kein König besitzt das Meer.«

»Aha.« Er ließ sich auf ein Sitzkissen fallen, die langen Beine nach beiden Seiten ausgestreckt. »Und hinter all dem steckt vermutlich der Gedanke, daß du auch hier eingesperrt bist, wie? Was für ein Unfug! – Ich weiß, warum du dich so aufregst.«

Sie wandte sich nun ganz vom Fenster ab. Ihr Blick war voller Spannung. »Ihr wißt es?« fragte sie, und unter der Verachtung regte sich ein winziger Hauch Hoffnung. »Dann sagt mir, warum, Vater.«

Elias lachte. »Weil du bald heiraten wirst, darum. Es ist ganz und gar nicht überraschend.« Er rückte näher. »Ach, Miri, du brauchst dich nicht zu fürchten. Fengbald ist ein Prahlhans, aber er ist jung und noch töricht. Wenn eine geduldige Frauenhand ihn leitet, wird er sehr bald Manieren annehmen. Und wenn nicht – nun, er wäre wirklich ein Narr, wenn er die Tochter des Königs nicht gut behandelte.«

Miriamels Gesicht verhärtete sich zu einer Miene der Resignation. »Ihr versteht mich nicht.« Ihre Stimme war ausdruckslos wie die eines Steuereinnehmers. »Fengbald bedeutet mir nicht mehr als ein Felsblock oder ein Schuh. Ihr seid es, um den ich mir Sorgen mache – und Ihr seid es auch, der sich fürchten muß. Warum stellt Ihr Euch so zur Schau? Warum verspottet und bedroht Ihr alte Männer?«

»Verspotten und bedrohen?« Sekundenlang verzog sich Elias' breites Gesicht zu einer häßlichen Grimasse der Wut. »Dieser alte Hurensohn singt ein Lied, das mich mehr oder weniger beschuldigt, meinen Bruder beiseite geschafft zu haben, und du sagst, ich verspottete ihn?« Der König sprang unvermittelt auf und versetzte dem Kissen einen wütenden Fußtritt, der es quer durchs Zimmer fliegen ließ. »Was hätte ich denn zu fürchten?« fragte er gleich darauf.

»Wenn Ihr es nicht wißt, Vater, obwohl Ihr doch soviel Zeit mit dieser roten Schlange und seinen Teufelskünsten verbringt – wenn Ihr nicht selbst fühlt, was vor sich geht . . .«

»Was in Ädons Namen redest du?« fragte der König hart. »Was weißt denn du?« Er schlug sich klatschend mit der Hand auf den Schenkel. »Nichts! Pryrates ist mein tüchtigster Diener – er tut für mich, was kein anderer kann.«

»Ein Ungeheuer ist er, ein Nekromant!« rief die Prinzessin. »Und Ihr seid im Begriff, sein Werkzeug zu werden, Vater! Was ist aus Euch geworden? Wie habt Ihr Euch verändert!« Miriamel stieß einen Laut der Qual aus und versuchte, das Gesicht in ihrem langen, blauen Schleier zu vergraben. Dann sprang sie auf und rannte auf Samtpantoffelfüßen an ihm vorbei in ihren Schlafraum. Einen Augenblick später hatte sie die schwere Tür hinter sich zugeworfen.

»Verdammt sollen alle Kinder sein!« fluchte Elias. »Miri!« rief er und ging an die Tür, »du verstehst *nichts*! Du weißt nichts von dem, was der König tun muß. Und du hast kein Recht zum Ungehorsam. Ich habe keinen Sohn! *Ich habe keinen Erben!* Und ich bin umgeben von ehrgeizigen Männern. Deshalb brauche ich Fengbald. Du wirst mich nicht hindern!« Einen langen Augenblick stand er schweigend da, aber es kam keine Antwort. Er schlug mit der Faust gegen die Tür, daß die Bohlen erbebten.

»Miriamel! Mach sofort auf!« Als Erwiderung nur Stille. »Tochter«, sagte er endlich und senkte den Kopf, bis er das unnachgiebige Holz berührte, »schenk mir nur einen Erben, und ich gebe dir Meremund. Ich werde dafür sorgen, daß Fengbald dich in Ruhe läßt. Du kannst den Rest deines Lebens damit zubringen, aufs Meer hinauszustarren.« Er hob die Hand und wischte sich etwas vom Gesicht. »Ich sehe das Meer nicht gern . . . es erinnert mich an deine Mutter.«

Noch einmal schlug er gegen die Tür. Das Echo blühte auf und verwelkte. »Ich liebe dich, Miri«, sagte der König leise.

Das Türmchen an der Ecke der Westmauer hatte das erste Stück aus der Nachmittagssonne herausgebissen. Ein weiterer Kiesel klapperte in die Zisterne und folgte Hunderten seiner Gefährten in die Vergessenheit. *Ich habe Hunger*, entschied Simon endlich.

Es wäre kein schlechter Gedanke, überlegte er, jetzt in die Anrichteküche hinüberzuschlendern und von Judith etwas zu essen zu erbetteln. Ihm wurde bewußt, daß er seit dem frühen Morgen nichts zu sich genommen hatte. Abendessen würde es erst in mindestens einer Stunde geben. Das einzige Problem war, daß Rachel und ihr Geschwader gerade dabei waren, den langen Speisesaalkorridor und die darunterliegenden Zimmer sauberzumachen, die letzte Schlacht in Rachels aufreibendem Frühjahrsfeldzug. Auf jeden Fall war es besser, den Drachen soweit möglich zu umgehen und mit ihm alles, was Rachel über das Schnorren von Speisen vor dem Abendbrot zu bemerken haben könnte.

Nachdem er kurz nachgedacht und dabei drei weitere Steine mit Tick-Tack-Tick in den Brunnen hinuntergeschickt hatte, kam Simon zu dem Ergebnis, daß es sicherer wäre, sich unter dem Drachen hindurchzuschleichen, als ihn in großem Bogen zu umgehen. Der Speisesaal erstreckte sich über die ganze Länge des oberen Geschosses entlang der Seemauer des Hauptturmes der Burg; es würde sehr lange dauern, den Weg über die Kanzlei zu nehmen, um dann auf der anderen Seite bei den Küchen herauszukommen. Nein, die einzig mögliche Route führte durch die Vorratskammern.

Er riskierte einen schnellen Satz über den Burghof zum Westportikus des Speisesaales und schaffte es, unbemerkt hindurchzuschlüpfen. Eine Welle von Seifenwassergeruch und das ferne Klatschen der Schrubber beschleunigten seine Schritte, als er in das abgedunkelte Untergeschoß und die Räume mit den Vorratslagern hinabtauchte, die den größten Teil der Fläche unter den Speisesälen einnahmen.

Da der Fußboden hier gute sechs oder sieben Ellen unter der Höhe der Inneren Zwingermauern lag, drang nur ein ganz schwacher Schein reflektierten Lichtes durch die Fenster. Die tiefen Schatten beruhigten Simon. Weil hier soviel Brennbares lagerte, kamen so gut wie nie Fackeln in die Räume; es bestand nur eine äußerst geringe Wahrscheinlichkeit, daß man ihn entdeckte.

In dem großen Mittelraum waren zahllose Fässer und Fäßchen, mit Eisenbändern zusammengeschmiedet, bis zur Decke gestapelt; eine unbestimmte Landschaft aus rundlichen Türmen und schmalen Durchgängen. Die Fässer konnten alles mögliche enthalten: Trockengemüse, Käselaibe, Tuchballen aus längst vergangenen Jahren, selbst Ritterrüstungen, die wie glänzende Fische in mitternachtsdunklem Öl schwammen. Die Versuchung, ein paar von ihnen zu öffnen und nachzusehen, welche heimlichen Schätze darin verborgen lagen, war ungemein groß, aber Simon besaß kein Brecheisen, um die schweren, festgenagelten Faßdeckel aufzustemmen, und wagte auch nicht, besonderen Lärm zu machen, denn unmittelbar über ihm wischten der Drache und seine Legionen Staub und putzten herum wie die Scheuerfrauen der Verdammten.

Auf halbem Weg durch den langen, düsteren Raum, auf seinem schmalen Pfad zwischen den Faßtürmen, die vorkragten wie die Strebepfeiler eines Domes, wäre Simon um ein Haar in ein Loch gefallen, hinunter in die undurchdringliche Finsternis.

Als er überrascht und mit klopfendem Herzen zurücksprang, erkannte er schnell, daß es nicht irgendein Loch war, das da vor ihm im Fußboden gähnte, sondern vielmehr eine geöffnete und zurückgeklappte Falltür. Mit einiger Vorsicht konnte er sie umgehen, obwohl der Weg sehr schmal war. Aber warum stand die Tür offen? Schwere Falltüren sprangen nicht von allein auf, soviel war klar. Wahrscheinlich hatte eine der Haushälterinnen etwas aus einem noch tiefer gelegenen Lagerraum geholt und dann nicht gleichzeitig ihre Last tragen und die Tür wieder schließen können.

Nur einen Augenblick zögerte Simon, dann kletterte er die Leiter hinunter, die aus der Einstiegsöffnung ragte. Was mochten in dem Raum dort unten für seltsame und aufregende Dinge verborgen sein?

Unten war es dunkler als oben, und zuerst konnte er überhaupt nichts erkennen. Sein tastender Fuß trat auf etwas, und als er vorsichtig das Gewicht darauf verlagerte, erwies es sich als ein vertrautes Dielenbrett. Als er aber den anderen Fuß von der Leiter nahm, stieß er auf keinerlei Widerstand, und nur sein fester Griff um die Leitersprosse bewahrte ihn davor, das Gleichgewicht zu verlieren und abzustürzen: Unter der Leiter befand sich eine zweite Luke, die zu einem noch tiefer liegenden Geschoß führte. Er manövrierte mit dem baumelnden Fuß, bis er den Rand der unteren Luke fand, und ließ sich dann auf die Sicherheit des Fußbodens dieses mittleren Raumes hinunter.

Die Lukenöffnung über ihm war ein graues Viereck in der Wand von Dunkelheit. Im schwachen Licht sah er enttäuscht, daß die Kammer, in der er stand, kaum größer war als ein Wandschrank; die Decke schien weit niedriger als im oberen Raum, und die Wände waren von der Stelle, an der er stand, nur wenige Armlängen entfernt. Der kleine Raum war bis an die Deckenbalken mit Fässern und Säcken vollgestopft, und nur ein schmaler Mittelgang, der bis an die hintere

Wand reichte, trennte die sich oben schräg aneinanderlehnenden Vorratsbehälter.

Während sich Simon ohne großes Interesse umsah, knackte irgendwo eine Diele, und in der Schwärze unter sich hörte er das Geräusch bedächtiger Schritte.

O mein Gott, wer mag das sein? Was habe ich jetzt wieder angestellt?

Wie dumm von ihm, nicht daran zu denken, daß die Falltür vielleicht deshalb offen stand, weil sich jemand in den darunterliegenden Räumen aufhielt! Schon wieder hatte er sich benommen wie ein Tölpel. Sich innerlich verfluchend, glitt er in den schmalen Gang zwischen den Vorratsbehältern. Die Schritte unten näherten sich der Leiter. Simon zwängte sich rückwärts in eine Lücke zwischen zwei muffigen Stoffsäcken, die rochen und sich anfühlten, als seien sie voll alter Wäsche. Als ihm klar wurde, daß jemand, der nur einen Schritt von der Luke weg in den Durchgang trat, ihn trotzdem bemerken würde, sank er halb in die Hocke und verlagerte sein Gewicht vorsichtig auf eine Truhe aus Eichenbrettern. Die Schritte hatten die Leiter erreicht, und die Sprossen fingen an zu knarren – jemand kletterte nach oben. Simon hielt den Atem an. Er hatte nicht die leiseste Ahnung, warum er auf einmal solche Angst hatte; wenn man ihn erwischte, würde es ihm lediglich ein paar Strafen mehr und zusätzliche scharfe Blicke von Rachel eintragen – warum fühlte er sich dann wie ein Kaninchen, das die Jagdhunde gewittert haben?

Das Klettergeräusch setzte sich fort, und sekundenlang schien es, als wollte der Heraufkommende direkt in den großen Raum ganz oben weitersteigen ... bis das stetige Knarren aufhörte. In Simons Ohren sang die Stille. Ein Geräusch, dann noch eines – mit einem dumpfen Gefühl im Magen erkannte er, daß die unsichtbare Gestalt wieder abwärts stieg und von der Leiter herunter auf den Boden des Wandschranks trat. Dann herrschte erneut Schweigen; jetzt aber schien die Stille selbst zu pochen. In dem schmalen Gang näherte sich der langsame Schritt, bis er unmittelbar vor Simons hastig gewähltem Versteck zum Halten kam. Im trüben Licht erkannte der Junge spitze schwarze Stiefel, fast zum Greifen nah; darüber hing der schwarz eingefaßte Saum eines scharlachroten Gewandes. Es war Pryrates.

Simon duckte sich tiefer in die Vorräte und betete, Ädon möge sein

Herz anhalten, das zu schlagen schien wie Donner. Er fühlte, wie sein Blick gegen seinen Willen nach oben gezogen wurde, bis er zwischen den hängenden Schultern der Säcke, die ihn verbargen, hinausstarrte. Durch den schmalen Spalt konnte er das ausdruckslose Gesicht des Alchimisten sehen; einen Augenblick war ihm, als schaute ihm Pryrates direkt in die Augen, und fast hätte er vor Entsetzen aufgejault. Gleich darauf begriff er, daß es nicht so war; die im Schatten liegenden Augen des roten Priesters waren auf die Wand über Simons Kopf gerichtet. Er lauschte.

Komm her.

Pryrates' Lippen hatten sich nicht bewegt, aber Simon hörte die Stimme so deutlich, als hätte sie ihm ins Ohr geflüstert.

Komm her. Sofort!

Die Stimme war fest, aber nicht unvernünftig. Simon merkte, daß er sich über sein Benehmen schämte; es gab nichts zu befürchten; kindische Torheit, sich hier in der Finsternis zusammenzukauern, wenn er doch aufstehen und den kleinen Scherz zugeben konnte, den er sich erlaubt hatte . . .

Wo bist du? Zeig dich!

Gerade als die ruhige Stimme in seinem Ohr ihn überzeugt hatte, daß es nichts Einfacheres gäbe, als aufzustehen und zu sprechen – er wollte eben nach den Säcken greifen, um sich aufzurichten –, schweiften Pryrates' schwarze Augen sekundenlang über den dunklen Spalt, aus dem Simon hervorspähte, und der Blick, der ihn streifte, tötete jeden Gedanken an ein Sich-Zeigen, wie jäher Frost eine Rosenblüte welken läßt. Pryrates' Blick berührte Simons verborgene Augen, und im Herzen des Jungen öffnete sich eine Tür, auf deren Schwelle der Schatten der Vernichtung stand.

Das hier war der Tod – Simon wußte es. Unter seinen kratzenden Fingern fühlte er das kalte Bröckeln von Grabeserde, das Gewicht dunklen, feuchten Bodens auf Mund und Augen. Auf einmal gab es keine Worte mehr, keine leidenschaftslose Stimme in seinem Kopf, nur ein Ziehen – etwas, das sich nicht greifen ließ, ihn aber zu sich zog, Zollbruchteil um Zollbruchteil. Ein Wurm aus Eis umklammerte sein Herz, während er dagegen ankämpfte – dort wartete der Tod, *sein* Tod. Wenn er nur einen Laut von sich gab, das winzigste Zittern oder

Keuchen, würde er die Sonne nie wiedersehen. Er schloß die Augen so fest, daß ihm die Schläfen wehtaten; er verschloß trotz der quälenden Atemnot Zähne und Zunge. Die Stille zischte und hämmerte. Der Zug wurde stärker. Simon fühlte sich, als sinke er langsam in die erdrückenden Tiefen der See hinab.

Einem plötzlichen Aufjaulen folgte ein erschreckter Fluch von Pyrates. Der ungreifbare Würgegriff war verschwunden; Simons Augen sprangen auf, und er sah gerade noch ein schlankes, graues Wesen vorüberhuschen, über Pyrates' Stiefel springen und mit einem Satz die Luke hinab- und in die Dunkelheit hüpfen. Das verblüffte Lachen des Priesters schnarrte durch den vollgestopften Raum und hallte dumpf von den Wänden wider.

»Eine Katze!«

Nach einer Pause von einem halben Dutzend Herzschlägen machten die schwarzen Stiefel kehrt und bewegten sich wieder den Gang entlang. Wenig später hörte Simon die Leitersprossen knarren. Er blieb – noch immer erstarrt – sitzen, sein Atem ging flach, alle Sinne waren in höchster Alarmbereitschaft. Kalter Schweiß rann ihm in die Augen, aber er hob keine Hand, um ihn abzuwischen.

Endlich, nachdem viele Minuten vergangen und die Leitergeräusche verstummt waren, wagte sich Simon zwischen den schützenden Säkken hervor, schwankend, auf schwachen, zitternden Beinen. Preis Usires und Segen über die kleine Ratzenkatze! Aber was nun? Er hatte gehört, wie sich der Deckel der oberen Falltür schloß und über ihm Schritte ertönten, aber das hieß nicht, daß Pyrates wirklich fortgegangen war. Es bedeutete ein Risiko, die schwere Tür anzuheben und sich umzusehen; wenn sich der Priester noch im Lagerraum befand, würde er es höchstwahrscheinlich hören. Wie sollte Simon hinauskommen?

Er wußte, daß er am besten blieb, wo er war und in der Dunkelheit abwartete. Selbst wenn sich der Alchimist noch im oberen Raum aufhielt, mußte er doch irgendwann mit seiner Tätigkeit dort fertig sein und fortgehen. Es schien das bei weitem Vernünftigste, aber etwas in Simon sträubte sich dagegen. Es war eine Sache, Angst zu haben – und Pyrates hatte ihm eine derartige Angst eingejagt, daß er fast den Verstand verloren hätte –, und es war eine andere Sache, den ganzen

Abend eingesperrt in einer dunklen Kammer zu verbringen und die darauf stehenden Strafen zu erleiden, wo doch der Priester so gut wie mit Gewißheit auf dem Weg zu seinem Horst im Hjeldin-Turm war.

Außerdem glaube ich nicht, daß er mich wirklich zum Herauskommen gebracht hätte ... oder doch? Wahrscheinlich hatte ich einfach nur so eine wahnsinnige Angst ...

Ihm fiel der Hund mit dem gebrochenen Rückgrat ein. Simon würgte und brachte lange Minuten damit zu, tiefe Atemzüge zu tun.

Und was war mit der Katze, die ihn vor dem Erwischtwerden gerettet hatte – vor dem *Gefangenwerden;* das Bild von Pryrates' abgrundschwarzen Augen ließ ihn nicht los: Das war keine Angstphantasie! Wohin war die Katze gelaufen? Wenn sie nach unten in das tiefere Stockwerk gesprungen war, konnte sie bestimmt nicht wieder nach draußen und würde ohne Simons Hilfe elendig umkommen. Eine Ehrenschuld.

Als er sich leise fortbewegte, bemerkte er ein unbestimmtes Glühen, das aus der Bodenluke drang. Brannte dort unten eine Fackel? Oder gab es vielleicht doch noch einen anderen Weg hinaus, eine Tür, die auf einen der unteren Zwinger hinausführte?

Simon horchte eine Weile lautlos an der offenen Luke, um sicherzugehen, daß ihn diesmal niemand überraschte. Dann trat er vorsichtig auf die Leiter und stieg nach unten. Ein kalter Luftzug blähte sein Wams und überzog seine Arme mit Gänsehaut; er biß sich auf die Lippen und zögerte. Schließlich kletterte er weiter.

Statt wie beim ersten Mal von einem weiteren Absatz unterbrochen zu werden, dauerte Simons vorsichtiger Abstieg dieses Mal länger. Zuerst kam das einzige Licht von direkt unter ihm, als klettere er in einen Flaschenhals hinein, dann wurde es insgesamt heller, und bald stieß sein nach unten tastendes Erkunden auf Widerstand: An einer Seite der Leiter berührten seine Zehen Holz – er hatte den Boden erreicht.

Als Simon von der Leiter trat, sah er, daß keine weitere Luke nach unten führte und die unterste Leitersprosse auf dem Boden ruhte. Die einzige Lichtquelle des Raumes und, nachdem jetzt die oberste Falltür verschlossen war, die einzige Beleuchtung überhaupt, war ein seltsames, glühendes Rechteck, das ihm gegenüber an der Wand schimmerte, eine verschwommene Tür, die in gelblichem Flackerlicht auf die Mauer gemalt zu sein schien.

Abergläubisch machte Simon das Zeichen des *Baumes* und schaute sich um. Der Raum war im übrigen leer bis auf einen zerbrochenen Turnier-Schwenkbalken und ein paar andere Stücke ausrangierten Turnierzubehörs. Die verlängerten Schatten des Raumes ließen viele Ecken dunkel. Simon konnte nichts entdecken, das für einen Mann wie Pryrates von Interesse hätte sein können. Er trat näher an das schimmernde Muster auf der Wand heran und hielt dabei die Hände ausgestreckt, fünffingrige, bernsteinumrahmte Silhouetten. Jäh flammte das glühende Rechteck auf, um dann schnell zu verblassen. Ein Leichentuch völliger Schwärze senkte sich über alles.

Simon war allein in der Finsternis, kein Laut außer dem Dröhnen seines Blutes in den Ohren, das klang wie ein ferner Ozean. Er machte einen vorsichtigen Schritt nach vorn, und das Geräusch seines am Boden scharrenden Schuhs füllte sekundenlang die Leere. Ein zweiter Schritt und noch einer – seine ausgestreckten Finger fühlten kalten Stein . . . und noch etwas: merkwürdige, schwache Wärmelinien. Er sank vor der Mauer in die Knie.

Jetzt weiß ich, wie man sich ganz unten in einem Brunnen fühlt. Hoffentlich wirft wenigstens niemand Steine auf mich herunter.

Während er noch so dasaß und überlegte, was er als nächstes anfangen sollte, vernahm er ein schwaches Wispern. Gleich darauf stieß ihn etwas gegen die Brust, und ihm entfuhr ein Ruf der Überraschung. Bei seinem Aufschrei verschwand die Berührung, war jedoch sogleich wieder da. Etwas stupste sanft an sein Wams und schnurrte.

»Katze!« flüsterte er.

Du hast mich gerettet, weißt du. Simon streichelte das unsichtbare Wesen. *Komm, schön langsam. Man kann ja kaum ein Ende vom andern unterscheiden, wenn du dich so windest. Jawohl, du hast mich gerettet, und ich werde dich aus diesem Loch herausholen, in das du geraten bist.*

»Natürlich stecke ich im selben Loch«, sagte Simon laut. Er hob das pelzige Geschöpf auf und verstaute es in seinem Wams. Das Schnurren der Katze wurde tiefer im Ton, und sie machte es sich auf seinem warmen Bauch bequem. »Ich weiß, was das glühende Ding war«, sagte er ganz leise. »Eine Tür. Eine magische Tür.«

Allerdings gehörte diese magische Tür Pryrates, und Morgenes würde ihm das Fell über die Ohren ziehen, weil er auch nur in ihre Nähe gekommen war. Aber Simon empfand eine gewisse verstockte Entrüstung: Schließlich war das hier auch *seine* Burg, und die Vorratskammern gehörten keinem Emporkömmling von Priester, so furchteinflößend er auch sein mochte. Auf jeden Fall, wenn er die Leiter hinaufkletterte und Pryrates noch dort war... selbst Simons wieder erwachender Stolz ließ nicht zu, daß er sich Illusionen über das machte, was dann geschehen würde. Also hieß es, entweder den ganzen Abend am Boden eines pechschwarzen Lochs hockenzubleiben, oder...

Er preßte die flache Handfläche an die Wand und ließ sie über die kühlen Steine gleiten, bis er die Wärmestreifen wiederfand. Er folgte ihnen mit den Fingern und erkannte, daß sie in etwa dem rechteckigen Umriß entsprachen, den er zuerst gesehen hatte. Er legte beide Hände flach auf die Mitte und drückte, begegnete jedoch nur dem ungerührten Widerstand mörtellosen Steins. Wieder drückte er, so fest er konnte; auch jetzt geschah nichts. Als er sich keuchend an die Mauer lehnte, fühlte er, wie selbst die warmen Stellen unter seinen Händen erkalteten. Eine plötzliche Vision von Pryrates – der Priester, oben in der Dunkelheit lauernd wie eine Spinne, ein breites Grinsen im knochigen Gesicht – ließ Simons Herz hämmern.

»O Elysia, Mutter Gottes, mach auf!« murmelte er ohne Hoffnung, die Handflächen vor Angstschweiß glitschig. »Mach doch auf!«

Der Stein wurde plötzlich warm, dann so heiß, daß Simon loslassen mußte. Auf der Wand bildete sich eine dünne goldene Linie, die wie ein Bach aus geschmolzenem Metall waagerecht dahinfloß, dann an zwei Enden nach unten rann und sich unten wieder vereinigte. Die Tür war da und schimmerte, und Simon brauchte nur die Hand zu heben und sie mit dem Finger zu berühren, und schon leuchteten die Linien heller; ja, es zeigten sich Spalten parallel zum Umriß der Tür. Vorsichtig griff er mit den Fingern nach einer Ecke und zog. Lautlos schwang eine Steintür auf und erfüllte den Raum mit Licht.

Es dauerte einen Moment, bis seine Augen sich an die gleißende Flut gewöhnt hatten. Hinter der Tür führte ein steinerner Gang abwärts und verschwand um eine Ecke. Er war unmittelbar in den rauhen Fels der Burg gehauen. Gleich hinter der Tür brannte in einem Wandhalter hell eine Fackel. Es war ihr Licht, das ihn so geblendet hatte. Simon stand auf, die Katze in seinem Hemd eine angenehme Last.

Hätte Pryrates eine Fackel brennen lassen, wenn er nicht vorhatte, wiederzukommen? Und was war das für ein seltsamer Gang? Der junge Mann erinnerte sich, daß Morgenes etwas von alten Sithi-Ruinen unter der Burg erzählt hatte. Dieses Mauerwerk hier war ganz bestimmt alt, aber grob und roh, ganz anders als die verfeinerte Eleganz des Grünengel-Turms. Simon beschloß, sich schnell einmal umzusehen. Wenn der Gang nicht weiterführte, würde er wohl doch die Leiter hinaufklettern müssen.

Die rauhen Steinwände des Tunnels waren feucht. Als Simon den Gang hinuntertrottete, konnte er selbst durch den Fels ein dumpfes, dröhnendes Geräusch hören.

Ich muß mich unterhalb des Kynslaghspiegels befinden. Kein Wunder, daß die Steine und sogar die Luft so feucht sind. Er fühlte, wie Wasser, als wollte es seine Gedanken noch unterstreichen, in die Nähte seiner Schuhe drang.

Wieder machte der Gang eine Biegung. Er führte immer noch abwärts. Das schwächer werdende Licht der Fackel am Eingang wurde durch eine neue Lichtquelle ersetzt. Als Simon um die nächste Ecke bog, wurde der Boden ebener und erweiterte sich, bis er nach etwa zehn Schritten vor einer Mauer aus unbehauenem Granit endete. Hier flackerte eine weitere Fackel in ihrem Ring.

Links in der Wand gähnten zwei dunkle Löcher; am Ende, gerade hinter ihnen, schien es noch eine Tür zu geben, die fast unmittelbar neben dem Ende des Ganges lag. Wasser spritzte um Simons Schuhspitzen, als er weiterging.

Die beiden Löcher schienen einmal Zimmer gewesen zu sein – höchstwahrscheinlich Zellen –, nun aber hingen zersplitterte Türen träge in den Angeln; das sprühende Fackellicht enthüllte im Inneren nichts als Schatten. Ein feuchter Verwesungsgeruch drang aus diesen unbewohnten Räumen; Simon beeilte sich, an ihnen vorbeizukommen. Vor der Tür ganz hinten blieb er stehen. Die Katze in seinem Wams piekte ihn mit zarten Krallen, als er im unsicheren Licht nach den schweren Bohlen spähte. Was mochte dahinter liegen? Noch eine modrige Kammer, oder ein Gang, der noch weiter in den vom See

zerfressenen Stein führte? Oder vielleicht Pryrates' geheime Schatz-
kammer, vor allen Späherblicken sicher... oder doch vor *fast*
allen?

In der oberen Mitte der Tür war eine Metallplatte befestigt. Simon
konnte nicht erkennen, ob es sich dabei um ein Schloß oder die
Abdeckung eines Gucklochs handelte. Als er es zu öffnen versuchte,
wollte das Metall sich nicht bewegen und hinterließ Rostflecke auf
seinen Fingern. Er blickte sich um und sah neben der offenen Tür zu
seiner Linken ein abgebrochenes Stück Türangel liegen. Er hob es auf
und stemmte es unter das Metall, bis sich die Platte unter widerwilli-
gem Quietschen an einem von Rost und Salz starrgewordenen Scharnier nach oben hob. Noch einen schnellen Blick zurück und einen
Moment schweigenden Lauschens auf Schritte, dann beugte Simon
sich vor und legte das Auge an das Loch in der Tür.

Zu seiner großen Überraschung brannte in einer Wandhalterung des
dahinterliegenden Raumes eine Handvoll Binsen. Aber jeder berau-
schende und schreckenerregende Gedanke daran, Pryrates' geheimen
Hort gefunden zu haben, verging sofort beim Anblick des feuchten,
mit Stroh bedeckten Bodens und der kahlen Wände. Aber da war
etwas... hinten im Raum... ein dunkles Schattenbündel.

Ein klirrender Laut ließ Simon überrascht herumfahren. Überwältigt
von Furcht blickte er sich verzweifelt um und erwartete jeden Augenblick das Stampfen schwerer Stiefel im Gang zu vernehmen. Nochmals ertönte das Geräusch, und Simon begriff erstaunt, daß es aus
dem Raum hinter der Tür kam. Wieder legte er das Auge vorsichtig an
das Loch und starrte ins Dunkel. Hinten an der Wand bewegte sich
das Schattenbündel; und als es langsam zur Seite schwankte, hallte
von neuem das harte, metallische Rasseln in dem kleinen Raum
wider. Die Schattengestalt hob den Kopf.

Simon würgte und sprang mit einem Satz von dem Guckloch zurück,
als hätte man ihn mitten ins Gesicht geschlagen. In einem schwindligen Moment fühlte er den festen Boden unter seinen Füßen wanken.
Ihm war, als hätte er etwas Vertrautes umgedreht und madenwim-
melnde Fäulnis darunter entdeckt.

Das angekettete Etwas, das ihn da von innen angestarrt hatte... das
Etwas mit den gespenstischen Augen... war Prinz Josua.

XII

Sechs silberne Sperlinge

Simon taumelte über den Angerhof. In seinem Kopf schrien die Gedanken wie eine gewaltige Menschenmenge. Er wollte sich verstecken. Er wollte davonlaufen. Er wollte die entsetzliche Wahrheit herausbrüllen und dann lachen, damit die Burgbewohner stolpernd und sich überschlagend aus den Türen gestürzt kamen. Wie sicher sie doch immer waren, ihrer Sache so sicher, wie sie Vermutungen anstellten und klatschten – und nichts wußten! *Nichts!* Simon wollte laut losheulen und Gegenstände umwerfen, aber er konnte sein Herz nicht vom Bann der Furcht befreien, den Pryrates' Aasvogelaugen über ihn geworfen hatten. Was sollte er tun? Wer würde ihm helfen, die Welt wieder ins Lot zu bringen?

Morgenes.

Noch während Simon mit schlotternden Gliedern über die dämmrigen Burghöfe rannte, erschien vor seinem geistigen Auge das ruhige, fragende Gesicht des Doktors und verdrängte die tödlichen Züge des Priesters und den angeketteten Schatten dort unten im Verlies. Ohne es recht wahrzunehmen, floh er an dem ebenfalls angeketteten, schwarzgestrichenen Tor des Hjeldin-Turms vorbei und die Stufen zur Staatskanzlei hinauf. In wenigen Sekunden hatte er die langen Korridore durchquert und die Tür zum verbotenen Grünengel-Turm aufgerissen. So heftig trieb es ihn nach der Wohnung des Doktors, daß er dem Küster Barnabas, falls dieser auf ihn gewartet hätte, um ihn zu fangen, unter den Händen zerronnen wäre wie Quecksilber. Ein brausender Wind durchfuhr ihn, erfüllte ihn mit wilder Hast, jagte ihn weiter. Noch bevor die Seitentür des Turms hinter ihm ins

Schloß fiel, war er schon an der Zugbrücke; Sekunden später hämmerte er an Morgenes' Tür. Ein paar Wachen der Erkyngarde sahen gleichgültig auf und widmeten sich dann wieder ihrem Würfelspiel.

»Doktor! Doktor!« schrie Simon und donnerte auf die Tür ein wie ein wahnsinnig gewordener Küfer. Gleich darauf erschien der alte Mann, mit nackten Füßen, Alarm in den Augen.

»Bei den Hörnern des schnaubenden Cryunnos, Junge! Bist du verrückt? Hast du Hummeln gefressen?«

Ohne ein Wort der Erklärung drängte Simon sich an Morgenes vorbei und rannte den Gang entlang. Vor der inneren Tür blieb er keuchend stehen. Der kleine Mann folgte ihm. Nachdem er ihn einen Augenblick scharf und prüfend gemustert hatte, ließ er Simon eintreten.

Kaum hatte sich die Tür hinter den beiden geschlossen, als Simon die Geschichte seiner Expedition und ihrer Ergebnisse hervorzusprudeln begann. Der Doktor schürte umständlich ein kleines Feuer und goß einen Krug Würzwein zum Wärmen in einen Topf. Während er sich so betätigte, hörte er Simons Bericht zu und stocherte ab und zu mit einer Frage im Redefluß des Jungen wie ein Mann, der einen Stock in einen Bärenkäfig hält. Mit grimmigem Kopfschütteln reichte er Simon einen Becher mit dem Glühwein und setzte sich dann mit seinem eigenen Becher in einen zerkratzten, hochlehnigen Sessel. Er hatte Pantoffel über die dünnen, weißen Füße gezogen und hockte nun mit übereinandergeschlagenen Beinen auf dem Stuhlkissen. Das graue Gewand war ihm über die knochigen Schienbeine hinaufgerutscht.

». . . und ich *weiß*, daß ich keine magischen Türen anfassen soll, Doktor, ich weiß es, aber ich habe es eben getan, und es war Josua! Es tut mir leid, ich bringe alles durcheinander, doch ich weiß ganz genau, daß ich ihn gesehen habe! Er hatte einen Bart, glaube ich, und sah fürchterlich aus . . . aber er war es!«

Morgenes nippte an seinem Wein und betupfte sich mit dem langen Ärmel den Kinnbart. »Ich glaube dir, Junge«, antwortete er. »Das Gegenteil wäre mir lieber, aber auf eine ganz üble Art ergibt das alles einen Sinn. Es bestätigt eine seltsame Nachricht, die ich erhalten habe.«

»Aber was *machen* wir jetzt?« Simon brüllte beinahe. »Er stirbt! Hat ihm Elias das angetan? Weiß der König davon?«

»Das kann ich wirklich nicht sagen – jedenfalls steht fest, daß Pyrates es weiß.« Der Doktor stellte den Weinbecher hin und erhob sich. Hinter seinem Kopf rötete der letzte Schein der Abendsonne die schmalen Fenster. »Aber was wir jetzt machen, kann ich dir sagen: Für dich heißt es jetzt, zum Abendessen zu gehen.«

»*Abendessen?*« Simon verschluckte sich und kleckerte Würzwein auf sein Wams. »Wo Prinz Josua...«

»Jawohl, mein Junge, genau das. Im Augenblick können wir gar nichts unternehmen, und ich muß nachdenken. Wenn du das Abendessen versäumst, wird es lediglich einen Aufstand geben – wenn auch nur einen ganz kleinen –, und das würde genau zu dem beitragen, was wir nicht wollen, nämlich die Aufmerksamkeit auf uns lenken. Nein, geh jetzt und iß zu Abend... und halt den Mund zwischen den einzelnen Bissen, ja?«

Die Mahlzeit schien so langsam vorüberzugehen wie die Schneeschmelze im Frühjahr. Eingekeilt zwischen geräuschvoll kauenden Küchenjungen, mit einem Herzen, das doppelt so schnell schlug wie sonst, widerstand Simon dem wilden Drang, mit der Faust auf den Tisch zu schlagen und Becher und Geschirr auf den binsenbestreuten Fußboden zu schmettern und tanzen zu lassen. Die Belanglosigkeit der Unterhaltung reizte ihn unerträglich, und der Kartoffelauflauf mit Fleisch, den Judith extra zum Belthainn-Abend gebacken hatte, lag ihm ohne jeden Geschmack und unzerkaubar wie Holz im Mund.

Rachel sah von ihrem Platz am Kopfende des Tisches mißbilligend zu, wie er unruhig hin und her rutschte. Als Simon so lange stillgesessen hatte, wie es ihm überhaupt möglich war, und dann aufsprang, um sich zu entschuldigen, folgte sie ihm zur Tür.

»Entschuldige bitte, Rachel, aber ich habe es furchtbar eilig!« sagte er und hoffte so, die Lektion, die sie ihm offensichtlich gleich erteilen wollte, abzuwenden. »Doktor Morgenes hat etwas sehr Wichtiges, bei dem ich ihm helfen soll. Bitte!«

Einen Augenblick sah der Drache aus, als wolle sie ihn mit jenem gräßlichen Griff am Ohr packen und gewaltsam an den Tisch zurückbefördern, aber irgend etwas in seinem Gesicht oder seinem Tonfall berührte sie; fast hätte sie gelächelt.

»Na gut, ausnahmsweise – aber du bedankst dich zuvor bei Judith für
das schöne Stück Auflauf, bevor du gehst. Sie hat den ganzen Nachmittag daran gearbeitet.«
Simon rannte zu Judith hinüber, die sich an ihrem eigenen Tisch aufgebaut hatte wie ein gewaltiges Zelt. Als er ihre Mühen pries, erröteten
ihre runden Wangen lieblich. Bei seinem eiligen Rückzug zur Tür
beugte Rachel sich vor und schnappte ihn am Ärmel. Er hielt an und
drehte sich um, den Mund bereits zu einer Beschwerde geöffnet, aber
Rachel erklärte nur: »Nun beruhige dich erst einmal und paß auf dich
auf, du Mondkalbjunge. Es gibt nichts, das so wichtig ist, daß man sich
umbringt, um es zu erreichen.« Sie gab ihm einen Klaps auf den Arm
und ließ ihn frei; noch während sie ihm nachsah, war er zur Tür hinaus
und fort.

Bis Simon am Brunnen ankam, hatte er Jacke und Mantel angezogen.
Morgenes war noch nicht da, und so marschierte der Junge ungeduldig
im tiefen Schatten des Speisesaalgebäudes auf und ab, bis eine leise
Stimme an seiner Seite ihn überrascht zusammenfahren ließ.
»Tut mir leid, daß du warten mußtest, Junge. Inch kam vorbei, und es
war verteufelt schwer, ihn davon zu überzeugen, daß ich ihn nun doch
nicht brauchte.« Der Doktor zog die Kapuze herunter und verbarg sein
Gesicht.
»Wie seid Ihr denn so geräuschlos erschienen?« fragte Simon und imi-
tierte das Flüstern des Doktors.
»Ich bin immer noch einigermaßen beweglich«, erwiderte der Doktor
in gekränktem Ton. »Zwar bin ich alt, aber noch kein Moribundus.«
Simon wußte nicht, was ›Moribundus‹ bedeutete, verstand jedoch,
was der Doktor sagen wollte. »Entschuldigung«, wisperte er.
Schweigend stiegen die beiden die Speisesaaltreppe und in den ersten
Lagerraum hinunter. Dort zog Morgenes eine Kristallkugel von der
Größe eines grünen Apfels hervor. Als er daran rieb, flackerte in der
Mitte ein kleiner Funke auf, der ganz langsam heller wurde, bis er die
Fässer und Ballen ringsum in weiches, honigfarbenes Licht tauchte.
Morgenes verhüllte die untere Hälfte der Kugel mit dem Ärmel und
hielt sie vor sich, während Simon und er sich vorsichtig einen Weg
durch die aufgestapelten Vorräte suchten.

Die Falltür war geschlossen; Simon konnte sich nicht erinnern, ob er
sie zugeworfen hatte, als er wie ein Wahnsinniger hinausgestürzt war.
Sie stiegen vorsichtig, Simon voran, die Leiter hinunter; Morgenes,
über ihm, hielt die glänzende Kugel nach allen Seiten. Simon zeigte
ihm die kleine Kammer, in der Pryrates ihn um ein Haar entdeckt
hätte; dann kletterten sie weiter bis ganz nach unten.
Der Raum dort war so unbewohnt wie zuvor, aber die Tür zum steinernen Gang wieder geschlossen. Simon war fast sicher, daß er sie nicht
angerührt hatte, und erklärte das auch Morgenes. Aber der kleine
Mann machte nur eine Handbewegung und trat an die Wand, wo er
mit Hilfe von Simons Hinweisen die Stelle fand, an der sich der Spalt
gezeigt hatte. Der Doktor rieb mit kreisenden Fingerbewegungen über
die Mauer und murmelte dabei leise vor sich hin, aber keine Ritze
wollte sich sehen lassen.
Nachdem Morgenes eine Weile vor der Mauer gehockt und mit sich
selbst gesprochen hatte, bekam Simon es satt, von einem Fuß auf den
andern zu hüpfen, und kauerte sich neben ihn.
»Könnt Ihr nicht einfach irgendeinen Zauber sprechen, damit sie aufgeht?«
»Nein!« zischte Morgenes. »Kein vernünftiger Mensch, ich wieder-
hole, keiner, benutzt die *Kunst,* wenn es nicht unbedingt nötig ist –
schon gar nicht, wenn er es mit einem anderen Adepten zu tun hat,
wie wir hier mit unserem Vater Pryrates. Ebensogut könnten wir meinen Namen auf die Wand malen.«
Während Simon sich auf seine Fersen zurücklehnte und eine finstere
Miene machte, legte der Doktor die linke Handfläche auf die Mitte
der Stelle, an der die Tür gewesen war. Nachdem er die Oberfläche
einen Moment lang vorsichtig abgeklopft hatte, versetzte er ihr mit
der rechten Hand einen kräftigen Stoß – die Tür sprang auf, und Fak-
kellicht ergoß sich in den Raum. Der Doktor spähte hinein. Dann ließ
er den Lampenkristall in den Saum seines umfangreichen Ärmels
gleiten und holte einen zusammengenähten Lederbeutel hervor.
»Ach, Simon, Junge«, kicherte er leise, »was für ein Dieb doch aus
mir geworden wäre! Das war keine magische Tür – sie war nur mit
Hilfe der *Kunst* versteckt. Jetzt komm mit.« Sie traten in den feuchten Steingang.

Ein siruppartiges Echo folgte ihren Schritten, als sie den feuchten Gang zu der verschlossenen Tür hinunterrutschten und -stapften. Morgenes beugte sich über das Guckloch und warf einen Blick ins Innere.

»Ich glaube, du hast recht, Junge«, zischte er. »Bei Nuannis Schienbein! Ich wünschte, es wäre anders.« Er wandte sich dem Schloß zu und untersuchte es genau. »Lauf ans Ende des Ganges und spitz die Ohren, ja?«

Während Simon Wache stand, wühlte Morgenes in seinem Lederbeutel und zog endlich eine lange, nadeldünne Klinge hervor, die in einem hölzernen Griff steckte. Damit winkte er Simon vergnügt zu.

»Naraxi-Schweinestecher. Wußte, daß ich den mal gut gebrauchen könnte!«

Er versuchte die Klinge am Schlüsselloch; sie glitt bequem in die Öffnung. Dann nahm er sie wieder heraus und schüttelte aus seinem Beutel ein winziges Krüglein, das er mit den Zähnen entkorkte. Simon sah gebannt zu. Morgenes kippte den Krug und ließ eine dunkle, klebrige Substanz auf die Nadelklinge fließen, um dann sofort die Spitze wieder in das Schlüsselloch zu stecken. Als sie in das Schloß eindrang, hinterließ sie glänzende Spuren. Morgenes wackelte kurz mit dem Schweinestecher hin und her, trat dann einen Schritt zurück und zählte an den Fingern ab. Als er beide Hände jeweils dreimal abgezählt hatte, packte er den schlanken Griff und drehte. Er verzog das Gesicht und ließ los.

»Komm her, Simon. Wir brauchen deine starken Arme.«

Auf Anweisung des Doktors ergriff Simon das seltsame Werkzeug am unteren Ende und begann zu drehen. Zunächst glitten seine verschwitzten Handflächen von dem polierten Holz ab, dann aber packte er fester zu und fühlte nach kurzer Zeit, wie im Schloß etwas einrastete. Gleich darauf hörte er den Riegel zurückgleiten. Morgenes nickte mit dem Kopf, und Simon stieß mit der Schulter die Tür auf.

Die schwelenden Binsen in der Wandhalterung verbreiteten nur schwaches Licht. Als Simon und der Doktor eintraten, sahen sie, wie die angekettete Gestalt im Hintergrund der Zelle aufblickte und ihre Augen sich langsam weiteten, als erkenne sie die beiden wieder. Der Mund arbeitete, aber nur ein rauher Atemzug kam heraus. Der Gestank nach nassem, beschmutztem Stroh war überwältigend.

»Ach ... ach ... mein armer Prinz ...«, brachte Morgenes hervor.

Während der Doktor eilig Josuas Handschellen untersuchte, konnte Simon nur zusehen und stand dem reißenden Strom der Ereignisse so hilflos gegenüber, als träume er. Der Prinz war qualvoll dünn und so bärtig wie ein wandernder Prophet des Unheils; die Hautpartien, die trotz des elenden Sacks, in dem er steckte, zu erkennen waren, bedeckten rote Schwären.

Morgenes flüsterte etwas in Josua Ohnehands Ohr. Er hatte seinen Beutel wieder hervorgeholt und hielt in der Hand einen flachen Tiegel von der Sorte, in der Damen ihre Lippenschminke aufbewahren. Energisch rieb der kleine Doktor etwas von dem Inhalt erst auf seine eine, dann auf die andere Handfläche und sah sich noch einmal genau Josuas Fesseln an. Beide Arme waren an einen massiven, in der Mauer befestigten Eisenring gekettet; der eine mit einer Handschelle, der handlose mit einer Art Manschette um den dünnen Oberarm des Prinzen.

Als Morgenes mit dem Einschmieren seiner Hände fertig war, reichte er Simon Tiegel und Beutel. »Jetzt sei ein braver Junge«, sagte er, »und halt die Hand vor die Augen. Ich habe einen in Seide gebundenen Band von Plesinnen Myrmenis – den einzigen nördlich von Perdruin – für diesen Schlamm eingetauscht. Ich hoffe nur – Simon, *bitte* halt dir die Augen zu...«

Der Junge hob die Hände und sah noch, wie Morgenes nach dem Ring griff, der die Kette des Prinzen im Stein festhielt. Gleich darauf blitzte ein rosenroter Lichtstrahl durch Simons verschränkte Finger, gefolgt von einem Knall, als schlüge ein Hammer auf Schiefer. Als er wieder hinsah, lag Prinz Josua inmitten seiner Ketten auf dem Boden; Morgenes kniete mit qualmenden Handflächen daneben. Der Mauerring war geschwärzt und verdreht wie ein verbrannter Haferkuchen.

»Puh!« Der Doktor schnappte nach Luft. »Ich hoffe nur... ich hoffe... daß ich das nie wieder machen muß. Kannst du den Prinzen aufheben, Simon? Ich bin sehr schwach.«

Josua rollte steif zur Seite und sah sich um. »Ich glaube... ich... kann... gehen. Pryrates... hat mir etwas... gegeben.«

»Unfug.« Morgenes holte tief Atem und kam schwankend auf die Füße. »Simon ist ein kräftiger Bursche – los, komm, Junge, halt keine Maulaffen feil! Heb ihn auf!«

Nach einigem Hin und Her gelang es Simon, die herunterhängenden

Stücke von Josuas Ketten, die noch immer an Handgelenk und Arm befestigt waren, um die Mitte des Prinzen zu schlingen. Dann nahm er Josua mit Morgenes' Hilfe auf den Rücken wie ein Kind, das man huckepack trägt. Er stand auf und holte tief Luft. Zuerst fürchtete er, er würde es nicht schaffen, aber dann schob er sich den Prinzen mit einem ungeschickten Hüftschwung höher auf den Rücken und stellte fest, daß es selbst mit dem zusätzlichen Gewicht der Ketten nicht unmöglich war.

»Wisch dir das alberne Grinsen vom Gesicht, Simon«, ermahnte ihn der Doktor. »Wir müssen ihn noch die Leiter hinaufbekommen.«

Irgendwie gelang es ihnen – Simon, der vor lauter Anstrengung ächzte und beinahe geweint hätte, Josua, der sich mit seinen schwachen Kräften an den Leitersprossen hochzog, und Morgenes, der von hinten schob und ihnen aufmunternde Worte zuflüsterte. Es war ein langer, alptraumhafter Anstieg, aber endlich erreichten sie den Hauptlagerraum. Morgenes huschte voraus, während Simon sich zum Ausruhen an einen Ballen lehnte, den Prinzen immer noch auf dem Rücken.

»Irgendwo, irgendwo...« murmelte Morgenes und drängte sich durch die enggestapelten Vorräte. Als er die Südwand des Raumes gefunden hatte, leuchtete er mit seinem Kristall vor sich und begann ernsthaft nach etwas zu suchen.

»Was...?« wollte Simon fragen, aber der Doktor gebot ihm mit einer Geste zu schweigen. Während Morgenes hinter Faßbergen auftauchte und wieder verschwand, spürte Simon eine ganz zarte Berührung auf seinem Haar. Der Prinz strich ihm sanft über den Kopf.

»Wirklich! *Wirklich!*« hauchte Josua. Simon fühlte, wie ihm etwas Warmes in den Nacken rann.

»Gefunden!« kam Morgenes' unterdrückter, aber triumphierender Ausruf. »Kommt her!« Simon erhob sich leicht schwankend und trug den Prinzen mit sich. Der Doktor stand an der kahlen Steinwand und deutete auf eine Pyramide aus großen Fässern. Der Lampenkristall verlieh ihm den Schatten eines turmhohen Riesen.

»*Was* gefunden?« Simon rückte den Prinzen zurecht und starrte um sich. »Fässer?«

»Allerdings«, kicherte der Doktor. Mit schwungvoller Gebärde gab er dem runden Rand des obersten Fasses eine halbe Drehung, dessen ganze Seite sogleich aufschwang wie eine Tür und ein höhlenartiges Dunkel enthüllte.

Mißtrauisch schaute Simon in die Finsternis. »Was ist das?«

»Ein Gang, du törichter Knabe.« Morgenes nahm ihn am Ellenbogen und führte ihn auf das Faß mit der offenen Seitenwand zu, das kaum mehr als Brusthöhe erreichte. »Die Burg ist voll von solchen geheimen Pfaden.«

Stirnrunzelnd bückte sich Simon und spähte in die schwarzen Tiefen. »Dort hinein?«

Morgenes nickte. Josuas Retter begriff, daß er nicht aufrecht durch die Öffnung kam, und ließ sich auf die Knie nieder, um ins Innere zu kriechen, auf dem Rücken den Prinzen, der ihn ritt wie ein Fest-Pony.

»Ich wußte gar nicht, daß es in den Lagerräumen solche Gänge gibt«, meinte Simon, und seine Stimme erzeugte ein Echo im Faß. Morgenes beugte sich vor, um Josuas Kopf unter dem niedrigen Eingang durchzuschieben.

»Junge, es gibt mehr Dinge, die du *nicht* weißt, als Dinge, die ich *weiß*. Das Ungleichgewicht bringt mich noch zur Verzweiflung. Jetzt halt den Mund, wir haben es eilig.«

Auf der anderen Seite konnte man wieder stehen. Morgenes' Kristall zeigte ihnen einen langen, gewundenen Gang ohne weitere Besonderheiten, abgesehen von den geradezu märchenhaften Ablagerungen von Staub.

»Ach, Simon«, bemerkte Morgenes, während sie sich hastig fortbewegten, »ich wünschte nur, ich hätte die Zeit, dir ein paar von den Räumen zu zeigen, an denen dieser Gang vorbeiführt . . . einige davon waren die Wohnung einer sehr großen, sehr schönen Dame. Sie benutzte diesen Gang für ihre geheimen Stelldicheins.« Der Doktor sah zu Josua auf, dessen Gesicht an Simons Hals lag. »Jetzt schläft er«, murmelte Morgenes. »Alles schläft.«

Der Gang stieg an und senkte sich wieder, wand sich in die eine und die andere Richtung. Sie kamen an vielen Türen vorbei; an manchen waren die Schlösser eingerostet, andere hatten Klinken, die so glänzend waren wie ein neues Fithingstück. Einmal passierten sie eine

Reihe schmaler Fenster; bei einem kurzen Blick hinaus sah Simon verblüfft die Posten auf der Westmauer, deren Umrisse sich gegen den Himmel abzeichneten. Dort, wo die Sonne untergegangen war, hatten die Wolken eine zartrosa Tönung.

Wir müssen über dem Speisesaal sein, dachte Simon verwundert. *Wann haben wir nur die ganze Kletterei hinter uns gebracht?*

Sie stolperten vor Erschöpfung, als Morgenes endlich haltmachte. In diesem Teil des gewundenen Ganges gab es keine Fenster, nur Wandbehänge. Einen davon hob der Doktor hoch; nichts als grauer Stein wurde sichtbar.

»Das war der falsche«, pustete Morgenes und lupfte den nächsten, worauf sich eine Tür aus rohem Holz zeigte. Er legte das Ohr daran, lauschte einen Augenblick und zog die Tür auf. »Staatsarchiv.« Er wies auf den von Fackeln beleuchteten, breiten Korridor gegenüber. »Nur ein paar... hundert Schritte von meiner Wohnung.« Sobald Simon und sein Traggast hinausgetreten waren, ließ er die Tür zurückschwingen; mit einem gebieterischen Krachen fiel sie ins Schloß. Als er sich umsah, konnte Simon sie vom Rest der Täfelung, die die Wände des Ganges bedeckten, nicht mehr unterscheiden.

Nur einmal noch mußten sie eine ungeschützte Stelle überqueren, ein ziemlich hastiges Rennen von der Osttür der Archiwräume quer über den offenen Anger. Während sie über das düstere Gras schwankten, wobei sie sich so dicht wie möglich an die Mauer hielten, ohne sich im Efeu zu verfangen, kam es Simon vor, als sähe er im Schatten der Mauer auf der anderen Seite des Hofes eine Bewegung; etwas Großes, das unmerklich seine Stellung änderte, als wollte es beobachten, wohin sie gingen; eine bekannte Gestalt mit gebeugten Schultern. Aber das Licht nahm jetzt schnell ab, und er war sich nicht sicher – es konnte auch nur ein weiterer schwarzer Fleck sein, der vor seinen Augen tanzte.

Er hatte Seitenstechen, als hätte jemand seine Rippen zwischen Rubens Schmiedezange geklemmt. Morgenes, der vorausgehumpelt war, hielt die Tür auf. Simon torkelte hinein, setzte seine Last sorgsam ab und brach dann der Länge lang auf den kühlen Steinplatten zusammen, verschwitzt und atemlos. Um ihn drehte sich die Welt in schwindelndem Tanz.

»Hier, Hoheit, trinkt das, hier, nehmt«, hörte er Morgenes sagen.
Etwas später schlug Simon die Augen wieder auf und stützte sich auf
einen Ellenbogen. Josua saß an die Wand gelehnt da; vor ihm
hockte Morgenes mit einem braunen Tonkrug.
»Besser?« erkundigte sich der Doktor.
Der Prinz nickte schwach. »Schon kräftiger. Dieser Trank schmeckt
wie das, was Pryrates mir gab ... nur nicht so bitter. Er meinte, ich
würde zu schnell schwächer ... sie bräuchten mich heute nacht. «
»Bräuchten Euch? Das hört sich nicht gut an ... gar nicht gut.«
Morgenes reichte Simon den Krug. Das Getränk war blasig und
sauer, aber es wärmte. Der Doktor spähte zur Tür hinaus und schob
dann den Riegel ins Schloß.
»Morgen ist Belthainnstag, der erste Maia«, sagte er. »Heute nacht
ist ... heute nacht ist eine besonders gefährliche Nacht, mein Prinz.
Steinigungsnacht nennt man sie. «
Simon fühlte, wie der Trank des Doktors auf dem Weg in seinen
Magen angenehm brannte. Der Schmerz in seinen Gelenken ließ
nach, als habe man einen festgezwirbelten Stoffstreifen ein oder zwei
Umdrehungen gelockert. Er setzte sich auf; ihm war immer noch
schwindlig.
»Es scheint mir bedenklich, daß sie Euch ausgerechnet in solch
einer Nacht ›brauchen‹«, wiederholte Morgenes. »Ich fürchte, es
geht hier um weit Schlimmeres als nur die Gefangenschaft des
königlichen Bruders. «
»Diese Gefangenschaft war mir schlimm genug.« Ein schiefes Grinsen verzerrte Josuas abgemagerte Züge und verschwand dann, um
tiefen Sorgenfalten Platz zu machen. »Morgenes«, fuhr er gleich
darauf mit unsicherer Stimme fort, »diese ... diese Bastarde von
Hurensöhnen haben meine Männer umgebracht. Es war ein Hinterhalt.«
Der Doktor hob die Hand, als wollte er den Prinzen an der Schulter
packen, ließ sie dann aber ungeschickt wieder sinken. »Gewiß,
Herr, gewiß. Seid Ihr sicher, daß Euer Bruder dafür verantwortlich
ist? Oder könnte Pryrates auf eigene Faust gehandelt haben?«
Josua schüttelte müde den Kopf. »Ich weiß nicht. Die Männer, die
uns überfielen, trugen keine Abzeichen, und nachdem man mich in

dieses Loch gebracht hatte, sah ich nur noch den Priester, sonst niemanden . . . aber es kommt mir seltsam vor, daß Pryrates etwas Derartiges *ohne* Elias unternommen haben sollte.«

»Das ist wahr.«

»Aber wieso? Verdammt sollen sie sein, wieso? Ich trage kein Verlangen nach der Macht – eher das Gegenteil! Ihr wißt es, Morgenes. Warum also sollte er so etwas tun?«

»Ich fürchte, mein Prinz, daß ich das im Augenblick auch nicht beantworten kann; aber ich muß gestehen, daß die ganze Angelegenheit meinen Verdacht in bezug auf . . . andere Dinge . . . sehr stark bekräftigt. Andere . . . nördliche Dinge. Erinnert Ihr Euch, jemals von den *Weißfüchsen* gehört zu haben?« Morgenes' Ton war bedeutungsschwer, aber der Prinz hob nur eine Braue und sagte nichts. »Ihr habt recht, wir haben jetzt keine Muße, uns über meine Befürchtungen zu unterhalten. Unsere Zeit ist knapp, es gibt Dringenderes zu tun.«

Morgenes half Simon, vom Boden aufzustehen, und begann dann herumzustöbern und nach etwas zu suchen. Der Junge stand da und betrachtete Prinz Josua, der mit geschlossenen Augen an der Wand lehnte, mit scheuen Blicken. Der Doktor kam mit einem Hammer, dessen Kopf vom vielen Gebrauch rund geworden war, und einem Meißel zurück.

»Schlag Josua die Ketten herunter, Junge, ja? Ich muß noch ein paar Sachen erledigen.« Eilig trottete er wieder fort.

»Hoheit?« sagte Simon ruhig und trat zu dem Prinzen. Josua schlug die trüben Augen auf und starrte zuerst auf den Jungen, dann auf die Werkzeuge in seiner Hand. Er nickte.

Simon kniete neben dem Prinzen nieder und zerbrach mit ein paar scharfen Hieben das Schloß des Bandes, das Josuas rechten Arm umspannte. Als er auf die linke Seite des Prinzen hinüberwechselte, öffnete Josua erneut die Augen und legte Simon abwehrend die Hand auf den Arm.

»Nimm mir an dieser Seite nur die Kette ab, Junge.« Ein gespenstisches Lächeln flackerte über sein Gesicht. »Die Handschelle laß mir zur Erinnerung an meinen Bruder.« Er streckte den verdorrten Stumpf des rechten Handgelenks aus. »Wir haben eine Art Kerbholz, weißt du.«

Simon überlief es plötzlich kalt, und er zitterte, als er Josuas linken Unterarm gegen die Steinplatten drückte. Mit einem einzigen Hieb durchtrennte er die Kette und ließ die Manschette aus geschwärztem Eisen oberhalb der fehlenden Hand an ihrem Platz.

Morgenes erschien mit einem Bündel schwarzer Kleider. »Kommt, Josua. Wir müssen uns beeilen. Es ist schon fast eine Stunde nach Einbruch der Dunkelheit, und wer weiß, wann sie anfangen werden, nach Euch zu suchen. Ich habe meinen Dietrich abgebrochen im Schloß stecken lassen, aber das wird sie nicht lange daran hindern, Euer Verschwinden zu entdecken. «

»Was wollen wir tun?« fragte der Prinz, der unsicher auf den Füßen stand und sich von Simon in die muffig riechenden Bauernkleider helfen ließ. »Wem in der Burg können wir vertrauen? «

»Im Augenblick niemandem – nicht so ohne Vorwarnung. Darum müßt Ihr sofort nach Naglimund aufbrechen. Nur dort seid Ihr in Sicherheit. «

»Naglimund . . .« Josua machte einen verwirrten Eindruck. »In all diesen grauenvollen Monaten habe ich so oft von meiner Heimat geträumt . . . doch nein! Ich kann nicht fort; ich muß dem Volk die Falschheit meines Bruders zeigen. Ich werde starke Arme finden, die mich unterstützen. «

»Nicht hier . . . und nicht jetzt. « Morgenes sprach mit fester Stimme, die hellen Augen gebieterisch. »Ihr würdet wieder im Verlies landen, und dieses Mal würde man Euch sehr schnell und in aller Heimlichkeit enthaupten. Begreift Ihr nicht? Ihr müßt an einen befestigten Ort gehen, wo Ihr vor Verrat sicher seid, bevor Ihr Ansprüche durchsetzen könnt. Wie viele Könige haben schon ihre Verwandten gefangengesetzt und getötet – und die meisten blieben ungestraft. Es braucht mehr als Familienstreitigkeiten, um die Bevölkerung zum Aufstand zu bringen. «

»Nun gut«, antwortete Josua unwillig, »selbst wenn Ihr recht hättet, wie sollte ich entkommen?« Ein Hustenanfall schüttelte ihn. »Die Burgtore sind . . . sind ohne Zweifel für die Nacht geschlossen. Soll ich als fahrender Sänger verkleidet zum Inneren Tor schlendern und versuchen, mir den Durchlaß zu ersingen?«

Morgenes lächelte. Simon war beeindruckt vom Mut des grimmigen

Prinzen, der noch vor einer Stunde ohne Hoffnung auf Rettung in einer feuchten Zelle in Ketten gelegen hatte.

»Wie der Zufall es will, habt Ihr mich mit dieser Frage nicht unvorbereitet getroffen«, erklärte der Doktor. »Bitte schaut her.«

Er ging zur Hinterwand des langen Zimmers, in die Ecke, in der Simon einst an der rauhen Steinmauer geweint hatte. Dort zeigte er auf die Sternkarte, deren miteinander verbundene Konstellationen einen großen, vierfach geflügelten Vogel formten. Mit einer kleinen Verbeugung zog Morgenes die Karte beiseite. Dahinter lag eine große, viereckige, in den Felsen gehauene Öffnung mit einer Holztür.

»Wie bereits vorgeführt, ist Pryrates nicht der einzige hier, der um verborgene Türen und Geheimgänge weiß.« Der Doktor lachte vergnügt. »Vater Rotmantel ist neu am Ort und muß noch viel über diese Burg lernen, die länger, als ihr beide es euch vorstellen könnt, *mein* Zuhause gewesen ist.«

Simon war so aufgeregt, daß er kaum stillstehen konnte, während Josua ein bedenkliches Gesicht machte. »Wohin führt das, Morgenes?« fragte er. »Es wird mir wenig nützen, wenn ich Elias' Verlies und Folterbank entkomme, nur um mich dann im Burggraben des Hochhorstes wiederzufinden.«

»Habt keine Sorge. Diese Burg ist auf einem Kaninchenbau von Höhlen und Tunneln erbaut, ganz zu schweigen von den Ruinen der noch älteren Burg unter uns. Das ganze Labyrinth ist so riesig, daß nicht einmal ich es auch nur zur Hälfte kenne – aber ich weiß genug davon, um Euch einen sicheren Ausgang zu verschaffen. Schaut her!«

Morgenes führte den auf Simons Arm gestützten Prinzen an den großen, das ganze Zimmer einnehmenden Tisch. Dort breitete er ein zusammengerolltes Pergament aus, dessen Ränder vor Alter grau und ausgefranst waren.

»Ihr seht«, begann Morgenes, »daß ich nicht müßig war, während mein junger Freund sein Abendessen einnahm. Dies ist ein Plan der Katakomben – zwangsläufig nur eines Teilbereiches, aber Eure Route ist darauf gekennzeichnet. Wenn Ihr Euch sorgfältig daran haltet, werdet Ihr zum Schluß auf dem Begräbnisplatz, jenseits der Mauern von Erchester, wieder an die Oberfläche kommen. Von dort aus findet Ihr sicherlich den Weg zu einem Unterschlupf für die Nacht.«

Nachdem sie die Karte studiert hatten, nahm Morgenes Josua beiseite, und die beiden sprachen im Flüsterton miteinander. Simon, der sich mehr als nur ein wenig davon ausgeschlossen fühlte, stand da und betrachtete den Plan des Doktors. Morgenes hatte den Weg mit roter Tinte eingezeichnet. Von den vielen Drehungen und Windungen schwirrte Simon schon jetzt der Kopf.

Als die beiden Männer ihre Diskussion beendet hatten, nahm Josua die Karte an sich. »Nun denn, alter Freund«, sagte er ruhig, »wenn ich gehen muß, dann am besten gleich. Es wäre unklug, fände mich die nächste Stunde noch hier im Hochhorst. Über die anderen Dinge, die Ihr mir mitgeteilt habt, werde ich sorgfältig nachdenken.« Sein Blick schweifte über den vollgestopften Raum. »Ich fürchte nur das Schicksal, das Eure tapferen Taten über Euch bringen könnten. «

»Daran könnt Ihr nichts ändern, Josua«, erwiderte Morgenes. »Auch bin ich nicht völlig ohne Verteidigung; es gibt ein paar Finten und Tricks, von denen ich Gebrauch machen kann. Sobald mir Simon von Eurer Entdeckung berichtete, habe ich mit gewissen Vorbereitungen begonnen. Ich fürchtete schon seit langem, daß ich zum Handeln gezwungen werden könnte; durch das heutige Ereignis ist nur eine geringfügige Beschleunigung eingetreten. Hier, nehmt diese Fackel. «

Mit diesen Worten nahm der kleine Doktor eine Kienfackel von der Wand und reichte sie dem Prinzen, dazu einen Sack, der daneben am Haken gehangen hatte.

»Ich habe Euch etwas zu essen und noch ein wenig von dem Heiltrank eingepackt. Es ist nicht viel, aber Ihr müßt mit leichtem Gepäck reisen. Bitte beeilt Euch jetzt. « Er hob die Sternkarte hoch und hielt sie von der Türöffnung zurück. »Sendet mir Botschaft, sobald Ihr sicher in Naglimund angekommen seid, und ich werde Euch noch andere Dinge berichten. «

Der Prinz nickte und hinkte langsam in die Öffnung des Ganges hinein. Die Fackelflamme schob seinen Schatten tief in den Schacht hinunter, als er sich noch einmal umdrehte.

»Ich werde Euch das nie vergessen, Morgenes«, erklärte er. »Und du, junger Mann . . . du hast heute eine tapfere Tat getan. Ich hoffe, daß du eines Tages deine Zukunft darauf aufbauen kannst. «

Simon kniete nieder; seine Gefühle machten ihn verlegen. Der Prinz sah so abgehärmt und grimmig aus. Der Junge empfand Stolz und Trauer und Furcht, die alle zugleich auf ihn einstürmten und seine Gedanken aufrührten und trübe machten.

»Lebt wohl, Josua«, sagte Morgenes und legte Simon die Hand auf die Schulter. Zusammen beobachteten sie, wie die Fackel des Prinzen sich im dunklen Gang verlor, bis die Schwärze sie verschlang. Der Doktor zog die Tür zu und ließ den Vorhang darüberfallen.

»Komm, Simon«, meinte er dann, »wir haben noch viel Arbeit. Pyrates wird seinen Gast für die heutige Steinigungsnacht vermissen, und ich kann mir nicht vorstellen, daß ihn das freut. «

Einige Zeit verging in Schweigen. Simon hockte auf der Tischplatte und ließ die Beine baumeln. Er hatte Angst, genoß aber dennoch die Erregung, die den Raum erfüllte – eine Spannung, die inzwischen über der ganzen, sonst so gesetzten alten Burg hing. Morgenes huschte nach allen Richtungen an ihm vorüber und eilte von einer unverständlichen Tätigkeit zur nächsten.

»Das meiste davon habe ich erledigt, als du beim Essen warst, weißt du, aber ein paar Sachen sind noch übrig, ein paar lose Enden. «
Die Erklärung des kleinen Mannes machte Simon kein bißchen schlauer, aber es war in so kurzer Zeit so vieles geschehen, daß selbst seine ungeduldige Natur fürs erste zufriedengestellt war. Er nickte und baumelte weiter mit den Beinen.

»So, ich glaube, das ist alles, was ich heute abend tun kann«, erklärte Morgenes endlich. »Du solltest lieber zurück und ins Bett gehen. Komm morgen früh wieder her, vielleicht gleich, nachdem du mit deinen Arbeiten drüben fertig bist. «

»Arbeiten?« Simon schnappte nach Luft. »Arbeiten? Morgen?«

»Aber natürlich«, knurrte der Doktor bissig. »Du glaubst doch nicht, daß ein Wunder geschieht, oder? Meinst du denn, der König würde sich hinstellen und verkünden: ›Ach, übrigens ist gestern mein Bruder aus dem Verlies entkommen, darum nehmen wir uns heute alle einen Tag frei und schauen nach, wo er geblieben ist‹ – das glaubst du doch wohl selber nicht, hm?«

»Nein, ich . . .«

»Und du würdest doch ganz bestimmt nicht sagen: ›Rachel, ich kann meine Arbeit nicht machen, weil Morgenes und ich auf Hochverrat sinnen‹ – oder hast du das vor?«

»Ganz bestimmt nicht!«

»Gut. Dann wirst du deine Aufgaben erfüllen und so schnell wie möglich wieder herkommen, und dann werden wir die Lage prüfen. Es ist alles viel gefährlicher, als du begreifst, Simon, aber ich fürchte, du steckst jetzt mittendrin, im Guten wie im Bösen. Und ich hatte gehofft, dich aus allem heraushalten zu können . . .«

»*Woraus?* Mittendrin in *was*, Doktor?«

»Laß gut sein, Junge. Hast du denn immer noch nicht genug? Ich werde morgen versuchen, dir alles zu erklären, was du ohne Schaden wissen darfst, aber die Steinigungsnacht ist nicht die beste Gelegenheit, von Dingen zu reden wie—«

Ein lautes Hämmern an der Außentür schnitt Morgenes das Wort ab. Sekundenlang starrten Simon und der Doktor einander an. Nach einer Pause klopfte es von neuem.

»Wer ist da?« rief Morgenes mit so ruhiger Stimme, daß Simon ihn noch einmal anschauen mußte, um die Furcht im Gesicht des kleinen Mannes zu bemerken.

»Inch«, kam die Antwort. Morgenes entspannte sich sichtlich.

»Geh fort«, erwiderte er. »Ich habe dir doch gesagt, daß ich dich heute abend nicht brauche.«

Kurzes Schweigen. »Doktor«, flüsterte Simon, »ich glaube, ich habe Inch vorhin gesehen . . .«

Wieder die monotone Stimme. »Ich denke, daß ich etwas vergessen habe . . . in Eurem Zimmer vergessen, Doktor.«

»Komm ein andermal wieder und hol es dir«, rief Morgenes, und diesmal war seine Verärgerung echt. »Ich habe jetzt viel zu viel zu tun, als daß ich mich stören lassen könnte.«

Simon versuchte es noch einmal. »Ich glaube, ich habe ihn gesehen, als ich den—«

»*Öffnet sofort die Tür – im Namen des Königs!*«

Simon fühlte kalte Verzweiflung nach seinem Magen greifen: Die neue Stimme gehörte nicht Inch.

»Beim Niederen Krokodil!« schwor Morgenes in leiser Verwunderung. »Der kuhäugige Dummkopf hat uns verraten. Ich hätte nicht gedacht, daß er den Verstand dazu besitzt. *Ich will jetzt nicht gestört werden!*« brüllte er plötzlich, sprang zu dem langen Tisch hinüber und strengte sich an, ihn vor die verriegelte Innentür zu schieben. »*Ich bin ein alter Mann und brauche meine Ruhe!*« Simon war mit einem Satz neben ihm und half. In ihm mischte sich Entsetzen mit einer unerklärlich aufflackernden, fast freudigen Erregung.

Draußen aus dem Gang rief eine dritte Stimme, eine grausame, heisere Stimme: »Allerdings wird deine Ruhe lange dauern, alter Mann.« Simon stolperte und wäre fast gestürzt, als seine Knie unter ihm nachgaben. Pryrates!

Ein schreckliches, knirschendes Geräusch hallte durch den inneren Gang, während Simon und der Doktor es endlich schafften, den schweren Tisch vor die Tür zu rücken. »Äxte«, sagte Morgenes und sprang auf der Suche nach irgend etwas um den Tisch herum.

»Doktor!« zischte Simon und hüpfte vor Angst auf und nieder. Von draußen hörte man das Echo splitternden Holzes. »Was können wir tun?« Er wirbelte herum und sah sich einem aberwitzigen Schauspiel gegenüber.

Morgenes kniete geduckt auf der Tischplatte, neben sich einen Gegenstand, den Simon gleich darauf als Vogelkäfig erkannte. Der Doktor hatte das Gesicht eng an die Gitterstäbe gedrückt. Er gurrte und murmelte den Tieren zu, während Simon schon hörte, wie die äußere Tür zusammenbrach.

»*Was tut Ihr?*« keuchte Simon. Morgenes hopste vom Tisch, den Käfig im Arm, und trabte quer durch den Raum zum Fenster. Bei Simons Aufjaulen drehte er sich um, betrachtete gelassen den verstörten Jungen, lächelte dann traurig und schüttelte den Kopf.

»Ja, natürlich, Junge«, sagte er, »ich muß mich auch um dich kümmern, weil ich es deinem Vater versprochen habe. Wie wenig Zeit uns doch vergönnt war!« Er setzte den Käfig ab, rannte wieder zum Tisch und wühlte in dem Durcheinander herum. Die Zimmertür begann unter der Wucht schwerer Schläge zu erbeben. Man hörte rauhe Stimmen und das Klirren gepanzerter Männer. Morgenes fand, was er suchte, ein Holzkästchen, und kippte es um, wobei etwas golden Glänzendes in seine Hand fiel. Er wollte wieder zum Fenster, blieb

232

dann aber stehen und fischte noch einen Stapel dünner Pergamente aus dem Chaos auf dem Tisch.

»Nimm das mit, bitte«, sagte er und reichte Simon das Bündel, worauf er wieder ans Fenster eilte. »Es ist mein ›Leben König Johan Presbyters‹, und ich gönne Pryrates das Vergnügen nicht, Kritik daran zu üben.« Entgeistert nahm Simon die Papiere und stopfte sie unter dem Hemd ins Gürtelband. Der Doktor griff in den Käfig und holte einen der kleinen Bewohner heraus, den er in der hohlen Hand barg. Es war ein winziger, silbergrauer Sperling. Simon sah in sprachloser Verwunderung zu, wie der Doktor mit einem Stückchen Bindfaden ruhig das glänzende Schmuckstück – einen Ring? – an das Sperlingsbein schnürte. Am anderen Bein war bereits ein ganz schmaler Pergamentstreifen befestigt. »Sei stark mit deiner schweren Bürde«, sagte Morgenes leise und schien mit dem Vogel zu sprechen.

Genau über dem Riegel brach eine Axtschneide durch die schwere Tür. Morgenes bückte sich, hob einen langen Stock vom Boden auf und zerschlug das Oberlicht. Dann setzte er den Sperling aufs Fensterbrett und ließ ihn los. Der Vogel hüpfte einen Augenblick am Rahmen entlang, schwang sich dann in die Lüfte und verschwand im Abendhimmel. Auf die gleiche Art befreite der Doktor noch fünf weitere Sperlinge, bis der Käfig leer war.

Aus dem Mittelstück der Tür hatten die Äxte ein großes Stück herausgebissen. Dahinter konnte Simon die zornigen Gesichter und das grelle Fackellicht sehen.

Der Doktor winkte ihm. »Der Tunnel, Junge, schnell jetzt!« Hinter ihnen riß ein weiteres zerfetztes Holzstück ab und polterte krachend zu Boden. Die beiden rannten durch das Zimmer. Der Doktor drückte Simon etwas Kleines und Rundes in die Hand.

»Reib das, dann hast du Licht!« sagte er, »es ist besser als eine Fackel!« Er riß den Vorhang zur Seite und zerrte die Tür auf. »Nun los und beeil dich! Such die Tan'ja-Treppe, dort geht es nach oben!« Als Simon in die Mündung des Ganges hineinsprang, sackte die große Tür in den Angeln und brach zusammen. Morgenes wandte sich um.

»Aber Doktor!« schrie Simon. »Kommt mit! Wir können zusammen entkommen!«

Der Doktor sah ihn an und schüttelte lächelnd den Kopf. Mit dem lauten Klirren zerbrechenden Glases kippte der vor die Tür geschobene Tisch um, und ein Trupp Bewaffneter in Grün und Gelb drängte sich in den Raum. Inmitten der Erkyngarde stand geduckt wie eine Kröte in einem Garten aus Schwertern und Äxten Breyugar, der oberste der Wachen. Im von Splittern übersäten Gang war Inchs massige Gestalt zu erkennen; hinter ihm blitzte scharlachrot Pyrates' Mantel.

»Halt!« donnerte eine Stimme durch den Raum – bei aller Furcht und Verwirrung brachte Simon es noch fertig, sich zu wundern, daß ein solcher Ton aus Morgenes' gebrechlichem Körper kommen konnte. Jetzt stand der Doktor vor der Erkyngarde, die Finger in seltsamer Gebärde gespreizt. Zwischen ihm und den verblüfften Soldaten begann die Luft sich zu biegen und zu schimmern. Die Substanz des Nichts schien sich unter Morgenes' Händen, die in wunderlichen Mustern tanzten, zu verfestigen. Sekundenlang beleuchteten die Fakkeln die Szene vor Simons Augen, als wäre das Bild auf einem uralten Wandteppich erstarrt.

»Gott segne dich, Junge«, zischte Morgenes, »aber jetzt *weg mit dir! Sofort!*« Simon machte einen weiteren Schritt in den Gang hinein.

Pyrates drängte sich an der benommenen Wache vorbei, ein verschwommener roter Schatten hinter der Mauer aus Luft. Eine seiner Hände stieß vor wie ein Dolch; ein brodelndes, funkelndes Netz blauer Funken zeigte an, wo sie die dichter werdende Luft berührte. Morgenes taumelte zurück, und seine Barriere begann zu schmelzen wie eine Eisscholle. Der Doktor bückte sich und riß aus einem Gestell am Boden zwei Glaspokale.

»Haltet den Jungen!« schrie Pyrates, und plötzlich konnte Simon über dem Scharlachmantel seine Augen sehen ... kalte schwarze Augen, die ihn festzuhalten schienen ... ihn durchbohrten ...

Die schimmernde Luftscheibe zerfloß. »Ergreift sie!« donnerte Graf Breyugar, und die Soldaten stürmten vorwärts. Simon beobachtete das Ganze mit krankhafter Faszination. Er wollte davonlaufen, konnte aber nicht, und zwischen ihm und den Schwertern der Erkyngarde stand nichts als ... Morgenes.

»ENKI ANNUKHAI SHI'IGAO!« Die Stimme des Doktors dröhnte und läutete wie eine steinerne Glocke. Ein Windstoß kreischte durch das Zimmer, drückte die Fackeln nach unten und löschte sie aus. Mitten im Strudel stand Morgenes, in beiden ausgestreckten Händen einen Pokal. Im kurzen Augenblick der Verfinsterung gab es einen Knall, gefolgt von weißglühendem Auflodern, als die Glaspokale in Flammen aufgingen. Einen Herzschlag darauf rannen Feuerströme über Morgenes' Mantelärmel, und ein Heiligenschein aus knisternden Feuerzungen umgab seinen Kopf. Eine Welle furchtbarer Hitze trieb Simon zurück, als sich der Doktor noch einmal nach ihm umdrehte; schon schien sein Gesicht hinter dem Flammennebel, der es einhüllte, zu zerfließen und sich zu verwandeln.

»Geh, mein Junge«, hauchte er, und seine Stimme war wie eine Flamme. »Es ist zu spät für mich. Geh zu Josua!«

Simon, von Grauen gepackt, taumelte zurück. Die zerbrechliche Gestalt des Doktors zuckte in brennender, strahlender Helle. Morgenes fuhr herum. Er machte ein paar zögernde Schritte und warf sich dann mit ausgebreiteten Armen auf die schreienden Wachen, die einander in ihrer verzweifelten Hast, durch die zerbrochene Tür zurückzuweichen, gegenseitig über den Haufen rannten. Höllenflammen schossen aufwärts und schwärzten die ächzenden Dachbalken. Die Wände selbst begannen zu schaudern. Einen kurzen Augenblick hörte Simon die rauhe, halberstickte Stimme von Pyrates, die sich mit den Lauten von Morgenes' Todeskampf vermengte ... dann gab es einen furchtbaren Lichtblitz und ein ohrenbetäubendes Brüllen. Eine Peitsche aus heißer Luft schleuderte Simon den Gang hinunter und schlug mit einem Krachen wie vom Hammer des Jüngsten Gerichts die Tür hinter ihm zu. Ganz benommen vernahm er nicht das mahlende, splitternde Aufschreien des zusammenstürzenden Balkendachs. Die Tür, mit vielen Tausendlasten Steinen und versengter Eiche verkeilt, erschauerte in ihren Grundfesten.

Lange Zeit lag er da, vom Schluchzen geschüttelt, die Tränen in seinen Augen von der Hitze getrocknet. Schließlich erhob er sich mühsam. Mit den Händen ertastete er die warme Steinwand und stolperte in die Dunkelheit hinein.

XIII

Zwischenwelten

Stimmen, viele Stimmen – Simon konnte nicht sagen, ob sein Kopf sie hervorgebracht hatte oder die trostlose Finsternis ringsum – Stimmen waren in dieser ersten entsetzlichen Stunde seine einzigen Gefährten.

Simon Mondkalb! Schon wieder in der Patsche, Simon Mondkalb!

Sein Freund ist tot, sein einziger Freund, seid nett zu ihm, seid nett!

Wo sind wir?

In Finsternis, auf ewig in Finsternis, fledermausflatternd durch die endlosen Tunnel wie eine verlorene, schreiende Seele . . .

Simon Pilgrim ist er jetzt, verurteilt zum Wandern, zum Wundern . . .

Nein, schauderte Simon und versuchte die schreienden Stimmen zu bändigen, *ich will mich erinnern. Ich will mich an die rote Linie auf der alten Karte erinnern und die Tan'ja-Treppe suchen, was immer sie auch sein mag. Ich will mich an die schwarzen Augen des Mörders Pryrates erinnern . . . und an meinen Freund . . . meinen Doktor Morgenes.*

Er sank auf dem sandigen Tunnelboden zusammen und weinte vor hilflosem, ohnmächtigem Zorn, ein kaum noch klopfendes Lebensherz in einem Universum aus schwarzem Stein. Die Schwärze legte sich wie etwas Erstickendes auf ihn, das den Atem aus ihm herausquetschte.

Warum hat er es getan? Warum ist er nicht geflohen?

Er starb, um dich zu retten – dich und Josua. Wäre er geflohen, hätte man ihn verfolgt – Pryrates' Zauber war stärker. Man hätte euch gefangengenommen, und sie hätten ungehindert dem Prinzen nachjagen, ihn hetzen und in seine Zelle zurückschleppen können. Deshalb ist Morgenes gestorben.

Simon haßte die Laute seines eigenen Weinens, dieses abgehackte, schnüffelnde Geräusch, dessen Echo nicht enden wollte. Er preßte alles aus sich heraus, schluchzte, bis seine Stimme nur noch ein trockenes Rasseln war – ein Ton, mit dem er leben konnte, nicht das weinerliche Blöken eines verirrten Mondkalbs im Dunkeln.

Ihm war schwindlig und übel. Er wischte sich mit dem Hemdsärmel das Gesicht ab und fühlte plötzlich das Gewicht von Morgenes' Kristallkugel in seiner Hand. Der Doktor hatte ihn mit Licht versorgt! Das und die Papiere, unbequem ins Gürtelband von Simons Hosen gestopft, waren sein letztes Geschenk.

Nein, flüsterte eine Stimme, *das vorletzte, Simon Pilgrim.*

Simon schüttelte den Kopf, um die leckende, murmelnde Angst zu verscheuchen. Was hatte Morgenes gesagt, als er das glitzernde Schmuckstück ans dünne Sperlingsbein band? Sei stark mit deiner schweren Bürde? Warum saß er hier in der Pechfinsternis, winselnd und sabbernd – war er nicht schließlich Morgenes' Lehrling?

Benommen und zitternd kam er auf die Füße. Unter seinen streichelnden Fingern spürte er die Glasoberfläche des Kristalls warm werden. Er starrte ins Dunkle, dorthin, wo seine Hände sein mußten, und dachte an den Doktor. Wie hatte der alte Mann so häufig lachen können, wo doch die Welt so voll verborgenen Verrates war, voll schöner Dinge, aber innerlich verfault? Es gab so viele Schatten, so wenig . . .

Vor ihm blitzte ein Nadelstich aus Licht auf – ein Nadelloch im Vorhang der Nacht, der wie ein Leichentuch die Sonne verhüllte. Er rieb fester und riß die Augen auf. Das Licht blühte auf und schlug die Schatten zurück; auf beiden Seiten sprangen die Wände des Ganges hervor, mit glühendem Bernstein überpinselt. Luft schien in seine Lungen zu schießen. Er konnte sehen!

Der momentane Auftrieb verging, als er sich umdrehte, um den Gang in beide Richtungen zu überschauen. Kopfschmerz ließ die Wände vor seinen Augen verschwimmen. Der Tunnel war fast ohne jedes Merkmal, ein einsames Loch, das sich tief in die Unterseite der Burg grub, bekränzt mit bleichen Spinnweb-Girlanden. Weiter oben im Gang bemerkte er eine Kreuzung, die er schon passiert hatte, einen in der Wand gähnenden Schlund. Er ging zurück. Ein schnelles Hineinleuchten mit dem Kristall zeigte hinter der Öffnung nur Mauerstücke und Geröll, eine schräge Abfallhalde, die aus der Reichweite des dünnen Kugellichtes hinausführte. Wieviel weitere Kreuzwege hatte er schon verpaßt? Und woher sollte er wissen, welche die richtigen waren? Eine neue Welle würgender Hoffnungslosigkeit überflutete Simon. Er war hoffnungslos allein, hoffnungslos verirrt. Nie würde er sich in die Welt des Lichtes zurückfinden.

Simon Pilgrim, Simon Mondkalb... Familie tot, Freund tot... seht ihn wandern und wandern... auf ewig...

»Ruhe!« knurrte er laut und hörte erschreckt, wie das Wort vor ihm den Weg hinunterrollte, ein Bote mit einer Bekanntmachung des Königs-unter-der-Erde: »Ruhe... Ruhe... Ru...«

König Simon von den Tunneln begann seinen stolpernden Vormarsch.

Der Gang wand sich abwärts ins steinerne Herz des Hochhorstes, ein erstickender, krummer, spinnwebbedeckter Pfad, nur erhellt vom Glanz der Kristallkugel, die Morgenes gehört hatte. Dort, wo Simon vorübergegangen war, führten zerrissene Spinnennetze einen langsamen, gespenstischen Tanz auf; wenn er sich umsah, schienen die Fäden ihm nachzuwinken wie die klammernden, knochenlosen Finger von Ertrunkenen. Strähnen von Seidenfäden hingen ihm im Haar und legten sich klebrig über sein Gesicht, so daß er beim Gehen die Hand vor die Augen halten mußte. Oft fühlte er, wie etwas Kleines, Vielbeiniges durch seine Finger davonhuschte, wenn er durch ein Netz brach. Dann mußte er einen Augenblick mit gesenktem Kopf innehalten, bis das Zittern des Ekels nachließ, das ihn überfiel.

Nach und nach wurde es kälter, und die Gangwände schienen Feuchtigkeit auszuatmen. Ein Teil des Tunnels war eingestürzt; an manchen Stellen lagen heruntergefallene Erde und Steine so hoch in der Mitte des Pfades aufgehäuft, daß er sich, den Rücken an die feuchten Wände gepreßt, mühsam daran vorbeischieben mußte.

Genau das tat er – sich an einem Hindernis vorbeizwängen, die lichtspendende Hand über dem Kopf gehalten, mit der anderen vor sich nach dem Weg tastend –, als er einen stechenden Schmerz fühlte. Wie mit tausend Nadelstichen schoß es ihm die suchende Hand und den Arm hinauf. Ein Aufblitzen des Kristalls zeigte Simon eine Vision des Grauens: Hunderte, nein, *Tausende* winziger weißer Spinnen, die über seine Hand schwärmten, in seinen Hemdsärmel quollen und bissen wie tausend brennende Feuer. Simon kreischte auf und schlug den Arm gegen die Tunnelwand. Ein Regen aus Erdklumpen ergoß sich in seinen Mund und die Augen. Seine Schreckensschreie hallten im Gang wider und verstummten schnell. Auf dem feuchten Boden sank er in die Knie und klatschte den stechenden Arm immer wieder auf die Erde, bis der brennende Schmerz allmählich nachließ. Dann kroch er auf Händen und Knien vorwärts, fort von dem scheußlichen Nest oder Brutplatz, dessen Ruhe er gestört hatte. Während er sich duckte und mit loser Erde wie wahnsinnig den Arm abrieb, kamen ihm von neuem die Tränen und schüttelten ihn, als würde er ausgepeitscht.

Als er es über sich brachte, einen Blick auf seinen Arm zu werfen, zeigte das Licht des Kristalls unter dem Schmutz nur Rötungen und Schwellungen statt der blutigen Wunden, die er mit Bestimmtheit erwartet hatte. Der Arm pochte, und Simon fragte sich benommen, ob die Spinnen wohl giftig gewesen waren – und das Schlimmste noch kommen würde. Als er merkte, daß ihm von neuem das Schluchzen in die Brust stieg und ihm den Atem rauben wollte, zwang er sich zum Aufstehen. Er mußte weiter. Er mußte.

Tausend weiße Spinnen.

Er *mußte* weiter.

Im trüben Licht der Kugel ging es stetig nach unten. Es glänzte auf von Feuchtigkeit schlüpfrigen Steinen und von Erde erstickten Quergängen, durch die sich bleiche Wurzeln schlängelten. Bestimmt mußte er sich inzwischen tief unter der Burg befinden – tief unten in der schwarzen Erde. Nichts deutete darauf hin, daß Josua oder sonst jemand hier vorbeigekommen waren. Simon war bis zur Übelkeit klar, daß er in der Dunkelheit und in seiner Verwirrung irgendeine Abzweigung verpaßt haben mußte und sich nun wie auf einer Wendeltreppe in einen Abgrund hinabbewegte, aus dem es kein Entkommen gab.

Er war schon so lange weitergestapft, so vielen Kehren und Windungen gefolgt, daß der Gedanke an die schmale rote Linie auf Morgenes' altem Pergament längst seinen Sinn verloren hatte. In diesen engen Wurmlöchern, die einem die Luft abschnürten, gab es nichts, das auch nur entfernte Ähnlichkeit mit einer Treppe besaß. Selbst der glühende Kristall begann langsam zu flackern. Erneut verlor Simon die Kontrolle über die Stimmen, die ihn in den irren Schatten umzingelten wie eine grölende Menge.

Dunkel, und es wird immer dunkler. Dunkel, und es wird immer, immer dunkler.

Legen wir uns doch ein bißchen hin. Wir wollen schlafen, nur eine kleine Weile, schlafen...

Der König hat ein Tier in sich, und Pryrates ist sein Wärter...

»Gott segne dich, Junge«, hat Morgenes zu dir gesagt. Er kannte deinen Vater. Er bewahrte Geheimnisse.

Josua geht nach Naglimund. Dort scheint Tag und Nacht die Sonne. In Naglimund essen sie süßen Rahm und trinken klares, leuchtendes Wasser. Die Sonne ist hell.

Hell und heiß. Es ist heiß. Warum?

Der feuchte Tunnel war plötzlich sehr warm. Simon stolperte weiter, hoffnungslos überzeugt davon, daß es das erste Fieber des Spinnengiftes war, das er jetzt spürte. Er würde in der Dunkelheit sterben, der schrecklichen Dunkelheit. Nie wieder würde er die Sonne sehen, nie wieder ihr...

Die Wärme schien sich in seine Lungen zu drängen. Es wurde tatsächlich heißer!

Stickige Luft umfloß ihn, klebte ihm das Hemd an die Brust und die Haare an die Stirn. Einen Augenblick durchzuckte ihn noch stärkere Panik.

Bin ich im Kreis gelaufen? Bin ich stundenlang weitergelaufen, nur um wieder vor den Ruinen von Morgenes' Zimmer zu stehen, vor den verbrannten, schwarzverkohlten Resten seines Daseins?

Aber das war nicht möglich. Er war ständig abwärts gegangen und nie weiter nach oben gestiegen, als für einen Augenblick ebenen Gehens erforderlich. Warum war es dann so heiß?

In ihm stieg unwiderstehlich die Erinnerung an eine von Shem Pferdeknechts Geschichten auf, eine Erzählung vom jungen Priester Johan, der durch die Finsternis auf eine ungeheure, brütende Hitze zuwanderte – auf den Drachen Shurakai in seiner Höhle unter der Burg... *dieser* Burg.

Aber der Drache ist tot! Ich habe seine Knochen berührt, einen gelben

Sessel im Thronsaal. Es gibt keinen Drachen mehr – kein schlafloses, tief-
atmendes rotes Ungetüm von der Größe des Turnierplatzes, das mit
Klauen wie Schwertern und einer Seele, so alt wie die Steine von
Osten Ard, in der Dunkelheit lauert – *der Drache ist tot.*
Aber hatten Drachen denn keine Brüder? Und was war das für ein
Geräusch? Dieses dumpfe, grollende Brüllen?
Die Hitze war drückend, die Luft dick von beißendem Rauch. Simons
Herz lag wie ein stumpfer Bleiklumpen in seiner Brust. Der Kristall
begann zu verblassen, als breite Streifen rötlichen Lichts das schwä-
chere Strahlen der Kugel auslöschten. Der Tunnel wurde flach,
krümmte sich jetzt weder nach rechts noch nach links, sondern führte
über eine lange, verwitterte Galerie zu einem gewölbten Türbogen
hinunter, in dem ein flackernder, orangeroter Schein tanzte. Obwohl
ihm der Schweiß das Gesicht hinunterlief, fing Simon an zu zittern.
Die Tür zog ihn magisch an.
Dreh dich um und lauf, Mondkalb!
Er konnte nicht. Jeder Schritt kostete Mühe, aber er kam näher. Endlich hatte er den Bogen erreicht und steckte ängstlich den Kopf durch
den Rahmen des Portals.
Es war eine riesige Höhle, in zuckendes Licht getaucht. Die Fels-
wände schienen geschmolzen zu sein und sich dann abgesetzt zu haben
wie Wachs am Fuß einer Kerze, der Stein in langen, senkrechten
Tropfrinnen geglättet. Sekundenlang weiteten sich Simons vom
Licht geblendeten Augen vor Staunen: am anderen Ende der Höhle
kniete über ein Dutzend schwarzer Gestalten vor der Gestalt . . . *eines*
ungeheuren feuerspeienden Drachen!
Gleich darauf erkannte er seinen Irrtum. Die Riesengestalt, die sich an
die Steinwand duckte, war ein gewaltiger Ofen. Die schwarzgekleideten Figuren fütterten seinen flammenden Schlund mit Holzscheiten.
Die Gießerei. Die Schmelzhütte der Burg!
Überall in der Höhle waren dick vermummte und mit Tüchern maskierte Männer damit beschäftigt, Kriegsgerät zu schmieden. Schwere
Eimer mit glühendem Flüssigeisen wurden an langen Stangen aus den
Flammen gezogen. Geschmolzenes Metall sprang zischend in die Höhe,
während es in die Gußformen rann, und über der stöhnenden Stimme
des Hochofens hallte das Klingen der Hämmer auf den Ambossen.

Simon schrak von der Tür zurück. Einen Herzschlag lang hatte er sich nach vorn springen und auf die Männer zustürzen sehen. Denn es waren Menschen, trotz ihrer sonderbaren Kleidung. In diesem kurzen Augenblick war es ihm vorgekommen, als gäbe es nichts Schlimmeres als den dunklen Tunnel und die Stimmen – aber Simon wußte es besser. Glaubte er denn wirklich, die Männer aus der Gießerei würden ihn entkommen lassen? Bestimmt kannten sie nur einen Weg aus der flammenden Höhle: nach oben, zurück in Pryrates' Klauen – sofern er die Hölle in Morgenes' Wohnung überlebt hatte –, oder zu Elias' brutaler Rechtspflege.

Simon hockte sich hin, um seine Gedanken zu ordnen. Der Lärm des Ofens und sein eigener schmerzender Kopf machten es ihm schwer. Er konnte sich nicht erinnern, auf dem letzten Wegstück an Quertunneln vorbeigekommen zu sein. An der gegenüberliegenden Wand der Gießereihöhle war etwas zu erkennen, das wie eine Reihe von Löchern aussah; vielleicht lagen dort nur Lagerräume . . .

Oder Verliese.

. . . aber es erschien ebenso wahrscheinlich, daß noch andere Wege in diese Kammer hinein- und hinausführten. Jetzt wieder in den Tunnel zurückzukehren, kam ihm töricht vor.

Feigling! Küchenjunge!

Wie betäubt schwankte er unentschieden auf schmalem Grat. Zurückgehen und durch dieselben dunklen, von Spinnen verpesteten Tunnel laufen, jetzt, da sein einziges Licht dem Verlöschen entgegenflackerte . . . oder sich einen Weg durch die brüllende Hölle der Gießereiebene suchen – und von dort – wer konnte das wissen? Wofür sollte er sich entscheiden?

König-unter-der-Erde wird er sein, Herr der weinenden Schatten!

Nein, sein Volk ist fort, laßt ihn in Ruhe!

Er schlug sich kräftig auf den Schädel, um die schrecklichen Stimmen zu verscheuchen.

Wenn ich schon sterben muß, beschloß Simon endlich und riß die Herrschaft über sein jagendes Herz wieder an sich, *dann soll es wenigstens im Licht geschehen.*

Vorgebeugt, mit pochendem Kopf, starrte er auf den Schimmer der Kristallkugel in seiner hohlen Hand. Noch während er darauf schaute, erstarb das Licht, kehrte dann aber bebend zu unsicherem Leben zurück. Simon ließ die Kugel in die Tasche gleiten.

Die Hochofenflamme und die dunklen Gestalten, die sich davor bewegten, warfen pulsierende Streifen in Rot, Orange und Schwarz an die Wand. Simon sprang aus dem Schutz der Dunkelheit hinaus und duckte sich neben die nach unten führende Rampe. Sein nächstes Versteck sollte ein schäbiges Gebilde aus Ziegeln sein, etwa fünfzehn oder zwanzig Ellen von der Stelle entfernt, an der er kauerte. Es war ein nicht mehr benutzter Brenn- oder Schmelzofen am äußersten Rand der Kammer. Simon holte ein paarmal tief Atem und hastete darauf zu, halb rennend, halb kriechend. Sein Kopf schmerzte von der Bewegung, und als er den massigen Ofen erreicht hatte, mußte er erst einmal das Gesicht zwischen die Knie klemmen, bis die schwarzen Flecken verschwunden waren. Das rauhe Röhren des Hochofens hallte in seinem Kopf wie Donner und brachte mit seinem schmerzhaften Getöse selbst Simons Stimmen zum Verstummen.

Von dunklem Fleck zu dunklem Fleck suchte er sich seinen Weg, kleine Inseln düsterer Sicherheit im Ozean aus Rauch und rotem Lärm. Die Gießereiarbeiter blickten nicht auf und entdeckten den Eindringling nicht; kaum, daß sie untereinander ein Wort wechselten. Der ohrenbetäubende Krach beschränkte ihre Mitteilungen auf ausholende Gebärden, wie bei Gepanzerten im Chaos der Schlacht. Ihre Augen, reflektierende Lichtpunkte über den Tuchmasken, schienen nur auf ein einziges Ding zu starren: das helle, unwiderstehliche Leuchten des glühenden Eisens. Wie die rote Kartenlinie, die sich noch immer durch Simons Erinnerung schlängelte, war das strahlende Metall überall und immer gleich wie das magische Blut eines Drachen. Hier plätscherte es über den Rand eines Fasses, Tropfen wie Edelsteine versprühend; dort wand es sich über den Felsen, um zischend in einen Tümpel brackigen Wassers zu rinnen. Aus Eimern leckten große, weißglühende Zungen und tauchten die dick eingepackten Gießer in dämonisches Scharlachrot. Kriechend, huschend, bewegte sich Simon langsam am Rand der Schmelzhöhle entlang, bis er zu der nächsten Rampe kam, die aus ihr hinausführte. Die drückende, atmende Hitze und sein sinkender Mut drängten ihn, dort hinaufzuklettern; aber die gestampfte Erde der Rampe zeigte ein tiefes, sich immer wieder kreuzendes Gekritzel von Karrenrädern. Diese Tür wurde viel benutzt. Seine Gedanken kamen unklar und träge, doch sagten sie ihm, hier sollte er es lieber nicht versuchen. Endlich gelangte er an eine Einmündung in der Höhlenwand, die ohne Rampe war. Es kostete ihn Mühe, den glatten – vom Feuer geschmolzenen? *vom Drachen geschmolzenen?* – Felsen hinaufzuklettern, aber seine versagende Kraft reichte noch aus, ihn über den Rand zu ziehen. Gleich dahinter brach er im schützenden Schatten zusammen und lag der Länge nach am Boden. Die Kugel, die er aus der Tasche genommen hatte, glühte in seiner Hand so schwach wie ein Glühwürmchen in der Falle.

Als er wieder wußte, wer er war, merkte er, daß er kroch.
Wieder auf den Knien, Mondkalb?
Die Schwärze war fast vollständig, und Simon kroch blind in die Tiefe. Der Tunnelboden unter seinen Händen war trocken und sandig.
Lange, lange Zeit kroch er so weiter; selbst die Stimmen begannen zu klingen, als bedauerten sie ihn.
Simon verirrt... verirrt... irrt... irrt...
Nur die langsam abnehmende Hitze bestätigte ihm, daß er sich tatsächlich vom Fleck rührte – aber wohin? Worauf zu? Wie ein verwundetes Tier schleppte Simon sich weiter, durch undurchdringlichen Schatten abwärts, immer abwärts. Würde er weiterkriechen bis zum Mittelpunkt der Erde?
Huschende, vielbeinige Wesen unter seinen Fingern erregten ihn nicht mehr. Die Dunkelheit war vollständig, in ihm und um ihn. Er fühlte sich beinahe körperlos, ein Bündel verängstigter Gedanken, das es in die rätselhafte Erde hinunterzog.

Irgendwo, irgendwann später begann die dunkel gewordene Kugel, die er schon so lange umklammert hielt, daß sie ein Teil seines Körpers geworden zu sein schien, wieder zu glühen, dieses Mal in einem sonderbaren Azurlicht. Aus einem Kern von pulsierendem Blau wuchs dieses Licht, bis Simon die Augen zusammenkneifen mußte. Langsam richtete er sich auf und blieb keuchend stehen. Hände und Knie, frei von der Berührung des Sandes, prickelten.

Die Tunnelwände waren mit schwarzfasrigen Gewächsen bedeckt, wirr wie ungekämmte Wolle, aber in den verschlungenen Strähnen glänzten schimmernde Flecke, in denen das neu erblühte Licht sich spiegelte. Simon humpelte näher, um nachzuschauen, und zog mit schwachem, angewidertem Schnauben die Hand zurück, als er das schmierigschwarze Moos berührte. Etwas von seiner Persönlichkeit war mit dem Licht zu ihm zurückgekehrt, und während er schwankend dastand, dachte er an alles, durch das er hindurchgekrochen war, und zitterte.

Die Wand unter dem Moos war mit einer Art Kacheln verkleidet, an vielen Stellen abgesplittert und rissig, an anderen gänzlich verschwunden, so daß die stumpfe Erde zu sehen war. Hinter ihm führte der Tunnel abwärts. Die ausgetretene Spur, in der er gekommen war, endete dort, wo er stand. Vor ihm führte der Weg weiter ins Dunkle. Er würde versuchen, eine Weile aufrecht weiterzugehen.

Bald weitete sich der Gang. Die gewölbten Eingänge zu Dutzenden anderer Korridore mündeten auf den Gang, in dem er sich fortbewegte. Meist waren sie mit Erde und Steinen angefüllt. Bald gab es auch Steinplatten unter seinen unsicheren Füßen, unebene, zerbrochene Steine, in denen sich das Licht der Kugel seltsam schillernd widerspiegelte. Nach und nach hob sich die Decke über ihm aus der Reichweite des blauen Lichtes. Und immer noch führte der Gang tiefer in die Erde hinein. Über ihm in der Leere flatterte etwas, das wie der Flügelschlag lederiger Schwingen klang.

Wo bin ich jetzt? Kann der Hochhorst so tief hinabreichen? Der Doktor hat von Burgen unter Burgen erzählt, bis ganz unten im Gebein der Welt. Burgen unter Burgen ... unter Burgen ...

Ohne es zu merken, hatte er angehalten und sich einem der Quergänge zugewendet. Irgendwo in seinem Kopf sah er sich selbst und was für ein Bild er abgeben mußte: zerlumpt, mit Erde verschmiert und mit dem Kopf wackelnd wie ein Blödsinniger.

Die Öffnung vor ihm war unversperrt. Ein eigenartiger Duft nach getrockneten Blumen schwebte in dem dunklen Bogen. Simon machte einen Schritt vorwärts und fuhr sich mit dem Arm, der sich wie schweres, nutzloses Fleisch anfühlte, über den Mund. Mit der anderen Hand hielt er die Kristallkugel in die Höhe.

... Wunderbar! Ein wunderbarer Ort!

Es war ein Zimmer, vollkommen im blauen Schein, so vollkommen, als sei es eben erst verlassen worden. Die hochgewölbte Decke zierte ein Gitterwerk feingemalter Linien, ein Muster, das an ein Dornengebüsch erinnerte, an blühende Ranken oder ein Labyrinth aus tausend Wiesenbächen. Die runden Fenster waren unter Geröll begraben; Erde war hereingefallen und auf den Fliesenboden gerieselt. Alles andere jedoch schien unberührt. Ein Bett stand dort – ein Wunder aus kunstvoll geschwungenem Holz – und ein Stuhl, so fein wie Vogelknochen. Mitten im Raum gab es ein Wasserbecken aus poliertem Stein, das aussah, als könnte es sich jeden Augenblick mit plätscherndem Naß füllen.

Ein Heim für mich. Ein Zuhause unter der Erde. Ein Bett zum Schlafen, zum Schlafen und immer noch Schlafen, bis Pryrates und der König und die Soldaten alle nicht mehr da sind . . .

Ein paar schleppende Schritte, und er stand vor dem Bett, einem Lager so rein und fleckenlos wie die Segel der Gesegneten. Aus einer Nische darüber starrte ein Gesicht auf ihn herunter, das herrliche, kluge Frauengesicht eines Standbildes. Aber irgend etwas stimmte nicht daran: Die Linien waren zu eckig, die Augen zu tiefliegend und weit, die Backenknochen hoch und scharf. Trotzdem war es ein Antlitz von großer Schönheit, eingefangen in durchsichtigem Stein, für immer in traurigem, wissendem Lächeln erstarrt.

Als er die Hand ausstreckte, um ganz sanft die gemeißelte Wange zu berühren, stieß er mit dem Schienbein gegen den Bettrahmen, eine Berührung, so leicht wie ein Spinnenschritt, doch – das Bett zerfiel zu Staub. Gleich darauf, während er es noch voller Grauen anstarrte, löste sich die Büste in der Nische unter seinen Fingerspitzen in feine Asche auf. In einem einzigen Augenblick schmolzen die Züge der Frau. Simon machte einen ungeschickten Schritt zurück, das Licht der Kugel flackerte grell auf und verlosch dann bis auf ein trübes Glänzen. Der Aufprall seines Fußes auf dem Boden ließ den Stuhl und den zierlichen Brunnen zusammenfallen, Sekunden später begann auch die Decke herunterzurieseln, und die verschlungenen Zweige zerbrökkelten zu feinem Staub. Die Kugel flackerte, als Simon auf die Tür zutaumelte, und als er mit einem Satz in den Gang hinaussprang, erlösche das blaue Licht langsam.

Wieder stand er im Dunkeln. Er hörte jemanden weinen. Nach einer langen Minute setzte er sich stolpernd wieder in Bewegung, tiefer hinein in die unendlichen Schatten, und er wunderte sich, wer da noch Tränen übrig haben konnte und sie nun vergoß.

Das Vergehen der Zeit war zu etwas geworden, das nur noch aus plötzlichen Ausbrüchen und erschrecktem Zusammenfahren bestand. Irgendwo hatte Simon die erloschene Kugel fallenlassen, die nun in der ewigen Dunkelheit lag wie eine Perle in den schwärzesten Gräben des geheimen Meeres. In einem letzten gesunden Bereich seiner streunenden Gedanken, die jetzt kein Band aus Licht mehr fesselte, wußte er, daß er immer noch tiefer nach unten stieg.
Nach unten. In den Abgrund. Nach unten.
Wohin? Zu was?
Von Schatten zu Schatten, wie Küchenjungen sich immer fortbewegen.
Totes Mondkalb. Geistermondkalb . . .
Treiben . . . dahintreiben . . . Simon dachte an Morgenes, wie sich sein schütterer Bart in den Flammen gekräuselt hatte, dachte an den glänzenden Kometen, der rot und böse auf den Hochhorst heruntergeblickt hatte . . . dachte an sich selber, wie er durch die Räume aus schwarzem Nichts nach unten fiel – hinaufstieg? – wie ein kleiner, kalter Stern. *Dahintreiben . . .*
Die Leere war vollständig. Die Finsternis, zuerst nur das Fehlen von Licht und Leben, begann eigene Eigenschaften anzunehmen: enges, würgendes Dunkel, wenn die Tunnel schmaler wurden und Simon über Halden von Geröll und ineinander verstrickten Wurzeln klettern mußte; oder die hohe, luftige Dunkelheit unsichtbarer Gemächer, erfüllt vom pergamentenen Rascheln der Fledermausflügel. Während er sich den Weg durch diese riesenhaften unterirdischen Galerien ertastete und auf seine eigenen gedämpften Schritte und das zischende Herunterprasseln von Erde, die sich von den Wänden gelöst hatte, lauschte, verschwand jeder letzte Rest von Ortssinn. Nach allem, was er wußte, hätte er genausogut senkrecht die Wand hinaufgehen oder über die Decken laufen können wie eine Fliege. Es gab weder rechts noch links; wenn seine Finger wieder auf feste Wände und Türen, die in andere Tunnel führten, stießen, tastete er

sich sinnlos weiter durch noch mehr beengte Durchlässe und in andere fledermausquiekende, unermeßliche Katakomben.

Geist eines Mondkalbs!

Überall roch es nach Wasser und Stein. Sein Geruchssinn und ebenso sein Gehör schienen in der blinden, schwarzen Nacht schärfer geworden zu sein, und während er sich mühsam immer weiter abwärts tastete, überschwemmten ihn die Gerüche dieser mitternächtlichen Welt – feuchte, lehmige Erde, fast so üppig wie Brotteig, und der milde und doch rauhe Duft der Felsen. Er schwamm in den bebenden, atmenden Gerüchen von Moos und Wurzeln, der geschäftigen, süßen Fäulnis winziger Wesen, die lebten und starben. Und über allem schwebte, alles durchdringend und alles komplizierend, die saure, mineralische Schärfe von Seewasser.

Seewasser? Augenlos horchte er, jagte die dröhnenden Töne des Ozeans. Wie tief war er gekommen? Alles, was er vernahm, waren die Scharrgeräusche winziger Wesen und sein eigenes, stoßweises Atmen. Hatte er sich noch unter den Grund des Kynslagh gebohrt? Dort! Aus noch größerer Tiefe erklangen schwache, melodische Töne. Tropfendes Wasser. Die Wände waren feucht.

Du bist tot, Simon Mondkalb. Ein Geist, dazu verdammt, in einer Leere zu spuken.

Es gibt kein Licht. Nie hat es etwas Derartiges gegeben. Riechst du die Dunkelheit? Hörst du das Echo des Nichts? So war es stets.

Alles, was er noch hatte, war die Furcht, aber immerhin war das etwas – er fürchtete sich, also lebte er! Da war die Finsternis, aber da war auch Simon! Und die beiden waren nicht dasselbe. Noch nicht. Nicht ganz . . .

Und da, so langsam, daß er die Veränderung lange Zeit überhaupt nicht bemerkte, kam das Licht wieder. Es war ein so schwaches, trübes Licht, daß es zuerst weniger hell war als die farbigen Punkte, die vor seinen nutzlosen Augen tanzten. Dann sah er etwas Unheimliches vor sich, eine schwarze Gestalt, einen noch schwärzeren Schatten. Ein Klumpen sich windender Würmer? Nein – Finger . . . eine Hand . . . *seine* Hand! Vor ihm zeichneten sich ihre Umrisse ab, in mattem Schein gehüllt.

Die eng aneinandergeneigten Tunnelwände waren dick mit verschlungenem Moos bewachsen, und dieses Moos war es, das leuchtete – ein bleicher, grünweißer Schimmer, der gerade genug Helligkeit spendete, daß Simon die schwärzere Dunkelheit des Tunnels vor sich und den das Licht verdeckenden Schatten der eigenen Hände und Arme erkennen konnte. Aber es war Licht! Licht! Simon lachte tonlos, und seine nebelhaften Schatten hüpften kreuz und quer durch den Gang.

Der Tunnel mündete in eine weitere offene Galerie. Als Simon aufsah und über das Sternbild aus leuchtenden Moosen staunte, das an der weit entfernten Decke sproß, fühlte er einen kalten Wassertropfen am Hals. Langsam tropfte noch mehr Wasser von oben herunter, und jeder Tropfen prallte mit dem Geräusch eines winzigen Hämmerchens, das gegen Glas klopft, unten auf den Fels. Die gewölbte Kammer war voll von hohen Steinsäulen, dick an beiden Enden, schmal in der Mitte; manche besaßen nur die Breite eines Haares und erinnerten an Honigfäden. Während Simon sich mühsam weiterschleppte, wurde ihm in einem entfernten Winkel seines zermarterten Kopfes klar, daß das meiste hier das Werk von Stein und Tropfwasser war, nicht die Arbeit schaffender Hände. Aber dennoch erschienen Linien im Dämmerlicht, die nicht natürlich wirkten: rechtwinklige Spalten in den moosüberwucherten Wänden, zerstörte Pfeiler, die sich allzu regelmäßig, um zufällig zu sein, zwischen den Stalagmiten erhoben. Simon war im Begriff, einen Ort zu durchqueren, der einmal etwas anderes gekannt hatte als den unaufhörlichen Rhythmus von Wasser, das in steinerne Tümpel tropft. Einst war das Echo anderer Schritte hier erklungen; aber dieses ›einst‹ hatte nur dann eine Bedeutung, wenn die Zeit noch eine Schranke darstellte. Simon war nun so lange in der Dunkelheit herumgekrochen, daß er vielleicht bis in die neblige Zukunft oder die düstere Vergangenheit vorgestoßen war – oder in unerforschte Reiche des Wahnsinns, wie sollte er das noch wissen?

Simon wollte auftreten und fühlte einen Augenblick erschreckender Leere. Er stürzte in kalte, nasse Schwärze. Im Fallen berührten seine Hände die gegenüberliegende Seite, und das Wasser erwies sich als nur knietief. Er meinte, ein Klauenwesen zu fühlen, das sein Bein umklammerte, als er sich mit einem Ruck wieder in den Gang hinaufzog und vor mehr als nur Kälte zitterte.

Ich will nicht sterben. Ich will die Sonne wiedersehen!
Armer Simon, antworteten seine Stimmen. *Verrückt in der Dunkelheit.*
Verrückt.

Triefend und frierend hinkte er durch die grünlich glimmende Kammer und achtete sorgfältig auf schwarze Leere, die nächstes Mal vielleicht nicht so seicht sein würde. Rosig und weiß schimmernde matte Blitze zuckten in den Löchern hin und her, wenn er darüber hinwegstieg oder sie vorsichtig umging. Fische? Leuchtende Fische in den Tiefen der Erde?

Nun, da eine große Kammer in die nächste und wieder eine andere mündete, wurden die Umrisse von Hand gefertigter Dinge unter dem Mantel aus Moos und Steinsinter immer deutlicher. Im trüben Halblicht zeigten sich wunderliche Silhouetten: zerbröckelte Querstreben, die einst Balkone gewesen sein mochten, bogenförmige Vertiefungen, verfilzt von blassem Moos, die Fenster gewesen sein konnten oder Tore. Als er versuchte, mit schmalen Augen in der fast völligen Dunkelheit Einzelheiten wahrzunehmen, kam es ihm plötzlich so vor, als verschiebe sich sein Sehfeld um ein weniges zur Seite – die überwucherten Formen, schattenerstickt, schienen gleichzeitig in den Umrissen zu flackern, die sie einst getragen hatten. Aus dem Augenwinkel sah er, wie eine der geborstenen Säulen, die die Galerie einfaßten, auf einmal wieder aufrecht stand – ein glänzendweißes Gebilde, in das anmutige Blumengirlanden gemeißelt waren. Als er sich umdrehte, um sie anzustarren, hatte sie sich wieder in einen zerbrochenen Steinhaufen verwandelt, fast völlig bedeckt mit Moos und heruntergefallener Erde. Die tiefe Düsternis der Kammern verzerrte sich an den Rändern seines Blickfeldes auf verrückte Weise, und in seinem Kopf hämmerte es. Das unaufhörliche Geräusch des fallenden Wassers begann sich anzufühlen wie Schläge auf sein schwindliges Hirn. Schnatternd kehrten seine Stimmen zurück wie von wilder Musik erregte Festgäste.

Verrückt! Der Junge ist verrückt!
Habt Mitleid, er ist verirrt, verwirrt, verirrt!
Wir holen es uns wieder, Menschenkind! Wir holen es uns alles wieder!
Verrücktes Mondkalb!

Und als er einen neuen abschüssigen Tunnel hinunterstieg, begann Simon noch andere Stimmen im Kopf zu hören, Stimmen, die vorher noch nicht dagewesen waren, und die in gewisser Weise zugleich wirklicher und weniger wirklich waren als die, die ihn schon so lange und unerwünscht begleiteten. Einige von ihnen riefen in Sprachen, die er nicht kannte – sofern er ihnen nicht vielleicht in den uralten Büchern des Doktors begegnet war.

Ruakha, ruakha Asu'a!

T'si e-isi'ha as-irigú!

Die Bäume brennen! Wo ist der Prinz? Der Hexenwald steht in Flammen, die Gärten brennen!

Um Simon verzerrte sich das Halbdunkel und krümmte sich, als stünde er im Mittelpunkt eines sich drehenden Rades. Er machte kehrt und stolperte blindlings in einen Gang und von dort in einen weiteren hohen Saal, den gequälten Kopf mit beiden Händen festhaltend. Hier herrschte ein anderes Licht: Dünne blaue Strahlen tasteten sich durch Risse in der unsichtbaren Decke, ein Licht, das die Dunkelheit durchdrang, aber dort, wo es einfiel, nichts beleuchtete. Simon roch noch mehr Wasser und fremdartigen Pflanzenwuchs; er hörte Männer umherrennen und schreien, weinende Frauen und das Klirren von Metall auf Metall. In der seltsamen Beinah-Schwärze tobte überall der Lärm einer furchtbaren Schlacht, ohne ihn selbst jedoch mit einzubeziehen. Er schrie auf – oder glaubte es wenigstens –, konnte aber seine eigene Stimme nicht hören, nur das gräßliche Getöse in seinem Kopf.

Dann, wie um seinen längst feststehenden Wahnsinn zu bestätigen, begannen in der von blauen Lanzenstichen durchbohrten Dunkelheit vage Gestalten an ihm vorbeizueilen, bärtige Männer mit Fackeln und Äxten, die andere, schlanker gebaute mit Schwertern und Bogen hetzten. Alle, Verfolger und Verfolgte, waren durchsichtig und vage wie Nebel. Keiner berührte oder bemerkte Simon, obgleich er mitten unter ihnen stand.

Jingizu! Aya'ai! O Jingizu! kam ein klagender Ruf.

Tötet die Sithi-Dämonen! schrien rauhere Stimmen. *Legt Feuer an ihr Nest!*

Seine Hände, fest über die Ohren gelegt, konnten die Stimmen nicht fernhalten. Simon taumelte weiter und versuchte dabei, den vorüberwirbelnden Gestalten auszuweichen. Er fiel durch eine Türöffnung und landete auf einem flachen Absatz aus glänzendem, weißem Stein.

Unter seinen Händen fühlte er Moospolster, aber seine Augen sahen nichts als polierte Glätte. Er kroch auf dem Bauch weiter, immer noch auf der Flucht vor den entsetzlichen Stimmen, die vor Schmerz oder Wut kreischten. Seine Finger fühlten Risse und Vertiefungen, aber der Stein sah auch jetzt für ihn so fehlerlos aus wie Glas. Er erreichte den Rand und starrte auf ein großes, ebenes Feld aus schwarzer Leere, das nach Zeit und Tod und dem geduldigen Ozean roch. Ein unsichtbarer Kiesel rollte unter seiner Hand fort und fiel dann lange Augenblicke lautlos in die Tiefe, bis es weit unter ihm aufspritzte.

Neben Simon schimmerte etwas Großes, Weißes. Er hob den schweren, schmerzenden Kopf vom Rand des dunklen Teiches und sah auf. Nur ein paar Zoll von der Stelle, an der er lag, sprangen die untersten Stufen einer riesigen Steintreppe vor, einer nach oben schwingenden Spirale, die anstieg, an der Höhlenwand hinaufkletterte, dabei den unterirdischen See umkreiste und endlich oben in der Dunkelheit verschwand. Er rang nach Luft, als eine drängende, bruchstückhafte Erinnerung das Getöse in seinem Kopf durchbrach.

Treppe. Die Tan'ja-Treppe. Der Doktor hat gesagt, such die Treppe.

Er krallte sich fest, zog sich an dem kühlen, polierten Stein hoch und wußte, daß er unrettbar irrsinnig war oder gestorben und in einer furchtbaren Unterwelt gefangen. Er war unter der Erde, wo sie am finstersten war: Dort konnte es keine Stimmen mehr geben, keine gespenstischen Krieger. Und auch kein Licht, das die Stufen vor ihm gleißen ließ wie Alabaster im Mondschein.

Also kletterte er, schob sich mit bebenden, vor Schweiß schlüpfrigen Fingern die nächste hohe Stufe hinauf. Während er weiter nach oben stieg, manchmal stehend, manchmal geduckt, spähte er über den Rand der Stufen. Der schweigende See, ein riesiger Teich aus Schatten, lag am Grund einer gewaltigen kreisförmigen Halle, weit größer als die Gießerei. Die Decke erstreckte sich unermeßlich weit hinauf und verlor sich mit den Spitzen der schlanken, schönen weißen Säulen, die die Höhle säumten, irgendwo in der Schwärze. Ein nebliges, zielloses Licht glitzerte auf den meerblauen und jadegrünen Wänden und fing sich in den Rahmen hochgewölbter Fenster, hinter denen jetzt ein drohendes Scharlachfeuer flackerte. Inmitten der perlblassen Nebel schwebte eine dunkle, unbestimmte Gestalt über dem See. Sie warf einen Schatten aus Wunder und Entsetzen und erfüllte Simon mit unaussprechlichem, mitleidigem Schrecken.

Prinz Ineluki! Sie kommen! Die Nordmänner kommen!

Als dieser letzte leidenschaftliche Aufschrei von den dunklen Wänden in Simons Schädel widerhallte, hob die Gestalt in der Mitte der großen Halle den Kopf. Rotglühende Augen flackerten in ihrem Gesicht und durchschnitten den Nebel wie Fackeln.

Jingizu, hauchte eine Stimme. *Jingizu. Soviel Leid.*

Das Scharlachlicht loderte auf. Von unten stieg das Geschrei von Tod und Furcht an Simons Ohr wie eine ungeheure Welle. Und mitten darin erhob die dunkle Gestalt einen langen, schlanken Gegenstand, und die wundersame Kammer erbebte, schimmerte wie ein zerbrochenes Spiegelbild und zerfloß im Nichts. Voller Grauen wandte Simon sich ab, als hätte man ein erstickendes Bahrtuch aus Verlust und Verzweiflung über ihn geworfen.

Etwas war darin. Etwas Schönes war unwiederbringlich zerstört worden. Eine Welt war hier gestorben, und Simon fühlte, wie ihr versagender Schrei sich in sein Herz bohrte wie ein graues Schwert. Die furchtbare Trauer, die ihn zerriß, vertrieb selbst die verzehrende Angst und zwang schmerzhafte, schaudernde Tränen aus Brunnen, die längst hätten ausgetrocknet sein sollen. Simon umarmte die Dunkelheit und taumelte weiter die endlose Treppe hinauf, die sich um die ungeheure Kammer schlang. Schatten und Schweigen verschluckten die Traumschlacht und die Traumhalle unter ihm und tauchten ihn in ein schwarzes Leichentuch, um sein fieberndes Hirn zu verhüllen.

Unter seiner blinden Berührung verging eine Million Stufen. Eine Million Jahre glitt an ihm vorbei, und er stapfte durch die Leere und ertrank im Leid.

Dunkelheit um ihn und Dunkelheit in ihm. Das letzte, das er fühlte, waren Metall unter seinen Fingern und frische Luft auf dem Gesicht.

XIV

Das Feuer auf dem Berg

Simon erwachte in einem langgestreckten, dunklen Raum, rings
umgeben von stillen, schlafenden Gestalten. Natürlich war alles nur
ein Traum gewesen! Er lag in seinem Bett, mitten unter den anderen
schlummernden Küchenjungen, und das einzige Licht war ein dünner
Streifen Mondglanz, der durch eine Türritze hereinglitt. Er schüttelte
den noch immer schmerzenden Kopf.
Warum schlafe ich denn auf dem Boden? Diese Steine sind so kalt...
Und warum lagen die anderen so reglos da, phantastische Schattenwesen mit Helm und Schild, in ordentlichen Reihen auf ihren Betten
aufgebahrt wie... wie Tote, die auf das Jüngste Gericht warten? Es
war doch alles nur ein Traum gewesen... oder?
Mit entsetztem Keuchen kroch Simon von der schwarzen Tunnelmündung fort und auf den blauweißen Spalt in der Tür zu. Die Abbilder
der Toten, in starrem Stein auf ihre uralten Grabmäler gebannt, hinderten ihn nicht. Mit der Schulter stieß er die schwere Tür der Krypta
auf und fiel vornüber ins hohe, feuchte Gras der Begräbnisstätte.
Nach dem, was ihm dort unten in den dunklen Höhlen wie unzählige
Jahre vorgekommen war, erschien ihm der runde, elfenbeinerne
Mond, der hoch über ihm in der Dunkelheit seine Bahn zog, wie ein
weiteres Loch, ein Loch, das zu einem kühlen, von Lampen erhellten
Ort hinter dem Himmel führte, einem Land der schimmernden Flüsse
und des Vergessens. Er legte die Wange an die Erde und fühlte, wie
sich die feuchten Halme unter seinem Gesicht bogen. Rechts und
links von ihm hatten sich Finger aus vom Zahn der Zeit zernagtem
Fels durch das Gefängnis des Grases gebohrt oder lagen in lang hinge-

streckten Bruchstücken da, vom Mond in knochenweißes Licht getaucht, namenlos und ungerührt wie die uralten Toten, deren Gräber sie einst bezeichnet hatten.

In Simons Kopf war die dunkle Spanne der Stunden von den letzten feurigen Augenblicken in der Wohnung des Doktors bis hin zum nachtfeuchten Gras der Gegenwart so unfaßbar wie die beinahe unsichtbaren Wolken, die ihre Fäden über den Himmel zogen.

Die lauten Rufe und die grausamen Flammen, Morgenes' brennendes Gesicht, Pryrates' Augen, die wie kleine Löcher in die äußerste Finsternis führten – sie waren so wirklich wie der Atem, den er gerade ausgestoßen hatte. Der Tunnel war nur ein bereits vergehender, halb vergessener Schmerz, ein Nebel aus Stimmen und leerem Wahnsinn. Er wußte, daß es dort unten unbehauene Wände und Spinnweben und sich endlos gabelnde Tunnel gegeben hatte. Ihm war, als hätte es auch lebhafte Träume von Trauer und dem Tod Schöner Wesen gegeben. Alles in allem fühlte er sich verdorrt wie ein Herbstblatt, zerbrechlich und ohne Kraft. Es kam ihm vor, als sei er zum Schluß auf allen vieren gekrochen – Knie und Arme jedenfalls taten entsprechend weh, und seine Kleider waren zerrissen –, aber seine Erinnerungen schienen in Dunkel gehüllt. Nichts davon war ganz und gar *wirklich*. Anders als der Begräbnisplatz, auf dem er jetzt lag, jener stille Anger des Mondes.

Hinten im Nacken drängte mit weichen, schweren Händen der Schlaf. Simon kämpfte gegen ihn an, richtete sich mit langsamem Kopfschütteln auf. Hier konnte er kein Nickerchen machen. Zwar hatte ihn, soweit er das sagen konnte, niemand durch die blockierte Tür im Zimmer des Doktors verfolgt, aber das hatte wenig zu bedeuten. Seine Feinde verfügten über Soldaten und Pferde – und die Autorität des Königs.

Furcht und ein nicht geringer Zorn verdrängten die Müdigkeit. Alles andere hatten sie ihm gestohlen: seine Freunde, sein Zuhause – sie sollten ihm nicht auch noch Leben und Freiheit nehmen. Simon blickte sich vorsichtig um. An den schiefstehenden Grabsteinen fand er Halt und wischte sich die Tränen der Erschöpfung und der Angst vom Gesicht.

In etwa einer halben Meile Entfernung ragte die Stadtmauer von Erchester auf, ein mondbeschienener Steingürtel, der die schlafenden Bürger von der Begräbnisstätte und der Welt hinter ihr trennte. Vor den äußeren Toren dehnte sich das bleiche Band der Wjeldhelm-Straße, das sich zu Simons Rechter langsam nordwärts in die Berge schlängelte und zu seiner Linken den Ymstrecca durch das Ackerland unter dem Swertclif begleitete, vorbei an Falshire am gegenüberliegenden Ufer und endlich weiter in die Grasländer des Ostens.

Es war anzunehmen, daß die Städte an der großen Straße die ersten Orte waren, an denen die Erkyngarde einen Flüchtling suchen würde. Zudem führte ein großes Stück der Straße durch die Höfe des Hasutals, wo Simon, falls er den Weg verlassen mußte, nur schwer ein Versteck finden würde.

Also kehrte er Erchester und der einzigen Heimat, die er je gekannt hatte, den Rücken und humpelte von der Begräbnisstätte fort und auf die fernen Grashügel zu. Seine ersten Schritte lösten einen schmerzhaften Ruck in seinem Hinterkopf aus, aber er wußte, daß es für ihn am besten war, wenn er die Schmerzen an Geist und Körper noch eine Zeitlang unbeachtet ließ und den Hochhorst lieber so weit wie möglich hinter sich brachte, solange es noch dunkel war; über die Zukunft konnte er sich Sorgen machen, wenn er eine sichere Stelle zum Schlafen gefunden hatte.

Als der Mond über den warmen Himmel der Mitternacht zutrieb, wurden Simons Schritte immer schwerer. Die Begräbnisstätte schien kein Ende zu nehmen – tatsächlich hatte der Boden angefangen, sich über den sanften Buckeln der äußeren Grashügel zu heben und zu senken, während Simon immer noch durch die verwitterten Steinzähne wanderte, von denen manche einsam und aufrecht dastanden, andere sich zueinander lehnten wie alte Männer in greisenhaftem Gespräch. Er schlängelte sich zwischen eingesunkenen Säulen durch und stolperte über den unebenen, mit kleinen Grasbuckeln übersäten Grund. Jeder Schritt wurde Simon zur Anstrengung, als watete er durch tiefes Wasser.

Torkelnd vor Müdigkeit, taumelte er einmal mehr über einen versteckten Stein und stürzte schwer zu Boden. Er wollte aufstehen, aber seine Glieder fühlten sich an wie nasse Sandsäcke. Noch ein kleines Stück kroch er auf allen vieren weiter, dann rollte er sich auf dem schrägen Abhang eines grasigen Grabhügels zusammen. Etwas drückte ihn im Rücken, und er drehte sich ungeschickt zur Seite, was aber kaum weniger unbequem war, weil er nun auf Morgenes' gefaltetem Manuskript lag, das in seinem Gürtel steckte. Die starrenden Augen vor Erschöpfung halb geschlossen, griff er hinter sich und suchte den ursprünglichen Stein des Anstoßes. Es war ein Stück Metall, dick mit Rost bedeckt und durchlöchert wie wurmzernagtes Holz. Er wollte es wegräumen, aber es steckte im Erdboden fest. Vielleicht war der Rest, woraus auch immer er bestehen mochte, tief im Boden des mondbereiften Hügels in der Erde verankert – eine Speerspitze vielleicht? Die Gürtelschnalle oder Beinschiene irgendeiner Kleidung, deren Eigentümer längst das Gras nährte, auf dem er gelegen hatte? Einen trüben Moment dachte Simon an alle die Körper, die hier tief unter der Erde ruhten, an das Fleisch, das einmal voller Leben gewesen war, nun aber in schweigender Finsternis moderte.

Als ihn endlich der Schlaf übermannte, war ihm, als säße er wieder auf dem Kapellendach. Unter ihm dehnte sich die Burg . . . aber diese Burg bestand aus feuchtem, bröckelndem Erdboden und blinden, weißen Wurzeln. Die Menschen dort schliefen in einem fort und wälzten sich im Traum unruhig hin und her, wenn sie Simon über ihren Köpfen auf dem Dachfirst laufen hörten . . .

Im Augenblick lief er – oder träumte es zumindest – einen schwarzen Fluß entlang, der lärmend plätscherte, aber nicht das geringste Licht spiegelte, als bestünde er aus flüssigen Schatten. Nebel umwaberte den Jungen, und er konnte von dem Land, durch das er ging, nichts erkennen. In der Finsternis hinter sich vernahm er viele Stimmen; ihr Gemurmel vermischte sich mit der halbverschluckten Stimme des schwarzen Wassers, kam näher, rauschte wie Wind.

Weder Nebel noch Dunst verhüllten die andere Seite des Flusses. Das Gras auf dem tieferliegenden Ufer bot sich weit und offen seinem Blick dar; in der Ferne stieg ein düsterer Erlenhain bis an den Rand der Berge hinauf. Das ganze Land jenseits des Flusses war dunkel und feucht – wie zur Morgen- oder Abenddämmerung; nach kurzer Zeit wurde ihm deutlich, daß es Abend sein mußte, denn in den Hügeln, die sich nahe an den Fluß lehnten, erklang das ferne, einsame Lied der Nachtigall. Alles schien erstarrt und unveränderlich.

Er spähte über das gurgelnde Wasser und sah am anderen Ufer eine Gestalt am Flußrand stehen: eine ganz in Grau gekleidete Frau, deren langes, glattes Haar die Schläfen beschattete; in den Armen hielt sie etwas, das sie eng an sich drückte. Als sie zu ihm aufsah, merkte er, daß sie weinte. Es war ihm, als kenne er sie.

»Wer bist du?« rief er. Kaum waren die Worte heraus, erstarb seine Stimme, verschlungen vom feuchten Zischen des Flusses.

Die Frau starrte ihn mit ihren großen, dunklen Augen an, als wollte sie sich jeden einzelnen seiner Gesichtszüge einprägen. Endlich sprach sie.

»Seoman.« Die Worte kamen wie aus einem langen Gang, matt und hohl. »Warum bist du nicht zu mir gekommen, mein Sohn? Der Wind ist kalt, und ich warte schon so lange.«

»Mutter?« Simon fühlte eine tiefe Traurigkeit. Das sanfte Rauschen des Wassers schien überall zu sein. Die Frau fuhr fort.

»Wir haben uns so lange nicht gesehen, mein einziges Kind. Warum kommst du nicht zu mir? Warum kommst du nicht und trocknest die Tränen deiner Mutter? Der Wind ist kalt, aber der Fluß ist warm und mild. Komm... willst du nicht herüberkommen zu mir?« Sie streckte die Arme aus; der Mund unter den schwarzen Augen öffnete sich zu einem Lächeln. Simon wollte auf sie zugehen, auf seine verlorene Mutter, die nach ihm rief, stieg das weiche Flußufer hinunter zum lachenden schwarzen Fluß. Ihre Arme waren geöffnet, für ihn... für ihren Sohn...

Und dann sah Simon, was sie in den Armen gewiegt hatte und was jetzt von ihrer ausgestreckten Hand baumelte – es war eine Puppe... eine Puppe aus Schilf und Blättern und geflochtenen Grashalmen. Aber die Puppe war schwarz geworden; die verwelkten Blätter rollten sich von den Stielen zurück – und plötzlich begriff Simon, daß nichts Lebendes diesen Fluß in das Land der Dämmerung überqueren konnte. Er blieb am Rand des Wassers stehen und blickte hinab.

Unten im tintenschwarzen Wasser glomm ein schwaches Licht; noch während er es betrachtete, stieg es nach oben und verwandelte sich in drei schlanke, glänzende Gebilde. Das Geräusch des Flusses veränderte sich, wurde zu einer Art prickelnder, unirdischer Musik. Das Wasser hüpfte und brodelte, so daß die wahre Gestalt der drei Dinge nicht zu erkennen war, aber Simon hatte das Gefühl, wenn er es wünschte, könnte er hinabgreifen und sie berühren . . .

»Seoman!« rief seine Mutter wieder. Er schaute auf und sah, daß sie sich entfernt hatte, schnell kleiner wurde, als sei ihr graues Land ein Sturzbach, der sie von ihm fortriß. Sie hatte ihre Arme weit ausgebreitet, und ihre Stimme war voll bebender Einsamkeit, voller Lust der Kälte für die Wärme und der hoffnungslosen Sehnsucht der Finsternis nach dem Licht.

»Simon . . . Simon!« Es war ein verzweifelter Klageruf.

Der Junge saß stocksteif im Gras, im Schoß des uralten Steinhügels. Noch immer stand der Mond hoch am Himmel, aber die Nacht war kalt geworden. Nebelschwaden liebkosten die zerbrochenen Steine, und Simon saß da, und sein Herz klopfte wie rasend.

»Simon . . .« Es war ein flüsternder Ruf aus der Schwärze weiter hinten. Tatsächlich, es war eine graue Gestalt mit der Stimme einer Frau, die von der nebelbedeckten Begräbnisstätte, durch die er gekommen war, leise nach ihm rief – nur eine winzige, sich heftig bewegende graue Gestalt, ein fernes Flackern im Nebel, der dick am Boden hing, dort zwischen den Grabstätten. Aber als Simon sie sah, war ihm, als müßte ihm das Herz in der Brust zerspringen. Er rannte quer über die Grashügel davon, rannte, als hetze ihn der Teufel selbst mit gierigen Händen. Die dunkle Masse des Thisterborgs stand am verhüllten Horizont, auf allen Seiten umgaben ihn die Grashügel, und Simon rannte und rannte und rannte . . .

Tausend jagende Herzschläge später wurde er endlich langsamer und verfiel in einen unregelmäßigen Gehschritt. Er hätte nicht weiterrennen können, auch wenn er dann wirklich dem Erzdämon zur Beute gefallen wäre; er war erschöpft, humpelte und verspürte einen schrecklichen Hunger. Furcht und Verwirrung hingen an ihm wie ein Mantel aus Ketten; der Traum hatte ihn so verängstigt, daß er sich schwächer fühlte als vor seinem Schlaf.

Mühselig weiterstapfend, die Burg immer im Rücken, fühlte Simon, wie die Erinnerungen an bessere Zeiten sich aufzulösen begannen und nur ein paar ganz dünne Fäden übrigließen, die ihn noch mit der Welt von Sonnenschein, Ordnung und Sicherheit verbanden.

Wie war es damals, wenn ich so auf dem Heuboden lag, in aller Ruhe? Jetzt ist gar nichts mehr in meinem Kopf, nur noch ein Wirrwarr aus Worten. War ich gern in der Burg? Habe ich dort geschlafen, bin ich herumgelaufen, habe ich gegessen und geredet und . . . ?

Nein, ich glaube nicht. Ich bin wohl immer unter dem Mond – diesem weißen Gesicht – durch die Grashügel gewandert wie der armselige, einsame Geist eines Mondkalbs, gewandert und gewandert . . .

Das plötzliche Aufzucken einer Flamme auf dem Gipfel des Berges unterbrach seine düsteren Phantasien. Schon seit einiger Zeit stieg der Boden ständig an, und Simon war fast am Fuß des finsteren Thisterborgs angekommen. Der Mantel des Berges aus hohen Bäumen stand als massive, undurchdringliche Wand vor der Dunkelheit der eigentlichen Erhebung. Jetzt leuchtete auf dem Kamm des Berges ein Feuer auf, ein Zeichen des Lebens inmitten der Grashügel und der Feuchtigkeit über Jahrhunderten des Todes. Simon setzte sich in einen langsamen Trab, der das Äußerste war, was er in seiner augenblicklichen Verfassung fertigbrachte. Vielleicht war es ein Hirtenfeuer, ein fröhlicher Brand, um die Nacht in ihre Schranken zu weisen.

Vielleicht haben sie ja etwas zu essen! Eine Hammelkeule . . . einen Kanten Brot . . .

Er mußte sich vorbeugen. Seine Eingeweide verkrampften sich beim bloßen Gedanken an Essen. Wie lange war es her? Erst seit dem Abendbrot? Erstaunlich, wenn man darüber nachdachte.

Und selbst wenn sie nichts zu essen haben, wie herrlich wird es sein, einfach nur Stimmen zu hören, sich an einem Feuer zu wärmen . . . einem Feuer . . .

Jäh sprang eine Erinnerung an hungrige Flammen vor sein geistiges Auge und brachte eine andere Art von hohlem Gefühl mit sich.

Durch Bäume und wirres Gestrüpp kletterte er bergan. Der ganze Fuß des Thisterborgs war von Nebel umwallt, als sei der Berg eine Insel, die sich aus spinnwebgrauem Meer erhob. Simon näherte sich dem Gipfel und erkannte die roh geformten Gestalten der Zornsteine, die die letzte Höhe krönten. Rot war ihr Umriß in den Himmel geätzt.

Mehr Steine. Steine und noch mehr Steine. Wie hat der Doktor sie genannt, diese Nacht – sofern es wirklich noch derselbe Mond war, die-

selbe Dunkelheit dieselben matten Sterne wiegte – *wie hat Morgenes sie noch gleich genannt?*
Steinigungsnacht!
Das klang, als ob die Steine selbst sie feierten. Als ob, während Erchester hinter geschlossenen Fensterläden und verriegelten Türen im Schlummer lag, die Steine ein Fest veranstalteten. In seinen müden Gedanken konnte Simon sie sehen, wie sie gewichtig daherschritten, die feiernden Steine, wie sie sich verbeugten und drehten... sich langsam im Kreis drehten...
Trottel! dachte er. *Bist du denn ganz verwirrt im Kopf – was kein Wunder wäre. Du brauchst etwas zu essen und Schlaf, sonst wirst du noch wirklich verrückt* – was immer das bedeutete: wirklich verrückt zu werden... war man dann ständig zornig? Ganz ohne Angst? Er hatte einmal auf dem Platz der Schlachten eine Irre gesehen, aber sie hatte nur ein Lumpenbündel umklammert und sich hin und her gewiegt und dabei klagend geschrien wie eine Möwe.
Wahnsinnig unter dem Mond. Ein wahnsinniges Mondkalb!
Simon hatte die letzte, sich rings um den Berggipfel ziehende Baumreihe erreicht. Die Luft war still, als warte sie auf etwas; er spürte, wie seine Haare sich sträubten. Plötzlich kam es ihm vernünftig vor, ganz leise zu gehen und sich diese Hirten in der Nacht erst einmal aus der Distanz anzusehen, anstatt plötzlich aus dem Unterholz hervorzubrechen wie ein wütender Eber. Er duckte sich unter die krummen Glieder einer windzerstörten Eiche und pirschte sich näher an das Licht heran. Unmittelbar über ihm ragten die Zornsteine auf, konzentrische Ringe hoher, vom Sturm gemeißelter Säulen.
Jetzt erkannte er eine Ansammlung menschlicher Gestalten, die inmitten der Steinringe um das tanzende Feuer standen, die Mäntel eng über die Schultern gezogen. Irgend etwas an ihnen wirkte steif und unbehaglich, als warteten sie, daß etwas einträte, mit dem sie zwar rechneten, das sie jedoch nicht unbedingt herbeisehnten. Im Nordwesten, hinter den Steinen, wurde das Plateau des Thisterborgs schmaler. Dort schmiegten sich windgepeitschtes Gras und Heidekraut dicht an den abfallenden Boden, der sich hinter den Steinen erstreckte und endlich am nördlichen Rand des Berges aus der Reichweite des Feuerscheins verschwand.

Simon starrte die regungslosen Figuren am Feuer an und fühlte, wie sich die Last der Furcht von neuem auf ihn niedersenkte. Wieso standen sie so unbeweglich da? Waren es überhaupt lebende Menschen oder unheimliche, aus Holz geschnitzte Bergdämonen?

Eine der Gestalten näherte sich dem Feuer und stocherte mit einem Stock darin herum. Als die Flammen aufloderten, sah Simon, daß zumindest dieser Mann zu den Sterblichen gehörte. Vorsichtig kroch er weiter, bis er unmittelbar vor dem äußeren Steinring lag. Der Feuerschein fing und rötete das sekundenlange Aufblitzen von Metall unter dem Mantel der Simon am nächsten stehenden Gestalt – der Hirte trug ein Panzerhemd.

Der unendliche Nachthimmel schien sich auf ihn zu legen wie eine Decke, unter der er gefangen war. *Alle* diese etwa zehn Männer waren gepanzert – sie gehörten zur Erkyngarde, das wußte er jetzt genau. Bitter verfluchte er sich selber, weil er direkt auf ihr Feuer zugelaufen war, wie eine Motte sich in die Kerzenflamme stürzt.

Warum bin ich immer so ein verdammter, verdammter Esel?

Ein dünner Nachtwind sprang auf und peitschte die hohen Flammen wie brennende Wimpel. Die in Mantel und Kapuze gehüllten Wachen wandten fast gleichzeitig die Köpfe, langsam und beinahe widerwillig. Sie starrten in die Dunkelheit am Nordrand des Berges.

Dann hörte es Simon auch. Ein schwaches Geräusch übertönte den pfeifenden Wind, der das Gras Wellen schlagen ließ und sanft die Bäume schüttelte. Unmerklich wurde es lauter: das schmerzliche Kreischen hölzerner Wagenräder. Aus der Finsternis löste sich ein massiges Gebilde. Vor ihm wichen die Männer zurück, um sich auf der Simon zugewandten Seite des Feuers zusammenzudrängen. Noch hatte niemand ein Wort gesprochen.

Unbestimmte, bleiche Formen, aus denen sich langsam Pferde bildeten, erschienen am Rande des Feuerscheins; hinter ihnen schälte sich ein großer, schwarzer Wagen aus der Nacht. Zu seinen beiden Seiten gingen mit schwarzen Kapuzen verschleierte Wesen, insgesamt vier, im gleichen würdevollen Leichenzugschritt. Im flackernden Licht wurde oben auf dem Wagen eine fünfte Gestalt sichtbar, die über dem Gespann aus eisweißen Hengsten kauerte. Dieser Fünfte schien auf seltsame Weise größer als die anderen und dunkler, als trüge er einen

Mantel aus Finsternis, und gerade seine reglose Ruhe schien von verborgener, brütender Macht zu künden.

Noch immer rührten sich die Wachen nicht, sondern standen starr und abwartend da. Nur das dünne Quietschen der Wagenräder durchschnitt die Stille. Simon, wie angewurzelt, spürte einen kalten Druck in seinem Kopf, eine nagende Umklammerung in den Eingeweiden.

Ein Traum, ein böser Traum . . . Warum kann ich mich nicht bewegen?

Der schwarze Wagen und seine Begleiter kamen, sobald sie die Grenze des Feuerscheins überschritten hatten, zum Halten. Eine der vier stehenden Gestalten hob den Arm. Der schwarze Ärmel fiel zurück und enthüllte ein Handgelenk samt Hand, beide so dünn und weiß wie Knochen.

Das Wesen sprach mit kalter Stimme, tonlos wie berstendes Eis.

»Wir sind gekommen, den Bund zu halten.«

Unter den Wartenden entstand Bewegung. Ein Mann trat vor.

»Wie wir.«

Simon, der wie gebannt den Fortgang dieser Wahnvorstellung verfolgte, war in keiner Weise überrascht, Pyrates' Stimme zu erkennen. Der Priester streifte die Kapuze zurück. Feuerschein zeichnete die hohe Wölbung seiner Stirn nach und unterstrich die skelettartigen Höhlen seiner Augen. »Wir sind hier . . . wie es vereinbart ist«, fuhr er fort – war da ein winziges Zittern in seiner Stimme? – »Habt ihr gebracht, was versprochen war?«

Der knochenweiße Arm schwang zurück und deutete auf den hinter ihm aufragenden Wagen.

»Das haben wir. Habt auch ihr das Versprochene?«

Pyrates nickte. Zwei von den Wachen bückten sich und wuchteten etwas Schweres aus dem Gras, wo es gelegen hatte. Sie schleppten es herbei und ließen es dann unsanft vor die gestiefelten Füße des Alchimisten fallen. »Hier liegt es«, erklärte Pyrates. »Zeigt nun die Gabe eures Meisters.«

Zwei der Verhüllten traten zu dem Wagen und hoben vorsichtig einen langen, dunklen Gegenstand herunter. Als sie ihn herantrugen, wobei jeder ein Ende hielt, erhob sich jäh ein beißender Wind, der über den Berggipfel pfiff. Die schwarzen Gewänder wogten, und die Kapuze der vordersten Gestalt flog zurück.

Ein Schneegestöber schimmerndweißen Haares quoll hervor. Das für eine kurze Sekunde sichtbare Antlitz war feingeschnitten wie eine Maske aus dünnstem, reinstem Elfenbein. Gleich darauf wehte die Kapuze wieder zurück.

Was sind das für Wesen? Hexen? Geister? Hinter den schützenden Felsen hob Simon eine zitternde Hand, um das Zeichen des *Baumes* zu machen.

Die Weißfüchse . . . Morgenes sprach von ›Weißfüchsen‹ . . .

Pryrates – diese Dämonen, oder was sie sonst waren – es war alles zu viel. Bestimmt lag er immer noch auf dem Begräbnisplatz und träumte. Er betete, daß es so sein möge, und schloß die Augen, um die gottlosen Bilder zu verscheuchen. Aber der Boden unter ihm roch stechend und unverkennbar nach feuchter Erde, und in seinen Ohren prasselte das Feuer. Als Simon die Augen wieder öffnete, fand er den Alptraum unverändert.

Aber was geht hier vor?

Die beiden schattenhaften Gestalten erreichten den Rand des Feuerkreises. Während die Soldaten noch weiter zurückwichen, setzten sie ihre Last ab und traten zurück. Es war ein Sarg, zumindest besaß es die gleiche Form, war aber nur drei Hände hoch. Um seinen Rand schwelte ein geisterhaftes bläuliches Licht.

»Bringt uns nun, was ihr versprochen habt«, sagte der erste Schwarzgewandete. Pryrates machte eine Handbewegung, und zwei Männer schleiften das zu seinen Füßen liegende Bündel nach vorn. Als sie zurückgetreten waren, drehte der Alchimist es mit der Fußspitze um. Es war ein Mann, geknebelt und an den Handgelenken gefesselt. Erst allmählich erkannte Simon das runde, blasse Gesicht Graf Breyugars, des obersten der königlichen Wachen.

Lange musterte die verhüllte Gestalt Breyugars zerschundenes Antlitz. Ihre Miene blieb unter den düsteren Falten der Kapuze verborgen, aber als sie sprach, lag ein zorniger Unterton in der klaren, unirdischen Stimme.

»Das scheint nicht zu sein, was versprochen war.«

Pryrates hielt seinen Körper ein wenig schief, als wollte er dem verhüllten Wesen eine geringere Angriffsfläche bieten.

»Dieser Mann ließ zu, daß der Versprochene entkam«, erklärte er, wobei seine Stimme eine gewisse Besorgnis zu verraten schien. »Er wird die Stelle des Versprochenen einnehmen.«

Zwischen zwei Wachen drängte sich eine Gestalt nach vorn, trat vor und ragte plötzlich neben Pryrates auf. Laut und deutlich erklärte sie: »Versprochen? Was bedeutet das: ›versprochen‹? *Wer* wurde hier versprochen?«

Der Priester hob beschwichtigend die Hand, aber sein Gesicht hatte einen strengen Ausdruck. »Bitte, mein König; ich glaube, Ihr wißt es. Bitte.«

Elias wandte ruckartig den Kopf und starrte seinen Ratgeber an.

»Weiß ich es wirklich, Priester? Was habt Ihr in meinem Namen versprochen?«

Pryrates beugte sich näher zu seinem König. Ein verletzter Ton trat in die rauhe Stimme. »Herr, Ihr befahlt mir, alles für diese Zusammenkunft Nötige vorzubereiten. Das habe ich getan ... oder ich hätte, wenn nicht dieser – *cenit*«, er stieß mit dem Fuß nach dem gefesselten Breyugar, »in seiner Pflicht Euch gegenüber versagt hätte.« Der Alchimist sah zu dem Schwarzverhüllten hinüber, dessen scheinbare Gleichgültigkeit der Störung gegenüber trotz allem einen Hauch von Ungeduld ahnen ließ. Pryrates runzelte die Stirn. »Bitte, mein König. Der, von dem wir sprechen, ist nicht mehr da; die Frage nach ihm ist daher müßig. Bitte!« Er legte leicht die Hand auf die Schulter von Elias' Mantel. Der König schüttelte sie ab und starrte den Priester aus dem Schatten seiner Kapuze an, sagte jedoch nichts mehr. Pyrates wandte sich wieder dem Schwarzgewandeten zu.

»Er, den wir euch bieten ... auch sein Blut ist edel. Er ist von hoher Abkunft.«

»Von hoher Abkunft?« fragte das dunkle Wesen, und seine Schultern zuckten, als lachte es. »O ja, das ist sehr wichtig. Reicht seine Familie viele Generationen der Menschen zurück?« Die dunkle Kapuze drehte sich um und suchte den verhüllten Blick ihrer Gefährten.

»Gewiß«, erwiderte Pryrates scheinbar beunruhigt. »Hunderte von Jahren.«

»Dann wird unser Meister gewiß zufrieden sein.« Und dann lachte das Wesen, ein messerscharfes Trillern der Erheiterung, das Pryrates einen Schritt zurückweichen ließ. »Fahr fort.«

Der Priester warf Elias einen Blick zu, und der König schlug die Kapuze zurück. Simon fühlte, wie sich der drohende Himmel noch tiefer duckte. Das Gesicht des Königs, selbst im rötlichen Feuerschein noch blaß, schien mitten in der Luft zu schweben. Die Nacht wirbelte, und der ausdruckslose Blick des Königs zog Licht an wie ein Spiegel in einem von Fackeln erleuchteten Korridor. Endlich nickte Elias.

Pryrates schritt nach vorn und packte Breyugar beim Kragen. Er zerrte ihn zu der Sargtruhe und ließ ihn dort fallen. Dann öffnete der Priester die Schnalle seines Mantels. Sein rotes Gewand loderte in stumpfer Flamme. Aus den inneren Falten zog er eine lange, sichelförmig gekrümmte Klinge hervor. Er richtete den Blick auf den nördlichsten Punkt der Steinringe, hob die Klinge an die Augen und begann feierlich zu intonieren, während seine Stimme immer lauter und gebieterischer wurde:

> *An den Dunklen, den Herrn dieser Welt,*
> *der über den nördlichen Himmel schreitet:*
> *VASIR SOMBRIS, FEATA CONCORDIN!*
>
> *An den Schwarzen Jäger,*
> *Besitzer der eisigen Hand:*
> *VASIR SOMBRIS, FEATA CONCORDIN!*
>
> *An den Sturmkönig, den Weitausgreifenden,*
> *Bewohner des Steinernen Berges,*
> *den Erfrorenen und Brennenden,*
> *den Schlafenden, der erwacht ist:*
> *VASIR SOMBRA, FEATA CONCORDIN!*

Die schwarzgewandeten Gestalten schwankten – außer dem einen auf dem Wagen, der so still war wie die Zornsteine –, und ein Zischen stieg aus ihrer Mitte und vermischte sich mit dem Wind, der sich von neuem erhoben hatte.

Und Pryrates' Stimme tönte erneut:

Höre nun an den, der zu dir fleht,
den Käfer unter deinem schwarzen Absatz;
die Fliege zwischen deinen kalten Fingern;
den wispernden Staub in deinem unendlichen Schatten –
oveiz mei! Höre mich!
Timior cuelos exaltat mei!
SCHATTEN-VATER – LASS DEN HANDEL BESIE-
GELT SEIN!

Schlangenschnell zuckte die Hand des Alchimisten nach unten und griff nach Breyugars Kopf. Aber der Graf, der eben noch schlaff vor Pyrates' Füßen gelegen hatte, taumelte plötzlich vorwärts und fort von dem verblüfften Priester, dem nur eine blutige Haarsträhne in der Hand blieb.

Hilflos sah Simon zu, wie der glotzäugige Graf direkt auf sein Versteck zutorkelte. Undeutlich vernahm er Pyrates' zorniges Rufen. Die Nacht, die ihn so eng umschloß, zog sich noch mehr zusammen, erstickte seinen Atem und ließ es ihm schwarz vor Augen werden. Ein paar von den Wachen sprangen hinter Breyugar her.

Der Graf war nur noch wenige Schritte entfernt. Mit seinen gebundenen Händen lief er unbeholfen, stolperte und fiel. Er strampelte mit den Beinen, und sein Atem kam geräuschvoll wie eine Säge hinter dem Knebel hervor. Die Wachen fielen über ihn her. Simon hatte sich hinter dem Stein, der ihn verbarg, in eine halb kauernde Stellung erhoben, und sein müdes Herz hämmerte, als wolle es bersten. Verzweifelt strengte er sich an, die schlotternden Beine ruhig zu halten. Die Wachen, zum Greifen nahe, rissen Breyugar mit fürchterlichen Flüchen auf die Füße. Einer der Männer hob das Schwert und versetzte dem Widerspenstigen einen Hieb mit der flachen Klinge. Simon konnte Pyrates sehen, der aus dem Lichtkreis herüberstarrte, das aschfarbene, gebannte Gesicht des Königs neben sich. Als Breyugars schlaffe Gestalt zum Feuer zurückgezerrt wurde, blickte Pyrates noch immer mit schmalen Augen nach der Stelle, an der der Graf gestürzt war.

Wer ist dort?

Die Stimme schien auf dem Rücken des Windes senkrecht in Simons

Kopf zu fliegen. Pryrates starrte ihm genau in die Augen! Er *mußte* ihn sehen!

Komm heraus, wer du auch bist. Ich befehle dir, herauszukommen.

Die Gestalten in den schwarzen Gewändern stimmten ein fremdartiges, drohendes Summen an, und Simon kämpfte gegen den Willen des Alchimisten. Er dachte an das, was ihm um ein Haar in dem Lagerraum widerfahren war und stemmte sich gegen die zwingende Kraft; aber er war geschwächt, ausgelaugt wie ein alter Lappen.

Komm heraus, wiederholte die Stimme, und etwas Suchendes griff nach ihm und wollte seinen Geist berühren. Simon wehrte sich, versuchte die Türen seiner Seele geschlossen zu halten; aber das, was in ihn eindringen wollte, war stärker als er. Es brauchte ihn nur zu finden, ihn zu packen ...

»Wenn der Bund nicht mehr eure Billigung findet«, sagte plötzlich eine dünne Stimme, »dann wollen wir jetzt damit ein Ende machen. Es ist gefährlich, das Ritual nur halb auszusprechen – *sehr gefährlich.* «

Es war der Verhüllte, der da sprach, und Simon konnte fühlen, wie die suchenden Gedanken des roten Priesters erschüttert wurden.

»W-was?« fragte Pryrates wie ein soeben Erwachter.

»Vielleicht verstehst du nicht, was du hier tust«, zischte das schwarze Wesen. »Vielleicht begreifst du nicht, um wen und um was es hier überhaupt geht. «

»Nein ... doch, ich weiß es ...«, stammelte der Priester, und Simon konnte seine Unruhe spüren wie einen Geruch. »Schnell«, wandte er sich an die Wachen, »bringt mir diesen Sack von Unrat!« Die Wachen schleppten ihm Breyugar wieder vor die Füße.

»Pryrates ...«, begann der König.

»Bitte, Majestät, bitte. Es dauert nur noch einen Augenblick. «

Zu Simons Grausen steckte ein Teil von Pryrates' Gedanken noch immer in seinem Hirn, ein klebriger Rest, den der Priester nicht zurückgezogen hatte. Er konnte die bebende Erwartung des Alchimisten beinahe schmecken, als dieser jetzt Breyugars Kopf nach oben riß; konnte fühlen, wie der Priester auf das leise Murmeln der Verhüllten reagierte. Und nun empfand er etwas noch Tieferes, einen Keil aus eisigem Grauen, der gewaltsam in seinen wunden, empfindlichen

Verstand eindrang. Etwas unfaßbar *Anderes* war dort draußen in der Nacht – etwas entsetzlich *Fremdes.* Es schwebte über dem Gipfel wie eine erstickende Wolke und brannte wie eine verborgene schwarze Flamme in dem, der da auf dem Wagen hockte; auch in den Körpern der Steine lebte es und erfüllte sie mit seiner gierigen Aufmerksamkeit.

Die Sichel hob sich. Sekundenlang stand die scharlachrot aufblitzende Krümmung der Klinge am Himmel wie ein zweiter Mond, ein alter, roter Halbmond. Pryrates rief in hohen Tönen in einer Sprache, die Simon nicht verstehen konnte:

»Aí Samu'sitech'a! – Aí Nakkiga!«

Die Sichel fiel, und Breyugar sackte nach vorn. Purpurrötliches Blut pumpte aus seiner Kehle und spritzte hinunter auf den Sarg. Sekundenlang zuckte der oberste der Wachen wild unter der Hand des Priesters, um dann zu erschlaffen. Das dunkle Rinnsal tropfte weiter auf den schwarzen Sargdeckel. In die bizarre Verflechtung fremder Gedanken verstrickt wie in ein Netz, erlebte Simon hilflos das panikartige Hochgefühl mit, das Pryrates erfaßte. Dahinter spürte er das *Andere* – etwas kaltes, dunkles, grauenhaft Ungeheures, dessen uralte Gedanken in widerwärtiger Freude sangen.

Einer der Soldaten erbrach sich. Wäre die matte Betäubung nicht gewesen, die ihn lähmte und verstummen ließ, hätte Simon das gleiche getan.

Pryrates stieß den Leichnam des Grafen beiseite; Breyugar sank in einem plumpen Haufen zusammen, austernblasse Finger gegen den Himmel gekrümmt. Auf der dunklen Truhe rauchte das Blut, und das blaue Licht flackerte heller. Die Linie, mit der es den Rand des Sarges umrahmte, wurde deutlicher. Langsam, entsetzlich langsam, begann sich der Deckel zu heben, als zwinge ihn jemand von innen auf.

Heiliger Usires, der du mich liebst, heiliger Usires, der du mich liebst – Simons Gedanken überstürzten sich, ein vor Furcht sinnloses Gewirr *– hilf mir, hilf mir, es ist der Teufel dort in der Truhe, er kommt heraus, hilf mir, rette mich, hilf . . .*

Wir haben es geschafft, wir haben es geschafft! Andere Gedanken, fremde, nicht aus Simons Kopf. *Zu spät zum Umkehren. Zu spät!*

Der erste Schritt. Die kältesten, furchtbarsten Gedanken von allen. *Wie sie bezahlen werden, bezahlen, bezahlen . . .*

Als der Deckel schräg stand, brach aus dem Inneren das Licht hervor, pochendes Indigoblau, rauchgrau und düsterpurpur gefleckt, ein schreckliches, verletztes Licht, das pulsierte und blendete. Der Deckel fiel nach hinten, und der Wind dämpfte sein Heulen, als habe er Angst bekommen, als sei ihm übel vom Strahlen der langen, schwarzen Truhe. Endlich wurde ihr Inhalt sichtbar.

Jingizu, flüsterte eine Stimme in Simons Kopf, *Jingizu* . . .

Es war ein Schwert. Tödlich wie eine Viper lag es in der Truhe. Vielleicht war es schwarz, aber ein darüberschwebender Glanz machte die Schwärze fleckig, ein kriechendes Grau wie Öl auf dunklem Wasser. Der Wind kreischte.

Es schlägt wie ein Herz – das Herz allen Leides . . .

In Simons Kopf sang es und rief nach ihm, eine Stimme, grauenvoll und schön zugleich, verführerisch wie Krallen, die sanft über die Haut kratzen.

»Nehmt es, Hoheit!« drängte Pryrates durch das Zischen des Windes. Gebannt und wehrlos, wünschte sich Simon plötzlich, stark genug zu sein, um selber danach zu greifen. Warum nicht? Macht sang zu ihm, sang von den Thronen der Gewaltigen, der Verzückung gestillter Sehnsucht.

Elias machte einen zögernden Schritt vorwärts. Einer nach dem anderen wichen die Soldaten von ihm zurück, machten kehrt und rannten schluchzend oder betend den Berg hinunter, taumelten in die Dunkelheit des Baumgürtels. Nach wenigen Augenblicken waren nur noch Elias, Pryrates und der versteckte Simon mit den Verhüllten und ihrem Schwert auf dem Gipfel. Elias tat einen zweiten Schritt; jetzt stand er vor der Truhe. Seine Augen waren vor Furcht weit aufgerissen, quälender Zweifel schien ihn zu zerreißen, seine Lippen bewegten sich tonlos. Die unsichtbaren Finger des Windes zupften an seinem Mantel, und die Berggräser umschlangen seine Knöchel.

»Ihr müßt es nehmen!« sagte Pryrates wieder, und Elias starrte ihn an, als sehe er den Alchimisten zum ersten Mal.

»Nehmt es!« Pryrates' Worte tanzten wie rasend durch Simons Kopf, Ratten in einem brennenden Haus.

Der König bückte sich und streckte die Hand aus. Vor dem wilden, leeren Nichts im Lied des Schwertes verwandelte sich Simons Lust in jähes Grauen.

Es ist unrecht! Spürt er es denn nicht? Unrecht!

Als Elias' Hand sich dem Schwert näherte, verstummte das Heulen des Windes. Die vier Vermummten standen regungslos vor dem Wagen; der fünfte schien in noch tieferen Schatten zu versinken. Ein fast greifbares Schweigen senkte sich über den Gipfel.

Elias faßte den Griff und hob mit einer einzigen fließenden Bewegung die Klinge aus dem Sarg. Als er sie vor sich hielt, wich unvermittelt die Furcht aus seinem Gesicht, und die Lippen öffneten sich zu einem hilflosen, einfältigen Lächeln. Er reckte das Schwert in die Höhe. Ein blauer Schimmer umspielte die Schneide und zeichnete sie scharf gegen die Schwärze des Himmels ab. Elias' Stimme war fast ein Wimmern des Glücks.

»Ich . . . nehme die Gabe des Meisters an. Ich werde . . . unseren Pakt erfüllen.« Langsam, die Klinge vor sich haltend, sank er auf ein Knie. *»Heil Ineluki Sturmkönig!«*

Wieder erhob sich kreischend der Wind. Simon fuhr zurück vor dem lodernden, tanzenden Bergfeuer. Die Gestalten in ihren Gewändern hoben die weißen Arme und intonierten: »*Ineluki, aí! Ineluki, aí!*«

Nein! wirbelten Simons Gedanken, *der König . . . alles verloren! Lauf, Josua!*

Leid . . . Leid über dem ganzen Land!

Oben auf dem Wagen begann die fünfte verhüllte Gestalt sich zu winden wie eine Schlange. Das schwarze Gewand fiel von ihr ab, und ein Wesen aus flammendrotem Licht wurde sichtbar, flatternd wie ein brennendes Segel. Eine gespenstische, herzzerreißende Furcht ging von ihm aus, während es begann, vor Simons vom Grauen gebanntem Blick zu wachsen – körperlos und wogend, größer und größer, bis seine leere, im Wind knatternde Hülle alles überragte, ein Geschöpf aus heulender Luft und glühender Röte.

Der Teufel ist hier! Leid, sein Name ist Leid! Der König hat den Teufel über uns gebracht. Morgenes! Heiliger Usires! Rettet mich rettet mich rettet mich!

Wie von Sinnen rannte Simon durch die schwarze Nacht bergab, fort von dem roten Ding und dem jubelnden *Anderen*. Das Geräusch seiner Flucht ging im schreienden Wind unter. Äste rissen an seinen Armen und Haaren und schlugen wie Klauen nach seinem Gesicht.

Die eisige Klaue des Nordens . . . die Ruinen von Asu'a.

Und als er endlich stürzte und sich überschlug und sein Geist vor soviel Grauen in die tiefere Dunkelheit floh, da war es ihm im letzten Augenblick, als könne er die Steine der Erde selbst hören, die unter ihm in ihrem Bett stöhnten.

ZWEITER TEIL

Simon Pilgrim

XV

Eine Begegnung im Gasthof

Das erste, was Simon hörte, war ein Summgeräusch, ein dumpfes Brummen, das hartnäckig an sein Ohr drängte, während er sich mühte, wach zu werden. Er öffnete ein Auge halb – und starrte auf ein Ungeheuer, eine dunkle, unbestimmte Masse sich windender Beine und glitzernder Augen. Mit einem erschreckten Aufjaulen und wild um sich fuchtelnd, fuhr er in die Höhe; die Hummel, die arglos seine Nase erkundet hatte, sauste mit wildem Surren ihrer durchscheinenden Flügel davon, um sich einen weniger leicht erregbaren Sitzplatz zu suchen.

Simon hob die Hand, um seine Augen zu beschatten. Die lebenssprühende Klarheit der Welt ringsum ließ ihn staunen. Das Tageslicht blendete. Die Frühlingssonne hatte, als schritte sie in einer kaiserlichen Prozession einher, nach allen Seiten Gold gestreut, quer über die grasigen Hügel; wohin er auch blickte, überall standen die sanften Hänge üppig voller Löwenzahn und langstieliger Ringelblumen. Bienen eilten zwischen ihnen hin und her, nippten an einer Blüte nach der anderen und entdeckten – wie kleine Ärzte – zu ihrer großen Überraschung, daß ihre Patientinnen alle gleichzeitig wieder gesund wurden.

Simon ließ sich ins Gras zurücksinken und verschränkte die Hände hinter dem Kopf. Er hatte lange geschlafen; die strahlende Sonne stand fast senkrecht über ihm. In ihrem Schein glühten die Haare auf seinen Unterarmen wie geschmolzenes Kupfer; die Spitzen seiner zerrissenen Schuhe schienen so weit entfernt, daß er sie sich fast als Gipfel ferner Berge vorstellen konnte.

Ein jäher, kalter Erinnerungssplitter stach in seine Schläfrigkeit. Wie kam er hierher? Was . . .?

Ein dunkler Schatten an seiner Schulter brachte ihn hastig auf die Knie; beim Umdrehen sah er hinter sich das Massiv des Thisterborgs, in einen Mantel aus Bäumen gehüllt, keine halbe Meile entfernt. Jede Einzelheit war überwältigend klar, ein scharfkantiges Muster; ohne das quälende Pochen seines Gedächtnisses hätte der Berg angenehm und kühl wirken können, ein freundlicher Hügel, der sich aus den Bäumen erhob, die ihn umringten, mit Schatten und hellgrünem Laub bebändert. Oben auf dem Kamm standen die Zornsteine, mattgraue Punkte im blauen Himmel.

Ein Nebeltraum verdarb auf einmal den munteren Frühlingstag: Was war letzte Nacht geschehen?

Natürlich, er war aus der Burg geflohen – diese Augenblicke, die letzten mit Morgenes, hatten sich ihm tief ins Herz gebrannt; aber danach? Woher kamen diese Alptraumerinnerungen? Endlose Tunnel? Elias? Ein Feuer und weißhaarige Dämonen?

Träume – törichte, böse Träume. Entsetzen und Müdigkeit und noch mehr Entsetzen. Nachts bin ich über den Begräbnisplatz gerannt, schließlich noch hingefallen, eingeschlafen, habe geträumt.

Aber diese Tunnel und . . . ein schwarzer Sarg? Simon tat immer noch der Kopf weh, aber er hatte gleichzeitig ein merkwürdiges Gefühl von Taubheit, als hätte man Eis auf eine Verletzung gelegt. Der Traum war so wirklich gewesen. Jetzt schien er weit weg, ungreifbar und sinnlos – ein dunkler Anfall von Furcht und Schmerz, der verwehen würde wie Rauch, wenn Simon es zuließ – wenigstens hoffte er das. Er drängte die Erinnerungen in sein Inneres hinab, vergrub sie, so tief er konnte, und schloß seinen Geist über ihnen wie einen Truhendeckel.

Als ob ich nicht schon genug Sorgen hätte . . .

Die helle Sonne des Belthainn-Tages hatte ein paar von den Knoten in seinen Muskeln geglättet, aber er spürte immer noch den Schmerz . . . und großen Hunger. Mühsam und steif stand er auf und klopfte sich das an seinen schlammverschmierten, zerfetzten Kleidern haftende Gras ab. Noch einmal sah er verstohlen zum Thisterborg hinüber. Schwelte dort oben zwischen den Steinen wirklich die

Asche eines großen Feuers? Oder hatten die furchtbaren Ereignisse des Vortages ihn für eine Weile in den Wahnsinn getrieben?

Der Berg stand ausdruckslos da. Simon wollte gar nicht wissen, welche Geheimnisse unter seinem Baummantel lauerten oder in der steinernen Krone nisteten. Es gab schon zu viele Lücken, die auszufüllen waren.

Also kehrte er dem Thisterborg den Rücken zu und blickte über die Hügel nach der dunklen Vorhut des Forstes. Während er so über die weite Fläche offenen Landes schaute, fühlte er, wie großer Kummer in ihm aufstieg – und heftiges Mitleid mit sich selbst. Er war so allein! Alles hatte man ihm genommen, ihn ohne Heimat oder Freunde im Stich gelassen. Vor Wut klatschte er in die Hände, daß die Handflächen brannten. Später! Später würde er weinen; jetzt mußte er ein Mann sein. Aber es war alles so gräßlich ungerecht!

Er atmete tief ein und aus, dann schaute er wieder auf die fernen Wälder. Irgendwo an dieser dünnen Schattenlinie, das wußte er, verlief die Alte Forststraße. Sie rollte viele Meilen an Aldheortes Südrand entlang, manchmal in einigem Abstand, manchmal auch eng an die alten Bäume geschmiegt wie ein schalkhaftes Kind. An anderen Stellen wagte sie sich sogar unter das Vordach des Waldes und schlängelte sich durch dunkle Lauben und schweigende, von Sonnenpfeilen durchbohrte Lichtungen. Ein paar kleine Dörfer und hier und da ein Rasthaus duckten sich in den Waldesschatten.

Vielleicht kann ich irgendeine Arbeit finden – wenigstens, um mir eine Mahlzeit zu verdienen. Ich fühle mich so hungrig wie ein Bär . . . und zwar einer, der gerade eben aufgewacht ist. Völlig ausgehungert! Ich habe nichts mehr gegessen seit . . . bevor . . . bevor . . .

Er biß sich hart auf die Lippe. Es gab keine andere Möglichkeit als loszumarschieren.

Die Berührung der Sonne war wie eine Segnung. Sie wärmte den wunden Körper und schien zugleich einen kleinen Einschnitt in das enge, quälende Bahrtuch seiner Gedanken zu tun. In gewisser Hinsicht fühlte er sich neugeboren, wie das Fohlen, das Shem ihm letztes Frühjahr gezeigt hatte – nichts als wacklige Beine und Neugier. Aber diese neue Fremdartigkeit der Welt war nicht gänzlich unschuldig; hinter dem bunten Teppich, der da vor ihm ausgebreitet lag, lauerte etwas Absonderliches und Verborgenes; die Farben waren fast zu leuchtend, die Düfte und Töne allzu süß.

Bald wurde er sich auch mit Unbehagen Morgenes' Manuskript bewußt, das in seinem Gürtelband steckte; aber nachdem er ein paar hundert Schritte weit versucht hatte, das Pergamentbündel in den schwitzenden Händen zu tragen, gab er auf und stopfte es wieder unter den Gürtel. Der alte Mann hatte ihn gebeten, es in Sicherheit zu bringen, und das wollte er tun. Er schob den Hemdzipfel darunter, damit es nicht so scheuerte.

Als er es satt hatte, geduldig nach seichten Stellen zu suchen, an denen er die kleinen Bäche überqueren konnte, die immer wieder die Wiesen durchzogen, streifte er die Schuhe ab. Der Duft des Graslandes und die feuchte Maia-Luft trugen, auch wenn man sich auf ihre Verheißungen nicht verlassen konnte, doch einiges dazu bei, daß Simons Gedanken sich nicht mehr an die schwarzen, schmerzhaften Orte zurückverirrten; auch das Gefühl des Schlammes zwischen den Zehen half.

Nicht lange, so hatte er die Alte Forststraße erreicht. Anstatt jedoch auf der Straße selbst weiterzugehen, die breit und lehmig und mit vom Regen gefüllten Fahrrinnen durchfurcht war, hielt Simon sich westlich und begleitete sie oben auf der hohen Grasböschung. Unter ihm standen weiße Narzissen und blaue Levkojen beschämt und schutzlos zwischen den Radspuren, als hätte man sie in der Mitte eines langsamen Pilgerzuges von einer Böschung zur anderen überrascht. Das Nachmittagsblau des Himmels spiegelte sich in Pfützen, und der bescheidene Schlamm schien mit blinkendem Glas besetzt.

Eine Achtelmeile jenseits der Straße standen die Bäume des Aldheorte in endloser Reihe wie ein im Stehen eingeschlafenes Heer. Zwischen manchen Stämmen gähnte eine so undurchdringliche Finsternis, als wären sie Tore ins Erdinnere. An anderen Stellen gab es Gebilde, die Holzfällerhütten sein mußten, auffällig eckig im Gegensatz zu den anmutigen Linien des Forstes.

Während Simon so weiterging und die unendliche Halle des Waldes betrachtete, stolperte er über einen Beerenstrauch und zerkratzte sich schmerzhaft die Füße. Sobald er jedoch bemerkte, worüber er gestrauchelt war, hörte er mit dem Fluchen auf. Die meisten Beeren waren

278

noch grün, aber es gab schon soviel reife darunter, daß wenige Minuten später, als er zufrieden kauend seinen Weg fortsetzte, Wangen und Kinn voller Beerensaft waren. Auch wenn die Beeren noch nicht die richtige Süße besaßen, schienen sie ihm seit langer Zeit das erste ernsthafte Argument für eine wohlwollende Ordnung der Schöpfung zu sein. Als er aufgegessen hatte, wischte er sich an den Überresten seines Hemdes die Hände ab.

Als die Straße, mit Simon als treuem Gefährten, eine lange Strecke über ansteigendes Gelände zu klettern begann, zeigten sich endlich auch unverkennbare Anzeichen menschlicher Besiedlung. Am südlichen Horizont reckten sich hier und da die rohen Spitzen von Spaltholzzäunen aus dem hohen Gras; hinter diesen verwitterten Grenzwächtern bewegten sich undeutliche Gestalten im langsamen Rhythmus des Pflanzens und legten die Früherbsen. Irgendwo in ihrer Nähe würden andere bedächtig die Reihen abschreiten, Unkraut hacken und ihr Bestes versuchen, die Früchte eines schlimmen Jahres zu retten. Die jüngeren Leute würden auf den Dächern der Häuschen stehen und das Stroh wenden, es mit langen Stöcken festklopfen und das Moos abkratzen, das dort im Aprilregen gewachsen war. Simon fühlte den starken Drang, querfeldein zu laufen, auf diese ruhigen, wohlgeordneten Bauernhöfe zu. Irgend jemand würde ihm sicher Arbeit geben... eine Unterkunft... Essen...

Kann ich überhaupt noch dümmer sein? dachte er. Warum gehe ich nicht gleich zurück in die Burg und stelle mich schreiend auf den Angerhof? Landleute, das war wohlbekannt, begegneten Fremden grundsätzlich mit Mißtrauen, erst recht in solchen Zeiten, da von Norden her ständig Gerüchte über Raubüberfälle und Schlimmeres zu ihnen drangen. Außerdem war Simon überzeugt, daß die Erkyngarde nach ihm suchte. Die Bewohner dieser einsamen Gehöfte würden sich höchstwahrscheinlich gut an einen rothaarigen jungen Mann erinnern, der kürzlich vorbeigekommen war. Zudem hatte er es gar nicht so eilig, mit Fremden zu sprechen – nicht so nahe beim Hochhorst. Vielleicht würde er in einem der Gasthöfe am Rande des geheimnisvollen Waldes mehr Glück haben – wenn ihn einer davon aufnahm.

Schließlich verstehe ich etwas von Küchenarbeit, oder etwa nicht? Es wird mir schon jemand Arbeit geben...

Er kam über eine Kuppe und sah einen dunkleren Strich, der hier die Straße kreuzte, eine Rinne von Wagenspuren, die aus dem Wald kamen und sich südwärts in die Felder hineinwanden; vielleicht ein Holzweg, ein Pfad vom Ernteort der Holzhauer zum Ackerland im Westen von Erchester. Dort, wo die beiden Wege sich kreuzten, stand etwas Dunkles, eckig und aufrecht. Ein kurzer Anflug von Furcht befiel Simon, bevor ihm bewußt wurde, daß, was immer dort aufragte, zu groß war, um ein Mensch zu sein, der auf ihn wartete. Es mußte eine Vogelscheuche sein, oder ein Straßenheiligtum für Elysia, die Mutter Gottes – Wegkreuzungen waren verrufene, unheimliche Orte, an denen das einfache Volk gern heilige Reliquien errichtete, um Geister fernzuhalten, die dort sonst vielleicht herumlungerten.

Als Simon sich der Kreuzung näherte, stellte er fest, daß seine Vermutung, es handele sich um eine Vogelscheuche, wohl zutraf – der Gegenstand schien an einem Baum oder Pfahl zu hängen und schwankte, von einem leichten Wind bewegt, sacht vor sich hin. Je näher er allerdings kam, desto deutlicher wurde, daß es keine Vogelscheuche war. Bald konnte Simon sich nicht mehr einreden, daß es etwas anderes war als der Leichnam eines Mannes, der an einem rohen Galgen schaukelte.

Jetzt hatte er den Kreuzweg erreicht. Der Wind legte sich. Dünner Straßenstaub umgab den Jungen wie eine braune Wolke. Er hielt an und starrte hilflos nach oben. Der Straßenstaub begann sich zu setzen, um dann von neuem in wirbelnde Bewegung zu geraten.

Die Füße des Gehängten, nackt und schwarz angeschwollen, baumelten in Höhe von Simons Schultern. Der Kopf hing schlaff nach einer Seite wie bei einem Welpen, den man am Nackenfell hochhebt; an Augen und Gesicht hatten die Vögel gepickt. Eine zerbrochene Holzschindel mit den darauf eingekratzten Worten »ND GEWILDERT« schlug leicht gegen seine Brust; unten auf der Straße lag noch ein Stück. Darauf stand in ungelenken Buchstaben: »IN KÖNIGSLA«.

Simon machte einen Schritt zurück. Ein unschuldiger kleiner Wind drehte den hängenden Körper um, so daß der Kopf nach der anderen Seite kippte, um blicklos auf die Felder hinauszustarren. Hastig überquerte Simon den Holzweg und machte das Zeichen des vierspitzigen

Baumes auf seiner Brust, als er den Schatten des Gehängten passierte. Normalerweise hätte er einen solchen Anblick zwar furchterregend, aber doch faszinierend gefunden, jetzt aber war alles, was dabei in ihm aufstieg, Ekel und Entsetzen. Er hatte ja auch gestohlen, oder beim Stehlen geholfen – etwas viel Größeres, als dieser armselige Dieb hier sich je hätte träumen lassen: Er hatte den Bruder des Königs aus des Königs eigenem Verlies gestohlen. Wie lange würde es dauern, bis sie ihn fingen, so wie sie dieses von den Krähen zerfressene Geschöpf gefangen hatten? Und was würde *seine* Strafe sein?

Einmal schaute er zurück. Das zerstörte Gesicht hatte sich erneut gedreht, als wollte es Simons Rückzug beobachten. Er rannte, bis eine Straßensenke die Kreuzung außer Sicht brachte.

Es war später Nachmittag, als er das kleine Dörfchen Flett erreichte. Tatsächlich konnte man es kaum ein Dorf nennen; es gab nur einen Gasthof mit ein paar Häusern, die sich einen Steinwurf weit vom Wald entfernt neben der Straße zusammenduckten. Kein Mensch war zu sehen außer einer dünnen Frau, die in der Tür eines der schmucklosen Häuser stand, und zwei ernsthaften, rundäugigen Kindern, die hinter ihren Beinen hervorspähten. Dafür gab es aber mehrere Pferde, zumeist Bauerngäule, die vor dem Dorfgasthof, der den Namen »Zum Drachen und Fischer« führte, an einen Baum gebunden waren. Als Simon langsam an der offenen Tür vorüberging und sich vorsichtig nach allen Seiten umblickte, grölten laute Männerstimmen aus der biergeschwängerten Dunkelheit und machten ihm angst. Er beschloß zu warten und sein Glück erst später zu versuchen, wenn vielleicht mehr Gäste dasein würden, die hier an der Alten Forststraße übernachten wollten, und seine schmutzige, zerlumpte Erscheinung weniger auffiele.

Er ging weiter die Straße hinauf. Sein Magen knurrte, und er wünschte sich, er hätte ein paar von den Beeren aufbewahrt. Es gab nur noch wenige Häuser, darunter ein kleines, einräumiges Kirchenhäuschen, dann bog die Straße oben unter das Vordach des Waldes ein, und Flett, soweit man überhaupt von ihm sprechen konnte, war zu Ende.

Gleich am Dorfausgang fand er ein Bächlein, das über den schwarzen, von Blättern durchsetzten Boden plätscherte. Er kniete nieder und trank. Dann zog er, wobei er sich um Dornengestrüpp und Feuchtigkeit so wenig wie möglich zu kümmern versuchte, wieder die Schuhe aus, um sie als Kopfkissen zu benutzen, und rollte sich am Fuß einer Lebenseiche zusammen, knapp außer Sichtweite der Straße und des letzten Hauses. Schon bald schlief er unter den Bäumen, ein dankbarer Gast ihrer kühlen Halle.

Simon träumte . . .

Am Fuß eines hohen weißen Baumes sieht er einen Apfel, einen Apfel, so glänzend und rund und rot, daß er kaum hineinzubeißen wagt. Aber sein Hunger ist groß, und bald führt er die Frucht zum Mund und versenkt seine Zähne darin. Der Geschmack ist köstlich, kernig und voller Süße, aber als er die Stelle anschaut, wo er abgebissen hat, erblickt er unter der hellen Oberfläche zusammengeringelt den dünnen, glitschigen Körper eines Wurms. Er bringt es nicht über sich, den Apfel fortzuwerfen – es ist eine so herrliche Frucht und er so ausgehungert. Er dreht ihn um und beißt in die andere Seite, aber als seine Zähne aufeinandertreffen, löst er seinen Mund und erkennt aufs neue den Schlangenleib des Wurms. Immer wieder beißt er in den Apfel, jedesmal an einer anderen Stelle, aber jedesmal liegt unter der Schale das schlüpfrige Wesen. Es scheint weder Kopf noch Schwanz zu haben, nur endlose Ringe, die sich um das Kernhaus schlingen und durch das kühle weiße Fleisch des Apfels winden . . .

Simon erwachte unter den Bäumen mit Kopfschmerzen und einem sauren Geschmack im Mund. Er ging an das Bächlein, um zu trinken. Er fühlte sich matt und niedergeschlagen. Wann war je ein Mensch so einsam gewesen? Das schräge Nachmittagslicht fiel nicht auf die tieferliegende Wasseroberfläche; als er niederkniete und in das murmelnde, dunkle Wasser blickte, war ihm, als wäre er schon einmal an einem solchen Ort gewesen. Während er noch darüber nachsann, übertönte lauter werdendes Stimmengewirr das leise Rauschen der Bäume. Schon fürchtete er, wieder zu träumen; aber als er sich umdrehte, sah er eine Schar von Menschen, gut zwanzig Köpfe stark, die Alte Forststraße nach Flett heraufkommen. Mit dem

Hemdsärmel trocknete Simon seinen Mund ab und schlich sich im Schatten der Bäume heran, um sie zu beobachten.

Es waren Bauersleute, in das grobe Kätnertuch der Gegend gekleidet, aber festlich aufgeputzt. Die Frauen hatten Bänder ins offene Haar gewunden, blau und gold und grün. Röcke flogen um nackte Knöchel. Ein paar Vorauslaufende trugen Blütenblätter in den Schürzen und ließen sie zu Boden flattern. Die Männer, manche von ihnen jung und leichtfüßig, schleppten einen gefällten Baum auf den Schultern. Seine Zweige waren mit Bändern geschmückt wie die Frauen, und die Männer hielten ihn hoch und schaukelten ihn fröhlich, als sie die Straße heraufkamen.

Simon lächelte schwach. Der Maia-Baum! Natürlich. Heute war Belthainn-Tag, und sie brachten den Maia-Baum. Er hatte oft zugeschaut, wie der Baum in Erchester auf dem Platz der Schlachten aufgestellt wurde. Plötzlich kam ihm sein Lächeln zu breit vor. Ihm war schwindlig. Er duckte sich tiefer in das Gestrüpp, das ihn verbarg.

Jetzt sangen die Frauen, und ihre lieblichen Stimmen vereinten sich zu einem ungleichen Chor, während die ganze Schar tanzte und sich im Kreis drehte.

> *Komm mit mir zum Breredon,*
> *komm, mein schöner Freier!*
> *Setz die Blumenkrone auf,*
> *tanz an meinem Feuer!*

Und die Männer antworteten ihnen mit ihren rauhen und vergnügten Stimmen:

> *An dem Feuer tanz ich, Kind,*
> *und im Waldesschatten*
> *streun wir uns ein Blütenbett,*
> *bis wir froh ermatten!*

Und gemeinsam sangen sie den Kehrreim:

Steht nun vor der Yrmansol,
singt hei-ho, hei-holla
unter diesem Maia-Baum,
heia, Gott will wachsen!

Als die lärmende Schar Simons Versteck passierte, begannen die
Frauen einen neuen Vers, der von Stockrosen und Lilienblättern und
dem König der Blumen handelte. Einen Moment lang von der guten
Laune mitgerissen, den Kopf voll von der ausgelassenen Musik,
begann sich der Junge auf sie zu zu bewegen. Plötzlich stolperte auf der
sonnenfleckigen Straße, keine zehn Schritte von ihm entfernt, einer
der ihm an nächsten laufenden Männer, dem sich ein herunterhän-
gendes Band vor die Augen geschoben hatte. Ein Gefährte half ihm,
sich zu befreien, und als er den goldenen Streifen löste, verzog sich
sein bärtiges Gesicht zu einem breiten Grinsen. Aus irgendeinem
Grund hielt dieses Blitzen lachender Zähne Simon zurück – nur einen
Schritt vor dem Heraustreten aus seinem Baumversteck.
Was mache ich denn? schalt er sich. *Beim ersten Ton freundlicher Stim-*
men springe ich schon hervor? Diese Leute hier feiern ein Fest, aber auch ein
Hund spielt mit seinem Herrn – und wehe dem Fremden, der unangemeldet
zu ihm tritt.
Der Mann, den er beobachtet hatte, rief seinem Begleiter etwas zu,
das Simon im Lärm der anderen nicht verstehen konnte, wandte sich
dann um, hielt ein Band hoch und schrie einem Dritten etwas entgegen. Der Baum holperte weiter, und als die letzten Nachzügler der
Prozession vorbei waren, schlich Simon auf die Straße hinaus und
folgte ihnen, eine dünne, in Lumpen gehüllte Gestalt, die aussah wie
der klagende Geist des Maia-Baumes, der sehnsüchtig seiner geraub-
ten Wohnstatt hinterherlief.
Die schwankende Parade bewegte sich auf einen kleinen Hügel hinter
der Kirche zu. Auf den breiten Feldern verschwand jetzt schnell der
letzte Sonnensplitter; der Schatten des *Baumes* auf dem Dachfirst der
Kirche lag wie ein langes Messer mit gebogenem Griff auf der
Anhöhe. Simon, der nicht wußte, wie es weitergehen sollte, blieb ein
gutes Stück hinter der Gruppe zurück, die den Baum die kleine Steigung hinaufschleppte und dabei immer wieder stolperte oder sich in

den frischen Trieben der Dornenhecke verfing. Oben sammelten sich schwitzend und unter lauten Scherzen die Männer und stellten den Stamm aufrecht in ein bereits ausgehobenes Loch. Dann richteten einige den schwankenden Stamm gerade, während andere den Fuß mit Steinen abstützten. Endlich traten sie zurück. Der Maia-Baum wackelte ein bißchen und kippte leicht nach der einen Seite, was die Menge zu erschrecktem Auflachen veranlaßte. Aber er blieb – nur leicht außerhalb der Lotrechten – stehen; großer Jubel erhob sich. Auch Simon im Schatten der Bäume stieß einen kleinen glücklichen Laut aus und mußte sich sogleich wieder verstecken, weil es ihm die Kehle zuschnürte. Er hustete, bis ihm Schwärze vor den Augen tanzte: Es war fast einen ganzen Tag her, daß er ein Wort gesprochen hatte.

Mit tränenden Augen schlich er wieder hervor. Am Fuß der Anhöhe hatte man ein Feuer entzündet. Der Baum, dessen höchste Spitze vom Sonnenuntergang gefärbt war und unter dem die Flammen tanzten, sah aus wie eine an beiden Enden brennende Fackel. Von den Essensdüften unwiderstehlich angezogen, näherte Simon sich den alten Männern und Gevatterinnen, die an der Steinmauer hinter dem Kirchlein Tücher ausbreiteten und Abendessen daraufstellten. Er war überrascht und enttäuscht, wie mager die Vorräte waren – eine geringe Belohnung für den Festtag und, weit schlimmer, eine noch viel geringere Aussicht für ihn, sich unbemerkt mit ein paar Bissen davonzustehlen.

Die jüngeren Männer und Frauen hatten angefangen, um den Maia-Baum herumzutanzen und einen Kreis zu bilden. Aber weil, neben anderen Widrigkeiten, manche betrunken den Hügel hinunterpurzelten, schloß sich der Ring nie ganz; die Zuschauer johlten, wenn die schwindlig vorüberwirbelnden Tänzer vergeblich die Hand ausstreckten, um eine andere Hand zu ergreifen. Einer nach dem anderen taumelten die Feiernden vom Tanz fort, wobei sie torkelten und manche den niedrigen Hügel herunterrollten, um dann unten liegen zu bleiben und unbändig zu lachen. Simon sehnte sich von ganzem Herzen danach, dabeisein zu dürfen.

Bald saßen überall im Gras und an der Mauer kleine Gruppen von Menschen. Die oberste Spitze des Baumes war ein Rubinspeer, in dem sich die letzten Strahlen der Sonne fingen. Einer der Männer am Fuß des Hügels griff zu einer Schienbeinflöte und begann zu spielen. Nach und nach wurde es still, nur manchmal war ein Flüstern oder ein gelegentliches Aufquieken unterdrückten Gelächters zu hören. Schließlich hüllte die atmende blaue Dunkelheit alle ein. Die klagende Stimme der Flöte schwang sich in die Luft wie der Geist eines schwermütigen Vogels. Eine schwarzhaarige junge Frau mit schmalem Gesicht stützte sich auf die Schulter ihres jungen Mannes und stand auf. Sanft schwankend wie eine junge Birke im Weg des Windes fing sie an zu singen. Simon fühlte, wie sich die große Leere in ihm dem Lied öffnete, dem Abend, dem geduldigen, zufriedenen Geruch des Grases und anderer Dinge, die wuchsen. *O treuer Freund, o Lindenbaum* sang sie.

> *Mein Schutz und Schirm von Jugend an,*
> *verrate mir, wo ist mein Mann,*
> *du Freund am Waldessaum.*

> *Wo ist er, dem mein Herz gehört,*
> *der all um alles mir versprach?*
> *Ging treulos fort. Mein Herz zerbrach.*
> *Die Liebe ist zerstört.*

> *Wo ging er hin, o Lindenbaum?*
> *In welchem Arm fand er sein Glück?*
> *Wie ruf ich wieder ihn zurück?*
> *Find du ihn mir im Traum!*

> *Frag nicht danach, o Herrin mein,*
> *nur ungern geb ich Antwort dir.*
> *Unmöglich ist die Lüge mir.*
> *Du würdest traurig sein.*

> *Verwehr mir's nicht, o Linde wert,*
> *sag mir, zu wem heut nacht er kam!*

Wer ist die Frau, die ihn mir nahm,
daß er mein Wort nicht hört?

Vernimm die Wahrheit, Herrin gut,
dein Mann, du siehst ihn nimmermehr.
Er ging am Fluß heut nacht, am Wehr,
und stürzte in die Flut.

Der Wasserfrau gilt jetzt sein Kuß,
und sie umschlingt ihn voller Glück.
Doch sendet sie ihn dir zurück,
tropfnaß und kalt vom Fluß.

So kehrt er wieder heim zu dir,
tropfnaß und kalt vom Fluß . . .

Als das schwarzhaarige Mädchen sich wieder setzte, knisterte und sprühte das Feuer, als wollte es sich über ein so nasses, zärtliches Lied lustig machen.

Simon entfernte sich eilig von den Flammen. Seine Augen standen voller Tränen. Die Stimme der Frau hatte ein wildes, hungriges Heimweh in ihm geweckt, nach den scherzenden Stimmen der Küchenjungen, der beiläufigen Freundlichkeit der Kammerfrauen, nach seinem Bett, seinem Burggraben, Morgenes' langgestreckten, sonnengefleckten Zimmern, sogar – die Feststellung bereitete ihm Kummer – der strengen Gegenwart von Rachel, dem Drachen.

Hinter ihm erfüllten Gemurmel und Lachen die Frühlingsdunkelheit wie das Schwirren sanfter Flügel. Vor ihm schlenderten vielleicht zwei Dutzend Leute über die Straße vor der Kirche. Die meisten, in Zweier-, Dreier- und Vierergruppen, schienen durch das herabsinkende Dunkel auf den Gasthof zuzustreben. Aus der offenen Tür drang Feuerschein und tauchte die vor dem Eingang Stehenden in gelbes Licht. Als Simon, der sich immer noch die Augen wischte, näher kam, überschwemmte ihn der Geruch von Fleisch und Braunbier wie die Woge eines Ozeans. Langsam, in mehreren Schritten Entfernung, ging er hinter der letzten Gruppe her und überlegte, ob er

sofort nach Arbeit fragen oder erst einmal in der geselligen Wärme
abwarten sollte, bis der Wirt vielleicht später einen Augenblick Zeit
für ihn haben und sehen würde, daß er ein vertrauenswürdiger Bursche war. Der bloße Gedanke daran, einen fremden Menschen zu bitten, ihn bei sich aufzunehmen, machte ihm angst; aber was blieb ihm
übrig? Im Wald zu schlafen wie ein wildes Tier?

Als er sich durch ein Grüppchen angetrunkener Bauern schlängelte,
die über die Vorteile einer spät im Jahr vorgenommenen Schafschur
stritten, wäre er beinahe über eine dunkle Gestalt gestolpert, die
unter dem hin- und herschwingenden Gasthausschild an der Mauer
hockte. Ein rundes, rosiges Gesicht mit kleinen dunklen Augen sah
zu ihm auf. Simon gab ein paar gemurmelte Laute der Entschuldigung
von sich und wollte schon weitergehen, als ihm plötzlich eine Erinnerung kam.

»Ich kenne Euch!« sagte er zu der zusammengekauerten Gestalt, die
wie erschreckt die dunklen Augen aufriß. »Ihr seid der Mönch, den
ich auf der Mittelgasse kennengelernt habe! Bruder... Bruder
Cadrach.«

Cadrach, der einen Moment ausgesehen hatte, als wolle er sich auf
Händen und Knien davonmachen, kniff die Augen zusammen und
musterte nun seinerseits Simon mit scharfem Blick.

»Erinnert Ihr Euch nicht?« fragte dieser aufgeregt. Der Anblick eines
bekannten Gesichtes stieg ihm zu Kopf wie Wein. »Mein Name ist
Simon.« Ein paar von den Bauern drehten sich um und schauten mit
trüben Augen gleichgültig zu ihnen hinüber. Simon durchzuckte jähe
Furcht, als ihm einfiel, daß er auf der Flucht war. »Mein Name ist
Simon«, wiederholte er leiser.

Ein Ausdruck des Erkennens, in dem noch etwas anderes lag, trat auf
das runde Gesicht des Mönches. »Simon! Aber natürlich, Junge!
Und was führt dich aus dem großen Erchester ins elende, kleine
Flett?« Mit Hilfe eines langen Stockes, der neben ihm an der Mauer
gelehnt hatte, stand Cadrach auf.

»Ach... hm...«, antwortete Simon verdutzt.

Was hast du nun schon wieder angerichtet, du Tölpel – dich mit Leuten,
die du kaum kennst, in ein Gespräch eingelassen! Denk nach, Mondkalb!
Morgenes hat sich solche Mühe gegeben, dir klarzumachen, daß es hier

nicht um ein Spiel geht. »Ich hatte einen Auftrag . . . für jemanden in der Burg . . .«

»Und da hast du beschlossen, das bißchen Geld zu nehmen, das dir übrigblieb, und in dem berühmten ›Drachen und Fischer‹ Rast zu machen«, Cadrach verzog das Gesicht, »und eine Kleinigkeit zu dir zu nehmen.« Bevor Simon ihn aufklären oder sich auch nur entscheiden konnte, ob er das wollte, fuhr der Mönch fort: »Was du aber tun solltest, ist, das Abendessen mit mir gemeinsam einzunehmen und mich die Rechnung bezahlen zu lassen – nein, nein, Junge, ich bestehe darauf! Es ist nicht mehr als gerecht, so freundlich, wie du dich einem Fremden gegenüber erwiesen hast.« Simon brachte kein Wort heraus, und schon hatte Bruder Cadrach ihn am Arm gepackt und in den Schankraum gezogen.

Einige Gesichter wandten sich ihnen zu, als sie eintraten, aber niemand ließ den Blick länger auf ihnen ruhen. Der Raum war langgestreckt und niedrig und auf beiden Seiten von Tischen und Bänken gesäumt, die so weinfleckig, altersschwach und zerschnitten waren, daß nur die eingetrocknete Soße und das Fett, mit denen sie überreich bespritzt waren, sie zusammenzuhalten schienen. Ein rußiger, schwitzender Bauernjunge drehte eine Rinderkeule am Spieß und zuckte zurück, als das tropfende Fett die Flammen zum Aufzischen brachte. Für Simon sah dies alles wie im Himmel aus und roch auch so.

Cadrach zog ihn zu einem Platz an der hinteren Wand; die Tischplatte war so rissig und löchrig, daß es Simon weh tat, als er seine zerschundenen Ellenbogen darauf stützte. Der Mönch ließ sich ihm gegenüber nieder, lehnte sich an die Wand und streckte seine Beine über die ganze Länge der Bank aus. Statt der Sandalen, die Simon erwartet hätte, trug der Mönch zerfetzte Stiefel, die vom Wetter und der starken Beanspruchung aufgeplatzt waren.

»Herr Wirt! Wo seid Ihr, würdiger Schenke?« rief Cadrach. Zwei Einheimische mit dichtgerunzelten Brauen und blaurasiertem Kinn, von denen Simon hätte schwören können, sie seien Zwillinge, sahen vom Nebentisch herüber, Mißbilligung in jede Furche ihrer Gesichter geschrieben. Nach kurzem Warten erschien der Eigentümer, ein bärtiger Mann mit faßförmigem Brustkasten und einer tiefen Narbe über Nase und Oberlippe.

»Ah, da seid Ihr ja«, begrüßte ihn Cadrach. »Seid gesegnet, lieber Sohn, und bringt uns jedem einen Krug Eures besten Biers. Außerdem seid so gut und schneidet uns etwas von der Keule dort ab – und dazu zwei dicke Brotscheiben, um den Saft aufzufangen. Vielen Dank, junger Freund.«

Der Eigentümer des Gasthofs zog bei Cadrachs Worten ein finsteres Gesicht, nickte jedoch kurz mit dem Kopf und entfernte sich. Dabei hörte Simon ihn ». . . Hernystiri-Lump . . .« murmeln.

Bald kam das Bier, dann das Fleisch, dann weiteres Bier. Zuerst schlang Simon alles hinunter wie ein verhungerter Hund, aber nachdem er den ersten verzweifelten Heißhunger gestillt und sich im Raum umgesehen hatte, um sich zu vergewissern, daß niemand ihnen ungebührliche Aufmerksamkeit widmete, verlangsamte er sein Tempo und fing an, Bruder Cadrachs weitschweifigen Reden zuzuhören.

Der Hernystiri war ein wundervoller Geschichtenerzähler, trotz seines schnarrenden Akzents, der ihn manchmal etwas schwer verständlich machte. Die Geschichte vom Harfner Ithineg und seiner langen, langen Nacht erheiterte Simon ungemein, obwohl er ein wenig schockiert war, sie ausgerechnet von einem Mann im geistlichen Gewand zu hören. Über die Abenteuer des Roten Hathrayhinn und der Sithifrau Finaju mußte er so lachen, daß er sich Bier über das ohnehin beklekkerte Hemd spritzte.

Sie hatten lange gegessen; das Gasthaus war bereits halb geleert, als der bärtige Wirt ihnen zum vierten Mal die Becher füllte. Mit weit ausholenden Gebärden erzählte Cadrach Simon von einem Kampf, dessen Zeuge er einmal in den Docks von Ansis Pelippé in Perdruin gewesen war. Zwei Mönche, erklärte er, hatten einander bei einem Streit, in dem es darum ging, ob unser Herr Usires einen Mann auf der Insel Grenammam auf magische Weise von der Verzauberung in ein Schwein befreit hatte oder nicht, beinahe bewußtlos geprügelt. Gerade an der aufregendsten Stelle – Bruder Cadrach wedelte bei seiner Schilderung derart begeistert mit den Armen, daß Simon fürchtete, er werde von der Bank herunterfallen – knallte der Schankwirt ganz laut einen Bierkrug auf den Tisch. Cadrach, mitten im Ausruf unterbrochen, schaute auf.

»Nun, guter Herr?« erkundigte er sich und hob eine buschige Braue. »Und was können wir für Euch tun?«

Der Wirt stand mit verschränkten Armen da, eine mißtrauische Miene im verkniffenen Gesicht. »Hab Euch bis jetzt Kredit gegeben, weil Ihr ein Mann des Glaubens seid, Vater«, antwortete er, »aber ich muß jetzt bald schließen.«

»Ist das alles, was Euch fehlt?« Über Cadrachs rundliches Gesicht huschte ein schnelles Lächeln. »Wir sind gleich bei Euch und rechnen ab, guter Mann. Wie war noch Euer Name?«

»Freawaru.«

»Nun, dann habt keine Sorge, wackerer Freawaru. Laßt den Jungen und mich noch diese Krüglein austrinken, dann könnt Ihr Euch schlafen legen.« Mehr oder weniger zufriedengestellt, nickte Freawaru in seinen Bart und stapfte davon, um den Burschen anzubrüllen, der den Bratspieß drehte. Mit einem langen, geräuschvollen Schluck leerte Cadrach seinen Becher und wandte dann sein Grinsen Simon zu.

»Komm, trink aus, Junge. Wir wollen den Mann nicht warten lassen. Ich gehöre zum Orden der Granisier, weißt du, und empfinde Mitgefühl mit dem armen Kerl. Der gute Sankt Granis ist unter anderem der Patron der Gastwirte und Trunkenbolde – eine durchaus natürliche Zusammenstellung.«

Simon lachte vergnügt und leerte den Becher, aber als er ihn niedersetzte, zupfte eine Erinnerung an ihm wie ein Finger. Hatte ihm Cadrach damals, als er ihm in Erchester das erste Mal begegnete, nicht erzählt, daß er zu einem anderen Orden gehörte? Irgend etwas mit v? Vilderivaner?

Der Mönch stocherte mit dem Ausdruck tiefer Versunkenheit in den Taschen seiner Kutte herum, so daß Simon die Frage nicht weiter verfolgte. Gleich darauf zog Cadrach einen ledernen Geldbeutel heraus und ließ ihn auf den Tisch fallen; der Beutel blieb stumm – kein Klirren, kein Klimpern. Cadrachs glänzende Stirn legte sich in bestürzte Falten. Er hielt die Börse ans Ohr und schüttelte sie langsam hin und her. Immer noch kein Laut. Simon riß die Augen auf.

»Ach, Jungchen, Jungchen«, begann der Mönch zu klagen, »schau dir das an! Ich bin heute stehengeblieben, um einem armen Bettler zu helfen – zum Wasser hab ich ihn hinuntergetragen und ihm die blutenden Füße gewaschen –, und sieh dir an, wie er mir meine Freundlichkeit gelohnt hat.« Cadrach drehte den Geldbeutel um, so daß Simon das gähnende Loch sehen konnte, das in die Unterseite geschlitzt war. »Wunderst du dich noch, warum ich manchmal Angst um diese Welt habe, junger Simon? Ich habe dem Mann geholfen, und er – ja, in der Tat, er muß mich beraubt haben, noch während ich ihn trug.« Der Mönch stieß einen tiefen Seufzer aus. »Hm, Junge, ich fürchte, ich muß deine Menschenfreundlichkeit und ädonitische Nächstenliebe in Anspruch nehmen und mir von dir das Geld borgen, das wir hier schuldig sind – ich kann es dir bald zurückzahlen, hab deshalb keine Sorge. Tz, tz«, schnalzte er und schwenkte die aufgeschlitzte Börse vor dem glotzenden Simon, »oh! Die Welt ist krank vor Sünde.«

Simon hörte Cadrachs Worte nur wie aus weiter Ferne, ein Lautgemurmel in seinem bierumnebelten Kopf. Er schaute nicht auf das Loch in der Börse, sondern auf die Möwe, die mit dickem, blauem Garn auf das Leder gestickt war. Die angenehme Trunkenheit von eben hatte sich in etwas Schweres und Saures verwandelt. Dann hob er den Kopf, bis sein Blick dem Bruder Cadrachs begegnete. Das Bier und die Wärme des Schankraums hatten Simons Wangen und Ohren gerötet, jetzt aber fühlte er, wie aus seinem jagenden Herzen eine noch viel heißere Blutwelle aufstieg.

»Das... ist... mein... Geldbeutel!« sagte er, Cadrach blinzelte wie ein ausgehobener Dachs.

»Was, Junge?« fragte er vorsichtig und rutschte langsam von der Wand weg zur Mitte der Bank. »Ich fürchte, ich habe nicht recht gehört.«

»Dieser... Geldbeutel... gehört... *mir.*« Simon fühlte den ganzen Kummer, all die ohnmächtige Wut über den Verlust wieder in sich aufsteigen – Judiths enttäuschtes Gesicht, Doktor Morgenes' betrübtes Erstaunen –, dazu das Gefühl von Erschrecken und Übelkeit im Magen, weil man sein Vertrauen mißbraucht hatte. Sämtliche roten Nackenhaare standen ihm zu Berge wie Eberborsten. »Dieb!« schrie er plötzlich und wollte sich auf Cadrach stürzen. Aber der hatte das kommen sehen. Schon war der kleine Mönch von der Bank herunter und huschte rückwärts nach der Tür.

»So warte doch, Junge, du irrst dich!« rief er, aber wenn das wirklich seine Meinung war, so mußte er wenig Vertrauen in die eigene Fähigkeit haben, Simon zu überzeugen. Ohne eine Sekunde innezuhalten, raffte er seinen Stock an sich und sprang zur Tür hinaus. Simon wollte mit einem Satz hinter ihm her, hatte aber kaum den Türpfosten passiert, als er sich von einem Paar bärenartiger Tatzen um die Mitte gepackt fühlte. Gleich darauf schwebte er in der Luft, sein Atem wurde aus ihm herausgepreßt, und die Beine baumelten hilflos nach unten.

»Und was glaubst du, was du da machst, he?« brummte ihm Freawaru ins Ohr. Er machte in der Tür kehrt und schleuderte Simon in den vom Feuer rotgemalten Schankraum zurück. Simon landete auf dem nassen Boden und schnappte nach Luft.

»Es ist der Mönch!« stöhnte er endlich. »Er hat meinen Geldbeutel gestohlen! Laßt ihn nicht entwischen!«

Freawaru steckte kurz den Kopf durch die Tür. »Wenn das stimmt, ist er schon über alle Berge, der Kerl – aber woher soll ich wissen, daß das nicht alles zu eurem Plan gehört, he? Woher weiß ich, daß ihr beide diesen Mönch-und-Lustknabe-Trick nicht in jeder Kneipe zwischen hier und Utanyeat abzieht?« Hinter ihm lachten ein paar späte Zecher. »Steh auf, Junge«, sagte er, ergriff Simon beim Arm und riß ihn grob in die Höhe. »Ich will feststellen, ob Deorhelm oder Godstan schon von euch beiden gehört haben.«

Er schob Simon zur Tür hinaus und um die Hausecke herum, wobei er dessen Arm mit festem Griff gepackt hielt. Das Mondlicht schien auf das mit hellem Stroh gedeckte Stalldach und die ersten Vorpostenbäume des nur einen Steinwurf weit entfernten Waldes.

»Ich weiß nicht, warum du nicht einfach nach Arbeit gefragt hast, du Esel«, grollte Freawaru, während er den stolpernden Jungen weiterstieß. »Jetzt, wo mein Heanfax gerade weg ist, hätte ich einen kräftigen jungen Burschen wie dich gut brauchen können. Verdammte Dummheit – und halt jetzt nur deinen Mund!«

Neben dem Stall stand eine kleine Kate, deren Hinterwand mit dem Hauptgebäude der Herberge verbunden war. Freawaru hämmerte mit der Faust gegen die Tür.

»Deorhelm!« rief er. »Bist du noch auf? Komm und sieh dir den Jungen hier an, und sag mir, ob du ihn schon mal irgendwo gesehen hast.« Drinnen vernahm man das Geräusch von Schritten.

»Beim verdammten *Baum,* bist du das, Freawaru?« knurrte eine Stimme. »Wir müssen beim Hahnenschrei wieder ᷈auf der Straße sein.« Die Tür schwang auf. Mehrere Kerzen beleuchteten den dahinterliegenden Raum.

»Du hast Glück gehabt, daß wir beim Würfeln waren und noch nicht im Bett«, meinte der Mann, der die Tür geöffnet hatte. »Was gibt es?«

Simons Augen weiteten sich und sein Herz explodierte in entsetztem Dröhnen. Der Mann dort und der andere, der gerade an einem der Bettlaken sein Schwert polierte, trugen die grüne Uniform von Elias' Erkyngarde!

»Dieser junge Strolch und Dieb von einem . . .« konnte Freawaru gerade noch herausbringen, als Simon herumfuhr und dem Wirt den Kopf in den Magen rannte. Mit einem erschreckten Ausstoßen der Luft ging der Bärtige zu Boden. Simon sprang über seine strampelnden Beine und floh in den Schutz des Waldes; ein paar große Sätze, und er war verschwunden. Die beiden Soldaten starrten in sprachloser Verwunderung hinterher. Auf der Erde vor der von Kerzen erhellten Tür fluchte Freawaru, der Schankwirt, wälzte sich, trat um sich und fluchte wieder.

XVI

Der Weiße Pfeil

»Es ist ungerecht!« schluchzte Simon vielleicht zum hundertsten Mal
und schlug mit den Fäusten auf die nasse Erde ein. An seinen geröteten Knöcheln klebten Blätter; er fühlte sich kein bißchen wärmer.
»Ungerecht!« murmelte er und rollte sich wieder zur Kugel zusammen. Die Sonne war schon vor einer Stunde aufgegangen, aber das
matte Licht brachte keine Wärme. Simon bibberte und weinte.

Und es war wirklich ungerecht. Was hatte er denn getan, daß er hier
naß, unglücklich und heimatlos im Forst von Aldheorte kauerte, während andere Leute in warmen Betten schliefen oder gerade aufstanden
und Brot und Milch und trockene Kleider vorfanden? Warum wurde
er gejagt und gehetzt wie ein schmutziges Tier? Er hatte versucht, das
Rechte zu tun und seinem Doktor sowie dem Prinzen zu helfen, und
das hatte ihn zu einem verhungernden Ausgestoßenen gemacht.

Aber Morgenes hat es viel schlimmer getroffen, oder nicht? bemerkte ein
Teil von ihm verächtlich. *Der arme Mann würde wahrscheinlich gern
den Platz mit dir tauschen.*

Aber auch darauf kam es eigentlich nicht an: Doktor Morgenes
hatte zumindest eine gewisse Vorstellung gehabt, worum es ging und
was alles passieren konnte. Er, Simon, dagegen war, dachte er angewidert, so unschuldig und einfältig gewesen wie eine Maus, die vor
die Tür geht, um mit der Katze Fangen zu spielen.

Warum haßt Gott mich so? fragte Simon sich schniefend. Wie konnte
Usires Ädon, der doch, wie der Priester immer sagte, über alle Menschen wachte, ihn so im Stich lassen, daß er hier in der Wildnis leiden und sterben mußte? Von neuem brach er in Tränen aus.

Als er sich einige Zeit später die Augen rieb, fragte er sich, wie lange er wohl so dagelegen und ins Leere gestarrt hatte. Er stand auf und verließ den Schutz des Baumes, um wieder Leben in Hände und Füße zu schütteln. Dann kehrte er noch einmal zu dem Stamm zurück, um seine Blase zu leeren, und stapfte schließlich mürrisch an das kleine Bächlein hinunter, um zu trinken. Der unbarmherzige Schmerz in Knien, Rücken und Hals machte ihm bei jedem Schritt Vorwürfe.

Sie sollen alle in die Hölle verdammt sein. Verdammter Scheißwald. Und Gott auch, kommt gar nicht mehr drauf an.

Ängstlich blickte er von seiner Handvoll eiskalten Wassers auf, aber die wortlose Lästerung blieb ungestraft.

Als er fertiggetrunken hatte, ging er ein kurzes Stück bachaufwärts zu einer Stelle, an der sich der Wasserlauf zum Teich erweiterte und das unruhige Wasser glatt dahinfloß. Dort kauerte er sich nieder und starrte auf sein von Tränen gekräuseltes Spiegelbild, bis er in Höhe seines Gürtels einen Widerstand spürte, der es ihm erschwerte, sich weiter vorzubeugen, ohne sich dabei mit den Händen abzustützen.

Das Manuskript des Doktors! fiel ihm ein.

Er richtete sich halb auf und zog das warme, biegsame Paket zwischen Hose und Hemdbrust hervor. Sein Gürtel hatte eine Längsfalte in das ganze Bündel gepreßt. So lange hatte er die Seiten getragen, daß sie sich der Rundung seines Bauchs anschmiegten wie der Teil einer Rüstung; nun lagen sie gebläht wie ein vom Wind gefülltes Segel in seiner Hand. Das oberste Blatt war mit Erde verschmiert und verkrustet, aber Simon erkannte die kleine, verschnörkelte Schrift des Doktors; er hatte die dünne Rüstung von Morgenes' Worten getragen. Ein plötzlicher, wilder Krampf wie von Hunger überfiel ihn, und er legte die Papiere sanft zur Seite und sah wieder in den Tümpel.

Es dauerte einen kleinen Augenblick, bis er sein Spiegelbild von den Streifen und Flecken der Schatten auf der Wasseroberfläche unterscheiden konnte. Er hatte das Licht im Rücken; sein Abbild bestand im wesentlichen aus dem Umriß einer dunklen Gestalt mit nur angedeuteten Zügen hinter Schläfe, Wange und Kinn, auf die Licht fiel. Er drehte den Kopf, um die Sonne aufzufangen, und sah aus dem Augenwinkel ein gejagtes Tier, das sich im Wasser spiegelte, das Ohr schräggestellt, als lausche es auf Verfolgung, das Haar eine wirre

Hecke einzelner Büschel, der Hals so gebogen, daß er nicht Zivilisation verriet, sondern Wachsamkeit und Furcht. Hastig sammelte er das Manuskript ein und ging das Bachufer hinauf.

Ich bin ganz und gar allein. Nie mehr wird jemand für mich sorgen. Nicht daß es bisher einer getan hätte. Ihm war, als könne er fühlen, wie ihm das Herz in der Brust brach.

Nach ein paar Minuten Suche fand er eine Stelle, die von der Sonne beschienen wurde. Dort ließ er sich nieder, um seine Tränen zu trocknen und sich Gedanken zu machen. Er lauschte den Vögeln, deren Echo den sonst lautlosen Forst durchdrang, und ihm wurde völlig klar, daß er wärmere Kleidung brauchte, wenn er im Freien übernachten mußte – und zwar rasch, bevor er sich noch weiter vom Hochhorst entfernte. Außerdem mußte er sich entscheiden, wohin er eigentlich wollte.

Gedankenverloren blätterte er in Morgenes' Papieren herum, von denen jedes einzelne mit Worten dichtbeschrieben war. Worte – wie konnte sich jemand so viele Worte auf einmal ausdenken, geschweige denn, sie niederschreiben? Ihm tat beim bloßen Gedanken daran das Hirn weh. Und was nützten sie einem, sann er, und seine Unterlippe bebte vor Bitterkeit, wenn man fror und Hunger hatte... oder wenn Pryrates vor der Tür stand? Er zog zwei Blätter auseinander. Das untere zerriß, und ihm war, als hätte er versehentlich einen Freund gekränkt. Er starrte es sekundenlang an und malte mit zerkratztem Finger feierlich die vertraute Schönschrift nach. Dann hielt er es hoch, damit Licht darauf fiel, kniff die Augen zusammen und las.

»... darum ist es seltsam, wenn man bedenkt, daß gerade die Verfasser der Lieder und Geschichten, die Johans glänzenden Hof unterhielten, den König mit ihren Bemühungen, ihn in etwas Überlebensgroßes zu verwandeln, eher kleiner machten, als er wirklich war.«

Beim ersten Durchlesen, als er den Text Wort für Wort entzifferte, verstand er überhaupt nichts; aber beim zweiten Mal trat der Tonfall von Morgenes' Redeweise deutlich hervor. Simon hätte fast gelächelt und vergaß für einen Moment seine schreckliche Lage. Er begriff immer noch sehr wenig von dem, was er las, aber er erkannte die Stimme seines Freundes.

»Man betrachte zum Beispiel«, hieß es weiter, *»seine Ankunft in Erkyn-*

land. Er stammte von der Insel Warinsten. Die Balladensinger behaupten immer, Gott habe ihn gerufen, den Drachen Shurakai zu erschlagen; er sei bei Grenefod gelandet, sein Schwert Hellnagel in der Hand, sein Sinn nur auf die große Aufgabe gerichtet.

Doch obwohl es durchaus möglich ist, daß ein gütiger Gott ihn herrief, das Land von dem schrecklichen Untier zu befreien, so bliebe doch zu klären, wieso Gott es zuließ, daß besagter Drache erst einmal lange Jahre das Land verwüstete, bevor er ihm eine Nemesis erstehen ließ. Und natürlich erinnerten sich die, welche Johan in jenen Tagen kannten, sehr wohl daran, daß er Warinsten als schwertloser Bauernsohn verließ und als ebensolcher unsere Küsten erreichte; und ebensowenig dachte er überhaupt an den Roten Lindwurm, bevor er fast ein Jahr in unserem Erkynland zugebracht hatte . . .«

Es war ungemein tröstlich, Morgenes' Stimme wieder zu hören, wenn auch nur im Kopf, aber der Inhalt des Absatzes verwirrte Simon trotzdem. Wollte Morgenes damit sagen, daß Johan der Priester den Drachen gar nicht getötet hatte, oder nur, daß Gott ihn nicht dazu auserwählt hatte? Wenn ihn aber unser Herr Usires im Himmel gar nicht auserkoren hatte, wie hatte er es geschafft, das Erzungeheuer zu besiegen? Hieß er beim Volk von Erkynland nicht ›der von Gott gesalbte König‹?

Während er so nachdenklich dasaß, blies ein kalter Wind durch die Bäume herab und überzog Simons Arme mit Gänsehaut.

Bei Ädons Fluch, ich muß einen Mantel oder sonst etwas Warmes zum Anziehen haben, überlegte er. Und mir darüber klarwerden, wo ich hin will, anstatt hier herumzusitzen und wie ein Einfältiger über alten Schriften zu brüten.

Offensichtlich war sein Plan vom Vortag, nämlich sich unter einer dünnen Schicht von Anonymität zu verstecken und in irgendeiner Dorfschenke Spießdreher oder Scheuerjunge zu werden, ein Ding der Unmöglichkeit. Ob die beiden Wachen, denen er entkommen war, ihn erkannt hatten oder nicht, war nicht mehr die Frage; hatten sie es nicht getan, würde es bei nächster Gelegenheit ein anderer tun. Simon war überzeugt, daß Elias' Soldaten schon längst die Gegend nach ihm abkämmten. Schließlich war er nicht einfach ein entlaufener Diener, sondern ein Verräter und Schwerverbrecher. Schon mehrere Menschen hatten Josuas Flucht mit dem Leben bezahlt; wenn Simon der Erkyngarde in die Hände fiel, würde es kein Erbarmen geben.

Wie konnte er entkommen? Wo sollte er hin? Wieder fühlte er Panik in sich aufsteigen und versuchte sie zu unterdrücken. Morgenes' letzter Wunsch war es gewesen, daß er Josua nach Naglimund folgen sollte. Jetzt sah es tatsächlich so aus, als wäre das die einzig brauchbare Lösung. Wenn dem Prinzen die Flucht geglückt war, würde er Simon bestimmt gern aufnehmen. Wenn nicht, würden Josuas Lehnsleute ihm als Gegenleistung für Nachricht von ihrem Herrn sicher Zuflucht gewähren. Allerdings war es ein elend weiter Weg nach Naglimund. Simon kannte die Route und die Entfernung nur vom Hörensagen, aber niemand hatte sie je als kurz bezeichnet. Wenn er der Alten Forststraße weiter westwärts folgte, würde sie irgendwann die Weldhelmstraße kreuzen, die am Fuß des Gebirgszuges, nach dem sie benannt war, nach Norden führte. Wenn er den Weg zum Weldhelm fand, würde er zumindest in die richtige Richtung steuern.

Mit einem vom Saum seines Hemdes abgerissenen Streifen schnürte er die Papiere zusammen, rollte sie zu einer Röhre und umwickelte sie mit dem Stoff, den er an den Enden sorgfältig drehte und zuband. Dabei merkte er, daß er ein Blatt vergessen hatte; es lag ein wenig abseits, und als er es aufhob, sah er, daß es von seinem eigenen Schweiß verschmiert war. In den verwischten, unlesbar gewordenen Buchstaben war ein Satz unversehrt geblieben. Simon sprangen die Worte entgegen:

»... *Wenn ihn überhaupt ein göttlicher Funke berührt hatte, so zeigte sich das am deutlichsten in seinem Kommen und Gehen, nämlich daran, daß er zur besten Stunde am rechten Platz war und daraus seinen Vorteil zog...*«

Es war keine ausgesprochene Vorhersage oder Prophezeiung, aber es ermutigte Simon ein wenig und bestärkte ihn in seinem Entschluß. Nach Norden wollte er gehen – nordwärts nach Naglimund.

Für einen stachligen, schmerzhaften, unseligen Tagesmarsch im Windschatten der Alten Forststraße entschädigte ihn zum Teil eine

glückliche Entdeckung. Als er so durch das Unterholz stelzte –
gelegentliche Katen, die sich in Rufweite der Straße duckten, umging
er –, erhaschte Simon durch eine Lücke im Mantel des Waldes einen
Blick auf einen unermeßlichen Schatz: unbeaufsichtigte Wäsche. Das
Auge fest auf die schäbige, mit Brombeergestrüpp gedeckte Hütte
geheftet, die ein paar Schritte daneben stand, schlich er auf den
Baum zu, dessen Äste mit feuchten Kleidern und einer stinkigen, trie-
fendnassen Decke behängt waren. Sein Herz schlug hastig, als er
einen wollenen Mantel herunterzog, der vor Feuchtigkeit so schwer
war, daß Simon taumelte, als er ihm in die Arme glitt. Aus der Kate
kam kein Alarm; tatsächlich sah es so aus, als sei niemand in der
Nähe. Das gab Simon, ohne daß er einen Grund dafür wußte, ein
noch viel übleres Gefühl wegen seines Diebstahls. Als er mit seiner
Last in das Gewirr der Bäume zurückrannte, sah er vor seinem geistigen Auge wieder ein rohes Holzschild, das gegen eine Brust schlug,
die nicht mehr atmete.

Die Sache war die, das merkte Simon schon sehr bald, daß das Leben
eines Gesetzlosen ganz und gar nicht so aussah wie in den Geschichten von Hans Mundwald dem Räuber, die Shem ihm erzählt hatte. In
seiner Phantasie war der Wald von Aldheorte eine Art endloser,
hoher Saal mit einem Fußboden aus weichem Rasen und ragenden
Baumstammsäulen gewesen, auf denen eine ferne Decke aus Blättern
und blauem Himmel ruhte, ein luftiges Zelt, in dem Ritter wie Herr
Tallistro von Perdruin oder der gewaltige Camaris auf stolzen
Schlachtrossen einherritten und verzauberte Damen von einem entsetzlichen Schicksal erlösten. In unnachsichtiger, geradezu bösartiger
Wirklichkeit gestrandet, mußte Simon feststellen, daß die Bäume am
Waldrand sich eng aneinanderdrängten und ihre Äste verstrickten
wie Schlangen in einem Gleitknoten. Schon das Unterholz war ein
Hindernis, ein grenzenloses, buckliges Feld aus Dornranken und
umgestürzten Stämmen, die fast unsichtbar unter Moos und faulen-
den Blättern lagen.
Wenn er sich in diesen ersten Tagen ab und zu auf einer Lichtung wiederfand und ein kurzes Stück ungehindert weitergehen konnte, gab
ihm das Geräusch der eigenen Schritte, die auf den locker geschichte-

ten Erdboden trommelten, das Gefühl, nackt zu sein. Er ertappte sich dabei, wie er im schrägen Sonnenlicht eilig über die Senken huschte und um die Sicherheit des Unterholzes flehte. Dieses Versagen seiner Nerven machte ihn so wütend, daß er sich zwang, die Lichtungen langsam zu überqueren. Manchmal sang er sogar tapfere Lieder und lauschte dem Echo, als sei der Ton seiner Stimme, die immer leiser wurde und schließlich in den alles dämpfenden Bäumen erstarb, das Natürlichste auf der Welt; aber kaum, daß er wieder im Unterholz angelangt war, hatte er zumeist vergessen, was er kurz zuvor gesungen hatte.

Obwohl sein Kopf noch voller Erinnerungen an sein Leben auf dem Hochhorst steckte, waren sie zu bloßen Gedächtnisfetzen verkommen, die immer entfernter und unwirklicher schienen und durch einen wachsenden Nebel aus Zorn, Verbitterung und Verzweiflung ersetzt wurden. Heimat und Glück hatte man ihm gestohlen. Das Leben auf dem Hochhorst war etwas Großartiges und Behagliches gewesen: die Menschen freundlich, die Unterbringung wunderbar bequem. Jetzt trampelte er Stunde um müde Stunde durch den verfilzten Wald und schwamm in Kummer und Selbstmitleid. Er fühlte, wie seine frühere Persönlichkeit langsam verschwand und ein immer größerer Teil seiner wachen Gedanken sich nur noch um zwei Dinge drehte: essen und weitergehen.

Zuerst hatte er lange gegrübelt, ob er der Schnelligkeit wegen die offene Straße einschlagen und eine Entdeckung riskieren durfte oder lieber versuchen sollte, im Schutz des Waldes neben der Straße herzugehen. Letzteres war ihm klüger vorgekommen, aber schon bald merkte er, daß Straße und Waldrand an manchen Stellen weit auseinanderklafften und es im dichten Gestrüpp des Altherz oft erschreckend schwer war, die Straße wiederzufinden. Zugleich sah er in peinlicher Verlegenheit ein, daß er nicht die leiseste Ahnung hatte, wie man ein Feuer anzündet, etwas, an das er nie einen Gedanken verschwendet hatte, wenn er Shems Schilderungen vom schnurrigen Hans Mundwald und seinen Räuberbrüdern zuhörte, die an ihrer Waldtafel saßen und sich an gebratenem Wildbret labten. Ohne Fakkel, die ihm den Weg beleuchtete, konnte er wohl nur eins tun: nachts, wenn der Mond schien, auf der Straße gehen. Dann würde er am Tag schlafen und die verbleibenden Stunden Sonnenlicht benutzen, um sich weiter durch den Wald zu plagen.

Keine Fackel, das bedeutete auch kein Kochfeuer, und das war in gewisser Weise das Schlimmste. Von Zeit zu Zeit fand er Gelege mit gefleckten Eiern, die Birkhennen in Verstecken aus ineinandergeflochtenem Gras verborgen hatten. Das war Nahrung für ihn, aber es fiel ihm schwer, die klebrigen, kalten Dotter zu schlürfen, ohne dabei an die warmen, duftenden Herrlichkeiten aus Judiths Küche zu denken und sich mit Bitterkeit an die Morgen zu erinnern, an denen er es so ungeheuer eilig gehabt hatte, zu Morgenes oder hinaus auf den Turnierplatz zu kommen, daß er große Klumpen Butter und mit Honig bestrichenes Brot unangerührt auf dem Teller liegengelassen hatte. Jetzt plötzlich war der Gedanke an einen Kanten mit Butter ein Traum vom Überfluß.

Simon, der nicht jagen konnte und wenig oder gar nichts davon verstand, welche Wildpflanzen man ohne schädliche Folgen essen konnte, fristete sein Leben dadurch, daß er die Gärten der in der Gegend lebenden Kätner plünderte. Mit wachsamem Blick auf Hunde oder zornige Bewohner stürzte er aus dem schützenden Wald hervor, um die armselig kargen Gemüsebeete zu fleddern, scharrte Karotten oder Zwiebeln aus der Erde oder pflückte ein paar Äpfel von unteren Zweigen – aber selbst diese mageren Speisen fand er selten und nur in großen Abständen. Oft hatte er beim Gehen solche Hungerkrämpfe, daß er vor Wut aufbrüllte und dem verfilzten Gestrüpp wilde Fußtritte versetzte. Einmal trat er so fest zu und schrie so laut, daß er vornüber in das Unterholz fiel und lange Zeit nicht aufstehen konnte. Er lag da, hörte, wie das Echo seiner Schritte verstummte und dachte, nun würde er sterben.

Nein, das Leben im Wald war nicht ein Zehntel so herrlich, wie er es sich an diesen längstvergangenen Nachmittagen auf dem Hochhorst ausgemalt hatte, als er im Stall gehockt, den Geruch von Heu und Zaumzeugleder eingeatmet und Shems Geschichten gelauscht hatte. Der mächtige Altherz war ein finsterer und geiziger Wirt, der Fremden keine Bequemlichkeit gönnen wollte. Simon versteckte sich in dornigem Gestrüpp, um die Sonnenstunden zu verschlafen, bahnte sich in der Dunkelheit unter dem im Netz der Bäume gefangenen

Mond seinen feuchten, bibbernden Weg oder huschte in seinem herumschlotternden, viel zu weiten Mantel verstohlen durch die Gartenbeete – und wußte immer, daß er mehr Hase als Hund war.

Obwohl er die zusammengerollten Aufzeichnungen des Doktors immer mitschleppte und sich an sie klammerte wie an einen Amtsstab oder den gesegneten *Baum* eines Priesters, las er, während die Tage vergingen, immer seltener darin. Am dünnen Ende des Tages, zwischen einer erbarmungswürdigen Mahlzeit – falls es überhaupt eine gab – und der furchterregenden, ihn immer enger umschließenden Finsternis der Welt dort draußen öffnete er wohl das Bündel und las ein Stück von einer Seite, aber jeden Tag schien der Sinn der Worte ihm schwerer begreiflich. Eine Seite, auf der die Namen Johan, Eahlstan der Fischerkönig und Shurakai der Drache mehrfach vorkamen, erregte seine Eintagsfliegenaufmerksamkeit, aber nachdem er sie mühsam viermal durchgelesen hatte, erkannte er, daß sie nicht mehr Sinn für ihn ergab als die Jahresringe auf einem Stück Baumholz. An seinem fünften Nachmittag im Wald saß er, die Blätter im Schoß, nur noch da und weinte leise vor sich hin. Geistesabwesend streichelte er das glatte Pergament, so wie er vor unzähligen Jahren die Küchenkatze gekrault hatte, in einem warmen, hellen Raum, der nach Zwiebeln und Zimt roch . . .

Eine Woche und einen Tag nach den Ereignissen im »Drachen und Fischer« passierte er in Rufweite das Dorf Sistan, eine Siedlung kaum größer als Flett. Die Lehm-Zwillingskamine des Gasthauses rauchten, aber die Straße war leer, und die Sonne schien hell. Aus einer Gruppe Silberbirken spähte Simon von einer Anhöhe hinunter, und die Erinnerung an sein letztes warmes Essen versetzte ihm einen fast körperlichen Schmerz, so daß seine Knie schwach wurden und er um ein Haar gestürzt wäre. Jener längst verschollene Abend schien trotz seines unerfreulichen Abschlusses Morgenes' Beschreibung vom heidnischen Paradies der alten Rimmersgarder zu gleichen: ewiges Trinken und Geschichtenerzählen, fröhliches Feiern ohne Ende.
Er schlich den Hügel hinunter und auf das stille Gasthaus zu. Seine Hände zitterten, und er schmiedete wilde Pläne, wie er von einem

unbewachten Fenstersims eine Fleischpastete stehlen oder durch eine Hintertür schlüpfen und die Küche plündern würde. Schon hatte er die Bäume hinter sich gelassen und war den halben Abhang hinuntergestiegen, als ihm jäh zu Bewußtsein kam, was er da tat: am schattenlosen Vormittag aus dem Wald herauszukommen wie ein krankes, fieberndes Tier, das den Selbsterhaltungstrieb verloren hat. Trotz seines dornenbesetzten Wollmantels fühlte er sich plötzlich nackt. Wie angewurzelt blieb er stehen, machte kehrt und rannte davon, den Abhang wieder hinauf und zurück zu den schwanenschlanken Birken. Jetzt schienen selbst sie ihm nackt zu sein; fluchend und schluchzend hastete er tiefer in die dichteren Schatten und hüllte sich in Altherz wie in einen Mantel.

Fünf Tage westlich von Sistan fand sich der schmutzstarrende, halbverhungerte Junge auf einem anderen Hang wieder, von dem er geduckt auf eine aus rohen Spaltholzbrettern gebaute Hütte schaute, die in einem engen Waldtal lag. Er wußte genau – jedenfalls so genau, wie es bei seinen so erbärmlich zerfetzten und bruchstückhaften Gedanken überhaupt möglich war –, daß ein weiterer Tag ohne richtiges Essen oder noch eine einsame Nacht in dem kalten, gleichgültigen Wald ihn tatsächlich und endgültig in den Wahnsinn treiben und ganz und gar zu dem Tier machen würden, als das er sich mehr und mehr fühlte. Seine Gedanken waren bereits dabei, abstoßend und viehisch zu werden: Fressen, dunkle Verstecke, müdes Durch-den-Wald-Stapfen, das war alles, was ihn noch interessierte. Immer schwerer fiel es ihm, sich an die Burg zu erinnern – war es dort warm gewesen? Hatte jemand mit ihm gesprochen? Als sich gestern ein Ast durch sein Wams gebohrt und ihm die Haut aufgerissen hatte, war er nur noch imstande gewesen, zu knurren und danach zu schlagen – ein Tier!

Jemand . . . jemand wohnt hier . . .

Die Holzhauerhütte hatte einen mit säuberlichen Steinen eingefaßten Weg zur Vordertür. Unter dem Dachvorsprung an der Seitenwand lagerte ein Stapel gespaltener Holzscheite. Bestimmt, überlegte Simon, leise schnüffelnd, bestimmt würde man sich seiner erbarmen, wenn er an die Tür ginge und ganz ruhig um etwas zu essen bäte.

*Ich bin so hungrig. Es ist nicht fair! Es ist ungerecht! Jemand muß mir zu
essen geben . . . jemand . . .*

Langsam, auf steifen Beinen, stieg er den Hügel hinunter. Sein Mund
öffnete und schloß sich. Eine versagende Erinnerung an zwischen-
menschliche Beziehungen warnte ihn, daß er dieses Landvolk, diese
mißtrauischen Waldleute in ihrer von Bäumen umringten Kuhle
nicht erschrecken durfte. Er hielt beim Gehen die leeren Handflächen ausgestreckt vor sich und spreizte die bleichen Finger als wortlo-
ses Zeichen seiner Harmlosigkeit.

Die Kate war entweder leer, oder die Bewohner reagierten einfach
nicht, als er mit seinen zerschundenen Knöcheln anpochte. Er ging
um das Häuschen herum und ließ die Fingerspitzen über das rohe Holz
schleifen. Das einzige Fenster war mit einer breiten Planke versperrt.
Wieder klopfte er, härter; nur ein hohles Echo antwortete.

Während er so unter dem verschalten Fenster hockte und sich verzweifelt fragte, ob er es vielleicht mit einem Stück Feuerholz aufbrechen könnte, ließ ihn ein raschelndes, schnappendes Geräusch aus
der gegenüberstehenden Baumreihe vor Schreck so plötzlich in die
Höhe fahren, daß sein Gesichtsfeld sich für einen Augenblick auf
einen von Schwärze umgebenen Lichtkern verengte; er schwankte
und fühlte sich übel. Der Baumzaun wölbte sich nach außen, als habe
eine gewaltige Hand ihm einen Hieb versetzt, und sprang dann
bebend zurück. Gleich darauf wurde die Stille von neuem zerrissen,
diesmal durch ein sonderbares, abgehacktes Zischen. Dieses
Geräusch verwandelte sich in einen rapiden Wortschwall – in keiner
Simon bekannten Sprache, aber es waren dennoch Worte. Nach
einem Augenblick der Erschütterung war die Lichtung wieder still.

Simon war wie zu Stein erstarrt; er konnte sich nicht rühren. Was
sollte er tun? Vielleicht war der Bewohner der Hütte auf dem Heim-
weg von einem Tier angefallen worden . . . Simon konnte ihm helfen . . . dann würde man ihm etwas zu essen geben *müssen.* Aber wie
konnte er helfen? Er konnte ja kaum gehen. Und was, wenn es ein
Tier war, nur ein Tier – wenn er sich die Worte in diesem jähen Ausbruch von Lauten nur eingebildet hatte? Und was, wenn es etwas
noch Schlimmeres war? Etwa die Wachen des Königs mit hellen,
scharfen Schwertern oder ein zum Verhungern schlankes, weißhaari-

ges Hexenwesen? Vielleicht der Teufel selber in glutroten Gewändern und mit Nachtschattenaugen?

Woher er den Mut und sogar die Kraft nahm, die steifen Knie zu strekken und auf die Bäume zuzugehen, konnte Simon nicht sagen. Hätte er sich nicht so krank und verzweifelt gefühlt, hätte er es gewiß nicht getan... aber er war nun einmal krank und verhungert und so schmutzig und einsam wie ein Nascadu-Schakal. Er zog sich den Mantel eng um die Brust, hielt die Rolle mit Morgenes' Schriften vor sich und humpelte auf das Gehölz zu.

Das Sonnenlicht sickerte ungleichmäßig durch die Bäume wie durch ein Sieb aus Frühlingsblättern und sprenkelte den Waldboden wie ein Schauer von Fithingstücken. Die Luft schien gespannt wie angehaltener Atem. Zuerst sah Simon nur dunkle Baumstämme und Splitter eindringenden Tageslichtes. An einer Stelle tanzten die Strahlen zuckend hin und her; gleich darauf erkannte Simon, daß sie eine sich windende Gestalt beschienen. Als er einen Schritt darauf zu machte, flüsterten die Blätter unter seinem Fuß, und bei diesem Geräusch hörte das Zappeln auf. Das hängende Wesen – es baumelte einen guten Meter über der schwammigen Erde – hob den Kopf und starrte ihn an. Es hatte das Gesicht eines Menschen, aber die unbarmherzigen Topasaugen einer Katze.

Simon sprang zurück, und auch das Herz in seiner Brust tat einen Satz. Er warf die Hände in die Luft und spreizte dabei die Finger so weit auseinander, als wollte er sich die Sicht auf den unheimlichen Galgenvogel dort vorn versperren. Was oder wer er auch sein mochte, er glich keinem Menschen, den Simon je gesehen hatte. Dennoch war etwas schmerzlich Bekanntes an ihm, wie aus einem halbvergessenen Traum – aber so viele von Simons Träumen waren jetzt Alpträume. Was für ein seltsames Bild! In einer grausamen Falle gefangen, um die Mitte und an den Ellenbogen von einer Schlinge aus schlangenartigem schwarzem Seil gefesselt und an einem schaukelnden Ast hängend, ohne die Erde berühren zu können, sah der Gefangene dennoch wild und trotzig aus – ein auf einen Baum gehetzter Fuchs, der mit den Zähnen in einer Jagdhundkehle sterben würde.

Wenn er ein Mensch war, dann ein sehr schlanker. Sein Gesicht mit den hohen Wangen und schmalen Knochen erinnerte Simon einen

Augenblick – einen entsetzlichen, eiskalten Augenblick – an die
schwarzgewandeten Wesen auf dem Thisterborg; aber sie waren
bleich gewesen, weißhäutig wie Blindfische, während dieser hier
goldbraun aussah wie polierte Eiche.

Um ihn in dem matten Licht beser betrachten zu können, machte
Simon einen Schritt vorwärts; der Gefangene kniff die Augen zusammen, kräuselte die Lippen und fletschte mit katzenhaftem Fauchen
die Zähne. Etwas in der Art, wie er das tat, etwas Nicht-Menschliches
in seinem durchaus menschlichen Gesicht sagte Simon sofort, daß es
kein Mann war, der hier hing wie ein gefangenes Wiesel ... es war
etwas anderes ...

Simon war näher herangekommen, als klug war, denn als er nach
oben in die bernsteingefleckten Augen starrte, schnellte sich der
Gefangene nach vorn und stieß dem Jungen die beiden in Tuchstie-
feln steckenden Füße gegen den Brustkorb. Simon hatte zwar das
schnelle Zurückschwingen bemerkt und den Angriff erwartet, wurde
aber trotzdem schmerzhaft in die Seite getroffen, so geschwind
bewegte sich der Gefangene. Der Junge taumelte zurück und warf dem
Angreifer einen wütenden Blick zu, der ebenso finster erwidert
wurde.

Als er dem Fremden aus einer Entfernung von etwa Manneslänge ins
Auge sah, beobachtete Simon, wie die irgendwie unnatürlichen Muskeln den Mund zur höhnischen Grimasse verzogen und der Sitha –
denn als hätte es ihm jemand gesagt, hatte Simon mit einem Schlag
begriffen, daß das herunterhängende Wesen genau das war – ihm in
Simons Westerlingsprache ein einziges, mühsam hervorgebrachtes
Wort zuzischte.

»Feigling!«

Simon war so erbost, daß er sich um ein Haar auf ihn gestürzt hätte,
trotz seines verhungerten Zustandes, seiner Angst und seiner schmerzenden Glieder ... bis er begriff, daß es genau das war, was der Sitha
mit seinem merkwürdig betonten Spott erreichen wollte. Simon verdrängte den Schmerz in seinen getretenen Rippen, kreuzte die Hände
über der Brust und starrte auf den gefangenen Sitha; er erlebte die
grimmige Befriedigung, etwas zu sehen, das unzweifelhaft ein Sich-
winden in ohnmächtiger Wut war.

Der *Schöne,* wie Rachel die Rasse immer abergläubisch bezeichnet hatte, trug ein fremdartig aussehendes, weiches Gewand und Hosen aus einem aalglatten, braunen Material, das nur einen Ton dunkler war als seine Haut. Gürtel und Schmuck aus schimmerndem grünem Stein bildeten einen wundervollen Gegensatz zu seinem Haar, das lavendelblau war wie Bergheidekraut und mit einem Knochenring eng am Kopf zusammengezogen, so daß es hinter dem einen Ohr als Pferdeschwanz herunterhing. Er schien kaum kleiner, aber erheblich schmaler als Simon zu sein; allerdings hatte der Junge sein Spiegelbild in letzter Zeit nur in trüben Waldtümpeln erblickt – vielleicht sah er inzwischen genauso mager und wild aus. Aber auch dann gab es Unterschiede, Dinge, die nicht völlig einzugrenzen waren: vogelähnliche Kopf- und Halsbewegungen, eine seltsame Flüssigkeit im Drehen der Gelenke, eine Aura von Macht und Beherrschung, die selbst jetzt zu spüren war, als ihr Besitzer wie ein Tier in dieser rohesten aller Fallen hing. Dieser Sitha, dieses Gespenst seiner Träume, war anders als alles, was Simon bisher gesehen hatte. Er war erschreckend und erregend . . . er war *anders.*

»Ich will . . . ich will dir nicht weh tun«, sagte Simon schließlich und merkte, daß er wie mit einem Kind redete. »Ich habe die Falle nicht gestellt.« Der Sitha fuhr fort, ihn mit bösartigen Halbmondaugen anzustarren.

Was für furchtbare Schmerzen er verbergen muß, dachte Simon bewundernd. *Seine Arme sind so weit herausgerissen . . . daß ich laut schreien würde, wenn ich dort hinge!*

Über die linke Schulter des Gefangenen schaute ein Köcher, bis auf zwei Pfeile leer. Mehrere andere Pfeile und ein Bogen aus schlankem, dunklem Holz lagen unter seinen baumelnden Füßen auf dem Grasboden verstreut.

»Versprichst du mir, daß du mir nichts tust, wenn ich versuche, dir zu helfen?« fragte Simon, wobei er ganz langsam sprach. »Ich habe nämlich großen Hunger«, fügte er lahm hinzu. Der Sitha antwortete nicht, aber als Simon einen weiteren Schritt machte, zog er die Beine an, um nach ihm zu treten. Der Junge wich zurück.

»Zum Teufel mit dir!« schrie Simon. »Ich will dir doch nur helfen!« Aber warum wollte er das eigentlich? Warum den Wolf aus der Fallgrube lassen? »Du mußt...«, fing er an, aber der Rest seiner Worte blieb ihm in der Kehle stecken, als eine große Gestalt prasselnd und krachend durch die Bäume auf sie zukam.

»Ah! Da ist es ja, da ist es!« sagte eine tiefe Stimme. Ein bärtiger, schmutziger Mann stapfte auf die kleine Lichtung. Seine Kleidung war dick und vielfach geflickt; in der Hand schwang er eine Axt.

»Nun zu dir, du...« Er unterbrach sich beim Anblick des an einen Baum geduckten Simons. »He«, knurrte er. »Wer bist du denn? Was tust du hier?«

Simon sah auf die schartige Axtklinge hinunter. »Ich... ich bin nur ein Wanderer... ich hörte ein Geräusch hier in den Bäumen...« Er machte eine Gebärde nach der seltsamen Szene. »Ich fand *ihn* hier, in dieser... Falle.«

»In *meiner* Falle!« grinste der Waldbewohner. »In meiner verdammten Falle, jawohl, da steckt es drin.« Der Mann kehrte Simon den Rücken und musterte den herunterhängenden Sitha mit kühlem Blick. »Hab versprochen, ich würde ein Ende machen mit ihrem Herumschleichen und Bespitzeln und Die-Milch-sauer-Machen, jawohl, das hab ich.« Er streckte die Hand aus und gab der Schulter des Gefangenen einen Stoß, der ihn hilflos in langsamem Bogen hin- und herpendeln ließ. Der Sitha fauchte, aber es war ein ohnmächtiger Laut. Der Holzfäller lachte.

»Beim *Baum*, Kämpfer sind sie, das muß man ihnen lassen. Richtige Kämpfer.«

»Was... was hast du mit ihm vor?«

»Was glaubst du denn, Junge? Was glaubst du, was Gott von uns will, wenn wir solche Geister und Kobolde und Teufel erwischen? In die Hölle werd ich es zurückschicken mit meinem guten Hackebeil hier, nun weißt du's.«

Langsam hörte der Gefangene auf zu schaukeln und drehte sich am Ende des dunklen Seils träge im Kreis wie eine Fliege im Netz. Seine Augen blickten zu Boden, der Körper war schlaff.

»Ihn umbringen?« Simon, so krank und schwach er war, wurde trotzdem von einem kalten Schauer des Entsetzens gepackt. »Du willst ihn... aber das kannst du doch nicht! Er... er ist ein...«

»Was es nicht ist, das ist ein natürliches Geschöpf, da bin ich ganz sicher! Mach du lieber, daß du hier wegkommst, Fremdling. Du bist hier in meinem Stückchen Garten, sozusagen, und da hast du nichts zu suchen. *Ich* weiß, was diese Wesen mit uns im Sinn haben.« Der Holzfäller drehte Simon verächtlich den Rücken zu und ging, die Axt erhoben, als wolle er Holz spalten, zu dem Sitha hinüber. *Dieses* Holz aber bewegte sich plötzlich und wurde zu einer zappelnden, um sich tretenden, knurrenden Bestie, die um ihr Leben kämpfte. Der erste Hieb des Kätners ging daneben, streifte die knochige Wange und grub eine unregelmäßige Furche in den Ärmel des eigenartigen, glänzenden Obergewandes. Ein Rinnsal aus nur allzu menschlich ausehendem Blut tropfte über das schmale Kinn und den Hals. Wieder trat der Mann näher.

Simon fiel auf seine wunden Knie und suchte nach einem Mittel, um diesen gräßlichen Kampf zu beenden, das Grunzen und Fluchen des Mannes und das heisere Fauchen des gequälten Gefangenen zum Schweigen zu bringen. Er tastete umher und fand den Bogen, aber der war noch leichter, als er aussah, so als wäre er über Marsch-Schilf gespannt. Gleich darauf schloß sich seine Hand um einen halb in der Erde steckenden Felsbrocken. Er zerrte daran, und der Stein löste sich vom daran haftenden Boden. Simon hob ihn hoch über den Kopf.

»Hör auf!« schrie er. »Laß ihn in Ruhe!« Keiner der beiden Kämpfer schenkte ihm auch nur einen Seitenblick. Der Holzfäller stand jetzt auf Armlänge von ihm entfernt und hackte auf sein herumwirbelndes Ziel ein. Zwar streiften seine Hiebe den anderen nur, aber sie forderten immer wieder Blut. Die schmale Brust des Sitha pumpte wie ein Blasebalg; er wurde schnell schwächer.

Simon konnte das grausame Schauspiel nicht länger ertragen. Er machte endlich dem Geheul Luft, das sich in all den endlosen, schrecklichen Tagen seiner Verbannung in ihm angestaut hatte, überquerte mit einem einzigen Satz die kleine Lichtung und ließ den Felsbrocken auf den Hinterkopf des Kätners sausen. Ein dumpfes Krachen hallte durch die Bäume. Innerhalb einer Sekunde schien der Mann knochenlos zu werden. Er sackte schwer vornüber, erst auf die Knie, dann aufs Gesicht, und aus den verfilzten Haaren sprudelte ein roter Schwall.

Simon starrte auf die blutige Verwüstung und fühlte, wie sich ihm der

Magen umdrehte. Er fiel würgend auf die Knie, doch nur ein saurer Speichelfaden kam nach oben. Der Junge preßte den schwindligen Kopf auf die feuchte Erde und merkte, wie der Wald um ihn herum schwankte und sich drehte.

Sobald er dazu imstande war, stand Simon auf und wandte sich dem Sitha zu, der wieder still in der Schlinge hing. Das schlangenglatte Wams war mit blutigen Rinnsalen bedeckt, und die wilden Augen blickten trübe, als sei ein innerer Vorhang niedergegangen, um kein Licht nach außen dringen zu lassen. Zögernd wie ein Schlafwandler hob Simon die heruntergefallene Axt auf und folgte mit den Augen dem straffen Seil nach oben, wo es sich um einen hohen Baumast schlang – einen Ast, zu hoch, als daß er ihn erreichen konnte. Simon, zu betäubt, um noch Angst zu haben, sägte mit der scharfen Schneide der Klinge an dem Knoten auf dem Rücken des Sitha. Der *Schöne* zuckte, als die Schlinge sich enger zusammenzog, gab jedoch keinen Laut von sich.

Nach einem langen Augenblick des Kratzens und Schabens riß endlich der schlüpfrige Knoten; der Sitha stürzte herunter. Seine Knie gaben nach, und er torkelte auf den reglosen Holzfäller zu. Sofort rollte er sich zur Seite, von der stummen Masse fort, als hätte er sich verbrannt, und machte sich daran, die verstreuten Pfeile aufzuheben. Er hielt sie wie einen Strauß langstieliger Blumen, griff mit der anderen Hand seinen Bogen und hielt dann inne, um Simon anzustarren. Die kalten Augen glitzerten und erstickten diesem das Wort im Munde. Einen Augenblick lang stand der Sitha, der seine Verletzungen vergessen hatte oder ihrer nicht achtete, erstarrt und sprungbereit wie ein erschreckter Hirsch; dann war er fort, ein braungrüner Blitz, in den Bäumen verschwunden. Simon blieb mit offenem Mund verlassen zurück.

Das fleckige Sonnenlicht war auf den Blättern, die der Sitha gestreift hatte, noch nicht zur Ruhe gekommen, als Simon ein Surren wie von einem zornigen Insekt hörte und einen Schatten an seinem Gesicht vorübersausen fühlte. Aus einem Baumstamm neben ihm ragte ein Pfeil, der langsam zur Sichtbarkeit zurückbebte, weniger als eine Armlänge neben seinem Kopf. Der Junge starrte ihn verständnislos an und fragte sich, wann der nächste Pfeil ihn treffen würde. Es war ein weißer Pfeil, Schaft und Federn gleichmäßig schimmernd wie ein Möwenflügel. Er wartete auf den unvermeidlichen Nachfolger. Nichts kam. Das kleine Gehölz blieb still und bewegungslos.

Nach den sonderbarsten und schrecklichsten zwei Wochen seines Lebens und einem ganz besonders seltsamen Tag hätte sich Simon eigentlich nicht wundern dürfen, als ihn eine neue und unbekannte Stimme aus der Dunkelheit hinter den Bäumen ansprach, eine Stimme, die nicht dem Sitha gehörte und ganz gewiß nicht dem Holzhauer, der dalag wie ein gefällter Baum.

»Geh hin und hol ihn dir«, sagte die Stimme. »Nimm den Pfeil. Er gehört dir.«

Simon hätte nicht überrascht sein sollen, aber er war es doch. Er sank hilflos zu Boden und fing an zu weinen – ein hartes, würgendes Schluchzen der Erschöpfung und Verwirrung und völligen Hoffnungslosigkeit.

»Oh, Tochter der Berge«, fuhr die merkwürdige neue Stimme fort. »Das sieht gar nicht gut aus.«

XVII

Binabik

Als Simon endlich zu dem Ursprung der neuen Stimme aufsah, wurden seine tränenfeuchten Augen groß vor Erstaunen. Ein Kind kam auf ihn zu.

Nein, kein Kind, aber ein so kleiner Mann, daß sein schwarzhaariger Scheitel Simon wahrscheinlich nicht viel höher als bis zum Nabel reichte. Auch sein Gesicht hatte etwas Kindliches: Die schmalen Augen und der breite Mund dehnten sich beide nach den Backenknochen hin und drückten schlichte gute Laune aus.

»Hier ist kein guter Ort zum Weinen«, sagte der Fremde. Er wandte sich von dem knienden Simon ab und untersuchte kurz den am Boden liegenden Kätner. »Auch ist es mein Empfinden, daß es wenig nützen wird – wenigstens nicht diesem toten Mann.«

Simon wischte sich am Ärmel seines groben Hemdes die Nase und bekam einen Schluckauf. Der Fremde war zu dem bleichen Pfeil getreten, der aus dem Baumstamm neben Simons Kopf herausragte wie ein steifer, gespenstischer Ast.

»Du solltest das an dich nehmen«, wiederholte der kleine Mann; sein Mund verzog sich erneut zu einem breiten Froschgrinsen und enthüllte sekundenlang eine Palisade gelber Zähne.

Er war kein Zwerg wie die Narren und Gaukler, die Simon bei Hof und in der Mittelgasse von Erchester gesehen hatte – trotz seiner breiten Brust schien er im übrigen wohlproportioniert. Seine Kleidung entsprach im wesentlichen der eines Rimmersmannes: Jacke und Hose aus dicker, mit Sehnen zusammengenähter Tierhaut; ein Pelzkragen umrahmte das runde Gesicht. An einem Schulterriemen hing ein gro-

ßer, ausgebeulter Ledersack, und in der Hand hatte er einen Wanderstab, der aus einem langen, schlanken Knochen geschnitzt zu sein
schien.

»Bitte verzeih meine Vorschläge, aber du solltest diesen Pfeil mitnehmen. Es ist ein Weißer Pfeil der Sithi und sehr kostbar, denn er steht
für eine Schuld, und die Sithi sind ein gewissenhaftes Volk.«

»Wer... bist du?« fragte Simon und bekam schon wieder Schluckauf. Er fühlte sich ausgewrungen und plattgeklopft wie ein Hemd, das
man auf einem Felsen trockengeschlagen hat. Wenn der kleine Mann
knurrend und mit geschwungenem Messer aus den Bäumen hervorge-
stürzt wäre, hätte Simon sich wahrscheinlich auch nicht anders verhalten.

»Ich?« fragte der Fremde und machte eine Pause, als denke er ernsthaft über die Frage nach. »Ein Reisender wie du auch. Ich werde
glücklich sein, zu späterer Zeit mehr zu erläutern, aber jetzt sollten wir
gehen. Dieser Bursche«, und mit einem Schwung seines Stabes deutete er auf den Holzfäller, »wird zuverlässig nicht lebendiger werden,
aber vielleicht verfügt er über Freunde oder eine Familie, die sich
erregen könnten, wenn sie ihn hier so ungemein tot vorfinden. Bitte,
nimm den Weißen Pfeil, und komm mit mir.«

Mißtrauisch und vorsichtig, wie er war, ertappte Simon sich dabei,
daß er trotzdem aufstand. Im Augenblick war es einfach zu anstrengend, *nicht* zu vertrauen; er hatte nicht mehr die Kraft, wachsam zu
bleiben. Ein Teil von ihm hatte nur den einen Wunsch: sich hinzule-
gen und in Ruhe zu sterben. Er hebelte den Pfeil aus dem Baum. Der
kleine Mann war schon vorausmarschiert und im Begriff, den Hügel
hinter der Kate hinaufzuklettern. Das kleine Haus hockte so still und
ordentlich da, als wäre nichts geschehen.

»Aber...«, keuchte Simon, als er hinter dem Fremden herrannte,
der sich erstaunlich schnell bewegte, »...aber was ist mit der Kate?
Ich bin... ich bin *so* hungrig... und es könnte etwas zu essen darin
sein...«

Der kleine Mann drehte sich auf dem Kamm des Hügels um und
schaute auf den mühsam folgenden Jungen hinunter. »Ich bin aufs
äußerste bestürzt!« erklärte er. »Zuerst machst du ihn tot, dann
wünschst du seine Vorratskammer zu berauben. Ich fürchte, daß ich

mich einem verzweifelten Gesetzlosen angeschlossen habe!« Ohne ein weiteres Wort machte er kehrt und ging wieder auf die eng zusammenstehenden Bäume zu.

Ein langer, sanft abfallender Hang bildete die andere Seite des Kammes. Simons hinkende Schritte brachten ihn endlich neben den Fremden; bald darauf war er wieder zu Atem gekommen.

»Wer bist du? Und wohin gehen wir?«

Der sonderbare kleine Mann blickte nicht hoch, sondern ließ die Augen von Baum zu Baum schweifen, als suchte er in der ununterbrochenen Gleichförmigkeit des tiefen Waldes nach einer Landmarke. Nach zwanzig stummen Schritten schlug er die Augen zu Simon auf und lächelte sein gedehntes Lächeln.

»Mein Name ist *Binbiniqegabenik*«, erklärte er, »aber am Kochfeuer nennt man mich Binabik. Ich hoffe, du wirst mir die Ehre erweisen, die kürzere Form der Freundschaft anzuwenden.«

»O ja... gewiß. Woher kommst du?« Ein neuer Schluckauf.

»Ich bin vom Trollvolk aus Yiqanuc«, erwiderte Binabik. »Dem hohen Yiqanuc in den Bergen des Nordens, wo es schneit und weht... und wer bist *du*?«

Der Junge stierte einen Augenblick mißtrauisch vor sich hin und antwortete dann: »Simon. Simon vom... aus Erchester.«

Es ging alles so schnell, dachte er... wie eine Begegnung auf dem Marktplatz, und dabei steckten sie nach einer höchst ungewöhnlichen Begegnung samt Totschlag mitten im Wald. Heiliger Usires, tat ihm der Kopf weh! Und der Magen erst.

»Wohin... wohin gehen wir?«

»Zu meinem Lager. Aber zuerst muß ich mein Roß finden... oder besser gesagt, sie muß mich finden. Bitte, sei nicht erschreckt.«

Mit diesen Worten steckte Binabik zwei Finger in den breiten Mund und pfiff einen langen, trillernden Ton. Gleich darauf wiederholte er ihn. »Vergiß nicht, sei nicht erschreckt oder verängstigt.«

Ehe er noch über die Worte des Trolls nachdenken konnte, ertönte im Unterholz ein Prasseln wie von einem Waldbrand, und ein riesiger Wolf brach sich Bahn auf die Lichtung. An dem entsetzten Simon vorbei schoß er wie ein zottiger Donnerkeil auf den kleinen Binabik los, der unter dem Angreifer kopfüber zu Boden purzelte.

»Qantaqa!« Der Ruf des Trolls kam erstickt, aber es lag Erheiterung in seiner Stimme. Roß und Reiter rauften auf dem Waldboden. Simon fragte sich verblüfft, ob wohl die ganze Welt außerhalb der Burg so aussah – war denn ganz Osten Ard nur ein Spielplatz für Ungeheuer und Verrückte?

Endlich setzte Binabik sich hin, und Qantaqa schmiegte den großen Kopf in seinen Schoß. »Ich habe sie heute den ganzen Tag alleingelassen«, erläuterte er. »Wölfe besitzen viel Zärtlichkeit und fühlen sich leicht einsam.« Qantaqa grinste von Ohr zu Ohr und schnaufte. Ein großer Teil ihres Umfangs bestand zwar aus dickem grauem Pelz, aber auch so war sie enorm.

»Fühl dich wie zu Hause bei ihr«, lachte Binabik. »Kraul sie an der Nase.«

Trotz der wachsenden Unwirklichkeit seiner Situation brachte Simon das doch nicht über sich. Statt dessen fragte er: »Verzeihung... aber sagtest du nicht, du hättest in deinem Lager etwas zu essen, Meister?«

Der Troll sprang lachend auf und griff wieder zu seinem Stab. »Nicht Meister – Binabik! Und was das Essen angeht: ja. Wir werden zusammen speisen – du, ich, sogar Qantaqa. Komm mit! Aus Achtung für deine Gefühle der Schwäche und des Hungers werde ich gehen und nicht reiten.«

Eine ganze Weile waren Simon und der Troll unterwegs. Streckenweise begleitete sie Qantaqa, aber meistens trottete sie voraus und verschwand in wenigen Sprüngen im dichten Unterholz. Einmal kam sie wieder und leckte sich mit der langen, rosa Zunge die Schnauze.

»Aha«, bemerkte Binabik vergnügt, »einer hat schon gegessen!«

Endlich, als es Simon, dem alles wehtat und er sich nur noch mühsam auf den Beinen hielt, schon vorkam, als könne er keinen Schritt weiter gehen, und er bei jedem Satz Binabiks nach ein paar Worten den Faden verlor, erreichten sie eine kleine Mulde, in der keine Bäume wuchsen, die aber oben durch ein Gitterwerk ineinandergewachsener Äste überdacht wurde. Neben einem umgestürzten Stamm lag ein Ring geschwärzter Steine. Qantaqa, die neben ihnen hergelaufen war, sprang voraus, um das kleine Tal ringsum abzuschnüffeln.

»*Bhojujik mo qunquc,* wie meine Leute sagen.« Binabik machte eine die ganze Lichtung umfassende Gebärde. »›Wenn dich die Bären nicht fressen, bist du zu Hause.‹« Er führte Simon zu einem Baumstamm, wo sich der Junge schweratmend fallenließ. Der Troll betrachtete ihn besorgt von Kopf bis Fuß. »Oh«, sagte er schließlich, »du bist doch nicht im Begriff, wieder zu weinen?«

»Nein.« Simon lächelte schwach. Seine Knochen schienen auf ihm zu lasten wie toter Stein. »Ich glaube wenigstens nicht. Ich bin nur schrecklich hungrig und müde. Ich verspreche, nicht zu weinen.«

»Schau her! Ich werde ein Feuer anzünden und anschließend ein Abendessen bereiten.« Rasch sammelte Binabik einen Haufen Stöcke und Zweige und schichtete sie in der Mitte des Steinringes auf. »Es ist Frühlingsholz und feucht«, erklärte er, »aber glücklicherweise kann man mit dieser Schwierigkeit leicht fertigwerden.«

Der Troll ließ den Ledersack von der Schulter gleiten, legte ihn auf die Erde und begann energisch darin herumzuwühlen. Für Simon in seiner vor Müdigkeit wunderlichen Stimmung sah die kleine, hokkende Gestalt mehr denn je nach einem Kind aus: Binabik, mit gespitzten Lippen und vor lauter Konzentration zusammengekniffenen Augen in seinen Rucksack starrend – ein Sechsjähriger, der mit tiefem Ernst einen hinkenden Käfer studiert.

»Ha!« sagte der Troll endlich, »es ist gefunden.« Er zog aus dem Sack ein kleines Säckchen, etwa so lang wie Simons Daumen. Daraus nahm er eine Prise von einer pulverartigen Substanz und streute sie über das grüne Holz, holte zwei Steine aus dem Gürtel und schlug sie aneinander. Der herausspringende Funke sprühte kurz auf, und ein dünner Rauchkringel stieg spiralförmig in die Höhe. Gleich darauf ging das Holz in Flammen auf und verwandelte sich in ein fröhlich knisterndes Feuer. Die pulsierende Wärme lullte Simon ein, so heftig auch die Krämpfe in seinem leeren Magen tobten. Sein Kopf fing an zu nicken, zu nicken ... Aber halt – ein jäher Anfall von Furcht – wie konnte er so einfach einschlafen, völlig schutzlos in einem wildfremden Lager? Er mußte ... er sollte ...

»Setz dich hin und wärm dich, Freund Simon.« Binabik klopfte sich den Staub von den Händen und stand auf. »Ich werde sogleich zurückkehren.«

Obwohl sich in seinem Hinterkopf ein tiefes Unbehagen auszubreiten versuchte – wo ging der Troll hin? Seine Kumpane holen? Räuber und Wegelagerer? –, brachte Simon nicht die Energie auf, dem sich entfernenden Binabik auch nur nachzuschauen. Sein Blick war schon wieder auf die tanzenden Flammen geheftet, mit ihren Zungen wie Blütenblätter einer schimmernden Blume... Feuermohn, der im warmen Sommerwind bebte...

Er erwachte aus einer großen, wolkigen Leere und stellte fest, daß der schwere Kopf der grauen Wölfin quer über seinen Schenkeln lag. Binabik beugte sich eifrig beschäftigt über das Feuer. Simon hatte das vage Gefühl, etwas sei nicht ganz richtig daran, daß er einen Wolf auf dem Schoß hatte, aber er konnte nicht die richtigen Marionettenfäden im Kopf ziehen, um etwas daran zu ändern, und eigentlich kam es ja auch nicht darauf an...

Als er das nächste Mal aufwachte, scheuchte Binabik gerade Qantaqa von seinem Schoß und reichte ihm einen großen Becher mit warmem Inhalt.

»Es ist jetzt zum Trinken kühl genug«, bemerkte der Troll und half Simon, das Gefäß an die Lippen zu setzen. Die Brühe roch kräftig und schmeckte köstlich, würzig wie Herbstlaubduft. Er trank alles aus, und es kam ihm vor, als spüre er, wie sie direkt in seine Adern floß, geschmolzenes Blut des Waldes, das ihn wärmte und mit der geheimen Kraft der Bäume erfüllte. Binabik gab ihm einen zweiten Becher, und auch den trank er leer. Ein dichter, bleischwerer Klumpen aus Sorge zwischen Hals und Schultern löste sich auf, fortgeschwemmt von einer Woge der Behaglichkeit. Neue Leichtigkeit durchdrang ihn und brachte zugleich eine widersinnige Schwere mit sich, eine warme, unbestimmte Schläfrigkeit. Als er allem entglitt, vernahm er seinen eigenen, sanftgewiegten Herzschlag, wenn auch gedämpft durch die kitzelnde Wolle der Erschöpfung.

Simon war so gut wie sicher, daß bis zum Sonnenuntergang noch mindestens eine Stunde gefehlt hatte, als er in Binabiks Lager gekommen war; aber als er wieder die Augen aufschlug, war die Waldlichtung hell wie ein frischgeschmiedeter Morgen. Blinzelnd fühlte er, wie die letzten Traumfäden von ihm abfielen – ein Vogel . . . ?

Ein helläugiger Vogel mit einem goldenen Halsband, in dem sich die Sonne spiegelte . . . ein alter, starker Vogel, die Augen voll von der Weisheit hoher Warten und weiter Fernsicht . . . in seiner hornigen Kralle einen schönen, regenbogenschimmernden Fisch . . .

Simon schauderte und hüllte sich enger in den schweren Mantel. Er starrte in die Bäume hinauf, die sich über ihm zum Gewölbe vereinten. Die Sonne verwandelte ihre knospenden Frühlingsblätter in Smaragdfiligran. Er hörte einen stöhnenden Laut und rollte sich zur Seite, um nachzusehen.

Binabik saß mit untergeschlagenen Beinen neben der Feuerstelle und schwankte leicht hin und her. Vor sich hatte er auf einem flachen Stein verschiedene sonderbare, bleiche Gebilde ausgebreitet: Knochen. Es war der Troll, von dem das merkwürdige Geräusch kam – sang er? Simon starrte ihn einen Augenblick an, konnte aber nicht herausfinden, was der kleine Mann da tat. Was für eine seltsame Welt!

»Guten Morgen!« sagte er schließlich. Binabik fuhr wie ertappt in die Höhe.

»Ah! Es ist Freund Simon!« Der Troll grinste über die Schulter und fegte die Gegenstände eilig in seinen geöffneten Ledersack. Dann stand er auf und kam schnell zu Simon herüber. »Wie geht es dir jetzt?« fragte er und bückte sich, um dem Jungen eine kleine, rauhe Hand auf die Stirn zu legen. »Du mußt einen großen Schlaf nötig gehabt haben.«

»Das stimmt.« Simon rückte näher an das kleine Feuer. »Was ist das . . . dieser Geruch?«

»Ein Paar Waldtauben, die heute morgen mit uns zu speisen geruhen«, lächelte Binabik und deutete auf zwei in Blätter gewickelte Bündel in der Glut am Rand des Lagerfeuers. »Ein paar frisch gesammelte Beeren und Nüsse leisten ihnen Gesellschaft. Ich hätte dich ohnehin bald geweckt, damit du mir hilfst, mich um alle diese Gäste zu kümmern. Sie sind, denke ich, recht wohlschmeckend. Ach, noch etwas – einen Augenblick bitte.« Binabik ging wieder zu seinem Ledersack und zog zwei schmale Päckchen heraus.

»Hier.« Er reichte sie Simon. »Dein Pfeil und noch etwas anderes.«
Es waren Morgenes' Papiere. »Du hattest sie im Gürtel stecken, und
ich befürchtete, du könntest sie im Schlaf zerbrechen.«
In Simons Brust zuckte ein Verdacht auf. Die Vorstellung, daß
jemand, während er schlief, die Schriften des Doktors in die Hand
nahm, machte ihn mißtrauisch. Er riß dem Troll das dargereichte
Bündel aus der Hand und stopfte es wieder in seinen Gürtel. Die vergnügte Miene des kleinen Mannes wurde betrübt. Simon schämte
sich – obwohl man wirklich nicht vorsichtig genug sein konnte – und
nahm den Weißen Pfeil, der in dünnen Stoff gewickelt war, sanfter
entgegen.
»Danke«, sagte er steif. Binabiks Ausdruck war noch immer der eines
Menschen, dessen Freundlichkeit zurückgestoßen wird. Schuldbewußt und verwirrt packte Simon den Pfeil aus. Obwohl er noch nicht
dazu gekommen war, ihn genauer zu untersuchen, ging es ihm im
Augenblick vor allem darum, Hände und Augen mit irgend etwas zu
beschäftigen.
Der Pfeil war nicht, wie Simon vermutet hatte, bemalt, sondern vielmehr aus einem Holz geschnitzt, das weiß war wie Birkenrinde, und
mit schneeweißen Federn besetzt. Nur die aus einem milchig blauen
Stein geschnittene Spitze besaß Farbe. Simon wog den Pfeil in der
Hand und prüfte die – im Gegensatz zur erstaunlichen Biegsamkeit
und Festigkeit überraschende – Leichtigkeit, und jäh stieg die Erinnerung an den vergangenen Tag wieder in ihm auf. Er wußte, daß er die
Katzenaugen und beunruhigend schnellen Bewegungen des Sitha nie
vergessen würde. Alle Geschichten, die Morgenes erzählt hatte,
stimmten.
Überall auf dem Schaft des Pfeils waren schlanke Kringel, Schnörkel
und Punkte mit unendlicher Sorgfalt in das Holz geprägt. »Er ist voller Schnitzereien«, überlegte Simon laut.
»Diese Pfeile sind von großer Bedeutung«, bemerkte der Troll und
streckte schüchtern die Hand aus. »Bitte, wenn es erlaubt ist?«
Simon, in einem neuen Anfall von Schuldgefühlen, reichte ihm
hastig den Pfeil. Binabik hielt ihn nach allen Seiten und ließ Sonnen-
und Feuerschein auf ganz bestimmte Art und Weise darauf fallen.
»Dieser ist einer von den Alten.« Er kniff die schmalen Augen zusam-

men, bis die dunklen Pupillen völlig verschwanden. »Es gibt ihn schon seit beträchtlich langer Zeit. Du bist jetzt der Besitzer eines höchst ehrenvollen Gegenstandes, Simon: Der Weiße Pfeil wird nicht leicht verliehen. Es scheint, daß dieser hier in Tumet'ai gefiedert wurde, einer Festung der Sithi, die schon vor langer Zeit unter dem blauen Eis im Osten meines Heimatlandes verschwunden ist.«

»Woher weißt du das alles?« fragte Simon. »Kannst du die Buchstaben lesen?«

»Einige. Und es gibt noch andere Dinge, die ein geübtes Auge erkennen kann.«

Simon nahm den Pfeil wieder an sich, behandelte ihn jedoch weit achtsamer als zuvor. »Aber was soll ich damit anfangen? Du sagtest, er ist die Bezahlung einer Schuld?«

»Nein, Freund. Er ist das *Zeichen* einer Schuld, die noch unbeglichen ist. Was ich damit sagen will, ist, daß du den Pfeil gut aufbewahren solltest. Auch wenn er sonst keinen Zweck erfüllt, ist er doch köstlich anzuschauen.«

Über der Lichtung und dem Waldboden hinter ihr hing noch dünner Nebel. Simon lehnte den Pfeil mit der Spitze nach unten gegen den Baumstamm und rutschte näher ans Feuer. Binabik holte die Tauben aus der Glut, indem er sie mit zwei Stöcken in die Zange nahm, und legte eines der Bündel auf den warmen Stein vor Simons Knien.

»Entferne die gerollten Blätter«, belehrte ihn der Troll, »und warte dann eine kurze Zeitspanne, damit der Vogel ein wenig abkühlt.« Simon fiel es schwer, den letzten Worten zu gehorchen, aber irgendwie schaffte er es doch.

»Woher hast du sie eigentlich?« erkundigte er sich etwas später mit vollem Mund und vor Fett klebrigen Fingern.

»Ich zeige es dir nachher«, antwortete der Troll.

Binabik reinigte sich mit einem gebogenen Rippenknochen die Zähne. Simon lehnte sich am Stamm zurück und rülpste zufrieden.

»Mutter Elysia, das war wundervoll.« Er seufzte und hatte seit langer Zeit zum ersten Mal das Gefühl, die Welt sei doch kein ganz so feindlicher Ort. »Ein bißchen Essen im Bauch macht doch alles anders.«

»Ich freue mich, daß deine Heilung sich so einfach bewirken ließ«, lächelte der Troll rund um den dünnen Knochen.

Simon strich sich die Leibesmitte. »Im Augenblick ist mir alles unwichtig.« Sein Ellenbogen streifte den Pfeil, der umzukippen drohte. Simon hielt ihn fest und richtete ihn wieder auf. Dabei kam ihm ein Einfall. »Ich fühle mich sogar nicht mehr schlecht wegen . . . wegen des Mannes von gestern.«

Binabik richtete die braunen Augen auf Simon. Obwohl er fortfuhr, in seinen Zähnen herumzustochern, legte sich seine Stirn über dem Nasenrücken in Falten. »Du hast kein schlechtes Gefühl mehr, weil er tot *ist*, oder du hast keines mehr, weil du ihn tot *gemacht* hast?«

»Das verstehe ich nicht«, erwiderte Simon. »Was meinst du damit? Worin liegt der Unterschied?«

»Das ist ein so großer Unterschied wie zwischen einem gewaltigen Felsen und einem ganz winzigkleinen Käfer – aber ich werde es dir überlassen, darüber nachzudenken.«

»Aber. . .« Simon war von neuem verwirrt. »Aber. . . er war ein böser Mensch.«

»Hmmmm.« Binabik nickte mit dem Kopf, aber die Geste deutete keine Zustimmung an. »Die Welt ist allerdings im Begriff, sich mit bösen Menschen zu füllen, daran kann es keinen Zweifel geben.«

»Er hätte den Sitha getötet!«

»Auch das ist eine Wahrheit.«

Simon starrte mürrisch auf den abgenagten Haufen Vogelknochen, der sich vor ihm auf dem Felsen stapelte. »Ich begreife dich nicht. Was möchtest du denn von mir hören?«

»Wohin du zu gehen beabsichtigst.« Der Troll warf seinen Zahnstocher ins Feuer und stand auf. Er war wirklich klein!

»Was?« Als Simon den Sinn der Worte des kleinen Mannes endlich verstanden hatte, schaute er ihn mißtrauisch an.

»Ich würde zu wissen wünschen, wohin du gehst, damit wir vielleicht ein Stück gemeinsam reisen können.« Binabik sprach langsam und geduldig wie mit einem geliebten, aber dummen alten Hund. »Ich denke, daß die Sonne vielleicht noch zu jung am Himmel ist, als daß man sich mit den anderen Fragen beschweren sollte. Wir Trolle sagen: ›Mach die Philosophie zu deinem Abendgast, aber lade sie nicht zum Übernachten ein.‹ Nun, falls meine Frage nicht von allzu neugieriger Beschaffenheit für dich ist, wohin willst du?«

Simon erhob sich mit Knien, die steif waren wie ungeölte Scharniere. Wieder befielen ihn Zweifel. Konnte die Neugier des kleinen Mannes wirklich so unschuldig sein, wie es den Anschein hatte? Schon mindestens einmal hatte er den Irrtum begangen, jemandem sein Vertrauen zu schenken, der es nicht verdiente – dem verfluchten Mönch. Andererseits, was hatte er für eine Wahl? Er brauchte dem Troll ja nicht alles zu erzählen, und auf jeden Fall war es vorteilhaft, mit einem in den Waldläuferkünsten erfahrenen Begleiter zu reisen. Der kleine Mann schien sich hervorragend auszukennen, und plötzlich sehnte sich Simon danach, wieder jemanden zu haben, auf den er sich stützen konnte.

»Ich will nach Norden«, sagte er und ging dann bewußt ein Risiko ein. »Nach Naglimund.« Er beobachtete den Troll scharf. »Und du?«

Binabik war damit beschäftigt, seine wenigen Gerätschaften in den Rucksack zu packen. »Letzten Endes werde ich wohl in den hohen Norden reisen«, antwortete er, ohne aufzublicken. »Es scheint, als fielen unsere Pfade ein gutes Stück zusammen.« Jetzt hob er die dunklen Augen. »Wie seltsam, daß du gerade nach Naglimund reisen willst, einer Feste, deren Namen ich in den letzten Wochen so häufig gehört habe.« Ein winziges, geheimnisvolles Lächeln kräuselte seine Lippen.

»Wirklich?« Simon hatte den Weißen Pfeil aufgehoben und bemühte sich, gleichgültig auszusehen, so als überlege er nur, wie er den Pfeil befördern solle. »Und wo?«

»Zeit zum Reden wird sein, wenn wir unterwegs sind.« Der Troll grinste, ein breites, freundliches, gelbes Grinsen. »Ich muß Qantaqa rufen, die gewiß damit befaßt ist, Grauen und Verzweiflung unter den Nagetieren der Gegend zu verbreiten. Sei eingeladen, jetzt deine Blase zu leeren, damit wir dann geschwind ausschreiten können.«

Simon hielt den Weißen Pfeil zwischen zusammengebissenen Zähnen fest, während er Binabiks Rat befolgte.

XVIII

Ein Netz aus Sternen

Blasen an den wunden Füßen, die Kleider in Fetzen, stellte Simon trotzdem fest, daß die Last der Verzweiflung ein wenig leichter zu werden begann. Das Unglück hatte ihm an Geist und Körper übel mitgespielt, so daß Simon sich einen erschrockenen Blick und ein instinktives Zurückzucken angewöhnt hatte, was dem scharfen Blick seines neuen Gefährten nicht entgangen war. Aber das Grauen, das ihn bedrückte, war ein kleines Stück zurückgedrängt worden; zumindest für den Augenblick hatte es sich in eine weitere schmerzliche Halb-Erinnerung verwandelt. Die unerwartete Gemeinschaft half, den Schmerz um die verlorenen Freunde und die verlorene Heimat zu lindern – wenigstens soweit Simon das zuließ. Einen großen, geheimen Teil seiner Gedanken und Gefühle behielt er auch weiterhin für sich. Er war immer noch voller Mißtrauen und nicht bereit, sich auf Neues einzulassen und dabei vielleicht weitere Enttäuschungen in Kauf zu nehmen.

Während sie durch die kühlen, von Vogelgezwitscher erfüllten Hallen des Morgenwaldes wanderten, erklärte Binabik Simon, daß er von den Höhen seiner Heimat Yiqanuc heruntergestiegen war, wie er das anscheinend jedes Jahr einmal zu tun pflegte, weil er »Geschäfte« zu besorgen hatte – eine Reihe von Erledigungen, die ihn bis ins östliche Hernystir und auch nach Erkynland führten. Simon gewann den Eindruck, daß es dabei um eine Art Handel ging.

»Doch ach! mein junger Freund, welche Wirren finde ich in dieser Frühjahrszeit! Eure Völker sind so unruhig, so voller Angst!« Binabik rang in gespielter Aufregung die Hände. »In den äußeren Provinzen

ist der König nicht beliebt, nicht wahr? Und in Hernystir fürchten sie
ihn. An anderen Orten gibt es Zorn und Hungersnöte. Die Menschen
wagen nicht mehr zu reisen, denn die Straßen sind nicht sicher. Nun
gut«, er grinste, »wenn du die Wahrheit hören willst, waren die Straßen *nie* sicher, zumindest nicht in den einsamen Landstrichen; aber es
stimmt wirklich, daß sich im Norden von Osten Ard die Lage ver-
schlechtert hat. «
Simon beobachtete die senkrechten Lichtsäulen, die die Mittagssonne zwischen die Baumstämme gesetzt hatte. »Bist du schon einmal
nach Süden gereist?« erkundigte er sich endlich.
»Wenn du mit ›Süden‹ südlich von Erkynland meinst, so antworte
ich dir mit ›ja, ein paarmal‹. Aber bitte vergiß nicht, daß für mein
Volk fast jedes Verlassen von Yiqanuc eine Reise ›nach Süden‹
bedeutet. «
Simon hörte nicht so genau zu. »Bist du allein gereist? War. . .
war. . . war Qantaqa bei dir?«
Binabik verzog sein Gesicht zu neuen Lachfalten. »Nein. Das war vor
langer Zeit, bevor meine Wolfsfreundin geboren wurde, als . . .«
»Wie bist du. . . wie bist du überhaupt zu dem Wolf gekommen?«
unterbrach Simon. Binabik stieß ein gereiztes Zischen aus.
»Es ist etwas Schwieriges, Fragen zu beantworten, wenn man ständige
Unterbrechungen durch weitere Fragen bekommt!«
Simon gab sich Mühe, reuig dreinzublicken, aber er spürte den Früh-
ling wie ein Vogel den Wind im Gefieder. »Verzeihung«, erwiderte
er. »Man hat mir schon früher gesagt. . . ein Freund meinte. . . daß
ich immer zu viele Fragen stelle. «
»Es sind nicht ›zu viele‹«, entgegnete Binabik und schob mit seinem
Stab einen niedrig über ihrem Weg hängenden Ast fort, »es ist, daß
du eine auf die andere häufst.« Der Troll bellte ein kurzes Lachen.
»Nun – welche soll ich dir nun beantworten?«
»Ach, welche du willst. Entscheide du«, antwortete Simon demütig
und machte gleich darauf einen Satz, als ihm der Troll mit dem Wanderstab einen leichten Klaps aufs Handgelenk gab.
»Es würde mir gefallen, wenn du nicht servil wärst. Das ist eine Eigen-
schaft von Markthändlern, die schlechte Ware verkaufen. Mit
Sicherheit ziehe ich endlose dumme Fragen vor. «

»Ser . . . servil?«

»Servil. Schmierig schmeichelnd. Ich liebe es nicht. In Yiqanuc sagen wir: ›Schick den Mann mit der öligen Zunge die Schneeschuhe ablecken.‹ «

»Was bedeutet das?«

»Es bedeutet, daß wir die Schmeichler nicht schätzen. Doch lassen wir das.« Binabik warf den Kopf in den Nacken und lachte. Sein schwarzes Haar umwehte ihn, und die Augen verschwanden fast, als die runden Wangen sich den Brauen näherten. »Lassen wir das! Wir sind so weit gewandert wie die Wanderungen Piqipegs des Verirrten – in unserem Gespräch gewandert, meine ich. Nein, frag mich nichts. Wir wollen hier Rast machen, und ich werde dir nun erzählen, wie ich meine Freundin Qantaqa kennengelernt habe.«

Sie suchten sich einen großen Felsblock, eine Granitformation, die durch den Waldboden gestoßen schien wie eine gefleckte Faust. Die obere Hälfte war in einen breiten Streifen Sonnenlicht getaucht. Der junge Mann und der Troll kletterten hinauf und ließen sich auf der Spitze nieder. Um sie herum schwieg der Wald; langsam setzte sich der Staub, den sie aufgewirbelt hatten. Binabik griff in seinen Rucksack und förderte eine Stange Dörrfleisch und einen Ziegenhautschlauch mit dünnem, saurem Wein zutage. Simon kaute, streifte die Schuhe ab und bewegte in der wärmenden Sonne die wunden Zehen. Binabik musterte die Schuhe mit kritischem Blick.

»Wir werden dir etwas anderes finden müssen.« Er stocherte nach dem zerfetzten, schwarzgewordenen Leder. »Wenn ihm die Füße wehtun, ist die Seele des Menschen in Gefahr.«

Bei dem Gedanken grinste Simon.

Eine Weile verbrachten sie in stiller Betrachtung des Waldes ringsum, des lebendigen Laubwerkes von Altherz. »Nun denn«, begann der Troll schließlich, »das erste, was man begreifen muß, ist, daß mein Volk den Wolf nicht scheut – obwohl wir auch in der Regel keine Freundschaft mit ihm schließen. Trolle und Wölfe haben viele Tausende von Jahren Seite an Seite gelebt, und die meiste Zeit lassen wir einander in Ruhe.

Unsere Nachbarn, wenn man einen so höflichen Ausdruck verwenden kann, die haarigen Männer von Rimmersgard, halten den Wolf für ein gefährliches und ungemein verräterisches Tier. Bist du vertraut mit den Männern von Rimmersgard?«

»O ja.« Simon freute sich, Bescheid zu wissen. »Auf dem Hoch –«, er berichtigte sich sofort, »in Erchester wimmelte es geradezu von ihnen. Ich habe schon mit vielen von ihnen gesprochen. Sie tragen ihre Bärte lang«, fügte er hinzu, um zu beweisen, wie gut er sie kannte.

»Hmmm. Nun, da wir im Hochgebirge leben, wir Qanuc – wir Trolle – und diese Wölfe nicht töten, halten uns die Rimmersgarder für Wolfsdämonen. In ihrem frostverrückten, blutfehdesinnenden Hirn«, Binabik setzte eine Miene komischen Abscheus auf, »steckt der Gedanke, daß das Trollvolk zauberkundig und böse sei. Es hat blutige Kämpfe gegeben, viele, allzuviele, zwischen Rimmersmännern – *Crohuck*, wie wir sie nennen – und meinem Qanuc-Volk.«

»Das tut mir leid«, sagte Simon und dachte schuldbewußt an die Bewunderung, die er dem alten Herzog Isgrimnur entgegengebracht hatte – der bei näherer Überlegung allerdings auch kein Mensch zu sein schien, der unschuldige Trolle niedermetzeln würde, selbst wenn er sonst als recht reizbar galt.

»Leid? Das sollte es dir nicht tun. Ich nämlich meinerseits finde, daß die Männer – und Frauen – von Rimmersgard ungeschickt und dumm sind und an übermäßiger Körpergröße leiden, aber ich halte sie darum nicht für böse oder glaube, daß man sie totmachen sollte. Ach ja«, seufzte der kleine Mann und schüttelte den Kopf wie ein Priesterphilosoph in einer verrufenen Schenke, »die Rimmersmänner sind mir ein Rätsel.«

»Aber was ist mit den Wölfen?« bohrte Simon und schalt sich sofort innerlich aus, weil er Binabik schon wieder unterbrochen hatte. Diesmal schien es dem Troll nichts auszumachen.

»Mein Volk lebt auf dem zerklüfteten Mintahoq, in dem Gebirge, das die Rimmersgarder Troll-Fjälle nennen. Wir reiten die zottigen Widder mit den behenden Füßen, die wir vom winzigen Lämmchen aufziehen, bis sie genügend Größe besitzen, uns über die Bergpässe zu tragen. Nichts, junger Freund, gibt es auf dieser Welt, das völlig dem Gefühl gleichkommt, ein Widderreiter von Yiqanuc zu sein. Auf deinem Tier zu sitzen und den Pfaden des Daches der Welt zu folgen . . .

mit einem einzigen Sprung über Felsspalten zu setzen, die so sehr tief, so wundersam tief sind, daß ein Stein, den du fallenläßt, einen halben Tag brauchen würde, bis er unten ankommt...«

Binabik lächelte und kniff in seligen Träumen die Augen zusammen. Simon versuchte, sich solche Höhen auszumalen. Dabei wurde ihm auf einmal leicht schwindlig, und er mußte sich mit den Handflächen auf den beruhigenden Stein stützen. Er schaute hinab. Wenigstens lag dieser Gipfel nicht mehr als mannshoch über der Erde.

»Qantaqa war ein Welpe, als ich sie fand«, fuhr Binabik endlich fort. »Ihre Mutter war vermutlich getötet worden oder vor Hunger gestorben. Sie hat mich angeknurrt, als ich sie entdeckte, eine weiße Pelzkugel, im Schnee verraten durch ihre schwarze Nase.« Er lächelte. »Ja, jetzt ist sie grau. Wölfe – wie Menschen – wechseln oft die Farbe, wenn sie wachsen. Ich merkte, daß ich... gerührt war, weil sie sich verteidigen wollte. Ich nahm sie mit nach Hause. Mein Meister...« Binabik hielt inne. Der rauhe Schrei eines Hähers füllte die Unterbrechung. »Mein Meister sagte, wenn ich sie Qinkipa, der Schneejungfrau, aus den Armen risse, übernähme ich damit Elternpflichten. Meine Freunde hielten mich für unvernünftig. ›Aha!‹ entgegnete ich. ›Ich werde diesen Wolf lehren, mich zu tragen wie ein Widder mit Hörnern.‹ Man glaubte mir nicht – es war etwas, das noch nicht vorgekommen war. So viele Dinge sind Dinge, die noch nicht vorgekommen sind...«

»Wer ist dein Meister?« Unter ihnen rollte sich Qantaqa, die in einer Sonnenpfütze ein Nickerchen gemacht hatte, auf den Rücken und strampelte mit den Beinen. Ihr weißes Bauchfell war üppig wie ein Königsmantel.

»Das, Simon-Freund, ist eine andere Geschichte und keine für heute. Doch, um zum Ende zu kommen, will ich sagen, daß ich Qantaqa tatsächlich beibrachte, mich zu tragen. Das Beibringen war eine sehr –«, er verzog die Oberlippe, »amüsante Erfahrung. Aber ich fühle kein Bedauern darüber. Ich reise viel und weiter als meine Stammesgenossen. Ein Widder ist ein wundervolles Tier zum Springen, aber sein Verstand ist sehr klein. Ein Wolf ist schlau-schlau-schlau, und er ist anhänglich wie eine unbezahlte Schuld. Weißt du, daß Wölfe, wenn sie einen Gefährten wählen, das nur einmal und für ihr ganzes Leben tun? Qantaqa ist meine Freundin, und ich ziehe sie jedem Schaf entschieden vor. Ja, Qantaqa? Ja?«

Die Wölfin setzte sich auf und richtete die großen, gelben Augen auf Binabik. Sie neigte den Kopf und stieß ein kurzes Gebell aus.

»Siehst du?« grinste der Troll. »Komm jetzt, Simon. Ich denke, wir sollten uns ans Marschieren machen, solange die Sonne hoch am Himmel steht.« Er rutschte den Felsen hinunter, und der Junge folgte ihm, auf einem Bein hüpfend, während er seine kaputten Schuhe anzog.

Im Laufe des Nachmittages, während sie zwischen den dichtstehenden Bäumen dahinstapften, beantwortete Binabik Fragen über seine Reisen und zeigte eine beneidenswerte Vertrautheit mit Orten, die Simon nur in seinen Tagträumen besucht hatte. Er sprach von der Sommersonne, die die glitzernden Schliffkanten im Inneren des eisigen Mintahoq heraushob wie der kunstreiche Hammer eines Juwelenschmiedes; vom nördlichsten Ende jenes Waldes Aldheorte, einer Welt aus weißen Bäumen und Stille und den Spuren seltsamer Tiere; von den kalten Dörfern am Rand von Rimmersgard, die noch kaum vom Hof Johan Presbyters gehörten hatten und wo wildblickende, bärtige Männer im Schatten hoher Berge am Feuer kauerten und selbst die tapfersten von ihnen die Wesen fürchteten, die über ihnen durch die heulende Finsternis wanderten. Er erzählte Geschichten von den verborgenen Goldminen von Hernystir, geheimen, schlangenartigen Tunneln, die sich zwischen den Gebeinen des Grianspog-Gebirges tief in die schwarze Erde hineinwanden; und er berichtete von den Hernystiri selbst, kunstreichen, verträumten Heiden, deren Götter in den grünen Feldern wohnten und im Himmel und in den Steinen, und die von allen Menschen die Sithi am besten gekannt hatten.

»Und die Sithi gibt es wirklich«, sagte Simon leise, voller Verwunderung und mit mehr als nur ein wenig Furcht, als er sich erinnerte. »Der Doktor hatte recht.«

Binabik hob eine Augenbraue. »Natürlich gibt es Sithi. Glaubst du denn, *sie* säßen hier im Wald herum und fragten sich, ob es wirklich Menschen gibt? Was für ein Unfug! Menschen sind im Vergleich zu ihnen nur etwas von Gerade-Eben – wenn auch etwas von Gerade-Eben, das ihnen furchtbaren Schaden zugefügt hat.«

»Es ist ja nur, weil ich vorher noch nie einen gesehen hatte!«

»Auch mich und mein Volk hattest du vorher nie gesehen«, versetzte Binabik. »Du hast auch Perdruin oder Nabban oder das Wiesen-Thrithing noch nie gesehen . . . bedeutet das etwa, daß sie auch nicht existieren? Welch einen Hort von abergläubischer Torheit besitzt ihr Erkynländer! Ein Mann, der wahre Weisheit sein eigen nennt, sitzt nicht da und wartet, daß die Welt stückweise zu ihm kommt, um ihr Vorhandensein zu beweisen!« Mit gerunzelten Brauen starrte der Troll vor sich hin, so daß Simon fürchtete, ihn beleidigt zu haben.

»Und was tut ein weiser Mann?« fragte er ein wenig trotzig.

»Der weise Mann wartet nicht, daß ihm die Welt ihre Wirklichkeit beweist. Wie kann jemand eine Person von Glaubwürdigkeit sein, bevor er diese Wirklichkeit selber erlebt hat? Mein Meister lehrte mich – und es scheint mir *chash,* das heißt zutreffend –, daß man sich gegen das Eindringen von Wissen nicht verteidigen darf.«

»Es tut mir leid, Binabik.« Simon trat gegen eine Eichelkapsel, daß sie sich überschlug. »Ich bin nur ein Küchenjunge . . . nichts weiter. Deine Worte ergeben keinen Sinn für mich.«

»Aha!« Schnell wie eine Schlange fuhr Binabik herum und klopfte Simon mit dem Stock auf den Knöchel. »Genau das ist ein Beispiel! Aha!« Der Troll schüttelte die kleine Faust. Qantaqa, im Glauben, er rufe sie, kam herbeigaloppiert und hüpfte im Kreis um die beiden herum, bis sie stehenbleiben mußten, um nicht über den fröhlich springenden Wolf zu fallen.

»*Hinik,* Qantaqa!« zischte Binabik. Sie trollte sich schwanzwedelnd, ganz wie ein zahmer Burghund. »Nun, Freund Simon«, sagte der Troll, »bitte vergib mir, daß ich so gequiekt habe, aber du hast meine Ansicht bestätigt.« Er hob die Hand, um Simons Fragen Einhalt zu gebieten. Der Junge fühlte, wie der Anblick des kleinen, ernsthaften Trolls ein Lächeln auf seine Lippen zauberte. »Erstens«, fuhr Binabik fort, »werden Küchenjungen nicht in Fischeiern gelaicht oder aus Hühnereiern ausgebrütet. Sie können denken wie die weisesten Weisen, *solange sie sich gegen das Eindringen von Wissen nicht wehren;* solange sie nicht sagen ›ich kann nicht‹ oder ›ich will nicht‹. Nun, und dazu wollte ich jetzt ein paar Erklärungen abgeben – sofern es dir recht ist?«

Simon fühlte sich erheitert. Nicht einmal der Schlag auf den Knöchel machte ihm etwas aus – es hatte ohnehin kaum wehgetan. »Bitte, erklär es mir.«

»Dann wollen wir das Wissen ansehen wie einen Fluß voller Wasser. Wenn du nun ein Stück Stoff bist, wie findest du mehr über dieses Wasser heraus – indem dich jemand mit einer Ecke hineintaucht und dann wieder herauszieht, oder indem du dich ohne Widerstand hineinwerfen läßt, so daß das Wasser ganz durch dich hindurch und um dich herum fließt und du durch und durch naß wirst? Also?«

Der Gedanke, in einen kalten Fluß geworfen zu werden, ließ Simon ein wenig erschauern. Das Sonnenlicht stand schon ein wenig schräger, der Nachmittag neigte sich dem Ende zu. »Ich nehme an . . . ich nehme an, wenn man triefend naß ist, lernt man mehr vom Wasser.«

»*Mit Genauigkeit!*« Binabik war erfreut. »Mit Genauigkeit! Nun siehst du, worauf es in meinem Unterricht ankommt.« Der Troll setzte sich wieder in Marsch.

In Wahrheit hatte Simon seine ursprüngliche Frage inzwischen vergessen, aber das störte ihn wenig. Es war etwas ungemein Bezauberndes an diesem kleinen Mann, eine Ernsthaftigkeit unter der Fröhlichkeit. Simon fühlte sich in zwar kleinen, aber guten Händen.

Es war schwer zu übersehen, daß sie sich jetzt in westlicher Richtung bewegten. Während sie so dahinstapften, fielen ihnen die schrägen Sonnenstrahlen fast genau in die Augen. Manchmal fand ein blendender Blitz den Weg durch eine Lücke in den Bäumen, so daß Simon eine Sekunde stolperte, weil die Waldluft plötzlich von glitzernden Nadelstichen aus Licht wimmelte. Er fragte Binabik, weshalb sie nach Westen abgebogen waren.

»Ach ja«, erwiderte der Troll, »wir begeben uns nach dem Knoch. Allerdings kommen wir heute nicht mehr bis dort. Bald werden wir anhalten, um ein kleines Lager aufzuschlagen und zu essen.«

Simon freute sich, das zu hören, konnte es sich jedoch nicht verkneifen, trotzdem noch eine weitere Frage zu stellen. Schließlich war es ja auch sein Abenteuer. »Was ist der ›Knoch‹?«

»Oh, nichts Gefährliches, Simon. Es ist der Punkt, an dem die südlichen Vorberge des Weldhelm abfallen wie ein Sattel und man bequem den dichten und nicht unbedingt sicheren Wald verlassen und die Weldhelm-Straße auf der anderen Seite erreichen kann. Aber wie ich schon sagte, werden wir heute nicht mehr dorthin gelangen. Sehen wir uns lieber nach einem Lagerplatz um.«

Wenige Achtelmeilen weiter fanden sie ein Gelände, das ihnen verheißungsvoll erschien: eine Ansammlung großer Felsen am sanft ansteigenden Ufer eines Waldbaches. Das Wasser plätscherte friedlich über ein Bett runder, taubengrauer Kiesel und strudelte dann geräuschvoll um die ineinander verschlungenen Äste, die in den Bach gefallen waren; schließlich verschwand es ein paar Meter weiter unten im Dickicht. Eine Gruppe von Espen mit grünen Münzen als Blättern raschelte leise im ersten Hauch einer Abendbrise.

Die beiden errichteten rasch einen Feuerkreis aus trockenen Steinen, die sie am Rand des Wasserlaufes gefunden hatten. Qantaqa schien von diesem Plan fasziniert und sprang alle paar Minuten herbei, um zu knurren und ein bißchen nach den Steinen zu schnappen, die sie mühsam zusammentrugen. Wenig später hatte der Troll ein Feuer entfacht, das in den letzten kräftigen Strahlen der schwindenden Nachmittagssonne blaß und geisterhaft flackerte.

»Jetzt, Simon«, bemerkte er und schubste die widerwillige Qantaqa mit dem Ellbogen in eine sitzende Stellung, »stellen wir fest, daß es Zeit zum Jagen ist. Wir wollen uns einen passenden Abendbrot-Vogel suchen, und ich werde dir schlaue Listigkeiten beibringen.« Er rieb sich die Hände.

»Aber wie fangen wir die Vögel?« Simon warf einen Blick auf den Weißen Pfeil, den seine verschwitzte Hand immer noch fest umklammerte. »Müssen wir damit nach ihnen werfen?«

Binabik lachte und klatschte sich auf das in Leder gehüllte Knie. »Für einen Küchenjungen hast du einiges an Lustigkeit! Nein, nein, ich sagte doch, ich würde dir schlaue Listigkeiten zeigen. Siehst du, wo ich wohne, gibt es nur eine kurze Jagdzeit für Vögel. Im kalten Winter sind gar keine da, außer den wolkenhoch fliegenden Schneegänsen, die auf ihrer Route zu den Nordöstlichen Einöden unsere Bergheimat überqueren. Aber in einigen der Südländer, die ich bereist habe, jagen und essen die Leute *nur* Vögel. Dort habe ich eine gewisse Schlauheit gelernt. Ich werde es dir vorführen!«

Binabik ergriff seinen Wanderstab und winkte Simon, ihm zu folgen. Qantaqa sprang auf, aber der Troll wehrte ab.

»*Hinik aia*, alte Freundin«, befahl er ihr freundlich. Sie zuckte mit den Ohren, und die graue Stirn furchte sich. »Wir erledigen einen heimlichen Auftrag, und deine großen Pfoten werden uns keine Hilfe sein.« Die Wölfin machte kehrt und trollte sich zum Feuer zurück, wo sie sich ausstreckte. »Nicht, daß sie nicht von tödlicher Lautlosigkeit sein könnte«, erklärte der Troll Simon, »aber das tut sie nur, wenn *sie* es will.«

Sie überschritten den Bach und wateten in das Unterholz hinein. Schon bald befanden sie sich wieder im dichten Wald, und das Geräusch des Wassers hinter ihnen war zu einem leisen Murmeln herabgesunken. Binabik hockte sich hin und lud Simon ein, sich neben ihm niederzulassen.

»Nun gehen wir an die Arbeit«, meinte der Troll. Er gab seinem Wanderstab eine kurze Drehung; zu Simons Überraschung teilte sich der Stab in zwei Stücke. Das kurze Ende war, wie sich jetzt zeigte, der Griff eines Messers, dessen Klinge in dem ausgehöhlten Teil des längeren Stücks versteckt gewesen war. Der Troll kehrte dieses längere Ende um und schüttelte es. Ein Lederbeutel glitt heraus und fiel auf den Boden. Nun entfernte Binabik ein kleines Stück vom anderen Ende, so daß der längere Teil des Stabes eine hohle Röhre bildete. Simon lachte vor reinem Entzücken.

»Das ist ja wundervoll!« rief er. »Wie ein Zauberkunststück.« Binabik nickte weise. »Überraschungen in kleinen Häppchen – das ist das Glaubensbekenntnis der Qanuc, jawohl!« Er nahm das Messer bei seinem runden Knochengriff und stocherte kurz damit in der Röhre herum. Ein zweites Knochenrohr glitt ein Stück heraus, und er half mit den Fingern nach, bis er es ganz draußen hatte. Als er es Simon zur Begutachtung hinhielt, konnte der Junge sehen, daß dieses Rohr auf einer Seite eine Reihe von Löchern aufwies.

»Eine . . . Flöte?«

»Eine Flöte, in der Tat. Was nützt ein Abendessen, auf das keine Musik folgt?« Binabik legte das Instrument beiseite und weitete mit der Messerspitze die Öffnung des Lederbeutels. Auseinandergefaltet gab er einen zusammengepreßten Klumpen gekämmter Wolle und noch ein weiteres, schmales Röhrchen, nicht länger als ein Finger, preis.

»Kleiner werden wir und kleiner, hm?« Der Troll drehte das Röhrchen auf, um Simon den Inhalt zu zeigen: winzige, eng aneinandergerückte Nadeln aus Knochen oder Elfenbein. Simon streckte die Hand aus, um einen der zierlichen Splitter zu berühren, aber Binabik zog den Behälter hastig zurück.

»Bitte, nein«, warnte er. »Beobachte nur!« Mit Daumen und gebogenem Zeigefinger holte er eine der Nadeln heraus und hielt sie ins Licht der sterbenden Nachmittagssonne. Die scharfe Spitze des Dorns war mit einer schwarzen, klebrigen Masse beschmiert.

»Gift?« hauchte Simon. Binabik nickte ernst, aber seine Augen verrieten eine gewisse Erregung.

»Natürlich«, antwortete er. »Sie sind nicht alle so vergiftet – es ist keine Notwendigkeit, um kleine Vögel zu töten, und hat auch die unangenehme Neigung, das Fleisch zu verderben –, aber man kann einen Bären oder andere große, zornige Geschöpfe allein mit solch einem winzigen Dorn zum Halten bringen.« Er ließ die vergiftete Nadel zu den anderen gleiten und suchte sich einen unbefleckten Dorn.

»Damit hast du einen Bären getötet?« fragte Simon äußerst beeindruckt.

»Ja, das habe ich – aber ein weiser Troll hält sich dann nicht in der Nähe auf und wartet, ob der Bär auch wirklich verschieden ist. Das Gift tut seine Arbeit nicht sofort, weißt du. Und sehr groß sind Bären.«

Beim Reden hatte Binabik ein Flöckchen von der groben Wolle abgerissen und mit dem Messer die Fasern auseinandergezupft. Seine Finger arbeiteten so schnell und geschickt wie die von Sarrah dem Stubenmädchen beim Nähen. Bevor sich aber zu dieser anheimelnden Erinnerung weitere gesellen konnten, wurde Simons Aufmerksamkeit von neuem gefesselt, als Binabik anfing, die Fäden mit großer Geschwindigkeit um die Unterseite des Dorns zu wickeln und so ineinander zu weben, bis aus dem hinteren Ende des Dorns ein weicher Wollball geworden war. Als er damit fertig war, schob er alles zusammen, Nadel und Pfropf, in das eine Ende des hohlen Wanderstabes. Die anderen Nadeln packte er in ihren Beutel zurück, schob ihn in den Gürtel und reichte Simon die übrigen Stücke des zerlegten Stabes.

»Bitte, trag das«, bat er. »Ich sehe hier nicht viele Vögel, obwohl sie sehr oft gerade um diese Zeit herauskommen, um Kerbtiere zu fressen. Vielleicht werden wir uns aber auch mit einem Eichhörnchen begnügen müssen – nicht, daß sie nicht gut schmeckten«, fügte er eilig hinzu, als sie über einen umgestürzten Baum kletterten, »aber in der Jagd auf kleine Vögel liegt ein gewisser zarterer Hauch, ein köstlicheres Erlebnis. Falls der Dorn trifft, wirst du verstehen. Ich glaube, es ist ihr Flug, der mich so ergreift, und wie schnell die kleinen Herzchen klopfen.«

Später, im Blattgeflüster des Frühlingsabends, als Simon und der kleine Troll träge am Feuer lagen und ihre Mahlzeit verdauten – zwei Tauben *und* ein fettes Eichhörnchen –, dachte Simon über Binabiks Worte nach. Es war seltsam zu erkennen, wie wenig man jemanden verstand, den man eigentlich gern mochte. Wie konnte der Troll solche Zuneigung zu etwas fühlen, das er töten würde?

Jedenfalls empfinde ich nichts dergleichen für diesen verdammten Holzfäller, dachte er. *Wahrscheinlich hätte er mich genauso schnell umgebracht, wie er den Sitha töten wollte.*

Aber hätte er das wirklich? Wäre er mit der Axt auf Simon losgegangen? Vielleicht nicht. Den Sitha hatte er für einen Dämon gehalten, Simon dagegen den Rücken zugekehrt. Das hätte er gewiß nicht getan, wenn er Angst vor ihm gehabt hätte.

Ob er wohl eine Frau hatte? fiel Simon auf einmal ein. *Und Kinder? Aber er war doch ein böser Mensch! Trotzdem, schlechte Menschen können auch Kinder haben – König Elias hat eine Tochter. Wäre sie traurig, wenn ihr Vater stürbe? Ich wäre es bestimmt nicht. Und ich bin auch nicht traurig, daß der Holzhauer tot ist – aber ich fände es traurig, wenn seine Familie ihn so tot im Wald fände. Hoffentlich hatte er keine Familie, war allein, lebte ganz allein im Wald . . . allein im Wald . . .*

Erschreckt und angstvoll fuhr Simon in die Höhe. Fast wäre er eingeschlafen, ganz allein und hilflos . . . aber nein. Da war ja Binabik, der an der Uferböschung hockte und vor sich hinsummte. Simon empfand es plötzlich als großes Glück, daß der kleine Mann bei ihm war.

»Vielen Dank . . . für das Abendessen, Binabik. «

Der Troll drehte sich um und sah ihn an. Ein nachlässiges Lächeln spielte um seine Mundwinkel. »Es ist freudig gegeben. Und nachdem du nun gesehen hast, was die südlichen Blasdorne ausrichten können, möchtest du vielleicht auch lernen, wie man mit ihnen umgeht?«

»Ganz bestimmt!«

»Vorzüglich. Dann werde ich es dir morgen zeigen – und vielleicht kannst *du* dann unser Abendessen jagen, hmmm?«

»Wie lange . . .« Simon fand einen Zweig und rührte damit in der Glut herum, ». . . wie lange werden wir zusammen reisen?«

Der Troll schloß die Augen und lehnte sich zurück. Durch das dichte, schwarze Haar kratzte er sich am Kopf. »Oh, zumindest noch eine Weile, denke ich. Du willst nach Naglimund, nicht wahr? Nun, ich bin voller Sicherheit, daß auch ich wenigstens den größeren Teil des Weges dorthin zurücklegen werde. Ist dir das recht?«

»Ja! Äh . . . ja. « Simon ging es schon viel besser. Er lehnte sich ebenfalls zurück und bewegte seine unbeschuhten Füße vor der Kohlenglut.

»Jedoch«, sagte Binabik neben ihm, »ich verstehe noch immer nicht, warum du dorthin zu gehen wünschst. Ich hörte Berichte, daß man die Festung Naglimund für einen Krieg bemannt. Ich hörte Gerüchte, daß Josua der Prinz – dessen Verschwinden sich selbst an den entlegenen Orten, die ich bereiste, herumgesprochen hat – sich vielleicht dort versteckt, um gegen seinen Bruder, den König, Krieg zu führen. Weißt du nichts von diesen Reden? Warum, wenn ich mir die Frage erlauben darf, möchtest du dorthin?«

Simons unbekümmerte Stimmung verflog. *Er ist nur klein,* schalt er sich selbst, *aber keineswegs dumm!* Er zwang sich, mehrere Male tief Luft zu holen, bevor er antwortete: »Ich weiß nicht viel von diesen Dingen, Binabik. Meine Eltern sind tot, und ich habe einen Freund in Naglimund . . . einen Harfner. « *Alles mehr oder weniger wahr – aber auch überzeugend?*

»Hmmmm. « Binabik hatte die Augen nicht geöffnet. »Vielleicht gibt es bessere Reiseziele als eine Festung, die sich für eine Belagerung

rüstet. Immerhin zeigst du viel Tapferkeit, daß du dich so allein auf
den Weg machst, auch wenn, wie wir sagen, ›Tapfer und Töricht oft
in derselben Höhle wohnen‹. Wenn dir dein Ziel nicht gefällt, könntest du vielleicht mit mir kommen und bei uns Qanuc leben. So ein
großer, überragender Troll würdest du werden!« Binabik lachte, ein
hohes, albernes Kichern wie ein schimpfendes Eichhörnchen. Und
obwohl Simons Nerven noch immer einigermaßen wund waren,
konnte er nicht anders, er mußte mitlachen.

Das Feuer war zu einem matten Glühen heruntergebrannt und der
Wald ringsum ein unbestimmter, formloser Block aus Schwärze.
Simon hatte sich eng in seinen Mantel gewickelt. Binabik strich
gedankenverloren mit den Fingern über die Löcher der Flöte und
starrte hinauf in den samtigen Fleck Himmel, der durch eine Lücke in
den Bäumen sichtbar war.
»Schau!« sagte er und streckte sein Instrument aus, um in die Nacht
hinaufzudeuten. »Siehst du?«
Simon hielt den Kopf schief und kam näher. Oben war außer einer
dünnen Sternenschleppe nichts zu erkennen. »Nein, ich sehe
nichts.«
»Siehst du nicht das Netz?«
»Welches Netz?«
Binabik warf ihm einen sonderbaren Blick zu. »Lehren sie dich denn
nichts in deiner verschachtelten Burg? *Mezumiirus Netz!*«
»Wer ist das?«
»Aha.« Binabik ließ den Kopf wieder sinken. »Die Sterne. Der Stern-
haufen, den du dort über dir siehst, das ist *Mezumiirus Netz.* Es heißt,
daß sie es auswirft, um ihren Gatten Isiki einzufangen, der ihr fortgelaufen ist. Wir Qanuc nennen sie *Sedda*, die Dunkle Mutter.«
Simon starrte zu den trüben Punkten hinauf; es sah aus, als wäre das
dichte, schwarze Tuch, das Osten Ard von irgendeiner Welt des Lichtes trennte, an dieser Stelle fadenscheinig geworden. Wenn er die
Augen zukniff, konnte er eine gewisse Fächerform der Ansammlung
erkennen.
»Sie sind sehr matt.«
»Der Himmel ist nicht klar, da hast du recht. Man sagt, daß es Mezu-

miiru so lieber ist, weil sonst die hellen Lichter, die Juwelen ihres Netzes, Isiki verscheuchen. Aber es gibt viele bewölkte Nächte, und sie hat ihn immer noch nicht gefangen . . .«

Simon machte schmale Augen. »Mezza . . . Mezo . . .«

»Mezumiiru. Mezumiiru die Mondfrau.«

»Aber du hast gesagt, dein Volk nennt sie . . . Sedda?«

»So ist es. Sie ist die Allmutter, glauben die Qanuc.«

Simon dachte einen Augenblick nach. »Warum nennt ihr das« – er zeigte nach oben – »dann *Mezumiirus* und nicht *Seddas Netz?*«

Binabik hob lächelnd die Brauen. »Eine gute Frage. Mein Volk nennt es tatsächlich so – oder genauer gesagt, wir nennen es *Seddas Decke.* Aber ich komme viel herum und lerne andere Namen, und schließlich und letztlich sind es ja die Sithi, die als erste hier waren. Sie waren es, die vor langer Zeit allen Sternen Namen gaben.«

Der Troll saß eine Zeitlang da und starrte mit Simon zum schwarzen Dach der Welt empor. »Ich weiß etwas«, sagte er plötzlich. »Ich werde dir das Lied von Sedda vorsingen – oder einen kleinen Teil davon, vielleicht. Schließlich ist es ein Lied von großer Länge. Sollte ich diesen Gesang versuchen?«

»Ja!« Simon kuschelte sich noch tiefer in seinen Mantel. »Bitte sing!«

Qantaqa, die sanft auf den Beinen des Trolls geschlafen hatte, erwachte, hob den Kopf und sicherte nach allen Seiten, wobei sie ein leises Grollen ausstieß. Auch Binabik schaute sich um und versuchte mit schmalen Augen die Finsternis um das Lagerfeuer zu durchdringen. Aber schon bald schubste Qantaqa, anscheinend befriedigt, alles in Ordnung zu finden, Binabik in eine ihrem großen Kopf angenehmere Stellung, legte sich wieder hin und schloß die Augen. Binabik streichelte sie, griff zu seiner Flöte und blies ein paar einleitende Töne.

»Verstehen muß du«, meinte er, »daß dies nur der Kern des ganzen Liedes sein kann. Ich werde alles erklären. Seddas Gemahl, den die Sithi Isiki nannten, heißt bei meinem Volk *Kikkasut.* Er ist der Beherrscher aller Vögel.«

Feierlich begann der Troll mit hoher Stimme zu singen. Es klang seltsam melodisch, wie Wind auf einem hohen Gipfel. Nach jeder Zeile hielt er inne, um seiner Flöte trillernde Töne zu entlocken.

Wasser will fließen
bei Tohuqs Höhle,
Glanzhimmelshöhle.
Sedda will spinnen,
dunkle Himmelsherr-Tochter,
bleiche, schwarzhaarige Sedda.

Vogelkönig im Fluge
auf Pfaden der Sterne,
glanzhellen Pfaden,
sieht sie nun, Sedda,
Kikkasut sieht sie,
schwört, daß sie sein wird.

›Gib deine Tochter
mir, spinnende Tochter,
Feinfaden spinnt sie.‹
Kikkasut ruft ihn.
›Ich will sie kleiden
in leuchtende Federn!‹

Tohuq, er lauscht ihm,
hört schöne Worte,
reichen Vogelkönigs Worte.
Denkt an die Ehre,
gibt ihm nun Sedda,
alter, gieriger Tohuq.

»Und so«, erklärte Binabik in seiner Sprechstimme, »verkauft der alte Himmelsherr Tohuq seine Tochter an Kikkasut, für einen herrlichen Federumhang, aus dem er die Wolken formen will. Und Sedda zieht mit ihrem neuen Gatten in sein Land hinter den Bergen und wird dort Königin der Vögel. Aber es gibt nicht viel Glück in dieser Ehe. Bald fängt Kikkasut an, sie nicht mehr zu beachten, kommt nur noch nach Hause, um zu essen und Sedda zu beschimpfen.« Der Troll lachte leise und wischte das Ende der Flöte an seinem Pelzkragen ab.

»Ach, Simon, das ist immer *so* eine lange Geschichte... jedenfalls
geht Sedda zu einer weisen Frau, die ihr sagt, sie könnte Kikkasuts
wanderndes Herz zurückgewinnen, wenn sie ihm Kinder schenken
würde.

Mit einem Zauber aus Knochen und Trugblatt und schwarzem
Schnee, den ihr die weise Frau gibt, kann Sedda dann auch empfangen, und sie gebiert neun Kinder. Kikkasut hört es und schickt ihr
eine Botschaft, daß er kommen und sie ihr wegnehmen will, damit sie
als Vögel aufwachsen, wie es sich gehört, und nicht von Sedda als
nutzlose Mondkinder großgezogen werden.

Als sie das erfährt, nimmt Sedda die beiden jüngsten und versteckt
sie. Kikkasut kommt und will wissen, was mit den beiden fehlenden
geschehen ist. Sedda erzählt ihm, sie seien krank geworden und
gestorben. Er verläßt sie, und sie verflucht ihn.«

Wieder sang der Troll:

> *Fort flog nun Kikkasut.*
> *Sedda sitzt weinend,*
> *weint um Verlornes.*
> *Fort ihre Kinder,*
> *übrig nur blieben*
> *Lingit und Yana.*

> *Himmelsherrn-Enkel,*
> *Mondfrauen-Zwillinge,*
> *heimlich und bleich:*
> *Yana und Lingit,*
> *versteckt vor dem Vater.*
> *Macht sie unsterblich.*

> *Sedda sitzt trauernd;*
> *einsam, verraten*
> *sinnt sie auf Rache.*
> *Nimmt die Kleinode,*
> *Kikkasuts Gaben,*
> *webt sie zur Decke.*

Berggipfelhöhen
Sedda erklettert.
Breitet die Decke
zur Falle am Himmel
für ihren Gatten,
Dieb ihrer Kinder . . .

»Denn siehst du«, schloß der Troll, »Sedda wollte nicht, daß ihre
Kinder Sterblichkeit besaßen und den Tod finden würden wie die
Vögel und die Tiere der Felder. Sie waren ihr ein und alles . . .«
Binabik trillerte eine Melodie vor sich hin und wiegte dabei langsam
den Kopf hin und her. Endlich legte er die Flöte zur Seite. »Es ist ein
Lied von anstrengender Länge, aber es erzählt von hochwichtigen
Dingen. Es berichtet weiter von den Kindern Lingit und Yana und
ihrer Entscheidung zwischen dem Tod des Mondes und dem Tod der
Vögel. Denn siehst du, der Mond stirbt zwar, aber er kehrt in seiner
eigenen Person zurück. Die Vögel sterben und lassen ihre Jungen in
den Eiern zurück, damit sie sie überleben. Yana, so glauben wir
Trolle, wählte den Weg des Mondtodes und wurde die Matriarchin –
ein Wort, das Groß-Mutter bedeutet –, die Matriarchin der Sithi. Die
Sterblichen aber, ich und du, Simon-Freund, stammen von Lingit ab.
Aber es ist ein langes, ein sehr langes Lied . . . möchtest du ein andermal mehr davon vernehmen?«
Simon gab keine Antwort. Das Lied vom Mond und die sanfte Berührung mit den Federschwingen der Nacht hatten ihn schnell in Schlaf
sinken lassen.

XIX

Das Blut von Sankt Hoderund

Simon kam es vor, als würde sich sein Mund jedesmal, wenn er ihn öffnete, um zu sprechen oder auch nur tief Luft zu holen, mit Blättern füllen. So oft er sich auch bückte und duckte, er schaffte es nicht, den Zweigen auszuweichen, die nach seinem Gesicht zu greifen schienen wie gierige Kinderhände.

»Binabik!« jammerte er. »Warum können wir nicht wieder auf die Straße gehen? Ich werde in Stücke gerissen!«

»Beklage dich doch nicht so. Wir werden schon bald zur Straße zurückkehren.«

Es war aufreizend, dem kleinen Troll zuzuschauen, wie er sich behend durch das Gewirr von Zweigen und Ästen wand. Für ihn war es leicht zu sagen, »beklage dich doch nicht so«! Je dichter der Wald wurde, desto aalglatter schien Binabik zu werden. Anmutig schlüpfte er durch das dicke, alles umklammernde Unterholz, während Simon hinter ihm herprasselte. Sogar Qantaqa hüpfte leichtfüßig mit und hinterließ im Laubwerk hinter sich kaum ein Zittern. Simon fühlte sich, als klebe der halbe Alterz in Form von abgebrochenen Zweigen und kratzenden Dornen an seinem Leib.

»Aber warum tun wir das? Es dauert doch bestimmt nicht länger, am Waldrand der Straße zu folgen, als ich hier brauche, um mich zollweise durchzuwühlen?«

Binabik pfiff der Wölfin, die einen Augenblick außer Sicht geraten war. Sogleich trottete sie wieder herbei, und während der Troll wartete, bis Simon ihn eingeholt hatte, kraulte er den dicken Pelzkragen um ihren Hals.

»Du hast ungemein recht, Simon«, meinte er, als der Junge sich herangeschleppt hatte. »Wir könnten auf dem längeren Weg außen herum genauso schnell vorwärtskommen. Aber«, er hob einen kurzen, mahnenden Finger, »es gibt noch andere Dinge zu berücksichtigen.«

Simon wußte, daß er jetzt fragen sollte. Er tat es nicht, sondern blieb schnaufend neben dem kleinen Mann stehen und untersuchte seine neuerworbenen Hautrisse. Als der Troll merkte, daß Simon den Köder nicht schlucken wollte, lächelte er.

» ›Warum?‹ fragst du neugierig. ›Was gibt es zu berücksichtigen?‹ Die Antwort liegt überall um dich herum, auf jedem Baum und unter allen Felsen. Fühle! Rieche!«

Simon schaute unglücklich nach allen Richtungen. Alles, was er sehen konnte, waren Bäume und Dornensträucher. Und noch mehr Bäume. Er stöhnte.

»Nein, nein! Hast du denn gar keinen Verstand mehr übrig?« rief Binabik. »Was hat man dir nur beigebracht in deinem klumpigen Ameisenhaufen aus Stein, in dieser... Burg.«

Simon sah auf. »Ich habe nie gesagt, ich hätte in einer Burg gelebt.«

»Es findet sich große Offensichtlichkeit in allen deinen Handlungen.« Binabik drehte sich hastig um und betrachtete den kaum wahrnehmbaren Hirschpfad, dem sie folgten. »Schau«, verkündete er mit dramatischer Stimme, »das Land ist wie ein Buch, das du lesen solltest. Jedes kleine Ding« – ein keckes Grinsen – »hat eine Geschichte zu erzählen. Bäume, Blätter, Moose und Steine – auf ihnen stehen Dinge von wundersamer Bedeutung...«

»O Elysia, nein«, ächzte Simon, sank zu Boden und ließ den Kopf auf die Knie fallen. »Bitte lies mir nicht ausgerechnet jetzt das Buch des Waldes vor, Binabik. Meine Füße schmerzen, und mein Kopf tut weh.«

Binabik beugte sich vor, bis sein rundes Gesicht nur wenige Zoll von Simons Stirn entfernt war. Nachdem er einen Augenblick das dornverfilzte Haar des Jungen gemustert hatte, richtete der Troll sich wieder auf.

»Ich vermute, daß wir hier in Ruhe rasten können«, sagte er und versuchte seine Enttäuschung zu verbergen. »Ich werde dir zu einem späteren Zeitpunkt von diesen Dingen berichten.«

»Danke«, murmelte Simon in seine Knie hinein.

Der Aufgabe, das Abendessen zu jagen, entzog sich Simon an diesem Tag durch ein einfaches Mittel: sowie sie das Lager aufschlugen, war er auch schon eingeschlafen. Binabik zuckte nur die Achseln, nahm einen langen Zug aus dem Wassersack und einen ähnlich langen aus dem Weinschlauch und machte dann einen kurzen Rundgang durch die Umgebung, an seiner Seite Qantaqa als schnüffelnden Posten. Nach einer reizlosen, aber sättigenden Mahlzeit aus getrocknetem Fleisch warf er, Simons tiefes Atmen im Hintergrund, die Knöchel. Beim ersten Durchgang deckte er *Flügelloser Vogel*, *Fisch-Speer* und *Pfad im Schatten* auf. Beunruhigt schloß er die Augen und summte eine Weile tonlos vor sich hin, während das Geräusch der nächtlichen Insekten ringsum langsam zunahm. Als er zum zweiten Mal warf, hatten sich die beiden ersten Zeichen in *Fackel am Höhleneingang* und *Scheuender Widder* verwandelt, aber der *Pfad im Schatten* tauchte erneut auf, und die Knochen waren aneinandergeschichtet wie die Überreste der Mahlzeit irgendeines reinlichen Fleischfressers. Binabik, der nicht zu den Leuten gehörte, die aufgrund der Knochen übereilte Entschlüsse fassen – dazu hatte sein Meister ihn zu gut ausgebildet –, schlief trotzdem, als er endlich Ruhe fand, mit Stab und Rucksack in unmittelbarer Reichweite.

Als Simon erwachte, präsentierte ihm der Troll ein recht zufriedenstellendes Mahl aus gebratenen Eiern – Wachtel, erklärte er –, ein paar Beeren und sogar den blaß-orangeroten Knospen eines blühenden Baumes, die sich als durchaus eßbar und auf ganz eigenartige Weise süß und gut zu kauen erwiesen. Auch das Gehen fiel ihm an diesem Morgen erheblich leichter als am Vortag, denn das Land wurde nach und nach offener, und die Abstände zwischen den Bäumen vergrößerten sich.

Der Troll war den ganzen Morgen recht wortkarg gewesen. Simon war überzeugt, daß dies an seinem mangelnden Interesse an Binabiks Waldläuferkünsten lag. Als sie einen langen, sanften Abhang hinunterstiegen, über ihnen, hoch auf ihrer Morgenbahn himmelaufwärts, die Sonne, hatte er den Eindruck, etwas sagen zu müssen.

»Binabik, möchtest du mir heute etwas über das Buch des Waldes erzählen?«

Sein Gefährte lächelte, aber es war ein schmaleres, sparsameres Lächeln, als Simon an ihm gewöhnt war. »Natürlich, Freund Simon, aber ich fürchte, ich habe dir einen falschen Gedanken eingeflößt. Weißt du, wenn ich von dem Land als von einem Buch spreche, will ich damit nicht sagen, daß du es lesen sollst, um dein geistliches Wohlbefinden zu fördern, wie einen frommen Folianten – obwohl man sicher auch aus diesem Grund auf seine Umgebung achten kann. Nein, ich spreche eher davon wie von einem Buch der Heilkunde, von etwas, das man der Gesundheit wegen studiert.«

Es ist wirklich verblüffend, dachte Simon, *wie leicht es ihm fällt, mich durcheinanderzubringen. Und dies, ohne daß er es überhaupt versucht!*

Laut antwortete er: »Gesundheit? Buch der Heilkunde?«

Binabiks Gesicht wurde unvermittelt ernst. »Es geht um dein Leben und Sterben, Simon. Du bist jetzt nicht mehr in deiner Heimat. Du bist auch nicht in *meiner* Heimat, obwohl ich es als Gast hier zweifellos leichter habe als du. Selbst die Sithi, so viele Zeitalter sie auch der Sonne zugesehen haben, wie sie durch die Himmel rollte, Jahr um Jahr, sogar sie erheben auf Aldheorte keinen Anspruch.« Binabik hielt inne, legte die Finger auf Simons Handgelenk und drückte es. »Dieser Ort, an dem wir stehen, dieser riesige Wald, ist der *älteste aller Orte*. Darum nennt man ihn mit den Worten deines Volkes ›Aldheorte‹: Er bleibt für immer das alte Herz von Osten Ard. Selbst diese jüngeren Bäume hier«, er stocherte mit dem Stab nach allen Seiten, »hielten bereits Überschwemmungen, Wind und Feuer stand, bevor euer großer König Johan auf der Insel Warinsten als Säugling seinen ersten Atemzug tat.«

Simon schaute sich um und blinzelte.

»Andere«, fuhr Binabik fort, »andere Bäume gibt es, von denen ich einige gesehen habe, deren Wurzeln bis in den Fels der Zeit selbst hinunterreichen; älter sind sie als alle Königreiche von Menschen und Sithi, die glanzvoll emporstiegen und wieder in bröckelnde Vergessenheit zurücksanken.«

Erneut preßte Binabik sein Handgelenk, und Simon, der den Abhang hinunter in die gewaltige Senke voller Bäume sah, fühlte sich plötzlich klein, unendlich winzig wie ein Insekt, das die Steilwand eines wolkendurchbohrenden Berges hinaufkrabbelt.

»Warum ... warum erzählst du mir das alles?« fragte er endlich, holte tief Luft und kämpfte gegen etwas, das sich anfühlte wie Tränen.

»Weil«, erwiderte Binabik, griff nach oben und klopfte ihn auf den Arm, »weil du nicht denken sollst, der Wald, die weite Welt, hätten auch nur das geringste mit den Gassen und Winkeln von Erchester gemein. Du mußt auf der Hut sein, und du mußt *nachdenken* ... immer *nachdenken*.«

Gleich darauf war der Troll weitergegangen. Simon stolperte hinterdrein. Wie war das alles nur gekommen? Jetzt erschienen ihm die Scharen der Bäume wie eine feindselige, flüsternde Menge. Ihm war zumute, als hätte man ihn geohrfeigt.

»Warte!« rief er. »Worüber soll ich nachdenken?« Aber Binabik ging nicht langsamer und drehte sich nicht um.

»Komm jetzt!« rief er statt dessen über die Schulter. Seine Stimme war gelassen, aber kurzangebunden. »Wir müssen uns beeilen. Wenn wir Glück haben, erreichen wir den Knoch, bevor es dunkel wird.« Er pfiff Qantaqa. »Bitte, Simon«, setzte er hinzu.

Und das waren an diesem Morgen seine letzten Worte.

»Dort!« Endlich brach Binabik sein Schweigen. Die beiden standen auf einem Bergkamm, die Baumwipfel unter ihnen eine unebene grüne Decke. »Der Knoch.«

Unter ihnen lagen treppenartig zwei weitere Baumreihen. Dahinter erstreckte sich ein abfallendes Grasmeer bis hinüber zu den Bergen, die sich klar in der Nachmittagssonne abzeichneten. »Das ist der Weldhelm, oder wenigstens sein Vorgebirge.« Der Troll deutete mit seinem Stab. Die im Schatten liegenden, scharf umrissenen Hügel, rundlich wie die Rücken schlafender Tiere, schienen über die grüne Weite nur einen Steinwurf entfernt.

»Wie weit sind sie weg ... die Berge?« fragte Simon. »Und wie sind wir so weit nach oben gekommen? Ich erinnere mich gar nicht ans Klettern.«

»Geklettert sind wir auch nicht, Simon. Der Knoch ist eine Mulde, tief eingesunken, als hätte ihn jemand nach unten gedrückt. Wenn du zurückschauen könntest«, er machte eine Handbewegung nach dem Kamm hinauf, »würdest du erkennen, daß unser jetziger Standort ein wenig tiefer liegt als die Ebene von Erchester. Und um auch deine zweite Frage nicht ohne Antwort zu lassen: Die Berge sind durchaus noch ein Stück entfernt, aber deine Augen täuschen dich und lassen sie dir nah scheinen. Wahrhaftig, wir sollten uns jetzt lieber an den Abstieg machen, wenn wir meinen Rastplatz noch mit der Sonne über uns erreichen wollen.«

Der Troll wanderte ein paar Schritte den Kamm entlang. »Simon«, begann er, und als er sich umdrehte, konnte der Junge sehen, daß Kinn und Mund etwas von ihrer Verbissenheit verloren hatten, »ich muß dir sagen, daß diese Weldhelm-Berge zwar nur Säuglinge sind, wenn man sie mit meinem Mintahoq vergleicht – aber dennoch, nur allein in der Nähe solcher Höhen zu sein, berauscht mich . . . wie Wein.«

Plötzlich ist er wieder wie ein Kind, dachte Simon und sah Binabiks kurzen Beinchen nach, die ihn geschwind durch die Bäume und den Hang hinuntertrugen. *Nein,* dachte er dann, *nicht wie ein Kind, das ist nur seine Größe, aber jung, sehr jung. – Wie alt ist er eigentlich?*

Tatsächlich wurde der Troll, während Simon ihm hinterhersah, immer kleiner und kleiner. Der Junge fluchte milde vor sich hin und rannte ihm nach.

Sie stiegen erstaunlich schnell die breiten, dichtbewaldeten Kämme hinunter, auch wenn es Stellen gab, an denen sie wirklich klettern mußten. Simon war von der Geschicklichkeit, die Binabik an den Tag legen konnte, keineswegs überrascht – der Troll sprang so leicht wie eine Feder, wirbelte weniger Staub auf als ein Eichhörnchen und zeigte sich so sicher auf den Füßen, daß, davon war Simon überzeugt, selbst die Widder der Qanuc sich dessen nicht geschämt hätten. Aber wenn auch Binabiks Behendigkeit ihn nicht wunderte, so doch seine eigene. Anscheinend hatte er sich etwas erholt, und ein paar ordentliche Mahlzeiten hatten ihren Teil dazu beigetragen, den Simon wiederherzustellen, den man auf dem Hochhorst einst den »Geisterknaben« genannt hatte – den furchtlosen Turmbesteiger und Mauerspringer.

Auch wenn er sich mit seinem im Gebirge geborenen Begleiter nicht vergleichen konnte, fand er doch, daß er sich wacker schlug. Wer einige Schwierigkeiten hatte, war Qantaqa, nicht, weil sie nicht trittsicher gewesen wäre, sondern wegen einzelner steiler Abstiege – ein Kinderspiel, wenn man sich mit den Händen festhalten konnte –, die zum Herunterspringen zu hoch waren. Wenn sie sich in solch einer Lage befand, knurrte sie ein wenig, was jedoch eher ärgerlich als ängstlich klang, und trottete davon, um einen längeren Weg bergab zu suchen, bis sie dann, in der Regel schon nach kurzer Zeit, wieder zu ihnen stieß.

Als sie endlich einen vielfach gewundenen Hirschpfad entdeckten, der den letzten kleinen Hügel hinabführte, war die Nachmittagssonne schon unter die Himmelsmitte gesunken und stand ihnen warm im Nacken und hell im Gesicht. Eine lauwarme Brise fächelte die Blätter, war aber zu schwach, den Schweiß auf ihren Stirnen zu trocknen. Der Mantel, den Simon sich um die Mitte geknotet hatte, machte ihn so bauchlastig, als hätte er ein umfangreiches Mahl zu sich genommen.

Zu seiner Überraschung entschied sich Binabik, als sie endlich die oberen Wiesenhänge, den Anfang des Knochs, erreicht hatten, den Weg in nordöstlicher Richtung fortzusetzen, am Waldrand entlang, anstatt quer durch das flüsternde, sanft wogende Grasmeer zu gehen.

»Aber die Weldhelm-Straße liegt auf der anderen Seite der Berge!« wandte Simon ein. »Es ginge doch viel schneller, wenn wir...«

Binabik hob eine stämmige, kleine Pfote, und Simon verfiel in mürrisches Schweigen. »Es gibt ›schneller‹, Simon-Freund, und es gibt auch *schneller*«, erklärte er, und das fröhliche Wissen in seiner Stimme reizte Simon beinahe – aber doch nicht ganz – dazu, etwas Höhnisches und Kindisches, aber vorübergehend Befriedigendes, anzumerken. Als er den bereits geöffneten Mund sorgsam wieder zugemacht hatte, fuhr Binabik fort.

»Siehst du, ich habe gedacht, es wäre schön – eine Schönheit? eine Schönigkeit? –, heute abend an einem Ort ein wenig Rast zu halten, an dem du in einem Bett schlafen und an einem Tisch essen könntest. Wie findest du das, hmmm?«

Simons ganzer Groll verpuffte wie Dampf, der unter einem hochgehobenen Topfdeckel hervorquillt. »Ein Bett? Wollen wir in eine Herberge?« Shems Geschichte vom Puka und den drei Wünschen fiel ihm ein, und er begriff, wie es jemandem zumute war, dessen erster Wunsch in Erfüllung ging – bis er sich jäh an die Erkyngarde erinnerte und an den gehängten Dieb.

»Keine Herberge.« Binabik lachte über Simons Eifer. »Aber genauso gut ist es – nein, besser. Es ist ein Ort, wo man dir Essen gibt und dich ruhen läßt und niemand fragt, wer du bist oder woher du kommst.« Er deutete über den Knoch dorthin, wo die andere Seite des Waldes zurückwich, bis sein Außenrand schließlich am Fuß der Weldhelm-Vorberge endete. »Da drüben ist es, auch wenn man es von hier aus nicht sehen kann. Komm!«

Aber warum können wir nicht einfach den Knoch überqueren? grübelte Simon. *Es sieht aus, als ob Binabik nicht so durch offenes Gelände laufen will ... nicht so schutzlos.*

Tatsächlich hatte der Troll einen nordöstlichen Pfad eingeschlagen und umging die große Wiese, um sich im Windschatten des Aldheorte zu halten.

Und was meinte er mit dem Ort, an dem niemand Fragen stellt ... was immer das alles bedeuten mochte ...? Versteckt er sich denn auch?

»Langsamer, Binabik!« rief er. Ab und zu flog Qantaqas weißes Hinterteil aus dem Gras auf wie eine Möwe über dem bewegten Kynslagh. »Langsamer!« wiederholte er und beschleunigte seine Schritte. Der Wind trug seine Worte sanft davon, den wellenförmigen Hang hinter ihm hinauf.

Als Simon den Troll endlich eingeholt hatte, stand die Sonne hoch auf ihren Rücken, und Binabik hob die Hand und klopfte ihm auf den Ellbogen.

»Vorhin war ich sehr scharf, sehr knapp mit dir. Es stand mir nicht zu, so zu reden. Meine Entschuldigungen.« Er schielte zu dem Jungen hinauf und schaute dann geradeaus, wo Qantaqas Schweif über dem schwankenden Gras wehte, bald hier, bald dort, das Banner eines kleinen, aber schnell marschierenden Heeres.

»Es gibt nichts zu ...« fing Simon an, aber Binabik unterbrach ihn.

»Bitte, bitte, Freund Simon«, erklärte er mit einem deutlichen

Unterton von Verlegenheit in der Stimme, »es stand mir nicht zu. Sprich nicht mehr davon.« Er hob beide Hände an die Ohren und bewegte sie in einer wunderlichen Gebärde. »Laß mich dir lieber erzählen, wohin wir gehen – zu Sankt Hoderund am Knoch.«

»Wohin?«

»Zu dem Ort, an dem wir bleiben werden. Viele Male bin ich schon dort gewesen. Es ist ein Platz, an den man sich zurückzieht – ein Kloster, wie ihr Ädoniten sagt. Sie sind dort sehr freundlich zu Reisenden.«

Das war genug für Simon. Sofort schwirrte sein Kopf von Visionen langer, hoher Säle, gebratenen Fleisches und sauberer Strohsäcke – ein Delirium von Bequemlichkeiten. Er begann schneller zu laufen und beinahe in Trab zu verfallen.

»Rennen ist nicht vonnöten«, ermahnte ihn Binabik. »Es wird auch so auf uns warten.« Er blickte sich nach der Sonne um, die immer noch mehrere Stunden vom westlichen Horizont stand. »Soll ich dir von Sankt Hoderund erzählen? Oder weißt du schon alles?«

»Erzähl es mir«, bat Simon. »Ich weiß, daß es solche Orte gibt. Ich kenne jemanden, der schon einmal in der Abtei von Stanshire war.«

»Nun, dies hier ist eine Abtei von Besonderheit. Sie hat eine Geschichte.«

Simon hob die Brauen, bereit zum Zuhören.

»Ein Lied gibt es da«, erläuterte Binabik, »den Sang von Sankt Hoderund. Im Süden ist er viel bekannter als im Norden – mit dem Norden meine ich Rimmersgard und nicht meine Heimat –, und es ist offensichtlich, weshalb. Weißt du etwas über die Schlacht von Agh Samrath?«

»Das war, als die Nordleute, die Rimmersmänner, die Männer von Hernystir und die Sithi geschlagen haben.«

»Oho? Dann hast du also doch eine gewisse Erziehung genossen? Ja, Simon-Freund, es war Agh Samrath, das gesehen hat, wie Fingil Rothand die Heere der Sithi und Hernystiri vom Schlachtfeld trieb. Aber es gab noch andere, frühere Schlachten, und eine von ihnen hat hier stattgefunden.« Er machte eine Handbewegung über das wogende Feld neben ihnen. »Damals hatte dieses Land einen ande-

ren Namen. Die Sithi, die es vermutlich am besten kannten, nannten
es *Ereb Irigú* – Westliches Tor. «

»Und wer gab ihm den Namen ›der Knoch‹? Das klingt doch sehr
komisch. «

»Ich weiß es nicht mit Gewißheit. Ich selbst glaube, daß der Name
auf die Bezeichnung zurückgeht, welche die Rimmersmänner der
Schlacht gaben. Sie nannten diesen Ort *Du Knokkegard* – den Knochengarten. «

Simon blickte zurück über das raschelnde Gras und beobachtete, wie
sich Reihe um Reihe vor den Schritten des Windes neigte. »Knochengarten?« fragte er, und der kalte Finger einer Vorahnung
berührte ihn.

Der Wind ist hier ständig in Bewegung, dachte er. *Rastlos . . . als ob er
etwas Verlorenes sucht . . .*

»Knochengarten, ja. Auf beiden Seiten wurde diese Schlacht vorher
vielfach unterschätzt. Die Grashalme hier wachsen auf den Gräbern
von vielen tausend Männern. «

*Tausende, wie auf dem Begräbnisplatz in Erchester. Noch eine Totenstadt
unter den Füßen der Lebenden. Ob sie es wissen?* fragte er sich plötzlich.
*Hören sie uns und hassen sie uns, weil wir . . . in der Sonne sind? Oder sind
sie glücklicher, weil sie alles hinter sich haben?*

*Ich weiß noch, wie Shem und Ruben den alten Rim töten mußten, den
Ackergaul.* Gerade bevor Rubens Hammer niedergesaust war, hatte
Rim zu Simon aufgeschaut. Mit milden, aber wissenden Augen, hatte
Simon gedacht. Wissend und doch gleichmütig.

*Hat König Johan sich zum Schluß so gefühlt, reich an Jahren wie er war?
Bereit zum Schlafengehen wie der alte Rim?*

»Und es ist ein Lied, das jeder Harfner südlich der Frostmark dir vor-
singt«, sagte Binabik. Simon schüttelte den Kopf und versuchte sich
zu konzentrieren, aber das Seufzen des Grases, das langgezogene Wispern des Windes klangen laut in seinen Ohren. »Ich, und vielleicht
wirst du mir dafür Dank wissen, werde kein Lied singen«, fügte Binabik hinzu, »aber von Sankt Hoderund sollte ich dir doch erzählen,
denn wir gehen ja sozusagen in sein Haus. «

Junge, Troll und Wölfin waren am östlichsten Teil des Knochs angekommen und änderten jetzt wieder die Richtung, so daß sie der Sonne

die linke Seite zukehrten. Als sie durch das hohe Gras wateten, zog Binabik seine Lederjacke aus und knotete sich die Ärmel um die Mitte. Das Hemd, das er darunter trug, war aus weißer Wolle, locker gewebt und sackartig geschnitten.

»Hoderund«, begann er, »war ein Rimmersmann, der sich nach mancherlei Abenteuern zum ädonitischen Glauben bekehrte. Schließlich wurde er von der Kirche zum Priester eingesetzt. Es heißt, ein einzelner Stich ist erst dann von Bedeutung, wenn der Mantel auseinandergeht. Wir würden uns nicht darum kümmern, was Hoderund getan hat, davon bin ich überzeugt, wenn nicht König Fingil Rothand und seine Rimmersmänner den Grünwate-Fluß überschritten und damit zum ersten Mal den Boden der Sithi betreten hätten.

All das ist, wie die meisten Geschichten von Wichtigkeit, zu lang, um es in einer Stunde des Wanderns zu erzählen. Ich will darum derartige Erläuterungen vermeiden und nur dies sagen: Die Nordmänner hatten alles vor sich hergetrieben und auf ihrem Zug nach Süden mehrere Schlachten gewonnen. Die Hernystiri unter ihrem Prinzen Sinnach entschlossen sich, den Rimmersmännern hier an dieser Stelle entgegenzutreten«, wieder machte Binabik eine umfassende Handbewegung über die ganze Weite des sonnenspitzigen Graslandes, »um ihrem Ansturm ein für alle Mal Einhalt zu gebieten.

Die Menschen und Sithi flohen vom Knoch, weil sie fürchteten, zwischen den beiden Heeren zerrieben zu werden – alle flohen sie, außer Hoderund. Schlachten, dünkt mich, ziehen Priester an wie Fliegen, und so geschah es auch mit Hoderund. Er suchte Fingil Rothand in dessen Zelt auf und flehte den König an, sich zurückzuziehen und damit die Tausende von Leben zu schonen, die andernfalls verloren wären. In seiner – wenn ich es so sagen darf – Dummheit und zugleich Tapferkeit predigte er zu Fingil und erzählte ihm von Usires Ädons Worten, daß man seinen Feind in die Arme schließen und zum Bruder machen müsse.

Fingil, was nicht weiter erstaunlich ist, hielt ihn für einen Verrückten und war überaus angewidert, von einem anderen Rimmersmann solche Worte zu hören . . . Oho, ist das *Rauch*?«

Mit dem jähen Wechsel seines Erzählgegenstandes überraschte der Troll Simon, den Binabiks Geschichte in eine Art wandelnden Son-

352

nenstichtraum gelullt hatte. Der Troll deutete zur anderen Seite des
Knochs hinauf. Tatsächlich, hinter einer Reihe sanfter Hügel, deren
entferntester anscheinend Zeichen von Urbarmachung trug, kräu-
selte sich ein dünner Rauchfaden. »Abendessen, denke ich«, grinste
Binabik. Simon sperrte in ahnungsvoller Sehnsucht den Mund auf.
Jetzt beschleunigte auch der Troll seine Schritte. Der dunkle Wald-
rand machte eine Biegung, und die beiden drehten sich erneut der
Sonne zu.

»Wie gesagt«, nahm der Troll seine Erzählung wieder auf, »fand Fingil Hoderunds neue ädonitische Ideen äußerst abstoßend. Er befahl,
den Priester hinzurichten, aber ein barmherziger Soldat ließ ihn entkommen.

Ans Weglaufen dachte Hoderund jedoch nicht. Als die beiden Heere
endlich aufeinanderprallten, eilte er auf das Schlachtfeld, mitten zwischen Hernystiri und Rimmersgarder, schwang seinen *Baum* und rief
den Frieden des Usires-Gottes auf sie alle hernieder. Eingeklemmt
zwischen zwei wütenden heidnischen Heeren wurde er schnell ganz
und gar totgeschlagen. So.«

Binabik schwenkte seinen Stab und schlug auf einen hohen Grasbuk-
kel ein. »Eine Geschichte, deren Philosophie schwierig ist, hmmm?
Wenigstens für uns Qanuc, die es vorziehen, das zu sein, was *du* heid-
nisch nennst, und zugleich das, was *ich* als lebendig bezeichne. Aber
der Lektor in Nabban nannte Hoderund einen Märtyrer und gab in
der Frühzeit von Erkynland diesem Ort den Namen einer Kirche und
Abtei des Hoderund-Ordens.«

»War es eine furchtbare Schlacht?« wollte Simon wissen.

»Die Rimmersgarder nannten den Ort ›Knochengarten‹. Die spätere
Schlacht bei Agh Samrath war vielleicht blutiger, aber dort spielte
auch Verrat mit. Hier auf dem Knoch galt es Mann gegen Mann,
Schwert gegen Schwert, und das Blut strömte wie die Bäche der ersten
Schneeschmelze.«

Die Sonne, tief über den Himmel heruntergerutscht, brannte ihnen
mitten ins Gesicht. Die Nachmittagsbrise, die sich jetzt ernsthaft
bemerkbar machte, bog das hohe Gras und warf die darüberschweben-
den Insekten hoch in die Luft, in der sie tanzten wie winzige goldene
Lichtblitze. Qantaqa kam querfeldein zurückgelaufen, und ihre

Annäherung übertönte die sägende, zischende Musik der sich aneinander reibenden Halme. Der Junge und der Troll begannen eine lange Steigung hinaufzustapfen, umkreist von der Wölfin, die den dicken Kopf in der Luft schwenkte und erregt jappte. Simon beschattete seine Augen, konnte aber hinter der Erhebung nichts ausmachen als die Baumwipfel des Waldrandes. Er drehte sich um und wollte Binabik fragen, ob sie bald da wären, aber der Troll starrte im Gehen mit gerunzelten Brauen auf den Boden und konzentrierte sich auf irgend etwas, ohne Simon oder der wild umherspringenden Wölfin überhaupt Beachtung zu schenken.

Nachdem eine Weile schweigend vergangen war, unterbrochen nur vom Rauschen ihrer Schritte im schweren Gras und einem gelegentlichen aufgeregten Bellen Qantaqas, ermutigte Simons leerer Magen ihn dazu, noch einmal zu fragen. Kaum aber hatte er den Mund geöffnet, als Binabik zu seiner Überraschung in ein hohes, klagendes Lied ausbrach:

> *Ai-Ereb Irigú.*
> *Ka'ai shikisi aruya'a*
> *Shishei, shishei burusa'eya*
> *Pikuuru n'dai-tu.*

Während sie auf den lichtgetränkten, windgewellten Berg hinaufstiegen, klangen Simon die Worte und die eigenartige Melodie in den Ohren wie ein Klagelied von Vögeln, wie ein verzweifelter Ruf aus den hohen, einsamen, niemals verzeihenden Räumen der Luft.

»Ein Sithi-Lied.« Binabik warf Simon einen wunderlich scheuen Blick zu. »Ich singe es nicht gut. Es spricht von diesem Ort, an dem die ersten Sithi von Menschenhand starben, an dem zum ersten Mal von Menschen, die auf Sithi-Boden kämpften, Blut vergossen wurde.« Während er zu Ende sprach, versetzte er Qantaqa, die ihn mit der breiten Schnauze ans Bein stieß, einen Klaps. »Hinik aia!« befahl er. »Sie riecht jetzt Leute und gekochtes Essen«, murmelte er entschuldigend.

»Was bedeutet das Lied?« fragte Simon. »Die Worte, meine ich.« Immer noch überlief ihn die Fremdartigkeit kalt, erinnerte ihn aber zugleich daran, wie groß die Welt wirklich war und wie wenig er selbst auf dem betriebsamen Hochhorst davon mitbekommem hatte. Klein, klein, klein fühlte er sich, kleiner als der kleine Troll, der da neben ihm herkletterte.

»Ich bezweifle, Simon, daß man die Worte der Sithi in den Sprachen der Sterblichen sangbar machen kann – so daß ihre Gedanken richtig weitergegeben werden. Noch schlimmer, es ist ja auch nicht die Sprache meines Geburtsortes, die wir miteinander sprechen, du und ich ... aber ich kann es versuchen.«

Sie gingen ein Stück weiter. Qantaqa war es endlich langweilig geworden oder sie hatte es sich anders überlegt; sie hatte jedenfalls keine Lust mehr, ihre wölfische Begeisterung mit ihren begriffsstutzigen Begleitern zu teilen und war hinter dem Kamm der Anhöhe verschwunden.

»Das hier, glaube ich, kommt dem Sinn nahe«, meinte Binabik endlich und intonierte dann eher, als daß er sang:

> *Am Tor des Westens*
> *zwischen dem Auge der Sonne und den Herzen*
> *der Ahnen*
> *fällt eine Träne ...*
> *Lichtspur, Spur zur Erde fallenden Lichtes,*
> *trifft auf Eisen*
> *und wird zu Rauch ...*

Binabik lachte verlegen. »Siehst du, in den Waldläuferhänden eines Trolls wird das Lied aus Luft zu Worten aus Steinklumpen.«

»Nein«, entgegnete Simon, »zwar verstehe ich es nicht genau ... aber ich *empfinde* etwas dabei.«

»Dann ist es gut«, lächelte Binabik, »aber kein Wort von mir kann sich mit den Liedern der Sithi vergleichen, vor allem nicht mit diesem. Ich habe gehört, daß es eines der längsten ist – und eines der traurigsten. Es heißt auch, Erlkönig Iyu'unigato habe es selber geschrieben, in seinen letzten Stunden, bevor er getötet wurde ... getötet von ... von ... Aah! Schau, wir sind oben!«

Simon sah auf. Wahrhaftig, sie hatten das Ende der langen Steigung

beinahe erreicht. Unter ihnen erstreckte sich das endlose Meer der
dichtgedrängten Baumwipfel des Aldheorte.

Aber ich glaube nicht, daß er deshalb nicht weitergeredet hat, dachte
Simon. *Ich glaube, er wollte gerade etwas sagen, das er eigentlich nicht
aussprechen sollte.*

»Woher hast du gelernt, Sithi-Lieder zu singen, Binabik?« fragte er,
als sie die letzten Schritte nach oben geklettert waren und nun auf
dem breiten Rücken des Berges standen.

»Wir werden darüber reden, Simon«, antwortete der Troll und
blickte um sich. »Aber jetzt sieh! Dort geht es hinunter nach Sankt
Hoderund!«

Sie begannen, nur knapp einen langen Steinwurf weit unter ihnen,
an den Berghang geklammert wie Moos, das auf einem uralten Baum
wächst: ineinander verschlungene Reihen und Reihen in regelmäßigen Abständen gepflanzter, sorgfältig gepflegter Weinstöcke. Waagerecht in den Berg gehauene Terrassen, deren Kanten so abgerundet
waren, als sei der Boden schon vor langer Zeit so geformt worden,
trennten sie voneinander. Zwischen den Weinstöcken liefen Pfade,
die sich genauso verschlungen den Hang hinunterzogen wie die Pflanzen selbst. Unten im Tal war, auf der einen Seite von diesem ersten
kleinen Vetter der Weldhelm-Berge geschützt, auf der anderen von
der dunklen Begrenzung des Waldes, ein ganzes Korbgeflechtmuster
von Ackerland zu sehen, angeordnet mit der säuberlichen Symmetrie
eines illuminierten Manuskriptes. In einigem Abstand, gerade noch
hinter dem Vorsprung des Berges zu erkennen, lagen die kleinen
Außengebäude der Abtei, eine rohgezimmerte, aber gut gepflegte
Ansammlung hölzerner Schuppen sowie ein eingezäuntes Feld, im
Augenblick leer von Schafen oder Kühen. Ein Tor, der einzige kleine
Gegenstand in diesem mächtigen Teppich, der sich bewegte,
schwang langsam hin und her.

»Folge den Pfaden, Simon, und bald werden wir essen und vielleicht
auch einen kleinen Schoppen der Klosterlese zu uns nehmen.« Mit
schnellen Schritten machte sich Binabik an den Abstieg. Gleich darauf bahnten er und Simon sich ihren Weg durch die Reihen, während
Qantaqa die langsame Durchquerung des Weinberges durch ihre
Gefährten verächtlich betrachtete, um dann einfach den Hang hin-

unterzuspringen und dabei über die gekräuselten Reben zu setzen, ohne einen einzigen Pfahl zu berühren oder eine Traube unter den großen Pfoten zu zerquetschen.

Simon eilte den steilen Pfad hinunter und achtete dabei auf seine Füße, denn er fühlte bei jedem langen Schritt, daß ihm die Fersen ein Stückchen wegrutschten. Auf einmal spürte er mehr, als er es sah, daß vor ihm irgend etwas war. Weil er dachte, der Troll sei stehengeblieben, um auf ihn zu warten, sah er mit saurer Miene auf und wollte gerade bemerken, daß man Leuten, die nicht auf einem Berg großgeworden seien, ein wenig Erbarmen zeigen sollte, als sein Blick auf eine Alptraumgestalt fiel. Er stieß einen Angstschrei aus, verlor den Halt, stürzte rücklings auf sein Hinterteil und rutschte zwei Armlängen den Pfad hinunter.

Binabik hörte ihn, fuhr herum und rannte den Berg hinauf, wo er Simon unter einer großen, zerlumpten Vogelscheuche auf der Erde sitzend vorfand. Der kleine Mann betrachtete die Vogelscheuche, die schief von einem dicken Pfahl herunterhing, das rohe, angemalte Gesicht von Wind und Regen fast verwischt, und sah dann auf Simon, der dasaß und an seinen zerschundenen Handflächen sog. Binabik verbiß sich das Lachen, bis er dem Jungen aufgeholfen hatte. Mit seinen kleinen, starken Händen packte er Simons Ellenbogen und stemmte ihn auf die Füße. Dann aber konnte er sich nicht länger beherrschen. Er drehte sich um und setzte den Weg nach unten fort, hinter sich Simon, der erbost die Stirn runzelte, als die erstickten Laute der Erheiterung des kleinen Mannes zu ihm heraufdrangen.

Verbittert klopfte sich Simon den ärgsten Staub von der Hose und sah nach den beiden Päckchen in seinem Gürtel, Pfeil und Manuskript, um sich zu vergewissern, daß keines beschädigt war. Natürlich konnte Binabik nichts von dem am Kreuzweg aufgeknüpften Dieb wissen, aber er war immerhin dabeigewesen, als der Sithi in der Falle des Holzfällers hing. Warum war es dann so lächerlich, daß Simon einen Schreck bekommen hatte?

Simon kam sich sehr töricht vor, aber als er wieder auf die Vogelscheuche blickte, fühlte er trotzdem eine zitternde Vorahnung. Er griff nach oben, packte den leeren Sack, der den Kopf bildete – rauh und kühl fühlte er sich an –, faltete ihn zusammen und steckte den oberen Teil in den formlosen, zerlumpten Mantel, der die Schultern umschlotterte, so daß die trüben, blicklosen Augen versteckt waren. Sollte der Troll doch lachen.

Binabik, der sich wieder gefaßt hatte, wartete weiter unten. Er entschuldigte sich nicht, lächelte aber und gab Simon einen kleinen Klaps auf die Hand. Simon erwiderte das Lächeln, seines war jedoch schmaler als Binabiks.

»Als ich vor drei Monaten hier war«, sagte der Troll, »auf meinem Weg nach Süden, gab es das wundervollste Wild! Den Brüdern ist es erlaubt, einige wenige Hirsche aus dem königlichen Forst zu nehmen, um Wanderer zu erquicken – und sich selber, das braucht nicht weiter erwähnt zu werden. Ah, da ist es ... und es steigt Rauch auf!«

Sie hatten die letzte Biegung des Berges umrundet; das klagende Geräusch des quietschenden Tores kam von direkt unter ihnen. Geradeaus am Fuß des Abhanges lagen die dichtgedrängten Strohdächer der Abtei. Und wirklich stieg Rauch auf, ein dünnes Wölkchen, das nach oben schwebte, sich im Gipfelwind drehte und auflöste. Aber es kam weder aus einem Schornstein noch aus einem Rauchfang.

»Binabik ...«, sagte Simon, dessen Überraschung sich noch nicht in Alarm verwandelt hatte.

»Niedergebrannt«, flüsterte Binabik. »Oder noch brennend. Oh, Tochter der Berge!« Das Tor krachte zu und sprang sofort wieder auf. »Ein schrecklicher Gast ist in Sankt Hoderunds Haus gekommen.«

Auf Simon, der die Abtei noch nicht gesehen hatte, wirkte die rauchende Verwüstung dort unten wie Binabiks Geschichte vom Knochengarten selbst, die plötzlich lebendig geworden war. Wie in den schrecklichen, wahnsinnigen Stunden unter der Burg spürte er, wie sich die eifersüchtigen Klauen der Vergangenheit hervordrängten, um die Gegenwart an einen dunklen Ort der Reue und Furcht hinabzuzerren.

Von der Kapelle, dem Haupthaus des Klosters und dem größten Teil der Nebengebäude waren nur schwelende Ruinen übriggeblieben. Die verkohlten Dachbalken, deren Last aus Fachwerk und Stroh das Feuer verzehrt hatte, lagen entblößt unter dem spöttischen Frühlingshimmel wie die geschwärzten Rippen des Festmahls eines hungrigen Gottes. Ringsum verstreut lagen, wie von demselben Gott ausgewürfelt, die Leichen von mindestens zwanzig Männern, so lumpenpuppig und leblos wie die Vogelscheuche oben auf dem Berg.

»Bei Chukkus Eiern . . .«, hauchte Binabik mit noch immer weit aufgerissenen Augen und schlug sich sacht mit dem Daumenballen auf die Brust. Er machte einen Schritt nach vorn, zog den Rucksack von den Schultern und rannte den Berg hinab. Qantaqa bellte und machte Freudensprünge.

»Warte«, sagte Simon, und es war kaum ein Flüstern. »Warte!« schrie er und schwankte hinterher. »Was tust du? Sie werden dich umbringen!«

»Stunden ist das alt!« rief Binabik, ohne sich umzudrehen. Simon sah den Troll kurz innehalten und sich über den ersten Leichnam beugen, auf den er stieß. Gleich darauf trabte er weiter. Keuchend, mit trotz der offensichtlich zutreffenden Worte des kleinen Mannes vor Furcht jagendem Herzen, warf Simon im Vorbeilaufen einen Blick auf die Leiche. Es war ein Mann in schwarzem Gewand, dem Äußeren nach ein Mönch – sein Gesicht war ins Gras gedrückt und nicht zu sehen. Eine Pfeilspitze hatte sich gewaltsam den Weg durch seinen Nacken gebahnt. Fliegen liefen zierlich über das getrocknete Blut.

Ein paar Schritte weiter strauchelte Simon und stürzte. Mit den Handflächen fing er sich schmerzhaft auf dem Kiesweg ab. Als er sah, worüber er gestolpert war und die Fliegen bemerkte, die sich wieder auf den nach oben verdrehten Augen niederließen, mußte er sich heftig und qualvoll übergeben.

Als Binabik ihn fand, hatte Simon sich im Schatten eines Kastanienbaumes verkrochen. Der Kopf des Jungen nickte wie knochenlos, als Binabik ihm wie eine liebevolle, aber energische Mutter mit einem Grasbüschel die Galle vom Kinn wischte. Der Aasgestank war überall.

»Schlimm ist es. Schlimm.« Binabik berührte sanft Simons Schulter, wie um sicherzugehen, daß der Junge wirklich vorhanden war, hockte sich dann hin und kniff vor den letzten roten Strahlen des Sonnenlichtes die Augen zusammen. »Ich kann keinen Lebenden mehr fin-

den. Meistens sind es Mönche, die Toten, in Klostergewänder gekleidet, aber es gibt auch andere.«

»Andere . . .?« Es war ein Gurgeln.

»Männer in Reisekleidung . . . Frostmarkmänner, die hier vielleicht
eine Nacht rasten wollten, obwohl es recht viele zu sein scheinen.
Manche tragen Bärte und machen mir den Anschein von Rimmersmännern. Es ist eine Rätselhaftigkeit . . .«

»Wo ist Qantaqa?« fragte Simon schwach. Er stellte fest, daß er sich
merkwürdigerweise Sorgen um die Wölfin machte, die doch wahrscheinlich von ihnen dreien am wenigsten in Gefahr war.

»Rennen. Riechen. Sie ist sehr aufgeregt.« Simon stellte fest, daß
Binabik seinen Stab auseinandergezogen und das Stück mit dem Messer in den Gürtel gesteckt hatte. »Ich frage mich«, meinte der Troll
und starrte, während Simon sich endlich aufsetzte, in den emporstei-
genden Rauch, »was die Ursache für all das ist. Räuber? Eine Art
Schlacht aus Gründen der Religion – ich habe gehört, daß das bei
euch Ädoniten nicht ungewöhnlich ist –, oder was sonst? Höchst sonderbar.«

»Binabik.« Simon räusperte sich und spuckte aus. Er hatte einen
Geschmack im Mund wie die Stiefel eines Schweinehirten. »Ich habe
Angst.« Irgendwo in der Ferne bellte Qantaqa, ein überraschend
hoher Laut.

»Angst.« Binabiks Lächeln war fadendünn. »Angst solltest du auch
haben.« Obwohl sein Gesicht klar und sorglos zu sein schien, lag eine
Art betäubter Wehrlosigkeit hinter den Augen des Trolls. Das jagte
Simon mehr Furcht ein als alles andere. Und da war noch etwas: eine
Andeutung von Entmutigung, als ob das Schreckliche nicht völlig
unerwartet gekommen wäre.

»Ich denke . . .«, begann Binabik, als Qantaqas Jappen sich plötzlich
zu einem knurrenden Crescendo steigerte. Der Troll sprang auf. »Sie
hat etwas entdeckt«, sagte er und zog den verblüfften Jungen mit
einem kräftigen Ruck am Handgelenk in die Höhe. »Oder etwas
anderes ist dabei, *sie* zu entdecken . . .«

Binabik rannte den Geräuschen nach, und Simon, in dessen Schädel
Impulse von Flucht und Furcht durcheinanderzirpten wie Fleder-
mäuse, stolperte hinterher. Im Laufen griff der Troll mit dem Finger

360

in sein Blasrohr und steckte etwas hinein. Simon wußte – eine schwerwiegende, bedrohliche Erkenntnis –, daß es ein Dorn mit schwarzer Spitze war.

Sie rannten quer durch das Klostergelände, fort von der Verwüstung und durch den Obstgarten, immer auf die Laute von Qantaqas Mißvergnügen zu. Ein Schneesturm von Apfelblüten fiel um sie herum zu Boden, und der Wind stocherte und schob sich am Waldrand entlang.

Weniger als zehn Laufschritte in den Wald hinein fanden sie die Wölfin, das Nackenfell gesträubt und ihr Knurren so tief, daß Simon es bis in den Magen fühlen konnte. Sie hatte einen Mönch gestellt und gegen den Stamm einer Pappel gedrängt. Der Mann hielt seinen Brust-*Baum* hoch, als wollte er den Blitz des Himmels auf das widerspenstige Untier herunterrufen. Aber trotz seiner heroischen Haltung zeigten die krankhafte Blässe des Gesichtes und der zitternde Arm, daß er mit dem Erscheinen des Blitzes nicht wirklich rechnete. Seine vor Furcht noch weiter hervortretenden Augen waren auf Qantaqa geheftet; die beiden Neuankömmlinge hatte er überhaupt noch nicht bemerkt.

»... *Aedonis Fiyellis extulanin mei*...« Der breite Mund bewegte sich krampfhaft. Die Schatten der Blätter malten Flecken auf seinen rosa Schädel.

»Qantaqa!« rief Binabik. »*Sosa!*« Qantaqa grollte, aber ihre Ohren zuckten. »*Sosa aia!*« Der Troll schlug sich mit dem hohlen Stab auf den Schenkel, daß es knallte. Mit einem letzten zähnefletschenden Knurren ließ Qantaqa den Kopf sinken und trottete zurück zu Binabik. Der Mönch stierte Simon und den Troll an, als wären sie ebenso furchterregend wie das erregte Tier. Dann schwankte er ein wenig und stürzte rückwärts zu Boden. Er landete sitzend auf der Erde und zeigte den verwirrten Ausdruck eines Kindes, das sich verletzt und noch nicht begriffen hat, daß es weinen möchte.

»Usires der Barmherzige«, stammelte er endlich, als die beiden auf ihn zueilten. »Usires der Barmherzige, der Barmherzige...« Ein wilder Blick trat in seine Quellaugen. »Laßt mich in Ruhe, ihr heidnischen Ungeheuer!« schrie er und versuchte mühsam aufzustehen. »Mörderbande, heidnische Bastarde!« Seine Fersen rutschten ihm weg, und er setzte sich wieder hin und murmelte: »Ein Troll, ein mörderischer Troll . . .« Langsam sah er wieder rosig aus, die Farbe kehrte zurück. Er holte tief und krampfhaft Atem und machte dann ein Gesicht, als ob er nun wirklich losheulen wollte.

Binabik blieb stehen. Er packte Qantaqa am Hals und winkte Simon, weiterzugehen, wobei er sagte: »Hilf ihm.«

Simon näherte sich langsam und versuchte mit einiger Mühe, seine Gesichtszüge so zu ordnen, wie es sich für einen hilfreichen Freund gehört – und das, obwohl sein eigenes Herz ihm gegen den Brustkorb hämmerte wie ein Specht. »Es ist ja alles gut«, erklärte er. »Jetzt ist alles gut.«

Der Mönch hatte die Augen mit dem Ärmel bedeckt. »Alle habt ihr umgebracht, nun wollt ihr uns auch noch töten!« rief er, und in seiner Stimme, so erstickt sie sich auch anhörte, lag eher Selbstmitleid als Furcht.

»Ein Rimmersmann ist er«, bemerkte Binabik, »als ob man sich das nicht schon denken könnte, so wie er Qanuc verleumdet. *Pfah.*« Der Troll stieß einen angewiderten Laut aus. »Hilf ihm auf, Simon, wir wollen ihn ans Licht führen.«

Simon ergriff den knochigen, schwarzverhüllten Ellenbogen des Mannes und brachte ihn mühsam auf die Füße. Aber als er ihn zu Binabik leiten wollte, riß der Mann sich los.

»Was tust du da?« schrie er und tastete nach dem *Baum* auf seiner Brust. »Soll ich die anderen im Stich lassen? Nein, hebe dich von mir!«

»Die anderen?« Simon schaute fragend auf Binabik. Der Troll zuckte die Achseln und kraulte die Ohren der Wölfin. Qantaqa schien zu grinsen, als erheitere sie das Schauspiel.

»Leben noch andere?« fragte der Junge sanft. »Wir wollen dir helfen und ihnen auch, sofern wir können. Ich heiße Simon, und das ist mein Freund Binabik.« Der Mönch glotzte ihn mißtrauisch an. »Und Qantaqa hast du ja schon kennengelernt, denke ich«, fügte Simon hinzu und bedauerte sofort den schlechten Scherz. »Sag uns, wer du bist. Und wo sind diese anderen?«

Der Mönch, dessen Fassung zurückzukehren begann, musterte ihn mit einem langen, argwöhnischen Blick, um danach auch Troll und

Wolf kurz zu beäugen. Als er sich wieder Simon zuwandte, war sein Gesicht etwas entspannter.

»Wenn du wirklich . . . ein guter Ädoniter bist und aus Wohltätigkeit handelst, so bitte ich dich um Vergebung.« Der Ton des Mönches war steif wie bei einem Menschen, der nicht gewöhnt ist, sich zu entschuldigen. »Ich bin Bruder Hengfisk. Ist dieser Wolf . . .«, er wandte den Blick ab, ». . . euer Gefährte?«

»Allerdings«, entgegnete Binabik streng, bevor Simon etwas antworten konnte. »Zu bedauern ist es, daß sie dich erschreckt hat, Rimmersmann, aber du wirst selber erkennen, daß sie dir nichts Übles getan hat.«

Hengfisk würdigte Binabik keiner Antwort. »Ich habe meine beiden Pfleglinge schon zu lange alleingelassen«, erklärte er, zu Simon gewandt, »ich muß wieder zu ihnen.«

»Wir begleiten dich«, erwiderte der Junge. »Vielleicht kann Binabik helfen. Er kennt sich mit Kräutern und anderen Dingen vorzüglich aus.«

Der Rimmersmann hob kurz die Brauen, wodurch seine Augen noch weiter hervorzutreten schienen. Sein Lächeln war bitter.

»Das ist ein freundlicher Gedanke, Junge, doch ich fürchte, irgendwelche . . . Waldkräuterumschläge können Bruder Langrian und Bruder Dochais nicht mehr helfen.« Er machte auf dem Absatz kehrt und ging auf recht unsicheren Beinen tiefer in den Wald hinein.

»So warte doch!« rief Simon ihm nach. »Was ist denn überhaupt in der Abtei geschehen?«

»Das weiß ich nicht«, antwortete Hengfisk, ohne sich umzudrehen. »Ich war nicht dabei.«

Simon sah sich hilfesuchend nach Binabik um, aber der Troll machte keine Anstalten mitzukommen. Statt dessen rief er hinter dem humpelnden Mönch her: »Ach – Bruder Hängfisch?«

Wutschnaubend schoß der Mönch herum. »Mein Name ist Hengfisk, Troll!« Simon fiel auf, wie schnell ihm die Farbe ins Gesicht stieg.

»Ich habe nur Übersetzungsdienste für meinen Freund geleistet«, grinste Binabik sein gelbes Grinsen, »der nicht die Sprache von Rimmersgard spricht. Du sagst, du weißt nicht, was geschehen ist. Wo warst du denn, als man deine Brüder so furchtbar abschlachtete?«

Der Mönch schien schon im Begriff, etwas zurückzufauchen, griff dann aber nach seinem *Baum* und umklammerte ihn. Gleich darauf sagte er mit ruhigerer Stimme: »So komm mit und sieh. Ich habe keine Geheimnisse vor dir, Troll, oder vor meinem Gott.« Er stapfte davon.

»Warum hast du ihn wütend gemacht, Binabik?« flüsterte Simon. »Ist hier nicht schon genug Schlimmes geschehen?«

Binabiks Augen waren Schlitze, aber er hatte sein Grinsen nicht verloren. »Vielleicht bin ich unfreundlich, Simon, aber du hörtest seine Rede; du sahst seinen Blick. Laß dich nicht dadurch täuschen, daß er ein Heiligengewand trägt. Zu oft sind wir Qanuc in der Nacht aufgewacht und haben Augen wie Hengfisks auf uns herunterblicken sehen, und Fackeln und Äxte gleich daneben. Dein Usires Ädon hat diesen Haß nicht erfolgreich aus seinem nördlichen Herzen herausgebrannt.« Der Troll schnalzte Qantaqa zu, ihm zu folgen, und ging dem steifrückigen Priester nach.

»Aber hör dir doch selber zu!« sagte Simon und hielt Binabiks Blick fest. »Du bist ja auch voller Haß.«

»Ah.« Der Troll hob einen Finger vor sein jetzt ausdrucksloses Gesicht. »Aber ich behaupte auch nicht, daß ich an deinen – verzeih den Ausdruck – Kopfüber-Gott der Barmherzigkeit glaube.«

Simon holte Luft, um etwas zu sagen, überlegte es sich dann aber.

Bruder Hengfisk drehte sich nur einmal um und nahm schweigend ihre Anwesenheit zur Kenntnis. Eine ganze Weile sagte er nichts. Das Licht, das durch das Laub sickerte, nahm schnell ab; schon bald war Hengfisks eckige, schwarzgewandete Gestalt kaum mehr als ein Schatten, der sich vor ihnen herbewegte. Simon war verblüfft, als er sich endlich umwandte und sagte: »Hier.« Der Mönch führte sie um das Ende eines großen umgestürzten Baumes herum, dessen freiliegende Wurzeln mehr als allem anderen einem gewaltigen Besen ähnelten – einem Besen, der die Einbildungskraft von Rachel dem Drachen zu heroischen, legendären Heldentaten angefeuert hätte.

Simons beiläufiger Gedanke an Rachel, dazu die Erlebnisse dieses Tages, brachten ihm einen so heftigen Anfall von Heimweh ein, daß er strauchelte und sich mit der Hand an der schuppigen Borke des gefallenen Baumes abstützte. Hengfisk kniete nieder und warf Äste auf ein kleines Feuer, das in einer flachen Grube glühte. Am Feuer lagen, jeder auf einer Seite von der umgestürzten Länge des Baumes geschützt, zwei Männer.

»Das ist Langrian«, erläuterte Bruder Hengfisk und deutete auf den rechten, dessen Gesicht weitgehend mit einem aus Säcken hergestellten, blutigen Verband bedeckt war. »Ihn fand ich als einzigen Überlebenden in der Abtei, als ich zurückkam. Ich glaube, Ädon wird ihn bald wieder zu sich nehmen.« Selbst in dem schwächer werdenden Licht konnte Simon feststellen, daß Bruder Langrians Haut, soweit sie noch sichtbar war, fahl und wächsern wirkte. Hengfisk warf noch einen Stock aufs Feuer. Binabik, ohne dem Rimmersmann ein einziges Mal in die Augen zu sehen, kniete neben dem Verwundeten nieder und begann ihn mit behutsamen Fingern zu untersuchen.

»Der dort ist Dochais.« Hengfisk zeigte auf den anderen Mann, der ebenso kraftlos wie Langrian dalag, jedoch keine äußeren Verletzungen zeigte. »Er war es, den ich suchen gegangen war, als er von seiner Vigilie nicht zurückkehrte. Als ich ihn nach Hause brachte – ihn trug –«, bitterer Stolz lag in Hengfisks Stimme, »fand ich bei meiner Heimkehr alle... alle tot.« Er schlug das Zeichen des *Baumes* über seiner Brust. »Alle außer Langrian.«

Simon setzte sich zu Bruder Dochais, einem dünnen, jungen Mann mit langer Nase und den blauen Kinnstoppeln der Hernystiri. »Was ist ihm geschehen? Was fehlt ihm?«

»Ich weiß es nicht, Junge«, antwortete Hengfisk. »Er ist wahnsinnig. Er hat sich irgendein Gehirnfieber zugezogen.« Der Mönch machte sich wieder auf die Suche nach Feuerholz.

Simon beobachtete Dochais eine Weile, bemerkte das mühsame Atmen und das leichte Beben der Augenlider. Als er sich umdrehte, um nach Binabik zu sehen, der gerade vorsichtig den Verband von Langrians Kopf abwickelte, schoß wie eine Schlange aus dem schwarzen Gewand vor ihm eine Hand hervor und packte ihn mit erschreckend kraftvollem Griff vorn am Hemd.

Dochais, noch immer mit geschlossenen Augen, hatte sich ganz steif gemacht und den Rücken derart gekrümmt, daß seine Mitte sich vom Boden hob. Sein Kopf war zurückgeworfen und wackelte ruckartig hin und her.

»Binabik!« schrie Simon, außer sich vor Entsetzen. »Er... er ist...«

»Aaah!« Die Stimme, die sich Dochais' gepreßter Kehle entrang, war rauh vor Qual. »Der *schwarze Wagen!* Seht, er kommt mich holen!« Wieder schlug er um sich wie ein Fisch an Land, und bei seinen Worten fühlte Simon einen Schauder neu erwachenden Grauens.

Der Berggipfel... ich erinnere mich... und das Knarren schwarzer Räder... o Morgenes, was tue ich hier?

Eine Sekunde später, während Binabik und Hengfisk noch verwirrt von der anderen Seite der Feuergrube herüberstarrten, hatte Dochais Simon zu sich herangezogen, bis das Gesicht des Jungen die vor Furcht verzerrten Züge des Hernystiri fast berührte.

»Sie holen mich zurück!« zischte der Mönch, »zurück an... zurück an... *diesen furchtbaren Ort!*« Erschreckt öffneten sich seine Augen und starrten blind in Simons nur eine Handbreit entfernte eigene. Der Junge schaffte es nicht, sich aus dem Griff des Mönches loszureißen, obwohl jetzt Binabik neben ihm stand und zu helfen versuchte.

»*Du* weißt es!« schrie Dochais, »du weißt, wer es ist! Du bist gezeichnet, gezeichnet wie ich! Ich sah sie vorüberkommen, die Weißfüchse! Sie gingen durch meinen Traum. *Weißfüchse!* Der Meister hat sie geschickt, um unsere Herzen mit Eis zu überziehen und unsere Seelen mitzunehmen... auf ihrem schwarzen, schwarzen Wagen!«

Und dann war Simon frei, keuchend und schluchzend. Binabik und Hengfisk hielten den zuckenden Mönch, bis er endlich aufhörte, um sich zu schlagen. Die Stille des dunklen Waldes kehrte zurück und umgab das kleine Lagerfeuer, so wie die Abgründe der Nacht einen sterbenden Stern umarmen.

XX

Der Schatten des Rades

Er stand auf der offenen Ebene im Mittelpunkt einer ungeheuren, flachen Grassenke, ein Fleckchen bleichen, aufrechten Lebens inmitten eines endlosen grünen Tumultes. Nie hatte sich Simon so entblößt, so nackt unter dem Himmel gefühlt. Ringsum stiegen die Felder an und entfernten sich von ihm; die Horizonte an allen Seiten siegelten Gras und steingrauen Himmel fest zusammen.

Nach einer Weile, die in dieser unpersönlichen, festgeschriebenen Zeitlosigkeit Augenblicke oder Jahre gedauert haben konnte, brach der Horizont auf.

Mit dem gewichtigen Ächzen eines Kriegsschiffes bei starkem Wind erschien über dem Rand, der die äußerste Grenze von Simons Gesichtsfeld bildete, etwas Dunkles. Immer weiter stieg es empor, unfaßlich groß, bis sein Schatten über Simon fiel, tief unten im Tal – das Fallen des Schattens war so jäh, daß er fast ein Echo zu erzeugen schien, als er aufschlug – ein tiefes, hallendes Summen, das Simon erschütterte.

Die gewaltige Masse des Dinges zeichnete sich klar vor dem Himmel ab, als es einen langen Augenblick am Rand des Tales verharrte. Es war ein Rad, ein ungeheures, schwarzes Rad, hoch wie ein Turm. Im Dämmerlicht des Schattens, den es warf, konnte Simon nur mit weit aufgerissenen Augen zusehen, wie es sich mit quälender Zielsicherheit zu drehen und langsam den langen, grünen Hang hinunterzurollen begann; abgerissene, geschundene Erdsoden spritzten hinter ihm auf. Simon stand wie erstarrt mitten in seinem gräßlichen Weg, auf dem es mahlend weiterrollte, unerbittlich wie die Mühlsteine der Hölle.

Nun war es über ihm, den Rand voran, ein schwarzer Rumpf, der bis ans

Firmament reichte, nach allen Richtungen Erde regnend. Unter Simons
Füßen senkte sich der Boden, als das Gewicht des Rades die Grundfesten
der Erde zum Einstürzen brachte. Er stolperte, und noch während er um
sein Gleichgewicht kämpfte, ragte der schwarze Rand vor ihm auf. Stumm
und entsetzt starrte er ihn an, als ein grauer Schatten an seinem Blick vor-
überhuschte, ein grauer Schatten mit blitzendem Kern . . . ein Sperling, der
wie ein Verrückter vorbeiflog, etwas Glänzendes fest im gebogenen Griff.
Der Junge blinzelte, um ihm nachzusehen, und als hätte ihm der Vogel beim
schnellen Vorüberfliegen ans Herz gegriffen, warf Simon sich hinter ihm
her, außer Reichweite des Rades, das auf ihn einstürzte . . .
Doch noch während er sprang und der mauerbreite Rand herunterdonnerte,
verfing sich Simons Hosenbein in einem brennendkalten Nagel, der am
äußeren Rand des riesigen Rades hervorstand. Der Sperling, nur ein paar
Zoll vor ihm, flog frei davon und kreiste wirbelnd, grau in grau, vor dem
Schieferhimmel nach oben wie ein Schmetterling. Seine glitzernde Bürde
verschwand mit ihm in der Dämmerung.
Eine gewaltige Stimme sprach: Du bist gezeichnet.
Das Rad faßte Simon und wirbelte ihn herum, schüttelte ihn wie ein Hund,
der einer Ratte das Genick bricht. Dann rollte es weiter und riß ihn hoch
hinauf in die Luft. Baumelnd wurde er in den Himmel gezerrt, und unter
seinem Kopf schaukelte die Erde wie ein wogendes, grünes Meer. Der
Fahrtwind des Rades umwehte ihn auf allen Seiten, als er nach oben stieg
und dem Scheitelpunkt zukreiste. In seinen Ohren sang das Blut.
Simon wühlte mit der Hand in dem Gras und dem Lehm, die den breiten
Rand verkrusteten, und richtete sich mühsam auf; er ritt auf dem Rad wie
auf dem Rücken eines wolkenhohen Tieres. Immer näher kam er dem
gewölbten Himmel.
Dann war er ganz oben und saß einen Augenblick auf dem höchsten Punkt
der Welt. Hinter dem Rand des Tales waren alle die weithin verstreuten
Felder von Osten Ard zu sehen. Das Sonnenlicht durchbohrte den Himmel
und fiel auf die Zinnen einer Burg und eine wunderschöne schimmernde
Turmspitze, das einzige auf der Welt, das so hoch zu sein schien wie das
schwarze Rad. Er blinzelte, erkannte etwas Vertrautes im aufstrebenden
Umriß, aber gerade, als es deutlicher zu werden begann, rollte das Rad weiter, stieß ihn vom Gipfel herunter und zog ihn rasch wieder auf den tief
unter ihm liegenden Boden hinunter.

Er kämpfte mit dem Nagel, zerrte an seinem Hosenbein, um sich zu befreien. Aber irgendwie waren er und der Nagel eins, er konnte sich nicht losreißen. Der Boden sprang ihm entgegen. Die beiden, Simon und die jungfräuliche Erde, rasten mit einem Getöse wie die Posaunen des Jüngsten Tages, die durch das Tal dröhnten, aufeinander zu. Er schlug auf – die beiden prallten zusammen –, und Wind und Licht und Musik erloschen wie eine Kerzenflamme.

Plötzlich:

Simon befand sich im Dunkeln, tief in der Erde, die sich vor ihm teilte wie Wasser. Ringsum ertönten Stimmen, langsame, zögernde Stimmen aus Mündern voll erstickenden Staubes.

Wer tritt in unser Haus?
Wer kommt, unseren Schlaf, unseren langen Schlaf zu stören?
Sie wollen uns bestehlen!
Die Diebe wollen uns unsere stillen, dunklen Betten nehmen.
Sie wollen uns wieder nach oben schleppen, durch das Helle
Tor...

Als die klagenden Stimmen so riefen, fühlte Simon Hände, die ihn umklammerten, Hände, kalt und trocken wie Gebein oder naß und weich wie Wurzeln, die sich in die Tiefe senken, ausgestreckte, verschlungene Finger, die nach ihm griffen, um ihn an leere Brüste zu drücken... doch sie konnten ihn nicht aufhalten. Das Rad rollte und rollte, mahlte ihn nach unten, immer weiter, bis die Stimmen hinter ihm erstarben und er durch eiskalte, schweigende Finsternis glitt.

Finsternis...

Wo bist du, Junge? Träumst du? Ich kann dich fast berühren.

Es war Pryrates' Stimme, die da plötzlich sprach, und er spürte das bösartige Gewicht der Gedanken des Alchimisten dahinter. Ich weiß jetzt, wer du bist – Morgenes' Schüler, ein Küchenjunge, der sich in alles einmischt. Du hast Dinge gesehen, die nicht für dich bestimmt waren, Küchenjunge – du hast mit Dingen gespielt, die über dich hinausgehen. Du weißt viel zu viel. Ich werde dich suchen.

Wo BIST du?

Und dann die tiefere Dunkelheit, ein Schatten unter dem Schatten des

Rades, und tief in diesem Schatten zwei rotglühende Feuer, Augen, die aus einem Schädel starren mußten, der ein Grauen und voller Flammen war.

Nein, Sterblicher, *sagte eine Stimme, und in Simons Kopf klang sie wie Asche und Erde und das stumme, unausgesprochene Ende aller Dinge.*

Nein, dieser ist nicht für dich. *Die Augen loderten auf, voller Neugier und Vergnügen.* Wir werden ihn nehmen, Priester.

Simon fühlte, wie Pryrates' Griff sich lockerte und die Macht des Alchimisten vor dem dunklen Wesen zusammenschrumpfte.

Willkommen, *sagte es.* Hier ist das Haus des Sturmkönigs, jenseits des Dunkelsten Tores. – Wie... ist... dein... Name?

Und die Augen sanken ein wie zerfallende Glut, und die Leere hinter ihnen brannte kälter als Eis, heißer als jedes Feuer... und dunkler als alle Schatten...

»Nein!« Simon dachte, er schrie es, aber auch sein Mund war voller Erde. »Ich sage ihn nicht!«

Vielleicht werden wir dir einen Namen geben... du mußt einen Namen haben, kleine Fliege, kleines Staubkorn... damit wir dich erkennen, wenn wir dir begegnen... wir müssen dich zeichnen...

»Nein!« Er versuchte sich loszureißen, aber das Gewicht von tausend Jahren Erde und Stein lastete auf ihm. »Ich will keinen Namen! Ich will keinen Namen! Ich will keinen...«

»... Namen von *dir!*« Noch während sein letzter Aufschrei durch die Bäume gellte, war Binabik bei ihm, aufrichtige Bestürzung im Gesicht. Das schwache Licht der Morgensonne, ohne Ursprung und Richtung, erfüllte die Lichtung.

»Einen Verrückten und einen dem Tode Nahen habe ich schon zu pflegen«, bemerkte Binabik, als Simon sich aufsetzte, »und nun mußt du auch noch anfangen, im Schlaf zu schreien?« Der Troll hatte einen Scherz machen wollen, aber der Morgen war zu kalt und dünn für den Versuch. Simon zitterte am ganzen Leib.

»Ach, Binabik, ich...« Er fühlte, wie ein bebendes, unsicheres Lächeln auf sein Gesicht trat, erzwungen von der einfachen Tatsache, daß er sich im Licht befand, über der Erde. »Ich hatte einen ganz, ganz schrecklichen Traum.«

»Das überrascht mich nicht weiter«, erwiderte der Troll und

quetschte Simons Schulter. »Ein schrecklicher Tag wie gestern führt nicht zufällig zu einem weniger als ruhigen Schlaf.«

Der kleine Mann richtete sich auf. »Wenn du willst, sei willkommen, dir in meinem Rucksack etwas zu essen zu suchen. Ich bin mit dem Pflegen der beiden Mönche beschäftigt.« Er wies auf die dunklen Gestalten auf der anderen Seite des Lagerfeuers. Der ihm näher Liegende, den Simon für Langrian hielt, war in einen dunkelgrünen Mantel gewickelt.

»Wo ist . . .«, nach ein paar Sekunden erinnerte Simon sich an den Namen, ». . . Hengfisk?« Sein Kopf dröhnte, und seine Kiefer schmerzten, als hätte er mit den Zähnen Nüsse geknackt.

«Der unangenehme Rimmersmann – der, man muß es der Gerechtigkeit wegen erwähnen, immerhin seinen Mantel gegeben hat, um Langrian zu wärmen – ist fortgegangen, um in seinem verwüsteten Heim nach Nahrung und Ähnlichem zu suchen. Ich muß nun wieder zu meinen Pfleglingen, Simon – sofern du dich besser fühlst?«

»Ja, natürlich. Wie geht es ihnen?«

»Langrian, kann ich mit Vergnügen erwähnen, geht es wesentlich besser.« Binabik zeigte ein kleines befriedigtes Nicken. »Er hat eine recht lange Zeit friedlich geschlafen – etwas, das du von dir nicht behaupten kannst, hmmm?« Der Troll lächelte. »Bruder Dochais ist bedauerlicherweise meiner Hilfe nicht zugänglich, aber er ist außer in seinen schrecklichen Gedanken nicht krank. Auch ihm habe ich etwas gegeben, das ihm schlafen hilft. Nun aber vergib mir, denn ich muß nach Bruder Langrians Verband sehen.«

Binabik stand auf und stampfte um die Feuergrube herum, wobei er über Qantaqa hinwegstieg, die schlafend neben den warmen Steinen lag. Simon hatte ihren Rücken zunächst auch für einen großen Stein gehalten.

Der Wind fächelte mit leichten Fingern die Blätter des Eichbaumes über seinem Kopf, als Simon Binabiks Rucksack durchsuchte. Er holte ein kleines Säckchen heraus, das sich anfühlte, als könne Frühstück darin sein; aber noch bevor er es öffnete, verriet ihm ein klapperndes Geräusch, daß es die seltsamen Knochen enthielt, die er schon gesehen hatte. Weitere Forschungen förderten geräuchertes Dörrfleisch zutage, das in ein grobes Tuch gewickelt war. Kaum aber

hatte Simon das Päckchen geöffnet, als ihm klar wurde, daß irgendeine Art Essen in seinen rebellierenden Magen zu stopfen das letzte
war, was dieser jetzt wollte.

»Gibt es noch irgendwo Wasser, Binabik? Wo ist dein Schlauch?«

»Besser, Simon!« rief ihm der über Bruder Langrian gebeugte Troll
zu. »Es ist ein Bach da, nur ein kurzes Stück dort hinunter.« Er deutete, griff dann nach unten und warf Simon den Schlauch zu. »Diesen
zu füllen wird mir hilfreich sein.«

Als Simon den Schlauch aufhob, sah er daneben seine beiden Bündel
liegen. Spontan griff er nach dem in Lumpen gewickelten Manuskript
und nahm es mit, als er sich auf den Weg zum Bach machte.

Der kleine Bach floß träge, und seine Strudel waren mit Zweigen und
Blättern verstopft. Simon mußte erst eine Stelle davon befreien,
bevor er sich bücken und mit den Händen Wasser schöpfen konnte,
um es sich ins Gesicht zu spritzen. Er schrubbte sich kräftig mit den
Fingern – es kam ihm vor, als seien Rauch und Blut der verwüsteten
Abtei in alle Poren und Falten eingedrungen. Danach trank er ein
paar tiefe Züge und füllte Binabiks Schlauch.

Er setzte sich ans Ufer und dachte über den Traum nach, der, seitdem
er aufgestanden war, wie ein feuchter Nebel über seinen Gedanken
hing. Wie Bruder Dochais' wirre Worte am Abend zuvor hatte der
Traum Schatten des Grauens in Simons Herz wachgerufen, aber das
Tageslicht war bereits im Begriff, sie zu verscheuchen wie ruhelose
Geister, und nur ein Rest von Furcht blieb zurück. Das einzige, woran
er sich erinnerte, war das große, schwere Rad, das auf ihn herunterge-
rollt war. Alles andere war verschwunden und hatte in seinem Gehirn
schwarze, leere Flecken hinterlassen, Türen der Vergeßlichkeit, die
er nicht öffnen konnte.

Dennoch wußte er, daß er in etwas hineingeraten war, das mehr war
als nur das Ringen königlicher Brüder – mehr sogar als der Tod jenes
guten alten Doktors Morgenes oder die Abschlachtung von zwanzig
heiligen Männern. Sie alle waren nur Strudel in einer größeren, tieferen Strömung – oder besser gesagt, Kleinigkeiten, zerquetscht von der
achtlosen Umdrehung eines mächtigen Rades. Simons Verstand
reichte nicht aus, die Bedeutung all dieser Dinge zu fassen, und je
mehr er darüber nachdachte, desto flüchtiger wurden die Vorstellun-

gen. Er verstand nur eines, nämlich daß er unter den breiten Schatten des Rades gefallen war und daß er sich, wenn er überleben wollte, gegen seine furchtbaren Umdrehungen verhärten mußte.

Lässig am Ufer hingelagert, wo das dünne Summen der über dem Bach schwirrenden Insekten die Luft erfüllte, wickelte Simon die Seiten von Morgenes' *Leben und Regierung König Johan Presbyters* aus und begann darin zu blättern. Er hatte schon eine ganze Weile keinen Blick mehr hineingeworfen, wegen der langen Märsche und des frühen Zubettgehens, sobald das Lager aufgeschlagen war. Er löste ein paar Seiten an den Stellen, wo sie zusammenklebten, voneinander, las hier einen Satz, dort eine Handvoll Worte, und achtete weniger auf das, was da geschrieben stand, als daß er sich der tröstlichen Erinnerung an seinen Freund und Lehrmeister hingab. Er betrachtete die Schrift und dachte an die schlanken, blaugeäderten Hände des alten Mannes, die so behende und geschickt gewesen waren wie Vögel beim Nestbau.

Ein Absatz fiel ihm ins Auge. Er stand auf der Seite nach einer groben, handgezeichneten Karte, unter die der Doktor geschrieben hatte: *Das Schlachtfeld von Nerulagh*. Die Skizze selbst war von geringem Interesse, weil sich der alte Mann aus irgendeinem Grund nicht damit aufgehalten hatte, die Heere oder Landmarken zu bezeichnen oder eine erklärende Überschrift hinzuzufügen. Dafür erregte der darauffolgende Text Simons Aufmerksamkeit, weil er darin eine gewisse Antwort auf Gedanken fand, die ihn seit der schrecklichen Entdeckung des gestrigen Tages plagten.

»Weder Krieg noch gewaltsamer Tod«, hatte Morgenes geschrieben, »haben irgend etwas Erhebendes, und doch sind sie die Kerze, in welche die Menschheit immer wieder hineinfliegt, so ungerührt wie die niedere Motte. Wer je auf einem Schlachtfeld gewesen ist und sich von allgemein verbreiteten Vorstellungen nicht blenden läßt, wird bestätigen, daß die Menschheit auf solchem Boden eine Hölle auf Erden geschaffen hat, und zwar allein aus Ungeduld, anstatt auf die echte Hölle zu warten, wo, wenn denn die Priester recht haben, die meisten von uns am Ende ohnehin landen werden.

Und dennoch ist es das Feld des Krieges, das die Dinge festlegt, die

Gott vergessen hat – ob zufällig oder nicht, welcher Sterbliche kann das wissen? –, zu ordnen und in die richtige Reihenfolge zu bringen. Darum ist es oft Schiedsrichter des Göttlichen Willens, und der gewaltsame Tod ist sein Gesetzesschreiber.«

Simon lächelte und trank noch etwas Wasser. Er erinnerte sich sehr gut an Morgenes' Angewohnheit, Dinge mit anderen Dingen zu vergleichen, so wie Menschen mit Käfern und den Tod mit einem runzligen, alten Archivpriester. Normalerweise hatte Simon diese Vergleiche nicht verstehen können, manchmal jedoch, wenn er sich anstrengte, den Drehungen und Windungen der Gedanken des alten Mannes zu folgen, war ihm plötzlich ein Sinn aufgegangen, als hätte man den Vorhang vor einem sonnigen Fenster fortgezogen.

»Johan Presbyter«, hatte der Doktor an anderer Stelle geschrieben, »war unzweifelhaft einer der größten Krieger seiner Zeit und wäre ohne diese Begabung nie zu seiner Endstellung als König aufgestiegen. Aber es waren nicht seine Schlachten, die ihn zu einem großen König machten, sondern der Gebrauch, den er von den Werkzeugen des Königtums machte, das ihm seine Kriegführung in die Hand legte, seine Staatskunst und das Beispiel, das er dem einfachen Volk gab.

Tatsächlich war das, was im Feld seine größte Stärke darstellte, als Hochkönig seine größte Schwäche. Im Getümmel der Schlacht war er ein furchtloser, lachender Totschläger, ein Mann, der das Leben aller, die sich gegen ihn stellten, mit der heiteren Freude eines Hekkenbarons aus Utanyeat vernichtete, der mit seinem gefiederten Pfeil einen Hirsch erlegt.

Als König neigte er manchmal zu vorschnellem Handeln und Sorglosigkeit, und daran lag es auch, daß er die Schlacht im Elvritshalla-Tal um ein Haar verloren hätte und den guten Willen der besiegten Rimmersmänner wirklich verlor.«

Simon runzelte die Stirn, als er diesen Absatz mit dem Finger nachzog. Er konnte fühlen, wie Sonnenlicht durch die Bäume glitt und ihm den Nacken wärmte. Er wußte, daß er eigentlich den Wasserschlauch zu Binabik zurückbringen sollte . . . aber es war so lange her, daß er in Ruhe irgendwo allein gesessen hatte, und er war höchst neugierig und verwundert darüber, daß Morgenes anscheinend schlecht über den goldenen, unwiderstehlichen Priester Johan sprach, einen

Mann, der in so vielen Liedern und Geschichten vorkam, daß einzig Usires Ädons Name auf der Welt noch bekannter war, und das keineswegs mit großem Vorsprung.

»Im Gegensatz dazu«, hieß es in dem Absatz weiter, »war der einzige Mann, der Johan im Felde gleichkam, sein gänzliches Widerspiel. Camaris-sá-Vinitta, letzter Prinz des königlichen Hauses von Nabban und Bruder des damaligen Herzogs, war ein Mensch, für den der Krieg nur eine von vielen Zerstreuungen des Fleisches bedeutete. Auf seinem Roß Atarin, das gewaltige Schwert *Dorn* in der Hand, war er wohl der tödlichste Mann unserer Welt – und doch fand er kein Vergnügen in der Schlacht, und seine große Gewandtheit bedeutete ihm nichts als eine Last, weil sein machtvoller Ruf viele gegen ihn führte, die eigentlich keinen Grund dazu gehabt hätten, so daß er töten mußte, wo er es gar nicht wollte.

Im Buch Ädon heißt es, daß, als die Priester von Yuvenis kamen, um den Heiligen Usires zu verhaften, er willig mit ihnen ging; aber als sie auch seine Jünger Sutrines und Granis mit sich nehmen wollten, duldete Usires Ädon es nicht und erschlug die Priester mit der Berührung seiner Hand. Er weinte, weil er sie getötet hatte und segnete ihre Leichname.

Genauso verhielt es sich, wenn ein so gotteslästerlicher Vergleich erlaubt ist, mit Camaris. Wenn irgendein Mensch an die furchtbare Macht und allumfassende Liebe heranreicht, die Mutter Kirche Usires zuschreibt, dann Camaris, ein Krieger, der tötete, ohne seine Feinde zu hassen, und dennoch der schrecklichste Kämpfer seiner Zeit war oder wahrscheinlich aller Zeiten . . .«

»Simon! Willst du bitte schnell kommen! Ich brauche Wasser, und zwar sofort!«

Der Ton in Binabiks Stimme, rauh vor Dringlichkeit, ließ Simon schuldbewußt aufspringen. Er rannte die Uferböschung hinauf nach dem Lager.

Aber Camaris war doch ein großer Kämpfer! Alle Lieder stellten ihn so dar, wie er herzlich lachte, als er den wilden Männern der Thrithinge die Köpfe abhieb. Shem hatte immer so etwas gesungen, wie ging es noch?

Nach rechts und nach links
setzt sein Schwert sie in Marsch,
er rief und er sang, und
sie zeigten den Arsch.

Camaris kam lachend,
Camaris kam kämpfend,
Camaris kam reitend
durch die Thrithinge-Schlacht...

Als er aus dem Gebüsch auftauchte, sah Simon im hellen Sonnenschein – wieso stand die Sonne nur so hoch am Himmel? –, daß Hengfisk wieder da war und sich mit Binabik über die liegende Gestalt von Bruder Langrian beugte.

»Hier, Binabik.« Simon reichte dem knienden Troll den Lederschlauch.

»Es war eine ganz schön lange Zeit, die du...«, begann Binabik, brach ab und schüttelte den Schlauch. »Halb voll?« fragte er, und der Ausdruck seines Gesichts ließ Simon vor Scham erröten.

»Ich hatte gerade etwas getrunken, als du riefst«, versuchte er zu erklären. Hengfisk musterte ihn mit Reptilaugen und machte eine finstere Miene.

»Nun gut«, bemerkte Binabik und wandte sich wieder Langrian zu, der weit rosiger aussah, als Simon ihn im Gedächtnis hatte. »›Geklettert ist geklettert, abgestürzt ist abgestürzt.‹ Ich glaube, mit unserem Freund hier steht es besser.« Er hob den Schlauch und spritzte Langrian einige Tropfen Wasser in den Mund. Der bewußtlose Mönch hustete und spuckte einen Moment, dann bewegte sich seine Kehle krampfhaft, und er schluckte.

»Siehst du?« meinte Binabik stolz. »Es ist die Wunde auf dem Kopf, von der ich denke, daß ich...«

Noch ehe Binabik jedoch seine Erläuterung beenden konnte, flatterten Langrians Augen auf. Simon hörte, wie Hengfisk scharf den Atem einzog. Langrians Blick wanderte verschwommen über die über ihn geneigten Gesichter, dann fielen ihm die Lider von neuem zu.

»Mehr Wasser, Troll«, zischte Hengfisk.

»Was ich hier tue, ist das, was ich verstehe, Rimmersmann«, entgegnete Binabik mit eisiger Würde. »Du hast bereits deine Pflicht getan, als du ihn aus den Ruinen zogst. Jetzt tue ich die meine und brauche keine Ratschläge.« Während er sprach, tröpfelte der kleine Mann Wasser zwischen Langrians aufgesprungene Lippen. Bald schob sich die durstgeschwollene Zunge des Mönches aus seinem Mund wie ein Bär nach dem Winterschlaf. Binabik feuchtete sie aus dem Schlauch an, machte dann ein Tuch naß und legte es Langrian auf die Stirn, die mit bereits heilenden Schnittwunden übersät war.

Endlich schlug Langrian wieder die Augen auf und schien den Blick auf Hengfisk zu richten. Der Rimmersmann nahm Langrians Hand.

»He... Heng...«, krächzte Langrian. Hengfisk drückte ihm das feuchte Tuch auf die Haut.

»Sprich nicht, Langrian. Ruh dich aus!«

Langrians Augen wanderten langsam von Hengfisk zu Binabik und Simon, dann wieder zurück zu dem Mönch. »Andere...?« brachte er mühsam hervor.

»Ruh dich jetzt aus. Du mußt ruhen!«

»Endlich sind dieser Mann und ich uns in etwas einig.« Binabik lächelte seinen Patienten an. »Du solltest Schlaf haben.«

Langrian schien noch etwas sagen zu wollen, aber bevor er dazu kam, sanken seine Augenlider herunter, als folgten sie dem Rat, und er schlief ein.

Zwei Dinge geschahen an diesem Nachmittag. Das erste ereignete sich, während Simon, der Mönch und der Troll ein karges Mahl einnahmen. Weil Binabik Langrian nicht verlassen wollte, gab es kein frisches Wild; die drei begnügten sich mit getrocknetem Fleisch und dem Ertrag aus Simons und Hengfisks Sammelgängen, Beeren und ein paar grünlichen Nüssen.

Als sie so dasaßen, still vor sich hin kauend und jeder in seine eigenen, höchst unterschiedlichen Gedanken vertieft – Simons eine Mischung aus dem grausigen Traumrad und den triumphierenden Helden des Schlachtfeldes, Johan und Camaris –, starb plötzlich Bruder Dochais.

Eben noch hatte er still dagesessen, wach, wenn auch nicht essend –

die Beeren, die ihm von Simon angeboten worden waren, hatte er verweigert und ihn statt dessen wie ein mißtrauisches Tier angestarrt –, und eine Sekunde später rollte er sich zur Seite, das Gesicht nach unten, zuerst unter Zittern, dann in heftigen Zuckungen. Als es den anderen gelang, ihn umzudrehen, hatte er die Augen verdreht, die gespenstisch weiß in seinem staubverschmierten Gesicht standen, und gleich darauf aufgehört zu atmen, obwohl sein Körper steif blieb wie ein Holzstock. So sehr ihn dieser Vorfall auch erschütterte, Simon war sicher, daß er unmittelbar vor dem letzten Aufbäumen gehört hatte, wie Dochais *Sturmkönig* flüsterte. Das Wort brannte ihm in den Ohren und quälte sein Herz, obwohl er nicht wußte, wieso – falls er das Wort nicht im Traum gehört hatte. Weder Binabik noch der Mönch sagten etwas dazu, aber Simon war sicher, daß sie es auch vernommen hatten.

Zu Simons Erstaunen weinte Hengfisk bitterlich über dem Leichnam; er selbst fühlte sich auf seltsame Weise fast erleichtert, ein sonderbares Gefühl, das er weder verstehen noch unterdrücken konnte. Binabik war undurchschaubar wie Stein.

Das zweite geschah ein paar Stunden später, als Binabik und Hengfisk sich zankten.

».. . Und ich stimme dir zu, daß wir helfen werden, aber du sitzt auf der falschen Felskante, wenn du glaubst, mir Befehle erteilen zu können.« Binabik hielt seinen Zorn streng unter Kontrolle, aber seine Augen hatten sich zu schwarzen Schlitzen verengt.

»Aber du willst nur helfen, Dochais zu beerdigen! Willst du die anderen liegenlassen, den Wölfen zum Fraß?« Hengfisk hatte seinen Zorn ganz und gar nicht im Zaum, und seine Augen traten hervor und standen weitaufgerissen und stier in seinem rot angelaufenen Gesicht.

»Ich habe versucht, Dochais zu helfen«, erwiderte der Troll. »Es ist mir nicht gelungen. Wir werden ihn begraben, wenn das dein Wunsch ist. Aber es ist nicht meine Absicht, drei Tage damit zuzubringen, *alle* deine Brüder zu bestatten. Und es gibt Schlimmeres, zu dem sie dienen könnten, als ›Wolfsfraß‹ – und vielleicht haben sie es getan, als sie noch lebten, einige von ihnen!«

Hengfisk brauchte eine Weile, bis er aus Binabiks verschlungener

Rede klug wurde, dann aber wurde seine Farbe, wenn das überhaupt möglich war, noch röter.

»Du . . . heidnisches Ungeheuer! Wie kannst du Übles über unbegrabene Tote sagen, du . . . Giftzwerg!«

Binabik lächelte, ein flaches, tödliches Lächeln. »Wenn dein Gott sie so liebt, dann hat er ihre . . . Seelen, ja? . . . in den Himmel hinaufgenommen, und das Herumliegen hier wird nur ihren sterblichen Hüllen schaden.«

Bevor ein weiteres Wort fallen konnte, wurden die beiden Kampfhähne durch ein tiefes Grollen Qantaqas aus ihrem Disput aufgeschreckt. Die Wölfin hatte auf der anderen Seite der Feuergrube neben Langrian ein Schläfchen gehalten. Was die Graue erschreckt hatte, zeigte sich gleich darauf.

Es war Langrian, der sprach.

»Jemand . . . jemand muß den Abt . . . warnen . . . Verrat!« Die Stimme des Mönches war ein heiseres Flüstern.

»Bruder!« rief Hengfisk und hinkte eilig zu ihm hinüber. »Spar deine Kraft!«

»Laß ihn reden«, widersprach Binabik. »Vielleicht rettet es uns das Leben, Rimmersmann.«

Bevor Hengfisk etwas erwidern konnte, schlug Langrian die Augen auf. Er starrte zuerst auf Hengfisk, dann auf seine Umgebung und schauderte schließlich, als fröstele ihn, obwohl er in einen dicken Mantel gehüllt war.

»Hengfisk . . .«, fragte er heiser, »die anderen . . . sind sie . . .?«

»Alle tot«, antwortete Binabik ohne Umschweife.

Der Rimmersmann warf ihm einen haßerfüllten Blick zu. »Usires hat sie wieder zu sich geholt, Langrian«, sagte er. »Nur du bist verschont worden.«

»Ich . . . habe es befürchtet . . .«

»Kannst du uns sagen, was geschehen ist?« Der Troll beugte sich vor und legte dem Mönch ein frisches feuchtes Tuch auf die Stirn. Simon erkannte zum ersten Mal, daß unter all dem Blut, den Narben und der Krankheit Bruder Langrian noch ganz jung war, kaum zwanzig Jahre alt. »Ermüde dich nicht zu sehr«, fügte Binabik hinzu, »aber sag uns, was du weißt.«

Langrian schloß die Augen, als schliefe er wieder ein, aber er sammelte nur seine Kräfte. »Es war... ungefähr ein Dutzend Männer... die zu uns kamen... eine Unterkunft wollten... von der Straße.« Er leckte sich die Lippen. Binabik brachte den Wasserschlauch. »Wir hatten viele... große Gesellschaften von Reisenden... in diesen Tagen. Wir gaben ihnen zu essen... und Bruder Scenesefa Quartier... in der Halle für Reisende.«

Während er trank und sprach, schien der Mönch langsam kräftiger zu werden. »Sonderbare Leute waren das... kamen abends nicht in die Große Halle... nur ihr Anführer... ein Mann mit fahlen Augen... Er trug einen unheimlichen Helm... und eine dunkle Rüstung... und er fragte... er fragte, ob wir von einer Gruppe von Rimmersmännern gehört hätten..., die auf dem Weg nach Norden wären... von Erchester...«

»Rimmersmänner?« fragte Hengfisk und runzelte die Stirn.

Erchester? dachte Simon und zermarterte sich das Hirn. *Wer konnte das sein?*

»Abt Quincines erklärte dem Mann, wir wüßten von keiner solchen Gruppe..., und er schien... zufrieden. Der Abt sah beunruhigt aus... aber natürlich teilte er seine Sorgen nicht... mit uns jüngeren Brüdern...

Am nächsten Morgen kam einer der Brüder von den Bergfeldern herunter... er meldete einen Reitertrupp von Süden... Die Fremden schienen sehr interessiert... sagten, es wäre der Rest... ihrer ursprünglichen Reisegesellschaft... der ihnen entgegenkäme. Ihr Anführer... der mit den blassen Augen... führte seine Männer in den großen Hof, um die Neuankömmlinge zu begrüßen – wenigstens dachten wir das...

Gerade als der neue Trupp oben auf dem Rebenhügel angekommen war... und man sie von der Abtei aus sehen konnte... es schien, als zählten sie... nur ein paar Köpfe weniger als unsere schon eingetroffenen Gäste...«

An dieser Stelle mußte Langrian sich einen Augenblick ausruhen. Er keuchte ein wenig. Binabik wollte ihm ein Schlafmittel geben, aber der verletzte Mönch winkte ab.

»Nein... laß... es ist... nicht viel... mehr zu erzählen. Einer der

anderen Brüder... sah einen der Gäste... verspätet... aus der
Halle für Reisende herausrennen. Er hatte seinen Mantel... noch
nicht richtig geschlossen... Sie trugen alle Mäntel, obwohl es ein
warmer Morgen war, und darunter blitzte eine Schwertklinge. Der
Bruder rannte zum Abt, der etwas Derartiges schon befürchtet hatte.
Quincines ging hin und stellte den Anführer zur Rede. Inzwischen
konnten wir die Männer den Hügel herunterreiten sehen... es
waren alles Rimmersmänner, mit Bärten und Zöpfen. Der Abt sagte
dem Anführer, er und seine Männer sollten sich zurückhalten...
Sankt Hoderund sei kein Ort für einen Kampf zwischen Räuberban-
den. Der Anführer zog sein Schwert... und setzte es Quincines an
den Hals.«
»Barmherziger Ädon«, hauchte Hengfisk.
»Gleich darauf hörten wir Hufschlag. Auf einmal rannte Bruder
Scenesefa ans Hoftor und rief den herankommenden Fremden eine
Warnung zu. Einer der... ›Gäste‹... schoß ihm einen Pfeil in den
Rücken, und der Anführer... schnitt unserem Abt die Kehle
durch.«
Hengfisk erstickte ein Schluchzen und schlug das Zeichen des *Bau-*
mes über seinem Herzen, aber Langrians Gesicht war feierlich und
verriet keine Empfindungen. Ohne innezuhalten, fuhr er in seiner
Erzählung fort.
»Dann gab es ein Gemetzel. Die Fremden stürzten mit Messern und
Schwertern auf die Brüder los oder zogen aus Verstecken Bogen und
Pfeile hervor. Als die Neuankömmlinge durch das Tor ritten, hatten
auch sie die Schwerter gezückt... sie hatten wohl Scenesefas Warnung gehört und gesehen, wie er im Torbogen niedergeschossen
wurde.
Ich weiß nicht, was dann geschah... der Wahnsinn herrschte.
Einer warf eine Fackel auf das Kapellendach, und es fing Feuer. Ich
rannte nach Wasser... die Menschen schrien, und die Pferde
schrien und... etwas traf mich am Kopf. Das ist alles.«
»Also weißt du nicht, wer zu diesen beiden kämpfenden Gruppen
gehörte?« wollte Binabik wissen. »Kämpften sie gegeneinander,
oder waren sie Verbündete?«
Langrian nickte ernst. »Gegeneinander. Die im Hinterhalt hatten

weit größere Schwierigkeiten mit ihnen als mit uns unbewaffneten
Mönchen. Das ist alles, was ich sagen kann – alles, was ich weiß.«
»Verbrennen sollen sie!« zischte Bruder Hengfisk.
»Das werden sie.« Bruder Langrian seufzte. »Ich glaube, ich muß jetzt
wieder schlafen.« Er schloß die Augen, aber sein Atem veränderte
sich nicht.
Binabik richtete sich auf. »Ich denke, ich werde ein kleines Stück zu
Fuß gehen«, erklärte er. Simon nickte. »*Ninit*, Qantaqa«, rief er, und
die Wölfin sprang auf, streckte sich und folgte ihm. Gleich darauf war
er im Wald verschwunden und ließ Simon mit den drei Mönchen
zurück, von denen zwei lebten und einer tot war.

Die Trauerfeier für Dochais war kurz und knapp. Hengfisk hatte in
den Ruinen der Abtei ein Leichentuch gefunden. Sie wickelten es um
Dochais' mageren Körper und ließen ihn in ein Loch hinunter, das die
drei Gesunden auf dem Friedhof des Klosters gegraben hatten, während Langrian, von Qantaqa bewacht, im Wald schlief. Das Graben
war harte Arbeit gewesen, denn das Feuer in der großen Scheune
hatte die Holzgriffe der Schaufeln verzehrt und nur die Metallteile
übriggelassen, die man nun mit der Hand führen mußte – eine mühsame, schweißtreibende Beschäftigung. Als Bruder Hengfisk seine
leidenschaftlichen Gebete, gepaart mit Verheißungen göttlicher
Gerechtigkeit, beendet hatte – wobei er in seinem heiligen Eifer
anscheinend vergaß, daß Dochais zu der Zeit, als die Mörder ihr Werk
verrichteten, weit von der Abtei entfernt gewesen war –, hatte sich
die Sonne bis auf einen hellen Streifen über dem Kamm des Rebenhü-
gels verabschiedet, und das Gras des Kirchhofs war dunkel und kühl.
Binabik und Simon ließen Hengfisk zurück, der, die Glotzaugen im
Gebet fest zugekniffen, am Grab kauerte, und machten sich daran,
das Abteigelände auf Brauchbares zu untersuchen und zu erkunden.
Obwohl der Troll sorgfältig darauf achtete, den Schauplatz der Tragödie so weit wie möglich zu umgehen, waren die Zeugen doch so verstreut, daß Simon schon bald zu wünschen begann, er wäre ins Lager
zurückgekehrt, um dort mit Langrian und Qantaqa zu warten. Ein
zweiter heißer Tag hatte nicht dazu beigetragen, den Zustand der Leichen zu mildern: In ihrer aufgeblähten, geschwollenen Rosigkeit

382

stellte Simon eine unangenehme Ähnlichkeit mit dem gebratenen Schwein fest, das zu Hause am Liebfrauentag die Tafel gekrönt hatte. Ein Teil von ihm verachtete diese Schwäche – hatte er nicht in wenigen kurzen Wochen schon gewaltsamen Tod genug gesehen, ein ganzes Schlachtfeld voll? Aber während er weiterging und dabei versuchte, die Augen geradeaus zu richten und den Anblick anderer Augen, glasig und rissig von der Sonne, zu vermeiden, begriff er, daß zumindest für ihn niemals ein Tod dem anderen gleichen würde, auch wenn er ein noch so erfahrener Beobachter werden sollte. Jeder einzelne dieser zerstörten Säcke aus Knochen und Bries war einmal ein Leben gewesen, ein klopfendes Herz, eine Stimme, die klagte oder lachte oder sang.

Eines Tages wird es mir auch so gehen, dachte er, als sie sich einen Weg um die Seite der Kapelle herum suchten, *und wer wird sich dann an mich erinnern?* Simon konnte keine schnelle Antwort darauf finden, und der Anblick des kleinen Feldes von Grabzeichen, deren Säuberlichkeit die überall umherliegenden Leiber erschlagener Mönche so grausam verhöhnten, bot ihm wenig Trost.

Binabik hatte die verkohlten Überreste der Seitentür der Kapelle gefunden. Stücke unversehrten Holzes schimmerten durch die kohlschwarze Oberfläche wie Streifen frischgeputzten Messings auf einer alten Lampe. Der Troll stocherte an der Tür herum und klopfte verbrannte Bruchstücke herunter, aber der Bau selbst hielt. Er stieß kräftiger mit dem Stock dagegen, aber die Tür blieb geschlossen – ein Posten, der auf seiner Wache gestorben war.

»Gut«, meinte Binabik. »Das deutet darauf hin, daß wir uns hineinwagen können, ohne daß uns der ganze Bau über dem Kopf einstürzt.« Er nahm seinen Stab und steckte ihn in einen Spalt zwischen Tür und Rahmen. Dann benutzte er ihn als Brecheisen, bis mit etwas Nachhilfe von Simon die Tür in einem schwarzen Staubregen aufsprang.

Nachdem sie sich so abgemüht hatten, um Einlaß zu erlangen, kam es ihnen in der Tat komisch vor, als sie eintraten und sahen, daß das Dach verschwunden war und die Kapelle der Luft so offenstand wie eine Truhe ohne Deckel. Simon schaute auf und sah über sich eingerahmt den Himmel, der sich mit dem hereinbrechenden Abend unten rot und oben grau färbte. In der Wand waren die Fenster in ihren Rahmen oben schwarz geworden, und das Bleigitterwerk hatte sich herausgedreht, so daß es sein rußiges Glas verschüttete, als habe eine Riesenhand das Dach abgerissen, durch die Balken nach unten gegriffen und dann mit ungeheuren Fingern jedes Fenster einzeln durchstoßen.

Ein schneller Überblick ergab nichts Nützliches. Die Kapelle war, vielleicht wegen ihrer reichen Vorhänge und Wandteppiche, bis auf die Grundmauern niedergebrannt. Zerfallene Aschenskulpturen von Bänken, Treppen und Altar standen noch an Ort und Stelle, und die steinernen Altarstufen trugen den Geist eines Blumenkranzes, eine vollkommene, unfaßlich zarte Krone aus papierdünnen Blättern und durchscheinenden, grauen Aschenblumen.

Als nächstes überquerten Simon und Binabik den Klosteranger hinüber nach dem Wohnhaus, einem langen, niedrigen Saal mit winzigen Zellen. Hier hielt sich der Schaden in Grenzen – das eine Ende hatte Feuer gefangen, war aber aus irgendeinem Grunde ausgebrannt, bevor sich die Flammen weiter ausbreiten konnten.

»Blick dich vor allem nach Stiefeln um«, sagte Binabik. »Zwar trugen diese Klostermänner meist Sandalen, aber vielleicht mußten einige von ihnen gelegentlich bei kaltem Wetter reiten oder reisen. Am besten sind solche, die passen, aber im Notfall entscheide dich lieber für zu große als für zu kleine.«

Sie begannen an entgegengesetzten Enden der langen Halle. Die Türen waren sämtlich unverschlossen, aber die kleinen Räume betrüblich kahl, in vielen als einziger Schmuck ein *Baum* an der Wand. Ein Mönch hatte einen blühenden Ebereschenzweig über seinem harten Lager befestigt; seine Fröhlichkeit in solch karger Umgebung heiterte Simon auf, bis ihm das Schicksal des Bewohners dieser Zelle wieder einfiel.

Im sechsten oder siebten Raum erschrak Simon, denn als er die Zellentür aufzog, ertönte ein zischendes Geräusch, und ein Schatten sauste an seinem Knöchel vorbei. Zuerst dachte er, jemand hätte einen Pfeil auf ihn abgeschossen, aber ein Blick in die winzige leere Zelle bewies die Unmöglichkeit dieses Gedankens. Gleich darauf begriff er, was es gewesen war, und verzog den Mund zu einem halben Lächeln. Einer der Mönche hatte, zweifellos ganz und gar in Widerspruch zu

den Klosterregeln, ein Haustier gehalten – eine Katze, so wie die
kleine Ratzenkatze, mit der Simon sich auf dem Hochhorst ange-
freundet hatte. Nach zwei Tagen, die sie, eingesperrt in der Zelle, auf
ihren Herrn gewartet hatte, der nie wiederkommen würde, war sie
hungrig, erbost und verängstigt gewesen. Simon ging die Halle hinunter, um sie zu suchen, aber das Tier war verschwunden.
Binabik hörte ihn herumpoltern. »Ist alles in Ordnung, Simon?« rief
er unsichtbar aus einer der anderen Zellen.
»Ja!« schrie Simon zurück. Das Licht in den winzigen Fenstern über
seinem Kopf war bereits ganz grau. Er überlegte, ob er zur Tür gehen
und Binabik unterwegs mitnehmen oder zurücklaufen und weitersuchen sollte. Wenigstens wollte er die Zelle des Mönches mit der ein-
geschmuggelten Katze noch untersuchen. Wenige Augenblicke später wurde Simon an die Schwierigkeiten erinnert, die entstehen,
wenn man Tiere zu lange einsperrt. Er mußte sich die Nase zuhalten,
während er sich hastig in der Zelle umschaute. Da sah er ein Buch. Es
war klein, aber hübsch in Leder gebunden. Auf Zehenspitzen bewegte
er sich über den verdächtigen Fußboden, nahm es von einem Haken
über dem niedrigen Bett und stelzte wieder hinaus.
Gerade hatte er sich in die nächste Zelle gesetzt, um seine Beute anzuschauen, als Binabik in der Tür erschien.
»Ich hatte wenig Glück. Und du?« fragte der Troll.
»Keine Stiefel.«
»Nun, es wird schnell Abend. Ich glaube, ich sollte mich noch einmal in der Halle für Reisende umsehen, wo die mörderischen Fremden geschlafen haben. Vielleicht findet sich dort ein Gegenstand, der
uns etwas erzählt. Warte hier auf mich, hmmm?«
Simon nickte, und Binabik ging.
Das Buch war, wie Simon vermutet hatte, ein Buch Ädon, wenngleich es für einen armen Mönch sehr kostbar und fein gearbeitet war;
Simon hielt es für das Geschenk eines wohlhabenden Verwandten.
Der Band selbst enthielt nichts Besonderes – obwohl die Illuminatio-
nen ungewöhnlich hübsch waren, soweit Simon das im schwindenden Licht erkennen konnte –, mit einer Ausnahme, die seine Aufmerksamkeit erregte. Auf der ersten Seite, auf die viele Leute ihren
Namen oder, falls das Buch als Geschenk gedacht war, ein Grußwort

zu setzen pflegten, stand ein Satz, sorgfältig, aber mit zittriger Hand geschrieben:

> *Ein güldener Dolch durchbohrt mein Herz;*
> *das ist Gott.*
> *Gottes Herz durchbohrt eine güldene Nadel;*
> *das bin ich.*

Simon saß da und betrachtete diese Worte, und seine gerade erst neu gewonnene Entschlußkraft wurde auf eine harte Probe gestellt. Er fühlte eine Woge, die ihn fortschwemmte, eine alles niederreißende Flutwelle von Reue und Furcht und ein Gefühl von Dingen, die er nicht sah und die ihm doch davonglitten und ihm dabei das Herz brachen. Mitten in seinem mit weit offenen Augen geträumten Traum steckte Binabik den Kopf durch die Tür und warf ihm mit dumpfem Aufprall ein paar Stiefel vor die Füße. Simon schaute nicht auf.

»Viele interessante Dinge finden sich dort in der Halle für Reisende, nicht das geringste davon deine neuen Stiefel. Aber das Dunkel kommt, und ich kann nur noch einen Augenblick verweilen. Triff mich vor dieser Halle hier, bald.« Und fort war er wieder.

Lange, schweigende Minuten vergingen, nachdem der Troll sich entfernt hatte. Simon legte das Buch hin – er hatte es eigentlich mitnehmen wollen, aber seine Meinung wieder geändert – und versuchte die Stiefel anzuziehen. Bei anderer Gelegenheit hätte er sich gefreut, wie gut sie paßten, jetzt aber ließ er lediglich seine zerfetzten Schuhe auf dem Boden liegen und ging die Halle hinunter zur Vordertür.

Das gedämpfte Licht des Abends hatte sich niedergesenkt. Auf der anderen Seite des Angers stand die Halle für Reisende, der Zwilling des Gebäudes, das er gerade verlassen hatte. Aus irgendeinem Grunde erfüllte ihn der Anblick der gegenüberliegenden Tür, die träge hin- und herschwang, mit unbestimmter Furcht. Wo war der Troll?

Gerade als ihm das schwingende Tor zur Koppel einfiel, das das erste Anzeichen dafür gewesen war, daß in der Abtei nicht alles zum Besten stand, packte ihn zu seinem Entsetzen eine grobe Hand an der Schulter und zerrte ihn rückwärts.

»Binabik!« konnte er eben noch rufen, dann legte sich eine dicke
Handfläche auf seinen Mund, und er wurde an einen felsharten Körper gepreßt.

»*Vawer es do kunde?*« grollte eine Stimme an seinem Ohr in den steinernen Lauten von Rimmersgard.

»*Im todsten-grukker!*« höhnte eine andere.

In blinder Panik öffnete Simon hinter der verdeckenden Hand die
Lippen und biß zu. Ein schmerzliches Grunzen, und eine Sekunde
lang war sein Mund frei.

»Hilfe! Binabik!« kreischte er, dann legte sich die Hand, diesmal mit
schmerzhaftem Druck, wieder auf ihn, und gleich danach spürte er
einen schwarzen Schlag hinter dem Ohr.

Er konnte das Echo seines Aufschreis noch verhallen hören, als die
Welt vor seinen Augen zu Wasser wurde. Die Tür der Halle für Reisende schwang im Wind hin und her, und Binabik kam nicht.

XXI

Schwacher Trost

Herzog Isgrimnur von Elvritshalla hatte ein wenig zu stark auf die Klinge gedrückt. Das Messer sprang vom Holz ab und traf ihn in den Daumen. Gerade unter dem Knöchel lief ein plötzlicher Streifen Blut. Isgrimnur stieß einen wilden Fluch aus, ließ das Stück Herzholz zu Boden fallen und steckte den Daumen in den Mund.

Frekke hat recht, dachte er, zum Teufel mit ihm. Ich lerne das nie. Ich weiß noch nicht einmal, warum ich es versuche.

Er wußte es natürlich doch; er hatte den alten Frekke überredet, ihm die Anfangsgründe des Schnitzens beizubringen, solange er auf dem Hochhorst so gut wie gefangen saß. Alles, so hatte er sich überlegt, war besser, als durch die Gänge und über die Zinnen der Burg zu schleichen wie ein in Ketten gelegter Bär.

Der alte Soldat, schon unter Isbeorn, dem Vater des Herzogs, im Dienst, hatte Isgrimnur geduldig gezeigt, wie man das Holz aussuchte, den natürlichen Geist ausspähte, der darin saß, und wie man ihn, Span um Span, aus der Maserung befreite, die ihn gefangenhielt. Wenn Isgrimnur Frekke bei seiner Beschäftigung zusah – die Augen fast geschlossen, die narbigen Lippen zu einem unbewußten Lächeln verzogen –, dann waren ihm die Dämonen und Fische und munteren Tiere, die unter Frekkes Messer lebendig wurden, als unvermeidliche Antworten auf die Fragen der Welt erschienen, wahllose, wirre Fragen in Gestalt eines Baumastes, eines Felsens oder der Willkürlichkeit von Regenwolken.

An seinem verletzten Daumen lutschend, spielte der Herzog unordentlich mit solchen Gedanken herum, denn trotz aller Behauptungen

Frekkes fand es Isgrimnur verdammt hart, beim Schnitzen überhaupt an etwas anderes zu denken: Messer und Welt schienen einander feindlich gegenüberzustehen, in einem Schlachtgetümmel, das jeden Augenblick seiner Wachsamkeit entgleiten und zur Tragödie werden konnte.

So wie jetzt, dachte er, sog und schmeckte Blut.

Isgrimnur schob das Messer in die Scheide und stand auf. Ringsum waren seine Männer fleißig bei der Arbeit, nahmen ein paar Kaninchen aus, versorgten das Feuer, bereiteten das Lager für den Abend. Er ging auf das lodernde Feuer zu, drehte sich um und blieb so stehen, die breite Kehrseite den Flammen zugewendet. Seine früheren Gedanken an Gewitterregen kamen ihm wieder in den Sinn, als er zu dem rasch grauer werdenden Himmel aufblickte.

Da haben wir nun Maia-Monat, und wir hocken hier, keine zwanzig Meilen nördlich von Erchester. . . und woher ist vorhin dieser Wolkenbruch gekommen?

Um diese Zeit, vor etwa drei Stunden, waren Isgrimnur und seine Schar den Räubern, die sie in der Abtei überfallen hatten, hart auf den Fersen gewesen. Der Herzog hatte noch immer keine Ahnung, wer die Männer gewesen waren – einige davon Landsleute, aber kein vertrautes Gesicht – oder warum sie so gehandelt hatten. Anführer war ein Mann mit einem Helm in der Form eines knurrenden Hundegesichts gewesen, aber Isgrimnur hatte nie von einem solchen Wappenzeichen gehört. Er wäre vielleicht gar nicht mehr am Leben, um darüber nachzugrübeln, wenn nicht der schwarzgekleidete Mönch von Sankt Hoderunds Tor eine Warnung geschrien hätte, der gleich darauf mit einem Pfeil zwischen den Schulterblättern hingestürzt war. Es hatte einen verbissenen Kampf gegeben, aber der Tod des Mönches – mochte Gott ihm gnädig sein, wer immer er gewesen war – hatte sie aufmerksam gemacht, und die Männer des Herzogs waren auf den Angriff vorbereitet gewesen. Beim ersten Ansturm hatten sie nur den jungen Hove verloren; Einskaldir war verwundet worden, hatte aber dennoch seinen Mann getötet und einen zweiten dazu. Der Feind war nicht auf einen ehrlichen Kampf aus gewesen, dachte Isgrimnur säuerlich; angesichts Isgrimnurs und seiner Leibwache, alles Kämpfer, die nach Monaten in der Burg nur zu begierig waren, wieder einmal

loszuschlagen, waren die Gegner, die sie aus dem Hinterhalt niedermetzeln wollten, über den Klosteranger zu den Ställen geflohen, wo
ihre gesattelten Pferde offenbar schon auf sie warteten.

Nach kurzer Untersuchung, bei der die Rimmersmänner keinen der
Mönche mehr am Leben oder fähig, ihnen zu berichten, gefunden
hatten, waren sie wieder in den Sattel gestiegen und den anderen
gefolgt. Es wäre vielleicht eine bessere Politik gewesen, zu bleiben
und Hove und die Hoderundianer zu begraben, aber Isgrimnurs Blut
kochte. Er wollte wissen, wer ihnen nach dem Leben trachtete, und
er wollte wissen, warum.

Aber es sollte nicht sein. Die Räuber waren den Rimmersmännern
gute zehn Minuten voraus und ihre Pferde frisch. Die Männer des
Herzogs hatten sie nur einmal zu Gesicht bekommen, einen fließenden Schatten, der sich vom Rebenhügel in die Ebene hinunterzog und
durch die flachen Hügel auf die Weldhelm-Straße zubewegte. Der
Anblick hatte Isgrimnurs Truppen neu belebt, und sie hatten die
Pferde den Hang hinab- und in die Täler der Vorberge des Weldhelms
gespornt. Ihre Reittiere schienen von der Erregung angesteckt und
griffen auf letzte Kraftreserven zurück; eine kleine Weile hatte es ausgesehen, als könnten sie die Wegelagerer einholen und von hinten
über sie kommen wie eine rächende Wolke, die über die Ebene
zieht.

Statt dessen hatte sich etwas Seltsames ereignet. Eben noch waren sie
bei Sonnenschein dahingaloppiert, als sich auf einmal die Welt merklich verdunkelte. Als sich daran nichts änderte und eine halbe Meile
weiter die Hügel ringsum immer noch leblos und grau waren, hatte
Isgrimnur nach oben geblickt und über sich am Himmel einen Knoten
stahlgrauer, wirbelnder Wolken gesehen, eine Schattenfaust vor der
Sonne. Ein unbestimmtes, grollendes Krachen, und plötzlich schüt-
tete der Himmel Regen über sie aus – zuerst plätschernd, dann in
Sturzbächen.

»Woher kam das?« hatte Einskaldir zu ihm herübergerufen; zwischen
ihnen hatte sich ein Vorhang aus zischendem Nebel gebildet. Isgrimnur wußte es nicht, war jedoch äußerst beunruhigt – noch nie hatte er
an einem so verhältnismäßig klaren Himmel derart schnell ein
Gewitter heraufziehen sehen. Als einen Augenblick später ein Pferd

auf dem nassen, verfilzten Gras ausgerutscht und gestolpert war und seinen Reiter abgeworfen hatte – der, Ädon sei Dank, ohne Schaden zu nehmen gelandet war –, hatte Isgrimnur die Stimme erhoben und seinen Männern zugebrüllt, haltzumachen.

So kam es, daß sie sich entschlossen hatten, ihr Lager an dieser Stelle aufzuschlagen, nur etwa eine Meile von der Weldhelm-Straße entfernt. Der Herzog hatte kurz erwogen, zur Abtei zurückzureiten, aber Menschen und Pferde waren müde, und das Feuer, das bei ihrem Fortreiten aus den Hauptgebäuden gelodert hatte, ließ vermuten, daß nicht mehr viel dasein würde, zu dem man zurückkehren konnte. Nur der verwundete Einskaldir, der – was Isgrimnur freilich besser wußte – manchmal keinerlei Gefühle außer einer allumfassenden Wildheit zu besitzen schien, war noch einmal losgeritten, um Hoves Leichnam zu holen und alles von dort mitzubringen, was einen Hinweis auf die Identität oder die Beweggründe der Angreifer geben konnte. Der Herzog, der Einskaldir und seine Art kannte, hatte rasch eingewilligt und nur verlangt, daß er Sludig mitnehmen müsse, der nicht ganz so ein Feuerkopf war. Sludig war ein ausgezeichneter Kämpfer, schätzte aber trotzdem die eigene Haut hoch genug ein, um ein Gegengewicht zu dem leicht entflammbaren Einskaldir zu bilden.

Und hier stehe ich nun, dachte Isgrimnur müde und angewidert, *und röste mir den Arsch am Lagerfeuer, während die jungen Kerle die Arbeit tun. Verflucht sei das Alter, verflucht mein schmerzender Rücken, verflucht Elias, verflucht diese elenden Zeiten!* Er sah auf die Erde hinunter, bückte sich und hob das Stück Holz wieder auf, das dort lag und von dem er gehofft hatte, irgendein Wunder würde ihm helfen, es in einem *Baum* zu verwandeln, den seine Frau Gutrun auf der Brust tragen könnte, wenn er zu ihr zurückkehrte. *Und verflucht sei das Schnitzen!* Er übergab das Holzstück den Flammen.

Isgrimnur war gerade dabei, Kaninchenknochen ins Feuer zu werfen – er fühlte sich jetzt ein wenig besser, weil er gegessen hatte –, als plötzlich Hufschläge herandonnerten. Der Herzog ließ die Hände sinken, um sich das Fett am Kittel abzuwischen, und seine Lehnsmänner taten das gleiche, denn eine schlüpfrige Hand an der Axt oder am Schwert war gefährlich. Es klang nach einer ganz kleinen Reiter-

schar, höchstens zwei oder drei, aber trotzdem entspannte sich keiner
der Männer, bevor Einskaldir und sein weißes Roß klar aus der Dämmerung hervortraten. Sludig ritt gleich hinterher und führte ein drit-
tes Pferd, über dessen Sattelknopf etwas hing . . . *zwei* Körper.

Zwei Körper, aber, wie Einskaldir auf seine knappe Art erklärte, nur
eine Leiche.

»Ein Junge«, grunzte Einskaldir, dessen dunkler Bart bereits von
Kaninchenfett glänzte. »Fand ihn beim Herumschnüffeln. Dachte,
wir sollten ihn mitbringen. «

»Warum?« brummte Isgrimnur. »Sieht nach nichts anderem als
einem Leichenfledderer aus. «

Einskaldir zuckte die Achseln. Sein Begleiter, der blondhaarige Sludig, grinste: *Seine* Idee war es nicht gewesen.

»Keine Häuser in der Nähe. In der Abtei haben wir keinen Jungen
gesehen. Woher ist er gekommen?« Einskaldir schnitt sich mit dem
Messer ein weiteres Stück ab. »Als wir ihn packten, schrie er nach
jemandem. Klang wie ›Bennah‹ oder ›Binnock‹, kann's nicht genau
sagen. «

Isgrimnur wandte sich ab, um einen kurzen Blick auf Hoves Leichnam
zu werfen, den man auf einen Mantel gebettet hatte. Er war ein Verwandter gewesen, Vetter der Frau seines Sohnes Isorn – kein naher
Verwandter, aber nach den Bräuchen des kalten Nordens nahe genug
für Isgrimnur, um einen schmerzhaften Stich von Reue zu empfinden,
als er auf das schneeblasse Gesicht des jungen Mannes mit dem dünnen gelben Bart starrte.

Dann drehte er sich zu dem Gefangenen um, der noch immer an den
Händen gefesselt war. Man hatte ihn vom Pferd gehoben und an
einen Felsen gesetzt. Der Junge zählte nur ein paar Jahre weniger als
Hove. Er war mager, aber drahtig, und der Anblick seines sommersprossigen Gesichtes und des rötlichen Haarschopfes weckten in
Isgrimnur eine schwache Erinnerung. Aber es wollte ihm nichts dazu
einfallen. Der Junge war von dem Hieb, den Einskaldir ihm gegeben
hatte, noch immer betäubt. Er hatte die Augen geschlossen, der
Mund hing schlaff.

Sieht aus wie jeder arme Bauerntölpel, dachte der Herzog, *außer den Stie-*
feln – und ich wette, die hat er in der Abtei gefunden. Warum im Namen

von Memurs Quell hat Einskaldir ihn hergeschleppt? Was soll ich mit ihm anfangen? Ihn töten? Ihn behalten? Ihn hierlassen, damit er verhungert?

»Wir wollen Steine suchen gehen«, sagte der Herzog endlich. »Hove wird einen Hügel brauchen – die Gegend sieht mir nach Wölfen aus.«

Es war Nacht geworden; die Felsgruppen, die über die verlassene Ebene am Fuß des Weldhelms verstreut lagen, bildeten nur Klumpen dichteren Schattens. Man hatte das Feuer hoch aufgeschürt, und die Männer lauschten Sludig, der ein unanständiges Lied sang. Isgrimnur wußte nur zu gut, warum Männer, deren Blut geflossen war und die einen der Ihren verloren hatten – Hoves unauffälliger Steinhaufen war einer der Schattenklumpen jenseits des Feuerscheines –, den Drang fühlten, sich auf so törichte Weise zu belustigen. Wie er selbst vor Monaten gesagt hatte, als er König Elias an seiner Tafel gegenüberstand, lagen Gerüchte in der Luft, die den Menschen angst machten. Hier auf der offenen Ebene, mehr erdrückt als beschützt von den düster aufragenden Bergen, ließen sich Dinge, die man sich auf dem Hochhorst oder in Erchester als Geschichten von Reisenden, als Geistermärchen zur Belebung eines langweiligen Abends anhörte, nicht ohne weiteres mit einer lachenden Bemerkung abtun. Darum sangen die Männer, und ihre Stimmen erzeugten einen unmelodischen, aber sehr menschlichen Lärm in der Wildnis der Nacht.

Und einmal ganz abgesehen von irgendwelchen Geistergeschichten, wir sind heute angegriffen worden, dachte Isgrimnur, *und ich weiß einfach keinen Grund dafür. Sie haben auf uns gewartet. Was im Namen des süßen Usires hat das zu bedeuten?*

Es war möglich, daß die Räuber einfach auf die nächste Gruppe von Reisenden gewartet hatten, die in der Abtei abstieg – aber warum? Wenn sie nur auf Raub und Beute aus waren, wieso plünderten sie dann nicht die Abtei selbst, in der es bestimmt zumindest ein paar schöne Reliquienkästchen gab? Und warum warteten sie ausgerechnet in einem Kloster auf zufällig des Weges Kommende, an einem Ort, an dem es naturgemäß für jede Art von Diebstahl und Raub Zeugen geben mußte?

Nicht daß noch viele Zeugen übrig sind, verdammte Kerle. Einer vielleicht, wenn sich herausstellt, daß dieser Junge etwas gesehen hat.

Es ergab einfach keinen Sinn. Warten und dann eine Schar Reisender zu überfallen, die sich selbst in diesen unsicheren Zeiten durchaus als Wachen des Königs entpuppen konnten – und sich ja wirklich als bewaffnete, kampferprobte Nordmänner erwiesen hatten . . .

Also mußte man die Möglichkeit in Betracht ziehen, daß man es tatsächlich auf ihn und seine Männer abgesehen hatte. Aber warum? Und ebenso wichtig: wer? Isgrimnurs Feinde, allen voran Skali von Kaldskryke, waren ihm wohlbekannt, und keiner der Räuber war als einer von Skalis Männern erkannt worden. Außerdem war Skali längst wieder in Kaldskryke; wie hätte er erfahren sollen, daß Isgrimnur das faule Leben so tödlich satt gehabt und um die Sicherheit seines Herzogtums gefürchtet hatte, daß er sich endlich doch aufgerafft hatte, Elias gegenüberzutreten, um nach einem Wortwechsel die – wenn auch widerwillige – königliche Erlaubnis von ihm zu erhalten, seine Männer nach Norden zu führen?

Wir brauchen dich hier, Onkel, hat er zu mir gesagt. *Er wußte, daß ich das schon längst nicht mehr glaubte. Wollte mich nur im Auge behalten, nehme ich an.*

Trotzdem hatte Elias bei weitem nicht so heftigen Widerstand geleistet, wie der Herzog befürchtet hatte; der Wortwechsel war ihm als bloße Formsache erschienen, als hätte der junge König vorher gewußt, daß es zu dieser Auseinandersetzung kommen würde, und sich bereits entschieden nachzugeben.

Zornig über seine Gedanken, die sich ständig im Kreise drehten, wollte Isgrimnur gerade aufstehen und zu seinen Schlafdecken gehen, als Frekke zu ihm trat. Das Feuer im Rücken des alten Soldaten verwandelte ihn in einen hageren, schwankenden Schatten.

»Einen Augenblick, herzogliche Gnaden?«

Isgrimnur unterdrückte ein Grinsen. Der alte Bastard mußte betrunken sein. So förmlich drückte er sich nur aus, wenn er einen in der Krone hatte.

»Ja?«

»Es ist der Junge, Gebieter, den Einskaldir mitgebracht hat. Er ist wach. Dachte, vielleicht wollten Euer Gnaden ein wenig mit ihm plaudern.« Er torkelte leicht, machte aber schnell eine Gebärde daraus, als wollte er sich die Hosen hochziehen.

»Na ja, vielleicht sollte ich das.« Der Wind wehte stärker. Isgrimnur zog sein Wams enger um sich und wollte sich eben umdrehen, als er noch einmal innehielt. »Frekke?«

»Herzogliche Gnaden.«

»Hab die verdammte Schnitzerei ins Feuer geworfen.«

»Das hab ich mir gedacht, Gebieter.«

Als Frekke auf dem Absatz kehrt machte, um sich zu seinem Bierkrug zurückzuverfügen, war Isgrimnur sicher, daß der alte Mann ein ganz kleines Lächeln auf den Lippen hatte.

Ach was, verdammt sollte er sein, er und sein Holz.

Der Junge hatte sich aufgesetzt und nagte das Fleisch von einem Knochen. Neben ihm auf einem Felsblock hockte Einskaldir und machte einen täuschend entspannten Eindruck – Isgrimnur hatte noch *nie* gesehen, daß der Mann sich wirklich entspannte. Der Feuerschein reichte nicht bis zu Einskaldirs tiefliegendem Blick, aber als der Junge aufschaute, war er großäugig wie ein am Waldteich überraschter Hirsch.

Als der Herzog näher kam, hörte der Junge auf zu kauen und musterte Isgrimnur einen Augenblick argwöhnisch mit halbgeöffnetem Mund. Dann aber sah Isgrimnur selbst im schwachen Glühen des Feuers, wie etwas über das Gesicht des Jungen ging... war es Erleichterung? Isgrimnur wurde unruhig. Er hatte trotz Einskaldirs Verdacht – der Mann war vor lauter Mißtrauen stachlig wie ein Igel – erwartet, einen verängstigten Bauernjungen vorzufinden, verschreckt oder zumindest voll dumpfer Furcht. Dieser hier sah zwar wie ein Bauer aus, der in zerlumpte Kleider gehüllte Sohn eines unwissenden Kätners, schmutzig am ganzen Leib, aber es lag eine gewisse Wachheit in seinem Blick, die den Herzog veranlaßte, sich zu fragen, ob Einskaldir nicht doch recht gehabt hatte.

»Also, Junge«, sagte er grob in der Westerlingsprache, »was hattest du vor, als du da in der Abtei herumgestochert hast?«

»*Ich glaube, ich werde ihm jetzt den Hals abschneiden*«, bemerkte Einskaldir in Rimmerspakk, und sein freundlicher Tonfall stand in schrecklichem Gegensatz zu den Worten. Isgrimnur warf ihm einen finsteren Blick zu und fragte sich, ob der Mann den Verstand verloren hatte, begriff dann aber, als der Junge weiter ohne besondere Furcht zu ihm aufsah, daß Einskaldir nur festzustellen versucht hatte, ob der Junge ihre Sprache verstand.

Wenn er es tut, hat er wohl den kühlsten Kopf, den ich je gesehen habe, dachte Isgrimnur. Nein, das war von der Einbildungskraft zuviel verlangt, sich vorzustellen, daß ein Junge dieses Alters mitten in einem Lager bewaffneter Fremder Einskaldirs eiskalte Worte verstanden haben sollte, ohne darauf irgendeine Reaktion zu zeigen.

»Er versteht nicht«, sagte der Herzog in ihrer Rimmersgard-Sprache zu seinem Lehnsmann. »Aber er ist erstaunlich ruhig, nicht wahr?«

Einskaldir grunzte zustimmend und kratzte sich durch den dunklen Bart das Kinn.

»Also, Junge«, begann der Herzog von neuem. »Ich habe dich schon einmal gefragt. Sprich! Was hat dich zu der Abtei geführt?«

Der Junge senkte den Blick und legte den Knochen, an dem er genagt hatte, auf den Boden. Wieder fühlte Isgrimnur, wie etwas an seinem Gedächtnis zupfte, aber immer noch konnte er sich nicht erinnern.

»Ich habe... ich suchte... ein Paar neue Schuhe zum Anziehen.«

Der Junge deutete auf seine sauberen, gepflegten Stiefel. Der Herzog erkannte ihn an der Aussprache als Erkynländer und noch etwas anderes... aber was?

»Und wie ich sehe, hast du welche gefunden.« Der Herzog hockte sich nieder, so daß sie Auge in Auge waren. »Weißt du, daß man *gehängt* werden kann, wenn man die unbegrabenen Toten bestiehlt?«

Endlich eine befriedigende Reaktion! Das Zusammenzucken des Jungen bei dieser Drohung konnte nicht vorgetäuscht sein, davon war Isgrimnur überzeugt. Gut!

»Es tut mir leid... Herr. Ich habe es nicht böse gemeint. Ich war hungrig vom Laufen, und meine Füße taten weh...«

»Vom Laufen woher?« Jetzt hatte er es: Der Junge drückte sich zu gewandt aus für ein Holzfällerbalg. Er mußte ein Priesterschüler oder der Sohn eines Ladenbesitzers oder etwas in dieser Richtung sein.

Einen Moment lang hielt der Junge Isgrimnurs Blick stand; wieder hatte der Herzog das Gefühl, der Junge berechne etwas. War er vielleicht aus einer Priesterschule entlaufen oder aus einem Kloster? Was verbarg er?

»Ich . . . ich habe meinen Meister verlassen, Herr. Meine Eltern . . . meine Eltern haben mich als Lehrling zu einem Wachszieher gegeben. Er schlug mich.«

»Was für ein Wachszieher? Wo? Schnell!«

»Mo . . . Malachias! In Erchester!«

Es klingt vernünftig, großenteils, entschied der Herzog. Bis auf zwei Einzelheiten.

»Und was tust du dann hier? Wie kamst du nach Sankt Hoderund? Und wer«, jetzt stieß Isgrimnur zu, »ist Bennah?«

»Bennah?«

Einskaldir, der mit halbgeschlossenen Augen zugehört hatte, beugte sich vor. »Er weiß es, Herzog«, sagte er in Rimmerspakk, »er hat ›Bennah‹ oder ›Binnock‹ gerufen, das steht fest.«

»Oder Binnock?« Isgrimnur ließ eine breite Hand auf die Schulter des Gefangenen fallen und empfand nur geringes Bedauern, als der Junge zusammenzuckte.

»Binnock? Ach so, Binnock . . . das ist mein Hund, Herr. Eigentlich gehört er meinem Meister. Er ist auch weggelaufen.« Und der Junge lächelte sogar, ein schiefes Grinsen, das er schnell wieder unterdrückte. Obwohl er ihm noch nicht recht traute, stellte der alte Herzog fest, daß ihm der Junge gefiel.

»Ich will nach Naglimund, Herr«, fuhr dieser rasch fort. »Ich hatte gehört, die Abtei würde Reisenden wie mir zu essen geben. Als ich die . . . Leichen sah, die toten Männer, bekam ich Angst . . . aber ich brauchte Stiefel, Herr, ich brauchte wirklich welche. Diese Mönche waren gute Ädoniter, Herr – es hätte ihnen nichts ausgemacht, nicht wahr?«

»Naglimund?« Die Augen des Herzogs wurden schmaler, und er spürte, daß Einskaldir neben dem Jungen noch etwas angespannter wurde, soweit das überhaupt ging. »Wieso Naglimund? Warum nicht Stanshire oder das Hasutal?«

»Ich habe einen Freund dort.« Hinter Isgrimnur wurde Sludigs Stimme lauter und grölte aus vollem Hals einen abschließenden trunkenen Kehrreim. Der Junge machte eine Handbewegung nach dem

397

Feuerkreis hinüber. »Er ist ein Harfner, Herr. Er hat mir gesagt, falls
ich einmal von... Malachias weglaufen würde, sollte ich zu ihm
kommen, und er würde mir helfen.«

»Ein Harfner? In Naglimund?« Isgrimnur starrte ihn durchbohrend
an, aber das Gesicht des Jungen, obzwar im Schatten, war unschuldig
wie frische Sahne. Isgrimnur war die ganze Sache plötzlich zuwider.
*Schaut mich an! Verhöre einen Wachszieherjungen, als ob er ganz allein
den Hinterhalt in der Abtei befehligt hätte. Was für ein verdammter Tag
heute!*

Einskaldir war noch nicht zufrieden. Er näherte sein Gesicht dem Ohr
des Jungen und fragte in seinem schweren Akzent: «Wie heißt der
Harfner in Naglimund?»

Der Junge drehte sich erschreckt um, wenn auch anscheinend mehr
durch Einskaldirs plötzliche Nähe als durch die Frage, denn er antwortete sofort:

»Sangfugol.«

»Bei Frayas Zitzen!« fluchte Isgrimnur und stand schwerfällig auf.
»Den kenne ich. Das reicht. Ich glaube dir, Junge.« Einskaldir hatte
sich auf seinem Felsensitz umgedreht, um den Männern zuzusehen,
die lachend und debattierend am Feuer saßen. »Du kannst bei uns
bleiben, wenn du willst, Junge«, sagte der Herzog. »Wir werden in
Naglimund haltmachen, und dank diesen Hurensöhnen von Bastar-
den haben wir ein reiterloses Pferd. Dies ist ein hartes Land für einen
jungen Burschen, der es allein durchquert, und heutzutage bedeutet
es schon beinahe, sich selber die Kehle durchzuschneiden, wenn man
nicht in Gesellschaft reist. Hier.« Er trat zu einem der Pferde und zog
eine Satteldecke herunter, die er dem Jungen zuwarf. »Schlaf, wo du
willst, nur bleib in der Nähe. Es ist leichter für den Mann, der Posten
steht, wenn wir nicht überall herumliegen wie eine verstreute Schaf-
herde.«

Isgrimnur starrte auf das Distelflaumhaar, das wirr nach allen Seiten
stand, und die hellen Augen. »Einskaldir hat dir zu essen gegeben.
Brauchst du noch etwas?« Der Junge blinzelte – *wo* hatte er ihn schon
gesehen? Wahrscheinlich in der Stadt.

»Nein«, antwortete er. »Ich hoffe nur, daß... daß Binnock sich
ohne mich nicht verläuft.«

»Verlaß dich auf mich, Junge. Wenn er dich nicht findet, dann jemand anderen, das ist ganz bestimmt so.«

Einskaldir hatte sich bereits entfernt. Nun stampfte auch der Herzog davon. Simon rollte sich in die Decke und legte sich vor dem Felsen nieder.

Ich habe die Sterne schon eine ganze Weile nicht mehr richtig gesehen, überlegte Simon und schaute aus seiner Decke nach oben. Die hellen Spitzen schienen in der Luft zu hängen wie erstarrte Glühwürmchen. *Es ist etwas anderes hier draußen, als wenn man durch die Bäume sieht – als läge man auf einer Tischplatte.*

Er dachte an Seddas Decke, und dabei fiel ihm wieder Binabik ein.

Ich hoffe nur, er ist in Sicherheit . . . aber er hat mich den Rimmersmännern überlassen.

Es war ein glücklicher Zufall gewesen, daß es Herzog Isgrimnur war, in dessen Gefangenschaft er geraten war, aber trotzdem hatte es Augenblicke puren Entsetzens gegeben, als er im Lager zu sich gekommen war, umgeben von hart aussehenden, bärtigen Männern. Vermutlich konnte er es dem Troll nicht einmal übelnehmen, daß er sich davongemacht hatte – wenn er überhaupt gesehen hatte, daß Simon entführt worden war; und er kannte ja schließlich die Abneigung zwischen Binabiks Volk und den Rimmersmännern. Trotzdem tat es weh, auf diese Art einen Freund zu verlieren. Er würde härter werden müssen: Gerade erst hatte er angefangen, sich auf den kleinen Mann zu verlassen, damit er ihm sagte, was richtig und zu tun war, so wie er einst gebannt Doktor Morgenes gelauscht hatte. Nun, er hatte seine Lektion gelernt: Von nun an würde er sein eigener Herr sein, nur auf sich selbst hören und seinen Weg gehen.

Eigentlich hatte er Isgrimnur sein wahres Ziel nicht nennen wollen, aber der Herzog war scharfsinnig, und Simon hatte mehrmals das Gefühl gehabt, der alte Soldat wäge ihn auf Messers Schneide – ein falscher Schritt, und er wäre abgestürzt.

Außerdem, dieser Dunkle, der die ganze Zeit neben mir saß, sah aus, als würde er mir liebend gern den Hals umdrehen, wie er vielleicht ein Kätzchen ertränkt, wenn er Lust dazu hat.

Darum hatte er dem Herzog, soweit es ohne Nachteil möglich war, die

Wahrheit erzählt und damit auch Erfolg gehabt. Nunmehr stellte sich die Frage, was er weiter unternehmen sollte. Bei den Rimmersmännern bleiben? Es schien töricht, es nicht zu tun, aber dennoch... Simon war sich immer noch nicht ganz sicher, auf wessen Seite der Herzog eigentlich stand. Isgrimnur wollte nach Naglimund, aber was war, wenn er dort Josua verhaftete? Alle Leute auf dem Hochhorst hatten dauernd davon geredet, wie treu Isgrimnur dem alten König Johan gewesen war, wie er den Königsfrieden höher hielt als sein eigenes Leben. Wie stand er zu Elias?

Unter keinen Umständen wollte Simon davon erzählen, welche Rolle er bei Josuas Flucht aus dem Hochhorst gespielt hatte; aber manchmal rutschte einem eben doch etwas heraus. Simon starb vor Neugier nach Neuigkeiten aus der Burg, nach dem, was nach Morgenes' letztem Schachzug geschehen war – hatte Pryrates überlebt? Inch? Was hatte Elias den Leuten über den Vorfall erzählt? Aber es waren genau diese Fragen, so listig man sie auch stellen mochte, die einen in Teufels Küche bringen konnten.

Simon war zu aufgedreht zum Schlafen. Er blickte zu den verstreuten Sternen auf und dachte an die Knochen, die er Binabik morgens hatte werfen sehen. Der Wind strich über sein Gesicht, und auf einmal waren die Sterne selbst wie Knochen – in wildem Durcheinander über das dunkle Feld des Himmels verteilt. Einsam war es hier draußen unter lauter Fremden, unter der grenzenlosen Nacht. Er sehnte sich nach seinem gemütlichen Bett in der Dienstbotenunterkunft, nach den Tagen, bevor all diese Dinge geschehen waren. Seine Sehnsucht war wie die durchdringende Musik von Binabiks Flöte: ein kühler Schmerz, der dennoch das einzige Ding auf der weiten, weiten Welt war, an das er sich klammern konnte.

Er war ein wenig eingenickt, als das Geräusch ihn weckte. Sein Herz klopfte. Noch immer brannten die Sterne tief in der Schwärze. Jähe Panik schnürte ihm die Kehle zu, als eine dunkle, unbegreiflich hohe Gestalt vor ihm aufragte. Wo war der Mond?

Eine Sekunde später erkannte er, daß es nur der Wachtposten war, der mit dem Rücken zu Simons Decke einen Augenblick stehengeblieben war. Der Posten hatte sich seine eigene Satteldecke um die

Schultern geschlungen, so daß die runde Oberseite seines helmlosen Kopfes aus den Falten herausschaute.

Der Wächter ging, ohne nach unten zu sehen, vorüber. In seinem breiten Gürtel steckte eine Axt, eine bösartig, scharfe, schwere Waffe. Außerdem trug er einen Speer, der länger als er selber war; das hintere Ende schleifte im Staub, während der Rimmersmann seine Runden machte.

Simon wickelte sich fester in die Decke und duckte sich vor dem scharfen Wind, der über die Ebene wehte. Der Himmel hatte sich verändert: Wo er zuvor klar gewesen war, so daß sich die Sterne in strahlender Schärfe von seiner unergründlichen Schwärze abgehoben hatten, trübten ihn jetzt Wolkenbänder, milchige Fühler aus dem Norden, die wie Finger nach ihm griffen. Auf der anderen Seite des Himmels hatten sie die am tiefsten stehenden Sterne schon zugedeckt – wie Sand, den man über die Kohlenglut eines Feuers schüttet. *Vielleicht fängt Sedda heute nacht ihren Gatten*, dachte Simon schläfrig.

Als er das zweite Mal erwachte, spritzte ihm Wasser in Augen und Nase. Er schnappte nach Luft und riß die Lider auf. Die Sterne über ihm waren so säuberlich ausgelöscht, als sei der Deckel auf eine Juwelentruhe gefallen. Es regnete; die Wolken standen jetzt genau über ihm. Simon brummte, wischte sich das Wasser vom Gesicht und drehte sich auf die Seite. Die Decke zog er sich wie eine Kapuze über den Kopf. Ein Stückchen weiter entfernt, konnte er auch den Posten wieder sehen, der sein Gesicht mit der Hand schützte und in den Regen hinaufstarrte.

Gerade wollten Simon die Augen wieder zufallen, als der Mann einen merkwürdigen, ächzenden Laut von sich gab und den Kopf senkte, um auf den Boden zu schauen. Etwas in seiner Haltung, etwas, das den Anschein erweckte, als ringe er mit jemanden, obwohl er so unbeweglich stand wie ein Felsblock, veranlaßte Simon, genauer hinzusehen. Der Regen begann in Strömen zu fließen, und in der Ferne grollte der Donner. Simon strengte sich an, in dem brodelnden Wolkenbruch den Posten zu erkennen. Der Mann stand immer noch am selben Fleck, aber jetzt entstand zu seinen

Füßen eine Bewegung, etwas, das sich regte und damit aus der allgemeinen Schwärze herausgelöst hatte. Simon setzte sich auf. Ringsum klatschten und spritzten die Regentropfen auf die Erde.

Jäh erhellte ein Lichtblitz die Nacht und ließ die Felsen grell aufleuchten wie die bemalten Holzkulissen eines Usires-Spieles. Das ganze Lager war deutlich zu erkennen – die dampfenden Überreste des Feuers, die zusammengerollten schlafenden Gestalten der Rimmersmänner –, aber was Simon in jenem Bruchteil einer Sekunde ins Auge sprang, war der Posten, dessen Gesicht zu einer grauenerregenden, stummen Maske totalen Entsetzens verzerrt war.

Donner krachte, dann wurde der Himmel aufs neue von Blitzen erfüllt. Die Erde um den Posten herum kochte, warf große Sandblasen auf. Simons Herz machte einen Satz in seiner Brust, als der Mann in die Knie sank. Wieder rollte der Donner; dreimal hintereinander blitzte es auf. Noch immer sprühte die Erde wie ein Springbrunnen, aber jetzt waren überall Hände und lange dünne Arme, die bläßlich im Regen glitzerten, als sie sich am Körper des knienden Mannes hinauftasteten und ihn hinunterzerrten, kopfüber in das schwarze Erdreich. Im grellen Himmelslicht brandete eine neue, noch größere Welle an, eine Horde dunkler Wesen, die aus der Erde hervorquoll, dürre, zerlumpte Geschöpfe mit fuchtelnden Armen, weißen, glotzenden Augen, – gräßlich klar, als der Blitz über den Himmel zuckte und der Regen herunterzischte – verfilzten Bärten und Kleiderfetzen. Als der Donner nachließ, schrie Simon laut auf, verschluckte sich am Wasser, schrie wieder.

Es war schlimmer als jede Höllenvision. Die Rimmersmänner, aufgeschreckt von Simons Entsetzensschrei, wurden auf allen Seiten von hüpfenden, auf sie einschlagenden Körpern angegriffen. Die Wesen schwärmten aus dem Boden wie Ratten – und wirklich, während sie durch das Lager huschten, war die Luft von dünnen, wimmernden Quäklauten erfüllt, die nach Tunneln und Blindheit und feiger Bosheit klangen.

Einer der Nordmänner stand aufrecht, über und über von den Wesen bedeckt. Keines von ihnen war auch nur so groß wie Binabik, aber ihre Zahl war gewaltig, und noch während der Nordmann das Schwert zog, rissen sie ihn nieder. Simon glaubte das Aufblitzen

scharfer Gegenstände in ihren Händen zu sehen, die sich hoben und
senkten.

»*Vaer! Vaer Bukkan!*« brüllte ein Rimmersmann von der anderen
Seite des Lagers. Die Männer waren jetzt alle auf den Beinen, und
wenn es blitzte, konnte Simon das bleiche Feuer ihrer Schwerter und
Äxte sehen. Er trat mit den Füßen die Decke fort und sprang auf,
wobei er sich verzweifelt nach einer Waffe umblickte. Die Wesen
waren überall, auf ihren dünnen Beinen staksig wie Insekten, laut
rufend, dünne Schreie ausstoßend, wenn die Axt eines Rimmersmannes zubiß. Ihre Schreie klangen fast wie eine Sprache, und das war
mitten in diesem Alptraum beinahe das Grauenhafteste.

Simon duckte sich hinter den Felsen, der ihm Schutz gewährt hatte,
drehte sich im Kreis und suchte fieberhaft nach etwas, mit dem er sich
verteidigen könnte. Eine Gestalt rannte auf ihn zu, nur um einen
Schritt vor ihm zu Boden zu taumeln – einer der Nordmänner, das
halbe Gesicht eine feuchte Masse. Simon sprang vor, um die Axt aus
seiner verkrampften Hand zu reißen; der Mann, noch nicht tot, gur-
gelte, als der Junge ihm die Waffe wegzerrte. Eine Sekunde später
spürte Simon einen knochigen Griff am Knie und fuhr herum. Hinter
der Greifkralle gewahrte er ein gräßliches kleines, menschenähnli-
ches Gesicht mit weißlich starrenden Augen. Er schwang die Axt
danach, so hart er konnte, und hörte ein Knirschen wie von einem
zertretenen Käfer. Die steifen Finger lösten sich, und Simon sprang
zur Seite. Er würgte.

Das Licht vom Himmel wechselte zwischen Aufblühen und Vergehen, so daß es so gut wie unmöglich war festzustellen, was sich
abspielte. Die schwankenden Gestalten der Rimmersmänner standen
überall, aber die Menge der hüpfenden, pfeifenden Dämonen war viel
größer. Anscheinend war der beste Ort –

Ohne Warnung wurde Simon umgeworfen. Eine Greifpfote krallte
sich um seinen Nacken. Er fühlte, wie sein Gesicht seitlich in den
Schlamm gedrückt wurde, schmeckte ihn, bäumte sich auf gegen das
Ding auf seinem Rücken. Eine grobe Klinge sauste an ihm vorbei und
bohrte sich mit saugendem Geräusch in die Erde. Simon kämpfte sich
auf die Knie, aber eine zweite Hand griff ihm ins Gesicht und hielt
ihm die Augen zu. Sie stank nach Schlamm und fauligem Wasser, und

die Finger wanden sich wie Nachtkriecher. *Wo ist die Axt? Ich habe die Axt fallenlassen!*

Wacklig kam er auf die Füße, die Beine auf dem schlüpfrigen Boden weit gespreizt, und versuchte, die klammernden Finger von seiner Luftröhre wegzureißen. Er stolperte vorwärts und wäre um ein Haar wieder gefallen. Es gelang ihm nicht, das schreckliche, würgende Wesen von seinem Rücken abzustreifen. Die Knochenhand schnitt ihm die Luft ab, die spitzen Knie bohrten sich in seine Rippen; ihm war, als hörte er das klebrige Geschöpf triumphierend quäken. Er schaffte noch ein paar Schritte, ehe er in die Knie sank; der Lärm der Schlacht hinter ihm wurde leiser. In seinen Ohren dröhnte es; aus seinen Armen und dem Körper rann die Kraft wie Mehl aus einem zerrissenen Sack.

Ich sterbe . . . mehr konnte er nicht denken. Vor seinen Augen war nur noch ein stumpfes rotes Licht.

Dann war der schnürende, kratzende Griff um seine Kehle plötzlich weg. Simon sackte schwer auf Brust und Gesicht und lag keuchend da.

Schnaufend blickte er auf. Von einem flachen Blitz auf den schwarzen Himmel gemalt, zeichnete sich ein Umriß des Wahnsinns ab: ein kleiner Mann auf einem Wolf.

Binabik!

Simon sog Luft in seinen zerfetzten Hals und wollte sich aufrichten, schaffte es aber nur bis zu den Ellenbogen, bevor der kleine Mann an seiner Seite war. Einen Schritt weiter lag der Körper des Erdwesens, zusammengekrümmt wie eine versengte Spinne, die blinden Augen himmelwärts gerichtet.

»Sag nichts!« zischte Binabik. »Wir müssen fort! Schnell!« Er half Simon in eine sitzende Stellung, aber der Junge winkte ihm, sich zu entfernen, schlug mit säuglingsschwachen Händen auf den Troll ein.

»Muß . . . muß . . .« Simon deutete mit zitternder Hand nach dem Chaos, das kaum zwanzig Schritte entfernt im Lager tobte.

»Lächerlich!« schnappte Binabik. »Die Rimmersmänner können sich selber wehren. Meine Pflicht ist es, dich in Sicherheit zu bringen. Nun komm!«

»Nein«, beharrte Simon verbissen. Binabik hielt seinen hohlen Stab in der Hand; der Junge begriff, was seinen Angreifer überwältigt hatte. »Wir m-müssen ihnen . . . h-helfen.«

»Sie werden es überleben«, erklärte Binabik grimmig. Qantaqa war ihrem Herrn gefolgt und schnüffelte jetzt besorgt an Simons Wunde. »Ich bin für dich verantwortlich.«

»Was meinst du . . .«, begann Simon, als Qantaqa zu grollen anfing; ein tiefer, bedrohlicher Laut der Unruhe.

Binabik sah auf. »Tochter der Berge!« stöhnte er. Simon folgte seinem Blick.

Ein Klumpen der tieferen Dunkelheit hatte sich aus dem wirbelnden Getümmel gelöst und bewegte sich rasch auf sie zu. Man konnte schlecht sagen, wie viele der Wesen das hüpfende Gewirr aus Armen und Augen enthalten mochte, aber es waren mehr als nur einige.

»*Nihut*, Qantaqa!« schrie Binabik. Sofort sprang die Wölfin auf sie zu; sie quäkten in pfeifendem Entsetzen, als das große Tier über sie kam.

»Wir haben keine Zeit mehr zu vergeuden, Simon«, fauchte der Troll. Donner krachte über die Ebene, als er das Messer aus dem Gürtel riß und Simon in die Höhe zerrte. »Die Männer des Herzogs halten jetzt stand, aber ich habe keine Möglichkeit zu vermeiden, daß du in diesem letzten Ringen getötet wirst.«

Inmitten der Erdgräber stand Qantaqa, eine graupelzige Todesmaschine. Ihre gewaltigen Kiefer bissen zu, sie schüttelte sich und biß von neuem um sich; dünne schwarze Körper wurden nach allen Seiten geschleudert und stürzten in vernichteten Haufen übereinander. Weitere strömten heran, während das Knurren der Wölfin das Tosen des Sturms übertönte.

»Aber . . . aber . . .« Simon blieb stehen, als Binabik zu seinem Reittier gehen wollte.

»Es war mein festes Versprechen, dich zu schützen«, erklärte Binabik und zog ihn mit sich fort. »So lautete Doktor Morgenes' Wunsch.«

»Doktor . . . du kennst Doktor Morgenes?«

Simon starrte ihn mit bebendem Mund an. Binabik blieb stehen und pfiff zweimal. Mit einem letzten verzückten Schauder schüttelte Qantaqa zwei der Wesen zur Seite und sprang zu ihrem Herrn zurück.

»Nun lauf, närrischer Junge!« rief Binabik. Sie rannten, Qantaqa voran – in großen Sätzen wie ein Hirsch, die Schnauze schwarz von Blut –, Binabik hinterher. Als letzter kam Simon, stolpernd und taumelnd über die schlammige Ebene, und der Sturm schrie Fragen, auf die es keine Antwort gab.

XXII

Ein Wind von Norden

»Nein, ich brauche verdammt noch mal gar nichts!« Guthwulf, Graf von Utanyeat, spuckte Citrilsaft auf den Steinfußboden, und der Page huschte mit weitaufgerissenen Augen eilig aus dem Zimmer. Guthwulf sah ihm nach und bereute seine übereilten Worte – nicht, weil ihm der Junge leid getan hätte, sondern weil ihm plötzlich eingefallen war, daß er vielleicht doch etwas brauchte. Schon fast eine Stunde wartete er vor dem Thronsaal, ohne daß er einen Tropfen zum Trinken gehabt hätte, und Ädon allein wußte, wie lange er hier noch herumsitzen und vor sich hin modern mußte.

Wieder spie er aus. Der scharfe Citril brannte auf Zunge und Lippen. Fluchend wischte er sich einen Speichelfaden vom langen Kinn. Im Gegensatz zu einem Großteil der Männer, die er befehligte, hatte Guthwulf nicht die Angewohnheit, ständig ein Stück der bitteren Wurzel aus dem Süden in der Backentasche zu tragen, aber in diesem unheimlichen, feuchten Frühling, in dem er sich tagelang auf dem Hochhorst eingesperrt fand und darauf wartete, daß der König einen Auftrag für ihn hatte, war ihm jede Ablenkung, und sei es auch nur die eines verbrannten Gaumens, willkommen.

Außerdem kam es ihm vor – was zweifellos an der feuchten Witterung lag –, als röchen die Hallen des Hochhorsts nach Schimmel, Schimmel und... nein, Verwesung war ein zu überspannter Ausdruck. Jedenfalls schien das starke Citrilaroma dagegen zu helfen.

Gerade hatte sich Guthwulf erhoben und seinen Stuhl verlassen, um das ohnmächtig-grimmige Hin- und Herwandern wieder aufzunehmen, mit dem er den größten Teil der Wartezeit verbracht hatte, als die Thronsaaltür knarrte und nach innen schwang. In der Öffnung erschien Pryrates' plumper Kopf mit den schwarzen Augen, flach und glänzend wie bei einer Echse.

»Ah, guter Utanyeat!« Pryrates zeigte sein Gebiß. »Wie lange wir Euch warten ließen. Der König ist jetzt bereit, Euch zu empfangen.« Der Priester zog die Tür weiter nach innen, so daß sein Scharlachgewand und ein Stück der hohen Halle hinter ihm sichtbar wurden. »Bitte«, sagte er.

Beim Eintreten mußte Guthwulf sehr dicht an Pryrates vorbei. Er zog die Brust ein, um die Berührung möglichst flüchtig zu halten. Warum stellte sich der Mann so eng neben ihn? Wollte er Guthwulf ärgern – zwischen der *Hand* des Königs und dem königlichen Ratgeber herrschte keinerlei Zuneigung –, oder versuchte er, die Tür so gut wie möglich geschlossen zu halten? Die Burg *war* kalt in diesem Frühjahr, und wenn jemand ein wenig Wärme verdient hatte, dann Elias. Vielleicht wollte Pryrates nur keine Kälte in den weitläufigen Thronsaal lassen.

Nun, wenn das seine Absicht war, hatte er vollständig versagt. Kaum hatte Guthwulf die Schwelle überschritten und die Tür im Rücken, als er fühlte, wie sich kalte Luft auf ihn herabsenkte und die Haut seiner kräftigen Arme in Gänsehaut verwandelte. Er warf einen Blick hinter den Thron und bemerkte, daß mehrere der Oberlichte offenstanden, mit Stöcken festgeklemmt. Die kalte Nordluft, die von dort hereindrang, zerrte an den Flammen der Fackeln und ließ sie in ihren Glutpfannen tanzen.

»Guthwulf!« dröhnte Elias und erhob sich halb von seinem Sessel aus vergilbten Knochen. Über seiner Schulter grinste der gewaltige Drachenschädel. »Ich schäme mich, daß ich dich warten ließ. Komm näher!«

Guthwulf schritt über den fliesenbelegten Mittelgang und gab sich Mühe, nicht zu zittern. »Ihr müßt Euch um vieles kümmern, Majestät. Das Warten macht mir nichts aus.«

Elias setzte sich auf seinem Thron zurecht, und der Graf von Utanyeat beugte vor ihm das Knie. Der König trug ein schwarzes, grün und silbern besticktes Hemd. Stiefel und Hosen waren ebenfalls schwarz. Hoch auf der bleichen Stirn saß Fingils eiserne Krone, und in der

Scheide an seiner Seite hing das Schwert mit dem seltsam gekreuzten Griff. Seit Wochen hatte man ihn nicht mehr ohne es gesehen, aber Guthwulf hatte keine Ahnung, woher es stammte. Der König hatte nie etwas darüber gesagt, und es war etwas Wunderliches und Unheimliches an der Klinge, das Guthwulf am Fragen hinderte.

»Setz dich.« Elias deutete auf eine Bank, wenige Schritte hinter der Stelle, an der der Graf kniete. »Seit wann macht dir das Warten nichts mehr aus, Wolf? Denk nicht, daß ich blind und dumm geworden bin, nur weil ich jetzt König heiße.« Elias grinste schief.

»Ich bin sicher, wenn ihr etwas für Eure *Königliche Hand* zu tun habt, werdet Ihr es mir mitteilen.«

Zwischen Guthwulf und seinem alten Freund Elias hatte sich viel verändert, und der Graf von Utanyeat war darüber nicht glücklich. Elias war nie verschlossen gewesen, jetzt aber spürte Guthwulf gewaltige verborgene Strömungen unter der Oberfläche des Alltäglichen, Strömungen, von denen der König vorgab, daß sie gar nicht existierten. Alles war anders geworden, und Guthwulf wußte genau, wer daran schuld war. Er schaute über Elias' Schulter auf Pryrates, der ihn mit starrem Blick beobachtete. Als ihre Augen sich trafen, hob der rotgekleidete Priester eine haarlose Braue, als wolle er eine spöttische Frage stellen.

Der König rieb sich kurz die Schläfen. »Du wirst bald Arbeit genug und übergenug haben, das verspreche ich dir. Ach, mein Kopf. Eine Krone ist wahrlich eine schwere Last, Freund. Manchmal wünsche ich mir, ich könnte sie ablegen und einfach fortgehen, wie wir es früher so oft getan haben – als freie Gefährten der Straße!« Elias wandte sein grimmiges Lächeln von Guthwulf zu seinem Ratgeber. »Priester, mein Kopf schmerzt mich wieder. Bringt mir Wein, ja?«

»Sofort, Herr.« Pryrates verschwand im Hintergrund des Thronsaales.

»Wo sind Eure Pagen, Majestät?« fragte Guthwulf. Der König sah entsetzlich müde aus, fand er. Auf seinen unrasierten Wangen traten die Stoppeln hervor, schwarz auf der fahlen Haut. »Und warum, mit Verlaub, verkriecht Ihr Euch in diesem Eiskeller? Hier drin ist es kalt wie im schwarzen Arsch des Teufels; außerdem riecht es nach Schimmel. Laßt mich ein Feuer im Kamin anzünden.«

»Nein.« Elias bewegte abwehrend die breite Hand. »Ich möchte es nicht wärmer haben. Mir ist schon warm genug. Pryrates sagt, es ist nur ein Schüttelfrost. Aber was immer es auch sein mag, ich empfinde die kalte Luft als angenehm. Und es weht von überall kräftig herein, so daß man weder Stickigkeit noch üble Launen fürchten muß.«

Pryrates war mit dem Pokal des Königs zurückgekommen. Elias leerte ihn in einem Zug und trocknete sich mit dem Ärmel die Lippen ab.

»In der Tat, es weht kräftig, Majestät.« Guthwulf grinste säuerlich. »Nun, mein König, Ihr... und Pryrates... wißt es am besten und braucht gewiß nicht den Rat eines schlichten Kriegsmannes. Kann ich Euch auf andere Weise dienen?«

»Ich denke, du kannst es, obwohl dir die Aufgabe vielleicht nicht sonderlich angenehm sein mag. Doch sag mir erst, ob Graf Fengbald zurückgekehrt ist.«

Guthwulf nickte. »Ich habe heute morgen mit ihm gesprochen, mein König.«

»Ich habe ihn rufen lassen.« Elias hielt den Becher hin, und Pryrates brachte die Kanne und goß ihm mehr Wein ein. »Aber da du ihn schon gesehen hast, sag mir, ob er gute Nachrichten mitbringt?«

»Ich fürchte, nein. Der Spion, den Ihr sucht, Herr, Morgenes' Helfershelfer, ist noch immer auf freiem Fuß.«

»Gottes Fluch über ihn!« Elias rieb eine Stelle neben seiner Augenbraue. »Hat er die Hunde nicht mitgenommen, die ich ihm gab? Und den Jägermeister?«

»Doch Majestät, und er hat sie weiterjagen lassen. Doch um Fengbald Gerechtigkeit widerfahren zu lassen, muß ich sagen, daß Ihr ihm eine fast unlösbare Aufgabe gestellt habt.«

Elias' Augen wurden schmal, und sekundenlang hatte Guthwulf das Gefühl, ein Fremder sitze ihm gegenüber. Dann brach das Klirren der Kanne gegen den Pokal die Spannung, und Elias lockerte sich. »Nun ja doch«, meinte er, »höchstwahrscheinlich hast du recht. Ich werde achtgeben müssen, daß ich meine Enttäuschung nicht an Fengbald auslasse. Er und ich... wir beide teilen ein Mißgeschick.«

Guthwulf nickte und beobachtete den König. »Ja, Majestät, die Nachricht von der Erkrankung Eurer Tochter hat mich sehr beunruhigt. Wie geht es Miriamel?«

Der König sah kurz zu Pryrates hinüber, der mit dem Eingießen fertig war und zurücktrat. »Es ist freundlich von dir zu fragen, Wolf. Wir glauben nicht, daß Gefahr besteht, aber Pryrates ist überzeugt, die Seeluft von Meremund sei die beste Kur für ihre Beschwerden. Trotzdem ist es schade, die Hochzeit zu verschieben.« Der König starrte in seinen Weinbecher wie in einen Brunnen, in den gerade etwas Wertvolles hineingefallen ist. In den geöffneten Fenstern pfiff der Wind.

Nachdem ein paar lange Sekunden vergangen waren, fühlte der Graf von Utanyeat sich gezwungen, etwas zu sagen. »Ihr meintet, es gebe da eine Kleinigkeit, die ich für Euch erledigen könnte, mein König?«

Elias blickte auf. »Ah. Natürlich. Ich möchte, daß du nach Hernysadharc reitest. Seit ich gezwungen war, die Steuern zu erhöhen, um mit der verfluchten, elenden Dürre fertigzuwerden, trotzt mir dieser alte Berghamster von Lluth. Er hat mir den aufgeplusterten Eolair geschickt, der mich mit honigsüßen Worten beschwichtigen soll; aber die Zeit der Worte ist vorbei.«

»Vorbei, Herr?« Guthwulf zog eine Braue hoch.

»Vorbei«, grollte Elias. »Ich möchte, daß du ein Dutzend Männer mitnimmst – nicht mehr, sonst bleibt Lluth nichts anderes übrig, als Widerstand zu Leisten – und dich nach dem Taig begibst, um den alten Geizhals in seinem Bau zu stellen. Sag ihm, mir das rechtmäßig Geschuldete zu verweigern, sei ein Schlag ins Gesicht . . . als spucke er auf den Drachenbeinthron selbst. Aber sei listig, sag vor seinen Gefolgsleuten kein Wort zu ihm, das ihn so beschämt, daß er sich wehren *muß*. Mach ihm aber klar, daß eine weitere Ablehnung zur Folge haben kann, daß ihm das Dach über dem Kopf angezündet wird. Jag ihm *Angst* ein, Guthwulf!«

»Das kann ich tun, Herr.«

Elias lächelte verkniffen. »Gut. Und wenn du schon dort bist, halt ein Auge offen, ob du irgendwelche Hinweise auf Josuas Verbleib entdecken kannst. Man hört nichts Neues aus Naglimund, obwohl meine Spione es umzingelt haben. Es kann durchaus sein, daß mein verräterischer Bruder bei Lluth ist. Es mag sogar sein, daß er es ist, der den steifnackigen Hernystiri anstachelt.«

»Ich werde Euer *Auge* so gut wie Eure *Hand* sein, mein König.«

»Mit Verlaub, König Elias?« Neben dem König hob Pryrates einen Finger.

»Sprecht, Priester.«

»Ich möchte noch vorschlagen, daß unser Herr von Utanyeat sich auch nach dem Jungen umsieht. Es wäre eine zusätzliche Hilfe für Fengbald. Wir *brauchen* diesen Jungen, Majestät – was nützt es, die Schlange zu töten, wenn ihre Brut entkommt?«

»Wenn ich die kleine Viper finde«, grinste Guthwulf, »werde ich sie mit Vergnügen zertreten.«

»Nein!« schrie Elias mit einer Heftigkeit, die Guthwulf verblüffte. »Nein! Der Spion muß am Leben bleiben und mit ihm alle seine Gefährten, bis wir sie sicher hier auf dem Hochhorst haben. Es gibt Fragen, die wir ihnen stellen müssen.«

Elias, als sei er verlegen über seinen Ausbruch, richtete seltsam flehende Augen auf seinen alten Freund. »Das verstehst du doch, oder?«

»Natürlich, Majestät«, antwortete Guthwulf schnell.

»Man muß sie nur noch atmend zu uns bringen«, sagte Pryrates, so gelassen wie ein Bäcker, der über Mehl redet. »Dann werden wir *alles* von ihnen erfahren.«

»Genug.« Elias rutschte auf seinem Knochensitz nach hinten. Guthwulf war erstaunt, Schweißperlen auf seiner Stirn zu sehen, während er selbst in der eisigen Luft schauderte. »Geh jetzt, alter Freund. Bring mir Lluths vollständige Bündnistreue; wenn nicht, werde ich dich zurücksenden, mir seinen Kopf zu holen. Geh!«

»Gott schütze Euch, Majestät.« Guthwulf beugte neben der Bank das Knie, erhob sich dann und ging rückwärts den Mittelgang hinunter. Die Banner über seinem Kopf, vom Wind gepeitscht, schwangen hin und her; in den fließenden Schatten, die von den flackernden Fakkeln geworfen wurden, schienen die Stammestiere und Wappengeschöpfe einen unheimlichen, zuckenden Tanz aufzuführen.

Im Vorsaal stieß Guthwulf auf Fengbald. Der Graf von Falshire hatte sich den Straßenstaub aus Gesicht und Haar gebadet, seit sie einander am Morgen begegnet waren, und trug jetzt ein rotes Samtwams mit dem in Silber getriebenen Adler seines Hauses auf der Brust, dessen Federn sich zu einem kunstvollen Muster verschlangen.

»Ho, Guthwulf! Hast du ihn gesehen?« fragte er.

Der Graf von Utanyeat nickte. »Ja, und du wirst ihn auch sehen. Gottes Fluch, er ist es, der in Meremund Salzluft atmen sollte, nicht Miriamel! Er sieht aus.. ich weiß nicht, er sieht elend krank aus. Und der Thronsaal ist kalt wie Frost.«

»Dann stimmt es also?« erkundigte sich Fengbald mürrisch. »Das mit der Prinzessin? Ich hatte gehofft, er hätte es sich anders überlegt.«

»Nach Westen ans Meer gereist. Dein großer Tag wird noch ein bißchen warten müssen, so wie es aussieht.« Guthwulf grinste hämisch. »Ich bin überzeugt, du wirst etwas finden, das dein Interesse warmhält, bis die Prinzessin wiederkommt.«

»Darum geht es nicht.« Der Mund des Grafen von Falshire verzog sich, als ob er auf etwas Saures gebissen hätte. »Ich fürchte nur, daß er sich aus seinem Versprechen herauswinden will. Ich habe gehört, keiner hätte von ihrer Krankheit gewußt, bevor sie abreiste.«

»Du machst dir zuviel Sorgen«, antwortete Guthwulf. »Das sind Frauensachen. Elias braucht einen Erben. Sei dankbar, daß du seinen Vorstellungen von einem Schwiegersohn besser entsprichst als ich.« Guthwulf zeigte mit höhnischem Lächeln die Zähne. »*Ich* würde nach Meremund reiten und sie mir holen.« Er tat, als salutierte er, schlenderte davon und ließ Fengbald vor den hohen Eichentüren des Thronsaales stehen.

Sie konnte schon von ganz unten im Korridor sehen, daß es Graf Fengbald war – und zwar in allerschlechtester Laune. Sein mit den Armen ausschwingender Gang, wie bei einem kleinen Jungen, den man vom Abendbrottisch wegschickt, und das laute, absichtliche Aufknallen der Stiefelabsätze auf dem Boden verkündeten seine Stimmung wie Trompetenstöße.

Sie streckte den Arm aus und zupfte Jael am Ellenbogen. Als das kuhäugige Mädchen aufblickte, schon jetzt überzeugt, irgend etwas falsch gemacht zu haben, deutete Rachel mit einer Geste auf den sich nähernden Grafen von Falshire.

»Stell lieber den Eimer da weg, Mädchen.« Sie nahm Jael den

Schrubber aus der Hand. Der Eimer mit dem Seifenwasser stand mitten im Gang, dem sich nähernden Edelmann genau im Weg.

»Schnell doch, dumme Trine!« zischte Rachel, einen Unterton von Alarm in der Stimme. Kaum waren die Worte heraus, als sie auch schon wußte, daß sie besser geschwiegen hätte. Fengbald fluchte vor sich hin, das Gesicht zu einer Grimasse gekränkter Wut verzogen. Jael, in fieberhafter, aber schlecht durchdachter Hast, ließ den Eimer aus den nassen Fingern rutschen. Mit lautem Krachen schlug er auf dem Boden auf, und ein Schwall seifigen Wassers schwappte über den Rand und spritzte in den Gang. Fengbald, jetzt unmittelbar vor ihnen, trat mitten in die sich ausbreitende Pfütze. Für einen Augenblick verlor er das Gleichgewicht, warf im Ausrutschen die Arme in die Höhe und klammerte sich halt suchend an einem Wandteppich fest, während Rachel in hilflosem, ahnungsvollem Entsetzen zusah. Es war ein glücklicher Zufall, daß der Wandbehang Fengbalds Gewicht so lange aushielt, bis er sein Gleichgewicht zurückgewonnen hatte, trotzdem riß der Teppich einen Augenblick später an einer oberen Ecke ab und glitt langsam die Wand hinunter, um in der Seifenpfütze zu landen.

Nur eine Sekunde sah Rachel dem Grafen von Falshire in das knallrot anlaufende Gesicht, bevor sie sich zu Jael umdrehte. »Raus, du ungeschickte Kuh. Weg mit dir, aber sofort!« Jael warf einen hoffnungslosen Blick auf Fengbald, machte kehrt und rannte, wobei ihr dickes Hinterteil mitleiderregend hin und her wackelte.

»Komm zurück, du Schlampe!« kreischte Fengbald, dessen Kinn vor Wut zitterte. Das lange schwarze Haar war außer Fasson geraten und hing ihm ins Gesicht. »Das werde ich dir heimzahlen, du ... heimzahlen!«

Rachel, ein Auge auf den Grafen geheftet, bückte sich und hob die durchnäßte Ecke des Wandbehanges aus dem Wasser. Sie konnte ihn im Augenblick nicht wieder aufhängen und stand nur da, sah zu, wie er tropfte, und hörte sich Fengbalds Toben an.

»Schau! Schau dir meine Stiefel an! Dafür lasse ich dieser dreckigen Hure den Hals abschneiden!« Der Graf richtete den Blick auf Rachel. »Wie kannst du es wagen, sie fortzuschicken?«

Rachel schlug die Augen nieder, was nicht schwierig war, weil der

414

junge Edelmann sie um mindestens einen Fuß überragte. »Es tut mir leid, Herr«, erwiderte sie, und ehrliche Furcht legte einen überzeugenden Klang von Respekt in ihre Stimme. »Sie ist ein dummes Mädchen und wird ihre Prügel bekommen, aber ich bin die oberste der Kammerfrauen, und die Verantwortung, Gebieter, liegt bei mir. Es tut mir leid, sehr leid.«

Fengbald starrte einen Augenblick auf sie herunter, und seine Augen wurden schmal. Dann hob er pfeilschnell den Arm und schlug Rachel ins Gesicht. Ihre Hand flog an das rote Mal, das sich auf ihrer Wange ausbreitete und wuchs wie die Pfütze auf den Steinplatten.

»Dann gib das der fetten Schlampe«, fauchte Fengbald, »und sag ihr, wenn sie mir noch einmal begegnet, drehe ich ihr den Hals um.« Er warf der obersten der Kammerfrauen einen bösen Blick zu und ging dann schnell weiter die Halle hinunter. Er hinterließ eine feuchtschimmernde Absatz-und-Spitzen-Spur auf den Fliesen.

Und er brächte es fertig, überlegte Rachel später, als sie auf ihrem Bett saß und sich einen nassen Waschlappen an die brennende Wange hielt. Auf der anderen Seite der Halle schluchzte Jael im Mägdeschlafsaal. Rachel hatte nicht das Herz gehabt, sie auch nur anzuschreien, aber der Anblick von Rachels geschwollenem Gesicht war Strafe genug gewesen und hatte das plumpe, weichherzige Mädchen in einen fürchterlichen Weinkrampf fallen lassen.

Süße Rhiap und Pelippa, lieber lasse ich mich nochmals schlagen, als mir dies Geblubber anzuhören.

Rachel rollte sich auf ihren harten Strohsack – sie hatte ein Brett daruntergelegt, weil ihr ständig der Rücken weh tat – und zog sich die Decke über den Kopf, um das Geräusch von Jaels Heulerei zu dämpfen. Im Schutz der Decke konnte sie ihren eigenen warmen Atem auf dem Gesicht fühlen.

So muß es der Wäsche im Korb zumute sein, dachte sie und schalt sich sogleich ob solcher Einfältigkeit. *Du wirst alt, alte Frau... alt und nutzlos.* Plötzlich merkte sie, daß ihr die Tränen kamen, die ersten, die sie seit der Nachricht über Simon vergossen hatte.

Ich bin einfach müde. Manchmal glaube ich, ich falle um, wo ich gerade stehe, kippe diesen jungen Ungeheuern vor die Füße wie ein zerbrochener

*Besen – in meiner Burg trampeln sie herum, behandeln uns wie Dreck –
würden mich wahrscheinlich am liebsten mit dem Staub hinauskehren. So
müde ... wenn nur ... wenn ...*

Die Luft unter der Decke war dick und warm. Rachel hatte aufgehört
zu weinen – was nützten schon Tränen? Die laßt den törichten,
leichtsinnigen Mädchen – und fühlte jetzt, wie sie in Schlaf fiel, seiner Schwere erlag, als ertrinke sie in warmem, klebrigem Wasser.

Und in ihrem Traum war Simon nicht tot, war nicht in dem schrecklichen Feuer gestorben, das auch Morgenes getötet hatte und mehrere
von den Wachen, die herbeigeeilt waren, um zu löschen. Sogar Graf
Breyugar, hieß es, war bei der Katastrophe umgekommen, erschlagen, als das brennende Dach einstürzte ... Nein, Simon war am
Leben und gesund. Etwas an ihm war anders, aber Rachel konnte
nicht sagen, was – der Blick, die härtere Kinnlinie? –, doch darauf
kam es auch nicht an. Es war Simon, lebendig, und während sie so
träumte, war Rachels Herz wieder voll. Sie sah ihn, den toten Jungen
– *ihren* Jungen eigentlich, denn hatte sie ihn nicht großgezogen wie
eine Mutter, bevor er ihr genommen wurde? –, und er stand an einem
Ort von fast fleckenlosem Weiß und starrte einen großen, weißen
Baum hinauf, der in die Lüfte ragte wie eine Leiter zu Gottes Thron.
Und obwohl er so entschlossen dastand, den Kopf zurückgeworfen,
die Augen auf den Baum gerichtet, konnte Rachel nicht umhin zu
bemerken, daß sein Haar, dieses dicke, rötliche Gestrüpp, dringend
geschnitten werden mußte ... nun, darum würde sie sich schon kümmern, kein Zweifel ... der Junge brauchte eine feste Hand ...

Als sie aufwachte und sich ganz erschreckt die erstickende Decke herunterriß, nur um festzustellen, daß es um sie herum noch dunkler war
– diesmal mit der Dunkelheit des Abends –, glitt die Last des Verlustes und des Kummers von neuem auf sie herunter wie ein nasser
Wandteppich. Sie setzte sich im Bett auf, um langsam auf die Füße zu
kommen. Der Waschlappen fiel hinunter, trocken wie Herbstlaub.
Sie hatte nicht das Recht, hier herumzuliegen und sich zu grämen wie
ein verwirrtes kleines Mädchen. Es gab Arbeit, die getan werden
mußte, ermahnte Rachel sich selber, und keine Ruhe diesseits vom
Himmel.

Das Tamburin rasselte, und der Lautenspieler zupfte sanft die Saiten, bevor er mit dem letzten Vers begann.

> *Und kommst du nun, o Jungfrau schön,*
> *in Khandery-Tuch und Seidenfall?*
> *Wenn du mein Herz beherrschen willst,*
> *so folg mir nach Emettinshall!*

Der Musikant endete mit einem Wirbel lieblicher Töne und verbeugte sich, als Herzog Leobardis Beifall klatschte.

»Emettinshall!« sagte der Herzog zu Eolair, dem Grafen von Nad Mullagh, der mit pflichtschuldigem Applaus Leobardis' Beispiel gefolgt war. Insgeheim fand der Hernystiri, er hätte schon Besseres gehört. Die Liebesballaden, die am Hofe von Nabban so beliebt waren, begeisterten ihn nur mäßig.

»Ich liebe dieses Lied«, lächelte der Herzog. Das lange weiße Haar und die rosigen Wangen ließen ihn wie einen Lieblings-Großonkel von der Sorte aussehen, die bei den Festen zur Ädonszeit zuviel Starkbier trinkt und dann den Kindern das Pfeifen beibringen will. Nur das wallende, mit Lapislazuli und Gold besetzte weiße Gewand und der goldene Reif mit dem Perlmutt-Eisvogel auf seinem Kopf zeigten an, daß er sich von anderen Männern unterschied. »Kommt, Graf Eolair, ich habe immer gedacht, die Musik sei das Herzblut des Taig. Hält Lluth sich nicht für den größten Gönner der Harfner in ganz Osten Ard und Euer Hernystir für die natürliche Heimat aller Musikanten?« Der Herzog beugte sich über die Lehne seines himmelblauen Sessels und klopfte Eolair leicht auf die Hand.

»Allerdings hat König Lluth stets seine Harfner um sich«, stimmte der Graf zu. »Ich bitte Euch, Herzog, wenn ich zerstreut scheine, so liegt das gewiß nicht daran, daß es mir bei Euch an irgend etwas mangelte. Eure Freundlichkeit ist wahrhaft unvergeßlich. Nein, ich muß gestehen, daß ich mir noch immer Sorgen mache wegen der Dinge, über die wir vorhin gesprochen haben.«

In die milden blauen Augen des Herzogs trat ein betroffener Ausdruck. »Ich habe Euch gesagt, mein Eolair, daß solche Dinge ihre Zeit brauchen. Es ist gewiß ermüdend, wenn man warten muß, aber so ist es nun einmal.« Leobardis winkte dem Lautenspieler zu, der geduldig auf ein Knie gestützt ausgeharrt hatte. Der Musikant stand auf, verbeugte und entfernte sich. Sein phantastisch kunstvolles Gewand umwogte ihn, als er zu einer Gruppe von Höflingen trat, die in ebenso üppig bestickte Gewänder und Tuniken gekleidet waren. Die Damen hatten ihre Ausstattung noch durch exotische Hüte ergänzt, mit Flügeln wie Seevögel oder Kämmen wie die Flossen bunter Fische. Auch die Farben des Thronraumes waren gedämpft wie die der Hoftrachten: geschmackvolle Blautöne, gelbliche Sahnefarben, Rosa-, Weiß- und Schaumgrün-Schattierungen. Der Gesamteindruck war der eines aus köstlichen Meerkieseln erbauten Palastes, in dem die Macht des Ozeans alles geglättet und abgerundet hatte.

Hinter den Damen und Herren des Hofes lagen die hohen Bogenfenster, die auf das bewegte, sonnengefleckte grüne Meer hinausgingen; sie nahmen die ganze Südwestwand gegenüber dem Sessel des Herzogs ein. Die See, die unaufhörlich gegen das felsige Vorgebirge anbrandete, auf dem sich der herzogliche Palast erhob, war ein bebender, lebender Teppich. Eolair, der den ganzen Tag zugeschaut hatte, wie das wandernde Licht auf der Wasseroberfläche tanzte oder stille Seeflächen enthüllte, die schwer und durchscheinend waren wie Jade, wünschte sich oft, er könnte die Höflinge einfach beiseitefegen und übereinanderpurzelnd und quiekend aus dem Saal scheuchen, damit nichts mehr ihm diese Aussicht versperrte.

»Ihr mögt recht haben, Herzog Leobardis«, erklärte Eolair nach einer Pause. »Man muß irgendwann mit dem Reden aufhören, sogar wenn es um lebenswichtige Dinge geht. Vermutlich sollte ich mir hier, wo ich sitze, den Ozean als Beispiel nehmen. Er braucht nicht hart zu arbeiten, um zu bekommen, was er will; irgendwann wird er die Felsen abgetragen haben ... die Küsten ... selbst die Berge.«

Diese Art Unterhaltung sagte Leobardis mehr zu. »Ja, das Meer ändert sich nie, nicht wahr? Und doch herrscht dort ein ständiger Wechsel.«

»Das stimmt, Herr. Und es ist nicht immer ruhig. Manchmal gibt es Stürme.«

Der Herzog warf einen schrägen Blick auf den Hernystiri; er wußte nicht recht, ob diese Bemerkung mehr andeutete, als sich unmittelbar daraus entnehmen ließ. In diesem Augenblick betrat sein Sohn Benigaris den Raum, nickte einigen der Höflinge, die ihn begrüßten, kurz zu und näherte sich dem Sessel des Herzogs.

»Mein herzoglicher Vater; Graf Eolair«, sagte er und machte beiden eine Verbeugung. Eolair lächelte und streckte die Hand zum Händedruck aus.

»Es tut gut, Euch zu sehen«, sagte der Hernystiri. Benigaris war größer als beim letzten Mal, als er ihm gegenübergestanden hatte, aber damals war der Herzogssohn auch erst siebzehn oder achtzehn Jahre alt gewesen. Fast zwei Jahrzehnte waren seither vergangen, und Eolair war nicht traurig festzustellen, daß er zwar gute acht Jahre älter war als Benigaris, daß aber dieser und nicht er sich um den Gürtel gerundet hatte. Nichtsdestoweniger war der Sohn des Herzogs hochgewachsen und breitschultrig und hatte aufmerksame, dunkle Augen unter dichten, schwarzen Brauen. In seiner gegürteten Tunika und der gesteppten Weste machte er eine recht eindrucksvolle Figur – ein kraftvoller Gegensatz zu seinem liebenswürdigen Vater.

»Heja, es ist lange her«, stimmte Benigaris zu. »Wir wollen uns heute beim Abendessen darüber unterhalten.« Eolair hatte nicht das Gefühl, daß der andere von dieser Aussicht besonders hingerissen war. Benigaris wandte sich zu seinem Vater: »Herr Fluiren möchte Euch sprechen. Im Augenblick ist er beim Kämmerer.«

»Ach, der gute alte Fluiren! Das wird Euch wie Ironie vorkommen, Eolair. Einer der größten Ritter, die Nabban je hervorgebracht hat.«

»Nur Euren Bruder Camaris nannte man je größer«, unterbrach Eolair, der nicht ungern Erinnerungen an ein kriegerischeres Nabban weckte.

»Ja, mein lieber Bruder.« Leobardis lächelte ein trauriges Lächeln. »Aber wenn man sich vorstellt, daß Fluiren als Gesandter von Elias zu mir kommt!«

»Es liegt eine gewisse Ironie darin«, erwiderte Eolair leichthin.

Benigaris kräuselte ungeduldig die Lippen. »Er erwartet Euch. Ich denke, Ihr solltet ihn schnellstens empfangen – ein Zeichen Eurer Achtung für den Hochkönig.«

»So, so!« Leobardis warf Eolair einen belustigten Blick zu. »Hört Ihr,

wie mein Sohn mich herumkommandiert?« Doch kam es Eolair vor,
als liege noch etwas anderes als Erheiterung in Leobardis' Blick –
Zorn? Sorge?

»Also gut, sag meinem alten Freund Fluiren, ich würde ihn empfangen... laß mich überlegen... ja, im Ratssaal. Wollt Ihr uns begleiten, Eolair?«

Benigaris drängte sich dazwischen. »Vater, ich glaube nicht, daß Ihr
selbst einen so vertrauenswürdigen Freund wie den Grafen auffordern
solltet, geheime Mitteilungen des Hochkönigs mit anzuhören!«

»Und warum, wenn ich fragen darf, sollte es notwendig sein,
Geheimnisse vor Hernystir zu haben?« erkundigte sich der Herzog,
dessen Stimme einen zornigen Unterton bekommen hatte.

»Mit Verlaub, Herzog, ich habe ohnehin noch Dinge zu erledigen.
Ich werde später nachkommen, um Fluiren zu begrüßen.« Eolair stand
auf und verbeugte sich.

Als er beim Durchqueren des Thronsaales noch einmal innehielt, um
die herrliche Aussicht zu genießen, hörte er hinter sich die in
gedämpftem Streit erhobenen Stimmen von Leobardis und seinem
Sohn.

Wellen erzeugen weitere Wellen, wie die Nabbanai sagen, dachte Eolair.
*Es sieht aus, als sei Leobardis' Gleichgewicht empfindlicher, als ich dachte.
Bestimmt ist das der Grund dafür, daß er nicht offen mit mir über seine
Schwierigkeiten mit dem König reden will. Nur gut, daß Leobardis ein
zäherer Bursche ist, als es nach außen scheint.*

Hinter sich hörte er die Höflinge tuscheln und sah, als er sich
umdrehte, daß mehrere in seine Richtung blickten. Er lächelte und
nickte ihnen zu. Die Frauen erröteten und bedeckten den Mund mit
den fließenden Ärmeln; die Männer nickten ernsthaft und wandten
rasch den Blick ab. Er wußte, was sie dachten – er war ein Gegenstand
ihrer Neugierde, ein bäuerlicher, ungebildeter Mann aus dem
Westen, selbst wenn er ein alter Freund des Herzogs war. Ganz gleich,
was er anziehen und wie fehlerlos er sprechen mochte, daran würde
sich nichts ändern. Plötzlich überkam Eolair tiefe Sehnsucht nach
seiner Heimat in Hernystir. Er war schon viel zu lange an diesen
fremdländischen Höfen.

Unten brandeten die Wellen an die Felsen, als wäre das Meer so lange nicht zufrieden, bis seine ungeheuerliche Geduld endlich den Palast in seine wäßrige Umklammerung stürzen ließ.

Eolair brachte den restlichen Nachmittag damit zu, durch die hohen, luftigen Gänge und säuberlich gepflegten Gärten der Sancellanischen Mahistrevis zu schlendern. Heute Herzogspalast und Kapitol von Nabban, war sie einst Regierungssitz des gesamten Menschenreiches von Osten Ard gewesen. Auch wenn sie an Bedeutung verloren hatte, war sie doch immer noch voller Herrlichkeiten.

Oben vom felsigen Grat der Sancellinischen Hügel blickten die Westmauern des Palastes auf das Meer hinaus, das stets Nabbans Lebensblut gewesen war. Nicht umsonst hatten alle vornehmen Familien Nabbans Wasservögel als Symbole ihrer Macht gewählt: den benidrivinischen Eisvogel der jetzigen Herzogsdynastie, den prevanischen Fischadler und den ingadarinischen Albatros; sogar den Reiher von Sulis, der einmal, wenn auch nur für kurze Zeit, in Erkynland über dem Hochhorst geweht hatte.

Östlich vom Palast erstreckte sich die Stadt Nabban über die Landzunge der Halbinsel, eine überfüllte, ausufernde Stadt aus Hügeln und dichtbebauten Wohnvierteln, die erst dann weitläufiger wurde, als die Halbinsel in die Wiesen und Gehöfte des Seenlands überging. Nabbans Gesichtsfeld war enger geworden, von der ganzen bekannten Welt von einst zu diesem Halbinsel-Herzogtum mit seinem Brautschleier dazugehöriger Inseln; und seine Herrscher hatten sich auf sich selbst zurückgezogen. Und doch hatte vor keineswegs allzulanger Zeit der Mantel der Imperatoren von Nabban die ganze Welt bedeckt, vom brackigen Wran bis zu den fernsten Enden des eisigen Rimmersgard. Damals hatten im Hader zwischen Fischadler und Pelikan und im Streit zwischen Reiher und Möwe Belohnungen als Preis gewinkt, für die man alles aufs Spiel setzte.

Eolair wanderte durch die Springbrunnenhalle, in der glitzernde Schaumfontänen aufstiegen, um sich unter dem offenen Gitterwerk des steinernen Dachs zu feinem Nebel zu vermischen. Er fragte sich, ob die Nabbanai überhaupt noch den Willen zum Kämpfen besaßen oder sich einfach mit ihrem langsamen Niedergang abgefunden hatten, so daß Elias' Provokationen nur dazu führen würden, daß sie sich noch weiter in ihr schönes, zierliches Schneckenhaus zurückzogen. Wo waren sie, die großen Männer, die das Reich von Nabban einst aus dem rohen Stein von Osten Ard gehauen hatten – Männer wie Tiyagaris oder Anitulles?

Natürlich, dachte er, *war da Camaris – ein Mann, der, wenn ihm nicht das Dienen so viel wichtiger gewesen wäre als das Sich-Bedienen-Lassen, die willige Welt in der hohlen Hand hätte festhalten können. Ja, Camaris war wirklich ein mächtiger Mann gewesen.*

Und wer sind wir Hernystiri denn, daß wir den Mund aufmachen dürfen? fragte er sich weiter. *Welche Männer sind seit Hern dem Großen aus unseren westlichen Ländern hervorgegangen? Tethtain, der Sulis den Hochhorst abgewann? Vielleicht. Aber wer sonst? Wo ist Hernystirs Halle der Springbrunnen, wo sind unsere großen Paläste und Kirchen?*

Aber eben darin liegt natürlich der Unterschied. Er sah über die strömenden Brunnen zur Domspitze der Sancellanischen Ädonitis hinüber, dem Palast des Lektors und der Mutter Kirche. *Wir Hernystiri schauen nicht auf die Bergbäche und sagen: Wie nehme ich das mit nach Hause? Wir gehen hin und bauen unser Haus neben den Bach. Wir haben keinen gesichtslosen Gott, den wir mit Türmen verherrlichen, die höher sind als die Bäume im Circoille. Wir wissen, daß die Götter in den Bäumen und in den Gebeinen der Erde und in den Flüssen leben, die genauso hoch aufsprühen wie nur irgendein Springbrunnen, wenn sie vom Grianspog-Gebirge zu Tal brausen.*

Wir wollten nie die Welt regieren. Er lächelte vor sich hin und dachte an den Taig in Hernysadharc, einer Burg, die nicht aus Steinen erbaut war, sondern aus Holz, und deren Herz aus Eiche war und zu den Herzen seines Volkes paßte. *Wirklich, wir wollen nichts anderes, als in Ruhe gelassen werden. Aber nach ihren vielen Jahren voller Eroberungen haben diese Nabbanai vielleicht vergessen, daß man manchmal auch gewöhnlich darum kämpfen muß.*

Als er den Springbrunnensaal verließ, streifte Eolair von Nad Mullagh zwei eintretende Legionärswachen.

»Verdammter Gebirgler«, hörte er einen der beiden sagen, der Eolairs Kleidung und den Pferdeschwanz seiner schwarzen Haare musterte.

»Heja, weißt du«, bemerkte der andere, »ab und zu müssen auch die

Schafhirten herkommen und sich anschauen, wie eine Stadt aussieht.«

».. . Und wie geht es meiner kleinen Nichte Miriamel, Graf?« fragte die Herzogin. Eolair saß nahe dem Kopfende der langen Tafel zu ihrer Linken. Fluiren als Zuletztgekommener und hervorragender Sohn Nabbans hatte den Ehrenplatz auf der rechten Seite von Leobardis inne.

»Es schien ihr gut zu gehen, Herrin.«

»Habt Ihr sie oft gesehen, als Ihr Euch am Hof des Hochkönigs aufhieltet?«

Die Herzogin Nessalanta hob eine wundervoll gezeichnete Augenbraue und beugte sich näher zu ihm. Sie war eine ältere Frau von strenger Schönheit, bei der man freilich nicht recht wußte, wieviel davon den geschickten Händen ihrer Haarkünstlerinnen, Näherinnen und Zofen zu verdanken war. Eolair jedenfalls konnte es sich nicht vorstellen. Nessalanta war genau die Art Frau, die ihn – der er mit der Gesellschaft des schönen Geschlechtes durchaus vertraut war – zutiefst verunsicherte. Sie war jünger als ihr Gemahl, aber doch die Mutter eines Mannes in reichlich mittleren Jahren. Was also war bleibende Schönheit, was Kunstwerk? Andererseits, kam es überhaupt darauf an? Nessalanta war eine mächtige Frau, und nur Leobardis selbst hatte größeren Einfluß auf die Staatsgeschäfte.

»Ich war nicht oft in Gesellschaft der Prinzessin, Herzogin, aber wir hatten mehrmals die Möglichkeit, beim Abendessen miteinander zu sprechen. Sie war so entzückend wie stets, aber ich glaube, sie hatte bereits großes Heimweh nach Meremund.«

»Hmmm.« Die Herzogin steckte eine Ecke ihres Tellerbrotes in den Mund und leckte sich zierlich die Finger ab. »Es ist mir interessant, daß Ihr das erwähnt, Graf Eolair. Ich habe gerade Nachricht aus Erkynland bekommen, daß sie in die Burg von Meremund zurückgekehrt ist.« Sie hob die Stimme. »Vater Dinivan?«

Ein paar Plätze weiter unten sah ein junger Priester von seiner Mahlzeit auf. Obwohl sein Schädel nach Klosterart geschoren war, wuchs das verbleibende Haar lockig und recht lang.

»Ja, Herrin?« fragte er.

»Vater Dinivan ist der Privatsekretär Seiner Heiligkeit des Lektors Ranessin«, erklärte Nessalanta. Der Hernystiri machte ein beeindrucktes Gesicht, und Dinivan lachte.

»Ich glaube nicht, daß dies auf besondere Geistesgaben oder Talente meinerseits zurückzuführen ist«, bemerkte er. »Der Lektor nimmt auch herrenlose Hunde auf, was Escritor Velligis furchtbar erregt. ›Die Sancellanische Ädonitis ist kein Hundezwinger‹, erklärt er dem Lektor, aber Seine Heiligkeit lächelt nur und erwidert: ›Osten Ard ist auch keine Kinderstube, und doch läßt der Wohlwollende Herr seine Kinder dort spielen, so unartig sie sich auch benehmen.‹« Dinivan wackelte mit den buschigen Brauen. »Mit dem Lektor kann man schwer diskutieren.«

»Stimmt es nicht«, fragte die Herzogin, als Eolair lachte, »daß der König, als Ihr ihn saht, Euch sagte, seine Tochter sei nach Meremund gereist?«

»Doch, das tat er«, erwiderte Dinivan, jetzt ernsthafter. »Er sagte, sie sei erkrankt und die Hofärzte rieten zu Seeluft.«

»Das tut mir leid.« Eolair sah an der Herzogin vorbei auf Leobardis und den alten Ritter Fluiren, die sich inmitten des Abendbrotlärms leise unterhielten – für ein zivilisiertes Volk, dachte er, hatten die Nabbanai erstaunlich viel Spaß an lauten Tischgesprächen.

»Nun ja«, verkündete Nessalanta und lehnte sich in ihrem Stuhl zurück, worauf sofort ein Page mit einer Fingerschale herbeisprang, »das beweist nur, daß man Menschen nicht mit Gewalt zu etwas machen kann, das sie nicht sind. Natürlich hat Miriamel Nabbanai-Blut, und unser Blut ist salzig wie die See. Wir gehören an die Küste – und man sollte bleiben, wo man hingehört.«

Und was, fragte der Graf sich innerlich, *wollt Ihr mir damit sagen, gnädigste Herrin? Daß ich in Hernystir bleiben und Euren Gatten – und Euer Herzogtum – in Frieden lassen soll? Kurzum: zurück zu meinesgleichen?*

Sehnsüchtig beobachtete Eolair, wie Leobardis und Fluiren miteinander debattierten. Man hatte ihn ausmanövriert, das wußte er; es gab keine höfliche Art, wie er die Herzogin übergehen und am Gespräch der beiden teilnehmen konnte. Inzwischen redete der alte Fluiren auf den Herzog ein und überschüttete ihn mit Elias' süßen Worten. Und seinen Drohungen? Nein, wahrscheinlich nicht. Dazu hätte Elias nicht den würdigen Fluiren geschickt. Für solche Zwecke hielt er erforderlichenfalls Guthwulf bereit, die *Königliche Hand.*

Eolair ergab sich in sein Schicksal und führte eine leichte Unterhaltung mit der Herzogin, aber sein Herz war nicht bei der Sache. Er war jetzt überzeugt, daß sie seine Mission kannte und ihr ablehnend gegenüberstand. Benigaris war ihr Augapfel, und er hatte Eolairs Gesellschaft den ganzen Abend gemieden. Nessalanta war eine ehrgeizige Frau und zweifellos der Ansicht, daß das Wohlergehen Nabbans sicherer wäre, wenn die Macht von Erkynland dahinterstünde – selbst eines dominierenden, tyrannischen Erkynlandes –, als in einem Bündnis mit den Heiden von Hernystir.

Und, wurde Eolair plötzlich klar, *sie hat selber eine heiratsfähige Tochter, die Herrin Antippa. Vielleicht ist ihre Anteilnahme an Miriamels Gesundheit nicht nur die einer freundlichen Tante an ihrer Nichte?*

Er wußte, daß die Herzogstochter Antippa bereits einem Baron Devasalles versprochen war, einem jungen adligen Gecken, der sich just in diesem Augenblick am untersten Ende der Tafel in einer Weinpfütze mit Benigaris im Armdrücken maß. Aber vielleicht hatte Nessalanta Größeres im Auge.

Wenn Prinzessin Miriamel nicht heiraten will – oder kann –, grübelte Eolair, *dann erhoffte sich die Herzogin vielleicht Fengbald als Gatten für ihre Tochter. Der Graf von Falshire wäre eine weit bessere Partie als dieser Nabbanai-Baron aus den hinteren Rängen. Und Herzog Leobardis wäre mit stählernen Seilen an Erkynland gefesselt.*

Das hieß, begriff der Graf, daß man sich nicht nur darüber Sorgen machen mußte, wo Josua geblieben war, sondern auch über Miriamel. Was für ein Durcheinander!

Wenn das der alte Isgrimnur sehen könnte, der sich immer über die vielen Intrigen beschwert! Sein Bart würde Feuer fangen!

»Sagt mir doch, Vater Dinivan«, fragte der Graf, indem er sich dem Priester zuwandte, »was hat Euer heiliges Buch über die Kunst des Politisierens zu sagen?«

»Nun«, einen Augenblick überschattete ein Ausdruck der Konzentration Dinivans schlichte, intelligente Züge, »das Buch Ädon spricht oft von den Prüfungen der Völker.« Er dachte eine weitere Sekunde nach. »Eine meiner Lieblingsstellen war immer diese hier: *So* der Feind mit dem Schwert in der Hand zu dir kommt, öffne ihm die Tür und sprich mit ihm, doch halte dein eigenes Schwert bereit. Kommt er mit leeren Händen, so empfange ihn ebenso. Kommt er aber mit Geschenken, so stelle dich auf deine Mauern und wirf Steine auf ihn hinab. « Dinivan wischte sich die Finger an seiner schwarzen Priesterkutte ab.

»Fürwahr, ein Buch voller Weisheit«, nickte Eolair.

XXIII

Zurück ins Herz

Der Wind schleuderte ihnen Regen ins Gesicht, als sie durch die Dunkelheit ostwärts und auf die unsichtbaren Vorberge zurannten. Der Lärm aus Isgrimnurs Lager blieb hinter ihnen zurück, erstickt unter einer Decke aus Donner.

Während sie so über die nasse Ebene liefen, begann Simons fieberhafte Erregung abzunehmen; das ekstatische Gefühl von Energie, die Vorstellung, er könne nun immer weiter durch die Nacht springen wie ein Hirsch, wurde nach und nach vom Regen und dem erbarmungslosen Gegenwind abgekühlt. Eine halbe Meile weiter hatte sich sein Galopp zum schnellen Schritt verlangsamt, und bald kostete auch dieser Mühe. An der Stelle, wo die Knochenhand sein Knie umklammert hatte, fühlte er das Gelenk steif werden wie ein verrostetes Scharnier; schmerzhafte Ringe um seinen Hals stachen bei jedem tiefen Atemzug.

»Morgenes . . . hat dich geschickt?« rief er.

»Später, Simon«, japste Binabik. »Alles wird später erzählt.«

Sie rannten und rannten, stolperten und spritzten über den durchnäßten Grasboden.

»Und was . . .«, keuchte Simon, »was waren das für . . . Wesen?«

»Die . . . euch angegriffen haben?« Selbst im Rennen machte der Troll eine seltsame Gebärde mit der Hand nach dem Mund. »Bukken . . . *Gräber* nennt man . . . sie auch.«

»Was sind sie?« fragte Simon und wäre um ein Haar auf einer schlammigen Stelle ausgeglitten. Einen Augenblick lang rutschte er plattfüßig nach vorn.

»Übel.« Binabik verzog das Gesicht. »Nichts mehr, das jetzt berichtet werden müßte.«

Als sie nicht mehr rennen konnten, gingen sie, stapften weiter, bis sich die Sonne hinter der Wolkenbank nach oben schob wie eine Kerze hinter einem grauen Laken. Vor ihnen ragte der Weldhelm auf, und seine Umrisse zeichneten sich vor der bleichen Dämmerung ab wie die gebeugten Rücken betender Mönche.

Im kargen Schutz einer Ansammlung runder Granitfelsen, die übergangslos aus dem Grasmeer wuchsen, als wollten sie die hinter ihnen liegenden Berge nachahmen, schlug Binabik eine Art Lager auf. Nachdem er auf der Suche nach einer Stelle, die den besten Schutz von dem aus unterschiedlichen Richtungen kommenden Regen bot, um die Felsen herumgegangen war, half er Simon in eine Lücke hinunter, die von zwei aneinanderlehnenden Blöcken gebildet wurde. Sie formten einen Winkel, in dem sich der Junge mit einem Mindestmaß an Bequemlichkeit niederlegen konnte. Schnell fiel Simon in schlaffen, erschöpften Schlaf.

Von den Spitzen der Blöcke sprangen fliegende Regentropfen. Binabik hockte am Boden, stopfte den Mantel des Jungen, den der Troll mit dem Rest ihrer Habseligkeiten den ganzen langen Weg von Sankt Hoderund mitgeschleppt hatte, um ihn herum und wühlte dann in seinem Rucksack nach etwas Trockenfisch zum Kauen und nach seinen Knöcheln. Qantaqa kam von einem Erkundungszug durch ihr neues Revier zurück und rollte sich auf Simons Schienbeinen zusammen. Der Troll nahm die Knöchel heraus und warf sie, wobei ihm der Rucksack als Tisch diente.

Pfad im Schatten. Binabik grinste ein bitteres Grinsen. Dann *Herrenloser Widder* und noch einmal *Pfad im Schatten.* Er fluchte leise, aber ausführlich. Nur ein Narr konnte eine so deutliche Botschaft unbeachtet lassen. Binabik wußte, daß er viele Eigenschaften besaß, zu denen gelegentlich auch die Torheit gehörte, aber jetzt war weder Zeit noch Ort für solche Wagnisse.

Er zog sich die Pelzkapuze wieder über die Ohren und legte sich neben Qantaqa. Für jeden Vorüberkommenden, wenn er denn in dem schwachen Licht und mit dem Regen im Gesicht überhaupt etwas bemerkt hätte, würden die drei Gefährten kaum anders ausgesehen haben als ungewöhnliche graubraune Flechten auf der Windschattenseite der Felsen.

»Also was für ein Spiel hast du nun mit mir gespielt, Binabik?« erkundigte Simon sich unfreundlich. »Woher weißt du von Doktor Morgenes?« In den wenigen Stunden, die er geschlafen hatte, war aus der fahlen Dämmerung ein kalter, düsterer Morgen geworden, ohne tröstendes Lagerfeuer oder Frühstück. Der wolkengeschwollene Himmel hing so dicht über ihnen wie eine niedrige Zimmerdecke.

»Es ist kein Spiel, das ich spiele«, erwiderte der Troll. Er hatte Simons Hals- und Beinwunden gereinigt und verbunden und versorgte jetzt geduldig Qantaqa. Nur eine der Verletzungen der Wölfin war ernsterer Natur, ein tiefer Riß an der Innenseite eines Vorderlaufes. Während Binabik den Sand aus der Haut entfernte, beschnüffelte Qantaqa seine Finger, vertrauensvoll wie ein Kind.

»Ich habe kein Bedauern, es dir nicht gesagt zu haben; hätte ich mich nicht dazu gezwungen gefühlt, wüßtest du es noch nicht.« Er rieb einen Finger voll Salbe in die Wunde, dann gab er sein Reittier frei. Sofort beugte sie sich hinunter und fing an, das Bein zu belecken und daran herumzubeißen. »Ich wußte, daß sie das tun würde«, erklärte der Troll mit mildem Vorwurf und setzte dann ein nachsichtiges Lächeln auf. »Wie du, glaubt sie nicht, daß ich mein Handwerk verstehe.«

Simon merkte, daß auch er unbewußt an seinen Verbänden gezupft hatte und lehnte sich nach vorn. »Los, Binabik, sag mir, was hier vorgeht. Woher weißt du von Morgenes? Woher kommst du *wirklich?*«

»Ich komme genau dorther, wo ich es sage«, entgegnete der Troll entrüstet. »Ich bin ein Qanuc. Und ich weiß nicht nur von Morgenes, ich bin ihm sogar einmal begegnet. Er ist ein guter Freund meines Meisters. Sie sind... Kollegen, sagen die gelehrten Männer dazu, denke ich.«

»Was soll das heißen?«

Binabik setzte sich an den Felsen. Obwohl gerade kein Regen fiel, vor dem man sich schützen mußte, war schon der schneidende Wind Grund genug, in der Nähe der Felsgruppe zu bleiben. Der kleine

Mann schien sich seine Worte sorgfältig zu überlegen. Simon fand, er sehe müde aus, die dunkle Haut lose und einen Ton blasser als sonst.

»Zuerst«, begann der Troll endlich, »mußt du etwas über meinen Meister wissen. Sein Name war Ookequk. Er war der... *Singende Mann,* wie ihr es wohl nennen würdet, unseres Berges. Mit der Bezeichnung *Singender Mann* meinen wir nicht jemanden, der nur singt, sondern einen Mann, der sich an die alten Lieder und die alte Weisheit erinnert. Wie Doktor und Priester in einem, scheint mir.

Ookequk wurde mein Meister, weil die Ältesten in mir gewisse Dinge zu sehen glaubten. Es war eine große Ehre, derjenige zu sein, der Ookequks Weisheit teilen sollte – ich nahm drei Tage kein Essen zu mir, als man es mir sagte, nur um die richtige Reinheit zu erlangen.« Binabik lächelte. »Als ich das voller Stolz meinem neuen Meister erzählte, schlug er mich aufs Ohr. ›Du bist zu jung und zu dumm, um dich vorsätzlich auszuhungern‹, sagte er zu mir. ›Es ist Hochmütigkeit. Verhungern darfst du nur zufällig.‹«

Binabiks Grinsen wurde breiter und verwandelte sich in Gelächter; als Simon einen Augenblick darüber nachgedacht hatte, lachte auch er ein wenig.

»Auf jeden Fall«, fuhr Binabik fort, »werde ich dir eines Tages von meinen Jahren des Lernens bei Ookequk erzählen – er war ein großer, fetter Troll, Simon, der mehr wog als du und doch nur so hoch war wie ich –, jetzt müssen wir leider schneller zur Sache kommen.

Ich weiß nicht mit Genauigkeit, wann mein Meister Morgenes das erste Mal begegnete, doch es war lange bevor ich in seine Höhle kam. Sie waren aber Freunde, und mein Meister lehrte Morgenes die Kunst, Botschaften von Vögeln überbringen zu lassen. Sie hatten viele Gespräche in Briefen, mein Meister und dein Doktor. Sie hatten viele gemeinsame... Vorstellungen über den Lauf der Welt.

Vor gerade zwei Sommern kamen meine Eltern ums Leben. Ihr Tod geschah im Drachenschnee des Berges, den wir *das Näschen* nennen, und als sie nicht mehr da waren, widmete ich all mein Denken – oder doch fast alles – dem Lernen von Meister Ookequk. Als er mir letztes Tauwetter sagte, ich sollte ihn auf einer großen Reise nach Süden

begleiten, war ich voller Aufregung. Es schien mir ganz klar, daß das
die Prüfung meiner Würdigkeit sein sollte.

Was ich allerdings nicht wußte«, fuhr der Troll fort und stocherte mit
seinem Wanderstab vor sich im lehmigen Gras – fast zornig, dachte
Simon, aber es lag kein Zorn in Binabiks Stimme –, »was ich nicht
erfuhr, war, daß Ookequk wichtigere Reisegründe hatte als den
Abschluß meiner Lehrzeit. Er hatte Nachricht von Doktor Morgenes
erhalten . . . und von einigen anderen . . . über Dinge, die ihn beunruhigten, und er fand, es sei Zeit, den Besuch zu erwidern, den Morgenes ihm vor langen Jahren gemacht hatte, als ich gerade neu zu ihm
gekommen war. «

»Was für ›Dinge‹?« fragte Simon. »Was hatte ihm Morgenes mitgeteilt?«

»Wenn du es noch nicht weißt«, meinte Binabik ernst, »dann gibt es
vielleicht noch Wahrheiten, die du nicht benötigst. Darüber muß ich
nachdenken, aber für jetzt laß mich erzählen, was ich kann. «
Simon, zurückgewiesen, nickte steif.

»Ich will dich auch nicht mit der langen Geschichte unserer Reise
nach Süden belasten. Mir wurde schon sehr bald klar, daß mein Meister *mir* auch nicht die ganze Wahrheit gesagt hatte. Er machte sich
Sorgen, große Sorgen, und wenn er die Knochen warf oder bestimmte
Zeichen am Himmel und im Wind las, wurden sie noch größer.
Außerdem hatten wir ein paar äußerst üble Erlebnisse. Du weißt ja,
daß ich schon viel allein gereist bin, größtenteils bevor ich der Diener
meines Meisters wurde; nie aber habe ich so schlechte Zeiten für Reisende gesehen. Ein Abenteuer ganz ähnlich dem deinen letzte Nacht
hatten auch wir, gerade unterhalb des Drorshullvenn-Sees in der
Frostmark. «

»Du meinst diese . . . Bukken?« fragte Simon. Selbst am hellen Tage
war der Gedanke an die krallenden Hände grauenvoll lebendig.

»Allerdings«, nickte Binabik, »und das war . . . *ist* . . . ein schlechtes
Zeichen, daß sie so angreifen. Es ist nicht in Erinnerung meines Volkes, daß die *Boghanik*, so lautet unser Name für sie, eine Gruppe
bewaffneter Männer überfallen, und das auf so furchterregende
Weise. Ihre übliche Gewohnheit ist, Tieren und einzelnen Reisenden aufzulauern. «

»Was *sind* sie?«

»Später, Simon, wirst du vieles lernen, wenn du Geduld mit mir hast. Auch mein Meister hat mir nicht alles gesagt – womit ich nicht meine, bitte beachte, daß ich *dein* Meister wäre –, aber er war in größter Unruhe. Auf unserer ganzen Reise durch die Frostmark habe ich ihn nicht schlafen sehen. Wenn ich einschlief, war er immer noch wach, und der Morgen fand ihn vor mir auf den Beinen. Und er war nicht mehr jung; schon als ich zu ihm kam, war er alt, und ich war mehrere Jahre bei ihm und studierte.

Eines Tages, als wir endlich die nördliche Grenze von Erkynland überschritten hatten, bat er mich, Wache zu stehen, damit er die Straße der Träume gehen konnte. Wir waren an einem Ort ganz ähnlich diesem hier«, Binabik zeigte mit der Hand auf die öde Ebene am Fuß der Berge, »der Frühling war gekommen, hatte sich aber noch nicht durchgesetzt. Es war, oh, ungefähr zur Zeit des Allernarrentages oder einen Tag davor.«

Am Vorabend des Allernarrentages . . . Simon versuchte zurückzudenken, sich zu erinnern. *Die Nacht, in der dieser furchtbare Lärm die ganze Burg aufschreckte. Die Nacht bevor . . . der Regen kam . . .*

»Qantaqa war auf der Jagd, und der alte Widder Einauge – groß, fett und geduldig genug, Ookequk zu tragen! – schlief am Feuer. Wir waren allein, nur wir und der Himmel. Mein Meister aß von der Traumborke, die aus dem Marschland von Wran im Süden zu ihm gekommen war. Er verfiel in eine Art Schlummer. Er hatte mir nicht gesagt, warum er das tat, aber ich konnte mir denken, daß er nach Antworten suchte, die er auf andere Weise nicht finden konnte. Die Boghanik hatten ihm angst gemacht, weil ihr Verhalten ein falsches war.

Bald fing er an vor sich hin zu murmeln, wie er es gewöhnlich tat, wenn sein Herz auf der Straße der Träume wandelte. Vieles war unverständlich, aber ein paar Dinge, von denen er sprach, hat auch Bruder Dochais erwähnt; das ist der Grund, weshalb du mir vielleicht Erstaunen angemerkt hast.«

Simon mußte ein saures Lächeln unterdrücken. Und er hatte geglaubt, es wäre seine eigene, von den fieberwirren Worten des Hernystiri angefachte Furcht, die so deutlich für alle gewesen wäre!

»Auf einmal«, fuhr der Troll fort und bohrte immer noch verbissen mit seinem Stab im schlammigen Gras, »schien es mir, als hätte ihn etwas gepackt – wieder eine Ähnlichkeit mit Bruder Dochais. Aber mein Meister war stark, stärker im Herzen, glaube ich, als fast jeder andere, Mensch oder Troll, und er wehrte sich. Er kämpfte und kämpfte immer weiter, den ganzen Nachmittag lang und in den Abend hinein, während ich daneben stand und nicht helfen konnte, außer ihm die Stirn zu befeuchten.« Binabik riß eine Handvoll Gras aus, warf sie in die Luft und schlug mit dem Stock danach. »Dann, kurze Zeit nach der Mitte der Nacht, sagte er einige Worte zu mir – ganz ruhig, als säße er mit den anderen Ältesten in der Stammeshöhle beim Trinken – und starb.

Ich glaube, es war schlimmer für mich als bei meinen Eltern, denn sie waren plötzlich verschwunden – einfach in einer Schneelawine verschüttet, ohne eine Spur. Ich begrub Ookequk dort an einem Berghang. Keines der geziemenden Rituale wurde ordnungsgemäß vollzogen, und das ist eine Schande für mich. Einauge wollte nicht fort von seinem Herrn; soweit ich wissen kann, ist er vielleicht immer noch bei ihm. Ich hoffe es.«

Der Troll schwieg eine Weile und starrte verbissen auf das zerkratzte Leder an den Knien seiner Hose. Sein Schmerz war Simons eigenem Leid so ähnlich, daß dem Jungen keine Worte einfielen, die für jemand anderen als ihn selbst sinnvoll gewesen wären. Etwas später öffnete Binabik stumm seinen Rucksack und bot ihm eine Handvoll Nüsse an. Simon nahm sie und auch den Wasserschlauch.

»Dann«, fing Binabik wieder an, fast als habe er keine Pause gemacht, »geschah etwas Seltsames.« Simon kuschelte sich in seinen Mantel und schaute in das Gesicht des Trolls, der fortfuhr: »Zwei Tage hatte ich an der Grabstätte meines Meisters zugebracht. Es war eigentlich ein schöner Ort, der unter freiem Himmel lag, aber trotzdem tat mir das Herz weh, weil ich wußte, daß er hoch oben im Gebirge glücklicher gewesen wäre. Ich dachte nach, was ich nun anfangen sollte, zu Morgenes nach Erchester weiterreisen oder zu meinem Volk zurückkehren und verkünden, daß der *Singende Mann* Ookequk tot war.

Am Nachmittag des zweiten Tages entschied ich mich dafür, umzukehren. Ich wußte nicht, wie wichtig die Unterredung meines Meisters mit Doktor Morgenes war – bedauerlicherweise weiß ich es immer noch nicht recht –, und ich hatte andere . . . Verantwortlichkeiten.

Als ich nach Qantaqa rief und den treuen Einauge ein letztes Mal zwischen den Hörnern kraulte, flatterte ein kleiner, grauer Vogel herab und landete auf Ookequks Grab. Ich erkannte ihn als einen der Botenvögel meines Meisters; er war sehr müde, weil er eine schwere Bürde trug, seine Botschaft und . . . und noch etwas anderes. Als ich zu ihm hinging, um ihn einzufangen, kam Qantaqa krachend durch das Unterholz gestürmt. Der Vogel, es ist nicht erstaunlich, war erschreckt und flog auf. Ich erwischte ihn um Haaresbreite. Es war eine Knappheit, Simon, aber ich fing ihn.

Die Botschaft war von Morgenes geschrieben, und sie handelte von dir, mein Freund. Sie sagte dem Leser – der mein Meister hätte sein sollen –, daß du in Gefahr seist und allein vom Hochhorst nach Naglimund reisen würdest. Sie bat meinen Meister, dir zu helfen, wenn möglich ohne dein Wissen. Und noch ein paar andere Dinge.«

Simon lauschte gebannt; hier war ein fehlendes Stück seiner eigenen Geschichte. »Was für ›andere Dinge‹?« wollte er wissen.

»Dinge nur für die Augen meines Meisters.« Binabiks Ton war freundlich, aber fest. »Man braucht wohl nicht zu erwähnen, daß jetzt alles anders aussah. Sein alter Freund bat meinen Meister um einen Gefallen . . . aber nur ich konnte ihm diesen Gefallen noch tun. Auch das war schwierig, aber sobald ich Morgenes' Nachricht gelesen hatte, wußte ich, daß ich seine Bitte erfüllen mußte. Also brach ich am selben Tage, noch vor Einbruch der Dämmerung, nach Erchester auf.«

Die Botschaft lautete, daß ich allein reisen würde. Morgenes hat nie geglaubt, daß er fliehen könnte. Simon fühlte, wie ihm die Tränen kamen, und versteckte die Mühe, die es ihn kostete, sie zu unterdrücken, hinter einer Frage.

»Aber wie solltest du mich finden?«

Binabik lächelte. »Mit Hilfe harter Qanuc-Arbeit, Freund Simon. Ich mußte deine Fährte aufspüren – Zeichen, daß ein junger Mann vorbeigekommen war, ohne festes Ziel, dergleichen Dinge. Harte Qanuc-Arbeit und eine Größe von Glück führten mich zu dir.«

In Simons Herz stieg jäh eine Erinnerung auf, grau und furchterregend selbst aus weiter Ferne. »Bist du mir auf der Begräbnisstätte gefolgt? Dort vor den Stadtmauern?« Es war nicht alles ein Traum gewesen, das wußte er. *Etwas* hatte seinen Namen gerufen.

Aber das runde Gesicht des Trolls blieb enttäuschend leer.

»Nein, Simon«, antwortete er und überlegte sorgfältig. »Ich habe deine Spur erst, denke ich, auf der Alten Forststraße entdeckt. Warum?«

»Es ist nicht wichtig.« Simon stand auf, streckte sich und blickte auf das feuchte Flachland hinaus. Dann setzte er sich wieder hin und griff nach dem Wasserschlauch. »Also gut. Ich denke, ich verstehe jetzt . . . aber ich muß mir über so vieles erst noch klarwerden. Es sieht ganz danach aus, als sollten wir doch nach Naglimund gehen, oder was meinst du?«

Binabik machte ein besorgtes Gesicht. »Ich bin nicht sicher, Simon. Wenn sich die Bukken in der Frostmark zeigen, ist die Straße zur Feste Naglimund für zwei einzelne Reisende zu gefährlich. Ich muß gestehen, daß ich mir große Sorgen mache. Ich wünschte, wir hätten deinen Doktor Morgenes hier, um uns einen Rat zu geben. Bist du in so großer Gefahr, Simon, daß wir nicht wenigstens irgendeine Botschaft an ihn wagen können? Ich glaube nicht, daß er will, daß ich dich durch so schreckliche Gefahren führe.«

Es dauerte einen Augenblick, bis Simon begriff, daß der ›er‹, von dem Binabik sprach, immer noch Morgenes war. Gleich darauf kam ihm die verblüffende Erkenntnis, daß der Troll ja gar nicht wußte, was vorgefallen war.

»Binabik«, begann er und hatte im selben Augenblick ein Gefühl, als füge er dem anderen eine Wunde zu, »er ist tot. Doktor Morgenes ist tot.«

Eine Sekunde lang riß der Kleine weit die Augen auf. Zum ersten Mal war das Weiß um die braune Iris sichtbar. Dann erstarrte Binabiks Miene sofort zur leidenschaftslosen Maske.

»Tot?« wiederholte er endlich, und seine Stimme war so kalt, daß es Simon ganz sonderbar zumute war – als müßte er sich verteidigen, als wäre das alles irgendwie seine Schuld –, und dabei hatte er doch so bitterlich um den Doktor geweint!

»Ja.« Simon überlegte kurz und ging dann bewußt ein Risiko ein. »Er starb, um Prinz Josua und mir aus der Burg zu helfen. König Elias hat ihn getötet – das heißt, er ließ ihn von Pryrates töten, der sein Gefolgsmann ist.«

Binabik starrte Simon in die Augen und sah dann zu Boden. »Ich wußte von Josuas Gefangenschaft. Es stand in dem Brief. Alles weitere sind ... Neuigkeiten, und zwar sehr schlimme.« Er stand auf, und der Wind zerrte an seinem glatten, schwarzen Haar. »Laß mich jetzt ein Stück gehen, Simon. Ich muß nachdenken, was das alles bedeutet ... ich muß nachdenken ...«

Mit immer noch ausdruckslosem Gesicht entfernte sich der kleine Mann von der Felsgruppe. Sofort sprang Qantaqa ihm nach. Binabik wollte sie erst verscheuchen, zuckte dann aber die Achseln. Sie umkreiste ihn in weiten, trägen Bögen, während er langsam weiterging, den Kopf gesenkt, die kleinen Hände in den Ärmeln versteckt. Simon dachte, er sehe viel zu klein aus für das Gewicht, das auf ihm lastete.

Simon hatte halb und halb gehofft, der Troll würde bei seiner Rückkehr vielleicht eine fette Holztaube oder etwas ähnliches mitbringen. Doch er wurde enttäuscht.

»Tut mir leid, Simon«, meinte der kleine Mann, »aber wir hätten auch wenig davon gehabt. Mit nichts als nassem Gestrüpp ringsum hätten wir kein rauchloses Feuer machen können, und ich glaube, ein Feuer mit Rauchzeichen ist im Augenblick nicht günstig für uns. Iß ein Stück Trockenfisch.«

Der Fisch, schon recht knapp, war weder sättigend noch schmackhaft, aber Simon kaute finster auf seinem Stück herum: Wer wußte, wann er bei diesem unseligen Abenteuer das nächste Mal etwas zu essen bekommen würde?

»Ich habe nachgedacht, Simon. Deine Neuigkeit, ohne daß du daran schuld wärst, schmerzt mich. So bald nach dem Tod meines Meisters vom Ende des Doktors zu hören, eines so guten alten Mannes ...« Binabik verstummte, bückte sich dann und fing an, seine Sachen wieder im Rucksack zu verstauen, nachdem er zuvor verschiedene Gegenstände aussortiert hatte.

»Das gehört dir – schau, ich habe es für dich aufbewahrt.« Er gab Simon die beiden vertrauten röhrenförmigen Bündel.

»Dieses hier...«, sagte Simon und nahm die Päckchen, »...nicht der Pfeil, sondern das da...«, er reichte es Binabik wieder hin, »...ist eine Schrift von Doktor Morgenes.«

»Wahrhaftig?« Binabik schob die Verpackung aus Lumpen an einer Ecke zurück. »Etwas, das uns hilft?«

»Ich glaube nicht«, antwortete Simon. »Es handelt von *Leben und Regierung Johan Presbyters*. Ich habe ein wenig darin gelesen – es geht hauptsächlich um Schlachten und solche Dinge.«

»Aha. Ja.« Binabik gab es Simon zurück, der es in den Gürtel schob. »Zu schade ist das. Wir könnten jetzt genauere Anweisungen von ihm brauchen.« Der Troll bückte sich und steckte weitere Gegenstände in seinen Rucksack. »Morgenes und Ookequk, mein Meister, die beiden gehörten zu einer ganz besonderen Gruppe.« Er holte etwas aus seinen Sachen und hielt es hoch, damit Simon es betrachten konnte. Im Licht des bedeckten Nachmittages glänzte es matt: ein Anhänger aus einer Schriftrolle und einem Federkiel.

»So etwas hatte Morgenes auch!« sagte Simon und beugte sich näher.

»Jawohl.« Binabik nickte. »Dies hier gehörte meinem Meister. Es ist ein Siegel, das alle besitzen, die dem *Bund der Schriftrolle* beitreten. Er hat, sagte mein Meister, nie mehr als sieben Mitglieder. Dein und mein Meister sind tot, also können nur noch fünf übrig sein.« Er schloß die kleine Hand rasch über dem Anhänger und warf ihn in den Rucksack zurück.

»Der Bund der Schriftrolle?« fragte Simon verwundert. »Was ist das?«

»Eine Gruppe von Gelehrten, die ihr Wissen miteinander teilen, habe ich meinen Meister sagen hören. Vielleicht noch mehr als das, aber darüber wollte er mir nie erzählen.« Der Troll war mit dem Pakken fertig und richtete sich auf.»Es tut mir leid, Simon, das zu sagen, aber ich fürchte, wir müssen uns wieder auf den Weg machen.«

»Schon?« Bereits vergessene Schmerzen kehrten jäh in Simons Muskeln zurück.

»Mir scheint, es ist nötig. Wie ich erwähnte, habe ich mir viele Gedanken gemacht. Und dies ist es, was ich gedacht habe...« Er schraubte seinen Wanderstock fester zusammen und pfiff nach Qantaqa. »Erstens ist es meine Pflicht, dich nach Naglimund zu bringen. Daran hat sich nichts geändert; es war leider nur mein Entschluß, der ins Wanken geraten ist. Die Schwierigkeit liegt darin, daß ich der Frostmark nicht traue. Du hast die Bukken gesehen – wahrscheinlich wäre es dir auch lieber, ihnen nicht wieder zu begegnen. Aber wir müssen nach Norden. Ich denke darum, daß wir zum Aldheorte zurückgehen sollten.«

»Aber, Binabik, wie können wir dort sicherer sein? Was hindert diese Gräberwesen, uns in den Wald zu folgen, wo wir wahrscheinlich nicht einmal wegrennen können?«

»Eine gute Frage. Ich habe dir schon einmal von Altherz erzählt – von seinem Alter und... und... mir fällt in deiner Sprache kein Wort dafür ein, aber ›Seele‹ und ›Geist‹ geben dir vielleicht einen Begriff von dem, was ich meine.

Die Bukken können unter dem alten Wald durch, aber es ist nicht leicht für sie. Es liegt Macht in den Wurzeln des Aldheorte, Macht, die solche... Geschöpfe... nicht leicht überwinden können. Außerdem lebt dort jemand, den ich sehen muß, jemand, der erfahren muß, was mit deinem und meinem Meister geschehen ist.«

Simon hatte seine eigenen Fragen längst selber satt, erkundigte sich aber trotzdem: »Und wer ist das?«

»Ihr Name ist Geloë. Eine *weise Frau* ist sie, bekannt als *Valada* – das ist ein Rimmersgard-Wort. Außerdem kann sie uns vielleicht helfen, Naglimund zu erreichen, weil wir von der östlichen Seite des Waldes aus den Weldhelm überqueren müssen und ich diesen Weg nicht kenne.«

Simon zog seinen Mantel an und hakte die abgeschabte Schnalle unter dem Kinn fest. »Müssen wir heute noch fort?« fragte er. »Es ist schon später Nachmittag.«

»Simon«, sagte Binabik ernst, als Qantaqa mit hängender Zunge herbeigetrabt kam, »bitte glaub mir. Auch wenn es Dinge gibt, die ich dir noch nicht sagen kann, müssen wir wahre Gefährten sein. Ich brauche dein Vertrauen. Es geht hier nicht allein um Elias' Königtum. Wir haben beide jemanden verloren, an dem wir gehangen haben – einen alten Mann und einen alten Troll, die viel mehr wußten als wir. Sie hatten beide Angst. Bruder Dochais, denke ich, *starb* vor Angst. Etwas *Böses* erwacht, und es wäre töricht von uns, noch länger in offenem Gelände zu bleiben.«

»*Was* erwacht, Binabik? *Welches* Böse? Dochais nannte einen Namen – ich habe ihn gehört. Gerade bevor er starb, sagte er –«

»Du brauchst es nicht –«, wollte Binabik ihn unterbrechen, aber Simon kümmerte sich nicht darum. Er hatte die Andeutungen und Anspielungen nachgerade satt.

»... *Sturmkönig*«, schloß er energisch.

Binabik sah sich hastig um, als erwartete er, daß etwas Furchtbares erschiene. »Ja«, zischte er. »Ich habe es auch gehört, aber ich weiß nicht viel davon.« Hinter dem fernen Horizont ertönte ein Donnergrollen. Der kleine Mann machte ein grimmiges Gesicht. »Der Sturmkönig, das ist im dunklen Norden ein Name voller Grauen, Simon, ein Name aus Legenden, mit denen man den Leuten angst macht, mit dem man Beschwörungen spricht. Alles, was ich habe, sind kleine Worte, die mir mein Meister manchmal gesagt hat, aber sie reichen aus, um mich vor Sorge krank zu machen.« Er schulterte seinen Rucksack und marschierte in die schlammige Ebene hinaus, auf die plumpe, geduckte Reihe der Berge zu.

»Dieser Name«, ergänzte er, und seine Stimme klang inmitten solch flacher Leere sinnlos gedämpft, »allein genügt, um Ernten verdorren zu lassen, Fieber und schlechte Träume zu bringen...«

»... und Regen und schlechtes Wetter?« fragte Simon und sah zu dem häßlichen, tiefhängenden Himmel auf.

»Und noch viel mehr«, erwiderte Binabik und berührte mit der Handfläche seine Jacke, gerade über dem Herzen.

XXIV

Die Hunde von Erkynland

Simon träumte, er gehe im Kieferngarten des Hochhorstes spazieren, unmittelbar draußen vor dem Speisesaal. Über den sanft rauschenden Bäumen hing die Steinbrücke, die Saal und Kapelle verband. Obwohl er keine Kälte empfand – eigentlich fühlte er seinen Körper überhaupt nicht, es sei denn als Mittel der Beförderung von einem Ort zum anderen –, schwebten ringsum sachte Schneeflocken herab. Die zarten, nadelspitzen Umrisse der Bäume begannen unter weißen Decken zu verschwimmen, und überall herrschte Stille; der Wind, der Schnee, Simon selbst – alles bewegte sich in einer Welt, in der es weder einen Laut noch eine schnelle Regung zu geben schien.

Der Wind, den er nicht spürte, wehte jetzt stärker, und die Bäume des geschützten Gartens neigten sich, wenn Simon vorbeikam, teilten sich wie Meereswellen um einen halb versunkenen Stein. Der Schnee wirbelte, und Simon schritt in die Öffnung hinein, einen baumgesäumten Korridor aus stiebendem Weiß. Immer weiter ging er, und die Bäume wichen vor ihm zurück wie respektvolle Soldaten.

Der Garten war doch nie so lang gewesen?

Plötzlich wurde Simons Blick aufwärts gezogen. Am Ende des verschneiten Pfades stand eine riesige weiße Säule und ragte weit über seinem Kopf in den dunklen Himmel empor.

Natürlich, dachte er in der Halblogik seines Traumes, *es ist der Grünengel-Turm.* Zwar hatte er früher nie direkt vom Garten zum Turmsockel gehen können, aber die Dinge hatten sich eben geändert, seit er fort war...

Aber wenn es der Turm ist, dachte er und starrte zu dem gewaltigen

Gebilde empor, *warum hat er dann Äste? Es ist nicht der Turm ...*
jedenfalls nicht mehr ... es ist ein Baum ... ein großer, weißer
Baum ...

Mit weit aufgerissenen Augen fuhr Simon in die Höhe.

»*Was* ist ein Baum?« fragte Binabik, der dicht neben ihm saß und mit
einer Vogelknochennadel Simons Hemd zusammenflickte. Gleich
darauf war er fertig und reichte es dem Jungen zurück, der einen Arm
unter dem schützenden Mantel hervorstreckte, um es in Empfang zu
nehmen. »*Was* ist ein Baum, und war dein Schlafen gut?«

»Ein Traum, sonst nichts«, sagte Simon etwas gedämpft, während er
das Hemd über den Kopf zog. »Ich habe geträumt, der Grünengel-
Turm hätte sich in einen Baum verwandelt.« Er sah Binabik fragend
an, aber der Troll zuckte nur die Achseln.

»Ein Traum«, stimmte Binabik zu.

Simon gähnte und streckte sich. Der Schlaf in der geschützten Spalte
des Berghanges war nicht sonderlich bequem gewesen, aber einer
schutzlosen Nacht auf der Ebene bei weitem vorzuziehen. Die Logik
dieser Tatsache hatte ihm, sobald sie sich gestern erst einmal in
Marsch gesetzt hatten, sehr schnell eingeleuchtet.

Während er noch schlief, war die Sonne aufgegangen, unauffällig
hinter der Wolkendecke, nur ein Strich rosagrauen Lichtes quer über
den Himmel. Wenn man oben vom Berghang zurückblickte, konnte
man schwer sagen, wo der Himmel aufhörte und die dunstigen Ebenen begannen. Die Welt heute morgen schien ein trüber und unferti-
ger Ort zu sein.

»Ich sah Feuer heute nacht, während du schliefst«, bemerkte der
Troll und schreckte Simon damit aus seiner Träumerei.

»Feuer?! Wo?«

Binabik deutete mit der linken Hand über die Ebene nach Süden.
»Dort hinten. Sorg dich nicht. Ich glaube, sie sind weit weg. Es ist
durchaus die Möglichkeit, daß sie nichts mit uns zu tun haben.«

»Vermutlich.« Simon spähte in die graue Ferne. »Denkst du, es
könnten Isgrimnur und seine Rimmersmänner sein?«

»Das ist zweifelhaft.«

Simon drehte sich wieder um und sah den Kleinen an. »Aber du hast
gesagt, sie würden entkommen! Sie würden überleben!«

Der Troll warf ihm einen gereizten Blick zu. »Wenn du warten könntest, würdest du hören. Ich bin überzeugt, daß sie überlebt haben, aber sie waren unterwegs nach *Norden*, und ich bezweifle, daß sie umgekehrt sind. Diese Feuer waren weiter südlich, als ob...«

»...als ob sie von Erkynland herüberkämen«, beendete Simon den Satz.

«Ja!« erwiderte Binabik ein wenig ungehalten. »Aber es könnten ja Händler sein... oder Pilger...« Er sah sich um. »Wo nur Qantaqa steckt?«

Simon zog eine Grimasse. Er erkannte eine Ausflucht, wenn er sie hörte. »Also gut. Es könnte alles Mögliche sein... aber gestern warst *du* es, der zur Eile mahnte. Sollen wir warten, bis wir selbst sehen können, ob es Kaufleute sind oder... oder *Gräber?«* Der Scherz hatte einen ziemlich sauren Nachgeschmack. Das letzte Wort hatte ihm nicht angenehm im Mund gelegen.

»Nicht dumm zu sein ist wichtig«, grunzte Binabik angewidert. »Boghanik – die Bukken – machen kein Feuer. Sie *hassen* alles Helle. Und wir, nein, wir werden nicht warten, bis diese Feueranzünder zu uns kommen. Wir kehren in den Wald zurück, wie ich es dir gesagt habe.« Er deutete über seinen Kopf weg nach hinten. »Auf der anderen Seite des Berges werden wir ihn sehen können.«

Hinter ihnen knackte es im Gestrüpp, und Troll und Junge sprangen überrascht auf. Doch es war nur die Wölfin, die in Kreuz- und Quersprüngen den Hang hinunterkam, die Nase dicht am Boden. Als sie das Lager erreicht hatte, stupste sie Binabik am Arm, bis er ihren Kopf kraulte.

»Qantaqa ist fröhlicher Laune, hmmm?« Der Troll zeigte lächelnd die gelben Zähne. »Da wir den Vorteil eines dichtbewölkten Tages haben, der den Rauch eines Lagerfeuers verdeckt, denke ich, daß wir uns erlauben können, zumindest eine ordentliche Mahlzeit zu uns zu nehmen, bevor wir uns wieder auf den Weg machen. Findet das deine Zustimmung?«

Simon bemühte sich um eine ernsthafte Miene. »Ich... glaube schon, daß ich etwas essen könnte... wenn es denn sein müßte«, antwortete er, »wenn du es *wirklich* für wichtig hältst...«

Binabik riß die Augen auf und versuchte sich darüber klarzuwerden, ob Simon tatsächlich Einwände gegen ein Frühstück hatte, und der Junge fühlte, wie ein Lachen in ihm aufstieg und heraussprudeln wollte.

Wieso benehme ich mich wie ein Mondkalb? Er wunderte sich über sich selbst. *Wir sind in furchtbarer Gefahr, und daran wird sich auch so bald nichts ändern.*

Aber schließlich war Binabiks verwirrter Blick zu viel für ihn, und er brach in lautes Gelächter aus.

Nun ja, gab er sich selbst Antwort, *man kann sich nicht ununterbrochen Sorgen machen.*

Simon seufzte und ließ sich von Qantaqa die wenigen Restkrümel Eichhörnchenfleisch von den Fingern lecken. Er staunte, wie zart die Wölfin ihre gewaltigen Kiefer und blitzenden Zähne benutzen konnte.

Das Feuer war nur klein, denn der Troll hielt nichts von unnötigen Risiken. Ein dünner Rauchfaden kräuselte sich geschmeidig im Wind, der über den Berghang strich.

Binabik las in Morgenes' Manuskript, das er mit Simons Erlaubnis ausgepackt hatte. »Es ist meine Hoffnung, daß du verstehst«, bemerkte der Troll ohne aufzusehen, »daß du das mit keinem anderen Wolf als meiner Freundin Qantaqa versuchen darfst.«

»Natürlich nicht. Es ist erstaunlich, wie zahm sie ist.«

»Nicht *zahm.*« Binabik betonte das Wort mit Nachdruck. »Sie hat eine Ehrenschuld mir gegenüber, und das schließt die mit ein, die meine Freunde sind.«

»Ehre?« fragte Simon träge.

»Ich bin überzeugt, du kennst diesen Begriff, auch wenn man in den südlichen Ländern recht leichtfertig damit umgeht. Ehre. Glaubst du, daß es so etwas zwischen Troll und Tier nicht geben kann?« Binabik warf ihm einen kurzen Blick zu und blätterte dann weiter in dem Manuskript.

»Ach, ich glaube heutzutage überhaupt nicht mehr viel«, erwiderte Simon leichthin und beugte sich vor, um Qantaqas dickpelziges Kinn zu kratzen. »Ich versuche nur, den Kopf schön nach unten zu halten und bis nach Naglimund zu kommen.«

»Du weichst einer echten Antwort aus«, brummte Binabik, verfolgte jedoch das Thema nicht weiter. Eine Weile war auf dem Berghang nur das Knistern des Pergaments zu vernehmen. Die Morgensonne stieg am Himmel höher.

»Hier«, meinte Binabik endlich, »hör mir zu. Ach, Tochter der Berge, wie sehr vermisse ich doch Morgenes, wenn ich nur seine Worte lese. Weißt du etwas über Nerulagh, Simon?«

»Gewiß. Wo König Johan die Nabbanai schlug. In der Burg ist ein Tor, das ganz mit Schnitzereien davon bedeckt ist.«

»Du hast recht. Nun, hier schreibt Morgenes also über die Schlacht von Nerulagh, in der Johan zum ersten Mal dem berühmten Ritter Camaris begegnete. Darf ich dir vorlesen?«

Simon unterdrückte eine Anwandlung von Eifersucht. Der Doktor hatte schließlich sein Manuskript nicht allein für Simon und sonst niemanden bestimmt, erinnerte er sich.

»Nachdem sich daher Ardrivis' Entscheidung – eine tapfere, sagen manche, hochmütig nennen sie andere –, diesem Emporkömmling, dem König aus dem Norden, in der flachen Ebene des Wiesen-Thrithings am Myrme-See gegenüberzutreten, als verhängnisvoll erwiesen hatte, zog Ardrivis die Hauptmasse seiner Truppen zum Onestrinischen Paß zurück, einem schmalen Durchgang zwischen den Bergseen Eadne und Clodu . . .«

»Wovon Morgenes hier spricht«, erläuterte Binabik, »ist, daß Ardrivis, der Imperator von Nabban, nicht glaubte, Johan der Priester könne in so großer Entfernung von Erkynland noch eine bedeutende Streitmacht gegen ihn aufstellen. Aber die Inselbewohner von Perdruin, die immer im Schatten der Nabbanai gestanden hatten, schlossen einen Geheimvertrag mit dem König und halfen ihm, seine Truppen zu verstärken. Johans Heer schlug Ardrivis' Truppen vernichtend am Rande des Wiesen-Thrithings, etwas, das die stolzen Nabbanai niemals für möglich gehalten hätten. – Kannst du mir folgen?«

»Ich glaube.« Simon war sich nicht ganz sicher, hatte aber genügend Balladen über Nerulagh gehört, um die meisten Namen wiederzuerkennen. »Lies weiter.«

»Das werde ich. Laß mich nur die Stelle finden, die ich dir vorlesen wollte.« Er überflog die Seite. »Ho!«

»*Und so führte, als die Sonne hinter dem Berg Onestris versank, die letzte Sonne für achttausend tote und sterbende Männer, der junge Camaris, dessen Vater Benidrivis-sá-Vinitta erst vor einer Stunde von seinem sterbenden Bruder Ardrivis den Stab des Imperators übernommen hatte, den Angriff von fünfhundert Berittenen an, dem Rest der kaiserlichen Garde, begierig nach Rache . . .*«

»Binabik?« unterbrach Simon.

»Ja?«

»Wer übernahm was von wem?«

Binabik lachte. »Verzeih mir. Es ist ein Netz voller Namen für einen einzigen Fang, nicht wahr? Ardrivis war der letzte Imperator von Nabban, obwohl sein Kaiserreich, verstehst du, nicht größer war als das heutige Herzogtum Nabban. Ardrivis überwarf sich mit Johan dem Priester, vermutlich, weil Ardrivis wußte, daß Johan ein vereinigtes Osten Ard anstrebte und es eines Tages zum Krieg kommen würde. Ich will dich nicht mit allen diesen Kämpfen langweilen, aber du weißt ja, daß es ihre letzte Schlacht war. Imperator Ardrivis wurde von einem Pfeil getötet und sein Bruder Benidrivis der neue Imperator . . . allerdings nur für den Rest dieses Tages, der mit der Unterwerfung Nabbans endete. Camaris war Benidrivis' Sohn. Er war damals noch sehr jung, vielleicht fünfzehn Jahre, und so wurde er für diesen Nachmittag der letzte Nabbanai-Prinz, wie er auch manchmal in den Liedern heißt . . . hast du jetzt verstanden?«

»Besser. Es waren diese vielen ›Arise‹ und ›Ivise‹, die mich einen Augenblick nicht mitkommen ließen.«

Binabik nahm das Pergament wieder auf und las weiter.

»*Als nun Camaris auf das Schlachtfeld ritt, war das ermüdete Heer von Erkynland sehr bestürzt. Die Truppen des jungen Prinzen waren zwar nicht frisch, aber Camaris selbst glich einem Wirbelwind, einem tödlichen Sturm, und das Schwert Dorn, das ihm sein sterbender Onkel gegeben hatte, war wie ein schwarzzackiger Blitz. Selbst zu diesem späten Zeitpunkt, heißt es in den Aufzeichnungen, hätten die Streitkräfte von Erkynland noch aufgerieben werden können. Da aber trat Johan der Priester auf den Plan, Hellnagel fest in der behandschuhten Faust, und hieb sich einen Weg durch die Kaiserliche Garde von Nabban, bis er dem tapferen Camaris gegenüberstand.*«

»Jetzt kommt das, worauf ich dich besonders aufmerksam machen möchte«, sagte Binabik und blätterte um zur nächsten Seite.

»Das ist ja großartig«, meinte Simon. »Spaltet Johan der Priester ihn ihn zwei Hälften?«

»Lächerlich!« schnaubte der Troll. »Wie sollten sie denn dann die engsten und ruhmreichsten Freunde werden? In zwei Hälften spalten! Pah!« Er fuhr fort.

In den Balladen heißt es, sie hätten den ganzen Tag und bis in die Nacht hinein gefochten, aber das möchte ich stark bezweifeln. Bestimmt kämpften sie lange, aber zweifellos waren Dämmerung und Dunkelheit ohnehin nicht mehr fern, und es kam nur einigen der müde gewordenen Zuschauer so vor, als hätten diese beiden großen Männer den ganzen Tag lang gegeneinander gestritten . . .«

»Was für Überlegungen dein Doktor anstellt!« kicherte Binabik belustigt.

»Wie aber die Wahrheit auch lauten mag, sie tauschten Schlag um Schlag, klirrten und hämmerten auf die Rüstung des anderen ein, bis die Sonne sank und die Raben sich gütlich taten. Keiner der Männer konnte die Oberhand gewinnen, obwohl Johans Truppen inzwischen Camaris' Garde längst besiegt hatten. Aber keiner der Erkynländer wagte sich einzumischen. Endlich trat Camaris' Pferd zufällig in ein Loch, brach sich das Bein und stürzte mit gellendem Aufschrei nieder, wobei es den Prinzen unter sich begrub. In diesem Augenblick hätte Johan ein Ende machen können, und wenige hätten ihn darum getadelt; statt dessen jedoch, so schwören die Zuschauer einmütig, half er dem gefallenen Nabbanai-Ritter unter seinem Roß hervor, gab ihm sein Schwert zurück und setzte, nachdem sich Camaris als unverletzt erwiesen hatte, den Kampf mit ihm fort.«

»Ädon!« hauchte Simon, tief beeindruckt. Natürlich hatte er die Geschichte schon gehört, aber es war etwas ganz anderes, sie jetzt in Morgenes' knappen, bestimmten Worten bestätigt zu bekommen.

»So stritten sie fort und fort, bis Johan der Priester – der schließlich gute zwanzig Jahre mehr als Camaris zählte – müde wurde und stolperte. Er stürzte vor den Füßen des Prinzen von Nabban zu Boden. Camaris, von der Stärke und Ehrenhaftigkeit seines Gegners gerührt, verzichtete darauf, ihn zu töten. Statt dessen setzte er Johan das Schwert Dorn an die Kehle und forderte das Versprechen von ihm, Nabban von nun an

unbehelligt zu lassen. Johan, der nicht erwartet hatte, daß man ihm seine
eigene Barmherzigkeit in gleicher Weise vergelten würde, sah auf das Feld
von Nerulagh hinaus, leer bis auf seine eigenen Krieger, überlegte einen
Augenblick – und versetzte Camaris-sá-Vinitta einen überraschenden
Fußtritt zwischen die Beine. «

»Nein!« rief Simon fassungslos. Qantaqa hob bei seinem Ausruf den
schläfrigen Kopf. Binabik grinste nur und fuhr fort, weiter aus Morgenes' Aufzeichnungen vorzulesen.

»Nunmehr stellte sich Johan seinerseits über den schmerzhaft verwundeten
Camaris und sprach zu ihm: ›Ihr habt noch viel zu lernen, aber Ihr seid ein
tapferer und edler Mann. Ich will Eurem Vater und Eurem Hause jede
Höflichkeit erweisen und gut für Euer Volk sorgen. Ich hoffe, daß Ihr wiederum die erste Lektion, die ich Euch heute erteilt habe, beherzigen werdet,
nämlich diese: Ehre ist etwas Wunderbares, aber sie ist ein Mittel, kein
Ziel. Ein Mann, der ehrenvoll verhungert, hilft damit nicht seiner Familie;
ein König, der sich in Ehren in sein Schwert stürzt, rettet damit nicht sein
Reich.‹

Als Camaris genas, war er so voll Ehrfurcht für seinen neuen König, daß er
von diesem Tage an Johans treuester Gefolgsmann wurde. «

»Und warum hast du mir das vorgelesen?« fragte Simon. Er fühlte sich
einigermaßen gekränkt über die Belustigung, die Binabik gezeigt
hatte, als er ihm von dem üblen Verhalten des größten Herrschers
über Simons Vaterland vorlas – aber immerhin waren es Morgenes'
Worte gewesen, und wenn man es sich überlegte, machten sie den
alten König Johan weit menschlicher und einer Marmorstatue Sankt
Sutrins, die als Staubfänger an der Domfassade in Erchester stand,
weniger ähnlich.

»Es schien mir von Interesse zu sein. « Binabik lächelte ein Koboldlä-
cheln. »Nein, das war nicht der Grund«, fügte er rasch hinzu, als
Simon die Stirn runzelte. »Was ich wirklich wollte, war, daß du etwas
einsiehst, und ich dachte, Morgenes könnte es dir besser klarmachen
als ich.

Du wolltest die Männer von Rimmersgard nicht im Stich lassen, und
ich begreife dein Gefühl – es war vielleicht nicht die ehrenhafteste
Art von Benehmen. Aber es bedeutete auch für mich keine Ehre,
meine Pflichten in Yiqanuc unerfüllt zu lassen; und doch müssen wir

manchmal gegen die Ehre handeln – oder sollte man sagen, gegen das, was uns auf den ersten Blick ehrenhaft erscheint... verstehst du mich?«

»Nicht besonders gut.« Aus Simons Stirnrunzeln wurde ein spöttisches, liebevolles Lächeln.

»Aha.« Binabik zuckte philosophisch mit den Schultern. »*Ko muhuhok na mik aqa nop,* sagen wir in Yiqanuc: ›Wenn es dir auf den Kopf fällt, weißt du, daß es ein Felsblock ist.‹«

Simon dachte stoisch darüber nach, während Binabik seine Kochutensilien in den Rucksack packte.

In einem Punkt hatte Binabik unzweifelhaft recht gehabt. Als sie den Bergkamm erreicht hatten, konnten sie buchstäblich nichts anderes sehen als die unendliche dunkle Weite des Aldheortes, der sich grenzenlos vor ihnen ausdehnte – ein grünschwarzes Meer, erstarrt in der Sekunde, bevor seine Wellen am Fuß der Berge anbrandeten. Allerdings erschien Altherz Simon eher wie die See, gegen die das Land selbst vergeblich anstürmen würde.

Simon konnte nicht umhin, vor Staunen tief Luft zu holen. Die Bäume unter ihnen erstreckten sich so weit in die Ferne, daß sie am Horizont im Nebel verschwanden, so als überschreite der Wald auf geheimnisvolle Weise die Grenzen der Erde.

Binabik, der seine großen Augen sah, meinte: »Von allen Zeitpunkten, an denen es wichtig ist, auf mich zu hören, ist dies der wichtigste: Wenn wir einander dort drin verlieren, wird es vielleicht kein Wiederfinden geben.«

»Ich war schon in diesem Wald, Binabik.«

»Nur an seinem Rand, Freund Simon. Jetzt aber betreten wir sein Inneres.«

»Quer durch?«

»Ha! Nein, das würde Monate dauern – ein Jahr, wer kann es wissen? Aber wir entfernen uns weit von seinen Grenzen, darum müssen wir hoffen, daß er uns gestattet, seine Gäste zu sein.«

Simon starrte hinab und fühlte ein Prickeln auf der Haut. Die dunklen, schweigenden Bäume, die düsterschattigen Pfade, die nie das Geräusch von Schritten vernommen hatten... alle Geschichten ei-

nes Volkes von Burg- und Stadtbewohnern stiegen in seiner Phantasie auf und ließen sich nur allzu leicht ins Gedächtnis zurückrufen.
Und doch muß ich dorthin, dachte er, und ich glaube auch nicht, daß der Wald böse ist. Er ist nur alt . . . uralt. Und argwöhnisch gegenüber Fremden – oder wenigstens gibt er mir dieses Gefühl. Aber nicht böse.
»Gehen wir«, sagte er mit seiner klarsten, kräftigsten Stimme.
Aber als Binabik ihm den Berg hinunter voranlief, machte Simon auf seiner Brust das Zeichen des *Baumes* – nur um ganz sicherzugehen.

Sie waren vom Berg hinuntergestiegen und näherten sich der Kette grasiger Hügel, die sanft zum Rand des Aldheortes hin abfiel, als Qantaqa plötzlich den zottigen Kopf schief legte und stehenblieb. Es war nach Mittag, die Sonne stand hoch am Himmel und hatte einen großen Teil des über dem Boden liegenden Dunstes weggebrannt. Simon und der Troll gingen zu der Wölfin, die reglos wie ein graues Standbild verharrte, und blickten sich nach allen Seiten um. Nirgends unterbrach eine Bewegung die erstarrte Wellenform des Landes.
Als sie näher kamen, winselte Qantaqa und legte lauschend den Kopf auf die andere Seite. Binabik stellte vorsichtig seinen Rucksack ab, brachte die darin leise klappernden Knochen und Steine zum Schweigen und spitzte selber die Ohren.
Gerade wollte der Troll, dem das Haar strähnig in die Augen hing, den Mund öffnen und etwas sagen, da hörte Simon es auch: ein dünnes, schwaches Geräusch, an- und abschwellend, als zöge eine Kette schreiender Gänse meilenhoch über ihnen vorbei, weit über den Wolken. Aber das Geräusch schien nicht vom Himmel zu kommen; vielmehr klang es, als rollte es den langen Gang zwischen Wald und Bergen hinunter, ob von Norden oder Süden, konnte Simon nicht sagen.
»Was . . .?« wollte er fragen. Qantaqa winselte erneut und schüttelte den Kopf, als sei ihr der Ton unangenehm in den Ohren. Der Troll hob die kleine braune Hand und lauschte einen weiteren Moment. Dann schulterte er seinen Rucksack wieder und winkte Simon, ihm zu den dämmrigen Ausläufern des Waldes zu folgen.
»Hunde, denke ich«, erklärte er. Die Wölfin trottete in unregelmäßigen Ovalen um sie herum, kam näher und sprang wieder fort. »Mir

scheint, sie sind noch weit weg, südlich der Berge . . . draußen in der
Frostmark. Trotzdem, je schneller wir in den Wald kommen, desto
besser . . .«

»Vielleicht«, sagte Simon, der gut vorwärtskam, als er mit langen
Schritten neben dem kleinen Mann herlief, der seinerseits halb
trabte, »aber sie klangen nach keinem Hund, den ich je gehört
habe.«

»Das«, grunzte Binabik, »ist auch mein Gedanke . . . und der Grund,
weshalb wir so schnell laufen, wie wir können.«

Simon dachte über Binabiks Worte nach und fühlte eine kalte Hand
nach seinen Eingeweiden greifen.

»Halt«, sagte er und hielt an.

»Was tust du?« zischte der Kleine. »Sie sind noch weit hinter uns,
aber . . .«

»Ruf Qantaqa.« Simon stand geduldig da. Binabik musterte ihn kurz
und pfiff dann der Wölfin, die schon zu ihm zurücktrottete.

»Ich hoffe, du wirst mir bald erklären . . .«, begann der Troll.

Simon zeigte auf Qantaqa.

»Reite auf ihr. Schnell, steig auf! Wenn wir uns beeilen müssen, kann
ich rennen – aber deine Beine sind zu kurz.«

»Simon«, sagte Binabik mit Zornfältchen um die Augen, »ich rannte
über die schmalen Grate von Mintahoq, als ich noch ein kleines Kind
war . . .«

»Aber hier ist flacher Boden, und es geht bergab. Bitte, Binabik, du
hast gesagt, wir müßten uns beeilen!«

Der Troll sah ihn an, machte dann kehrt und schnalzte Qantaqa
etwas zu, die sich sogleich im kargen Gras niederließ. Binabik warf ein
Bein über ihren breiten Rücken und setzte sich zurecht, indem er ihr
dickes Nackenfell als Sattelknopf benutzte. Wieder schnalzte er, und
die Wölfin stand auf – erst mit den Vorder-, dann mit den Hinterfü-
ßen –, wobei Binabik auf ihrem Rücken schwankte.

»*Ummu*, Qantaqa«, befahl er kurz, und sie setzte sich in Marsch.
Simon verlängerte seine Schritte und begann neben ihnen herzutra-
ben. Sie konnten jetzt außer dem Geräusch ihres eigenen Laufens
nichts mehr hören, aber der Gedanke an das Heulen in der Ferne verursachte ein Prickeln in Simons Nacken, und Aldheortes dunkles

Antlitz kam ihm immer mehr wie das Willkommenslächeln eines Freundes vor. Binabik duckte sich tief über Qantaqas Hals und wollte Simon lange Zeit nicht in die Augen sehen.

Seite an Seite rannten sie den langen Hang hinunter. Endlich, als die flache, graue Sonne schon auf die Berge hinter ihnen zu sinken begann, erreichten sie die erste Baumreihe, eine Schar schlanker Birken – blasse Dienstmägde, die Besucher ins Haus ihres dunklen, alten Gebieters geleiteten.

Obwohl es draußen in den Hügeln noch hell vom schrägen Sonnenlicht war, tauchten die Gefährten, sobald die Bäume über ihnen aufzuragen begannen, schon bald in düsteres Dämmerlicht ein. Der weiche Waldboden dämpfte ihre Schritte, und sie rannten stumm wie Gespenster durch den schütteren äußeren Forst.

Lichtsäulen drangen wie Speere durch das Astwerk, und hinter ihnen stieg Staub auf, der glitzernd zwischen den Schatten schwebte.

Simon wurde jetzt schnell müde. Schweiß rann ihm in schmutzigen Bächen über Gesicht und Hals.

»Weiter müssen wir«, rief ihm Binabik von seinem schwankenden Halt auf Qantaqas Rücken zu. »Schon bald wird dieser Weg so zugewachsen sein, daß keine Schnelligkeit möglich ist, und das Licht zu schwach dafür. Dann werden wir rasten.«

Simon antwortete nicht, sondern kämpfte sich weiter. Sein Atem brannte in den Lungen.

Als der Junge endlich langsam wurde und in einen unregelmäßigen Trott fiel, rutschte Binabik vom Rücken der Wölfin und rannte neben ihm her. Ringsum glitt die schiefe Sonne die Baumstämme hinauf und ließ den Waldboden im Dunkel, während gleichzeitig die oberen Äste leuchtende Heiligenscheine bekamen und aussahen wie auf den buntfarbigen Fenstern der Hochhorstkapelle. Schließlich, als sich die Erde vor ihnen in Finsternis auflöste, stolperte Simon über einen halb begrabenen Stein. Als Binabik ihn am Ellenbogen packte, blieb er stehen.

»Nun setz dich hin«, sagte der Troll. Wortlos glitt Simon zu Boden und fühlte, wie unter ihm leicht das lockere Erdreich nachgab. Gleich darauf umkreiste sie Qantaqa. Sie schnüffelte die unmittelbare Umgebung ab und setzte sich dann hin, um Simon den Schweiß vom Nacken zu lecken. Es kitzelte, aber Simon war zu erschöpft, um sich ernstlich dagegen zu wehren.

Binabik hockte sich nieder und untersuchte ihren Rastplatz. Sie befanden sich auf halber Höhe einer kleinen Mulde, durch die sich unten ein schlammiges Bachbett schlängelte, in dessen Mitte ein dunkles Wasserrinnsal floß.

»Wenn du wieder atmest«, meinte er, »denke ich, wir sollten vielleicht dorthin gehen.« Mit dem Finger zeigte er auf eine etwas höher gelegene Stelle, an der eine große Eiche stand, deren Wurzelgeflecht die Annäherung anderer Bäume verhindert hatte, so daß rings um ihren dicken, knotigen Stamm eine Steinwurfweite freier Raum war. Simon, immer noch nach Luft ringend, nickte. Nach einer Weile stand er mühsam auf und schleppte sich mit dem kleinen Mann hangaufwärts bis zu dem Baum.

»Weißt du, wo wir sind?« fragte er und sank nieder, um sich an eine der verschlungenen, halb begrabenen Wurzeln zu lehnen.

»Nein«, meinte Binabik fröhlich. »Aber morgen, wenn die Sonne scheint und ich Zeit habe, gewisse Dinge zu tun . . . dann werde ich es wissen. Hilf mir jetzt ein paar Steine und Stöcke suchen, damit wir ein Feuerchen anzünden können. Und später«, Binabik erhob sich aus seiner Hockstellung und machte sich im schwindenden Tageslicht auf die Suche nach gefallenem Holz, »später wird es eine angenehme Überraschung für dich geben.«

Binabik hatte eine Art dreiseitiger Steinkiste um das Feuerloch gebaut, um das Licht zu verdecken, aber trotzden knisterte es auf höchst ermutigende Weise. Der rote Schimmer warf sonderbare Schatten auf den Troll, der in seinem Rucksack wühlte. Simon sah ein paar einsamen Funken nach, die wirbelnd nach oben kreisten.

Sie hatten sich aus getrocknetem Fisch, Hartkuchen und Wasser eine karge Mahlzeit zubereitet. Simon fand, er habe seinen Magen nicht so gut behandelt, wie er es gern getan hätte, aber es war doch besser, hier zu liegen und den dumpfen Schmerz in seinen Beinen der Wärme auszusetzen, als weiter zu laufen. Er konnte sich nicht erinnern, jemals eine so lange Zeit oder eine so weite Strecke gerannt zu sein, ohne einmal anzuhalten.

»Ha!« gluckste Binabik vergnügt und hob sein vom Feuerschein gerötetes Gesicht triumphierend aus dem Rucksack. »Eine Überraschung habe ich dir versprochen, Simon, und eine Überraschung habe ich!«

»Eine *angenehme* Überraschung, hast du gesagt. Von der anderen Sorte habe ich für mein Lebtag genug.«

Binabik grinste, und sein rundes Gesicht schien sich bis zu den Ohren zu verbreitern. »Nun, das mußt du selbst entscheiden. Hier, versuch das.« Er gab Simon einen kleinen Tonkrug.

»Was ist das?« Simon hielt den Krug ans Feuer. Er fühlte sich gewichtig an, trug jedoch keinen Hinweis auf seinen Inhalt. »Ein Trollding?«

»Öffne ihn!«

Simon steckte den Finger oben hinein und stellte fest, daß die Öffnung mit etwas Wachsartigem versiegelt war. Er kratzte ein Loch hindurch und hielt dann den Krug an die Nase, um vorsichtig daran zu riechen. Dann bohrte er den Finger in das Loch, zog ihn wieder heraus und steckte ihn in den Mund.

»Marmelade!« sagte er entzückt.

»Sicher aus Weintrauben«, meinte Binabik, der sich über Simons Reaktion freute. »Einige davon fand ich in der Abtei, aber die Aufregungen der letzten Zeit haben sie aus meinem Kopf vertrieben.«

Nachdem er mehrere Finger voll verspeist hatte, reichte Simon die Marmelade, wenn auch ungern, Binabik, der sie ebenfalls recht wohlschmeckend fand. Es dauerte nicht lange, da hatten sie alles aufgegessen und überließen Qantaqa den klebrigen Krug zum Auslecken.

Simon rollte sich neben den warmen Steinen des erlöschenden Feuers in seinen Mantel. »Könntest du nicht ein Lied singen, Binabik«, bat er, »oder eine Geschichte erzählen?«

Der Troll sah zu ihm hinüber. »Besser keine Geschichte, Simon, denn wir müssen schlafen und früh aufstehen. Vielleicht ein kurzes Lied.«

»Das wäre schön.«

»Aber wenn ich es mir recht überlege«, wandte Binabik ein und zog sich die Kapuze über die Ohren, »würde ich gern einmal ein Lied von *dir* hören. Natürlich leise gesungen.«

»Von mir? Ein Lied?« Simon überlegte. Durch eine Lücke in den Bäumen glaubte er das schwache Glitzern eines Sterns zu erkennen. Eines
Sterns . . . »Also gut«, erklärte er, »weil du mir auch ein Lied vorgesungen hast, von Sedda und der Decke aus Sternen . . . ich denke, ich
kann dir etwas singen, das mir als Kind die Kammerfrauen beigebracht haben.« Er drehte und wendete sich ein wenig, um es sich
bequemer zu machen. »Hoffentlich weiß ich die Worte noch alle. Es
ist ein lustiges Lied. «

> Tief im Altherzental
> rief Hans Mundwald einmal
> seine Männer vom Wald nah und fern.
> Eine Krone es galt und den Ruhm dort im Wald,
> für den Mann, der ihm fing einen Stern.
>
> Da stand Beornoth auf, rief »Ich klettre hinauf
> auf den höchsten der Baumwipfel hier!
> Und ich hole den Stern für die Krone von fern,
> und dann reichst du die Goldene mir.«
>
> Und er klettert in Hast auf den obersten Ast
> einer Birke und sprang weiter noch
> wie im wildesten Traum, von Baumstamm zu Baum,
> doch der Stern stand am Himmel zu hoch.
>
> Osgal lachte derweil und versprach einen Pfeil
> in den obersten Himmel hinein.
> »Ich schieß ihn vom Zelt, daß herunter er fällt,
> und die Krone, die Krone ist mein . . .«
>
> Zwanzig Pfeile, das Schaf! Doch kein einziger traf
> auf den Stern voller Hohn in der Nacht.
> Zwanzig Pfeile hinab. Osgal wünscht sich ins Grab
> und versteckt hinter Hans sich, der lacht.

Jetzt versucht's jeder Mann, und ein Streiten hebt an,
und die Mühe wird schnell ihnen leid;
da tritt aus dem Chor Schön Hruse hervor,
und sie glättet bedächtig ihr Kleid.

»Es ist wahrlich nicht viel, was Hans Mundwald da will«,
sagt sie lächelnd, ein Blitzen im Blick,
»doch wenn ihr sie nicht wollt, die Krone aus Gold,
will ich lösen das Rätsel mit Glück.«

Ein Netz ließ sie jetzt sich bringen zuletzt,
und sie warf es hinaus in den See.
Wasser wallte empört und hätt beinah zerstört
das Abbild des Sterns in der Höh.

Doch es währte nicht lang, da lag stille ihr Fang,
und sie lächelt: »Dein Spiel, Hans, ist aus.
Dein Stern zappelt im See, ist gefangen, o weh,
und wenn du ihn willst, hol ihn raus!«

Und Hans lachte sich krumm, und der Menge ringsum
rief er zu: »Diese Frau will ich frein!
Für den Stern ist ihr Lohn meine goldene Kron,
und mein Leben, das gibt's obendrein.«
Ja, sie holte den Stern für die Krone von fern,
und Hans Mundwald, der nahm sie zum Weib . . .

Aus der Dunkelheit konnte er Binabiks Lachen hören, leise und leicht. »Ein Lied zum Freuen, Simon. Sei bedankt.«
Bald verstummte das Zischen der Glut, und das einzige Geräusch war das Atmen des Windes in den endlosen Bäumen.

Noch bevor er die Augen aufschlug, vernahm Simon seltsame, eintönige Laute, die gleich neben seinem Lager an- und abschwollen. Er hob den Kopf, fühlte sich klebrig vom Schlaf und erblickte Binabik, der mit untergeschlagenen Beinen vor dem Feuer saß. Die Sonne war gerade erst aufgegangen; blasse Nebelranken umwanden ringsum den Wald.

Binabik hatte einen Kreis aus Federn sorgfältig um die Feuerstelle gelegt, Federn vieler verschiedener Vögel, als hätte er sie im ganzen Wald zusammengesammelt. Die Augen geschlossen, beugte er sich über das kleine Feuer und sang in seiner Heimatsprache vor sich hin, die Laute, die Simon wach gemacht hatten.

». . . *Tutusik-Ahyuq-Chuyuc-Qachimak, Tutusik-Ahyuk-Chuyuk-Qaqimak*. . .« Immer und immer wieder. Das schmale Rauchband, das vom Lagerfeuer aufstieg, begann zu flattern wie in einem kräftigen Wind, aber die winzigen Federchen blieben flach am Boden liegen und rührten sich nicht. Mit immer noch geschlossenen Augen begann Binabik mit der Handfläche einen flachen Kreis über dem Feuer zu beschreiben; das Rauchband bog sich, als habe es jemand verschoben, und fing an, stetig in eine Ecke der Grube zu wehen. Der Troll öffnete die Augen und sah eine kleine Weile dem Rauch nach, dann beendete er das Kreisen seiner kleinen Hand. Gleich darauf stieg der Rauch wieder auf wie gewöhnlich.

Simon hatte den Atem angehalten. Jetzt stieß er die Luft aus. »Und weißt du jetzt, wo wir sind?« erkundigte er sich. Binabik drehte sich um und lächelte zufrieden.

»Morgengrüße. Ja, ich glaube, ich weiß es jetzt auf das hübscheste. Wir dürften kaum Schwierigkeiten haben – aber einen langen Fußweg vor uns, bis wir Geloës Haus erreichen.«

»Haus?« fragte Simon. »Ein Haus im Aldheorte? Wie sieht es aus?«

»Ah«, meinte Binabik, streckte die Beine aus und rieb sich die Waden, »es ist anders als alle Häuser, die du . . .« Er verstummte und starrte wie gebannt über Simons Schulter. Erschreckt fuhr der Junge herum, aber es war nichts zu sehen.

»Was ist?«

»Pssst.« Binabik starrte immer noch. »Dort. Hörst du?«

Eine Sekunde später hörte er es: das ferne Gebell, das sie auf ihrem Weg durch die Grashügel zum Wald schon vernommen hatten. Simon fühlte, wie er eine Gänsehaut bekam.

»Wieder die Hunde!« sagte er. »Aber es hört sich an, als seien sie noch weit weg.«

»Du begreifst noch nicht.« Binabik sah auf die Feuergrube, dann hinauf nach dem Morgenlicht, das durch die Baumwipfel heruntersickerte, rot wie Blut. »Sie sind in der Nacht an uns vorbeigezogen. Sie müssen die ganze Nacht gerannt sein. Und jetzt, wenn mir meine Ohren keinen Streich spielen, laufen sie wieder zu uns zurück!«

»Wessen Hunde sind das?« Simon merkte, daß seine Handflächen feucht wurden von Schweiß und wischte sie am Mantel ab. »Verfolgen sie uns? Sie können uns doch nicht im Wald jagen, oder?«

Binabik scharrte mit seinem kleinen Stiefel die Federn auseinander und begann seinen Rucksack zu packen. »Ich weiß es nicht«, entgegnete er. »Ich kenne auf alle drei Fragen keine Antwort. Es ist eine Macht in diesem Wald, die vielleicht Jagdhunde verwirrt macht – *gewöhnliche* Hunde. Aber ich bezweifle, daß irgendein Baron aus dieser Gegend, der sich ein Jagdvergnügen machen will, seine Hunde die ganze Nacht lang rennen läßt, und ich habe noch nie von Hunden gehört, die dazu imstande wären.«

Binabik rief Qantaqa. Simon setzte sich auf und zog rasch seine Stiefel an. Er fühlte sich am ganzen Körper wie zerschlagen und ahnte doch, daß er schon bald wieder würde rennen müssen.

»Es ist Elias, nicht wahr?« fragte er grimmig und zuckte zusammen, als er seinen mit Blasen bedeckten Fuß auf den Stiefelabsatz hinabschob.

»Vielleicht.« Qantaqa trottete herbei, und Binabik warf ein Bein über ihren Rücken und zog sich hinauf. »Aber was macht den Gehilfen eines Doktors so wichtig für ihn – und wo findet der König Hunde, die zwischen Sonnenuntergang und Sonnenaufgang zwanzig Meilen laufen?« Binabik setzte seinen Rucksack vor sich auf Qantaqas Rücken und reichte Simon seinen Wanderstab. »Bitte verlier ihn nicht. Ich wünschte, wir hätten für dich ein Pferd zum Reiten gefunden.«

Die beiden stiegen den Hang hinunter bis an den Wasserlauf, dann auf der anderen Seite wieder nach oben.

»Sind sie schon nah?« fragte Simon. »Und wie weit ist es noch?«

»Weder Hunde noch Haus sind nah«, erwiderte Binabik. »Ich werde neben dir herrennen, sobald Qantaqa müde wird. *Kikkasut!*« fluchte er, »wie sehr ich mir doch ein Pferd wünsche!«

»Ich auch«, schnaufte Simon.

So zogen sie den ganzen Morgen weiter nach Osten, immer tiefer in den Wald hinein. Sie stiegen Felsentäler hinauf und hinunter, und hinter ihnen wurde das Bellen minutenlang leiser, nur um dann noch lauter als zuvor wieder zu ertönen. Binabik hielt Wort und sprang von Qantaqas Rücken, als die Wölfin langsamer wurde. Nun trottete er neben ihr her, und seine kurzen Beine benötigten zwei Schritte für jeden Schritt Simons. Er hatte die Zähne entblößt, und seine Wangen blähten sich und wurden wieder flach.

Als die Sonne den Mittag fast erreicht hatte, hielten sie an, um Wasser zu trinken und sich ein wenig auszuruhen. Simon riß von seinen beiden Päckchen Streifen ab, um die Blasen an seinen Fersen zu verbinden. Dann gab er Binabik die Bündel, damit er sie in seinen Rucksack steckte; denn Simon hielt es einfach nicht mehr aus, sie beim Gehen und Rennen gegen seinen Oberschenkel schlagen zu fühlen. Als sie sich mit den letzten muffigen Tropfen aus dem Waserschlauch die Backentaschen ausspülten und mühsam wieder zu Atem zu kommen versuchten, war das Geräusch der Verfolgung wieder zu hören. Diesmal klang der unverwechselbare Lärm der Hunde soviel näher, daß sie sich sofort, wenn auch schwankend, wieder in Trab setzten.

Schon bald führte sie ihr Weg eine lange Steigung hinauf. Je höher sie kamen, desto felsiger wurde der Boden, und selbst die Baumarten schienen sich zu verändern. Simon stolperte über den unebenen Hang und merkte, wie sich ein Übelkeit erregendes Gefühl der Niederlage in seinem Körper ausbreitete wie Gift. Binabik hatte ihm erklärt, es würde zumindest später Nachmittag werden, bis sie zu dieser Geloë kamen; aber sie hatten das Rennen jetzt schon verloren, und die Sonne über den schützenden Bäumen stand noch nicht einmal im Mittag. Der Lärm ihrer Verfolger blieb immer gleich, ein aufgeregtes Heulen, so laut, daß sich Simon, noch während er den entmutigenden Hang hinauftaumelte, wundern mußte, woher sie den Atem nahmen, gleichzeitig zu rennen und zu bellen. Was für eine Art Hunde war das?

Simons Herz schlug so schnell wie Vogelflügel. Nur allzu bald würden er und der Troll vor ihren Jägern stehen. Und bei diesem Gedanken wurde ihm schlecht.

Endlich war durch die Baumstämme des Horizontes ein schmaler

Streifen Himmel zu sehen: die Höhe des Abhanges. Sie hinkten an der letzten Baumreihe vorbei. Qantaqa, die vor ihnen herlief, hielt plötzlich inne und bellte, ein scharfer, hoher Laut aus tiefer Kehle.

»Simon!« schrie Binabik, warf sich nieder und schlug dem Jungen die Beine weg, so daß er mit einem Ächzen gewaltsam den Atem ausstieß und stürzte. Als sich gleich darauf der schwarze Tunnel seines Blickfeldes erweiterte, lag er auf seinen Ellenbogen und sah über eine zerklüftete Felswand in eine tiefe Schlucht hinunter. Unter seiner Hand lösten sich ein paar Stücke Geröll aus dem Fels und hüpften und polterten die Steilwand hinab, um tief unten in den grünen Wipfeln der Bäume zu verschwinden.

Das Gebell war wie die eherne Fanfare von Kriegstrompeten. Simon und der Troll schoben sich vom Rand der Schlucht fort, ein paar Fuß bergab, und standen auf.

»Schau!« zischte Simon, dessen blutende Hände und Knie jetzt unwichtig für ihn waren. »Binabik, schau!« Er deutete den langen Abhang hinunter, den sie gerade erst erklommen hatten. Ein dichter Mantel aus Bäumen bedeckte ihn.

Über die Lichtungen huschte, viel, viel weniger als eine halbe Meile hinter ihnen, ein Schwarm weißer, dicht über dem Boden laufender Gestalten: die Hunde.

Binabik nahm Simon den Stab ab, drehte ihn auseinander, schüttelte die Dornen heraus und gab dem Jungen das Ende mit dem Messer.

»Schnell«, sagte er, »schneide dir einen Ast als Keule ab! Wenn wir unser Leben verkaufen müssen, soll der Preis ein hoher sein.«

Die kehligen Stimmen der Hunde brandeten den Berg hinauf, ein stetig anschwellendes Lied vom Ende der Jagd und vom Tod.

XXV

Der geheime See

Wie ein Wahnsinniger hieb und hackte er, bog den Ast mit seinem ganzen Gewicht nach unten, das Messer schlüpfrig in den zitternden Fingern. Viele kostbare Sekunden brauchte Simon, bis er einen Ast abgeschnitten hatte, der ihm geeignet schien – eine so armselige Verteidigung er auch sein mochte –, und jede Sekunde brachte die Hunde näher heran. Der Ast, den er endlich abbrach, war so lang wie sein Arm und hatte an einem Ende, dort, wo ein anderer Ast abgefallen war, einen Knorren.

Der Troll wühlte in seinem Rucksack und hielt mit der anderen Hand Qantaqas dickes Nackenfell gepackt.

»Halt sie fest!« rief er Simon zu. »Wenn wir sie jetzt loslassen, greift sie zu früh an. Dann werden sie sie niederreißen und sofort töten.«

Simon hockte sich hin und legte der Wölfin den Arm um den breiten Hals. Sie bebte vor Erregung; Simon fühlte sein eigenes Herz im selben schnellen Rhythmus schlagen – es war alles so unwirklich! Erst heute morgen hatte er friedlich neben Binabik und der Wölfin am Feuer gesessen . . .

Der Ruf der Meute wurde drängender; sie kamen den Berg hinaufgeschwärmt, wie weiße Ameisen aus einem bröckelnden Nest fliehen. Qantaqa machte einen Satz nach vorn und zerrte Simon auf die Knie.

»*Hinik Aia!*« schrie Binabik und gab ihr mit dem hohlen Knochenröhrchen einen Klaps auf die Nase. Dann ließ er das Röhrchen fallen, zog ein Stück Seil aus den Tiefen seines Rucksacks und machte sich daran, eine Schlinge zu knüpfen. Simon, der ihn zu verstehen glaubte, warf einen Blick nach rückwärts über den Rand der Schlucht und schüttelte verzweiflungsvoll den Kopf. Es ging viel zu tief hinunter, mehr als doppelt so weit, wie Binabiks Seil die glatte Felswand hinabreichte. Dann sah er etwas und spürte, wie sich trotz allem Hoffnung in ihm regte.

»Schau, Binabik!« Er deutete mit der Hand. Obwohl ein Abstieg unmöglich war, schlang der Troll sein Seil um einen Baumstumpf, der keinen Meter vom Rand der Schlucht im Boden saß. Als er fertig war, blickte er auf, Simons Zeigefinger nach.

Weniger als hundert Schritte von der Stelle entfernt, an der sie sich duckten, lag eine riesige, alte Schierlingstanne, die in den Abgrund gekippt war. Das Wurzelende balancierte auf der diesseitigen Kante der Schlucht, der Wipfel auf halber Höhe der gegenüberliegenden Wand, wo er sich an einem Felsvorsprung verfangen hatte.

»Wir können auf die andere Seite hinüberklettern!« erklärte Simon. Aber der Troll schüttelte den Kopf.

»Wenn wir mit Qantaqa dort hinunterkommen, können *sie* es auch. Und es führt nirgendwo hin.« Er machte eine Handbewegung.

Der Vorsprung, an dem der Baum sich verhakt hatte, war nur ein breites Band an der Felswand. »Aber es ist eine gewisse Hilfe.«

Binabik stand auf und zog an dem Seil, um den Knoten um den Baumstumpf zu prüfen. »Nimm Qantaqa mit dort hinunter, wenn du kannst. Nicht zu weit, nur etwa zehn Ellen. Halt sie so lange fest, *bis ich rufe,* verstanden?«

»Aber...«, begann Simon und sah dann wieder hinab. Die weißen Gestalten, insgesamt etwa ein Dutzend, würden sie bald erreichen. Er erwischte die unwillige Qantaqa beim Kragen und drängte sie nach der umgestürzten Schierlingstanne.

Es lag noch ein genügend großes Stück des Baumes auf dem Schluchtrand, um Raum zwischen dem Wurzelgewirr und der Felskante zu lassen. Es war nicht leicht, dabei das Gleichgewicht zu halten, wenn man auch noch die Wölfin packen mußte. Sie schauderte und wich knurrend zurück; der Laut ging im Lärm der näherkommenden Hunde fast unter. Er schaffte es nicht, sie auf den breiten Stamm hinaufzulocken. Ratlos drehte er sich zu Binabik um.

»*Ummu!*« schrie der Troll heiser, und sofort sprang Qantaqa, noch immer grollend, auf die Tanne. Simon setzte sich, so gut er konnte, rittlings auf den Stamm, wobei ihm die Keule im Gürtel recht hinderlich war. Er rutschte auf dem Hinterteil rückwärts weiter und hielt dabei immer noch Qantaqa fest, bis er den Rand der Schlucht ein gutes Stück zurückgelassen hatte. Genau in diesem Augenblick schrie der Troll auf, und als Qantaqa den Ton seiner Stimme hörte, fuhr sie jäh herum. Simon hing mit beiden Armen an ihrem Hals und preßte seine Knie an die rauhe Borke. Ihm war auf einmal kalt, so kalt! Er vergrub das Gesicht in ihrem Pelz, roch ihren starken, wilden Geruch und flüsterte ein Gebet.

». . . Elysia, Mutter unseres Erlösers, sei uns gnädig, beschütze uns . . .«

Binabik stand, ein zusammengerolltes Stück des Seiles in der Hand, genau einen Schritt vor dem Abgrund. »*Hinik*, Qantaqa!« rief er, und dann waren die Hunde aus den Bäumen heraus und jagten das letzte Stück den Abhang hinauf.

Von dort, wo er saß und die strampelnde Wölfin festhielt, konnte Simon recht wenig von ihnen sehen – nur lange, schmale weiße Rükken und scharfe Ohren. Die Bestien rannten im Galopp auf den Troll zu und machten dabei ein Geräusch, als schleife man Metallketten über einen Schieferboden.

Was hat Binabik nur vor? dachte Simon, der vor lauter Panik kaum atmen konnte. *Warum läuft er nicht weg, warum macht er keinen Gebrauch von seinen Dornen – warum tut er nicht irgend etwas?*

Es war, als kehre sein schlimmster Alptraum zurück, von Morgenes, der zwischen Simon und Elias' tödlicher Hand in Flammen stand. Er konnte nicht hier sitzen bleiben und zusehen, wie Binabik vor seinen Augen zerrissen wurde. Gerade wollte er den Stamm wieder hinaufrutschen, als die Hundemeute den Troll ansprang.

Nur sekundenlang nahm Simon die langen, fahlen Schnauzen, die leeren, perlweißen Augen und das Aufblitzen roter, gerollter Zungen und roter Lefzen wahr, dann sprang Binabik nach hinten und hinab in die Schlucht –

»*Nein!*« kreischte Simon, außer sich vor Entsetzen. Die fünf oder sechs Tiere, die Binabik am nächsten gewesen waren, schossen vorwärts, konnten nicht mehr bremsen und purzelten in einem aufjau-

lenden Gewirr weißer Beine und Schwänze die Klippe hinunter. Hilflos sah Simon, wie der Klumpen winselnder Hunde gegen die steile
Felswand prallte und dann senkrecht tief in die Bäume hinabstürzte.
Brechende Äste krachten wie bei einer Explosion. Er fühlte, wie ein
neuer würgender Aufschrei aus seiner Brust stieg . . .

»Jetzt, Simon! Laß sie los!«

Mit aufgesperrtem Mund schaute Simon nach unten und erblickte
Binabiks gegen die Wand der Schlucht gestemmte Füße. Der Troll
hing an dem um seine Mitte geschlungenen Seil, keine zwei Dutzend
Fuß unter der Stelle, an der er hinabgesprungen war.

»Laß sie los!« wiederholte er, und Simon löste endlich den Arm von
Qantaqas Nacken. Die verbliebenen Hunde drängten sich über Binabiks Kopf am Rand zusammen, schnüffelten am Boden und starrten
in die Tiefe. In ohnmächtiger Wut bellten sie den kleinen Mann an,
der so quälend nahe hing.

Noch während sich Qantaqa den breiten Rücken der Schierlingstanne hinaufbewegte, richtete einer der weißen Hunde winzige
Augen wie beschlagene Spiegel auf den Baum und Simon, stieß ein
lautes, rasselndes Knurren aus und rannte auf ihn zu; die anderen folgten ihm sofort.

Noch bevor jedoch die jappende Meute die Tanne erreicht hatte, tat
die graue Wölfin die letzten Schritte und landete mit einem prachtvollen Sprung auf dem Rand des Abgrundes. Einen Herzschlag später
war der erste Hund an ihr, zwei weitere dicht dahinter. Das knurrende
Kampflied der Wölfin stieg in die Höhe, im Bellen und Heulen der
Hunde ein tieferer Ton.

Simon, einen Augenblick lang unentschlossen, begann sich dem
Schluchtrand zuzuschieben. Der Stamm war so breit, daß ihm die
gespreizten Beine weh taten. Er überlegte, ob er sich auf die Knie aufrichten und kriechen, seinen festen Halt am Baum also der Schnelligkeit opfern sollte. Die Baumwipfel tief unter ihm waren ein höckriger,
grüner Teppich. Die Entfernung machte ihn schwindlig; sie war weit
größer als der Sprung von der Mauer zum Grünengel-Turm. In seinem
Kopf drehte es sich; er wandte den Blick ab und beschloß, seine Knie
dort zu lassen, wo sie waren. Als er wieder aufschaute, sprang vom
Rand eine weiße Gestalt auf die breite Tanne.

Der Hund grollte und kam rasch vorwärts. Seine Krallen kratzten über die Rinde. Simon blieb nur eine Sekunde, um seinen Ast mit dem Knorren herauszureißen, bevor das Untier die vielleicht ein Dutzend Fuß zurückgelegt hatte und ihn ansprang. Einen Moment verhakte sich der Ast in seinem Gürtel, aber Simon hatte das schmale Ende nach unten gesteckt, und das rettete ihm wahrscheinlich das Leben.

Die Keule war frei, als der Hund über ihn kam. Gelbe Zähne blitzten, als er nach Simons Gesicht schnappte. Dem Jungen gelang es, mit dem Ast so weit auszuholen, daß er den Angreifer mit seinem Hieb streifte und dadurch ablenkte. Einen Zollbreit von seinem linken Ohr klappten die Zähne in der Luft zusammen und bespritzten ihn mit Geifer. Die Hundepfoten standen auf seiner Brust, und der fürchterliche Aasgeruch des Atems wehte ihm in die Nase; Simon war im Begriff, den Halt zu verlieren. Er versuchte die Keule wieder hochzureißen, aber sie blieb zwischen den gestreckten Vorderläufen des Tiers stecken. Als die lange, geifernde Schnauze ein zweites Mal auf sein Gesicht zustieß, beugte er sich rückwärts und versuchte den Ast freizuzerren. Ein sekundenlanger Widerstand, dann hatte er dem weißen Hund eine Pfote unter der Schulter weggeschlagen – und das Tier verlor das Gleichgewicht. Es jaulte auf, torkelte zur Seite, kratzte einen Augenblick mit den Pfoten über die Borke und riß die Keule mit sich, als es vom Baumstamm abrutschte, um kopfüber in die Schlucht zu stürzen.

Simon sank nach vorn, klammerte sich mit den Händen am Baum fest und hustete, um den stinkenden Atem des Hundes aus seiner Nase zu vertreiben. Ein dumpfes Knurren unterbrach ihn. Langsam hob er den Kopf und sah einen zweiten Hund auf dem Stamm stehen, gerade hinter den Wurzeln. Die milchigen Augen glänzten wie bei einem blinden Bettler. Der Hund entblößte die Zähne zu einem schäumenden, scharlachzüngigen Grinsen. Simon hob hilflos die leeren Hände, als sich das Tier langsam den Baumstamm vortastete. Unter dem kurzen Fell traten die Muskeln hervor wie Stricke.

Der Hund drehte sich um, schnappte nach seiner Flanke, zerrte einen Augenblick an seinem Fell und richtete dann von neuem den unheimlich leeren Blick auf Simon. Schließlich machte er einen weiteren Schritt, schwankte, tat noch einen unsicheren Schritt, sank zusammen – und rutschte von der Schierlingstanne hinunter ins Vergessen.

»Der schwarze Dorn schien mir am sichersten«, rief Binabik. Der kleine Mann stand ein paar Meter hangab unter dem verdorrten Wurzelballen des Baumes. Gleich darauf hinkte Qantaqa herbei und stellte sich neben ihn. Ihre Schnauze troff von dunkelrotem Blut. Simon stierte die beiden an und begriff allmählich, daß sie es überstanden hatten.

»Jetzt langsam«, befahl der Troll. »Hier, ich werfe dir das Seil zu. Es wäre unvernünftig, dich nun zu verlieren, nach allem, was wir hinter uns gebracht haben . . .« Das Seil beschrieb einen weiten Bogen und glitt über den Stamm auf Simon zu. Der Junge griff dankbar danach, und seine Hände zitterten, als litte er an Schüttellähmung.

Binabik drehte den Hund mühsam mit dem Fuß um. Es war einer, den er mit einem Dorn erlegt hatte; der Wollpfropf ragte aus dem glatten weißen Fall am Hals des Tieres hervor wie ein winziger Pilz.

»Sieh hier«, sagte der Troll. Simon beugte sich ein Stück näher. Der Hund glich keinem Jagdhund, den *er* je gesehen hatte: Die schmale Schnauze und das fliehende Kinn erinnerten ihn eher an die um sich schlagenden Haie, welche die Fischer aus dem Kynslagh zogen. Die schillernden weißen Augen, die nun blicklos vor sich hinstarrten, schienen Fenster zu irgendeiner innerlichen Krankheit zu sein.

»Nein, das meine ich.« Binabik deutete mit dem Finger. Auf der Brust des Hundes, schwarz in die kurzen Haare eingebrannt, war ein schlankes Dreieck mit schmaler Grundlinie zu erkennen – ein Brandzeichen, wie es die Männer der Thrithinge mit im Feuer erhitzten Speeren in die Flanken ihrer Pferde sengten.

»Das ist das Zeichen von *Sturmspitze*«, erklärte Binabik ruhig. »Es ist die Marke der Nornen.«

»Und wer ist das?«

»Ein seltsames Volk. Ihr Land liegt noch höher im Norden als Yiqanuc und Rimmersgard. Ein großer Berg steht dort – sehr hoch und ganz bedeckt mit Schnee und Eis –, den die Rimmersmänner Sturmspitze nennen. Die Nornen meiden die Gefilde von Osten Ard. Manche sagen, sie seien Sithi, aber ich weiß nicht, ob das der Wahrheit entspricht.«

»Wie kann das sein?« fragte Simon. »Schau dir das Halsband an.« Er bückte sich und schob vorsichtig einen Finger unter das weiße Leder, um es vom steifwerdenden Fleisch des toten Hundes hochzuheben.

Binabik lächelte verlegen. »Schande über mich! Ich habe das Halsband übersehen, weiß auf weiß, wie es ist – ich, der seit frühester Kindheit gelernt hat, im Schnee zu jagen!«

»Aber schau es dir doch an!« drängte Simon. »Fällt dir die Schnalle nicht auf?«

Die Schnalle des Halsbandes war in der Tat ungewöhnlich: ein Stück gehämmertes Silber in Gestalt eines geringelten Drachens.

»Das ist der Drachen der königlichen Hundezwinger«, erklärte Simon mit fester Stimme. »Ich muß es wissen – ich war oft genug bei Tobas dem Hundewärter.«

Binabik hockte sich nieder und musterte den Kadaver. »Ich glaube dir. Doch was das Zeichen von Sturmspitze betrifft, so braucht man die Tiere nur anzusehen, um zu erkennen, daß diese Hunde keine Geschöpfe sind, die in eurem Hochhorst gezüchtet wurden.« Er stand auf und trat einen Schritt zurück. Qantaqa kam heran, um die Leiche zu beschnüffeln, und wich sofort mit grollendem Knurren wieder zurück.

»Ein Geheimnis, dessen Lösung warten muß«, bemerkte der Troll. »Im Augenblick können wir uns glücklich preisen, daß wir am Leben sind und noch alle unsere Glieder haben. Wir wollen uns wieder auf den Weg machen; ich hege nicht den Wunsch, dem Herrn dieser Hunde zu begegnen.«

»Ist es noch weit zu Geloë?«

»Irgendwo hat man uns von unserem Weg abgedrängt, aber es läßt sich noch gutmachen. Wenn wir jetzt aufbrechen, müßten wir immer noch schneller sein als die Dunkelheit.«

Simon sah auf die lange Schnauze und die bösartigen Kiefer des Hundes hinab, auf den kraftvollen Körper und das trübwerdende Auge. »Hoffentlich«, meinte er leise.

Sie fanden nirgends eine Stelle, an der sie die Schlucht überqueren konnten, und entschlossen sich endlich widerwillig dazu, den langen Hang wieder hinunterzuklettern und sich nach einem anderen, leichteren Abstieg als der nackten Felswand vor ihnen umzuschauen. Simon war fast kindisch froh, daß er nicht hinabklimmen mußte; er hatte immer noch ein so schwaches Gefühl in den Knien wie nach einem Fieber. Er verspürte auch keine Lust, noch einen Blick in den Schlund der Schlucht zu werfen, unter sich nichts als den tiefen, tiefen Absturz. Es war *eine* Sache, im Hochhorst auf Mauern und Türme zu klettern, die rechtwinklige Ecken und Ritzen für die Maurer hatten – ein Baumstamm, der wie ein schwaches Zweiglein über dem Nichts hing, war etwas *ganz anderes*.

Als sie nach einer Stunde wieder am Fuß des langen Hanges angekommen waren, hielten sie sich nach rechts und suchten sich einen Weg nach Nordwesten. Sie hatten noch keine fünf Achtelmeilen zurückgelegt, als ein hoher, klagender Schrei messerscharf durch die Nachmittagsluft schnitt. Qantaqa spitzte die Ohren und grollte. Der Laut wiederholte sich.

»Es klingt wie ein schreiendes Kind«, erklärte Simon und drehte den Kopf, um den Ursprung des Geräusches zu orten.

»Der Wald spielt einem oft solche Streiche«, begann Binabik. Von neuem erhob sich der klagende Laut. Gleich darauf ertönte ein wütendes Bellen, das ihnen nur allzu vertraut war.

»Qinkipas Augen!« fluchte Binabik, »wollen sie uns den ganzen Weg bis nach Naglimund hetzen?« Das Gebell schwoll an, und er lauschte. »Es klingt nach nur einem Hund. Das ist wenigstens ein Glück.«

»Es hört sich an, als komme es von dort unten.« Simon deutete auf eine etwas entfernte Stelle, an der die Bäume dichter zusammenstanden. »Laß uns nachsehen.«

»Simon!« Binabiks Stimme war rauh vor Überraschung. »Was sagst du da? Wir fliehen um unser Leben!«

»Du hast gesagt, es klingt nur nach *einem*. Wir haben Qantaqa. Da wird jemand *angegriffen*. Wie können wir wegrennen?«

»Simon, wir wissen nicht, ob das Schreien eine List ist ... oder es könnte ein Tier sein.«

»Und wenn es das nicht ist?« fragte Simon. »Wenn dieses Untier nun irgendein Holzfällerkind gefunden hat, oder... etwas anderes?«

»Ein Holzfällerkind? So weit entfernt vom Waldrand?« Binabik starrte ihn enttäuscht und zornig an. Simon gab den Blick trotzig zurück. »Ha!« sagte Binabik mit Nachruck. »Dann soll es so sein, wie du wünschst.«

Simon machte kehrt und lief auf die dichter stehenden Bäume zu.

»*Mikmok hanno so gijiq,* sagen wir in Yiqanuc!« rief Binabik ihm hinterher. »Wer ein hungriges Wiesel in der Tasche trägt, ist selber schuld!« Der Junge drehte sich nicht um. Binabik schlug seinen Wanderstab gegen einen Baum und folgte ihm.

Innerhalb von hundert Schritten war er wieder an Simons Seite; zwanzig Schritte weiter hatte er seinen Stab aufgeschraubt und den Beutel mit den Dornen herausgeholt. Mit einem gezischten Befehl holte er die vorausstürmende Qantaqa zurück und rollte dann im Laufen geschickt grobe Wolle um einen der Dornen mit dunkler Spitze.

»Könntest du dich nicht selber vergiften, wenn du stolpern und hinfallen würdest?« wollte Simon wissen.

Binabik warf ihm einen sauren, besorgten Blick zu und bemühte sich, Schritt zu halten.

Als sie endlich den Ort des Geschehens erreichten, sah es dort täuschend harmlos aus: Am Fuß einer weitverzweigten Esche hockte ein Hund und starrte hinauf zu einer dunklen Gestalt, die sich über ihm auf einem Ast duckte. Es hätte einer der Burghunde aus dem Hochhorst sein können, der eine Katze auf einen Baum gejagt hatte, nur daß Hund und Beute beide wesentlich größer waren.

Sie waren keine hundert Schritte mehr entfernt, als der Hund sich ihnen zuwandte. Er zog die Lefzen hoch und bellte, ein bösartiges, rohes, gellendes Geräusch. Noch einmal schaute er nach dem Baum, streckte dann die langen Beine und trottete auf die Neuankömmlinge zu. Binabik wurde langsamer und blieb stehen. Er setzte das hohle Röhrchen an die Lippen. Qantaqa trabte an ihm vorbei. Als der Hund näherkam, blies der Troll die Backen auf und pustete. Falls der Dorn ihn getroffen hatte, ließ es sich der Hund nicht anmerken; statt dessen rannte er knurrend weiter, Qantaqa ihm entgegen. Dieser

Hund war noch größer als die anderen, ebenso groß, wenn nicht gar noch etwas größer als die Wölfin.

Die beiden Tiere umkreisten einander nicht, sondern stürzten sofort aufeinander los. Gleich darauf wälzten sie sich fauchend am Boden, ein tobendes, zappelndes Knäuel aus grauem und weißem Fell. Neben Simon fluchte Binabik erbost: Vor lauter Hast, einen neuen Dorn aufzudrehen, war ihm das lederne Päckchen aus der Hand gefallen. Die Elfenbeinnadeln verteilten sich am Boden zwischen Blättern und Moos.

Das Knurren der Kämpfer war schriller geworden. Der lange weiße Kopf des Hundes stieß vor und zurück, einmal, zweimal, dreimal, wie eine Viper, die zuschlägt. Beim letzten Mal war Blut auf der bleichen Schnauze.

Simon und der Troll liefen auf die Tiere zu, als Binabik plötzlich einen seltsamen, erstickten Laut von sich gab.

»Qantaqa!« schrie er und sprang vor. Simon sah Binabiks Messer mit dem Knochengriff aufblitzen, dann warf der Troll sich, kaum zu glauben, zwischen die sich windenden, schnappenden Tiere, stieß mit dem Messer zu, riß es hoch, stieß nochmals zu. Simon, der um das Leben seiner beiden Gefährten fürchtete, riß das Röhrchen vom Boden, wo Binabik es fallen gelassen hatte, und hastete näher. Er kam rechtzeitig, um zu sehen, wie der Troll sich aufrichtete, Qantaqa an ihrem dicken, grauen Rückenfell packte und zog. Die beiden Tiere lösten sich voneinander. Beide waren voller Blut. Qantaqa stand langsam auf; sie zog ein Bein nach. Der weiße Hund lag still.

Binabik kauerte sich nieder, legte der Wölfin den Arm um den Hals und preßte seine Stirn an ihre. Simon, sonderbar gerührt, ging an ihnen vorüber auf den Baum zu.

Die erste Überraschung war, daß dort oben in den Ästen der Weißesche nicht eine Person saß, sondern zwei: ein Junge mit weitgeöffneten Augen, auf dem Schoß eine kleinere, stumme Gestalt. Die zweite Überraschung war, daß Simon den Größeren kannte.

»*Du* bist es!« Er starrte voller Erstaunen auf das schmutzverkrustete, blutige Gesicht. »Du! Mal . . . Malachias!«

Der Knabe sagte nichts, sondern schaute mit einem Blick voller Qual zu ihm hinunter, wobei er die kleine Gestalt auf seinem Schoß sanft

hin- und herwiegte. Sekundenlang war das kleine Gehölz still und
regungslos, als hätte jemand die Nachmittagssonne über den Bäumen
in ihrem Lauf angehalten. Dann zerschmetterte das Gellen eines
Horns die Stille.

»Schnell!« rief Simon zu Malachias hinauf. »Herunter! Du mußt herunterkommen!« Hinter ihm erschien Binabik mit der humpelnden
Qantaqa.

»Jägerhorn, kein Zweifel«, war alles, was er sagte.

Malachias, als begreife er endlich, fing an, über den langen Ast auf
den Stamm zuzurutschen, wobei er seine kleine Begleiterin sorgsam
festhielt. Als er die Gabelung erreicht hatte, zögerte er einen
Moment, dann reichte er Simon das schlaffe Bündel hinunter. Es war
ein kleines, schwarzhaariges Mädchen, nicht älter als zehn Jahre. Sie
bewegte sich nicht; die Augen in dem viel zu bleichen Gesicht waren
geschlossen. Als Simon sie auffing, fühlte er etwas Klebriges auf der
ganzen Vorderseite ihres groben Kleides. Gleich darauf ließ sich auch
Malachias vom Ast gleiten, fiel die letzten paar Fuß hinunter, stolperte, kam aber fast sogleich wieder auf die Füße.

»Was jetzt?« fragte Simon und versuchte, das kleine Mädchen an seiner Brust zurechtzusetzen. Irgendwo am Rand der hinter ihnen liegenden Schlucht ertönte von neuem das Echo des Horns und jetzt
auch das erregte Jappen weiterer Hunde.

»Wir können nicht gegen Männer und Hunde kämpfen«, bemerkte
der Troll, dessen müdem Gesicht deutlich seine Erschöpfung anzusehen war. »Wir können auch nicht schneller rennen als Pferde. Wir
müssen uns verstecken.«

»Wie?« fragte Simon. »Die Hunde werden uns riechen.«

Binabik beugte sich vor und nahm Qantaqas verletzte Pfote in die
kleine Hand. Er bog sie vor und zurück. Die Wölfin wehrte sich einen
Moment und saß dann schnaufend da, bis der kleine Mann seine
Untersuchungen beendet hatte.

»Schmerzhaft ist es, aber nicht gebrochen«, erklärte er Simon, um
sich dann an die Wölfin zu wenden. Malachias hob den Blick von
Simons Last und starrte den Troll an. »*Chok*, Qantaqa«, sagte Binabik, »*ummu chok Geloë!*«

Die Wölfin brummte tief in der Brust und sprang dann sofort in nord-

westlicher Richtung davon, weg von dem Lärm, der hinter ihnen
immer lauter wurde. Sekunden später war sie, das blutbespritzte Vor-
derbein schonend, unter den Bäumen verschwunden.

»Ich hoffe«, erläuterte Binabik, »daß das Durcheinander von Gerüchen hier«, er deutete auf den Baum, dann auf den davor liegenden
riesigen Hund, »sie verwirrt und der Geruch, dem sie dann folgen, der
von Qantaqa ist. Ich denke, daß sie meine tapfere Freundin nicht fangen können, selbst wenn sie lahmt – zu schlau ist sie.«

Simon sah sich um. »Wie ist es mit dort drüben?« fragte er und deutete auf einen Spalt im Berghang, gebildet von einem großen Rechteck gebänderter Steine, die abgebrochen und hingestürzt waren, als
hätte ein riesiger Keil sie gespalten.

»Nur daß wir nicht wissen, welche Richtung sie einschlagen werden«, erwiderte Binabik. »Wenn sie hier den Berg hinunterkommen,
haben wir Glück. Wenn sie weiter hinten absteigen, werden sie genau
an diesem Loch vorbeireiten. Das ist zu unsicher.«

Simon fiel das Denken schwer. Der Lärm der herannahenden Hunde
war furchterregend. Hatte Binabik recht? Würde man sie auf der ganzen Strecke nach Naglimund verfolgen? Nicht, daß sie noch viel länger fliehen konnten, müde und zerschlagen wie sie waren.

»Dort!« sagte er plötzlich. In einiger Entfernung von ihnen ragte ein
weiterer Felsfinger aus dem Waldboden auf, etwa dreimal so hoch wie
ein Mann. Sein Sockel war dicht von Bäumen umstanden, die ihn
umringten wie kleine Kinder ihren Großvater, dem sie helfen wollen,
zum Abendbrottisch zu humpeln.

»Wenn wir dort hinaufklettern können«, meinte Simon, »werden
wir sogar noch höher sein als die Berittenen.«

»Ja«, antwortete Binabik und nickte. »Recht, du hast recht. Kommt,
wir wollen klettern.« Er machte sich auf den Weg zu dem Felsblock,
dicht gefolgt von dem schweigenden Malachias. Simon rückte das
kleine Mädchen an seinem Körper zurecht und eilte hinterdrein.

Binabik kletterte ein Stück nach oben, hielt sich am Ast eines dicht
am Felsen wachsenden Baumes fest und drehte sich dann um. »Reich
mir die Kleine hoch.«

Simon streckte die Arme aus, so weit er konnte, und hob das Kind zu
ihm empor. Dann wandte er sich um und wollte Malachias, der einen

471

ersten Halt für seine Zehen suchte, stützend die Hand unter den Ellenbogen legen. Der Junge schüttelte Simons hilfreiche Geste ab und kletterte vorsichtig in die Höhe.

Simon war der letzte. Als er den ersten Absatz erreichte, hob er die stille Gestalt des kleinen Mädchens wieder auf und legte sie sanft über seine Schulter, um mit ihr zu der abgerundeten Kuppe des Felsens weiterzusteigen. Dort angelangt, legte er sich wie die anderen unter die Blätter und Zweige, so daß sie hinter einem Schirm von Ästen verborgen waren. Sein Herz hämmerte vor Erschöpfung und Furcht. Ihm war, als befinde er sich schon ewig auf der Flucht, ewig in Verstecken.

Noch wälzten sie sich hin und her, um eine bequemere Lage für alle vier Körper zu finden, als das Gejaul der Hunde zu fürchterlicher Lautstärke anschwoll. Gleich darauf war der Wald unter ihnen erfüllt von hin- und herschießenden weißen Gestalten.

Simon ließ das kleine Mädchen bei Malachias, der es fest in den Armen hielt, und schob sich leise vorwärts, bis er neben Binabik am vorspringenden Rand des Felsens lag und mit dem Troll durch eine Lücke im Laubwerk spähen konnte. Die Hunde, witternd und bellend, waren überall; mindestens zwanzig von ihnen rannten aufgeregt zwischen dem Baum, der Leiche ihres Gefährten und dem Fuß des Felsens hin und her. Eines der Tiere schien sogar direkt zu Simon und Binabik hinaufzustarren; die leeren weißen Augen glänzten, das rote Maul grinste wild. Doch gleich darauf trottete es zu seinen schaumbedeckten Artgenossen zurück.

Das Horn klang jetzt ganz nah. Eine Reihe von Pferden erschien und suchte sich einen Pfad durch den dichtbewaldeten Berghang. Jetzt hatten die Runden der Hunde einen vierten Bezugspunkt, und sie rannten mit wildem Geheul zwischen den steingrauen Beinen des Leitpferdes hindurch, das so ruhig weiterschritt, als wären sie ein paar Nachtschmetterlinge. Die folgenden Pferde waren nicht ganz so gelassen; eines, das unmittelbar hinterherkam, scheute leicht, und sein Reiter scherte mit ihm aus der Reihe aus und spornte es den letzten kurzen Hang hinab, um es in der Nähe des Felsblockes zu einem stampfenden, schnaubenden Halt zu bringen.

Der Reiter war jung und glattrasiert, mit kräftigem Kinn und lockigen

472

Haaren von der kastanienbraunen Farbe seines Rosses. Über der silberglänzenden Rüstung trug er einen Wappenrock in Blau und Schwarz mit einem Abzeichen aus drei gelben Blumen, das schräg von der Schulter zur Taille führte. Er machte ein mürrisches Gesicht.

»Noch einer tot«, fauchte er. »Was haltet Ihr davon, Jegger?« Seine Stimme nahm einen hämischen Ton an. »Oh, verzeiht mir, ich meinte *Meister Ingen.*«

Simon war verblüfft, wie deutlich die Worte des Mannes zu verstehen waren, so als spreche er unmittelbar zu den verborgenen Lauschern. Er hielt den Atem an.

Der Gepanzerte starrte auf etwas außerhalb ihres Gesichtsfeldes, und sein Profil kam Simon plötzlich ungemein bekannt vor. Er war überzeugt, diesen Mann schon gesehen zu haben, höchstwahrscheinlich auf dem Hochhorst. Dem Akzent nach war er auf alle Fälle ein Erkynländer.

»Es kommt nicht darauf an, wie Ihr mich nennt«, erwiderte eine andere Stimme, eine tiefe, glatte, kalte Stimme. »Nicht Ihr habt Ingen Jegger zum Jägermeister dieser Jagd gemacht. Ihr seid hier... aus Höflichkeit, Heahferth. Weil es Euer Land ist.«

Jetzt wußte Simon, wen er vor sich hatte: Er kannte Baron Heahferth als einen ständigen Gast an Elias' Hof und Kumpan von Graf Fengbald. Der zweite Sprecher lenkte sein graues Roß in die Lücke, durch die Simon und Binabik hindurchstarrten. Erregte weiße Hunde umwimmelten die Pferdehufe.

Der Mann, der Ingen hieß, war ganz in Schwarz gekleidet, Waffenrock, Hosen und Hemd im selben tristen, stumpfen Ton. Auf den ersten Blick hielt man ihn für weißbärtig; dann aber zeigte sich, daß der kurzgestutzte Bart in dem harten Gesicht von so lichtem Gelb war, daß er fast farblos wirkte – so farblos wie die Augen, fahle, bleiche Flecken im dunklen Antlitz. Sie mochten blau sein.

Simon starrte auf die von der schwarzen Kapuze umrahmten kalten Züge, auf den kraftvollen, muskulösen Körper und spürte eine Furcht, die anders war als alles, was er an diesem ganzen Tag voller Gefahren erlebt hatte. Wer war dieser Mann? Er sah aus wie ein Rimmersmann, und sein Name war einer aus Rimmersgard; aber er

473

sprach eigenartig, mit einem langsamen, fremdklingenden Akzent, den Simon noch nie gehört hatte.

»Mein Land endet am Rand des Waldes«, erklärte Heahferth jetzt und trieb sein widerspenstiges Reittier wieder an seinen Platz zurück. Ein halbes Dutzend Männer in leichter Rüstung war nacheinander auf die Lichtung geritten und saß nun wartend auf den Pferden. »Und dort, wo mein Land aufhörte«, fuhr Heahferth fort, »war auch meine Geduld zu Ende. Das ist ein schlechter Witz. Überall liegen tote Hunde herum wie Spreu . . .«

»Und zwei Gefangene sind entkommen«, schloß Ingen.

»Gefangene!« spottete Heahferth. »Ein Junge und ein kleines Mädchen! Glaubt Ihr, das seien die Verräter, hinter denen Elias so eifrig her ist? Glaubt ihr, ein solches Pärchen hätte *das* fertiggebracht?« Und er nickte mit dem Kopf zum Kadaver des großen Hundes hinüber.

»Die Hunde haben irgend etwas gejagt.« Ingen Jegger starrte auf den toten Kampfhund hinunter. »Schaut selbst. Seht Euch die Wunden an. Es waren weder Bär noch Wolf, die das getan haben. Es war unsere Beute, und noch ist sie flüchtig. Und nun, dank Eurer Dummheit, rennen auch unsere Gefangenen.«

»Wie könnt Ihr es wagen?« fuhr Baron Heahferth ihn mit erhobener Stimme an. »Wie könnt Ihr es wagen?! Mit einem Wort könnte ich Euch von Pfeilen starren lassen wie einen Igel von Stacheln.«

Ingen sah langsam vom Leichnam des Hundes auf. »Aber das werdet Ihr nicht«, versetzte er gelassen. Heahferths Pferd scheute und bäumte sich auf. Als der Baron es wieder gebändigt hatte, tauschten die beiden Männer einen langen Blick.

»Oh . . . also gut«, sagte Heahferth. Seine Stimme klang ganz anders, als er jetzt von dem Schwarzgekleideten wegsah und in den Wald hineinblickte. »Aber was nun?«

»Die Hunde haben eine Spur«, erklärte Ingen. »Wir werden tun, was wir müssen. Folgt mir.« Er hob das Horn, das an seiner Seite hing, und stieß einmal hinein. Die Hunde, die sich am Rand der Lichtung zusammengedrängt hatten, gaben Laut und rannten dorthin, wo Qantaqa verschwunden war; wortlos ritt Ingen Jeggers Grauroß hinterher. Baron Heahferth winkte fluchend seinen Männern und folgte. Keine hundert Herzschläge, und der Wald unter dem Felsen war wieder leer und still. Trotzdem ließ Binabik alle noch eine Weile still liegen, bevor er ihnen erlauben mochte, herunterzuklettern.

Unten am Boden untersuchte er rasch das kleine Mädchen, öffnete ihr mit behutsamem, stämmigem Finger die Augen und beugte sich über sie, um ihrem Atem zu lauschen.

»Sehr schlecht geht es ihr, der Kleinen. Wie ist ihr Name, Malachias?«

»Leleth«, erwiderte der Junge und betrachtete das blasse Gesicht. »Meine Schwester.«

»Unsere einzige Hoffnung ist, sie schnell in Geloës Haus zu bringen«, sagte Binabik. »Und daß Qantaqa diese Männer in die Irre führt, damit wir lebendig dorthin kommen.«

»Was machst du eigentlich hier, Malachias?« wollte Simon jetzt wissen. »Und wie bist du Heahferth entkommen?«

Der Junge gab keine Antwort, und als Simon die Frage wiederholte, wandte er den Kopf ab.

»Fragen später«, erklärte Binabik und stand auf. »Schnelligkeit brauchen wir jetzt. Kannst du dieses Mädchenkind tragen, Simon?«

»Ich denke schon.«

»Also los!«

Sie bahnten sich einen Weg in nordwestlicher Richtung durch den dichten Forst. Die sinkende Sonne stach durch die Äste. Simon fragte den Troll nach dem Mann namens Ingen und seiner merkwürdigen Redeweise.

»Schwarz-Rimmersmann, denke ich«, erwiderte Binabik. »Sie sind ein seltenes Volk, wenig zu sehen außer in den Siedlungen des äußersten Nordens, in die sie manchmal zum Handeln kommen. Sie sprechen nicht die Sprache von Rimmersgard. Es heißt, sie leben am Rand des Landes, das den Nornen gehört.«

»Schon wieder die Nornen«, brummte Simon und duckte sich unter einem Ast, der Malachias aus der unachtsamen Hand gesprungen war. Er drehte sich um und sah den Troll an. »*Was wird hier eigentlich gespielt?* Wieso haben solche Leute an uns Interesse?«

»Gefährliche Zeiten, Freund Simon«, meinte Binabik nur. »Durch gefährliche Zeiten gehen wir.«

Mehrere Stunden vergingen, und die Schatten des Nachmittages wurden immer länger. Die Stücke Himmel, die durch die Baumwipfel schimmerten, färbten sich langsam von Blau zu Muschelrosa. Die kleine Gruppe wanderte weiter. Das Land war überwiegend flach und bildete nur manchmal kleine Senken, flach wie Bettelschalen. Über ihnen in den Zweigen führten Eichhörnchen und Häher ihre endlosen Debatten; im Blattgewirr unter ihren Füßen summten die Heuschrecken. Einmal sah Simon eine große, graue Eule, die wie ein Gespenst durch die ineinander verschlungenen Äste über ihnen schwebte. Später bemerkte er eine zweite, der ersten so ähnlich wie eine Zwillingsschwester.

Wenn sie Lichtungen überquerten, beobachtete Binabik sorgfältig den Himmel und ließ sie etwas stärker in Richtung Osten schwenken. Bald erreichten sie einen schmalen Waldbach, der über tausend kleine Hindernisse aus hineingefallenen Ästen dahingurgelte. Eine Zeitlang gingen sie durch das dichte Gras, das seine Ufer säumte; als ihnen ein dicker Baumstamm den Weg versperrte, wichen sie ihm aus und liefen auf dem Rücken der Steine weiter, die im seichten Bachbett verstreut lagen.

Als ein zweiter kleiner Wasserlauf einmündete, erweiterte sich das Bachbett, und gleich darauf hob Binabik die Hand als Zeichen zum Anhalten. Sie hatten gerade eine Biegung des Wasserlaufes umrundet; an dieser Stelle fiel der Bach jäh nach unten und rauschte als kleiner Wasserfall über eine Reihe von Felsblöcken.

Sie standen am Rand einer großen Mulde. Eine sanft abfallende, baumbestandene Fläche führte hinab zu einem weiten, dunklen See. Die Sonne war untergegangen, und in der insektensummenden Dämmerung erschien das Wasser purpurn und tief. Baumwurzeln ringelten sich ins Wasser wie Schlangen. Eine Ahnung von Stille lag über dem Wasser, von stummen, nur den endlosen Bäumen zugeflüsterten Geheimnissen. Am anderen Ufer des Sees stand, in der zunehmenden Dunkelheit unbestimmt und nicht genau zu erkennen, eine große, strohgedeckte Hütte, die sich so über dem Wasser erhob, daß es auf den ersten Blick aussah, als schwebe sie in der Luft. Dann aber stellte Simon fest, daß sie auf Stelzen über der Wasseroberfläche errichtet war. In zwei kleinen Fenstern schimmerte buttergelbes Licht.

»Geloës Haus«, verkündete Binabik, und sie machten sich auf den Weg in die baumbewachsene Senke. Mit lautlosem Flügelschlag schoß aus den Wipfeln über ihnen eine graue Gestalt, kreiste zweimal tief über dem See und verschwand im Dunkel neben der Hütte. Einen Augenblick schien es Simon, als sehe er die Eule *in* die Hütte fliegen, aber seine Lider waren schwer vor Übermüdung, so daß er es nicht mit Sicherheit sagen konnte. Ringsum stieg das Abendlied der Grillen auf, und die Schatten wurden länger. Am Seeufer entlang kam etwas in großen Sprüngen auf sie zu.

»Qantaqa!« lachte Binabik und rannte ihr entgegen.

XXVI

In Geloës Haus

Die Gestalt, die dort eingerahmt vom warmen Licht der Türöffnung
stand, regte sich nicht und sagte kein Wort, als die Gefährten die
lange Balkenbrücke betraten, die von der Türschwelle zum Ufer des
Sees führte. Als Simon, die kleine Leleth sorgsam auf dem Arm, hinter Binabik herging, konnte er nicht umhin, sich zu wundern, weshalb Geloë nicht einen etwas dauerhafter erbauten Eingang für ihre
Hütte besaß, zumindest mit einem Seil als Handlauf. Seinen müden
Füßen fiel es schwer, sich auf der schmalen Brücke zu halten. *Vermutlich hat sie ja auch nicht viel Besuch,* dachte er und sah zu dem sich rasch
verfinsternden Wald hinüber.

Vor der obersten Stufe blieb Binabik stehen und verbeugte sich,
wobei er Simon um ein Haar in das stille Gewässer gestoßen hätte.

»Valada Geloë«, verkündete er, »Binbines Mintahoqis erbittet Eure
Hilfe. Ich bringe Euch Reisende.«

Die Gestalt in der Tür trat zurück und gab den Weg frei.

»Verschone mich mit diesen Nabbanai-Phrasen, Binabik.« Es war
eine rauhe und doch melodische Stimme mit starkem, fremdartigem
Akzent, doch unzweifelhaft eine Frauenstimme. »Ich wußte, daß du
kommst. Qantaqa ist schon seit einer Stunde hier.« Die Wölfin am
Ende der Rampe spitzte die Ohren. »Natürlich seid ihr willkommen.
Glaubst du, ich würde euch abweisen?«

Binabik trat ins Haus. Simon, einen Schritt hinter ihm, fragte:
»Wohin soll ich das kleine Mädchen bringen?«

Er duckte sich unter der Tür durch und gewann den schnellen Eindruck eines hohen Daches und langer, von vielen Kerzenflammen

geworfener, flackernder Schatten, dann stand Geloë vor ihm. Sie trug ein grobes Gewand aus graubraunem Stoff, mit einem Gürtel ungeschickt zusammengehalten. Ihre Größe lag zwischen der Simons und des Trolls. Das Gesicht war breit und sonnengebräunt und voller Falten um Augen und Mund. Ihr dunkles Haar war überall mit Grau durchsetzt und kurz abgeschnitten, so daß sie fast wie ein Priester aussah. Aber es waren ihre Augen, die Simon fesselten, runde, schwerlidrige gelbe Augen mit großen, kohlschwarzen Pupillen. Es waren alte, wissende Augen, die Augen eines würdigen Vogels aus dem Hochgebirge, und es lag eine Macht in ihnen, die Simon wie angewurzelt stehenbleiben ließ. Sie schien sein vollständiges Maß zu nehmen, sein Innerstes zuäußerst zu kehren und ihn zu schütteln wie einen Sack, alles im selben Augenblick. Als sich ihr Blick endlich dem verletzten Mädchen zuwandte, fühlte er sich leer wie ein trockener Weinschlauch.

»Dieses Kind ist verwundet.« Es war keine Frage.

Simon ließ hilflos zu, daß sie ihm Leleth aus den Armen nahm. Binabik kam herbei.

»Sie ist von Hunden angefallen worden«, erklärte der Troll. »Hunden mit dem Brandzeichen von Sturmspitze.«

Wenn er einen Blick voller Überraschung oder Furcht erwartet hatte, wurde er enttäuscht. Geloë drängte sich energisch an ihm vorbei und ging zu einem Strohsack am Boden, wo sie das Mädchen niederlegte.

»Sucht euch etwas zu essen, wenn ihr hungrig seid«, sagte sie. »Ich muß jetzt an die Arbeit. Ist man euch gefolgt?«

Binabik berichtete ihr rasch die Ereignisse der letzten Stunden, während Geloë den teilnahmslosen Körper des Kindes entkleidete. Endlich kam auch Malachias herein. Er hockte sich neben den Strohsack und blieb auch dort, als Geloë Leleths Wunden säuberte. Als er ihr dabei zu nahe kam und ihre Bewegungen hinderte, berührte die Valada mit ihrer sommersprossigen Hand den Jungen leicht an der Schulter. Einen Augenblick hielt sie ihn fest und sah ihn an, bis Malachias aufblickte und zurückzuckte. Gleich darauf schlug er noch einmal die Augen zu Geloë auf, und die beiden schienen eine stumme Botschaft auszutauschen, bevor sich Malachias abwandte und an die Wand setzte.

Binabik schürte das Feuer, das in einem geschickt angelegten, tiefen Schacht im Boden brannte. Der Rauch – von dem es erstaunlich wenig gab – zog zur Decke hin ab. Simon überlegte, daß es in den Schatten dort oben einen verborgenen Schornstein geben mußte.

Die Hütte selbst, die eigentlich nur aus einem einzigen, großen Raum bestand, erinnerte ihn in mancherlei Weise an Morgenes' Studierzimmer. An den lehmbestrichenen Wänden hingen lauter merkwürdige Dinge: zu sorgfältigen Bündeln geschnürte belaubte Zweige, Säckchen mit getrockneten Blumen, die ihre Blütenblätter verstreuten, und Halme, Schilfrohr und lange, glitschige Wurzeln, die alle aussahen, als hätten sie recht widerwillig den See unter ihnen verlassen. Das Feuerlicht flackerte auch über eine Vielzahl kleiner Tierschädel, deren helle, glattpolierte Oberflächen es beschien, ohne in die Dunkelheit der Augen einzudringen.

Eine ganze Wand war zwischen Boden und Decke durch ein gürtelhohes Bord aus über Rahmen gespannter Baumrinde geteilt. Es war ebenfalls mit sonderbaren Gegenständen bedeckt: Tierfellen und kleinen Bündeln aus Stöckchen und Knochen, schönen, vom Wasser glattgeschliffenen Kieseln in allen Formen und Farben und einer sorgsam aufgeschichteten Sammlung von Schriftrollen mit den Griffen nach außen, die aussahen wie ein Bündel Brennholz. Es war alles so vollgestopft, daß Simon eine Weile brauchte, bis er merkte, daß es eigentlich gar kein Bord, sondern ein Schreibtisch war; neben den Schriftrollen lagen ein Stapel Pergament und ein Federkiel in einem aus einem weiteren Tierschädel gefertigten Tintenfaß.

Qantaqa winselte leise und stieß mit der Nase gegen seinen Oberschenkel. Simon kraulte ihr die Schnauze. Sie hatte Rißwunden an Gesicht und Ohren, aber das Fell war säuberlich von getrocknetem Blut gereinigt worden. Simon wandte sich vom Tisch ab und der langen Wand zu, deren beide kleine Fenster auf den See hinausgingen. Die Sonne war inzwischen untergegangen, und das hinausströmende Kerzenlicht warf zwei lange, unregelmäßige Rechtecke auf das Wasser. In einem davon konnte Simon seine eigene, schlaksige Silhouette sehen wie die Pupille eines hellen Auges.

»Ich habe etwas Suppe gewärmt«, sagte Binabik hinter ihm und bot ihm eine hölzerne Schale. »Ich habe sie selbst nötig«, lächelte der

Troll, »und du und alle anderen auch. Ich hoffe, daß ich nie wieder einen Tag erleben werde, der diesem gleicht.«

Simon pustete auf die heiße Flüssigkeit und brachte dann etwas davon über die Lippen. Sie war würzig und ein klein wenig bitter, wie der gewürzte Apfelmost zu Elysiameß.

»Schmeckt gut«, sagte er und nahm einen weiteren Schluck. »Was ist es?«

»Besser nicht zu fragen, vielleicht«, grinste Binabik schalkhaft.

Geloë sah vom Strohsack auf, die Augenbrauen schräg zum scharfen Nasenrücken hin zusammengezogen, und heftete einen durchbohrenden Blick auf Binabik.

»Laß das, Troll, der Junge bekommt ja Magenschmerzen«, schnaubte sie ärgerlich. »Honiglocke, Löwenzahn und Steingras, mehr ist nicht darin, Junge.«

Binabik schien beschämt. »Entschuldigung, Valada.«

»Mir schmeckt es«, bemerkte Simon, der fürchtete, sie unbeabsichtigt beleidigt zu haben, und fügte gleich darauf hinzu: »Seid bedankt, daß Ihr uns aufgenommen habt. Mein Name ist Simon.«

»Aha«, brummte Geloë und fuhr fort, die Wunden des Mädchens zu reinigen. Der verwirrte Simon trank so geräuschlos er konnte seine Brühe aus. Binabik nahm ihm die Schale ab und füllte sie nochmals, und Simon leerte sie fast ebenso schnell wie das erste Mal.

Binabik machte sich jetzt daran, mit den kurzen, kräftigen Fingern Qantaqas Fell zu strählen. Kletten und Zweige, die er herausholte, warf er ins Feuer. Geloë legte Leleth schweigend Verbände an, und Malachias, dem das strähnige schwarze Haar ins Gesicht hing, schaute zu. Simon fand einen verhältnismäßig freien Platz, an dem er sich an die Hüttenwand lehnen konnte.

Eine Legion von Grillen und anderen nächtlichen Sängern füllte die Hohlräume der Nacht, als Simon in einen Schlaf der Erschöpfung sank, und sein Herz schlug in ihrem langsamen Rhythmus mit.

Es war immer noch Nacht, als er aufwachte. Er schüttelte tranig den Kopf, um die klebrigen Überreste eines zu kurzen Schlummers daraus zu vertreiben. Er mußte sich erst einmal verstohlen in dem unvertrauten Raum umschauen, bis ihm wieder einfiel, wo er war.

Geloë und Binabik unterhielten sich leise. Die Frau saß auf einem hohen Schemel, der Troll wie ein Schüler mit gekreuzten Beinen zu ihren Füßen. Hinter ihnen auf dem Strohsack lag etwas Dunkles, Unförmiges, das Simon schließlich als Malachias und Leleth erkannte, die sich im Schlaf aneinanderschmiegten.

»Es kommt nicht darauf an, ob du klug gehandelt hast oder nicht, junger Troll«, meinte die Frau. »Du hast Glück gehabt, und das ist mehr wert.«

Simon beschloß, sie wissen zu lassen, daß er wach war. »Wie geht es der Kleinen?« erkundigte er sich gähnend.

Geloë richtete den verschleierten Blick auf ihn. »Sehr schlecht. Sie ist schwer verletzt und hat Fieber. Die Nornenhunde... nun, es ist nicht gut, von ihnen gebissen zu werden. Sie fressen unreines Fleisch.«

»Die Valada hat alles getan, was getan werden kann, Simon«, erklärte Binabik. Er hielt etwas in der Hand: einen neuen Lederbeutel, den er beim Sprechen zusammennähte. Simon fragte sich, wo der Troll wohl neue Dornen finden würde. Hätte er doch nur ein Schwert... oder wenigstens ein Messer! Menschen in Abenteuern besaßen immer Schwerter oder wenigstens einen scharfen Verstand. Oder Zauberkraft.

»Hast du...« Simon zögerte. »Hast du ihr von Morgenes erzählt?«

»Ich wußte es schon.« Geloë starrte ihn an. Der Feuerschein färbte ihre hellen Augen rot. Als sie weitersprach, geschah es mit kraftvoller Bedächtigkeit. »Du warst bei ihm, Junge. Ich kenne deinen Namen, und ich fühlte Morgenes' Zeichen auf dir, als ich dir das Kind abnahm und dich berührte.« Wie um es ihm zu beweisen, streckte sie die breite, schwielige Hand aus.

»Ihr kanntet meinen Namen?«

»Ich weiß viele Dinge, die mit dem Doktor im Zusammenhang stehen.« Geloë beugte sich vor und stocherte mit einem langen, verkohlten Stock im Feuer. »Wir haben einen großen Mann verloren, einen Mann, den wir schlecht entbehren können.«

Simon zögerte, bis endlich doch die Neugier den Sieg über seine Ehrfurcht vor der Valada davontrug. »Was meint Ihr?« Er kroch näher, bis er neben dem Troll saß. »Ich meine, was bedeutet *wir*?«

»›Wir‹ bedeutet ›wir alle‹«, antwortete sie. »›Wir‹ meint all die, die das Dunkel nicht willkommen heißen.«

»Ich habe Geloë berichtet, was uns widerfahren ist, Freund Simon«, sagte Binabik ruhig. »Es ist kein Geheimnis, daß ich kaum eine Erklärung dafür habe.«

Geloë machte ein schiefes Gesicht und zog das grobe Gewand enger um den Körper. »Und ich kann nichts hinzufügen... noch nicht. Allerdings ist mir jetzt klar, daß die Wetterzeichen, die ich selbst hier an meinem einsamen See bemerkt habe, die Gänse auf dem Flug nach Norden, die schon vor vierzehn Tagen über mich hätten hinwegziehen sollen, alle Dinge, die mich in dieser seltsamen Jahreszeit nachdenklich gemacht haben«, sie preßte die Handflächen aneinander, als wollte sie beten, »Wirklichkeit sind – und mit ihnen die Veränderung, die sie prophezeien. Schreckliche Wirklichkeit.« Sie ließ die Hände schwer in den Schoß sinken und starrte darauf.

»Binabik hat recht«, fuhr sie endlich fort. Der Troll neben ihr nickte ernsthaft mit dem Kopf, aber Simon sah ein zufriedenes Glitzern in den Augen des kleinen Mannes, als habe man ihm ein großes Kompliment gemacht. »Hier geht es um weit mehr als nur den Kampf eines Königs mit seinem Bruder. Der Streit von Königen kann das Land zerstören, kann Bäume entwurzeln und Felder in Blut baden« – prasselnd und funkenstiebend brach ein Scheit auseinander, und Simon fuhr erschreckt in die Höhe –, »aber die Kriege der Menschen bringen keine schwarzen Wolken aus dem Norden oder senden die hungrigen Bären im Maia-Monat in ihre Höhlen zurück.«

Geloë stand auf und streckte sich, und die weiten Ärmel ihres Gewandes hingen an ihr herunter wie Vogelschwingen. »Morgen werde ich versuchen, ein paar Antworten für euch zu finden. Jetzt soll schlafen, wer kann, denn ich fürchte, das Fieber des Kindes wird heute nacht mit aller Stärke wiederkehren.«

Sie ging an die andere Wand und begann, kleine Krüglein auf die Borde zurückzustellen. Simon breitete auf dem Boden neben der Feuerstelle seinen Mantel aus.

»Vielleicht solltest du nicht so dicht daran schlafen«, warnte Binabik. »Ein Funke, der herausspringt, kann dich in Brand setzen.«

Simon betrachtete ihn vorsichtig, aber der Troll schien nicht zu

scherzen. Er zog den Mantel mehrere Fuß nach hinten und legte sich
darauf. Die Kapuze rollte er als Kissen unter den Kopf und zog dann
sorgfältig die Seitenteile über sich. Binabik verschwand in einer
Ecke, wo er noch einen Augenblick herumraschelte und polterte, bis
auch er es sich bequem gemacht hatte.

Das Lied der Grillen war verstummt. Simon starrte hinauf in die
Schatten, die in den Dachbalken flackerten, und lauschte dem sanf-
ten Rauschen des Windes, der unaufhörlich durch die Äste der das
Haus umgebenden Bäume und auf den See hinauswehte.

*Es brannte keine Laterne und auch kein Feuer mehr; nur das pilzbleiche
Licht des Mondes sickerte durch die hohen Fenster und tauchte den vollgestopften Raum in eine Art frostigen Schein. Simon starrte auf die sonderbaren, unkenntlichen Umrisse der auf den Tischen herumliegenden Gegenstände und die kantigen, leblosen Gestalten der zu schiefen Türmen aufgestapelten Bücher, die aus dem Boden ragten wie Grabsteine auf einem
Friedhof. Besonders ein Buch zog seinen Blick an. Aufgeschlagen lag es da,
weißglänzend wie das Fleisch eines entrindeten Baumes. Mitten auf der
offenen Seite sah er ein bekanntes Gesicht – einen Mann mit brennenden
Augen, dessen Haupt das verzweigte Geweih eines Hirsches trug.*

*Simon schaute das Zimmer, dann wieder das Buch an. Ja, er war in Morge-
nes' Wohnung. Natürlich! Wo sollte er denn auch sonst sein?*

*Im Augenblick, als er das feststellte, als die Umrisse die vertrauten Formen
der Flaschen und Gestelle und Retorten des Doktors annahmen, ertönte ein
vorsichtiges, kratzendes Geräusch an der Tür. Der unerwartete Laut
erschreckte ihn. Schräge Streifen Mondlicht ließen die Wand schief und
baufällig erscheinen. Wieder kam das Kratzen.*

»Simon?«

*Die Stimme war sehr leise, als wolle der Sprecher nicht gehört werden, aber
Simon erkannte sie sofort.*

*»Doktor?« Er sprang auf und war mit wenigen Schritten an der Tür.
Warum hatte der alte Mann nicht geklopft? Und was war das für eine Art,
so spät nach Hause zu kommen? Vielleicht war er auf einer seiner geheimnisvollen Reisen gewesen und hatte sich törichterweise selber ausgesperrt –
natürlich, das mußte es sein! Ein Glück, daß Simon da war, um ihn herein-
zulassen. Er mühte sich mit dem schattendunklen Schloß ab. »Was habt Ihr*

angestellt, Doktor Morgenes?« flüsterte er. »Ich warte schon so lange auf
Euch!« Keine Antwort.

Gerade war er dabei, den Riegel aus seinem Loch zu ziehen, als ihn ein jähes
Gefühl des Unbehagens überkam. Er ließ die halb entriegelte Tür, wie sie
war, und stellte sich auf die Zehen, um durch einen Spalt zwischen den Tür-
brettern zu spähen.

»Doktor?«

Im inneren Korridor, vom blauen Licht der Gang-Lampen beleuchtet,
stand die von Kapuze und Mantel verhüllte Gestalt des Alten. Das Gesicht
lag im Schatten, aber sein zerlumpter alter Mantel, der schmale Körperbau,
die weißen Haarsträhnen, die unter der Kapuze hervorschauten, bläulich
im Lampenschein, alle diese Dinge waren unverwechselbar. Warum antwortete er nicht? Hatte er sich verletzt?

»Fehlt Euch etwas?« fragte Simon und zog die Tür nach innen. Die kleine,
gebeugte Gestalt regte sich nicht. »Wo seid Ihr gewesen? Was habt Ihr herausgefunden?« Er glaubte, der Doktor hätte etwas gesagt und beugte sich
vor.

Die Worte, die zu ihm heraufdrangen, waren voller Luft, schmerzhaft
rauh. ». . . Falscher. . . Bote . . .« war alles, was er verstand. Der trockenen Stimme schien das Sprechen schwerzufallen. Und dann hob sich das
Gesicht, und die Kapuze fiel nach hinten.

Der Kopf, der den zersausten weißen Haarkranz trug, war eine verbrannte, geschwärzte Ruine, ein Klumpen mit zersprungenen, leeren Höhlen als Augen; der spindeldürre Hals, auf dem er wackelte, ein verkohlter
Stock. Als Simon zurücktaumelte, in der Kehle einen Schrei, der festsaß
und nicht herauskonnte, lief eine dünne, rote Linie über die Vorderseite des
schwarzen, ledrigen Balls, und gleich darauf öffnete sich gähnend der
Mund, ein gespaltenes Grinsen aus rosa Fleisch.

»Der. . . falsche . . . Bote«, sagte das Wesen, jedes Wort ein rasselndes
Keuchen, ». . . hüte . . . dich . . .«

Und dann schrie Simon, bis ihm das Blut in den Ohren dröhnte, denn das
verbrannte Ding sprach, es gab keinen Zweifel, mit Doktor Morgenes'
Stimme.

Es dauerte lange, bis sein jagendes Herz ruhiger wurde. Stoßweise
atmend, saß er da, Binabik neben ihm.

»Hier ist nichts Böses«, versicherte der Troll und legte Simon die Handfläche auf die Stirn. »Du bist kalt wie Eis.«

Geloë kam von dem Strohsack herüber, wo sie Malachias die Decke, die er fortgestoßen hatte, als Simons Schrei ihn jäh aus dem Schlaf riß, wieder übergelegt hatte.

»Hattest du schon solche starken Träume, als du noch in der Burg wohntest, Junge?« fragte sie, nachdem er ihnen den Traum beschrieben hatte, und sie musterte ihn dabei mit so strengem Blick, als wollte sie sehen, ob er es wagte, das abzustreiten. Simon schauderte. Vor diesem überwältigenden Blick hatte er nicht den Wunsch, etwas anderes als die Wahrheit zu erzählen. »Erst in den . . . letzten paar Monaten . . . bevor . . .«

»Bevor Morgenes starb«, ergänzte Geloë knapp. »Binabik, wenn mich das Wissen, über das ich verfüge, nicht ganz und gar verlassen hat, kann ich nicht glauben, daß es ein Zufall ist, wenn er in meinem Haus von Morgenes träumt. Nicht so einen Traum.«

Binabik fuhr sich mit der Hand durch das vom Schlaf zerwühlte Haar. »Valada Geloë, wenn *Ihr* es nicht wißt, wie dann ich? Tochter der Berge! Mir ist, als lauschte ich auf Geräusche im Dunkeln. Ich kann die Gefahren nicht erkennen, die uns umgeben, aber ich weiß, daß es Gefahren sind. Simon träumt eine Warnung vor ›falschen Boten‹ . . . aber das ist nur eines von allzu vielen geheimnisvollen Dingen. Warum die Nornen? Der Schwarz-Rimmersmann? Die schmutzigen Bukken?«

Geloë trat zu Simon und schob ihn sanft, aber energisch auf seinen Mantel zurück. »Versuch wieder einzuschlafen«, sagte sie. »Nichts wird das Haus der Zauberfrau betreten, das dir Übles zufügen könnte.« Sie wandte sich an Binabik. »Ich denke, wenn sein Traum so zusammenhängend ist, wie es den Anschein hat, wird er uns bei unserer Suche nach Antworten nützlich sein.«

Auf dem Rücken liegend, sah Simon die Valada und den Troll als schwarze Gestalten vor dem Glühwürmchenglanz der Glut. Der kleinere Schatten beugte sich noch einmal über ihn.

»Simon«, flüsterte Binabik, »gibt es andere Träume, die noch nicht erwähnt wurden? Von denen du uns nichts erzählt hast?«

Simon schüttelte langsam den Kopf. Es gab nichts, nichts außer

Schatten, und er war zu müde zum Reden. Noch hatte er den Geschmack der Furcht vor dem verbrannten Ding an der Tür auf der Zunge; er wünschte nur eines, sich dem Sog des Vergessens auszuliefern, zu schlafen, schlafen ...

Aber das ging nicht so leicht. Obwohl er die Augen fest geschlossen hielt, standen noch die Bilder des Feuers und der Katastrophe vor ihm. Er wälzte sich hin und her und fand keine Lage, die seine verspannten Muskeln einlud, sich zu lockern. Er hörte das leise Gespräch des Trolls und der Zauberin wie das Kratzen von Ratten in den Wänden.

Endlich verstummten auch diese Laute, und der feierliche Atem des Windes drang wieder an sein Ohr. Er schlug die Augen auf. Geloë saß allein am Feuer, die Schultern hochgezogen wie ein Vogel, der sich vor dem Regen duckt, die Augen halbgeöffnet; er wußte nicht, ob sie schlief oder in das verglimmende Feuer sah.

Sein letzter wacher Gedanke, der langsam aus seinem tiefsten Innern stieg und dabei flackerte wie ein Feuer unter der See, galt einem hohen Berg, einem Berg mit einer Krone aus Steinen. Das war im Traum gewesen, oder doch nicht? Er hätte daran denken ... es Binabik erzählen sollen.

Ein Feuer loderte auf in der Finsternis des Berggipfels, und er hörte das Knarren hölzerner Räder ... Traumräder ...

Als der Morgen kam, brachte er keine Sonne mit. Vom Fenster der Hütte konnte Simon die dunklen Baumspitzen am anderen Ende der Mulde sehen, der See selber trug einen Mantel aus dichtem Nebel. Sogar unmittelbar unter dem Fenster war kaum das Wasser zu erkennen. Langsam ziehender Dunst machte alles verschwommen und körperlos. Der Himmel über der düsteren Reihe der Bäume war grau und ohne Tiefe.

Geloë hatte den jungen Malachias abkommandiert, mit ihr nach einem bestimmten heilkräftigen Moos zu suchen und Binabik zurückgelassen, um Leleth zu versorgen. Der Zustand des Kindes schien den Troll geringfügig zu ermutigen, aber als Simon das blasse Gesichtchen und die schwachen Bewegungen der schmalen Brust sah, fragte er sich, welchen Unterschied der kleine Mann feststellte, den er, Simon nicht entdecken konnte.

Aus einem Stapel dürrer Äste, die Geloë ordentlich in einer Ecke aufgeschichtet hatte, machte Simon ein neues Feuer und half dann dabei, die Verbände des Mädchens zu erneuern. Als Binabik das Laken von Leleths Körper schälte und die Bandagen abnahm, zuckte Simon zusammen, gestattete sich aber kein Zurückweichen. Ihr ganzer Rumpf war blau von Prellungen und schlimmen Zahnspuren. Unter dem linken Arm war die Haut bis zur Hüfte aufgerissen, ein zerfetzter Riß von einem Fuß Länge. Als Binabik die Wunden gesäubert und mit breiten Leinenstreifen neu verbunden hatte, blühten kleine Blutrosen durch den Stoff.

»Hat sie wirklich Aussichten, am Leben zu bleiben?« fragte Simon. Binabik zuckte die Achseln, während seine Hände damit beschäftigt waren, sorgfältige Knoten zu binden.

»Geloë hält es für möglich«, antwortete er. »Sie ist eine Frau von strengem und geradem Sinn, in deren Wertschätzung Menschen nicht höher stehen als Tiere, und trotzdem ist diese Wertschätzung doch sehr hoch. Ich meine, sie würde nicht gegen das Unmögliche ankämpfen.«

»Ist sie wirklich eine Zauberfrau, wie sie gesagt hat?«

Binabik deckte das kleine Mädchen wieder mit dem Laken zu und ließ nur das magere Gesichtchen frei. Ihr Mund stand ein wenig offen; Simon konnte sehen, daß sie beide Vorderzähne verloren hatte. Ihn überkam ein jähes, bitter-schmerzliches Mitgefühl für das Kind – allein mit ihrem Bruder im wilden Wald, verirrt, gefangen, gequält, geängstigt. Wie konnte der Herr Usires eine solche Welt lieben?

»Eine Zauberfrau?« Binabik erhob sich. Draußen trappelte Qantaqa die Brücke zur Haustür hinauf; Geloë und Malachias mußten gleich kommen. »Eine *Weise Frau* ist sie gewiß und ein Wesen von seltener Stärke. Wenn ich recht verstehe, bedeutet Zauberfrau in deiner Sprache ›Hexe‹, jemand, der böse ist, der eurem Teufel gehört und seinen Nachbarn Schaden zufügt. Das trifft auf die Valada ganz sicher nicht zu. Ihre Nachbarn sind die Vögel und Waldbewohner, und sie hegt sie wie eine Herde. Trotzdem hat sie Rimmersgard vor vielen Jahren verlassen – vor vielen, *vielen* Jahren –, um hierher zu ziehen. Möglich ist es, daß die Menschen in ihrer Umgebung einst auch so einen Unsinn gedacht haben... vielleicht war das der Grund, daß sie an diesen See kam.«

Binabik drehte sich um und begrüßte die ungeduldige Qantaqa. Er kratzte im dicken Fell ihres Rückens herum, und sie wand sich vor Vergnügen. Dann ging er mit einem Topf vor die Tür, ließ ihn ins Wasser hinunter und zog ihn gefüllt wieder empor, um ihn dann an einer Hakenkette über dem Feuer aufzuhängen.

»Du kennst Malachias schon aus der Burg, sagtest du?«

Simon beobachtete Qantaqa. Die Wölfin war wieder zum See getrottet und stand jetzt am seichten Ufer und fuhr mit der Schnauze ins Wasser. »Will sie Fische fangen?« fragte er lachend.

Binabik lächelte geduldig und nickte. »Und sie fängt sie sogar. – Malachias?«

»Oh. Ja, ich kenne ihn von dort... ein wenig. Ich habe ihn einmal erwischt, wie er mir nachspionierte. Allerdings hat er es bestritten. Hat er mit dir geredet? Hat er dir erzählt, was er und seine Schwester im Aldheorte wollten und wie man sie gefangen hat?«

Tatsächlich hatte Qantaqa einen Fisch geschnappt, ein silberglänzendes Wesen, das wild, aber sinnlos um sich schlug, als die Wölfin triefnaß das Seeufer hinaufstieg.

»Mehr Glück hätte ich gehabt, einem Stein das Singen beizubringen.« Binabik fand auf einem von Geloës Borden eine Schüssel mit getrockneten Blättern und zerkrümelte eine Handvoll davon über dem Topf mit dem kochenden Wasser. Sofort erfüllten warme Minzedüfte den Raum. »Fünf oder sechs Worte habe ich aus seinem Mund gehört, seitdem wir die beiden dort auf dem Baum fanden. Aber er erinnert sich an dich. Mehrfach habe ich gesehen, daß er dich anstarrte. Ich glaube, er ist nicht gefährlich – tatsächlich bin ich mir dessen völlig sicher –, aber trotzdem, man muß ihn beobachten.«

Bevor Simon etwas antworten konnte, hörte er Qantaqa kurz bellen. Er blickte aus dem Fenster und sah die Wölfin aufspringen. Sie ließ ihre größtenteils verzehrte Beute am Seeufer liegen und rannte den Pfad hinauf. Gleich darauf war sie im Nebel verschwunden. Aber schon bald kam sie zurückgetrottet, gefolgt von zwei verschwommenen Gestalten, die nach und nach zu Geloë und dem sonderbaren, fuchsgesichtigen Jungen Malachias wurden. Die beiden unterhielten

sich angeregt. »*Qinkipa!*« schnaubte Binabik und rührte im Wasser-
topf. »Auf einmal redet er!«

Geloë kratzte ihre Stiefel am Türrahmen ab und steckte den Kopf
nach innen. »Überall Nebel!« meinte sie. »Der Wald ist schläfrig
heute.« Sie schüttelte ihren Mantel aus und trat ein, hinter ihr der
wieder vorsichtig um sich blickende Malachias. Er hatte hochrote
Wangen.

Geloë ging sofort zu ihrem Tisch und fing an, den Inhalt zweier Säcke
zu sortieren. Sie war heute wie ein Mann gekleidet, dicke Wollhosen,
Wams, abgetragene, aber feste Stiefel. Sie strömte kraftvolle Gelassenheit aus wie ein Kriegshauptmann, der jede mögliche Maßnahme
getroffen hat und nun nur noch darauf wartet, daß die Schlacht
beginnt.

»Ist das Wasser fertig?« fragte sie.

Binabik beugte sich über den Topf und schnüffelte. »Es erweckt den
Anschein«, erwiderte er dann.

»Gut.« Geloë löste ein kleines Stoffsäckchen vom Gürtel und holte
eine Handvoll dunkelgrünes Moos heraus, auf dem noch Wasserper-
len glänzten. Sie warf es ohne weitere Umstände in den Topf und
rührte mit dem Stock um, den Binabik ihr gegeben hatte.

»Malachias und ich haben miteinander geredet«, erklärte sie und
schielte in den Dampf hinunter. »Wir haben über viele Dinge gesprochen.« Sie sah auf, aber Malachias senkte nur den Kopf, und seine
roten Wangen wurden sogar noch ein bißchen röter. Er ging zu Leleth
und setzte sich zu ihr auf den Strohsack, ergriff ihre Hand und streichelte ihre blasse, feuchte Stirn.

Geloë zuckte die Achseln. »Nun, wir werden uns darüber unterhalten, wenn Malachias bereit ist. Für jetzt ist ohnehin genug zu tun.«
Sie hob mit dem Ende des Rührstockes etwas Moos heraus, betastete
es mit dem Finger, nahm dann von einem Holztischchen eine Schüssel und schabte den ganzen klebrigen Brei aus dem Topf. Die dampfende Schüssel trug sie zum Strohsack hinüber.

Während Malachias und die Zauberfrau aus dem Moos Breiumschläge
herstellten, stieg Simon zum See hinunter. Die Hütte der Zauberfrau
sah bei Tageslicht von außen genauso wunderlich aus wie nachts von
innen; das strohgedeckte Dach lief oben spitz zu wie ein seltsamer

Hut, und das dunkle Holz der Wände war über und über mit schwarzen und blauen Runenmalereien bedeckt. Während er so um das Haus herum und zum Ufer hinabging, verschwanden die Zeichen und tauchten wieder auf, je nachdem, wie das Sonnenlicht auf sie fiel. Schlammverkrustet in den dunklen Schatten unter der Hütte schienen auch die Doppelstelzen, auf denen sie stand, mit einer Art ungewöhnlicher Schindeln verkleidet zu sein.

Qantaqa war zu ihrem Fischkadaver zurückgekehrt und zupfte die letzten Fleischfetzen von den schmalen Knochen. Simon setzte sich neben sie auf einen Felsen, rutschte jedoch ein kleines Stück weiter, als die Wölfin warnend knurrte. Er warf ein paar Kiesel in den alles verschlingenden Nebel und lauschte ihrem Aufspritzen, bis Binabik sich zu ihm gesellte.

»Frühstück für dich?« fragte der Troll und reichte ihm einen Kanten knuspriges Schwarzbrot, dick mit scharf riechendem Käse bestrichen. Simon aß es gierig auf. Dann saßen die beiden nebeneinander und sahen ein paar Vögeln zu, die im Sand des Seeufers herumpickten.

»Valada Geloë möchte, daß du zu uns kommst und an unserem Vorhaben von heute nachmittag teilnimmst«, sagte Binabik endlich.

»Was für ein Vorhaben?«

»Eine Suche. Suche nach Antworten. «

»Und wie wollen wir suchen? Gehen wir irgendwohin?«

Binabik betrachtete ihn ernst. »In gewisser Weise, ja – nein, schau mich nicht so ärgerlich an! Ich will es erklären. « Er warf einen Kiesel. »Es gibt etwas, das manchmal getan wird, wenn andere Wege, etwas herauszufinden, verschlossen sind. Etwas, das die Weisen tun können. Mein Meister Ookequk nannte es ›auf der Straße der Träume gehen‹. «

»Aber das hat ihn das Leben gekostet!«

»Nein! Das heißt . . . « Der Troll machte ein sorgenvolles Gesicht und suchte nach Worten. »Das heißt, ja, er starb auf dieser Straße. Aber man kann auf jeder Straße den Tod finden; es bedeutet nicht, daß jeder, der sie geht, stirbt. Auch auf eurer Mittelgasse sind Menschen von Wagen überrollt worden, aber hundert andere bewegen sich dort jeden Tag und kommen nicht zu Schaden. «

»Was *genau* ist die Straße der Träume?« fragte Simon.

»Ich muß zuerst gestehen«, erwiderte Binabik mit einem traurigen halben Lächeln, »daß die Traumstraße gefährlicher ist als die Mittelgasse. Mein Meister lehrte mich, daß diese Straße wie ein Saumpfad ist, der höher liegt als alle anderen.« Der Troll reckte über seinem Kopf die Hand in die Luft. »Von dieser Straße aus, auch wenn der Aufstieg zu ihr große Schwierigkeiten mit sich bringt, kannst du Dinge sehen, die du sonst niemals erblicken würdest – Dinge, die von der Straße des Alltages aus unsichtbar sind.«

»Und das Träumen?«

»Ich wurde gelehrt, daß das Träumen ein Weg ist, zu dieser Straße hinaufzulangen, ein Weg, den jeder gehen kann.« Binabik runzelte die Stirn. »Aber wenn jemand einfach dadurch, daß er nachts träumt, die Straße erreicht, kann er nicht auf ihr weitergehen: Er sieht sie nur von der einen Stelle aus und muß von dort wieder hinab. So daß – das hat mir Ookequk gesagt – dieser Träumer oft nicht weiß, was er wirklich gesehen hat. Manchmal«, der Troll deutete auf den Nebel, der über Bäumen und See hing, »erblickt er nur Nebel. Aber der Weise kann, wenn er erst einmal die Kunst beherrscht, zu ihr hinaufzusteigen, auf der Straße weitergehen. Er kann sich bewegen und schauen und die Dinge sehen, wie sie sind und wie sie sich ändern.« Er hob die Schultern. »Erklären ist schwer. Die Traumstraße ist ein Ort, an den man geht, um etwas zu sehen, das man hier, wo wir unter der wachen Sonne stehen, nicht deutlich erkennen kann. Geloë hat viele solcher Reisen unternommen, und auch ich besitze einige Erfahrung darin, obwohl ich kein Meister bin.«

Simon saß eine Weile still da und starrte auf das Wasser hinaus. Er dachte über Binabiks Worte nach. Das andere Ufer des Sees war unsichtbar; müßig überlegte er, wie weit es wohl entfernt sein mochte. Seine müden Erinnerungen an ihre Ankunft gestern waren so dunstig wie die Morgenluft.

Jetzt, wo er darüber nachdachte, erkannte er, wie weit er schon gekommen war. *Einen langen Weg, weiter als ich je zu reisen gedachte. Und sicher liegen noch viele Meilen vor mir. Lohnt sich das Risiko, damit unsere Chancen steigen, lebendig nach Naglimund zu kommen?*

Warum mußte er überhaupt solche Entscheidungen treffen? Es war wirklich schrecklich ungerecht. Bitter grübelte er, warum Gott gerade ihn für eine so üble Behandlung ausgesucht hatte – wenn es wirklich stimmte, daß Er, wie Vater Dreosan immer behauptete, ein Auge auf jeden einzelnen hatte.

Aber es gab mehr zu bedenken als nur seine Empörung. Binabik und die anderen schienen auf ihn zu zählen, und das war etwas, woran Simon nicht gewöhnt war. Man erwartete jetzt etwas von ihm. »Ich werde es tun«, erklärte er schließlich. »Aber sag mir noch eins. Was ist wirklich mit deinem Meister geschehen? Wie ist er gestorben?«

Binabik nickte langsam mit dem Kopf. »Ich habe gehört, daß es zweierlei Arten von Dingen gibt, die einem auf der Straße widerfahren können... gefährlichen Dingen. Das erste, und das geschieht in der Regel nur dem Ungeübten, tritt ein, wenn man ohne die nötige Weisheit auf der Straße zu gehen versucht: Man kann die Stellen übersehen, an denen die Traumstraße und der Weg des an die Erde gebundenen Lebens in verschiedene Richtungen führen.« Er hielt die Handflächen schräg aneinander. »Dann findet der Wanderer den Rückweg nicht. Doch ich glaube, daß Ookequk dazu viel zu klug war.«

Der Gedanke daran, allein und heimatlos in diesem Reich der Phantasie herumzuirren, berührte in Simon eine verwandte Saite, und er sog tief die feuchte Luft ein.

»Und was ist nun mit Ook – mit Ookequk geschehen?«

»Die andere Gefahr, so lehrte er mich«, fuhr Binabik fort und erhob sich, »ist, daß es außer den Weisen und den Guten noch andere Wesen gibt, die über die Straße der Träume wandern, und auch andere Träumer, die gefährlicher sind. Ich denke mir, daß er einem davon begegnet ist.«

Binabik ging Simon voran die kleine Rampe zur Hütte hinauf.

Geloë entkorkte einen weithalsigen Topf, steckte zwei Finger hinein und zog sie, bedeckt mit einer dunkelgrünen Paste, die noch klebriger war und noch seltsamer roch als der Moosbrei, wieder hervor.

»Beug dich vor«, befahl sie und strich Simon einen Klecks davon auf die Stirn, gerade über der Nase; dann tat sie das gleiche bei sich selbst und Binabik.

»Was ist das?« wollte Simon wissen. Es fühlte sich eigenartig an auf der Haut, heiß und kalt zugleich.

Geloë ließ sich vor dem Feuer im Boden nieder und winkte dem Jungen und dem Troll, sich zu ihr zu setzen. »Nachtschatten, Trugblatt, Weißholzrinde, damit es die richtige Zusammensetzung bekommt...« Sie plazierte Jungen, Troll und sich selber im Dreieck um die Feuerstelle und setzte den Topf neben ihrem Knie auf die Erde.

Das Gefühl auf seiner Stirn war höchst sonderbar, fand Simon und sah der Valada zu, die grüne Zweige ins Feuer warf. Weiße Rauchbänder kräuselten sich in die Höhe und verwandelten den Raum zwischen ihnen in eine dunstige Säule, durch die Geloës Schwefelaugen glühten, in denen sich der Feuerschein spiegelte.

»Nun verreibt das auf beiden Händen«, sagte sie und holte für jeden von ihnen einen weiteren Klecks heraus, »und betupft euch die Lippen – aber nichts in den Mund! Nur einen Tupfer, so...«

Als sie fertig waren, ließ Geloë sie einander bei den Händen fassen. Malachias, der, seitdem Simon und der Troll zurückgekehrt waren, noch kein Wort gesprochen hatte, saß neben dem schlafenden Kind auf dem Strohsack und schaute zu. Der seltsame Junge machte einen angespannten Eindruck, hatte aber grimmig die Zähne zusammengebissen, als zwinge er sich, die eigene Unruhe zu verbergen. Simon streckte nach beiden Seiten die Arme aus und ergriff mit der Linken Binabiks kleine, trockene Pfote und mit der Rechten Geloës kräftige Hand.

»Haltet gut fest«, forderte die Zauberfrau sie auf. »Es wird nichts Schreckliches geschehen, wenn ihr losläßt, aber es ist besser, wenn ihr es nicht tut.« Sie senkte den Blick und begann in leisen, unverständlichen Worten vor sich hinzusprechen. Simon starrte auf ihre sich bewegenden Lippen, die Lider, die ihre großen Augen verdeckten; wieder fiel ihm auf, wie sehr sie einem Vogel glich, einem stolzen, steil in die Höhe steigenden Vogel. Während er weiter durch die Rauchsäule blickte, begann ihm das Prickeln auf Handflächen, Stirn und Lippen allmählich unangenehm zu werden.

Plötzlich war es ringsum finster, als habe sich eine dichte Wolke vor die Sonne gschoben. Gleich darauf konnte er nur noch den Rauch und das rote Glühen des Feuers erkennen, alles andere war hinter den Wänden aus Schwärze verschwunden, die auf einmal zu beiden Seiten

aufragten. Seine Augen waren schwer, und er hatte ein Gefühl, als
habe ihm jemand das Gesicht in Schnee gedrückt. Ihm war kalt. Er
stürzte rückwärts, fiel um, und um ihn war nur noch Schwärze.

Nach einer Weile, von der Simon keine Vorstellung besaß, wie lange
sie gedauert hatte, nur daß er immer noch schwach den Griff an beiden Händen fühlte – eine sehr tröstliche Empfindung –, begann die
Finsternis in einem Licht zu glühen, das ohne Richtung war, ein
Licht, das sich nach und nach in einem Feld aus Weiß auflöste. Das
Weiß war ungleichmäßig: an einigen Stellen glänzte es wie Sonnenlicht auf poliertem Stahl, andere Flecke waren fast grau. Gleich
darauf verwandelte sich das weiße Feld in einen unermeßlichen, glitzernden Eisberg, der so unglaublich hoch war, daß seine Spitze in den
wirbelnden Wolken verschwand, die den dunklen Himmel säumten.
Aus Spalten in seinen glasigen Wänden quoll Rauch und strömte
nach oben in den Kranz aus Wolken.

Und dann war Simon, irgendwie, im Inneren des gewaltigen Berges,
flog blitzschnell wie ein Funke durch immer tiefer führende Tunnel,
dunkle Tunnel, die gleichwohl mit spiegelndem Eis verkleidet waren.
Unzählige Tausende von Gestalten schwebten durch diese Nebel und
Schatten und den Frostglanz – blaßgesichtige, eckige Figuren, die in
wandernden Dickichten schimmernder Speere die Gänge entlang-
marschierten oder die wunderlichen blaugelben Feuer schürten,
deren Rauch die Höhen krönte.

Der Funke, der Simon war, spürte immer noch zwei feste Hände, welche die seinen festhielten – oder eigentlich etwas anderes, das ihm
sagte, er sei nicht allein, denn natürlich hatte ein Funke keine Hände
zum Halten. Er befand sich jetzt in einer riesigen Höhle, einem ungeheuren Loch im Mittelpunkt des Berges. Die Decke hing so hoch über
den vom Eis glasierten Platten des Bodens, daß aus der Höhe des Raumes ein Schneegestöber heruntertanzte, hüpfende, wirbelnde
Schneewolken wie Heere winziger weißer Schmetterlinge. Inmitten
der unendlichen Kammer lag ein Brunnen von ungeheurer Größe, aus
dessen Schacht ein blasses, blaues Licht flackerte; eine entsetzliche,
das Herz zusammenpressende Furcht schien von ihm auszugehen.
Irgendwo aus seinen unergründlichen Tiefen mußte wohl etwas wie
Hitze aufsteigen, denn die Luft darüber war ein Pfeiler aus brodelnden

Nebeln, eine dunstige Säule, in unbestimmten Farben schillernd wie ein titanischer Eiszapfen, in dem das Sonnenlicht sich bricht.

Im Nebel über dem Brunnen schwebte auf rätselhafte Weise ein unerklärliches *Etwas*, dessen Form nicht recht erkennbar und dessen Ausdehnung nicht völlig vorstellbar war; ein Wesen aus vielen Bestandteilen und Formen, alle farblos wie Glas. Wenn seine Umrisse hier und da aus der strudelnden Nebelsäule hervortraten, so schien es ein Gebilde aus Winkeln und geschwungenen Kurven zu sein, von heimtückischer, angsterregender Verwickeltheit. Auf eine nicht genau zu erläuternde Weise sah es wie ein Musikinstrument aus; wenn das aber zutraf, war es ein so riesenhaftes, fremdartiges und erschreckendes Instrument, daß der Funke, der Simon war, wußte, daß er niemals seine furchtbare Musik hören und am Leben bleiben könnte.

Dem Brunnen gegenüber saß auf einem eckigen Thron aus reifüberkrustetem, schwarzem Fels eine Gestalt. Er konnte sie deutlich erkennen, als schwebe er plötzlich genau über dem entsetzlichen, blau brennenden Brunnen. Sie war in ein weißsilbernes Gewand mit phantastisch verschlungenen Mustern gekleidet. Über die Schultern floß schneeweißes Haar, das fast unsichtbar in die fleckenlos weißen Gewänder überging.

Das bleiche Wesen hob den Kopf, und sein Gesicht war eine Flut schimmernden Lichtes. Dann wandte es sich ab, und Simon merkte, daß das, was er sah, nur eine silberne Maske war, die schöne, aber ausdruckslose Nachbildung eines Frauenantlitzes. Wieder drehte sich das blendende, fremdartige Gesicht ihm zu. Er fühlte sich fortgestoßen, brüsk abgewiesen, so wie man ein Kätzchen losreißt, das sich an den Kleidersaum klammert. Eine Vision erschien ihm, die irgendwie Teil des Nebelkranzes und der grimmen weißen Gestalt war. Zuerst war es nur ein weiterer Fleck Alabasterweiß, der sich langsam in ein schwarz bekritzeltes, eckiges Gebilde verwandelte. Aus den schwarzen Krakeln wurden Linien, aus den Linien Zeichen; zuletzt schwebte vor ihm ein offenes Buch. Auf der aufgeschlagenen Seite standen Buchstaben, die Simon nicht lesen konnte, verschlungene Runen, die ineinanderliefen und wieder klar wurden.

Ein Augenblick ohne Zeit verging, dann begannen die Runen zu schimmern. Sie flossen auseinander und formten sich neu zu schwarzen Konturen, drei langen, schlanken Gebilden: Schwertern. Das eine hatte einen Griff, der wie ein Usires-*Baum* geformt war, das zweite einen wie die rechtwinkligen Giebelbalken eines Daches. Das dritte besaß ein seltsames Doppelstichblatt, dessen Kreuzstücke zusammen mit dem Griff eine Art fünfzackigen Stern bildeten. Irgendwo tief in seinem Inneren erkannte Simon dieses Schwert. Irgendwo in einer Erinnerung, schwarz wie die Nacht, tief wie eine Höhle, hatte er eine Klinge wie diese gesehen.

Eines nach dem anderen begannen die Schwerter wieder zu verschwinden, und als sie fort waren, blieb nur noch graues und weißes Nichts.

Simon fühlte, wie er zurückfiel – fort von dem Berg, fort aus der Brunnenkammer, fort aus dem Traum selbst. Ein Teil von ihm war froh über dieses Fallen, denn ihm graute vor den entsetzlichen, verbotenen Orten, an die sein Geist geflogen war; aber ein anderer Teil wollte nicht loslassen.

Wo waren die *Antworten*? Sein ganzes Leben war entwurzelt worden, hatte sich im Lauf eines verdammten, unbarmherzigen, achtlosen Rades verfangen, und tief in demjenigen Teil seines Wesens, der sein ureigenster war, erfüllte ihn verzweifelter Zorn. Zwar fürchtete er sich auch, in einem Alptraum gefangen, der nicht enden wollte; aber was er jetzt empfand, war Zorn, und in diesem Augenblick war der Zorn stärker.

Er wehrte sich gegen den Sog, kämpfte mit Waffen, die er nicht begriff, um den Traum festzuhalten, ihm das Wissen zu entreißen, das er begehrte. Er packte das schnell vergehende Weiß und versuchte wütend, es neu zu formen, in etwas zu verwandeln, das ihm sagen würde, warum Morgenes gestorben, warum Dochais und die Mönche von Sankt Hoderund umgekommen waren, warum das kleine Mädchen Leleth in einer Hütte in der Tiefe des wilden Waldes mit dem Tode rang. Er kämpfte, und er haßte. Wenn ein Funke weinen konnte, dann weinte er.

Langsam, schmerzhaft langsam formte sich aus der Leere vor ihm von neuem der Eisberg. Wo war die Wahrheit? Während Simons Traum-Ich kämpfte, wuchs der Berg höher, wurde schmaler, begann Äste zu bilden wie ein eisiger Baum und streckte sich hinauf in den Himmel.

Dann fielen die Äste ab, und nur noch ein glatter, weißer Turm stand da – ein Turm, den Simon kannte. Flammen loderten von seiner Spitze. Ein gewaltiger, dumpfer Ton dröhnte wie das Läuten einer ungeheuren Glocke. Der Turm schwankte. Wieder grollte die Glocke wie Donner. Es war etwas von furchtbarer Wichtigkeit, das wußte er, etwas Grauenhaftes, Geheimes. Er konnte die Antwort fast zum Greifen nah fühlen . . .

Kleine Fliege! Du bist zu uns gekommen?

Ein gräßliches, versengendes Nichts griff nach ihm und verschlang ihn, erstickte den Turm und die tönende Glocke. Er fühlte, wie in seinem Traum-Ich der Atem des Lebens verbrannte und sich grenzenlose Kälte um ihn schloß. Er war verloren in der schreiend-leeren Leere, ein winziges Fleckchen am Grund eines Meeres unendlicher schwarzer Tiefen, abgeschnitten von Leben, Atem, Gedanken. Alles war verschwunden . . . außer dem schaurigen, zerstörerischen Haß des Wesens, das ihn gepackt hielt . . . das ihn zu ersticken suchte.

Doch dann, nie hätte er es zu hoffen gewagt, war er frei.

Er schwebte nach oben, flog in schwindelnder Höhe über die Welt von Osten Ard, festgehalten von den mächtigen Klauen einer großen, grauen Eule, die dahinbrauste wie das Kind des Windes selbst. Hinter ihm verschwand der Eisberg, verschluckt von der Unendlichkeit der knochenweißen Ebene. In unfaßbar schnellen Sekunden trug die Eule ihn über Seen und Eis und Berge dahin, auf einen dunklen Strich am Horzont zu. Gerade als er erkannte, was das war, als der Strich zum Wald wurde, merkte er, daß er den Klauen der Eule zu entgleiten drohte. Der Vogel packte ihn fester und sank in pfeifendem Sturzflug der Erde zu. Der Boden sprang ihnen entgegen, und die Eule spreizte weit die Schwingen. Sie flogen flacher, glitten dahin und wirbelten über die Schneefelder der Sicherheit des Waldes zu.

Und dann waren sie unter dem Dachfirst und gerettet.

Simon rollte sich auf die Seite und stöhnte. Sein Kopf hämmerte wie der Amboß von Ruben dem Bär zur Turnierzeit. Seine Zunge schien zu doppelter Größe angeschwollen. Die Atemluft schmeckte nach Metall. Er richtete sich mühsam zu kauernder Stellung auf und bewegte dabei den schweren Kopf nur ganz langsam.

Gleich neben ihm lag Binabik, das breite Gesicht fahl. Qantaqa stupste den Troll winselnd mit der Nase in die Seite. Auf der anderen Seite der rauchenden Feuerstelle schüttelte der dunkelhaarige Malachias Geloë, deren Mund schlaff herabhing. Ihre Lippen glänzten feucht. Wieder stöhnte Simon; sein Kopf, der ihm zwischen den Schultern hing wie eine zerquetschte Frucht, pochte. Er kroch zu Binabik. Der kleine Mann atmete. Noch während Simon sich über ihn beugte, fing der Troll an zu husten, schnappte nach Luft und schlug die Augen auf.

»Wir...«, keuchte er heiser, »wir... sind... alle... da?«

Simon nickte und sah zu Geloë hinüber, die sich trotz Malachias' Bemühungen noch immer nicht regte. »Einen Augenblick...« sagte er und stand langsam auf.

Mit einem kleinen, leeren Topf ging er vorsichtig zur Hüttentür hinaus. Mit leichtem Staunen stellte er fest, daß es trotz der Nebeldecke immer noch mitten am Nachmittag war; die Zeit auf der Traumstraße war ihm viel länger vorgekommen. Außerdem hatte er das nagende Gefühl, daß sich vor der Hütte irgend etwas verändert hatte, aber er konnte nicht genau sagen, was es war. Die Aussicht schien irgendwie verschoben. Er kam zu dem Ergebnis, daß es wohl eine Nebenwirkung seiner Erlebnisse von vorhin sein müßte. Nachdem er den Topf mit Seewasser gefüllt und sich die klebrige, grüne Paste von den Händen gewaschen hatte, ging er zurück ins Haus.

Binabik trank durstig und bat Simon dann mit einer Geste, Geloë das Gefäß zu bringen. Halb hoffnungsvoll, halb eifersüchtig schaute Malachias zu, wie Simon vorsichtig das Kinn der Zauberfrau mit der Hand festhielt und ihr ein wenig Wasser in den geöffneten Mund spritzte. Sie hustete und schluckte, und Simon gab ihr noch ein wenig mehr Wasser.

Als er so ihren Kopf hielt, wurde Simon sich jäh bewußt, daß es Geloë war, die ihn, während sie alle in ihren Träumen wandelten, auf irgendeine Weise gerettet hatte. Er sah hinunter auf die Frau, die jetzt regelmäßiger atmete, und erinnerte sich an die graue Eule, die ihn, als sein Traum-Ich schon den letzten Atemzug tun wollte, gepackt und fortgetragen hatte.

Geloë und der Troll hatten eigentlich nicht mit etwas Derartigem gerechnet, das fühlte er; es war Simon, der sie in diese Gefahr gebracht hatte. Aber ausnahmsweise war er über sein Verhalten nicht beschämt. Er hatte getan, was getan werden mußte. Schon viel zu lange war er vor dem Rad geflohen.

»Wie geht es ihr?« fragte Binabik.

»Ich glaube, sie wird sich erholen«, erwiderte Simon und betrachtete die Zauberfrau genau. »Sie hat mich gerettet, nicht wahr?«

Binabik sah ihn an. Sein Haar stand in schweißverklebten Stacheln von der braunen Stirn ab. »Es ist wahrscheinlich, daß sie das getan hat«, meinte er endlich. »Sie ist eine mächtige Verbündete, aber jetzt ist selbst sie fast am Ende ihrer Kräfte.«

»Was bedeutet das alles?« wollte Simon wissen und überließ Geloë Malachias' stützendem Arm. »Hast du das gleiche gesehen wie ich? Den Berg und . . . die Frau mit der Maske . . . und das Buch?«

»Ich frage mich sehr, ob wir alle das gleiche gesehen haben, Simon«, erwiderte Binabik langsam. »Aber ich denke, es ist wichtig, daß wir warten, bis auch Geloë ihre Gedanken mit uns teilen kann. Vielleicht später, wenn wir gegessen haben. Ich bin erfüllt von schrecklichem Hunger.«

Simon schenkte dem Troll ein wackliges, schiefes Lächeln. Als er sich umdrehte, begegnete er Malachias' eindringlichem Blick. Der Junge wollte sich schon abwenden, schien dann aber einen Entschluß zu fassen und hielt Simons Blick stand, bis dieser an der Reihe war, sich unbehaglich zu fühlen.

»Es war, als ob das ganze Haus bebte«, sagte Malachias unvermittelt und erschreckte Simon damit nicht wenig. Die Stimme des Jungen war angestrengt, hoch und heiser.

»Was meinst du?« fragte Simon, der die Tatsache, daß Malachias überhaupt etwas von sich gab, fast genauso spannend fand wie seine Worte.

»Das ganze Häuschen. Als ihr drei dasaßt und ins Feuer starrtet, fingen die Wände an . . . zu zittern. Als ob es jemand hochnähme und wieder hinsetzte.«

»Wahrscheinlich lag es nur daran, wie wir uns bewegten, als wir . . . ich meine . . . ach, ich weiß auch nicht.« Simon gab angewidert auf. Die Wahrheit war, daß er langsam gar nichts mehr verstand. Sein

Gehirn kam ihm vor, als hätte man es mit einem Stock umgerührt. Malachias wandte sich ab, um Geloë noch etwas Wasser zu geben. Plötzlich begannen Regentropfen auf das Fensterbrett zu klopfen; der graue Himmel konnte die Last des Gewitters nicht länger halten.

Die Zauberfrau machte ein grimmiges Gesicht. Sie hatten die Suppenschüsseln beiseitegestellt und saßen einander auf dem nackten Boden gegenüber: Simon, der Troll und die Herrin der Hütte. Malachias, obschon sichtlich interessiert, war bei dem kleinen Mädchen auf seinem Lager sitzengeblieben.

»Ich sah, wie böse Dinge sich rührten«, erklärte Geloë, und ihre Augen blitzten. »Böses, das die Wurzeln unserer vertrauten Welt erschüttern wird.« Sie hatte ihre Kraft wiedergefunden und noch etwas anderes dazu: Sie war so feierlich und ernst wie ein König, der zu Gericht sitzt. »Fast wünschte ich, wir hätten den Traumpfad nicht beschritten – doch das ist ein eitler Wunsch und stammt von demjenigen Teil meines Ichs, der am liebsten seine Ruhe haben möchte. Ich sehe dunklere Tage kommen und fürchte mich, in solch unheilverkündende Ereignisse hineingezogen zu werden.«

»Was meint Ihr damit?« fragte Simon. »Was war das alles? Habt Ihr auch den Berg gesehen?«

»Sturmspitze.« Binabiks Stimme klang seltsam flach. Geloë sah zu ihm hinüber, nickte und sprach dann weiter, zu Simon gewandt.

»Es ist wahr. Es war *Sturmrspeik,* den wir gesehen haben; so nennen sie ihn in Rimmersgard, wo er eine Legende ist, wenn man die Rimmersmänner danach fragt. Der Berg der Nornen.«

»Wir Qanuc«, ergänzte Binabik, »wissen, daß Sturmspitze Wirklichkeit ist. Aber trotzdem – die Nornen haben sich seit der Zeit jenseits der Zeiten nicht um die Angelegenheiten von Osten Ard gekümmert. Warum jetzt? Es kam mir vor, als . . .«

». . . als ob sie zum Krieg rüsteten«, beendete Geloë den Satz für ihn. »Wenn man dem Traum Glauben schenken kann, hast du recht. Aber natürlich gehört ein besser geschultes Auge als das meine dazu, festzustellen, ob wir die Wahrheit gesehen haben. Andererseits hast du gesagt, die Hunde, die euch verfolgten, trügen das Brandzeichen von Sturmspitze; das ist ein greifbarer Beweis aus der wachen Welt.

Ich meine, wir können diesem Teil des Traumes trauen; wenigstens finde ich, wir sollten es.«

»Zum Krieg rüsten?« Simon war jetzt schon verwirrt. »Gegen wen? Und wer war die Frau hinter der silbernen Maske?«

Geloë sah sehr müde aus. »Die Maske? Keine Frau. Ein Geschöpf aus den Legenden, könnte man sagen, oder ein Wesen aus der Zeit jenseits der Zeiten, wie Binabik es ausgedrückt hat. Das war *Utuk'ku*, die Königin der Nornen.«

Simon fühlte, wie es ihn eisig überlief. Draußen sang der Wind ein kaltes und einsames Lied. »Aber *was* sind diese Nornen? Binabik glaubt, sie wären Sithi.«

»Die alte Weisheit sagt, daß sie einst zu den Sithi gehörten«, antwortete Geloë. »Aber sie sind ein verschollener Stamm oder Abtrünnige. Sie kamen nie mit dem Rest ihres Volkes nach Asu'a, sondern verschwanden im unerforschten Norden, den eisigen Gegenden hinter Rimmersgard und seinen Gebirgen. Sie wollten mit dem, was in Osten Ard vorging, nichts zu schaffen haben, obwohl das jetzt anders zu werden scheint.«

Sekundenlang sah Simon einen Schatten tiefer Besorgnis über das mürrische, nüchterne Gesicht der Zauberfrau huschen.

Und diese Nornen helfen Elias, mich zu jagen? dachte er und fühlte neue Panik in sich aufsteigen. *Wie bin ich nur in diesen Alptraum geraten?*

Und als hätte die Angst in seinem Kopf eine Tür geöffnet, fiel ihm etwas ein. Aus den Verstecken seines Herzens stiegen abschreckende Gestalten nach oben, und er rang nach Atem.

»Diese ... diese blassen Leute ... die Nornen. Ich habe sie schon einmal gesehen!«

»Was?« Geloë und der Troll riefen es wie aus einem Mund und beugten sich vor. Simon, von ihrer Intensität überrascht, zuckte erschreckt zurück.

»Wann?« schnappte Geloë.

»Es war ... wenigstens glaube ich das, es kann auch ein Traum gewesen sein ... in der Nacht, als ich vom Hochhorst fortlief. Ich war an der Begräbnisstätte, und ich dachte, ich hörte jemanden meinen Namen rufen – eine Frauenstimme. Ich hatte solche Angst, daß ich wegrannte, einfach fort, auf den Thisterborg zu.« Auf dem Strohsack bewegte sich etwas; Malachias wechselte unruhig die Stellung. Simon achtete nicht auf ihn und fuhr fort.

»Da war ein Feuer oben auf dem Berg, zwischen den Zornsteinen. Kennt ihr sie?«

»Ja.« Geloës Antwort war knapp, aber Simon spürte ein Gewicht hinter den Worten, das er nicht verstand.

»Ja... ich fror und fürchtete mich, also kletterte ich hinauf. Es tut mir leid, aber ich war immer ganz sicher, daß es bloß ein Traum war. Vielleicht ist es ja auch einer.«

»Vielleicht. Erzähl weiter!«

»Es waren Männer auf dem Gipfel, Soldaten, ich sah es an ihrer Rüstung.« Simon fühlte, wie seine Handflächen sich mit dünnem Schweiß bedeckten. Er rieb sie aneinander. »Einer von ihnen war König Elias. Da bekam ich noch viel mehr Angst, darum versteckte ich mich. Und dann... dann hörte ich ein gräßliches, knarrendes Geräusch, und von der anderen Seite des Berges erschien ein schwarzer Wagen.« Es kam wieder, alles kam wieder... oder wenigstens *schien* es alles zu sein... aber da waren noch immer leere Schatten. »Diese Blaßhäutigen – die Nornen, es waren Nornen – begleiteten ihn, mehrere von ihnen, in schwarzen Gewändern.«

Eine lange Pause, während Simon sich mühsam zu erinnern versuchte. Auf dem Hüttendach trommelte der Regen.

»Und?« fragte die Valada endlich sanft.

»Elysia, Mutter Gottes!« fluchte Simon, und seine Augen füllten sich mit Tränen. »Ich kann mich nicht erinnern! Sie gaben ihm etwas, etwas von dem Wagen. Und es geschah noch anderes, aber in meinem Kopf ist alles wie unter einer Decke! Ich kann die Hand darauf legen, aber nicht sagen, was es ist. Sie haben Elias etwas gegeben. Ich dachte, es wäre ein Traum!« Er vergrub das Gesicht in den Händen, als wollte er die schmerzhaften Gedanken aus seinem schwindligen Kopf pressen.

Binabik klopfte Simon unbeholfen das Knie. »Das beantwortet vielleicht unsere zweite Frage. Auch ich habe nachgedacht, warum die Nornen sich zum Kampf rüsten sollten. Ich fragte mich, ob sie vielleicht Krieg gegen Elias, den Hochkönig, führen wollten, aus uraltem Groll gegen das Menschengeschlecht. Jetzt aber hat es für mich den

Anschein, als wollten sie ihm *helfen.* Irgendein Handel ist abgeschlossen worden. Möglicherweise war es das, was Simon gesehen hat. Aber wie? Wie konnte Elias je einen solchen Pakt mit den geheimnisvollen Nornen schließen?«

»Pryrates.« Sobald Simon es ausgesprochen hatte, war er überzeugt, daß es stimmte. »Morgenes hat gesagt, Pryrates würde Türen öffnen, und Schreckliches käme herein. Pryrates war auch auf dem Berg.«

Valada Geloë nickte. »Das ergibt einen gewissen Sinn. Eine Frage, die beantwortet werden muß, die aber, davon bin ich überzeugt, außerhalb unserer Macht liegt, ist – womit wurde der Handel besiegelt? Was konnten diese beiden, Pryrates und der König, den Nornen für ihre Hilfe anbieten?«

Sie teilten ein langes Schweigen.

»Was stand in dem Buch?« fragte Simon plötzlich. »Auf der Straße der Träume. Habt ihr das Buch auch gesehen?«

Binabik klopfte sich mit dem Handballen auf die Brust. »Es war da. Die Runen, die ich sah, stammten aus Rimmersgard: ›*Du Svardenvyrd*‹. Das heißt in deiner Sprache ›Der Zauber der Schwerter‹.«

»Oder ›Das Verhängnis der Schwerter‹«, ergänzte Geloë. »Unter den Weisen ist es ein berühmtes Buch, aber seit langer Zeit verschollen. Ich habe es nie gesehen. Es soll von Nisses verfaßt worden sein, einem Priester, Ratgeber König Hjeldins des Wahnsinnigen.«

»Der, nach dem der Hjeldin-Turm benannt ist?« fragte Simon.

»Ja. Hjeldin und Nisses sind beide dort gestorben.«

Simon dachte nach. »Ich habe auch drei Schwerter gesehen.«

Binabik sah Geloë an. »Nur Gebilde habe ich erblickt«, erklärte der Troll langsam. »Ich denke, es mögen Schwerter gewesen sein.«

Auch die Zauberfrau wußte es nicht genau. Simon beschrieb die Umrisse, so gut er konnte, aber sie hatten weder für Geloë noch für Binabik eine Bedeutung.

»So«, meinte der kleine Mann schließlich, »was haben wir nun auf der Traumstraße erfahren? Daß die Nornen Elias Unterstützung gewähren? Das hatten wir uns bereits gedacht. Daß ein seltsames Buch eine Rolle spielt . . . vielleicht? Das ist etwas Neues. Wir konnten einen Traumblick auf Sturmspitze und die Hallen der Bergkönigin werfen. Wir haben vielleicht Dinge gesehen, die wir noch nicht verstehen. Aber dennoch, denke ich, hat sich an einem gar nichts geändert: Wir müssen nach Naglimund. Euer Haus, Valada, wird uns eine Weile Schutz bieten, aber wenn Josua am Leben ist, muß er von diesen Dingen erfahren. «

Binabik wurde von unerwarteter Seite unterbrochen. »Simon«, sagte Malachias, »du hast erzählt, jemand hätte auf der Begräbnisstätte nach dir gerufen. Es war *meine* Stimme, die du gehört hast. Ich war es, die dich rief. «

Simon konnte nur Mund und Nase aufsperren. Geloë lächelte.

»Endlich beginnt eines unserer Geheimnisse zu reden! Fahr fort, Kind. Sag ihnen, was du mußt. «

Malachias wurde puterrot. »Ich . . . mein Name ist nicht Malachias. Ich heiße . . . Marya. «

»Aber Marya ist ein Mädchenname«, fing Simon an und verstummte beim Anblick von Geloës immer breiter werdendem Grinsen.

»*Ein Mädchen?*« fragte er lahm. Er schaute dem fremden Jungen ins Gesicht und erkannte es plötzlich als das, was es war. »Ein Mädchen«, brummte er und kam sich unsagbar dumm vor.

Die Zauberfrau lächelte vergnügt. »Es war offensichtlich, muß ich sagen – oder hätte es sein müssen. Sie hatte den Vorteil, mit einem Troll und einem Knaben zu reisen, unter dem Deckmantel rätselhafter, gefährlicher Abenteuer; aber ich habe ihr erklärt, daß sie die Täuschung nicht aufrechterhalten könne. «

»Vor allem nicht den ganzen Weg bis Naglimund, und dorthin muß ich. « Marya rieb sich müde die Augen. »Ich muß Prinz Josua eine wichtige Botschaft von seiner Nichte Miriamel überbringen. Bitte fragt mich nicht, was es ist, denn ich darf es nicht sagen. «

»Und was ist mit deiner Schwester?« erkundigte sich Binabik.

»Sie wird noch lange nicht reisen können. « Auch er schielte zu der überraschenden Marya hinüber, als wollte er herausfinden, wie er sich hatte täuschen lassen können. Dabei kam es ihm *jetzt* alles ganz unverkennbar vor.

»Sie ist nicht meine Schwester«, erwiderte Marya traurig. »Leleth war die kleine Dienerin der Prinzessin. Wir waren sehr gute Freundinnen. Sie hatte Angst, allein im Schloß zurückzubleiben und wollte unbedingt mitkommen. « Sie sah das schlafende Kind an. »Ich hätte sie nie mitnehmen dürfen. Ich wollte sie auf den Baum ziehen, bevor uns die Hunde faßten. Wäre ich doch nur stärker gewesen . . . «

»Es steht noch nicht fest«, unterbrach Geloë sie, »ob das kleine Mädchen überhaupt je wieder reisen kann. Sie ist von der Schwelle des Todes noch nicht weit entfernt. Ich sage das sehr ungern, aber es ist die Wahrheit. Du mußt sie bei mir lassen. «

Marya wollte protestieren, aber Geloë weigerte sich zuzuhören. Simon war verstört, als er in den dunklen Augen des Mädchens etwas entdeckte, das nach einem Schimmer von Erleichterung aussah. Der Gedanke, daß sie das verletzte Kind einfach zurücklassen wollte, so wichtig ihre Botschaft auch sein mochte, erzürnte ihn.

»Gut«, sagte Binabik endlich, »und wo stehen wir jetzt? Wir müssen immer noch nach Naglimund, und dazwischen stehen Meilen von Wald und die steilen Hänge des Weldhelm, die uns den Weg versperren, ganz abgesehen von den Jägern, die uns verfolgen. «

Geloë dachte gründlich nach. »Es scheint mir ganz klar«, erklärte sie dann, »daß ihr euch durch den Wald nach *Da'ai Chikiza* durchschlagen müßt. Es ist ein alter Ort der Sithi, natürlich lange verlassen. Dort könnt ihr die *Steige* finden, eine alte Straße über die Berge aus der Zeit, als die Sithi regelmäßig von dort nach Asu'a – dem Hochhorst – reisten. Sie wird nicht mehr benutzt, außer von Tieren, aber sie ist der leichteste und sicherste Übergang. Ich kann euch morgen früh eine Karte geben. Ach ja, *Da'ai Chikiza* . . .« Ein tiefes Licht flammte in den gelben Augen auf, und sie nickte, wie in Gedanken verloren, langsam vor sich hin. Gleich darauf blinzelte sie und wurde wieder so energisch wie vorher. »Jetzt müßt ihr schlafen. Wir sollten alle schlafen. Unsere heutigen Taten haben mich schlaff gemacht wie einen Weidenzweig. «

Simon fand das nicht. Ihm schien die Zauberfrau stark wie ein Eichbaum – aber wahrscheinlich konnte der Sturm selbst einer Eiche schaden.

Später, als er in seinen Mantel gerollt dalag, die warme Masse von Qantaqas ein wenig aufdringlicher Persönlichkeit an seine Beine geschmiegt, versuchte er, die Gedanken an den furchtbaren Berg von sich zu schieben. Es war alles zu ungeheuerlich, zu undurchschaubar.

Statt dessen fragte er sich, was Marya wohl von ihm halten mochte. Einen Knaben hatte Geloë ihn genannt – einen Knaben, der nicht wußte, wie ein Mädchen aussah. Aber das war ungerecht – wann hätte er Zeit haben sollen, sich damit zu beschäftigen?

Warum hatte sie im Hochhorst herumspioniert? Vielleicht für die Prinzessin? Und wenn es Marya war, die an der Begräbnisstätte nach ihm gerufen hatte, warum? Woher kannte sie seinen Namen, wieso hatte sie sich die Mühe gemacht, ihn zu behalten? Er erinnerte sich nicht, sie jemals in der Burg gesehen zu haben – zumindest nicht als Mädchen.

Als er endlich in den Schlaf trieb wie ein kleines Boot, das man auf einen schwarzen Ozean hinausschiebt, war ihm, als verfolge er ein Licht, das vor ihm zurückwich, einen hellen Fleck gerade außerhalb seiner Reichweite. Vor den Fenstern deckte Regen den dunklen Spiegel von Geloës See zu.

XXVII

Türme aus Spinnweb

Er versuchte so zu tun, als spüre er die Hand auf seiner Schulter nicht, aber das war unmöglich. Als er die Augen aufschlug, fand er den Raum noch völlig im Dunkel. Nur zwei eckige Siebe aus Sternstaub deuteten an, wo die Fenster waren.

»Laß mich schlafen!« stöhnte er. »Es ist viel zu früh!«

»Steh auf, Junge!« Ein rauhes Flüstern. Es war Geloë, lose in ihr Gewand gewickelt. »Wir dürfen keine Zeit verlieren.«

Simon blinzelte mit den trockenen und schmerzenden Augen an der knienden Frau vorbei auf Binabik, der wortlos dabei war, seinen Rucksack zu packen. »Was ist denn los?« fragte er, aber der Troll schien zu beschäftigt, um zu antworten.

»Ich war draußen«, erklärte Geloë. »Man hat den See entdeckt – wahrscheinlich die Männer, die euch jagten.«

Sofort setzte Simon sich auf und suchte seine Stiefel. In der fast undurchsichtigen Finsternis kam ihm alles ganz unwirklich vor, aber trotzdem konnte er seinen beschleunigten Herzschlag fühlen.

»Usires!« fluchte er leise. »Was machen wir jetzt? Ob sie uns angreifen?«

»Ich weiß nicht«, erwiderte Geloë und verließ ihn, um Malachias – nein, Marya, ermahnte sich Simon – zu wecken. »Es sind zwei Lager, eines am anderen See-Ende, dort wo der Zufluß ist, das andere nicht weit von hier. Entweder wissen sie, wem dieses Haus gehört und überlegen noch, was sie unternehmen sollen, oder sie wissen gar nicht, daß hier eine Hütte steht. Vielleicht sind sie erst gekommen, als wir die Kerzen schon gelöscht hatten.«

Simon fiel plötzlich eine Frage ein. »Woher wißt Ihr, daß sie drüben am anderen Ende sind?« Er spähte durchs Fenster. Der See war wieder in Nebel gehüllt, und nichts deutete auf Lagerfeuer hin. »Es ist doch dunkel«, fügte er hinzu und sah zu Geloë hinüber. Sie war ganz und gar nicht dazu angezogen, im Wald umherzustreifen. Ihre Füße waren nackt.

Aber noch während er sie so betrachtete, das hastig übergestreifte Gewand und die feuchten Nebelperlen, die ihr in Gesicht und Haar hingen, erinnerte er sich an die riesigen Schwingen der Eule, die auf dem Weg zum See vor ihnen hergeflogen war. Und er konnte die starken Klauen noch fühlen, die ihn fortgetragen hatten, als das widerwärtige Wesen auf der Straße der Träume das Leben aus ihm herauspressen wollte.

»Aber das ist jetzt wohl weniger wichtig, nicht wahr?« schloß er endlich. »Wichtig ist nur, daß wir wissen, daß sie da draußen sind.« Trotz des schwachen Mondlichtes sah er, daß die Zauberfrau grinste.

»Recht hast du, Simon«, erwiderte sie leise und half dann Binabik, zwei weitere Rucksäcke zu füllen, einen für Simon und einen für Marya.

»Hört zu«, sagte Geloë, als der inzwischen angekleidete Simon neben sie trat. »Es ist klar, daß ihr fort müßt, *bevor* es dämmert«, sie schielte einen Augenblick nach den Sternen, »was nicht mehr lange dauern wird. Die Frage ist nur, wie.«

»Unsere einzige Hoffnung«, brummte Binabik, »ist, uns hinauszuschleichen und sie dann im Wald zu umgehen. Wir müssen uns ganz leise bewegen. Jedenfalls können wir mit Sicherheit nicht *fliegen*.« Er grinste ein wenig mürrisch. Marya, die sich gerade in einen Mantel wickelte, den ihr die Valada gegeben hatte, starrte verwirrt auf das Lächeln des Trolls.

»Nein«, entgegnete Geloë ernsthaft, »aber ich bezweifle auch, daß ihr euch an diesen entsetzlichen Hunden vorbeischleichen könnt. Ja, ihr könnt nicht fort*fliegen*, aber vielleicht könnt ihr fort*schwimmen*. Ich habe unter dem Haus ein Boot angebunden. Es ist nicht groß, aber ihr vier paßt wohl hinein – und Qantaqa, solange sie keine Bocksprünge macht.« Sie kraulte liebevoll die Ohren der Wölfin, die neben ihrem hockenden Herrn lag.

»Und was bringt das Gutes?« erkundigte sich Binabik. »Sollen wir in die Mitte des Sees paddeln und sie dann morgen früh auffordern, herzuschwimmen und uns zu holen?« Er war mit dem letzten Rucksack fertig und schob Simon und dem Mädchen je einen zu.

»Es gibt einen Zufluß«, erläuterte Geloë. »Er ist klein und hat nicht viel Strömung, nicht einmal so viel wie der Bach, dem ihr auf dem Herweg gefolgt seid. Mit vier Paddeln kommt ihr leicht aus dem See raus und ein Stück flußauf.« Ihr leichtes Stirnrunzeln war eher nachdenklich als besorgt. »Leider führt der Zufluß auch an einem der beiden Lager vorbei. Aber das läßt sich nun einmal nicht ändern. Ihr müßt eben ganz lautlos paddeln. Vielleicht hilft das sogar eurer Flucht. Ein Mann, der so stur ist wie euer Baron Heahferth – und glaubt mir, ich habe schon mit ihm und seinesgleichen zu tun gehabt –, kann sich einfach nicht vorstellen, daß seine Beute so nah an ihm vorüberschlüpfen würde.«

»Heahferth macht mir auch keine Sorge«, erwiderte Binabik. »Es ist der andere, der in Wahrheit der Herr der Jagd ist – Ingen Jegger, der Schwarz-Rimmersmann.«

»Wahrscheinlich schläft er überhaupt nicht«, bemerkte Simon. Die Erinnerung an diesen Mann war ihm ganz und gar nicht behaglich.

Geloë verzog das Gesicht. »Habt keine Angst. Oder laßt euch wenigstens nicht von ihr bezwingen. Vielleicht gibt es eine nützliche Ablenkung... irgend etwas... man weiß nie.« Sie stand auf. »Komm, Junge«, sagte sie zu Simon, »du bist groß und kräftig. Hilf mir, das Boot loszubinden und es leise an die Brücke vor der Haustür zu ziehen.«

»Kannst du es sehen?« zischte Geloë und deutete auf etwas Dunkles, das auf der anderen Seite des aus dem Wasser ragenden Hauses auf dem ebenholzschwarzen See tanzte. Simon, schon bis zu den Knien im Wasser, nickte. »Dann mach leise«, mahnte sie – ziemlich unnötig, fand Simon.

Während er um das Haus herumwatete, über dem Kopf die auf Stelzen ruhenden Bodenbretter, kam Simon zu dem Ergebnis, daß er sich am Nachmittag doch nicht geirrt hatte, als es ihm vorgekommen war, als hätte sich die Umgebung der Hütte irgendwie verändert. Der Baum dort, die Wurzeln halb im Wasser, den hatte er am ersten Tag gesehen, als sie ankamen; aber da – bei Usires, er war ganz sicher! – hatte der Baum auf der anderen Seite der Hütte gestanden, neben der zur Tür führenden Planke. Wie konnte ein Baum sich bewegen?

Mit den Fingern fand er das Haltetau des Bootes und griff nach oben, bis er an die Stelle kam, wo es an einer Art Reifen, der vom Boden der Hütte herunterhing, festgemacht war. Während er sich krümmte, daß ihm der Rücken weh tat, um den Knoten zu lösen, rümpfte er die Nase über den merkwürdigen Geruch. War es der See oder die Unterseite des Hauses, was da so roch? Neben den Ausdünstungen von feuchtem Holz und Schimmel war da noch eine Art merkwürdiger Tiergeruch, warm und moschusartig, jedoch nicht unangenehm.

Während er noch so ins Dunkel spähte, hellten sich die Schatten ein wenig auf. Er konnte sogar den Knoten erkennen. Seine Freude darüber und über das rasche Losbinden, das nun möglich war, wurde von der kalten Einsicht zerstört, daß es bald dämmern würde; seine Helferin war die abnehmende Dunkelheit. Er zog das Haltetau herunter und watete zurück. Das Boot zog er leise hinter sich her. Er konnte vage Geloës unbestimmte Gestalt erkennen, die sich dicht an die schräge Eingangsplanke duckte. So schnell es ging, steuerte er auf sie zu ... bis er stolperte.

Es spritzte, und mit einem unterdrückten Aufschrei fiel er beinahe aufs Knie, zog sich aber gleich wieder hoch. Wo war er hängengeblieben? Es fühlte sich an wie ein Baumstamm. Er versuchte über das Hindernis wegzusteigen, trat aber mit dem nackten Fuß mitten darauf und mußte sich zusammennehmen, um nicht wieder zu schreien. Obwohl es regungslos und fest dalag, fühlte es sich doch schuppig an wie ein Hecht aus dem Burggraben im Hochhorst oder eines der ausgestopften Fabeltiere, die bei Morgenes auf den Borden standen. Als die kleinen Wellen sich beruhigten und er Geloës leise, aber wachsame Stimme fragen hörte, ob er sich verletzt hätte, sah er nach unten.

Obwohl das Wasser in der Dunkelheit so gut wie undurchsichtig war, war Simon überzeugt, den Umriß eines sonderbar aussehenden Baumstamms oder besser einer Art sehr großen *Astes* zu erkennen, denn er konnte ausmachen, daß das, worüber er gestrauchelt war, dicht unter der Wasseroberfläche lag und sich dort mit zwei weiteren schuppigen

Ästen vereinigte. Alle zusammen schienen mit dem Sockel eines der beiden Pfeiler verbunden zu sein, auf denen das Haus über dem See stand.

Und als er vorsichtig darüberstieg und lautlos durch das Wasser auf den Schatten, der Geloë war, zuglitt, erkannte er auf einmal, wie die Baumwurzeln – oder Äste, oder was immer sie waren – wirklich aussahen: wie ein riesenhafter Fuß. Oder eigentlich eine Klaue, eine Vogelklaue. Was für eine verrückte Idee! Ein Haus hatte keine Vogelfüße, genausowenig wie ein Haus aufstand und . . . wandelte . . .

Simon war sehr still, als Geloë das Boot am Fuß der Planke festband.

Alles und jeder wurde in das kleine Boot hineingestopft: Binabik hockte im spitzen Bug, Marya in der Mitte, Simon, die unruhige Qantaqa zwischen den Knien, im Heck. Die Wölfin fühlte sich sichtlich unwohl. Als Binabik ihr befahl, in den schaukelnden Kahn zu steigen, hatte sie gewinselt und sich gesträubt. Zum Schluß hatte er ihr einen kleinen Klaps auf die Schnauze versetzen müssen. Selbst in der Dunkelheit, die der Morgendämmerung vorausging, konnte man dem kleinen Mann vom Gesicht ablesen, wie schwer ihm das gefallen war.

Der Mond hatte sich tief in das blauschwarze Gewölbe des lichter werdenden westlichen Himmels zurückgezogen. Geloë reichte ihnen die Paddel und richtete sich auf.

»Sobald ihr sicher aus dem See heraus und ein Stück den Fluß hinauf seid, solltet ihr das Boot am besten über Land tragen, durch den Wald bis zum Aelfwent. Es ist nicht übermäßig schwer, und ihr braucht es auch nicht sehr weit zu schleppen. Der Fluß fließt in die richtige Richtung und müßte euch schnell nach *Da'ai Chikiza* bringen. «

Binabik streckte sein Paddel aus und stieß das Boot von der Planke ab. Geloë stand knöcheltief im Seewasser, als sie sich sanft vom Ufer wegdrehten.

»Denkt daran«, flüsterte sie, »laßt die Paddel im Wasser schleifen, sobald ihr den Fluß erreicht. Stille! Das ist euer Schutz. «

Simon hob die offene Hand. »Lebt wohl, Valada Geloë. «

»Leb wohl, junger Pilgrim. « Obwohl kaum drei Ellen sie trennten, wurde ihre Stimme bereits schwächer. »Viel Glück für euch alle.

Fürchtet euch nicht! Ich werde gut für das kleine Mädchen sorgen. «
Leise glitten sie davon, bis die Zauberfrau nur noch ein Schatten neben
der vorderen Stelze des Hauses war.

Der Bug des kleinen Bootes durchschnitt das Wasser wie eine Barbier-
klinge Seide. Auf einen Wink Binabiks senkten sie die Köpfe, und der
Troll steuerte das Boot schweigend in die Mitte des nebligen Sees.
Simon duckte sich in Qantaqas dickes Rückenfell, spürte den Puls ihres
unruhigen Atems und sah zu, wie sich auf der Wasseroberfläche neben
dem Boot kleine Ringe bildeten. Zuerst dachte er an Fische, die so früh
schon ein Frühstück aus Maifliegen und Mücken einzunehmen
gedachten. Dann aber spürte er einen winzigen nassen Tropfen im
Nacken und noch einen. Es regnete.

Als sie sich der Mitte näherten, fuhren sie durch ganze Felder von Hyazinthen, die über das Wasser verstreut waren, als habe man sie auf den
Pfad eines heimkehrenden Helden geworfen. Der Himmel begann sich
zu erhellen. Die Dämmerung kündete ihr Kommen nicht an: es würde
Stunden dauern, bis die Sonne die Wolken durchbrechen und sich am
Himmel zeigen könnte. Es sah eher aus, als habe man eine Schicht
Dunkelheit vom Himmel geschält wie den ersten von vielen Schleiern. Die Baumlinie, die ein schwarzer Fleck am Horizont gewesen war,
verwandelte sich in ein Strohdach aus einzelnen Baumwipfeln, die sich
vom schiefergrauen Himmel abhoben. Das Wasser, das sie umgab, war
schwarzes Glas, aber schon wurden ein paar Einzelheiten des Ufers
erkennbar, matte, bleiche Baumwurzeln wie verkrüppelte Bettler-
beine, der vage Silberschein eines Granitfelsens – das alles umgab den
geheimen See wie ein Hoftheater, das darauf wartet, daß die Schau-
spieler sich einfinden. Langsam verwandelten sich die grauen Nacht-
gestalten in die lebendigen Dinge des Tages.

Qantaqa duckte sich überrascht, als Marya sich plötzlich vorbeugte
und über die Seitenwand des Bootes spähte. Sie wollte etwas sagen,
unterließ es und zeigte statt dessen mit dem Finger über den Bug und
leicht nach rechts.

Simon kniff die Augen zusammen und sah es: ein fremdartiges Gebilde
am unordentlichen und doch in gewisser Weise regelmäßigen Wald-
saum, ein viereckiges, kompaktes Ding, dessen Farbe sich von den
dunklen Ästen ringsum abhob – ein blaugestreiftes Zelt.

Jetzt gewahrten sie noch einige weitere Zelte, drei oder vier, die gleich hinter dem ersten standen. Simon machte ein finsteres Gesicht und lächelte dann verächtlich. Wie typisch für Baron Heahferth, jedenfalls nach dem, was er damals in der Burg über ihn gehört hatte, derartigen Luxus in den wilden Wald mitzuschleppen.

Gleich hinter den verstreuten kleinen Zelten wich das Seeufer mehrere Ellen zurück und trat dann wieder vor. In der Mitte gab es eine dunkle Stelle, als ob jemand ein Stück aus der Uferlinie herausgebissen hätte. Äste hingen dort tief über dem Wasser. Man konnte zwar nicht sehen, ob es wirklich die Mündung des Zuflusses war, aber Simon war davon überzeugt.

Genau an der Stelle, wo Geloë es gesagt hat! dachte er. *Scharfe Augen hat sie – aber das ist ja auch nicht weiter erstaunlich.* Er wies auf die dunkle Lücke im Seeufer, und Binabik nickte; er hatte sie ebenfalls gesehen.

Als sie sich dem schweigenden Lager näherten, mußte Binabik etwas kräftiger paddeln, damit sie nicht zu langsam vorbeiglitten; Simon dachte, daß sich die Strömung des Zuflusses wohl allmählich bemerkbar machte. Vorsichtig hob er sein Paddel, um es über die Bootswand zu bringen, aber Binabik bemerkte die Bewegung aus dem Augenwinkel, drehte sich um und schüttelte den Kopf, wobei er lautlos die Worte *noch nicht* hauchte. Unmittelbar über dem vom Regen gekräuselten Wasser ließ Simon das kleine Paddel verharren.

Als sie, keine dreißig Ellen vom Ufer, die Zelte passierten, sah Simon eine dunkle Gestalt zwischen den Wänden aus azurblauem Stoff herumgehen. Es schnürte ihm die Kehle zu. Ein Posten; unter dem Mantel nahm er den stumpfen Glanz von Metall wahr. Vielleicht blickte der Mann sogar in ihre Richtung, aber das war schwer festzustellen, weil er die Kapuze weit über den Kopf gezogen hatte.

Gleich darauf hatten auch die anderen den Wächter erkannt. Binabik hob vorsichtig das Paddel aus dem Wasser, und alle bückten sich, um so wenig wie möglich von ihrem Umriß zu zeigen. Selbst wenn der Soldat zufällig auf den See schaute, übersah er sie vielleicht oder würde nur einen Baumstamm bemerken, der auf dem Wasser schaukelte – aber Simon war sicher, daß das einfach zuviel gehofft war. Er konnte sich nicht vorstellen, daß der Mann, wenn er sich umdrehte, sie nicht entdecken sollte; dazu waren sie ihm viel zu nahe.

Die Fahrt des kleinen Bootes verlangsamte sich, und die dunkle Lücke in der Uferlinie kam näher. Es *war* der Zufluß. Simon konnte die kleinen Wellen sehen, dort wo das Wasser ein paar Meter aufwärts über den runden Rücken eines Felsblockes strömte.

Auch ihre Fahrt hatte es schon fast abgebremst; die Nase des Bootes begann sich, von der leichten Strömung abgewiesen, bereits zu drehen. Sie würden bald die Paddel eintauchen müssen oder genau unter den blauen Zelten ans Ufer treiben. Und in diesem Augenblick war der Posten mit dem fertig, was auf der anderen Seite des Lagers seine Aufmerksamkeit erregt hatte, und drehte sich um, um auf den See hinauszuschauen.

In derselben Sekunde, noch ehe die in ihnen aufsteigende Furcht sie wirklich erfassen konnte, fiel aus den Bäumen über dem Lager etwas Dunkles senkrecht auf den Posten hinunter. Es segelte wie ein riesiges graues Blatt durch die Äste und landete auf seinem Hals; aber dieses Blatt hatte Klauen. Als er sie an der Kehle fühlte, stieß der Gepanzerte einen Schreckensschrei aus, ließ den Speer fallen und schlug auf das Wesen ein, das ihn gepackt hielt. Die graue Gestalt flatterte mit schwirrenden Schwingen in die Höhe und schwebte gerade außer Reichweite über seinem Kopf. Wieder schrie der Mann, griff sich an den Hals und tastete auf der Erde nach seinem Speer. »Jetzt!« zischte Binabik. »Paddelt!« Er, Marya und Simon tauchten die hölzernen Blätter ins Wasser und ruderten mit aller Macht. Die ersten Schläge schienen sie nicht weiterzubringen, sinnlos spritzte Wasser, und das Boot schaukelte. Dann begannen sie sich in Bewegung zu setzen und paddelten gleich darauf gegen die stärkere Strömung des Flusses, als sie unter den überhängenden Ästen hindurchgeglitten waren.

Simon blickte sich um und sah den Posten, der barhäuptig herumhüpfte und nach dem über ihm schwebenden Wesen schlug. Ein paar von den anderen Männern hatten sich auf ihren Schlafdecken aufgerichtet und lachten über den Anblick ihres Kameraden, der den Speer wieder fallengelassen hatte und jetzt mit Steinen nach dem verrückten, gefährlichen Vogel warf. Die Eule wich den Geschossen mit Leichtigkeit aus. Als Simon den Vorhang aus belaubten Zweigen hinter dem Boot herunterzog, schwenkte sie spöttisch den breiten weißen Schwanz und kreiste nach oben in die Schatten der Bäume.

515

Sie stemmten sich gegen die widerspenstige Strömung, die überraschend stark war, obwohl sich an der Oberfläche gar nichts zu bewegen schien, und Simon lachte leise und triumphierend vor sich hin.

Lange Zeit paddelten sie so den Fluß hinauf. Auch wenn sie nicht gewußt hätten, daß sie still sein mußten, wäre ihnen eine Unterhaltung schwergefallen, so anstrengend war das Paddeln. Endlich, fast eine Stunde später, stießen sie auf einen kleinen Altarm, von einem Schutzschirm aus Schilfrohr umgeben, wo sie haltmachen und sich ausruhen konnten.

Die Sonne war inzwischen ganz aufgegangen, ein verschwommener, glühender Fleck hinter einem perlweißen, den ganzen Himmel bedeckenden Wolkenbaldachin. Noch immer hing dünner Nebel über Wald und Fluß, so daß ihre Umgebung einer Traumlandschaft glich. Etwas weiter oben schien der Fluß irgendein Hindernis zu unter- oder überspülen; das ruhige Schnurren des fließenden Wassers wurde durch die glockenspielartigen Geräusche des Wasserlaufes verstärkt, der in die Höhe sprang und plätschernd wieder herunterfiel.

Simon pustete und beobachtete das Mädchen Marya. Sie hatte die Wange auf den Unterarm gelegt und lehnte sich an die Bootswand. Es war ihm völlig unverständlich, wie er sie je für einen Jungen hatte halten können. Was ihn an einen Fuchs erinnert hatte, die für einen Jungen ungewöhnlich scharfen Züge, schien ihm jetzt anmutig. Sie war rot vor Anstrengung. Simon betrachtete ihre geröteten Wangen, und sein Blick wanderte über die weiße Länge des gestreckten Halses zu der sanften, aber deutlich sichtbaren Erhebung ihres Schlüsselbeines, dort, wo das Jungenhemd, das sie trug, am Hals offenstand.

Sie ist nicht sehr gut gepolstert . . . nicht wie Hepzibah, überlegte er sinnend. *Ha! Ich möchte einmal sehen, wie Hepzibah sich als Junge ausgibt! Aber trotzdem ist sie auf ihre magere Weise hübsch. Ihr Haar ist so ungemein schwarz.*

Maryas Augen flatterten zu. Sie atmete weiter tief. Simon streichelte gedankenverloren Quantaqas breiten Kopf.

»Gut gebaut ist sie, nicht wahr?« fragte Binabik vergnügt.

Simon starrte ihn erschreckt an. »Was?«

Binabik runzelte die Stirn. »Es tut mir leid. Vielleicht sagt ihr auf

Erkynländisch ›er‹ dazu? Oder ›es‹? Aber trotzdem mußt du mir zustimmen, daß Geloë ein Werk von großer Kunst vollbracht hat.«

»Binabik«, sagte Simon, dessen Erröten nachzulassen begann, »ich habe nicht die geringste Ahnung, wovon du sprichst.«

Der kleine Mann klopfte mit der flachen Hand sanft auf die Bootswand. »Was für ein schönes Werk Geloë aus Rinde und Holz geschaffen hat. Und so leicht! Ich denke, wir werden keine große Mühe haben, es über Land zum Aelfwent zu tragen.«

»Das Boot . . .«, sagte Simon und nickte wie ein Dorftrottel. »Das Boot. Ja, es ist gut gebaut.«

Marya setzte sich auf. »Wollen wir jetzt versuchen, uns zu dem anderen Fluß durchzuschlagen?« fragte sie. Als sie sich wieder umdrehte und nach dem dünnen Waldstreifen blickte, den man durch das Schilf erkennen konnte, bemerkte Simon die dunklen Ringe unter ihren Augen, sah, wie erschöpft sie war. Ein wenig regte er sich immer noch darüber auf, daß sie erleichtert gewesen war, als Geloë sich bereiterklärte, das Kind zu behalten; aber er war froh, daß diese Dienerin sich Gedanken zu machen schien, daß sie nicht einfach zu den Mädchen gehörte, die immer nur Lachen und Scherzen im Sinn haben.

Nein, natürlich gehört sie nicht dazu, dachte er. *Eigentlich habe ich sie überhaupt noch nicht lächeln sehen. Nicht, daß unsere Erlebnisse nicht jedem das Lachen austreiben könnten – aber ich laufe ja auch nicht immer mürrisch und schlechtgelaunt herum.*

»Das wäre vielleicht gar keine schlechte Idee«, sagte Binabik als Antwort auf Maryas Frage. »Ich glaube, das Geräusch, das wir dort vor uns hören, ist eine Versammlung von Felsen im Fluß. Wenn das zutrifft, hätten wir ohnehin kaum eine andere Wahl, als das Boot außenherum zu tragen. Vielleicht könnte Simon hingehen und es herausfinden.«

»Wie alt bist du?« fragte Simon Marya. Binabik drehte sich überrascht um und glotzte ihn an. Marya verzog den Mund und betrachtete Simon einen langen Augenblick.

»Ich bin . . .« begann sie und hielt dann inne. »Im Octander werde ich sechzehn Jahre.«

»Also fünfzehn«, meinte Simon nicht ohne eine gewisse Selbstgefälligkeit.

»Und du?« erkundigte sich das Mädchen herausfordernd. Simon sträubten sich die Nackenhaare.

»Fünfzehn!«

Binabik hüstelte. »Gut und schön – Schiffskameraden sollten sich miteinander bekanntmachen. Aber... vielleicht besser später. Simon, könntest du hingehen und feststellen, ob dort vorn wirklich Felsen sind?«

Simon wollte schon ›ja‹ sagen, hatte aber plötzlich keine Lust mehr. War er ein Laufbursche? Ein Kind, das springen und für die Erwachsenen Sachen herausfinden mußte? Wer hatte denn schließlich die Entscheidung getroffen, hinzugehen und dieses dumme Mädchen von ihrem Baum zu retten?

»Wenn wir doch ohnehin zu dem Wie-heißt-er-doch-gleich hinüber müssen, warum dann der Aufwand?« fragte er. »Gehen wir doch einfach los.«

Der Troll warf ihm einen scharfen Blick zu, nickte jedoch schließlich mit dem Kopf. »Na schön. Ich denke, meiner Freundin Quantaqa wird es auch guttun, wenn sie sich ein wenig die Beine vertritt.« Und zu Marya: »Wölfe sind keine Seeleute, weißt du.«

Marya starrte Binabik an, als wäre er noch wunderlicher als Simon. Dann brach sie in schallendes Gelächter aus. »Sehr wahr!« meinte sie und lachte weiter.

Das Kanu war tatsächlich federleicht, aber trotzdem nicht einfach durch die Äste und Ranken zu befördern, die ständig daran hängenblieben. Um eine Höhe zu erreichen, bei der sowohl Binabik als auch das Mädchen mittragen konnten, mußten sie das umgekehrte Boot so tief halten, daß das scharfe Heckende ständig gegen Simons Brustbein schlug. Außerdem konnte er beim Gehen die eigenen Füße nicht sehen, was zur Folge hatte, daß er immer wieder im Unterholz stolperte. Durch das Geflecht aus Zweigen und Blättern über ihnen ergoß sich der Regen; Simon, der keine Hand frei hatte, konnte sich nicht einmal die Tropfen abwischen, die ihm in die Augen liefen. Er war nicht in bester Stimmung.

»Wie weit ist es eigentlich, Binabik?« fragte er endlich. »Dieses verdammte Boot schlägt mir die Brust in Stücke.«

»Nicht weit, ist meine Hoffnung«, rief der Troll, dessen Stimme unter der Hülle aus gespannter Baumrinde unheimlich widerhallte. »Geloë hat gesagt, der Zufluß und der Aelfwent flössen eine lange Strecke nebeneinander her und seien nicht mehr als eine Viertelstunde getrennt. Wir sollten bald da sein.«

»Bald sollte es wirklich sein«, bemerkte Simon grimmig. Marya vor ihm gab einen Laut von sich, von dem Simon sicher war, daß er nach Abscheu klang – wahrscheinlich seinetwegen. Er zog ein ungemein finsteres Gesicht, und das rote Haar lag ihm naß und strähnig auf der Stirn.

Endlich vernahmen sie durch das sanfte Trommeln von Regentropfen auf Laub und Boot ein anderes Geräusch, ein atmendes Rauschen, das Simon an einen Raum voll murmelnder Menschen denken ließ. Quantaqa sprang krachend durch das Unterholz voraus.

»Ha!« ächzte Binabik und ließ sein Bootsende sinken. »Seht ihr? Wir haben ihn gefunden. *T'si Suhyasei!*«

»Ich dachte, er hieße Aelfwent.« Marya rieb sich die Stelle ihrer Schulter, auf der das Boot gelegen hatte. »Oder sagen das die Trolle immer, wenn sie auf einen Fluß stoßen?«

Binabik lächelte. »Nein. Es ist ein Sithiname. Schließlich ist das in gewisser Weise ein Sithifluß, denn sie fuhren mit ihren Booten darauf, als *Da'ai Chikiza* ihre Stadt war. Du solltest das wissen, denn Aelfwent heißt in der alten Sprache von Erkynland ›Sithifluß‹.«

»Und was bedeutet dann ... das, was du gesagt hast?« fragte Marya.

»*T'si Suhyasei?*« Binabik dachte nach. »Das kann man schwer genau übersetzen. Es heißt ungefähr ›ihr Blut ist kalt‹.«

»Ihr?« fragte Simon und kratzte sich mit einem Stock den Lehm von den Stiefeln. »Und wer ist dieses Mal ›ihr‹?«

»Der Wald«, erwiderte Binabik. »Bei den Sithi ist er weiblich. Kommt jetzt. Ihr könnt euch gleich den Schlamm im Wasser abwaschen.«

Sie trugen das Boot die Uferböschung hinunter. Dazu mußten sie es durch ein Dickicht aus Katzenschwänzen stoßen, was viele geknickte

Stiele zur Folge hatte. Endlich lag der Fluß vor ihnen – eine breite, gesunde Wasserfläche, erheblich größer als der Seezufluß und mit einer sichtlich stärkeren Strömung. Sie mußten das Boot in die vom Flußlauf ausgewaschene Schlucht hinunterlassen; zuletzt stand Simon, der Längste, knietief im seichten Wasser, um das Boot in Empfang zu nehmen. Seine Stiefel wurden dabei allerdings wirklich sauber. Er hielt das tanzende Fahrzeug fest, während Marya und der Troll zuerst die mißtrauische Quantaqa über den Rand hoben – ohne daß die Wölfin ihnen dabei wesentlich behilflich gewesen wäre –, um dann selber einzusteigen. Simon kletterte als letzter an Bord und nahm seinen Platz im Heck ein.

»Deine Stellung«, ermahnte Binabik ihn ernst, »erfordert viel Verantwortung. Bei einer so starken Strömung werden wir nicht viel zu paddeln haben, aber du mußt steuern; und rufe, wenn Felsen kommen, damit wir mithelfen können, uns von ihnen abzustoßen!«

»Das kann ich«, antwortete Simon rasch. Binabik nickte und ließ den langen Ast los, an dem er sich festgehalten hatte; sie stießen vom Ufer ab und trieben hinaus auf den brausenden Aelfwent.

Zuerst war es, wie Simon rasch merkte, doch ein wenig schwierig. Einige der Felsen, denen sie aus dem Weg gehen mußten, waren über der glasigen Oberfläche des Wassers gar nicht sichtbar, sondern lagen unmittelbar darunter, so daß sie nur an den glänzenden Buckeln zu erkennen waren, die das Wasser darüber bildete. Der erste, den Simon *nicht* sah, verursachte ein gräßliches Geräusch, als der straffgespannte Rumpf an ihm entlangschrammte, so daß sie alle einen Augenblick Angst bekamen; aber das kleine Boot sprang von dem versunkenen Stein fort wie ein Schaf vor den Scheren. Bald hatte Simon sein Fahrzeug im Gefühl; an manchen Stellen schien es fast über das Wasser zu fliegen, schwerelos wie ein Blatt auf dem wogenden Rücken des Flusses.

Als sie in einen Abschnitt mit ruhigerem Fahrwasser kamen und das Tosen der Felsen hinter ihnen zurückblieb, spürte Simon, wie ihm das Herz in der Brust schwoll. Die neckenden Hände des Flusses zupften an seinem Paddel, das im Wasser trieb. Eine Erinnerung an die breiten Zinnen des Hochhorstes, auf denen er herumgeklettert war, stieg in ihm auf – als er atemlos gewesen war über die eigene Macht, über

den Anblick der säuberlichen Felder tief unter ihm. Ihm fiel ein, wie
er in der Glockenstube des Grünengel-Turmes gehockt und auf die
aneinandergeduckten Häuser von Erchester hinuntergeschaut hatte,
hinaus in die weite Welt, den Wind im Gesicht. Hier, im Heck des
kleinen Bootes, kauerte er von neuem zugleich in der Welt und darüber, weit darüber, segelte wie der Frühlingswind, der durch die
Baumkronen schnaubte. Er hob das Paddel vor sich in die Höhe...
und es war ein Schwert.
Usires war ein Seemann, fing er an zu singen, die Worte fielen ihm
plötzlich wieder ein. Es war eine Melodie, die ihm jemand vorgesungen hatte, als er noch sehr klein gewesen war.

> *Usires war ein Seemann,*
> *wohl auf dem weiten Ozean,*
> *er nahm das Gotteswort mit sich*
> *und segelte nach Nabban-o!*

Binabik und Marya drehten sich nach ihm um; Simon grinste.

> *Tiyagaris war ein Kriegsmann,*
> *wohl auf dem weiten Ozean,*
> *er nahm das Wort des Rechts mit sich*
> *und segelte nach Nabban-o!*

> *Und Johan war ein König,*
> *wohl auf dem weiten Ozean,*
> *er nahm das Ädonswort mit sich*
> *und segelte nach Nabban-o!*

Er verstummte.
»Warum hörst du auf?« fragte Binabik. Marya betrachtete ihn immer
noch mit nachdenklichem Augenausdruck.
»Das ist alles, was ich davon weiß«, erklärte Simon und versenkte
sein Paddel wieder im gurgelnden Kielwasser des Bootes. »Ich erinnere mich nicht einmal, woher. Ich glaube, eine der Kammerfrauen
hat es gesungen, als ich ein Kind war.«

Binabik lächelte. »Ein gutes Lied für eine Flußreise, finde ich, obwohl einige der Einzelheiten über wenig historische Richtigkeit verfügen. Bist du sicher, daß du dich an nichts mehr erinnern kannst?«

»Leider ja.« Das Versagen seiner Erinnerung kümmerte ihn wenig. Diese eine kurze Stunde auf dem Fluß hatte seine Laune ganz und gar gehoben. Er war einmal auf einem Fischerboot mit in der Bucht gewesen und hatte es sehr schön gefunden... aber das war nichts im Vergleich zu jetzt, zu dem vorüberrauschenden Wald und dem Gefühl des zierlichen Bootes unter ihm, so sensibel und empfänglich für seine Kommandos wie ein Fohlen.

»Ich kenne keine Segellieder«, bemerkte der Troll, der sich über Simons veränderte Stimmung freute. »Im hohen Qanuc sind die Flüsse aus Eis, und nur die kleinen Trollinge spielen ihre Schleifspiele darauf. Ich könnte allenfalls etwas vom mächtigen Chukku und seinen Abenteuern singen...«

»Ich kenne ein Flußlied«, unterbrach ihn Marya und fuhr sich mit schmaler, weißer Hand durch den schwarzen Haarschopf. »Die Straßen von Meremund sind voll von Seemannsliedern.«

»Meremund?« fragte Simon. »Wie kommt ein Burgmädchen nach Meremund?«

Marya kräuselte die Lippen. »Wo, glaubst du, haben die Prinzessin und ihr ganzer Hof gelebt, bevor wir zum Hochhorst kamen – in der Einöde von Nascadu?« Sie schnaubte. »Natürlich in Meremund. Es ist die schönste Stadt der Welt, in der sich das Meer und der große Gleniwent-Fluß begegnen. *Du* kannst das nicht wissen, du warst nie dort.« Sie feixte. »Burgjunge!«

»Dann sing!« mischte Binabik sich ein und wedelte mit der Hand vor sich her. »Der Fluß wartet darauf, dich zu hören, und der Wald auch.«

»Hoffentlich erinnere *ich* mich noch«, meinte sie spöttisch und warf Simon einen schrägen Blick zu. Er erwiderte ihn hochmütig – ihre Bemerkung hatte seine gehobene Stimmung kaum berührt. »Es ist ein Lied der Flußschiffer«, fuhr sie fort, räusperte sich und hob dann, erst ein wenig unsicher, dann mutiger, mit lieblicher, kehliger Stimme zu singen an.

. . . Und manche segeln auf der See,
und ihr Mund ist mächtig voll
von Geheimnissen und Schlachtgebrüll
und Historien blutig toll.

Doch fragt ihr dort am Gleniwent
einen Mann, der's wissen muß,
sagt er, freilich, Gott erschuf das Meer,
doch gemeint hat er den Fluß.

Oh, das Meer ist eine Frage,
doch die Antwort ist der Fluß,
wenn er tanzt und lacht und Sprünge macht
wie ein Tänzerinnenfuß!
Hol der Teufel, wer sich drücken will
vor dem Boot so alt und bunt,
und geht so ein Kerl mal über Bord –
Prost auf ihn in Meremund!

Und mancher geht aufs Meer hinaus,
der nie mehr gesehen wird,
doch uns Kerls vom Fluß, die findet man
jede Nacht beim Schenkenwirt.

Und mancher sagt, wir trinken viel
und gelärmt wird und gelacht,
doch wenn der Fluß deine Dame ist,
schläfst du trotzdem gut bei Nacht.

Oh, das Meer ist eine Frage,
doch die Antwort ist der Fluß,
wenn er tanzt und lacht und Sprünge macht
wie ein Tänzerinnenfuß!
Hol der Teufel, wer sich drücken will
vor dem Boot so alt und bunt,

und geht so ein Kerl mal über Bord –
Prost auf ihn in Meremund!

In Meremund! In Meremund!
Dort trinken wir ihm zu,
aber wenn er nicht vorübertreibt,
gibt's auch keine letzte Ruh!

Als Marya zum dritten Mal zum Kehrreim kam, kannten Simon und
Binabik die Worte und konnten einfallen. Qantaqa legte die Ohren
an, als sie den dahineilenden Aelfwent hinuntergrölten.
Oh, das Meer ist eine Frage, doch die Antwort ist der Fluß, sang Simon
aus voller Kehle, als plötzlich die Nase des Bootes in ein Wasserloch
kippte und wieder in die Höhe schoß: Sie fuhren von neuem durch
Felsen. Als sie die brodelnden Wasser hinter sich gebracht und wieder
freie Fahrt hatten, waren sie alle zu atemlos zum Weitersingen. Aber
Simon grinste immer noch, und als die grauen Wolken über dem
Wald ihre Schleusen öffneten und sie mit noch mehr Regen über-
schütteten, hob er das Kinn und fing die Tropfen mit der Zunge auf.
»Regen, jetzt«, erläuterte Binabik und hob unter dem an die Stirn
geklatschten Haar die Brauen. »Ich denke, wir werden naß.«
Den kurzen Augenblick der Stille durchbohrte das hohe, prustende
Gelächter des Trolls.

Als das durch den Baumbaldachin herabsickernde Licht schwächer
wurde, steuerten sie das Boot ans Ufer und schlugen ihr Lager auf.
Binabik schichtete ein Feuer und setzte mit Hilfe seines Säckchens
mit gelbem Staub das feuchte Holz in Brand. Dann förderte er aus
einem der Rucksäcke, die Geloë ihnen mitgegeben hatte, ein Paket
mit frischem Gemüse und Obst zutage. Die Wölfin, sich selbst überlassen, schlich ins hohe Gebüsch hinein und kam nach einiger Zeit
mit triefendnassem Fell zurück; ein paar blutige Streifen zierten ihre
Schnauze. Simon blickte zu Marya hinüber, die nachdenklich an
einem Pfirsichkern lutschte, um zu sehen, wie sie auf dieses Zeichen
der brutalen Seite von Qantaqas Wesen reagieren würde, aber falls
das Mädchen es überhaupt bemerkt hatte, zeigte sie keinen Hinweis

auf Unbehagen. *Sie muß in der Küche der Prinzessin gearbeitet haben,* dachte er. *Trotzdem, ich wette, wenn ich ihr eine von Morgenes' ausgestopften Echsen in den Mantel steckte, dann würde sie springen.*

Der Gedanke daran, daß sie in einer der Burgküchen beschäftigt gewesen sein könnte, veranlaßte ihn nachzugrübeln, was sie eigentlich im Dienst der Prinzessin für Aufgaben gehabt haben mochte – und, wenn er schon dabei war, wieso hatte sie gerade ihm nachspioniert? Aber als er sie über die Prinzessin ausfragen wollte, schüttelte sie nur den Kopf und meinte, über ihre Herrin und ihren Dienst könne sie erst dann etwas erzählen, wenn sie ihre Botschaft in Naglimund abgeliefert hätte.

»Ich hoffe, du wirst mir die Stellung dieser Frage vergeben«, bemerkte Binabik, der gerade die wenigen Eßgeräte einpackte und seinen Wanderstab auseinandernahm, um dann seine Flöte herauszuholen, »aber welchen Plan hast du, wenn Josua *nicht* in Naglimund ist und deine Botschaft nicht entgegennehmen kann?«

Marya machte ein verwirrtes Gesicht, schwieg aber trotzdem weiter. Simon war versucht, Binabik nach *ihren* Plänen zu fragen, und nach *Da'ai Chikiza* und der *Steige,* aber der Troll trillerte bereits gedankenverloren auf seiner Flöte. Die Nacht legte eine Decke aus Dunkelheit über den ganzen großen Aldheorte und ließ nur ihr kleines Feuerchen unbedeckt. Simon und Marya saßen da und lauschten dem Troll, der seine Musik in die regennassen Baumwipfel aufsteigen und dort ein Echo finden ließ.

Am nächsten Tag waren sie kurz nach Sonnenaufgang schon auf dem Fluß. Der Rhythmus des fließenden Wassers schien ihnen jetzt vertraut wie ein Kinderreim: die langen, trägen Strecken, auf denen es ihnen vorkam, als sei ihr Boot ein Felsen, auf dem sie saßen, während zu beiden Seiten das unendliche Meer der Bäume vorüberrauschte – und andererseits die gefährliche Erregung der brausenden Stromschnellen, die das schwache Fahrzeug schüttelten wie einen Fisch, der am Haken zappelt.

Im Lauf des Vormittages ließ der Regen nach, und die Sonne funkelte durch die überhängenden Äste und schmückte Fluß und Waldboden mit kleinen Lichttümpeln.

Die willkommene Erholungspause von den Unbilden des Wetters –
das, wie Simon nicht umhin konnte festzustellen, für den späten Maia
ungewöhnlich winterlich war, wobei er an den Eisberg ihres gemeinsamen Traums dachte – trug dazu bei, daß sie alle guter Dinge waren.
Während sie durch den Tunnel tief herabgeneigter Bäume dahin-
schwammen, zwischen denen sich hier und da majestätische Flächen
voller Sonnenschein ausbreiteten, der durch Lücken im Astgewirr
strömte und den Fluß für kurze Zeit in einen Spiegel aus poliertem
Gold verwandelte, unterhielten sie einander durch muntere Reden.
Simon, zuerst recht unwillig, erzählte von den Menschen, die er in
der Burg gekannt hatte – von Rachel, Tobas dem Hundewärter, der
sich mit Lampenruß die Nase schwärzte, damit ihn seine Schützlinge
leichter als zur Familie gehörig anerkannten, von Peter Goldschüssel,
dem riesigen Ruben und vielen anderen. Binabik sprach mehr von
seinen Reisen, von seinen Jugendfahrten in das Brackland von Wran
und die öden, fremdartigen Wüsten im Osten seiner Heimat Mintahoq. Selbst Marya, trotz ihrer anfänglichen Zurückhaltung und der
langen Liste der Dinge, über die man nicht mit ihr reden konnte,
brachte Simon und den Troll mit ihrer Darstellung der Auseinandersetzungen zwischen Flußschiffern und Seeleuten und ihren Bemerkungen über einige der zweifelhaften Edelleute, die in Meremund und
auf dem Hochhorst den Umgang der Prinzessin Miriamel gebildet hatten, zum Lächeln.
Nur einmal wandte sich auf dieser Bootsfahrt des zweiten Tages das
Gespräch den dunkleren Dingen zu, die wie ein Schatten über den
Gedanken der drei Gefährten lagen.
»Binabik«, fragte Simon, als sie auf einem sonnenhellen Stück Wald-
wiese ihr Mittagsmahl einnahmen, »glaubst du wirklich, daß wir
diese Männer endgültig hinter uns gelassen haben? Oder gibt es vielleicht noch andere, die uns suchen?«
Der Troll schnippte einen Apfelkern vom Kinn. »Mit Sicherheit
weiß ich *gar nichts*, Freund Simon – wie ich bereits erwähnt habe.
Überzeugt bin ich, daß wir an ihnen vorbeigeschlüpft sind und man
uns nicht unmittelbar verfolgt hat; aber da ich nicht wissen kann,
warum sie uns überhaupt suchen, weiß ich auch nicht, ob sie uns finden können. Wissen sie, daß wir nach Naglimund wollen? Sich das

vorzustellen, ist ja nicht so schwer. Aber es gibt drei Dinge, die zu unseren Gunsten sprechen.«

»Nämlich?« fragte Marya mit leichtem Stirnrunzeln.

»Erstens ist es leichter, etwas in einem Wald zu suchen als es zu finden.« Er hob einen kurzen, stämmigen Finger. »Zweitens nehmen wir einen Schleichweg nach Naglimund, der seit Jahrhunderten kaum noch bekannt ist.« Ein zweiter Finger. »Und schließlich, um unsere Route herauszufinden, müssen diese Männer sie von Geloë in Erfahrung bringen«, sein dritter Finger streckte sich, »und das ist etwas, von dem ich nicht glaube, daß es geschehen wird.«

Genau darüber hatte sich Simon insgeheim schon Sorgen gemacht. »Und wenn sie ihr weh tun?« fragte er deshalb. »Es waren Männer mit Schwertern und Speeren, Binabik. Sie werden sich auf die Dauer von Eulen kaum verscheuchen lassen.«

Der Troll nickte ernsthaft und baute aus seinen kurzen Fingern ein Zelt. »Nicht, daß ich deshalb nicht besorgt wäre, Simon. Tochter der Berge, ich bin es! Aber du weißt wenig von Geloë. Sie nur für eine Weise Frau der Dörfer zu halten, heißt einen Fehler machen, einen Fehler, der Heahferths Männern leid tun könnte, falls sie ihr nicht den gehörigen Respekt entbieten. Schon lange Zeit schreitet Valada Geloë durch Osten Ard; viele Jahre lebt sie im Wald und viele, viele Jahre wohnte sie zuvor bei den Rimmersgardern. Und noch weit früher kam sie aus dem Süden nach Nabban; von ihren Reisen davor weiß niemand. Sie ist jemand, der für sich selbst einstehen kann, darauf kannst du dich verlassen – weit besser als ich oder sogar, wie auf so traurige Weise bewiesen, jener gute Mann Morgenes.« Er griff nach einem neuen Apfel, dem letzten im Sack. »Aber genug von solchen Dingen. Der Fluß wartet, und unsere Herzen müssen leicht sein, damit wir schneller vorwärtskommen.«

Später am Nachmittag, als die Schatten der Bäume zu einem großen Schattenfleck über dem Fluß zusammenzufließen begannen, erfuhr Simon mehr über die Geheimnisse des Aelfwent. Er fischte gerade in seinem Rucksack nach einem Stück Stoff, das er um seine Hände wickeln wollte, um sie vor den Blasen zu schützen, die ihm das rauhe Paddel eingetragen hatte. Er fand etwas, das sich anfühlte, als sei es dafür geeignet, und zog es heraus. Es war der Weiße Pfeil, immer noch in den zerfetzten Saum seines Hemdes gehüllt. Simon war überrascht, ihn plötzlich wieder in der Hand zu halten, seine Köstlichkeit zu spüren, einer Feder gleich, die im ersten verirrten Windhauch davonschweben kann. Vorsichtig wickelte der Junge ihn aus dem schützenden Tuch.

»Schau«, sagte er zu Marya und griff über Qantaqa hinüber, um ihr den Pfeil in seinem Nest aus Lumpen zu zeigen. »Es ist ein Weißer Pfeil der Sithi. Ich habe einem Sitha das Leben gerettet, und er gab ihn mir.« Er überlegte kurz. »Schoß ihn nach mir, besser gesagt.«

Es war ein Werk von großer Schönheit, fast leuchtend im schwindenden Licht, wie die schimmernde Brust eines Schwans. Marya betrachtete ihn kurz und berührte ihn dann mit spitzem Finger.

»Hübsch«, meinte sie, aber in ihrem Ton lag nichts von der Bewunderung, die Simon erhofft hatte.

»Natürlich ist er hübsch! Er ist geheiligt. Er bedeutet, daß eine Schuld offensteht. Frag Binabik, der kann es dir bestätigen.«

»Simon hat recht«, rief der Troll vom Bug herüber. »Es geschah kurz bevor wir einander begegneten.«

Marya fuhr fort, den Pfeil gelassen zu mustern, als wäre sie mit ihren Gedanken an einem ganz anderen Ort. »Er ist wunderschön«, sagte sie, und ihre Stimme klang kaum überzeugender als vorher. »Du hast großes Glück gehabt, Simon.«

Er wußte nicht warum, aber die Worte machten ihn wütend. Begriff sie denn nicht, was er durchgemacht hatte? Begräbnisstätte, Sithifalle, die Hunde, die Feindschaft eines Hochkönigs? Wer war sie, daß sie ihm antwortete wie eine der Kammerfrauen, die ihn tröstete, wenn er sich das Knie aufgeschürft hatte, und dabei an etwas ganz anderes dachte?

»Natürlich«, meinte er endlich und hielt den Pfeil vor sich in die Höhe, so daß sich ein fast waagrechter Sonnenstrahl darin brach und das Flußufer wie ein vorüberziehender Teppich dahinter lag, »natürlich hat er mir inzwischen so viel Glück gebracht – ich bin überfallen worden, gebissen, gejagt, litt Hunger –, daß ich ihn genausogut nie bekommen haben könnte.« Er starrte den Pfeil ärgerlich an und ließ den Blick über die Schnitzereien wandern, die ihm vorkamen wie die

Geschichte seines Lebens, nachdem er den Hochhorst verlassen hatte: verwickelt, aber sinnlos.

»Ich könnte ihn wirklich ruhig wegwerfen«, sagte er bitter – natürlich würde er es nie tun, aber es war seltsam befriedigend, sich vorzustellen, daß es immerhin in seiner Macht stand –, »ich meine, was habe ich denn schon Gutes von ihm gehabt?«

Binabiks Warnruf kam mitten im Satz, aber bis Simon begriffen hatte, war es bereits zu spät. Das Boot prallte fast senkrecht auf den verborgenen Felsen; es schwankte, und das Heck senkte sich mit saugendem Aufklatschen ins Wasser. Der Pfeil wurde aus Simons Hand gerissen, drehte sich in der Luft und fiel in die um die Felsen tosenden Fluten. Als das Hinterteil des Bootes herunterkippte, drehte Simon sich um; gleich darauf rutschten sie von einem weiteren versunkenen Felsen ab, und Simon stürzte. Das Boot legte sich schief, ohne zu kentern, doch er fiel . . .

Das Wasser war erschreckend kalt. Einen Augenblick schien es, als sei er durch ein Loch in der Welt in völlige Nacht gestürzt. Dann brach er keuchend an die Oberfläche, wie verrückt in dem strudelnden Wasser herumwirbelnd. Er stieß gegen einen Felsen, drehte sich und ging wieder unter; angsteinflößendes Wasser drängte ihm die Luft aus Nase und Mund. Mühsam streckte er den Kopf wieder heraus und spannte die Muskeln, als ihn die gurgelnde Strömung gegen ein hartes Hindernis nach dem anderen schleuderte. Eine Sekunde fühlte er Wind im Gesicht und sog ihn hustend ein; er spürte, wie etwas von der Usires-sei-gelobten Luft den Weg in seine brennenden Lungen fand. Dann war er plötzlich an den Felsen vorbei und schwamm frei, strampelte mit den Füßen, um den Kopf über der Wasseroberfläche zu halten. Zu seiner Verblüffung befand sich das Boot jetzt hinter ihm und glitt gerade um die letzten der Buckelsteine herum. Binabik und Marya paddelten aus Leibeskräften, die Augen groß vor Angst, aber Simon merkte, daß sich die Entfernung allmählich vergrößerte. Er trieb stromab, und als er den Kopf wild nach allen Seiten drehte, sah er, daß die Flußufer erschreckend weit weg waren. Wieder tat er einen tiefen, keuchenden Atemzug.

»Simon!« schrie Binabik. »Schwimm zu uns zurück! Wir können nicht schnell genug rudern!«

Mit großer Anstrengung versuchte er zu wenden und sich zu ihnen zurückzukämpfen, aber der Fluß zog ihn mit tausend unsichtbaren Fingern fort. Er spritzte und versuchte seine Hände zu den Paddeln zu formen, die ihm Rachel – Morgenes? – einmal gezeigt hatte, während man ihn im seichten Wasser des Kynslagh festhielt; aber gegen die alles mitreißende Macht der Strömung schien ihm der Versuch lächerlich. Er ermüdete jetzt schnell, konnte seine Beine nicht mehr finden, fühlte nur noch kalte Leere, wenn er um sich treten wollte. Wasser spritzte ihm in die Augen, ließ die herunterhängenden Zweige in allen Regenbogenfarben schillern, dann glitt er wieder hinab in die Tiefe. Etwas schlug klatschend neben seiner Hand auf, und er ruderte mit den Armen im kalten Wasser, um ein letztes Mal nach oben zu kommen. Es war Maryas Paddel. Mit ihrer größeren Reichweite hatte sie sich an Binabiks Platz im Bug geschoben und den Arm so weit ausgestreckt, daß nur noch wenige Zoll das flache Holzstück von seinem Griff trennten. Neben ihr stand bellend Qantaqa, die sich, als wollte sie es ihr nachtun, fast ebensoweit hinauslehnte wie das Mädchen; das kopflastig gewordene Kanu lag gefährlich schräg.

Simon sandte einen Gedanken dorthin zurück, wo einmal seine Beine gewesen waren, forderte sie auf, um sich zu treten, falls sie ihn hören könnten, und reckte die Hand. Er fühlte das Paddel kaum, als seine tauben Finger sich darum schlossen, aber es war da, genau dort, wo er es brauchte.

Nachdem sie ihn an Bord gezogen hatten – an sich schon eine beinahe unmögliche Aufgabe, weil er mehr wog als alle anderen, die Wölfin ausgenommen – und er große Mengen Flußwasser herausgehustet und -gespuckt hatte, lag er keuchend und schlotternd da, auf dem Boden des Bootes zur Kugel zusammengerollt, während das Mädchen und der Troll nach einem Landeplatz Ausschau hielten.

Er fand genug Kraft, um allein, auf unsicheren Beinen, aus dem Boot zu klettern. Als er auf die Knie fiel und dankbar die Hände auf den weichen Waldboden stützte, griff Binabik nach unten und zog etwas aus dem triefenden, zerlumpten Fetzen, der Simons Hemd gewesen war.

»Schau, was sich in deinen Kleidern verfangen hat«, sagte Binabik, und sein Gesicht hatte einen sonderbaren Ausdruck. Es war der

Weiße Pfeil. »Wir wollen ein Feuer für dich machen, Freund Simon. Vielleicht hast du eine Lektion gelernt – eine grausame Lektion, aber sehr wichtig –, daß man von den Geschenken der Sithi nicht schlecht reden soll, wenn man auf einem Sithifluß fährt.«
Simon hatte nicht einmal mehr die Kraft, verlegen zu sein, als Binabik ihm beim Ausziehen half und ihn in seinen Mantel einpackte. Vor dem gesegneten Feuer schlief er ein. Wenig überraschend waren seine Träume dunkel und voll von Dingen, die nach ihm griffen und ihn zu ersticken suchten.

Am nächsten Morgen hingen die Wolken tief. Simon fühlte sich sehr schlecht. Nachdem er, gegen den Protest seines verstörten Magens, ein paar Streifen Dörrfleisch gekaut und hinuntergeschluckt hatte, kletterte er vorsichtig ins Boot und überließ Marya den Platz am Heck, während er sich in der Mitte zusammenkauerte, dicht an Qantaqas warmen Körper geschmiegt. Den ganzen langen Tag auf dem Fluß schlief er immer wieder ein. Das vorbeigleitende, verschwommene Grün, das der Wald war, verursachte ihm Schwindel, und sein Kopf fühlte sich heiß und viel zu groß an, wie eine auf den Kohlen aufgehende Kartoffel. Sowohl Binabik als auch Marya kontrollierten sorgsam den Verlauf seines Fiebers. Als er aus dem Dämmerschlaf erwachte, in den er, als seine beiden Gefährten zu Mittag aßen, gesunken war und sie über sich gebeugt fand, Maryas kühle Handfläche auf seiner Stirn, dachte er ganz verwirrt: *Was für eine seltsame Mutter und was für einen wunderlichen Vater ich doch habe!*
Kaum begann die Dämmerung durch die Bäume zu sinken, als sie zur Nacht hielten. Simon, in den Mantel gepackt wie ein Wickelkind, saß dicht am Feuer und streckte die Arme nur kurz heraus, um etwas von der Suppe zu trinken, die der Troll gekocht hatte, eine Brühe aus getrocknetem Rindfleisch, Rüben und Zwiebeln.
»Wir müssen morgen mit den ersten Schritten der Sonne aufstehen«, erklärte Binabik und hielt der Wölfin, die mit wohlwollender Gleichgültigkeit daran schnüffelte, das Stielende einer Rübe hin. »Nahe sind wir *Da'ai Chikiza*, aber es wäre sinnlos, nachts dorthin zu kommen, wenn man nichts mehr richtig erkennen kann. Auf jeden Fall

werden wir von dort bis zu der *Steige* einen langen Weg hinaufklettern
müssen und sollten das lieber tun, solange der Tag warm ist.«

Simon sah mit trübem Blick zu, wie der Troll Morgenes' Manuskript
aus einem der Rucksäcke nahm und auswickelte. Binabik hockte sich
dicht ans flackernde Lagerfeuer und hielt die Seiten schräg, um darin
lesen zu können; er sah aus wie ein kleiner Mönch im Gebet über seinem Buch Ädon. Über ihnen raschelte der Wind in den Bäumen und
blies Wassertropfen hinab, die an den Blättern gehangen hatten,
Überbleibsel des Nachmittagsschauers. In das eintönige Rauschen
des Wassers unter ihnen mischte sich das hartnäckige Quaken der
kleinen Flußfrösche.

Simon brauchte eine Weile, bis er begriff, daß der sanfte Druck an
seiner Schulter keine neue Botschaft seines kranken, unzufriedenen
Körpers war. Mühsam reckte er das Kinn über den Kragen des dicken
Wollmantels und machte eine Hand frei, um Qantaqa zu verscheuchen – nur um Maryas dunklen Kopf auf seinem Oberarm ruhen zu
sehen. Ihr Mund stand leicht offen, und sie atmete im Rhythmus ihres
Schlafes ein und aus.

Binabik sah hinüber. »Es war ein harter Tag des Arbeitens heute«,
lächelte er. »Viel paddeln. Wenn es dir keine Schmerzen bereitet, laß
sie ein wenig liegen.« Er wandte sich wieder dem Manuskript zu.

Marya bewegte sich neben ihm und murmelte etwas vor sich hin.
Simon zog den Mantel, den Geloë ihr gegeben hatte, höher hinauf;
als er ihre Wange berührte, stammelte sie irgend etwas, hob die Hand
und strich unbeholfen über Simons Brust, um dann ein Stückchen
näher zu rutschen.

Das Geräusch ihres gleichmäßigen Atems so nahe an seinem Ohr ver-
einte sich mit den Geräuschen von Fluß und Nachtwald. Simon
schauderte und fühlte seine Augen schwer werden, so schwer... aber
sein Herz schlug schnell, und es war der Ton seines ruhelosen Blutes,
der ihn einen Pfad in warme Dunkelheit hinunterführte.

Im grauen, unbestimmten Licht einer regennassen Morgendämmerung, die Augen noch voller Schlaf und die Körper merkwürdig träge
vom zu frühen Aufstehen, sahen sie die erste Brücke.

Simon saß wieder am Heck. Obwohl es verwirrend gewesen war, in

fast völliger Dunkelheit ins Boot zu steigen und auf den Fluß hinauszu-
gleiten, ging es ihm besser als am Vortag; er war immer noch schwindlig, aber sehr viel kräftiger. Als sie eine Biegung des Flusses, der fröhlich dahinsprang und sich nicht um die Tageszeit scherte, umrundet
hatten, gewahrte Simon plötzlich ein seltsames Gebilde, das vor
ihnen im Bogen das Wasser überspannte. Er wischte sich einen
Augenblick die Nebelnässe aus dem Gesicht, die weniger herunterzu-
regnen als vielmehr in der Luft zu hängen schien, und kniff die Augen
zusammen.

»Binabik«, fragte er nach vorn gebeugt, »ist das eine...«

»Eine Brücke, ja, so ist es«, antwortete der Troll vergnügt. »Das Tor
der Kraniche, glaube ich.«

Der Fluß trug sie immer näher heran, und sie schöpften mit ihren Paddeln Wasser, um die Fahrt zu verlangsamen. Aus dem alles überwuchernden Unterholz des Ufers wuchs die Brücke hervor und spannte
sich in schlankem Bogen hinüber zu den Bäumen auf der anderen
Seite. Aus blassem, durchsichtigen grünem Stein gehauen, wirkte sie
so zart wie ein Steg aus erstarrtem Meerschaum. Einst mit kunstvol-
lem Schnitzwerk bedeckt, lag jetzt ein großer Teil ihrer Oberfläche
unter Moos und Efeugewirr begraben. Die Stellen, die hervorlugten,
waren verwittert, Schnörkel, Kurven und harte Kanten weicher
geworden, rundgeschliffen von Wind und Regen. Oben am höchsten
Punkt, gerade über ihren Köpfen, als das kleine Boot hindurchglitt,
breitete ein milchiggrüner, durchscheinender Steinvogel seine vom
Wasser abgeschabten Schwingen aus.

Gleich darauf hatten sie den leichten Schatten passiert und waren auf
der anderen Seite. Plötzlich schien der Wald Uraltes zu atmen, als
wären sie durch eine offene Tür in die Vergangenheit geglitten.

»Vor langer Zeit schon hat Altherz die Wasserstraßen verschlungen«,
sagte Binabik ruhig, während sie sich alle nach der Brücke umdrehten, die hinter ihnen immer kleiner wurde. »Vielleicht werden selbst
die anderen Werke der Sithi eines Tages vergehen.«

»Wie konnten sie nur auf so etwas den Fluß überqueren?« fragte
Marya. »Es sah so... zerbrechlich aus.«

»Zerbrechlicher als es einmal war, soviel ist sicher«, antwortete Binabik mit einem sehnsüchtigen Blick zurück. »Aber die Sithi bauten

nie... *bauen* nie... allein der Schönheit wegen. Steht nicht der höchste Turm in Osten Ard, das Werk ihrer Hände, immer noch auf eurem Hochhorst?«

Marya nickte sinnend. Simon zog die Finger durch das kalte Wasser.

Durch elf weitere Brücken oder »Tore«, wie Binabik sie nannte, weil sie seit tausend Jahren oder mehr den Wasserweg nach *Da'ai Chikiza* bestimmt hatten, fuhren sie hindurch. Jedes Tor trug den Namen eines Tieres, erklärte der Troll, und es entsprach zugleich einer Mondphase. Nacheinander trieben sie so unter Füchsen, Hähnen, Hasen und Tauben dahin, alle ein wenig von ihrer natürlichen Gestalt abweichend, aus hellem Mondstein oder leuchtendem Lapis gemeißelt, aber alle unverkennbar das Werk der gleichen feinfühligen und ehrfürchtigen Hände.

Als die Sonne hinter den Wolken ihren Vormittagsstand erreicht hatte, glitten sie gerade unter das Tor der Nachtigallen hin. Jenseits dieses Überganges, auf dessen stolzer Meißelarbeit noch immer Goldflecken glitzerten, begann der Fluß seine Richtung zu ändern und sich wieder westwärts zu wenden, der unsichtbaren Ostflanke der Weldhelm-Berge zu. Hier gab es keine Felsen mit Wasserstrudeln darüber; die Strömung floß rasch und gleichmäßig. Simon wollte Marya gerade etwas fragen, als Binabik die Hand hob.

Sie fuhren um eine Biegung, und da lag es vor ihnen: ein Wald aus unfaßbar anmutigen Türmen – wie ein juwelenfunkelndes Rätsel inmitten des größeren Waldes aus Bäumen. Die Sithistadt, die sich auf beiden Seiten des Flusses erhob, schien unmittelbar aus dem Boden zu wachsen. Sie war wie der ureigene Traum des Waldes, Wirklichkeit geworden in feinem Stein, in hundert Farbtönen von Grün und Weiß und blassem Sommerhimmelblau. Sie war ein endloses Dickicht aus nadelspitzem Stein, aus hauchdünnen Übergängen wie Brücken aus Spinnweb, aus filigranen Turmspitzen und Minaretten, die bis in die hohen Wipfel der Bäume reichten, um auf ihren Eisblumengesichtern die Sonne einzufangen. Vor ihnen lag die Vergangenheit, die ihnen den Atem raubte und das Herz zerriß. Es war das Schönste, was Simon je gesehen hatte.

Aber als sie tiefer in die Stadt hineinkamen, zwischen deren schlanken Säulen der Fluß sich hindurchwand, sahen sie deutlich, daß der Wald dabei war, *Da'ai Chikiza* für sich zurückzugewinnen. Die plattenbelegten Türme mit ihren Mustern aus kunstvollen Rissen waren von Efeu und verschlungenen Baumästen gefesselt wie durch Netze. An vielen Stellen, wo einmal Wände oder Türen aus Holz oder anderen vergänglichen Stoffen gewesen waren, standen die steinernen Hüllen jetzt gefährlich ungestützt, wie die gebleichten Skelette unvorstellbarer Meerwunder. Überall drängte sich Pflanzenwuchs hinein, klammerte sich an schmale Mauern, erstickte die zarten Turmspitzen in gleichgültigem Laub.

In gewisser Hinsicht, fand Simon, sah es dadurch nur noch schöner aus, so als hätte der Wald, rastlos und unerfüllt, eine Stadt aus sich selbst herauswachsen lassen.

Binabiks ruhige Stimme unterbrach die Stille, feierlich wie der Augenblick selbst; ihr Echo verklang schnell im alles erstickenden Grün. »*Baum des singenden Windes* nannten sie es: *Da'ai Chikiza*. Einst war es voller Musik und Leben. In allen Fenstern brannten Lampen, und bunte Boote segelten auf dem Fluß.«

Der Troll legte den Kopf in den Nacken, um nach oben zu schauen, als sie unter einer letzten Steinbrücke hindurchfuhren, schmal wie ein Federkiel, mit den Abbildern anmutiger, geweihgeschmückter Hirsche bedeckt. »Baum des singenden Windes«, wiederholte er, weit weg wie jemand, der tief in Gedanken versunken ist.

Simon steuerte ihr kleines Fahrzeug wortlos zu einer Uferreihe von Steinstufen, die an einer Plattform endeten, die fast auf gleicher Höhe mit dem Wasserspiegel des breiten Flusses lag. Dort stiegen sie aus und banden das Boot an eine Wurzel, die durch den zersprungenen weißen Stein gewachsen war. Als sie die Stufen hinaufgegangen waren, blieben sie stehen und betrachteten schweigend die rankenüberwucherten Wände und bemoosten Gänge. Selbst die Luft in der verfallenen Stadt war voll von stummen Echos wie eine gestimmte, aber nicht angeschlagene Saite. Sogar Qantaqa stand wie betreten da, ließ den Schwanz hängen und witterte. Dann spitzte sie die Ohren und winselte.

Das Zischen war fast unhörbar. Ein Schattenstrich sauste an Simons Gesicht vorbei und prallte mit scharfem Klirren von einem der zerstörten Übergänge ab. Funkelnde Splitter aus grünem Stein stoben nach allen Richtungen. Simon fuhr herum.

Keine hundert Ellen entfernt und von den Gefährten nur durch die wogende Wasserfläche des Flusses getrennt, stand eine schwarzgekleidete Gestalt, in der Hand einen Bogen, der so lang war wie sie selbst. Hinter ihr kam ungefähr ein Dutzend anderer Männer in blau und schwarz gemusterten Waffenröcken den Pfad hinauf.

Die schwarze Gestalt hob eine Hand an den Mund. Sekundenlang schimmerte ein heller Bart.

»Ihr könnt nicht entkommen!« klang Ingen Jeggers Stimme gedämpft über das Tosen des Flusses. »Ergebt euch, im Namen des Königs!«

»Das Boot!« schrie Binabik, aber noch während sie zu den Stufen zurückhasteten, reichte der schwarzgekleidete Ingen dem Fackelträger einen schmalen Gegenstand. Feuer loderte auf. Gleich darauf hatte er den Pfeil auf die Bogensehne gelegt. Als die Gefährten die unterste Stufe erreicht hatten, sauste ein Feuerblitz über den Fluß und explodierte in der Bootswand. Der zitternde Pfeil setzte fast sofort die Borke in Brand, und es gelang dem Troll nur noch knapp, einen der Rucksäcke herauszuzerren, bevor die Flammen ihn zurückzwangen. Für einen Augenblick hinter dem auflodernden Brand verborgen, hasteten Simon und Marya die Treppe wieder hinauf, Binabik dicht hinter ihnen. Oben rannte Qantaqa von einer Seite zur anderen und stieß ein heiseres Gebell des Entsetzens aus.

»Lauft!« fauchte Binabik. Auf der anderen Flußseite traten zwei weitere Bogenschützen neben Ingen. Als Simon der Deckung des nächstgelegenen Turmes zustrebte, hörte er das schreckliche Sirren eines zweiten Pfeils und sah ihn zwanzig Ellen vor sich über die Steinplatten scharren. Zwei weitere Pfeile prallten gegen die Turmmauer, die so quälend weit vor ihm zu liegen schien. Ein Schmerzensschrei drang an sein Ohr, gefolgt von Maryas angstvollem Ruf.

»Simon!«

Er wirbelte herum und sah Binabik zu Boden stürzen, ein kleines Bündel zu Füßen des Mädchens. Irgendwo heulte ein Wolf.

XXVIII

Trommeln aus Eis

Die Morgensonne des vierundzwanzigsten Tages im Maïa-Monat strahlte auf Hernysadharc hinunter und verwandelte die goldene Scheibe auf der Spitze des höchsten Taig-Daches in einen Reif aus blitzender Flamme. Der Himmel war blau wie ein emaillierter Teller, so als hätte Brynioch von den Himmeln mit seinem göttlichen Haselstecken die Wolken verjagt, die nun finster über den hohen Gipfeln des aufragenden Grianspog lauern mußten.

Die plötzliche Rückkehr des Frühlings hätte Maegwins Herz eigentlich erfreuen müssen. In ganz Hernystir hatten der unzeitige Regen und grausame Frost sich wie ein Leichentuch über Land und Volk ihres Vaters gelegt. Blumen waren ungeboren in der Erde erfroren. Klein und sauer waren die Äpfel von den knotigen Ästen in den Obstgärten gefallen. Schafe und Kühe, zum Grasen auf nasse Wiesen geschickt, kamen mit angstvoll rollenden Augen in die Ställe zurück, von Hagelkörnern und Sturmböen verschreckt.

Eine Amsel, die dreist bis zum letzten Augenblick gewartet hatte, hüpfte von Maegwins Weg in die kahlen Zweige eines Kirschbaumes hinauf und fing an, streitsüchtig zu trillern. Maegwin hörte nicht darauf, sondern raffte ihr langes Kleid und eilte der großen Halle ihres Vaters zu.

Zuerst beachtete sie die Stimme nicht, die ihren Namen rief, weil sie sich bei ihrem Vorhaben nicht aufhalten lassen wollte. Schließlich drehte sie sich aber doch unwillig um und sah ihren Halbbruder Gwythinn auf sich zurennen. Mit verschränkten Armen blieb sie stehen und wartete auf ihn.

Gwythinns weißes Wams war in Unordnung und sein goldener Halsring halb nach hinten gerutscht, als wäre er ein Kind und nicht ein
junger Mann im waffenfähigen Alter. Keuchend holte er sie ein. Sie
schnaubte empört und machte sich sofort daran, seine Sachen
zurechtzuzupfen. Der Prinz grinste frech, wartete aber geduldig, bis
sie den Halsring so gedreht hatte, daß er auf dem Schlüsselbein lag.
Seine lange, braune Haarmähne hatte sich zum größten Teil aus
dem roten Tuch gelöst, das sie in einem lässigen Pferdeschwanz
zusammengehalten hatte. Als Maegwin nach hinten griff, um es
wieder festzubinden, standen sie Auge in Auge, obwohl Gwythinn
gewiß kein kleiner Mann war. Maegwin machte ein finsteres
Gesicht.

»Bei Bagbas Herde, Gwythinn, wie du wieder aussiehst! Du mußt
dich endlich bessern. Eines Tages wirst du König sein.!«

»Und was hat das Königsein mit meiner Haartracht zu tun? Außerdem sah ich durchaus schön aus, als ich loslief, aber ich mußte ja
rennen wie der Wind selbst, um dich einzuholen – mit deinen langen Beinen.«

Maegwin wandte sich errötend ab. Ihre Größe war etwas, bei dem
sie trotz aller Mühe nicht sachlich bleiben konnte.

»Jetzt hast du mich ja eingeholt. Willst du auch in die Halle?«

»Allerdings.« Ein strengerer Ausdruck huschte quecksilberschnell
über Gwythinns Gesicht, und er zupfte an seinem langen Schnurrbart. »Ich habe etwas mit unserem Vater zu besprechen.«

»Ich auch«, nickte Maegwin bereits im Gehen. Die Schritte der beiden und ihre Körperlänge paßten so genau zusammen, das rotbraune
Haar glich sich so, als wäre es auf demselben Rad gesponnen, daß
jeder Außenstehende sie für Zwillinge gehalten hätte, obwohl
Maegwin fünf Jahre älter war und eine andere Mutter gehabt
hatte.

»Gestern abend ist Aeghonwye gestorben, unsere beste Zuchtsau.
Wieder eine, Gwythinn! Was kann es nur sein? Eine Pest wie in
Abaingeat?«

»Wenn es eine Pest ist«, erwiderte ihr Bruder grimmig und tastete
nach dem mit Leder umwickelten Griff seines Schwertes, »dann
weiß ich, wer sie zu uns gebracht hat. Dieser Mann ist eine wan-

delnde Seuche.« Er schlug auf den Schwertknauf und spuckte aus. »Ich bete nur, daß er heute einmal etwas Ungehöriges sagt. Brynioch! Wie gern würde ich mit dem Kerl die Klingen kreuzen!«

Maegwin bekam schmale Augen.»Sei kein Narr«, erklärte sie ärgerlich, »Guthwulf hat hundert Männer getötet. Und auch wenn es dir merkwürdig vorkommen mag, er ist Gast im Taig.«

»Ein Gast, der meinen Vater beleidigt!« knurrte Gwythinn und riß den Ellenbogen aus Maegwins sanftem Griff. »Ein Gast, der Drohungen von einem Hochkönig überbringt, dessen Reich unter seiner schlechten Regierung zugrundegeht – einem König, der herumstolziert und Leute einschüchtert und mit Goldmünzen um sich wirft wie mit Kieselsteinen – um dann von Hernystir zu verlangen, daß wir das bezahlen!« Gwythinns Stimme wurde lauter, und seine Schwester, besorgt, wer ihn vielleicht hören konnte, warf einen hastigen Blick in die Runde. Außer den bleichen Gestalten der Türhüter, gute hundert Schritte entfernt, war niemand zu sehen.

»Wo war König Elias, als wir die Straße nach Naarved und Elvritshalla verloren? Als Räuber – und die Götter wissen, was sonst noch – die Frostmarkstraße überfielen?« Mit aufs neue gerötetem Gesicht schaute der Prinz auf, nur um festzustellen, daß Maegwin nicht mehr neben ihm stand. Er drehte sich um und sah sie zehn Schritte hinter sich, wo sie mit gekreuzten Armen stehengeblieben war.

»Bist du fertig, Gwythinn?« fragte sie. Er nickte, aber seine Lippen waren fest zusammengepreßt. »Nun gut. Der Unterschied zwischen unserem Vater und dir, Bruder, beträgt mehr als nur dreißig und ein paar Jahre. Er hat gelernt, wann man reden und wann man seine Gedanken für sich behalten muß. Das ist der Grund, warum du eines Tages – dank ihm – König sein wirst und nicht bloß der Herzog von Hernystir.«

Gwythinn starrte sie eine lange Weile an. »Ich weiß«, erwiderte er endlich, »du möchtest, daß ich so bin wie Eolair und vor den erkynländischen Hunden Verbeugungen und Kratzfüße mache. Ich weiß, für dich ist Eolair Sonne und Mond – und es ist dir dabei ganz gleich, was er von dir hält, und wenn du zehnmal eine Königstochter bist –, aber so ein Mann will ich nicht sein. Wir sind Hernystiri! Wir kriechen vor niemandem!«

Maegwin musterte ihn giftig, getroffen von seiner spitzen Bemerkung über ihre Gefühle für den Grafen von Nad Mullagh – mit der Gwythinn im übrigen vollkommen richtig lag: Die Aufmerksamkeit, die Eolair ihr widmete, war nicht mehr als das, was der linkischen, ledigen Tochter eines Königs zustand. Aber die Tränen, die sie fürchtete, kamen nicht; statt dessen schaute sie Gwythinn an, dessen gutgeschnittene Züge von ohnmächtigem Haß, Stolz und nicht zuletzt aufrichtiger Liebe zu seinem Volk und Land verzerrt waren, und sie erblickte in ihm wieder den kleinen Bruder, den sie einst auf den Schultern getragen – und selbst von Zeit zu Zeit so geneckt hatte, daß er zu weinen anfing.

»Warum streiten wir uns, Gwythinn?« fragte sie müde. »Was hat diesen Schatten über unser Haus gebracht?«

Ihr Bruder senkte den Blick auf seine Stiefelspitzen und streckte ihr verlegen die Hand entgegen. »Freunde und Verbündete«, sagte er. »Komm, wir wollen hineingehen und mit Vater sprechen, bevor der Graf von Utanyeat sich einschleicht, um ihm sein wärmstes Lebewohl zu entbieten.«

Die Fenster der großen Halle des Taig standen weit offen; das hereinströmende Sonnenlicht war voll vom funkelnden Staub der auf dem Boden ausgestreuten Binsen. Die dicken Balken der Wand, aus den Eichbäumen des Circoille gehauen, fügten sich so exakt aneinander, daß kein Licht hindurchschimmerte. Oben unter den Dachbalken hingen tausend bemalte Schnitzereien von Göttern, Helden und Ungeheuern der Hernystiri. Sie drehten sich langsam zwischen den Dachsparren, und in ihren polierten Holzgesichtern spiegelte sich warm das Licht.

Am anderen Ende der Halle, in das von beiden Seiten Sonne fiel, saß auf seinem gewaltigen Eichenthron König Lluth-ubh-Llythinn unter dem geschnitzten Hirschkopf, der über die Rückenlehne ragte und an dessen hölzernem Schädel ein Geweih aus echtem Horn befestigt war. Der König aß mit einem Knochenlöffel eine Schale Haferbrei mit Honig. Neben ihm, auf einem niedrigeren Sessel, war seine junge Frau Inahwen damit beschäftigt, den Saum eines seiner Gewänder mit einer Ranke aus zierlichen Stichen zu schmücken.

Als die Wachtposten zweimal mit den Speerspitzen auf die Schilde

schlugen, um Gwythinns Ankunft zu melden – der weniger hohe
Adel wie etwa Graf Eolair bekam nur einen Schlag, der König selber
drei und Maegwin gar keinen – , schaute Lluth auf und lächelte. Er
stellte die Schale auf die Armlehne des Thrones und wischte sich mit
dem Ärmel den grauen Schnurrbart ab. Inahwen sah die Bewegung
und warf Maegwin einen verzweifelten Blick von Frau zu Frau zu, der
Lluths Tochter nicht wenig ärgerte. Maegwin war nie recht darüber
hinweggekommen, daß Gwythinns Mutter Fiathna den Platz
Penemhwyes, ihrer eigenen Mutter, eingenommen hatte, die gestorben war, als Maegwin gerade vier Jahre zählte. Aber wenigstens war
Fiathna in Lluths Alter gewesen, kein junges Mädchen wie Inahwen!
Andererseits hatte die junge, goldhaarige Frau ein gutes Herz, wenn
auch vielleicht nicht allzuviel Verstand. Und schließlich war es ganz
und gar nicht Inahwens Schuld, daß sie eine dritte Gemahlin geworden war.

»Gwythinn!« Lluth erhob sich halb und strich die Krümel vom Schoß
seines gegürteten gelben Gewandes. »Haben wir nicht Glück, daß die
Sonne heute scheint?« Der König schwenkte die Hand zum Fenster,
vergnügt wie ein Kind, das ein kleines Kunststück gelernt hat. »Es
steht fest, daß wir ein bißchen Sonne brauchen, wie? Und vielleicht
hilft sie uns, unsere Gäste aus Erkynland«, er verzog das Gesicht und
seine klugen, beweglichen Züge nahmen einen verwirrten Ausdruck
an, und über der dicken, schiefen, in seiner Knabenzeit gebrochenen
Nase zogen sich die Brauen zusammen, »in eine zugänglichere Stimmung zu versetzen. Glaubst du nicht auch?«

»Nein, das glaube ich nicht, Vater«, erwiderte Gwythinn und trat
näher, während der König sich wieder in seinem hirschgeweihge-
krönten Thron zurücksetzte. »Und ich hoffe, die Antwort, die Ihr
ihnen heute gebt – mit Verlaub –, schickt sie in noch üblerer Laune
nach Hause.« Er zog sich einen Schemel heran und setzte sich gleich
unterhalb des erhöhten Podestes zu Füßen seines Vaters. Ein Harfner
beeilte sich, ihm Platz zu machen. »Gestern abend hat einer von
Guthwulfs Soldaten Streit mit dem alten Craobhan angefangen. Ich
hatte große Mühe, Craobhan daran zu hindern, dem Bastard mit
einem Pfeil den Rücken zu federn.«

Sekundenlang machte Lluth ein sorgenvolles Gesicht, dann ver-

541

schwand dieser Ausdruck unter der lächelnden Maske, die Maegwin so gut kannte.

Ach, Vater, dachte sie, *selbst du findest es wohl ein wenig mühsam, die Musik weiterspielen zu lassen, während diese Köter im ganzen Taig herumkläffen.*

Sie kam wortlos näher und setzte sich neben Gwythinns Schemel auf das Podest.

»Nun ja«, grinste der König ein wenig mißmutig, »fest steht, daß König Elias seine Botschafter etwas sorgfältiger hätte auswählen können. Aber in einer Stunde werden sie fort sein, und es wird wieder Friede in Hernysadharc einkehren.« Lluth schnalzte mit den Fingern, und ein Page sprang vor, um ihm seine Haferbreischale abzunehmen. Inahwen sah kritisch zu, wie sie vorbeigetragen wurde.

»Aha«, meinte sie vorwurfsvoll. »Schon wieder nicht aufgegessen. Was soll ich mit eurem Vater anfangen?« fügte sie hinzu und blickte dabei Maegwin an, wobei sie sie liebevoll anlächelte, als wäre auch Maegwin ein Soldat in der ständigen Schlacht um Lluth, der seinen Teller nicht leer aß.

Maegwin, die immer noch nicht wußte, wie sie mit einer Mutter umgehen sollte, die ein Jahr jünger war als sie selber, brach rasch das Schweigen. »Aeghonwye ist gestorben, Vater. Unsere beste Sau, und die zehnte Sau in diesem Monat. Und einige von den anderen sind sehr dünn geworden.«

Der König runzelte die Stirn. »Dieses verfluchte Wetter. Wenn Elias wenigstens die Frühlingssonne am Himmel halten könnte – ich zahlte ihm jede Steuer, die er verlangte.« Er streckte die Hand aus, um Maegwins Arm zu tätscheln, kam aber nicht ganz so weit hinunter. »Alles, was wir tun können, ist, die Binsen in den Ställen höher zu schichten, damit die Kälte nicht so eindringt. Wenn das versagt, stehen wir in Bryniochs und Mirchas göttlichen Händen.«

Wieder krachte metallisch Speer auf Schild, und der Sprecher der Türsteher erschien mit nervös gerungenen Händen.

»Hoheit«, rief er, »der Graf von Utanyeat ersucht um Gehör.«

Lluth lächelte. »Unsere Gäste möchten sich verabschieden, bevor sie zu Pferd steigen. Natürlich! Bitte führt Graf Guthwulf sofort herein.«

Aber der Gast, gefolgt von mehreren seiner gepanzerten, wenn auch schwertlosen Männer, drängte sich bereits an dem alten Diener vorbei.

Fünf Schritte vor dem Hochsitz sank Guthwulf langsam auf ein Knie. »Eure Majestät . . . ah, und auch der Prinz. Ich habe Glück.« Es lag kein spöttischer Unterton in seiner Stimme, aber in den grünen Augen glitzerte ein nur schlecht verborgenes Feuer. »Und Prinzessin Maegwin«, – ein Lächeln –, »die Rose von Hernysadharc.«

Maegwin bewahrte mühsam Haltung. »Graf, es gab nur eine Rose von Hernysadharc«, erklärte sie, »und da sie die Mutter Eures Königs Elias war, wundere ich mich, daß dies Euch entfallen zu sein scheint.«

Guthwulf nickte ernsthaft. »Gewiß, Herrin. Ich wollte Euch nur eine Artigkeit sagen; doch muß ich meinerseits beanstanden, daß Ihr Elias *meinen* König nennt. Ist er nicht unter dem Schutz des Königsfriedens auch der Eure?«

Gwythinn rutschte unruhig auf seinem Schemel hin und her und drehte sich um, weil er sehen wollte, wie sein Vater darauf antworten würde. Seine Schwertscheide scharrte über das Holzpodest.

»Natürlich, natürlich.« Lluth machte eine langsame Handbewegung, wie jemand, der tief unter Wasser steht. »Das haben wir ja alles schon erörtert, und ich sehe keine Veranlassung, von neuem damit zu beginnen. Ich erkenne die Schuld meines Hauses König Johan gegenüber an. Wir haben diese Pflicht stets erfüllt, im Frieden wie im Krieg.«

»Ja.« Der Graf von Utanyeat stand auf und klopfte sich die Knie seiner Hosen ab. »Aber wie verhält es sich mit dem, was Euer Haus König Elias schuldet? Er hat große Langmut bewiesen . . .«

Inahwen erhob sich, und das Gewand, an dem sie genäht hatte, glitt zu Boden. »Ihr müßt mich entschuldigen«, erklärte sie atemlos und hob es auf. »Ich muß mich um Haushaltsangelegenheiten kümmern.« Der König nickte ihr Gewährung zu, und sie schritt schnell, aber achtsam zwischen den wartenden Männern hindurch und schlüpfte anmutig wie ein Reh aus der halb geöffneten Tür der Halle.

Lluth stieß einen stillen Seufzer aus; Maegwin betrachtete ihn und sah, was sie jedesmal wieder erstaunte: die Alterslinien, die das Gesicht ihres Vaters überzogen.

Er ist müde, und sie, Inahwen, hat Angst, dachte die Prinzessin. *Und was ist mit mir? Bin ich zornig? Ich weiß es gar nicht genau – eigentlich bin ich wohl eher erschöpft.*

Der König starrte Elias' Boten an, und der Raum schien sich zu verdunkeln. Einen Augenblick fürchtete Maegwin, Wolken hätten sich über die Sonne geschoben, und der Winter kehre zurück; dann aber verstand sie, daß es nur ihre eigenen trüben Ahnungen waren, das jähe Gefühl, daß es hier um weit mehr ging als nur um ihres Vaters Seelenfrieden.

»Guthwulf«, begann der König, und seine Stimme klang wie von großer Last beschwert, »glaubt nicht, daß Ihr mich heute zum Zorn reizen könnt... doch denkt auch nicht, Ihr könntet mich einschüchtern. König Elias hat bisher keinerlei Verständnis für die Sorgen der Hernystiri gezeigt. Wir haben eine schlimme Trockenzeit hinter uns, und der Regen, für den wir allen Göttern tausendfach Dank gesagt haben, hat sich in einen Fluch verwandelt. Welche Strafe kann Elias mir androhen, die schlimmer ist, als zusehen zu müssen, wie mein Volk in Angst lebt, daß unser Vieh verhungert? Ich kann keinen höheren Zehnten bezahlen.«

Einen Moment stand der Graf von Utanyeat stumm, und die Ausdruckslosigkeit seiner Züge verhärtete sich langsam zu etwas, das für Maegwin beunruhigend nach Jubel aussah.

»Keine schlimmere Strafe?« sagte der Graf und ließ jedes Wort auf der Zunge zergehen, als schmecke es süß. »Kein höherer Zehnt?« Er spie einen Schwall Citrilsaft auf den Boden vor dem Thron. Mehrere von Lluths Kriegern schrien vor Empörung laut auf; der Harfner, der in der Ecke leise vor sich hingespielt hatte, ließ mit mißtönendem Krachen sein Instrument fallen.

»*Hund!*« Gwythinn sprang auf. Sein Schemel fiel klappernd um. In einer blitzschnellen Sekunde war sein Schwert gezogen und lag an Guthwulfs Hals. Der Graf schaute ihn nur an, das Kinn ganz leicht zurückgeworfen.

»Gwythinn!« rief Lluth scharf. »In die Scheide mit dem Schwert, verdammter Junge!«

Guthwulfs Lippen kräuselten sich. »Laßt ihn doch. Los, Welpe, töte die unbewaffnete *Hand* des Hochkönigs!« An der Tür entstand ein

Klirren, als einige Männer des Herzogs, die sich von ihrer Verblüffung
erholt hatten, näherkamen. Guthwulfs Hand fuhr in die Höhe.
»Nein! Selbst wenn dieser Welpe mir die Luftröhre von Ohr zu Ohr
durchschneidet, soll niemand ihn anfassen! Reitet zurück nach
Erkynland. König Elias wird . . . großen Anteil nehmen.«
Seine Männer verharrten wie gepanzerte Vogelscheuchen.
»Zurück, Gwythinn«, befahl Lluth, kalten Zorn in der Stimme. Der
Prinz, feuerrot im Gesicht, warf dem Erkynländer einen langen Blick
zu, dann ließ er die Klinge wieder an seine Seite sinken. Guthwulf
strich mit dem Finger über den winzigen Schnitt an seiner Kehle und
betrachtete kühl sein eigenes Blut. Maegwin merkte, daß sie den
Atem angehalten hatte; beim Anblick des purpurroten Flecks auf der
Fingerspitze des Grafen stieß sie ihn pfeifend aus.
»Ihr werdet am Leben bleiben, um Elias persönlich Bericht zu erstat-
ten, Utanyeat.« Nur der Hauch eines Zitterns trübte die Gelassenheit
der königlichen Stimme. »Und vergeßt nicht, ihm auch von der tödlichen Beleidigung zu erzählen, die Ihr dem Hause Hern zugefügt
habt, einer Beleidigung, die Euren Tod bedeutet hätte, wäret Ihr
nicht Elias' Gesandter und die *Hand* des Königs. Geht jetzt!«
Guthwulf drehte sich um und trat zu seinen Männern, die mit aufgerissenen, wilden Augen dastanden. Als er sie erreicht hatte, machte
er auf dem Absatz kehrt und sah Lluth über die weite Fläche der großen Halle an.
»Erinnert Euch, daß Ihr keinen höheren Zehnten zu zahlen bereit
wart, wenn Ihr eines Tages Feuer in den Balken des Taig und das Weinen Eurer Kinder hört.« Dann stapfte er mit schweren Schritten zur
Tür hinaus.
Maegwin bückte sich mit zitternden Händen und hob ein Stück der
zerschmetterten Harfe auf. Die gerollte Saite wand sie sich um die
Hand. Sie hob den Kopf, um Vater und Bruder anzuschauen; was sie
sah, veranlaßte sie, sich wieder dem Holzstück und der Saite zuzuwen-
den, die sich straff über ihre weiße Haut spannte.

Tiamak hauchte einen leisen Fluch der Wranna-Männer und
musterte betrübt den leeren Schilfkäfig. Es war seine dritte Falle, und
bisher hatte noch in keiner ein Krebs gesessen. Die Fischkopfköder

waren natürlich spurlos verschwunden. Finster starrte er in das schlammige Wasser und hatte plötzlich das unheimliche Gefühl, daß die Krebse einfach schlauer waren als er – vielleicht jetzt schon darauf warteten, daß er den Käfig, mit einem neuen glotzäugigen Kopf verproviantiert, wieder in Wasser versenkte. Er konnte sich ausmalen, wie ein ganzer Krebsstamm mit allen Anzeichen des Jubels herbeieilte, um den Köder mit einem Stock oder irgendeinem anderen Werkzeug, das eine wohlwollende Krustentiergottheit dem Krabbenvolk seit neuestem verliehen hatte, zwischen den Gitterstäben herauszustochern.

Ob ihn die Krebse wohl als weichschaligen Futter-Engel verehrten, fragte er sich, oder ob sie mit der kaltschnäuzigen Gleichgültigkeit einer Bande von Tunichtguten zu ihm aufsahen, die den Grad der Betrunkenheit eines Säufers prüften, bevor sie ihn um seine Börse erleichterten?

Er war überzeugt, daß letzteres der Fall war. Er setzte einen neuen Köder in den sorgfältig geflochtenen Käfig und ließ ihn mit leisem Seufzer ins Wasser zurückplumpsen. Im Sinken rollte er das Seil hinter sich ab.

Die Sonne schlüpfte gerade hinter den Horizont und tünchte den weiten Himmel über der Marsch mit orange- und pflaumenfarbigen Tönen. Tiamak stakte seinen flachen Kahn über die Wasserwege von Wran – stellenweise nur durch die geringere Höhe des Pflanzenwuchses vom Land zu unterscheiden – und hatte das unangenehme Gefühl, das Pech des heutigen Tages sei nur der Beginn einer immer größer werdenden Welle. Heute morgen hatte er schon seine beste Schüssel zerbrochen, die er damit bezahlt hatte, daß er Roahog dem Töpfer zwei Tage lang die Liste seiner Ahnen aufschrieb; am Nachmittag hatte er eine Federspitze zerdrückt und einen großen Klecks aus Beerensafttinte über sein Manuskript gespritzt: eine fast vollgeschriebene Seite war ruiniert. Und wenn jetzt die Krebse nicht beschlossen hatten, auf dem engen Raum seiner letzten Falle irgendein Fest abzuhalten, würde es heute abend auch noch ziemlich wenig zu essen geben. Er hatte die Wurzelsuppen und Reiskekse langsam ungemein satt!

Als er sich lautlos dem letzten Schwimmer näherte, einem kugelför-

migen Gittergeflecht aus Schilf, richtete er ein unausgesprochenes
Gebet an Ihn-der-stets-auf-Sand-tritt, daß gerade jetzt die kleinen
Grundläufer sich unten im Käfig drängeln und stoßen sollten. Wegen
seiner ungewöhnlichen Erziehung, zu der ein Jahr Aufenthalt in Perdruin gezählt hatte – unerhört für einen Wranna-Mann – , glaubte
Tiamak eigentlich nicht mehr an Ihn-der-stets-auf-Sand-tritt,
brachte ihm aber trotzdem eine gewisse Anhänglichkeit entgegen, so
wie man sie für einen verkalkten Großvater empfindet, der öfter vom
Haus herunterfällt, einem früher aber Nüsse und geschnitztes Spielzeug geschenkt hat. Außerdem schadete ein Gebet nie, auch dann
nicht, wenn man nicht an seinen Empfänger glaubte. Es beruhigte
und machte zudem Eindruck auf andere Leute.

Langsam hob sich die Falle, und einen Augenblick schlug Tiamaks
Herz schneller in seiner schmalen Brust, als wolle es die erwartungsvollen Geräusche seines Magens übertönen. Aber das Gefühl von
Widerstand war nur von kurzer Dauer; wahrscheinlich hatte eine
Schlingwurzel den Käfig festgehalten und war nun abgerutscht, so daß
er plötzlich nach oben hüpfte und auf der wolkigen Wasseroberfläche
tanzte. *Etwas* bewegte sich doch darin; Tiamak hob den Käfig auf und
hielt ihn mit zusammengekniffenen Augen zwischen sich und den
grellen Sonnenuntergangshimmel. Zwei winzige Fühlerspitzenaugen
glotzten zurück, Augen, die über einem Krebs schwankten, der in seiner Handfläche verschwinden würde, wenn der Wranna-Mann die
Finger darüber schloß.

Tiamak schnaubte. Er konnte sich vorstellen, was da geschehen war.
Die älteren, wüsteren Krebsbrüder hatten den Kleinen so lange geär-
gert, bis er die Falle in Angriff nahm; das Junge, einmal gefangen,
weinte, während die rohen Brüder lachten und die Scheren schwenkten. Dann Tiamaks riesiger Schatten, der Käfig jäh nach oben
gezerrt, die einander betreten anstarrenden Krebsbrüder, die sich
fragten, wie sie ihrer Mutter erklären sollten, daß Brüderchen nicht
mehr da war.

Andererseits, dachte Tiamak unter Berücksichtigung des hohlen
Gefühls in seiner Mitte, wenn das nun einmal alles war, was er heute
vorweisen konnte – der Fang war zwar klein, aber in der Suppe würde
er sich nett machen.

Wieder schielte er in den Käfig, kippte ihn um und schüttelte den Gefangenen auf seine Handfläche. Warum sich selbst etwas vormachen? Es war ein Tag, um auf Sandbänken aufzulaufen, und damit hatte es sich.

Das Krebslein machte ein platschendes Geräusch, als Tiamak es wieder ins Wasser fallen ließ. Er machte sich nicht die Mühe, die Falle neu zu versenken.

Als er die lange Leiter von seinem vertäuten Boot zu dem kleinen Häuschen oben im Banyanbaum hinaufstieg, schwor sich Tiamak, mit Suppe und einem Keks zufrieden zu sein. Er erinnerte sich selber daran, daß Völlerei eines der Hindernisse war, die die Seele von den Gefilden der Wahrheit trennten. Schwankend erreichte er mit Hilfe der Leiter die Veranda vor dem Haus und dachte dabei an Sie-die-die-Menschheit-gebar, die nicht einmal eine schöne Schale Wurzelsuppe gehabt, sondern sich einzig und allein von Steinen, Erde und Sumpfwasser ernährt hatte, bis sie sich in ihrem Magen vereinten und sie einen Wurf Lehmwesen zur Welt brachte – die ersten Menschen.

Also, das machte Wurzelsuppe zu einem wirklichen Genuß, oder nicht? Außerdem hatte Tiamak ohnehin noch viel zu tun, zum Beispiel die Manuskriptseite mit dem Fleck auszubessern oder neu zu schreiben. Bei seinen Stammesgenossen galt er lediglich als sonderbar, aber irgendwo auf der Welt mußte es Menschen geben, die den von ihm überarbeiteten Text von *Die unfelbarn Heylmittel der Wranna-Heyler* lesen und erkennen würden, daß es auch in den Marschen wahrhaft gelehrte Köpfe gab. Aber ach! ein Krebs wäre wirklich willkommen gewesen – und ein Krug Farnbier nicht minder.

Als Tiamak seine Hände in der Wasserschüssel wusch, die er hinausgestellt hatte, als er fortgegangen war – hockend, weil zwischen seinem fanatisch gescheuerten und polierten Schreibbrett und dem Wasserkrug kein Platz zum Sitzen war –, hörte er auf dem Dach ein kratzendes Geräusch. Er trocknete sich die Hände an seinem Hüfttuch und lauschte gespannt. Da war es wieder, ein trockenes Rascheln, als riebe jemand Tiamaks zerbrochene Schreibfeder über das Schilfdach.

Es dauerte nur eine Sekunde, bis er aus dem Fenster geschlüpft und Hand über Hand auf das schräge Dach geklettert war. Er packte einen der langen, gekrümmten Äste des Banyan und stieg ganz nach oben, wo auf dem Dachgiebel ein kleiner, mit Baumrinde gedeckter Kasten saß, ein Häuschen-Kind auf dem Rücken der Haus-Mutter. Tiamak steckte den Kopf in das offene Ende des Kastens.

Und tatsächlich, da war er, ein grauer Sperling, der munter die auf den Boden gestreuten Körner aufpickte. Tiamak streckte eine sanfte Hand aus und griff nach ihm. Dann kletterte er, so vorsichtig er konnte, wieder vom Dach hinunter und glitt zum Fenster hinein.

Er setzte den Sperling in den Krabbenkäfig, den er für solche Anlässe am Dachbalken aufgehängt hatte, und zündete rasch ein Feuer an. Als auf dem steinernen Herd die Flammen zu züngeln begannen, holte er den Vogel aus dem Käfig. Seine Augen brannten, als der Rauch sich zum Deckenloch emporkräuselte.

Der Sperling hatte ein paar Schwanzfedern verloren und hielt einen Flügel leicht abgespreizt, als hätte er auf dem Weg von Erkynland herunter ein paar Abenteuer zu bestehen gehabt. Tiamak wußte, daß er aus Erkynland kam, weil es der einzige Sperling war, den er je aufgezogen hatte. Seine anderen Vögel waren Marschtauben, aber aus irgendeinem Grund hatte Morgenes auf Sperlingen bestanden – er war eben ein komischer alter Kauz.

Nachdem er einen Topf Wasser aufs Feuer gesetzt hatte, tat Tiamak sein Bestes für den steifen Silberflügel und stellte dann dem Vogel weitere Körner und eine hohlgewölbte Baumrinde mit Wasser hin. Er war in Versuchung, mit dem Lesen der Botschaft so lange zu warten, bis er gegessen hatte, um den Genuß der Neuigkeiten aus weiter Ferne so lange wie möglich vor sich zu haben, aber an einem Tag wie dem heutigen wäre soviel Geduld zuviel verlangt gewesen. Er zerstampfte ein wenig Reismehl im Mörser, fügte etwas Pfeffer und Wasser hinzu, rollte die Mischung aus und formte sie zu einem Kuchen, den er zum Backen auf den Feuerstein legte.

Der um das Sperlingsbein gewickelte Pergamentstreifen war an den Enden ausgefranst und die Druckschrift verschmiert, als wäre der Vogel mehr als nur etwas naß geworden. Aber Tiamak war derlei gewöhnt und hatte den Inhalt schnell entziffert. Die Angabe des Schreibdatums überraschte ihn: Der graue Sperling hatte fast einen Monat für die Reise nach Wran gebraucht. Aber noch mehr überraschte ihn die Botschaft selbst, und es war nicht die Art Überraschung, auf die er gehofft hatte.

Mit dem Gefühl eines kalten Gewichtes im Magen, das jeden Hunger verdrängte, trat er ans Fenster und schaute durch das Astgewirr des Banyanbaumes zu den schnell erblühenden Sternen hinauf. Er starrte zum nördlichen Himmel und glaubte sekundenlang fast, den messerscharf kalten Wind zu spüren, der in die warme Luft von Wran einen eisigen Keil trieb. Lange stand er so am Fenster, bis er den Geruch seines verbrennenden Abendessens gewahrte.

Graf Eolair lehnte sich in seinem üppig gepolsterten Sessel zurück und blickte zu der hohen Decke auf. Sie war mit frommen Gemälden bedeckt, pedantisch genauen Wiedergaben von Usires, wie er die Wäscherin heilte, Sutrins Martyrium in der Arena von Imperator Crexis und ähnlichen Themen. Die Farben schienen ein wenig verblaßt, und viele der Bilder waren vom Staub wie von feinen Schleiern verhüllt. Trotzdem boten sie einen eindrucksvollen Anblick, auch wenn es sich nur um eines der kleineren Vorzimmer der Sancellanischen Ädonitis handelte.

Ein Millionengewicht von Sandstein, Marmor und Gold, dachte Eolair, *und alles als Denkmal für etwas, das niemand je gesehen hat.*

Eine unwillkommene Woge von Heimweh überflutete ihn, wie schon mehrfach in dieser letzten Woche. Was hätte er nicht darum gegeben, wieder in seiner bescheidenen Halle in Nad Mullagh zu sitzen, umgeben von Nichten und Neffen und den kleinen Denkmälern seines eigenen Volkes, seiner eigenen Götter, oder im Taig von Hernysadharc, wo immer ein Stück seines geheimen Herzens zurückblieb, anstatt hier, wo ihn der landverschlingende Stein Nabbans erdrückte! Doch der Wind roch nach Krieg, und er konnte sich nicht irgendwohin zurückziehen, wenn sein König ihn um Hilfe bat. Aber er war des Reisens müde. Das Gras von Hernystir unter den Hufen seines Rosses würde ein wunderbares Gefühl sein.

»Graf Eolair! Vergebt mir, ich bitte Euch, daß Ihr warten mußtet.« Vater Dinivan, der junge Sekretär des Lektors, stand in der Tür am anderen Ende des Zimmers und wischte sich an seinem schwarzen Gewand die Hände ab. »Heute war jetzt bereits ein voller Tag, und wir sind noch nicht einmal am Ende des Vormittages angelangt. Trotzdem«, er lachte, »ist das eine recht magere Entschuldigung. Bitte kommt mit in meine Wohnung!«

Eolair folgte ihm aus dem Vorzimmer hinaus. Seine Stiefel verursachten auf den dicken Teppichen kein Geräusch.

»Da wären wir«, meinte Dinivan grinsend und wärmte sich die Hände am Feuer, »ist das besser? Es ist ein Skandal, aber wir können das größte Haus des Herrn nicht warm kriegen. Die Decken sind zu hoch, zumal in einem so kalten Frühjahr!«

Der Graf lächelte. »Um die Wahrheit zu sagen, ist es mir kaum aufgefallen. In Hernystir schlafen wir bis auf die allerschlimmsten Winter bei offenem Fenster. Wir sind ein Volk, das im Freien lebt.«

Dinivan wackelte mit den Augenbrauen. »Und wir in Nabban sind verweichlichte Südländer, wie?«

»Das habe ich nicht gesagt!« Eolair lachte. »Eines seid ihr Südländer jedenfalls – Meister der schlauen Rede.«

Dinivan nahm auf einem Stuhl mit ungepolsterter Lehne Platz.

»Ah, aber Seine Heiligkeit der Lektor – der, wie Ihr wißt, ursprünglich ein Erkynländer ist – kann uns im Reden allen etwas vormachen. Er ist ein weiser und einfühlsamer Mann.«

»Das weiß ich. Und er ist es, über den ich mit Euch sprechen möchte, Vater.«

»Nennt mich Dinivan, bitte. Ach, das ist immer das Los der Sekretäre großer Männer – niemand sucht sie um ihrer selbst willen auf, immer nur wegen ihrer Nähe zu anderen.« Er machte ein scheinbar niedergeschlagenes Gesicht.

Eolair stellte fest, daß ihm dieser Priester sehr sympathisch war. »Das ist in der Tat Euer Verhängnis, Dinivan. Jetzt, bitte, hört mich an. Ich vermute, Ihr wißt, weshalb mein König mich hierhergeschickt hat?«

»Ich müßte in der Tat ein Tölpel sein, wenn ich es nicht wüßte. Wir leben in Zeiten, die Zungen wedeln lassen wie die Schweife aufgeregter Hunde. Lluth wendet sich an Leobardis, um mit ihm gemeinschaftlich vorzugehen.«

»So ist es.« Eolair trat vom Feuer weg, um sich einen Stuhl zu Dinivan heranzuziehen. »Es ist ein empfindliches Gleichgewicht: mein König, Euer Lektor Ranessin, Elias der Hochkönig, Herzog Leobardis . . .«

»Und Prinz Josua, wenn er noch lebt«, sagte Dinivan, und sein Gesicht war sorgenvoll. »Ja, fürwahr ein höchst empfindliches Gleichgewicht. Und Ihr wißt, daß der Lektor nichts tun kann, um es zu erschüttern.«

Eolair nickte langsam. »Das weiß ich.«

»Warum also seid Ihr zu mir gekommen?« erkundigte sich Dinivan freundlich.

»Ich bin mir nicht ganz sicher. Doch eines möchte ich Euch sagen: Es hat den Anschein, als braue sich lediglich irgendein Streit zusammen, wie es oft vorkommt; aber ich meinerseits fürchte, daß es tiefer geht als das. Ihr mögt mich für verrückt halten, aber ich ahne, daß ein Zeitalter zu Ende geht, und ich habe Angst vor dem, was das Kommende bringt.«

Der Sekretär des Lektors starrte ihn an. Einen Augenblick sahen seine schlichten Züge viel älter aus, als grüble er über Sorgen, die er lange mit sich herumgetragen hätte.

»Ich will Euch gestehen, daß ich Eure Befürchtungen teile, Graf Eolair«, erwiderte er endlich. »Doch kann ich nicht für den Lektor sprechen, nur wiederholen, was ich vorhin sagte: Er ist ein weiser und einfühlsamer Mann.« Er strich über den *Baum* auf seiner Brust. »Um aber Euer Herz zu erleichtern, kann ich noch dieses hinzufügen: Herzog Leobardis hat noch keinen Entschluß gefaßt, wem er seine Unterstützung gewähren will. Obwohl der Hochkönig ihm abwechselnd schmeichelt und droht, leistet Leobardis ihm Widerstand.«

»Nun, das ist doch keine schlechte Nachricht«, meinte Eolair und lächelte vorsichtig. »Als ich dem Herzog heute morgen begegnete, hielt er sehr auf Abstand, als fürchte er, man könne sehen, wie er mir zu aufmerksam zuhörte.«

»Er muß vieles abwägen, ganz wie mein Gebieter auch«, erwiderte Dinivan. »Aber ich will Euch noch etwas verraten – und das ist absolut vertraulich. Heute morgen habe ich Baron Devasalles zu Lektor Ranessin geführt. Der Baron steht im Begriff, zu einer Gesandtschaft aufzubrechen, die sowohl für Leobardis als auch für meinen Herrn

sehr viel bedeutet und viel mit der Entscheidung zu tun hat, in welche
Waagschale Nabban bei einem Konflikt seine Macht werfen wird.
Mehr als das kann ich nicht sagen, aber ich hoffe, daß es Euch ein
wenig weiterhilft.«

»Mehr als nur ein wenig«, antwortete Eolair. »Ich danke Euch für
Euer Vertrauen, Dinivan.«

Irgendwo in der Sancellanischen Ädonitis läutete tief und dunkel
eine Glocke.

»Die Claveïsche Glocke ruft die Mittagsstunde«, erklärte Vater
Dinivan. »Kommt, wir wollen etwas zu essen und einen Krug Bier finden und über angenehmere Dinge reden.« Ein Lächeln huschte über
seine Züge und machte ihn wieder jung. »Wißt Ihr, daß ich einmal
durch Hernystir gereist bin? Euer Land ist schön, Eolair.«

»Obwohl es ihm ein wenig an Steinbauten fehlt«, entgegnete der
Graf und klopfte an die Wand von Dinivans Zimmer.

»Und das ist einer seiner Reize«, lachte der Priester und geleitete ihn
zur Tür hinaus.

Der Bart des alten Mannes war weiß und so lang, daß er ihn beim
Gehen in den Gürtel steckte – was er bis zum heutigen Morgen nun
schon mehrere Tage getan hatte. Sein Haar war nicht dunkler als der
Bart. Selbst seine Kapuzenjacke und die Beinlinge bestanden aus dem
dicken Pelz eines weißen Wolfes. Die Haut des Tieres war sorgfältig
abgezogen worden; seine Vorderpfoten kreuzten sich über der Brust
des Mannes, und der kiefernlose, auf eine Eisenhaube genagelte Kopf
saß auf seiner Stirn. Ohne die roten Kristallsplitter in den leeren
Augenhöhlen des Wolfes und die grimmigen blauen Augen des Mannes darunter wäre auch er nur ein weiterer weißer Fleck im verschneiten Forst zwischen dem Drorshullsee und den Bergen gewesen.

Das Stöhnen des Windes in den Wipfeln wurde stärker, und von den
Ästen der hohen Kiefer, unter der der Mann kauerte, fiel eine
Schneewehe auf ihn herab. Er schüttelte sich ungeduldig wie ein
Tier, und dünner Nebel bildete sich um ihn herum, in dem sich
sekundenlang das matte Licht der Sonne in einem Dunst winziger
Regenbogen brach. Der Wind sang weiter sein klagendes Lied, und
der alte Mann in Weiß griff neben sich und faßte nach etwas, das auf

den ersten Blick wie ein weiterer Klumpen Weiß aussah – ein schnee-
bedeckter Stein oder Baumstumpf. Er hielt es in die Höhe, wischte
das pudrige Weiß von Oberteil und Seiten und hob dann die Tuch-
decke gerade so hoch, daß er hineinspähen konnte.

Er flüsterte etwas in die Öffnung und wartete. Dann runzelte er kurz
die Brauen, als sei er verärgert oder beunruhigt. Er setzte den Gegenstand wieder hin, stand auf und schnallte den Gürtel aus gebleichtem
Rentierleder ab. Vom mageren, wettergehärteten Gesicht schob er
die Kapuze zurück und zog dann den Wolfspelzmantel aus. Das ärmel-
lose Hemd, das er darunter trug, war von der Farbe der Jacke, die Haut
der sehnigen Arme kaum dunkler; aber auf dem rechten Handgelenk,
gerade oberhalb des Fausthandschuhs aus Fell, war in grellen Farben
der Kopf einer Schlange zu sehen, in Blau und Schwarz und Blutrot
auf die Haut gezeichnet. Der Schlangenkörper ringelte sich spiralförmig den Arm des Alten hinauf, verschwand an der Schulter unter
dem Hemd und kam in geschmeidigen Windungen auf dem linken
Arm wieder zum Vorschein, um am linken Handgelenk in einem ver-
schnörkelten Schwanz zu enden. Die leuchtendbunten Farben hoben
sich scharf von dem eintönigen Winterwald und der weißen Kleidung
und Haut des Mannes ab; aus kurzer Entfernung sah es aus, als kämpfe
eine Flügelschlange, in der Luft in zwei Teile zerhackt, zwei Ellen
über der Erde ihren Todeskampf.

Der alte Mann achtete nicht auf die Gänsehaut auf seinen Armen, bis
er seine Jacke über das Bündel gezogen und die losen Falten dar-
untergesteckt hatte. Dann nahm er aus einem Beutel in seinem
Unterhemd ein ledernes Säckchen, drückte einen Strang gelbes Fett
heraus und rieb es rasch über seine entblößte Haut, wodurch die
Schlange zu glänzen anfing, als sei sie gerade eben einem feuchten
südlichen Dschungel entsprungen. Als er fertig war, hockte er sich
von neuem wartend auf die Fersen. Er war hungrig, aber er hatte am
Vorabend seinen letzten Reiseproviant verzehrt. Doch darauf kam es
nicht an, denn die, auf die er wartete, würden sich bald einfinden,
und dann würde es auch zu essen geben.

Mit gesenktem Kinn, die Kobaltaugen schwelend unter eisigen
Brauen, beobachtete Jarnauga die Wege nach Süden. Er war ein alter,
ein uralter Mann, und die Unbilden der Zeit und des Wetters hatten

ihn abgehärtet und hager gemacht. In gewisser Weise freute er sich auf die Stunde, die nicht mehr fern war, wenn der Tod ihn rufen und in seine dunkle, stille Halle holen würde. Schweigen und Einsamkeit waren ohne Schrecken für ihn, sie waren Kette und Schuß im Gewebe seines langen Lebens gewesen. Er wollte nur die Aufgabe zu Ende bringen, die man ihm anvertraut hatte, eine Fackel weitergeben, die anderen in der Dunkelheit, die vor ihnen lag, leuchten könnte; dann würde er Leben und Körper so leicht abschütteln wie jetzt den Schnee, der auf seinen nackten Schultern lag.

Er dachte an die feierlichen Hallen, die an der letzten Biegung seines Weges auf ihn warteten, und sein geliebtes Tungoldyr fiel ihm ein, das er vor vierzehn Tagen verlassen hatte. Als er am letzten Tag auf seiner Türschwelle gestanden hatte, lag die kleine Stadt, in der er den größten Teil seiner neunzig Jahre verbracht hatte, so leer vor ihm wie das sagenhafte Huelheim, das nach getaner Arbeit auf ihn wartete. Schon vor Monaten hatten alle anderen Einwohner von Tungoldyr die Flucht ergriffen; nur Jarnauga war in dem Dorf zurückgeblieben, das den Namen Mondtür trug, hoch oben im hohen Himilfjällgebirge, doch immer noch überschattet vom fernen Sturmrspeik – der Sturmspitze. Der Winter war zu einer Kälte erstarrt, die selbst die Rimmersmänner von Tungoldyr noch nie erlebt hatten, und die nächtlichen Lieder des Windes hatten sich in etwas verwandelt, das wie Heulen und Weinen klang, bis Männer wahnsinnig und am Morgen lachend inmitten ihrer toten Familien aufgefunden wurden.

Nur Jarnauga war in seinem kleinen Haus zurückgeblieben, als die Eisnebel in den Bergpässen und den engen Gassen des Ortes dick wie Wolle geworden waren und die schrägen Dächer von Tungoldyr in den Wolken zu schwimmen begannen wie die Schiffe gespenstischer Krieger. Niemand außer Jarnauga war Zeuge gewesen, wie die flakkernden Lichter der Sturmspitze immer heller und heller brannten, hatte den Klang einer ungeheuren, rauhen Musik gehört, die im Rollen des Donners an- und abschwoll und über die Berge und Täler dieser nördlichsten Provinz von Rimmersgard tönte.

Jetzt aber hatte auch er – denn gewisse Zeichen und Botschaften hatten ihm verkündet, daß seine Zeit endlich gekommen war – Tungoldyr der schleichenden Finsternis und Kälte überlassen. Jarnauga wußte, daß er, was immer auch geschehen mochte, die Sonne auf den Holzhäusern niemals wiedersehen, dem Singen der Bergbäche, die an seiner Haustür vorbei zum schwellenden Gratuvask hinabplätscherten, nie mehr lauschen würde. Nie wieder würde er in den klaren, dunklen Frühlingsnächten auf seiner Veranda stehen und die Lichter im Himmel anschauen, die schimmernden Nordlichter, die seit seiner Jugend dort geleuchtet hatten – nicht die unruhigen, üblen Flammen, die jetzt das finstere Antlitz der Sturmspitze umspielten. Das alles war nun vorbei! Sein Weg lag klar vor ihm, doch er bedeutete wenig Freude.

Aber auch jetzt war nicht alles eindeutig. Da war immer noch dieser quälende Traum, mit dem er fertig werden mußte, der Traum von dem schwarzen Buch und den drei Schwertern. Seit zwei Wochen verfolgte er ihn im Schlaf, aber sein Sinn war ihm bis heute verborgen geblieben.

Auf dem Weg nach Süden, weit entfernt am Rand der Bäume, die die westlichen Ausläufer des Weldhelms säumten, entstand eine Bewegung, die seine Gedanken unterbrach. Er kniff kurz die Augen zusammen, nickte dann langsam mit dem Kopf und stand auf.

Als er seinen Mantel wieder anzog, änderte der Wind die Richtung; gleich darauf ließ sich von Norden dumpfes Donnergrollen vernehmen. Es wiederholte sich, ein tiefes Brummen wie von einem Tier, das mühsam aus dem Schlaf erwacht. Sofort schwoll auch aus der entgegengesetzten Richtung das Geräusch der Hufe vom Getrappel zu einer Lautstärke an, die mit dem Donner um die Wette toste.

Als Jarnauga seinen Vogelkäfig aufhob und den Reitern entgegenging, verschmolzen die Geräusche miteinander – das Grollen des Donners im Norden, das gedämpfte Stampfen herannahender Reiter im Süden –, bis sie den weißen Wald mit ihrem kalten Dröhnen erfüllten wie Schläge auf Trommeln aus Eis.

XXIX

Jäger und Gejagte

Das hohle Brausen des Flusses erfüllte seine Ohren. Einen Herzschlag lang kam es Simon vor, als sei das Wasser das einzige, was sich bewegte – als seien die Bogenschützen am anderen Ufer, Marya, er selber, zu Stein erstarrt, als der Pfeil einschlug, der jetzt in Binabiks Rücken bebte. Dann fauchte ein weiterer Schaft an dem weißgesichtigen Mädchen vorbei, zersplitterte krachend an einem zerbrochenen Gesims aus glänzendem Stein, und alles war wieder in fieberhaftem Getümmel.

Er nahm die insektenhaft über das Wasser huschenden Bogenschützen kaum recht wahr. In drei Sätzen legte er die Entfernung zwischen sich, Mädchen und Troll zurück. Er bückte sich, und ein seltsam isolierter Teil seines Gehirns registrierte, daß die Jungenhosen, die Marya trug, am Knie zerfetzte Löcher hatten und sich unter seinem Arm ein Pfeil durch sein Hemd gebohrt hatte. Zuerst glaubte er, das Geschoß habe ihn verfehlt, bis er gleich darauf einen brennenden Schmerz fühlte, der ihm den Brustkorb versengte.

Immer mehr Pfeile sausten vorbei, prallten vor ihnen flach auf die Steinplatten und hüpften weiter wie Steine auf einem See. Rasch kniete Simon nieder und hob den stummen Troll auf die Arme. Er fühlte, wie der gräßliche, steife Pfeil unter seinen Fingern zitterte. Dann drehte er sich um, so daß sein Rücken zwischen dem kleinen Mann und den Bogenschützen war – Binabik sah so bleich aus. War er tot? Bestimmt war er tot! –, und stand auf. Von neuem brannte der Schmerz an seinen Rippen, und er taumelte. Marya packte ihn am Ellenbogen.

»Lökens Blut!« schrie der schwarzgekleidete Ingen, dessen ferne Stimme in Simons Ohren wie ein leises Murmeln klang. »Ihr tötet sie ja, ihr Dummköpfe! Ich habe gesagt, ihr solltet sie dort *festhalten!* Wo ist Baron Heahferth?«

Qantaqa war wieder zu ihnen heruntergelaufen. Marya versuchte die Wölfin fortzuscheuchen, während sie und Simon die Stufen nach *Da'ai Chikiza* hinauftaumelten. Hinter ihnen zersprang ein gefiederter Schaft, dann war die Luft still.

»Heahferth ist hier, Rimmersmann!« rief eine Stimme durch den Lärm der Gepanzerten. Von der obersten Stufe blickte Simon sich um. Sein Herz sank. – Ein Dutzend Männer in voller Kampfausrüstung rannte an Ingen und seinen Bogenschützen vorbei, gerade auf das Tor der Hirsche zu, die Brücke, die Simon und seine Gefährten vor ihrer Landung zuletzt passiert hatten. Der Baron selbst ritt auf seinem roten Roß hinter ihnen her und schwang einen langen Speer über dem Kopf. Sie hätten nicht einmal den Fußsoldaten einen großen Vorsprung abgewinnen können – das Pferd des Barons würde sie in weniger als drei Atemzügen stellen.

»Lauf, Simon!« Marya zerrte ihn am Arm, so daß er stolpernd vorwärts rannte. »Wir müssen uns in der Stadt verstecken!« Aber Simon wußte, daß auch das hoffnungslos war. Bis sie ein Versteck fanden, würden die Soldaten sie längst eingeholt haben. »Heahferth!« rief Ingen Jeggers Stimme hinter ihnen, ein flacher, kleiner Ton im Brausen des Flusses. »Das geht nicht! Seid kein Narr, Erkynländer, Euer Pferd...!«

Der Rest ging im Tosen des Wassers unter. Falls Heahferth die Worte überhaupt gehört hatte, schien er sie jedenfalls nicht zu beachten. Zum Klirren der Soldatenfüße auf der Brücke gesellte sich das Klappern von Hufschlag auf Stein.

Noch während der Lärm der Verfolgung lauter wurde, stolperte Simon mit der Stiefelspitze über eine hochstehende Platte und stürzte. *Ein Speer im Rücken...* dachte er noch im Fallen, und: *Wie konnte das alles nur geschehen?* Dann prallte er schmerzhaft auf seine Schulter, denn er hatte sich zur Seite gerollt, um den Körper des Trolls in seinen Armen zu schützen.

Simon lag auf dem Rücken und starrte auf die Stücke Himmel, die durch den dunklen Dom der Bäume schimmerten. Auf seiner Brust lastete Binabiks nicht unbeträchtliches Gewicht. Marya zog ihn am Hemd und versuchte ihn aufzurichten. Er wollte ihr sagen, daß es jetzt doch keinen Sinn mehr hätte, nicht mehr der Mühe wert sei; aber als er sich auf einen Ellenbogen stützte und mit dem anderen Arm den Troll festhielt, sah er, daß hinter ihnen etwas Seltsames vorging.

Mitten auf der langen, hochgewölbten Brücke hatten Baron Heahferth und seine Männer aufgehört, sich zu bewegen – nein, das stimmte nicht ganz: Sie standen da und *schwankten*; die Bewaffneten hielten sich an den niedrigen Brückenmauern fest, der Baron umklammerte den Hals seines Pferdes. Man konnte aus der Entfernung seine Züge nicht deutlich erkennen, aber seine Haltung war die eines Menschen, der jäh vom Schlaf erwacht. Eine Sekunde später bäumte sich, ohne daß Simon einen Grund dafür feststellen konnte, das Pferd auf und stürmte vorwärts. Die Männer, die noch schneller rannten als vorher, folgten ihm. Unmittelbar darauf – keinen Lidschlag nach dieser Bewegung – drang ein gewaltiges Knacken an Simons Ohr, als hätte eine Riesenhand sich einen Baumstamm als Zahnstocher abgebrochen. Das schlanke Tor der Hirsche schien in der Mitte zu bersten.

Vor den entsetzten, gebannten Augen von Simon und Marya stürzte die Brücke in die Tiefe, das Mittelstück zuerst. Die Steine lösten sich voneinander und zerbröckelten zu großen, eckigen Scherben, die schaumspritzend ins Wasser krachten. Einige Pulsschläge lang sah es aus, als würden Heahferth und seine Soldaten noch die andere Seite erreichen; aber dann, in Wellenbewegungen wie eine ausgeschüttelte Decke, faltete sich der Steinbogen zusammen und schickte eine wimmelnde Masse von Armen, Beinen, bleichen Gesichtern und einem um sich schlagenden Roß kopfüber hinunter zwischen die zackigen Blöcke aus milchigem Chalzedon, wo sie in Strudeln grünen Wassers und weißen Schaumes verschwanden. Wenig später erschien ein paar Ellen flußabwärts der Kopf des Pferdes mit mühsam aus dem Wasser gerecktem Hals, der aber sofort wieder im wirbelnden Fluß unterging.

Langsam drehte sich Simon zum Fuß der Brücke um. Die beiden Bogenschützen lagen auf den Knien und starrten in den reißenden Strom; hinter ihnen stand die Gestalt Ingens mit der schwarzen

Kapuze und blickte zu den Gefährten hinüber. Es war, als wären seine blassen Augen nur ein paar Zoll von ihnen entfernt.

»Steh auf!« brüllte Marya und zog Simon an den Haaren. Mit einem fast hörbaren Schnappen löste Simon den Blick von Ingen Jeggers Augen, als risse ein Seil. Er stand auf, wobei er seine kleine Last sorgsam im Gleichgewicht hielt, und sie machten kehrt und flohen in die Echos und ragenden Schatten von *Da'ai Chikiza*.

Nach hundert Schritten taten Simon die Arme weh, und er hatte ein Gefühl, als steche ihm ein Messer immer wieder in die Seite; er mußte sich anstrengen, nicht hinter dem Mädchen zurückzubleiben. Sie folgten der vorausspringenden Wölfin durch die Ruinen der Sithistadt. Es war, als liefen sie durch eine Höhle aus Bäumen und Eiszapfen, einen Wald aus steilem Glanz und dunkler, moosiger Verwesung. Überall lagen zerbrochene Steinplatten herum, und dicke Strähnen aus Spinnweben spannten sich über wunderschöne, zerfallende Bögen. Simon war zumute, als habe ihn ein unvorstellbar großer Riese mit Eingeweiden aus Quarz, Jade und Perlmutt verschluckt. Hinter ihnen verstummten allmählich die Geräusche des Flusses, und nur das Rasseln ihres eigenen, rauhen Atems wetteiferte mit dem Scharren ihrer schnellen Schritte.

Endlich schienen sie den äußeren Rand der Stadt erreicht zu haben. Die hohen Bäume, Schierlingstanne, Zeder und ragende Kiefer, standen dichter zusammen, und die Steinplattenböden, die bisher überall gewesen waren, verwandelten sich in schmale Pfade, die sich um die Füße der Waldriesen wanden. Simon hörte auf zu laufen. Sein Blickfeld hatte schwarze Ränder bekommen. Er blieb stehen und fühlte, wie sich die Welt um ihn drehte. Marya ergriff seine Hand und führte ihn ein paar hinkende Schritte zu einem efeuüberwucherten Steinhaufen, den Simon, als sein Sehvermögen langsam wiederkehrte, als Brunnen erkannte. Er legte Binabiks Körper sanft auf den Rucksack nieder, den Marya getragen hatte, stützte den Kopf des kleinen Mannes an den groben Stoff und lehnte sich selber an den Brunnenrand, um Luft in seine notleidenden Lungen zu saugen. Seine Seite stach immer noch.

Marya hockte sich neben Binabik und schubste Qantaqas Nase fort, mit der die Wölfin ihren stummen Herrn anstieß. Qantaqa trat einen Schritt zurück, stieß einen winselnden, verständnislosen Laut aus und legte sich dann hin, die Schnauze auf den Pfoten. Simon merkte, daß ihm heiße Tränen in die Augen schossen.

»Er ist nicht tot.«

Simon glotzte erst Marya, dann Binabiks farbloses Gesicht an. »Wie?« fragte er. »Was meinst du?«

»Er ist nicht tot«, wiederholte sie, ohne aufzublicken. Simon kniete sich neben das Mädchen. Tatsächlich, die Brust des Trolls hob sich beinahe unmerklich. Eine schaumige Blutblase auf seiner Unterlippe pulsierte im selben Rhythmus.

»Usires Ädon.« Simon wischte sich mit der Hand die tropfende Stirn. »Wir müssen den Pfeil herausholen.«

Marya sah ihn scharf an. »Bist du verrückt? Wenn wir das tun, fließt das Leben aus ihm heraus! Dann hat er keine Hoffnung mehr!«

»Nein.« Simon schüttelte den Kopf. »Der Doktor hat es mir erklärt! Ganz bestimmt hat er es gesagt, nur daß ich nicht weiß, wie ich den Pfeil herausbekommen soll. Hilf mir, ihm die Jacke auszuziehen.«

Als sie einen Augenblick vorsichtig an der Jacke herumgezupft hatten, sahen sie ein, daß es keine Möglichkeit gab, sie auszuziehen, bevor sie den Pfeil entfernt hatten. Simon fluchte. Er brauchte etwas, um die Jacke aufzuschneiden, etwas Scharfes. An einem Riemen zog er den geretteten Rucksack zu sich heran und fischte darin herum. Dabei freute er sich trotz aller Sorge und Pein, den Weißen Pfeil zu entdekken, immer noch in seiner Hülle aus Lumpen. Er zog ihn heraus und begann den Knoten zu lösen, der die Stoffstreifen zusammenhielt.

»Was tust du da?« fragte Marya ungeduldig. »Haben wir nicht genug von Pfeilen?«

»Ich brauche etwas Scharfes zum Schneiden«, brummte er. »Es ist ein Jammer, daß wir das Stück von Binabiks Stab verloren haben – es war das mit dem Messer darin.«

»Ist es das, was du suchst?« Marya griff in ihr Hemd und zog ein kleines Messer in einer Lederscheide heraus, die ihr an einem Riemen um den Hals hing. »Geloë meinte, ich sollte es mitnehmen«, erklärte sie, nahm es aus der Scheide und reichte es ihm. »Gegen Bogenschützen hilft es allerdings nicht viel.«

»Und Bogenschützen helfen nicht viel dabei, Brücken vor dem Einsturz zu bewahren, gottlob.« Simon begann das geölte Leder durchzusägen.

»Glaubst du, daß es nur das war?« fragte Marya nach einer Weile.

»Was willst du damit sagen?« keuchte Simon. Die Arbeit war hart, aber er hatte die Jacke jetzt von unten aufgeschnitten, vorbei an dem Pfeil. Eine klebrige Masse geronnenen Blutes wurde sichtbar. Er zog die Messerklinge weiter nach oben, zum Kragen hinauf.

»Daß die Brücke so einfach . . . einstürzte.« Marya sah hinauf in das Licht, das durch das verschlungene Laubwerk sickerte. »Vielleicht waren die Sithi zornig über das, was da in ihrer Stadt vorging.«

»Pah.« Simon biß die Zähne zusammen und durchtrennte das letzte Stück Leder. »Die Sithi, die noch leben, wohnen hier nicht mehr, und wenn die Sithi nicht sterben, wie mir der Doktor erzählt hat, gibt es auch keine Geister hier, die Brücken zum Einsturz bringen könnten.« Er breitete die beiden Flügel der zerschnittenen Jacke auseinander und zuckte. Der Rücken des Trolls war bedeckt mit geronnenem Blut. »Du hast doch gehört, wie der Rimmersmann Heahferth zuschrie, er solle mit dem Pferd von der Brücke bleiben. Und jetzt, verdammt noch mal, laß mich nachdenken!«

Marya hob die Hand, als wollte sie ihn schlagen; Simon sah auf, und ihre Blicke bohrten sich ineinander. Erst jetzt merkte er, daß das Mädchen auch geweint hatte. »Ich habe dir mein Messer gegeben!« sagte sie.

Simon schüttelte verwirrt den Kopf. »Es ist nur . . . dieser Teufel Ingen hat vielleicht schon eine andere Stelle gefunden, an der er den Fluß überqueren kann. Er hat mindestens zwei Bogenschützen bei sich, und wer weiß, was aus den Hunden geworden ist . . . und . . . und Binabik ist mein Freund.« Er wandte sich wieder dem blutüberströmten Troll zu.

Marya schwieg eine Weile. »Ich weiß«, sagte sie endlich.

Der Pfeil war schräg eingedrungen, eine gute Handlänge von der Mitte des Rückgrats entfernt. Durch vorsichtiges Anheben des kleinen Körpers konnte Simon die Hand daruntergleiten lassen. Schnell fanden seine Finger die scharfe, eiserne Pfeilspitze, die gerade unter Binabiks Arm herausgetreten war, neben den vorderen Rippen.

»Verflucht! Er ist mitten durchgegangen!« Simon überlegte fieberhaft. »Gleich . . . gleich . . . «

»Brich die Spitze ab«, schlug Marya, jetzt mit ruhigerer Stimme, vor. »Dann kannst du ihn leichter herausziehen – wenn du sicher bist, daß das das Richtige ist.«

»Natürlich!« Simon war begeistert und ein wenig schwindlig. »Natürlich.«

Er brauchte eine gehörige Zeit, bis er den Pfeil unterhalb der Spitze durchgeschnitten hatte; das kleine Messer wurde immer stumpfer dabei. Als er fertig war, half ihm Marya, Binabik in die Lage zu bringen, in der der Pfeil sich am besten bewegen ließ. Dann, ein stummes Gebet an Ädon auf der Zunge, drehte Simon den Pfeil aus der Eintrittswunde heraus. Frisches Blut quoll darunter hervor. Simon starrte den verhaßten Gegenstand an und schleuderte ihn fort. Qantaqa hob den dicken Kopf und sah ihm nach, gab dann ein brummendes Stöhnen von sich und sackte wieder zusammen.

Sie wickelten Binabik in die Lumpen des Weißen Pfeils und Streifen aus seiner zerschnittenen Jacke, dann hob Simon den immer noch schwach atmenden Troll hoch und nahm ihn auf seine Arme. »Geloë hat gesagt, wir sollten die *Steige* hinaufklettern. Ich weiß zwar nicht, wo das ist, aber wir sollten uns lieber in Richtung der Berge halten«, erklärte Simon. Marya nickte.

Der Anblick der Sonnenflecken zwischen den Bäumen verriet ihnen, daß es fast Mittag war, als sie den zugewachsenen Brunnen verließen. Rasch durchquerten sie die Außenbezirke der verfallenden Stadt und merkten schon nach einer Stunde, daß das Land unter ihren müden Füßen anzusteigen begann. Der Troll wurde allmählich wieder zur schweren Last. Simon war zu stolz, etwas zu sagen, aber er schwitzte heftig, und Rücken und Arme fingen an, genauso weh zu tun wie die verwundete Seite. Marya schlug vor, Beinlöcher in den Rucksack zu schneiden, damit man Binabik darin tragen könnte. Aber nach einigem Nachdenken verwarf Simon diese Idee. Erstens wären die Erschütterungen für den hilf- und bewußtlosen Troll zu groß gewesen, und zweitens müßten sie dann einiges vom Inhalt des Rucksackes zurücklassen, und das meiste davon waren Lebensmittel, die sie noch brauchen würden.

Als das sanft ansteigende Land sich in steile, buschbestandene Hänge voller Riedgras und Disteln zu verwandeln begann, winkte Simon Marya, endlich anzuhalten. Er setzte den kleinen Mann ab und stand einen Augenblick mit in die Hüfte gestemmten Händen da, und seine Brust hob und senkte sich, während er tief Atem holte.

»Wir... wir müssen... ich muß... mich... ausruhen«, schnaufte er. Marya betrachtete voller Mitgefühl sein gerötetes Gesicht.

»Du kannst ihn nicht bis ganz auf den Gipfel schleppen, Simon«, bemerkte sie sanft. »Weiter oben scheint es noch steiler zu werden. Du wirst die Hände zum Klettern brauchen.«

»Er... ist... mein Freund«, beharrte Simon starrsinnig, »ich... kann... das.«

»Nein, das kannst du nicht.« Marya schüttelte den Kopf. »Wenn wir ihn nicht im Rucksack tragen können, dann müssen wir...« Sie ließ die Schultern hängen und setzte sich erschöpft auf einen Felsen. »Ich weiß nicht, *was* wir müssen, aber irgendwas müssen wir.«

Simon sackte neben ihr zusammen. Qantaqa war weiter bergauf verschwunden und sprang behende an Stellen voraus, zu deren Erklettern der Junge und das Mädchen lange und beschwerliche Minuten brauchen würden.

Plötzlich kam Simon ein Einfall. »Qantaqa!« rief er, stand auf und verstreute den Inhalt des Rucksackes vor sich auf dem Grasboden. »Qantaqa! Komm her!«

In fieberhafter Eile, den unausgesprochenen Gedanken an Ingen Jegger als drohenden Schatten über sich, wickelten Simon und Marya Binabik von Kopf bis Fuß in den Mantel des Mädchens und legten den Troll dann mit dem Bauch nach unten auf den Rücken der folgsamen Wölfin. Mit den letzten Streifen zerfetzter Kleidung aus dem Rucksack banden sie ihn dort fest. Simon erinnerte sich von seinem unfreiwilligen Ritt in Herzog Isgrimnurs Lager an die Haltung, aber er wußte auch, daß der kleine Mann mit dem dicken Mantel zwischen sich und dem Wolfsrücken wenigstens atmen können würde. Simon wußte, daß die Lage für einen verletzten, wahrscheinlich sterbenden Troll nicht gerade günstig war, aber was konnten sie sonst tun? Marya hatte recht, um bergauf zu klettern, brauchte er seine Hände.

Nachdem sich Qantaqas anfängliche Unruhe gelegt hatte, stand sie geduldig da, während Junge und Mädchen den Troll auf ihr festzurrten. Nur ab und zu drehte sie sich um und wollte Binabiks Gesicht, das an ihrer Flanke auf- und abschwankte, beschnüffeln. Als sie aber fertig waren und weiter den Hang hinaufstiegen, suchte die Wölfin sich ihren Weg ganz vorsichtig, als wüßte sie, wie wichtig ein sanfter Ritt für ihre schweigende Last wäre.

Jetzt kamen sie besser vorwärts. Sie kletterten über Steine und uralte Stämme, von denen sich die Rinde in langen Streifen abschälte. Der helle, wolkengetrübte Sonnenball, der durch die Äste spähte, war weit auf seinen westlichen Ankerplatz zugerollt. Simon stapfte vor sich hin, vor seinen vor Schweiß brennenden Augen wie eine Rauchfahne den grauweißen Schwanz der Wölfin, und fragte sich, wo die Dunkelheit sie überraschen und *was* sie wohl *in* dieser Dunkelheit überraschen würde.

Der Anstieg war immer steiler geworden, und sowohl Simon als auch Marya spürten die zahllosen Kratzspuren des alles erstickenden Unterholzes auf ihrer Haut, als sie endlich auf eine offene, waagrecht laufende Falte der Bergwand hinausstolperten. Dankbar setzten sie sich mitten auf den Pfad. Qantaqa sah aus, als hätte sie nichts dagegen, den schmalen, grasüberwucherten Weg noch ein Stück weiter hinauf zu erkunden, ließ sich dann aber doch mit heraushängender Zunge neben ihnen nieder. Simon befreite den Troll aus seinem behelfsmäßigen Geschirr; der Zustand des kleinen Mannes schien unverändert. Sein Atem ging immer noch erschreckend flach. Simon tropfte ihm aus dem Schlauch Wasser in den Mund und reichte dann Marya den Behälter. Als sie fertig war, hielt er die hohlen Hände aneinander, sie füllte sie, und er ließ Qantaqa daraus trinken. Danach nahm auch er ein paar tiefe Schlucke aus dem Schlauch.

»Glaubst du, daß wir auf der *Steige* sind?« fragte Marya und fuhr sich mit den Händen durch das feuchte schwarze Haar. Simon lächelte matt. War das nicht typisch Mädchen, sich mitten im Wald das Haar zu richten? Sie war tief errötet, und er sah, daß die Sommersprossen auf ihrem Nasenrücken dadurch deutlich hervortraten.

»Es sieht eher wie ein Hirschpfad oder so etwas aus«, antwortete er endlich und wandte seine Aufmerksamkeit der Stelle zu, an der sich der Pfad an der Flanke des Berges verlor. »Ich denke, die *Steige* ist etwas von den Sithi, wie Geloë gesagt hat. Aber vielleicht können wir diesem Weg doch eine Weile folgen.«

Sie ist eigentlich gar nicht so dünn, nicht wirklich, dachte Simon. *Mehr das, was man zart nennt.* Er erinnerte sich, wie sie in die Höhe gegriffen und die überhängenden Äste abgerissen hatte, und an ihre rauhen Fluß-Shanties. Nein, vielleicht war *zart* auch nicht ganz das richtige Wort.

»Dann wollen wir lieber weiter«, unterbrach Marya sein Sinnen. »Ich bin hungrig, aber ich möchte lieber nicht hier draußen im offenen Gelände sein, wenn die Sonne untergeht.«

Sie erhob sich und fing an, die Stoffstreifen zusammenzusuchen, um Binabik wieder auf seinem Reittier zu befestigen, das seinerseits die letzten Augenblicke ungebundener Freiheit dazu benutzte, sich hinter dem Ohr zu kratzen.

»Ich hab dich gern, Marya«, platzte Simon heraus und wollte sich dann umdrehen, wegrennen, irgend etwas tun. Statt dessen blieb er tapfer, wo er war, bis das Mädchen gleich darauf lächelnd zu ihm aufblickte – und *sie* war es, die verlegen aussah!

»Darüber bin ich froh«, war alles, was sie antwortete, dann ging sie den Hirschpfad ein paar Schritte weiter hinauf und überließ es Simon, Binabik mit plötzlich unbeholfenen Händen wieder festzubinden. Als er endlich die letzte Schlinge unter dem zottigen Bauch der unendlich geduldigen Wölfin verknotete, sah er plötzlich in das blutleere Gesicht des Trolls, das schlaff und still war wie der Tod, und wurde wütend auf sich selber.

Was für ein Mondkalb ich doch immer noch bin! dachte er wild. *Einer meiner besten Freunde liegt im Sterben, ich habe mich am Ende der Welt verirrt, werde von bewaffneten Männern und vielleicht noch Schlimmerem gejagt – und da stehe ich nun und lasse wegen einer dürren Dienstmagd den Kopf hängen! Trottel!*

Er sagte nichts zu Marya, als er sie einholte, aber der Ausdruck seines Gesichtes mußte ihr einiges verraten haben. Sie warf ihm einen nachdenklichen Blick zu, und die beiden setzten sich ohne ein weiteres Wort in Marsch.

Die Sonne war hinter den gezackten Rücken der Berge verschwunden, als der Hirschpfad breiter zu werden begann. Innerhalb einer Viertelmeile verwandelte er sich in einen ebenen Weg, auf dem einst vielleicht sogar Wagen hatten fahren können, der aber nun längst seine Herrschaft an die wuchernde Wildnis abgetreten hatte. Neben ihm schlängelten sich andere, schmalere Pfade, die hauptsächlich als Lücken in der glatten Decke aus Büschen und Bäumen sichtbar waren. Schließlich kamen sie an eine Stelle, wo sich diese Nebenpfade mit dem Hauptweg vereinten, und hundert Ellen weiter merkten sie, daß sie wieder die uralten Steinplatten unter den Füßen hatten. Bald darauf erreichten sie die *Steige*.

Die breite, gepflasterte Straße kreuzte den Weg, auf dem sie gekommen waren, und schwang sich in steilen, quergeführten Serpentinen den Berg hinauf. Zwischen den zersprungenen, grauen und weißen Bodenplatten war hohes Gras aufgeschossen, und manchmal waren sogar große Bäume einfach aus dem Straßenpflaster gewachsen und hatten mit zunehmender Größe die Steine auseinander und zur Seite gedrängt, so daß sie jetzt von kleinen Schlackenhaufen entwurzelter Steine umgeben waren.

»Und das geht jetzt so bis nach Naglimund«, sagte Simon halb zu sich selber. Es waren die ersten Worte, die einer von beiden seit langer Zeit sprach.

Marya wollte gerade etwas antworten, als ihr Blick auf den Gipfel fiel. Sie schaute genauer hin, aber was auch immer dort ein Licht hatte aufblitzen lassen, war wieder verschwunden.

»Simon, ich glaube, ich habe dort oben etwas glänzen sehen.« Sie deutete zum Bergkamm hinauf, eine gute Meile über ihnen. »Was war es?« fragte er, aber sie zuckte nur die Achseln. »Eine Rüstung vielleicht, falls sich so spät am Tag noch die Sonne darin spiegelt«, gab er sich selber Antwort, »oder die Wälle von Naglimund, oder... wer weiß?« Er sah mit schmalen Augen nach der Höhe.

»Wir können den Weg nicht verlassen«, meinte er schließlich. »Jedenfalls nicht, bevor wir noch weiter oben sind, nicht solange es hell ist. Ich wurde mir nie verzeihen, wenn wir Binabik nicht nach Naglimund bekämen, vor allem, wenn... wenn...«

»Ich weiß, Simon, aber ich glaube nicht, daß wir es heute noch bis ganz über den Gipfel schaffen.« Marya trat gegen einen Stein, der über das Pflaster ins hohe Gras rollte. Sie zuckte zusammen. »Ich habe an einem Fuß mehr Blasen als vorher in meinem ganzen Leben. Und es kann nicht gut für Binabik sein, wenn er die ganze Nacht auf dem Rücken der Wölfin hin- und herrutscht.« Marya sah ihm in die Augen. »*Wenn* er es überhaupt überlebt. Du hast das Menschenmögliche getan, Simon. Es ist nicht deine Schuld.«

»Ich weiß!« versetzte Simon zornig. »Gehen wir trotzdem! Wir können im Laufen weiterreden.«

Sie stapften weiter. Es dauerte nicht lange, bis die Weisheit in Maryas Worten sich unangenehm bemerkbar machte. Auch Simon war so zerkratzt und voller Blasen und blauer Flecke, daß er sich am liebsten fallengelassen und losgeheult hätte – ein anderer Simon, der Simon, der im labyrinthischen Hochhorst sein Burgjungenleben gelebt hatte, *hätte* es getan, hätte sich auf einen Stein gesetzt und ein Abendessen und Schlaf gefordert. Aber Simon hatte sich verändert; er haderte immer noch mit seinem Schicksal, aber jetzt gab es wichtigere Dinge.

Endlich fing sogar Qantaqa an, ein Bein zu schonen. Es hatte wirklich keinen Sinn, sie alle zu Krüppeln zu schinden, und Simon war gerade bereit nachzugeben, als Marya wieder ein Licht auf dem Bergkamm sah. Das konnte keine Spiegelung der Sonne sein, denn schon senkte sich blaue Dämmerung über die Hänge.

»Fackeln!« stöhnte Simon. »Usires! Warum jetzt, da wir fast oben sind?«

»Das ist es wahrscheinlich gerade. Dieses Ungeheuer von Schwarz-Rimmersmann muß zur Spitze der *Steige* vorgestoßen sein, um dort auf uns zu warten. Wir müssen vom Weg runter!«

Mit bleischwerem Herzen verließen sie sofort das Pflaster der *Steige* und kletterten in einen Graben, der an der Breitseite des Berges entlanglief. Im abnehmenden Licht häufig stolpernd, eilten sie weiter, bis sie auf eine kleine Lichtung stießen, nicht breiter, als Simon groß war, und von einer Palisade junger Schierlingstannen geschützt. Als er ein letztes Mal nach oben schaute, bevor er sich in die Deckung der hohen Büsche duckte, war ihm, als sähe er die glänzenden Augen mehrerer weiterer Fackeln, die vom Gipfel des Berges herunterblin-

zelten. »In der Hölle sollen sie verbrennen, diese Bastarde!« knurrte
er atemlos und hockte sich nieder, um Binabiks schlaffe Gestalt von
Qantaqas Rücken zu schnallen. »Ädon! Usires Ädon! Hätte ich doch
nur ein Schwert oder einen Bogen . . .«

»Vielleicht solltest du Binabik nicht herunternehmen?« flüsterte
Marya. »Was ist, wenn wir wieder rennen müssen?«

»Dann trage ich ihn. Außerdem, wenn wir rennen müssen, können
wir genausogut gleich aufgeben. Ich glaube, ich könnte keine fünfzig
Schritte mehr laufen. Und du?«

Marya schüttelte bekümmert den Kopf.

Sie nahmen abwechselnd Schlucke aus dem Wasserschlauch, während Simon Binabiks Handgelenke und Knöchel massierte, um etwas
Blut in die kalten Glieder des Trolls zurückzubringen. Der kleine
Mann atmete jetzt besser, aber Simon vertraute nicht darauf, daß es
so bleiben würde; bei jedem Atemzug quoll dem Troll eine dünne
Schicht blutigen Speichels aus dem Mund, und als Simon Binabiks
Augenlider zurückschob, wie er es Doktor Morgenes einmal bei einer
in Ohnmacht gefallenen Kammerfrau hatte tun sehen, kam ihm das
Weiße in den Augen des Trolls grau vor.

Während Marya den Rucksack nach etwas Eßbarem durchsuchte,
wollte Simon Qantaqas Pfote hochheben, um festzustellen, weshalb
sie hinkte. Die Wölfin unterbrach ihr Keuchen gerade lange genug,
um die Zähne zu entblößen und ihn auf äußerst eindrucksvolle Weise
anzuknurren. Als er trotzdem die Untersuchung fortsetzen wollte,
schnappte sie nach seiner Hand, und ihre Kiefer schlugen kaum einen
Zollbreit von seinen tastenden Fingern entfernt aufeinander. Simon
hatte beinahe vergessen, daß sie eine Wölfin war, und sich daran
gewöhnt, mit ihr umzugehen wie mit einem von Tobas' Hunden. Er
war plötzlich dankbar, daß sie ihn nur so milde zurechtgewiesen
hatte, und ließ sie in Ruhe, damit sie sich mit der Zunge den zerschundenen Ballen lecken konnte.

Das Licht nahm ab. In der tiefer werdenden Finsternis über ihnen
blühten nadelspitze kleine Sterne auf. Simon kaute an einem Stück
hartem Keks, den Marya für ihn im Rucksack aufgestöbert hatte, und
sehnte sich nach einem Apfel oder sonst etwas Saftigem, als ein dünnes, lärmendes Geräusch das Lied der ersten Abendgrillen zu durch-

dringen begann. Simon und Marya sahen einander an und schauten dann zur Bestätigung, die sie im Grunde nicht brauchten, auf Qantaqa. Die Ohren der Wölfin waren nach vorn gestellt, ihre Augen wachsam.

Sie mußten den Namen der Geschöpfe, von denen die fernen, bellenden Laute stammten, nicht nennen: Mit Jagdhundgeläut aus vollem Hals waren sie beide nur allzu vertraut.

»Was sollen wir...?« wollte Marya fragen, aber Simon schüttelte den Kopf. In sinnlosem Zorn knallte er die Faust gegen einen Baumstamm und sah geistesabwesend zu, wie Blut über die Oberseite der bleichen Knöchel sickerte. In wenigen Minuten würde es vollständig dunkel sein.

»Wir können gar nichts tun«, zischte er. »Wenn wir weglaufen, haben sie nur eine noch bessere Spur.« Er wollte wieder zuschlagen, irgend etwas zertrümmern. Sinnlos, sinnlos, sinnlos, diese ganze verdammte Plackerei! Warum das alles?!

Als er so dasaß, schäumend vor Wut, kam Marya und schmiegte sich dicht an seine Seite, hob seinen Arm und legte ihn um ihre Schulter. »Mir ist kalt«, war alles, was sie sagte.

Er lehnte müde seinen Kopf an ihren, und Tränen ohnmächtiger Wut und aufsteigender Angst strömten aus seinen Augen, als er auf die Geräusche oben auf dem Berg lauschte. Jetzt war ihm, als höre er Männerstimmen, die einander über den Lärm der Hunde etwas zuriefen. Was gäbe er doch für ein Schwert! So unerfahren er damit auch war, wenigstens hätte er ihnen damit ein bißchen weh tun können, bevor sie ihn niederschlugen.

Sanft hob er Maryas Kopf von seiner Schulter und beugte sich vor. Wenn er sich recht erinnerte, lag Binabiks Lederbeutel ganz unten im Rucksack. Er zog ihn hervor und wühlte mit den Fingern darin herum. Auf der Lichtung war es so finster, daß er nur durch Tasten suchen konnte.

»Was machst du?« wisperte Marya.

Simon fand, was er suchte, und schloß seine Hand darum. Jetzt kamen auch Geräusche von der Nordseite des Berges, fast auf gleicher Höhe mit ihnen. Die Falle schnappte zu.

»Halt Qantaqa fest!« Er richtete sich auf, kroch ein Stück zur Seite und durchforstete das Gebüsch, bis er einen größeren abgebrochenen Ast fand, so dick wie sein Arm und länger. Er brachte ihn zurück und leerte Binabiks Pulverbeutel darüber aus. Dann legte er ihn sorgfältig neben sich. »Ich mache eine Fackel«, erklärte er und nahm die Feuersteine des Trolls aus dem Beutel.

»Leitet sie das nicht erst recht zu uns?« fragte das Mädchen, einen Unterton sorgenvoller Neugier in der Stimme. »Ich zünde sie erst an, wenn ich muß«, erwiderte er, »aber wenigstens haben wir dann etwas... etwas zum Kämpfen.«

Ihr Gesicht lag im Schatten, aber er spürte ihren Blick. Sie wußte ebensogut, wie wenig eine solche Geste ihnen nützen würde. Er hoffte – und es war eine sehr starke Hoffnung –, daß sie verstehen würde, warum er diesen Versuch unternehmen mußte. Der wilde Aufruhr der Hunde war jetzt entsetzlich nahe. Simon konnte das Knakken der niedergetretenen Büsche und die wilden Schreie der Jäger hören. Das Prasseln brechender Zweige wurde lauter. Es kam jetzt von direkt über ihnen am Hang und näherte sich immer mehr – ein viel zu lautes Geräusch für Hunde, dachte Simon, und sein Herz flatterte, als er den Feuerstein gegen einen Stein schlug. Es mußten Berittene sein. Das Pulver sprühte Funken, entzündete sich aber nicht. Im Unterholz krachte es, als überschlage sich ein ganzer Wagen.

Fang Feuer, verdammt noch mal! Fang Feuer!

Gerade über ihrem Versteck brach etwas aus dem Dickicht. Marya klammerte sich so fest an seinen Arm, daß es wehtat. »Simon!« schrie sie, und dann zischte das Pulver und ging in Flammen auf; an der Spitze des Astes erblühte eine flackernde, orangerote Blume. Simon sprang in die Höhe und schwang den Ast vor sich. Die Flammen tanzten. Etwas kam krachend durch die Bäume. Qantaqa riß sich aus Maryas Griff los und heulte laut.

Alptraum! Das war alles, was Simon noch denken konnte, als er die Fackel hob. Das Licht wurde heller und beleuchtete, was da erschreckt und aufrecht vor ihm stand.

Es war ein Riese.

In dem grauenhaften, gelähmten Augenblick danach kämpfte Simons Verstand darum zu verarbeiten, was seine Augen sahen – dieses Wesen, das da vor ihm aufragte und im grellen Licht der Fackel hin- und herschwankte. Zuerst hatte er es für eine Art Bär gehalten, weil es überall mit fahlem, zottigem Fell bedeckt war. Aber die Beine waren zu lang, die Arme und die schwarzhäutigen Hände zu menschlich. Der haarige Scheitel war drei Ellen höher als Simons Kopf, als es sich aus der Mitte nach vorn beugte, die Augen schmal im ledrigen, menschenähnlichen Gesicht.

Von überallher ertönte das Gebell, wie die Musik eines Chores unheimlicher Dämonen. Das Ungetüm schlug mit einem langen Klauenarm nach Simon, riß ihm das Fleisch an der Schulter auf und stieß ihn zurück, daß er stolperte und um ein Haar die Fackel fallengelassen hätte. Das zuckende Licht der Flammen beleuchtete kurz Marya, die mit schreckgeweiteten Augen Binabiks schlaffen Körper umklammerte und aus dem Weg zu zerren versuchte. Der Riese öffnete den Mund und *donnerte* – nur so konnte man das hallende Brummen bezeichnen, das er ausstieß. Dann stürzte er sich von neuem auf Simon. Der sprang zur Seite, blieb mit dem Fuß hängen und fiel zu Boden. Aber noch bevor das Ungeheuer bei ihm war, verwandelte sich das Grollen, das seine Brust erschütterte, in ein Aufheulen des Schmerzes. Der Riese kippte nach vorn und sackte halb zusammen.

Qantaqa hatte ihn in einer zottigen Kniekehle erwischt, ein grauer Schatten, der sofort zurücksprang, um gleich wieder nach den Beinen des Ungetüms zu schnappen, das fauchte und nach der Wölfin schlug. Das erste Mal verfehlte es sie, doch beim zweiten Mal traf sie die breite Hand, Qantaqa überschlug sich und flog ins Gebüsch.

Jetzt wandte der Riese sich wieder Simon zu, aber gerade als dieser hoffnungslos seine Fackel hob und ihr zuckendes Licht in den glänzendschwarzen Augen des Riesen widergespiegelt sah, ergoß sich eine brodelnde Flut von Wesen aus dem Unterholz, heulend wie der Wind in tausend hohen Türmchen. Sie umbrandeten das gewaltige Geschöpf wie ein wütendes Meer – Hunde überall, die angriffen und bissen, während der Riese mit seiner Donnerstimme brüllte. Wie eine Windmühle ließ er die Arme kreisen, und zerschmetterte Körper flogen nach allen Seiten; einer traf Simon und warf ihn zu Boden, daß ihm die Fackel davonsauste. Aber für jeden, der fortgeschleudert wurde, sprangen fünf neue herbei.

Als Simon auf die Fackel zukroch, im Kopf ein wildes Gewirr aus wahnsinnigen Fieberphantasien, leuchteten plötzlich überall Lichter auf. Die Riesengestalt des Ungeheuers schwankte brüllend über die Lichtung; Männer kamen, Pferde bäumten sich, alles schrie. Etwas Dunkles sprang über Simon hinweg und schlug ihm zum zweiten Mal die Fackel aus der Hand. Kurz hinter ihm kam das Pferd rutschend zum Stehen. Der Reiter stand in den Bügeln, und sein langer Speer blitzte zwischen Dunkelheit und Fackelschein hin und her. Gleich darauf war der Speer ein großer schwarzer Nagel, der aus der Brust des bedrängten Riesen ragte. Das Ungeheuer stieß eine letztes, bebendes Brüllen aus und glitt zu Boden, unter die wogende Decke der Hunde.

Der Reiter stieg ab. An ihm vorbei rannten Männer mit Fackeln, um die Hunde zurückzuzerren. Das Licht schien auf das Profil des Reiters, und Simon richtete sich auf ein Knie auf.

»Josua!« rief er und stürzte vornüber. Das letzte, was er sah, war das hagere Gesicht des Prinzen, vom gelben Licht der Fackelflammen umflossen, mit vor Überraschung geweiteten Augen.

Zeit kam und ging in unruhigen Augenblicken von Wachsein und Dunkelheit. Er saß auf einem Pferd, vor einem schweigenden Mann, der nach Leder und Schweiß roch. Der Arm des Mannes war ein starker Reifen um Simons Mitte, als sie die *Steige* hinaufschwankten.

Die Pferdehufe klapperten auf Stein, und Simon merkte, daß er den wehenden Schweif des Pferdes vor ihm beobachtete. Überall waren Fackeln.

Er suchte nach Marya, nach Binabik und den anderen . . . wo waren sie nur?

Jetzt umgab ihn auf allen Seiten eine Art Tunnel. Die Steinwände hallten wider vom pochenden Laut der Herzschläge. Nein, der *Huf-schläge*. Der Tunnel schien kein Ende zu haben. Vor ihnen ragte eine in den Stein gefügte, gewaltige Holztür auf. Langsam schwang sie nach außen, Fackelschein flutete hervor wie Wasser aus einem geborstenen Damm, und im herausdringenden Licht des Einganges standen die Gestalten vieler Männer.

Nun waren sie im Freien, stiegen einen langen Hang hinunter, ein Pferd hinter dem anderen, eine glitzernde Schlange aus Fackeln, die sich den Pfad hinabwand, so weit das Auge reichte. Um sie herum war ein Feld aus kahler Erde, mit nichts bepflanzt als mit nackten Eisenstangen.

Unter ihnen waren die Wälle mit noch viel mehr Fackeln gesäumt. Die Posten blickten zu der Prozession hinauf, die da von den Bergen herunterkam. Vor ihnen lagen die steinernen Mauern, bald in gleicher Höhe, bald langsam über ihren Köpfen ansteigend, während sie dem Pfad bergab folgten. Der Nachthimmel war dunkel wie das Innere eines Fasses, jedoch gespickt mit Sternen. Simons Kopf wackelte, und er merkte, wie er von neuem in Schlaf sank – oder in den dunklen Himmel, er wußte es nicht recht.

Naglimund, dachte er noch, als sich Fackelschein über sein Gesicht ergoß und die Männer oben auf den Wällen riefen und sangen. Dann stürzte er aus dem Licht, und Dunkelheit legte sich über ihn wie eine Decke aus Ebenholzstaub.

DRITTER TEIL

Simon Schneelocke

XXX

Tausend Nägel

Mit Äxten schlugen sie die Tür ein – hackten, hieben, zersplitterten das schützende Holz. »Doktor!« schrie Simon und fuhr in die Höhe, »die Soldaten! Die Soldaten sind da!«

Aber er war gar nicht in Morgenes' Wohnung. Er lag, in schweißgetränkte Laken gehüllt, auf einem schmalen Bett in einer kleinen, ordentlichen Kammer. Das Geräusch holzspaltender Klingen dauerte an; gleich darauf öffnete sich die Tür, und der Lärm verstärkte sich noch. Um die Ecke spähte ein unbekanntes Gesicht, blaß und mit langem Kinn, darüber ein spärlicher Haarschopf, der im Sonnenlicht so kupferrot aufglänzte wie Simons eigener. Das eine sichtbare Auge war blau. Das andere bedeckte eine schwarze Klappe.

»Aha!« sagte der Fremde, »du bist wach. Gut.« Seiner Aussprache nach war er ein Erkynländer, mit einem Anhauch der Schwerfälligkeit des Nordens. Er schloß hinter sich die Tür und brachte damit einen Teil des Arbeitslärmes draußen zum Verstummen. Seine lange, graue Priesterkutte hing schlaff an der mageren Gestalt herunter.

»Ich bin Vater Strangyeard.« Er ließ sich auf einem hochlehnigen Stuhl neben Simon nieder; abgesehen von dem Bett und einem niedrigen, mit Pergament und allerlei Krimskrams bedeckten Tisch bildete der Stuhl das einzige Möbelstück des Raumes. Als er es sich bequem gemacht hatte, beugte der Fremde sich vor und klopfte Simon sanft auf die Hand.

»Wie geht es dir? Hoffentlich besser?«

»Ja . . . ja, ich glaube schon.« Simon schaute sich um. »Wo bin ich hier eigentlich?«

»In Naglimund, aber das hast du dir sicher schon gedacht.« Vater Strangyeard lächelte. »Genauer gesagt, in meinem Zimmer... und auch in meinem Bett.« Er hob die Hand. »Ich hoffe, du hast dich darin wohlgefühlt. Besonders bequem ist es nicht... aber meine Güte, wie töricht von mir! Du hast ja schon draußen im Wald geschlafen!« Der Priester zeigte ein weiteres, zögerndes Lächeln. »Es muß doch besser als der Wald sein, oder?«

Simon schwang die Füße auf den kalten Boden. Erleichtert stellte er fest, daß er Hosen anhatte, war jedoch etwas verwirrt, als er merkte, daß es nicht seine waren.

»Wo sind meine Freunde?« Ein dunkler Gedanke zog auf wie eine Wolke. »Binabik... ist er tot?«

Strangyeard kniff die Lippen zusammen, als hätte Simon eine milde Gotteslästerung geäußert. »Tot? Lob sei Usires, nein – obwohl es ihm nicht gut geht, gar nicht gut.«

»Darf ich zu ihm?« Simon rutschte auf die Steinfliesen hinunter, um seine Stiefel zu suchen. »Wo ist er? Und wie geht es Marya?«

»Marya?« Der Priester sah mit ratloser Miene zu, wie Simon auf dem Boden herumkroch. »Ah, deiner anderen Gefährtin. Ihr geht es bestens. Zweifellos wirst du sie auch bald wiedersehen.«

Die Stiefel befanden sich unter dem Schreibtisch. Als Simon sie anzog, griff Vater Strangyeard hinter sich und nahm von der Stuhllehne ein sauberes weißes Hemd.

»Hier«, sagte er. »Himmel, hast du es aber eilig. Möchtest du gleich deinen Freund besuchen oder erst etwas essen?«

Simon war schon dabei, das Hemd vorne zuzunesteln. »Binabik und Marya, dann essen«, brummte er, ganz auf diese Arbeit konzentriert. »Qantaqa natürlich auch.«

»So schwer die Zeiten letzthin auch gewesen sein mögen«, bemerkte der Priester im Ton milden Vorwurfes, »wir essen *nie* Wölfe in Naglimund. Ich ging davon aus, daß du sie zu deinen Freunden zähltest.«

Simon blickte auf und begriff, daß der Einäugige einen Scherz machte.

»Ja«, erwiderte er und fühlte sich plötzlich schüchtern. »Eine echte Freundin.«

»Dann wollen wir gehen«, erklärte der Priester und stand auf. »Man hat mir aufgetragen, mich darum zu kümmern, daß du alles hast, was du brauchst. Je eher ich dich also zum Essen bringe, desto besser habe ich meine Aufgabe erfüllt.« Er machte die Tür auf und ließ eine neue Welle von Sonnenschein und Lärm eindringen.

Simon blinzelte im hellen Licht. Er sah hinauf zu den hohen Mauern der Festung und den dahinter aufragenden purpurroten und braunen Weiten des Weldhelms, vor denen die graugekleideten Posten wie Zwerge aussahen. Inmitten der Burganlage stand eine massive Ansammlung kantiger Steinbauten, plump nebeneinandergestellt, ohne die exzentrische Schönheit des Hochhorstes mit ihrem Kontrast der Stilrichtungen und Zeitalter. Die dunklen, vom Rauch streifigen Sandsteinwürfel, die kleinen, lichtlosen Fenster und schweren Türen sahen aus, als seien sie nur für einen Zweck geschaffen: irgend etwas am Eindringen zu hindern.

Kaum einen Steinwurf weit entfernt, mitten im Gewimmel des Burghofes, spaltete ein Trupp hemdloser Männer einen Stapel Holzbalken und schichtete die Scheiter auf einen Stoß, der bereits so hoch war wie ihre Köpfe.

»Also daher der Lärm«, meinte Simon und sah zu, wie die Äxte blitzten und fielen. »Was machen sie da?«

Vater Strangyeard wandte sich um und folgte seinem Blick. »Ah. Einen Scheiterhaufen bauen sie. Um den *Hune* zu verbrennen – den Riesen.«

»Den Riesen?« Jäh fiel Simon alles wieder ein, das knurrend verzogene, lederartige Gesicht, die unendlich langen Arme, die auf ihn einschlugen. »Ist er nicht tot?«

»O doch, ganz und gar tot, ja.« Strangyeard steuerte auf die Hauptgebäude zu; Simon marschierte hinterher und warf heimlich einen letzten Blick auf den immer höher werdenden Holzstoß.

»Weißt du, Simon, ein paar von Josuas Männern wollten ein Schauspiel daraus machen, verstehst du, den Kopf abschneiden und auf das Tor stecken und solche Dinge. Der Prinz hat nein gesagt. Er meinte, der Riese sei wohl ein bösartiges Geschöpf gewesen, aber kein Tier. Sie tragen eine Art Kleidung, wußtest du das? Und sie haben auch Keulen – oder eher Knüttel. Jedenfalls hat Josua erklärt, er würde den Kopf eines Feindes nicht zur Volksbelustigung aufpflanzen. Sie sollten ihn verbrennen.« Strangyeard zupfte sich am Ohr. »Also verbrennen sie ihn jetzt.«

»Heute abend?« Simon mußte sich anstrengen, mit den langen Schritten des Priesters mitzuhalten.

»Sobald der Scheiterhaufen fertig ist. Prinz Josua möchte nicht mehr daraus machen, als unbedingt nötig. Ich bin überzeugt, er hätte den *Hune* am liebsten gleich oben in den Bergen begraben, aber die Leute wollen sehen, daß er tot ist.« Vater Strangyeard zeichnete hastig das Zeichen des *Baumes* auf seiner Brust. »Es ist schon der dritte, der in diesem Monat vom Norden heruntergekommen ist. Einer von den anderen hat den Bruder des Bischofs getötet. Es ist alles höchst unnatürlich.«

Binabik lag in einer kleinen Kammer, die von der Kapelle abging. Die Kapelle stand im Innenhof, umrahmt von den Hauptgebäuden der Burg. Der Troll sah sehr bleich aus und schien kleiner, als Simon erwartet hatte, so als habe er einen Teil seiner Substanz verloren; aber sein Lächeln war fröhlich.

»Freund Simon«, sagte er und setzte sich vorsichtig auf. Sein kleiner, brauner Oberkörper war bis zum Schlüsselbein dick verbunden. Simon widerstand dem Drang, den kleinen Mann zu umarmen, weil er die heilenden Wunden nicht wieder aufreißen wollte. Statt dessen setzte er sich auf den Rand des Lagers und ergriff eine von Binabiks warmen Händen.

»Ich dachte, wir hätten dich verloren«, sagte Simon, und die Zunge lag dick in seinem Mund.

»Das dachte ich auch, als mich der Pfeil traf«, erwiderte der Troll mit einem reuigen Kopfschütteln. »Aber anscheinend ist nichts von entscheidender Natur durchbohrt worden. Man hat mich gut gepflegt, und bis auf eine gewisse Schmerzhaftigkeit der Bewegung bin ich fast wieder neu.« Er wandte sich dem Priester zu. »Ich bin heute auf dem Hof herumgegangen.«

»Gut, sehr gut.« Vater Strangyeard lächelte abwesend und zupfte an der Schnur, die seine Augenklappe hielt. »Ich muß jetzt gehen. Bestimmt gibt es vieles, das ihr beiden miteinander besprechen möchtet.« In der Tür drehte er sich noch einmal um. »Simon, bitte mach von meinem Zimmer Gebrauch, solange es dir gefällt. Ich teile inzwischen Bruder Eglafs Kammer. Er gibt zwar im Schlaf fürchterliche Töne von sich, aber er ist ein guter Mensch und nimmt mich bereitwillig auf.«

Simon dankte ihm. Nachdem der Priester Binabik weiterhin gute Genesung gewünscht hatte, entfernte er sich.

»Er ist ein Mann von vortrefflichem Verstand, Simon«, meinte Binabik, während sie den Schritten Strangyeards lauschten, die im Gang verhallten. »Meister der Burgarchive ist er. Wir hatten schon wunderbare Gespräche.«

»Aber ein wenig merkwürdig, nicht wahr? Irgendwie . . . zerstreut?«

Binabik lachte, zuckte dann zusammen und hustete. Erschreckt beugte Simon sich zu ihm vor, aber der Troll winkte ab. »Nur einen Augenblick«, sagte er. Als er wieder zu Atem gekommen war, fuhr er fort: »Manche Menschen, Simon, deren Kopf voller Gedanken ist, vergessen zu sprechen und sich zu benehmen wie gewöhnliche Leute.«

Simon nickte und betrachtete den Raum. Er war dem Strangyeards sehr ähnlich: karg, klein, mit weißgekalkten Wänden. Statt der Bücher- und Pergamentstapel lag auf dem Schreibtisch nur ein Exemplar des Buches Ädon. Ein rotes Band hielt wie eine schmale Zunge die Stelle fest, an der der letzte Leser aufgehört hatte.

»Weißt du, wo Marya ist?« fragte Simon.

»Nein.« Binabik machte ein äußerst ernstes Gesicht. Simon fragte sich, warum. »Ich nehme an, sie hat Josua ihre Botschaft überbracht. Vielleicht hat er sie zu der Prinzessin zurückgeschickt, wo immer sie sich aufhalten mag, um ihr seine Antwort mitzuteilen.«

»Nein!« Dieser Gedanke gefiel Simon ganz und gar nicht. »Wie hätte das alles so schnell geschehen können?«

»So schnell?« Binabik lächelte. »Heute ist der Morgen des zweiten Tages nach unserer Ankunft in Naglimund.«

Simon war verdutzt. »Wie kann das sein? Ich bin doch gerade erst aufgewacht!«

Binabik ließ sich kopfschüttelnd in die Laken zurücksinken. »Das stimmt nicht. Du hast gestern fast den ganzen Tag geschlafen, bist aber mehrfach aufgewacht, um etwas Wasser zu trinken, und dann gleich wieder eingeschlafen. Ich vermute, das letzte Stück unserer Reise hat dich geschwächt, so kurz nach dem Fieber, das du dir bei der Flußfahrt zugezogen hattest.«

»Usires!« Ihm war, als hätte sein Körper ihn verraten. »Und man hat Marya fortgeschickt?«

Binabik streckte besänftigend die Hand aus den Laken. »Mir ist nichts Derartiges bekannt. Es war nur eine Annahme. Genausogut kann sie noch hier sein – vielleicht bei den Frauen oder im Quartier der Dienstboten. Schließlich ist sie ja auch eine Dienerin.«

Simon machte ein finsteres Gesicht. Binabik nahm sanft wieder die Hand des Jungen, die dieser vor Aufregung weggezogen hatte. »Hab Geduld, Simon-Freund«, mahnte der Troll. »Du hast eine Heldentat getan, bis hierher zu gelangen. Wer weiß, was als nächstes geschehen wird?«

»Du hast recht... wahrscheinlich...« Er holte tief Atem.

»Und mir hast du das Leben gerettet«, erklärte Binabik.

»Ist das wichtig?« Simon streichelte geistesabwesend die kleine Hand und stand auf. »Du hast mir auch schon mehrmals das Leben gerettet. Freunde sind Freunde.«

Binabik lächelte, aber seine Augen waren müde. »Freunde sind Freunde«, stimmte er zu. »Und wenn wir schon davon sprechen: Ich muß nun wieder schlafen. In den Tagen, die vor uns liegen, wird es Wichtiges zu tun geben. Würdest du nach Qantaqa sehen und danach, wie sie untergebracht ist? Strangyeard wollte sie zu mir bringen, aber ich fürchte, es ist von seinem vielbeschäftigten Haupt geflogen wie Daunen von einem«, er klopfte das seine, »... Kissen.«

»Gewiß«, antwortete Simon und öffnete schon die Tür. »Weißt du denn, wo sie ist?«

»Strangyeard sagte... in den Ställen...«, erwiderte Binabik gähnend und schloß die Augen.

Als Simon den Innenhof betrat und einen Augenblick stehenblieb, um den Vorübergehenden zuzuschauen, Höflingen, Dienern, Klerikern, von denen niemand ihm auch nur die geringste Beachtung schenkte, wurden ihm urplötzlich zwei Dinge klar.

Erstens, daß er keine Ahnung hatte, wo die Stallungen lagen. Zweitens, daß er sehr, sehr hungrig war. Vater Strangyeard hatte etwas davon erwähnt, daß man ihm aufgetragen hätte, sich um Simon zu kümmern, aber der Priester war verschwunden. Wirklich ein närrischer alter Knabe!

Auf einmal erspähte Simon auf der anderen Seite des Hofes ein bekanntes Gesicht. Er lief darauf zu und hatte schon ein paar Schritte zurückgelegt, als ihm der dazugehörige Name einfiel.

»Sangfugol!« rief er, und der Harfner blieb stehen und schaute sich nach dem Rufer um. Er sah Simon hereilen und beschattete mit der Hand die Augen, blickte jedoch immer noch fragend, als der Junge rutschend vor ihm zum Stehen kam.

»Ja?« fragte er. Er war in ein reiches, lavendelblaues Wams gekleidet, und das dunkle Haar quoll anmutig unter einer mit passenden Federn besetzten Mütze hervor. Selbst in seinen sauberen Sachen kam Simon sich gegenüber dem höflich lächelnden Musikanten schäbig vor. »Hast du eine Botschaft für mich?«

»Ich bin Simon. Wahrscheinlich erinnert Ihr Euch nicht mehr an mich. Wir haben beim Leichenschmaus auf dem Hochhorst miteinander gesprochen.«

Sangfugol starrte ihn einen weiteren Moment lang mit leicht gerunzelter Stirn an, dann hellte sich sein Gesicht auf. »Simon! Ja, natürlich! Der beredte Mundschenk! Es tut mir aufrichtig leid, aber ich habe dich überhaupt nicht wiedererkannt. Du bist recht erwachsen geworden.«

»Wirklich?«

Der Harfner grinste. »Und ob! Jedenfalls hattest du das letzte Mal, als ich dich sah, noch nicht diesen Flaum im Gesicht.« Er streckte die Hand aus und nahm Simon beim Kinn. »Oder zumindest kann ich mich nicht daran erinnern.«

»Flaum?« Verwundert griff Simon nach oben und strich sich über die Wange. Sie fühlte sich tatsächlich pelzig an ... aber weich, wie das Haar auf seinen Unterarmen.

Sangfugols Lippen zuckten, und er fing an zu lachen. »Wie konnte dir das entgehen? Als mir zuerst der Bart des Mannes wuchs, stand ich jeden Tag bei meiner Mutter vor dem Spiegel, um nachzusehen, wie er sich entwickelte.« Er legte die Hand an die glattrasierte Wange. »Und heute schabe ich ihn mir jeden Morgen fluchend ab, damit mein Gesicht weich ist – für die Damen.«

Simon spürte, daß er rot wurde. Wie hinterwäldlerisch er wirken mußte! »Ich habe eine Zeitlang keine Spiegel um mich gehabt.«

»Hmmm.« Sangfugol betrachtete ihn von Kopf bis Fuß. »Größer bist du auch, wenn mein Gedächtnis mich nicht trügt. Was führt dich nach Naglimund? Nicht, daß ich es mir nicht ausrechnen könnte. Hier sind viele, die aus dem Hochhorst geflohen sind, nicht zuletzt mein Herr selbst, Prinz Josua.«

»Ich weiß«, antwortete Simon. Er mußte unbedingt etwas sagen, das ihn mit diesem wohlgekleideten jungen Mann wieder auf eine Stufe stellte. »Ich half ihm zu entkommen.«

Der Harfner hob eine Braue. »Wahrhaftig? Das hört sich freilich nach einer interessanten Geschichte an. Hast du schon gegessen? Oder möchtest du einen Schluck Wein? Ich weiß, daß es noch recht früh ist, aber um die Wahrheit zu sagen, war ich noch gar nicht im Bett . . . habe noch nicht geschlafen.«

»Essen wäre wunderbar«, sagte Simon, »aber ich muß vorher noch etwas erledigen. Könnt Ihr mir den Weg zu den Ställen zeigen?«

Sangfugol lächelte. »Und was dann, junger Held? Willst du nach Erchester hinabreiten und uns Pryrates' Kopf in einem Sack bringen?« Simon errötete wieder, aber diesmal mit nicht geringem Vergnügen. »Also gut«, erklärte der Harfner, »erst die Ställe, dann das Essen.«

Der gekrümmte Mann mit der sauren Miene, der mit der Gabel Heu aufschichtete, machte einen mißtrauischen Eindruck, als Simon sich nach Qantaqas Verbleib erkundigte.

»Was willst du denn mit dem?« fragte der Mann und schüttelte den Kopf. »Richtig bösartiges Biest. Unrecht ist das, ihn hier hinzustekken. Überhaupt nicht mein Bier; nur weil der Prinz es gesagt hat. Hat mir fast die Hand abgerissen, die Bestie.«

»Na also«, versetzte Simon, »dann solltest du froh sein, sie loszuwerden. Bring mich zu ihr.«

»Ein Teufelsbraten ist das, sag ich dir«, erklärte der Mann. Sie folgten dem Voraushinkenden durch sämtliche dunklen Stallgebäude und zur Hintertür hinaus auf einen morastigen Hof im Schatten der Außenmauer.

»Die Kühe führen sie manchmal zum Schlachten hierher«, erläuterte der Mann und deutete auf eine viereckige Grube. »Weiß nicht, warum der Prinz den hier lebendig nach Hause hat schaffen lassen und der arme, alte Lucuman nun auf ihn aufpassen soll. Mit dem Speer hätte er ihn durchbohren sollen, den widerlichen Bastard, so wie den Riesen.«

Simon warf dem Krummen einen Blick voller Abscheu zu und trat an den Rand der Grube. Ein an der Kante im Boden verankertes Seil hing in das Loch hinunter. Unten war es um den Hals der Wölfin geknotet, die auf dem schlammigen Boden der Grube lag.

Simon war entsetzt. »Was hast du mit ihr gemacht!« schrie er den Stallknecht an. Sangfugol, der den sumpfigen Hof etwas vorsichtiger betreten hatte, kam näher.

Das Mißtrauen des alten Mannes verwandelte sich in Gereiztheit. »Hab gar nichts gemacht«, versetzte er gekränkt. »Richtiger Teufel ist das – hat geheult wie ein Untier. Nach mir gebissen hat er.«

»Das hätte ich auch getan«, fauchte Simon. »Und vielleicht mache ich es auch noch. Hol sie dort heraus.«

»Wie denn?« fragte der Mann beunruhigt. »Einfach am Seil hochziehen? Dazu ist er viel zu groß.«

»*Sie*, du Dummkopf!« Simon war außer sich vor Wut, die Wölfin, seine Gefährtin über ungezählte Meilen, in einem dunklen, nassen Loch liegen zu sehen. Er beugte sich hinab.

»Qantaqa!« rief er. »Ho, Qantaqa!« Sie zuckte mit den Ohren, als wollte sie eine Fliege verscheuchen, öffnete aber nicht die Augen. Simon sah sich im Hof um, bis er fand, was er brauchte: den Hackklotz, einen schartigen Baumstumpf, so dick wie der Brustkorb eines Mannes. Er rollte ihn mühsam zu der Grube, während Stallknecht und Harfner verwundert zuschauten.

»Paß auf!« rief er der Wölfin zu und rollte den Stumpf über den Rand; er schlug nur einen Meter von den Hinterbeinen des Tiers entfernt in der weichen Erde auf. Sie hob kurz den Kopf und blickte hinüber, um dann wieder zusammenzusinken.

Wieder spähte Simon über den Grubenrand und versuchte Qantaqa anzulocken, aber sie achtete nicht auf ihn.

»Um Himmelswillen, sei vorsichtig«, mahnte Sangfugol.

»Glück hat er, daß sie sich grad ausruht, die Bestie«, meinte der andere und kaute bedächtig am Daumennagel. »Hätte das Biest vorher hören sollen, Heulen und alles.«

Simon schwang die Füße über die Kante des Loches und rutschte hinab. Er landete im quatschigen, glitschigen Schlamm.

»Was tust du!« rief Sangfugol. »Bist du verrückt?«

Simon kniete neben der Wölfin nieder und näherte sich ihr langsam mit seiner Hand. Sie knurrte, aber er hielt ihr die Finger hin. Ihre schlammige Nase schnüffelte kurz daran, dann streckte sie vorsichtig die lange Zunge aus und leckte ihm den Handrücken. Simon fing an, ihre Ohren zu kraulen und tastete sie dann nach Schnittwunden und Knochenbrüchen ab. Es war nichts zu erkennen. Er drehte sich um und richtete den Hackklotz auf, rammte ihn an der Grubenwand in den Morast und ging dann wieder zu Qantaqa. Er legte die Arme um ihren Leib und lockte sie solange, bis sie aufstand.

»Er ist verrückt, stimmt's?« fragte der sauertöpfische Mann Sangfugol halb im Flüsterton.

»Halt den Mund«, knurrte Simon und musterte seine sauberen Stiefel und Kleider, die schon längst mit Schlamm beschmiert waren. »Nimm das Seil und zieh, wenn ich es sage. Sangfugol, schneidet ihm den Kopf ab, wenn er trödelt!«

»Nun aber!« meinte der Mann vorwurfsvoll, griff aber nach dem Seil. Der Harfner stellte sich hinter ihn, um zu helfen. Simon drängte Qantaqa auf den Baumstumpf zu und überredete sie endlich, die Vorderbeine darauf zu stellen. Dann schob er seine Schulter unter ihr breites, pelzfransiges Hinterteil.

»Fertig. Jetzt zieht!« rief er. Das Seil straffte sich. Zuerst wehrte sich Qantaqa und zerrte von den Männern fort, die sie hochhieven wollten. Ihr beträchtliches Gewicht sackte auf Simon nieder, dessen Füße im Schlamm unter ihm wegzurutschen begannen. Gerade, als er das Gefühl hatte, darin zu versinken und von einem großen Wolf erdrückt in einer Schlammgrube zu sterben, gab Qantaqa nach und folgte dem Zug des Seils. Simon glitt zwar trotzdem aus, sah jedoch befriedigt, wie die Wölfin strampelnd über den Rand der Grube kletterte. Von dem Stallknecht und Sangfugol kam ein Aufschrei der Überraschung und Bestürzung, als ihr gelbäugiger Kopf über der Kante auftauchte.

Simon kletterte mit Hilfe des Blockes ebenfalls heraus. Der Stallknecht duckte sich angstvoll vor der Wölfin, die ihn boshaft musterte. Sangfugol, der nicht weniger beunruhigt aussah, rutschte vorsichtig auf dem Gesäß von ihr fort und achtete dabei gar nicht auf den Schaden an seinen prächtigen Gewändern.

Simon lachte und half dem Harfner auf die Füße. »Kommt mit«, sagte er. »Wir liefern Qantaqa bei ihrem Freund und Herrn ab, den Ihr ohnehin kennenlernen solltet – und dann zum Essen, von dem wir gesprochen haben . . .«

Sangfugol nickte langsam. »Nachdem ich jetzt Simon, den Gefährten der Wölfe, gesehen habe, sind ein paar andere Dinge leichter zu glauben. Gehen wir, unbedingt.«

Qantaqa stieß den am Boden dahingestreckten Stallknecht ein letztes Mal mit der Nase an und entlockte ihm ein angstvolles Wimmern. Simon band ihr Seil von dem Pfahl los, und sie machten sich auf den Weg durch die Stallungen, hinter sich vier Paar schlammige Fußspuren.

Während Binabik und Qantaqa ihr Wiedersehensfest feierten, leicht gedämpft von Simon, der den noch immer geschwächten Troll vor den ungestümen Freudenausbrüchen seines Reittieres beschützte, schlüpfte Sangfugol in die Küche. Schon bald kehrte er mit einem Bierkrug und einer stattlichen, in ein Tuch gewickelten Portion Hammelfleisch, Käse und Brot zurück. Außerdem trug er zu Simons Überraschung immer noch dieselben schlammbespritzten Kleider.

»Die südliche Festungsmauer, auf der wir speisen wollen, ist recht staubig«, erklärte der Harfner. »Und der Teufel soll mich holen, wenn ich mir heute noch ein zweites Wams ruiniere.«

Als sie sich dem Hauptsor der Burg näherten, von dem eine steile Treppe zu den Zinnen führte, machte Simon eine Bemerkung über die vielen Menschen, die sich auf dem Burganger drängten, und die über die Freifläche verstreuten Zelte und Hütten.

»Zuflucht suchen sie, jedenfalls viele von ihnen«, erläuterte Sangfugol. »Der größte Teil kommt aus der Frostmark und dem Tal des Grünwate-Flusses. Ein paar sind auch aus Utanyeat; solche, die Graf Guthwulfs Hand ein wenig zu schwer gefunden haben. Aber die meisten sind durch Räuber oder das Wetter aus ihrer Heimat vertrieben worden. Oder durch noch andere Dinge – wie die *Hunen*.« Er deutete im Vorbeigehen auf den fertigen Scheiterhaufen. Die Männer hatten sich entfernt; der Holzstoß erhob sich stumm und bedeutungsvoll wie eine zerstörte Kirche.

Oben auf der Mauer setzten sie sich auf die rohbehauenen Steine. Die Sonne stand hoch am Himmel und brannte durch die wenigen noch übrigen Wolken heiß auf sie herunter. Simon wünschte sich einen Hut.

»Entweder du oder sonst jemand hat gutes Wetter mitgebracht.« Sangfugol öffnete sein Wams der Wärme. »Es war das sonderbarste Maia-Wetter, seit ich mich erinnern kann – Schneetreiben in der Frostmark, kalter Regen in Utanyeat... und Hagel! Vor zwei Wochen hatten wir hier Hagel, mit Eiskörnern so groß wie Vogeleier.« Er machte sich daran, das Essen auszupacken. Simon bewunderte die Aussicht. Hier oben auf den hohen Wällen der inneren Feste lag Naglimund zu ihren Füßen wie eine ausgebreitete Decke.

Die Burg duckte sich in einer steilwandigen Mulde der Weldhelm-Berge wie in einer hohlen Handfläche. Unter den westlichen Zinnen, ihrem Sitzplatz gegenüber, erstreckte sich die breite Außenmauer der Burg; dahinter senkten sich die krummen Gassen der Stadt Naglimund bis zu den äußeren Stadtmauern hinab. Jenseits dieser Mauern dehnte sich eine fast unendliche Weite felsigen Weidelandes und flacher Hügel.

Auf der anderen Seite, zwischen den östlichen Zinnen und der kahlen, violetten Wand des Weldhelms, führte ein langer, gewundener Pfad vom Kamm des Gebirges herunter. Auf den Hängen zu beiden Seiten dieses Pfades funkelten tausend Punkte schwärzlichen Sonnenlichtes.

»Was ist das?« Simon zeigte mit dem Finger darauf. Sangfugol kaute und kniff die Augen zusammen.

»Die Nägel, meinst du?«

»Was für ›Nägel‹? Ich frage nach diesen langen Stacheln dort am Hang des Berges.«

Der Harfner nickte. »Die Nägel. Was hast du denn gedacht, woher der Name Naglimund kommt? Ihr Hochhorstleute habt euer Erkynländisch vergessen. ›Nagel-Feste‹ – nichts anderes bedeutet es. Herzog Aeswides hat sie aufgestellt, als er Naglimund erbaute.«

»Wann war das? Und wozu dienen sie?« Simon machte große Augen. Der Wind entführte seine Brotkrumen und wirbelte sie über den äußeren Zwinger.

»Einige Zeit, bevor die Rimmersmänner südwärts zogen, das ist alles, was ich weiß«, antwortete Sangfugol. »Aber den Stahl bekam er aus Rimmersgard, all diese Stangen. Die Dverninge haben sie geschmiedet«, fügte er bedeutungsvoll hinzu, aber Simon sagte der Name nichts.

»Aber wozu? Es sieht aus wie ein eiserner Garten.«

»Um die Sithi fernzuhalten«, erklärte Sangfugol. »Aeswides hatte schreckliche Angst vor ihnen, weil es eigentlich ihr Land war. Eine ihrer großen Städte, ich habe den Namen vergessen, lag drüben auf der anderen Seite des Gebirges.«

»*Da'ai Chikiza*«, sagte Simon ruhig und starrte auf das Dickicht aus angelaufenem Metall.

»Richtig«, stimmte der Harfner zu. »Und die Sithi können angeblich kein Eisen ertragen. Macht sie ganz krank, tötet sie sogar. Darum umgab Aeswides seine Burg mit diesen ›Nägeln‹ aus Stahl. Früher waren sie auch überall auf der Talseite der Burg, aber als die Sithi verschwanden, standen die Nägel bloß im Weg – machten es schwierig, am Markttag die Wagen hereinzufahren und so weiter. Und als König Johan diese Burg Josua gab – vermutlich, um ihn und seinen Bruder so weit wie möglich auseinander zu halten –, ließ mein Gebieter sie alle wegnehmen, außer diesen dort auf den Hängen. Ich glaube, sie erheitern ihn. Er hat viel übrig für alte Sachen, der Prinz, mein Herr.«

Sie leerten gemeinsam den Bierkrug, und Simon gab dem Harfenspieler eine gekürzte Fassung seiner Erlebnisse seit ihrer letzten Begegnung. Ein paar von den unerklärlicheren Dingen ließ er aus, weil er auf die Fragen, die der Harfner ihm zweifellos stellen würde, keine Antworten hatte.

Sangfugol war beeindruckt, aber am meisten bewegte ihn die Erzählung von Josuas Rettung und Morgenes' Märtyrertum.

»Oh, dieser Schurke Elias«, sagte er endlich, und Simon bemerkte überrascht den Ausdruck ehrlichen Zornes, der das Gesicht des Harfners wie eine Gewitterwolke verdunkelte. »König Johan hätte das Ungeheuer bei der Geburt erwürgen lassen sollen oder, wenn das nicht ging, ihn wenigstens zum Generalfeldmarschall ernennen und die Männer der Thrithinge quälen lassen können – alles, nur ihn nicht auf den Drachenbeinthron setzen, auf dem er eine Plage für uns alle ist!«

»Aber dort sitzt er nun einmal«, meinte Simon kauend. »Glaubt Ihr, daß er uns hier in Naglimund angreifen wird?«

»Das wissen nur Gott und der Teufel«, grinste Sangfugol mürrisch, »und der Teufel läßt sich auf keine Wetten ein. Vielleicht weiß Elias noch nicht einmal, daß Josua sich hier befindet, aber das wird er sicher bald erfahren. Diese Festung hier ist stark, sehr stark. Wenigstens dafür haben wir dem längst verblichenen Aeswides zu danken. Aber dennoch, stark oder nicht, ich kann mir kaum vorstellen, daß Elias lange zusehen wird, wie sich Josua hier im Norden eine Hausmacht schafft.«

»Aber ich dachte, Prinz Josua wollte gar nicht König werden«, wandte Simon ein.

»Will er auch nicht. Aber Elias gehört nicht zu den Menschen, die das begreifen. Ehrgeizige Männer glauben nie, daß andere anders sind. Außerdem hat er Pryrates neben sich, der ihm mit seiner Schlangenzunge giftigen Rat ins Ohr träufelt.«

»Aber sind Josua und der König nicht schon jahrelang verfeindet? Lange bevor Pryrates auftauchte?«

Sangfugol nickte. »An Ärger zwischen den beiden hat es nicht gefehlt. Einst liebten sie einander und standen sich näher als die meisten Brüder – wenigstens erzählen es Josuas ältere Gefolgsleute so. Aber sie gerieten in Streit, und dann starb Hylissa.«

»Hylissa?«

»Elias' Nabbanai-Gemahlin. Josua sollte sie zu Elias bringen, der damals noch ein Prinz war und für seinen Vater in den Thrithingen Krieg führte. Räuber aus den Thrithingen überfielen den Geleitzug.

Josua verlor bei Hylissas Verteidigung die Hand, aber selbst das war sinnlos – die Räuber waren zu viele.«

Simon stieß einen tiefen Atemzug aus. »Also *so* ist das passiert!«

»Damit war alle Liebe zwischen ihnen gestorben... so heißt es jedenfalls.«

Nachdem er eine Weile über Sangfugols Worte nachgedacht hatte, stand Simon auf und reckte sich; die wunde Stelle an seinen Rippen stach und warnte. »Und was wird Prinz Josua nun unternehmen?« fragte er.

Der Harfner kratzte sich am Arm und starrte in den Burganger hinunter. »Ich habe keine Ahnung. Prinz Josua ist vorsichtig und entschließt sich schwer zum Handeln; außerdem zieht man mich in der Regel nicht hinzu, wenn es um strategische Probleme geht.« Er lachte leise. »Man redet davon, daß wichtige Gesandte zu uns kommen, und daß Josua in den nächsten sieben Tagen einen formellen *Raed* einberufen wird.«

»Einen was?«

»Einen *Raed*. Das ist die alte erkynländische Bezeichnung für so etwas wie eine Ratsversammlung. Die Leute hier bei uns neigen dazu, an überkommenen Bräuchen festzuhalten. Draußen im Land, weiter weg von der Burg, benutzen viele noch die alte Sprache. Ein Hochhorstmann wie du würde wahrscheinlich einen einheimischen Übersetzer brauchen.«

Simon wollte sich durch Reden über ländliche Sonderbarkeiten nicht ablenken lassen. »Eine Ratsversammlung, sagt Ihr... ein... ein *Raed*? Könnte es ein... Kriegsrat sein?«

»Heutzutage«, erwiderte der Musikant, und erneut war sein Gesicht düster, »heutzutage dürfte jede Ratsversammlung in Naglimund ein Kriegsrat sein.«

Sie gingen auf der Festungsmauer entlang.

»Ich bin überrascht«, bemerkte Sangfugol, »daß mein Gebieter dich trotz der großen Dienste, die du ihm erwiesen hast, noch nicht zur Audienz berufen hat.«

»Ich bin heute morgen erst aus dem Bett aufgestanden«, antwortete Simon. »Außerdem hat er mich vielleicht gar nicht erkannt... auf einer dunklen Lichtung, neben einem sterbenden Riesen, in dem ganzen Durcheinander. «

»Vermutlich hast du recht«, sagte der Harfner und hielt seine Mütze fest, die sich nach Kräften bemühte, mit dem Wind davonzufliegen.

Trotzdem, dachte Simon, *wenn Marya ihm die Botschaft der Prinzessin überbracht hat, sollte sie doch wohl ihre Gefährten erwähnt haben. Ich kann nicht glauben, daß sie uns einfach vergißt.*

Aber er mußte gerecht sein: Welches Mädchen, das plötzlich aus einer feuchten und gefährlichen Wildnis gerettet wird, würde seine Zeit *nicht* lieber mit den Edelleuten der Burg verbringen als mit einem mageren Küchenjungen?

»Ihr habt nicht zufällig das Mädchen Marya gesehen, das mit uns hierher kam?« erkundigte er sich.

Sangfugol schüttelte den Kopf. »Jeden Tag kommen neue Leute zum Tor herein. Und nicht nur solche, die von den Höfen und aus den Dörfern der Umgebung zu uns fliehen. Gestern nacht trafen die Vorreiter von Prinz Gwythinn von Hernystir ein, auf schäumenden Rossen. Der Prinz und sein Gefolge müßten heute abend ankommen. Seit einer Woche ist Herr Ethelferth von Tinsett hier, mit zweihundert Männern. Gleich nach ihm kam Baron Ordmaer mit hundert Männern aus Utersall. Andere Adlige aus der ganzen Gegend finden sich mit ihrem Aufgebot ein. Die Jagd hat begonnen, Simon, auch wenn Ädon allein weiß, wer hier wen jagt. «

Sie hatten den Nordostturm der Mauer erreicht. Sangfugol grüßte lässig den jungen Soldaten, der hier patrouillierte. Hinter seiner graugekleideten Schulter ragte die Masse des Weldhelms auf; die schweren Berge schienen zum Greifen nah.

»Aber auch wenn er sehr beschäftigt ist«, begann der Harfner noch einmal, »es kommt mir nicht richtig vor, daß er dich noch nicht empfangen hat. Macht es dir etwas aus, wenn ich ein Wort für dich einlege? Ich soll heute beim Abendessen für ihn spielen. «

»Sicher würde ich gern mit ihm sprechen, ja. Ich hatte große Angst um seine Sicherheit. Und *mein* Herr gab sehr viel dafür, daß der Prinz hierher, in seine Heimat, zurückkehren konnte. «

Simon war selbst erstaunt über den leichten Unterton von Bitterkeit in seiner Stimme. Er hatte sie nicht absichtlich so klingen lassen, aber immerhin hatte er einiges durchgemacht; zudem war *er* es gewesen und kein anderer, der Josua gefunden hatte, als er zusammengeschnürt dagehangen hatte wie ein Fasan über der Tür einer Kätnerhütte.

Der Unterton in seiner Bemerkung war auch Sangfugol nicht entgangen; er warf Simon einen aus Mitgefühl und Belustigung gemischten Blick zu.

»Ich verstehe. Allerdings würde ich empfehlen, es dem Prinzen nicht ganz in dieser Form vorzutragen. Er ist ein stolzer, schwieriger Mann, Simon, aber ich bin überzeugt, daß er dich nicht vergessen hat. Du weißt ja, daß unsere Lage hier in letzter Zeit ziemlich schlecht war, fast so unangenehm wie auf deiner eigenen Reise.«

Simon hob das Kinn und starrte auf die Berge, den seltsamen Schimmer der windzerzausten Bäume. »Ich weiß«, sagte er. »Wenn er mich empfangen kann, soll es mir eine Ehre sein. Wenn nicht... nun, dann hat es eben nicht sein sollen.«

Der Harfner grinste träge, und seine mutwilligen Augenwinkel senkten sich. »Eine stolze und gerechte Rede. Nun komm, ich will dir die Nägel von Naglimund zeigen.«

Am hellen Tag war der Anblick wirklich erstaunlich. Das Feld glänzender Pfähle begann wenige Ellen vom Graben entfernt unterhalb der Ostmauer der Burg, zog sich schräg den Hang hinauf und erstreckte sich etwa eine Viertelmeile weit bis unmittelbar an den Fuß des Gebirges. Die Pfähle waren in symmetrischen Reihen aufgestellt, als läge dort eine Legion von Speerkämpfern begraben, von denen nur noch die Waffen aus dem dunklen Boden ragten, um zu zeigen, wie gewissenhaft sie Wache hielten. Die Straße, die sich von einer klaffenden Höhle in der westlichen Flanke des Berges herunterschlängelte, wand sich zwischen den Reihen hin und her, voller Kurven wie der Weg einer Schlange, und endete schließlich vor dem schweren Osttor von Naglimund.

»Und das hat Wie-heißt-er-doch-gleich alles bauen lassen, nur weil er Angst vor den Sithi hatte?« fragte Simon, verwirrt von der seltsamen, silbrigdunklen Saat, die da vor ihm sproß.

»Warum hat er sie nicht einfach oben auf die Mauer gesetzt?«

»Herzog Aeswides war sein Name. Er war der hiesige Statthalter von Nabban und verstieß gegen die alten Bräuche, als er seine Burg auf Sithiland stellte. Und warum nicht auf den Mauern – nun, vermutlich fürchtete er, sie könnten einen Weg finden, doch irgendwie darüber hinwegzukommen oder vielleicht darunter durchzukriechen. So, wie er die Pfähle anordnete, hätten sie mitten hindurch gemußt. Du hast nicht einmal die Hälfte gesehen, Simon – früher schossen sie auf allen Seiten aus dem Boden wie Pilze!« Sangfugol breitete mit umfassender Gebärde die Arme aus.

»Und was taten die Sithi?« erkundigte sich Simon. »Versuchten sie ihn anzugreifen?«

Sangfugol runzelte die Stirn. »Nicht, daß ich wüßte. Du solltest wirklich den alten Vater Strangyeard danach fragen. Er ist hier der Archivar und Historiker.«

Simon lächelte. »Ich kenne ihn.«

»Interessanter alter Schlurfer, wie? Er hat mir einmal erzählt, daß die Sithi diesem Ort hier, nachdem die Burg gebaut war, einen Namen gaben... nämlich... Verdammt, ich als Balladensänger sollte diese alten Geschichten doch im Kopf haben! Jedenfalls bedeutete der Name, den sie dafür hatten, so etwas wie ›Falle-die-den-Jäger-fängt‹... so als ob Aeswides sich damit selber eingemauert, sich also in seiner eigenen Falle gefangen hätte.«

»Und war es so? Was wurde aus ihm?«

Sangfugol schüttelte den Kopf, wobei er fast wieder seine Mütze verloren hätte. »Laß mich hängen, wenn ich's weiß. Wurde wahrscheinlich alt und starb hier. Ich glaube nicht, daß sich die Sithi viel um ihn kümmerten.«

Sie brauchten eine Stunde, um ihren Rundgang zu vollenden. Längst war der Bierkrug geleert, den Sangfugol mitgebracht hatte, um das Essen hinunterzuspülen; aber der Harfner hatte vorsorglich noch einen Weinschlauch beschafft und sie so vor einem trockenen Marsch gerettet. Sie lachten – Sangfugol brachte Simon gerade ein unanständiges Lied über eine Edelfrau aus Nabban bei –, als sie wieder an das Haupttor und die hinunterführende Wendeltreppe kamen. Beim Verlassen des Torhauses fanden sie sich inmitten einer wimmelnden

Menge von Arbeitern und Soldaten. Von den letzteren waren die meisten gerade nicht im Dienst, nach der Unordnung ihrer Kleider zu urteilen. Alles johlte und drängelte; schon bald fand sich Simon zwischen einem dicken Mann und einem bärtigen Wachsoldaten eingekeilt.

»Was geht hier vor?« rief er zu Sangfugol hinüber, der vom Sog der Menge ein kleines Stück von ihm weggeschwemmt worden war.

»Ich weiß es nicht genau«, rief der andere zurück. »Vielleicht ist Gwythinn von Hernystir angekommen.«

Der dicke Mann hob das rote Gesicht zu Simon auf. »Nee, is' er nicht«, bemerkte er vergnügt. Sein Atem stank nach Bier und Zwiebeln. »Es is' wegen dem Riesen da, den wo der Prinz erledigt hat.« Er zeigte auf den Scheiterhaufen, der immer noch nackt und kahl am Rande des Angers stand.

»Aber ich sehe keinen Riesen«, meinte Simon.

»Sie holen ihn grade«, erklärte der Mann. »Bin nur mit den andern hergekommen, damit ich ihn auch wirklich seh. Der Sohn von meiner Schwester war einer von den Treibern – hat mitgeholfen, die Teufelsbestie zu schnappen!« fügte er voller Stolz hinzu.

Jetzt flutete eine neue Lärmwelle durch die Menge. Irgend jemand ganz vorn konnte etwas sehen, das eilig an alle weniger günstig Stehenden weitergemeldet wurde. Hälse wurden gereckt und Kinder auf die Schultern geduldiger Mütter mit schmutzigen Gesichtern gehoben.

Simon blickte sich um. Sangfugol war verschwunden. Er stellte sich auf die Zehen und bemerkte, daß nur wenige in der Menge so groß waren wie er. Ohne Schwierigkeiten konnte er hinter dem Scheiterhaufen die bunten Seidenstoffe eines Zeltes oder Sonnendaches und davor die leuchtenden Farben der Kleider einiger Höflinge aus der Burg erkennen, die auf Hockern saßen und sich miteinander unterhielten, wobei sie mit flatternden Ärmeln gestikulierten wie glitzernde Vögel auf einem Ast.

Simon suchte die Gesichter ab, um vielleicht einen Blick auf Marya zu erhaschen – vielleicht hatte sie schon wieder eine Edeldame gefunden, die ihre Dienste in Anspruch nehmen wollte; denn es war bestimmt viel zu unsicher für sie, zu der Prinzessin auf den Hochhorst

– oder wo sie sonst sein mochte – zurückzugehen. Aber keines der Gesichter war das ihre, und bevor er an einer anderen Stelle der Menschenmenge nach ihr suchen konnte, erschien in einem der Torbögen der Innenmauer eine Reihe Bewaffneter.

Jetzt begann die Menge ernstlich zu murmeln, denn dem ersten halben Dutzend Soldaten folgte ein Pferdegespann, das einen hochgebauten, hölzernen Karren zog. Simon wurde es sekundenlang flau im Magen, aber er verdrängte es. Sollte ihm denn jedesmal übel werden, wenn ein Wagen an ihm vorüberknarrte?

Als die Räder knirschend zum Halten kamen und die Soldaten sich daran machten, das bleiche Etwas abzuladen, das sich oben auf der Ladefläche des Karrens krümmte, fiel Simons Blick auf der anderen Seite, jenseits des aufgeschichteten Holzstoßes, dort, wo die Edelleute standen, auf krähenschwarzes Haar und weiße Haut. Aber als er genauer hinsah, voller Hoffnung, es könnte Marya sein, hatten die lachenden Höflinge ihre Reihen schon wieder geschlossen, und es war nichts mehr zu sehen.

Acht ächzende Wachsoldaten waren nötig, um den Balken zu heben, an dem der Leichnam des Riesen hing wie ein Hirsch aus dem Jagdrevier des Königs, und selbst dann mußten sie ihn vom Karren erst einmal zu Boden gleiten lassen, bevor sie die Schultern einigermaßen bequem unter den Balken brachten. Man hatte das Geschöpf an Knien und Ellenbogen festgebunden; als es mit dem Rücken auf den Boden stieß, schwankten die gewaltigen Hände durch die Luft. Die Menge, die sich begierig vorwärtsgedrängt hatte, wich unter Ausrufen der Furcht und des Abscheus zurück.

Das Wesen machte jetzt einen menschenähnlicheren Eindruck, dachte Simon, als im Wald der *Steige,* als es hoch vor ihm aufragte. Die Haut des dunklen Gesichtes war im Tode schlaff geworden, das drohende Knurren verschwunden, und die Züge trugen die ratlose Miene eines Mannes, der unerklärliche Nachrichten erhält. Wie Strangyeard gesagt hatte, trug der Riese ein Gewand aus grobem Tuch um die Mitte. Ein Gürtel aus rötlichen Steinen schleifte im Staub des Angers.

Der dicke Mann neben Simon, der die Soldaten angefeuert hatte, schneller zu marschieren, warf ihm einen fröhlichen Blick zu.

»Und weißt du, was er um den Hals gehabt hat?« fragte er. Simon, auf beiden Seiten eingezwängt, schüttelte den Kopf. »Schädel!« rief der Mann so zufrieden, als hätte er sie selber dem toten Riesen geschenkt. »Wie'n Halsband hat er sie getragen. Gibt ihnen ein ädonitisches Begräbnis, der Prinz – obwohl kein Schwein weiß, wem sie mal gehört haben.« Er wandte sich wieder dem Schauspiel zu.

Inzwischen hatten mehrere andere Soldaten die Spitze des Scheiterhaufens erklettert und halfen den Trägern, den schweren Körper zurechtzulegen. Als sie ihn mühsam so zurechtgerückt hatten, daß der Riese ganz oben und auf dem Rücken lag, zogen sie den Pfahl zwischen den gekreuzten Armen und Beinen heraus und stiegen dann alle zusammen nach unten. Als der letzte Mann heruntersprang, rutschte der große Körper ein Stückchen nach vorn, und die plötzliche Bewegung ließ eine Frau aufschreien. Mehrere Kinder fingen an zu heulen. Ein Offizier im grauen Mantel schrie einen Befehl. Einer der Soldaten beugte sich vor und stieß eine Fackel tief in die Strohbündel hinein, die man rund um den Holzstoß gelegt hatte. Die Flammen, in der späten Nachmittagssonne merkwürdig farblos, begannen um das Stroh zu züngeln und auf der Suche nach kräftigerer Nahrung in die Höhe zu greifen. Rauchfahnen umwehten die Gestalt des Riesen, und sein zottiger Pelz wehte im Luftzug wie trokkenes Sommergras.

Da! Simon hatte sie wieder gesehen, dort drüben hinter dem Scheiterhaufen.

Bei dem Versuch, sich vorwärtszudrängen, rannte ihm jemand, der um seinen guten Aussichtsplatz kämpfte, einen spitzen Ellenbogen in die Rippen. In ohnmächtigem Zorn blieb er stehen und starrte die Stelle an, an der er sie entdeckt zu haben glaubte.

Und dann sah er sie wirklich und erkannte, daß es nicht Marya war. *Diese* Schwarzhaarige, in einen düsteren, wundervoll genähten Mantel gehüllt, war gewiß zwanzig Jahre älter. Aber schön war sie, sehr schön, mit einer Haut wie Elfenbein und großen, schrägen Augen.

Während Simon sie so betrachtete, schaute sie ihrerseits auf den brennenden Riesen, dessen Haare sich jetzt zu kräuseln und schwarz zu werden begannen, als das Feuer den Hügel aus Fichtenstämmen immer höher hinaufstieg. Rauch wallte auf und bildete einen Vorhang, der sie vor Simons Blicken verbarg; er fragte sich, wer sie wohl sein mochte und warum sie, während überall ringsum das Volk von Naglimund johlte und die Fäuste nach der Rauchsäule reckte, mit so traurigen, zornigen Augen in die Flammen starrte.

XXXI

Der Rat des Prinzen

Obwohl er bei seinem Spaziergang mit Sangfugol über die Burgmauern ziemlichen Hunger gehabt hatte, stellte Simon fest, daß dieser Appetit verschwunden war, als Vater Strangyeard zu ihm kam, um ihn in die Küche zu führen und damit – leicht verspätet – einzulösen, was er am Morgen versprochen hatte. Der Gestank der nachmittäglichen Verbrennung haftete noch immer in seiner Nase; als er hinter dem Burgarchivar hertrottete, konnte er den klebrigen Rauch fast noch am Körper spüren.

Nachdem Simon ziemlich lustlos in einem Teller mit Brot und Wurst herumgestochert hatte, den eine gestrenge Küchenfrau barsch vor ihn hingestellt hatte, gingen die beiden wieder über den nebligen Burganger zurück, und Strangyeard tat sein Bestes, um ein Gespräch in Gang zu halten.

»Vielleicht bist du einfach... einfach müde, Junge. Ja, das wird es sein. Dein Appetit wird bestimmt bald zurückkehren. Junge Leute haben immer Hunger.«

»Gewiß habt Ihr recht, Vater«, entgegnete Simon. Er war tatsächlich müde, und manchmal war es einfacher, wenn man nur beipflichtete, anstatt lange Erklärungen abzugeben. Außerdem wußte er selber nicht recht, warum er sich so erschöpft und leer fühlte.

So wanderten sie eine Weile durch den dämmrigen Innenbereich der Burg, bis der Priester endlich sagte: »Ach... was ich dich noch fragen wollte... ich hoffe, du hältst mich nicht für gierig...«

»Ja?«

»Nun... Binbines... das heißt, Binabik... er hat mir von

einem . . . einem gewissen Manuskript erzählt. Einer Handschrift von Doktor Morgenes von Erchester. So ein großer Mann, solch tragischer Verlust für die Gelehrtengemeinde . . .«

Strangyeard schüttelte sorgenvoll den Kopf und vergaß dann anscheinend, wonach er gefragt hatte, denn er legte in trübem Sinnen mehrere weitere Schritte zurück. Endlich fühlte Simon sich veranlaßt, das Schweigen zu brechen.

»Doktor Morgenes' Buch?« half er ein.

»Oh! Ach ja . . . nun, worum ich dich bitten wollte . . . und bestimmt ist es zuviel verlangt . . . Binbines hat gesagt, das Manuskript sei gerettet, du hättest es mitgebracht . . . in deinem Rucksack.«

Simon verbarg ein Lächeln. Der Mann brauchte ja ewig! »Ich weiß nicht, wo der Rucksack ist.«

»Oh, der liegt unter meinem Bett – beziehungsweise derzeit deinem Bett. Das heißt, dein Bett, solange du es haben willst. Ich habe gesehen, wie einer der Männer aus dem Gefolge des Prinzen ihn dorthin gelegt hat. Ich habe ihn nicht angerührt, das versichere ich dir!« beeilte er sich hinzuzufügen.

»Möchtet Ihr es lesen?« Die Ernsthaftigkeit des alten Mannes rührte Simon. »Tut es unbedingt. Ich bin zu müde, um es mir jetzt anzuschauen. Außerdem bin ich überzeugt, daß der Doktor es lieber von einem gelehrten Mann gewürdigt sehen würde, und das bin ich gewiß nicht.«

»Wirklich?« Strangyeard machte einen ganz geblendeten Eindruck und fingerte nervös an seiner Augenklappe. Er sah aus, als würde er sie gleich herunterreißen und mit einem Freudenjauchzer in die Lüfte werfen. Aber es kam nur ein »Oh, das wäre herrlich« über seine Lippen, während er um Fassung rang.

Simon war ein wenig unbehaglich zumute. Schließlich hatte der Archivar ihm seine eigene Kammer geräumt, damit Simon, ein Fremder, darin wohnen konnte. Es war Simon peinlich, daß ihm der andere so dankbar war.

Nun ja, entschied er, *er dankt ja nicht mir, denke ich, sondern dem Glück, daß er Morgenes' Werk über König Johan lesen darf. Der Mann liebt eben Bücher wie Rachel Wasser und Seife.*

Sie hatten das niedrige Gebäude mit den Kammern an der Südmauer fast erreicht, als eine Gestalt vor ihnen auftauchte – ein Mann, der im Nebel und dem rasch schwindenden Licht nicht zu erkennen war. Ein leises, bimmelndes Geräusch ging von ihm aus, als er näherkam.

»Ich will zu Strangyeard, dem Priester«, erklärte er, und seine Stimme schwankte mehr als nur ein wenig. Er schien zu taumeln, und wieder ertönte das klingelnde Geräusch.

»Der ist ich«, sagte Strangyeard etwas lauter als gewöhnlich, »ähem . . . das heißt, ich bin er. Was begehrt Ihr?«

»Ich suche einen gewissen jungen Mann«, antwortete der andere und kam ein paar weitere Schritte auf sie zu. »Ist er das?«

Simon spannte die Muskeln an, konnte jedoch nicht umhin zu bemerken, daß der Herannahende nicht besonders groß war. Außerdem war da etwas an seinem Gang . . .

»Ja«, sagten Simon und Strangyeard gleichzeitig, dann verstummte der Priester und zupfte zerstreut am Band seiner Augenklappe, während Simon fortfuhr: »Ich bin es. Was wünscht Ihr?«

»Der Prinz will dich sprechen«, erwiderte die kleine Gestalt, kam bis auf wenige Fuß heran und spähte zu Simon hinauf. Er bimmelte sanft vor sich hin.

»Strupp!« rief Simon beglückt. »Strupp! Was tut Ihr hier?« Er streckte die Arme aus und ergriff die Schultern des Alten.

»Wer bist du denn?« fragte der Narr verblüfft. »Kenne ich dich?«

»Ich weiß nicht – ich bin Simon! Der Lehrling von Doktor Morgenes. Vom Hochhorst!«

»Hmmm«, meinte der Narr nachdenklich. Aus der Nähe roch er nach Wein. »Vermutlich . . . es kommt mir alles so trübe vor, Junge, trübe. Strupp wird alt, wie der alte König Tethtain – *mit schneebedecktem Haupte und verwittert wie der ferne Berg Minari.* « Er kniff die Augen zusammen. »Und ich habe nicht mehr so scharfe Augen für Gesichter wie einst. Bist du es, den ich zu Prinz Josua bringen soll?«

»Ich nehme es an.« Simons Stimmung hatte sich gehoben. »Sangfugol muß ihm etwas gesagt haben.« Er wandte sich Vater Strangyeard zu. »Ich muß mit ihm gehen. Ich habe den Rucksack nicht angefaßt – wußte gar nicht, daß er dort war.«

Der Archivar murmelte etwas Anerkennendes und schlurfte davon, um nach seinem Herzenswunsch zu suchen. Simon nahm den alten

Narren beim Ellenbogen, und die beiden schlugen wieder den Weg über den Burganger ein.

»Puh«, sagte Strupp zitternd, und wieder klingelten die Glöckchen an seiner Jacke. »Die Sonne stand heute hoch, aber der Abendwind ist bitter. Schlechtes Wetter für alte Knochen – keine Ahnung, wieso Josua mich geschickt hat.« Er stolperte leicht und stützte sich einen Moment auf Simons Arm. »Aber das stimmt eigentlich doch nicht«, fuhr er fort, »denn ich weiß, daß er mir gern etwas zu tun gibt. Für meine Narreteien und Kunststücke hat er nicht viel übrig, weißt du, aber ich glaube, er sieht mich nicht gern müßig.«

Eine Weile gingen sie wortlos weiter.

»Wie seid Ihr nach Naglimund gekommen?« erkundigte Simon sich endlich.

»Letzter Wagenzug auf der Weldhelm-Straße. Elias hat sie jetzt geschlossen, der Hund. Und eine schlimme Reise ist es gewesen – mußten uns nördlich von Flett gegen Räuber wehren. Es fällt alles in Scherben, Junge. Geht alles kaputt.«

Die Wachen an der Tür der Königshalle musterten sie sorgfältig im flackernden Fackelschein und klopften dann an die Tür, damit von innen aufgeriegelt wurde. Simon und der Narr stapften durch den kalten, mit Steinplatten belegten Gang, bis sie an eine zweite, schwere Balkentür mit zwei weiteren Wächtern kamen.

»Hier ist es, Junge«, erklärte Strupp. »Ich gehe ins Bett, bin gestern abend spät zum Schlafen gekommen. Es tut gut, ein bekanntes Gesicht zu sehen. Besuch mich bald einmal und trink ein Krüglein mit mir und erzähl, was du so getrieben hast – ja?« Er drehte sich um und ging unsicher den Korridor hinunter. Die bunten Flicken seines Narrenkleides schimmerten matt, bis ihn die Schatten verschluckten.

Simon trat zwischen die Wächter, die keine Miene verzogen, und klopfte an die Tür.

»Wer ist da?« fragte eine Knabenstimme.

»Simon vom Hochhorst für den Prinzen.«

Die Tür schwang lautlos nach innen, und ein ernsthaft blickendes, etwa zehnjähriges Kind in Pagentracht wurde sichtbar. Es trat zur Seite, und Simon schritt an ihm vorbei in einen durch Vorhänge abgetrennten Vorraum.

»Komm weiter«, ertönte eine gedämpfte Stimme. Nach kurzer Suche fand er den hinter einem Vorhang versteckten Eingang.

Es war ein karger Raum, kaum besser eingerichtet als Vater Strangyeards Kammer. Prinz Josua saß in Schlafrock und Nachtmütze am Tisch und hielt mit dem Ellenbogen eine Schriftrolle offen. Er sah nicht auf, als Simon eintrat, sondern wies mit der Hand auf einen Stuhl.

»Bitte setz dich«, sagte er und unterbrach damit Simon mitten in einer tiefen Verbeugung. »Ich bin sofort fertig.«

Als Simon auf dem harten, ungepolsterten Stuhl Platz nahm, bemerkte er im Hintergrund des Raumes eine Bewegung. Eine Hand zog dort den Vorhang beiseite, so daß ein Splitter Lampenlicht sichtbar wurde. Ein Gesicht erschien, dunkeläugig, von dichtem, schwarzem Haar umrahmt – die Frau, die er im Burghof gesehen hatte, als sie der Verbrennung zusah. Sie starrte gebannt auf den Prinzen, aber als sie aufschaute, begegnete ihr Blick Simons und hielt ihn fest. Sie hatte die zornigen Augen einer in die Enge getriebenen Katze. Der Vorhang fiel wieder zurück.

Beunruhigt überlegte Simon einen Moment, ob er Josua etwas sagen sollte. Eine Spionin? Eine Meuchelmörderin? Dann wurde ihm klar, warum sich die Frau im Schlafgemach des Prinzen aufhielt, und er kam sich äußerst töricht vor.

Josua blickte zu dem errötenden Simon auf und ließ die Schriftrolle los, die sich sofort auf dem Tisch vor ihm zusammenrollte. »Nun denn, vergib mir. Ich bin gedankenlos gewesen. Ich hoffe, du verstehst, daß ich den, der mir zur Flucht aus der Gefangenschaft verholfen hat, gewiß nicht kränken wollte.«

»Ihr... Ihr braucht Euch nicht zu entschuldigen, Hoheit«, stotterte Simon.

Josua spreizte mit schmerzverzogenem Gesicht die Finger der linken Hand. Simon erinnerte sich an Sangfugols Worte und fragte sich, wie es wohl sein mochte, wenn man eine Hand verlor.

»Bitte. In diesem Zimmer ›Josua‹ – ›Prinz Josua‹, wenn es unbedingt sein muß. Als ich bei den Usires-Brüdern in Nabban studierte, nannten sie mich ›Meßdiener‹ oder ›Junge‹. Ich glaube nicht, daß ich es seitdem sehr weit gebracht habe.«

»Jawohl, Herr.«

Josuas Augen huschten fort, wieder zu seinem Schreibtisch. In diesem Augenblick des Schweigens betrachtete ihn Simon genauer. Eigentlich machte er keinen wesentlich prinzlicheren Eindruck als damals, als Simon ihn mit seinen Ketten in Morgenes' Wohnung gesehen hatte. In seinen Nachtgewändern, die hohe, blasse Stirn nachdenklich gerunzelt, sah er eher nach einem Archivarkollegen von Vater Strangyeard aus als nach einem Prinzen von Erkynland oder einem Sohn von Johan dem Priester.

Josua stand auf und griff zu seiner Schriftrolle.

»Die Aufzeichnungen des alten Dendinis.« Er klopfte sich damit auf das rechte Handgelenk, das in einer ledernen Hülle steckte. »Aeswides Festungsbaumeister. Wußtest du, daß Naglimund niemals bei einer Belagerung eingenommen wurde? Als Fingil von Rimmersgard vom Norden herunterzog, mußte er zweitausend Mann abstellen, die diese Burg abriegelten, damit seine Flanke geschützt blieb.« Wieder klopfte er. »Dendinis hat gute Arbeit geleistet.«

Eine Pause entstand, die Simon endlich unbeholfen ausfüllte. »Es ist eine mächtige Festung, Prinz Josua.«

Der Prinz warf die Rolle auf den Tisch und kniff die Lippen zusammen wie ein Geizhals, der seine Steuern abzählt. »O ja . . . aber selbst eine mächtige Festung kann man aushungern. Unsere Nachschublinien sind unmöglich lang, und von wo können wir Hilfe erwarten?« Josua blickte Simon an, als erwarte er eine Antwort, aber der Junge konnte nur glotzen, ohne daß ihm auch nur ein Sterbenswort dazu einfiel. »Vielleicht bringt uns ja Isgrimnur ermutigende Nachrichten mit«, fuhr der Prinz fort, »vielleicht aber auch nicht. Im Süden verbreitet sich das Gerücht, daß mein Bruder ein großes Heer aufstellt.« Josua starrte auf den Fußboden, dann sah er plötzlich auf. Seine Augen waren hell und eindringlich. »Noch einmal, vergib mir. Ich stelle seit einiger Zeit fest, daß ich voller dunkler Gedanken bin und meine Worte dem Verstand davonlaufen. Von großen Schlachten zu lesen ist *eine* Sache, weißt du, der Versuch, selbst welche zu planen, eine ganz andere. Hast du eine Vorstellung, woran man dabei alles denken muß? Die Truppen mustern, Menschen und ihr Vieh in die Burg bringen, Proviant auftreiben, die Mauern verstärken . . . und das alles bleibt sinnlos, wenn niemand in Elias' Rücken kämpfen will. Wenn wir allein stehen, werden wir lange standhalten ... aber am Ende werden wir doch fallen.«

Simon war bestürzt. Es schmeichelte ihm, daß Josua so offen mit ihm redete, aber es war auch etwas Erschreckendes an einem Prinzen, der so voll trüber Vorahnungen steckte, einem Prinzen, der bereit war, mit einem Knaben zu sprechen wie zu seinem eigenen Kriegsrat. »Nun ja«, bemerkte Simon endlich, »nun ja ... bestimmt geschieht alles, wie Gott es will.« Kaum hatte er die Worte herausgebracht, als er sich selbst für soviel Dummheit haßte.

Josua lachte nur, ein mürrisches Lachen. »Ah, erwischt von einem bloßen Knaben, wie Usires auf dem berühmten Dornbusch. Du hast recht, Simon. Solange wir atmen, hoffen wir, und dafür habe ich dir zu danken.«

»Nur zum Teil, Prinz Josua.« Hörte sich das undankbar an, fragte sich Simon.

Der winterliche Ausdruck kehrte auf die strengen Züge des Prinzen zurück. »Ich habe von dem Doktor gehört. Ein harter Schlag für uns alle, aber ganz sicher noch grausamer für dich. Seine Weisheit wird uns fehlen – auch seine Güte, aber seine Weisheit noch mehr. Ich hoffe, daß andere einen Teil der Lücke füllen können.« Josua zog sich den Stuhl wieder heran und beugte sich vor. »Es wird ein *Raed* stattfinden, und wie ich glaube, schon bald. Gwythinn, Lluth von Hernystirs Sohn, kommt heute abend. Andere warten schon seit mehreren Tagen. Von unseren Beschlüssen hängen viele Pläne ab, viele Leben.« Josua nickte langsam und sinnend mit dem Kopf.

»Lebt ... lebt Herzog Isgrimnur, Prinz?« fragte Simon. »Auf meiner Reise hierher habe ich eine Nacht bei ihm und seinen Männern verbracht, aber ich habe sie dann ... wieder verlassen.«

»Er und seine Männer waren vor Tagen hier, um Kraft zu schöpfen für ihren Weiterritt nach Elvritshalla. Deshalb kann ich nicht auf sie warten – sie können Wochen brauchen.« Wieder wandte er den Blick ab.

»Kannst du ein Schwert führen, Simon?« erkundigte er sich unvermittelt. »Bist du damit ausgebildet worden?«

»Eigentlich nicht, Herr.«

»Dann geh zum Hauptmann der Wache. Er soll dich jemandem zuteilen, der mit dir arbeitet. Ich denke, wir werden jeden Arm brauchen, vor allem, wenn er stark und jung ist.«

»Natürlich, Prinz Josua«, antwortete Simon.

Der Prinz stand auf und ging wieder an seinen Tisch, wobei er Simon den Rücken zukehrte, als sei die Audienz beendet. Simon saß starr auf seinem Stuhl. Er wollte noch eine weitere Frage stellen, wußte jedoch nicht, ob es angebracht war. Endlich stand er ebenfalls auf und ging langsam rückwärts nach der Türöffnung hinter den Vorhängen. Josua starrte noch immer auf Dendinis' Schriftrolle. Nur noch ein Schritt trennte Simon vom Ausgang, als er stehenblieb, die Schultern straffte und die Frage aussprach, die ihm die ganze Zeit im Kopf herumgegangen war.

»Prinz Josua, Herr«, begann er, und der hochgewachsene Mann sah sich über die Schulter nach ihm um.

»Ja?«

»Hat . . . hat das Mädchen Marya . . . das Mädchen, das Euch die Botschaft Eurer Nichte Miriamel brachte . . .« Er holte Atem. »Wißt Ihr, wo sie ist?«

Josua hob eine Augenbraue. »Selbst in unseren dunkelsten Tagen kommen wir nicht von ihnen los, wie?« Der Prinz schüttelte den Kopf. »Ich fürchte, ich kann dir da nicht helfen, junger Mann. Gute Nacht.«

Simon verneigte sich und entfernte sich rückwärts durch den Vorhang.

Auf dem Rückweg von dieser verwirrenden Audienz beim Prinzen fragte sich Simon, was wohl aus ihnen allen werden würde. Es war ihm als so großer Sieg vorgekommen, daß sie Naglimund erreicht hatten. Wochenlang hatte er kein anderes Ziel gekannt, war keinem anderen Stern gefolgt. Seit er seine Heimat verlassen mußte, hatte er sich allein darauf konzentriert und so die weit größeren Fragen zurückgedrängt. Nun war aus dem, was im Vergleich zu der wilden Reise wie ein Paradies an Sicherheit ausgesehen hatte, plötzlich nur eine neue Falle geworden. Josua hatte es mehr oder weniger unverhüllt ausgesprochen: Wenn man sie nicht besiegte, würde man sie aushungern.

Als er in Strangyeards kleiner Kammer angekommen war, kroch er sofort ins Bett, aber noch zweimal hörte er die Posten die Stunde rufen, bevor er einschlief.

Noch ganz benommen hörte Simon es an die Tür klopfen und öffnete, um einen grauen Morgen, eine große Wölfin und einen Troll vor sich zu sehen.

»Ich bin erschreckt, dich im Bett zu finden!« Binabik grinste unverschämt. »Nur ein paar Tage aus der Wildnis heraus, und schon hat die Zivilisation ihre Krallen der Faulheit in dich geschlagen!«

»Ich bin nicht« – Simon runzelte die Stirn – »im Bett. Nicht mehr. Aber warum bist *du* nicht dort?«

»Im Bett?« fragte Binabik, stapfte langsam ins Zimmer hinein und stieß die Tür mit der Hüfte zu. »Es geht mir besser – oder jedenfalls einigermaßen. Dinge müssen getan werden.« Er sah sich mit schmalen Augen um, während Simon auf den Rand seines Lagers zurücksank und die eigenen unbeschuhten Füße betrachtete. »Weißt du, wo der Rucksack ist, den wir gerettet haben?« erkundigte der Troll sich endlich.

»*Urrh*«, grunzte Simon und machte eine Handbewegung in Richtung Fußboden. »Er war unter dem Bett, aber ich glaube, Vater Strangyeard hat ihn genommen, um sich Morgenes' Buch zu holen.«

»Wahrscheinlich liegt er noch dort«, meinte Binabik und ließ sich vorsichtig auf Hände und Knie nieder. »Der Priester scheint mir ein Mensch zu sein, der zwar Leute vergißt, aber Dinge, sobald er sie nicht mehr braucht, an ihren Platz zurückstellt.« Er krabbelte unter das Bett. »Aha! Da ist er ja.«

»Ist das nicht schlecht für deine Wunde?« fragte Simon, der sich schuldig fühlte, weil er sich nicht erboten hatte, selber nachzusehen. Binabik kroch rückwärts wieder hervor und stand auf – sehr achtsam, wie Simon bemerkte.

»Trolle haben schnelle Heilung«, erklärte er und grinste breit. Trotzdem machte Simon sich Sorgen.

»Ich glaube nicht, daß du schon aufstehen und herumlaufen solltest«, meinte er, während Binabik den Rucksack durchsuchte. »So wirst du nicht gesund.«

»Eine wunderbare Trollmutter gäbest du ab«, bemerkte Binabik, ohne aufzublicken. »Möchtest du mir nicht auch mein Fleisch vorkauen? *Quinkipa!* Wo sind nur diese Knöchel?«

Simon ging in die Knie und suchte seine Stiefel – was sich als schwierig erwies, weil die Wölfin ständig in der engen Kammer hin und her lief.

»Kann Qantaqa nicht draußen warten?« fragte er, als sie ihn zum wiederholten Mal mit der breiten Flanke anstieß.

»Deine beiden Freunde werden sich mit Vergnügen entfernen, wenn wir dir eine Behinderung bedeuten, Simon«, antwortete der Troll spitz. »*Aia!* Hier haben sie sich versteckt!«

Der Junge starrte den Troll machtlos an. Binabik war tapfer, klug, freundlich, an Simons Seite verwundet worden – und auch ohne das alles viel zu klein, als daß man ihn hätte verprügeln können. Simon stieß einen Laut des Abscheus und der ohnmächtigen Wut aus und krabbelte zu ihm hinüber.

»Wozu brauchst du die Knochen?« Er spähte über die Schulter des Trolls. »Ist mein Pfeil noch da?«

»Der Pfeil, ja«, erwiderte sein Freund. »Die Knochen? Weil Tage der Entscheidung vor uns liegen und ich ein Narr wäre, auf weisen Rat zu verzichten.«

»Gestern abend hat mich der Prinz holen lassen.«

»Ich weiß.« Binabik schüttelte die Knochen aus ihrem Sack und wog sie in der Hand. »Ich habe heute morgen mit ihm gesprochen. Die Hernystiri sind da. Es wird heute abend eine Ratsversammlung geben.«

»Das hat er dir erzählt?« Simon war einerseits enttäuscht, daß Josua sich nicht nur ihm anvertraut hatte, andererseits aber auch ein wenig erleichtert, daß ein anderer diese Verantwortung mit ihm teilte. »Wirst du daran teilnehmen?«

»Als einziger meines Volkes, der je in den Mauern von Naglimund weilte? Als Lehrling Ookequks, des Singenden Mannes der Mintahoq-Trolle? Natürlich werde ich daran teilnehmen. Und du auch.«

»Ich?« Simon war ganz erschüttert. »Wieso ich? Was im Namen des guten Gottes sollte ich bei einem . . . Kriegsrat? Ich bin kein Soldat. Ich bin ja noch nicht einmal ein erwachsener Mann!«

»Fest steht jedenfalls, daß du dich auch nicht beeilst, einer zu werden.« Binabik machte ein spöttisches Gesicht. »Aber selbst du kannst das Erwachsenwerden nicht für immer verscheuchen. Außerdem sind deine Jahre hier nicht von Bedeutung. Du hast Dinge gehört und gesehen, die vielleicht wichtig sind, und Josua würde dich dabeihaben wollen.«

»Er *würde*? Hat er denn nicht nach mir gefragt?«

Der Troll pustete sich ungeduldig die Haare aus der Stirn. »Nicht mit Direktheit ... aber er hat *mich* aufgefordert, und ich werde dich mitnehmen. Josua weiß nicht, was du alles gesehen hast.«

»Gottes Blut, Binabik!«

»Bitte fluche mir nicht mit ädonitischen Schwüren! Nur weil du jetzt einen Bart hast ... beinahe jedenfalls ... macht das noch keinen Mann aus dir, der fluchen müßte. Doch nun gewähre mir ein wenig Stille, um die Knöchel zu werfen; dann habe ich weitere Neuigkeiten für dich.«

Besorgt und voller Unruhe setzte Simon sich wieder. Und wenn sie ihm nun Fragen stellten? Würde man ihn auffordern, vor allen diesen Baronen und Herzögen und Heerführern zu sprechen? Ihn, einen davongelaufenen Küchenjungen?

Binabik summte leise vor sich hin und schüttelte die Knöchel so sanft wie ein Soldat in der Schenke die Würfel. Sie klickten und rollten dann frei über den Schieferboden. Binabik sah nach, wie sie lagen, und warf sie dann noch zweimal. Mit zusammengebissenen Zähnen starrte er auf den letzten Wurf.

»*Wolken im Paß* ...«, meinte er schließlich sinnend. »*Flügelloser Vogel* ... *Schwarze Spalte.*« Mit der Rückseite seines Ärmels wischte er sich den Mund ab und schlug sich einmal mit dem Handballen auf die Brust. »Was soll ich mit solch einer Geschichte anfangen?«

»Hat es eine Bedeutung?« wollte Simon wissen. »Was sind das für Worte, die du gesagt hast?«

»Es sind die Namen für bestimmte Würfe ... bestimmte Muster. Dreimal werfen wir, und jeder Wurf bedeutet etwas anderes.«

»Das ... verstehe ich nicht. Kannst du es mir erklären?« fragte Simon und wäre beinahe umgekippt, als Qantaqa sich an ihm vorbeidrängte, um den Kopf auf Binabiks flachen Schenkel zu legen.

»Hier«, begann der Troll, »der erste: *Wolken im Paß*. Das bedeutet, daß es schwer ist, von dort, wo wir jetzt stehen, in die Ferne zu sehen, daß es aber weiter jenseits davon ganz anders ist als hier.«

»Das hätte ich dir auch sagen können.«

»Schweig, Trolling. Willst du für immer töricht bleiben? Nun denn. Dann kam *Flügelloser Vogel*. Der zweite Wurf ist etwas, das günstig für uns ist. Hier sieht es so aus, als könne gerade unsere Hilflosigkeit für uns von Nutzen sein, so jedenfalls lese ich es heute aus den Knochen. Das letzte ist dann etwas, vor dem wir uns hüten sollten...«

»Oder fürchten?«

»Oder fürchten«, stimmte Binabik gelassen zu. »*Schwarze Spalte* – das ist etwas ganz Seltsames, etwas, das ich noch nie für mich geworfen habe. Es *könnte* Verrat bedeuten.«

Simon holte tief Luft und erinnerte sich. »So wie *Falscher Bote*?«

»Wahr. Aber es hat noch andere Bedeutungen... ungewöhnliche Bedeutungen. Mein Meister lehrte mich, daß es auch für Dinge stehen kann, die von anderen Orten kommen, von *anderen Seiten* zu uns durchbrechen... also bezieht es sich vielleicht auf die Geheimnisse, auf die wir gestoßen sind... die Nornen, deine Träume... begreifst du?«

»Ein bißchen.« Er stand auf, reckte sich und sah sich nach seinem Hemd um. »Und was ist mit deinen anderen Neuigkeiten?«

Der Troll, der gedankenverloren Qantaqas Rücken streichelte, brauchte eine Weile, bis er aufschaute.

»Ach ja«, sagte er dann und griff in seine Jacke. »Ich habe etwas für dich zum Lesen.« Er zog eine flachgedrückte Pergamentrolle hervor und reichte sie Simon hinauf. Der Junge spürte ein Prickeln auf seiner nackten Haut.

Die Schrift war spröde und zierlich zugleich, nur ein paar Worte in der Mitte des entrollten Bogens.

Für Simon
Meinen Dank für deine Tapferkeit auf unserer Reise.
Möge der Gute Gott dir stets Glück gewähren, Freund.

Die Unterschrift bestand aus dem einen Buchstaben M.

»Von ihr«, sagte er langsam. Er wußte nicht, ob er enttäuscht oder beglückt war. »Es ist von Marya, nicht wahr? Ist das alles, was sie dir mitgegeben hat? Hast du sie gesehen?«

Binabik nickte mit dem Kopf. Er sah traurig aus. »Ich habe sie gesehen, aber es war nur für einen Augenblick. Sie hat auch gesagt, vielleicht würden wir sie öfter treffen, aber es gäbe Dinge, die zuerst getan werden müßten.«

»Was für Dinge? Sie macht mich zornig . . . nein, das meine ich nicht. Ist sie hier in Naglimund?«

»Sie hat mir die Botschaft gegeben, oder nicht?« Binabik kam unsicher auf die Füße, aber Simon war so versunken, daß er gar nicht recht darauf achtete. Sie hatte geschrieben! Sie hatte ihn nicht vergessen!! Andererseits hatte sie nicht gerade viel geschrieben, und besucht hatte sie ihn auch nicht, um mit ihm zu reden, irgend etwas . . .

Usires rette mich, heißt das, daß ich verliebt bin? fragte er sich plötzlich verwundert. Es war ganz anders in den Balladen, die er gehört hatte – eher ärgerlich als erhebend. Er hatte einmal geglaubt, in Hepzibah verliebt zu sein. Allerdings hatte er viel an sie gedacht, aber diese Gedanken galten vornehmlich ihrem Äußeren, ihrem Gang. Von Marya wußte er zwar auch ganz genau, wie sie aussah, aber genauso oft fragte er sich, was sie dachte.

Was sie denkt! Er war von sich selbst angewidert. *Ich weiß nicht einmal, woher sie kommt, geschweige denn, woran sie vielleicht denkt! Ich weiß nicht das Geringste von ihr . . . und wenn sie etwas für mich übrig hat, dann hat sie sich jedenfalls nicht die Mühe gemacht, es in ihrem Brief zu erwähnen.* Und das war weiter nichts als die Wahrheit, er wußte es.

Aber sie hat gesagt, ich sei tapfer. Sie nannte mich Freund. Er blickte vom Pergament auf und sah, daß Binabik ihn scharf betrachtete. Der Troll machte eine düstere Miene, aber Simon wußte nicht, warum.

»Binabik«, begann er, aber dann fiel ihm keine Frage ein, deren Antwort seine trüben Gedanken wieder hätte klären können. »Na schön«, meinte er endlich, »weißt du, wo der Hauptmann der Wache sitzt? Ich muß mir ein Schwert beschaffen.«

Die Luft war feucht, und über ihnen hing ein schwerer, grauer Himmel, als sie nach der äußeren Burganlage gingen. Durch das Tor zur

Stadt strömte eine sich drängende Menschenmenge, zum Teil mit Gemüse, Flachs und anderen zum Verkauf bestimmten Waren beladen, während andere windschiefe Karren zogen, auf denen die klägliche Gesamtheit ihrer weltlichen Güter aufgestapelt zu sein schien. Simons Begleiter, der winzige Troll und die gewaltige gelbäugige Wölfin, machten auf diese Ankömmlinge nicht wenig Eindruck. Einige zeigten mit den Fingern und riefen in ihrer bäuerlichen Mundart besorgte Fragen, andere wichen zurück und machten das schützende Zeichen des *Baumes* auf der in grobes Tuch gehüllten Brust. In allen Gesichtern stand Furcht – Furcht vor dem Andersartigen, Furcht vor den schlimmen Zeiten, die in Erkynland eingezogen waren. Simon war hin und her gerissen zwischen dem Wunsch, ihnen zu helfen, und dem, ihre schlichten, kummervollen Gesichter nicht ansehen zu müssen.

An dem Wachhaus, einem Teil des Torgebäudes der äußeren Burganlage, verabschiedete sich Binabik, der einen Besuch bei Vater Strangyeard in der Burgbibliothek machen wollte. Gleich darauf stand Simon vor dem Hauptmann der Wache, einem erschöpft und abgekämpft aussehenden jungen Mann, der sich seit Tagen nicht rasiert hatte. Er war barhäuptig und hatte seinen kegelförmigen Helm mit Rechensteinen gefüllt, mit denen er die Aufgebote der fremden Truppen auszählte, die sich nach und nach auf der Burg eingefunden hatten. Man hatte ihm Simon bereits angekündigt. Der Junge fühlte sich recht geschmeichelt, daß der Prinz an ihn gedacht hatte. Der Hauptmann übergab ihn der Betreuung eines bärenhaften Wachsoldaten namens Haestan, der aus dem erkynländischen Norden stammte.

»Noch nicht ganz ausgewachsen, wie?« knurrte Haestan und zupfte sich am lockigen braunen Bart, während er Simons schlaksige Gestalt musterte. »Bogenschütze, denk ich... ja, das wird es sein. Ein Schwert besorgen wir dir auch, aber das wird nicht groß genug sein, um viel auszurichten. Der Bogen... das ist es.«

Gemeinsam gingen sie um die Außenmauer herum und zur Waffenkammer, einem langen, schmalen Raum hinter der hämmernden Schmiede. Als der Waffenwart sie an Reihen zerbeulter Rüstungen und blinder Schwerter vorbeiführte, sah Simon mit Betrübnis auf diesen Bodensatz der Burgbewaffnung, der nur kargen Schutz gegen die schimmernden Legionen bieten konnte, die Elias unzweifelhaft ins Feld führen würde.

»Nicht mehr viel übrig«, bemerkte Haestan. »War von Anfang an zu wenig. Hoffentlich bringen die fremden Hilfstruppen mehr mit als nur Mistgabeln und Pflugscharen.«

Endlich fand der hinkende Waffenwart ein Schwert mit Scheide, das in den Augen des Wachsoldaten die richtige Schlankheit für Simons Größe hatte. Es war mit getrocknetem Öl verkrustet, und der Waffenwart verhehlte nur mühsam ein angewidertes Stirnrunzeln. »Polier es«, sagte er trotzdem, »dann wird es ein Prachtstück.«

Weiteres Suchen förderte einen Langbogen zutage, dem zwar die Sehne fehlte, der aber sonst in ordentlichem Zustand war, sowie einen ledernen Köcher.

»Thrithingsarbeit«, meinte Haestan und zeigte auf die rundäugigen Hirsche und Kaninchen, die in das dunkle Leder geätzt waren. »Feine Köcher machen sie, die Thrithing-Männer.« Simon hatte das Gefühl, daß dem Wachsoldaten das unansehnliche Schwert etwas peinlich war.

Ins Wachhaus zurückgekehrt, entlockte Haestan dem Quartiermeister eine Bogensehne und ein halbes Dutzend Pfeile und zeigte Simon dann, wie er seine neuen Waffen putzen und pflegen sollte.

»Von dir *weg* wetzen, Junge, von dir weg!« erklärte der stämmige Wachsoldat und ließ die Klinge über den Wetzstein tanzen, »sonst bist du ein Mädchen, bevor du noch ein Mann warst.«

Gegen alle Logik fand Simon unter dem Angelaufenen und dem Schmutz tatsächlich einen Schimmer echten Stahls. Er hatte gehofft, nun sofort mit dem Schwertschwingen oder wenigstens dem Zielschießen anfangen zu dürfen. Aber statt dessen holte Haestan ein Paar mit Stoff gepolsterter Holzstöcke hervor und führte Simon zum Stadttor hinaus auf den Berg oberhalb von Naglimund. Schnell erfuhr der Junge, wie wenig Ähnlichkeit seine Spiele mit Jeremias, dem Wachszieherjungen, mit den Übungen wirklicher Soldaten gehabt hatten.

»Speerarbeit wäre besser«, meinte Haestan, als Simon im Gras hockte und schnaufte, weil er einen Stoß in den Magen eingefangen hatte. »Aber so wie es aussieht, haben wir keine übrig. Darum verlaß dich auf die Pfeile, Junge. Trotzdem ist es auch ganz schön, wenn man sich ein bißchen mit dem Schwert auskennt... für den Nahkampf. Da wirst du dem alten Haestan noch hundertmal dankbar sein.«

»Warum... nicht... Bogen?« keuchte Simon.

»Morgen, Junge, gibt's Bogen und Pfeile... oder übermorgen.« Haestan lachte und streckte eine breite Pranke aus. »Steh auf. Das Vergnügen für heute hat gerade erst angefangen.«

Müde, wund, wie Weizen gedroschen, bis er glaubte, die Spreu aus seinen Ohren rieseln zu spüren, aß Simon nachmittags mit den Wachen Bohnen und Brot, während Haestan den theoretischen Teil der Ausbildung fortsetzte, von dem Simon allerdings das meiste nicht mitbekam, weil in seinen Ohren ein ständiges, leises Summen ertönte. Endlich wurde er mit der Warnung entlassen, sich morgen früh pünktlich einzustellen. Er stolperte zu Strangyeards leerer Kammer zurück und schlief ein, ohne auch nur die Stiefel auszuziehen.

Durch das offene Fenster spritzte der Regen herein. In der Ferne murrte der Donner. Simon wachte auf und fand Binabik, der wie am Morgen auf ihn wartete, so als habe es den langen, schmerzhaften Nachmittag nicht gegeben. Diese Illusion freilich verflüchtigte sich sofort, als er sich aufsetzte: Jeder einzelne Muskel war steif. Er fühlte sich wie ein Hundertjähriger.

Binabik brauchte einige Zeit, bis er Simon davon überzeugt hatte, daß er aufstehen müsse. »Es handelt sich nicht um eine abendliche Körperertüchtigungsveranstaltung, an der man teilnehmen kann oder auch nicht. Hier geht es um Dinge, von denen unser Leben abhängt.«

Simon hatte sich wieder hingelegt. »Ich glaube es dir ja... aber wenn ich aufstehe, sterbe ich.«

»Genug.« Der kleine Mann packte ihn am Handgelenk, stemmte die Fersen gegen den Boden und zerrte, vor Schmerz zusammenzuckend, Simon langsam in eine sitzende Stellung hoch. Man hörte ein tiefes Aufstöhnen und dann einen Plumps, als einer von Simons gestiefelten Füßen den Boden berührte. Dann gab es eine lange, stumme Pause, bis der zweite nachfolgte.

Viele Minuten später hinkte Simon an Binabiks Seite zur Tür, hinaus in den immer stärker werdenden Wind und eisigen Regen.

»Werden wir dort auch das Abendessen absitzen müssen?« erkundigte
sich der Junge. Dieses eine Mal in seinem Leben fühlte er sich tatsächlich zu wund zum Essen.

»Das glaube ich nicht. Josua ist in dieser Hinsicht ein seltsamer
Mann; er hält nicht viel vom Essen und Trinken mit seinem Hof. Er
hegt den Wunsch nach Einsamkeit. Darum werden wohl alle schon
gegessen haben. Damit versöhne ich übrigens auch Qantaqa, damit
sie im Zimmer bleibt.« Er lächelte und klopfte Simon auf das Knie.
Simon fuhr zusammen. »Alles, was wir zu speisen bekommen werden,
sind Sorgen und Gezänk. Schlecht für die Verdauung von Troll,
Mensch oder Wolf.«

Während draußen ein heftiger Sturm tobte, war die große Halle von
Naglimund trocken. Drei gewaltige offene Kamine wärmten und die
Flammen unzähliger Kerzen erhellten sie. Die schrägen Dachbalken
verschwanden oben im Dunkel, und die Wände waren dicht mit
düsteren, frommen Wandteppichen verkleidet.

Man hatte Dutzende von Tischen zu einem riesigen Hufeisen zusam-
mengeschoben. An der Spitze des Bogens stand Josuas hoher, schmaler Holzstuhl mit dem Zeichen des Schwans von Naglimund. An verschiedenen Stellen entlang dem Hufeisen hatte schon ein halbes
Hundert Männer Platz genommen, die sich eifrig unterhielten –
hochgewachsene Gestalten, zumeist mit den Pelzröcken und dem
grellen Putz des Kleinadels, einige aber auch in der rauhen Tracht der
Soldaten. Mehrere blickten auf, als Simon und Binabik an ihnen vorbeikamen und betrachteten sie abschätzend, um dann ihre Diskussio-
nen fortzusetzen.

Binabik stieß Simon mit dem Ellenbogen in die Hüfte. »Vielleicht
halten sie uns für die gemieteten Gaukler.« Er lachte, aber Simon
fand, daß er nicht wirklich erheitert aussah.

»Wer sind alle diese Leute?« flüsterte der Junge, als sie sich am äußersten Ende des einen Hufeisenarmes niederließen. Ein Page stellte
ihnen Wein hin, in den er heißes Wasser goß, bevor er wieder mit den
langen Schatten der Wand verschmolz.

»Edelleute aus Erkynland, die treu zu Naglimund und Josua stehen –
oder sich zumindest noch nicht sicher sind, welcher Seite sie sich

anschließen sollen. Der Beleibte dort in Rot und Weiß ist Ordmaer, Baron von Utersall. Er spricht mit Grimsted, Ethelferth und ein paar anderen Adligen.« Der Troll hob den Bronzepokal und trank. »Hmmm. Unser Prinz geht mit seinem Wein nicht verschwenderisch um, oder er wünscht vielleicht, daß wir das hervorragende Wasser dieser Gegend bewundern.« Binabiks schalkhaftes Lächeln war zurückgekehrt; Simon rutschte auf seinem Stuhl nach hinten, weil er fürchtete, auch der kleine, spitze Ellenbogen könnte sich wieder bemerkbar machen. Aber der Troll sah nur an ihm vorbei den Tisch entlang.

Simon nahm einen tiefen Zug von seinem Wein. Er war wirklich wäßrig, und der Junge fragte sich, ob es der Seneschall oder der Prinz selber war, der da an den Fithingstücken sparte. Immerhin war er besser als gar nichts und würde ihm vielleicht helfen, seine schmerzenden Glieder zu entspannen. Als er ausgetrunken hatte, huschte der Page herbei und schenkte von neuem ein.

Nach und nach stellten sich weitere Männer ein, manche in angeregtem Gespräch, andere kühl die bereits Erschienenen musternd. Ein wahrhaft uralter Mann in prunkvollen Priestergewändern trat am Arm eines kräftigen, jungen Priesters ein und fing an, am oberen Ende der Tafel verschiedene glänzende Gegenstände aufzubauen; seine Miene verriet entschieden üble Laune. Der jüngere Mann half ihm in einen Stuhl, beugte sich dann zu ihm hinunter und flüsterte ihm etwas ins Ohr. Der Ältere gab mit anscheinend zweifelhafter Höflichkeit Antwort, worauf der junge Priester mit einem ergebenen Blick nach den Dachbalken den Raum verließ.

»Ist das der Lektor?« fragte Simon mit unterdrückter Stimme.

Binabik schüttelte den Kopf. »Es dünkt mich sehr unwahrscheinlich, daß das Haupt eurer gesamten ädonitischen Kirche sich hier in der Höhle eines verbannten Prinzen aufhalten würde. Dies hier dürfte Anodis sein, der Bischof von Naglimund.«

Noch während er das sagte, trat eine letzte Schar von Männern ein, und der Troll verstummte, um sie zu beobachten. Einige, denen das Haar in schmalen Zöpfen über den Rücken hing, trugen die gegürteten weißen Wämser der Hernystiri. Der augenscheinliche Führer, ein angespannt wirkender, muskulöser junger Mann mit langem, dunklem Schnurrbart, sprach mit einem Südländer, einem außergewöhnlich gutgekleideten Burschen, der kaum älter zu sein schien als er. Mit seinen sorgfältig gekräuselten Haaren und seinem in zarten Farbtönen von Erika und Blau gehaltenem Gewand war dieser letztere so elegant, daß Simon überzeugt war, er müßte selbst Sangfugol beeindrukken. Ein paar von den alten Soldaten an der Tafel grinsten unverhüllt über den geckenhaften Aufzug.

»Und diese?« fragte Simon. »Die in Weiß, mit Gold um den Hals – Männer von Hernystir, ja?«

»Richtig. Prinz Gwythinn ist das, mit seiner Gesandtschaft. Der andere, würde ich denken, ist Baron Devasalles von Nabban. Er steht im Ruf eines Mannes von scharfem Verstand, auch wenn er vielleicht ein bißchen zu viel Wert auf seine Aufmachung legt. Übrigens ein tapferer Kämpe, habe ich gehört.«

«Woher weißt du das alles, Binabik?« wollte Simon wissen und wandte seine Aufmerksamkeit von den Neuankömmlingen wieder seinem Freund zu. »Horchst du an Schlüssellöchern?«

Hochmütig richtete der Troll sich auf. »Ich lebe nicht ständig auf Berggipfeln, weißt du. Außerdem habe ich hier Strangyeard und andere Quellen aufgetan, während du dein Bett warmgehalten hast.«

»Was?« Simons Stimme klang lauter als beabsichtigt; er merkte, daß er zumindest leicht angetrunken war. Der Mann neben ihm drehte sich mit neugierigem Blick zu ihm um; Simon beugte sich vor, um seine Verteidigung in leiserem Ton fortzusetzen.

»Ich habe . . .« begann er – in diesem Augenblick knarrten überall in der Halle die Stühle, als die auf ihnen Sitzenden sich plötzlich erhoben. Simon sah auf und erkannte Prinz Josuas schlanke, in sein gewöhnliches Grau gekleidete Gestalt, die vom anderen Ende der Halle her eintrat. Josuas Miene war gelassen, aber ernst. Das einzige Zeichen seines Ranges bestand in dem Silberreif auf seiner Stirn.

Josua nickte der Versammlung zu und setzte sich. Die anderen folgten rasch seinem Beispiel. Als die Pagen vortraten, um Wein einzuschenken, erhob sich der alte Bischof an Josuas linker Seite. Zu seiner Rechten saß Gwythinn von Hernystir.

»Nun bitte« – der Bischof klang mürrisch wie ein Mann, der eine

Gunst erweist, von der er weiß, daß sie nichts Gutes bringen wird –
»beugt Eure Häupter, und laßt uns den Segen Usires Ädons für diese
Tafel und was an ihr beraten wird erbitten.« Mit diesen Worten
ergriff er einen wundervollen *Baum* aus gehämmertem Gold und
blauen Steinen und hielt ihn vor sich in die Höhe.

»Du, der du von unserer Welt warst und doch nicht völlig von unserem Fleische bist, höre uns.

Du, der du ein Mensch warst, doch dessen Vater kein Mensch war,
sondern der lebendige Gott, tröste uns.

Wache über dieser Tafel und denen, die an ihr sitzen, und lege dem,
der verirrt und auf der Suche ist, deine Hand auf die Schulter.«

Der Alte holte Atem und blickte sich giftig am Tisch um. Simon, der
ihn mit auf die Brust gesunkenem Kinn scharf beobachtete, fand, er
sehe aus, als würde er am liebsten seinen juwelenbesetzten *Baum* nehmen und ihnen allen den Schädel einschlagen.

»Außerdem«, schloß der Bischof jäh, »vergib den hier Versammelten
all die verdammungswürdigen, hochmütigen Torheiten, die sie vielleicht sprechen werden. Wir sind deine Kinder.«

Er schwankte leicht und kippte in seinen Stuhl; am Tisch entstand
ein leises Murmeln.

»Hättest du gedacht, Simon, daß der Bischof sich hier nicht wohl
fühlt?« flüsterte Binabik.

Josua stand auf. »Dank sei Euch, Bischof Anodis, für Euer... von
Herzen kommendes Gebet. Dank auch allen, die sich in dieser Halle
eingefunden haben.« Er ließ den Blick durch den hohen, vom Feuer
erhellten Raum schweifen, die linke Hand auf dem Tisch, den anderen Arm in den Falten seines Mantels verborgen. »Es sind schwere
Zeiten«, fuhr er fort und blickte der Reihe nach in die Gesichter der
Männer. Simon fühlte, wie ihm die Wärme des Raumes in die Wangen stieg; er fragte sich, ob der Prinz wohl etwas über seine Rettung
erzählen würde. Er blinzelte und öffnete gerade noch rechtzeitig die
Augen, um zu sehen, wie Josuas Blick ihn streifte und dann in die
Mitte des Raumes zurückkehrte. »Schwere und sorgenvolle Zeiten.
Der Hochkönig auf dem Drachenbeinthron – gewiß ja, natürlich ist er
auch mein Bruder, aber für unsere Zwecke hier ist er der König –
scheint unserer Not den Rücken gekehrt zu haben. Die Steuern hat

er derart in die Höhe getrieben, daß sie zur grausamen Strafe geworden sind, und das, obwohl das Volk unter einer schrecklichen Dürre in Erkynland und Hernystir und furchtbaren Stürmen im Norden gelitten hat. Und während der Hochhorst die Finger nach mehr ausstreckt, als er unter König Johans Herrschaft je gefordert hat, zieht Elias die Truppen ab, die einst die Straßen offen und sicher hielten und die menschenleeren Weiten der Frostmark und des Weldhelms besetzen halfen.«

»Nur zu wahr!« rief laut Baron Ordmaer und knallte seinen Humpen auf den Tisch. »Gott segne Euch, aber das ist wahr, Prinz Josua!« Er drehte sich um und drohte, damit es auch die anderen sahen, mit der Faust. Ein Chor der Zustimmung ertönte. Aber es gab auch andere, unter ihnen Bischof Anodis, die über solch unüberlegte Worte gleich zu Beginn die Köpfe schüttelten.

»Und so«, fuhr Josua mit lauter Stimme fort und brachte damit die Versammlung wieder zum Schweigen, »so stehen wir vor einem Problem. Was sollen wir tun? Darum habe ich Euch hierher gerufen und darum, nehme ich an, seid Ihr gekommen: Um zu entscheiden, welche Möglichkeiten wir haben. Um diese Ketten«, er hob den linken Arm und wies auf die Handschelle, die ihn noch immer umschloß, »in die der König uns schlagen möchte, von uns fern zu halten.«

Ein paar beifällige Rufe. Auch das Summen geflüsterter Worte schwoll an. Josua gebot mit dem gefesselten Arm Schweigen, als etwas Rotes in der Tür aufblitzte. Eine Frau rauschte herein, das lange Seidenkleid wie eine Fackelflamme. Es war dieselbe Frau, die Simon in Josuas Gemächern gesehen hatte, dunkeläugig und gebieterisch. Gleich darauf stand sie am Tisch des Prinzen; die Augen der Männer folgten ihr mit unverhohlenem Interesse. Josua schien sich unbehaglich zu fühlen. Als sie ihm etwas ins Ohr flüsterte, hielt er den Blick starr auf seinen Weinbecher geheftet.

»Wer ist diese Frau?« zischte Simon und war, nach dem aufgeregten Geflüster ringsum zu urteilen, nicht der einzige, der da fragte.

»Ihr Name ist Vara. Tochter eines Stammeshäuptlings der Thrithinge ist sie und des Prinzen... nun... *Frau*, nehme ich an. Sie sagen, daß sie von großer Schönheit ist.«

»Das ist sie.« Simon starrte sie noch einen Augenblick an und drehte sich dann wieder zu dem Troll um. »›Sie sagen‹! Was meinst du damit, ›sie sagen‹? Sie ist doch hier, oder nicht?«

»Das ist sie, aber mir fällt das Urteil schwer.« Binabik lächelte. »Das kommt, weil ich den Anblick hochgewachsener Frauen nicht liebe.«

Anscheinend hatte die Herrin Vara gesagt, was sie zu sagen hatte. Sie lauschte auf Josuas Antwort und glitt gleich darauf rasch aus der Halle. Nur ein letzter scharlachroter Schimmer blieb im Dunkel der Tür zurück.

Der Prinz sah auf, und hinter seinen gelassenen Zügen glaubte Simon etwas zu entdecken, das aussah wie . . . Verlegenheit?

»Also gut«, begann Josua wieder, »wir waren dabei . . .? Ja, Baron Devasalles?«

Der Stutzer aus Nabban erhob sich. »Ihr sagtet, Hoheit, daß wir Elias nur als König betrachten sollten. Aber das ist offensichtlich nicht wahr.«

»Was wollt Ihr damit sagen?« fragte der Herr von Naglimund unter dem mißbilligenden Gemurmel seiner Lehnsmänner.

»Vergebung, Prinz, aber was ich meine, ist das: Wenn er nur König wäre, wären wir nicht hier, oder zumindest hätte Herzog Leobardis mich nicht zu Euch gesandt. Ihr seid Priester Johans einziger anderer Sohn. Warum sonst hätten wir die weite Reise gemacht? Wäre es anders, würden alle, die eine Beschwerde gegen den Hochhorst hätten, zur Sancellanischen Mahistrevis gehen, oder nach Hernysadharc zum Taig. Aber Ihr seid nun einmal sein Bruder, nicht wahr? Des Königs Bruder!«

Ein eisiges Lächeln umspielte Josuas Lippen. »Ja, Baron, das bin ich. Und ich verstehe, was Ihr meint.«

»Ich danke Euch, Hoheit.« Devasalles machte eine kleine Verbeugung. »Und nun bleibt die Frage: Was wollt *Ihr*, Prinz Josua? Rache? Den Thron? Oder nur ein Übereinkommen mit einem habgierigen König, damit er Euch hier in Naglimund unbehelligt läßt?«

Jetzt ließ sich in der Tat ein lautes Grollen der anwesenden Erkynländer hören, und ein paar standen mit zusammengezogenen Brauen und bebenden Schnurrbartspitzen von ihren Stühlen auf. Doch bevor einer von ihnen den Augenblick nutzen konnte, sprang der junge

Gwythinn von Hernystir auf und beugte sich über den Tisch zu Baron Devasalles hinüber wie ein Pferd, das sich gegen das Gebiß auflehnt.

»Der edle Herr aus Nabban möchte ein Wort hören, wie? Nun gut, ich sage ihm eines. *Kampf!* Elias hat meines Vaters Blut und Thron beleidigt und die *Königliche Hand* mit Drohungen und groben Worten zu unserem Taig geschickt wie ein Mann, der Kinder züchtigt. Wir brauchen das Für und Wider nicht mehr abzuwägen – wir sind bereit zum Kampf!«

Verschiedene Männer jubelten den kühnen Worten des Hernystiri zu, aber Simon, der gerade die letzten Tropfen eines weiteren Weinbechers geleert hatte und sich mit leicht getrübtem Blick in der Halle umsah, bemerkte mehr Leute, die besorgte Gesichter machten und leise mit ihren Tischnachbarn sprachen. Neben ihm runzelte Binabik die Stirn, und sein Gesicht spiegelte den Ausdruck wider, der die Züge des Prinzen verdüsterte.

»Hört mich an!« rief Josua. »Nabban, vertreten durch Leobardis' Gesandten, hat harte, aber berechtigte Fragen gestellt, und ich will darauf antworten.« Er starrte Devasalles mit kalten Augen an. »Ich wünsche mir nicht, König zu sein, Baron. Mein Bruder wußte das, aber trotzdem nahm er mich gefangen, tötete ein Dutzend meiner Männer und sperrte mich in seine Verliese ein.« Wieder schwenkte er die Handschelle. »Dafür, das ist wahr, will ich Rache – doch würde Elias gut und gerecht regieren, würde ich diese Rache dem Wohl von Osten Ard und vor allem dem meines Erkynlandes opfern. Und was ein solches Übereinkommen betrifft... ich weiß nicht, ob es überhaupt möglich wäre. Elias ist gefährlich und unberechenbar geworden; manche sagen, er sei zu Zeiten wahnsinnig...«

»*Wer* sagt das?« fragte Devasalles. »Adlige, die unter seiner zugegebenermaßen schweren Hand leiden? Wir reden hier über einen möglichen Krieg, der unsere Völker zerfetzen wird wie morsches Tuch. Schändlich wäre es, entfesselten ihn Gerüchte.«

Josua lehnte sich zurück und rief einen Pagen herbei, dem er eine Botschaft zuflüsterte. Der Junge flog fast aus der Halle.

Jetzt stand ein muskulöser, bärtiger Mann in weißem Pelz und mit Silberketten auf. »Wenn der Baron sich nicht an mich erinnert, will ich seinem Gedächtnis aufhelfen«, erklärte er mit sichtlichem Unbehagen. »Ethelferth bin ich, Herr von Tinsett, und ich möchte nur dieses eine sagen: Wenn mein Prinz erklärt, der König habe den Verstand verloren, dann ist sein Wort mir gut genug dafür.« Er furchte die Stirn und setzte sich wieder hin.

Josua erhob sich. Sein schlanker, graugekleideter Körper entrollte sich wie ein Seil. »Dank Euch, Herr Ethelferth, für Eure guten Worte. Aber«, er blickte sich in der Versammlung um, in der es still wurde und man ihn ansah, »niemand braucht sich in irgendeiner Sache allein auf mein Wort oder das meiner Lehnsleute zu verlassen. Statt dessen bringe ich Euch jemanden, der Elias' Wesen aus nächster Nähe so gut kennt, daß Ihr ihm, dessen bin ich sicher, ohne Bedenken vertrauen werdet.« Er winkte mit der linken Hand nach der hinteren Tür der Halle, der Tür, durch die der Page kurz zuvor verschwunden war.

Der Junge war zurückgekehrt; hinter ihm im Eingang standen zwei Gestalten. Eine davon war die Herrin Vara. Die andere, im himmelblauen Gewand, schritt an ihr vorbei in den Lichtkegel der Wandleuchte.

»Edle Herren«, sagte Josua, »die Prinzessin Miriamel – Tochter des Hochkönigs.«

Und Simon starrte mit weit aufgerissenen Augen auf die kurzen, abgeschorenen Strähnen goldener Haare, die zwischen Schleier und Krone sichtbar waren, bar ihrer dunklen Verkleidung... starrte auf das ach so vertraute Gesicht, und alles in ihm drehte sich. Fast wäre er mit den anderen aufgestanden, aber seine Knie waren plötzlich wie Wasser und ließen ihn in den Stuhl zurücksinken. Wie? Warum? Das also war ihr Geheimnis – ihr elendes, verräterisches Geheimnis!

»Marya«, murmelte er, und als sie auf dem Stuhl Platz nahm, den Gwythinn ihr räumte, und seine Geste mit einem knappen, anmutigen Kopfnicken quittierte, als alle anderen sich wieder hinsetzten und laut und verwundert durcheinanderredeten – da kam Simon endlich schwankend auf die Beine.

»Du«, sagte er zu Binabik und packte den Kleinen an der Schulter, »hast... du... das... gewußt?«

Der Troll wollte wohl etwas sagen, zog dann aber eine Grimasse und zuckte die Achseln. Simon sah über das Meer von Gesichtern hinweg und begegnete Maryas... Miriamels... Blick. Sie starrte ihn mit großen, traurigen Augen an.

»Verflucht!« fauchte er, fuhr herum und rannte aus der Halle, die Augen feucht von schmachvollen Tränen.

XXXII

Nachrichten aus dem Norden

»Tja, Junge«, sagte Strupp und schob einen neuen Humpen über die Tischplatte, »du hast ja so recht – sie machen Ärger. Und daran wird sich auch nie etwas ändern.«

Simon schielte nach dem alten Narren, der ihm plötzlich wie der Quell aller Weisheit vorkam. »Sie schreiben einem Briefe«, erklärte er dann und nahm einen reichlichen Schluck, »lügenhafte Briefe.« Er stellte den Becher wieder auf das Holz und sah zu, wie der Wein nach beiden Seiten schwappte und über den Rand zu fließen drohte.

Strupp lehnte sich nach hinten an die Wand seiner schachtelartigen Kammer. Er war im leinenen Unterhemd und hatte sich ein paar Tage nicht rasiert. »Jawohl, solche Briefe schreiben sie«, bestätigte er und nickte ernsthaft mit dem weißstoppligen Kinn. »Manchmal lügen sie auch den anderen Damen etwas über dich vor.«

Simon dachte stirnrunzelnd über diese Aussage nach. Wahrscheinlich hatte sie genau das getan und den anderen Edlen und Hochwohlgeborenen von dem dummen Küchenjungen erzählt, der mit ihr in einem Boot den Aelfwent hinuntergefahren war. Vermutlich kannte schon ganz Naglimund die lustige Geschichte. Er nahm noch einen Zug und fühlte, wie ihm der saure Geschmack hochkam und seinen Mund mit Galle füllte. Er setzte den Becher hin.

Strupp versuchte mühsam aufzustehen. »Sieh dir das hier an«, sagte der Alte, ging zu einer Holztruhe und fing an, darin herumzuwühlen. »Verdammt, ich weiß genau, daß er hier irgendwo steckt.«

»Ich hätte es merken müssen!« schalt Simon sich selber. »Einen kleinen Brief hat sie mir geschrieben. Wie hätte eine Dienstmagd das tun können ... und noch dazu fehlerfreier geschrieben, als ich es geschafft hätte?«

»*Hier* ist diese gottverdammte Lautensaite!« Strupp wühlte weiter.

»Aber sie hat mir eine Botschaft geschrieben, Strupp – hat gesagt ›Gott segne dich‹! Hat mich ›Freund‹ genannt!«

»Was? Na, das ist doch großartig, Junge. So ein Mädchen brauchst du – keine eingebildete Pute, die nur auf dich herabsieht wie diese andere. Ah, hier!«

»Wie?« Simon hatte den Faden verloren. Er war sich praktisch sicher, daß er überhaupt nur von einem *Mädchen* geredet hatte – dieser Erzverräterin, der ständig ihre Persönlichkeit ändernden Marya ... Miriamel ... ach, eigentlich kam es gar nicht darauf an. *Aber sie ist an meiner Schulter eingeschlafen.* Betrunken erinnerte er sich vage an warmen Atem an seiner Wange und empfand ein schmerzhaftes Gefühl des Verlustes.

»Schau dir das an, Junge.« Strupp stand vor ihm, schwankte und hielt ihm etwas Weißes hin. Simon starrte es verwirrt an.

»Was ist das?«

»Ein Schal. Für kaltes Wetter. Und siehst du das da?« Der Alte deutete mit dem krummen Zeigefinger auf eine Reihe von Schriftzeichen, die mit dunkelblauem Faden in das Weiße hineingewoben waren. Die Form der Runen erinnerte Simon an etwas, das selbst durch den Weinnebel hindurch eisige Kälte in ihm erbeben ließ.

»Was ist das?« fragte er nochmals, und seine Stimme war ein wenig klarer als vorher.

»Rimmersgard-Runen«, antwortete der alte Narr und lächelte versonnen. »Es heißt ›Cruinh‹ – das ist mein richtiger Name. Ein Mädchen hat sie gewebt, sie und den Schal. Für mich. Als ich mit meinem lieben König Johan in Elvritshalla war.« Überraschend brach er in Tränen aus, tastete sich zum Tisch zurück und ließ sich auf den harten Stuhl fallen. Aber gleich darauf verstummte das Schluchzen, und in seinen rotgeränderten Augen stand das Wasser wie Pfützen nach einem Sommerregen. Simon schwieg.

»Die hätte ich heiraten sollen«, fuhr Strupp nach einer Weile fort. »Aber sie wollte ihr Land nicht verlassen – wollte nicht mit mir zum

Hochhorst zurück. Angst vor der Fremde, das hatte sie, Angst, von ihrer Familie wegzugehen. Schon seit Jahren tot, das arme Mädchen.« Er schniefte laut. »Aber wie hätte ich meinen guten Johan je im Stich lassen können?«

»Was meint Ihr?« fragte Simon. Er konnte sich nicht daran erinnern, wo er in letzter Zeit solche Rimmersgard-Runen zu Gesicht bekommen hatte, oder zumindest wollte er sich nicht der Mühe unterziehen, nach einer derartigen Erinnerung zu suchen. Es war bequemer, hier im Kerzenschein zu hocken und den Alten schwatzen zu lassen. »Wann warst – wann wart Ihr in Rimmersgard?« ermunterte er ihn.

»Ach, Junge, vor vielen, vielen Jahren.« Strupp wischte sich ohne Verlegenheit die Augen und schneuzte sich in ein umfangreiches Taschentuch. »Es war nach der Schlacht von Naarved. Im Jahr danach – da habe ich das Mädchen kennengelernt, das diesen Schal gewebt hat.«

»Was war die Schlacht von Naarved?« Simon wollte sich schon neuen Wein eingießen, überlegte es sich dann aber. Was mochte wohl gerade in der großen Halle vorgehen?

»Naarved?« Strupp glotzte. »Du weißt nichts von Naarved? Wo Johan den alten König Jormgrun schlug und Hochkönig des Nordens wurde?«

»Ich glaube, ein bißchen weiß ich darüber«, versetzte Simon unbehaglich. Wieviel es doch auf der Welt zu wissen gab! »Es war eine berühmte Schlacht.«

»Natürlich!« Strupps Augen glänzten. »Johan belagerte Naarved den ganzen Winter. Jormgrun und seine Männer waren gar nicht auf den Gedanken gekommen, Erkynländer könnten die grausamen Schneefälle Rimmersgards überleben. Sie waren fest überzeugt, Johan werde die Belagerung abbrechen und sich nach Süden zurückziehen müssen. Aber Johan schaffte es! Nicht allein, daß Naarved eingenommen wurde, beim letzten Sturm stieg Johan selbst über die Mauer der inneren Burg und öffnete das Fallgatter – zehn Männer wehrte er ab, bis er endlich das Haltetau kappen konnte. Dann zerbrach er Jormgruns Schild und streckte den König vor seinem eigenen heidnischen Altar nieder.«

»Tatsächlich? Und Ihr wart dabei?« Simon hatte die Geschichte wirklich schon in ungefähr der gleichen Version gehört, aber es war aufregend, sie von einem Augenzeugen erzählt zu bekommen.

»So gut wie. Ich war in Johans Lager; er nahm mich überallhin mit, mein guter alter König.«

»Und wie wurde Isgrimnur Herzog?«

»Ah.« Strupps Hand, die den weißen Schal hin und her gedreht hatte, suchte den Weinkrug und fand ihn. »Es war sein Vater Isbeorn, der als erster Herzog wurde, verstehst du. Er war der erste der heidnischen Edlen von Rimmersgard, der Erleuchtung fand – die Gnade Usires Ädons annahm. Johan machte sein Haus zum ersten Rimmersgards. Darum ist heute Isbeorns Sohn Isgrimnur Herzog, und man könnte schwerlich einen frömmeren Ädoniten finden.«

»Und was wurde aus den Söhnen von König Jorg-oder-wie-hieß-er-doch-gleich? Wollte keiner von ihnen Ädonit werden?«

»Ach...« Strupp machte eine wegwerfende Handbewegung. »Ich denke mir, daß sie alle in den Kämpfen fielen.«

»Hmmm.« Simon lehnte sich zurück und verdrängte diese verwirrenden Religions- und Heidentumsfragen aus seinem Kopf, um sich statt dessen lieber die große Schlacht auszumalen. »Hatte König Johan damals schon Hellnagel?« fragte er.

»Ja... ja, er hatte es«, erwiderte Strupp. »Bei Gottes *Baum*, ein schöner Mann war er, wenn man ihn so in der Schlacht sah. Hellnagel glänzte so hell und bewegte sich so schnell – nur ein stählerner Blitz, sonst nichts –, daß Johan manchmal aussah, als umgebe ihn ein wundervoller, heiliger Silberschein.« Der alte Narr seufzte.

»Und wer war nun das Mädchen?« wollte Simon wissen.

Strupp riß die Augen auf. »Was für ein Mädchen?«

»Das Euch den Schal gewebt hat.«

»Oh!« Strupp zog die Stirn in Falten. »Sigrita.« Er dachte eine ganze Weile nach. »Nun – weißt du, wir blieben fast ein Jahr dort. Es ist harte Arbeit, ein erobertes Land richtig zu verwalten, harte Arbeit. Härter, als den verdammten Krieg zu führen, so kam es mir manchmal vor. Sie war eins von den Mädchen, die die Halle saubermachten, in der der König wohnte – ich wohnte auch dort. Sie hatte Haar wie Gold – nein, heller; es war fast weiß. Ich lockte sie zu mir herein, wie man ein wildes Füllen zähmt: ein freundliches Wort hier, ein paar

Extrahappen für ihre Familie dort. Ach ja . . . ein hübsches Ding war sie!«

»Wolltet Ihr sie damals heiraten?«

»Ich glaube schon. Es ist viele lange Jahre her, Junge. Eins ist jedenfalls ganz sicher: Ich wollte sie mitnehmen. Aber sie wollte nicht.«

Eine Weile sprach keiner von beiden. Um die dicken Burgmauern heulten die Sturmwinde wie von ihrem Herrn vergessene Hunde. Kerzenwachs tropfte und zischte.

»Wenn Ihr noch einmal entscheiden könntet«, fing Simon schließlich wieder an, »wenn Ihr noch einmal dort sein könntet«, er rang mit dieser schwierigen Vorstellung, »würdet Ihr . . . würdet Ihr sie ein zweites Mal zurücklassen?«

Zuerst kam keine Antwort. Erst als Simon schon den Arm ausstrekken und Strupp sanft schütteln wollte, regte sich der alte Mann und räusperte sich.

»Ich weiß nicht«, meinte er dann langsam. »Es sieht so aus, als habe Gott alles nach seinem Plan geschehen lassen; aber wir müssen wählen dürfen, wie, Junge? Ohne eine Wahl gibt es nichts Gutes. Ich weiß nicht – ich glaube nicht, daß ich die Vergangenheit so weit aufrollen möchte. Besser, es bleibt, wie es ist, ob die Entscheidung damals nun richtig oder falsch war.«

»Aber hinterher kann man sich doch immer viel leichter entscheiden«, wandte Simon ein und richtete sich langsam auf. Strupp blickte starr in die flackernde Kerzenflamme. »Ich meine, in dem Augenblick, in dem man den Entschluß fassen muß, weiß man nie genug. Erst später begreift man alles.«

Auf einmal fühlte Simon sich mehr erschöpft als betrunken, von einer Welle von Müdigkeit erfaßt und fortgespült. Er bedankte sich für den Wein und sagte dem alten Narren gute Nacht. Dann ging er hinaus in den verlassenen Hof und den schräg herabfallenden Regen.

Simon stand da und klopfte sich den Schlamm von den Stiefeln. Dabei sah er Haestan nach, der über den feuchten, windgepeitschten Berghang davonstapfte. Die Kochfeuer der Stadt unter ihnen bluteten ihren Rauch in den stählernen Himmel. Simon wickelte sein

Schwert aus der Stoffpolsterung und betrachtete die weißen Sonnenlichtklingen, die am nordwestlichen Horizont die Wolken durchbohrten, Lichtstreifen, die vielleicht auf die Existenz eines helleren, besseren Ortes hinter den Wolken deuteten, vielleicht aber nichts weiter waren als das unpersönliche Spiel des Lichtes, das sich um die Welt und ihre Probleme nicht scherte. Simon starrte in die Höhe und rollte mit der Hand die Polsterung zusammen, aber seine Stimmung änderte sich nicht. Er fühlte sich einsam. Wie er dort inmitten des wogenden Grases stand, hätte er ebensogut ein Stein oder ein Baumstumpf sein können.

Morgens hatte Binabik bei ihm vorbeigeschaut, und das Geräusch seines Klopfens an der Tür war schließlich in Simons weinschweren Schlaf gedrungen. Er hatte das Klopfen und die leisen Worte des kleinen Mannes nicht beachtet, und endlich war beides verstummt, und er konnte sich wieder zusammenrollen und noch ein wenig weiterdösen. Er hatte kein Verlangen danach gehabt, den Kleinen jetzt schon wiederzusehen und war dankbar gewesen für die unpersönliche Tür zwischen ihnen.

Haestan hatte über die grünliche Gesichtsfarbe, mit der Simon in der Wachkaserne auftauchte, herzlos gelacht und sich, nachdem er versprochen hatte, ihn bald einmal an einen Ort mitzunehmen, wo *wirklich* getrunken würde, daran gemacht, ihn die üble Laune aus dem Leib schwitzen zu lassen. Obwohl Simon zuerst überzeugt gewesen war, gleichzeitig auch sein Leben auszuhauchen, konnte er nach ungefähr einer Stunde spüren, wie ihm das Blut wieder durch die Adern floß. Haestan arbeitete sogar noch härter mit ihm als am Vortag, mit stoffumhülltem Schwert und gepolstertem Schild, aber Simon war dankbar für die Ablenkung; es war ein Genuß, im gnadenlosen, hämmernden Rhythmus von Schwert auf Schild unterzutauchen, von Hieb und Ausweichen und Gegenhieb.

Jetzt schnitt der Wind wie mit Messern durch sein schweißgetränktes Hemd, während er seine Ausrüstung vom Boden aufsammelte; dann machte er sich auf den Weg bergan zum Haupttor.

Während Simon so über den mit Regenpfützen gesprenkelten Innenhof schlich und der Wachtruppe auswich, die in dicken Wollmänteln auf dem Weg zur Ablösung war, kam es ihm vor, als sei alle Farbe aus

Naglimund ausgeblutet. Die kränklichen Bäume, die grauen Umhänge von Josuas Wachen, die düstere Kleidung der Priester, alles, worauf sein Blick fiel, hätte aus Stein gehauen sein können. Selbst die hin und her eilenden Pagen waren nur Standbilder, denen man eine Art vorübergehendes Leben verliehen hatte, die aber bald wieder langsam werden und schließlich unbeweglich dastehen würden.

Simon spielte mit seinen trüben Gefühlen und genoß sie sogar. Plötzlich aber erregte ein Aufglänzen von Farben seine Aufmerksamkeit, das auf der anderen Seite eines großen, offenen Hofes sichtbar wurde, von Farben, deren Leuchtkraft so auffällig war wie ein Trompetenstoß an einem stillen Abend.

Die extravaganten Seidenstoffe gehörten drei jungen Frauen, die aus einem Torbogen herausgesprungen waren, um lachend und ungestüm über den offenen Hof zu rennen. Die eine trug Rot und Gold, die andere ein Gelb, das wie ein Feld von gemähtem Heu leuchtete; die dritte hatte ein langes, schimmerndes Kleid in Taubengrau und Blau an. Im Bruchteil einer Sekunde hatte Simon sie erkannt: Die dritte war Miriamel.

Bevor er noch wußte, was er tat, hatte er begonnen, auf die zurückweichende Dreiergruppe zuzugehen; gleich darauf verschwanden sie im langen, gedeckten Säulengang, und er begann zu laufen. Das Geräusch ihrer Unterhaltung klang zu ihm herüber, wie ein aufreizender Geruch in die Nase eines angeketteten Kampfhundes dringt. In dreißig langen Schritten hatte er sie eingeholt.

»Miriamel!« sagte er, und es kam sehr laut aus seinem Mund und ließ ihn überrascht und verlegen stehenbleiben. »Prinzessin?« fügte er lahm hinzu, als sie sich umdrehte. Wiedererkennen stand in ihrem Gesicht und wurde von einem anderen Gefühl, das rasch auf das erste folgte, verdrängt, einem Gefühl, das ihm zu seinem Schrecken wie Mitleid vorkam.

»Simon?« fragte sie, aber es stand kein Zweifel in ihren Augen. Sie standen einander gegenüber, als liege zwischen ihnen eine tiefe Schlucht, dabei waren sie keine drei oder vier Ellen voneinander entfernt. Einen Augenblick starrten sie nur, und jeder wartete auf die Stimme des anderen, um die trennende Entfernung mit der richtigen Antwort zu überbrücken.

Endlich machte Miriamel eine knappe und leise Bemerkung zu ihren zwei Begleiterinnen, auf deren Gesichter Simon nur insoweit achtete, als er ihren Mienen etwas entnahm, das unzweifelhaft Mißbilligung war; die beiden zogen sich rückwärts zurück, wandten sich dann um und gingen ein kurzes Stück vor ihnen her.

«Ich . . . es kommt mir seltsam vor, Euch nicht Marya zu nennen . . . Prinzessin. « Simon blickte auf seine mit Schlamm bespritzten Stiefelschäfte und grasfleckigen Hosen hinunter und empfand statt der Beschämung, mit der er eigentlich gerechnet hatte, eine Art seltsamen, grimmigen Stolz. Vielleicht *war* er ein Bauerntölpel, aber wenn, dann wenigstens ein ehrlicher.

Die Prinzessin musterte ihn schnell, wobei sie sich das Gesicht bis zum Schluß aufsparte. »Es tut mir leid, Simon. Ich habe dich nicht belogen, weil ich das wollte, sondern weil ich es tun mußte. « Sie löste die verkrampften Finger zu einer kurzen Gebärde der Hilflosigkeit. »Es tut mir leid. «

»Es . . . braucht Euch nicht leid zu tun. Es ist nur . . . nur . . .«, er suchte nach Worten und umklammerte dabei seinerseits fest seine Schwertscheide, »es macht nur alles so schwierig, nehme ich an. «

Jetzt war er es, der sie musterte. Er entschied, daß das schöne Kleid – das, wie er bemerkte, grüne Streifen hatte, vielleicht aus trotziger Treue zu ihrem Vater – der Marya, an die er sich erinnerte, sowohl etwas hinzufügte als auch etwas wegnahm. Sie sah gut aus, das mußte er zugeben: Die feinen, scharfen Züge hatten jetzt, wie ein wertvoller Stein, eine Fassung, die sie betonte. Gleichzeitig jedoch fehlte etwas, etwas Lustiges und Derbes und Sorgloses, das jene Marya besessen hatte, die bei der Flußfahrt und in der schrecklichen Nacht auf der *Steige* seine Gefährtin gewesen war. In ihrem beherrschten Gesicht erinnerte ihn nicht mehr viel daran, aber eine Andeutung versteckte sich noch in den kurzgeschnittenen Haarsträhnen, die am Hals unter ihrer Kapuze hervorlugten.

»Hattet Ihr Euch das Haar schwarzgefärbt? « fragte er endlich.

Sie lächelte schüchtern. »Ja. Ich hatte schon lange, bevor ich vom Hochhorst fortlief, überlegt, was ich tun müßte. Ich schnitt mir das Haar ab – es war *sehr* lang«, fügte sie stolz hinzu, »und ließ mir dann von einer Frau in Erchester eine Perücke daraus machen. Leleth brachte sie mir. Ich versteckte mein abgeschnittenes Haar darunter, das schwarzgefärbt war, damit ich unerkannt die Männer in der Umgebung meines Vaters beobachten und Dinge hören konnte, von denen ich sonst nie etwas erfahren hätte ... so fand ich heraus, was vorging.«

Simon fühlte sich zwar recht unbehaglich, war aber voller Bewunderung über die Schlauheit des Mädchens. »Aber warum habt Ihr *mir* nachspioniert? Ich war doch ganz unwichtig.«

Die Prinzessin hörte nicht auf, ihre Finger zu verschränken und wieder zu lösen. »Ich habe dir wirklich nicht nachspioniert, zumindest nicht beim ersten Mal. Ich lauschte einem Streit, den mein Vater mit meinem Onkel in der Kapelle hatte. Die anderen Male ... nun ja, da bin ich dir gefolgt. Ich hatte dich im Schloß gesehen, allein, mit niemandem, der dir sagte, was du tun und wo du sein und wen du anlächeln und mit wem du reden solltest ... Ich war neidisch.«

»Niemand, der mir sagte, was ich tun sollte?« Simon mußte gegen seinen Willen grinsen. »Dann hast du Rachel den Drachen wohl nie kennengelernt, Mädchen!« Er korrigierte sich, »Prinzessin, wollte ich sagen.«

Miriamel, die ebenfalls gelächelt hatte, machte wieder ein Gesicht, als fühle sie sich nicht wohl in ihrer Haut. In Simon wallte etwas von dem Zorn auf, der die ganze Nacht an ihm genagt hatte. Wer war sie denn, daß sie sich in seiner Gesellschaft so unbehaglich fühlte? Hatte er sie nicht von einem Baum heruntergeholt? Hatte sie nicht den Kopf an seine Schulter gelegt?

Ja, und genau das ist ein großer Teil des Problems, dachte er.

»Ich muß jetzt gehen.« Er zupfte an seiner Schwertscheide, als wollte er Miriamel ein paar Einzelheiten der Prägung zeigen. »Ich habe den ganzen Tag mit dem Schwert gekämpft. Gewiß erwarten Euch Eure Freundinnen.« Er wollte sich umdrehen, hielt dann inne und beugte das Knie vor ihr. Der Ausdruck ihres Gesichtes wurde, soweit das überhaupt möglich war, noch unglücklicher und trauriger als zuvor.

»Prinzessin«, sagte er und ging. Er drehte sich nicht um, um festzustellen, ob sie ihm nachsah. Er hielt den Kopf hoch und den Rücken kerzengerade.

Auf dem Rückweg zu seiner Kammer begegnete er Binabik, der anscheinend seine Festtagskleidung trug, eine Jacke aus weißem Hirschleder und eine Halskette aus Vogelschädeln. Simon begrüßte ihn kühl; insgeheim war er überrascht festzustellen, daß dort, wo noch vor Stunden ein Meer von Zorn vorhanden gewesen war, nur noch eine seltsame Leere in seinem Geist klaffte.

Der Troll wartete, bis er sich an der Türschwelle weiteren Schlamm von den Stiefeln gekratzt hatte, und folgte ihm dann nach innen. Simon zog das andere Hemd an, das Strangyeard ihm freundlicherweise überlassen hatte.

»Ich bin sicher, daß du jetzt erzürnt bist, Simon«, begann Binabik. »Ich wünsche mir nur, daß du verstehst, daß ich nichts über die Prinzessin wußte, bis Josua es mir vorgestern abend erzählte.«

Das Hemd des Priesters war selbst für Simons schlaksige Gestalt lang; er stopfte es in die Hosen. »Warum hast du es mir dann nicht gesagt?« fragte er und freute sich über das leichte, beiläufige Gefühl, das er dabei hatte. Es gab keinen Grund für ihn, sich über die Treulosigkeit des kleinen Mannes Gedanken zu machen; er war früher auch auf sich selbst gestellt gewesen.

»Es war, weil ein Versprechen gegeben wurde.« Binabik sah sehr unglücklich aus. »Ich willigte ein, bevor ich wußte, worum es ging. Aber es war nur ein Tag, an dem du es nicht ahntest und ich Bescheid wußte – hätte es einen großen Unterschied gemacht? *Sie* hätte es dir und mir selbst sagen sollen, finde ich.«

Es lag Wahrheit in den Worten des Kleinen, aber Simon hatte keine Lust, Kritik an Miriamel zu hören, obwohl er ihr selber weit größere, wenn auch feiner gesponnene Verbrechen vorwarf.

»Es ist jetzt nicht mehr wichtig«, war alles, was er erwiderte.

Binabik zeigte ein recht windschiefes Lächeln. »Ich hoffe, daß es wirklich so ist. Jetzt ist freilich das Wichtigste der *Raed*. Du mußt deine Geschichte dort erzählen, und ich denke, es sollte heute abend sein. Durch deinen vorzeitigen Aufbruch hast du nicht viel verpaßt, das meiste betraf Baron Devasalles, der von Josua Zusicherungen für den Fall wollte, daß die Nabbanai sich ihm anschlössen. Aber heute abend...«

»Ich habe keine Lust.« Simon krempelte die Ärmel auf, die ihm halb über die Hände hingen. »Ich werde Strupp besuchen, oder vielleicht Sangfugol.« Er kämpfte mit einer Manschette. »Wird die Prinzessin auch dort sein?«

Der Troll sah betroffen aus. »Wer kann das sagen? Aber *du* wirst gebraucht, Simon. Der Herzog und seine Rimmersmänner sind hier. Vor weniger als einer Stunde sind sie eingetroffen, fluchend und schmutzig und mit schaumbedeckten Pferden. Heute abend müssen wichtige Dinge erörtert werden.«

Simon starrte zu Boden. Es wäre einfacher, lediglich den Harfner zu besuchen und mit ihm zu trinken; das half, nicht an solche Probleme zu denken. Sicher würden auch ein paar seiner neuen Bekannten unter den Wachsoldaten da sein, mit denen man gewiß einen schönen Abend verbringen könnte. Sie würden vielleicht zusammen hinunter in die Stadt Naglimund gehen, die er noch gar nicht richtig gesehen hatte. Das wäre viel leichter, als in diesem großen Raum zu sitzen, diesem *gewichtigen* Raum, in dem Entscheidungen und Gefahr so schwer auf allen lasteten. Sollten doch die anderen debattieren und sich den Kopf zerbrechen – er war schließlich nur ein Küchenjunge und hatte schon viel zu lange seinen eigenen Boden unter den Füßen verloren. War das nicht das beste? War es das?

»Ich komme«, erklärte er endlich, »aber nur, wenn ich selbst bestimmen darf, ob ich reden will oder nicht.«

»Einverstanden!« antwortete Binabik und versuchte ein Lächeln. Aber Simon war nicht in der Stimmung, es zu erwidern. Er zog seinen Mantel an, der jetzt sauber war, aber noch die sichtbaren Narben der Straße und des Waldes trug, und ließ sich von Binabik nach der großen Halle führen.

»Das ist es!« schrie Herzog Isgrimnur von Elvritshalla. »Welchen Beweis braucht es noch? Er wird schon bald unser *ganzes* Land an sich gerissen haben!«

Isgrimnur und seine Männer hatten sich nicht einmal die Zeit genommen, ihre Reisekleidung abzulegen. Aus dem durchnäßten Mantel des Herzogs tropfte das Wasser und bildete eine Lache auf dem Steinfußboden. »Wenn ich mir vorstelle, daß ich dieses widernatürliche Ungeheuer einst auf den Knien geschaukelt habe!« Er griff sich, als rühre ihn der Schlag, an die Brust und sah unterstützungsheischend seine Männer an. Alle außer dem ausdruckslos blickenden, schlitzäugigen Einskaldir nickten in trübem Mitgefühl.

»Herzog!« rief Josua und hob die Hand. »Ich bitte Euch, setzt Euch! Seit dem Augenblick, in dem Ihr zur Tür hereingedonnert seid, schreit Ihr, und ich verstehe immer noch nicht, was—«

»Was Euer Bruder, der König, getan hat?« Isgrimnur lief blaurot an und machte ein Gesicht, als würde er sich den Prinzen am liebsten greifen und über sein breites Knie legen. »Mein Land hat er mir gestohlen! Er hat es Verrätern gegeben, die meinen Sohn gefangen halten! Welchen Beweis dafür, daß er ein Dämon ist, verlangt Ihr noch?«

Die versammelten Adligen und Heerführer, die aufgesprungen waren, als die Rimmersmänner in wildem Durcheinander laut rufend in die Halle gestürzt waren, sanken nach und nach wieder auf ihre harten Holzstühle. Es entstand zorniges Gemurmel, und Stahl glitt mit melodischem Zischen in ein Dutzend Scheiden zurück.

»Muß ich Euren Gefolgsmann bitten, für Euch zu sprechen, guter Isgrimnur?« fragte Josua. »Oder seid Ihr jetzt imstande, uns zu berichten, was vorgefallen ist?«

Der alte Herzog warf dem Prinzen oben am Tisch einen kurzen, wütenden Blick zu und fuhr sich dann langsam mit der Hand über das Gesicht, als wolle er sich den Schweiß abwischen. Einen gefährlichen Augenblick lang war Simon überzeugt, Isgrimnur werde in Tränen ausbrechen: Das rote Gesicht des Herzogs fiel zu einer Maske hilfloser Verzweiflung zusammen, und seine Augen glichen denen eines betäubten Tieres. Er trat einen Schritt zurück und ließ sich auf seinem Sitz nieder.

»Er hat Skali Scharfnase mein Land gegeben«, erklärte er endlich, und als das trotzige Aufbegehren aus seiner Stimme verschwand, hörte man deutlich, wie hohl sie klang. »Ich besitze nichts weiter, als was ich am Leibe trage, und habe keinen anderen Ort, an den ich gehen könnte, als diesen hier.« Er schüttelte den Kopf.

Ethelferth von Tinsett stand auf, das breite Gesicht voller Mitgefühl. »Erzählt uns, was geschehen ist, Herzog Isgrimnur. Wir teilen hier alle den einen oder anderen Kummer miteinander, aber auch eine lange Geschichte der Kameradschaft. Wir wollen einander Schwert und Schild sein.«

Der Herzog sah ihn dankbar an. »Habt Dank, Herr Ethelferth. Ihr seid ein guter Kamerad und ein guter Nordmann.« Er wandte sich wieder den anderen zu. »Vergebt mir. Es ist schmachvoll, wie ich mich hier aufführe. Außerdem ist es verdammt-noch-mal keine Art, Neuigkeiten zu überbringen. Erlaubt mir darum, Euch ein paar Dinge zu berichten, die Ihr wissen solltet.«

Isgrimnur ergriff einen herrenlosen Weinhumpen und leerte ihn. Mehrere von den anderen, die eine lange Geschichte auf sich zukommen sahen, riefen, man möge ihnen die Becher wieder füllen.

»Vieles von dem, was sich ereignet hat, werdet Ihr wohl schon wissen, weil Josua und viele andere davon Kenntnis haben. Ich hatte zu Elias gesagt, ich würde seinem Geheiß, auf dem Hochhorst zu bleiben, nicht länger folgen, solange Schneestürme meine Leute töteten, unsere Städte begruben und mein junger Sohn an meiner Stelle über Rimmersgard herrschen mußte. Viele, viele Monate hatte sich der König widersetzt, endlich aber willigte er doch ein. Ich nahm meine Männer und brach nach dem Norden auf.

Zuerst gerieten wir bei Sankt Hoderund in einen Hinterhalt; bevor wir in die Falle gingen, töteten die Wegelagerer die Hüter der heiligen Stätte.« Isgrimnur klopfte auf den hölzernen *Baum*, der ihm auf der Brust hing. »Wir nahmen den Kampf auf und schlugen sie in die Flucht. Aber ein unnatürliches Gewitter hinderte uns daran, sie zu verfolgen.«

»Das hatte ich bisher nicht gehört«, warf Devasalles von Nabban ein und musterte Isgrimnur mit nachdenklichem Blick. »Wer war es, der Euch bei der Abtei überfiel?«

»Ich weiß es nicht«, antwortete der Rimmersmann angewidert. »Wir konnten nicht einen Gefangenen machen, obwohl wir eine nicht unbeträchtliche Schar der Räuber den kalten Weg zur Hölle hinabschickten. Manche sahen wie Rimmersgarder aus. Damals war ich überzeugt, Söldner vor mir zu haben – heute bin ich mir meiner Sache nicht mehr so sicher. Einer meiner Gesippen fand durch sie den Tod.

Dann das zweite: Als wir unweit nördlich des Knochs unser Lager auf-

636

schlugen, überfielen uns schmutzige Bukken, ein großer Schwarm, und zwar im offenen Gelände. Ein ganzes bewaffnetes Lager griffen sie an! Auch sie schlugen wir in die Flucht, aber nicht ohne große Verluste . . . Hani, Thrinin, Uter von Saegard . . .«

»Bukken?« Es war schwer zu sagen, ob Devasalles' hochgezogene Braue ein Zeichen des Erstaunens oder der Verachtung war. »Wollt Ihr mir erzählen, Eure Männer seien vom Kleinen Volk der Legenden angegriffen worden, Herzog Isgrimnur?«

»Eine Legende im Süden vielleicht«, sagte Einskaldir höhnisch, »eine Legende an Nabbans verweichlichten Höfen; im Norden wissen wir, daß sie Wirklichkeit sind, und halten unsere Äxte scharf.«

Baron Devasalles sträubte die Nackenhaare, aber noch ehe er eine wütende Antwort von sich geben konnte, bemerkte Simon eine Bewegung an seiner Seite, und eine Stimme ertönte.

»Mißverständnisse und Unwissenheit besitzen sowohl der Norden als auch der Süden reichlich«, erklärte Binabik, der, eine Hand auf Simons Schulter, auf seinen Stuhl gestiegen war. »Die Bukken oder Gräber dehnen ihre Löcher für gewöhnlich nicht weit über die Nordgrenzen des Erkynlandes aus; aber was das Glück den weiter südlich Wohnenden beschert hat, sollte man nicht irrigerweise als allgemeingültige Wahrheit betrachten.«

Devasalles riß vor Verblüffung ganz offen den Mund auf, und er war nicht der einzige. »Und das ist wohl einer der Bukken persönlich, als Gesandter nach Erkynland gereist? Nun habe ich alles unter der Sonne gesehen und kann glücklich sterben.«

»Wenn ich das Seltsamste bin, das Ihr seht, ehe dieses Jahr um ist . . .«, begann Binabik, wurde jedoch von Einskaldir unterbrochen, der mit einem Satz von seinem Stuhl aufsprang und sich neben den erschrockenen Isgrimnur postierte.

»Das ist schlimmer als ein Bukken!« fauchte er. »Es ist ein *Troll* – ein Höllenwicht!« Er versuchte, sich dem Arm des Herzogs, der ihn zurückhielt, zu entwinden. »Was tut dieser Kinderstehler hier?«

»Mehr Gutes als du, unförmiger Bart-Tölpel!« zischte Binabik zurück. Die Versammlung ging in allgemeines Geschrei und Durcheinander über. Simon packte den Troll am Gürtel, weil sich der Kleine so weit vorgebeugt hatte, daß er um ein Haar auf die weinbe-

637

fleckte Tafel gekippt wäre. Endlich ließ sich Josuas zornige Stimme, die zur Ordnung rief, über dem Tumult vernehmen.

»Beim Blute Ädons, ich dulde es nicht! Seid Ihr Männer oder Kinder? Isgrimnur! Binabik von Yiqanuc ist auf meine Einladung hier. Wenn Euer Mann die Regeln meiner Halle nicht achtet, mag er die Gastlichkeit eines Turmverlieses versuchen! Ich verlange eine Entschuldigung!« Der Prinz stieß vor wie ein herabstürzender Falke, und Simon, der Binabiks Jacke festhielt, erkannte jäh die Ähnlichkeit mit dem verstorbenen Hochkönig. Das war Josua, wie er sein sollte!

Isgrimnur beugte das Haupt. »Ich entschuldige mich für meinen Lehnsmann, Prinz. Er ist ein Hitzkopf und für höfischen Umgang nicht gezähmt.« Der Rimmersmann warf Einskaldir einen grimmigen Blick zu, und der Mann setzte sich wortlos wieder hin, brummte in seinen Bart und schlug die Augen nieder. »Unser Volk und die Trolle sind Feinde von alters her«, erklärte der Herzog.

»Die Trolle von Yiqanuc sind niemandes Feind«, entgegnete Binabik mit einigem Hochmut. »Es sind die Rimmersmänner, die sich so vor unserer gewaltigen Größe und Stärke fürchten, daß sie uns angreifen, sobald sie uns nur zu Gesicht bekommen – selbst in Prinz Josuas Halle.«

»Genug.« Josua machte eine angewiderte Handbewegung. »Hier ist nicht der Ort, alte Flaschen zu entkorken. Binabik, Ihr werdet später Gelegenheit zum Reden bekommen. Isgrimnur, Ihr habt Eure Geschichte noch zu Ende zu erzählen.«

Devasalles räusperte sich. »Eines nur laßt *mich* bemerken, Prinz.« Er wandte sich an Isgrimnur. »Nun, da ich den kleinen Mann aus... Yiqanuc?... gesehen habe, fällt es mir leichter, Eurer Erzählung von den Bukken zu glauben. Vergebt mir die zweifelnden Worte, guter Herzog.«

Isgrimnurs Stirnrunzeln wurde ein wenig milder. »Sprecht nicht mehr davon, Baron«, brummte er. »Ich habe es vergessen, so wie Ihr gewiß Einskaldirs törichte Rede vergessen werdet.«

Der Herzog verstummte einen Moment, um seine zerstreuten Gedanken wieder zu sammeln.

»Nun, wie ich schon sagte, es war alles so seltsam. Sogar in der Frostmark und den nördlichen Öden sind die Bukken selten – und wir danken Gott, daß das so ist. Daß sie eine bewaffnete Truppe, die so groß ist wie unsere, angreifen, ist neu. Die Bukken sind klein . . .« Sein Blick streifte kurz Binabik und glitt dann von ihm ab und zu Simon. Dort blieb er haften, und der Herzog runzelte wieder die Stirn und starrte den Jungen an. »Klein . . . sie sind klein . . . aber grimmig, und gefährlich, wenn sie in großer Zahl auftreten.« Er schüttelte den Kopf, als wollte er Simons beunruhigend bekanntes Gesicht daraus verscheuchen, und wandte seine Aufmerksamkeit wieder den anderen um die lange, gebogene Tafel Versammelten zu.

»Nachdem wir den Lochbewohnern entkommen und hierher nach Naglimund gelangt waren, versorgten wir uns rasch mit neuem Proviant und ritten nach Norden weiter. Ich wollte so schnell wie möglich meine Heimat, meinen Sohn und meine Frau wiedersehen.

Die obere Weldhelm-Straße und auch die Frostmark-Straße sind heutzutage keine angenehmen Gegenden. Diejenigen unter Euch, deren Länder nördlich von hier liegen, wissen, was ich meine, ohne daß mehr darüber gesagt werden muß. Wir waren froh, am Abend des sechsten Reisetages die Lichter von Vestvennby unter uns zu sehen.

Am nächsten Morgen empfingen uns vor dem Tor Storfot, Than von Vestvennby – Ihr würdet ihn wohl einen Baron nennen –, und ein halbes Hundert seiner Gefolgsmannen. Doch war er erschienen, um seinen Herzog willkommen zu heißen?

Verlegen – und er hatte allen Grund dazu, der verräterische Hund – erklärte er, Elias hätte *mich* als Verräter bezeichnet und mein Land Skali Scharfnase übergeben. Storfot sagte, Skali wünsche, daß ich mich ergebe, und er, Storfot, solle mich nach Elvritshalla bringen, wo mein Sohn Isorn schon gefangen gehalten werde. . . . und daß Skali gerecht und gnädig sein werde. Gerecht! Skali von Kaldskryke, der im Rausch den eigenen Bruder erschlug! Will mir unter meinem eigenen Dach gnädig sein!

Hätten meine Männer mich nicht gehindert . . . hätten sie nicht . . .« Herzog Isgrimnur mußte einen Moment verschnaufen und drehte in Kummer und Zorn seinen Bart. »Nun«, fuhr er dann fort, »Ihr könnt Euch vorstellen, daß ich Storfot am liebsten sofort die Eingeweide herausgerissen hätte. Besser mit einem Schwert im Leib sterben, dachte ich, als vor einem Schwein wie Skali das Haupt beugen! Aber, wie Einskaldir mir darlegte, das Beste von allem wäre, meine Halle zurückzugewinnen und Skali Stahl fressen zu lassen.«

Isgrimnur tauschte ein kurzes, unfrohes Grinsen mit seinem Gefolgsmann und sprach dann wieder zu der Versammlung, wobei er auf seine leere Schwertscheide schlug: »Darum *gelobe* ich dieses: Selbst wenn ich den ganzen Weg bis nach Elvritshalla auf meinem alten, dicken Bauch kriechen muß, so schwöre ich doch bei Drors Hamm – bei Usires Ädon, meine ich, verzeiht mir, Bischof Anodis –, daß ich hinkommen werde, um ihm mein gutes Schwert Kvalnir einen Meter tief in die Gedärme zu stoßen.«

Jetzt schlug Gwythinn, der Prinz von Hernystir, der sich bisher ungewöhnlich still verhalten hatte, mit der Faust auf den Tisch. Seine Wangen waren gerötet; nicht allein, dachte Simon, vom Wein, obwohl der junge Mann aus dem Westen ihm reichlich zugesprochen hatte. »Gut!« rief der Prinz. »Doch seht, Isgrimnur, seht ein: Nicht dieser Skali ist Euer Hauptwidersacher – nein, der König selber ist es!«

Ein Grollen ging um den Tisch, das jetzt aber fast ausschließlich Zustimmung ausdrückte. Der Gedanke, das eigene Land könnte einem genommen und an einen Blutfehde-Rivalen gegeben werden, traf bei fast allen eine tiefe und bedrohliche Stelle.

»Der Hernystiri spricht die Wahrheit!« schrie der dicke Ordmaer und wuchtete seinen umfangreichen Leib vom Stuhl. »Es ist offensichtlich, daß Euch Elias nur deshalb so lange auf dem Hochhorst zurückhielt, damit Skali seinen Verrat ausführen konnte. Elias ist der Feind, der hinter allem steht!«

»So wie er es durch seine nur allzu willigen Werkzeuge Guthwulf und Fengbald geschafft hat, die Rechte der meisten von Euch hier mit Füßen zu treten!« Gwythinn war jetzt in voller Fahrt und nicht mehr zu bremsen. »Es ist Elias, der die Hand ausstreckt, um uns alle zu vernichten, bis es keinen Widerstand mehr gegen seine unselige Herrschaft gibt und die wenigen, die von uns noch übrig sein werden, durch Steuern verarmt oder unter den Stiefeln seiner Ritter zertreten sind. Der Hochkönig ist unser Feind, und wir müssen rasch handeln!«

640

Gwythinn drehte sich zu Josua um, der teilnahmslos wie ein steinernes Standbild die Ereignisse verfolgt hatte. »An Euch ist es, Prinz, uns den Weg zu zeigen. Es besteht kein Zweifel, daß Euer Bruder Pläne für uns alle hat, wie an Euch und an Isgrimnur schon so deutlich bewiesen wurde. Ist er nicht unser wahrer und zugleich gefährlichster Feind?«

»Nein! Das ist er nicht!«

Die Stimme knallte durch die große Halle von Naglimund wie eine Fuhrmannspeitsche. Simon, und mit ihm jede andere Seele im Raum, fuhr herum, um zu sehen, wer da sprach. Sekundenlang schien es, als habe sich der alte Mann aus dem luftleeren Raum materialisiert, so plötzlich tauchte er aus den Schatten in das Glühen der Wandfackel. Er war groß und unbegreiflich mager; der Fackelschein warf tiefe Schatten auf seine hohlen Wangen und unter die knochigen Bögen seiner Brauen. Er trug einen Mantel aus Wolfsfell und hatte den langen weißen Bart in den Gürtel gesteckt; für Simon sah er aus wie ein wilder Geist des Winterwaldes.

»Wer seid Ihr, alter Mann?« rief Josua. Zwei seiner Wachen traten vor und nahmen zu beiden Seiten des prinzlichen Stuhles Aufstellung. »Und wie kommt Ihr in unsere Ratsversammlung?«

»Er ist einer von Elias' Spionen!« zischte einer der Edelleute aus dem Norden, und andere sprachen es ihm nach.

Isgrimnur stand auf. »Er ist hier, weil *ich* ihn mitgebracht habe, Josua«, brummte der Herzog. »An der Straße nach Vestvennby hat er auf uns gewartet – wußte, wo wir hinwollten, und wußte noch vor uns, daß wir hierher zurückkehren würden. Er sagte, so oder so würde er Euch aufsuchen, um mit Euch zu sprechen.«

»Und daß es um so besser für uns alle wäre, je schneller ich hier ankäme«, ergänzte der Alte und heftete die leuchtendblauen Augen auf den Prinzen. »Ich habe Dinge von großer Wichtigkeit mitzuteilen – Euch allen mitzuteilen.« Er ließ seinen beunruhigenden Blick über die Tafel wandern, und wohin er schaute, verstummte das Getuschel. »Ihr mögt mir zuhören oder nicht, das ist Eure Entscheidung ... in Dingen wie diesen gibt es immer eine Wahl.«

»Das sind Rätsel für Kinder, Mann«, spottete Devasalles. »Wer in aller Welt seid Ihr, und was wollt Ihr von den Fragen wissen, die wir hier erörtern? In Nabban«, und er lächelte zu Josua hinüber, »würden wir diesen alten Narren zu den Vilderivanerbrüdern schicken, deren Aufgabe die Fürsorge für Irrsinnige ist.«

»Wir sprechen hier nicht von Angelegenheiten des Südens, Baron«, erwiderte der alte Mann mit einem Lächeln, so kalt wie eine Reihe von Eiszapfen, »obwohl auch der Süden schon bald kalte Finger an seiner Kehle spüren wird.«

»Genug!« rief Josua. »Sprecht jetzt, oder ich werde Euch wirklich als Spion in Ketten legen lassen. Wer seid Ihr, und was wollt Ihr von uns?«

Der alte Mann nickte steif. »Vergebung. Ich bin die höfischen Bräuche schon zu lange nicht mehr gewöhnt. Jarnauga ist mein Name, und ich lebte bis vor kurzem in Tungoldyr.«

»*Jarnauga!*« sagte Binabik und kletterte wieder auf seinen Stuhl, um den Neuankömmling genauer zu betrachten. »Verblüffend! Jarnauga! *Ho*, ich bin Binabik! Lange Zeit Lehrling von Ookequk!«

Der Alte durchbohrte den Troll mit seinem hellen, stählernen Blick. »Ja. Wir werden miteinander reden, und zwar bald. Aber zuerst habe ich etwas in dieser Halle und mit diesen Männern zu erledigen.« Aufrecht stand er da, dem Stuhl des Prinzen gegenüber.

»König Elias sei der Feind, habe ich den jungen Hernystiri sagen hören, und andere sprachen es ihm nach. Ihr alle seid wie die Mäuse, die mit unterdrückter Stimme von der schrecklichen Katze reden und hinter den Wänden davon träumen, sie eines Tages umzubringen. Keiner von Euch begreift, daß es nicht die Katze ist, die Euch Schwierigkeiten macht, sondern ihr Herr, der sie ins Haus gebracht hat, um Mäuse zu töten.«

Gegen seinen Willen interessiert, beugte sich Josua vor. »Wollt Ihr damit sagen, Elias sei seinerseits nur die Spielfigur eines anderen? Wessen? Dieses Teufels Pryrates vielleicht?«

»Pryrates *spielt* den Teufel«, versetzte der Alte höhnisch, »aber er ist ein Kind. Ich spreche von einem, für den das Leben von Königen nicht mehr als ein flüchtiger Augenblick ist . . . einem, der Euch weit mehr nehmen wird als nur das Land.«

Unter den Männern entstand Gerede. »Hat sich dieser wahnsinnige Mönch hier hereingedrängt, um uns einen Vortrag über die Werke des Teufels zu halten?« rief einer der Barone. »Es ist kein Geheimnis für uns, daß der Erzfeind Menschen für seine Zwecke benutzt.«

»Ich spreche nicht von Eurem ädonitischen Dämonenfürsten«, sagte Jarnauga und richtete erneut den Blick auf den Prinzen in seinem hohen Stuhl. »Ich meine den wahren Gebieter der Dämonen von Osten Ard, der so wirklich ist wie dieser Stein«, – er kniete nieder und berührte mit der Handfläche den Boden –, »und genauso ein Teil unseres Landes.«

»Gotteslästerung!« schrie jemand. »Werft ihn hinaus!«

»Nein, laßt ihn reden!« ein anderer.

»Sprecht, Alter!« bat Josua.

Jarnauga hob die Hände. »Ich bin kein verrückter, halberfrorener Heiliger, der zu Euch gekommen ist, um Eure gefährdeten Seelen zu retten.« Er verzog den Mund zu einem trüben Lächeln. »Ich komme als Mitglied des Bundes der Schriftrolle und als Mann, der sein Leben neben dem tödlichen Berg Sturmspitze gelebt und den Berg dieses ganze Leben lang beobachtet hat. Wir vom Bund der Schriftrolle haben, wie Euch der Troll bestätigen kann, lange gewacht, während andere schliefen. Nun komme ich, einen vor langer Zeit geschworenen Eid zu halten . . . und Euch etwas zu erzählen, von dem Ihr wünschen werdet, es nie gehört zu haben.«

Ein bebendes Schweigen senkte sich über die Halle, als der alte Mann den Raum durchquerte und die Tür zum Hof öffnete. Das Heulen des Windes, vorher nur ein gedämpftes Seufzen, fuhr allen laut in die Ohren.

»Yuven-Mond!« erklärte Jarnauga. »Nur noch ein paar Wochen bis Mitsommer! Hört mich an: Kann ein König, und sei es der Hochkönig selber, das bewirken?« Ein Regenschauer wehte an ihm vorbei wie Rauch. »In Pelze gehüllte *Hunen*, die im Weldhelm Menschen jagen. *Bukken* kriechen aus der kalten Erde, um in der Frostmark bewaffnete Soldaten zu überfallen, und im Norden brennen die Schmiedefeuer von Sturmspitze die ganze Nacht. Ich selbst habe das Glühen am Himmel gesehen und die eisigen Hämmer fallen hören. Wie glaubt Ihr, daß Elias das alles getan haben soll? Merkt Ihr nicht, daß ein schwarzer, tödlicher Winter auf Euch hereinbricht, der außerhalb aller Jahreszeiten und jenseits aller Kräfte Eures Verstandes liegt?«

Isgrimnur war erneut aufgestanden, das runde Gesicht bleich, die Augen schmal. »Und was bedeutet das, Mann, was? Wollt Ihr sagen, daß wir... Udun Einauge steh mir bei... gegen die... *Weißfüchse* aus den alten Sagen kämpfen?« Hinter ihm erhob sich ein Chor geflüsterter Fragen und bestürzten Gemurmels.

Jarnauga starrte den Herzog an, und sein runzliges Gesicht wurde milder und nahm einen Ausdruck an, der Mitleid bedeuten mochte oder Kummer. »Ach, Herzog Isgrimnur, so schlimm auch die Weißfüchse – die manche unter dem Namen *Nornen* kennen – sein mögen, es wäre ein Geschenk des Himmels für uns, wenn es damit sein Bewenden hätte. Aber ich sage Euch, daß es weder Utuk'ku ist, die Königin der Nornen und Herrin des furchtbaren Berges Sturmspitze, noch Elias, von denen dies alles ausgeht.«

»Ruhig, Mann, haltet nur einen Augenblick lang Euren Mund.« Devasalles war zornig, mit wogenden Gewändern, aufgesprungen. »Prinz Josua, vergebt mir, aber es ist schlimm genug, daß dieser Verrückte hier eindringt, die Ratsversammlung stört und das Wort an sich reißt, ohne zu erklären, wer und was er ist. Muß ich, Herzog Leobardis' Gesandter, nun auch noch meine Zeit damit vergeuden, daß ich mir seine Geschichten von einem Kinderschreck aus dem Norden anhöre? Es ist unzumutbar!«

Während das Stimmengewirr der Auseinandersetzungen wieder anschwoll, überlief Simon ein seltsam erregender Schauer. Sich vorzustellen, daß er und Binabik im Mittelpunkt all dieser Ereignisse gestanden hatten, mitten in einer Geschichte, neben der alles verblaßte, was Shem Pferdeknecht sich je hätte ausdenken können... Doch als er sich die Mär ausmalte, die er vielleicht eines Tages am Feuer berichten könnte, fielen ihm die Schnauzen der Nornenhunde wieder ein, die bleichen Gesichter im dunklen Berg seiner Träume, und wieder, nicht zum ersten und nicht zum letzten Mal, wünschte er sich verzweifelt zurück in die Küche des Hochhorstes, wünschte sich, daß nichts sich verändert hätte, nichts sich je verändern würde...

Der alte Bischof Anodis, der den Neuankömmling die ganze Zeit mit dem scharfen, wilden Blick einer Möwe, die sich an ihrem Lieblingsfutterplatz plötzlich einem neuen Vogel gegenübersieht, beobachtet hatte, erhob sich jetzt.

»Ich muß sagen, und ich schäme mich nicht, es offen einzugestehen, daß ich von diesem ... diesem *Raed* hier von Anfang an wenig gehalten habe. Vielleicht hat Elias Fehler gemacht, aber seine Heiligkeit, der Lektor Ranessin, hat sich erboten, zu vermitteln und den Versuch zu machen, unter den Ädonitern – und natürlich auch ihren ehrenwerten heidnischen Verbündeten –«, hier nickte er beiläufig Gwythinn und seinen Männern zu –, »Frieden zu stiften. Alles jedoch, was ich hier gehört habe, sind Worte von Krieg und dem Vergießen von Ädoniterblut als Rache für unbedeutende Kränkungen.«

»Unbedeutende Kränkungen?« Isgrimnur kochte. »Ihr nennt den Diebstahl meines Herzogtums eine ›unbedeutende Kränkung‹, Bischof? Kommt Ihr doch einmal nach Hause und findet Eure Kirche als ... verdammten Hyrkastall oder als Trollnest wieder, dann werden wir ja sehen, ob Ihr das auch als ›unbedeutende Kränkung‹ bezeichnet!«

»Trollnest???« wiederholte Binabik und wollte schon aufstehen.

»Und das beweist nur, daß ich recht habe«, fauchte Anodis und fuchtelte mit dem *Baum* in seiner knotigen Hand herum, als wäre er ein Messer zur Abwehr von Räubern. »Hört doch, wie Ihr einen Mann der Kirche anschreit, der Eure Torheiten zurückzuweisen sucht.« Er richtete sich gerade auf. »Und dann«, er schwenkte den *Baum* in Richtung auf Josua, »dann kommt auch noch so ein ... so ein ... bärtiger Eremit und erzählt uns von Hexen und Dämonen und treibt einen noch größeren Keil zwischen die einzigen Söhne des Hochkönigs! Zu wessen Vorteil soll das sein? *Wem dient dieser Jarnauga überhaupt?*« Feuerrot und am ganzen Leibe zitternd fiel der Bischof in seinen Stuhl zurück, langte nach dem Wasserpokal, den ihm sein Priesterschüler reichte, und trank durstig.

Simon griff neben sich und zog so lange an Binabiks Arm, bis sein Freund sich wieder hinsetzte.

»Ich verlange immer noch eine Erklärung für den Ausdruck ›Trollnest‹«, knurrte dieser vor sich hin, bis Simon die Stirn runzelte, woraufhin der Troll die Zähne zusammenbiß und schwieg.

Prinz Josua saß eine Zeitlang stumm da und starrte Jarnauga an, der den Blick des Prinzen so ungerührt aushielt wie eine Katze.

»Ich habe vom Bund der Schriftrolle gehört«, sagte Josua endlich.

645

»Ich hatte allerdings nicht die Vorstellung, daß seine Mitglieder das Verhalten von Herrschern und Staaten zu beeinflussen suchten.«

»*Ich* habe nicht von diesem sogenannten Bund gehört«, mischte sich Devasalles ein, »und ich finde es an der Zeit, daß dieser merkwürdige Alte uns mitteilt, wer ihn schickt und welche Gefahr uns droht – wenn es nicht der Hochkönig ist, wie viele von uns hier anzunehmen scheinen.«

»Ausnahmsweise stimme ich mit dem Baron aus Nabban überein«, rief Gwythinn von Hernystir. »Jarnauga soll uns alles berichten, damit wir uns entscheiden können, ob wir ihm glauben oder ihn aus der Halle werfen wollen.«

Prinz Josua auf dem höchsten Stuhl nickte. Der alte Rimmersmann ließ seinen Blick über die erwartungsvollen Gesichter schweifen und hob dann mit seltsamer Gebärde die Hände, wobei er mit den Fingern die Daumen berührte, als halte er sich einen dünnen Faden vor die Augen.

»Gut«, meinte er schließlich, »gut. So laßt uns denn die ersten Schritte auf einem Weg tun, dem einzigen Weg, der uns vielleicht noch aus dem schwarzen Schatten des Berges herausführen kann.« Er breitete die Arme aus, als wolle er den unsichtbaren Faden zu großer Länge ausdehnen, und öffnete dann weit die Hände.

»Die Geschichte des Bundes ist nur von geringer Bedeutung«, begann er, »aber sie ist Teil einer größeren Geschichte.« Erneut trat er an die Tür, die ein Page inzwischen wieder geschlossen hatte, um die Wärme nicht aus der hochgebauten Halle entweichen zu lassen. Jarnauga berührte den schweren Türrahmen. »Wir können diese Tür zumachen, aber davon werden Schnee und Hagel nicht verschwinden. Genauso könnt Ihr mich einen Wahnsinnigen heißen – das wird *ihn*, der Euch bedroht, nicht vertreiben. Er hat fünf Jahrhunderte darauf gewartet, sich wiederzuholen, was er für das Seine hält, und seine Hand ist kälter und stärker, als Euer Verstand es faßt. Seine Geschichte ist der größere Zusammenhang, in den die Geschichte des Bundes eingebettet ist wie eine alte Pfeilspitze in einen großen Baum, über den die Rinde hinweggewachsen ist, bis man den Pfeil selbst nicht mehr erkennen kann.

Der Winter, der jetzt auf uns lastet, der Winter, der den Sommer von seinem rechtmäßigen Thron verdrängt hat, ist *sein* Werk. Er ist das Symbol seiner Macht, der Macht, die er jetzt einsetzt, um die Dinge nach seinem Willen zu formen.«

Jarnauga starrte grimmig vor sich hin, und einen langen Augenblick war alles still, und nur der Wind sang einsam um die Mauern.

»Wer?« fragte Josua endlich. »Wie heißt dieses Wesen, alter Mann?«

»Ich dachte, Ihr wüßtet es, Prinz«, entgegnete Jarnauga. »Ihr seid ein Mann von großer Erfahrung. Euer Feind . . . unser Feind . . . starb vor fünfhundert Jahren; der Ort, an dem sein erstes Leben endete, liegt unter den Fundamenten der Burg, auf der euer Leben begann. Er heißt *Ineluki* . . . der Sturmkönig.«

XXXIII

Aus Asu'as Asche

»Geschichten in Geschichten«, begann Jarnauga in einer Art Singsang und warf seinen Wolfsmantel ab. Der Feuerschein enthüllte die
Windungen der Schlangen, die sich um die Haut seiner langen Arme
ringelten. Wieder entstand Geflüster. »Ich kann Euch die
Geschichte vom Bund der Schriftrolle nicht erzählen, ehe Ihr nicht
versteht, wie *Asu'a* unterging. Das Ende von König Eahlstan Fiskerne, der den Bund als Mauer gegen das Dunkel errichtete, läßt sich
nicht vom Ende Inelukis trennen, dessen Dunkelheit uns jetzt
umgibt. So sind die Geschichten ineinander verwoben, und ein
Strang folgt auf den anderen. Zieht man einen einzelnen Faden heraus, ist er nicht mehr als das – ein einzelner Faden. Ich bestreite, daß
es jemanden gibt, der imstande ist, allein aus einem solchen Faden
das Muster eines Gewebes zu erkennen.«

Beim Sprechen fuhr sich Jarnauga mit schmalen Fingern durch den
wirren Bart, glättete ihn und ordnete seine große Länge, als wäre auch
er eine Art Gewebe und könnte Jarnaugas Geschichte einen Sinn
verleihen.

»Lange Zeit, bevor die Menschen nach Osten Ard kamen«, fuhr er
dann fort, »waren die Sithi hier. Weder Mann noch Frau sind noch
am Leben, die wissen, wann sie kamen, aber gekommen sind sie, ein-
gewandert von Osten, dort, wo die Sonne aufgeht, und schließlich
ließen sie sich in diesem Land nieder.

In Erkynland, dort, wo heute der Hochhorst steht, schufen sie ihr
gewaltigstes Werk, die Burg *Asu'a*. Tief gruben sie in die Erde und
legten die Fundamente in die Gebeine von Osten Ard selber. Dann

errichteten sie Mauern aus Elfenbein und Perlen und Opal, die die Bäume an Höhe überragten, und Türme, die in den Himmel stiegen wie Schiffsmasten, Türme, von denen man ganz Osten Ard überblikken konnte und von wo aus die scharfäugigen Sithi den großen Ozean beobachteten, der an das westliche Ufer brandete.

Ungezählte Jahre wohnten sie in Osten Ard allein, bauten auf den Berghängen und in der Tiefe der Wälder ihre zerbrechlichen Städte, zierliche Hügelstädte wie Eisblumen und Waldsiedlungen wie an Land gefesselte Boote mit vielen Segeln. Doch *Asu'a* war die größte von allen, und hier herrschten die langlebigen Könige der Sithi.

Als die ersten Menschen sich einstellten, waren es schlichte Hirten und Fischer, die über eine heute längst verschwundene Landbrücke in den nördlichen Öden hierher kamen, auf der Flucht vor etwas Schrecklichem vielleicht, das sie verfolgt hatte, oder auch nur auf der Suche nach neuem Weideland. Die Sithi beachteten sie nicht mehr als die Hirsche oder Wildrinder, selbst als die rasch aufeinanderfolgenden Generationen immer mehr wurden und der Mensch anfing, sich steinerne Städte zu bauen und Werkzeuge und Waffen aus Bronze zu schmieden. Solange sie nicht nahmen, was den Sithi gehörte, und in dem Land blieben, das der Erlkönig ihnen zubilligte, herrschte Friede zwischen den Völkern.

Sogar das Imperium von Nabban im Süden, berühmt ob seiner Künste und seiner Waffen, das seinen langen Schatten über alle sterblichen Menschen Osten Ards warf, war für die Sithi oder ihren König Iyu'unigato kein Anlaß zur Besorgnis.«

An dieser Stelle blickte sich Jarnauga nach etwas zu trinken um, und während ein Page einen Humpen für ihn füllte, tauschten seine Zuhörer Blicke und verwirrtes Tuscheln.

»Davon hat mir Doktor Morgenes erzählt«, flüsterte Simon Binabik zu. Der Troll nickte lächelnd, schien aber von eigenen Gedanken abgelenkt.

»Gewiß ist es nicht nötig«, nahm Jarnauga seinen Faden wieder auf – mit erhobener Stimme, um die Aufmerksamkeit der raunenden Menge zurückzugewinnen –, »über die Veränderungen zu sprechen, die der Ankunft der ersten Rimmersmänner folgten. Es gibt genügend alte Wunden, die aufgerissen werden müssen, ohne daß wir bei dem verweilen, was geschah, als sie vom fernen Westen her ihren Weg über das Wasser fanden.

Etwas aber, das erwähnt werden *muß*, ist König Fingils Marsch vom Norden herunter, und damit der Untergang *Asu'as*. Fünf lange Jahrhunderte haben einen großen Teil dieser Geschichte mit ihrem Geröll und mit Ahnungslosigkeit zugeschüttet; aber als Eahlstan der Fischerkönig vor zweihundert Jahren unseren Bund stiftete, geschah es, um eben dieses Wissen zurückzugewinnen und zu bewahren. Darum gibt es Dinge – die ich Euch nun erzählen werde –, von denen die meisten von Euch nie zuvor gehört haben.

In den Schlachten am Knoch, in der Ebene von Agh Samrath und im Utanwash – überall triumphierten Fingil und seine Heerscharen und zogen die Schlinge um *Asu'a* immer fester. Auf Agh Samrath, dem Sommerfeld, verloren die Sithi ihre letzten menschlichen Verbündeten, und als die Hernystiri vernichtet waren, gab es niemanden mehr unter den Sithi, der gegen das Eisen des Nordens bestehen konnte. «

»Vernichtet durch Verrat!« unterbrach Prinz Gwythinn, rot im Gesicht und bebend. »Nichts außer Verrat konnte Sinnagh vom Schlachtfeld vertreiben – die Verderbtheit der Männer aus den Thrithingen, die in der Hoffnung auf ein paar Krumen von Fingils blutiger Tafel den Hernystiri in den Rücken fielen!«

»Gwythinn!« rief Josua. »Ihr habt Jarnauga gehört: Das sind alte Wunden. Es ist nicht einmal ein Thrithingmann unter uns. Würdet Ihr über den Tisch springen und Euch auf Herzog Isgrimnur stürzen, nur weil er ein Rimmersmann ist?«

»Er soll es nur versuchen«, knurrte Einskaldir.

Gwythinn schüttelte beschämt den Kopf. »Ihr habt recht, Josua. Vergebt mir, Jarnauga.« Der Alte nickte, und Lluths Sohn wandte sich an Isgrimnur. »Und natürlich, guter Herzog, sind wir beide hier die engsten Verbündeten.«

»Es hat sich niemand beleidigt gefühlt, junger Herr«, lächelte Isgrimnur, aber Einskaldir neben ihm fing Gwythinns Blick auf, und die beiden starrten einander kalt in die Augen.

»So geschah es«, begann Jarnauga wieder, als habe niemand ihn unterbrochen, »daß man in *Asu'a*, obwohl seine Mauern von alter und mächtiger Zauberkraft zusammengehalten wurden und es Heimat und Herz des Sithigeschlechtes war, dennoch fühlte, daß eine Zeit zu Ende ging, daß die sterblichen Emporkömmlinge das Haus ihrer Vorgänger zerstören würden und die Sithi Osten Ard für immer verlassen müßten.

Iyu'unigato, ihr König, kleidete sich von Kopf bis Fuß in Trauerweiß und verbrachte mit seiner Königin Amerasu die langen Tage von Fingils Belagerung – aus denen bald Monate und gar Jahre wurden, denn selbst kalter Stahl konnte das Werk der Sithi nicht über Nacht bezwingen – mit dem Anhören melancholischer Musik und der Poesie aus heitereren Tagen der Sithi in Osten Ard. Von außen, im Lager der Belagerer aus dem Norden, erweckte *Asu'a* noch immer den Anschein gewaltiger Stärke, eng umschlossen von Zauber und Hexenkunst... doch in der glänzenden Schale verfaulte das Herz.

Aber einen gab es unter den Sithi, der es anders wollte und nicht damit zufrieden war, seine letzten Tage mit Klagegesängen über den verlorenen Frieden und die verwüstete Unschuld zuzubringen. Es war Iyu'unigatos Sohn, und sein Name war... *Ineluki.* «

Wortlos, jedoch mit nicht unbeträchtlichem Rumoren, packte Bischof Anodis seine Sachen zusammen. Dann winkte er seinem jungen Priesterschüler, der ihm auf die Beine half.

»Entschuldigt, Jarnauga«, sagte Josua. »Bischof Anodis, warum wollt Ihr uns verlassen? Wie Ihr hört, ziehen furchtbare Wesen gegen uns zu Felde. Wir hoffen auf Eure Weisheit und die Stärke der Mutter Kirche, um uns zu leiten. «

Anodis sah ärgerlich auf. »Und ich soll hier sitzen, mitten in einem Kriegsrat, den ich niemals gebilligt habe, und mir anhören, wie dieser... dieser wilde Mann die Namen heidnischer Dämonen im Munde führt? Seht Euch doch selber an, Euch alle, wie Ihr an seinen Worten hängt, als stammte jedes einzelne davon aus dem Buche Ädon. «

»Die, von denen ich rede, sind lange vor Eurem heiligen Buch geboren, Bischof«, entgegnete Jarnauga milde; aber die schräge Haltung seines Kopfes war grimmig und kampfbereit.

»Reine Phantasie«, brummte Anodis. »Ihr haltet mich für einen mürrischen alten Mann, aber ich warne Euch vor solchen Kindermärchen, denn sie werden Euch ins Verderben führen. Trauriger jedoch ist, daß Ihr vielleicht unser ganzes Land mit Euch in den Abgrund reißt.«

Er machte das Zeichen des *Baumes* vor sich in die Luft, als zeichne er einen Schild, und wankte dann ohne ein weiteres Wort am Arm des jungen Priesters hinaus.

»Phantasie oder nicht, Dämonen oder Sithi«, erklärte nun Josua und stand von seinem Stuhl auf, um die Versammlung zu mustern, »dies hier ist *meine* Halle, und ich habe diesen Mann gebeten, uns zu berichten, was er weiß. Es wird keine weiteren Unterbrechungen geben.« Er ließ den Blick durch den dämmrigen Raum schweifen und setzte sich dann befriedigt wieder hin.

»Gut solltet Ihr mir nun lauschen«, fuhr Jarnauga fort, »denn jetzt kommt der Kern dessen, was ich zu sagen habe. Ich spreche von *Ineluki*, dem Sohn Iyu'unigatos, des Erlkönigs.

Ineluki, dessen Name in der Sprache der Sithi ›Hier ist kluge Rede‹ bedeutet, war der jüngere der beiden Söhne des Königs. Gemeinsam mit seinem älteren Bruder Hakatri hatte er gegen die schwarze Hidohebhi gekämpft, den Mutterdrachen des roten Lindwurms Shurakai, den Johan der Priester erschlug, und auch die Mutter von Igjarjuk, dem weißen Drachen des Nordens.«

»Vergebung, Jarnauga.« Einer von Gwythinns Gefährten erhob sich. »Eure Worte klingen seltsam für uns, aber nicht völlig fremd. Wir Hernystiri kennen Geschichten von einem schwarzen Drachenweibchen, der Mutter aller Lindwürmer, nur daß sie darin Drochnathair genannt wird.«

Jarnauga nickte, wie ein Lehrer einem Schüler zunickt. »Das war ihr Name bei den ersten Menschen im Westen, lange bevor Hern den Taig in Hernysadharc errichtete. So überleben kleine Stücke und Reste älterer Wahrheit in den Geschichten, die Kinder im Bett hören oder die sich Soldaten und Jäger am Lagerfeuer erzählen. Aber Hidohebhi war ihr Name bei den Sithi, und sie war mächtiger als ihre beiden Kinder. Als die Königssöhne sie töteten – worüber man sich ebenfalls eine lange und berühmte Geschichte erzählt –, erlitt Inelukis Bruder Hakatri furchtbare Verletzungen, Verbrennungen vom schrecklichen Feuer des Wurms. In ganz Osten Ard gab es kein Heilmittel für seine Wunden oder Linderung für den unendlichen Schmerz, aber er konnte auch nicht sterben. Schließlich ließ ihn der König mit seinem vertrautesten Diener in ein Boot setzen, und sie segelten über den Ozean nach Westen, wo, wie die Sithi hofften, hinter der untergehenden Sonne ein anderes Land lag, ein Ort ohne Schmerzen, an dem Hakatri wieder gesund werden könnte.

So stand Ineluki trotz der Heldentat, Hidohebhi erschlagen zu haben, als Erbe seines Vaters unter dem Schatten von Hakatris Unglück. Möglicherweise machte er sich auch selber Vorwürfe. In der Folge verbrachte er lange Jahre damit, nach Wissen zu forschen, das wohl besser für Mensch und Sithi gleichermaßen unerreichbar hätte sein sollen. Vielleicht dachte er zuerst, er könne seinen Bruder heilen, ihn aus dem fremden, fernen Westen nach Hause holen ... aber wie es bei solcher Suche immer geschieht, wurde das Forschen für ihn Selbstzweck und trug seinen Lohn in sich selbst; und Ineluki, dessen Schönheit einst die leise Musik im Palast von *Asu'a* gewesen war, entfremdete sich seinem Volk mehr und mehr und forschte an dunklen Stätten.

Und als sich die Menschen im Norden erhoben, plünderten und mordeten und endlich einen Ring aus giftigem Eisen um *Asu'a* legten, da war es Ineluki, der sich als einziger den Kopf darüber zerbrach, wie man aus der Falle entkommen könnte.

In den tiefen Höhlen unter der Feste, von kunstreichen Spiegeln erhellt, wuchsen die Hexenholz-Gärten, der Ort, an dem die Sithi die Bäume hegten, deren seltsames Holz sie gebrauchten wie die Männer des Südens die Bronze und die Nordleute das Eisen. Die Hexenholzbäume, deren Wurzeln, wie manche sagen, bis zum innersten Kern der Erde hinabreichen, wurden von Gärtnern gepflegt, die so heilig waren wie Priester. Jeden Tag sprachen sie die alten Zaubersprüche und hielten die sich niemals ändernden Rituale ab, die das Hexenholz zum Gedeihen brachten, während über ihnen im Palast der König und sein Hof immer tiefer in Verzweiflung und Vergessen sanken.

Aber Ineluki hatte weder die Gärten vergessen noch die dunklen Bücher, die er gelesen hatte, und auch nicht die Schattenpfade, die er bei seiner Suche nach Weisheit gegangen war. In seinen Gemächern, die keiner der anderen mehr betrat, begann er mit einem Werk, von dem er glaubte, es werde *Asu'a* und den Sithi die Rettung bringen. Auf irgendeine Weise, unter großen Schmerzen für sich selber, beschaffte er schwarzes Eisen, das er den Hexenholzbäumen zuführte wie ein Mönch, der seine Reben wässert. Viele der Bäume, nicht weniger empfindsam als die Sithi selbst, erkrankten daran und starben. Einer jedoch blieb am Leben.

Ineluki wob einen Zauber um diesen Baum, mit Worten, die älter waren als die Sithi, und mit Zaubermitteln, die noch tiefer hinabreichten als die Wurzeln des Hexenholzes. Der Baum wurde wieder stark, und jetzt rann giftiges Eisen durch seine Adern wie Blut. Die Hüter des heiligen Gartens sahen ihre Schützlinge sterben und flohen. Sie berichteten es König Iyu'unigato, der bestürzt war, aber seinem Sohn, da er ohnehin das Ende seiner Welt vor sich sah, nicht Einhalt gebieten wollte. Was nützte jetzt noch Hexenholz, da man von helläugigen Männern mit tödlichem Eisen in den Händen umringt war?

Das Wachstum des Baumes schwächte Ineluki sehr – genau wie die Gärten, aber sein Wille war stärker als jede Krankheit. Er gab nicht auf, und endlich war es an der Zeit, die ersehnte Ernte einzubringen. Er nahm das Grausige, das er gepflanzt hatte, das ganz von boshaftem Eisen durchwucherte Hexenholz, und stieg hinauf zu den Schmieden von *Asu'a*.

Abgemagert, so krank, daß er dem Wahnsinn nahe war, sah er die Schmiedemeister vor sich fliehen; er kümmerte sich nicht darum. Ganz allein schürte er die Feuer heißer als je zuvor; allein intonierte er die Worte der Schöpfung und schwang dabei den Hammer-derformt, den keiner als der Oberste der Schmiede jemals geführt hatte.

Allein in den rotglühenden Tiefen von *Asu'a* schuf er ein Schwert, ein grausiges, graues Schwert, dessen bloße Materie Unheil auszustrahlen schien. Solch entsetzlichen, unheiligen Zauber beschwor Ineluki beim Schmieden, daß die Luft in der Schmiede vor Hitze zu knistern schien und die Mauern der Feste erbebten wie unter dem Schlag riesiger Fäuste.

Dann brachte er das neugeschmiedete Schwert in die große Halle seines Vaters, um seinem Volke zu zeigen, was ihnen die Rettung bescheren würde. Aber so schrecklich war sein Anblick und so furchterregend das graue Schwert, das in einem fast unerträglichen Licht leuchtete, daß die Sithi, von Grauen erfüllt, aus der Halle rannten. Nur Ineluki und sein Vater Iyu'unigato blieben zurück.«

In dem tiefer werdenden Schweigen, das auf Jarnaugas Worte folgte, einer so tiefen Stille, daß selbst das Feuer zu sprühen aufgehört hatte, als hielten auch die Flammen den Atem an, spürte Simon, wie sich in seinem Nacken und an den Armen die Haare sträubten und ein sonderbarer Schwindel ihn befiel.

Ein . . . Schwert! Ein graues Schwert! Ich sehe es ganz deutlich! Was bedeutet das? Warum werde ich den Gedanken daran nicht los? Er kratzte sich mit beiden Händen grob am Schädel, als könnte er durch den Schmerz die Antwort herauslocken.

»Als nun der Erlkönig endlich sah, was sein Sohn geschaffen hatte, muß ihm das Herz in der Brust zu Eis erstarrt sein, denn die Klinge in Inelukis Hand war keine bloße Waffe, sondern eine Lästerung der Erde, der sowohl Eisen als auch Hexenholz entstammten. Sie war ein Loch im Gewebe der Schöpfung, aus dem das Leben heraussickerte.

›Ein Ding wie dieses ist wider die Natur‹, sprach er zu seinem Sohn. ›Besser ist es uns, in die Leere der Vergessenheit zu gehen, besser, daß die Sterblichen unsere Knochen zernagen – ja, besser wäre es, wir hätten nie gelebt, als daß ein Ding wie dieses jemals geschaffen worden, geschweige denn angewendet sein sollte.‹

Doch die Macht des Schwertes hatte Ineluki den Verstand geraubt, und er war in die Zauberkünste, die es hervorgebracht hatten, selbst auf das Furchtbarste verstrickt. ›Es ist die einzige Waffe, die uns retten kann‹, erwiderte er seinem Vater. ›Sonst werden diese Geschöpfe, diese Insekten, über das Angesicht unseres Landes ausschwärmen und dabei all das Schöne zugrunde richten und vernichten, das sie nicht einmal erkennen, geschweige denn begreifen können. Das zu verhindern ist jeden Preis wert.‹

›Nein‹, entgegnete Iyu'unigato. ›Nein. Manchmal ist ein Preis zu hoch. Betrachte dich doch! Schon jetzt hat es dir Kopf und Herz geraubt. Ich bin nicht nur dein Vater, sondern auch dein König, und ich befehle dir, es zu zerstören, bevor es dich ganz und gar verschlingt.‹

Aber als er vernahm, was sein Vater von ihm forderte, die Vernichtung des Schwertes, das zu schmieden ihn fast das Leben gekostet und das er, wie er glaubte, nur geschaffen hatte, um sein Volk vor der Dunkelheit des Unterganges zu retten, da geriet Ineluki ganz und gar außer sich. Und er hob das Schwert und streckte seinen Vater nieder, so daß der König der Sithi den Tod fand.

Niemals zuvor war eine solche Tat geschehen, und als Ineluki Iyu'unigato vor sich liegen sah, da weinte er bitterlich, nicht allein um seinen Vater, sondern auch um sich selbst und sein Volk. Endlich aber hob er das graue Schwert an seine Augen. ›Aus Leid bist du geboren‹, sagte er, ›und Leid hast du uns gebracht. *Leid* soll dein Name sein.‹ Und er nannte die Klinge *Jingizu,* was in der Sprache der Sithi *Leid* bedeutet. «

Leid . . . ein Schwert mit dem Namen Leid . . . Simon hörte es in seinem Kopf wie ein Echo, das durch seine Gedanken hin und her sprang, bis es schien, als wolle es Jarnaugas Worte und den Sturm draußen und die ganze Welt übertönen. Warum klang es so entsetzlich vertraut? *Leid . . . Jingizu . . . Leid . . .*

»Aber damit ist die Geschichte nicht zu Ende«, begann der Nordmann von neuem, und seine Stimme wurde stärker und warf ein Bahrtuch des Unbehagens über die Lauschenden. »Ineluki, von seiner eigenen Tat immer tiefer in den Wahnsinn getrieben, griff trotz allem nach der weißen Birkenholzkrone seines Vaters und erklärte sich zum König. So betäubt waren seine Angehörigen und sein Volk von dem Mord, daß sie nicht das Herz hatten, ihm Widerstand zu leisten. Einige freuten sich sogar insgeheim über diese Wende, vor allem fünf Sithi, die wie Ineluki über den Gedanken, sich den Sterblichen kampflos zu ergeben, erzürnt gewesen waren.

Ineluki, *Leid* in der Hand, war eine zügellose Macht. Mit seinen fünf Gefolgsleuten — von den verschreckten und abergläubischen Nordleuten die *Rote Hand* genannt, ihrer Zahl und der feuerfarbenen Mäntel wegen — trug Ineluki den Kampf vor die Mauern von *Asu'a,* zum ersten Mal in der fast dreijährigen Belagerung. Nur die schiere Masse der eisenschwingenden Tausendschaften von Fingils Horde hinderten den Nachtalb, zu dem Ineluki geworden war, daran, die Belagerung zu durchbrechen. Und doch hätte es sein können, daß noch immer Sithi-Könige über die Zinnen des Hochhorstes wandeln würden, hätten sich die übrigen Sithi hinter ihn gestellt.

Aber Inelukis Volk hatte nicht mehr den Willen zu kämpfen. Voller Angst vor ihrem neuen König, schaudernd vor seinem Mord an Iyu'unigato, nutzten sie statt dessen das von Ineluki und seiner *Roten Hand* angerichtete Gemetzel und flohen aus *Asu'a,* angeführt von Amerasu, der Königin, und Shima'onari, dem Sohn von Inelukis Bruder Hakatri. Sie entkamen über die dunklen, aber schützenden Pfade des Aldheorte und verbargen sich dort vor dem Blutrausch der Sterblichen und vor ihrem eigenen König.

So geschah es, daß Ineluki sich am Ende mit wenig mehr als seinen fünf Kriegern allein im glitzernden Skelett von *Asu'a* fand. Selbst sein machtvoller Zauber hatte sich schließlich als zu schwach erwiesen, um der gewaltigen Masse von Fingils Heer zu widerstehen. Die Schamanen aus dem Norden raunten ihre Runen, und der letzte schützende Zauber fiel von den uralten Mauern ab. Mit Pech und Stroh und Fackeln setzten die Rimmersmänner die schlanken Bauten in Brand. Als der Rauch und die Flammen aufstiegen, zerrten die Nordmänner die letzten der Sithi aus ihren Schlupfwinkeln, jene, die zu schwach oder zu ängstlich zur Flucht oder ihrer unvergeßlichen Heimat zu treu gewesen waren. Schreckliche Greueltaten begingen Fingils Rimmersmänner in diesem Brand; die verbliebenen Sithi hatten kaum noch Kraft, sich zu wehren. Ihre Welt war dem Untergang geweiht. Die grausamen Morde, die erbarmungslosen Folterungen und Schändungen hilfloser Opfer, die lachende Zerstörung tausender kostbarer und unersetzlicher Dinge – mit diesen Taten setzte Fingil Rothands Heer sein scharlachrotes Siegel auf unsere Geschichte und hinterließ einen Fleck, der nie mehr ausgelöscht werden kann. Und zweifellos hörten jene, die in den Wald geflohen waren, die Schreie, und schauderten und weinten zu ihren Ahnen um Gerechtigkeit.

In dieser letzten, schicksalhaften Stunde nahm Ineluki seine *Rote Hand* und stieg mit ihnen auf die Spitze des höchsten Turmes von *Asu'a.* Offensichtlich hatte er beschlossen, daß dort, wo kein Raum mehr für die Sithi war, auch die Menschen niemals eine Heimat finden sollten.

An diesem Tag sprach er noch grausigere Worte als je zuvor, um ein Vielfaches böser selbst als jene, mit deren Hilfe er die Materie gebunden hatte, aus der das Schwert *Leid* bestand. Als seine Stimme über die Feuersbrunst hallte, stürzten Rimmersmänner auf dem Hof schreiend zu Boden. Ihre Gesichter waren verkohlt; Blut rann ihnen aus Augen und Ohren. Das Singen steigerte sich zu ohrenzerreißender Höhe und wurde zu einem entsetzlichen Aufschrei der Todesqual. Ein gewaltiger Blitzschlag färbte den Himmel weiß, sofort gefolgt von einer Finsternis, die so tief war, daß selbst Fingil in seinem eine Meile entfernten Zelt mit jäher Blindheit geschlagen zu sein glaubte.

Und doch hatte Ineluki nicht erreicht, was er wollte. *Asu'a* stand noch und brannte weiter, auch wenn jetzt ein großer Teil von Fingils Heer klagend und sterbend am Fuße des Turmes lag. Oben in der Spitze, seltsam unberührt von Rauch oder Flammen, siebte der Wind sechs Häufchen grauer Asche und zerstreute sie langsam am Boden.«

Leid... In Simons Kopf drehte sich alles, und das Atmen fiel ihm schwer. Das Licht der Fackeln schien wild zu flackern. *Der Berghang. Ich hörte die Wagenräder... sie brachten Leid! Ich erinnere mich... es war wie der Teufel in einer Kiste... das Herz allen Leids.*

»So starb Ineluki. Einer von Fingils Unterführern, der Minuten später seinen letzten Atemzug tat, schwor, er habe eine ungeheure Gestalt aus dem Turm aufsteigen sehen, glühendrot wie Kohlen im Feuer; sie kräuselte sich wie Rauch und griff nach dem Himmel wie eine riesige rote Hand...«

»NEIN!« schrie Simon und sprang auf. Eine Hand griff nach ihm und wollte ihn festhalten, dann noch eine, aber er schüttelte sie ab wie Spinnweben. »Sie brachten das graue Schwert, das grausige Schwert! Und dann sah ich *ihn!* Ich sah Ineluki! Er war... er war...«

Der Raum schwankte hin und her und Gesichter mit aufgerissenen Augen – Isgrimnur, Binabik, der alte Jarnauga – sprangen vor ihm auf wie hüpfende Fische im Teich. Er wollte weiterreden, ihnen vom Berghang und den weißen Dämonen erzählen, aber ein schwarzer Vorhang fiel vor seine Augen und etwas dröhnte in seinen Ohren...

Simon hastete durch dunkle Orte, und seine einzigen Gefährten waren Worte im leeren Raum.

Mondkalb! Komm zu uns! Hier wartet ein Platz auf dich! Ein Knabe! Ein Kind der Sterblichen! Was hat es gesehen, was hat es gesehen?

Laßt seine Augen gefrieren und tragt ihn hinunter in den Schatten. Bedeckt ihn mit haftendem, stechendem Frost.

Eine Gestalt ragte vor ihm auf; ein Schatten, gewaltig wie ein Berg, auf dem Kopf ein Geweih. Er trug eine Krone aus blassen Steinen, und seine Augen waren wie rotes Feuer. Rot war auch seine Hand, und als sie Simon packte und hochhob, brannten die Finger wie feurige Lohe. Weiße Gesichter umtanzten ihn und schwankten in der Finsternis wie Kerzenflammen.

Das Rad dreht sich, Sterblicher, dreht sich weiter und weiter... Wer bist du, es anzuhalten?

Eine Fliege ist er, eine kleine Fliege...

Die Scharlachfinger zerquetschten ihn, und die feurigen Augen glühten in dunkler und unermeßlicher Belustigung. Simon schrie und schrie, aber nur unbarmherziges Gelächter antwortete ihm.

Er erwachte aus dem seltsamen Wirbel singender Stimmen und nach ihm greifender Hände und fand das Spiegelbild seines Traumes im Kreis der über ihn gebeugten Gesichter, im Fackelschein bleich wie ein Feenring aus Pilzen. Hinter den verschwommenen Gesichtern schien die Wand mit Punkten aus gleißendem Licht gesäumt, die nach oben ins Dunkle hinaufstiegen.

»Er wacht auf«, sagte eine Stimme, und auf einmal waren die glitzernden Punkte klar zu erkennen: Reihen von Töpfen, die an ihren Gestellen hingen. Er lag auf dem Boden einer Küche.

»Sieht nicht gut aus«, meinte eine tiefe Stimme unruhig. »Ich hole ihm lieber noch etwas Wasser.«

»Ich bin sicher, er fühlt sich bald wieder ausgezeichnet, falls Ihr wieder hineingehen möchtet«, antwortete die erste Stimme, und Simon ertappte sich dabei, daß er die Augen zusammenkniff und dann weit aufriß, bis das Gesicht, das zu der Stimme gehörte, nicht länger ein trüber Fleck war. Es war Marya – nein, es war Miriamel, die neben ihm kniete; er konnte nicht umhin zu bemerken, daß der Saum ihres

Kleides zerknittert unter ihr auf dem schmutzigen Steinfußboden lag.

»Nein, nein«, versetzte der andere – Herzog Isgrimnur, der sich nervös am Bart zupfte.

»Was . . . ist geschehen?« War er gestürzt und hatte sich den Kopf aufgeschlagen? Er griff hinauf und tastete sich vorsichtig ab, aber es tat ihm eigentlich überall weh, wenngleich keine Beule festzustellen war.

»Umgekippt bist du, Junge«, brummte Isgrimnur. »Geschrien hast du von . . . von Dingen, die du gesehen hast. Ich hab dich hinausgetragen – fast wäre mir dabei eine Ader geplatzt.«

»Und dann stand er da und starrte dich an, als du am Boden lagst«, erklärte Miriamel in strengem Ton. »Nur gut, daß ich kam.« Sie blickte zu dem Rimmersmann auf. »Ihr kämpft doch in der Schlacht, oder nicht, Herzog? Was tut Ihr dort, wenn jemand verwundet ist – ihn anstarren?«

»Das ist etwas anderes«, verteidigte sich Isgrimnur. »Verbinden, wenn sie bluten. Auf dem Schild zurücktragen, wenn sie tot sind.«

»Sehr gescheit«, meinte Miriamel bissig, aber Simon sah ein verstohlenes Lächeln über ihre Lippen gleiten. »Und wenn sie nicht bluten oder tot sind, steigt Ihr wohl einfach über sie hinweg? Aber lassen wir das.« Der Herzog klappte den Mund zu und fuhr fort, an seinem Bart zu zupfen.

Die Prinzessin wischte Simon weiter mit ihrem angefeuchteten Taschentuch die Stirn ab. Er konnte sich nicht recht vorstellen, was das nützen sollte, aber für den Augenblick war er damit zufrieden, liegenzubleiben und sich pflegen zu lassen. Er wußte, daß er nur allzubald eine Erklärung abgeben mußte.

»Ich . . . mir schwante gleich, daß ich dir schon begegnet war, Junge«, bemerkte Isgrimnur nach einer Weile. »Du warst doch der Bursche in Sankt Hoderund, habe ich recht? Und dieser Troll . . . mir war, als hätte ich so etwas gesehen . . .«

Die Küchentür öffnete sich ein weiteres Stück. »Ah, Simon! Ich hoffe, es geht deiner Gesundheit wieder besser.«

»Binabik«, sagte Simon und versuchte sich aufzurichten. Aber Miriamel lehnte sich sanft, aber fest gegen seine Brust und zwang ihn wieder nach unten. »Ich *habe* es gesehen, wirklich! Das war es, woran ich mich nicht erinnern konnte! Der Berghang und das Feuer und ... und ...«

»Ich weiß, Freund Simon. Vieles wurde mir klar, als du aufsprangest – wenn auch nicht alles. Es gibt noch genug Ungeklärtes in diesem Rätsel.«

»Sie müssen mich für einen Verrückten halten«, stöhnte Simon und schob die Hand der Prinzessin fort, nicht ohne den Augenblick der Berührung zu genießen. Was mochte sie wohl denken? Jetzt schaute sie ihn an wie ein großes Mädchen einen nichtsnutzigen kleinen Bruder. Verdammte Mädchen und verdammte Frauen!

»Nein, Simon«, erwiderte Binabik und hockte sich neben Miriamel, um ihn sorgfältig zu mustern. »Ich habe inzwischen viele Geschichten erzählt, nicht zuletzt von unseren gemeinsamen Abenteuern. Jarnauga hat vieles bestätigt, das mein Meister andeutete. Auch er erhielt eine von Morgenes' letzten Botschaften. Nein, niemand hält dich für verrückt, obwohl ich glaube, daß immer noch viele die wirkliche Gefahr unterschätzen. Und allen voran, denke ich, Baron Devasalles.«

»Ähem ...« Isgrimnur scharrte mit dem Stiefel auf dem Boden. »Wenn der Junge gesund ist, sollte ich wohl lieber wieder hineingehen. Simon, ja? Hmmm, ja ... du und ich, wir reden noch miteinander.« Der Herzog manövrierte seinen beträchtlichen Umfang aus der schmalen Küche und polterte den Gang hinunter.

»Und ich gehe auch hinein«, verkündete Miriamel und klopfte sich energisch den ärgsten Staub vom Leib. »Es gibt Fragen, über die nicht entschieden werden sollte, bevor man mich nicht gehört hat, wie auch immer mein Onkel darüber denken mag.«

Simon wollte ihr danken, aber als er da so auf dem Rücken lag, fiel ihm nichts ein, bei dem er sich nicht noch lächerlicher vorkommen würde als so schon. Bis er sich durchgerungen hatte, seinen Stolz über Bord zu werfen, war die Prinzessin schon in einem Wirbel aus Seide zur Tür hinaus.

»Und wenn du dich bis zur Genüge erholt hast, Simon«, bemerkte Binabik und streckte eine kleine, stumpfe Hand aus, »dann gibt es Dinge in der Halle des Rates, die wir uns anhören müssen; denn ich

denke, daß Naglimund nie zuvor einen *Raed* erlebt hat, der diesem
ähnelte.«

»Sei gewiß, Junge«, erläuterte Jarnauga, »daß ich dir zwar fast alles
glaube, was du uns gesagt hast, aber es war sicher *nicht* Ineluki, den du
auf dem Berg gesehen hast.«
Die Feuer waren zu träumenden Kohlen herabgebrannt, aber keine
Seele hatte die Halle verlassen. »Hättest du den Sturmkönig erblickt,
in der Gestalt, die er heute tragen muß, wärst du als versengte, deines
Verstandes beraubte Hülle bei den Zornsteinen liegengeblieben.
Nein, was du sahst – außer den bleichen Nornen und Elias und seinen
Gefolgsleuten –, muß einer der *Roten Hand* gewesen sein. Und selbst
dann erscheint es mir als großes Wunder, daß du eine nächtliche
Vision dieser Art mit heilem Herzen und Verstand überstanden
hast.«
»Aber… aber…« Als ihm nach und nach wieder einfiel, was der
alte Mann gesagt hatte, unmittelbar bevor die Mauer des Vergessens
zu bröckeln begann und die Erinnerungen an jene Schreckensnacht
daraus hervorquollen – *Steinigungsnacht* hatte der Doktor sie genannt
–, war Simon wieder verwirrt und ratlos. »Aber ich dachte, Ihr hättet
erzählt, Ineluki und seine… *Rote Hand*… seien tot?«
»Tot, ja; ihre irdischen Gestalten verbrannten in jenen letzten, glü-
hendheißen Augenblicken vollständig. Aber *etwas* überlebte; jemand
oder etwas war imstande, das Schwert *Leid* von neuem zu erschaffen.
Irgendwie – und dazu brauchte ich nicht erst deinen Bericht zu hören,
denn das war schließlich der Grund, warum der Bund der Schriftrolle
überhaupt gestiftet wurde – haben Ineluki und seine *Rote Hand* überlebt; vielleicht als lebendige Träume oder Gedanken, nur von Haß
und den entsetzlichen Runen, die Ineluki zuletzt für sie warf, zusammengehalten. Doch ganz gleich wie: Die Dunkelheit, die Inelukis
Geist war, als alles um ihn endete, starb nicht.
Drei Jahrhunderte danach kam König Eahlstan Fiskerne auf den
Hochhorst, die Burg, die auf den Gebeinen *Asu'as* errichtet war.
Eahlstahn war weise und suchte Wissen, und er fand Dinge in den
Ruinen unter dem Hochhorst, die ihn begreifen ließen, daß Ineluki
nicht endgültig vernichtet war. Er gründete den Bund, dem ich ange-

höre – und wir werden jetzt schnell weniger, nachdem wir Morgenes und Ookequk verloren haben –, damit das alte Wissen nicht verlorenginge. Nicht nur das Wissen vom dunklen Herrn der Sithi, sondern auch von anderen Dingen; denn damals war eine schlimme Zeit für den Norden von Osten Ard. Im Laufe der Jahre entdeckte man – oder glaubte vielmehr, entdeckt zu haben –, daß Ineluki oder sein Geist, sein Schatten, sein lebendiger Wille sich bei den einzigen Wesen, die ihn vielleicht willkommen heißen würden, von neuem gezeigt hatte!«

»Die Nornen!« sagte Binabik so plötzlich, als sei eine Nebelbank vor seinen Augen davongeweht worden.

»Die Nornen«, bestätigte Jarnauga. »Ich bezweifle, daß zu Anfang selbst die Weißfüchse wußten, wie er sich verwandelt hatte; aber sicher war sein Einfluß auf Sturmrspeik schon bald zu groß, als daß jemand sich ihm hätte verweigern können. Und mit ihm kehrte auch seine *Rote Hand* zurück, wenn auch in einer nie zuvor auf Erden gesehenen Gestalt.«

»Und wir hatten geglaubt, daß der Löken, den die Schwarz-Rimmersmänner anbeteten, nur unser eigener Feuergott aus heidnischer Zeit sei«, bemerkte Isgrimnur verwundert. »Hätte ich gewußt, wie weit sie vom Pfad des Lichtes abgewichen waren . . .« Er strich mit dem Finger über den *Baum* an seinem Hals. »Usires!« flüsterte er leise.

Prinz Josua, der lange schweigend gelauscht hatte, beugte sich vor. »Aber wenn dieser Dämon aus der Vergangenheit tatsächlich unser wahrer Feind ist – warum zeigt er sich dann nicht? Warum schiebt er meinen Bruder Elias vor?«

»Jetzt kommen wir an einen Punkt, an dem auch die langen Jahre meiner Untersuchungen, hoch über Tungoldyr, nicht weiterhelfen können.« Jarnauga zuckte die Achseln. »Ich beobachtete und ich lauschte und beobachtete wieder, denn das war meine Aufgabe – aber was im Inneren eines Wesens wie des Sturmkönigs vorgeht, das übersteigt meine Vorstellungskraft.«

Ethelferth von Tinsett stand auf und räusperte sich. Josua nickte ihm zu, er möge reden.

»Wenn das alles wahr ist . . . und ich sage Euch, mir brummt der Kopf davon . . ., dann kann *ich* mir das Letzte denken.« Er blickte sich um, als erwarte er, daß man ihn für diese Anmaßung niederbrüllen werde, sah aber in den Gesichtern ringsum nur Sorge und Verwirrung, so daß er sich nochmals räusperte, bevor er fortfuhr. »Der Rimmersmann«, er machte eine Kopfbewegung zu dem alten Jarnauga hinüber, »hat gesagt, es sei unser eigener Eahlstan Fiskerne gewesen, der als erster bemerkte, daß der Sturmkönig zurückgekehrt war. Das war dreihundert Jahre, nachdem Fingil den Hochhorst eroberte – oder wie immer er damals hieß. Inzwischen sind fast zweihundert Jahre vergangen. Das klingt für mich, als brauchte dieser... Dämon, muß man wohl sagen... sehr viel Zeit, um wieder zu Kräften zu kommen.

Nun wissen wir aber alle«, sprach er weiter, »wir Männer, die inmitten gieriger Nachbarn ihr Land festgehalten haben«, er warf einen listigen Blick auf Ordmaer, aber der dicke Baron war schon vor einiger Zeit recht blaß geworden und schien keinen Anspielungen zugänglich, »daß der beste Weg, selbst in Sicherheit zu bleiben und dabei Zeit zu gewinnen, um seine Kräfte zu sammeln, darin besteht, die Nachbarn untereinander kämpfen zu lassen. Mich dünkt, genau so verhält es sich hier. Dieser Rimmersgard-Dämon macht Elias ein Geschenk und hetzt ihn dann zum Kampf gegen seine Barone, Herzöge und so weiter auf.« Ethelferth blickte sich um, zog sein Wams gerade und setzte sich wieder hin.

»Es ist kein ›Rimmersgard-Dämon‹«, knurrte Einskaldir. »Wir sind alle entsühnte ädonitische Männer.«

Josua beachtete die Bemerkung des Nordmannes nicht. »Es liegt etwas Wahres in Euren Worten, Herr Ethelferth; aber ich glaube, wer Elias kennt, wird mir zustimmen, daß er eigene Pläne verfolgt.«

»Er hat keinen Sithi-Dämon gebraucht, um mir mein Land zu stehlen«, warf Isgrimnur bitter ein.

»Trotzdem...«, fuhr Josua fort. »Ich finde Jarnauga und Binabik von Yiqanuc... und den jungen Simon, der Doktor Morgenes' Lehrling war... alle viel zu beunruhigend vertrauenswürdig. Ich wünschte, ich könnte behaupten, ihnen ihre Geschichten nicht zu glauben; ich bin mir auch noch nicht sicher, *was* ich eigentlich glaube; aber ich kann sie jedenfalls nicht übergehen.« Er wandte sich wieder Jarnauga zu, der mit einem eisernen Schürhaken in einer der Feuerstellen grub.

»Wenn diese unheilvollen Warnungen, die Ihr uns bringt, berechtigt sind, so sagt mir eines: Was will Ineluki?«

Der alte Mann starrte in das Feuer und stocherte dann nochmals energisch darin herum. »Wie ich Euch erzählt habe, Prinz Josua, war es meine Aufgabe, die Augen des Bundes zu sein. Sowohl Morgenes als auch der Meister des jungen Binabik wußten mehr als ich darüber, was im Inneren des Gebieters von Sturmspitze verborgen sein mag.« Er hob die Hand, als wolle er weitere Fragen abwehren. »Wenn ich aber eine Vermutung äußern soll, so ist es diese: Denkt an den Haß, der Ineluki in der Leere am Leben hielt, ihn aus den Flammen seines eigenen Todes zurückbrachte . . .«

»Dann ist es«, Josuas Stimme fiel schwer in die dunkle, atmende Halle, »Rache, was Ineluki begehrt?«

Jarnauga starrte wortlos in die Glut.

»Wir müssen über vieles nachdenken«, erklärte der Herr von Naglimund, »und dürfen keine übereilten Beschlüsse fassen.« Er stand auf, hochgewachsen und bleich, das schmale Gesicht wie eine Maske vor seinen verborgenen Gedanken. »Wir kommen morgen bei Sonnenuntergang wieder hier zusammen.« Eine graugekleidete Wache zu beiden Seiten, verließ er die Halle.

Im Saal drehten die Männer sich um und sahen einander an, erhoben sich, fanden sich zu kleinen, stummen Gruppen zusammen. Simon sah Miriamel, die keine Möglichkeit zum Reden gefunden hatte, zwischen Ethelferth und dem hinkenden Isgrimnur hinausgehen.

»Komm, Simon«, sagte Binabik und zupfte ihn am Ärmel. »Ich denke, ich werde Qantaqa Auslauf gewähren, nun, da der Regen etwas nachgelassen hat. Solche Umstände muß man nützen. Noch hat man mich nicht meiner Vorliebe beraubt, im Gehen, mit dem Wind im Gesicht, nachzudenken – und es gibt vieles, über das ich nachdenken sollte.«

»Binabik«, begann Simon endlich, und der Tag, so voller Schrecken, der ihn müde gemacht hatte, lag schwer auf seinem Gemüt. »Erinnerst du dich noch an den Traum, den ich hatte . . . den wir alle hatten . . . damals in Geloës Haus? Sturmspitze . . . und das Buch?«

»Ja«, erwiderte der kleine Mann ernst. »Das ist eines der Dinge, die mir Sorgen machen. Die Worte – die Worte, die du sahst – lassen mich nicht los. Ich fürchte, es liegt ein Rätsel von allergrößter Bedeutung darin.«

»*Du . . . du Svar . . .*« Simon kämpfte mit seinen Erinnerungen.

»*Du Svardenvyrd* hieß es«, seufzte Binabik. »Das Verhängnis der Schwerter.«

Die heiße Luft schlug schmerzhaft an Pryrates' haarloses und ungeschütztes Gesicht, aber er gestattete es sich nicht, sein Unbehagen zu zeigen. Während er mit wehenden Gewändern die Gießerei durchschritt, sah er mit Befriedigung, wie die Arbeiter, die Masken und schwere Mäntel trugen, ihn anstarrten und zurückzuckten, wenn er an ihnen vorbeikam. Das pulsierende Licht der Schmiede versetzte ihn in gehobene Stimmung, und er lachte kurz in sich hinein, als er sich einen Augenblick vorstellte, als Erzdämon über die Ziegel der Hölle zu schreiten, während rechts und links die kleinen Unterteufel zur Seite spritzten.

Gleich darauf verschwand die gute Laune, und seine Züge verfinsterten sich. Irgend etwas geschah mit diesem kleinen Miststück, Morgenes' Zauberlehrling; Pryrates wußte es. Er hatte es so deutlich gespürt, als hätte man ihn mit einem spitzen Gegenstand gestochen. Seit der Steinigungsnacht bestand eine seltsame, lockere Verbindung zwischen ihnen; sie biß nach ihm und nagte an seiner Konzentration. Das Werk jener Nacht war zu wichtig, zu gefahrvoll gewesen, als daß es irgendeine Einmischung vertragen hätte. Nun dachte der Junge wieder daran, erzählte wahrscheinlich Lluth oder Josua oder sonst jemandem alles, was er wußte. Man mußte sich ernsthaft mit diesem lästigen, überall herumschnüffelnden Burschen befassen.

Pryrates blieb vor dem großen Schmelzkessel stehen und baute sich mit über der Brust gekreuzten Armen davor auf. So stand er lange Zeit, ohnehin zornig und noch zorniger werdend, weil man ihn warten ließ. Endlich eilte einer der Gießer herbei und beugte ungeschickt das in einer dicken Hose steckende Knie.

»Wie dürfen wir Euch dienen, Meister Pryrates?« fragte der Mann, die Stimme durch das feuchte Tuch gedämpft, das den unteren Teil seines Gesichtes bedeckte.

Der Priester starrte ihn so lange stumm an, bis sich das, was von der Miene des Mannes sichtbar war, von Unbehagen in wirkliche Furcht verwandelte.

»Wo ist euer Aufseher?« zischte er.

»Dort, Vater.« Der Mann deutete auf eine der dunklen Öffnungen in der Wand der Gießereihöhle. »Eines von den Kurbelrädern an der Winde hat sich gelöst . . . Eure Eminenz.«

Das war zwar ein unverdienter Titel, denn Pryrates war nach außen hin noch immer nichts als ein gewöhnlicher Priester, aber es klang ihm nicht unharmonisch in den Ohren.

»Nun . . .?« erkundigte sich Pryrates. Der Mann reagierte nicht, und der Priester versetzte ihm einen harten Tritt gegen das lederbedeckte Schienbein. »Los, *hole* ihn!« schrillte er.

Mit kopfwackelnder Verbeugung hinkte der Mann davon. In der gepolsterten Kleidung bewegte er sich wie ein Krabbelkind. Pryrates war sich der Schweißperlen bewußt, die sich auf seiner Stirn bildeten, der Luft, die der Hochofen ausspie und die das Innere seiner Lungen zu backen schien, aber dennoch verzog sich sein hageres Gesicht zu einem knappen Grinsen. Er hatte schon Schlimmeres erlebt: Gott . . . oder wer sonst . . . wußte es.

Endlich erschien, riesenhaft und bedächtig, der Aufseher. Seine Größe, als er endlich schlurfend zum Stehen kam und Pryrates weit überragte, war an sich schon fast eine Beleidigung.

»Ich nehme an, du weißt, weshalb ich hier bin?« fragte der Priester mit glitzernden schwarzen Augen und vor Unzufriedenheit verkniffenem Mund.

»Wegen der Maschinen«, erwiderte der andere mit ruhiger Stimme, die jedoch einen kindisch gekränkten Unterton besaß.

»Ja, wegen der Belagerungsmaschinen!« fauchte Pryrates wütend. »Nimm die verdammte Maske ab, Inch, damit ich dich sehe, wenn ich mit dir rede!«

Der Aufseher streckte eine borstenhaarige Pranke aus und schlug das Tuch zurück. Sein zerstörtes Gesicht, wellig von Brandnarben rund um die leere rechte Augenhöhle, verstärkte das Gefühl des Priesters, in einer der Vorhallen der Großen Hölle zu stehen.

»Die Maschinen sind noch nicht fertig«, erklärte Inch beharrlich.

»Verloren drei Männer, als letzten Drorstag das große Ding zusammenbrach. Geht langsam.«

»Ich weiß, daß sie noch nicht fertig sind. Nimm dir mehr Männer. Ädon weiß, daß genügend Faulpelze auf dem Hochhorst herumlungern. Wir werden ein paar vom Adel mitarbeiten lassen, damit sie auch einmal Blasen an ihre feinen Hände bekommen. Aber der König verlangt die Maschinen, und zwar schnell. In zehn Tagen zieht er ins Feld. *In zehn Tagen*, verdammt!«

Inchs einzige Braue hob sich langsam wie eine Zugbrücke. »Naglimund. Er will nach Naglimund, nicht wahr?« In seinem Auge glühte ein hungriges Licht.

»Das braucht dich nicht zu kümmern, du narbiger Affe«, meinte Pryrates verächtlich. »Sorge lieber dafür, daß alles fertig wird! Du weißt, warum man dir diese gehobene Stellung gegeben hat... aber wir können sie dir auch wieder wegnehmen...«

Pryrates konnte Inchs Blick auf sich fühlen, als er ging, konnte die steinerne Persönlichkeit des Aufsehers im rauchigen, flackernden Licht spüren. Wieder fragte er sich, ob es klug gewesen war, den Mann leben zu lassen und ob er, falls nicht, den Irrtum berichtigen sollte.

Der Priester hatte einen der breiten Treppenabsätze erreicht, von dem Gänge nach rechts und links führten. Vor ihm lag die nächste Stufenreihe. Plötzlich glitt eine dunkle Gestalt aus dem Schatten auf ihn zu.

»Pryrates?«

Der Angesprochene, dessen Nerven von der Art waren, daß er vielleicht nicht einmal aufgeschrien hätte, wenn ihn ein Axthieb träfe, fühlte dennoch sein Herz schneller schlagen.

»Majestät«, erwiderte er ruhig.

Elias hatte sich in unbeabsichtigter Verhöhnung der Gießereiarbeiter in der Tiefe die schwarze Mantelkapuze eng über das Gesicht gezogen. Er tat das neuerdings immer, zumindest wenn er seine Gemächer verließ, so wie er auch zu jeder Zeit das in der Scheide steckende Schwert trug. Der Gewinn dieser Klinge hatte dem König eine Macht eingebracht, wie sie nur wenigen Sterblichen vor ihm zuteil geworden war, aber er hatte einen Preis dafür zahlen müssen. Der rote Priester war klug genug zu wissen, daß das Abwägen von Für und Wider bei einem solchen Handel eine höchst verzwickte Wissenschaft war.

»Ich . . . ich kann nicht schlafen, Pryrates.«

»Begreiflich, mein König. Es liegen viele Lasten auf Euren Schultern.«

»Ihr helft mir . . . bei vielen. Habt Ihr nach den Belagerungsmaschinen gesehen?«

Pryrates nickte, erkannte dann aber, daß Elias es im dunklen Treppenhaus und unter seiner Kapuze vielleicht nicht sehen konnte. »Ja, Herr. Am liebsten würde ich Inch, dieses Schwein von einem Aufseher, an einem seiner eigenen Feuer rösten. Aber wir werden sie bekommen, Herr, so oder so.«

Der König schwieg eine lange Weile und strich über den Griff seines Schwertes. »Naglimund muß vernichtet werden«, sagte er endlich. »Josua widersetzt sich mir.«

»Er ist nicht mehr Euer Bruder, Herr, nur noch Euer Feind.«

»Nein, nein . . .«, versetzte Elias langsam und sehr nachdenklich. »Er ist mein Bruder. Darum kann ich nicht dulden, daß er mir Widerstand leistet. Das scheint mir offensichtlich. Ist es nicht offensichtlich, Pryrates?«

»Selbstverständlich, Majestät.«

Der König hüllte sich enger in seinen Mantel, wie um sich vor einem kalten Wind zu schützen; doch die aus der Tiefe dringende Luft war schwer von der Hitze der Schmiedefeuer.

»Habt Ihr meine Tochter noch nicht gefunden?« erkundigte er sich übergangslos und blickte auf. In der Höhle, die von der Kapuze des Königs gebildet wurde, konnte Pryrates schwach den Glanz in seinen Augen und den Schatten seines Gesichtes erkennen.

»Wie ich Euch schon sagte, Herr – wenn sie nicht nach Nabban gegangen ist, zur Familie ihrer Mutter – und unsere Spione glauben nicht, daß das der Fall ist –, dann ist sie bei Josua in Naglimund.«

»Miriamel.« Der ausgeatmete Name schwebte durch das steinerne Treppenhaus. »Ich muß sie wiederhaben, ich muß!« Der König streckte die offene Hand aus und ballte sie vor sich langsam zur Faust. »Sie ist das einzige Wertstück, das ich aus den Scherben des Hauses

669

meines Bruders retten werde. – Alles übrige werde ich zu Staub zertreten.«

»Dazu besitzt Ihr jetzt die Stärke, mein König«, antwortete Pryrates. »Und Ihr habt mächtige Freunde.«

»Ja.« Der Hochkönig nickte langsam. »Ja, das ist wahr. Und was ist mit Ingen Jegger, dem Jäger? Er hat meine Tochter nicht gefunden und ist auch nicht hierher zurückgekehrt. Wo hält er sich auf?«

»Er jagt noch immer den Zaubererlehrling, Majestät. Es ist eine Art... persönlicher Groll geworden.« Pryrates machte eine Handbewegung, als wollte er die unangenehme Erinnerung an den Schwarz-Rimmersmann verscheuchen.

»Mir scheint, daß man sehr viel Mühe aufwendet, um diesen Jungen zu finden, von dem Ihr sagt, er kenne ein paar unserer Geheimnisse.« Der König runzelte die Stirn und erklärte rauh: »Ich wünschte mir, man hätte für mein eigenes Fleisch und Blut ebensoviel Sorge getragen. Ich bin nicht glücklich darüber.« Sekundenlang glitzerten die verschatteten Augen zornig. Er wandte sich zum Gehen, blieb jedoch noch einmal stehen.

»Pryrates?« Die Stimme des Königs hatte sich verändert.

»Ja, Gebieter?«

»Meint Ihr, daß ich besser schlafen werde... wenn Naglimund besiegt ist und ich meine Tochter wiederhabe?«

»Ich bin überzeugt davon, mein König.«

»Gut. Nachdem ich das weiß, werde ich es um so mehr genießen.« Elias glitt durch den düsteren Gang davon. Pryrates regte sich nicht, sondern lauschte den entschwindenden Schritten des Königs, die sich mit dem Schlag der Hämmer von Erkynland vermischten, deren eintöniger Lärm aus der Tiefe heraufdröhnte.

XXXIV

Vergessene Schwerter

Vara war wütend. Der Pinsel in ihrer Hand zitterte, und ein roter Strich zog sich über ihr Kinn.

»Nun seht Euch an, was ich getan habe!« sagte sie, und der Ärger verstärkte ihren dicken Thrithing-Akzent noch. »Es ist grausam von Euch, mich so zu drängen.« Sie wischte sich den Mund mit einem Tuch ab und begann von neuem.

»Bei Ädon, Weib, es geht um wichtigere Dinge als das Anstreichen Eurer Lippen!« Josua stand auf und nahm sein Herumwandern wieder auf.

»Sprecht nicht so mit mir, Herr! Und lauft nicht so in meinem Rükken herum...«, sie machte eine Handbewegung und suchte nach Worten, »... hin und her, hin und her... Wenn Ihr mich schon auf den Gang hinauswerfen müßt wie eine Troßdirne, dann will ich mich wenigstens erst dazu bereit machen.«

Der Prinz hob einen Schürhaken vom Boden auf, bückte sich und stocherte in der Glut. »Man ›wirft Euch nicht auf den Gang hinaus‹, Herrin.«

»Wenn ich wirklich Eure Herrin bin«, versetzte Vara finster, »wieso darf ich dann nicht bleiben? Schämt Ihr Euch meiner?«

»Unsinn! Aber wir werden Dinge besprechen, die Euch nicht betreffen. Falls Ihr es noch nicht bemerkt haben solltet – wir rüsten uns für einen Krieg. Ich bedaure es, wenn Euch das lästig ist.« Er erhob sich ächzend, wobei er den Schürhaken wieder sorgfältig neben den Kamin legte. »Geht und unterhaltet Euch mit den anderen Damen. Seid froh, daß Ihr meine Last nicht tragen müßt.«

Vara fuhr herum und sah ihn an. »Die anderen Damen hassen mich«, stellte sie mit schmalen Augen fest. Eine schwarze Haarlocke lag lose auf ihrer Wange. »Ich höre, wie sie über Prinz Josuas Grasländerschlampe tuscheln. Und ich hasse sie auch, diese Kühe aus dem Norden! In meines Vaters Markland würde man sie auspeitschen für diesen... diesen...«, sie kämpfte mit der Sprache, die sie noch nicht völlig beherrschte, »... diesen Mangel an Ehrerbietung!« Sie holte tief Atem, um ihr Zittern zur Ruhe zu bringen. »Warum seid Ihr so kalt zu mir, Herr?« fragte sie dann. »Und warum habt Ihr mich hierhergebracht, in dieses kalte Land?«

Der Prinz blickte auf, und sekundenlang wurde sein strenges Gesicht weicher. »Das frage ich mich auch manchmal.« Er schüttelte langsam den Kopf. »Bitte – wenn Ihr die Gesellschaft der anderen Damen des Hofes verachtet, so laßt den Harfner für Euch singen. Bitte, ich wünsche heute abend keinen Streit.«

»Und auch an keinem anderen Abend!« fauchte Vara. »Und mich scheint Ihr auch nicht zu wollen – nur dieses alte Gerümpel, o ja, daran seid Ihr interessiert; Ihr und Eure alten Bücher!«

Josuas Geduld war fast erschöpft. »Die Ereignisse, über die wir nachher reden werden, sind alt, ja, aber sie sind für unseren jetzigen Kampf von Bedeutung. Verdammt, Weib, ich bin ein Prinz dieses Reiches und kann mich meiner Verantwortung nicht entziehen!«

»Darin seid Ihr besser, als Ihr glaubt, Prinz Josua«, erwiderte sie eisig und warf sich den Umhang um die Schultern. An der Tür drehte sie sich um. »Ich hasse Eure Art, nur an die Vergangenheit zu denken – alte Bücher, alte Schlachten, alte Geschichte...«, ihr Mund verzog sich, »... und alte Liebe.«

Die Tür fiel hinter ihr ins Schloß.

»Habt Dank, Prinz, daß Ihr uns in Euren Gemächern empfangt«, sagte Binabik. Sein rundes Gesicht hatte einen sorgenvollen Ausdruck. »Ich hätte Euch nicht darum ersucht, wenn die Wichtigkeit mich nicht dazu gedrängt hätte.«

»Natürlich, Binabik«, erwiderte der Prinz. »Auch ich ziehe es vor, mich in einer ruhigeren Umgebung zu unterhalten.«

Der Troll und der alte Jarnauga hatten sich harte Holzschemel herangezogen und neben Josua am Tisch Platz genommen. Vater Strangyeard, der sie begleitet hatte, wanderte lautlos im Zimmer herum und betrachtete die Wandteppiche. In all seinen Jahren in Naglimund war es das erste Mal, daß er die Privaträume des Prinzen betrat.

»Ich bin immer noch ganz betäubt von dem, was ich gestern abend gehört habe«, begann Josua und wies auf die Pergamentblätter, die Binabik vor ihm ausgebreitet hatte. »Nun sagt Ihr, es gebe noch viel mehr, das ich wissen müßte?« Der Prinz zeigte ein kleines, kummervolles Lächeln. »Gott muß mich wohl züchtigen, wenn er mir den Alptraum, eine belagerte Burg zu befehligen, schenkt und dann noch mit so vielen anderen Dingen erschwert.«

Jarnauga lehnte sich nach vorn. »Solange Ihr nur im Gedächtnis behaltet, Prinz, daß es hier nicht um einen Alptraum geht, sondern um finstere Wirklichkeit. Keiner von uns kann sich den Luxus erlauben, diese Dinge für Phantasie zu halten.«

»Vater Strangyeard und ich haben seit Tagen die Burgarchive durchforstet«, erklärte Binabik, »seit meiner Ankunft versuchen wir schon herauszufinden, was das ›Verhängnis der Schwerter‹ bedeutet.«

»Den Traum meint Ihr, von dem Ihr mir berichtet habt?« fragte Josua und durchblätterte abwesend die vor ihm auf dem Tisch verstreuten Schriftseiten. »Den Ihr und der Junge im Haus der Zauberfrau hattet?«

»Und nicht nur sie«, ergänzte Jarnauga, und seine Augen waren so scharf wie blaue Eissplitter. »In den Nächten, bevor ich Tungoldyr verließ, träumte auch ich von einem großen Buch, auf dem in feurigen Lettern DU SVARDENVYRD stand.«

»Ich habe natürlich vom Buch des Priesters Nisses gehört«, meinte der Prinz und nickte, »als ich als Junge Schüler bei den Usiresbrüdern war. Es hatte einen üblen Ruf, aber es existiert ja nicht mehr. Ihr wollt mir doch gewiß nicht erzählen, Ihr hättet in unserer Burgbibliothek ein Exemplar gefunden?«

»Gesucht haben wir allerdings genug«, entgegnete Binabik. »Wenn es irgendwo sein könnte, dann nur hier – außer vielleicht in der Sancellanischen Ädonitis. Strangyeard hat eine Bibliothek von großer Wunderbarkeit angesammelt.«

»Sehr freundlich«, sagte der Archivar und drehte sich zur Wand, als studiere er einen der dort hängenden Teppiche, damit das unziemliche Erröten der Freude auf seinen Wangen nicht seinen Ruf als nüchterner Historiker gefährdete.

»Tatsächlich war es, so eifrig auch Strangyeard und ich unsere Jagd betrieben, Jarnauga, der unser Problem zu einem Teil gelöst hat«, fuhr Binabik fort.

Der alte Mann klopfte mit dürrem Finger auf das Pergament. »Es war ein glücklicher Zufall, der, so hoffe ich, ein gutes Vorzeichen für uns alle ist. Morgenes hatte mir einmal eine Botschaft mit Fragen über Nisses geschickt – der natürlich ein Rimmersmann war wie ich –, um in seiner Schrift über das Leben Eures Vaters König Johan einige Lücken zu füllen. Ich fürchte, ich konnte ihm nicht viel helfen. Ich teilte ihm mit, was ich wußte, aber ich vergaß seine Fragen nicht.«

»Und«, fügte Binabik aufgeregt hinzu, »eine weitere glückliche Zufälligkeit: Das einzige, was der Junge Simon aus der Zerstörung von Morgenes' Gemächern rettete, war... dieses Buch!« Er packte mit der kurzen braunen Hand ein Pergamentbündel und wedelte damit in der Luft herum. »*Leben und Regierung König Johan Presbyters* von Morgenes Ercestres – Doktor Morgenes von Erchester. Noch auf eine andere Weise ist der Doktor heute bei uns!«

»Wir schulden ihm mehr, als sich sagen läßt«, verkündete Jarnauga feierlich. »Er sah die dunkle Zeit kommen und traf vielerlei Vorbereitungen – von denen wir manche noch gar nicht kennen.«

»Aber das hier ist das im Augenblick Wichtigste«, platzte der Troll dazwischen, »eben sein Buch über Priester Johan. Schaut her!« Er schob Josua die Papiere in die Hand. Der Prinz blätterte darin herum und sah dann mit leisem Lächeln auf.

»Nisses' krause und altertümliche Sprache ruft mir meine Lehrzeit ins Gedächtnis zurück, als ich mich in den Archiven der Sancellanischen Ädonitis herumtrieb.« Er schüttelte bedauernd den Kopf. »Das ist natürlich alles sehr spannend, und ich bete nur, daß ich einmal die Zeit haben werde, Morgenes' ganzes Werk zu lesen; aber ich verstehe trotzdem noch immer nicht.« Er hielt die Seite hoch, die er gerade gelesen hatte. »Hier wird geschildert, wie die Klinge

Leid geschmiedet wurde. Aber ich finde darin nichts, das uns Jarnauga nicht bereits mitgeteilt hätte. Was soll uns das helfen?«

Mit Josuas Erlaubnis nahm Binabik das Manuskript wieder an sich. »Wir müssen es uns noch genauer ansehen, Prinz«, erklärte er. »Morgenes zitiert Nisses – und die Tatsache, daß er überhaupt zumindest einen Teil von *Du Svardenvyrd* gelesen hat, bestätigt mir nur seine außerordentliche Findigkeit –, und er gibt an, Nisses habe zwei weitere ›Große Schwerter‹ erwähnt. Außer *Leid* noch zwei andere. Hier, laßt mich Euch vorlesen, was Morgenes ›Nisses eigene Worte‹ nennt.«

Binabik räusperte sich und begann:

»*Das erste Große Schwert kam in seiner ursprünglichen Gestalt vom Himmel herunter, und das ist tausend Jahre her.*

Usires Ädon, den wir von der Mutter Kirche Sohn und Fleischwerdung Gottes nennen, hatte drey Tage und Nächte, an Händ und Füßen festgenagelt, am Baume der Hinrichtung gehangen, auf dem Platze vor dem Tempel des Gottes Yuvenis zu Nabban. Dieser Yuvenis war aber der Heydengott der Gerechtigkeit, und es war des Nabbanai-Imperators Gewohnheit, Verbrecher, die seyn Gerichtshof verurteylt hatte, an den mächtigen Ästen von dieses Yuvenis' Baum aufzuhenken. So hing dort auch Usires vom See, den man der Gotteslästerung und des Aufruhres schuldig gesprochen, weyl er den Eynzigen Gott verkündet hatte; und er hing dort mit den Fersen über dem Kopf gleich dem Kadaver eynes Rindes.

Es geschah aber in dieser neunten Nacht ein gewaltiges Getöse, und feurige Lohe und ein Donnerkeyl fuhren vom Himmel herunter und zerschmetterten den Tempel in tausend Scherben, so daß alle heydnischen Richter und Priester, die darinnen gewesen, zu Tode kamen. Und da der Gestank und die Dünste sich zerstreut hatten, siehe, da war Usires Ädons Körper verschwunden, und es erhob sich ein groß Geschrey, Gott habe ihn zu sich in den Himmel zurückgeholt und seyne Feynde gestraft; indessen sagten andere, Usires' geduldige Schüler hätten den Leychnam abgeschnitten und seyen im Tohuwabohu entkommen. Doch wurden diese Leugner schnell zum Schweygen gebracht, und die Nachricht von dem Wunder verbreytete sich in allen Teylen der Stadt. Und so begann der Untergang der Heydengötter von Nabban.

In den rauchenden Trümmern des Tempels aber lag nun ein ungeheurer

Steyn, und Dampf ging von ihm aus. Die Ädoniter verkündeten, dies sey der Altar der Heyden, der im Feuer der Rache des Eynen Gottes zerschmolzen sey.

Ich aber, Nisses, glaube statt dessen, daß es eyn Flammenstern vom Himmel war, der auf die Erde gefallen, wie dieses gelegentlich vorkömmt.

Und von diesem geschmolzenen Bruchstück nahmen sie eynen großen Batzen, und des Imperators Schwertschmiede entdeckten, daß man ihn bearbeyten konnte; und so hämmerten sie das Himmelsmetall zu eyner gewaltigen Klinge. Und zur Erinnerung an die Geyßelzweyge, mit denen man Usires' Rücken geschunden, nannte man das Sternenschwert – denn dafür halte ich es – Dorn, und große Macht ruhte in ihm.«

»Und so«, sagte Binabik, »kam das Schwert *Dorn,* das sich in der Dynastie der Herrscher von Nabban forterbte, endlich auf...«

»Auf Herrn Camaris, den liebsten Freund meines Vaters«, schloß Josua. »Es gibt sehr viele Geschichten über Camaris' Schwert, aber ich habe bisher nicht gewußt, woher es stammte... wenn man Nisses Glauben schenken will. Irgendwie klingt mir diese Stelle nach Ketzerei.«

»Diejenigen seiner Behauptungen, deren Wahrheit man nachprüfen kann, haben sich als hieb- und stichfest erwiesen, Hoheit«, bemerkte Jarnauga und strich sich den Bart.

»Aber dennoch«, sagte Josua wieder, »was soll das alles bedeuten? Als Camaris damals ertrank, verschwand auch sein Schwert.«

»Gestattet mir, Euch noch mehr aus Nisses' Schriften vorzulesen«, antwortete Binabik. »Im folgenden spricht er vom dritten Teil unseres Rätsels.«

Das zweyte der Großen Schwerter kam vom Meer und segelte aus dem Westen über den salzigen Ozean nach Osten Ard.

Seyt eyner Reyhe von Jahren nämlich waren zu gewissen Jahreszeyten die Seeräuber in unser Land eyngefallen. Sie kamen aus einem fernen, kalten Land, das sie Ijsgard nannten, und wenn sie ihre Plünderungen beendet hatten, so fuhren sie über die Wogen zurück nach Hause.

Aber es fiel etwas vor in ihrer Heymat, ein schreckliches Ereygnis oder sonstiges Unheyl, und darum gaben die Männer von Ijsgard dieses Land auf und brachten ihre Sippen in Booten nach Osten Ard. Dort siedelten sie sich

im Norden an, im Rimmersgard, dem Land meyner eygenen, viel kürzer
zurückliegenden Geburt.

Da sie nun gelandet waren, dankte ihr König Elvrit Udun und den anderen
heydnischen Göttern; und er befahl, daß aus dem eysernen Kiele seynes
Drachenbootes eyn Schwert solle geschmiedet werden, um seyn Volk im
neuen Land zu schützen.

Und so geschah es, daß sie den Kiel den Dverningen übergaben, einem
geheymnisvollen und listigen Volke, das auf eyne Weyse, so wir nicht kennen, das reyne und bedeutsame Metall vom übrigen schied, und sie
schmiedeten daraus eine lange und schimmernde Klinge.

Doch als sie um die Bezahlung feylschten, gerieten König Elvrit und der
Meister der Zwerge miteynander in Streyt, so daß der König den Schmied
erschlug und das Schwert ohne Bezahlung nahm, woraus großes Unheyl
entstehen sollte.

Zum Angedenken aber an ihre Ankunft im neuen Lande nannte Elvrit das
Schwert Minneyar, das heißt ›Gedenkjahr‹.«

Der Troll endete und ging zum Tisch, um aus dem Wasserkrug zu
trinken.

»Nun gut, Binabik von Yiqanuc, zwei mächtige Schwerter«,
bemerkte Josua. »Vielleicht hat dieses furchtbare Jahr mir den Verstand getrübt, aber ich kann mir einfach nicht denken, was sie für uns
bedeuten sollten.«

»Drei Schwerter«, schaltete nun Jarnauga sich ein, »wenn man Inelukis *Jingizu* mitzählt, das wir *Leid* nennen. Drei Große Schwerter.«

»Ihr müßt auch noch den letzten Teil von Nisses' Buch lesen, den
Morgenes zitiert, Prinz Josua«, erklärte jetzt Strangyeard, der sich
endlich auch zu ihnen gesetzt hatte. Er hob die Pergamente auf, die
vor Binabik auf dem Tisch lagen. »Hier bitte. Diese paar Verse vom
Ende der Schriften des Wahnsinnigen.«

Josua las laut vor.

> Wenn Rauhreif Claves' Glocke deckt
> und Schatten auf der Straße geht,
> das Brunnenwasser schwarz sich fleckt:
> drei Schwerter müssen dann zurück.

Wenn Bukken kriechen aus der Gruft,
der Hune steigt vom Berg herab,
wenn Alptraum raubt dem Schlaf die Luft:
drei Schwerter müssen dann zurück.

Der Zeiten Nebel zu verwehn,
zu wenden harten Schicksals Schritt –
soll Frühes Spätem widerstehn:
drei Schwerter müssen dann zurück...

»Ich glaube... ich glaube, das verstehe ich«, sagte der Prinz, der zunehmend gefesselt schien. »Es scheint mir beinahe eine Weissagung über unsere eigene Zeit zu sein – als hätte Nisses gewußt, daß Ineluki eines Tages wiederkommen würde.«

»Ja«, bestätigte Jarnauga, kämmte sich mit den Fingern den Bart und sah Josua über die Schulter, »und damit alles wieder so wird, wie es sein soll, müssen eben ›drei Schwerter zurückkehren‹.«

»Unser Verständnis, Prinz, ist so«, erläuterte Binabik: »Wenn man den Sturmkönig überhaupt besiegen kann, dann nur dadurch, daß wir die drei Schwerter finden.«

»Die drei Schwerter, von denen Nisses spricht?« fragte Josua.

»So hat es den Anschein.«

»Aber wenn das stimmt, was der Junge gesehen hat, befindet sich *Leid* bereits in der Hand meines Bruders.« Der Prinz zog die Brauen zusammen und seine blasse Stirn legte sich in nachdenkliche Falten. »Wenn es so einfach wäre, zum Hochhorst zu gehen und es ihm abzunehmen, brauchten wir uns nicht ängstlich hier in Naglimund zu verkriechen.«

»Über *Leid* sollten wir uns als letztes den Kopf zerbrechen, Prinz«, erklärte Jarnauga. »Jetzt müssen wir erst einmal etwas unternehmen, um die beiden anderen für uns sicherzustellen. Ich trage meinen Namen wegen meiner Augen und meines geübten Blickes, aber in die Zukunft sehen kann ich nicht. Vielleicht fällt uns noch ein Weg ein, wie wir Elias *Leid* fortnehmen können, vielleicht macht er irgendwann einen Fehler. Jetzt aber geht es um *Dorn* und *Minneyar*, die wir finden müssen.«

Josua lehnte sich in seinem Stuhl zurück, kreuzte die Knöchel und preßte die Finger an die geschlossenen Augen. »Es hört sich an wie ein Kindermärchen!« rief er. »Wie sollen einfache Menschen in solchen Zeiten überleben? Ein kalter Wind im Yuven-Monat... der wiedererstandene Sturmkönig, der ein toter Sithiprinz ist... und nun eine verzweifelte Suche nach längstverschollenen Schwertern – Wahnsinn! Narrheit!« Er öffnete die Augen und setzte sich gerade hin. »Aber was bleibt uns übrig? Ich glaube jedes Wort... also muß ich genauso verrückt sein.«

Der Prinz stand auf und begann im Zimmer umherzugehen. Die anderen schauten ihm zu und waren dankbar, daß sie, so mager ihre Hoffnung auch schien, Josua wenigstens von der grimmigen und absonderlichen Wahrheit überzeugt hatten.

»Vater Strangyeard«, sagte Josua endlich, »würdet Ihr Herzog Isgrimnur für mich holen? Ich habe meine Pagen und alle anderen fortgeschickt, damit uns niemand stört.«

»Gewiß, Herr«, antwortete der Archivar und eilte mit flatternden Gewändern aus dem Zimmer.

»Ganz gleich, was geschieht, ich werde heute abend beim *Raed* viel zu erläutern haben. Da möchte ich Isgrimnur an meiner Seite wissen. Die Barone kennen ihn als Mann der Tat, während sie mir wegen meiner Jahre in Nabban und meiner merkwürdigen Gewohnheiten noch immer nicht recht trauen.« Josua lächelte matt. »Wenn all dieser Wahnsinn Wahrheit ist, wird unsere Aufgabe noch viel schwieriger, als sie es ohnehin schon war. Steht der Herzog von Elvritshalla hinter mir, denke ich, daß die Barone ihm folgen werden – obwohl ich nicht glaube, daß ich ihnen unsere neuesten Erkenntnisse mitteilen sollte, auch wenn sie uns einen schwachen Hoffnungsschimmer bieten. Ich mißtraue der Fähigkeit einiger dieser Herren, so aufregende Dinge geheimzuhalten.« Der Prinz seufzte, erhob sich und starrte ins Kaminfeuer. Seine Augen glitzerten, als fülle sie spiegelnde Feuchtigkeit. »Mein armer Bruder.«

Binabik, erstaunt über den Tonfall des Prinzen, schaute auf. »Mein armer Bruder«, wiederholte Josua. »Nun muß ihn wirklich der Alp reiten – der Sturmkönig! Die Weißfüchse! Ich kann nicht glauben, daß er wußte, was er tat.«

»Aber *irgend jemand* wußte es, Prinz«, wandte der Troll ein. »Ich denke nicht, daß der Herr von Sturmspitze und seine Diener von Tür zu Tür ziehen wie die Hausierer, um ihre Waren anzubieten.«

»Nun, ich zweifle nicht daran, daß Pryrates sich auf irgendeine Art mit ihnen in Verbindung gesetzt hat«, antwortete Josua. »Ich kenne ihn und seinen unheiligen Durst nach verbotenem Wissen von früher her, aus der Priesterschule der Usiresbrüder.« Er schüttelte sorgenvoll das Haupt. »Aber Elias, sonst tapfer wie ein Bär, war immer mißtrauisch gegen Geheimnisse in alten Büchern, und er verachtete die Gelehrsamkeit. Außerdem fürchtete er sich vor Gesprächen über Geister und dämonische Wesen. Das wurde noch schlimmer, nachdem . . . nachdem seine Frau gestorben war. Ich frage mich, woran ihm soviel lag, daß er das Entsetzen in Kauf nahm, das dieser Handel ihm einbringen muß. Ich frage mich auch, ob er ihn inzwischen bedauert – welch grausige Bundesgenossen! Armer, törichter Elias . . .«

Es regnete wieder, und als Strangyeard mit dem Herzog zurückkam, waren sie beide vom Überqueren des langgestreckten Hofes triefendnaß. Isgrimnur blieb in der Tür zu Josuas Gemächern stehen und stampfte den Boden wie ein aufgeregtes Pferd.

»Hab gerade meine Frau begrüßt«, erklärte er. »Sie ist mit den anderen Frauen noch vor Skalis Ankunft aufgebrochen und zu Than Tonnrud gereist, ihrem Onkel. Hat ein halbes Dutzend meiner Männer und zwanzig Frauen und Kinder mitgebracht. Dabei hat sie sich die Finger erfroren, meine arme Gutrun.«

»Es tut mir leid, Euch von ihr fortzurufen, Isgrimnur, vor allem, wenn sie krank ist«, entschuldigte sich der Prinz, stand auf und drückte dem alten Herzog die Hand.

»Ach, ich kann ohnehin nicht viel für sie tun. Sie hat unsere Mädchen, die ihr helfen.« Er furchte die Stirn, aber aus seiner Stimme klang Stolz. »Sie ist eine starke Frau, und sie hat mir starke Söhne geboren.«

»Und wir werden Isorn, Eurem Ältesten, Hilfe bringen, zweifelt nicht daran.« Josua geleitete Isgrimnur zum Tisch und reichte ihm Morgenes' Handschrift. »Allerdings kann es sein, daß wir mehr als nur eine Schlacht schlagen müssen.«

Als der Herzog vom ›Verhängnis der Schwerter‹ gelesen und einige Fragen gestellt hatte, las er die Seiten noch einmal.

»Und diese Reime?« fragte er dann. »Ihr glaubt, sie seien der Schlüssel zum Ganzen?«

»Wenn Ihr die Art Schlüssel meint, mit der man eine Tür zusperrt«, antwortete Jarnauga, »dann ja: Das hoffen wir. Denn es scheint, daß es das ist, was wir tun müssen: die Schwerter aus Nisses' Weissagung finden, drei Schwerter, die den Sturmkönig bannen.«

»Aber der Junge behauptet, daß Elias das Sithischwert hätte – und wirklich sah ich, als er mir sagte, ich könne nun nach Elvritshalla aufbrechen, daß er ein fremdes Schwert trug. Ein großes, fremdartig aussehendes Ding war es.«

»Wir wissen davon, Herzog«, fiel Binabik ein. »Es sind die anderen beiden, denen unsere Suche zunächst gilt.«

Isgrimnur schielte mißtrauisch auf den Troll. »Und was begehrt Ihr dabei von mir, kleiner Mann?«

»Nur Eure Hilfe, wie immer Ihr sie gewähren könnt«, erklärte Josua und klopfte dem Rimmersmann auf die Schulter. »Aus demselben Grund ist auch Binabik von Yiqanuc hier.«

»Habt Ihr jemals etwas über das Schicksal von *Minneyar*, Elvrits Schwert, gehört?« fragte Jarnauga. »Ich gestehe, daß eigentlich ich es wissen sollte, weil es die Aufgabe unseres Bundes ist, solches Wissen zusammenzutragen; aber in den Geschichten, die wir kennen, kommt *Minneyar* nicht mehr vor.«

»Eines weiß ich von meiner Großmutter, die eine Geschichtenerzählerin war«, antwortete Isgrimnur und kaute an seinem Schnurrbart, während er sich zu erinnern versuchte. »Von Elvrits Linie ging es auf Fingil Rothand über, und von Fingil auf seinen Sohn Hjeldin; und als dann Hjeldin vom Turm stürzte – und hinter ihm Nisses tot am Boden lag –, nahm es Hjeldins Unterführer Ikferdig an sich, zusammen mit Fingils Rimmerskrone und der Herrschaft über den Hochhorst.«

»Ikferdig starb auf dem Hochhorst«, bemerkte Strangyeard, der sich am Kaminfeuer die Hände wärmte, schüchtern. »In meinen Büchern heißt er ›Der verbrannte König‹.«

»Starb am Drachenfeuer des roten Shurakai«, ergänzte Jarnauga. »In seinem Thronsaal gebraten wie ein Kaninchen.«

»Also...«, sagte Binabik nachdenklich, während den weichherzigen Strangyeard bei Jarnaugas Worten ein Schauer überlief, »befindet sich *Minneyar* jetzt entweder irgendwo in den Mauern des Hochhorstes... oder der feurige Atem des Drachens hat es damals zerstört.«

Josua stand auf und ging zum Kamin, wo er sich hinstellte und in die tanzenden Flammen starrte. Strangyeard wich vorsichtig zur Seite, um seinen Fürsten nicht durch seine Nähe zu bedrängen.

»Zwei verwirrende und unglückselige Möglichkeiten.« Josua verzog das Gesicht. Dann wandte er sich zu Vater Strangyeard und meinte: »Ihr habt mir heute keine guten Nachrichten gebracht, Ihr weisen Männer.« Der Archivar schaute bedrückt. »Zuerst erzählt Ihr mir, unsere einzige Hoffnung liege darin, diese drei sagenhaften Klingen wiederzufinden, und nun erklärt Ihr, zwei davon befänden sich in der Festung meines Bruders – falls sie überhaupt noch existieren.« Der Prinz seufzte bekümmert. »Und die dritte? Benutzt Pryrates sie dazu, sich bei Tisch das Fleisch zu schneiden?«

»*Dorn*«, sagte Binabik und kletterte auf die Tischkante, um sich dort niederzulassen. »Das Schwert des großen Ritters, der Camaris hieß.«

»Geschmiedet aus dem Sternenstein, der den Tempel des Yuvenis im alten Nabban zerstörte«, fügte Jarnauga hinzu. »Sicher ist es mit dem großen Camaris im Meer versunken, als er in der Bucht von Firannos über Bord gespült wurde.«

»Da habt Ihr es!« fauchte Josua. »Zwei sind in der Hand meines Bruders, und das dritte liegt im noch festeren Griff der eifersüchtigen See. Unsere Suche ist verflucht, bevor wir sie noch begonnen haben!«

»Ohne Zweifel hätte man es auch als unmöglichen Zufall betrachtet, daß Morgenes' Werk die Vernichtung seiner Person und seines Heims überleben könnte«, warf Jarnauga ein, und seine Stimme klang streng, »um dann durch Gefahren und Verzweiflung unversehrt zu uns zu gelangen, nur damit wir Nisses' Weissagung lesen könnten. Aber es *hat* überlebt. Und es *hat* uns erreicht. Es gibt immer Hoffnung.«

»Verzeiht mir, Prinz, aber mich dünkt, daß uns nur eines bleibt«, schaltete sich Binabik ein und nickte weise von der Tischplatte herunter. »Wir müssen zurück in die Archive und weiterforschen, bis wir Antworten auf das Rätsel von *Dorn* und der beiden anderen Klingen finden. Und wir müssen sie bald finden.«

»Sehr bald, allerdings«, bemerkte Jarnauga, »denn wir verschwenden Zeit, die so kostbar ist wie Diamanten.«

»Wie wahr«, bestätigte Josua, zog sich den Stuhl an den Kamin und ließ sich müde nieder, »beeilt Euch unbedingt; doch ich fürchte tief in meinem Herzen, daß unsere Zeit bereits abgelaufen ist.«

»Verdammt, verdammt und verdammt«, knirschte Simon und schleuderte einen großen Steinbrocken von den Zinnen hinunter in die Zähne des Windes. Naglimund schien inmitten einer weiten Fläche aus seifigem, grauem Nichts zu stehen wie ein Berg, der sich aus einem Meer wirbelnden Regens erhebt. »Verdammt«, wiederholte er und bückte sich, um auf der nassen Steinmauer nach einem weiteren Brocken zu suchen.

Sangfugol warf ihm einen Blick zu. Seine schöne Mütze saß ihm als formlose, triefende Masse auf dem Kopf. »Simon«, mahnte er ärgerlich, »du kannst nicht beides haben. Zuerst schimpfst du über alle, weil sie dich einfach mitgeschleift hätten wie einen Hausierersack, dann fluchst du lästerlich und schmeißt Steine, weil man dich zu den Beratungen heute nachmittag *nicht* hinzugezogen hat.«

»Ich weiß«, knurrte Simon und schickte ein neues Wurfgeschoß von den Burgmauern. »Ich weiß selbst nicht, was ich will. Ich weiß überhaupt nichts.«

Der Harfner machte ein finsteres Gesicht. »Was *ich* gern wissen möchte, ist: Was machen wir eigentlich hier oben? Gibt es keinen besseren Ort, an dem man sich elend und verstoßen fühlen kann? Auf diesen Zinnen ist es kalt wie ein Brunnenbuddler-Arsch.« In der Hoffnung, damit Mitleid zu erregen, ließ er sekundenlang die Zähne klappern: »Also: Warum sind wir hier oben?«

»Weil man davon den Kopf klar bekommt, von so einem bißchen Wind und Regen«, rief Strupp, der jetzt über die Zinnen wieder auf seine beiden Kumpane zukam. »Für eine durchzechte Nacht gibt es kein besseres Heilmittel.« Der kleine Alte zwinkerte Simon zu, der im stillen dachte, daß Strupp gewiß längst wieder nach unten gestiegen wäre, wenn er nicht den Anblick des in seinem prächtigen grauen Samtgewand bibbernden Sangfugols so genossen hätte.

»Na schön«, grollte der Harfner, unglücklich wie eine nasse Katze, »Ihr trinkt wie ein Mann in seiner Jugend, Strupp – beziehungsweise in seiner zweiten Kindheit –, darum ist es wohl nicht weiter verwunderlich, Euch aus reinem Vergnügen auf den Mauern herumstolzieren zu sehen wie einen Schlingel von Jungen.«

»Ach, Sangfugol«, erwiderte Strupp mit einem runzligen Lächeln und sah zu, wie ein weiteres Wurfgeschoß Simons eine Wassergarbe aus dem regenpockigen Teich aufschießen ließ, der dort strudelte, wo früher der Burganger gewesen war. »Ihr seid zu . . . Ho!« Strupp deutete. »Ist das nicht Herzog Isgrimnur? Ich habe gehört, er sei zurück. *Ho, Herzog!*« rief der Narr und winkte der stämmigen Gestalt zu. Isgrimnur, die Augen vor dem seitlich einfallenden Regen zusammengekniffen, sah auf. »Herzog Isgrimnur! Ich bin es, Strupp!«

»Du bist das?« schrie der Herzog zurück. »Verdammt will ich sein, wenn du es nicht bist, alter Hurensohn!«

»Kommt herauf, kommt herauf!« lud Strupp ihn ein. »Kommt herauf und erzählt mir, was es Neues gibt!«

»Ich sollte mich wirklich nicht wundern«, bemerkte Sangfugol hämisch, als der Herzog über den überschwemmten Anger auf die Wendeltreppe in der Mauer zustakte. »Der einzige Mensch außer einem alten Irren und einem verrückten Harfner, der hier freiwillig hinaufsteigt, *muß* ein Rimmersmann sein. Wahrscheinlich wird es ihm sogar zu warm sein, weil es gerade nicht graupelt oder schneit.«

Isgrimnur begrüßte Simon und Sangfugol mit einem müden Lächeln und Nicken, drehte sich dann um, packte die geäderte Hand des Narren und versetzte ihm einen kameradschaftlichen Hieb auf die Schulter. Er war soviel größer und umfangreicher als Strupp, daß es aussah wie bei einer Bärin, die ihrem Jungen einen liebevollen Puff gibt.

Während der Herzog und der Narr ihre Neuigkeiten austauschten, warf Simon Steine und lauschte, und Sangfugol stand mit der Miene geduldigen, hoffnungslosen Leidens daneben. Niemanden überraschte es, als sich die Rede des Rimmersmannes schon bald von gemeinsamen Freunden und vertrauten Dingen ab- und dunkleren

Themen zuwandte. Als Isgrimnur die wachsende Kriegsdrohung und die Schatten im Norden erwähnte, fühlte Simon die Kälte, die der eisige Wind – seltsamerweise – eine Zeitlang vertreiben geholfen hatte, wieder mit Macht zurückströmen. Und als der Herzog in leisem Ton vom Herrscher des Nordens zu erzählen anfing und dann plötzlich ausweichend wurde und meinte, manche Dinge seien zu furchterregend, als daß man offen darüber sprechen könne, schien sich die Kälte tiefer in Simons Herz zu schleichen. Er starrte hinaus in die trübe Ferne, nach der dunklen Sturmfaust, die hinter dem Regen am nördlichen Horizont drohte, und spürte, wie seine Reise auf der Traumstraße wieder in ihm aufstieg...

Der nackt vor ihm aufragende steinerne Berg mit seiner Aura aus indigoblauen und gelben Flammen. Die silbern maskierte Königin auf ihrem Eisthron, der Singsang der Stimmen in der felsigen Festung...

Schwarze Gedanken drückten ihn nieder, zerquetschten ihn wie der Rand eines breiten Rades. Es würde so leicht sein, er wußte es genau, ins Dunkel hineinzugehen, in die Wärme hinter der Kälte des Sturmes...

Es ist so nahe... so nahe...

»Simon!« rief eine Stimme an seinem Ohr. Eine Hand packte ihn am Ellenbogen. Erschreckt sah er nach unten und erblickte nur wenige Zoll von seinem Fuß entfernt die Mauerkante und senkrecht unter sich das windgepeitschte Wasser des Teiches.

»Was tust du?« fragte Sangfugol und rüttelte seinen Arm. »Wenn du von diesem Mäuerchen hüpfen würdest, brächte dir das mehr ein als nur ein paar Knochenbrüche.«

»Ich war...«, stotterte Simon und merkte, daß noch immer ein dunkler Nebel seine Gedanken umwölkte, »ich...«

»*Dorn?*« fragte Strupp laut und reagierte damit auf etwas, das Isgrimnur gerade gesagt hatte. Simon drehte sich um und sah den kleinen Narren am Mantel des Herzogs zupfen wie ein zudringliches Kind. »*Dorn*, habt Ihr gesagt? Und warum seid Ihr damit nicht gleich zu mir gekommen? Warum nicht zum alten Strupp? Wenn einer, dann weiß *ich* alles, was es darüber zu wissen gibt!«

Der Alte wandte sich an Simon und den Harfner. »Wer war denn länger als alle anderen bei unserem Johan? Wer? Ich natürlich. Hab

685

Witze für ihn gemacht und Kunststücke und Musik, sechzig Jahre lang. Und für den großen Camaris auch. Ich habe ihn erlebt, wie er an den Hof kam.« Er drehte sich wieder zum Herzog um, und in seinen Augen leuchtete etwas auf, das Simon noch nicht gesehen hatte. »Ich bin der Mann, den Ihr sucht«, verkündete Strupp stolz. »Schnell! Bringt mich zu Prinz Josua.«

Der krummbeinige alte Narr schien fast zu tanzen, so leicht waren seine Schritte, als er dem ein wenig betäubten Rimmersmann zu den Stufen voraneilte.

»Dank sei Gott und seinen Engeln«, bemerkte Sangfugol und schaute ihnen nach. »Ich schlage vor, daß wir uns jetzt sofort etwas einverleiben – etwas Feuchtes, das von innen die Feuchtigkeit des Äußeren ausgleicht.«

Er führte den noch immer kopfschüttelnden Simon von den verregneten Zinnen in das hallende, von Fackeln erleuchtete Treppenhaus hinunter, für eine kleine Weile hinaus aus der Reichweite der Nordwinde, hinein ins Warme.

»Wir kennen Eure Rolle bei diesen Ereignissen, guter Strupp«, sagte Josua ungeduldig. Der Prinz hatte sich wie zum Schutz gegen die alles durchdringende Kälte einen Wollschal um den Hals geschlungen. Die Spitze seiner schmalen Nase war rosa.

»Ich decke nur sozusagen den Tisch, Hoheit«, meinte Strupp ungerührt. »Wenn ich einen Becher Wein bekommen könnte, um meine Zunge geschmeidiger zu machen, würde ich unverzüglich zum Hauptgang kommen.«

»Isgrimnur«, stöhnte Josua, »wäret Ihr wohl so gut, unserem ehrwürdigen Narren etwas Trinkbares zu suchen, sonst fürchte ich, daß wir bis zur Ädonszeit hier sitzen und auf den Rest der Geschichte harren müssen.«

Der Herzog von Elvritshalla trat zu dem Zedernholzschrank neben Josuas Tisch und fand einen Krug mit Rotwein aus Perdruin. »Hier«, sagte er und reichte Strupp einen gefüllten Humpen. Der Narr nahm einen Schluck und lächelte.

Es ist nicht der Wein, den er haben will, dachte der Rimmersmann, *es geht ihm um die Beachtung. Die Zeiten sind schlimm genug für die Jungen und Tüchtigen, wie dann erst für einen alten Gaukler, dessen Herr seit zwei Jahren tot ist.*

Er starrte in das runzlige Gesicht des Narren, und sekundenlang war ihm, als erblicke er dahinter wie durch einen dünnen Vorhang die gefangenen Züge des Kindes.

Gott, gib mir einen schnellen, ehrenhaften Tod, betete Isgrimnur, damit ich nicht einer von diesen alten Trotteln werde, die am Lagerfeuer sitzen und den jungen Männern erzählen, daß früher alles besser war. – Und doch, dachte er, als er zu seinem Stuhl zurückging und auf das Wolfsgeheul des Windes draußen horchte, *vielleicht ist es diesmal sogar wahr. Vielleicht haben wir wirklich bessere Tage gesehen. Vielleicht wartet wirklich nichts mehr auf uns, als eine aussichtslose Schlacht gegen die schleichende Finsternis.*

»Wißt Ihr«, begann Strupp wieder, »Camaris' Schwert *Dorn* ist nämlich nicht mit ihm untergegangen. Er hatte es in die Obhut seines Knappen gegeben, Colmund von Rodstanby.«

»Ihm sein Schwert gegeben?« fragte Josua ratlos. »Das paßt zu keiner der Geschichten, die ich je über Camaris-sá-Vinitta gehört habe.«

»Ja, aber Ihr kanntet ihn nicht in diesem letzten Jahr... und wie könntet Ihr auch, da Ihr doch gerade erst auf die Welt gekommen wart?« Strupp nahm einen weiteren Zug und starrte sinnend zur Decke. »Nachdem Eure Mutter, Königin Ebekah, starb, wurde Herr Camaris seltsam und wunderlich. Er war, Ihr wißt es, ihr besonderer Beschützer, und er betete den Boden an, auf den sie ihren Fuß setzte – als wäre sie Elysia selbst, die Mutter Gottes. Ich habe immer gedacht, daß er sich Vorwürfe wegen ihres Todes machte, so als ob er ihre Kränklichkeit mit Waffengewalt hätte heilen können... oder durch die Reinheit seines Herzens... armer Tor.«

Isgrimnur, der Josuas Ungeduld sah, beugte sich vor. »Also gab er das Sternenschwert seinem Knappen?«

»Ja, ja«, versetzte der Alte gereizt. Er liebte es nicht, wenn man ihn drängte. »Als Camaris vor der Insel Harcha im Meer verschwand, nahm Colmund das Schwert an sich. Er ging zurück und erneuerte seinen Anspruch auf das Land seiner Sippe in Rodstanby in der Frostmark, und er wurde Baron einer nicht unbeträchtlichen Provinz.

Dorn war eine auf der ganzen Welt berühmte Waffe, und als seine Feinde sie bei ihm erblickten – denn sie war unverwechselbar, glänzend schwarz bis auf den Silbergriff, eine schöne, gefährliche Klinge –, wollte sich niemand mehr gegen ihn stellen. Nur selten brauchte er sie überhaupt aus der Scheide zu ziehen. «

»Also ist sie nun in Rodstanby?« fragte Binabik aufgeregt aus seiner Ecke. »Das ist kaum ein Zweitageritt von Naglimund!«

»Nein, nein, nein«, knurrte Strupp und schwenkte den Humpen, damit Isgrimnur ihn wieder für ihn füllen sollte. »Wenn du nur warten wolltest, Troll, würde ich dir alles erzählen. «

Bevor Binabik oder der Prinz oder sonst jemand antworten konnte, stand Jarnauga, der am Feuer gehockt hatte, auf und neigte sich über den kleinen Narren. »Strupp«, sagte er, und seine Stimme war so hart und kalt wie Eis auf den Dachsparren, »wir können nicht warten, bis Ihr Euch bequemt. Eine drohende Finsternis breitet sich von Norden her zu uns aus, ein kalter, tödlicher Schatten. Wir *müssen* das Schwert haben, versteht Ihr?« Er näherte seine scharfen Züge Strupps Gesicht, so nah, daß die buschigen Augenbrauen des kleinen Mannes angstvoll in die Höhe schossen. »Und wir müssen *Dorn* schnell finden, denn schon bald wird der Sturmkönig selbst an unsere Tür klopfen. *Begreift Ihr nun?*«

Jarnauga ließ die langen Beine wieder in ihre Hockstellung neben dem Kamin zurücksinken, und Strupp starrte ihn mit aufgerissenem Mund an.

Hm, sann Isgrimnur, *wenn wir wollten, daß die letzten Neuigkeiten in ganz Naglimund herumposaunt würden, dann ist uns das jetzt gelungen. Immerhin sieht es so aus, als hätte er Strupp eine gelinde Klette unter den Sattel gesetzt.*

Es dauerte eine kleine Weile, bis der Narr die erschreckten, gebannten Augen vom durchbohrenden Blick des Nordmannes losreißen konnte. Als er sich endlich abwandte, erweckte er nicht mehr so stark den Eindruck, als genösse er seine augenblickliche Rolle.

»Colmund«, erklärte er, »Herr Colmund hörte von Reisenden Geschichten über den sagenhaften Schatz des Drachen Igjarjuk, hoch oben auf dem Berg Urmsheim. Es war ein Schatz, der reicher sein sollte als jeder andere auf der weiten Welt. «

»Nur ein Flachländer kann auf den Gedanken kommen, sich mit einem Bergdrachen anzulegen – und das für Gold!« warf Binabik angewidert ein. »Mein Volk lebt seit langer Zeit in der Nachbarschaft von Urmsheim, und wir leben lange, weil wir den Berg in Ruhe lassen.«

»Aber seht Ihr«, fuhr der alte Strupp fort, »dieser Drache ist ja schon seit Generationen nur noch eine Sage. Niemand hat ihn je zu Gesicht bekommen, niemand von ihm gehört... außer ein paar schneeverrückten Wanderern. Und Colmund hatte das Schwert *Dorn*, ein magisches Schwert, das ihn auf seiner Suche nach dem Hort eines Zauberdrachens leitete.«

»Aber was für eine Torheit!« rief Josua. »Hatte er nicht alles, was er wollte? Eine mächtige Baronie? Das Schwert eines Helden? Mußte er denn auch noch solch einer verrückten Idee nachjagen?«

»Verdammt, Josua«, fluchte Isgrimnur, »warum tun denn die Menschen, was sie tun? Warum hängten sie unseren Herrn Usires kopfüber am Baum auf? Warum sperrte Elias seinen Bruder ein und gibt sich mit Dämonen ab, obwohl er doch ohnehin schon Hochkönig von ganz Osten Ard ist?«

»Es liegt wirklich etwas in Männern und Frauen, das sie antreibt, nach Dingen zu greifen, die unerreichbar für sie sind«, bemerkte Jarnauga aus seiner Kaminecke. »Und manchmal überschreitet das, wonach sie streben, die Grenzen des Verstandes.«

Binabik sprang leichtfüßig vom Tisch. »Zuviel Gerede ist dies von Dingen, die wir niemals wissen können«, meinte er. »Immer noch lautet unsere Frage: Wo ist das Schwert? *Wo ist Dorn?*«

»Ich bin überzeugt, daß es dort im Norden verlorenging«, antwortete Strupp. »Ich habe nie gehört, daß Herr Colmund je von seiner Fahrt zurückkehrte. Eine Wanderergeschichte sagt, er habe sich zum König der *Hunen* gemacht und lebe dort noch immer, in einer Festung aus Eis.«

»Das hört sich an, als hätten alte Erinnerungen an Ineluki seine Geschichte getrübt und sich mit ihr vermischt«, sagte Jarnauga nachdenklich.

»Er schaffte es bis zum Kloster von Sankt Skendi in Vestvennby«, ließ sich Vater Strangyeard unerwartet aus dem Hintergrund ver-

nehmen. Er war rasch einmal hinausgegangen und wieder zurückgekommen, ohne daß es den anderen aufgefallen war; eine schwache
Röte des Vergnügens färbte seine schmalen Wangen. »Strupps
Worte haben eine Erinnerung in mir wachgerufen. Ich hatte das
Gefühl, ich besäße einige der Klosterbücher des Skendi-Ordens, aus
dem Brand des Klosters in den Frostmark-Kriegen gerettet. Hier ist
das Wirtschaftsbuch des Jahres 1131 nach der Gründung. Schaut
her, es erwähnt die Ausstattung von Colmunds Schar.« Er reichte es
stolz Josua, der es ins Licht des Feuers hielt.

»Getrocknetes Fleisch und Obst«, las Josua, mühsam die verblaßten
Worte entziffernd. »Wollmäntel, zwei Pferde...« Er blickte auf.
»Hier ist die Rede von einer Gruppe von ›einem Dutzend und
einem‹ – dreizehn.« Er gab das Buch an Binabik weiter, der es an
sich nahm und sich gemeinsam mit Jarnauga vor dem Feuer hinein-
vertiefte.

»Danach müssen sie irgendwie Pech gehabt haben«, meinte Strupp
und füllte sich den Humpen neu. »Denn nach der Geschichte, die
ich gehört habe, ist er mit über zwei Dutzend seiner besten, ausge-
suchten Männer aufgebrochen.«

»Und was nützt uns das nun alles?« meldete sich Herzog Isgrimnur zu
Wort. »Wenn das Schwert verlorengegangen ist, dann ist es weg,
und wir müssen eben aus unserer Verteidigung hier das Beste
machen.«

»Herzog Isgrimnur«, erwiderte Binabik, »vielleicht versteht Ihr
nicht: Es gibt keine Wahl für uns. Wenn tatsächlich der Sturmkönig
unser größerer Feind ist – und darin, denke ich, sind wir alle derselben Meinung –, dann ist es das einzige an Hoffnung, scheint mir,
das wir besitzen, daß wir die drei Schwerter erlangen. Zwei davon
sind uns derzeit verwehrt. Bleibt *Dorn*, und wir müssen es finden –
sofern das möglich ist.«

»Belehrt mich nicht, kleiner Mann«, knurrte Isgrimnur und
musterte den Troll mit scharfem Blick. *Schlau genug ist er bestimmt,*
dachte der Rimmersmann, *obwohl ich ihm oder seinesgleichen nicht recht*
trauen mag. Und welche Macht hat er über den Jungen? Ich weiß auch da
nicht, ob mir das gefallen soll, obwohl ich glaube, daß das, was sie uns
erzählt haben, so ziemlich die Wahrheit ist.

690

Mit einer müden Handbewegung kam Josua einem Streit der beiden zuvor.

»Schweigt jetzt«, sagte der Prinz. »Ich bitte Euch, laßt mich nachdenken. Mir fiebert der Kopf von soviel Wahnsinn auf einmal. Ich brauche ein kleines Weilchen Ruhe.«

Strangyeard, Jarnauga und Binabik vertieften sich erneut in das Rechnungsbuch des Klosters und in Morgenes' Handschrift, wobei sie sich im Flüsterton unterhielten. Strupp trank seinen Wein aus, und Isgrimnur hockte neben ihm, nahm ab und zu einen Schluck und brütete vor sich hin. Josua saß da und starrte ins Feuer. Das müde Gesicht des Prinzen wirkte wie über Knochen gespanntes Pergament; der Herzog ertrug den Anblick nur schwer.

Sein Vater sah in den letzten Tagen vor seinem Tode auch nicht schlimmer aus, sann Isgrimnur. *Hat Johans Sohn Kraft genug, uns durch eine Belagerung zu bringen, wie sie uns wohl bald bevorsteht? Hat er auch nur die Kraft, selber am Leben zu bleiben? Immer ist er ein Grübler gewesen, ein Sorger . . . auch wenn er, um ihm Gerechtigkeit zu erweisen, mit Schwert und Schild kein Weichling ist.* Spontan stand er auf, stapfte zu dem Prinzen hinüber und legte Josua die Bärentatze auf die Schulter.

Der Prinz blickte auf. »Könnt Ihr einen guten Mann für mich entbehren, alter Freund?« fragte er dann. »Habt Ihr einen, der den Nordosten des Landes kennt?«

Isgrimnur machte ein nachdenkliches Gesicht. »Ich habe zwei oder drei. Allerdings dürfte Frekke für eine Reise wie die, an die Ihr denken werdet, zu alt sein. Einskaldir wird nicht von meiner Seite weichen, solange ich ihn nicht an der Spitze meines Speeres aus Naglimund vertreibe. Außerdem denke ich, daß wir seine Wildheit hier brauchen werden, wenn der Kampf heiß und blutig wird. Er ist so grimmig und verbissen wie ein Dachs und am besten, wenn man ihn in die Enge treibt.« Der Herzog überlegte. »Die anderen . . . ich denke, ich werde Euch Sludig geben. Er ist jung und kräftig, aber auch klug. Ja, Sludig ist Euer Mann.«

»Gut.« Josua nickte langsam mit dem Kopf. »Ich habe drei oder vier, die ich aussenden will; und ein kleiner Trupp ist sicher besser als ein großer.«

»Und wozu genau?« Isgrimnur sah sich im Raum um, betrachtete die solide Kargheit der Einrichtung und fragte sich wieder, ob sie nicht Trugbildern nachjagten, das winterliche Wetter nicht vielleicht ihr Urteilsvermögen hatte einfrieren lassen.

»Um nach Camaris' Schwert zu suchen, Onkel Bärenhaut«, erklärte der Prinz mit dem Gespenst eines Lächelns. »Zweifelsohne ist es Wahnsinn, denn wir können auf nichts Besseres zurückgreifen als alte Geschichten und ein paar verblaßte Worte in alten Büchern, aber es ist eine Möglichkeit, die ungeprüft zu lassen wir uns nicht leisten können. Wir haben sturmgepeitschten Winter im Sommermonat Yuven. Daran kann kein Zweifel etwas ändern. « Mit gedankenvoll gekräuseltem Mund sah er sich im Zimmer um.

»Binabik von Yiqanuc!« rief er dann endlich, und der Troll sprang auf. »Wollt Ihr eine Schar auf die Fährte *Dorns* führen? Ihr kennt das nördliche Gebirge besser als jeder andere hier, wenn man vielleicht einmal von Jarnauga absieht, von dem ich hoffe, daß er Euch begleiten wird. «

»Ich würde voller Ehre sein, Prinz«, antwortete Binabik und ließ sich auf ein Knie nieder. Sogar Isgrimnur mußte grinsen.

»Auch mir wäre es ehrenvoll, Prinz Josua«, sagte Jarnauga und stand auf, »aber ich fürchte, es soll nicht sein. Hier in Naglimund kann ich Euch am besten dienen. Meine Beine sind alt, aber meine Augen noch scharf. Ich werde Strangyeard in den Archiven helfen, denn es gibt noch viele Fragen zu beantworten und noch viele Rätsel in der Geschichte des Sturmkönigs und dem Verbleib von Fingils Schwert *Minneyar* zu lösen. Vielleicht finde ich auch noch andere Wege, wie ich Euch helfen kann. «

»Hoheit«, fragte Binabik, »wenn noch ein Platz leer ist, wollt Ihr mir erlauben, den Jungen Simon mitzunehmen? Morgenes hat – es war sein letzter Wunsch – darum gebeten, daß mein Meister über den Jungen wachen sollte. Nach Ookequks Tod bin ich nun Meister und möchte mich dieser Pflicht nicht entziehen. «

Josuas Blick war skeptisch. »Ihr wollt über ihn wachen, indem Ihr ihn auf eine wahnwitzige Expedition in den unerforschten Norden mitnehmt? «

Binabik zog eine Braue hoch. »Unerforscht von großen Leuten – vielleicht. Für mein Qanuc-Volk ist es wie der eigene Dorfanger. Und wäre es sicherer, ihn in einer Burg zurückzulassen, die sich zum Krieg mit dem Hochkönig rüstet?«

Der Prinz führte die langen Finger ans Gesicht, als schmerze ihn der Kopf. »Vermutlich habt Ihr recht. Wenn dieser schmale Streifen Hoffnung sich als nichtig erweist, wird es für niemanden, der auf der Seite des Herrn von Naglimund gestanden hat, mehr einen sicheren Ort geben. Wenn der Junge willig ist, könnt Ihr ihn mitnehmen.« Er nahm Binabik bei der Schulter. »Ausgezeichnet, kleiner Mann — klein, aber tapfer. Geht nun zurück an Eure Bücher. Morgen früh werde ich Euch drei wackere Erkynländer und Isgrimnurs Mann Sludig schicken.«

»Meinen Dank, Prinz Josua«, nickte Binabik. »Aber ich meine, daß wir lieber morgen abend aufbrechen sollten. Wir werden eine kleine Schar sein, und unsere beste Hoffnung liegt darin, keine böse Aufmerksamkeit auf uns zu lenken.«

»So sei es«, antwortete Josua, erhob sich und hob wie segnend die Hand. »Wer weiß schon, ob dies ein sinnloses Unterfangen oder unser aller Rettung ist? Mit Trompetenschall und Jubelrufen solltet Ihr ausziehen; statt dessen muß die Ehre der Notwendigkeit weichen und Heimlichkeit das Losungswort sein. Ihr sollt wissen, daß unsere Gedanken bei Euch sind.«

Isgrimnur stand zögernd daneben, bückte sich dann plötzlich und ergriff Binabiks kleine Hand. »Verdammt seltsam ist das alles«, brummte er, »aber Gott sei mit Euch. Wenn Sludig aufsässig wird, seht es ihm nach. Er ist von feurigem Gemüt, aber sein Herz ist gut und seine Treue fest.«

»Habt Dank, Herzog«, erwiderte der Troll ernsthaft. »Möge Euer Gott uns wirklich segnen. Wir reisen ins Unbekannte.«

»Wie alle Sterblichen es tun«, fügte der Prinz hinzu. »Früher oder später.«

»Was! Du hast dem Prinzen und allen anderen gesagt, ich würde *wohin* mitkommen?« Simon ballte vor Wut die Fäuste. »Was für ein Recht hattest du dazu?«

»Simon-Freund«, versetzte Binabik gelassen, »niemand befiehlt dir zu gehen. Ich habe nur von Josua die Erlaubnis erbeten, dich an

693

unserer Suche teilnehmen zu lassen, und sie wurde mir gewährt. Die Entscheidung liegt bei dir.«

»Bei Usis verdammtem *Baum!* Was bleibt mir denn noch übrig? Wenn ich nein sage, hält mich jeder für einen Feigling!«

»Simon.« Der kleine Mann setzte eine geduldige Miene auf. »Erstens: Versuche nicht an mir deine neugelernten Soldatenflüche. Wir Qanuc sind ein höfliches Volk. Zweitens: Es tut nicht gut, sich über anderer Leute Meinungen solche Sorgen zu machen. Abgesehen davon wird Naglimund bestimmt kein guter Ort für Feiglinge sein.«

Simon zischte eine große, frostige Atemwolke hervor und umarmte sich selbst. Er starrte zum trüben Himmel hinauf nach dem stumpfen, verschwommenen Sonnenfleck, der sich hinter den Wolken verbarg. *Warum entscheiden immer andere für mich, ohne mich vorher zu fragen? Bin ich ein Kind?*

Eine Weile stand er so da, mit nicht allein von der Kälte gerötetem Gesicht, bis Binabik eine kleine, liebreiche Hand nach ihm ausstreckte.

»Mein Freund, ich bin sorgenvoll, daß dieses nicht die Ehre für dich war, die ich erhofft hatte – eine Ehre der schrecklichen, allzu schrecklichen Gefahr natürlich, aber doch eine Ehre. Ich habe erklärt, welche Bedeutung wir dieser Suche beimessen, wie das Schicksal Naglimunds und des ganzen Nordens von ihrem Erfolg abhängt. Und selbstverständlich auch, daß wir vielleicht alle ohne Sang und Klang in der weißen Öde des Nordens untergehen können.« Er klopfte feierlich Simons Handknöchel und griff dann in die Tasche seiner pelzgefütterten Jacke. »Hier«, sagte er und legte etwas Hartes und Kaltes in Simons Finger.

Für einen Augenblick abgelenkt, öffnete der Junge die Hand und schaute. Es war ein Ring, ein glatter, dünner Reif aus goldenem Metall. Ein einfaches Zeichen war darauf eingraviert: ein längliches Oval mit einem spitzen Dreieck an einem Ende.

»Das Fischsymbol des Bundes der Schriftrolle«, erklärte Binabik. »Morgenes band es an das Bein des Sperlings, zusammen mit der Nachricht, von der ich dir schon erzählt habe. Am Schluß der Botschaft stand, daß es für dich sein sollte.«

Simon hielt den Ring in die Höhe und versuchte, einen Strahl des trüben Sonnenlichtes damit einzufangen. »Ich habe ihn nie an Morgenes gesehen«, meinte er schließlich, ein wenig überrascht, daß der Ring keine Erinnerungen in ihm weckte. »Haben die Angehörigen des Bundes alle einen? Und wie könnte ich würdig sein, ihn zu tragen? Ich kann gerade lesen, und meine Rechtschreibung ist alles andere als gut.«

Binabik lächelte. »Mein Meister hatte keinen solchen Ring, oder zumindest habe ihn nie damit gesehen. Und was das andere betrifft: Morgenes wollte, daß du ihn tragen solltest, und das, davon habe ich Überzeugung, ist Erlaubnis genug.«

»Binabik«, bemerkte Simon mit zusammengekniffenen Augen, »es steht etwas darin geschrieben.« Er hielt dem Troll den Ring hin. »Ich kann es nicht lesen.«

Der Troll machte schmale Pupillen. »Es ist Schrift in einer Sithisprache«, meinte er und drehte den Ring, um auf der Innenseite zu lesen, »schwer zu entziffern, weil sie sehr klein und in einem Stil abgefaßt ist, den ich nicht kenne.« Er studierte einen Augenblick länger.

»›Drache‹, dieses Zeichen heißt Drache«, las er dann doch. »Und das hier, glaube ich, ›Tod‹... ›Tod und Drache?‹... ›Tod des Drachen‹?« Er sah zu Simon auf, grinste und zuckte die Achseln. »Ich habe keine Ahnung, was es bedeuten könnte. Mein Wissen reicht nicht tief genug. Irgendein Einfall unseres Doktors, könnte ich mir vorstellen – oder vielleicht ein Familienwahlspruch. Vielleicht kann Jarnauga es lesen.«

Der Ring glitt so bequem auf den dritten Finger von Simons rechter Hand, als sei er für ihn gemacht. Morgenes war doch so klein gewesen! Wie hatte er ihn tragen können?

»Glaubst du, daß es ein *Zauberring* ist?« fragte Simon unvermittelt und kniff wieder die Augen zusammen, als könne er auf diese Art Zaubersprüche entdecken, die den goldenen Reif umschwärmten wie winzige Bienen.

»Wenn ja«, antwortete Binabik halb spöttisch, halb düster, »dann hat Morgenes keine Zauberlehre mitgeschickt, die seinen Gebrauch erläutert.« Er schüttelte den Kopf. »Ich halte es nicht für eine Wahrscheinlichkeit. Ein Andenken von einem Mann, der dich gern gehabt hat.«

»Und warum gibst du ihn mir gerade jetzt?« fragte Simon, der einen gewissen schmerzlichen Druck hinter den Augen spürte, dem er sich entschlossen zu widersetzen gedachte.

»Weil ich morgen abend nach dem Norden aufbrechen muß. Wenn du dich entscheidest hierzubleiben, werden wir vielleicht keine Gelegenheit haben, uns noch einmal zu sehen.«

»Binabik!« Der Druck wurde stärker. Simon fühlte sich wie ein kleines Kind, das zwischen älteren Leuten, die es tyrannisieren wollen, hin und her gestoßen wird.

»Die Wahrheit ist es nur.« Das runde Gesicht des Trolls war jetzt ganz ernst. Er hob die Hand, um weiterer Einwendungen und Fragen zuvorzukommen. »Du mußt dich nun entschließen, mein guter Freund. Ich gehe in das Schnee- und Eisland, mit einem Vorhaben, das vielleicht nur Torheit ist und das Leben der Toren fordern kann, die es ausführen. Die Zurückbleibenden werden dem Zorn eines königlichen Heeres gegenüberstehen. Ein übles Wählen, fürchte ich.« Binabik nickte feierlich mit dem Kopf. »Aber, Simon, was immer du auch beschließt, ob du mit nach dem Norden gehst oder hierbleibst, um für Naglimund – und die Prinzessin – zu kämpfen, wir beide bleiben die besten Kameraden.«

Er stellte sich auf die Zehen, um Simon einen Klaps auf den Oberarm zu geben, drehte sich dann um und ging über den Hof, hinüber zu den Archiven.

Simon fand sie allein. Sie stand da und warf Kiesel in den Schloßbrunnen. Gegen die Kälte trug sie einen schweren Reisemantel mit Kapuze.

»Seid gegrüßt, Prinzessin«, sagte er. Sie blickte mit traurigem Lächeln auf. Aus irgendeinem Grund wirkte sie heute viel älter, fast wie eine erwachsene Frau.

»Willkommen, Simon.« Ihr Atem legte einen Nebelschleier um ihren Kopf.

Er wollte zum Gruß das Knie beugen, aber sie sah ihn gar nicht mehr an. Wieder klapperte ein Stein in den Brunnen. Er überlegte, ob er sich hinsetzen sollte, was ihm eigentlich natürlich vorkam; aber der einzige Platz dazu war der Brunnenrand, auf dem er entweder unbehaglich nahe bei der Prinzessin sein oder von ihr weg in die andere Richtung schauen mußte. Simon entschied sich daher fürs Stehenbleiben.

»Und wie ist es Euch ergangen?« erkundigte er sich endlich. Sie seufzte.

»Mein Onkel behandelt mich, als sei ich aus Eierschalen und Spinnweben – als würde ich zerbrechen, wenn ich etwas in die Hand nähme oder jemand mich versehentlich anrempelte.«

»Bestimmt... bestimmt macht er sich nur Sorgen um Eure Sicherheit, nach der gefährlichen Reise, die Ihr gemacht habt, um hierherzukommen.«

»Der gefährlichen Reise, die *wir* gemacht haben – aber niemand läuft ständig hinter *dir* her, um sicherzugehen, daß du dir nicht das Knie aufschürfst. Dir bringen sie sogar bei, wie man mit dem Schwert kämpft.«

»Mar..., Prinzessin!« Simon war einigermaßen schockiert. »Ihr wollt doch wohl nicht mit Schwertern kämpfen?«

Sie sah zu ihm auf, und ihre Augen trafen sich. Sekundenlang brannte ihr Blick vor unerklärlicher Sehnsucht so heiß wie die Mittagssonne; gleich darauf ließ sie ihn müde sinken.

»Nein«, antwortete sie. »Vermutlich nicht. Aber ach, ich möchte so gern *irgend etwas* tun!«

Überrascht hörte er den echten Schmerz in ihrer Stimme, und ihm fiel wieder ein, wie sie bei der Flucht über die *Steige* gewesen war, klaglos und stark, eine Gefährtin, wie man sie sich nicht besser wünschen konnte.

»Was... würdet Ihr gern tun?«

Sie blickte von neuem auf, erfreut darüber, daß er so ernsthaft fragte.

»Nun ja«, begann sie, »es ist kein Geheimnis, daß Josua Schwierigkeiten hat, Devasalles davon zu überzeugen, daß sein Herr, Herzog Leobardis, uns gegen meinen Vater unterstützen sollte. Josua könnte mich nach Nabban schicken!«

»*Euch*... nach Nabban schicken?«

»Natürlich, du Dummkopf.« Sie runzelte die Stirn. »Ich entstamme

697

mütterlicherseits dem Haus Ingadarin, einer sehr edlen Nabbanai-Familie. Meine Tante ist mit Leobardis verheiratet. Wer wäre besser geeignet, den Herzog zu überzeugen?« Um ihre Worte zu unterstreichen, klatschte sie in die behandschuhten Hände.

»Oh . . .« Simon wußte nicht, was er sagen sollte. »Vielleicht findet Josua, daß es . . . daß es . . . ich weiß nicht.« Er dachte nach. »Ich meine, sollte ausgerechnet die Tochter des Hochkönigs diejenige sein, die . . . Bündnisse gegen ihn abschließt?«

»Und wer kennt das Herz des Hochkönigs besser?«

Jetzt war sie zornig.

»Und was . . .« Er zögerte, aber die Neugier trug den Sieg davon. ». . . was empfindet Ihr für Euren Vater?«

»Ob ich ihn hasse, meinst du?« Ihr Ton war bitter. »Ich hasse das, was aus ihm geworden ist. Ich hasse das, wozu die Männer seiner Umgebung ihn gebracht haben. Wenn er wieder in seinem Herzen Güte finden und seine Irrtümer einsehen würde . . . dann würde ich ihn auch wieder lieben.«

Eine ganze Prozession von Steinen versank im Brunnen. Simon stand betreten daneben.

»Entschuldige, Simon«, meinte sie nach einer Weile. »Ich kann gar nicht mehr richtig mit Menschen reden. Meine alte Kinderfrau wäre entsetzt, was ich alles vergessen habe, als ich mich im Wald herumtrieb. Wie geht es dir, und was hast du die ganze Zeit getan?«

»Binabik hat mich aufgefordert, ihn auf einer Mission für Josua zu begleiten«, erklärte er und brachte das Thema übergangsloser zur Sprache, als er eigentlich vorgehabt hatte. »In den *Norden*«, fügte er bedeutungsvoll hinzu.

Anstatt, wie er erwartet hätte, einen Ausdruck von Sorge und Furcht anzunehmen, schien das Gesicht der Prinzessin plötzlich von innen zu strahlen; obwohl sie ihn anlächelte, schien sie ihn gar nicht richtig zu sehen. »Ach, Simon«, sagte sie, »wie tapfer. Wie großartig. Kannst du . . . wann reist ihr ab?«

»Morgen abend«, antwortete er und war sich unklar bewußt, daß durch irgendeinen geheimnisvollen Vorgang aus *aufgefordert mitzukommen* auf einmal *mitgehen wollen* geworden war. »Aber ich habe mich noch nicht entschlossen«, beharrte er schwächlich. »Ich dachte, vielleicht braucht man mich in Naglimund nötiger – um auf den Mauern den Speer zu führen.« Das letzte hatte er nur für den Fall hinzugefügt, daß sie vielleicht denken könnte, er wolle zurückbleiben, um in der Küche zu arbeiten oder sonst etwas in dieser Richtung.

»Oh, aber Simon«, sagte Miriamel und griff plötzlich nach seiner kalten Hand, um sie mit ihren lederumhüllten Fingern zu umschließen. »Wenn mein Onkel dich braucht, dann mußt du gehen! Nach allem, was ich gehört habe, bleibt uns so wenig Hoffnung.«

Sie griff an ihren Hals und löste rasch den himmelblauen Schal, den sie trug, einen schmalen, durchschimmernden Stoffstreifen, und reichte ihn Simon. »Nimm das und trag es für mich«, bat sie. Simon fühlte, wie ihm tosend das Blut in die Wangen schoß. Mühsam kämpfte er dagegen an, daß sich seine Lippen zu seinem erschreckten Mondkalbgrinsen verzogen.

»Habt Dank . . . Prinzessin . . .«, brachte er endlich heraus.

»Wenn du es trägst«, sagte sie und streckte sich, »wird es beinahe so sein, als wäre ich selber dort.« Sie machte einen komischen kleinen Tanzschritt und lachte.

Simon versuchte erfolglos zu begreifen, was da eigentlich gerade geschehen war und wie es so schnell geschehen konnte. »So wird es sein, Prinzessin«, sagte er. »Als ob Ihr da wärt.«

Etwas in der Art, wie er es sagte, ließ ihre jähe Anwandlung umkippen; ihre Miene wurde nüchtern, sogar traurig. Wieder lächelte sie, ein langsameres, trüberes Lächeln. Dann machte sie einen schnellen Schritt auf Simon zu, der darüber so erschrak, daß er um ein Haar die Hand gehoben und sie abgewehrt hätte. Mit kühlen Lippen streifte sie seine Wange.

»Ich weiß, daß du tapfer sein wirst, Simon. Komm heil zurück. Ich werde für dich beten.«

Gleich darauf war sie fort, über den Hof davongerannt wie ein kleines Mädchen, der dunkle Umhang wirbelte wie Rauch hinter ihr, als sie im dämmrigen Torbogen verschwand.

Simon stand da und hielt ihren Schal fest. Er dachte an ihn und an ihr Lächeln, als sie seine Wange küßte, und er fühlte, wie in seinem Inneren eine Flamme zu glühen begann. Auf eine Weise, die er nicht völlig begriff, schien es, als sei gegen die grenzenlose graue Kälte, die vom Norden her drohte, eine einsame Fackel entzündet. Nur ein einziger heller Lichtpunkt in einem furchtbaren Sturm . . . aber selbst ein einziges Feuer konnte einen Wanderer sicher nach Hause führen.

Er rollte das weiche Tuch zu einem Knäuel zusammen und steckte es in sein Hemd.

»Ich freue mich, daß Ihr so schnell gekommen seid«, sagte die Herrin Vara. Das Glitzern ihres gelben Kleides schien sich in ihren schwarzen Augen zu spiegeln.

»Die Herrin erweist mir Ehre«, erwiderte der Mönch und ließ den Blick durch den Raum schweifen.

Vara lachte rauh. »Ihr seid der einzige, der es als Ehre betrachtet, mich aufzusuchen. Doch das ist gleich. Ihr versteht, was Ihr zu tun habt?«

»Ich bin sicher, daß ich es richtig verstanden habe. Die Angelegenheit ist schwierig zu erledigen, doch leicht zu begreifen.« Er neigte das Haupt.

»Gut. Dann säumt nicht, denn je länger Ihr wartet, desto geringer ist die Aussicht auf Erfolg. Außerdem wächst die Möglichkeit, daß es Gerede gibt.« Sie wirbelte herum und ging seidenrauschend nach dem Hinterzimmer.

»Ach . . . Herrin?« Der Mann hauchte seine Finger an. In den Gemächern des Prinzen war es kalt, das Feuer nicht entzündet. »Da wäre noch die . . . Bezahlung?«

»Ich dachte, Ihr tätet es, um mich zu ehren?« rief Vara aus dem dahinterliegenden Raum.

»Gewiß, Herrin, aber ich bin nur ein armer Mann. Was Ihr verlangt, erfordert Mittel.« Wieder blies er auf seine Finger und versteckte dann die Hände tief in seiner Kutte.

Sie kam mit einer Börse aus schimmerndem Stoff zurück. »Das weiß ich. Hier. Es ist Gold, wie versprochen – die Hälfte jetzt, die andere Hälfte, sobald mir der Beweis vorliegt, daß Ihr Eure Aufgabe erfüllt habt.« Sie reichte ihm die Börse und trat zurück. »Pfui, Ihr stinkt nach Wein! Seid Ihr diese Sorte Mann – Ihr, dem man eine so schwerwiegende Aufgabe anvertraut hat?«

»Es ist nur der Abendmahlswein, Herrin. Manchmal ist er auf meinem schweren Weg das einzige, was ich zu trinken habe. Das müßt Ihr verstehen.« Er schenkte ihr ein schüchternes Lächeln und schlug das Zeichen des *Baumes* über dem Gold, bevor er es in der Tasche seiner Kutte verstaute. »Wir alle tun, was wir müssen, um Gottes Willen zu dienen.«

Vara nickte langsam. »Das ist einzusehen. Laßt mich nicht im Stich! Ihr dient einem großen Ziel, und nicht allein um meinetwillen.«

»Ich verstehe, Herrin.« Er verbeugte sich, drehte sich dann um und ging. Vara stand da und starrte auf die über den Tisch des Prinzen verstreuten Pergamente. Sie atmete tief aus. Es war getan.

Die Dämmerung des auf sein Gespräch mit der Prinzessin folgenden Tages fand Simon in Prinz Josuas Gemächern. Er war im Begriff, sich zu verabschieden. In einer Art Benommenheit, als sei er gerade eben erst aufgewacht, stand er da und lauschte den letzten Worten des Prinzen an Binabik. Der Junge und der Troll hatten den ganzen Tag damit verbracht, ihre Ausrüstung vorzubereiten. Für Simon waren ein neuer, pelzgefütterter Mantel und ein Helm besorgt worden, dazu ein leichtes Kettenhemd, das er unter den Oberkleidern tragen sollte. Die Schicht aus dünnen kleinen Ringen, hatte ihm Haestan erklärt, würde ihn zwar nicht vor einem gezielten Schwerthieb oder einem Pfeil ins Herz schützen, ihm aber bei weniger tödlichen Angriffen trefflich zu statten kommen.

Simon fand ihr Gewicht beruhigend, aber Haestan warnte ihn, daß er am Ende einer langen Tagesreise vielleicht nicht mehr so begeistert davon sein würde.

»Soldat schleppt viele Lasten, Junge«, sagte der große Mann zu ihm, »und manchmal ist die schwerste davon, am Leben zu bleiben.«

Haestan war einer der Erkynländer gewesen, die vortraten, als die Hauptleute Freiwillige aufriefen. Wie seine beiden Kameraden, Ethelbearn, ein narbiger Veteran mit buschigem Schnurrbart, der beinahe ebenso groß wie Haestan war, und Grimmric, ein schlanker Falke von einem Mann mit schlechten Zähnen und wachsamem Blick, hatte er sich nun schon so lange für eine Belagerung gerüstet, daß er jede Form von Betätigung begrüßte, selbst etwas so Gefährliches und Geheimnisvolles, wie es dieses Unternehmen zu sein schien. Als Haestan hörte, daß Simon auch mitkommen sollte, wurde sein Wunsch, dabei zu sein, noch hartnäckiger.

»Jungen wie den loszuschicken ist Wahnsinn«, knurrte er, »vor allem, wenn er doch noch gar nicht gelernt hat, sein Schwert zu schwingen oder den Pfeil zu schießen. Geh ich lieber mit und zeig ihm noch was.«

Auch Herzog Isgrimnurs Gefolgsmann Sludig hatte sich eingefunden, ein junger Rimmersmann, wie die Erkynländer mit Pelzen und Kegelhelm ausgestattet. Statt der Langschwerter, die die beiden anderen trugen, hatte sich der blondbärtige Sludig zwei Handbeile mit vielfach schartigen Klingen in den Gürtel gesteckt. Er grinste Simon, dem er die Frage an den Augen ablas, vergnügt an.

»Manchmal bleibt eins im Schädel oder Brustkorb stecken«, erläuterte er. Der Rimmersmann sprach die Westerlingsprache geläufig und mit fast ebenso geringem Akzent wie sein Herzog. »Es ist schön, wenn man dann noch ein anderes Beil zur Hand hat, bis man das erste herausgezogen hat.«

Simon nickte und versuchte zurückzulächeln.

»Schön, dich wiederzusehen, Simon.« Sludig streckte ihm die schwielige Hand entgegen.

»Wieder?«

»Wir sind uns schon einmal begegnet, bei Hoderunds Abtei.« Sludig lachte. »Allerdings hast du damals die Reise quer über Einskaldirs Sattel gemacht, mit dem Arsch nach oben. Ich hoffe, daß du auch anders reiten kannst.«

Simon errötete, schüttelte dem Nordmann die Hand und wandte sich ab.

»Wir haben nur wenig entdeckt, das euch unterwegs helfen könnte«, erklärte Jarnauga Binabik bedauernd. »Die skendianischen Mönche haben außer dem geschäftlichen Vorgang der Ausrüstung kaum etwas über Colmunds Expedition vermerkt. Wahrscheinlich hielten sie ihn für einen Verrückten.«

»Womit sie höchstwahrscheinlich recht hatten«, entgegnete der Troll, und es klang nicht nach einem Scherz. Er war damit beschäftigt, das Knochengriffmesser zu polieren, das er sich als Ersatz für das fehlende Stück seines Stabes geschnitzt hatte.

»Aber eines haben wir doch gefunden«, sagte jetzt Strangyeard. Das Haar des Priesters stand ihm in wilden Büscheln vom Kopf ab, und seine Augenklappe war ein wenig verrutscht, als sei er unmittelbar von einer über seinen Büchern verbrachten Nacht gekommen . . . was der Wahrheit entsprach. »Der Buchhalter der Abtei schrieb: ›Der Baron weiß nicht, wie lange die Reise zum *Reimerbaum* dauern wird‹.«

»Ich kenne das Wort nicht«, erklärte Jarnauga, »wahrscheinlich wird es etwas sein, das der Mönch falsch verstanden oder aus drittem Munde gehört hat . . . aber immerhin ist es ein Name. Möglicherweise werdet ihr daraus klug, wenn ihr erst den Berg Urmsheim erreicht habt.«

»Vielleicht«, sagte Josua nachdenklich, »ist es eine Stadt, die am Wege liegt, oder ein Dorf am Fuß des Berges.«

»Mag sein«, erwiderte Binabik skeptisch, »aber nach allem, was ich von dieser Gegend weiß, liegt zwischen den Ruinen des Skendiklosters und dem Gebirge nichts mehr – es gibt dort nur Eis, Bäume und natürlich Felsen. Von *diesen* Dingen freilich gibt es eine große Menge.«

Während sie endgültig Abschied nahmen, hörte Simon aus dem hinteren Raum Sangfugols Stimme herüberklingen; der Harfner sang für die Herrin Vara.

> *Und soll hinaus ich wandern*
> *in Wintereis und Schnee?*
> *Oder nach Hause kehren?*
> *Befiehl – ich komm und geh . . .*

Simon nahm seinen Köcher und untersuchte ihn zum dritten oder vierten Mal, um sich zu vergewissern, daß der Weiße Pfeil noch darin steckte. Verwirrt, wie in einem tiefen, haftenden Traum gefangen, begriff er langsam, daß er dabei war, zu einer neuen Reise aufzubrechen – und wieder nicht recht wußte, warum. Seine Zeit in Naglimund war so kurz gewesen. Nun war sie schon vorbei, zumindest für eine lange Weile. Als seine Hand den blauen, lose um seinen Hals geschlungenen Schal berührte, wurde ihm klar, daß er von den anderen hier im Zimmer vielleicht keinen wiedersehen würde, vielleicht niemanden in Naglimund . . . Sangfugol, den alten Strupp, Miriamel. Sekundenlang war ihm, als bliebe ihm das Herz stehen, als stottere sein Schlag wie ein Trunkener, und er wollte schon die Hand ausstrecken, um sich irgendwo festzuhalten, als sich eine starke Faust um seinen Ellenbogen schloß.

»Schon gut, Junge.« Es war Haestan. »Schlimm genug, daß du von Schwert und Bogen nichts verstehst, jetzt setzen wir dich auch noch aufs Pferd.«

»Aufs Pferd?« fragte Simon. »Das gefällt mir.«

»Wird es nicht«, versetzte Haestan grinsend. »Ein, zwei Monate erstmal nicht.«

Josua sagte jedem noch ein paar Worte, dann gab es ein warmes, feierliches Händeschütteln ringsum. Wenig später standen sie auf dem dunklen, kalten Hof, wo Qantaqa und sieben stampfende, dampfende Pferde auf sie warteten, fünf zum Reiten und ein Paar, um die schweren Gepäckstücke zu tragen. Falls ein Mond am Himmel stand, hatte er sich in der Wolkendecke versteckt wie eine schlafende Katze.

»Gut ist es, daß wir diese Dunkelheit haben«, sagte Binabik und schwang sich in den neuen Sattel auf Qantaqas grauem Rücken. Die Männer, die das Reittier des Trolls zum ersten Mal zu Gesicht bekamen, tauschten verwunderte Blicke, als Binabik mit der Zunge schnalzte und die Wölfin sich an die Spitze des kleinen Trupps setzte. Eine Gruppe Soldaten zog leise das geölte Fallgatter in die Höhe, dann waren sie draußen unter dem weiten Himmel. Um sie her dehnte sich das Feld der Schattennägel, und sie ritten auf die vor ihnen aufragenden Berge zu.

»Lebt wohl, ihr alle«, sagte Simon still. Dann schlugen sie den nach oben führenden Pfad ein.

Hoch oben auf der *Steige*, auf dem Kamm des Berges über Naglimund, beobachtete sie eine schwarze Gestalt.

Selbst mit seinen scharfen Augen konnte Ingen Jegger in der mondlosen Düsternis nur erkennen, daß jemand die Burg durch das östliche Tor verlassen hatte. Allerdings war das mehr als ausreichend, um seine Aufmerksamkeit zu erregen.

Er stand da, rieb sich die Hände und erwog, einen seiner Männer zu rufen, um mit ihm nach unten zu steigen und sich die Sache genauer anzuschauen. Aber dann hob er die Faust an den Mund und ahmte den Ruf der Schnee-Eule nach. Sofort tauchte aus dem Unterholz ein riesenhaftes Geschöpf auf und sprang zu ihm auf die *Steige*. Es war ein Hund, der an Größe sogar noch den von der zahmen Wölfin des Trolls getöteten übertraf, weißglänzend im Licht des Mondes, der in diesem Augenblick hinter den Wolken hervorkam. Seine Augen funkelten im langen, grinsenden Gesicht wie eingelassene Perlen, und als er knurrte, kam ein tiefes, nachhallendes Grollen aus seiner Kehle, und bewegte den Kopf mit den gekräuselten Nüstern nach allen Seiten.

»Ja, Niku'a, ja«, zischte Ingen leise. »Es ist wieder Zeit zum Jagen.«

Gleich darauf war die *Steige* leer. Ganz sacht raschelten neben dem uralten Steinpflaster die Blätter, aber es wehte kein Wind.

XXXV

Der Rabe und der Kessel

Maegwin zuckte zusammen, als das Hämmern von neuem einsetzte, dieses schmerzliche Gellen, in dem so vieles mitschwang – nur nichts Gutes. Eines der Mädchen, eine schmale, hellhäutige Schönheit, die Maegwin schon auf den ersten Blick als Versagerin eingestuft hatte, ließ, um sich die Ohren zuzuhalten, den Balken los, an dem sie alle gemeinsam schoben. Das schwere Zaunstück, das zum Schließen des Tores diente, wäre um ein Haar abgestürzt, hätten nicht Maegwin und die beiden anderen verbissen festgehalten.

»Bei Bagbas Herde, Cifgha«, fuhr sie die Loslassende an, »bist du von Sinnen? Wenn dieses Ding heruntergefallen wäre, hätte jemand zerquetscht werden oder sich zumindest den Fuß brechen können!«

»Es tut mir leid, Herrin, wirklich«, antwortete das Mädchen mit hochgeröteten Wangen, »es ist nur dieser schreckliche Lärm... er macht mir angst!« Sie trat zurück, um sich wieder an ihren Platz zu stellen, und alle vier strengten sich an, den massiven Eichenbalken über den Zaun und in die Vertiefung zu schieben, damit die Koppel geschlossen gehalten würde. Im Inneren der Einfriedung muhte eine dichtgedrängte Ansammlung von roten Rindern, die der ständige Lärm ebenso unruhig machte wie die jungen Frauen.

Scharrend und krachend fiel das Holzstück in die Führung, und alle vier drehten sich keuchend um und lehnten sich erschöpft mit dem Rücken an das Tor.

»Barmherzig sind die Götter«, ächzte Maegwin, »mir wäre gleich das Rückgrat gebrochen!«

»Es gehört sich einfach nicht«, meinte Cifgha und starrte bekümmert auf die blutenden Kratzer in ihren Handflächen. »Das ist Männerarbeit!«

Das metallische Scheppern verstummte, und einen Augenblick lang schien die Stille selbst zu singen. Lluths Tochter seufzte und sog tief die frostige Luft ein.

»Nein, kleine Cifgha«, erwiderte sie, »das, was die Männer jetzt tun, ist Männerarbeit, und alles, was übrigbleibt, müssen wir Frauen erledigen – sofern du nicht Schwert und Speer tragen willst.«

»Cifgha?« sagte eines der anderen Mädchen lachend. »Sie kann ja nicht einmal eine Spinne töten.«

»Ich rufe immer Tuilleth«, erklärte Cifgha, stolz auf ihre Verwöhntheit, »und er kommt gleich und macht es.«

Maegwin zog ein saures Gesicht. »Wir sollten uns lieber daran gewöhnen, selbst mit unseren Spinnen fertigzuwerden. In nächster Zeit wird es hier nicht mehr viele Männer geben, und die wenigen, die hierbleiben, werden eine Menge anderer Sachen zu tun haben.«

»Bei Euch ist das anders, Prinzessin«, wandte Cifgha ein. »Ihr seid groß und stark.«

Maegwin blickte sie scharf an, antwortete jedoch nicht.

»Meint Ihr denn, daß sie den ganzen Sommer über kämpfen werden?« fragte eine andere, als spreche sie von einer besonders unangenehmen Arbeit. Maegwin drehte sich um und betrachtete die drei, ihre schweißnassen Gesichter und die bereits umherschweifenden Blicke, die nach einem fesselnderen Gesprächsgegenstand suchten. Einen Moment lang hätte sie am liebsten laut geschrien, sie so erschreckt, daß sie begriffen, daß es hier nicht um ein Turnier ging, nicht um ein Spiel, sondern um Fragen von tödlichem Ernst.

Aber warum soll ich sie jetzt mit der Nase hineinstoßen? dachte sie dann milder. *Nur allzubald werden wir alle mehr abbekommen, als wir vertragen können.*

»Ich weiß nicht, ob es so lange dauern wird, Gwelan«, erwiderte sie kopfschüttelnd. »Ich hoffe nicht. Ich hoffe es wirklich nicht.«

Als sie die Koppeln verließ und hinunter zur großen Halle ging, fingen die beiden Männer gerade wieder an, auf den riesigen Bronzekessel loszuschlagen, der in seinem Gestell aus Eichenpfosten, den

Boden nach oben, vor dem Eingangstor des Taig hing. Während sie vorbeitrottete, war der Lärm der Männer, die den Kessel mit ihren vorn eisenbeschlagenen Keulen aus Leibeskräften bearbeiteten, so fürchterlich, daß sie sich mit den Händen die Ohren zuhalten mußte. Wieder einmal fragte sie sich, wie ihr Vater und seine Ratgeber bei diesem entsetzlichen Krach unmittelbar vor der Halle überhaupt noch einen klaren Gedanken fassen, geschweige denn Schlachtpläne erarbeiten konnten, bei denen es um Tod und Leben ging. Andererseits – wenn man Rhynns Kessel nicht läutete, würde es Tage dauern, die verstreuten Orte einen nach dem anderen zu warnen, vor allem diejenigen, die sich hoch in die Hänge des Grianspog schmiegten. So aber würden Dörfer und Herrensitze in Hörweite des Kessels Reiter nach den weiter entfernten senden. Der Herr des Taig hatte stets in Zeiten der Gefahr den Kessel schlagen lassen, schon lange vor der Zeit, als Hern der Jäger und Oinduth, sein mächtiger Speer, ihr Land zu einem großen Königreich gemacht hatten. Kinder, die das Läuten noch nie gehört hatten, erkannten es trotzdem sofort, so viele Geschichten erzählte man sich über Rhynns Kessel.

Die hohen Fenster des Taig waren heute mit Läden vor dem eisigen Wind und dem Nebel verschlossen. Maegwin fand ihren Vater und seine Räte in ernstem Gespräch vor dem Kamin.

»Meine Tochter«, sagte Lluth und erhob sich, sichtlich bemüht, ihr ein Lächeln zu zeigen.

»Ich habe ein paar Frauen geholt und mit ihnen den Rest des Viehs auf die große Koppel getrieben«, berichtete Maegwin. »Allerdings halte ich es nicht für richtig, sie derart eng zusammenzudrängen. Die Kühe fühlen sich elend. «

Lluth machte eine abwehrende Handbewegung. »Besser, wir verlieren jetzt ein paar, als daß wir versuchen müssen, sie dann noch zusammenzutreiben, wenn wir uns vielleicht in aller Eile in die Berge zurückziehen. «

Am anderen Ende der Halle öffnete sich die Tür, und die Posten schlugen einmal mit den Schwertern auf die Schilde, so als wollten sie das durchdringende Geräusch des Kesselrufes nachahmen. »Sei sehr bedankt, Maegwin«, erklärte der König und wandte sich von ihr ab, um den Neuankömmling zu begrüßen.

»Eolair!« rief er. Der Graf trat vor. Er trug noch die verschmutzten Reisekleider. »Ihr seid rasch zurückgekehrt von den Heilern. Gut. Wie geht es Euren Männern?«

Der Graf von Nad Mullagh kam näher, sank kurz auf ein Knie und stand auf Lluths ungeduldige Geste hin sofort wieder auf. »Fünf sind bei Kräften; um die beiden Verwundeten steht es nicht gut. Für sie und die anderen vier werde ich Skali persönlich zur Rechenschaft ziehen.« Jetzt endlich bemerkte er auch Lluths Tochter und lächelte sein breites Lächeln; aber seine Brauen blieben in müdem, sorgenvollem Sinnen zusammengezogen. »Maegwin, Herrin«, sagte er, verbeugte sich nochmals und küßte ihre langfingrige Hand, an der, wie Maegwin in peinlicher Verlegenheit feststellte, noch Schmutz von der Koppeleinfriedung haftete.

»Ich hörte, daß Ihr zurückgekehrt seid, Graf«, erklärte sie. »Ich wünschte nur, die Umstände wären glücklicher.«

»Es ist unendlich schade um Eure tapferen Männer, Eolair«, brummte der König und setzte sich wieder zu dem alten Craobhan und den anderen Vertrauten. »Doch Dank sei Brynioch und Murhagh Einarm, daß Ihr auf diesen Erkundungstrupp gestoßen seid. Wenn nicht, hätten Skali und seine Nordbastarde uns ahnungslos erwischt. Wenn er von dem Scharmützel mit Euren Männern erfährt, wird er sich uns weit vorsichtiger nähern, davon bin ich überzeugt. Vielleicht überlegt er es sich sogar ganz anders.«

»Ich wünschte, es wäre so, mein König«, erwiderte Eolair und schüttelte traurig den Kopf. Maegwins Herz schmolz dahin, als sie sah, wie tapfer er seine Erschöpfung trug; wortlos verfluchte sie ihre kindischen Gefühle. »Aber«, fuhr der Graf fort, »ich fürchte, es verhält sich anders. Wenn Skali so weit von seiner Heimat entfernt einen derart heimtückischen Angriff wagt, muß er überzeugt sein, das Glück auf seiner Seite zu wissen.«

»Aber warum nur, warum?« protestierte Lluth. »Wir leben mit den Rimmersmännern seit Jahren in Frieden!«

»Ich glaube, Herr, daß das wenig damit zu tun hat.« Eolair sprach respektvoll, scheute sich jedoch nicht, seinen König zu berichtigen. »Wenn noch der alte Isgrimnur in Elvritshalla regieren würde, hättet Ihr recht, Euch zu wundern; aber Skali ist ganz und gar Elias' Kreatur.

In Nabban geht das Gerücht, daß Elias jeden Tag gegen Josua ins Feld ziehen kann. Er weiß, daß wir Guthwulfs Ultimatum abgelehnt haben, und fürchtet sich nun davor, die Hernystiri frei und ledig in seinem Rücken zu wissen, wenn er auf Naglimund vorrückt.«

»Und Gwythinn ist auch noch dort!« sagte Maegwin angstvoll.

»Und ein halbes Hundert unserer besten Männer mit ihm, was schlimmer ist«, knurrte der alte Craobhan vom Kamin herüber.

Eolair warf Maegwin einen freundlichen Blick zu, einen von seinen herablassenden, wie sie fand. »Euer Bruder ist hinter den dicken Steinmauern von Josuas Burg ohne Zweifel sicherer als hier in Hernysadharc. Und wenn er von unserer Zwangslage erfährt und von dort wegreiten kann, hat Skali fünfzig Mann im Rücken, was wiederum ein Vorteil für uns ist.«

König Lluth rieb sich die Augen, als wollte er Kummer und Sorgen der letzten Tage fortwischen. »Ich weiß nicht, Eolair, ich weiß nicht. Ich habe bei der ganzen Angelegenheit ein schlimmes Gefühl. Man braucht kein Wahrsager zu sein, um ein unheilverheißendes Jahr zu erkennen, und dieses ist vom ersten Augenblick an eines gewesen.«

»Ich bin noch hier, Vater«, sagte Maegwin, trat zu ihm und kniete nieder. »Ich bleibe bei Euch.« Der König streichelte ihre Hand.

Eolair lächelte und nickte, als er diese Worte des Mädchens zu ihrem Vater hörte, aber seine Gedanken weilten deutlich erkennbar bei seinen zwei sterbenden Männern und der gewaltigen Streitmacht der Rimmersmänner, die durch die Frostmark zum Inniscrich herunterzog, eine riesige Flut scharfen, denkenden Eisens.

»Wer hierbleibt, wird uns vielleicht keinen Dank wissen«, flüsterte er ganz leise.

Draußen sang die eherne Stimme des Kessels weit über Hernysadharc hin und rief ohne Unterlaß den Bergen zu: »Habt acht... habt acht... habt acht...«

Auf irgendeine Art war es Baron Devasalles und seiner kleinen Nabbanai-Schar gelungen, ihre Zimmerflucht im zugigen Ostflügel von Naglimund in ein kleines Stück ihrer südlichen Heimat zu verwandeln. Zwar war das unzeitgemäße Wetter zu kalt, um die Fenster und

Türen weit geöffnet zu halten, wie man es im balsamischen Nabban so liebte; aber sie hatten die Steinmauern mit hellgrünen und himmelblauen Stoffen verhängt und jedes freie Plätzchen mit Kerzen und tropfenden Öllampen vollgestellt, so daß die Räume hinter den verschlossenen Läden im Lichterglanz blühten.

Hier drinnen ist es mittags heller als draußen, fand Isgrimnur. *Aber wie der alte Jarnauga gesagt hat – sie können nicht alles so leicht verscheuchen wie die winterliche Dunkelheit, leider nicht.*

Die Nüstern des Herzogs zuckten wie bei einem verängstigten Pferd. Devasalles hatte überall Gefäße mit parfümierten Ölen verteilt; in einigen schwammen brennende Dochte wie weiße Würmer und füllten den Raum mit betäubenden Düften nach Gewürzen von den Inseln.

Ich möchte nur wissen, ob es der Geruch der allgemeinen Furcht ist, den er nicht mag, oder der nach gutem ehrlichem Eisen? Isgrimnur grunzte angewidert und rückte seinen Stuhl in die Nähe der Tür zum Gang.

Devasalles war überrascht gewesen, als er den Herzog und Prinz Josua vor seiner Tür fand, unangemeldet und unerwartet, aber er hatte sie sogleich hereingebeten und einen Teil der vielfarbigen Gewänder, die auf den harten Stühlen lagen, heruntergefegt, damit seine Gäste Platz nehmen konnten.

»Ich bedaure sehr, Euch zu stören, Baron«, begann Josua, beugte sich vor und stützte die Ellenbogen auf die Knie, »aber ich wollte, bevor wir heute abend den *Raed* abschließen, mit Euch allein sprechen.«

»Natürlich, Prinz, natürlich.« Devasalles nickte aufmunternd. Isgrimnur, der verächtlich das schimmernde Haar des Mannes und die glitzernden Schmuckstücke an Hals und Handgelenken musterte, fragte sich, wie es sein konnte, daß der Baron ein so tödlicher Schwertkämpfer war, wie sein Ruf es verkündete.

Sieht eher aus, als ob er mit dem Griff in seiner Halskette hängenbleibt und sich selber erwürgt.

Josua erläuterte hastig die Ereignisse der beiden letzten Tage, die der wirkliche Grund dafür waren, daß man den *Raed* nicht fortgesetzt hatte. Devasalles, der wie die anderen versammelten Edelleute die Erklärung des Prinzen, krank zu sein, zwar bezweifelt, aber notgedrungen akzeptiert hatte, hob die Brauen, sagte jedoch nichts.

»Ich konnte nicht offen sprechen und kann es immer noch nicht«, führte Josua weiter aus. »In diesem wahnsinnigen Gedränge, der Musterung unserer Truppen, all dem Kommen und Gehen, fiele es einem Verräter oder einem von Elias' Spionen nur allzu leicht, den Hochkönig von unseren Befürchtungen und Plänen zu unterrichten. «

»Aber unsere Befürchtungen sind allgemein bekannt«, wandte Devasalles jetzt ein, »und Pläne haben wir noch nicht gemacht – noch nicht. «

»Wenn der Zeitpunkt für mich gekommen ist, mit den Edlen über diese Dinge zu sprechen, werde ich auch die Tore gesichert haben – denn seht Ihr, Baron, Ihr kennt noch nicht die ganze Geschichte. «

Der Prinz erzählte nun Devasalles alles über die neuesten Entdeckungen, über die drei Schwerter und das prophetische Gedicht im Buch des wahnsinnigen Priesters, und wie diese Dinge zu den Träumen vieler Menschen paßten.

»Aber wenn Ihr das schon bald allen Euren Lehensmännern erzählen werdet, warum sagt Ihr es mir jetzt?« erkundigte sich Devasalles. Isgrimnur an der Tür schnaubte; er hatte sich die gleiche Frage gestellt.

»Weil ich Euren Herrn Leobardis *brauche,* und zwar rasch!« erklärte Josua. »Ich brauche Nabban!« Er sprang auf und fing an, das Zimmer zu umrunden, das Gesicht zur Wand, als studiere er die Behänge; aber sein Blick war auf einen Punkt gerichtet, der Meilen hinter Stein und gewebtem Tuch lag.

»Von Anfang an habe ich die Zusage Eures Herrn gebraucht, jetzt aber ist sie mir nötiger denn je. Elias hat, soweit es um die tatsächliche Herrschaft geht, Rimmersgard Skali und seinem Stamm der Raben von Kaldskryke übergeben. Damit hat er König Lluth ein Messer an den Rücken gesetzt; die Hernystiri werden mir nur noch wenige Männer schicken können, weil sie gezwungen sind, genügend zurückzubehalten, um ihr eigenes Land verteidigen zu können. Schon jetzt drängt Gwythinn, der noch vor einer Woche kaum davon abzuhalten war, sich auf Elias zu stürzen, auf Heimkehr, um seinem Vater bei der Verteidigung von Hernysadharc zu helfen. «

Josua wirbelte herum und starrte Devasalles an. Das Gesicht des Prinzen war eine Maske kalten Stolzes, aber seine Hand drehte vorn sein Hemd zusammen, eine Bewegung, die weder Isgrimnur noch dem Baron entging. »Wenn Leobardis je etwas anderes sein möchte als einer von Elias' Lakaien, dann *muß* er sich jetzt für mich entscheiden.«

»Aber warum erzählt Ihr mir das?« fragte Devasalles, der ehrlich verwirrt wirkte. »Von diesem letzten weiß ich, und die anderen Dinge – die Schwerter und das Buch und der Rest – machen keinen Unterschied.«

»Verdammt, Mann, eben doch!« fauchte Josua, und seine Stimme hob sich fast zum Aufschrei. »Ohne Nabban und mit einem von Norden her bedrohten Hernystir wird mein Bruder uns so mühelos fangen, als säßen wir in einem vernagelten Faß. Außerdem hat er Dämonen als Verbündete, und wer weiß, welch grausigen Vorteil ihm das bringt! Wir haben ein paar kleine, schwächliche Versuche unternommen, diesen Kräften Widerstand zu leisten, aber was nützt uns das – vorausgesetzt, daß wir entgegen aller Wahrscheinlichkeit Erfolg haben sollten –, wenn das ganze freie Land bereits niedergeworfen ist? Weder Euer Herzog noch sonst jemand wird dann König Elias jemals etwas anderes antworten als ›Jawohl, mein Gebieter‹!«

Wieder schüttelte der Baron den Kopf, und seine Halsketten klimperten leise. »Ich bin verwirrt, Herr. Wie kann es sein, daß Ihr noch nichts wißt? Vorgestern abend schon habe ich meinen schnellsten Reiter mit einer Botschaft an die Sancellanische Mahistrevis nach Nabban geschickt und Leobardis mitgeteilt, daß ich glaube, Ihr würdet kämpfen, und er beginnen möge, seine Männer zu Eurer Unterstützung in Marsch zu setzen.«

»Was?« Isgrimnur sprang auf, seine Verblüffung das Echo von Josuas Erstaunen. Schwankend standen sie beide vor Devasalles, im Gesicht den Ausdruck von Männern, die man nachts überfallen hat.

»Wieso habt Ihr mir das nicht gesagt?« fragte Josua.

»Aber Prinz, ich *habe* es Euch gesagt«, stotterte Devasalles, »oder zumindest, da man mir mitteilte, Ihr dürftet nicht gestört werden, sandte ich eine Nachricht in Eure Gemächer. Mein Siegel war darauf. Ihr müßt sie gelesen haben...«

»Heiliger Usires und seine Mutter!« Josua schlug sich mit der flachen

713

Linken auf den Schenkel. »Ich habe nur mir selbst Vorwürfe zu machen, denn sie liegt immer noch auf meinem Nachttisch. Deornoth brachte sie mir, aber ich wollte einen ruhigeren Moment abwarten. Wahrscheinlich habe ich sie dann vergessen. Wenigstens ist aber kein Schaden entstanden, und Eure Neuigkeit ist wunderbar.«

»Ihr sagt, Leobardis werde reiten?« erkundigte Isgrimnur sich mißtrauisch. »Wie könnt Ihr so sicher sein? Ihr schient doch selber einige Zweifel daran zu hegen.«

»Herzog Isgrimnur.« Devasalles' Stimme klang frostig. »Sicherlich begreift Ihr, daß ich nur meine Pflicht tat. Um die Wahrheit zu sagen, hat Herzog Leobardis längst auf Prinz Josuas Seite gestanden. Zugleich fürchtete er stets, Elias könnte allzu kühn werden. Unsere Truppen sind seit Wochen in Alarmbereitschaft.«

»Warum schickt er dann Euch?« fragte Josua. »Was wollte er herausfinden, das er nicht schon durch meine Boten von mir erfahren hatte?«

»Er rechnete nicht mit Neuigkeiten«, erläuterte Devasalles, »obwohl wir alle hier weit mehr gelernt haben, als einer von uns erwartet haben dürfte. Nein, er hat unsere Gesandtschaft mehr deshalb geschickt, um bestimmten Leuten in Nabban ein Signal zu geben.«

»Es gibt Widerstand unter seinen Lehensmännern?« Josuas Augen waren wachsam.

»Natürlich, aber das ist nicht weiter ungewöhnlich... und auch nicht der Grund meines Auftrages. Nein, ich sollte dem Widerstand aus einer weit näher fließenden Quelle das Wasser abgraben.« Obwohl das kleine Zimmer bis auf die drei Männer unzweifelhaft leer war, warf Devasalles hastig einen Blick ringsum.

»Es sind seine Gemahlin und sein Sohn, die sich am heftigsten dagegen wehren, daß er mit Euch gemeinsame Sache macht«, erklärte er dann.

»Ihr meint den ältesten – Benigaris?«

»Ja. Sonst wären er oder einer von Leobardis' jüngeren Söhnen an meiner Statt hier.« Der Baron zuckte die Achseln. »Benigaris sieht in Elias' Art zu herrschen vieles, das ihm zusagt, und die Herzogin Nessalanta...« Wieder hob der Gesandte Nabbans die Schultern.

»Auch sie hält die Aussichten des Hochkönigs für günstiger.« Josua lächelte bitter. »Nessalanta ist eine kluge Frau. Zu schade für sie, daß sie nun, willig oder nicht, gezwungen sein wird, die Verbündetenwahl ihres Gatten zu unterstützen. Vielleicht hat sie mit ihren trüben Ahnungen sogar recht.«

»Josua!« Isgrimnur war schockiert.

»Ich scherze nur, alter Freund«, meinte der Prinz, aber seine Miene strafte ihn Lügen. »Also wird der Herzog in den Kampf ziehen, guter Devasalles?«

»So bald wie möglich, Prinz Josua. Mit der Blüte der Ritterschaft von Nabban im Gefolge.«

»Und einem kräftigen Schlag Spießkämpfer und Bogenschützen dazu, hoffe ich. Nun denn – möge Ädons Gnade mit uns allen sein.«

Er und Isgrimnur verabschiedeten sich und traten in den dunklen Gang hinaus. Hinter ihnen blieben die bunten Farben im Gemach des Barons zurück wie ein Traum, den man im Erwachen hinter sich läßt.

»Ich kenne jemanden, der über diese Nachricht sehr froh sein wird, Isgrimnur.«

Der Herzog hob fragend eine Augenbraue.

»Meine Nichte. Miriamel war sehr beunruhigt, als sie annahm, Leobardis werde sich uns nicht anschließen. Schließlich ist Nessalanta ihre Tante. Sie wird sich ganz bestimmt freuen, wenn sie es hört.«

»Gehen wir doch hin und erzählen es ihr«, schlug Isgrimnur vor, packte Josua am Ellenbogen und steuerte ihn ins Freie. »Vielleicht ist sie bei den anderen Damen des Hofes. Ich habe den Anblick bärtiger Soldaten satt. Ich mag zwar ein alter Kerl sein, aber von Zeit zu Zeit sehe ich immer noch gern ein paar hübsche Frauen.«

»Also gut.« Josua lächelte, das erste ungezwungene Lächeln, das Isgrimnur seit Tagen an ihm gesehen hatte. »Und dann besuchen wir Eure Gemahlin, und Ihr könnt ihr von Eurer unverminderten Neigung zu den Damen erzählen.«

»Prinz Josua«, erwiderte der alte Herzog bedächtig, »Ihr werdet mir nie zu verdammt alt oder hochstehend sein, daß ich Euch keine Ohrfeige mehr geben könnte; versucht nur, mich daran zu hindern.«

»Nicht heute, Onkel.« Josua grinste. »Ich brauche meine Ohren, damit ich das, was Gutrun Euch zu sagen haben wird, auch richtig würdigen kann. «

Der Wind, der vom Wasser herüberpfiff, brachte Zypressengeruch mit. Tiamak wischte sich die Schweißperlen von der Stirn und dankte Ihm-der-stets-auf-Sand-tritt für die unverhoffte Brise. Als er vom Überprüfen seiner Fallen zurückgekehrt war, hatte er gespürt, wie sich die sturmschwere Luft über Wran senkte, heiße, zornige Luft, die kam und nicht wieder gehen wollte, wie ein Marschkrokodil, das einen lecken kleinen Kahn umkreist.
Wieder trocknete Tiamak seine Stirn und griff nach der Schale mit Gelbwurzeltee, der auf dem Feuerstein zog. Während er, nicht ohne daß ihn die aufgesprungenen Lippen schmerzten, davon trank, dachte er sorgenvoll darüber nach, was er wohl tun sollte.
Es war Morgenes' sonderbare Botschaft, die ihn so verstört machte. Seit Tagen rasselten ihre unheilverkündenden Worte in seinem Kopf herum wie Kiesel in einem trockenen Flaschenkürbis, während er sein Boot durch die Seitenkanäle von Wran stakte oder zum Markt nach Kwanitupul fuhr, dem Handelsdorf an der Bucht von Firannos. Einmal jeden Neumond unternahm er die Reise dorthin, drei Tage mit dem Flachboot. An den Marktbuden setzte er gewinnbringend seine ungewöhnliche Ausbildung ein, indem er den Kleinhändlern von Wran dabei half, mit den Kaufleuten aus Nabban und Perdruin zu feilschen. Die anstrengende Fahrt nach Kwanitupul mußte sein, auch wenn er dabei nur ein paar Münzen und vielleicht einen Sack Reis verdiente. Den Reis brauchte er zur Ergänzung jenes gelegentlichen Krebses, der zu dumm oder zu leichtsinnig war, seinen Fallen aus dem Weg zu gehen. Allerdings zeigten nur wenige Krebse soviel Entgegenkommen, so daß Tiamaks übliche Mahlzeiten aus Fischen und Wurzeln bestanden.
Während er so in seiner kleinen Hütte hoch oben im Banyanbaum hockte und zum hundertsten Mal Morgenes' Botschaft besorgt zwischen den Fingern drehte, erinnerte er sich an die geschäftigen, steilen Straßen von Ansis Pelippé, der Hauptstadt von Perdruin, wo er dem alten Doktor das erste Mal begegnet war.
Neben dem Lärm und Spektakel des weitläufigen Handelsplatzes,

hundert-, nein *viele* hundertmal so groß wie Kwanitupul (eine Tatsache übrigens, die ihm die anderen Wranna niemals glauben würden, hinterwäldlerische, sandkratzende Tölpel, die sie waren), waren es die Gerüche, die Tiamak am stärksten im Gedächtnis geblieben waren, die Millionen wechselnder Düfte: der feuchte Salzgeruch der Werften mitsamt dem würzigen Beigeschmack der Fischerboote; die Kochfeuer auf den Straßen, an denen bärtige Inselbewohner Spieße mit verkohltem, brutzelndem Hammel anboten; der Moschus schwitzender, stampfender Pferde, deren stolze Reiter, Kaufleute und Soldaten, kühn mitten durch die kopfsteingepflasterten Gassen sprengten und es den Fußgängern überließen, vor ihnen zur Seite zu stieben, so gut sie eben konnten; und natürlich die wirbelnden Düfte von Safran und Schnellkraut, von Zimt und Mantingen, die über dem Gewürzviertel schwebten wie flüchtige, exotische Liebesangebote.

Die bloße Erinnerung machte ihn so hungrig, daß er am liebsten geweint hätte, aber Tiamak nahm sich zusammen. Es gab Arbeit für ihn, und er konnte sich von solch fleischlichen Begierden nicht ablenken lassen. Auf irgendeine Weise brauchte ihn Morgenes, und Tiamak mußte sich bereithalten.

Auch damals war es etwas Eßbares gewesen, das Morgenes' Aufmerksamkeit auf ihn gelenkt hatte, vor so vielen Jahren in Perdruin. Der Doktor, auf einer seiner apothekarischen Forschungsreisen durch das Händlerviertel von Ansis Pelippé, hatte den jungen Wranna angerempelt und beinahe umgestoßen, so versunken starrte der junge Tiamak einen Berg von Marzipan auf dem Tisch eines Bäckers an. Den Doktor amüsierte und interessierte der Kleine aus den Marschen, der so weit fort von zu Hause war und dessen Entschuldigungen dem Älteren gegenüber so vollgestopft mit sorgsam angelernten Nabbanai-Redewendungen waren. Als Morgenes erfuhr, daß der Junge sich in der perdruinesischen Hauptstadt aufhielt, um bei den Usiresbrüdern zu studieren und als allererster seines Dorfes das sumpfige Wran verlassen hatte, kaufte er ihm ein großes Stück Marzipan und einen Becher Milch. Von diesem Augenblick an war Morgenes für den staunenden Tiamak ein Gott.

Das schmutzige Pergamentblatt vor ihm, selbst bereits eine Abschrift der ursprünglichen Botschaft, die vom vielen Anfassen zerfallen war, wurde allmählich schwer lesbar. Allerdings hatte Tiamak es so oft angestarrt, daß es nicht mehr darauf ankam. Er hatte die Nachricht sogar in ihre ursprüngliche Verschlüsselung zurückübertragen und noch einmal übersetzt, nur um sicherzugehen, daß er keine unauffällige, aber wichtige Einzelheit übersehen hatte.

Die Zeit des Eroberersterns ist unzweifelhaft gekommen..., hatte der Doktor geschrieben und Tiamak gewarnt, daß dies wahrscheinlich für lange Zeit sein letzter Brief sein würde. Tiamaks Hilfe, versicherte Morgenes, würde gebraucht werden, um *... gewissen furchtbaren Dingen, auf die – so heißt es – das schändliche, verschollene Buch des Priesters Nisses hinweist...*, zu entgehen.

Als er zum ersten Mal wieder in Kwanitupul gewesen war, nachdem er Morgenes' von einem Sperling überbrachte Botschaft erhalten hatte, hatte Tiamak Middastri, einen perdruinesischen Kaufmann, mit dem er gelegentlich eine Schale Bier trank, nach den entsetzlichen Vorfällen in Erchester, der Stadt in Erkynland, in der Morgenes wohnte, gefragt. Middastri hatte gemeint, er habe von einem Streit zwischen dem Hochkönig Elias und Lluth von Hernystir gehört, und natürlich rede jedermann seit Monaten von dem Zerwürfnis zwischen den beiden Söhnen Johan Presbyters; aber darüber hinaus war dem Kaufmann nichts besonderes aufgefallen. Tiamak, der nach Morgenes' Botschaft Gefahren größerer und unmittelbarerer Art befürchtet hatte, war ein wenig leichter ums Herz geworden. Trotzdem ließ ihn der Gedanke an die Wichtigkeit der Nachricht des Doktors nicht los.

Das schändliche, verschollene Buch... Woher hatte Morgenes das Geheimnis erfahren? Tiamak hatte nie jemandem davon erzählt; er hatte den Doktor bei einem Besuch damit überraschen wollen, den er für das nächste Frühjahr geplant hatte, seiner ersten Reise, die ihn weiter nördlich als nach Perdruin führen sollte. Nun schien es, als wisse Morgenes bereits von seinem Schatz – aber weshalb sagte er es dann nicht? Wieso erging er sich statt dessen in Andeutungen, Rätseln und Hinweisen, wie ein Krebs, der vorsichtig aus einer von Tiamaks Fallen den Fisch herausstocherte?

Der Wranna stellte die Teeschale hin und durchquerte, fast ohne sich aus seiner halb knienden Hockstellung zu erheben, den niedrigen

Raum. Der heiße, saure Wind begann aufzufrischen, das Haus schaukelte auf seinen hohen Stelzen. Mit schlangenartigem Zischen hob sich das Strohdach. Tiamak suchte in seiner Holztruhe nach dem in Blätter gewickelten Päckchen, das er sorgfältig unter dem Pergamentstapel verborgen hatte, der seine eigene Neufassung von *Die unfehlbarn Heylmittel der Wranna-Heyler* enthielt – das, was Tiamak insgeheim gern sein ›großes Werk‹ nannte. Endlich fand er, wonach er suchte, und wickelte es aus, nicht zum ersten Mal in den letzten zwei Wochen.

Als es neben seiner Übertragung von Morgenes' Botschaft lag, war der Gegensatz zwischen den beiden beeindruckend. Morgenes' Worte waren von Tiamak mühsam mit schwarzer Wurzeltinte kopiert worden, auf billigem Pergament, das so dünngeklopft war, daß eine Kerzenflamme, eine Handbreit davon entfernt, es in Flammen hätte aufgehen lassen. Das andere, der Schatz, war auf einen Bogen straffgeglätteter Haut oder Leder geschrieben; die rötlichbraunen Worte schwankten wild über das Papier, als habe der Schreiber zu Pferd oder bei einem Erdbeben am Tisch gesessen.

Dieses letztere Stück war das Kleinod in Tiamaks Sammlung – und wenn es wirklich war, wofür er es hielt, wäre es das Kronjuwel jeder Sammlung überhaupt gewesen. Er hatte es in einem großen Stoß anderer gebrauchter Pergamente gefunden, die ein Händler in Kwanitupul für Schreibübungen verkaufte. Der Händler wußte nicht, wem die Truhe mit den Papieren früher gehört hatte, nur daß sie Teil einer nicht einzeln angeführten Masse Haushaltswaren gewesen war, die er in Nabban erworben hatte. Tiamak hatte vor lauter Angst, sein Glück könne ihn verlassen, seinen Drang zum Weiterfragen erstickt und das Pergament zusammen mit einem Bündel weiterer Blätter für ein glänzendes Quinisstück aus Nabban sofort an sich gebracht.

Wieder starrte er darauf, obwohl er es, soweit das überhaupt ging, noch öfter gelesen hatte als Morgenes' Botschaft, und er richtete den Blick vor allem auf die Oberkante des Pergamentes, die weniger zerrissen als vielmehr zernagt zu sein schien; die beschädigte Stelle endete bei den Buchstaben ARDENVYRD.

Hieß nicht Nisses' berühmtes, verschwundenes Buch – das manche für bloße Phantasie hielten – *Du Svardenvyrd*? Woher konnte Morgenes das wissen? Tiamak jedenfalls hatte niemandem von seinem glücklichen Fund erzählt.

Die Nordrunen unterhalb der Überschrift, stellenweise verschmiert, zum Teil zu rostfarbenem Staub abgeblättert, waren trotzdem durchaus lesbar, abgefaßt im uralten Nabbanai der Zeit vor fünfhundert Jahren.

> *. . . Bringt aus Nuannis Felsgarten her*
> *den Blinden, der sehen kann;*
> *findet das Schwert, das die Rose befreit,*
> *am Fuße des Rimmerbaums dann;*
> *sucht in dem Schiff auf der seichtesten See*
> *den Ruf, dessen lauter Schall*
> *euch des Rufers Namen gibt an*
> *in klingendem Widerhall –*
> *– Und sind Schwert, Ruf und Mann*
> *in prinzlicher Rechter,*
> *dann werden auch frei*
> *lang gefangne Geschlechter. . .*

Unter dem seltsamen Gedicht stand in großen, ungeschickten Runen ein einziges Wort: NISSES.

Obwohl Tiamak starrte und starrte, fiel ihm ums Sterben nichts weiteres ein. Endlich rollte er die uralte Schriftrolle seufzend wieder in ihre Hülle aus schützenden Blättern und verstaute sie in seiner Klettenholztruhe.

Was wollte Morgenes nun von ihm? Sollte er dem Doktor selbst die Schrift nach dem Hochhorst bringen? Oder sollte er sie einem anderen von den Weisen schicken, etwa der Zauberfrau Geloë, dem dikken Ookequk hoch oben in Yiqanuc oder dem Mann in Nabban? Vielleicht war es aber auch das Gescheiteste, erst einmal auf weitere Nachricht von Morgenes zu warten, anstatt Hals über Kopf loszustürzen, ohne wirklich alles begriffen zu haben. Schließlich mußte nach dem, was ihm Middastri erzählt hatte, das, was Morgenes fürchtete, noch weit entfernt sein; sicher blieb ihm Zeit zu warten, bis er erfuhr, was der Doktor von ihm wünschte.

Zeit und Geduld, ermahnte er sich selbst, *Zeit und Geduld* . . .
Draußen vor seinem Fenster ächzten die Zypressenäste unter dem groben Griff des Windes.

Die Tür des Gemachs flog auf. Sangfugol und die Herrin Vara sprangen so schuldbewußt auf, als hätte man sie bei etwas Unschicklichem ertappt, obwohl doch die ganze Breite des Raumes sie voneinander trennte. Als sie mit großen Augen aufblickten, rutschte die Laute des Sängers, die er an den Stuhl gelehnt hatte, herunter und fiel ihm vor die Füße. Hastig hob er sie auf und drückte sie an seine Brust wie ein verletztes Kind.

»Verdammt, Vara, was habt Ihr getan?« schrie Josua. Hinter ihm in der Tür stand mit besorgter Miene Herzog Isgrimnur.

»Bleibt ruhig, Josua«, forderte er den Prinzen auf und zupfte ihn am grauen Wams.

»Wenn ich die Wahrheit aus dieser. . . dieser Frau herausbekommen habe«, fauchte Josua. »Bis dahin mischt Euch nicht ein, Herzog!«
Die Farbe kehrte jetzt rasch in Varas Wangen zurück.

»Was meint Ihr?« fragte sie. »Ihr rennt Türen ein wie ein Stier und brüllt mich mit Fragen an. Was ist mit Euch?«

»Versucht mich nicht zu beschwatzen. Ich komme gerade von einer Unterredung mit dem Torhauptmann; sicher wird er sich wünschen, ich hätte ihn nie gefunden, so wütend war ich. Er sagte mir, Miriamel sei gestern vormittag abgereist, mit meiner Erlaubnis – die keine Erlaubnis war, sondern mein Siegel unter einem gefälschten Dokument!«

»Und warum schreit Ihr *mich* deshalb an?« erkundigte Vara sich hochmütig. Sangfugol, noch immer sein verwundetes Instrument an sich gepreßt, wollte sich unauffällig auf die Tür zubewegen.

»Das wißt Ihr sehr gut«, grollte Josua, aus dessen bleichen Zügen die Röte endlich zu verblassen begann, »und du, Harfner, bleib, wo du bist, denn ich bin noch nicht fertig mit dir. Du bist mir neuerdings allzu vertraut mit der Dame.«

»Auf Euer Geheiß, Prinz Josua«, erwiderte Sangfugol zögernd, »um ihre Einsamkeit zu lindern. Aber ich schwöre, daß ich nichts über die Prinzessin Miriamel weiß!«

Josua trat weiter ins Zimmer hinein und warf ohne einen Blick zurück die schwere Tür ins Schloß. Isgrimnur, behende trotz seiner Jahre und seines Umfanges, sprang mit einem Satz zur Seite.

»Gute Vara, behandelt mich nicht wie einen der Planwagenburschen, mit denen Ihr aufgewachsen seid. Alles, was ich von Euch gehört habe, war, wie traurig die arme Prinzessin doch sei, wie sehr die arme Prinzessin ihre Familie vermisse. Jetzt ist Miriamel mit irgendeinem Schurken zum Tor hinaus, und ein anderer Spießgeselle hat meinen Siegelring mißbraucht, um ihr den Durchlaß zu sichern. Ich bin doch kein Narr!«

Einen Moment lang erwiderte die dunkelhaarige Frau seinen Blick, dann begannen ihre Lippen zu zittern. Tränen des Zornes in den Augen setzte sie sich wieder hin, und ihre langen Röcke rauschten.

»Nun gut, Prinz«, erklärte sie, »schlagt mir den Kopf ab, wenn Ihr wollt. Ja, ich habe dem armen Mädchen geholfen, sich zu ihrer Familie nach Nabban durchzuschlagen. Wäret Ihr nicht so herzlos, hättet Ihr sie mit einer Eskorte Bewaffneter selber dorthin geschickt. Statt dessen ist ihre einzige Begleitung ein freundlicher Mönch.« Aus dem Ausschnitt ihres Kleides zog sie ein Taschentuch und betupfte sich die Augen. »Jedenfalls ist sie so glücklicher als hier, wo man sie eingesperrt hat wie einen Vogel im Käfig.«

»Bei Elysias Tränen!« fluchte Josua und warf die Hand in die Luft. »Törichtes Weib! Miriamel wollte nur die Gesandte spielen – sie glaubte, dadurch Ruhm zu erlangen, daß sie ihre Verwandten in Nabban dazu brachte, sich in diesem Kampf auf meine Seite zu stellen.«

»Vielleicht ist es nicht gerecht, von ›Ruhm‹ zu sprechen, Josua«, warf Isgrimnur ein. »Ich glaube, die Prinzessin hatte den ehrlichen Wunsch, uns zu helfen.«

»Und was ist daran falsch?« fragte Vara trotzig. »Ihr braucht doch Nabbans Hilfe, oder nicht? Oder seid Ihr zu stolz?«

»Gott steh mir bei, die Nabbanai haben sich uns längst angeschlossen! Begreift Ihr denn nicht? Ich habe vor knapp einer Stunde erst mit Baron Devasalles gesprochen. Nun aber spaziert die Tochter des Hochkönigs sinnlos irgendwo im Land herum, wo doch das gesamte Heer ihres Vaters im Begriff steht, ins Feld zu ziehen, und seine Spione überall umherschwärmen wie die Schmeißfliegen.«

722

Josua rang in ohnmächtiger Wut die Hände und sank dann in einen Stuhl, die langen Beine weit von sich gestreckt.

»Es ist zuviel für mich, Isgrimnur«, meinte er erschöpft. »Und Ihr wundert Euch, warum ich mich nicht zum Rivalen um Elias' Thron erkläre? Ich kann ja nicht einmal ein Mädchen unter meinem eigenen Dach in Sicherheit hüten.«

Isgrimnur lächelte traurig. »Ihr Vater hatte damit auch nicht mehr Glück, wenn ich mich recht erinnere.«

»Trotzdem.« Der Prinz preßte die Hand an die Stirn. »Usires, mir brummt der Kopf von alledem.«

»Hört zu, Josua«, sagte der Herzog und warf den anderen einen Blick zu, der Ihnen zu schweigen gebot, »noch ist nicht alles verloren. Wir müssen nur einen Trupp guter Männer ausschicken, die jeden Winkel nach Miriamel und diesem Mönch abkämmen, diesem... Cedric oder wie auch immer...«

»Cadrach«, berichtigte Josua tonlos.

»Also gut, diesem Cadrach. Schließlich kommen ein junges Mädchen und ein frommer Bruder zu Fuß nicht so schnell voran. Wir lassen einfach ein paar Leute aufsitzen und ihnen nachjagen.«

»Sofern die Herrin Vara nicht auch Pferde für sie versteckt gehabt hat«, bemerkte Josua mürrisch. »Aber das hattet Ihr, nicht wahr?«

Vara konnte seinem Blick nicht begegnen.

»Barmherziger Ädon!« fluchte Josua wieder. »Das geht zu weit! Ich werde Euch in einem Sack zu Eurem Barbarenvater zurückschicken, Wildkatze!«

»Prinz Josua?« Es war der Harfner. Als er keine Antwort bekam, räusperte er sich und versuchte es noch einmal. »Prinz?«

»Was?« versetzte Josua gereizt. »Ja, du kannst gehen. Wir sprechen uns später noch. Geh!«

»Nein, Herr... es ist nur... sagtet Ihr, der Name des Mönches sei... Cadrach?«

»Ja doch. Der Hauptmann am Tor erklärte es. Er hat sich ein bißchen mit dem Mann unterhalten. Wieso, kennst du ihn, oder weißt du, wo er sich aufhalten könnte?«

»Das nicht, Prinz Josua, aber ich glaube, der junge Simon kennt ihn. Er hat mir viel von seinen Abenteuern erzählt, und der Name kommt mir bekannt vor. O Herr, wenn er es ist, könnte die Prinzessin in Gefahr sein.«

»Was meinst du?« Josua beugte sich vor.

»Jener Cadrach, von dem mir Simon erzählt hat, war ein Gauner und Beutelschneider, Herr. Auch war er als Mönch verkleidet, aber ein Mann Ädons war er nicht, soviel steht fest.«

»Das kann nicht sein!« mischte sich Vara ein. Das Khol um ihre Augen war auf die Wangen hinuntergelaufen. »Ich habe mit diesem Mann gesprochen, und er hat mir Stellen aus dem Buche Ädon zitiert. Ein guter, freundlicher Mann ist er, dieser Bruder Cadrach.«

»Selbst ein Dämon kann aus dem heiligen Buch zitieren«, meinte Isgrimnur mit besorgtem Kopfschütteln.

Der Prinz war aufgesprungen und lief zur Tür.

»Wir müssen sofort einen Suchtrupp losschicken, Isgrimnur«, rief er, blieb dann stehen und kehrte wieder um. Er ergriff Varas Arm. »Kommt, Herrin«, erklärte er brüsk. »Ihr könnt den Schaden, den Ihr angerichtet habt, nicht ungeschehen machen, aber wenigstens könnt Ihr mithelfen und uns sagen, was Ihr wißt, wo Ihr die Pferde versteckt hattet und alles übrige.« Er zog sie vom Stuhl hoch.

»Aber ich kann doch so nicht hinaus!« Sie wehrte sich entsetzt. »Seht doch, ich habe geweint. Mein Gesicht, es muß schrecklich aussehen!«

»Für den Schmerz, den Ihr mir und vielleicht auch meiner törichten Nichte angetan habt, ist das eine sehr geringe Buße. Kommt!«

Er scheuchte sie vor sich aus dem Zimmer. Isgrimnur folgte. Ihre streitenden Stimmen hallten im steinernen Gang wider.

Sangfugol, alleingeblieben, blickte bekümmert auf seine Laute. Ein langer Riß hatte den ganzen gerundeten Eschenholzrücken verzogen, und eine der Saiten hing nutzlos gekräuselt herunter.

»Wenige und unfrohe Musik wird es heute abend geben«, sagte der Harfner und folgte den anderen hinaus.

Es war noch eine Stunde bis zur Morgendämmerung, als Lluth an ihr Bett trat. Sie hatte die ganze Nacht nicht schlafen können, ganz verkrampft vor lauter Sorge um ihn. Als er sich bückte und ihren Arm berührte, tat sie, als schliefe sie, um ihm das einzige zu ersparen, das sie ihm ersparen konnte: zu wissen, wie sehr sie sich fürchtete.

»Maegwin«, sagte er leise. Mit festgeschlossenen Augen wehrte sie sich gegen das Verlangen, die Arme auszustrecken und ihn fest an sich zu drücken. In voller Rüstung bis auf den Helm, wie sie am Klang seiner Schritte und dem Geruch des Polieröls gemerkt hatte, wäre es ihm vielleicht schwergefallen, sich wieder aufzurichten, wenn sie ihn so an sich zog. Aber selbst diesen Abschied, so bitter er auch war, konnte sie ertragen. Was sie nicht ertrug, war der Gedanke, daß er in dieser Nacht aller Nächte zeigen könnte, wie müde und alt er war.

»Seid Ihr es, Vater?« fragte sie endlich.

»Ja.«

»Ihr brecht jetzt auf?«

»Ich muß. Die Sonne wird bald aufgehen, und wir wollen bis zum Vormittag den Rand des Kammwaldes erreicht haben.«

Sie setzte sich auf. Das Feuer war heruntergebrannt, und selbst mit geöffneten Augen konnte sie nur wenig erkennen. Durch die Wand vernahm sie das leise Schluchzen ihrer Stiefmutter Inahwen. Maegwin überkam ein Anflug von Zorn darüber, daß man seinen Kummer so zu Schau stellen konnte.

»Bryniochs Schild über Euch, Vater«, sagte sie und streckte eine blinde Hand nach seinem erschöpften Gesicht aus. »Ich wünschte, ich wäre ein Sohn, um an Eurer Seite zu kämpfen.«

Sie fühlte, wie sich unter ihren Fingern seine Lippen kräuselten. »Ach, Maegwin, du warst immer ein wildes Ding. Hast du nicht genügend Pflichten hier? Es wird nicht leicht sein, im Taig zu herrschen, wenn ich fort bin.«

»Ihr vergeßt Eure Gemahlin.«

Wieder lächelte Lluth in der Dunkelheit. »Das tue ich nicht. Du bist stark, Maegwin, stärker als sie. Du mußt ihr etwas von deiner Kraft leihen.«

»Für gewöhnlich bekommt sie, was sie will.«

Die Stimme des Königs blieb sanft, aber er packte ihr Handgelenk mit festem Griff. »Nicht doch, Tochter. Ihr beide und Gwythinn seid mir die drei Liebsten auf der Welt. Hilf ihr!«

Maegwin verabscheute Weinen. Sie zog die Hand aus den Fingern ihres Vaters und rieb sich heftig die Augen. »Ich werde es tun«, versprach sie. »Vergebt mir.«

»Ich habe nichts zu vergeben«, antwortete er, nahm noch einmal ihre Hand und drückte sie. »Leb wohl, Tochter, bis ich wiederkomme. Es kreisen grausame Raben über unseren Feldern, und wir werden Arbeit haben, sie zu vertreiben.«

Sie sprang auf, hinaus aus dem Bett, und umschlang ihn. Gleich darauf öffnete sich die Tür, und sie hörte seine sich langsam durch die Halle entfernenden Schritte, das Klirren der Sporen wie triste Musik.

Später, als sie weinte, zog sie die Decken über den Kopf, damit niemand es hörte.

XXXVI

Frische Wunden, alte Narben

Die Pferde hatten vor Qantaqa nicht wenig Angst, so daß sich Binabik auf der grauen Wölfin ein gutes Stück vor Simon und den anderen hielt. Er trug eine abgedeckte Lampe, um ihnen in der dichten Finsternis den Weg zu weisen. Als der kleine Zug am Bergsaum dahinritt, hüpfte das flackernde Licht vor ihnen her wie eine Totenkerze.

Der Mond duckte sich in seinem Wolkennest, und sie kamen nur langsam und vorsichtig voran. Zwischen dem sanft wiegenden Rhythmus des Pferdes unter ihm und dem Gefühl seines warmen, breiten Rückens wäre Simon mehrmals um ein Haar eingeschlafen, hätten ihn nicht die dünnen, krabbelnden Finger der Zweige eng am Weg stehender Bäume immer wieder aufgeschreckt.

Es wurde wenig geredet. Von Zeit zu Zeit flüsterte einer der Männer seinem Roß etwas Aufmunterndes zu, oder Binabik rief leise zu ihnen hinüber, um sie vor einem bevorstehenden Hindernis zu warnen. Ohne solche Laute und das gedämpfte Prasseln der Hufschläge hätten sie ein grauer Pilgerzug verlorener Seelen sein können.

Als endlich das Mondlicht durch einen Riß in der Wolkendecke zu sickern begann, kurz vor Anbruch der Dämmerung, hielten sie an, um zu lagern. In dampfendem Atem fing sich der Mondschein, so daß es schien, als stießen sie silberblaue Wolken aus, während sie ihre Reittiere und die beiden Packpferde anbanden. Ein Feuer entzündeten sie nicht. Ethelbearn übernahm die erste Wache; die anderen, in ihre dicken Mäntel gewickelt, rollten sich auf der feuchten Erde zusammen, um soviel Schlaf zu ergattern, wie sie nur konnten.

Simon erwachte unter einem Morgenhimmel wie dünner Haferschleim, mit Nase und Ohren, die sich über Nacht wie durch Zauber in Eis verwandelt hatten. Er hockte sich an das kleine Feuer und kaute Brot und Käse, die Binabik ausgeteilt hatte. Sludig kam und setzte sich neben ihn. Die Wangen des jungen Rimmersmannes waren vom scharfen Wind rotglänzend.

»Ein Wetter wie bei uns zu Hause im Vorfrühling«, grinste er, spießte einen Brotkanten auf die lange Klinge seines Messers und hielt ihn über die Flammen. »Das macht schnell einen Mann aus dir, du wirst schon sehen.«

»Ich hoffe, es gibt noch andere Arten, ein Mann zu werden, als sich zu Tode zu frieren«, brummte Simon und rieb sich die Hände.

»Du kannst auch einen Bären mit dem Speer töten«, meinte Sludig. »Das machen wir auch.«

Simon war sich nicht sicher, ob das ein Scherz sein sollte.

Binabik, der gerade Qantaqa zum Jagen fortgeschickt hatte, trat zu ihnen und setzte sich mit untergeschlagenen Beinen hin.

»Nun, ihr beiden, seid ihr bereit zu einem harten Ritt heute?« fragte der Troll. Simon antwortete nicht, weil er den Mund voller Brot hatte; als Sludig einen Moment später auch noch nichts erwidert hatte, schaute Simon auf. Der Rimmersmann starrte stur geradeaus ins Feuer. Sein Mund bildete eine feste, waagrechte Linie. Das Schweigen war ungemütlich.

Simon schluckte. »Ich denke schon, Binabik«, sagte er rasch. »Haben wir einen weiten Weg?«

Binabik lächelte so heiter, als sei das Schweigen des Rimmersmannes völlig natürlich. »Wir werden so weit reiten, wie wir es wünschen. Heute scheint es gut zu sein, wenn man lange reitet, denn der Himmel ist klar. Schneller als es uns lieb ist, finden uns vielleicht Regen und Schnee.«

»Kennst du denn unser Ziel?«

»Zum Teil, Freund Simon.« Binabik nahm ein Stück Zweig vom Rand der Feuergrube und zog damit Striche in die feuchte Erde. »Hier erhebt sich Naglimund«, erklärte er und malte einen ungefähren Kreis. Dann zog er eine Reihe von Muschelbögen, die sich, von der rechten Seite des Kreises ausgehend, ein gutes Stück weiter nach oben erstreckten. »Das hier ist der Weldhelm. Dieses Kreuz sind wir, hier an dieser Stelle.« Er machte ein Zeichen unweit des Kreises. Dann zeichnete er in schneller Folge ein großes Oval nahe der anderen Seite des Gebirges, ein paar kleinere, um es herum verstreute Kreise, und dahinter etwas, das wie eine weitere Bergkette aussah.

»Nun also«, meinte er dann und kauerte sich dicht vor sein durchfurchtes Stück Erde. »Bald werden wir uns diesem See nähern«, er deutete auf die große, elliptische Form, »den man Drorshull nennt.«

Sludig, der sich anscheinend widerwillig herübergebeugt und zugeschaut hatte, richtete sich auf. »Drorshullvenn – Torshammersee.« Er runzelte die Stirn und beugte sich nochmals nach unten, um mit dem Finger einen Punkt am Westufer des Sees zu bezeichnen. »Dort liegt Vestvennby – das Thanland dieses Verräters Storfot. Ich würde dort liebend gern nachts vorbeireiten.« Er wischte die Brotkrumen von der Klinge seines Dolches und hielt den Stahl in das schwache Licht des Feuers.

»Wir werden aber nicht dorthin kommen«, erklärte Binabik streng, »und du wirst deine Rache abwarten müssen. Wir nehmen die andere Seite, an Hullnir vorbei nach Haethstad, weiter in Richtung der Abtei von Sankt Skendi und dann höchstwahrscheinlich den Weg über die nördliche Ebene hinauf zu den Bergen. Kein vorheriges Anhalten zum Halsabschneiden.« Er schob den Stock über den See weiter, auf die Reihe der runden Bögen zu.

»Das liegt daran, daß ihr Trolle nicht wißt, was Ehre ist«, bemerkte Sludig bitter und starrte Binabik unter seinen dichten blonden Augenbrauen an.

»Sludig«, begann Simon bittend, aber Binabik nahm die Herausforderung des anderen gelassen hin.

»Wir haben einen Auftrag zu erfüllen«, erwiderte der Troll ruhig. »Isgrimnur, dein Herzog, wünscht es, und seinem Willen ist nicht mit Treue gedient, wenn man sich zur Nachtzeit fortschleicht, um Storfot die Kehle aufzuschlitzen. Das ist kein Mangel an Ehre bei einem Troll, Sludig.«

Der Rimmersmann warf ihm einen kurzen, scharfen Blick zu und schüttelte dann den Kopf. »Du hast recht.« Zu Simons Erstaunen lag in seiner Stimme kein Groll mehr. »Ich bin zornig und habe meine Worte schlecht gewählt.« Er stand auf und ging zu Grimmric und Haestan hinüber, die damit beschäftigt waren, die Pferde wieder zu beladen. Im Gehen bewegte er die geschmeidigen, muskulösen Schultern, als wollte er Knoten darin lösen. Simon und der Troll starrten ihm einen Augenblick nach.

»Er hat sich entschuldigt«, sagte Simon überrascht.

»Nicht alle Rimmersmänner sind wie dieser kalte Einskaldir«, bemerkte sein kleiner Freund. »Aber es sind auch — andererseits — nicht alle Trolle wie Binabik.«

Es war ein sehr langer Tagesritt, immer im Schutz der Bäume die Flanke des Gebirges hinauf. Als sie endlich anhielten, um ihre Abendmahlzeit einzunehmen, wußte Simon längst, wie zutreffend Haestans Warnungen gewesen waren: Obwohl sein Pferd langsam gegangen war und der Weg durch leichtes Gelände geführt hatte, brannten ihm Beine und Schritt, als hätte er den ganzen Tag auf irgendeinem schrecklichen Foltergerät gesessen. Haestan, nicht ohne Grinsen, erläuterte ihm liebenswürdig, das Schlimmste komme erst noch, wenn er morgens steif von der Nacht wäre; dann bot er ihm soviel aus dem Weinschlauch an, wie er nur trinken mochte.

Als Simon sich an diesem Abend endlich zwischen den buckligen, bemoosten Wurzeln einer fast entlaubten Eiche zusammenrollte, fühlte er sich etwas besser, obwohl der Wein ihm vorgaukelte, er höre Stimmen im Wind, die seltsame Lieder sangen.

Als er am Morgen aufwachte, mußte er feststellen, daß nicht nur alles, was Haestan prophezeit hatte, zehnfach eingetroffen war, sondern daß auch noch Schnee herunterwirbelte und über Weldhelmberge und Reisende eine gleichmäßig kalte, fest an ihnen haftende weiße Decke breitete. Zitternd im matten Yuven-Tageslicht konnte er noch immer die Windstimmen vernehmen. Was sie sagten, war klar: Sie verspotteten den Kalender und machten sich lustig über Reisende, die da meinten, sie könnten ungestraft durch das neue Königreich des Winters ziehen.

Die ersten anderthalb Tage waren sie sehr schnell geritten und hatten die keuchenden Pferde der Herrin Vara bis ans Ende ihrer Kräfte getrieben; bis sie an seiner oberen Gabelung den Grünwate-Fluß erreicht und überquert hatten, etwa fünfundzwanzig Meilen südwestlich von Naglimund. Danach hatten sie die Geschwindigkeit verringert, damit die Pferde sich ausruhen konnten; immerhin war es möglich, daß sie noch einmal eilig davonreiten mußten.

Prinzessin Miriamel ritt gut im Herrensitz, wie es sich für die Kleidung, die sie trug, gehörte: Hosen und Wams, die ihr schon bei ihrer Flucht aus dem Hochhorst als Verkleidung gedient hatten. Ihr kurzgeschnittenes Haar war neuerlich schwarzgefärbt, obwohl unter der Reisekapuze, die sie ebenso vor Kälte wie auch vor Entdeckung schützen sollte, kaum etwas davon zu sehen war. Bruder Cadrach, der in seinem vom Reisestaub schmutzigen grauen Habit neben ihr ritt, wirkte unauffällig wie sie. Ohnehin waren bei dem abschreckenden Wetter und den gefährlichen Zeiten kaum andere Reisende auf der Flußuferstraße unterwegs. Die Prinzessin wurde langsam zuversichtlich, daß ihre Flucht gelungen war.

Seit der Mitte des Vortages waren sie auf der Deichstraße dem breiten, angeschwollenen Fluß gefolgt, in den Ohren das Schmettern ferner Trompeten, schriller, aufdringlicher Stimmen, die selbst das Stöhnen des regenschweren Windes übertönten. Zuerst hatte sie Angst gehabt, weil der Lärm das Gespenst einer rächenden Schar ihres Onkels oder ihres Vaters, ihnen dicht auf den Fersen, weckte. Aber es stellte sich bald heraus, daß Cadrach und sie sich der Quelle des Lärmes näherten, anstatt vor ihr zu fliehen. Und an diesem Morgen hatten sie dann zum ersten Mal die Handschrift der Schlacht gesehen: einsame Linien aus schwarzem Rauch, in den ruhig gewordenen Himmel hineingemalt wie mit Tinte.

Miriamel starrte voller Grauen auf das Bild, das vor ihr lag. Was schon seit Stunden wie ein wirres Durcheinander von Farben und schwarzem Rauch am Horizont gestanden hatte, war nun klar erkennbar, als sie mit Cadrach oben auf der Bergkuppe hielt und hinunter auf den Inniscrich blickte. Es war ein Teppich des Todes, geknüpft aus Fleisch und Metall und zerfetzter Erde.

»Barmherzige Elysia!« Sie rang nach Luft und zügelte das scheuende Pferd. »Was ist hier geschehen? Ist das meines Vaters Werk?«

Der kleine, rundliche Mann kniff die Augen zusammen, und seine Lippen bewegten sich einen Moment lautlos in etwas, das die Prinzessin für ein stilles Gebet hielt. »Die meisten Toten sind Hernystiri, Herrin«, sagte er dann, »und die anderen halte ich dem Äußeren nach für Rimmersmänner.« Stirnrunzelnd betrachtete er die Szene unter ihnen. Jäh flog eine Gruppe aufgescheuchter Raben auf, alle gemeinsam wie ein Fliegenschwarm, um sich dann wieder niederzulassen. »Anscheinend hat die Schlacht – zumindest, soweit die abziehenden Truppen betroffen waren – sich nach Westen verlagert.«

Miriamel merkte, daß ihr Tränen der Angst ins Auge stiegen. Sie hob die Faust, um sie fortzuwischen. »Die Überlebenden werden wohl nach Hernysadharc zurückweichen, zum Taig. Wie konnte es nur dazu kommen? Sind sie denn alle wahnsinnig geworden?«

»Das waren sie schon, Herrin«, antwortete Cadrach mit einem sonderbar trüben Lächeln. »Nur daß die Zeiten es jetzt erst zum Vorschein gebracht haben.«

»Können wir denn gar nichts tun?« fragte Miriamel, stieg ab und blieb neben ihrem sanft prustenden Pferd stehen. Bis auf die Vögel lag das Bild unter ihnen so unbeweglich wie in grauen und roten Stein gemeißelt.

»Und was sollte das sein, Herrin?« erkundigte sich Cadrach vom Sattel herunter. Er nahm einen Zug aus dem Weinschlauch.

»Das weiß ich nicht. Ihr seid doch ein Priester! Solltet Ihr nicht eine *Mansa* für ihre Seelen sprechen?«

»Für wessen Seelen, Prinzessin? Die meiner heidnischen Landsleute, oder die der guten Ädoniter aus Rimmersgard, die ihnen diesen freundschaftlichen Besuch abgestattet haben?« Die bitteren Worte schienen in der Luft zu hängen wie Rauch.

Miriamel drehte sich um und sah den kleinen Mann an, dessen Augen jetzt einen ganz anderen Ausdruck hatten als bei dem munteren Begleiter der beiden letzten Tage. Er hatte ihr Geschichten erzählt und ihr seine Reit- und Trinklieder aus Hernystir vorgesungen und vor Heiterkeit geradezu gestrahlt. Jetzt sah er aus wie ein Mann, der den zweifelhaften Triumph einer verhängnisvollen Weissagung kostet, die wahr geworden ist.

»Nicht alle Hernystiri sind Heiden!« versetzte sie, über seine sonderbare Stimmung verärgert. »Ihr seid ja selbst ein ädonitischer Mönch!«

»Soll ich deshalb hinuntergehen und sie fragen, wer ein Heide ist und wer nicht?« Er schwenkte die rundliche Hand nach dem stillen Schauspiel des Gemetzels. »Nein, Herrin, das einzige, was es hier noch zu tun gibt, erledigen die Aasfresser.« Er trieb mit den Fersen sein Pferd an und ritt eine kleine Strecke voraus.

Miriamel stand mit großen Augen da, die Wange an den Pferdehals gedrückt. »Einen frommen Mann kann doch gewiß ein solches Bild nicht ungerührt lassen!« rief sie ihm nach, »und wenn er das rote Ungeheuer Pryrates selber wäre!« Bei der Erwähnung von König Elias' Ratgeber duckte sich Cadrach, als habe ihm jemand einen Hieb in den Rücken versetzt. Er ritt noch ein paar Schritte weiter, hielt dann an und saß eine Zeitlang schweigend da.

»Kommt, Herrin«, erklärte er endlich, ohne sich umzublicken. »Wir müssen von dieser Höhe herunter, wo man uns von überall her sehen kann. Nicht alle Aasfresser haben Federn, und manche bewegen sich auf zwei Beinen.«

Die Prinzessin zuckte wortlos die Achseln und kletterte wieder in den Sattel. Ihre Augen waren trocken. Sie folgte dem Mönch den waldigen Abhang hinunter, der sich am blutgetränkten Wasser des Inniscrich entlangzog.

Als er in dieser Nacht, in ihrem Lager oben auf dem Berg über der flachen, weißen, baumlosen Weite des Drorshullsees, schlief, träumte Simon wieder von dem Rad.

Wieder fand er sich hilflos verfangen, herumgeworfen wie die Lumpenpuppe eines Kindes, hochgehoben vom gewaltigen Rand des Rades. Kalte Winde schüttelten ihn, und Eisscherben flogen ihm ins Gesicht, als ihn das Rad in erstarrende Schwärze hinaufschleuderte.

Auf dem Scheitel der gewichtigen Umdrehung angekommen, zerfetzt und blutend vom Wind, gewahrte er in der Finsternis ein Glänzen,

einen leuchtenden, senkrechten Streifen, der von der undurchdringlichen Schwärze über ihm in die ebenso trüben Tiefen des Untergrun-
des hinabreichte. Es war ein weißer Baum, dessen breiter, mit dünnen
Zweigen besetzter Stamm glühte, als sei er voller Sterne. Simon versuchte sich aus dem Griff des Rades zu befreien, um in das lockende
Weiß hineinzuspringen, aber er schien gefesselt. Mit einer letzten
gewaltigen Anstrengung riß er sich los und sprang.
Durch ein Weltall glühender Blätter stürzte er hinab, als flöge er
durch die Lampen der Sterne; laut rief er nach Usires, dem Gesegneten, um Rettung, um die Hilfe Gottes; aber keine Hand fing ihn auf,
als er durch das kalte Firmament dahinraste . . .

Hullnir am östlichen Ufer des langsam zufrierenden Sees war ein Ort,
an dem es nicht einmal mehr Geister gab. Halb unter Schneewehen
begraben, die Hausdächer abgedeckt von Wind und Hagel, lag es wie
der Leichnam eines verhungerten Elches unter dem dunklen, gleichgültigen Himmel.
»Haben Skali und seine Raben dem ganzen Nordland so schnell das
Leben geraubt?« fragte Sludig mit großen Augen.
»Wahrscheinlich sind sie bloß alle vor diesem späten Frost geflohen«,
meinte Grimmric und zog unter dem schmalen Kinn den Mantel
enger. »Zu kalt hier, zu weit weg von den paar offenen Straßen. «
»Es ist anzunehmen, daß es in Haethstad genauso aussieht«, fügte
Binabik hinzu und trieb Qantaqa wieder den Hang hinauf. »Gut ist
es, daß wir nicht planten, unterwegs Vorräte zu finden. «
Hier am anderen Ende des Sees begannen die Berge allmählich
zurückzuweichen, und ein riesiger Arm des nördlichen Aldheorte
streckte sich aus, die letzten niedrigen Hänge in seinen Mantel zu hüllen. Hier sah es anders aus als im südlichen Teil des Forstes, den
Simon kannte – und das nicht nur des Schnees wegen, der den Waldboden wie ein Teppich bedeckte und alle Geräusche ihres Rittes verschluckte. Hier standen die Bäume gerade und hoch, dunkelgrüne
Kiefern und Fichten, die in ihren weißen Mänteln aufragten wie Säulen und die breiten, schattendunklen Durchlässe voneinander trennten. Die Reiter zogen dahin wie durch bleiche Katakomben, und der
Schnee senkte sich auf sie wie die Asche von Jahrtausenden.

»Da drüben ist jemand, Bruder Cadrach!« zischte Miriamel und deutete mit dem Finger. »Dort! Seht Ihr es nicht glänzen – das ist Metall!«

Cadrach setzte den Weinschlauch ab und glotzte. Seine Mundwinkel waren purpurrot verfärbt. Mit finsterem Gesicht schielte er in die angegebene Richtung, als wollte er lediglich ihrer Laune nachgeben. Gleich darauf wurde sein Stirnrunzeln tiefer.

»Beim guten Gott, Ihr habt recht, Prinzessin«, flüsterte er. »Da drüben ist tatsächlich etwas.« Er reichte ihr die Zügel und ließ sich in das dichte grüne Gras hinuntergleiten. Eine Gebärde mahnte die Prinzessin zum Schweigen. Cadrach schlich vorwärts. Mit einem breiten Baumstamm als Deckung für seine fast ebenso kräftige Gestalt bewegte er sich bis auf etwa hundert Schritte an den glitzernden Gegenstand heran und spähte dann mit langem Hals um den Baum herum wie ein Kind beim Versteckspiel. Sekunden später drehte er sich um und winkte ihr. Miriamel, die Cadrachs Roß mitführte, ritt hinüber.

Es war ein Mann, der halb an den verzweigten Fuß einer Eiche gelehnt dalag, in einer Rüstung, die an einigen Stellen noch glänzte, so furchtbar zerhauen sie sonst auch war. Neben ihm im Gras waren der Griff eines zerspellten Schwertes und eine zerbrochene Stange zu erkennen, an der ein grünes Banner hing, das mit dem Weißen Hirsch, dem Wappen von Hernystir, bestickt war.

»Elysia, Mutter Gottes!« rief Miriamel und rannte auf ihn zu.

»Lebt er noch?«

Cadrach band rasch die Pferde an eine der gekrümmten Eichenwurzeln und trat dann zu ihr. »Das ist unwahrscheinlich.«

»Aber es ist so!« sagte die Prinzessin. »Hört doch . . . er atmet.«

Der Mönch kniete nieder, um den Mann zu untersuchen, dessen Atem tatsächlich schwach aus der Höhlung des halbgeöffneten Helms drang. Cadrach klappte die Maske unter dem Flügelkamm nach oben und enthüllte ein schnurrbärtiges, unter Rinnsalen angetrockneten Blutes kaum noch kenntliches Gesicht.

»O Hunde des Himmels«, seufzte Cadrach, »es ist Arthpreas – der Graf von Cuimhne.«

»Ihr kennt ihn?« fragte Miriamel, die dabei war, in der Satteltasche

nach dem Wasserschlauch zu suchen. Sie fand ihn und befeuchtete
ein Stück Stoff mit dem Wasser.

»Ich weiß, wer er ist, mehr nicht«, antwortete Cadrach und zeigte auf
die beiden auf den zerfetzten Wappenrock des Ritters gestickten
Vögel. »Er ist der Inhaber des Lehens von Cuimhne, das in der Nähe
von Nad Mullagh liegt. Sein Zeichen sind die Zwillings-Wiesenler-
chen.«

Miriamel tupfte Arthpreas das Gesicht ab, während der Mönch vorsichtig die blutigen Risse in der Rüstung prüfte. Die Lider des Ritters
zuckten.

»Er wacht auf!« rief die Prinzessin und zog scharf den Atem ein.
»Cadrach, ich glaube, er bleibt am Leben!«

»Nicht lange, Herrin«, erwiderte der kleine Mann ruhig. »Er hat eine
Bauchwunde, so breit wie meine Hand. Laßt mich die letzten Worte
für ihn sprechen, dann kann er in Frieden sterben.«

Der Graf stöhnte. Ein wenig Blut rann über den Rand seiner Lippen.
Miriamel wischte es ihm liebevoll vom Kinn. Seine Augen flatterten
auf.

»*E gundhain sluith, ma connalbehn*...«, murmelte der Ritter auf Hernystiri. Er hustete schwach, und neue Blutblasen traten auf seine Lippen. »Guter... guter Junge. Haben sie... den Hirsch?«

»Was meint er?« wisperte Miriamel. Cadrach deutete auf das zerrissene Banner im Gras unter dem Arm des Grafen.

»Ihr habt ihn gerettet, Graf Arthpreas«, sagte sie und näherte ihr
Gesicht dem seinen. »Es ist in Sicherheit. Was ist geschehen?«

»Skalis Rabenkrieger... sie waren überall.« Ein langer Hustenanfall,
und die Augen des Ritters öffneten sich weit. »Und meine tapferen
Burschen... tot, alle tot... zerhackt wie... wie...« Arthpreas
stieß ein schmerzhaftes, trockenes Schluchzen aus. Seine Augen
starrten in den Himmel, langsam wandernd, als folgten sie dem Lauf
der Wolken.

»Und wo ist der König?« fuhr er endlich fort. »Wo ist unser tapferer
alter König? Die *goirach* Nordmänner waren überall um ihn herum,
Brynioch verderbe sie, *Brynioch na ferth ub... ub strocinh*...«

»Der König?« flüsterte Miriamel. »Er muß Lluth meinen.«

Plötzlich fiel der Blick des Grafen auf Cadrach und flammte sekun-

736

denlang auf, als finge ein Funken darin Feuer. »*Padreic?*« fragte er und hob die zitternde, blutige Hand, um sie dem Mönch auf den Arm zu legen. Cadrach zuckte zusammen, als wollte er ihm ausweichen, aber seine Augen waren wie gefangen und schimmerten in seltsamem Glanz. »Bist du es, Padreic *feir*? Bist du . . . zurückgekommen?«

Der Ritter erstarrte und stieß ein langes, rasselndes Husten aus, das die rote Flut hervorschießen ließ wie einen unterirdischen Quell. Gleich darauf rollten die Augen unter den dunklen Wimpern nach oben.

»Tot«, sagte Cadrach wenig später, und seine Stimme klang rauh. »Möge Usires ihn erlösen und Gott seine Seele trösten.« Er schlug das Zeichen des *Baumes* über Arthpreas' regloser Brust und stand auf.

»Er nannte Euch Padreic«, bemerkte Miriamel und starrte geistesabwesend auf das Tuch in ihrer Hand, das jetzt durch und durch tiefrot war.

»Er hat mich verwechselt«, entgegnete der Mönch. »Ein Sterbender, der nach einem alten Freund Ausschau hielt. Kommt! Wir haben keine Schaufeln, um ihm ein Grab zu graben. Wenigstens wollen wir Steine suchen und ihn damit bedecken. Er war . . . es heißt, er war ein guter Mann.«

Während Cadrach über die Lichtung davonging, zog Miriamel vorsichtig den Panzerhandschuh von Arthpreas' Hand und wickelte ihn in das zerfetzte grüne Banner.

»Bitte kommt und helft mir, Herrin!« rief Cadrach. »Wir können uns hier nicht lange aufhalten.«

»Ich komme gleich«, antwortete sie und steckte das Bündel in ihre Satteltasche. »Soviel Zeit haben wir.«

Simon und seine Gefährten legten langsam den weiten Weg rund um den See zurück. Sie folgten einer mit hohen Bäumen bestandenen Halbinsel voller Schneewehen. Zur Linken lag der gefrorene Spiegel des Drorshull; die weißen Schultern des oberen Weldhelms ragten rechts von ihnen auf. Der Gesang des Windes war so laut, daß er jede Unterhaltung, die leiser war als ein kräftiger Ruf, erstickte. Simon ritt und sah auf Haestans breiten, dunklen Rücken, der vor ihm herschwankte, und es kam ihm vor, als seien sie alle einsame Inseln in einem kalten Meer: stets einer in des anderen Blickfeld, doch voneinander getrennt durch unbekannte Weiten. Er merkte, wie seine Gedanken sich nach innen wandten, eingelullt vom gleichmäßigen Vorwärtsstapfen seines Pferdes.

Merkwürdigerweise erschien vor seinem geistigen Auge Naglimund, das sie gerade erst verlassen hatten, bereits so verschwommen wie eine Erinnerung aus fernster Kinderzeit. Sogar Miriamels und Josuas Gesichter konnte er sich kaum noch vorstellen – es war, als versuchte er sich die Züge von Fremden zu vergegenwärtigen, deren Bedeutung man erst bemerkte, als sie schon lange nicht mehr da waren. Statt dessen erwachten lebhafte Erinnerungen an den Hochhorst – an lange Sommerabende auf dem Burganger, juckend von gemähtem Gras und von Insekten, oder an windige Frühlingsnachmittage, an denen er auf die Mauern geklettert war und der schwere Duft der Rosenhecken im Hof an ihm gezupft hatte wie warme Hände. Als er sich an den etwas feuchten Geruch der Wände erinnerte, die sein kleines Bett umgaben, hineingestopft in einen Winkel des Dienstbotenflügels, fühlte er sich wie ein verbannter König, der seinen Palast an einen fremden Eroberer verloren hat – und so war es ja in gewisser Weise auch.

Die anderen schienen genauso tief in ihre eigenen Gedanken versunken; abgesehen von Grimmrics Pfeifen – einer dünnen, trillernden Melodie, die nur ab und zu den Wind übertönte, sich aber dennoch stetig fortzusetzen schien – fand der Ritt um den Drorshullsee in tiefem Schweigen statt.

Simon kam es manchmal, wenn er sie im Schneegestöber erkennen konnte, so vor, als sehe er die Wölfin stehenbleiben und den Kopf schieflegen, als würde sie lauschen. Als sie am Abend endlich ihr Lager aufschlugen und der größte Teil des Sees südwestlich hinter ihnen lag, fragte er danach.

»Hört Qantaqa etwas, Binabik? Ist irgend jemand vor uns?«

Der Troll schüttelte den Kopf und streckte die Hände näher ans Feuer. Die Handschuhe hatte er ausgezogen. »Vielleicht. Aber etwas, das vor uns liegt, selbst in solchem Wetter, würde Qantaqa riechen. Außerdem reiten wir mit dem Wind. Wahrscheinlicher ist es, daß sie ein Geräusch hinter uns oder von der Seite vernimmt.«

Simon überlegte einen Augenblick. Sicher war, daß ihnen aus dem verödeten Hullnir, in dem es nicht einmal mehr Vögel gab, nichts gefolgt war.

»Jemand soll hinter uns sein?« fragte er ungläubig.

»Ich bezweifle es. Wer? Und warum?«

Aber auch Sludig, der die Nachhut bildete, hatte gemerkt, daß die Wölfin unruhig schien. Obwohl er sich in Binabiks Gesellschaft noch immer nicht recht wohl fühlte und ganz und gar nicht bereit war, auch noch Qantaqa Vertrauen zu schenken – zum Schlafen rollte er seinen Mantel immer auf der von ihr am weitesten entfernten Stelle des Lagers zusammen –, zweifelte er nicht an den scharfen Sinnen der grauen Jägerin. Während die anderen dasaßen und an Hartbrot und getrocknetem Wildfleisch kauten, hatte er den Wetzstein hervorgeholt, um seine Handbeile zu schärfen.

»Hier zwischen dem Dimmerskog – dem Wald nördlich von uns – und dem Drorshullvenn«, sagte er stirnrunzelnd, »ist immer Wildland gewesen, selbst als noch Isgrimnur und vor ihm sein Vater in Elvritshalla herrschten und der Winter seinen Platz kannte. Heute – wer weiß, was durch die weiße Öde oder die Trollfjälle dahinter wandert?« Er schabte im Takt.

»Trolle zum Beispiel«, bemerkte Binabik hämisch, »aber ich kann dir versichern, es besteht kaum Anlaß zur Furcht davor, daß nachts Trollvolk über uns herfällt, um zu töten und zu plündern.«

Sludig grinste säuerlich und fuhr fort, die Axt zu schärfen.

»Redet vernünftig, der Rimmersmann«, schaltete sich jetzt Haestan ein und warf Binabik einen mißbilligenden Blick zu. »Sind keine Trolle, vor denen ich mich fürchte.«

»Nähern wir uns denn schon deiner Heimat, Binabik?« erkundigte sich Simon. »Yiqanuc?«

»Wir kommen in größere Nähe zu ihr, sobald wir die Berge erreichen; aber der Ort meiner Geburt, denke ich, liegt tatsächlich im Osten des Ortes, zu dem wir wollen.«

»Du denkst das?«

»Vergiß nicht, daß wir noch nicht mit Genauigkeit wissen, wo unser Ziel liegt. ›Der Reimerbaum‹ – ein Baum voller Reime? Ich kenne den Berg, der Urmsheim heißt, wohin dieser Colmund angeblich geritten sein soll. Er steht irgendwo im Norden, zwischen Rimmersgard und Yiqanuc. Aber ein großer Berg ist er.« Der Troll zuckte die Achseln. »Steht der Baum darauf? Oder davor? Oder ganz woanders? Ich kann das zu dieser Zeit noch nicht wissen.«

Simon und die anderen blickten düster ins Feuer. Für seinen Herrscher einen gefährlichen Auftrag zu übernehmen war *eine* Sache, blind in einer weißen Wildnis herumzusuchen eine andere.

Die Flammen bissen zischend in das nasse Holz. Qantaqa, die sich auf dem nackten Schnee ausgestreckt hatte, erhob sich und legte den Kopf schräg. Zielstrebig lief sie zum Rand der Lichtung, die sie sich in einem Kiefernwäldchen am Hang des niedrigen Berges als Lagerplatz ausgesucht hatten. Nach einer besorgten Pause kehrte sie zurück und legte sich wieder hin. Niemand sagte ein Wort, aber ein angespannter Augenblick war vorbei und das Herz wieder etwas leichter.

Als alle gegessen hatten, wurde neues Holz auf das Feuer gelegt, das mit fröhlichem Prasseln und Dampfen dem wirbelnden Schnee trotzte. Binabik und Haestan waren in ein leises Gespräch vertieft, und Simon versuchte Ethelbearns Wetzstein an seinem eigenen Schwert. Eine dünne Melodie erklang. Simon drehte sich um und sah Grimmric, der die Lippen gespitzt und den Blick auf die tanzenden Flammen geheftet hatte und vor sich hin pfiff. Als er aufsah und Simons Blick auf sich spürte, schenkte der drahtige Erkynländer ihm ein schiefzähniges Lächeln.

»Hab mich an was erinnert«, erklärte er. »Altes Winterlied.«

»Welches denn?« fragte Ethelbearn. »Sing es uns vor, Mann. Ein kleines Lied kann nichts schaden.«

»Ja, sing«, half Simon nach.

Grimmric sah zu Haestan und dem Troll hinüber, als fürchte er Einwände aus dieser Richtung, aber die beiden waren noch völlig in ihre Diskussion verstrickt. »Also gut«, meinte er. »Wird schon nichts schaden.« Er räusperte sich und schaute zu Boden, als mache ihn die plötzliche Aufmerksamkeit der anderen verlegen. »Ist bloß ein Lied, das mein alter Vater immer gesungen hat, wenn wir im Decander nachmittags Holz schlagen gingen.« Er räusperte sich nochmals. »Ein Winterlied eben«, ergänzte er und fing an zu singen. Seine Stimme war rauh, aber nicht unmelodisch.

740

Eis bedeckt das Strohdach nun,
Schnee Fensterbrett und Wald.
Eine Hand klopft an die Tür
im Winter eisigkalt.

Sing hei-a-ho, und wer kann's sein?

Feuer lodert im Kamin,
fest versperrt das Haus.
Schatten tanzt. Schön-Arda fragt
vorsichtig hinaus:

»Sing hei-a-ho, und wer kann's sein?«

Winterdunkle Stimme spricht:
»Öffne deine Tür.
Laß mich ein, die Hände nur
will ich wärmen mir.«

Sing hei-a-ho, und wer kann's sein?

Schöne Arda züchtig sagt:
»Seltsam kommt's mir vor,
daß ein Mensch in solcher Nacht
nicht den Weg verlor.«

Sing hei-a-ho, und wer kann's sein?

»Bin ein armer Pilgersmann,
hab nicht Dach noch Speise.«
Und es schmilzt Schön-Ardas Herz
bei den Worten leise.

Sing hei-a-ho, und wer kann's sein?

»Guter Vater, tretet ein,
müde und beladen.
Gottesmännern darf ich traun,
werden mir nicht schaden.«

Sing hei-a-ho, und wer kann's sein?

Sie schließt auf. Wer steht davor?
Ach, sie ist betrogen.
Einaug selber tritt ins Haus,
ist ihr wohlgewogen.

Sing hei-a-ho, und wer kann's sein?

»Lügen sprach ich, fing dich ein . . .«
Einaug steht im Zimmer.
»Frost bringt niemals Schaden mir,
Lieb lohnt Listen immer . . .«

Sing hei-a-ho, und wer kann's sein?

»Heiliger Usires, bist du verrückt?« Sludig sprang auf. Alle erschraken. Mit vor Entsetzen geweiteten Augen malte er das Zeichen des *Baumes* breit vor sich in die Luft, als wollte er ein sich auf ihn stürzendes Untier abwehren. »Bist du verrückt?« wiederholte er und stierte den völlig verblüfften Grimmric an.

Der Erkynländer sah zu den anderen hinüber und zuckte hilflos die Schultern. »Was fehlt dem Rimmersmann, Troll?« fragte er.

Binabik schielte zu Sludig hinauf, der immer noch stand. »Was ist es für eine Unrichtigkeit, Sludig? Wir verstehen dich alle nicht.«

Der Nordmann musterte die ratlosen Gesichter. »Seid ihr denn alle von Sinnen? Wißt ihr denn nicht, von wem er da singt?«

»Alt-Einaug?« erwiderte Grimmric und zog fragend eine Braue hoch. »Nur so ein Lied, Nordmann. Hab's von meinem Vater gelernt.«

»Das ist *Udun* Einaug, von dem du singst, Udun Rimmer, der schwarze alte Gott meines Volkes. Als wir noch in heidnischer

Unwissenheit lebten, verehrten wir ihn in Rimmersgard. Ruft nie nach Udun Himmelsvater, wenn ihr in seinem Land seid, sonst kommt er zu euch – und ihr werdet es bereuen.«

»Udun der Reimer . . .« sagte Binabik nachdenklich.

»Aber wenn ihr nicht mehr an ihn glaubt«, fragte Simon, »warum fürchtest du dich dann, von ihm zu sprechen?«

Sludig, noch immer mit besorgt verzogenen Lippen, starrte auf Simon. »Ich habe nicht gesagt, daß ich nicht an ihn glaube . . . vergib mir, Ädon . . . sondern nur, daß wir Rimmersmänner ihn nicht mehr anbeten.« Nach einer kleinen Weile setzte er sich wieder hin. »Ihr werde mich bestimmt für töricht halten, aber das ist immer noch besser, als eifersüchtige alte Götter auf uns herabzurufen. Wir befinden uns jetzt in *seinem* Land.«

»Ist doch nur'n Lied«, rechtfertigte sich Grimmric abermals. »Hab überhaupt nichts herabgerufen. Ist bloß 'n verdammtes Lied.«

»Binabik, sagen wir darum ›Udenstag‹?« wollte Simon fragen, unterbrach sich jedoch, als er merkte, daß der Troll ihm nicht zuhörte. Statt dessen stand im Gesicht des kleinen Mannes ein so breites, vergnügtes Grinsen, als hätte er gerade einen Schluck von etwas höchst Angenehmem zu sich genommen.

»Jawohl, das ist es!« rief er und drehte sich zu dem blassen, streng blickenden Sludig um. »Du hast es gefunden, mein Freund.«

»Wovon redest du?« erkundigte sich der blondbärtige Nordmann leicht gereizt. »Ich verstehe dich nicht.«

»Das, was wir suchen. Der Ort, zu dem Colmund ritt. Der Reimerbaum. Nur daß wir an *Reime* dachten, wie in Gedichten. Aber du hast es jetzt richtig gesagt: ›Udun Rimmer‹ – Udun der Reimer. ›Reim‹ ist ein altes Wort für ›Reif‹, und davon hat Reimersgard oder Rimmersgard seinen Namen. Was wir suchen, ist nicht ein Baum aus Reimen, sondern aus Reif – aus Frost.«

Einen Augenblick machte Sludig noch ein verständnisloses Gesicht, dann nickte er langsam mit dem Kopf. »Gesegnete Elysia, Troll – der *Udun-Baum.* Warum habe ich nur nicht daran gedacht? Natürlich, der Udun-Baum!«

»Kennst du den Ort, den Binabik meint?« Simon begann allmählich zu begreifen.

»Natürlich. Es ist eine von unseren uralten Sagen – ein Baum ganz aus Eis. Es heißt, Udun habe ihn wachsen lassen, um daran in den Himmel hinaufzuklettern und sich zum König über alle Götter zu machen.«

»Aber was nützt uns diese Sage?« hörte Simon Haestan fragen, und noch während die Worte an sein Ohr drangen, fühlte er, wie sich eine sonderbare, schwere Kälte über ihn legte wie eine Decke aus Graupelschnee. Der eisige weiße Baum... er sah ihn wieder vor sich: der weiße Stamm, der in die Dunkelheit hinaufragte, der uneinnehmbare weiße Turm, ein hoher, drohender, bleicher Streifen auf schwarzem Hintergrund... er stand mitten auf Simons Lebensweg, und irgendwie wußte der Junge, daß er ihn nicht umgehen konnte... daß kein Weg um den schlanken weißen Finger herumführte, der ihm winkte, ihn warnte, auf ihn wartete...

Der weiße Baum.

»Weil die Sage auch erzählt, wo er ist«, erklärte eine Stimme, nachhallend wie in einem langen Korridor. »Selbst wenn es ihn nicht geben sollte, wissen wir, daß Herr Colmund dem Weg gefolgt sein muß, den die Legende ihm wies – zur Nordwand des Urmsheim.«

»Sludig hat recht«, bestätigte jemand... Binabik. »Wir brauchen nur den Weg zu nehmen, den Colmund mit *Dorn* gegangen ist; nichts anderes ist mehr von Wichtigkeit.« Die Stimme des Trolls schien aus weiter Ferne zu kommen.

»Ich glaube... ich muß jetzt schlafen«, murmelte Simon mit schwerer Zunge. Er stand auf und stolperte vom Feuer weg, kaum bemerkt von den anderen, die sich lebhaft über Tagesritte und das Vorwärtskommen im Gebirge unterhielten. Er rollte sich in seinem dicken Mantel zusammen und fühlte, wie sich die verschneite Welt um ihn drehte, bis ihm schwindlig wurde. Simon schloß die Augen und glitt, obwohl er immer noch jedes Stoßen und Schwanken spürte, schwerfällig und wehrlos in traumtiefen Schlaf hinab.

Den ganzen nächsten Tag folgten sie der bewaldeten Schneebucht zwischen See und flacher werdenden Hügeln. Sie hofften, Haethstad an der Nordwestspitze des Sees bis zum späten Nachmittag zu erreichen. Wenn die Einwohner, beschlossen die Gefährten, nicht vor dem harten Winter geflohen und westwärts gezogen waren, sollte Sludig allein hinreiten, um die Vorräte zu ergänzen. Aber selbst wenn der Ort aufgegeben worden war, konnten sie vielleicht in einem verlassenen Herrenhaus Schutz für die Nacht finden und ihre Sachen trocknen, ehe sie die lange Reise über die Nördliche Öde antraten. Darum ritten sie einigermaßen zuversichtlich weiter und kamen auch am Seeufer gut voran.

Haethstad, ein aus etwa zwei Dutzend Langhäusern bestehendes Dorf, lag auf einer Landzunge, die kaum breiter war als der eigentliche Ort; vom Hang aus betrachtet, sah es aus, als wachse das Dorf aus dem gefrorenen See hervor.

Die ermutigende Wirkung des ersten Anblicks hielt jedoch nur bis etwa den halben Weg hinunter ins Tal. Danach zeigte sich immer deutlicher, daß die Gebäude zwar noch standen, aber nichts weiter als ausgebrannte Ruinen waren.

»Verflucht«, sagte Sludig wütend, »das ist nicht nur ein verlassenes Dorf, Troll. Man hat die Menschen vertrieben!«

»Wenn sie das Glück hatten, überhaupt noch herauszukommen«, murmelte Haestan.

»Ich glaube, ich muß dir Einwilligung zollen, Sludig«, bemerkte Binabik. »Trotzdem müssen wir hinab und uns umsehen, wie lange dieser Brand zurückliegt.«

Als sie in die Talsenke ritten, starrte Simon auf die verkohlten Überreste von Haethstad und mußte unwillkürlich an das ausgeglühte Skelett der Abtei von Sankt Hoderund denken.

Auf dem Hochhorst hat der Priester immer gesagt, daß Feuer reinigt, dachte er. *Aber wenn das stimmt, warum hat dann jeder Angst vor dem Feuer, vor dem Brennen? Nun ja, bei Ädon, wahrscheinlich möchte niemand so ganz und gar gereinigt werden.*

»O nein«, rief Haestan. Simon ritt fast auf ihn auf, als der große Wachsoldat sein Pferd zügelte. »Du guter Gott«, fügte der Erkynländer hinzu.

Simon spähte an ihm vorbei und gewahrte eine Reihe dunkler Gestalten, die sich jetzt aus den Bäumen am Ortseingang lösten und sich langsam auf die verschneite Straße zubewegten, keine hundert Ellen vor ihnen. Berittene Männer. Als sie ins Freie traten, zählte Simon sie . . . sieben, acht, neun. Sie waren sämtlich gepanzert. Ihr Anführer trug einen Helm aus schwarzem Eisen, der wie ein Hundekopf geformt war. Als er sich umdrehte, um seine Befehle zu erteilen, zeigte das Profil die geifernde Schnauze. Die neun ritten los.

»Der dort, der mit dem Hundekopf.« Sludig zog seine Äxte heraus und deutete auf die Näherkommenden. »Er hat den Überfall auf uns in Sankt Hoderund angeführt. Er ist es, dem ich noch etwas schuldig bin: für den jungen Hove und die Mönche im Kloster.«

»Mit denen werden wir nie fertig«, bemerkte Haestan ruhig. »Zerhacken werden sie uns – neun Männer gegen sechs, darunter ein Troll und ein Knabe.«

Binabik sagte nichts, sondern schraubte gelassen seinen Wanderstab auseinander, den er unter den Gurtriemen von Qantaqas Sattel geschoben hatte. Als er ihn wieder zusammensetzte, eine Sache von Sekunden, erklärte er: »Wir müssen fliehen.«

Sludig hatte bereits sein Pferd vorwärts gespornt, aber Haestan und Ethelbearn holten ihn nach wenigen Schritten ein und ergriffen seine Ellenbogen. Der Rimmersmann, der nicht einmal den Helm aufgesetzt hatte, versuchte sie abzuschütteln. In seinen blauen Augen lag ein ferner Blick.

»Gottverdammt, Mann!« rief Haestan, »komm mit! Unter den Bäumen haben wir wenigstens eine Chance!«

Der Führer der fremden Reiter rief etwas, und seine Männer setzten ihre Pferde mit Hilfe von Fußtritten in Trab. Von den Pferdehufen wallte weißer Nebel auf, als liefen sie über Meeresschaum.

»Dreh ihn um!« schrie Haestan Ethelbearn zu und packte die Zügel von Sludigs Roß, während er selbst umschwenkte. Ethelbearn versetzte dem Tier des Rimmersmannes mit dem Schwertgriff einen heftigen Schlag auf die Flanke, und sie machten vor den Heranreitenden kehrt, die jetzt in vollem Galopp und schreiend auf sie zuhielten und Beile und Schwerter schwangen. Simon zitterte so, daß er Angst hatte, er könnte aus dem Sattel fallen.

»Binabik! Wohin?« schrie er mit überschnappender Stimme.

»In die Bäume!« rief Binabik zurück, und Qantaqa machte einen Satz. »Tod würde es bedeuten, die Straße wieder hinaufzureiten. Vorwärts, Simon, und bleib mir nah!«

Jetzt bockten und traten die Rosse der Gefährten nach allen Seiten, als sie vom breiten Weg heruntergelenkt wurden, fort von Haethstads geschwärzten Ruinen. Irgendwie brachte Simon es fertig, den Bogen von seiner Schulter gleiten zu lassen; dann bückte er sich auf den Nacken des Pferdes und gab dem Tier die Sporen. Ein Sprung, bei dem ihm alle Knochen im Leib weh taten, dann jagten sie plötzlich durch den Schnee und in den immer dichter werdenden Wald hinein.

Simon sah noch Binabiks schmalen Rücken und das hüpfende Grau von Qantaqas Hinterteil, dann umgaben ihn schwindelerregend auf allen Seiten die Bäume. Hinter ihm erklangen Rufe; er drehte sich um und gewahrte seine dicht beieinander reitenden Gefährten, dahinter die dunkle Masse der Verfolger, die sich jetzt trennten und im Wald verteilten. Er hörte ein Geräusch wie von zerreißendem Pergament und nahm einen kurzen Augenblick wahr, wie in einem Baumstamm unmittelbar vor ihm ein Pfeil zitterte.

Überall war jetzt das gedämpfte Trommelfeuer der Hufschläge und dröhnte ihm in den Ohren, während er sich mit aller Kraft in seinem schwankenden Sattel festhielt. Plötzlich entrollte sich ein pfeifender schwarzer Faden und zerriß vor seinem Gesicht, dicht gefolgt von einem zweiten: Die Verfolger hatten sie seitlich überholt und schossen jetzt ihre Pfeile von der Flanke ab. Simon hörte sich selbst den stampfenden Gestalten etwas zuschreien, die um ihn herum durch die Bäume huschten, und ein paar weitere, zischende Geschosse sausten an ihm vorüber. An den Sattelknopf geklammert, streckte er die Hand mit dem Bogen aus, um einen Pfeil aus dem auf- und abhüpfenden Köcher zu ziehen; aber als er ihn vor sich hatte, sah er den Pfeil hell vor der Schulter des Rosses aufblitzen. Es war der Weiße Pfeil.

Im Bruchteil einer Sekunde, der jedoch viel länger zu dauern schien, hatte er ihn über die Schulter in den Köcher zurückgeschoben und einen anderen herausgeholt. Irgendwo in seinem Kopf lachte ihn eine höhnische Stimme aus, weil er in einer derartigen Situation auch noch seine Pfeile aussuchte. Fast hätte er Bogen samt Pfeil noch verloren, als sein Pferd um einen schneebedeckten Baum herumschwenkte, der plötzlich vor ihnen mitten aus dem Weg zu wachsen schien. Gleich darauf vernahm er einen Schmerzensschrei und das entsetzte und entsetzliche Schreien eines stürzenden Pferdes. Hastig warf er einen Blick über die Schulter. Nur noch drei seiner Gefährten folgten ihm. Weiter hinten – und jeden Moment weiter entfernt – tobte ein Gewirr von Armen und strampelnden Pferdebeinen und aufgewirbeltem Schnee. Die Verfolger sprengten um den gefallenen Reiter herum oder über ihn hinweg, ohne sich aufhalten zu lassen.

Wer war es? kam sein kurzer, flackernder Gedanke.

»Den Berg hinauf, den Berg!« schrie irgendwo rechts von Simon mit heiserer Stimme Binabik. Der Junge sah die Fahne von Qantaqas Schwanz, als die Wölfin eine Senke hinauf und unter enger stehende Bäume hetzte, ein dichtes Gewirr von Fichten, die wie gleichgültige Posten dastanden und zuschauten, wie das schreiende Chaos an ihnen vorbeiraste. Simon zerrte hart am rechten Zügel, obwohl er keine Ahnung hatte, ob sein Pferd sich überhaupt darum kümmern würde; doch schon schwenkten sie seitwärts und jagten hinter der voranspringenden Wölfin den Hang hinauf. Die drei anderen überholten ihn und zügelten dann im kargen Schutz einer Krone stocksteifer Stämme ihre dampfenden Rosse.

Sludig hatte immer noch keinen Helm auf dem Kopf, und der Dünne dort mußte Grimmric sein, aber der dritte, kräftig und behelmt, war ein kurzes Stück weiter bergauf geritten. Noch ehe Simon sich umdrehen und feststellen konnte, wer er war, hörte er einen heiseren Schrei des Triumphes. Die Fremden hatten sie eingeholt.

Nach einer Sekunde Erstarrung legte er den Pfeil auf die Sehne und hob den Bogen. Aber die johlenden Angreifer sausten so geschwind zwischen den Bäumen hin und her, daß sein Schuß das Ziel verfehlte und der Pfeil im Wald verschwand. Simon schoß einen zweiten ab und meinte zu erkennen, daß er das Bein eines der Gepanzerten traf. Jemand stieß einen Schmerzensruf aus. Sludig brüllte als Antwort und spornte sein weißes Roß. Gleichzeitig stülpte er den Helm über den Kopf. Zwei der Angreifer lösten sich aus der Meute und kamen auf ihn zu. Simon beobachtete, wie er sich duckte und dem Schwerthieb des ersten auswich, herumfuhr und dem Mann im Vorbeireiten die Klinge der Axt zwischen die Rippen trieb. Helles Blut spritzte aus dem Schnitt in der Rüstung. Als Sludig sich von dem ersten Mann abwandte, hätte ihn der zweite um ein Haar erwischt; ihm blieb

748

gerade noch Zeit, den Hieb mit seinem zweiten Beil abzufangen, aber ein krachender Schlag traf seinen Helm. Simon sah, wie der Rimmersmann schwankte und beinahe aus dem Sattel fiel, während sein Angreifer wieder kehrt machte.

Bevor sie jedoch von neuem aufeinanderprallten, ertönte hinter Simon ein ohrenzerreißendes Kreischen. Er schoß herum und erblickte ein weiteres Pferd, das mit seinem Reiter auf ihn zugestolpert kam; eine troll-lose Qantaqa hing mit den Zähnen am ungepanzerten Bein des Mannes und zerkratzte mit ihren Krallen die Flanke des schrill schreiendes Pferdes. Simon riß das Schwert aus der Scheide. Aber als der Reiter wild auf die Wölfin einschlug, rannte sein Pferd gegen Simons Tier. Simon flog die Klinge aus der Hand. Gleich darauf besaß auch er weder Gewicht noch Halt mehr; einen langen Moment später schlug es die Luft aus ihm heraus wie mit einer Riesenfaust. Nur ein kurzes Stück von der Stelle entfernt, an der sein Pferd in einem panikerfüllten, wiehernden Knäuel mit dem anderen Gaul rang, fand er sich im Schnee wieder, das Gesicht nach unten. Durch eine beißende Schneemaske bemerkte er, wie sich Qantaqa zwischen den beiden Pferden herauswand und davonhetzte. Der Mann, schreiend unter den Tieren begraben, konnte nicht entkommen.

Simon stand mühsam auf und spuckte eisigen Sand aus. Hastig griff er nach Bogen und Köcher, die dicht neben ihm lagen. Er hörte, wie sich der Kampflärm weiter den Berg hinaufzog und schickte sich an, zu Fuß hinterherzulaufen.

Jemand lachte.

Keine zwanzig Schritte unterhalb von ihm saß auf reglosem, grauem Roß der Mann in der schwarzen Rüstung mit dem Kopf eines rasenden Hundes. Auf sein schwarzes Wams war weiß eine rohe Pyramidenform gestickt.

»Da bist du ja, Junge«, sagte das Hundegesicht. Die tiefe Stimme hallte im Helm wider. »Ich habe dich gesucht.«

Simon fuhr herum und hastete den verschneiten Hügel hinauf. Sofort stolperte er und versank in kniehohen Schneewehen. Der Mann in Schwarz lachte vergnügt und folgte ihm.

Simon raffte sich auf, schmeckte sein eigenes Blut, das aus der aufgerissenen Nase und Lippe floß, blieb endlich stehen und wich an eine gebeugte Fichte zurück. Dort griff er rasch nach einem Pfeil, ließ den Köcher fallen, legte den Pfeil auf die Sehne und spannte den Bogen. Der Schwarzgekleidete, immer noch ein halbes Dutzend Ellen unter ihm, blieb stehen und hielt den behelmten Kopf schräg, als ahmte er den Hund nach, dessen Aussehen er trug.

»Jetzt töte mich, Knabe, wenn du kannst«, höhnte er. »Schieß!« Er trieb sein Pferd bergan, auf Simon zu, der zitternd dastand.

Ein Zischen – ein scharfer, fleischiger Aufprall. Jäh bäumte sich das Grauroß und warf den mähnenumflatterten Kopf zurück. In seiner Brust bebte ein Pfeil. Der hundsgesichtige Reiter wurde hart in den Schnee geschleudert. Wie knochenlos lag er da, selbst als sein zukkendes Pferd in die Knie brach und schwer über ihm zusammensank. Simon starrte wie gebannt. Aber gleich darauf blickte er mit noch größerer Überraschung auf den Bogen, den er noch immer am ausgestreckten Arm hielt. Der Pfeil hatte die Sehne nicht verlassen.

»H-Haestan?« fragte er und schaute den Hang hinauf. In einer Lücke zwischen den Bäumen standen drei Gestalten. Keiner von ihnen war Haestan. Keiner von ihnen war ein Mensch. Sie hatten helle Katzenaugen und einen harten Zug um den Mund.

Der Sitha, der den Pfeil abgeschossen hatte, legte einen neuen auf und senkte ihn, bis die sanft bebende Spitze genau auf Simons Augen zielte.

»T'si im t'si, Sudhoda«, sagte er, und sein schmales, eben erst aufgesetztes Lächeln war so kalt wie Marmor. »Blut ... wie ihr sagt ... um Blut.«

XXXVII

Jirikis Jagd

Simon starrte hilflos auf die schwarze Pfeilspitze und die drei schmalen Gesichter. Sein Kinn zitterte.

»*Ske'i! Ske'i!*« schrie eine Stimme. »Halt!«

Zwei von den Sithi wandten sich um und schauten nach rechts, den Berg hinauf. Derjenige, der den Bogen hielt, schwankte keine Sekunde.

»*Ske'i, ras-Zida'ya!*« rief die kleine Gestalt laut, machte einen Sprung und fiel hin. Knirschend rollte sie durch den Schnee und stoppte schließlich ein paar Schritte von Simon entfernt in einem glitzernden Puderwirbel.

Binabik richtete sich langsam auf die Knie auf, mit Schnee bestäubt, als hätte ihn ein eiliger Bäcker in Mehl gewälzt.

»W-was?« Simon zwang seine tauben Lippen, Worte zu formen, aber der Troll winkte ihm mit einer hastig flatternden Bewegung der kurzen Finger Schweigen zu.

»Sch! Langsam senke den Bogen in deiner Hand – langsam!« Als der Junge dieser Anweisung folgte, sprudelte Binabik einen neuen Schwall von Worten in der fremden Sprache hervor und rang flehend die Hände vor den Sithi, die nicht einmal blinzelten.

»Was ... wo sind die anderen?« flüsterte Simon, aber Binabik gebot noch einmal Schweigen, diesmal mit kurzem, aber heftigem Kopfschütteln.

»Keine Zeit haben wir, keine Zeit ... um dein Leben kämpfen wir.« Der Troll hob die Hände, und Simon, der den Bogen fallengelassen hatte, folgte seinem Beispiel, die Handflächen nach außen gekehrt.

»Du hast, hoffe ich, den Weißen Pfeil nicht verloren?«

»Ich . . . weiß nicht. «

»Tochter der Berge, ich will es nicht hoffen. Wirf langsam deinen Köcher hin! So. « Er schnatterte noch ein paar Worte in dem, was Simon für die Sprache der Sithi hielt, und versetzte dem Köcher dann einen Tritt, daß die Pfeile über den zertretenen Schnee sprangen wie dunkle Mikadostäbe . . . alle bis auf einen, bei dem sich nur die dreieckige Spitze, perlblau wie ein flüssiger Tropfen Himmel, vom Weiß seiner Umgebung abhob.

»Oh, gepriesen seien die Stätten der Höhe«, seufzte Binabik. »*Staj'a Ame ine!*« rief er den Sithi zu, die ihn beobachteten wie Katzen, deren geflügelte Beute sich plötzlich umdreht und zu singen anfängt, anstatt fortzufliegen.

»Der Weiße Pfeil! Ihr müßt davon wissen! *Im sheyis tsi-keo'su d'a Yana o Lingit!*«

»Das ist . . . etwas Seltenes«, sagte der Sitha mit dem Bogen und senkte ihn ein Stück. Seine Aussprache klang fremd, aber er beherrschte die Westsprache ausgezeichnet. Er blinzelte. »Von einem Troll in den *Regeln des Singens* unterwiesen zu werden. « Das kalte Lächeln kehrte kurz zurück. »Du darfst uns mit deinen Ermahnungen verschonen . . . und mit deinen fragwürdigen Übersetzungen. Heb deinen Pfeil auf und bring ihn mir. « Er zischte den beiden anderen einige Worte zu. Die beiden Sithi warfen noch einen Blick auf Simon und den Troll und jagten dann mit erstaunlicher Geschwindigkeit den Berg hinauf. Unter ihren Füßen schien sich kaum der Schnee zu vertiefen, so rasch und leicht waren ihre Schritte. Der Zurückbleibende zielte weiterhin mit seinem Pfeil in Simons Richtung, während Binabik sich zu dem Köcher hinunterbückte und mit dem Weißen Pfeil in der Hand langsam vorwärtsstapfte.

»Gib ihn mir«, befahl der Sitha. »Federn voran, Troll. Und nun geh zurück zu deinem Gefährten. «

Er verringerte die Spannung seines Bogens, um den schlanken weißen Gegenstand zu untersuchen, wobei er den Pfeil vorwärtsgleiten ließ, bis die Sehne fast schlaff war und er den aufgelegten Pfeil und das Bogenholz mit einer Hand festhalten konnte. Simon bemerkte erst jetzt, wie flach und kratzend sein eigener Atem ging. Er ließ die zitternden Hände sinken. Binabiks Schritte knirschten im Schnee, als er sich neben Simon stellte.

»Er wurde diesem jungen Mann für einen Dienst verliehen, den er jemandem erwiesen hat«, erklärte Binabik trotzig. Der Sitha sah ihn an und zog die schrägen Brauen hoch.

Auf den ersten Blick schien er jenem *Schönen* sehr ähnlich zu sein, den Simon auf seiner Flucht zu Gesicht bekommen hatte – die gleichen hohen Wangenknochen und seltsam vogelähnlichen Bewegungen. Er trug Hose und Jacke aus schimmerndweißem Stoff, an Schultern, Ärmel und Gürtel mit schmalen, dunkelgrünen Schuppen gesprenkelt. Das Haar, fast schwarz, aber ebenfalls mit einem fremdartig grünen Unterton, war vor den Ohren zu zwei kunstvollen Zöpfen geflochten. Stiefel, Gürtel und Köcher bestanden aus weichem, milchweißem Leder. Simon begriff, daß er den Sitha nur sehen konnte, weil dieser hangaufwärts stand und sich vom grauen Himmel abhob; hätte der *Schöne* vor einem Schnee-Hintergrund gestanden, inmitten von Bäumen, wäre er unsichtbar gewesen wie der Wind.

»*Isi-isi'ye!*« murmelte der Sitha betroffen und hielt den Pfeil gegen die verhüllte Sonne. Dann ließ er ihn wieder sinken, starrte Simon einen Augenblick überrascht an und bekam schmale Augen.

»Wo hast du das gefunden, *Sudhoda'ya?*« fragte er barsch. »Wie kommt jemand wie du zu einem solchen Gegenstand?«

»Es war ein Geschenk!« antwortete Simon, dessen Wangen allmählich wieder Farbe annahmen. Auch seine Stimme hatte sich gekräftigt. Er wußte, was er wußte. »Ich habe einen Mann deines Volkes gerettet. Er schoß den Pfeil in einen Baum und verschwand.«

Wieder musterte der Sitha ihn prüfend und schien noch etwas sagen zu wollen. Dann wandte er jedoch seine Aufmerksamkeit dem Berghang zu. Ein Vogel trillerte einen langen, komplizierten Pfiff – das dachte zumindest Simon, bis er die leichte Bewegung der Lippen des weißgekleideten Sitha bemerkte, der still wie eine Statue wartete, bis ein anderer Triller ihm antwortete.

»Geht jetzt vor mir her«, gebot er, winkte dem Troll und dem Jungen mit seinem Bogen und machte kehrt. Mühsam kletterten sie den steilen Hang hinauf, leichtfüßig gefolgt von ihrem Ergreifer, der immer wieder langsam den Weißen Pfeil in seinen schmalen Fingern drehte.

Nach ein paar hundert Herzschlägen hatten sie die Bergkuppe erreicht und stiegen auf der anderen Seite wieder hinab. Dort hockten vier Sithi um einen von Bäumen eingefaßten, verschneiten Graben; die beiden, die Simon schon gesehen hatte, nur an der bläulichen Färbung der geflochtenen Haare erkennbar, und ein zweites Paar mit rauchgrauen Flechten, obwohl auch ihre goldenen Gesichter so faltenlos waren wie die der anderen. Auf dem Boden des Grabens, unter dem drohenden Viereck der Sithipfeile, saßen Haestan, Grimmric und Sludig. Alle drei wiesen Blutspuren auf und zeigten den hoffnungslos trotzigen Gesichtsausdruck in die Enge getriebener Tiere.

»Bei Sankt Eahlstans Gebeinen!« fluchte Haestan, als er die Neuankömmlinge erkannte. »Ach Gott, Junge, hab gehofft, du wärst über alle Berge.« Er schüttelte den Kopf. »Na, immer noch besser als tot, denk ich.«

»Siehst du es jetzt, Troll?« fragte Sludig, das bärtige Gesicht rot verschmiert, bitter. »Siehst du, was wir über uns gebracht haben? Dämonen! Nie hätten wir über *ihn* spotten dürfen... über den Dunklen.«

Der Sitha, der den Pfeil hielt und anscheinend der Anführer war, sagte ein paar Worte in seiner Sprache zu den anderen und machte Simons Gefährten ein Zeichen, aus der Grube hinauszuklettern.

»Nicht Dämonen sind sie«, erwiderte Binabik, während er und Simon sich mit den Beinen gegen den Boden stemmten, um den anderen beim Aufstieg zu helfen, im sich ständig bewegenden Schnee ein mühsames Unterfangen. »Sithi sind sie, und sie werden uns nichts Böses tun. Schließlich befiehlt ihnen das ihr eigener Weißer Pfeil.«

Der Sithiführer warf dem Troll einen unfreundlichen Blick zu, sagte jedoch nichts. Grimmric zog sich keuchend auf ebenen Boden hinauf. »Si... Sithi?« fragte er, nach Atem ringend. »Jetzt stecken wir mitten in den uralten Sagen, soviel steht fest. Sithivolk! Möge Usires Ädon uns alle schützen.« Er schlug das Zeichen des *Baumes* und streckte dann die Hand aus, um dem taumelnden Sludig zu helfen.

»Was ist denn eigentlich passiert?« fragte Simon. »Wie seid ihr...
was wurde aus...?«

»Die Reiter, die hinter uns her waren, sind tot«, erklärte Sludig und
sackte gegen einen Baumstamm. Seine Brünne war an mehreren Stellen durchlöchert, und sein Helm, der ihm vom Handgelenk baumelte, voller Kratzer und Beulen wie ein alter Topf. »Ein paar haben
wir selber erledigt. Der Rest«, er machte eine schlaffe Handbewegung
zu den Sithiwachen hinüber, »fiel, von ihren Pfeilen gespickt.«

»Sie hätten uns bestimmt auch erschossen, wenn der Troll nicht ihre
Sprache gesprochen hätte«, ergänzte Haestan. Er zeigte Binabik ein
schwaches Lächeln. »Wir haben nicht schlecht von dir gedacht, als
du wegranntest. Haben sogar für dich gebetet.«

»Ich ging Simon suchen. Er ist mein Schützling«, erwiderte Binabik
einfach.

»Aber...« Simon blickte sich um, hoffte wider besseres Wissen, sah
keinen weiteren Gefangenen. »Dann... dann war es Ethelbearn, der
gefallen ist? Bevor wir den ersten Berg erreichten?«

Haestan nickte langsam. »Ja.«

»Die Pest über ihre Seelen!« fluchte Grimmric. »Rimmersmänner
waren es, diese mörderischen Bastarde!«

»Skalis Leute«, ergänzte Sludig. Seine Augen waren hart. Die Sithi
forderten jetzt durch Gesten ihre Gefangenen auf, sich zu erheben.
»Zwei von ihnen trugen den Raben von Kaldskryke«, fuhr Sludig fort
und stand auf. »Oh, wie ich darum bete, Skali zu erwischen, wenn
einmal nur noch unsere Äxte zwischen uns stehen.«

»Darauf hoffen noch ganze Heerscharen von anderen Leuten«,
meinte Binabik.

»Wartet!« begann Simon, der sich innerlich ganz ausgehöhlt fühlte.
So war das alles nicht richtig. Er wandte sich an den Führer des Sithi-
trupps. »Du hast meinen Pfeil gesehen und weißt, daß meine
Geschichte wahr ist. Du kannst uns nirgendwohin bringen oder etwas
mit uns tun, bevor wir nicht festgestellt haben, was aus unserem
Gefährten geworden ist.«

Der Sitha musterte ihn prüfend. »Ich weiß *nicht*, ob deine Geschichte
wahr ist, Menschenkind, aber wir werden es bald herausfinden.
Schneller, als dir vielleicht lieb ist. Was das Übrige betrifft...« Er

755

betrachtete einen Augenblick lang Simons zerlumpte Schar. »Also
gut. Wir erlauben euch, nach eurem Mann zu sehen.« Er sprach mit
seinen Kameraden, und sie folgten Simon und den anderen den Berg
hinunter.

Die schweigenden Männer kamen an den von Pfeilfedern starrenden
Leichen zweier ihrer Angreifer vorbei. Ihre Augen waren aufgerissen,
die Münder standen weit offen. Schon legte sich neuer Schnee über
die stillen Gestalten und deckte die purpurroten Flecken zu.

Sie fanden Ethelbearn hundert Ellen von der Seestraße entfernt. Der
abgebrochene Schaft eines Eschenholzpfeiles ragte ihm unter dem
Bart seitlich aus dem Hals, und die verdrehte Haltung mit den
gespreizten Gliedern deutete darauf hin, daß sich sein Pferd im Todeskampf über ihn gewälzt hatte.

»Hat nicht lang gebraucht zum Sterben«, sagte Haestan, in dessen
Augen Tränen standen. »Ädon sei gelobt, ein schneller Tod.«

Sie hoben, so gut sie konnten, eine Grube für ihn aus. Mit Schwer-
tern und Äxten hackten sie auf den harten Boden ein; gleichgültig
wie Gänse standen die Sithi daneben. Die Gefährten wickelten
Ethelbearn in seinen dicken Mantel und legten ihn in das flache
Grab. Als er zugedeckt war, rammte Simon das Schwert des Toten als
Grabzeichen in die Erde.

»Nimm seinen Helm«, forderte Haestan Sludig auf, und Grimmric
nickte. »Er würde nicht wollen, daß er dort nutzlos liegt«, meinte er.
Sludig hängte seinen eigenen zerspellten Helm an Ethelbearns
Schwertknauf und nahm dann den anderen, den man ihm entgegen-
streckte. »Wir werden dich rächen, Mann«, erklärte der Rimmersgarder. »Blut um Blut.«

Schweigen senkte sich über sie. Schnee sickerte durch die Bäume. Sie
standen da und starrten auf das Stück nackte Erde. Bald würde alles
wieder weiß sein.

»Kommt jetzt«, sagte der Anführer der Sithi endlich. »Wir haben
lange genug auf euch gewartet. Es gibt jemanden, der diesen Pfeil
sehen möchte.«

Simon ging als letzter. *Ich hatte kaum Zeit, dich kennenzulernen, Ethelbearn,* dachte er. *Aber du hattest ein gutes Lachen. Das werde ich nicht
vergessen.*

Sie wandten sich um und schlugen wieder den Weg in die kalten Berge ein.

Die Spinne hing unbeweglich da, ein stumpfbrauner Edelstein in einem kunstvollen Halsband. Ihr Netz war fertig, die letzten Fäden waren zierlich an ihrem Platz gelegt; es reichte von der einen Seite der Deckenecke zur anderen und schwankte leise in der aufsteigenden Luft, als zupften unsichtbare Hände daran. Einen Moment verlor Isgrimnur den Gesprächsfaden, obwohl es ein wichtiges Gespräch war. Seine Augen waren von den bedrückten Gesichtern, die sich in der großen Halle um den Kamin drängten, fortgewandert, hatten die dunkle Ecke gestreift und die kleine Baumeisterin entdeckt, die sich dort ausruhte.

Das nenne ich vernünftig, sagte er zu sich selbst. *Man baut sich etwas, und dort bleibt man dann. So sollte es sein. Nicht dieses dauernde Hin und Her, bei dem man seine Angehörigen oder die heimatlichen Dächer manchmal ein Jahr lang nicht zu Gesicht bekommt.*

Er dachte an seine Frau Gutrun, die Scharfäugige mit den roten Wangen. Kein Wort des Vorwurfes hatte er von ihr gehört, aber er wußte, daß sie zornig war, weil er so lange von Elvritshalla fortgeblieben war und es ihrem ältesten Sohn, dem Stolz ihres Herzens, überlassen hatte, das große Herzogtum zu regieren ... und dabei zu versagen. Nicht daß Isorn oder sonst jemand in Rimmersgard Skali und seine Anhänger hätten aufhalten können, nicht mit der Macht des Hochkönigs hinter ihnen. Aber es war der junge Isorn gewesen, der dort geboten hatte, während sein Vater fern war, und es war Isorn, an den man sich als denjenigen erinnern würde, der zugesehen hatte, wie die Kaldskryke-Leute, die Erbfeinde der Männer von Elvritshalla, prahlerisch durch das Langhaus stolzierten – als die neuen Herren und Gebieter.

Und ich hatte mich diesmal so darauf gefreut, nach Hause zu kommen, dachte der alte Herzog traurig. *Es wäre so schön gewesen, mich um meine Pferde und Kühe zu kümmern, ein paar Streitigkeiten in der Nachbarschaft zu schlichten und zuzusehen, wie meine Kinder ihre Kinder erziehen. Statt dessen ist das ganze Land zerrissen wie ein leckes Strohdach. Gott helfe mir, ich hatte schon vor Jahren das Kämpfen satt ... soviel ich auch davon geschwatzt habe.*

Schließlich waren Kämpfe vor allem etwas für junge Männer, deren Bindung ans Leben locker und sorglos war. Und etwas, von dem alte Männer reden, an das sie sich erinnern konnten, wenn sie in ihrer Halle im Warmen saßen und der Winter draußen vor der Tür heulte.

Für einen verdammten alten Hund wie mich ist es jetzt Zeit, sich vors Feuer zu legen und zu schlafen.

Er zupfte an seinem Bart und sah zu, wie die Spinne in die dunkle Dachecke hinüberkroch, wo sich unerwartet eine unvorsichtige Fliege niedergelassen hatte.

Wir dachten, Johan hätte einen Frieden geschmiedet, der tausend Jahre halten müßte, und nun hat der Friede Johans Tod nicht einmal zwei Sommer überdauert. Man baut und baut immer weiter, legt Faden über Faden wie die Kleine dort oben – und dann kommt ein Wind und bläst alles in Fetzen.

»... und so habe ich zwei Pferde beinahe zuschanden geritten, um Euch die Nachricht so schnell wie möglich zu bringen, Herr«, schloß der junge Mann, als Isgrimnur sein Ohr wieder der dringenden Besprechung zuwendete.

»Das hast du großartig gemacht, Deornoth«, antwortete Josua. »Bitte steh auf.«

Mit vom Ritt noch feuchtem Gesicht und strähnigem Haar erhob sich der junge Soldat und wickelte sich fester in die dicke Decke, die der Prinz ihm gereicht hatte. Er sah ganz ähnlich aus wie damals, als er im Gewand des heiligen Mönches zur Feier des Sankt-Tunath-Tages dem Prinzen die Nachricht vom Tod seines Vaters gebracht hatte.

Der Prinz legte Deornoth die Hand auf die Schulter. »Ich bin froh, daß du wieder hier bist. Ich habe für deine Sicherheit gefürchtet und mich selbst verwünscht, weil ich dich auf einen so gefährlichen Weg schicken mußte.« Er wandte sich an die anderen Männer. »Nun. Ihr habt Deornoths Bericht gehört. Elias ist endlich aufgebrochen. Er ist unterwegs nach Naglimund, mit... Deornoth? Wieviel hast du gesagt?«

»Mit ungefähr tausend Rittern oder noch mehr, und an die zehntausend Fußsoldaten«, erwiderte Deornoth betrübt. »Das ist der am glaubwürdigsten scheinende Durchschnitt aus den verschiedensten Angaben. «

»Das glaube ich auch. « Josua machte eine Handbewegung. »Und es bleiben uns höchstens noch vierzehn Tage, bis er vor unseren Mauern steht. «

»Das ist auch meine Meinung, Herr«, nickte Deornoth.

»Und was hört man von *meinem* Gebieter?« erkundigte sich Devasalles.

»Nun, Baron«, begann der Soldat und biß die Zähne zusammen, bis ein Anfall von Schüttelfrost vorbei war, »in Nad Mullagh war alles vollkommen durcheinander – natürlich verständlich bei dem, was im Westen vorgeht . . . « Er brach ab und warf einen Blick auf Prinz Gwythinn, der ein Stückchen entfernt von den anderen saß und unglücklich an die Decke starrte.

»Sprich weiter«, befahl Josua ruhig, »wir wollen alles hören. «

Deornoth sah von dem Hernystiri weg. »Darum war es, wie gesagt, schwer, an brauchbare Informationen heranzukommen. Aber nach Auskunft mehrerer Flußschiffer aus Abaingeat, oben an der Küste, ist Euer Herzog Leobardis von Nabban in See gestochen und befindet sich zur Zeit auf der Überfahrt. Vermutlich will er bei Crannhyr landen. «

»Mit wieviel Mann?« grollte Isgrimnur.

Deornoth zuckte die Achseln. »Jeder sagt etwas anderes. Dreihundert Berittene vielleicht und ungefähr zweitausend zu Fuß. «

»Das klingt wahrscheinlich, Prinz Josua«, sagte Devasalles und biß sich nachdenklich auf die Lippen. »Zweifellos wollten nicht alle Vasallen mitziehen, weil sie Angst haben, sich gegen den Hochkönig zu stellen, und die Perdruineser werden, wie gewöhnlich, neutral bleiben. Graf Streáwe weiß, daß er mehr davon hat, wenn er beide Seiten unterstützt und seine Schiffe schont, um Fracht damit zu befördern. «

»Also besteht noch Hoffnung auf Leobardis' starken Arm, auch wenn ich ihn mir noch mächtiger gewünscht hätte. « Josua sah sich im Kreis der Männer um.

»Aber selbst wenn die Nabbanai noch vor Elias bei uns am Tor stehen sollten«, gab Baron Ordmaer zu bedenken, dessen plumpe Züge seine

Furcht kaum verbargen, »wird Elias trotzdem dreimal so stark sein wie wir.«

»Aber wir haben die Mauern, Baron«, versetzte Josua, und in seinem schmalen Gesicht stand Strenge. »Wir sitzen in einer sehr, sehr starken Festung.« Er sprach wieder zu Deornoth, und seine Miene wurde weicher. »Sag uns den Rest deiner Neuigkeiten, mein treuer Freund, und dann mußt du schlafen. Ich fürchte um deine Gesundheit, und ich brauche in den Tagen, die vor uns liegen, deine Kraft.«

Deornoth brachte ein schwaches Lächeln zustande. »Jawohl, Herr. Die restlichen Nachrichten sind leider auch keine erfreulichen, fürchte ich. Die Hernystiri sind am Inniscrich geschlagen worden.« Er wollte zu Gwythinns Platz hinüberschauen, senkte jedoch die Augen. »Es heißt, König Lluth sei verwundet und sein Heer habe sich in die Berge des Grianspog zurückgezogen, um von dort aus besser Ausfälle gegen Skali und seine Männer unternehmen zu können.«

Josua sah dem Hernystiri-Prinzen ernsthaft ins Gesicht. »Aha. Wenigstens ist es nicht ganz so schlimm, wie Ihr fürchtet, Gwythinn. Euer Vater lebt und setzt den Kampf fort.«

Der junge Mann fuhr herum. Seine Augen waren rot. »Ja! Sie kämpfen weiter, während ich hier sicher hinter steinernen Mauern sitze, Bier trinke und Brot und Käse fresse wie ein fetter Spießbürger. Vielleicht liegt mein Vater im Sterben! Wie kann ich hierbleiben?«

»Ja, glaubt Ihr denn, Ihr könntet mit Eurem halben Hundert Männern Skali schlagen, Junge?« fragte Isgrimnur nicht unfreundlich. »Oder sucht Ihr lieber einen schnellen, ruhmreichen Tod, anstatt abzuwarten, wie man mit Hoffnung auf Erfolg weiter vorgehen sollte?«

»So töricht bin ich nicht«, versetzte Gwythinn kalt. »Und bei Bagbas Herde, Isgrimnur, wer seid Ihr, daß Ihr so zu mir sprecht? Was ist mit diesem ›Meter Stahl‹, den Ihr für Skalis Eingeweide aufheben wolltet?«

»Das ist etwas anderes«, knurrte Isgrimnur verlegen. »Ich habe nie gesagt, ich wollte Elvritshalla mit meinem Dutzend Ritter stürmen.«

»Und alles, was ich vorhabe, ist, mich an Skalis Raben vorbeizuschleichen, um in den Bergen zu meinem Volk zu stoßen.«

Isgrimnur konnte Prinz Gwythinns wachsamem, forderndem Blick nicht begegnen. Er ließ die Augen wieder in die Dachecke wandern, wo die braune Spinne emsig damit beschäftigt war, etwas in klebrige Seide zu wickeln.

»Gwythinn«, erklärte Josua besänftigend, »ich bitte Euch ja nur zu warten, bis wir mehr darüber sagen können. Ein oder zwei Tage werden kaum etwas ausmachen.«

Der junge Hernystiri stand so ruckartig auf, daß sein Stuhl über die Steinfliesen scharrte. »Warten! Das ist alles, was Ihr tut – Ihr wartet, Josua! Warten, bis alle Truppen gemustert sind, Warten auf Leobardis und sein Heer, Warten auf... Warten auf Elias, bis er die Mauern übersteigt und Naglimund in Brand setzt. Ich habe das Warten satt!« Er hob unsicher die Hand, um Josuas Einwänden zuvorzukommen. »Vergeßt nicht, Josua, auch ich bin ein Prinz. Ich kam zu Euch, weil unsere Väter Freunde waren. Jetzt aber ist mein Vater verwundet, und die Teufel aus dem Norden fallen über ihn her. Wenn er stirbt, weil niemand ihm zu Hilfe kommt, und ich König werde, wollt Ihr mir dann noch Befehle erteilen? Mich immer weiter hier festhalten? Brynioch! Ich kann solch feige Zurückhaltung nicht begreifen!«

Fast schon an der Tür, drehte er sich ein letztes Mal um. »Ich werde meinen Männern sagen, sie sollen sich für morgen bei Sonnenuntergang zum Aufbruch bereithalten. Wenn Euch ein Grund einfällt, warum ich bleiben sollte, ein Grund, der mir bisher entgangen ist, so wißt Ihr, wo Ihr mich findet.«

Der Prinz schlug die Tür hinter sich zu. Josua erhob sich. »Ich glaube, es sind viele unter uns«, er hielt inne und schüttelte müde den Kopf, »die jetzt etwas zu essen und zu trinken brauchen – nicht zuletzt du, Deornoth. Trotzdem bitte ich dich, noch einen kurzen Augenblick zu bleiben und die anderen vorangehen zu lassen, damit ich dich nach einigen persönlichen Dingen fragen kann.« Er winkte Devasalles und die übrigen in den Speisesaal und sah zu, wie sie in leiser Unterhaltung hinausgingen. »Isgrimnur«, rief er, und der Herzog blieb im Türrahmen stehen und blickte sich fragend um, »bleibt Ihr bitte auch.«

Sobald der Herzog wieder auf einem Stuhl Platz genommen hatte, schaute Josua Deornoth erwartungsvoll an.

»Und hast du sonst noch Neuigkeiten für mich?« fragte der Prinz. Der Soldat zog die Stirn in Falten.

»Wenn ich etwas Gutes wüßte, Prinz, hätte ich es Euch sofort erzählt, noch bevor die anderen hier waren. Aber ich konnte weder von Eurer Nichte noch von dem Mönch, der sie begleitet, eine Spur finden, ausgenommen einen Bauern in der Nähe der Gabelung des Grünwate-Flusses, der ein Paar, auf das die Beschreibung paßt, gesehen haben will. Sie hätten dort vor einigen Tagen den Fluß überquert und seien südwärts geritten.«

»Und das wußten wir schon von der Herrin Vara. Inzwischen müssen sie längst den Inniscrich hinunter sein, und Usires der Gesegnete allein weiß, wie es weitergeht oder was ihr nächstes Ziel ist. Das einzig Gute ist, daß mein Bruder Elias sein Heer bestimmt oben am Fuß des Gebirges entlangführen wird, weil die Weldhelm-Straße in dieser nassen Jahreszeit der einzig sichere Ort für die schweren Wagen ist.« Er starrte in das flackernde Feuer.

»Nun ja«, sagte er endlich. »Sei bedankt, Deornoth. Wären alle meine Gefolgsmänner wie du, könnte ich über die Bedrohung durch den Hochkönig lachen.«

»Die Männer sind gut, Herr«, erklärte der junge Ritter kameradschaftlich.

»Geh jetzt!« Der Prinz streckte die Hand aus und gab Deornoth einen leichten Schlag aufs Knie. »Besorg dir etwas zu essen, und dann schlaf. Du brauchst vor morgen nicht zum Dienst zu erscheinen.«

»Jawohl, Herr.« Der junge Erkynländer warf die Decke ab und nahm Haltung an. Mit bolzengeradem Rücken marschierte er aus dem Raum. Als er hinausgegangen war, saßen Josua und Isgrimnur schweigend da.

»Miriamel Gott-weiß-wohin verschwunden, und ein Wettrennen zwischen Leobardis und Elias mit unseren Toren als Ziel.« Der Prinz schüttelte den Kopf und rieb sich mit der Hand die Schläfen. »Lluth verwundet, die Hernystiri auf dem Rückzug, und Elias' Werkzeug Skali Herrscher vom Vestivegg- bis zum Grianspog-Gebirge. Und zu allem Überfluß noch Dämonen aus dem Reich der Sage, die über die sterbliche Erde wandeln.« Er zeigte dem Herzog ein grimmiges Lächeln. »Das Netz zieht sich zusammen, Onkel.«

Isgrimnur wühlte mit den Fingern in seinem Bart. »Das Netz schwankt im Wind, Josua. In einem starken Wind.« Er erläuterte diese Bemerkung nicht weiter, und von neuem senkte sich Schweigen über die hohe Halle.

Der Mann in der Hundemaske fluchte matt und spie einen weiteren Blutklumpen in den Schnee. Jeder Geringere, das wußte er, wäre längst tot gewesen, hätte er mit zerschmetterten Beinen und zerquetschten Rippen in der Kälte liegen müssen. Aber dieser Gedanke war nur ein schwacher Trost. All die Jahre ritueller Übung und abhärtender Knochenarbeit, die ihm das Leben gerettet hatten, als das sterbende Pferd sich über ihn gewälzt hatte, würden sich als sinnlos erweisen, wenn er nicht bald einen geschützten, trockenen Ort erreichte. Noch ein paar Stunden im Schnee würden vollenden, was sein sterbendes Roß begonnen hatte.

Die verdammten Sithi – deren unerwartetes Eingreifen geradezu unglaublich war – hatten ihre menschlichen Gefangenen nur wenige Schritte neben der Stelle vorbeigeführt, an der er versteckt gelegen hatte, begraben unter einem halben Fuß Schnee. Er hatte alle Reserven an Kraft und Mut aufgeboten, um übernatürlich still auszuharren, während das *Schöne Volk* sich auf dem Platz umsah. Sie mußten zu dem Schluß gekommen sein, er habe sich irgendwo verkrochen, um zu sterben – worauf er natürlich gehofft hatte –, und waren bald weitergezogen.

Jetzt duckte er sich zitternd dort zusammen, wo er sich aus der verhüllenden weißen Decke hervorgewühlt hatte, und sammelte seine Kräfte für den nächsten Schritt. Seine einzige Hoffnung lag darin, auf irgendeine Weise nach Haethstad zurückzugelangen, wo inzwischen zwei seiner eigenen Männer auf ihn warten mußten. Er verfluchte sich selbst hundertfach, weil er so dumm gewesen war, sich auf Skalis ungeschickte Tölpel zu verlassen – betrunkene Plünderer und Frauenprügler, nichts anderes waren sie, nicht wert, ihm die Stiefel zu putzen. Wäre er nur nicht gezwungen gewesen, seine eigenen Leute in einer anderen Sache fortzuschicken!

Er schüttelte den Kopf, um die wirbelnden, tanzenden Lichtfünkchen loszuwerden, die vom allmählich dunkler werdenden Himmel herunterschwebten. Dann spitzte er die aufgesprungenen Lippen. Aus der geifernden Hundeschnauze ertönte höchst unpassend der Schrei einer Schnee-Eule. Während er wartete, versuchte er nochmals vergeblich aufzustehen, oder wenigstens zu kriechen. Es war sinnlos; beide Beine schienen ernstlich verletzt. Ohne sich um den brennenden Schmerz in den gebrochenen Rippen zu kümmern, zog er sich mit den Händen ein Stück näher auf die Bäume zu, mußte dann aber innehalten. Flach lag er auf dem Boden und rang nach Luft.

Gleich darauf spürte er heißen Wind und hob den Kopf. Wie in einem wunderlichen Spiegel hatte sich die schwarze Schnauze des Helms verdoppelt: Wenige Zoll von ihm entfernt grinste ein weißes Maul.

»Niku'a«, keuchte er in einer Sprache, die keine Ähnlichkeit mit seiner Schwarz-Rimmerspakk hatte. »Komm her, Udun verdamm dich! Komm!«

Der gewaltige Hund kam einen weiteren Schritt näher, bis er hoch vor seinem verletzten Herrn aufragte.

»Jetzt ... bleib stehen«, befahl der Mann und griff mit starken Händen nach dem weißen Lederhalsband, um sich daran festzuhalten. »Und *zieh!*«

Er stöhnte qualvoll auf, als der Hund wirklich zog, aber sein Griff blieb fest. Unter der starren Hundemaske des Helms hatte er die Zähne zusammengebissen, die Augen wollten ihm aus dem Kopf treten. Der hämmernde, reißende Schmerz machte ihn beinahe ohnmächtig, als der Hund ihn holpernd über den Schnee zerrte, aber er lockerte keinen Finger, bevor er den Schutz der Bäume erreicht hatte. Erst dann ließ er los, ließ alles los. Er glitt hinab in die Dunkelheit, fand kurzen Aufschub von seinen Schmerzen.

Als er aufwachte, war das Grau des Himmels um mehrere Töne dunkler geworden, und der Wind hatte eine pudrige Schneeschicht über ihn gelegt wie eine Decke. Noch immer wartete der gewaltige Hund Niku'a, trotz seines kurzen Felles ungerührt und ohne zu zittern, so als liege er behaglich vor einem lodernden Kamin. Der Mann auf der Erde war nicht überrascht; er kannte die eisigen schwarzen Zwinger von Sturmspitze gut und wußte, wie die Tiere dort aufwuchsen. Er betrachtete Niku'as rotes Maul und die krummen Zähne, die winzigen weißen Augen wie milchige Gifttropfen und war wieder einmal dankbar, daß er den Hunden folgte, und nicht umgekehrt.

Er streifte den Helm ab – nicht ohne Mühe, denn der Sturz hatte ihn verbogen – und stellte ihn neben sich in den Schnee. Dann schnitt er mit dem Messer seinen schwarzen Mantel in lange Streifen. Bald darauf begann er mühselig, ein paar schlanke, junge Bäume abzusägen. Es war eine furchtbare Arbeit für seine geschundenen Rippen, aber er mißachtete, so gut er konnte, den brennenden Schmerz und arbeitete weiter. Er hatte zwei hervorragende Gründe, am Leben zu bleiben: die Pflicht, seiner Gebieterin vom unerwarteten Angriff der Sithi zu berichten, und seinen eigenen, noch stärker gewordenen Wunsch nach Rache an diesem zusammengewürfelten Gesindel, das ihm schon allzu oft einen Strich durch die Rechnung gemacht hatte.

Das blauweiße Auge des Mondes spähte längst neugierig durch die Baumwipfel, als er endlich mit dem Schneiden fertig war. Mit Hilfe der Streifen aus dem Mantel band er sich eine Anzahl der kürzeren Stöcke als Schienen fest um beide Beine. Dann saß er da, die Beine steif vor sich ausgestreckt wie ein Kind, das im Staub *Nullen und Kreuze* spielt, und schnürte kurze Querstücke an die Spitzen der beiden langen Stäbe, die übriggeblieben waren. Er hielt sie vorsichtig fest und packte dann wieder Niku'as Halsband, um sich von dem langen, leichenweißen Hund in die Höhe ziehen zu lassen. Gefährlich schwankend stand er da, bis es ihm gelang, sich die neugebauten Krücken unter die Arme zu schieben.

Er versuchte ein paar Schritte und schaukelte dabei ungeschickt auf den starren Beinen. Es würde schon gehen, entschied er und zuckte vor dem bohrenden Schmerz zusammen, aber er hatte keine Wahl.

Er warf einen Blick auf den Helm mit der geifernden Schnauze, der unter ihm im Schnee lag, und überlegte, wie mühsam es sein würde, ihn aufzuheben, und wie schwer dieses jetzt unbrauchbare Ding wöge. Dann bückte er sich keuchend und griff trotzdem danach. In den heiligen Höhlen von Sturmrspeik war ihm der Helm verliehen worden, von IHR, als sie ihn zu ihrem geweihten Jäger ernannte – ihn, einen Sterblichen! Er konnte ihn ebensowenig im Schnee liegenlassen, wie er sein eigenes pochendes Herz hätte aufgeben können. Er erinnerte

sich an jenen unfaßlichen, berauschenden Augenblick, an das Flakkern der blauen Lichter in der Halle der Atmenden Harfe, als er vor
dem Thron, vor dem ruhig-gelassenen Schimmer ihrer silbernen
Maske gekniet hatte.

Kurze Zeit betäubte der Wein der Erinnerung den furchtbaren
Schmerz. Niku'a trottete lautlos hinter ihm her, und Ingen Jegger
kletterte hinkend den langen, bewaldeten Hang hinunter und dachte
dabei sorgfältig über seine Rache nach.

Simon und seine Gefährten, jetzt um einen Mann vermindert, spürten wenig Lust zum Reden, und die Sithi ermunterten sie auch nicht
dazu. Schweigend stapften sie langsam durch den Schneeteppich der
Vorberge, während der graue Nachmittag in den Abend überging.

Die Sithi schienen ihr Ziel genau zu kennen, obwohl für Simon die
fichtenbedeckten Hänge alle gleich aussahen und ein Fleck wie der
andere schien. Zwar bewegten sich die Bernsteinaugen des Anführers
rastlos im maskenhaften Gesicht, aber nie machte er den Eindruck,
als suche er etwas; eher sah es aus, als lese er die komplizierte Sprache
der Landschaft so kenntnisreich wie Vater Strangyeard die Bücher auf
seinen Regalen.

Das einzige Mal, daß der Sithiführer überhaupt eine Regung zeigte,
war gleich zu Anfang ihres Marsches, als Qantaqa eine Böschung her-
untergetrottet kam und sich zu Binabik gesellte; mit zuckender Nase
schnüffelte sie an der Hand des Trolls, den Schwanz unruhig zwischen
den Beinen. Der Sitha hob mit leiser Neugier die Brauen und tauschte
dann Blicke mit seinen Kameraden, deren ohnehin schmale Augen
noch schmaler geworden waren. Er gab kein für Simon erkennbares
Zeichen, aber die Wölfin durfte ungehindert neben ihnen herlaufen.

Das Tageslicht verschwand bereits, als die seltsamen Wandergefähr-
ten endlich nach Norden umschwenkten und kurz darauf langsam den
Fuß eines Steilhanges umkreisten, dessen verschneite Flanken mit
daraus hervorragenden, kahlen Felsen besetzt waren. Simon, dessen
Schock und Betäubtheit sich soweit gelegt hatten, daß er sich seiner
schmerzhaft kalten Füße nur allzu bewußt war, empfand stille Dank-
barkeit, als der Anführer der Sithi ihnen winkte, stehenzubleiben.

»Hier«, sagte er und deutete auf einen gewaltigen Felsblock, der sich hoch über ihren Köpfen türmte. »Unten.« Er deutete wieder, diesmal auf einen breiten, gürtelhohen Spalt an der Vorderseite des Felsens. Bevor noch jemand ein Wort sagen konnte, schlüpften zwei der Sithi-wachen behend an ihnen vorbei und glitten, den Kopf voran, in die Öffnung. Gleich darauf waren sie verschwunden.

»Du«, forderte der Anführer Simon auf. »Folge ihnen.«

Von Haestan und den beiden anderen Soldaten kam ein zorniges Murmeln, aber Simon fühlte trotz ihrer ungewöhnlichen Lage kein Mißtrauen. Er kniete nieder und steckte den Kopf in die Öffnung.

Dahinter lag ein schmaler, schimmernder Tunnel, ein eisgefütterter Schlauch, der steil nach oben und von ihm weg führte, anscheinend unmittelbar in den Stein des Berges gehauen. Die Sithi vor ihm muß-ten wohl schon hinter der nächsten Biegung verschwunden sein, denn sie waren nicht mehr zu sehen, und in dem glasglatten, engen Gang, kaum breit genug, um die Arme darin zu heben, hätte sich nie-mand verstecken können.

Simon duckte sich und kroch wieder in die kalte Luft hinaus.

»Wie komme ich dort weiter? Es geht fast senkrecht nach oben, und alles ist mit Eis bedeckt. Ich würde nur wieder herunterrutschen.«

»Schau über deinen Kopf«, antwortete der Anführer der Sithi. »Dann wirst du verstehen.«

Simon kehrte in den Tunnel zurück und schob sich ein kleines Stück weiter vor, bis auch Schultern und Oberkörper darinsteckten und er sich umdrehen und in die Höhe blicken konnte. Das Eis der Tunnel-decke, sofern man etwas, das nur eine halbe Armlänge über einem lag, als Decke bezeichnen konnte, wies in regelmäßigen Abständen waagrechte Einschnitte auf, die sich über die ganze Länge des Ganges, soweit man sie überblicken konnte, fortsetzten. Jeder Einschnitt war mehrere Zoll tief und breit genug, beiden Händen nebeneinander bequem Platz zu bieten. Nach einigem Überlegen begriff Simon, daß er sich an Händen und Füßen hochziehen und dabei mit dem Rücken gegen den Tunnelboden stemmen sollte.

Diese Vorstellung bereitete ihm einiges Unbehagen, denn er hatte nicht die geringste Ahnung, wie lang der Tunnel war und mit wem er ihn möglicherweise zu teilen hatte. Er erwog, sich nochmals durch den engen Gang nach draußen zu zwängen. Aber dann änderte er seine Meinung. Die Sithi vor ihm waren den Tunnel so schnell hinaufgehuscht wie Eichhörnchen, und aus irgendeinem Grund fühlte er den Drang, ihnen zu zeigen, daß er, wenn schon nicht so behende wie sie, doch kühn genug war, ihnen ohne weiteres Zureden zu folgen.

Der Aufstieg war schwierig, aber nicht unmöglich. Der Tunnel wechselte so häufig die Richtung, daß der Junge immer wieder Halt machen und sich ausruhen konnte, indem er sich mit den Füßen an den Biegungen des Ganges abstützte. Während er langsam griff, zog und stemmte, immer wieder, bis zum Krampf in den Muskeln, wurde ihm der Vorteil eines derartigen Tunneleinganges – wenn es wirklich einer war – überdeutlich: Das Hinaufklettern war äußerst mühsam und für nicht-zweibeinige Tiere so gut wie unmöglich; wer aber eilig das Weite suchen mußte, konnte so schnell darin hinabgleiten wie eine Schlange.

Gerade überlegte er, ob er eine weitere Rast einlegen sollte, als er über seinem Kopf Stimmen hörte, die sich in der fließenden Sithisprache unterhielten. Gleich darauf griffen starke Hände nach ihm, packten ihn bei den Verschlußriemen seines Kettenhemdes und zogen ihn in die Höhe. Überrascht nach Luft schnappend schoß er aus dem Tunnel und stolperte auf einen warmen Steinboden voller Pfützen aus geschmolzenem Schnee.

Die beiden Sithi, die ihn herausgezogen hatten, hockten neben der Mündung des Tunnels. Ihre Gesichter waren im Halbdunkel kaum zu erkennen. Das einzige Licht in dem Raum, der eigentlich weniger ein Raum war als vielmehr eine sorgsam von allem Geröll gesäuberte Felshöhle, kam aus einer türgroßen Spalte in der gegenüberliegenden Wand. Aus dieser Lücke drang gelber Glanz und malte einen hellen Streifen auf den Höhlenboden. Als Simon auf die Knie kommen wollte, fühlte er eine schmale Hand auf der Schulter, die ihn zurückhielt. Der dunkelhaarige Sitha neben ihm zeigte auf die niedrige Decke und machte dann eine winkende Bewegung nach der Tunnelmündung.

»Warten«, sagte er ruhig. Die Sprache war ihm nicht so geläufig wie seinem Anführer. »Müssen warten.«

Haestan kam als nächster nach oben, murrend und knurrend. Die bei-

768

den Sithi mußten seine umfangreiche Gestalt in der Öffnung lockern
wie den Korken an einem Weinkrug. Binabik folgte ihm auf den Fersen – der geschickte Troll hatte den Erkynländer mit Leichtigkeit eingeholt –, und bald danach waren auch Sludig und Grimmric oben.
Die drei übrigen Sithi kletterten geschmeidig hinterher.

Sobald der letzte der *Schönen* den Tunnel verlassen hatte, ging es weiter. Die Männer durchschritten die Türöffnung im Felsen und traten
in einen kurzen Gang, in dem sie endlich wieder aufrecht stehen
konnten. Dort waren in Wandnischen Lampen aus einer Art milchig-
goldenem Kristall oder Glas aufgestellt, deren flackerndes Licht aus-
reichte, den Schein der Tür am anderen Ende zu überdecken, bis sie
fast davor standen. Einer der Sithi näherte sich der Lücke im Stein,
die im Gegensatz zu der ersten mit einem Vorhang aus dunklem Stoff
verhüllt war, und rief etwas. Gleich darauf schoben sich zwei weitere
Sithi hinter dem Tuch hervor. Sie hielten kurze Schwerter in der
Hand, die aus einem schwärzlichen Metall zu bestehen schienen.
Stumm und wachsam standen sie da, ohne Überraschung oder Neugier zu verraten, als der Anführer, der die Menschen gefangengenommen hatte, sprach.

»Wir werden euch die Hände binden. « Bei diesen Worten zogen die
anderen Sithi zusammengerollte Längen glänzendschwarzer Schnüre
unter den Kleidern hervor.

Sludig trat einen Schritt zurück und stieß gegen einen der Wächter,
der ein leises Zischen von sich gab, jedoch friedlich blieb.

»Nein«, erklärte der Rimmersmann mit gefährlich gepreßter
Stimme, »das lasse ich nicht zu. Niemand fesselt mich gegen meinen
Willen. «

»Mich auch nicht«, fiel Haestan ein.

»Seid nicht töricht«, sagte Simon, trat vor und streckte die gekreuzten Handgelenke aus. »Wir werden hier wahrscheinlich mit heiler
Haut herauskommen, aber nicht, wenn ihr hingeht und einen Streit
vom Zaun brecht. «

»Simon spricht das Rechte«, verkündete Binabik. »Auch ich werde
mich binden lassen. Ihr zeigt keine Vernunft, wenn ihr anders handelt. Simons Weißer Pfeil ist echt. Er ist der Grund, daß man uns
nicht getötet, sondern hierhergebracht hat. «

»Aber wie können wir . . . « begann Sludig.

»Außerdem«, schnitt ihm Binabik das Wort ab, »was wollt ihr tun? Selbst wenn ihr diese hier im Kampf besiegtet – und auch die anderen, die höchstwahrscheinlich hinter dem Vorhang warten – , was dann? Wenn ihr den Tunnel hinabrutschen wolltet, würdet ihr zweifellos krachend auf Qantaqa landen, die uns unten erwartet. Ich fürchte, ein solcher Schreck für sie würde euch kaum noch Gelegenheit lassen, ihr zu erzählen, daß ihr keine Feinde seid.«

Sludig sah einen Augenblick auf den Troll hinunter und erwog offenbar die Möglichkeiten, die mit einer Verwechslung durch die verängstigte Qantaqa verbunden waren. Endlich brachte er ein schwaches Lächeln zustande.

»Du gewinnst schon wieder, Troll.« Er streckte die Hände aus.

Die schwarzen Schnüre waren kühl und schuppig wie Schlangenhaut, aber geschmeidig wie geölte Lederriemen. Simon merkte, daß einige wenige Schlingen seine Hände so unbeweglich machten, als wären sie in einer Riesenfaust gefangen. Als die Sithi alle gefesselt hatten, wurde die Gruppe weitergeführt, durch die stoffverhängte Tür hindurch, mitten in eine blendende Lichtflut.

Wenn Simon sich später daran zu erinnern versuchte, kam es ihm vor, als seien sie durch die Wolken in ein strahlendes, schimmerndes Land eingedrungen – irgendeinen nahen Nachbarn der Sonne. Nach dem öden Schnee und den einförmigen Tunneln war es ein Unterschied wie zwischen dem wilden Taumel des Neunter-Tag-Festes und den acht grauen Tagen, die ihm vorangingen.

Das Licht und seine Magd, die Farbe, leuchteten überall. Der Raum war eine Felsenkammer von weniger als doppelter Mannshöhe, aber gewaltiger Ausdehnung. Baumwurzeln wanden sich mit festem Griff die Wände hinunter. In einer dreißig Fuß entfernten Ecke sprang ein glitzernder Wasserstrahl über eine Steinrinne, um dann, in hohem Bogen aufsprühend, in einen Teich zu fallen, der in ein natürliches Steinbecken gefaßt war. Das zarte Murmeln des Wasserfalles mischte sich mit der fremdartig kunstvollen Musik, die in der Luft schwebte.

Lampen, wie sie den steinernen Gang gesäumt hatten, standen überall und warfen je nach Machart gelbe, elfenbeinweiße, kalkig-blaßblaue oder rosenrote Strahlen in die Steingrotte, die sie, miteinander verschmelzend, in hundert verschiedenen Farbtönen malten. In der Mitte brannte auf dem Boden, unweit vom Rand des gekräuselten Teiches, ein lebhaftes Feuer, dessen Rauch durch einen Spalt in der Decke abzog.

»Elysia, heilige Ädonsmutter«, sagte Sludig ehrfürchtig.

»Hab nie gewußt, daß hier unten auch nur eine Karnickelhöhle war.« Grimmric schüttelte den Kopf. »Und was haben sie – einen Palast.«

Etwa ein Dutzend Sithi – soweit Simon auf Anhieb erkennen konnte, alles Männer – hielten sich in der Höhle auf. Mehrere hatten sich schweigend vor einem Paar niedergelassen, das auf einem hohen Felsblock saß. Der eine hielt ein langes, flötenähnliches Instrument, während der andere sang. Die Musik klang so seltsam in Simons Ohren, daß er ein Weilchen brauchte, um Stimme und Flöte voneinander zu unterscheiden und beide gegen die fortdauernde Melodie des Wasserfalles abzugrenzen. Aber das zarte, trillernde Lied, das sie spielten, griff ihm so schmerzlich ans Herz, daß seine kurzen Nackenhaare sich sträubten. So fremdartig es sich auch anhörte, es lag etwas darin, das ihn wünschen ließ, hier niederzusinken und sich nicht mehr zu rühren, solange die sanfte Musik weiterspielte.

Die nicht um die Musizierenden Versammelten unterhielten sich leise oder lagen einfach auf dem Rücken und blickten nach oben, als könnten sie durch das massive Gestein des Berges in den Nachthimmel darüber sehen. Die meisten drehten sich einen Augenblick um und warfen einen prüfenden Blick auf die Gefangenen am Höhleneingang, gerade so, wie ein Mann, der eben einer guten Geschichte lauscht, vielleicht den Kopf hebt und einer vorbeilaufenden Katze nachschaut.

Simon und seine Gefährten, von niemandem auf einen solchen Anblick vorbereitet, waren mit großen Augen stehengeblieben. Der Anführer ihrer Bewacher durchquerte den Raum. An der entgegengesetzten Wand saßen an einem Tisch, der aus einem glänzendweißen, oben abgeflachten, hohen Steinknollen bestand, zwei weitere Sithi einander gegenüber. Beide starrten angestrengt auf die ebenfalls von einer der seltsamen Lampen erhellte Tischplatte. Der Waldhüter blieb stehen und verharrte wortlos in einiger Entfernung, als warte er darauf, bemerkt zu werden.

Der Sitha, der den Gefährten den Rücken zukehrte, trug eine wundervolle laubgrüne Jacke mit hohem Kragen, dazu Hosen und hohe Stiefel in derselben Farbe. Sein langes, geflochtenes Haar war von noch feurigerem Rot als Simons, und seine Hände, mit denen er etwas über die Tischplatte bewegte, glitzerten von Ringen. Ihm gegenüber saß ein anderer, der gespannt die Bewegungen seiner Hand beobachtete. Dieser zweite war in ein loses, weißes Gewand gehüllt, das er von den mit Armbändern geschmückten Unterarmen zurückgestreift hatte. Sein Haar zeigte die blasse Tönung bläulichen Heidekrautes. Vor beiden Ohren hing eine einzelne, glänzendschwarze Krähenfeder. Noch während Simon zu ihm hinübersah, blitzten die Zähne des Weißgekleideten; er sagte etwas zu dem Mann auf der anderen Tischseite, griff dann nach unten und schob irgend etwas nach vorn. Simons Blick wurde noch schärfer; er blinzelte: Ja, es war der Sitha, den er aus der Falle des Kätners befreit hatte. Er war sich ganz sicher.

»Das ist er!« flüsterte er Binabik erregt zu. »Der, dem der Pfeil gehört.«

Noch während er das sagte, näherte sich der Waldhüter dem Tisch, und der von Simon Wiedererkannte schaute auf. Der Hüter sprach ein paar schnelle Worte, aber der Weißgekleidete warf den Gefangenen nur einen kurzen Blick zu, machte eine entlassende Handbewegung und widmete seine Aufmerksamkeit wieder dem, was Simon jetzt entweder für eine Landkarte oder für ein Spielbrett hielt. Sein rothaariges Gegenüber drehte sich nicht einmal um, und gleich darauf kam ihr Ergreifer wieder zu ihnen.

»Ihr müßt warten, bis der edle Jiriki fertig ist.« Er richtete den ausdruckslosen Blick auf Simon. »Weil dir der Pfeil gehört, darfst du dich ohne Fesseln bewegen. Die anderen müssen gebunden bleiben.«

Simon, nur einen Steinwurf von dem Mann entfernt, der sich zu seinem Schuldner erklärt hatte, ohne daß dieser ihn überhaupt beachtete, war in Versuchung, sich durchzudrängen und dem weißgekleideten Sitha unmittelbar gegenüberzutreten – Jiriki oder wie er hieß. Binabik, der seine Anspannung spürte, stieß ihn warnend an.

»Wenn die anderen gefesselt bleiben müssen, will ich es auch«, antwortete Simon endlich. Zum erstenmal sah er etwas Unerwartetes über das Gesicht seines Ergreifers huschen: Unbehagen.

»Aber es *ist* ein Weißer Pfeil«, beharrte der Anführer der Wächter. »Du solltest kein Gefangener sein, solange nicht bewiesen ist, daß du ihn unredlich erworben hast; aber ich kann deine Gefährten nicht freilassen.«

»Dann bleibe auch ich gebunden«, erwiderte Simon fest.

Der andere warf ihm einen kurzen Blick zu und schloß mit langsamem Reptilblinzeln die Augen, um sie sofort mit unglücklichem Lächeln wieder zu öffnen.

»Dann muß es so sein«, erklärte er. »Ich binde nur ungern den, der den *Staj'a Ame* trägt, aber ich sehe keine andere Möglichkeit. Über mein Herz möge es kommen, ob Recht oder Unrecht.« Dann neigte er, seltsamerweise fast respektvoll, den Kopf und richtete die leuchtenden Augen auf Simon. »Meine Mutter nannte mich An'nai«, verkündete er.

Simon, völlig verdutzt, ließ einen langen Augenblick verstreichen, bis er Binabiks Stiefel knirschend auf seinem Zeh spürte. »Oh!« erwiderte er. »Ich heiße... meine Mutter nannte mich Simon... oder eigentlich Seoman.« Als er sah, daß der Sithi zufrieden nickte, beeilte er sich hinzuzufügen: »Und das hier sind meine Gefährten – ihre Mütter nannten sie Binabik von Yiqanuc, Haestan und Grimmric von Erkynland sowie Sludig von Rimmersgard.«

Vielleicht, dachte Simon, würde diese von ihm erzwungene Vorstellung helfen, seine Gefährten zu schützen, nachdem der Sitha auf das gegenseitige Mitteilen der Namen offensichtlich so großen Wert gelegt hatte.

An'nai nickte wieder und glitt davon, um sich erneut vor dem Steintisch aufzustellen. Seine Mitwächter halfen den Gefesselten überraschend sanft, sich hinzusetzen, und zerstreuten sich dann in der Höhle.

Simon und die anderen unterhielten sich in leisem Ton, mehr durch die seltsam verschlungene Musik gedämpft als durch den Ernst ihrer Lage.

»Immerhin«, bemerkte Sludig endlich, nachdem er sich bitterlich über die ihnen zuteilgewordene Behandlung beschwert hatte, »sind wir wenigstens noch am Leben. Wenige Menschen begegnen Dämonen und haben soviel Glück dabei.«

»Du bist schon großartig, Simon, Bursche!« lachte Haestan. »Wirklich großartig! Läßt das *Schöne Volk* Verbeugungen und Kratzfüße machen! Wir dürfen nur nicht vergessen, uns einen Sack Gold zu wünschen, bevor wir uns wieder verabschieden.«

»Verbeugungen und Kratzfüße?« Simon lächelte in unglücklicher Selbstironie. »Und bin ich etwa frei? Trage ich keine Fesseln? Esse ich zu abend?«

»Wie wahr.« Haestan schüttelte betrübt den Kopf. »Ein kleiner Happen wäre jetzt schon recht. Und ein oder zwei Krüge.«

»Ich denke, wir werden nichts erhalten, bevor Jiriki uns nicht begrüßt hat«, meinte Binabik. »Aber wenn er wirklich derjenige ist, den Simon gerettet hat, essen wir vielleicht noch gut.«

»Glaubst du, daß er ein wichtiger Mann ist?« fragte Simon.

»An'nai nannte ihn ›den edlen Jiriki‹.«

»Sofern es nicht noch einen anderen gibt, der lebt und diesen Namen trägt . . .«, begann Binabik, wurde jedoch von dem zurückkehrenden An'nai unterbrochen. Mit ihm kam der gerade erwähnte Jiriki, den Weißen Pfeil in der Hand.

Mit einer Geste rief er zwei von den anderen Sithi herbei und befahl ihnen, die Gefangenen loszubinden. Dann drehte er sich um und sagte etwas Schnelles in seiner fließenden Sprache. Die melodischen Worte hatten einen vorwurfsvollen Unterton. An'nai hörte Jirikis Zurechtweisung, falls es so etwas war, ausdruckslos an und senkte lediglich den Blick.

Simon, der ihn genau beobachtete, war sicher, daß es sich – dachte man sich die blauen Flecke und Schnittwunden vom Angriff des Kätners weg – um denselben Sitha handelte.

Jiriki machte eine Handbewegung, und An'nai entfernte sich. Wegen seiner selbstsicheren Haltung und der Achtung, die seine Umgebung ihm zollte, hatte Simon ihn zunächst für älter gehalten, zumindest für ebenso alt wie die anderen Sithi. Jetzt aber, trotz der seltsamen Alterslosigkeit der goldenen Gesichter, hatte Simon plötzlich das Gefühl, der edle Jiriki sei, zumindest nach Sithi-Rechnung, noch jung.

774

Während die Gefangenen sich wieder Gefühl in die befreiten Handgelenke rieben, hielt Jiriki den Pfeil in die Höhe. »Vergebt das Warten. An'nai hat sich geirrt, weil er weiß, wie ernst ich das *Shent*-Spiel nehme.« Seine Augen wanderten von den Gefährten nach dem Pfeil und wieder zurück. »Ich hätte niemals geglaubt, dich wiederzusehen, Seoman«, sagte er mit einem vogelartigen Heben des Kinns und einem Lächeln, das seine Augen nie ganz erreichte. »Aber eine Schuld ist eine Schuld... und der *Staj'a Ame* bedeutet sogar noch mehr. Du hast dich verändert seit unserer ersten Begegnung. Damals ähneltest du mehr einem wilden Tier als deinen Mitmenschen. Du schienst auf mancherlei Weise verirrt.« Sein Blick brannte hell.

»Auch Ihr habt Euch verändert«, erwiderte Simon.

Über Jirikis eckige Züge huschte ein Anflug von Schmerz. »Drei Nächte und zwei Tage hing ich in der Falle jenes Sterblichen. Bald wäre ich gestorben, auch dann, wenn der Holzfäller nicht gekommen wäre – vor Scham.« Seine Miene änderte sich, als habe er über seiner Verletzlichkeit einen Deckel geschlossen. »Nun kommt«, sagte er, »wir müssen euch zu essen geben. Es ist bedauerlich, daß wir euch nicht so gute Dinge vorsetzen können, wie ich es gern täte, aber wir bringen nur wenig mit in unsere«, er machte eine Bewegung nach dem Raum, während er das passende Wort suchte, »...Jagdhütte.« Obwohl er die Westerlingsprache wesentlich geläufiger sprach, als Simon es bei ihrer ersten Begegnung für möglich gehalten hätte, zeigte seine Redeweise doch etwas Zögerndes und zugleich Übergenaues, das darauf hindeutete, wie fremdartig die Sprache ihm erscheinen mußte.

»Ihr seid... zum Jagen hier?« fragte Simon, während er sie ans Feuer führte und dort Platz nehmen ließ. »Was jagt Ihr? Die Berge kommen mir jetzt so leer vor.«

»Ah, aber das Wild, das wir suchen, ist zahlreicher denn je«, antwortete Jiriki und schritt an ihm vorbei auf eine Reihe von Gegenständen zu, die, zugedeckt mit einem schimmernden Tuch, an einer Wand der Höhle aufgestellt waren.

Der grüngekleidete, rothaarige Sitha stand vom Spieltisch auf, an dem An'nai Jirikis Platz eingenommen hatte, und sagte etwas in der Sithisprache, das fragend, vielleicht auch zornig klang.

»Ich will unseren Besuchern nur unsere Jagdbeute zeigen, Onkel Khendraja'aro«, erklärte Jiriki munter, aber wieder schien es Simon, als mangele dem Lächeln des Sitha etwas.

Jiriki kniete geschmeidig neben der Reihe der zugedeckten Formen nieder, als lande ein Seevogel. Mit einer schwungvollen Bewegung zog er das Tuch fort und enthüllte ein halbes Dutzend große, weißhaarige Köpfe, die toten Gesichter zu geiferndem Haß erstarrt.

»Bei Chukkus Eiern!« fluchte Binabik. Die anderen schnappten nach Luft.

Simon brauchte einen entsetzten Augenblick, bis er die lederhäutigen Züge erkannte.

»Riesen!« stammelte er endlich. »*Hunen!*«

»In der Tat«, erwiderte Prinz Jiriki und drehte sich zu ihm um. In seiner Stimme blitzte Gefahr. »Und ihr, sterbliche Eindringlinge... was jagt ihr in meines Vaters Bergen?«

XXXVIII

Uralte Lieder

Deornoth erwachte in eisiger Dunkelheit. Er schwitzte. Draußen zischte und heulte der Wind und krallte sich in die Fensterläden wie ein Schwarm der einsamen Toten. Deornoths Herz blieb fast stehen, als er eine dunkle Gestalt vor sich stehen sah, ein scharfer Umriß vor der Glut im Kamin.

»Hauptmann!« Es war einer seiner Männer, Panik in der flüsternden Stimme. »Jemand kommt auf das Tor zu! Bewaffnete!«

»Gottes *Baum!*« fluchte er und zwängte sich in die Stiefel. Er warf das Kettenhemd über den Kopf, packte Schwertscheide und Helm und folgte dem Soldaten nach draußen.

Vier weitere Männer kauerten, hinter die Brüstung geduckt, auf der obersten Plattform des Torhauses. Der Wind warf Deornoth fast um. Hastig ließ er sich in die Hocke fallen.

»Dort, Hauptmann!« Es war der Mann, der ihn geweckt hatte. »Sie kommen durch den Ort, die Straße hoch!« Er beugte sich an Deornoth vorbei nach vorn und deutete mit dem Finger.

Das Mondlicht, das durch die vorüberströmenden Wolken schien, versilberte das schäbige Stroh auf den dicht aneinandergedrängten Hausdächern der Stadt Naglimund. Tatsächlich gab es eine Bewegung auf der Straße, ein kleiner Trupp Berittener, vielleicht ein Dutzend stark.

Die Männer auf dem Torhaus beobachteten, wie die Reiter näher kamen. Einer der Soldaten stöhnte leise vor sich hin. Auch Deornoth empfand das Schmerzhafte dieses Wartens. Besser war es, wenn die Hörner gellten und das Schlachtfeld voller Rufe war.

Es ist das Warten, das uns alle so entmutigt, dachte Deornoth. *Wenn sie erst wieder Blut geleckt haben, werden unsere Naglimunder sich wacker schlagen.*

»Es müssen noch mehr sein; sie haben sich versteckt!« flüsterte ein anderer Soldat. »Was sollen wir tun?« Selbst im Schreien des Windes kam seine Stimme ihnen laut vor. Wie konnten die Reiter dort unten sie nicht hören?

»Nichts«, erklärte Deornoth fest. »Abwarten.«

Es schien Stunden zu dauern, bis die Reiter näherkamen. Der Mond leuchtete auf blitzenden Speerspitzen und glänzenden Helmen, als die schweigenden Männer vor dem schweren Tor die Pferde zügelten und dasaßen, als lauschten sie auf etwas. Einer der Torwächter stand auf, spannte den Bogen und zielte auf die Brust des Vordersten. Noch während Deornoth, der die Anspannung im Gesicht des Wächters, die Verzweiflung in seinen Augen gesehen hatte, nach ihm sprang, ertönte von unten ein lautes Hämmern. Deornoth bekam den Bogenarm zu fassen und zwang ihn nach oben; der Pfeil sauste von der Sehne und verschwand in der windigen Finsternis über der Stadt.

»*Beim guten Gott, öffnet das Tor!*« schrie ein Mann, und wieder donnerte ein Speerende gegen die Bohlen. Es war die Stimme eines Rimmersmannes, aber, dachte Deornoth, fast lag ein Unterton von Wahnsinn darin. »Schlaft ihr denn alle? Laßt uns ein! Ich bin Isorn, Isgrimnurs Sohn, der aus der Hand unserer Feinde entkommen ist!«

»Seht! Seht doch, die Wolken reißen auf! Haltet Ihr das nicht auch für ein hoffnungsvolles Vorzeichen, Velligis?«

Bei seinen Worten beschrieb Herzog Leobardis mit der ausgestreckten Hand einen weiten Bogen zum offenen Fenster der Kabine hinüber und hätte dabei mit dem gepanzerten Arm fast seinen schwitzenden Knappen am Kopf getroffen. Der Knappe, im Begriff, dem Herzog die Beinschienen anzupassen, duckte sich, schluckte einen wortlosen Fluch hinunter und knuffte einen jungen Pagen, der ihm nicht schnell genug ausgewichen war. Der Page, der schon die ganze Zeit versucht hatte, sich in der vollgestopften Schiffskabine so klein wie möglich zu machen, erneuerte seine verzweifelten Anstrengungen, ganz und gar unsichtbar zu werden.

»Vielleicht sind wir in gewisser Weise das dünne Ende des Keils, der diesem Wahnsinn ein Ende setzen wird. « Leobardis klirrte zum Fenster. Sein Knappe kroch auf dem Boden hinter ihm her, bemüht, eine erst halb befestigte Beinschiene an ihrem Platz zu halten. Der bedeckte Himmel zeigte tatsächlich lange, wellige Streifen Blau, als fingen sich die tiefhängenden Wolken an den dunklen, massigen Klippen von Crannhyr, die dort, wo Leobardis' Flaggschiff, die *Juwel von Emettin,* unmittelbar vor ihnen ankerte, hoch über die Bucht ragten und die Wolken zerrissen.

Velligis, ein großer, dicker Mann in den Goldgewändern des Escritors, stampfte zum Fenster und stellte sich neben den Herzog.

»Wie kann Öl, das man ins Feuer gißt, beim Löschen helfen, Herr? Entschuldigt meine Dreistigkeit, aber der Gedanke ist töricht. «

Das Dröhnen der Appelltrommel hallte über das Wasser. Leobardis strich sich das strähnige weiße Haar aus den Augen. »Ich kenne die Gefühle des Lektors«, erwiderte er, »und ich weiß, daß er Euch, geliebter Escritor, angewiesen hat, mich zu überreden, von diesem Kampf abzulassen. Die Friedensliebe Seiner Heiligkeit . . . jawohl, sie ist bewunderungswürdig; aber Worte werden uns dieses Mal keinen Frieden bringen. «

Velligis öffnete eine kleine Messingschatulle und schüttelte ein Zuckerbonbon heraus, das er sich zierlich auf die Zunge legte. »Das klingt gefährlich nach Lästerung, Herzog Leobardis. Sind Gebete ›Worte‹? Ist die Einschaltung Seiner Heiligkeit des Lektors Ranessin vielleicht weniger wert als die Stärke Eurer Truppen? Wenn das so ist, wird unser Glaube an Usires' Wort und an das Wort seines ersten Schülers Sutrines zum Spott. « Der Escritor seufzte schwer und lutschte an seinem Bonbon.

Die Wangen des Herzogs röteten sich. Er winkte den Knappen beiseite und bückte sich knarrend, um selber die letzte Schnalle zu schließen. Dann befahl er seinen Überrock aus tiefblauem Tuch mit dem in Gold auf die Brust gestickten benidrivinischen Eisvogel.

»Gottes Segen mit mir, Velligis«, knurrte er ärgerlich, »aber ich habe heute anderes im Sinn, als mit Euch zu diskutieren. Der Hochkönig Elias hat mich zum Äußersten getrieben, und nun muß ich tun, was getan werden muß. «

»Aber Ihr zieht nicht selber in die Schlacht«, beharrte der Dicke und sprach erstmals mit einiger Hitzigkeit. »Ihr führt Hunderte, nein, Tausende von Männern an – von Seelen –, und in Eurer Hand liegt ihr Wohlergehen. Die Samen einer Katastrophe treiben im Wind, und Mutter Kirche trägt Mitverantwortung dafür, daß sie nicht auf fruchtbaren Boden fallen.«

Leobardis schüttelte betrübt den Kopf. Der kleine Page hielt ihm schüchtern den goldenen Helm mit dem blaugefärbten Roßhaarbusch hin.

»Fruchtbaren Boden gibt es heutzutage überall, Velligis, und die Katastrophe fängt bereits an zu sprießen – wenn Ihr mir diese Anleihe bei Euren poetischen Worten verzeiht. Unsere Aufgabe ist es, sie noch im Keim abzumähen. Kommt!« Er klopfte dem Escritor auf den fleischigen Arm. »Es ist Zeit, ins Landungsboot zu steigen. Begleitet mich.«

»Gewiß, guter Herzog, gewiß.« Velligis machte eine leichte Wendung zur Seite, um durch die schmale Tür zu schlüpfen. »Ihr werdet mir verzeihen, wenn ich nicht sofort mit Euch an Land gehe. Seit einiger Zeit fühle ich mich ein wenig unsicher auf den Beinen. Ich fürchte, ich werde alt.«

»Nun, Eure Rhetorik hat an Kraft nichts verloren«, bemerkte Leobardis, während sie langsam über das Deck schritten. Eine schmale, dunkelgekleidete Gestalt kreuzte ihren Weg, blieb kurz stehen und nickte ihnen mit über der Brust gefalteten Händen zu. Der Escritor zog die Stirn in Falten, aber Herzog Leobardis erwiderte das Nicken lächelnd.

»Nin Reisu fährt schon viele Jahre auf der *Juwel von Emettin*«, erklärte er, »und sie ist die beste aller Seewächterinnen. Ich schenke ihr die Formalitäten – die Niskies sind ohnehin ein seltsames Volk, Velligis, wie Ihr wissen würdet, wenn Ihr ein Seefahrer wärt. Kommt, dort drüben liegt mein Boot.«

Der Hafenwind verwandelte Leobardis' Mantel in ein Segel, das sich blau vor dem unschlüssigen Himmel blähte.

Als er landete, sah Leobardis seinen jüngsten Sohn Varellan, der ihn erwartete. Er sah aus, als sei er noch zu klein, um seine glänzende Rüstung richtig auszufüllen. Das schmale Gesicht lugte besorgt aus der Höhlung des Helmes hervor, während er zusah, wie sich die Nabba-nai-Streitkräfte sammelten; so als könne sein Vater ihn für eine viel-leicht nachlässige Aufstellung der wimmelnden, fluchenden Soldaten verantwortlich machen. Eine Gruppe von Männern drängte sich so achtlos an ihm vorbei, als wäre er der Trommeljunge, und fluchte fröh-lich auf ein Pferdegespann ein, das sich, scheu geworden durch die allgemeine Verwirrung, von der Gangplanke ins seichte Wasser gestürzt und seinen Betreuer mitgenommen hatte. Varellan wich vor dem spritzenden, wiehernden Chaos zurück, die Stirn in Falten gezo-gen, die auch dann nicht verschwanden, als er den Herzog von dem auf Grund gelaufenen Boot herunterspringen und die letzten paar Schritte den felsigen Strand der Südküste von Hernystir hinaufwaten sah.

»Herr«, sagte er zögernd. Leobardis dachte bei sich, nun überlege er wohl, ob er vom Pferd steigen und vor ihm das Knie beugen solle. Der Herzog mußte einen unwilligen Blick unterdrücken. Er machte Nessa-lanta das scheue Wesen des Jungen zum Vorwurf, weil sie sich an ihn geklammert hatte wie ein Säufer an seinen Krug, um nicht zugeben zu müssen, daß auch das letzte ihrer Kinder erwachsen wurde. Natürlich war er auch nicht ohne Schuld. Nie hätte er sich über das aufkeimende Interesse des Jungen für die Priesterschaft lustig machen dürfen. Aber das war nun Jahre her, und der Lebensweg des Jungen ließ sich nicht mehr ändern; er würde Soldat bleiben, auch wenn er dabei sein Leben verlor.

»Nun, Varellan«, begrüßte ihn der Herzog und warf einen Blick in die Runde. »Gut, mein Sohn – es sieht ja aus, als wäre alles in Ord-nung.«

Obwohl ihm der eigene Augenschein bestätigte, daß sein Vater entwe-der nicht bei Verstand war oder es allzu freundlich mit ihm meinte, schenkte ihm der junge Mann ein rasches, dankbares Lächeln. »Wir werden, denke ich, in zwei Stunden alle ausgeschifft haben. Wird heute nacht noch weitermarschiert?«

»Nach einer Woche auf See? Die Männer würden uns alle beide erschlagen und sich eine neue herzogliche Familie suchen. Obwohl sie dann vermutlich auch Benigaris erledigen müßten, um wirklich die ganze Linie auszurotten. Aber da wir gerade von deinem Bruder spre-chen – warum ist er nicht hier?«

Er sagte es leichthin, obgleich er die Abwesenheit seines Ältesten ärgerlich fand. Nach wochenlangem bitterem Streit darüber, ob Nabban neutral bleiben sollte, und stürmischer Reaktion auf die Entscheidung des Herzogs, Prinz Josua zu unterstützen, hatte Benigaris seine Meinung völlig geändert und den Wunsch geäußert, sich seinem Vater und den Truppen anzuschließen. Der Herzog war überzeugt, Benigaris brächte es einfach nicht fertig, auf die Gelegenheit zu verzichten, die Legionen des Eisvogels in die Schlacht zu führen, selbst wenn das den Verzicht auf die Möglichkeit bedeutete, wenigstens für eine Weile seine Beine auf dem Thron der Sancellanischen Mahistrevis auszustrecken.

Er merkte, daß seine Gedanken abschweiften. »Nein, nein, Varellan, wir müssen den Leuten eine Nacht in Crannhyr lassen, obwohl es dort wahrscheinlich wenig Vergnügungen für sie geben wird, nachdem Lluths Krieg im Norden so übel ausgegangen ist. Wo, sagtest du, steckt Benigaris?«

Varellan errötete. »Ich habe gar nichts gesagt, Herr – es tut mir leid. Er ist mit seinem Freund, Graf Aspitis Preves, in die Stadt hinaufgeritten.«

Leobardis achtete nicht auf die Verlegenheit seines Sohnes. »Beim *Baum*, ich hätte es nicht für zuviel verlangt gehalten, wenn mein Sohn und Erbe mich hier erwartet hätte. Also gut, gehen wir nachsehen, wie es mit den anderen Führern steht.« Er schnalzte mit den Fingern, und der Knappe brachte das Roß des Herzogs. Am Geschirr klingelten die Glöckchen.

Sie fanden Mylin-sá-Ingadaris unter dem weißroten Albatrosbanner seines Hauses. Der alte Mann, seit vielen Jahren Leobardis' aufrichtiger Feind, rief den Herzog heran. Leobardis und Varellan saßen da und schauten zu, wie Mylin den Abschluß der Entladearbeiten an seinen beiden Karacken beaufsichtigte, und leerten dann in seinem gestreiften Zelt einen Humpen süßen ingadarinischen Weines mit dem alten Grafen.

Nachdem sie sich über Marschkarrees und Schlachtreihen ausgesprochen und Varellans wenig erfolgreiche Versuche, dabei ein Wort mitzureden, ertragen hatten, dankte Leobardis Graf Mylin für seine

Gastfreundschaft und ging, seinen Jüngsten im Kielwasser. Sie nahmen von ihren Knappen wieder die Zügel entgegen und ritten weiter durch das geschäftige Feldlager, um den Lagerplätzen verschiedener anderer Edelleute kurze Höflichkeitsbesuche abzustatten.

Die beiden hatten gerade kehrtgemacht, um am Strand zurückzureiten, als dem Herzog eine vertraute Gestalt auf einem mächtigen, breitbrüstigen Rotschimmel ins Auge fiel, die, einen zweiten Ritter zur Seite, gemächlich die Straße von der Stadt heruntergeritten kam.

Benigaris' silberne Rüstung, sein kostbarster Besitz, war so mit Gravuren und kostspieligen Mustern aus Ilenit-Einlegearbeit übersät, daß es das Licht ablehnte, sich ordnungsgemäß darin zu spiegeln, und sie dadurch fast grau wirkte. Eingezwängt in seine Brünne, die etwas die übermäßige Fülle seines Körpers korrigierte, sah Benigaris in der Tat von Kopf bis Fuß nach einem Ritter ohne Furcht und Tadel aus. Der junge Aspitis daneben trug ebenfalls eine wundervoll gearbeitete Rüstung; das Fischadlerwappen seiner Familie war in Perlmutt in seine Brünne eingelegt. Auf einen Überrock, der die Rüstung verdeckte, hatte er verzichtet und ritt genau wie Benigaris ganz im Harnisch, rundum gepanzert wie ein glänzender Krebs.

Benigaris sagte etwas zu seinem Begleiter. Aspitis Preves lachte und ritt davon. Benigaris verließ die Straße und knirschte über den Kiesstrand auf seinen Vater und jüngeren Bruder zu.

»Das war Graf Aspitis, nicht wahr?« empfing ihn Leobardis und versuchte den bitteren Geschmack, der ihm tief im Hals saß, nicht in seine Stimme dringen zu lassen. »Ist das prevanische Haus seit neuestem unser Feind, daß der Graf nicht herkommen und seinem Herzog den Gruß entbieten kann?«

Benigaris lehnte sich im Sattel nach vorn und klopfte seinem Pferd den Hals. Leobardis konnte nicht sehen, ob er ihn unter den dichten schwarzen Brauen anblickte. »Ich habe Aspitis gesagt, daß wir ein persönliches Gespräch miteinander zu führen hätten. Er wollte kommen, aber ich habe ihn fortgeschickt. Er ging aus Respekt für Euch.« Er wandte sich Varellan zu, der in seiner glänzenden Rüstung ganz verloren aussah, und begrüßte den Bruder mit knappem Kopfnikken.

Leicht außer Fassung gebracht, wechselte der Herzog das Thema. »Was hat dich in die Stadt geführt, mein Sohn?«

»Neuigkeiten, Herr. Ich dachte, Aspitis, der schon früher hier gewesen ist, könnte mir helfen, nützliche Dinge in Erfahrung zu bringen. «

»Du warst lange fort, Benigaris.« Leobardis konnte nicht die Kraft aufbringen, wütend zu sein. »Was hast du herausgefunden – wenn überhaupt?«

»Nichts, das wir nicht schon von den Bootsleuten aus Abaingeat gehört hätten. Lluth ist verwundet und hat sich ins Gebirge zurückgezogen. Skali kontrolliert Hernystir, hat jedoch zu wenig Männer, um sich weiter auszudehnen, bevor nicht die Hernystiri im Grianspog endgültig unterworfen sind. Darum ist die Küste noch frei, ebenso alles Land diesseits von Agh Samrath – Nad Mullagh, Cuimhne, das ganze Flußgebiet bis hinauf zum Inniscrich. «

Leobardis rieb sich den Kopf und schielte auf den grellen Streifen, den die Sonne auf den Meeresspiegel malte. »Vielleicht könnten wir Prinz Josua am besten dadurch dienen, daß wir zuerst die Belagerung in Hernystir durchbrechen. Wenn wir Skali Scharfnase mit unseren zweitausend Mann in den Rücken fielen, hätten Lluths Truppen – oder das, was von ihnen übrig ist – wieder Spielraum, und Elias' eigener Rücken wäre ungeschützt, wenn er Naglimund belagert. «

Er erwog seinen Plan und fand ihn gut. Er schien ihm so zu sein, wie sein Bruder Camaris es geliebt hätte: schnell, energisch, ein Hieb wie ein Peitschenknall. Camaris, der wie eine klare Waffe gewesen war, hatte Feldzüge immer auf diese Art geführt – geradeheraus und ohne Zögern wie ein blitzender Hammer.

Benigaris schüttelte den Kopf; in seinem Gesicht zeigte sich etwas wie wirkliche Unruhe. »Nur das nicht, Herr! Wenn wir so vorgingen, brauchte Skali nur im Circoille zu verschwinden oder ebenfalls in die Grianspogberge zu klettern. Dann wären wir es, die festgenagelt wären wie eine aufgespannte Haut und warten müßten, bis die Rimmersmänner aus ihren Löchern kämen. Inzwischen könnte Elias Naglimund vernichten und dann über uns herfallen. Zwischen dem Hochkönig und dem Raben Skali würden wir zertreten werden wie eine Haselnuß.« Er schüttelte heftig den Kopf, als bereite der Gedanke ihm Angst.

Leobardis wandte sich von der blendenden Sonne ab. »Wahrscheinlich hast du recht, Benigaris, obwohl ich mich zu erinnern glaube, daß du noch vor kurzem ganz anders geredet hast.«

»Das war, bevor Ihr Euch entschloßt, das Heer in Marsch zu setzen, Herr.« Benigaris nahm den Helm ab und spielte einen Augenblick damit, bevor er ihn an seinen Sattelknopf hängte. »Jetzt, nachdem wir uns festgelegt haben, bin ich wie ein Löwe von Nascadu.«

Leobardis holte tief Atem. Die Luft roch nach Krieg, und der Geruch erfüllte ihn mit Unbehagen und Bedauern. Immerhin schien der Zerfall von Osten Ard nach den langen Jahren von Johans Frieden – dem Hochkönigsfrieden – wenigstens seinen starrköpfigen Sohn wieder zu ihm zurückgeführt zu haben. Das war etwas, wofür man dankbar sein mußte, so unbedeutend es auch in der Masse der größeren Ereignisse scheinen mochte. Der Herzog von Nabban richtete ein stilles Dankgebet an seinen verwirrenden, letzten Endes aber doch wohlwollenden Gott.

»Gelobt sei Usires Ädon, der dich uns zurückgegeben hat!« sagte Isgrimnur und merkte, daß ihm von neuem die Tränen in die Augen traten. Er beugte sich über das Bett und versetzte Isorns Schulter einen rauhen, begeisterten Stoß, der ihm einen scharfen Blick von Gutrun einbrachte. Sie war, seitdem er in der vorigen Nacht zu ihnen gekommen war, nicht von der Seite ihres erwachsenen Sohnes gewichen.

Isorn, dem die Strenge seiner Mutter nichts Neues war, grinste matt zu Isgrimnur hinauf. Er hatte die blauen Augen und das breite Gesicht seines Vaters, aber seitdem der Herzog ihn zum letzten Mal gesehen hatte, schien der Ausdruck blühender Jugend größtenteils daraus verschwunden zu sein; er sah abgehärmt und finster aus. So stämmig und breitschultrig er auch war, irgendeine Schwäche schien an ihm zu nagen.

Es sind nur seine schlimmen Erlebnisse und die Sorgen, die ihn so verändert haben, entschied der Herzog. *Er ist doch ein kräftiger Kerl. Man sieht ja, wie er mit dem Getue seiner Mutter fertig wird. Er wird ein guter Mann werden – nein, er ist schon längst ein guter Mann geworden. Wenn er nach mir Herzog wird . . . wenn wir erst Skali brüllend zur Hölle hinabgeschickt haben . . .*

»Isorn!« Eine neue Stimme verscheuchte den schweifenden Gedanken. »Es ist ein Wunder, dich wieder bei uns zu haben.« Prinz Josua bückte sich und ergriff Isorns Hand mit seiner Linken. Gutrun nickte zustimmend. Sie stand nicht auf, um vor dem Prinzen zu knicksen; anscheinend war ihr die Aufgabe als Mutter im Augenblick wichtiger als gute Manieren. Zudem schien es Prinz Josua nichts auszumachen.

»Zum Teufel mit solchen Wundern«, bemerkte Isgrimnur grob und runzelte die Stirn, damit ihn sein in der Brust schwellendes Herz nicht in Verlegenheit brachte. »Mit seinem Verstand und seinem Mut hat er seine Leute dort herausgebracht, und das ist bei Gott die Wahrheit.«

»Isgrimnur...«, warnte Gutrun. Josua lachte.

»Natürlich. Dann laß mich sagen, Isorn, daß dein Mut und dein Verstand ein wahres Wunder waren.«

Isorn setzte sich im Bett höher auf und änderte die Lage seines verbundenen Beines, das auf der Decke aufgebahrt lag wie eine Heiligenreliquie. »Ihr seid zu gütig, Hoheit. Wenn nicht ein Teil von Skalis Kaldskrykern keine Neigung verspürt hätten, ihre Mitmenschen zu foltern, säßen wir immer noch dort – als hartgefrorene Leichen.«

»Isorn!« rief seine Mutter ärgerlich. »Sprich nicht von solchen Dingen. Es ist ein Schlag ins Gesicht von Gottes Gnade.«

»Aber es ist wahr, Mutter. Skalis Raben selber gaben uns die Messer, mit deren Hilfe wir fliehen konnten.« Er wandte sich zu Josua. »Finstere Dinge gehen vor in Elvritshalla – in ganz Rimmersgard, Prinz Josua! Ihr müßt mir glauben! Skali ist nicht allein gekommen. Die Stadt war voll von Schwarz-Rimmersmännern aus der Gegend um Sturmspitze. Sie waren es auch, die Skali zu unserer Bewachung zurückließ. Und es waren diese gottverfluchten Unmenschen, die unsere Männer gefoltert haben – für nichts und wieder nichts, denn wir hatten ihnen ja gar nichts zu verschweigen. Sie taten es, kaum vorstellbar, aus Vergnügen. Nachts, wenn wir schlafen gingen, hörten wir die Schreie unserer Kameraden und fragten uns, wen sie als nächsten holen würden.«

Er stöhnte leise und zog die Hand aus Gutruns festem Griff, um sich die Schläfen zu reiben, als wollte er die Erinnerung fortwischen.

»Selbst Skalis eigene Leute erfüllte es mit Abscheu. Ich glaube, sie fragen sich langsam, in was ihr Than sie da hineingezogen hat.«

»Wir glauben dir«, antwortete Josua sanft, den Blick, den er dem danebenstehenden Isgrimnur zuwarf, voller Sorge.

»Aber es waren noch andere dort – sie kamen nachts und trugen schwarze Kapuzen. Nicht einmal unsere Wächter bekamen ihre Gesichter zu sehen!« Isorns Stimme blieb ruhig, aber seine Augen weiteten sich bei der Erinnerung. »Sie bewegten sich nicht einmal wie Menschen, Ädon sei mein Zeuge! Sie stammten aus den Eiswüsten jenseits des Gebirges. Wir konnten ihre Kälte fühlen, wenn sie an unserem Gefängnis vorübergingen. Vor ihrer Nähe hatten wir mehr Angst als vor allen glühenden Eisen der Schwarz-Rimmersmänner.« Isorn ließ sich kopfschüttelnd auf sein Kissen zurücksinken. »Es tut mir leid, Vater... Prinz Josua. Ich bin sehr müde.«

Die beiden nickten und zogen sich zurück, der Herzog mit einem Blick auf seine Frau, die sich aber bereits wieder ganz ihrem Sohn zugewandt hatte.

»Er ist ein starker Mann, Isgrimnur«, sagte der Prinz, als sie den mit Pfützen bedeckten Korridor entlanggingen. Das Dach war undicht, wie so oft in Naglimund nach einem harten Winter und einem ebenso schlechten Frühling und Sommer.

»Ich wünschte nur, ich hätte verhindert, daß er allein diesem Hurensohn Skali gegenübertreten mußte. Verdammt!« Isgrimnur rutschte auf dem nassen Stein aus und verfluchte sein Alter und seine Tolpatschigkeit.

»Er hat alles getan, was man hätte tun können, Onkel. Ihr solltet stolz auf ihn sein.«

»Das bin ich auch.«

Eine Weile gingen sie weiter, bevor Josua erneut begann: »Ich muß gestehen, daß Isorns Anwesenheit es mir leichter macht, Euch um etwas zu bitten... etwas, um das ich Euch bitten muß.«

Isgrimnur zupfte an seinem Bart. »Nämlich?«

»Einen Gefallen. Um den ich nicht bitten würde, wenn nicht...« Er zögerte. »Nein. Wir wollen in meine Gemächer gehen. Es ist etwas, das man unter vier Augen besprechen sollte.« Er hakte den rechten Arm unter den Ellenbogen des Herzogs, und die Lederkappe über dem

Handgelenkstumpf war wie ein stummer, für den Fall der Ablehnung vorweggenommener Vorwurf.

Isgrimnur zupfte erneut an seinem Bart, bis es weh tat. Er hatte das Gefühl, daß ihm das, was er da zu hören gekommen sollte, nicht gefallen würde. »Beim *Baum*, nehmen wir doch einen Weinkrug mit, Josua. Ich habe ihn dringend nötig.«

»Um Usires' Liebe willen! Bei Drors scharlachrotem Hammer! Bei Sankt Eahlstans und Sankt Skendis Knochen! Seid Ihr von Sinnen? Warum sollte ich von Naglimund weggehen?«

Isgrimnur zitterte vor Schreck und Wut.

»Ich würde Euch nicht bitten, wenn es nur irgendeinen anderen Weg gäbe, Onkel.« Der Prinz sprach geduldig, aber selbst durch den Nebel seines Zornes konnte der Herzog Josuas Qual erkennen. »Zwei Nächte habe ich schlaflos im Bett gelegen und versucht, eine andere Lösung zu finden. Es gibt keine. Jemand muß die Prinzessin Miriamel suchen.«

Isgrimnur nahm einen tiefen Zug von dem Wein, merkte, daß ihm etwas davon in den Bart rann, achtete jedoch nicht darauf. »Warum?« fragte er endlich und knallte den Krug auf den Tisch, daß es krachte. »Und warum gottverdammtnochmal ich? WARUM ICH?«

Der Prinz war ganz erschöpfte Geduld. »Sie muß gefunden werden, weil ihre Person von entscheidender Wichtigkeit ist ... und weil sie meine einzige Verwandte ist. Was wird, wenn ich sterbe, Isgrimnur? Was ist, wenn wir Elias abwehren und die Belagerung brechen, mich aber ein Pfeil trifft oder ich von der Burgmauer stürze? Wem wird das Volk folgen – nicht nur die Barone und die Kriegsführer, sondern das einfache Volk, das sich in den Schutz meiner Mauern geflüchtet hat? Es wird schwer genug für euch alle sein, mit mir als Anführer gegen Elias zu kämpfen, weil man mich für wunderlich und wankelmütig hält – aber was wird erst, wenn ich tot bin?«

Isgrimnur starrte zu Boden. »Da ist noch Lluth. Oder Leobardis.«

Josua schüttelte hart den Kopf. »König Lluth ist verwundet und wird vielleicht sterben. Leobardis ist Herzog von Nabban – und es gibt noch genügend Leute, die sich daran erinnern, wie Nabban mit

Erkynland im Krieg gelegen hat. Die Sancellanische Mahistrevis selbst ist das Denkmal einer Zeit, in der Nabban über alles andere herrschte. Sogar Ihr, Onkel, der Ihr ein guter und allseits geachteter Mann seid, könntet keine Streitmacht zusammenhalten, die Elias Widerstand zu leisten imstande wäre. Er ist ein Sohn von Johan Presbyter! Johan selbst hat ihn auf den Drachenbeinthron gesetzt. Trotz aller seiner Missetaten muß es ein Mitglied derselben Familie sein, das ihm diesen Thron wieder nimmt... und das wißt Ihr auch!«

Isgrimnurs langes Schweigen war Antwort genug.

»Aber warum ausgerechnet ich?« fragte er dann.

»Weil Miriamel keinem anderen Boten folgen würde. Deornoth? Er ist tapfer und treu wie ein Jagdfalke, aber er müßte die Prinzessin in einem Sack nach Naglimund schleppen. Außer mir seid Ihr der einzige, der sie zurückbringen kann, ohne daß sie sich dagegen wehrt. Und freiwillig zurückkommen muß sie, denn es wäre verhängnisvoll, wenn man Euch entdeckte. Schon bald kann Elias erfahren, daß sie nicht mehr hier ist. Dann wird er den ganzen Süden in Brand setzen, um sie aufzuspüren.«

Josua ging zu seinem Schreibtisch hinüber und blätterte gedankenverloren in einem Pergamentstapel. »Denkt sorgfältig nach, Isgrimnur. Vergeßt einen Augenblick, daß wir von Euch selber sprechen. Wer sonst ist so weit herumgekommen und hat Freunde an den merkwürdigsten Orten? Wer sonst, wenn Ihr mir verzeihen wollt, kennt das falsche Ende von so vielen dunklen Hintergassen in Ansis Pelippé und Nabban?«

Wider Willen mußte Isgrimnur mürrisch grinsen. »Aber trotzdem scheint es mir sinnlos, Josua. Wie kann ich meine Männer im Stich lassen, jetzt, wo Elias gegen uns marschiert? Und wie könnte ich hoffen, daß ein solcher Auftrag geheim bleibt, bekannt wie ich bin?«

»Was das erste betrifft: Gerade darum dünkt es mich ja ein Wink des Schicksals, daß Isorn jetzt hier ist. Einskaldir, da sind wir uns wohl einig, verfügt nicht über die Selbstbeherrschung eines Anführers. Bei Isorn ist das anders. Außerdem, Onkel, verdient er die Chance, sich jetzt auszuzeichnen. Der Fall von Elvritshalla hat seinem jugendlichen Stolz einen schweren Schlag versetzt.«

»Gerade der Stolz, der einen Schlag erlitten hat, macht einen Knaben zum Mann«, knurrte der Herzog. »Fahrt fort.«

»Und zum zweiten: Jawohl, Ihr seid ein bekannter Mann, aber Ihr seid seit zwanzig Jahren kaum noch südlich über Erkynland hinausgekommen. Und außerdem werden wir Euch verkleiden.«

»Verkleiden?« Isgrimnur betastete zerstreut die Flechten seines Bartes. Josua ging zur Tür und rief etwas. Dem Herzog war es seltsam schwer ums Herz. Er hatte sich vor diesem Kampf gefürchtet, weniger seinet- als seines Volkes, seiner Gutrun wegen, und nun war auch noch sein Sohn gekommen und legte ihm eine weitere Sorge auf. Jetzt fortzugehen, und sei es auch, um sich in eine Gefahr zu begeben, die ebenso groß war wie die, die er hinter sich zurückließ . . . das sah unerträglich nach Feigheit aus, nach Verrat. *Aber ich habe Josuas Vater einen Eid geschworen – meinem lieben alten Johan – wie kann ich seinem Sohn eine Bitte abschlagen? Und seine Gründe sind so gottverdammt einleuchtend . . .*

»Hier«, sagte der Prinz und trat von der Tür zurück, um jemanden einzulassen. Es war Vater Strangyeard, auf dem rosigen Gesicht mit der Augenklappe ein schüchternes Lächeln, die lange Gestalt gebeugt unter der Last eines Bündels aus schwarzem Stoff.

»Hoffentlich paßt es«, meinte der Archivar. »Meistens passen sie nicht; ich weiß nicht, warum; es ist nur eine weitere kleine Ermahnung, eine von den kleinen Lehren des Meisters.« Er verstummte, schien aber nach einer Weile den Faden wiederzufinden. »Es war ungemein freundlich von Eglaf, es uns zu leihen. Er hat so etwa Eure Gestalt, glaube ich, wenn auch nicht ganz so hochgewachsen.«

»Eglaf?« fragte Isgrimnur ratlos. »Wer ist Eglaf? Josua, was soll dieser Unfug?«

»Bruder Eglaf, natürlich«, erläuterte Strangyeard.

»Eure Verkleidung, Isgrimnur«, führte der Prinz weiter aus, während der Burgarchivar das Bündel entfaltete. Es entpuppte sich als Auswahl schwarzwollener Priestergewänder. »Ihr seid ein frommer Mann, Onkel. Ich bin überzeugt, Ihr könnt die Rolle spielen.« Der Herzog hätte schwören können, daß Josua sich ein Lächeln verbiß.

»Was? Priesterkleidung?« Isgrimnur erkannte allmählich die Umrisse des Planes und war keineswegs zufrieden damit.

»Wie könntet Ihr besser unbemerkt nach Nabban reisen, wo Mutter Kirche als Königin herrscht und es fast mehr Priester aller Richtungen gibt als andere Bürger?« Jetzt lächelte Josua tatsächlich.

Isgrimnur war außer sich vor Wut. »Josua! Ich habe schon früher um Euren Verstand gefürchtet; jetzt aber weiß ich, daß Ihr ihn vollständig verloren habt. Das ist der hirnverbrannteste Einfall, den ich je gehört habe. Und wer, zu allem Überfluß, hat je von einem Ädoniterpriester mit Bart gehört?« Er schnaubte verächtlich.

Der Prinz, mit einem warnenden Blick auf Vater Strangyeard, der die Gewänder auf einen Stuhl legte und sich rückwärts auf die Tür zubewegte, trat an einen Tisch und hob ein Tuch. Darunter zeigte sich . . . eine Schüssel mit heißem Wasser und ein blinkendes, frischgewetztes Rasiermesser.

Isgrimnurs gewaltiges Aufbrüllen ließ unten in der Burgküche das Geschirr aneinanderschlagen.

»Sprecht, Sterbliche. Kommt ihr als Spione in unsere Berge?«

Eisiges Schweigen folgte Prinz Jirikis Worten. Aus dem Augenwinkel beobachtete Simon, wie Grimmric hinter sich griff und die Wand nach etwas abtastete, das er als Waffe benutzen könnte. Sludig und Haestan warfen den Sithi, die sie umringt hielten, grimmige Blicke zu, fest überzeugt, daß man jetzt gleich über sie herfallen würde.

»Nein, Prinz Jiriki«, antwortete Binabik rasch. »Gewiß seht Ihr selbst, daß wir keine Erwartung hatten, hier auf Euer Volk zu stoßen. Wir kommen aus Naglimund, ausgesandt von Prinz Josua, mit einem Auftrag von höchster Wichtigkeit. Wir suchen . . .«

Der Troll zögerte, als fürchte er, zuviel zu sagen. Dann jedoch fuhr er achselzuckend fort: »Wir sind unterwegs zum Drachenberg, um dort nach Camaris-sá-Vinittas Schwert *Dorn* zu suchen.«

Jirikis Augen wurden schmal, und der Grüngekleidete hinter ihm, den er Onkel genannt hatte, stieß mit dünnem Pfeifen den Atem aus.

»Was wollt ihr mit einem solchen Ding anfangen?« fragte Khendraja'aro.

Darauf wollte Binabik nicht antworten. Er blickte unglücklich auf den Boden der Höhle. Die Luft schien zu stehen, als die Sekunden vergingen.

»Es soll uns vor Ineluki retten – vor dem Sturmkönig!« platzte Simon heraus. Bis auf ein Blinzeln verzog keiner der Sithi eine Miene. Niemand sagte ein Wort.

»Sprecht weiter«, verlangte Jiriki endlich.

»Wenn Ihr es wünscht«, erwiderte Binabik. »Es ist Teil einer Geschichte, die fast so lang ist wie Euer *Ua'kiza Tumet'ai nei-R'i'anis* – das Lied vom Untergang Tumet'ais. Wir wollen versuchen, Euch mitzuteilen, was wir wissen.«

Der Troll erklärte eilig die wichtigsten Tatsachen. Simon kam es vor, als lasse er absichtlich vieles aus; einige Male sah Binabik beim Sprechen auf und begegnete seinem Blick, als mahne er den Jungen zu schweigen.

Binabik berichtete den schweigenden Sithi von den Verteidigungsvorbereitungen in Naglimund und den Verbrechen des Hochkönigs. Er erläuterte, was Jarnauga erzählt hatte, sprach von Nisses' Buch und sagte die Verse her, die sie veranlaßt hatten, sich auf die Reise zum Urmsheim zu machen.

Als er seine Geschichte beendet hatte, sah sich der Troll Jirikis ausdruckslos starrem Blick, der noch mehr Zweifel verratenden Miene seines Onkels und einer so tiefen Stille gegenüber, daß das tönende Echo des Wasserfalles anzuschwellen schien, bis es diese kleine Welt mit seinem Klang erfüllte. Was für ein Ort voller Wahnsinn und Träume diese Höhle doch war, und in was für eine aberwitzige Geschichte sie hineingeraten waren! Simon merkte, daß sein Herz wie rasend schlug, und zwar nicht allein aus Furcht.

»Das ist schwer zu glauben, Sohn meiner Schwester«, bemerkte Khendraja'aro endlich und spreizte mit einer sonderbaren Geste die beringten Hände.

»Allerdings, Onkel. Aber ich glaube, daß jetzt nicht der Augenblick ist, darüber zu sprechen.«

»Aber dieser *andere,* den der Knabe erwähnt hat...«, begann Khendraja'aro von neuem, Sorge in den gelben Augen, aufkeimenden Zorn in der Stimme. »Der Schwarze unter *Nakkiga*...«

»Nicht jetzt.« Die Antwort des Sithiprinzen war nicht ohne Schärfe. Er wandte sich an die fünf Fremdlinge. »Wir müssen uns entschuldigen. Es ist jedoch nicht gut, über solche Dinge zu reden, solange ihr nicht gegessen habt. Ihr seid unsere Gäste.« Simon, den bei diesen Worten eine Woge der Erleichterung überschwemmte, schwankte leicht vor sich hin. Seine Knie wurden plötzlich schwach.

Jiriki, der es bemerkte, winkte sie näher ans Feuer. »Setzt euch. Ihr müßt unser Mißtrauen verzeihen. Seoman, verstehe auch du mich: Obwohl ich dir mein Blut schulde – du *bist* mein *Hikka Staj'a* –, haben eure Rassen der unseren wenig Freundlichkeit bezeigt.«

»Ich muß Euch zum Teil widersprechen, Prinz Jiriki«, entgegnete Binabik und ließ sich auf einem flachen Stein am Feuer nieder. »Von allen Sithi sollte Eure Familie am besten wissen, daß wir Qanuc Euch niemals etwas Übles zugefügt haben.«

Jiriki sah zu dem Kleinen hinunter, und seine angespannten Züge lockerten sich zu einem Ausdruck, in dem fast etwas Liebevolles stand. »Du hast mich bei einer Unhöflichkeit ertappt, Binbiniqegabenik. Nach den Menschen des Westens, die uns am vertrautesten waren, haben wir einst die Qanuc sehr gern gehabt.«

Binabik hob den Kopf, und sein rundes Gesicht war voller Verwunderung. »Woher kennt Ihr meinen vollen Namen? Ich habe ihn nicht erwähnt, noch haben meine Gefährten ihn verkündet.«

Jiriki lachte, ein zischendes Geräusch, aber seltsam vergnügt, ohne jeden Anflug von Unaufrichtigkeit. In dieser Sekunde empfand Simon eine jähe, heftige Zuneigung zu ihm. »Ach, Troll«, sagte der Prinz, »jemand, der so weitgereist ist wie du, sollte sich nicht wundern, wenn man seinen Namen kennt. Wie viele Qanuc außer deinem Meister und dir trifft man denn südlich der Berge?«

»Ihr kanntet meinen Meister? Er ist tot.« Binabik hockte sich hin, zog die Handschuhe aus und bewegte die Finger. Simon setzte sich neben ihn.

»Er kannte uns«, erklärte Jiriki. »Hast du nicht unsere Sprache von ihm gelernt? An'nai, du hast doch gesagt, der Troll habe zu dir gesprochen?«

»Das hat er, Prinz. Und fast ganz richtig.«

Binabik errötete erfreut und verlegen zugleich. »Ookequk hat mir etwas davon beigebracht, mir aber nie verraten, wo er selbst es gelernt hatte. Ich besaß den Gedanken, daß es ihn vielleicht *sein* Meister gelehrt hätte.«

»Setzt euch doch, setzt euch«, forderte Jiriki Haestan, Grimmric und
Sludig auf, Simons und Binabiks Beispiel zu folgen. Sie näherten sich
wie Hunde, die Angst vor Schlägen haben, und suchten sich Plätze
am Feuer. Nun trugen mehrere Sithi Tabletts aus kunstvoll geschnitztem und poliertem Holz herbei, die mit allen möglichen guten Dingen
schwer beladen waren: Butter und dunkles Brot, ein Rad würziger,
salziger Käse, kleine rotgelbe Früchte, die Simon noch nie gesehen
hatte. Es gab mehrere Schüsseln mit leicht zu erkennenden Beeren
und sogar einen Stapel langsam vor sich hin tropfender Honigwaben.
Als Simon die Hand ausstreckte und sich zwei der klebrigen Waben
nahm, lachte Jiriki wieder, ein leises Zischen wie von einem Häher
auf einem Baum in der Ferne.
»Überall ist Winter«, meinte er, »aber in den geschützten Festungen
von *Jao é-Tinukai'i* wissen die Bienen das nicht. Nimm, soviel du
magst.«
Ihre Ergreifer, die nun ihre Gastgeber geworden waren, schenkten den
Gefährten einen unbekannten, aber starken Wein ein. Aus steinernen
Kannen füllten sie ihnen die hölzernen Pokale. Noch während Simon
überlegte, ob vorher nicht vielleicht ein Gebet gesprochen würde, hatten die Sithi schon zu essen begonnen. Haestan, Sludig und Grimmric
blickten einander traurig an. Sie hätten auch gern gegessen, waren
aber immer noch voller Furcht und Mißtrauen. Aufmerksam beobachteten sie, wie Binabik das Brot brach und einen Bissen von der dick mit
Butter bestrichenen Kruste abbiß. Ein Weilchen später, als er nicht nur
noch am Leben war, sondern sogar munter weiteraß, hielten die Männer es für ungefährlich, sich über die Sithispeisen herzumachen, was
sie dann auch mit dem Heißhunger begnadigter Gefangener taten.
Simon tupfte sich den Honig vom Kinn und hielt inne, um den Sithi
zuzusehen. Das *Schöne Volk* aß langsam. Manchmal betrachteten sie
lange Augenblicke eine Beere in ihren Fingern, bevor sie sie zum
Munde führten. Es wurde wenig gesprochen, aber wenn einer von
ihnen in seiner fließenden Sprache eine Bemerkung machte, lauschten alle. Meistens folgte keine Antwort; hatte jedoch einmal ein
anderer etwas zu erwidern, hörten auch ihm alle zu. Es gab viel leises
Lachen, aber weder Rufen noch Streiten, und Simon stellte kein einziges Mal fest, daß jemand einem Sprecher ins Wort fiel.

An'nai war nähergerückt und hatte sich zu Simon und Binabik gesetzt. Einer der Sithi gab eine feierliche Erklärung von sich, die die anderen zum Lachen brachte. Simon bat An'nai, ihm den Scherz zu erklären.

Der Sitha mit der weißen Jacke machte ein etwas verlegenes Gesicht. »Ki'ushapo hat gesagt, deine Freunde äßen, als hätten sie Angst, die Speisen liefen ihnen davon.« Er deutete auf Haestan, der sich mit beiden Händen das Essen in den Mund stopfte.

Simon verstand nicht ganz, was An'nai meinte – bestimmt hatten sie doch schon Hungrige gesehen? –, lächelte jedoch trotzdem.

Als das Mahl seinen Fortgang nahm und ein anscheinend unerschöpflicher Strom von Wein immer wieder ihre hölzernen Pokale füllte, begannen der Rimmersmann und die beiden Krieger der Erkynländer Wache sich langsam wohlzufühlen. Irgendwann stand Sludig auf, ließ den Becher in seiner Hand hin- und herschwappen und brachte einen herzhaften Trinkspruch auf die neuen Sithifreunde aus. Jiriki lächelte und nickte, aber Khendraja'aro erstarrte. Als Sludig dann ein altes nordisches Trinklied anstimmte, zog sich der Onkel des Prinzen unauffällig in eine Ecke der großen Höhle zurück, um in den vom Schein der Lampen erhellten, sanft gewellten Teich zu starren.

Die anderen Sithi an der Tafel lachten, als Sludig mit seiner grölenden Stimme die Kehrreime sang, und schwankten im trunkenen Rhythmus mit, wobei sie manchmal untereinander tuschelten. Sludig, Haestan und Grimmric machten jetzt einen recht zufriedenen Eindruck, und selbst Binabik grinste vor sich hin und lutschte an einer Birnenschale. Nur Simon, der an die zauberhafte Musik der beiden Sithi dachte, fühlte einen Anflug von Scham für seinen Gefährten, als wäre der Rimmersmann ein Festbär, der auf der Mittelgasse für ein paar Krümel tanzte.

Nachdem er eine Weile zugeschaut hatte, stand Simon auf und wischte sich vorn am Hemd die Hände ab. Auch Binabik erhob sich und erbat Jirikis Erlaubnis, den verdeckten Gang hinunterzusteigen, um nach Qantaqa zu sehen. Die drei Soldaten lachten brüllend untereinander und erzählten sich – Simon zweifelte nicht daran – Witze über betrunkene Kameraden. Er trat an eine der Wandnischen, um sich die seltsamen Lampen genauer anzusehen. Jäh fiel ihm der leuchtende Kristall ein, den Morgenes ihm gegeben hatte – war er vielleicht auch ein Werk der Sithi gewesen? Ihm wurde kalt und einsam ums Herz. Er hob eine der Lampen auf und sah durch sie hindurch den schwachen Schatten seiner Handknochen, als bestehe das Fleisch nur aus trübem Wasser. So scharf er aber auch hinschaute, er konnte nicht herausfinden, wie die Flamme in den durchscheinenden Kristall hineingekommen war.

Er fühlte einen Blick im Nacken und drehte sich um. Es war Jiriki, der ihn anstarrte. Von der anderen Seite des Feuers glühten seine Katzenaugen zu ihm hinüber. Simon zuckte überrascht zusammen; der Prinz nickte.

Haestan, dem der Wein in den zottigen Schädel gestiegen war, hatte einen der Sithi – den An'nai Ki'ushapo genannt hatte – zum Armdrücken herausgefordert. Ki'ushapo, mit gelben Zöpfen und schwarzgrauer Kleidung, erhielt von dem beschwipsten Grimmric gute Ratschläge. Es war auch klar, weshalb der dürre Wachsoldat seine Unterstützung für angebracht hielt: Der Sitha war einen Kopf kleiner als Haestan und sah aus, als hätte er kaum mehr als die Hälfte von dessen Gewicht. Als der Sitha sich mit etwas verwirrter Miene über den glatten Stein beugte, um Haestans breite Hand zu ergreifen, stand Jiriki auf und glitt an ihnen vorbei, um geschmeidig den Raum zu durchqueren, bis er neben Simon stand.

Es fiel dem Jungen immer noch schwer, diese selbstsichere, kluge Persönlichkeit mit dem halbwahnsinnigen Geschöpf zusammenzubringen, das er in der Falle des Kätners gefunden hatte. Nur wenn Jiriki eine bestimmte Kopfbewegung machte oder die langgliedrigen Finger bog, konnte Simon die Wildheit entdecken, die ihn damals gleichermaßen erschreckt und fasziniert hatte; und wenn sich der Feuerschein in den goldgefleckten Bernsteinaugen des Prinzen brach, leuchteten sie uralt wie Edelsteine im schwarzen Boden des Waldes.

»Komm, Seoman«, sprach der Sitha ihn an, »ich möchte dir etwas zeigen.« Er schob die Hand unter den Ellenbogen des Jungen und führte ihn zu dem Teich, an dem Khendraja'aro saß und die Finger durchs Wasser gleiten ließ. Als sie am Feuer vorbeikamen, sah Simon, daß der Wettkampf im Armdrücken in vollem Gange war. Die beiden Gegner hatten sich fest ineinander verkrallt, ohne daß einer von beiden im Vorteil zu sein schien. Aber Haestans bärtiges Gesicht war zu einem verbissenen Grinsen der Anstrengung verzogen, während dem schlanken Sitha die unentschiedene Situation wenig auszumachen schien, nur daß sein graugekleideter Arm unter der Anspannung des Kampfes ein wenig zitterte. Simon dachte, daß dies für Haestan nichts Gutes besage. Sludig, der merkte, wie der Kleine den Großen zu besiegen begann, saß mit offenem Mund daneben.

Als sie näherkamen, flötete Jiriki seinem Onkel etwas zu, erhielt jedoch von Khendraja'aro keine Antwort. Das alterslose Gesicht schien unzugänglich wie eine verriegelte Tür. Simon folgte dem Prinzen an ihm vorbei und die Höhlenwand entlang. Gleich darauf verschwand Jiriki vor seinem erstaunten Blick. Der Sitha war jedoch nur in einen anderen Tunnel getreten, der sich um den steinernen Zufluß des kleinen Wasserfalles wand. Simon ging ihm nach. Der Tunnel führte auf rauhen Steinstufen in die Höhe. Eine Lampenreihe erhellte ihn.

»Bitte folge mir«, sage der Sitha und begann hinaufzusteigen.

Simon kam es vor, als kletterten sie hoch in das Innere des Berges, lange Zeit und immer wieder im Kreis herum. Endlich ließen sie die letzte Lampe hinter sich und setzten ihren Weg in fast völliger Dunkelheit vorsichtig fort, bis Simon vor sich Sterne schimmern sah. Gleich darauf erweiterte sich der Gang zu einer kleinen Kammer, deren eine Seite dem Nachthimmel offenstand.

Simon folgte Jiriki ans Ende der Höhle, wo sich eine gürtelhohe Steinbrüstung erhob. Unter ihnen fiel die felsige Bergwand steil ab: zehn kahle Ellen bis zu den Spitzen der hohen Immergrünbäume, fünfzig weitere bis zum verschneiten Boden. Die Nacht war klar, die Sterne leuchteten grimmig in der Finsternis, und von allen Seiten umgab sie der Wald wie ein ungeheures Geheimnis.

Nachdem sie eine Weile still verharrt hatten, sagte Jiriki: »Ich schulde dir ein Leben, Menschenkind. Fürchte nicht, daß ich es vergessen werde.«

Simon antwortete nicht, aus Angst, den Zauber zu brechen, der es ihm erlaubte, hier mitten in der Nacht des Waldes zu stehen, ein Spion in Gottes dunklem Garten. Eine Eule rief.

Wieder verging eine schweigende Zeit, dann berührte der Sitha Simon leicht am Arm und deutete über das stumme Meer der Bäume hinweg.

»Dort, im Norden, unter Lu'yasas Stab...« Er wies auf eine Reihe von drei Sternen am tiefsten Rand des samtenen Himmels. »Kannst du den Umriß der Berge erkennen?«

Simon starrte. Er glaubte ein mattes Leuchten am unbestimmten Horizont wahrzunehmen, die ganz schwache Andeutung eines großen, weißen Gebildes, so weit entfernt, daß das Mondlicht, das unter ihnen auf Bäume und Schnee fiel, es gar nicht mehr zu erreichen schien. »Ich glaube, ja«, erwiderte er leise.

»Das ist euer Ziel. Der Gipfel, den die Menschen Urmsheim nennen, ist ein Teil dieser Bergkette, obwohl die Nacht klarer sein müßte, damit du ihn genauer sehen kannst.« Er seufzte. »Dein Freund Binabik sprach heute vom verlorenen Tumet'ai. Einst konnte man es von hier aus sehen, dort drüben im Osten«, er deutete ins Dunkle, »hier von diesem Aussichtspunkt aus; doch das war zu einer Zeit, als mein Ur-Urgroßvater noch am Leben war. Bei Tageslicht fing sich die aufgehende Sonne in den Kristall- und Golddächern des *Seni Anzi'in*, des Turmes der Wandelnden Morgendämmerung. Es heißt, er soll ausgesehen haben wie eine wunderbare Fackel, die am Morgenhorizont loderte...«

Er brach ab und richtete die Augen auf Simon; Nachtschatten verdunkelten das übrige Gesicht.

»Tumet'ai ist lange begraben«, fuhr Jiriki achselzuckend fort. »Nichts ist von Dauer, nicht einmal die Sithi... nicht einmal die Zeit selbst.«

»Wie... wie alt seid Ihr?«

Der Sithi-Prinz lächelte mit im Mondschein blitzenden Zähnen. »Älter als du, Seoman. Wir wollen nun wieder hinuntersteigen. Vieles hast du heute gesehen und überlebt, und sicher mußt du jetzt schlafen.«

Als sie in die vom Feuerschein erhellte Höhle zurückkamen, schnarchten die drei Soldaten bereits kräftig vor sich hin. Binabik war wieder da und lauschte ein paar Sithi, die ein langsames, trauriges Lied sangen, das wie ein Bienenstock summte, wie ein Fluß rauschte und die Höhle zu erfüllen schien wie der starke Duft einer seltenen, sterbenden Blume.

In seinen Mantel gehüllt, sah Simon dem Licht der Flammen zu, das auf den Steinen der Decke tanzte, bis ihn die seltsame Musik von Jirikis Stamm in den Schlaf wiegte.

XXXIX

Die Hand des Hochkönigs

Simon erwachte und merkte, daß das Licht in der Höhle sich verändert hatte. Das Feuer brannte noch, dünne gelbe Flammen in weißer Asche, aber die Lampen waren erloschen. Durch Ritzen in der Decke, die nachts nicht zu sehen gewesen waren, sickerte Tageslicht und verwandelte die steinerne Kammer in eine Säulenhalle voller Licht und Schatten.

Seine drei Soldatenkameraden schliefen noch, schnarchend in ihre Mäntel verstrickt, alle Glieder von sich gestreckt wie in der Schlacht Gefallene. Sonst war die Höhle leer bis auf Binabik, der mit untergeschlagenen Beinen am Feuer saß und gedankenverloren auf seiner Wanderstabflöte blies.

Simon richtete sich benommen auf. »Wo sind die Sithi?«

Binabik flötete ein paar weitere Noten, ohne sich umzudrehen.

»Gegrüßt, guter Freund«, meinte er nach einer Weile. »War dein Schlaf zufriedenstellend?«

»Vermutlich«, grunzte Simon und ließ sich wieder fallen, um die Staubkörnchen zu betrachten, die unter dem Höhlendach schimmerten. »Wo sind die Sithi hingegangen?«

»Auf die Jagd, könnte man wohl sagen. Komm, steh auf! Ich benötige deine Hilfe.«

Simon stöhnte, erhob sich jedoch mühsam in eine sitzende Stellung.

»Auf die Jagd nach Riesen?« fragte er wenig später, den Mund voller Obst. Haestans Schnarchen war so laut geworden, daß Binabik empört die Flöte weggelegt hatte.

»Auf der Jagd nach allem, was ihre Grenzen bedroht, nehme ich an.«
Der Troll starrte auf etwas, das vor ihm auf dem Steinboden der Höhle
lag. »*Kikkasut!* Das ergibt keinen vernünftigen Sinn. Gefallen will es
mir kein bißchen.«

»Was ergibt keinen Sinn?« Simon ließ den Blick träge durch die Felsenkammer schweifen. »Ist das ein Sithi-Haus?«

Binabik musterte ihn stirnrunzelnd. »Wahrscheinlich ist es gut, daß
du deine Fähigkeit zurückgewonnen hast, viele Fragen auf einmal zu
stellen. Nein, dieses ist kein Sithi-Haus, soweit es so etwas überhaupt
gibt. Es ist, denke ich, das, was Jiriki gesagt hat – eine Jagdhütte, ein
Ort, an dem ihre Jäger sich während ihrer Streifzüge aufhalten können. Und was deine erste Frage angeht: Es sind die Knochen, die keinen Sinn machen – oder vielmehr *zuviel* Sinn.«

Die Wurfknöchel lagen als Häufchen vor Binabiks Knien. Simon
betrachtete sie. »Was bedeuten sie?«

»Ich werde es dir sagen. Vielleicht wäre es gut, wenn du diese Zeit
nutztest, um dir den Schmutz, das Blut und den Beerensaft vom
Gesicht zu waschen.« Der Troll schenkte ihm ein mürrisches gelbes
Grinsen und deutete auf den Teich in der Ecke. »Dort kannst du dich
reinigen.«

Er wartete, bis Simon einmal den Kopf in das beißend kalte Wasser
gesteckt hatte.

»Brrr!« sagte der Junge bibbernd. »Eisig!«

»Du hast vielleicht gesehen«, erläuterte Binabik, ungerührt von
Simons Jammern, »daß ich heute morgen die Knöchel geworfen
habe. Was sie sagen, ist dieses: *Pfad im Schatten, Offener Wurfspieß*
und *Schwarze Spalte.* Viel Verwirrung und Sorge macht mir das.«

»Warum?« Simon spritzte sich noch etwas Wasser ins Gesicht und
rieb es mit dem Wamsärmel, der auch nicht mehr der sauberste war,
wieder trocken.

»Weil ich die Knochen geworfen habe, bevor wir Naglimund verließen«, erklärte Binabik gereizt, »und dabei genau die gleichen Bilder
bekam! Genau die gleichen!«

»Aber wieso ist das schlecht?« Etwas Helles, das auf dem Rand des
Teiches lag, fiel Simon ins Auge. Er hob es vorsichtig auf und sah, daß
es ein runder Spiegel war, gefaßt in einen wundervoll geschnitzten

Holzrahmen. In den Rand des dunklen Glases waren fremdartige Schriftzeichen geätzt.

»Schlecht ist es oft, wenn Dinge immer gleich sind«, antwortete Binabik, »aber bei den Knochen ist es mehr als das. Die Knochen sind Führer zur Weisheit für mich.«

»Mmm-hmm.« Simon rieb den Spiegel an seinem Hemd blank.

»Nun, was wäre, wenn du euer Buch Ädon aufschlagen und entdecken würdest, daß auf allen Seiten nur noch ein Vers steht – derselbe Vers, immer und immer wieder?«

»Meinst du ein Buch, das ich vorher schon gekannt hätte? Das vorher anders war? Dann müßte es Zauberei sein.«

»Eben«, versetzte Binabik, schon wieder besänftigt. »Damit hast du mein Problem. Es gibt Hunderte von Möglichkeiten, wie die Knöchel fallen können. Aber sechsmal hintereinander der gleiche Wurf – das muß etwas Übles bedeuten. Soviel ich auch studiert habe, immer noch liebe ich das Wort ›Zauberei‹ nicht; aber es muß eine Macht geben, die nach den Knöcheln greift, so wie ein starker Wind alle Fahnen in dieselbe Richtung wehen läßt... Simon? Hörst du mir überhaupt zu?«

Simon jedoch starrte wie gebannt in den Spiegel, aus dem ihm zu seiner Verblüffung ein fremdes Gesicht entgegenblickte. Der Fremde hatte längliche, starkknochige Züge, blau umschattete Augen und rotgoldenen Bartflaum auf Kinn, Wangen und Oberlippe. Simon staunte noch mehr, als er begriff, daß er – natürlich – doch nur sich selber sah, abgemagert und wettergegerbt von seinen Fahrten, mit dem ersten Anflug eines männlichen Bartes, der ihm das Kinn verdunkelte. Was für eine Sorte Gesicht mochte es wohl sein, fragte er sich plötzlich. Es war noch immer nicht das eines Mannes, vom Leben gezeichnet und streng, aber er bildete sich ein, etwas von seinem Mondkalbtum abgestreift zu haben. Dennoch fand er den zerzausten Burschen mit dem langen Kinn, der ihn da aus dem Spiegel anstarrte, eher enttäuschend.

Hat auch Miriamel mich so gesehen? Einen Bauernjungen – einen Ackerknecht?

Und während er noch an die Prinzessin dachte, war es ihm, als sehe er in dem Spiegel ihre Züge aufblitzen, fast als wüchsen sie aus den seinen hervor. Einen schwindelnden Augenblick lang verschmolzen sie miteinander wie zwei wolkige Seelen in einem Körper; gleich darauf war es nur noch Miriamel, deren Gesicht er sah, oder besser gesagt, Malachias, denn ihr Haar war wieder schwarz und kurzgeschnitten, und sie trug Knabenkleidung. Ein farbloser Himmel lag hinter ihr, über den schwarze Gewitterwolken zogen. Und da war noch jemand, unmittelbar an ihrer Seite, ein Mann mit rundem Gesicht und grauer Kapuze. Simon wußte, daß er ihn schon früher gesehen hatte, er war sich ganz sicher – aber wo?

»Simon!« Binabiks Stimme war wie ein Guß kaltes Teichwasser, gerade als der flüchtige Name zum Greifen nah an ihm vorüberschwebte. Eine Sekunde schwankte der Spiegel in Simons erschrockener Hand. Als er ihn wieder fest im Griff hatte, war nur noch sein eigenes Gesicht darin zu sehen.

»Wird dir übel?« erkundigte sich der Troll, dem Simons schlaffer, verwirrter Gesichtsausdruck Sorgen machte.

»Nein . . . ich glaube jedenfalls nicht . . . «

»Dann, wenn du dich gewaschen hast, komm und hilf mir. Wir werden uns später über die Vorzeichen unterhalten, wenn deine Aufmerksamkeit nicht so anfällig ist.« Binabik stand auf und ließ die Knöchel in ihren Lederbeutel zurückfallen.

Binabik rutschte als erster die Eisrinne hinunter, nachdem er Simon ermahnt hatte, die Zehen gestreckt und die Hände nah am Kopf zu halten. Die rasenden Sekunden, in denen der Junge durch den Tunnel sauste, waren wie ein Traum vom Abstürzen aus großer Höhe; und als er auf dem weichen Schnee vor dem Ausgang des Tunnels landete und ihm das strahlende, kalte Tageslicht in die Augen drang, war er zufrieden, einen Moment lang still sitzenzubleiben und das Gefühl seines beschleunigten Herzschlages zu genießen.

Aber sofort warf ihn ein unerwarteter Stoß in den Rücken um, und eine erstickende Lawine von Muskeln und Pelz ging auf ihn nieder.

»Qantaqa!« hörte er Binabik lachend rufen. »Wenn du schon deine Freunde so behandelst, bin ich froh, nicht dein Feind zu sein!«

Simon schubste die Wölfin zur Seite, nur um sich dem erneuten Angriff einer rauhen Zunge auf sein Gesicht ausgesetzt zu sehen. Endlich rollte er sich mit Binabiks Hilfe unter Qantaqa vor. Aufgeregt jaulend sprang das Tier auf die Füße, umkreiste den Jungen und den Troll und lief dann in den verschneiten Wald hinein.

»Jetzt«, meinte Binabik und wischte sich den Schnee aus den schwarzen Haaren, »müssen wir herausfinden, wo die Sithi unsere Pferde untergestellt haben.«

»Nicht weit von hier, Qanuc.«

Simon fuhr herum und sah eine Reihe von Sithi lautlos unter den Bäumen heraustreten, angeführt von Jirikis Onkel in der grünen Jacke. »Und warum sucht ihr sie?«

Binabik lächelte. »Ganz gewiß nicht, um Euch zu entfliehen, guter Khendraja'aro. Eure Gastfreundschaft ist zu üppig, als daß wir ihr eilig den Rücken kehren wollten. Nein, es gibt einige Dinge, deren Verbleib ich feststellen muß, Dinge, die ich in Naglimund mit einiger Mühe beschafft habe und die wir auf unserem Weg noch brauchen werden.«

Khendraja'aro blickte den Troll einen Moment lang ausdruckslos an und gab dann zweien seiner Gefolgsleute ein Zeichen. »Sijandi, Ki'ushapo – zeigt es ihnen.«

Das gelbhaarige Paar ging ein paar Schritte am Hang entlang, von der Tunnelmündung fort, blieb dann stehen und winkte Simon und dem Troll, ihnen zu folgen. Als Simon sich umdrehte, sah er Khendraja'aro, der ihnen mit einem undeutbaren Ausdruck in den hellen, schmalen Augen nachschaute.

Sie fanden die Pferde wenige Achtelmeilen entfernt, untergebracht in einer kleinen, hinter zwei schneebeladenen Fichten verborgenen Höhle. Innen war es warm und trocken; alle sechs Pferde kauten zufrieden an einem Ballen süßduftenden Heues.

»Woher kommt das?« fragte Simon überrascht.

»Auch wir bringen oft unsere Pferde mit«, erklärte Ki'ushapo in sorgsam gewählter Westsprache. »Überrascht es dich da, daß wir einen Stall für sie haben?«

Während Binabik in einer der Satteltaschen wühlte, untersuchte Simon die Höhle und bemerkte das Licht, das durch einen Spalt hoch oben in der Wand fiel, und den mit klarem Wasser gefüllten Steintrog. An der gegenüberliegenden Seite war ein Haufen Helme, Äxte und Schwerter aufgeschichtet. Simon erkannte eine der Klingen als seine eigene aus der Waffenkammer von Naglimund.

»Das sind ja unsere, Binabik!« sagte er. »Wie kommen sie hierher?«

Ki'ushapo sprach langsam wie zu einem Kind. »Wir haben sie hergebracht, nachdem wir sie euch und euren Gefährten abgenommen hatten. Hier liegen sie sicher und trocken.«

Simon sah den Sitha mißtrauisch an. »Aber ich dachte immer, ihr könntet kein Eisen berühren, es wäre wie Gift . . .« Er verstummte, weil er fürchtete, sich damit auf verbotenes Gelände gewagt zu haben, aber Ki'ushapo tauschte nur einen Blick mit seinem schweigenden Kameraden und antwortete dann.

»Du hast also Geschichten aus den Tagen des Schwarzen Eisens gehört«, sagte er. »Ja, es war einst so, aber diejenigen von uns, die jene Zeit überlebten, haben viel dazugelernt. Wir wissen heute, welches Wasser wir aus ganz bestimmten Quellen trinken müssen, um sterbliches Eisen für eine Weile ohne Schaden für uns anfassen zu können. Was glaubst du denn, weshalb wir dir dein Panzerhemd gelassen haben? Natürlich lieben wir das Eisen nicht, gebrauchen es nicht . . . und berühren es auch nicht ohne Not.« Er sah zu Binabik hinüber, der immer noch emsig in den Satteltaschen herumstöberte.

»Wir werden euch alleinlassen, damit ihr in Ruhe weitersuchen könnt«, erklärte der Sitha. »Ihr werdet feststellen, daß nichts fehlt – jedenfalls nichts, was ihr bei euch hattet, als ihr in unsere Hände gerietet.«

Binabik blickte auf. »Natürlich«, versetzte er. »Ich bin nur in Sorge über Dinge, die während des gestrigen Kampfes verlorengegangen sein könnten.«

»Natürlich«, erwiderte Ki'ushapo, und er und der schweigsame Sijandi traten hinaus unter die Zweige des Einganges.

»Aha!« rief Binabik endlich und hielt einen Sack hoch, der klirrte wie eine Börse voller Gold-Imperatoren. »Eine Sorge weniger ist das hier.« Er stopfte ihn wieder in die Satteltasche.

»Was ist es?« fragte Simon, ärgerlich über sich selber, weil er schon wieder eine Frage stellte.

Binabik grinste boshaft. »Noch ein paar Qanuc-Tricks, die uns bald sehr nützlich sein werden. Aber wir sollten jetzt gehen. Wenn die anderen aufwachen, steif vom Trinken und allein, könnten sie Angst bekommen und Dummheiten machen.«

Auf dem kurzen Rückweg fanden sie Qantaqa, Mund und Nase voller Blutflecken von irgendeinem unseligen Tier. Sie sprang mehrmals um sie herum und witterte mit gesträubten Nackenhaaren. Dann senkte sie den Kopf und schnüffelte wieder, um schließlich mit großen Sätzen vor ihnen her zu springen. Bei Kendraja'aro standen inzwischen auch Jiriki und An'nai. Der Prinz hatte sein weißes Gewand mit einer lohfarben-blauen Jacke vertauscht. Er hielt einen hohen, entspannten Bogen in der Hand und trug einen Köcher mit braungefiederten Pfeilen. Qantaqa umrundete die Sithi grollend und witternd, aber zugleich mit heftigem Schwanzwedeln, als begrüße sie alte Bekannte. Sie stürmte auf das ungerührt zusehende *Schöne Volk* zu, sprang wieder zurück, knurrte tief in der Kehle und schüttelte den Kopf, als wollte sie einem Kaninchen das Genick brechen. Als Binabik und Simon in den Kreis traten, kam sie so nahe, daß sie mit der schwarzen Nase Binabiks Hand berühren konnte, hüpfte dann wieder fort und nahm ihr unruhiges Kreisen von neuem auf.

»Habt ihr eure Besitztümer alle wohlbehalten vorgefunden?« erkundigte sich Jiriki.

Binabik nickte. »Ja, mit Sicherheit. Habt Dank, daß Ihr unsere Pferde versorgt habt.«

Jiriki winkte nachlässig mit der schmalen Hand. »Und was soll nun geschehen?« fragte er.

»Ich denke, wir sollten uns bald auf den Weg machen«, erwiderte der Troll und legte die Hand über die Augen, um in den graublauen Himmel zu blicken.

»Aber doch nicht heute«, meinte Jiriki. »Ruht euch diesen Nachmittag noch aus und eßt noch einmal mit uns. Es gibt noch vieles zu besprechen, und ihr könnt morgen mit dem ersten Tageslicht aufbrechen.«

»Ihr... und Euer Onkel... erweist uns viel Freundlichkeit. Und Ehre.« Binabik verneigte sich.

»Wir sind kein freundliches Volk, Binbiniqegabenik, nicht, wie wir es einmal waren. Aber höflich sind wir immer noch. Kommt.«

Nach einem hervorragenden Mittagessen aus Brot, süßer Milch und einer wundervollen, fremdartig schmeckenden, würzigen Suppe aus Nüssen und Schneeblumen verbrachten Sithi, Troll und Menschen den langen Nachmittag gemeinsam mit leisen Gesprächen, Liedern und langen Schlafpausen.

Simon schlief nicht tief und träumte von Miriamel. Sie stand mitten auf dem Meer wie auf einem Fußboden aus unregelmäßigem grünem Marmor und winkte ihm, zu ihr zu kommen. Im Traum sah er wütende schwarze Wolken am Horizont und rief ihr etwas zu, um sie zu warnen. Aber im stärker wehenden Wind verstand ihn die Prinzessin nicht, sondern lächelte und winkte nur. Er wußte, daß er nicht auf den Wellen stehen konnte und sprang hinein, um zu ihr zu schwimmen, aber er fühlte, wie die kalten Wasser ihn hinabzogen, ihn untertauchten ...

Als es ihm endlich gelang, sich aus dem Traum loszureißen, neigte sich der Nachmittag seinem Ende zu. Die Lichtsäulen waren blasser geworden und standen schräg wie Betrunkene. Einige Sithi waren dabei, die Kristall-Lampen in ihre Wandnischen zu setzen, aber obwohl er ihnen genau zusah, konnte Simon nicht besser als vorher verstehen, was die Lampen zum Leuchten brachte. Wenn man sie hinstellte, fingen sie einfach langsam an, ein mildes, durchdringendes Licht auszustrahlen.

Simon setzte sich zu seinen Gefährten in den Steinkreis am Feuer. Sie waren unter sich; die Sithi, obwohl gastlich und sogar freundlich, schienen doch ihre eigene Gesellschaft vorzuziehen und saßen in kleinen Grüppchen zusammen, über die ganze Höhle verstreut.

»Junge«, sagte Haestan und langte nach oben, um ihm auf die Schulter zu klopfen, »wir hatten schon Angst, du würdest den ganzen Tag schlafen.«

»Ich würde auch schlafen, wenn ich soviel Brot gegessen hätte wie er«, meinte Sludig und machte sich mit einem Holzstückchen die Nägel sauber.

»Wir waren uns alle einig, daß wir morgen ganz früh aufbrechen wollen«, erklärte jetzt Binabik, und Grimmric und Haestan nickten. »Es gibt keine Gewißheit, daß die Milde des Wetters lange anhalten wird, und weit müssen wir noch reiten.«

»Mildes Wetter?« fragte Simon und runzelte beim Hinsetzen die Stirn über seine steifen Beine. »Es schneit wie verrückt.«

Binabik lachte tief in der Kehle. »Ho, Freund Simon, frag einen Schneebewohner, wenn du wissen willst, was kaltes Wetter heißt. Dies hier ist wie unser Qanuc-Frühling, wenn wir am Mintahoq nackt im Schnee spielen. Wenn wir erst in die Berge kommen, dann, ich sage es ungern, wirst du *wirkliche* Kälte erleben.«

Er sieht nicht aus, als ob ihm das besonders leid tut, dachte Simon. »Also, wann reiten wir?«

»Erstes Morgenrot«, antwortete Sludig. »Je eher«, fügte er bedeutungsvoll hinzu und schaute sich in der Höhle nach ihren seltsamen Gastgebern um, »desto besser.«

Binabik musterte ihn und wandte sich dann wieder an Simon. »Darum müssen wir heute abend noch alles Nötige regeln.«

Wie aus dem luftleeren Raum stand Jiriki neben ihnen und nahm am Feuer Platz. »Aha«, sagte er, »genau darüber möchte ich mit euch sprechen.«

»Gewiß gibt es keine Schwierigkeiten mit unserem Abschied?« erkundigte sich Binabik, dessen heitere Miene eine gewisse Besorgnis nicht völlig verbarg. Haestan und Grimmric sahen bestürzt aus, Sludig wirkte leicht gekränkt.

»Ich glaube nicht«, erwiderte der Sitha. »Aber es gibt etwas, das ich euch mitgeben möchte.« Mit einer fließenden Bewegung griff er mit der langfingrigen Hand in sein Gewand und zog Simons Weißen Pfeil heraus.

»Das gehört dir, Seoman«, erklärte er.

»Was? Aber er... er ist Euer Eigentum, Prinz Jiriki.«

Der Sithi hob einen Augenblick den Kopf, als lausche er einem fernen Ruf, und schlug dann die Augen wieder nieder. »Nein, Seoman, er gehört erst dann wieder mir, wenn ich ihn mir zurückverdiene – ein Leben für ein Leben.« Er hielt ihn zwischen den Händen wie ein Stück Schnur, so daß das schräge Licht von oben die winzigen und komplizierten Muster aufleuchten ließ, die den ganzen Schaft bedeckten.

»Ich weiß, daß du nicht lesen kannst, was da geschrieben steht«, sagte Jiriki langsam, »aber ich will dir sagen, daß es sich um Worte der

Schöpfung handelt, die Vindaomeyo der Pfeilmacher selbst auf diesen Pfeil geschrieben hat – in längstvergangener Zeit, bevor wir vom Ersten Volk in die Drei Stämme gespalten wurden. Er ist so sehr ein Teil meiner Familie, als wäre er aus meinen eigenen Knochen und Sehnen gemacht – und genauso ist er ein Teil von mir. Ich habe ihn nicht unüberlegt aus der Hand gegeben – nur wenige Sterbliche haben *jemals* einen *Staj'a Ame* besessen –, und ich kann ihn auf keinen Fall zurücknehmen, bevor ich nicht die Schuld bezahlt habe, deren Zeichen er ist.« Mit diesen Worten gab er den Pfeil Simon, dessen Finger bebten, als er den glatten Schaft berührte.

»Ich... ich habe das nicht gewußt...«, stotterte er, als sei *er* es plötzlich, der dem anderen etwas schuldete. Er zuckte die Achseln und brachte kein Wort mehr heraus.

»Nun denn«, fuhr Jiriki, zu Binabik und den anderen gewandt, fort. »Mein Schicksal, wie ihr Sterblichen es wohl nennen würdet, scheint auf seltsame Weise mit diesem Menschenkind verknüpft. Es wird euch darum sicher nicht allzusehr überraschen, wenn ihr hört, was ich euch noch auf eure ungewöhnliche und wahrscheinlich zwecklose Reise mitgeben möchte.«

Nach einer kleinen Weile fragte Binabik: »Und was wäre das, Prinz?«

Jiriki lächelte ein katzenhaft selbstzufriedenes Lächeln. »Mich selbst«, antwortete er. »Ich werde euch begleiten.«

Lange Augenblicke stand der junge Spießkämpfer da und wußte nicht, ob er die Gedanken des Prinzen unterbrechen sollte. Josua starrte in die nicht allzu weite Ferne hinaus und umklammerte mit weißen Knöcheln die Brüstung der Westmauer von Naglimund.

Endlich schien der Prinz die Anwesenheit eines Fremden zu bemerken. Er drehte sich um und zeigte ein Gesicht von so unnatürlicher Blässe, daß der Soldat einen halben Schritt zurückwich.

»Hoheit?« fragte er, und es fiel ihm schwer, Josua in die Augen zu sehen. Der starre Blick des Prinzen, dachte der Soldat, glich dem eines verletzten Fuchses, den er einmal gesehen hatte, als ihn die Hunde packten und bei lebendigem Leibe zerrissen.

»Schick mir Deornoth«, sagte der Prinz und zwang sich zu einem

Lächeln, das dem jungen Soldaten noch grausiger vorkam als alles andere. »Und den alten Jarnauga – den Rimmersmann. Kennst du ihn?«

»Ich glaube schon, Hoheit. Sitzt mit dem einäugigen Vater im Zimmer mit den Büchern.«

»Guter Mann.« Josua hob das Gesicht zum Himmel und betrachtete die tintenschwarzen Wolkenmassen wie ein prophetisches Buch. Der Spießkämpfer zögerte, unsicher, ob er entlassen war, drehte sich dann um und wollte sich unauffällig entfernen.

»Du«, sagte der Prinz und ließ ihn mitten im Schritt erstarren.

»Hoheit?«

»Wie ist dein Name?« Es war, als fragte er den Himmel.

»Ostrael, Hoheit... Ostrael Firsframs-Sohn, Herr... aus Runchester.«

Der Prinz warf ihm einen kurzen Blick zu, ließ dann aber seine Augen wie unwiderstehlich angezogen wieder zu dem sich verfinsternden Horizont hinüberschweifen. »Wann warst du zum letztenmal zu Hause in Runchester, mein guter Mann?«

»Vorletzte Elysiamansa, Prinz Josua, aber ich schick ihnen immer die Hälfte vom Sold.«

Der Prinz zog den hohen Kragen am Hals enger und nickte, als hätte er eine tiefe Weisheit vernommen. »Nun gut denn... Ostrael Firsframs-Sohn. Schick mir Deornoth und Jarnauga. Geh jetzt.«

Lange vor diesem Tag hatte man dem jungen Spießkämpfer erzählt, der Prinz sei halbverrückt. Als er jetzt mit den schweren Stiefeln die Torhaustreppe hinunterpolterte, dachte er an Josuas Gesicht und erinnerte sich mit Schaudern an die leuchtenden, verzückten Augen gemalter Märtyrer im Buch Ädon seiner Familie – und zwar nicht allein an die singenden Märtyrer, sondern auch an die müde Trauer des Herrn Usires selber, als man ihn in Ketten zum Hinrichtungsbaum führte.

»Und die Kundschafter sind sich ihrer Sache sicher, Hoheit?« erkundigte Deornoth sich vorsichtig. Er wollte niemandem unrecht tun, aber er fühlte heute eine Wildheit in dem Prinzen, die er nicht verstand.

»Gottes *Baum*, Deornoth, natürlich sind sie das! Du kennst sie – alle beide zuverlässige Männer. Der Hochkönig steht an der Grünwate-Furt, keine zehn Meilen von hier. Morgen früh wird er vor unseren Mauern sein. Mit einer beachtlichen Streitmacht.«

»Also ist Leobardis zu langsam.« Deornoth kniff die Augen zusammen, spähte aber nicht südwärts, von wo Elias' Heer unaufhaltsam näherkam, sondern nach Westen, wo sich irgendwo hinter dem Spätmorgennebel die Eisvogel-Legionen mühsam über den Inniscrich und die südliche Frostmark vorarbeiteten.

»Wenn nicht ein Wunder geschieht«, sagte der Prinz. »Ans Werk, Deornoth. Sag Herrn Eadgram, er möge alles vorbereiten. Ich wünsche alle Speere scharf, alle Bogen straff gespannt und keinen Tropfen Wein im Torhaus ... oder in den Torhütern. Verstanden?«

»Jawohl, Hoheit.« Deornoth nickte. Er fühlte, wie sein Atem schneller ging und ihm vor lauter Aufregung flau im Magen wurde. Beim Barmherzigen Gott, sie würden dem Hochkönig zeigen, was die Ehre von Naglimund bedeutete, verdammt, das würden sie.

Jemand räusperte sich warnend. Es war Jarnauga, der die Stufen zum breiten Wehrgang so mühelos hinaufstieg wie ein nur halb so alter Mann. Er trug eine von Strangyeards losen, schwarzen Kutten und hatte das Ende seines langen Bartes unter den Gürtel gesteckt.

»Ihr habt mich rufen lassen, Prinz Josua«, grüßte er mit steifer Höflichkeit.

»Ich danke Euch, daß Ihr gekommen seid, Jarnauga«, erwiderte Josua. »Geh nun, Deornoth! Wir sprechen beim Abendessen weiter.«

»Jawohl, Hoheit.« Deornoth, den Helm in der Hand, verbeugte sich und rannte dann, zwei Stufen auf einmal, die Treppe hinunter.

Josua ließ eine kleine Weile verstreichen, bevor er etwas sagte.

»Sieh dort, Alter, dort drüben«, begann er endlich und streckte den Arm über das Gewirr der Stadt Naglimund und die dahinterliegenden Wiesen und Äcker aus, deren Grün und Gelb der düstere Himmel schwarz übermalte. »Die Ratten kommen, um an unseren Mauern zu nagen. Wir werden diese Aussicht lange Zeit nicht mehr ungestört genießen – vielleicht nie mehr.«

»Die ganze Burg spricht von Elias' Ankunft, Josua.«

»Mit Recht.« Als hätte er den Anblick bis zur Neige gekostet, kehrte der Prinz der Brüstung den Rücken und heftete den eindringlichen Blick auf den helläugigen Alten. »Hast du Isgrimnur verabschiedet?«

»Ja. Es hat ihm nicht gefallen, daß er in aller Heimlichkeit abreisen mußte, und das vor Anbruch der Dämmerung.«

»Was hätten wir sonst tun sollen? Nachdem wir die Geschichte von seinem Auftrag in Perdruin verbreitet hatten, wäre es schwer erklärlich gewesen, wenn ihn jemand in Priestergewändern hätte aufbrechen sehen, noch dazu so bartlos wie einst als Knabe in Elvritshalla.« Der Prinz rang sich ein verbissenes Lächeln ab. »Gott weiß es, Jarnauga, obwohl ich mich selbst über seine Verkleidung lustig gemacht habe, ist es ein Messer in meinen Eingeweiden, daß ich diesen guten Mann aus den Armen seiner Familie gerissen und ihn fortgeschickt habe, damit er versucht, meine eigenen Fehler wieder gutzumachen.«

»Ihr seid der Gebieter, Josua. Das kann bedeuten, daß der Herr in manchen Dingen weniger frei ist als sein geringster Sklave.« Der Prinz steckte den rechten Arm unter seinen Mantel. »Hat er Kvalnir mitgenommen?«

Jarnauga grinste. »Er trägt die Scheide unter seinem Übergewand. Möge Euer Gott dem gnädig sein, der diesen dicken, alten Mönch auszurauben gedenkt.«

Das müde Lächeln des Prinzen wurde sekundenlang breiter. »Nicht einmal unser Gott persönlich könnte ihm helfen, so wie Isgrimnur zur Zeit gelaunt ist.« Schon verschwand das Lächeln wieder. »Mach einen Gang über die Zinnen mit mir, Jarnauga. Ich brauche deine scharfen Augen und die Weisheit deiner Worte.«

»Es ist wahr, daß ich weiter sehen kann als die meisten anderen Menschen, Josua – mein Vater und meine Mutter brachten es mir bei. Darum trage ich auch meinen Namen, der in unserer Rimmerspakk ›Eisenaugen‹ bedeutet, denn ich habe gelernt, durch trügerische Schleier hindurchzusehen, wie schwarzes Eisen Zauber durchbohrt. Was jedoch das übrige angeht, so kann ich Euch zu dieser späten Stunde keine Weisheit versprechen, die dieses Namens würdig ist.«

Der Prinz machte eine abwehrende Handbewegung. »Ich habe den Verdacht, daß du uns schon sehr viel geholfen hast – nämlich dabei, vieles zu sehen, das uns sonst entgangen wäre. Erzähl mir von diesem Bund der Schriftrolle. Hat er dich nach Tungoldyr geschickt, um die Sturmspitze auszuspähen?«

Der alte Mann schritt neben Josua her, und seine Ärmel flatterten im Wind wie schwarze Banner. »Nein, Prinz, das ist nicht die Art des Bundes. Auch mein Vater war ein Träger der Schriftrolle.« Aus dem Halsausschnitt seiner Kleidung zog Jarnauga eine goldene Kette und zeigte Josua eine feingeschnittene Feder und Schriftrolle, die daran hingen. »Er erzog mich dazu, seine Stelle einzunehmen, und ich hätte mehr als das für ihn getan. Der Bund zwingt niemanden; er bittet die Menschen nur, das zu tun, was sie können.«

Josua ging schweigend und grübelnd weiter. »Wenn man doch auch ein Land so regieren könnte«, meinte er dann. »Wenn doch die Menschen täten, was sie sollten.« Er richtete den nachdenklichen Blick der grauen Augen auf den alten Rimmersmann. »Aber es ist nicht immer so einfach – Recht und Unrecht lassen sich nur selten so deutlich unterscheiden. Gewiß hat doch euer Bund auch einen Hohepriester oder Fürsten? War es Morgenes?«

Jarnaugas Lippen zuckten. »Es gibt in der Tat Zeiten, in denen es von Vorteil für uns wäre, einen Anführer, eine starke Hand, zu besitzen. Unser beklagenswerter Mangel an Vorbereitung auf die jetzigen Ereignisse beweist das.« Er schüttelte den Kopf. »Wir hätten Doktor Morgenes sicher ohne zu zögern diese Stellung eingeräumt, wenn er es gewünscht hätte. Er war ein Mann von unfaßbar tiefer Weisheit, Josua; ich hoffe nur, daß Ihr ihm zu seinen Lebzeiten mit größter Achtung begegnet seid. Aber er wollte davon nichts wissen. Ihm lag nur daran, zu forschen, zu lesen und Fragen zu stellen. Und dennoch danke ich allen höheren Mächten, wer sie auch sein mögen, daß wir ihn überhaupt so lange hatten. Seine Voraussicht ist jetzt unser einziger Schild.«

Josua blieb stehen und stützte die Ellenbogen auf die Brüstung. »Also hat euer Bund niemals einen Führer gehabt?«

»Nicht, seitdem König Eahlstan Fiskerne – Euer Sankt Eahlstan – ihn damals ins Leben rief...« Er brach ab und erinnerte sich. »Einmal hätte es fast jemanden gegeben, sogar zu meiner Zeit. Es war ein junger Hernystiri, auch eine von Morgenes' Entdeckungen. Er war fast so begabt wie der Doktor, jedoch weniger vorsichtig, so daß er Dinge studierte, die Morgenes nicht anfassen wollte. Er war ehrgeizig und meinte, wir sollten uns mehr zu einer Kraft des Guten aufbauen. Er hätte der Anführer werden können, den Ihr meint, Josua. Ein Mann von großer Weisheit und Kraft . . .«

Als der Alte nicht weitersprach, sah Josua ihn an. Jarnaugas Blick verlor sich am westlichen Horizont. »Was wurde aus ihm?« fragte der Prinz. »Ist er tot?«

»Nein«, antwortete Jarnauga langsam, und noch immer schweiften seine Augen über die wellige Ebene. »Nein, das glaube ich nicht. Er. . . er veränderte sich. Irgend etwas erschreckte oder verletzte ihn . . . oder sonst etwas. Er verließ uns; es ist schon lange her.«

»So habt auch ihr Mißerfolge«, sagte Josua und wollte weitergehen. Der alte Mann folgte ihm nicht.

»O ja«, antwortete er, hob die Hand, wie um die Augen zu beschatten und starrte in die unbestimmte Ferne hinaus. »Auch Pryrates war einst einer von uns.«

Bevor der Prinz etwas erwidern konnte, gab es eine Unterbrechung.

»Josua!« rief jemand unten im Hof. Die Falten um den Mund des Prinzen wurden tiefer.

»Die Herrin Vara«, erklärte er und drehte sich um, nach ihr hinunterzublicken. Empört stand sie da, in einem Kleid aus leuchtendem Rot, und der Wind wirbelte ihr Haar auf wie schwarzen Rauch. Neben ihr wartete unbehaglich Strupp.

»Was wollt Ihr von mir?« fragte der Prinz. »Ihr solltet im Bergfried sitzen. Ich *befehle* Euch, in den Turm zu gehen.«

»Ich war schon dort«, rief sie erbost hinauf. Sie hob ihren Kleidersaum und stöckelte auf die Treppe zu. Im Gehen redete sie weiter. »Und ich gehe auch bald dorthin zurück, habt keine Furcht. Aber zuerst muß ich noch einmal die Sonne sehen – oder wollt Ihr mich lieber in eine finstere Zelle sperren?«

Trotz seines Ärgers hatte Josua Mühe, sein strenges Gesicht zu wahren. »Der Himmel weiß, daß der Bergfried voller Fenster ist, Herrin.«

Stirnrunzelnd musterte er Strupp. »Kannst du sie nicht wenigstens von der Mauer fernhalten? Die Belagerung wird bald beginnen.«

Der kleine Mann zuckte die Achseln und hinkte hinter Vara die Stufen hinauf.

»Zeigt mir die Streitmacht Eures furchtbaren Bruders«, sagte sie, ein wenig außer Atem, sobald sie ihn erreicht hatte.

»Wenn sein Heer hier stünde, stündet Ihr nicht hier«, versetzte Josua gereizt. »Es ist nichts zu sehen, noch nicht. Geht jetzt bitte wieder nach unten!«

»Josua?« Jarnauga spähte noch immer nach dem wolkenverhangenen Westen. »Ich glaube, daß es vielleicht doch etwas zu sehen gibt.«

»Was?« Sofort war der Prinz an der Seite des alten Rimmersmannes, den Körper unbequem über die Brüstung gebeugt, während er sich anstrengte zu erkennen, was der andere erblickt hatte. »Ist es Elias? So schnell? Ich sehe nichts!« In ohnmächtigem Zorn schlug er mit der flachen Hand auf den Stein.

»Ich zweifle, daß es der Hochkönig ist, der so weit von Westen herkommt«, meinte Jarnauga. »Wundert Euch nicht, daß Ihr nichts erkennt. Wie ich Euch sagte, hat man mich gelehrt zu sehen, wo andere nichts finden können. Trotzdem ist dort etwas, viele Pferde und Männer, die auf uns zukommen, wenn auch zu weit entfernt, als daß man schätzen könnte, wie groß ihre Zahl ist. Dort.« Er deutete.

»Gelobt sei Usires!« rief Josua erregt. »Du mußt recht haben. Es kann nur Leobardis sein.« Plötzlich lebendig geworden, richtete er sich gerade auf. Gleichzeitig jedoch umwölkte sich sein Gesicht. »Das ist eine kitzlige Angelegenheit«, meinte er halb zu sich selbst. »Die Nabbanai dürfen nicht zu nahe herankommen, sonst werden sie uns nichts nützen, weil sie dann zwischen Elias und den Mauern von Naglimund gefangen sind. Das würde bedeuten, daß wir sie hereinlassen und dann noch ein paar Mäuler mehr stopfen müßten.« Er schritt auf die Treppe zu. »Wenn sie sich aber in zu großer Entfernung halten, werden wir sie unsererseits nicht schützen können, wenn Elias gegen sie vorgeht. Wir müssen ihnen Reiter entgegenschicken!« Er sprang in großen Sätzen die Stufen hinab und rief dabei nach Deornoth und Eadgram, dem Obersten der Wachen von Naglimund.

»Ach, Strupp«, sagte Vara, die Wangen vom Wind und dem schnellen Ablauf der Ereignisse gerötet, »wir werden doch noch gerettet! Es wird noch alles gut.«

»Das wäre mir sehr recht, Herrin«, erwiderte der Narr. »Ich habe das alles schon früher mit meinem Herrn Johan erlebt . . . und ich bin auf eine Wiederholung nicht erpicht.«

Unten im Burghof begannen die Soldaten zu fluchen und zu rufen. Auf dem Rand des Brunnens stand Josua, das schlanke Schwert in der Hand, und rief seine Befehle. Speere klirrten auf Schilden, und Helme und Schwerter wurden rasch aus den Ecken geholt, wo sie aufgestapelt gelegen hatten; und der Klang von Metall auf Metall stieg von den Mauern auf wie eine Beschwörung.

Graf Aspitis Preves tauschte ein paar knappe Worte mit Benigaris und lenkte dann sein Pferd neben das des Herzogs, um im gleichen Schritt mit ihm durch das hohe, taunasse Gras zu reiten. Am grauen Horizont stand wie ein glänzender Klecks die erste Morgensonne.

»Ah, der junge Aspitis!« sagte Leobardis jovial. »Was gibt es Neues?« Wenn sich das Verhältnis zwischen ihm und seinem Sohn bessern sollte, mußte er versuchen, umgänglich mit Benigaris' engen Freunden zu sein – selbst zu Aspitis, den er für eines der weniger gelungenen Ergebnisse des prevanischen Hauses hielt.

»Die Kundschafter sind soeben zurückgekehrt, Herzog.« Der Graf, ein hübscher schlanker Junge, war ganz blaß. »Wir befinden uns weniger als fünf Meilen vor den Mauern von Naglimund, Herr.«

»Gut! Wenn wir Glück haben, können wir am frühen Nachmittag dort sein.«

»Aber Elias ist uns voraus.« Aspitis sah zu dem Herzogssohn hinüber, der den Kopf schüttelte und einen unterdrückten Fluch ausstieß.

»Hat er bereits mit seinem ganzen Heer die Belagerung begonnen?« fragte Leobardis überrascht. »Wie denn? Hat er seinen Truppen das Fliegen beigebracht?«

»Nun . . . nein, Herr. Nicht Elias selber«, verbesserte sich Aspitis eilig. »Es ist ein starker Trupp, der unter der Fahne von Eber und Speeren reitet – Graf Guthwulf von Utanyeats Banner. Sie stehen etwa eine halbe Meile vor uns und werden uns von den Mauern abhalten wollen.«

Der Herzog schüttelte erleichtert den Kopf. »Wieviel Leute hat Guth-wulf?«

»Etwa hundert Berittene, Herr, aber der Hochkönig kann nicht weit hinter ihm sein.«

»Nun, das soll uns wenig kümmern«, antwortete Leobardis und zügelte am Ufer eines der vielen kleinen Flüßchen, die das Wiesen-land östlich des Grünwate kreuz und quer durchzogen, sein Roß. »Soll doch die *Hand* des Königs mit ihrer Schar dort warten, bis sie schwarz wird. Wir nützen Josua mehr, wenn wir den Belagerern aus einiger Entfernung zusetzen und ihm die Versorgungslinien offenhal-ten.« Wasser spritzte auf, als er durch die Furt ritt. Sofort spornten Benigaris und der Graf ihre Pferde und folgten ihm.

»Aber Vater«, begann Benigaris, »überlegt doch! Unsere Kundschaf-ter melden, Guthwulf sei dem Heer des Königs vorangeritten, und das mit nur hundert Rittern.« Aspitis Preves nickte bestätigend, und Benigaris zog mit bedenklichem Stirnrunzeln die dunklen Brauen zusammen. »Wir haben dreimal soviele Männer, und wenn wir ein paar schnelle Reiter zu Josua schicken, können wir auch seine Trup-pen mit einbeziehen. Wir würden Guthwulf vor den Mauern von Naglimund zerschmettern wie zwischen Hammer und Amboß.« Er grinste und klopfte seinem Vater auf die gepanzerte Schulter. »Bedenkt doch einmal, wie das König Elias schmecken würde – wäre es nicht ein gehöriger Denkzettel für ihn?«

Eine lange Minute ritt Leobardis schweigend weiter. Er drehte sich um und betrachtete die wogenden Banner seiner Legionen, die sich mehrere Achtelmeilen weit über die Wiesen verteilten. Die Sonne hatte gerade eine dünnere Stelle am dichtbewölkten Himmel gefun-den und gab dem windgebeugten Gras Farbe. Es erinnerte ihn an das Seenland östlich seines Palastes.

»Ruft den Trompeter«, erklärte er, und Aspitis machte kehrt und schrie einen Befehl.

»Heja! Ich werde Reiter nach Naglimund schicken, Vater«, sagte Benigaris und lächelte, fast als wäre er erleichtert. Der Herzog sah, wie gierig nach Ruhm sein Sohn war, aber sein Ruhm würde auch Nabbans Ruhm sein.

»Nimm deine schnellsten Reiter, mein Sohn«, rief er Benigaris nach, der durch die Linien zurückritt. »Denn wir werden schneller vorrükken, als es sich irgend jemand träumen läßt!« Er hob die Stimme zu einem lauten Ruf, und überall auf dem weiten Feld drehten sich ihm die Köpfe zu. »Die Legionen sollen reiten! Für Nabban und Mutter Kirche! Wehe unseren Feinden!«

Wenig später war Benigaris wieder da und meldete, daß die Boten unterwegs seien. Herzog Leobardis ließ die Trompeten einmal und dann noch einmal erschallen, und das gewaltige Heer setzte sich im Geschwindschritt in Marsch. Hufschlag dröhnte und rollte wie schnelles Trommeln über die Wiesensenken, als sie den Inniscrich hinter sich ließen. Am trüben Morgenhimmel stieg die Sonne auf, und die Banner flatterten blau und golden. Der Eisvogel flog nach Naglimund.

Josua war noch nicht damit fertig, sich den schmucklosen, blankpolierten Helm überzustülpen, als er schon an der Spitze von vierzig Rittern zum Tor hinaustrabte. Der Harfner Sangfugol rannte neben ihm her und streckte ihm etwas entgegen; der Prinz zügelte sein Pferd und ließ es in Schritt fallen.

»Was hast du, Mann?« fragte er ungeduldig und ließ den suchenden Blick über den nebligen Horizont schweifen.

Der Harfner rang nach Atem. »Es ist... Eures Vaters Banner, Prinz Josua«, keuchte er und reichte es ihm hinauf. »Vom... Hochhorst mitgebracht. Ihr tragt... als einzige Standarte... den grauen Schwan von Naglimund – könntet Ihr Euch ein besseres Banner als Johans wünschen?«

Der Prinz starrte auf die rotweiße Fahne, die halb entrollt auf seinem Schoß lag. Grimmig blitzte das Auge des Feuerdrachen, als bedrohe ein Eindringling den heiligen Baum, um den er sich geringelt hatte. Deornoth, Isorn und ein paar andere Ritter neben ihnen lächelten erwartungsvoll.

»Nein«, sagte Josua und gab Sangfugol das Banner zurück. Seine Augen waren kalt. »Ich bin nicht mein Vater. Und ich bin kein König.«

Er wandte sich ab, schlang die Zügel um den rechten Arm und hob die Hand.

»Vorwärts!« rief er. »Wir reiten unseren Freunden und Verbündeten entgegen!«

Mit seiner Schar ritt er die steilen Straßen der Stadt hinab. Ein paar Blumen, von Menschen, die ihnen Glück wünschten, von den Burgmauern geworfen, flatterten auf den zerstampften, schlammigen Weg.

»Was siehst du, Rimmersmann?« fragte Strupp, tiefe Falten auf der Stirn. »Warum murmelst du so vor dich hin?«

Josuas kleine Schar war nur noch ein Farbfleck, der rasch in der Weite verschwand.

»Vom Rand der südlichen Berge kommt ein Reitertrupp«, erklärte Jarnauga. »Von hier aus sieht es nicht nach einem großen Heer aus, aber sie sind noch sehr weit weg.« Er schloß sekundenlang die Augen, als wollte er sich an etwas erinnern und schlug sie dann wieder auf, um in die Ferne zu starren.

Strupp machte instinktiv das Zeichen des *Baumes*. Die Augen des alten Rimmersmannes waren so hell und leuchteten so wild wie Lampen aus Saphir.

»Ein Eberkopf zwischen gekreuzten Speeren«, zischte Jarnauga, »wer trägt das?«

»Guthwulf«, antwortete Strupp verwirrt. Nach allem, was der alte Narr am Horizont erkennen konnte, hätte Jarnauga ebensogut Gespenstern zuschauen können. »Der Graf von Utanyeat – die *königliche Hand.*«

Ein Stück weiter auf der Mauer sah die Herrin Vara sehnsüchtig der immer kleiner werdenden Reiterschar des Prinzen nach.

»Dann kommt er von Süden herauf, vor Elias' Hauptmacht. Es sieht aus, als hätte Leobardis ihn bemerkt; die Nabbanai schwenken nach den Südbergen um, als wollten sie ihn zum Kampf herausfordern.«

»Wieviele . . . wieviele Männer?« fragte Strupp, der allmählich ganz und gar den Überblick verlor. »Wie kannst du das überhaupt alles erkennen? Ich sehe gar nichts, und dabei ist doch mein Augenlicht das einzige, das –«

»Hundert Ritter, vielleicht auch weniger«, unterbrach ihn Jarnauga. »Das ist das Besorgniserregende: *Warum so wenige?*«

»Barmherziger Gott! Was hat der Herzog vor?« fluchte Josua und hob sich in den Bügeln, um besser Umschau halten zu können. »Er ist nach Osten umgeschwenkt und hält in vollem Galopp auf die Südberge zu. Hat er den Verstand verloren?«

»Seht doch, Herr!« rief Deornoth zu ihm hinüber. »Seht dort, am Saum des Stierrückenberges!«

»Bei der Liebe Ädons, es ist das Heer des Königs! Was tut Leobardis? Glaubt er, er könne Elias allein angreifen?« Josua gab seinem Pferd einen Schlag auf den Hals und spornte es vorwärts.

»Es sieht aus, als wäre es nur eine kleine Schar, Prinz Josua«, rief Deornoth. »Vielleicht die Vorhut.«

»Warum hat er nur keine Reiter zu uns geschickt?« fragte Josua klagend. »Seht nur, sie werden versuchen, sie nach Naglimund zu treiben, um sie dort vor der Mauer in die Falle zu locken. Warum um Gotteswillen hat Leobardis mir keine Boten gesandt?« Er seufzte und wandte sich Isorn zu, der sich den Bärenhelm seines Vaters von der Stirn geschoben hatte, um den Horizont besser überblicken zu können. »Jetzt werden wir doch noch zeigen müssen, ob wir Mut haben, Freund.«

Die Unvermeidlichkeit des Kampfes schien Gelassenheit über Josua zu legen wie einen Mantel. Seine Augen waren ruhig und auf den Lippen stand ein wunderliches, halbes Lächeln. Isorn grinste zu Deornoth hinüber, der seinen Schild vom Sattelknauf löste, und schaute dann wieder den Prinzen an.

»Zeigen wir es ihnen, Herr«, sagte der Herzogssohn.

»Reitet!« schrie der Prinz. »Vor uns steht der Räuber von Utanyeat. Reitet!« Damit spornte er sein scheckiges Schlachtroß zum Galopp, daß der Boden unter den Hufen aufspritzte.

»Für Naglimund!« rief Deornoth und riß das Schwert hoch. »Für Naglimund und unseren Prinzen!«

»Guthwulf hält stand«, berichtete Jarnauga. »Er hält am Berg und läßt die Nabbanai auf sich zukommen. Josua reitet ihnen jetzt entgegen.«

»Kämpfen sie?« erkundigte Vara sich ängstlich. »Was ist mit dem Prinzen?«

»Er hat den Kampfplatz noch nicht erreicht – aber dort!« Jarnauga lief auf der Mauer entlang bis zum kleinen Südwestturm. »Jetzt treffen Guthwulfs Ritter auf den ersten Angriff der Nabbanai. Alles geht durcheinander!« Er kniff die Augen zusammen und rieb sie mit den Knöcheln.

»Was? Was!?« Strupp steckte den Finger in den Mund und nagte mit aufgerissenen Augen daran herum. »Verlier jetzt deine Stimme nicht, Rimmersmann!«

»Es ist schwer, aus dieser Entfernung zu erkennen, was dort vor sich geht«, erläuterte Jarnauga unnötigerweise, denn weder seine beiden Begleiter noch sonst jemand auf den Burgmauern konnte mehr als die schwache Andeutung einer Bewegung im Schatten des in Dunst gehüllten Stierrückenberges ausmachen. »Der Prinz greift in den Kampf ein. Leobardis' und Guthwulfs Ritter sind über den ganzen Berg verstreut. Jetzt . . . jetzt . . .«

Er verstummte und konzentrierte sich.

»Ah!« sagte Strupp angewidert und schlug sich auf den dürren Schenkel. »Bei Sankt Muirfath und dem Erzengel, das ist das allerschlimmste. Ich könnte genauso gut in einem . . . Buch darüber lesen. Verdammt, Mann – *sag doch etwas!*«

Vor Deornoth entfaltete sich alles wie ein Traum – der verschwommene Glanz der Rüstungen, das Geschrei und der gedämpfte Aufprall von Klingen auf Schilden. Als die Schar des Prinzen auf die Kämpfenden zujagte, sah er nach und nach die Gesichter der Nabbanai-Ritter und ebenso die der Erkynländer deutlicher werden und merkte, wie eine Woge von Überraschung über die Schlacht ging. Einen Augenblick lang, der außerhalb aller Zeit lag, kam er sich wie eine schimmernde Schaumflocke vor, gefangen auf dem Kamm einer überhängenden Welle. Gleich darauf, mit furchtbarem Aufbrüllen und Waffengeklirr, waren sie mitten in der Schlacht. Josuas Ritter prallten mit voller Wucht auf die Flanke von Guthwulfs Männern.

Jäh kam einer auf ihn zu, ein blankes Helmgesicht über dem rollenden Auge und rotem Maul des Schlachtrosses. Deornoths Schulter traf ein Schlag, der ihn im Sattel wanken ließ; die Lanze des anderen Ritters fand seinen Schild und glitt daran ab. Sekundenlang sah er den dunklen Überrock des anderen unmittelbar vor sich und schwang mit beiden Händen sein Schwert. Er spürte den bebenden Aufprall, als es am Schild des Gegners vorbeisauste und seine Brust durchbohrte. Der andere stürzte vom Roß in Schlamm und blutiges Gras.

Einen Moment stand er frei. Er sah sich um und suchte Josuas Banner, ein schwaches Ziehen in der Schulter. Der Prinz und Isorn Isgrimnur-Sohn kämpften Rücken an Rücken inmitten einer strudelnden Brandung von Guthwulfs Rittern. Josuas rasche Hand schoß vor, und Naidel durchstieß das Visier eines der Reiter mit den schwarzen Helmbüschen. Die Hände des Mannes flogen an sein metallbedecktes Gesicht und färbten sich sogleich rot. Dann wurde er vom Pferd gerissen und war nicht mehr zu sehen, als das nunmehr zügellose Tier sich aufbäumte.

Deornoth erkannte Leobardis, den Herzog von Nabban, der am äußersten Südostrand der Schlacht unter seiner wogenden Eisvogelfahne hielt. Zwei Ritter bändigten neben ihm ihre scheuenden Pferde; Deornoth hielt den großen in der getriebenen Rüstung für den Herzogssohn Benigaris. Verdammter Kerl! Leobardis war alt, aber was tat Benigaris so fern vom Geschehen? Es war schließlich Krieg!

Eine Gestalt türmte sich vor ihm auf, und Deornoth trieb sein Pferd nach links, um einem niedersausenden Schlachtbeil auszuweichen. Der Reiter jagte vorbei, ohne sich noch einmal umzudrehen, aber ein anderer folgte ihm. Eine Weile kannte Deornoths Kopf nur noch den Tanz der Streiche, als er mit Guthwulfs Ritter Schläge tauschte; der Lärm des Feldes schien zu einem eintönigen Rauschen herabzusinken, das an stürzendes Wasser erinnerte. Endlich fand er eine Lücke in der Verteidigung des anderen und landete einen krachenden Schwerthieb auf dessen Helm, der am Scharnier des Visiers zerbrach. Der Ritter kippte zur Seite und nach unten. Sein Fuß verfing sich im Steigbügel, so daß er herunterhing wie ein geschlachtetes Schwein in einer Vorratskammer. Sein vor Angst wahnsinniges Pferd schleifte ihn fort.

Graf Guthwulfs schwarzer Mantel und Helm waren jetzt nur noch einen Steinwurf weit entfernt. Mit seinem großen Breitschwert teilte der Graf Hiebe nach rechts und links aus und hielt zwei Nabbanai-Reiter in blauen Mänteln in Schach, als wären sie nur Knaben. Deornoth beugte sich im Sattel nach unten, um sein Pferd auf ihn zuzutreiben – welch ein Ruhm, sich mit dem Ungeheuer von Utanyeat zu schlagen! –, als ein stürzender Gaul neben ihm sein Pferd plötzlich in die Gegenrichtung abdrängte.

Noch immer verwirrt, als träume er, merkte er, daß es ihn bergab an den Rand des Schlachtfeldes verschlagen hatte. Vor ihm wehte Leobardis' blaugoldenes Banner; der Herzog, dessen weißes Haar unter dem Helm hervorströmte, stand hoch in den Bügeln und feuerte seine Männer an, ja er zog sich gerade das Visier über die blitzenden Augen, um sich selber ins Getümmel zu stürzen.

Deornoth hatte den Blick noch nicht von ihm abgewendet, als sein Traum jäh zum Alptraum wurde. Der Mann, den er für Benigaris hielt, zog eine lange Klinge hervor. Er bewegte sich dabei so langsam, daß Deornoth fast das Gefühl hatte, er könne die Hand ausstrecken und den anderen festhalten. Zielsicher und bedächtig stieß der Nabbanai dem Herzog unterhalb des Helms seinen Dolch in den Nacken. In der wimmelnden Menge und dem Lärm der Schlacht schien es, als sehe nur Deornoth die furchtbare Tat. Als die Klinge, purpurn befleckt, wieder herausgezogen wurde, krümmte sich Leobardis und griff sich mit bebenden, behandschuhten Händen an den Hals, den er einen Augenblick umklammerte, als wollte er in seinem alles überwältigenden Gram noch etwas sagen. Gleich darauf sackte der Herzog im Sattel vornüber und fiel auf den weißen Nacken seines Pferdes. Sein Blut schoß hervor und färbte die Mähne, bevor er vom Sattel schwer zu Boden stürzte.

Benigaris warf ihm einen kurzen Blick zu, als betrachte er einen aus dem Nest gefallenen Vogel, dann hob er das Horn zum Munde. Inmitten des brüllenden Chaos auf allen Seiten war es Deornoth sekundenlang, als gewahre er in Benigaris' schwarzem Helmschlitz ein Glänzen, so als habe der Herzogssohn über die Köpfe der vielen kämpfenden Männer, die sie voneinander trennten, seinen Blick aufgefangen.

Lange und rauh ertönte das Horn, und viele wandten die Köpfe danach.

»*Tambana Leobardis eis!*« brüllte Benigaris mit grausiger Stimme, hei-

ser und gramvoll. »Der Herzog ist gefallen! Mein Vater erschlagen!
Zieht euch zurück!«

Wieder stieß er ins Horn, und noch während Deornoth ihn in ungläu-
bigem Entsetzen anstarrte, erklang vom Berghang über ihnen ein
anderer Hornruf. Eine Schar bewaffneter Reiter sprengte aus dem
Schattenversteck der Bäume hervor.

»Lichter des Nordens!« stöhnte Jarnauga und versetzte Strupp in
erneute Zuckungen ohnmächtiger Wut.

»Sag es uns! Wie läuft die Schlacht?«

»Ich fürchte, sie ist verloren«, erwiderte der Rimmersmann mit hohler Stimme. »Jemand ist gefallen.«

»Nein!« keuchte Vara mit Tränen in den Augen. »Josua! Es ist doch
nicht Josua?«

»Ich kann es nicht sagen. Ich glaube eher, daß es Leobardis ist. Aber
jetzt kommt vom Berg herunter ein neuer Trupp, unter den Bäumen
hervor. Rotmäntel . . . auf dem Banner ist ein . . . Adler?«

»Fengbald«, ächzte Strupp, riß sich die Schellenkappe vom Kopf und
knallte sie klirrend auf die Steine. »Mutter Gottes, es ist Graf Fengbald! Oh, Usires Ädon, rette unseren Prinzen! Diese Hurensöhne!
Bastarde!«

»Sie gehen auf Josua nieder wie ein Hammer«, fuhr Jarnauga fort.
»Und die Nabbanai scheinen verwirrt. Sie . . . sie . . .«

»Zieht euch zurück!« schrie Benigaris, und Aspitis Preves neben ihm
zog das Banner aus den kraftlosen Armen von Leobardis' Knappen
und ritt den jungen Mann nieder.

»Es sind zu viele!« rief Aspitis. »Zieht euch zurück! Der Herzog ist
tot!«

Deornoth riß sein Pferd herum und stürzte sich von neuem ins
Gefecht, um sich zu Josua durchzuschlagen.

»Eine Falle!« brüllte er. Fengbalds Ritter donnerten mit blinkenden
Lanzen den Berg hinunter. »Josua! Es ist eine Falle!«

Er hackte sich einen Weg durch zwei von Guthwulfs Ebern, die sich
ihm entgegenstellen wollten, kassierte einige harte Hiebe auf Schild
und Helm, rannte dem zweiten Mann das Schwert mitten durch die

Kehle und hätte es fast verloren, als es im Rückgrat steckenblieb. Er sah ein blutiges Rinnsal über sein Visier laufen und wußte nicht, ob es sein Blut oder das eines anderen war.

Der Prinz rief seine Ritter zurück. Durch Geschrei und Waffengeklirr gellte Isorns Horn.

»Benigaris hat den Herzog ermordet!« schrie Deornoth. Josua sah erstaunt auf die blutbespritzte Gestalt, die da auf ihn zugaloppierte. »Benigaris hat ihn hinterrücks erstochen! Wir sitzen in der Falle.«

Einen kurzen Moment zögerte der Prinz und hob die Hand, als wolle er das Visier lüften und sich umsehen. Fengbald und seine Adler hatten die Flanke der Nabbanai angegriffen, um ihnen den Rückzug abzuschneiden.

Gleich darauf hob der Prinz den zügelumwickelten Schildarm. »Dein Horn, Isorn!« rief er. »Wir müssen uns den Weg freikämpfen! Zurück! Zurück nach Naglimund! Wir sind verraten!«

Mit einem gellenden Hornstoß und einen gewaltigen Aufschrei der Wut drangen nun die Ritter des Prinzen auf Fengbalds weit auseinandergezogene, purpurrote Schlachtreihe ein. Deornoth spornte sein Pferd, um die vorderste Linie zu erreichen, und sah, wie Josuas wirbelnde Klinge die Abwehr des ersten Adlers durchbrach und gleich einer Schlange zustieß, tief unter den Arm des Mannes, hinein und hinaus. Gleich darauf sah sich Deornoth einer ganzen Heerschar von Rotmänteln gegenüber. Fluchend schwang er sein Schwert. Ohne daß er es wußte, waren seine Wangen unter dem Helm naß von Tränen.

Fengbalds Männer, von der Wildheit der Angreifer erschreckt, schwenkten langsam herum, und die Naglimunder nutzten diesen Augenblick zum Durchbruch. Hinter ihnen befanden sich die Legionen von Nabban bereits in vollem Rückzug und flohen in ungeordneten Haufen dem Inniscrich zu. Guthwulf verfolgte sie nicht, sondern vereinigte seine Truppen mit denen Fengbalds, um Josuas ebenfalls fliehenden Rittern nachzusetzen.

Deornoth umklammerte den Hals seines Schlachtrosses. Er konnte den rasselnden Atem des Tieres hören, als sie in vollem Galopp über Wiesen und brachliegendes Ackerland brausten. Langsam verstummte hinter ihnen der Lärm der Verfolger, und die Mauern von Naglimund ragten vor ihnen auf.

Das Tor hob sich, ein schwarzer, offener Mund. Deornoth starrte es an, und sein Kopf dröhnte wie eine geschlagene Trommel. Plötzlich wünschte er sich nur noch, verschluckt zu werden – in tiefes, lichtloses Vergessen zu sinken und nie wieder aufzutauchen.

XL

Das grüne Zelt

»Nein, Prinz Josua. Eine solche Torheit können wir Euch nicht gestatten.« Isorn, der sein Bein schonte, setzte sich schwerfällig hin.

»Gestatten?« Der Prinz hob den Blick vom Boden und sah dem Rimmersmann ins Gesicht. »Seid Ihr meine Bewacher? Bin ich ein unmündiges Kind auf dem Thron oder ein Schwachsinniger, daß man mir sagen muß, was ich zu tun habe?«

»Mein Prinz«, begann Deornoth und legte Isorn die Hand aufs Knie, damit er schwieg, »natürlich seid Ihr es, der hier gebietet. Folgen wir nicht Eurem Befehl? Haben wir Euch nicht alle Bündnistreue geschworen?« Die Köpfe im Raum nickten düster. »Aber Ihr verlangt zuviel von uns, das müßt Ihr verstehen. Glaubt Ihr denn wirklich noch, Ihr könntet dem König trauen, nachdem man uns solchen Verrat angetan hat?«

»Ich kenne ihn wie kein anderer von Euch.« Josua, als verbrenne ihn ein inneres Feuer, sprang vom Stuhl auf und trat zu seinem Tisch. »Er wünscht meinen Tod, das steht fest, aber nicht auf diese Weise. Nicht so ehrlos. Wenn er mir freies Geleit schwört – und wir offensichtliche Dummheiten vermeiden –, dann werde ich unverletzt zurückkehren. Er möchte immer noch wie ein Hochkönig auftreten, und ein Hochkönig erschlägt nicht seinen unbewaffneten Bruder, der unter der Parlamentärflagge zu ihm kommt.«

»Und warum hat er Euch dann in eine Zelle geworfen, wie Ihr es uns erzählt habt?« erkundigte sich Ethelferth von Tinsett mit finsterer Miene. »Haltet Ihr das für ein Zeichen seiner Ehrenhaftigkeit?«

»Nein«, entgegnete Josua, »aber ich glaube nicht, daß dieser Einfall von Elias stammt. Ich sehe keine andere Hand als die von Pryrates darin, jedenfalls nicht vor Ausführung der Tat. Elias ist zum Ungeheuer geworden – Gott helfe mir, denn er war einst mein Bruder, nicht nur dem Blute nach –, aber ich meine, daß er noch immer ein gewisses, verqueres Ehrgefühl besitzt.«

Deornoth stieß zischend die Luft aus. »So, wie er es Leobardis gegenüber bewies?«

»Die Ehre des Wolfes, der die Schwachen tötet und vor den Starken ausreißt«, spottete Isorn.

»Ich glaube nicht.« Josuas geduldige Grimasse wurde noch mühsamer. »Benigaris' Vatermord schmeckt mir nach altem Groll seinerseits. Ich habe den Verdacht, daß Elias . . .«

»Prinz Josua, mit Verlaub«, unterbrach ihn Jarnauga. Im Zimmer hoben sich verschiedene Augenbrauen. »Meint Ihr nicht, daß Ihr Euch allzusehr bemüht, Entschuldigungen für Euren Bruder zu finden? Die Sorgen Eurer Lehensleute sind nicht unberechtigt. Nur weil Elias eine Unterredung mit Euch wünscht, braucht Ihr noch lange nicht zu ihm zu gehen. Niemand wird an Eurer Ehre zweifeln, wenn Ihr es nicht tut.«

»*Ädon steh mir bei*, Mann, ich pfeife auf das, was andere von meiner Ehre denken!« fuhr der Prinz ihn an. »Ich kenne meinen Bruder, und ich kenne ihn auf eine Art, die Ihr alle nicht verstehen könnt – und sag mir nicht, er hätte sich verändert, Alter«, kam er finster blickend Jarnaugas Worten zuvor, »denn auch das weiß niemand besser als ich. Aber dennoch will ich zu ihm gehen, und ich schulde Euch keine weiteren Erklärungen dafür. Bitte laßt mich nun allein.«

Er kehrte dem Tisch den Rücken und winkte die Männer aus dem Zimmer.

»Ist er verrückt geworden, Deornoth?« fragte Isorn, das breite Gesicht voller Unruhe. »Wie kann er dem König so in die blutigen Hände laufen?«

»Starrköpfigkeit, Isorn – aber wer bin ich, daß ich das sagen darf? Vielleicht weiß er wirklich, wovon er redet.« Deornoth schüttelte den Kopf. »Steht das verdammte Ding noch da?«

»Das Zelt? Ja. Gerade außer Bogenschußweite vor den Mauern und genauso weit von Elias' Feldlager entfernt.«

Deornoth ging langsam und ließ den jungen Rimmersmann den Schritt vorgeben, den sein verwundetes Bein verlangte. »Gott sei uns gnädig, Isorn, aber ich habe ihn noch nie so erlebt, und ich diene ihm, seit ich alt genug bin, ein Schwert zu ziehen. Es ist, als wolle er unbedingt beweisen, daß Gwythinn recht hatte, als er ihm Unwilligkeit vorwarf.« Deornoth seufzte. »Nun gut – wenn wir ihn nicht zurückhalten können, müssen wir wenigstens unser bestes tun, ihn zu schützen. Sprach der Herold des Königs wirklich von nur zwei Leibwächtern?«

»Und dasselbe für Elias.«

Deornoth nickte und dachte nach. »Wenn ich meinen Arm«, er deutete auf die Schlinge aus weißem Leinen, »übermorgen wieder bewegen kann, wird mich keine Macht der Welt davon abhalten, einer dieser beiden Wächter zu sein.«

»Und ich bin der andere«, erklärte Isorn.

»Ich würde es besser finden, wenn du mit ungefähr zwanzig Reitern hinter der Mauer bereitstehen würdest. Wir wollen lieber mit Herrn Eadgram sprechen, dem Obersten der Wachen. Wenn es einen Hinterhalt gibt – und sei es nur ein Sperling, der aus dem königlichen Feldlager nach dem Zelt fliegt –, kannst du in wenigen Herzschlägen bei uns sein.«

Isorn nickte. »Das ist anzunehmen. Vielleicht können wir auch noch einmal mit dem weisen Jarnauga sprechen und ihn um einen Schutzzauber für Josua bitten.«

»Was er braucht – und ich sage es wirklich nur ungern –, ist ein Zauber, der ihn vor seiner eigenen Voreiligkeit schützt.« Deornoth machte einen Schritt über eine große Pfütze. »Außerdem hilft kein Zauber gegen einen Dolch im Rücken.«

Lluths Lippen bewegten sich pausenlos und stumm, als gebe er eine endlose Folge von Erklärungen ab. Seit dem Vortag war sein Murmeln lautlos geworden; Maegwin verfluchte sich, weil sie sich seine letzten Worte nicht gemerkt hatte. Aber sie war überzeugt gewesen, daß er, wie schon viele Male vorher seit seiner Verwundung, die Stimme wie-

dererlangen würde. Dieses Mal jedoch, das konnte sie fühlen, würde
es anders sein.

Die Augen des Königs waren geschlossen, aber der Ausdruck seines
wachsbleichen Gesichtes wechselte unaufhörlich zwischen Angst
und Sorge. Maegwin berührte die brennende Stirn, spürte die sich im
unvollständigen Sprechrhythmus schwach bewegenden Muskeln und
hatte wieder das Gefühl, sie *müsse* weinen, als überschwemmten sie
die unvergossenen Tränen, bis sie sich am Ende gewaltsam einen Weg
durch die Haut ins Freie bahnten. Aber sie hatte seit der Nacht, in der
ihr Vater sein Heer zum Inniscrich geführt hatte, nicht mehr geweint
– nicht einmal, als sie ihn auf einer Bahre zurückbrachten, fast von
Sinnen vor Schmerz, die meterlangen Stoffbinden um seinen Leib
triefend von Blut. Wenn sie damals nicht geweint hatte, brauchte sie
es nie mehr zu tun. Tränen waren für Kinder und Schwachköpfe.

Eine Hand berührte ihre Schulter. »Maegwin. Prinzessin.« Es war
Eolair, das kluge Gesicht so ordentlich in Kummerfalten gelegt wie
ein Sommerkleid, das man für den Winter zusammenfaltet. »Ich muß
mit Euch sprechen – draußen.«

»Geht, Graf«, antwortete sie und sah auf das einfache Bett aus Holzbalken und Stroh. »Mein Vater liegt im Sterben.«

»Ich teile Euren Kummer, Herrin.« Seine Berührung wurde schwerer,
wie ein Tier, das blind im Dunkeln tastet. »Glaubt mir, es ist so. Aber
die Lebenden müssen leben, das wissen die Götter, und Euer Volk
braucht Euch jetzt.« Als empfände er seine Worte als zu kalt und zu
stolz, drückte er noch einmal kurz ihren Arm und ließ sie dann los.
»Bitte. Lluth ubh-Llythinn würde es nicht anders wollen.«

Maegwin schluckte eine bittere Bemerkung hinunter. Natürlich
hatte er recht. Sie stand mit vom steinernen Höhlenboden schmerzenden Knien auf und folgte ihm, vorbei an ihrer jungen Stiefmutter
Inahwen, die still am Fuße des Lagers saß und auf die flackernden
Wandfackeln starrte.

Schaut uns doch an, dachte Maegwin verwundert. *Tausend, tausend
Jahre haben die Hernystiri gebraucht, um aus ihren Höhlen hinaus ans Sonnenlicht zu kriechen.* Sie duckte sich, um unter der tiefen Stelle der
Höhlendecke durchzugehen, und kniff vor dem rußigen Fackelrauch
die Augen zusammen. *Und nun hat es nicht einmal einen Monat*

gebraucht, um uns wieder hineinzutreiben. Wir sind dabei, zu Tieren zu werden. Die Götter haben uns den Rücken gekehrt.

Als sie hinter Eolair in das Licht des Tages hinaustrat, hob sie ihren Kopf wieder. Um sie herum war die Unordnung des Lagertages, sorgsam bewachte Kinder, die auf der lehmigen Erde spielten, Frauen des Hofes, vielfach in ihren zerfetzten Staatskleidern, die kniend Eichhörnchen und Hasen für den Kochkessel zubereiteten und auf flachen Steinen Korn mahlten. Die Bäume auf dem mit Felsen übersäten Berghang umgaben sie dicht von allen Seiten und neigten sich unwillig vor dem Wind.

Fast alle Männer waren fort. Wer nicht am Inniscrich sein Leben gelassen hatte oder im Wabengewirr der Höhlen seine Wunden versorgt bekam, befand sich auf der Jagd oder bewachte die unteren Hänge vor Angriffen von Skalis Truppen, deren Aufgabe es war, Hernystirs wankenden Widerstand endgültig zu zerschlagen.

Alles, was uns bleibt, sind Erinnerungen, dachte sie und betrachtete ihren schmutzigen und zerlumpten Rock, *und unsere Verstecke im Grianspog. Man hat uns in die Enge getrieben wie Füchse. Wenn der Herr Elias kommt, um seinem Hund Skali die Beute aus dem Maul zu nehmen, sind wir erledigt.*

»Was wollt Ihr von mir, Graf?« fragte sie.

»Nicht ich bin es, der etwas will, Maegwin«, antwortete Eolair kopfschüttelnd, »es ist Skali. Ein paar von den Posten sind zurückgekommen und sagen, er stehe schon den ganzen Morgen unten am Moir Brach und schreie nach Eurem Vater.«

»Laßt doch das Schwein schreien«, entgegnete Maegwin mit finsterer Miene. »Warum jagt ihm nicht einer von den *Männern* einen Pfeil durch das schmutzige Fell?«

»Er ist außer Bogenschußweite, Prinzessin. Zudem hat er ein halbes Hundert Männer bei sich. Nein, ich meine, wir sollten nach unten gehen und ihn anhören – aus der Deckung natürlich, ohne daß er uns sieht.«

»Natürlich«, erwiderte sie verächtlich. »Aber warum sollte uns kümmern, was Scharfnase schwatzt? Bestimmt verlangt er nur wieder, daß wir uns unterwerfen.«

»Möglich.« Graf Eolair senkte grübelnd den Blick, und Maegwin fühlte, wie eine Welle von Mitleid für ihn in ihr aufstieg, weil er ihre schlechte Laune ertragen mußte. »Aber ich glaube, daß es mehr ist, Herrin. Er steht schon über eine Stunde dort, sagen die Männer.«

»Also gut.« Sie sehnte sich danach, von Lluths dunklem Bett fortzukommen, und haßte sich zugleich für diesen Wunsch. »Ich will nur meine Schuhe anziehen, dann begleite ich Euch.«

Sie brauchten fast eine Stunde, um durch den Bergwald nach unten zu steigen. Der Boden war feucht und die Luft kalt; Maegwins Atem kam in kleinen Wolken, als sie sich hinter Eolair ihren Weg durch die Klüfte suchte. Die graue Kälte hatte die Vögel aus dem Circoille vertrieben oder sie verstummen lassen. Kein Laut begleitete ihren Gang außer dem bebenden Murmeln windgepeitschter Äste.

Während sie den Grafen von Nad Mullagh beobachtete, der mit schlankem Rücken und glänzendem Haarschweif behende wie ein Kind durch das Unterholz glitt, war Maegwin wieder einmal von dumpfer, hoffnungsloser Liebe zu ihm erfüllt. Es kam ihr so albern vor, dieses Gefühl – bei ihr, dem langen, tolpatschigen Kind eines sterbenden Mannes –, daß es in eine Art Zorn umschlug. Als Eolair sich umdrehte, um ihr über einen vorspringenden Stein zu helfen, runzelte sie so finster die Stirn, als hätte er ihr statt seiner Hand eine Beleidigung geboten.

Die im Gehölz oberhalb des langgestreckten Bergrückens, der Moir Brach hieß, zusammengekauerten Männer blickten erschreckt auf, als Eolair und Maegwin auf sie zukamen. Sie senkten jedoch sofort wieder die Bogen und winkten die beiden nach vorn. Maegwin spähte durch das Farnkraut den steinernen Finger hinunter, von dem der Kamm seinen Namen hatte, und sah unten eine wimmelnde Schar ameisengroßer Gestalten, etwa drei Achtelmeilen von ihnen entfernt.

»Er hat gerade aufgehört zu sprechen«, flüsterte einer der Posten – ein Knabe noch, die Augen groß vor Unruhe. »Ihr werdet sehen, Prinzessin, er fängt gleich wieder an.«

Wie abgesprochen, trat aus der Schar der Männer in Helmen und Umhängen, die einen Wagen mit Pferdegespann umringten, eine einzelne Gestalt hervor. Sie hob die Hände zum Mund und sah auf eine Stelle, die etwas nördlich vom Versteck der Beobachter lag.

»Zum letzten Mal...«, klang die durch die Entfernung gedämpfte

Stimme nach oben, »ich biete euch... Geiseln... Ausgleich für...«

Maegwin strengte sich an, die Worte zu verstehen. *Auskünfte?*

»... über den Zauberlehrling und... Prinzessin...«

Eolair warf einen schnellen Blick auf Maegwin, die erstarrt dasaß. Was wollten sie von ihr?

»Wenn ihr uns nicht sagt, wo... Prinzessin... werden wir diese... Geiseln...«

Der Sprecher, von dem Maegwin sicher war, daß es sich um Skali selber handelte, nur danach, wie er so breitbeinig dastand und nach dem mürrischen, höhnischen Unterton in seiner Stimme, den selbst die Entfernung nicht völlig verwischen konnte, schwenkte den Arm. Eine widerstrebende Frau in hellblauen Fetzen wurde vom Wagen gezerrt und zu ihm gebracht. Maegwin starrte hinunter und fühlte einen häßlichen Druck auf ihrem Herzen. Sie war sicher, daß das hellblaue Kleid Cifgha gehörte... der kleinen Cifgha, hübsch und dumm.

»Wenn ihr es uns aber nicht sagt... ihr wißt... Prinzessin Miriamel... ergeht es diesen hier schlecht...«. Skali machte eine Handbewegung, und das strampelnde, dünn vor sich hin weinende Mädchen – das vielleicht doch nicht Cifgha war, wie Maegwin sich einzureden versuchte – wurde wieder auf den Wagen geworfen, zwischen andere bleiche Gefangene, die auf dem Wagenboden in einer Reihe lagen wie Finger.

Also war es die Prinzessin Miriamel, nach der sie suchten, wunderte sich Maegwin. Die Tochter des Hochkönigs! War sie fortgelaufen? Hatte man sie geraubt?

»Können wir denn gar nichts tun?« flüsterte sie Eolair zu. »Und wer ist dieser ›Zauberlehrling‹?«

Der Graf schüttelte barsch den Kopf, ohnmächtigen Grimm in jeder Linie seines Gesichtes. »Was sollten wir tun, Prinzessin? Skali wäre überglücklich, wenn wir zu ihm herunterkämen. Er hat zehnmal soviel Männer wie wir!«

Lange, schweigende Minuten vergingen. Maegwin beobachtete. An ihren Gefühlen zerrte Wut wie ein aufdringliches Kind. Sie dachte über das nach, was sie Eolair und den anderen gern gesagt hätte – daß sie, wenn keiner der Männer gewillt war, sie zu begleiten, selber zum Taig gehen und Skalis Gefangene befreien oder, was wahrscheinlicher war, bei dem Versuch heldenhaft untergehen würde. Da trat die untersetzte Gestalt, die jetzt den Helm abgesetzt hatte, so daß die kleinen gelben Flecke von Haar und Bart sichtbar wurden, noch einmal ganz nahe an den Fuß des Moir Brach heran.

»Also gut!« brüllte er. ». . . und Löken soll . . . Halsstarrigkeit verfluchen! Wir nehmen diese . . . mit!« Er deutete auf den Wagen. »Aber . . . hinterlassen euch . . . *Geschenk!*« Etwas wurde von einem der Pferde geschnallt, ein dunkles Bündel, und Skali Scharfnase vor die Füße geworfen. »Nur für den Fall . . . Hilfe erwartet! . . . nicht mehr viel nützen . . . gegen Kaldskryke!«

Gleich darauf hatte er sein Pferd bestiegen, und mit einem rauhen Hornruf donnerte er samt seinen Rimmersmännern das Tal nach Hernysadharc hinab, der Wagen polternd hinterdrein.

Sie warteten eine Stunde, bevor sie vorsichtig die Böschung hinunterkletterten, wachsam wie eine Ricke beim Überqueren einer Lichtung. Als sie am Fuß des Moir Brach angekommen waren, huschten sie zu dem schwarzen Bündel, das Skali zurückgelassen hatte.

Als sie es geöffnet hatten, schrien die Männer entsetzt auf – und weinten, ein wildes, qualvolles Schluchzen hilflosen Grams. Nur Maegwin vergoß keine Träne, nicht einmal, als sie sah, was Skali und seine Schlächter ihrem Bruder Gwythinn vor seinem Tode angetan hatten. Als Eolair den Arm um sie legte, um sie von der blutdurchtränkten Decke wegzuführen, stieß sie ihn zornig zurück, drehte sich um und schlug ihn hart auf die Wange. Er machte keinen Versuch, sich zu schützen, sondern starrte sie nur an. Die Tränen in seinen Augen, das wußte sie, hatten mit ihrem Schlag nichts zu tun, und das machte ihren Haß auf ihn in diesem Augenblick nur noch stärker.

Aber ihre Augen blieben trocken.

Die Luft war voller Schneeflocken – sie verwirrten den Blick, machten die Kleider schwer, ließen Finger und Ohren steif werden und schmerzhaft prickeln. Aber Jiriki und seinen drei Sithigefährten schien das wenig auszumachen. Während Simon und die anderen auf ihren Pferden mühselig vorwärtsstapften, liefen die Sithi munter vor ihnen her, wobei sie oft noch stehenblieben, damit die Reiter sie einholen konnten, geduldig wie wohlgenährte Katzen, undurchschaubare Gelassenheit in den leuchtenden Augen. Als sie den ganzen Tag vom Sonnenaufgang bis zur Abenddämmerung marschiert waren, machten Jiriki und seine Kameraden am Abend noch denselben leichtfüßigen Eindruck wie im Morgengrauen.

Während die anderen dürres Holz für das abendliche Feuer zusammentrugen, trat Simon zögernd zu An'nai.

»Darf ich dich ein paar Dinge fragen?« erkundigte er sich.

Der Sithi hob den gleichmütigen Blick. »Frage.«

»Warum war Prinz Jirikis Onkel so zornig, als er sagte, er wolle mit uns kommen? Und warum hat er euch drei mitgenommen?«

An'nai führte die spinnenfingrige Hand zum Mund, als wollte er ein Lächeln verbergen, das nicht da war. Sofort ließ er sie wieder sinken und zeigte die gleiche ausdruckslose Miene wie zuvor.

»Was zwischen dem Prinzen und *S'hue* Khendraja'aro vorgeht, ist nicht meine Angelegenheit, so daß ich es dir auch nicht mitteilen kann.« Er nickte ernsthaft. »Was das andere betrifft, kann er es selber vielleicht am besten beantworten . . . nicht, Jiriki?«

Simon blickte erschreckt auf und sah den Prinzen hinter sich stehen, die dünnen Lippen zu einem Lächeln gestrafft.

»Warum ich die anderen mitgenommen habe?« fragte Jiriki und machte eine umfassende Handbewegung zu An'nai und den anderen beiden Sithi, die gerade von einem Erkundungsgang durch den dichten Wald rings um den Lagerplatz zurückkamen. »Ki'ushapo und Sijandi nahm ich mit, weil sich jemand um die Pferde kümmern muß.«

»Um die Pferde kümmern?«

Jiriki hob die Brauen und schnalzte mit den Fingern. »Troll!« rief er über die Schulter, »wenn dieses Menschenkind dein Schüler ist, bist du wirklich ein schlechter Lehrer! Ja, Seoman, die Pferde – oder dachtest du, sie würden mit dir die Berge hinaufklettern?«

Simon war verdutzt. »Aber . . . klettern? Die Pferde? Ich habe nicht daran gedacht . . . ich meine, könnten wir sie nicht einfach laufen lassen? Freilassen?« Er fand es *ungerecht*; auf der ganzen Reise war er sich immer nur als Anhängsel vorgekommen – bis auf den Weißen Pfeil

natürlich –, und jetzt machte der Sitha ihn auch noch für die Pferde
verantwortlich!

»Sie freilassen?« Jirikis Stimme klang barsch, fast zornig, aber sein
Gesicht blieb ausdruckslos. »Sie ihrem Schicksal überliefern, meinst
du? Nachdem man sie so weit geritten hat, wie sie freiwillig nie gehen
würden, sollen wir sie freilassen, damit sie sich durch die Schneewüs-
ten durchschlagen oder sterben?«

Simon wollte schon protestieren und einwenden, daß nicht *er* dafür
verantwortlich wäre, fand es dann aber besser, einen Streit zu vermeiden.

»Nein«, antwortete er statt dessen. »Nein, wir dürfen sie nicht allein
lassen, damit sie nicht sterben.«

»Außerdem«, fügte Haestan hinzu, der gerade mit einem Armvoll
Holz an ihnen vorüberging, »wie sollten wir selbst dann durch die
Wüsten zurückkommen?«

»So ist es«, erwiderte Jiriki, dessen Grinsen breiter wurde; er war
zufrieden. »Darum habe ich Ki'ushapo und Sijandi mitgebracht. Sie
werden die Pferde versorgen und alles für meine . . . unsere Rückkehr
vorbereiten.« Er legte die Spitzen seiner beiden Zeigefinger aneinander, als wollte er eine Art Abschluß andeuten. »Mit An'nai
dagegen«, fuhr er fort, »ist es etwas schwieriger. Sein Grund, hier zu
sein, ist meinem ähnlicher.« Er sah den anderen Sitha an.

»Ehre«, erklärte An'nai und starrte auf seine verschlungenen Finger.
»Ich habe den *Hikka Staj'a* gefesselt – den Pfeilträger. Ich habe
einem . . . heiligen Gast . . . nicht genügend Achtung erwiesen. Das
werde ich wieder gut machen.«

»Eine kleine Schuld«, meinte Jiriki sanft, »verglichen mit meiner
großen; aber An'nai tut, was er muß.«

Simon hätte gern gewußt, ob An'nai diesen Entschluß selber gefaßt
oder Jiriki ihn auf irgendeine Weise gezwungen hatte, sich ihnen
anzuschließen. Es war schwer, etwas über diese Sithi herauszufinden,
darüber, wie sie dachten und was sie wollten. Sie waren so ungeheuer
anders, so innehaltend und tief!

»Kommt jetzt her«, verkündete Binabik. Vor ihm wehte ein hauch-
dünner Flammenfaden, den er mit den Händen fächelte. »Wir
machen ein Feuer, und ich bin sicher, daß ihr alle etwas für ein paar

Speisen und einen Schluck Wein zum Erwärmen der inneren Hohlräume übrig haben werdet!«

Im Lauf der nächsten Tagesritte ließen sie den nördlichen Aldheorte hinter sich und stiegen vom letzten Ausläufer der Weldhelmberge in die flache, schneeverwehte Öde hinunter.

Es war jetzt ständig kalt, jede lange Nacht, jeden trüben weißen Tag, bitter-beißend kalt. Ununterbrochen wehte Simon der Schnee ins Gesicht, stach in den Augen, brannte auf den Lippen, ließ sie aufspringen. Sein Gesicht war schmerzhaft gerötet, als hätte er es zu lange der Sonne ausgesetzt, und er bibberte so, daß er kaum die Zügel seines Pferdes halten konnte. Es war, als hätte das Schicksal ihn ein für alle Mal zur Tür hinausgeworfen, eine Strafe, die schon viel zu lange dauerte. Aber er sah keine Möglichkeit, seine Lage zu ändern; er konnte nur jeden Morgen still zu Usires beten, er möge ihn durchhalten lassen, bis sie abends ihr Lager aufschlugen.

Wenigstens, sann er betrübt, und seine Ohren brannten sogar noch unter der Mantelkapuze, *fühlt Binabik sich jetzt wohl.*

Der Troll war in der Tat in seinem Element. Er ritt als erster, feuerte seine Gefährten an und lachte von Zeit zu Zeit vor lauter Vergnügen, wenn er mit Qantaqa über die immer höher werdenden Schneewehen sprang. An den langen Abenden am Feuer, wenn die anderen Sterblichen der Gruppe zitternd ihre schneenassen Handschuhe und Stiefel ölten, hielt Binabik Vorträge über die verschiedenen Schneesorten, die unterschiedlichen Anzeichen, die auf Lawinen hindeuteten, alles, um die anderen auf die Berge vorzubereiten, die vor ihnen am Horizont unversöhnlich aufragten, streng und richterlich wie Götter unter ihren Kronen aus weißem Schnee.

Jeden Tag kam ihnen die gewaltige Bergkette vor ihnen größer, niemals aber auch nur einen Fußbreit näher vor, so weit sie auch geritten waren. Nach einer knappen Woche in den wärmelosen, einförmigen Öden begann Simon Sehnsucht nach dem übelberüchtigten Dimmerskog-Wald zu empfinden, ja, nach den windumtosten Gipfeln der Berge selbst – nach allem außer dieser endlosen Ebene voller Schnee, die einem das Mark in den Knochen gefrieren ließ.

Am sechsten Tag kamen sie an den Ruinen des Sankt-Skendi-Klosters vorüber. Es war fast völlig unter Schnee begraben; nur der spitze Turm der Kapelle ragte mehr als ein kleines Stück über die Oberfläche hinaus. Ein eiserner *Baum*, umringt von den Windungen eines schlangenartigen Tieres, krönte das verfallene Dach. Es hob sich vor ihnen aus dem frostschweren Nebel wie ein Schiff, fast versunken in einem Meer aus allerreinstem Weiß.

»Welche Geheimnisse es auch bergen mag – was immer es noch von Colmund und dem Schwert *Dorn* weiß –, es verbirgt sie zu gut für uns«, bemerkte Binabik, als ihre Pferde an der ertrinkenden Abtei vorbeistapften. Sludig machte das Zeichen des *Baumes* auf Stirn und Herz und blickte sorgenvoll, während die Sithi langsam um das Kloster herumritten und es anstarrten, als hätten sie noch nie etwas so Aufregendes gesehen.

Abends, als die Reisenden am Lagerfeuer zusammensaßen, wollte Sludig wissen, warum Jiriki und seine Begleiter soviel Zeit darauf verwendet hatten, das untergegangene Kloster zu besichtigen.

»Weil wir«, erwiderte der Prinz, »es erfreulich fanden. «

»Was soll das heißen?« fragte Sludig verärgert und verwirrt und sah zu Haestan und Grimmric hinüber, als ob sie wissen könnten, was der Sitha meinte.

»Vielleicht sollten wir lieber nicht von diesen Dingen sprechen«, bemerkte An'nai und machte mit gespreizten Fingern eine beschwichtigende Gebärde. »Wir sind Gefährten an diesem Feuer. «

Jiriki sah einen Moment feierlich in die Flammen und verzog dann das Gesicht zu einem unerwartet schalkhaften Grinsen. Simon staunte. Manchmal konnte er kaum glauben, daß Jiriki älter war als er selber, so jung und leichtsinnig schien er sich zu benehmen. Aber Simon erinnerte sich auch an die Höhle über dem Wald. Eine verwirrende Mischung aus Jugend und hohem Alter, das war Jiriki.

»Wir starren an, was uns interessiert«, erläuterte der Sitha, »wie ihr Sterblichen auch. Nur die Gründe unterscheiden sich, und ihr würdet unsere wahrscheinlich nicht verstehen. « Sein breites Lächeln schien ganz und gar freundlich, aber Simon fand einen fremden Unterton darin, etwas, das nicht dazu paßte.

»Die Frage, Nordmann«, fuhr Jiriki fort, »ist aber, warum unser Anstarren dir so mißfällt?«

Einen Augenblick senkte sich Stille über den Feuerkreis, als Sludig dem Sithiprinzen einen langen, harten Blick zuwarf. Die Flammen hüpften und prasselten im nassen Holz, und der Wind heulte, bis die Pferde unruhig von einem Fuß auf den anderen traten.

Sludig schlug die Augen nieder. »Natürlich könnt Ihr anschauen, was Ihr wollt«, meinte er mit traurigem Lächeln; sein blonder Bart war gefleckt von schmelzendem Schnee. »Es ist nur, weil es mich an Saegard erinnert hat – an den Skipphaven. Es war, als würdet Ihr Euch über etwas lustig machen, das mir teuer ist.«

»Skipphaven?« murmelte Haestan, tief in seine Pelze vergraben. »Nie gehört. Ist das auch eine Kirche?«

»Boote...« Grimmric verzog in nachdenklicher Erinnerung das schmale Gesicht. »Da sind Boote.«

Sludig nickte ernsthaft. »Ihr würdet ›Schiffshafen‹ sagen. Die Langschiffe von Rimmersgard liegen dort.«

»Aber Rimmersmänner fahren nicht zur See!« Haestan war überrascht. »In ganz Osten Ard klebt kein anderes Volk so am festen Land!«

»Ja, aber das war einmal anders.« Sludigs Züge glühten im Widerschein des Feuers. »Bevor wir über das Meer kamen – als wir noch in Ijsgard wohnten, im verschollenen Westen –, verbrannten unsere Väter Menschen und begruben Schiffe. Wenigstens erzählen das unsere Sagen.«

»Sie verbrannten Menschen?« fragte Simon erstaunt.

»Die Toten«, erklärte Sludig. »Unsere Väter bauten Totenschiffe aus frischem Eschenholz und steckten sie mit den Toten auf dem Wasser in Brand, damit ihre Seelen mit dem Rauch zum Himmel aufstiegen. Aber unsere großen Langschiffe, die uns über die Meere und Flüsse der Welt trugen – die Schiffe, die für uns das Leben bedeuteten wie Äcker für die Bauern und Herden für die Hirten –, diese Schiffe begruben wir in der Erde, wenn sie zu alt waren, um noch seetüchtig zu sein. Dadurch sollten ihre Seelen in die Bäume wandern und sie hoch und gerade emporwachsen lassen, damit einmal neue Schiffe daraus würden.«

»Aber du hast gesagt, daß das jenseits des Meeres war, vor langer Zeit«, wandte Grimmric ein. »Und Saegard liegt doch hier. In Osten Ard.«

Die Sithi am Feuer verharrten stumm und reglos und lauschten gespannt Sludigs Antwort.

»Ja. Dort stieß der Kiel von Elvrits Boot zum ersten Mal auf Grund, und dort sagte er: ›Wir sind über die schwarze See in eine neue Heimat gekommen.‹«

Sludig sah sich im Kreis um. »Sie haben die großen Langschiffe dort begraben. ›Nie mehr wollen wir über die See segeln, in der die Drachen hausen‹, erklärte Elvrit. Überall am Grunde des Tals, zu Füßen der Berge, liegen die Hügel der letzten Schiffe. Auf der Landzunge am Rande des Wassers, unter der größten Aufschüttung, begruben sie Elvrits Schiff Sotfengsel und ließen nur seinen hohen Mast stehen, der aus der Erde aufragte wie ein Baum ohne Äste – und das fiel mir ein, als ich das Kloster vor mir sah.«

Er schüttelte den Kopf, die Augen hell von Erinnerungen. »Auf Sotfengsels Mast wachsen Misteln. Jedes Jahr zu Elvrits Todestag sammeln junge Mädchen aus Saegard die weißen Mistelbeeren und bringen sie zur Kirche.«

Sludig verstummte. Das Feuer zischte.

»Was du nicht erzählst«, sagte Jiriki nach einer Weile, »ist, wie ihr Rimmersmänner in dieses Land kamt, nur um andere daraus zu vertreiben.«

Simon holte scharf Atem. Er hatte unter der gelassenen Miene des Prinzen etwas dieser Art vorausgesehen.

Sludig antwortete mit überraschender Sanftmut, vielleicht, weil er immer noch die frommen Jungfrauen von Saegard vor Augen hatte. »Ich kann nicht ungeschehen machen, was meine Vorfahren getan haben.«

»Daran ist etwas Wahres«, entgegnete Jiriki, »aber auch wir Zida'ya – Sithi – werden nicht mehr die gleichen Fehler machen wie unsere Verwandten vor uns.« Er richtete den grimmigen Blick auf Binabik, der ihn feierlich erwiderte. »Einige Dinge sollten zwischen uns allen klar sein, Binbiniqegabenik. Ich habe nicht mehr als die Wahrheit gesagt, als ich dir meine Gründe, euch zu begleiten, nannte: ein gewisses Interesse für euer Ziel und eine lose, ungewöhnliche Bindung zwischen dem Menschenkind und mir. Glaube aber keinen Augenblick lang, daß ich eure Furcht teile und euren Kampf unterstütze. Was mich angeht, so könnt ihr und euer Hochkönig einander gegenseitig zu Staub zermahlen.«

»Mit Respektfülle zu sagen, Prinz Jiriki«, wandte Binabik ein, »Ihr habt die volle Wahrheit nicht geprüft. Wenn es nur um den Streit sterblicher Könige und Prinzen ginge, so säßen wir jetzt alle in Naglimund, um es zu verteidigen. Ihr wißt aber sehr wohl, daß zumindest wir fünf einen anderen Zweck verfolgen.«

»Dann wisse auch *das*«, versetzte Jiriki steif. »Selbst wenn die Jahre, die zwischen unserer Trennung von den *Hikeda'ya* – die ihr Nornen nennt – und heute liegen, zahlreich sind wie Schneeflocken, sind wir doch vom selben Blut. Wie könnten wir uns auf die Seite der Menschen, der Emporkömmlinge, stellen, wenn es um unser eigenes Geschlecht geht? Warum sollten wir das tun, wenn wir doch einst mit jenen anderen unter derselben Sonne gewandelt sind, als wir aus dem äußersten Osten hierher kamen? Welche Bündnistreue könnten wir den Sterblichen schulden, die uns so eifrig vernichtet haben wie alles andere . . . sogar sich selbst?« Keiner der Sterblichen außer Binabik hielt seinen kalten Blick aus. Jiriki hob einen langen Finger. »Und der, den ihr im Flüsterton den Sturmkönig nennt . . . er, der einst *Ineluki* hieß . . .« Er lächelte bitter, als die Gefährten sich unruhig regten und ein Schauer sie überlief. »Ja, sein bloßer Name macht euch angst! Einst war er von uns allen der Beste – herrlich anzusehen, weise über alles Verständnis der Sterblichen hinaus, hell strahlend wie eine Flamme! Wenn er jetzt ein Wesen finsteren Grauens ist, kalt und voller Haß, wer trägt die Schuld daran? Wenn er heute, körperlos und rachedürstend, Pläne schmiedet, die Menschheit von seinem Land zu fegen wie man Staub von einer Buchseite wischt – *warum sollten wir nicht jubeln?* Nicht Ineluki war es, der uns in die Verbannung trieb, so daß wir uns unter Aldheortes dunklen Bäumen verbergen müssen wie das Wild, stets wachsam, damit man uns nicht entdeckt. Im Sonnenlicht schritten wir durch Osten Ard, bevor die Menschen kamen, und das Werk unserer Hände war köstlich unter den Sternen. Was haben die Sterblichen uns je gebracht außer Leid?«

Niemand konnte ihm antworten, aber in dem Schweigen, das Jirikis
Worten folgte, stieg ein klagender, leiser Klang empor. Voll unbekannter Worte schwebte er im Dunkel, eine Melodie von geisterhaf-
ter Schönheit.

Als er seinen Gesang beendet hatte, sah An'nai seinen stillen Prinzen
und seine Sithikameraden an und blickte dann auf die anderen, die
jenseits der tanzenden Flammen saßen.

»Es ist eines von unseren Liedern, das einst auch die Sterblichen sangen«, murmelte er. »Die Menschen des Westens liebten es vor langer
Zeit und gaben ihm Worte in ihrer Sprache. Ich will . . . ich will versuchen, es in eure zu übersetzen.«

Er sah zum Himmel auf und dachte nach. Der Wind hatte sich gelegt,
und als das Schneegestöber aufhörte, wurden die Sterne sichtbar und
leuchteten kalt und fern.

Endlich begann An'nai zu singen, und die Schnalzlaute und fließenden Vokale der Sithisprache schwangen gedämpft in seinen Worten
mit.

> *Moos wächst auf den Steinen von Sení Ojhisá.*
> *Noch warten die Schatten, als lauschten sie still.*
> *In Da'ai Chikiza zerfallen die Mauern.*
> *Die Schatten, sie wispern, lang, lang ist es her.*
>
> *So hoch weht das Gras über Enki-e-Sha'osaye.*
> *Es wandern die Schatten weit über das Grün.*
> *Auf Nenais'us Grab fallen Blumen in Schauern.*
> *Der dunkle Bach schweigt. Niemand trauert dort mehr.*
>
> *Wohin sind sie alle?*
> *Die Wälder, sie schweigen.*
> *Wohin sind sie alle?*
> *Das Lied, es verklang.*
> *Nie tanzen sie wieder*
> *den Dämmerungsreigen,*
> *künden Lampen die Sterne,*
> *wenn Taglicht versank . . .*

Als An'nais Stimme sich hob und die klagenden Worte liebkoste, erfaßte Simon eine nie gekannte Sehnsucht – Heimweh nach einer Heimat, die er niemals gekannt, ein Gefühl des Verlustes für etwas, das ihm nie gehört hatte. Niemand sprach, während An'nai sang. Niemand hätte ein Wort herausgebracht.

Das Meer rauscht dahin über Jhiná-T'seneí.
Die Schatten, sie schlafen, in Grotten versteckt.
Blaues Eis bedeckt Tumet'ai; Schatten, sie lauern,
das Muster der Zeit ist befleckt und gähnt leer.

Wohin sind sie alle?
Die Wälder, sie schweigen.
Wohin sind sie alle?
Das Lied, es verklang.
Nie tanzen sie wieder
den Dämmerungsreigen,
künden Lampen die Sterne,
wenn Taglicht versank . . .

An'nai verstummte. Das Feuer war ein einsamer heller Fleck in einer Wüste von Schatten.

Das grüne Zelt stand ganz allein in der feuchten Leere der Ebene vor den Mauern von Naglimund. Seine Wände hoben und senkten sich und wogten im Wind, als ob es als einziges von allen Dingen, die sich vielleicht ungesehen auf dieser riesigen offenen Fläche bewegten, lebte und atmete.

Deornoth biß die Zähne zusammen, um einen abergläubischen Schauder zu unterdrücken, obwohl der feuchte, messerscharfe Wind genügte, sie klappern zu lassen. Er sah auf Josua, der ein kleines Stück vor ihm herritt.

Schaut ihn an, dachte er. *Als ob er seinen Bruder schon vor sich sähe – als könnten seine Augen mitten durch die grüne Seide und das schwarze Drachenwappen darauf sehen, tief in Elias' Herz.*

Als er sich nach dem dritten und letzten Mitglied ihrer Abordnung

843

umsah, fühlte Deornoth sein ohnehin schweres Herz noch tiefer sinken. Der junge Soldat, auf dessen Anwesenheit Josua bestanden hatte – ein gewisser Ostrael –, wirkte, als würde er vor lauter Angst gleich ohnmächtig werden. Seine derben, kantigen Züge, deren Röte durch die sonnenlosen Frühjahrswochen inzwischen verblaßt war, zeigten einen Ausdruck krampfhaften, nur mühsam unterdrückten Entsetzens.

Ädon steh uns bei, wenn wir uns auf den verlassen müssen. Warum in aller Welt hat ihn Josua nur ausgesucht?

Während sie sich langsam dem Zelt näherten, teilte sich die Zeltklappe. Deornoth straffte sich, den Bogen griffbereit. Nur ein Augenblick blieb ihm, sich selber zu verfluchen, weil er zugelassen hatte, daß sein Prinz eine so ungeheure Dummheit machte. Aber der heraustretende Soldat blickte sie nur gleichgültig an und trat dann neben den Eingang, um ihnen den Weg freizuhalten.

Deornoth gab Josua ein respektvolles Zeichen zu warten und spornte sein Pferd rasch einmal um das grüne Zelt herum. Es war groß, ein Dutzend Schritte oder mehr nach allen Seiten, und die Haltetaue, an denen der Wind zerrte, summten unter seinem Gewicht; aber das zertretene Gras ringsum war frei von jedem Hinterhalt.

»So, Ostrael«, sagte er, als er wiederkam. »Du bleibst hier stehen, neben diesem Mann«, er deutete auf den anderen Soldaten, »und zwar so, daß man ständig wenigstens eine deiner Schultern in der Tür sieht, verstanden?«

Deornoth nahm das matte Lächeln des jungen Spießkämpfers als Bestätigung und wandte sich dem Wachsoldaten des Königs zu. Das bärtige Gesicht des Mannes kam ihm bekannt vor; bestimmt hatte er ihn schon auf dem Hochhorst gesehen. »Wenn auch du dich so neben die Tür stellen würdest, wäre es für alle Beteiligten besser.«

Der Wächter verzog den Mund, trat jedoch einen Schritt näher an den Eingang heran. Josua war bereits abgestiegen und näherte sich der Tür. Deornoth beeilte sich, ihm zuvorzukommen und trat ein, die eine Hand locker am Schwertgriff.

»Soviel Vorsicht ist kaum vonnöten, Deornoth«, bemerkte eine leise, aber durchdringende Stimme, »so heißt Ihr doch, oder? Schließlich sind wir hier alle Ehrenmänner.«

Deornoth blinzelte. Josua war ihm gefolgt. Innen war es schneidend kalt und finster. Die Wände gaben ein schwaches Licht von sich, ließen jedoch nur einen Bruchteil der Helligkeit von außen herein, als schwömmen die Insassen des Zeltes in einem gewaltigen, wenn auch unvollkommen geschliffenen Smaragd.

Vor ihm schwebte ein bleiches Gesicht, die schwarzen Augen wie Nadelstichlöcher ins Nichts. Im grünen Dämmerlicht erschien Pyrates' Scharlachgewand rostrot, von der Farbe getrockneten Blutes. »Und Josua!« sagte er im Tonfall schrecklicher Leichtfertigkeit. »So sehen wir uns wieder. Wer hätte gedacht, daß sich seit unserem letzten Gespräch so vieles ereignen würde?«

»Haltet den Mund, Priester – oder was immer Ihr seid«, fuhr der Prinz ihn an. In seinen Worten lag soviel kalte Stärke, daß selbst Pyrates vor Erstaunen blinzelte wie eine aufgeschreckte Eidechse. »Wo ist mein Bruder?«

»Ich bin hier, Josua«, sagte eine Stimme, ein tiefes, zerbrochenes Flüstern, das wie ein Echo des Windes klang.

In einem hochlehnigen Stuhl in der Zeltecke saß jemand an einem niedrigen Tisch, vor dem ein zweiter Stuhl stand; die einzigen Möbelstücke in dem riesigen, schattendunklen Zelt. Josua trat näher. Deornoth schlug den Mantel enger um sich und folgte, mehr, um nicht bei Pyrates stehenbleiben zu müssen, als weil er es eilig gehabt hätte, den König zu sehen.

Der Prinz nahm auf dem Stuhl gegenüber seinem Bruder Platz. Elias saß seltsam steif da, die Augen im Falkengesicht hell wie Edelsteine, das schwarze Haar und die blasse Stirn unter dem Ring der eisernen Hochhorstkrone. Zwischen seinen Beinen stand aufrecht ein Schwert in schwarzer Lederscheide. Die starken Hände des Hochkönigs ruhten auf dem Knauf über dem fremdartigen Doppelgriff. Obwohl er es einen Moment lang anstarrte, weigerte sich Deornoths Blick, auf dem Schwert zu verweilen; es gab ihm ein flaues Gefühl von Übelkeit, als schaue er aus großer Höhe nach unten. Statt dessen sah er wieder den König an, aber das war kaum besser; in der tödlichen Kälte des Zeltes, in dem die Luft so eisig war, daß Deornoth sein Atem als Nebel vor den Augen stand, trug Elias nur ein ärmelloses Wams, und seine weißen Arme, in denen unter der Haut die Sehnen zuckten, als führten sie ein Eigenleben, waren bis auf die schweren Armbänder nackt.

»So, Bruder«, sagte der König und fletschte die Zähne zu einem Lächeln. »Du siehst gut aus.«

»Du aber nicht«, erwiderte Josua knapp, und Deornoth sah die Sorge in seinen Augen. Irgend etwas Furchtbares stimmte hier nicht, das stand außer Zweifel. »Du hast diese Unterredung gewünscht, Elias. Was willst du?«

Die Augen des Königs wurden so schmal, daß der grüne Schatten sie verbarg. Er ließ eine lange Weile verstreichen, bevor er antwortete.

»Meine Tochter. Ich will meine Tochter. Und da ist noch jemand... ein Junge... aber er ist weniger wichtig. Nein, ich will vor allem Miriamel. Wenn du sie mir auslieferst, gebe ich dir mein Wort, daß allen Kindern und Frauen in Naglimund freier Abzug gewährt wird. Wenn nicht, werden alle, die sich in seinen Mauern verstecken und mir Widerstand leisten... sterben.«

Er sagte das letzte Wort mit einem so selbstverständlichen Mangel an Bosheit, daß der hungrige Blick, der unverhüllt über sein Gesicht huschte, Deornoth zutiefst erschreckte.

»Ich habe sie nicht, Elias«, erklärte Josua langsam.

»Wo ist sie?«

»Ich weiß es nicht.«

»*Lügner!*« Die Stimme des Königs war so voller Zorn, daß Deornoth um ein Haar das Schwert gezogen hätte, weil er glaubte, Elias wolle vom Stuhl aufspringen. Statt dessen verharrte der König fast regungslos und winkte lediglich Pryrates, aus einer Kanne mit einer schwarzen Flüssigkeit seinen Pokal nachzufüllen.

»Halte mich nicht für einen schlechten Gastgeber, weil ich dir nichts anbiete«, sagte Elias, nachdem er einen tiefen Zug genommen hatte. »Ich fürchte nur, dieses Getränk würde dir nicht bekommen.« Er reichte den Becher Pryrates zurück, der ihn vorsichtig mit den Fingerspitzen ergriff und auf den Tisch stellte. »Nun also«, begann Elias von neuem, »können wir uns nicht dieses nutzlose Geplänkel ersparen? Ich will meine Tochter, und ich werde sie bekommen.« Sein Ton wurde auf groteske Weise kläglich. »Hat denn ein Vater kein Recht mehr auf die Tochter, die er geliebt und großgezogen hat?«

Josua holte tief Atem. »Die Rechte, die du auf sie hast, gehen nur dich und sie etwas an. Ich habe deine Tochter nicht, und wenn ich sie hätte, würde ich sie nicht gegen ihren Willen zu dir schicken.« Hastig, bevor der König etwas entgegnen konnte, fuhr er fort. »Elias – ich bitte dich. Du warst einmal mein Bruder in allem. Unser Vater liebte uns beide, dich mehr als mich, aber unser Land liebte er noch mehr. Begreifst du denn nicht, was du tust? Nicht mit diesem Krieg allein – Ädon weiß, daß dieses Land schon manchen Streit erlebt hat. Aber da ist noch etwas anderes. Pyrates weiß, wovon ich spreche. Ich zweifle nicht, daß er es war, der zuerst deine Schritte auf diesen Pfad gelenkt hat.«

Deornoth sah, daß sich Pyrates bei diesen Worten des Prinzen umdrehte und eine überraschte Atemwolke ausstieß.

»Bitte, Elias«, fuhr Josua fort, und sein strenges Gesicht war voller Trauer. »Wende dich ab von dem Weg, den du gewählt hast, schick das verfluchte Schwert an jene Unseligen zurück, die dich *und* Osten Ard vergiften wollen... und ich bin bereit, mein Leben in deine Hände zu legen. Ich werde dir die Tore von Naglimund öffnen, wie eine Jungfrau dem Geliebten ihr Fenster auftut. Ich werde jeden Stein im Himmel und auf der Erde umdrehen, um Miriamel zu finden. Wirf dieses Schwert weg, Elias! Wirf es weg! Es war kein Zufall, der ihm den Namen *Leid* gab.«

Der König starrte Josua an wie betäubt. Pyrates, vor sich hin murmelnd, wollte auf ihn zueilen, aber Deornoth machte einen Satz und packte ihn. Unter seinem festen Griff wand sich Pyrates wie eine Schlange, und seine Berührung hatte etwas Grausiges, aber Deornoth hielt fest.

»Bewegt Euch nicht!« zischte er Pyrates ins Ohr. »Und wenn Euer Zauber mich verbrennt – bevor ich sterbe, schneide ich Euch noch den Lebensfaden durch!« Mit dem gezückten Dolch stach er in die Seite des Scharlachgewandes, eben tief genug, um bekleidetes Fleisch zu berühren. »Ihr habt Euch hier nicht einzumischen, so wenig wie ich. Das geht nur die beiden Brüder an.«

Pyrates rührte sich nicht mehr. Josua hatte sich vorgebeugt und starrte den Hochkönig an. Elias machte einen verwirrten Eindruck.

»Sie ist schön, meine Miriamel«, flüsterte er leise. »Manchmal sehe ich ihre Mutter Hylissa in ihr – armes, totes Kind!« Das Gesicht des Königs, eben noch starr und böse, wurde weich und verstört. »Wie konnte Josua das zulassen? Wie konnte er? Sie war so jung . . .«
Tastend streckte er die weiße Hand aus. Zu spät hielt Josua ihm die seine entgegen. Statt sie zu ergreifen, berührten die langen, kalten Finger des Königs den lederumwickelten Stumpf an Josuas rechtem Arm. Seine Augen blitzen und wurden lebendig, das Gesicht verzerrte sich zu einer starren Maske der Wut.
»Kriech zurück in dein Versteck, Verräter!« fauchte er. Josua riß den Arm zurück. »Lügner! *Lügner!* Bis auf den letzten Stein werde ich es niederreißen!«
Der Haß, der von dem König ausging, war so schrecklich, daß Deornoth zurücktaumelte und Pryrates sich befreien konnte.
»Ich werde dich so völlig vernichten«, donnerte Elias und wand sich in seinem Stuhl, während Josua zur Zelttür schritt, *»daß Gott der Allmächtige tausend Jahre lang suchen kann und nicht einmal deine Seele finden wird!«*
Der junge Soldat Ostrael war von den Gesichtern Deornoths und des Prinzen so entsetzt, daß er den ganzen windverwehten Rückweg bis nach Naglimunds düsteren Mauern lautlos vor sich hin weinte.

XLI

Kaltes Feuer und störrischer Stein

Langsam wich der Traum, löste sich auf wie Nebel, ein schrecklicher Traum, in dem ein grünes Meer ihn umwogte und erstickte. Es gab weder Oben noch Unten, nur unbestimmtes Licht ringsum, dazu ein Heer schneidendscharfer Schatten, Haie, alle mit Pryrates' leblosen schwarzen Augen.

Als die See von ihm abglitt, kam Deornoth nach oben, ruderte mit wild fuchtelnden Armen aus dem Schlaf in trübes Halbwachsein. Kaltes Mondlicht lag in Flecken auf den Wänden der Kaserne, und der regelmäßige Atem der anderen Männer glich dem Wind in trockenen Blättern.

Noch während das Herz in seiner Brust hastig flatterte, fühlte er, wie von neuem der Schlaf nach ihm griff, ihn mit federleichten Fingern besänftigte, ohne Stimme in sein Ohr flüsterte. Nach und nach glitt er wieder hinab, der Sog des Traumes jetzt sachter als vorher. Diesmal trug es ihn an einen helleren Ort, eine Stätte morgendlicher Feuchte und milder Mittagssonne: das Landgut seines Vaters in Hewenshire, wo er mit seinen Schwestern und dem älteren Bruder bei der Feldarbeit aufgewachsen war. Ein Teil seines Ichs lag in der Kaserne – es war vor Morgengrauen, am neunten Tag des Yuven, das wußte er –, aber ein anderer Teil war zurückgereist in die Vergangenheit. Wieder roch er den Moschus aufgeworfener Erde und hörte das geduldige Knarren des Pfluggeschirrs und das taktmäßige Quietschen der Wagenräder, als der Ochse den Karren die Straße zum Markt entlangzog.

Das Knarren nahm an Lautstärke zu, während der beißende, lehmige Geruch der Furchen schwächer wurde. Der Pflug kam näher; es klang, als sei der Wagen direkt hinter ihm. Schliefen die Ochsentreiber? Hatte jemand die Ochsen unbeaufsichtigt die Felder zerstampfen lassen? Er empfand kindisches Entsetzen.

Der Alte wird stocksauer sein – War ich das etwa? Hätte ich auf sie aufpassen sollen? Er wußte, wie sein Vater aussehen würde, das verkniffene, vor Wut fleckige Gesicht, das keine Entschuldigung zuließ, das Gesicht Gottes, so hatte der junge Deornoth stets gedacht, der einen Sünder zur Hölle schickt. *Mutter Elysia, mit dem Riemen wird er mich schlagen, ganz bestimmt...*

Keuchend fuhr er vom Strohsack auf. Sein Herz hämmerte so wild wie nach dem Hai-Traum. Als Deornoth sich in der Kaserne umblickte, wurde es nach und nach langsamer.

Wie lange bist du schon tot, Vater? fragte er sich selber und wischte sich mit dem Handgelenk den schnell erkaltenden Schweiß von der Stirn. *Warum verfolgst du mich immer noch? Haben dich die Jahre und Gebete nicht...?*

Jäh fühlte Deornoth Furcht mit kaltem Finger über sein Rückgrat streichen. Er war jetzt doch wach, oder etwa nicht? Warum war dann das erbarmungslose Knarren nicht verstummt, als sein halber Traum verging? Sofort war er auf den Beinen, laut schreiend, der Geist des toten Vaters ausgelöscht wie eine Kerze.

»Auf, Männer, auf! Zu den Waffen! Die Belagerung hat begonnen!«

Im Laufen streifte er das Panzerhemd über, vorbei an der Reihe der Feldbetten, trat die Benommenen und Weinwirren wach, rief denen, die sein erster Aufschrei blitzartig zum Leben erweckt hatte, Befehle zu. Vom Torhaus über ihnen kamen Alarmrufe und das rauhe Blöken einer Trompete.

Den Helm schief auf dem Kopf, trabte er zur Tür hinaus. Er kämpfte mit seinem Schwertgurt; der Schild schlug ihm gegen die Flanke. Deornoth steckte die Nase in den anderen Kasernenraum und sah dessen Bewohner bereits aufgestanden und hastig dabei, sich zu wappnen.

»Ho, Naglimunder!« rief er und schwang die Faust, während er mit der anderen den Gürtel zuhielt. »Jetzt gilt es, bei der Liebe Gottes, jetzt gilt es!«

Er lächelte über den wilden Schrei, der ihm antwortete, und rannte nach der Treppe. Unterwegs richtete er sich den Helm gerade.

Der obere Stock des großen Torhauses in der westlichen Vormauer sah im Schein des Halbmondes sonderbar unförmig aus: Erst vor wenigen Tagen hatte man die Bretterverschalungen fertiggestellt, Holzwände und ein Dach, die die Verteidiger vor Pfeilen schützen sollten. Schon wimmelte es dort oben von halbbekleideten Wachen, auf deren hin und her huschende Gestalten die durch die Bretterwände sickernden Mondstrahlen unheimliche Streifen malten.

Überall auf der Mauer loderten Fackeln auf. Bogenschützen und Spießkämpfer nahmen ihre Stellungen ein. Wieder krähte eine Trompete, wie ein Hahn, der es aufgegeben hat, auf den Morgen zu warten, und rief weitere Soldaten auf den Hof hinaus.

Der schrille Protest hölzerner Räder wurde lauter. Deornoth starrte auf die kahle, abschüssige Ebene unterhalb der Stadtmauer und suchte den Ursprung des Geräusches. Er wußte, was es sein mußte, ohne doch wirklich auf den Anblick gefaßt zu sein.

»Gottes blutiger *Baum!*« fluchte er und hörte, wie der Mann neben ihm die Verwünschung wiederholte.

Was da langsam wie gefesselte Giganten auf sie zurollte und in den Schatten vor der Morgendämmerung Gestalt gewann, waren sechs gewaltige Belagerungstürme, deren hölzerne Plattformen Naglimunds mächtiger Vormauer an Höhe keinen Zoll nachstanden. Über und über mit dunklen Tierhäuten behangen, schoben sie sich vorwärts wie baumlange, vierkantschädlige Bären; das Ächzen und Geschrei der Männer, die sie bewegten, und das Kreischen der haushohen Räder klangen wie Stimmen von Ungeheuern, wie sie seit Urzeiten niemand mehr erblickt hatte.

Deornoth überkam eine nicht unangenehme Wallung von Furcht. Endlich war der König da; sein Heer stand vor ihren Toren. Beim Guten Gott, wie immer es auch ausgehen mochte, von diesem Tag würden einst die Lieder singen!

»Spart eure Pfeile, Dummköpfe!« schrie er, als einige der Verteidiger wild ins Dunkel schossen, obwohl die Pfeile die noch fernen Ziele gar nicht erreichen konnten. »Wartet, wartet, wartet! Sie werden schon bald näher bei euch sein, als es euch lieb ist!«

Wie als Antwort auf das Feuer, das auf Naglimunds Wällen loderte, ließ Elias' Heer seine Trommeln durch die Finsternis dröhnen, ein lautes, rollendes Grollen, das nach und nach in einen schweren Doppelschlag wie von titanischen Schritten überging. Die Verteidiger bliesen von allen Türmen ihre Hörner – nur ein schwacher und blecherner Ton gegen das Krachen der Trommeln, aber trotzdem ein Zeichen von Leben und Widerstand.

Deornoth fühlte eine Hand auf der Schulter und blickte auf. Neben ihm standen zwei gepanzerte Gestalten: Isorn mit dem Bärenhelm und der finstere Einskaldir in einer Stahlhaube, die als einzigen Schmuck einen über die Nase hinuntergezogenen Metallschnabel aufwies. Die Augen des schwarzbärtigen Rimmersmannes brannten wie Fackellicht, als er mit fester Hand nach dem Sohn seines Herrn Isgrimnur griff und ihn behutsam, aber kräftig zur Seite schob, um selbst auf die Zinnen hinauszutreten. Er starrte in die Dämmerung hinaus und stieß ein dumpfes Grollen aus wie ein Hund.

»Dort drüben«, knurrte er und deutete auf die Sockel der Belagerungstürme, »am Fuß der großen Bären: Steinschleudern und Rammböcke.« Er zeigte auf mehrere weitere große Maschinen, die hinter den Türmen herfuhren. Darunter befanden sich einige Katapulte, die langen, starken Arme zurückgebogen wie die Köpfe erschreckter Schlangen. Andere sahen nur wie lederbedeckte Kästen aus, deren Innenleben die Panzerung verbarg; sie dienten dazu, wie hartschalige Krebse durch Pfeile und Steine unversehrt bis an die Mauer zu gelangen, um dort ihre jeweiligen Aufgaben auszuführen.

»Wo ist der Prinz?« fragte Deornoth, der den Blick nicht von den herankriechenden Maschinen losreißen konnte.

»Schon unterwegs«, antwortete Isorn, der sich auf die Zehen gestellt hatte, um über Einskaldirs Kopf hinweg zu sehen. »Seitdem er von der Unterredung mit Elias zurückgekehrt ist, steckt er mit Jarnauga und dem Archivar zusammen. Ich hoffe nur, daß sie sich eine Wunderwaffe ausgedacht haben, um uns Stärke zu verleihen oder die des Königs zu mindern. Bei Gottes Wahrheit, Deornoth, schau dir diese Massen an!« Er deutete auf die dunklen Schwärme von königlichen Truppen, zahlreich wie Ameisen hinter den langsam weiterrollenden Türmen. »Es sind so verdammt viele.«

852

»Bei Ädons Wunden!« fauchte Einskaldir und sah sich mit blutunter-
laufenen Augen nach Isorn um. »Mögen sie kommen! Wir werden sie
fressen und wieder ausspucken!«

»Da hast du es«, meinte Deornoth und hoffte, daß sein Gesicht auch
wirklich das beabsichtigte Lächeln zeigte. »Mit Gott, dem Prinzen
und Einskaldir – wovor sollten wir uns fürchten?«

Das Heer des Königs folgte den Belagerungsmaschinen auf die Ebene
hinaus und breitete sich auf den nebelnassen Wiesen aus wie Fliegen
auf einer grünen Apfelschale. Überall schienen Zelte aus der feuchten
Erde zu sprießen wie eckige Pilze.

Während die Belagerer ihre Stellungen einnahmen, kam lautlos das
Morgengrauen. Die verborgene Sonne schälte nur eine einzige
Schicht von der nächtlichen Dunkelheit ab und tauchte die Welt in
unbestimmtes graues Licht.

Auf einmal setzten sich die riesigen Belagerungstürme, die eine lange
Stunde an Ort und Stelle verharrt hatten wie dösende Posten, wieder
in Bewegung. Soldaten liefen zwischen den mächtigen Rädern hin
und her und spannten sich an die Zugseile, während die schweren
Maschinen mühsam bergan rollten. Endlich kamen sie in Schuß-
weite. Die Bogenschützen auf den Wällen gaben ihre Schüsse ab und
schrien in entsetzter Freude auf, als die Pfeile davonzischten, so als
lockerten sich mit den Bogensehnen auch die Fesseln um ihre Herzen.
Nach der ersten unsicheren Salve stellten sie sich allmählich auf ihr
Schußfeld ein; viele Männer des Königs sanken tot zusammen oder
wurden, während sie verwundet am Boden lagen, schreiend von den
erbarmungslosen Rädern der eigenen Maschinen zerquetscht. Doch
für jeden pfeildurchbohrten Gefallenen sprang ein anderer behelmter
Meisterwerker in blauer Jacke vor, um sein Tau zu übernehmen.
Ungerührt holperten die Belagerungsmaschinen weiter auf die Mauern zu.

Jetzt waren auch die Fußtruppen des Königs so weit herangekommen,
daß die dortigen Bogenschützen das Feuer erwidern konnten. Wie
gereizte Bienen sausten die Pfeile zwischen den Mauern und der Erde
darunter hin und her. Klappernd und knarrend näherten sich die
Maschinen der Vormauer. Für einen kurzen Augenblick brach die

Sonne durch; schon waren die Brüstungen hier und da rotgesprenkelt wie von einem sanften Regen.

»Deornoth!« Das weiße, schmutzstreifige Gesicht des Soldaten leuchtete unter dem Helm hervor wie ein Vollmond. »Grimsted bittet Euch, sofort zu ihm zu kommen! Sie haben unter dem Dendinis-Turm Leitern an die Mauer gestellt!«

»Gottes *Baum!*« Deornoth biß in ohnmächtiger Wut die Zähne zusammen und drehte sich zu Isorn um. Der Rimmersmann hatte einem verwundeten Wächter den Bogen abgenommen und half, die letzten paar Ellen Grund zwischen dem ersten Belagerungsturm und der Mauer freizuhalten, indem er jeden Soldaten aufspießte, der töricht genug war, die schützende Verkleidung des zum Stehen gebrachten Turmes zu verlassen, um eines der losen Zugtaue zu ergreifen, die im Wind flatterten.

»Isorn!« schrie Deornoth. »Während wir hier die Türme abwehren, bringen sie Leitern an die Südwestmauer!«

»Dann geh dorthin!« Isgrimnurs Sohn sah nicht von seiner Pfeilspitze auf. »Ich komme nach, sobald ich kann.«

»Aber wo steckt Einskaldir?« Aus dem Augenwinkel sah er, wie der Bote voller Angst und Ungeduld von einem Fuß auf den anderen trat.

»Gott weiß es!«

Wieder stieß Deornoth einen unterdrückten Fluch aus, duckte sich und rannte ungeschickt hinter Grimsteds Boten her. Unterwegs sammelte er ein halbes Dutzend Wachen um sich, müde Männer, die sich für einen Augenblick im Schutz der Zinnen niedergelassen hatten, um zu verschnaufen. Als er sie rief, schüttelten sie bedauernd den Kopf, setzten jedoch die Helme wieder auf und folgten ihm. Deornoth genoß großes Ansehen; viele nannten ihn die rechte Hand des Prinzen oder, poetischer, *die prinzliche Rechte.*

Aber Josua hatte wenig Glück mit seiner ersten Rechten, dachte Deornoth unfroh, während er mit eingezogenem Kopf über den Wehrgang eilte. Trotz der kalten grauen Luft schwitzte er. *Ich hoffe, diese hier bleibt ihm länger erhalten. Wo steckt der Prinz überhaupt? Gerade jetzt sollte er sich sehen lassen* . . .

Als er um die gewaltige Masse des Dendinis-Turmes bog, bemerkte er zu seinem Entsetzen, daß Grimsteds Männer zurückfielen und ein Schwarm Krieger in Rot und Blau über die Zinnen der Vormauer strömte – Baron Godwigs Cellodshirer.

»Für Josua!« schrie er und stürmte auf sie zu. Die Männer hinter ihm nahmen den Ruf auf. Mit einem blechernen Klirren von Schwert auf Schwert drangen sie auf die Belagerer ein und schafften es, die Cellodshirer für kurze Zeit zurückzuwerfen. Ein Mann kippte aufkreischend von der Mauer, wobei er mit den Armen fuchtelte wie eine Windmühle, als könne der eisige Wind ihn wieder nach oben tragen. Grimsteds Männer faßten neuen Mut und machten einen Ausfall. Während der Feind damit beschäftigt war, zog Deornoth einen Spieß aus dem erstarrten Griff eines am Boden ausgestreckten Leichnams, fing von einem verirrten Speerende einen heftigen Schlag auf den Körper ein, und stieß die erste der langen Leitern von der Mauer fort. Gleich darauf waren zwei seiner Wachen bei ihm, und gemeinsam hebelten sie die Leiter aus; sie stürzte bebend ins Leere, während die Belagerer sich fluchend festklammerten und ihre aufgerissenen Münder wie leere, schwarze Löcher gähnten. Sekundenlang stand die Leiter frei zwischen Himmel und Erde, senkrecht zu beiden; dann kippte sie rückwärts um und warf die Soldaten ab wie ein Ast, den man schüttelt, seine Früchte.

Bald lagen bis auf zwei alle Rotblauen auf dem Wehrgang in ihrem Blut. Die Verteidiger stießen auch die übrigen drei Leitern um, und Grimsted ließ seine Männer einen der großen Steinblöcke herbeirollen, die zu holen die Zeit nicht mehr gereicht hatte, als der Angriff begann. Sie kippten ihn über die niedrige Stelle der Brüstung, so daß er krachend auf den umgestürzten Leitern landete und sie zersplitterte wie Anmachholz. Dabei verlor ein Mann der Leiterbesatzung sein Leben, der dort, wo er hingestürzt war, sitzengeblieben war und mit leerem Blick vor sich hinstarrte, als der gewaltige Stein auf ihn hinunterrollte.

Von den Wächtern, die die Mauer verteidigt hatten, war einer gefallen, ein bärtiger junger Bursche, der einmal mit Deornoth gewürfelt hatte. Eine Schildkante hatte ihm das Genick gebrochen. Auch von Grimsteds Männern waren vier tot, zusammengekrümmt wie vom Wind heruntergerissene Vogelscheuchen, um sie herum sieben Krieger aus Cellodshire, die wie sie den fehlgeschlagenen Angriff nicht überlebt hatten.

Deornoth spürte den Schlag gegen den Magen, den er sich zugezogen hatte. Keuchend stand er da, als der zahnlückige Grimsted zu ihm herüberhinkte, in der gestiefelten Wade ein zerfetztes, blutiges Loch.

»Sieben hier, und ein halbes Dutzend weitere, die von der Leiter gefallen sind«, stellte der Ritter fest und musterte die sich windenden Leiber und die Zerstörung unter ihnen befriedigt. »Auf der ganzen Mauer dasselbe. Hat viel größere Verluste als wir, König Elias, viel größere.«

Deornoth war übel. Die verletzte Schulter stach, als hätte man einen Nagel hindurchgetrieben.

»Aber der König *hat* auch viel mehr als wir«, entgegnete er. »Er kann... sie wegwerfen... wie Apfelschalen.« In diesem Moment merkte er, daß er sich übergeben mußte und trat an den Rand der Mauer.

»Apfelschalen...«, sagte er noch einmal und lehnte sich über die Brüstung. Es tat so weh, daß er sich nicht schämte.

»Bitte lies es noch einmal«, sagte Jarnauga ruhig und starrte auf seine gefalteten Hände.

Vater Strangyeard sah auf, und sein erschöpfter Mund wollte sich zu einer Frage öffnen. Statt dessen erfüllte ein markerschütterndes Krachen draußen das Gesicht des einäugigen Priesters mit Panik, und er schlug hastig einen *Baum* über der Brust seiner schwarzen Kutte.

»Steine!« rief er mit schriller Stimme. »Sie werfen... sie werfen Steine über die Mauer! Sollten wir nicht... gibt es denn keine...?«

»Die Männer, die auf den Mauern kämpfen, sind auch in Gefahr«, erwiderte der alte Rimmersmann mit strenger Miene. »Wir sind hier, weil wir hier am nützlichsten sein können. Unsere Kameraden suchen unter Lebensgefahr im weißen Norden das eine Schwert. Das zweite ist bereits in der Hand des Feindes, der unsere Mauern belagert. Die geringe Hoffnung, die noch besteht, herauszufinden, was aus Fingils Klinge *Minneyar* wurde, ruht auf uns.« Sein Blick wurde weicher, als er den besorgten Strangyeard ansah. »Die wenigen Steine, die die innere Burg erreichen, müßten erst die hohe Mauer hinter diesem Raum überwinden. Das Risiko ist unbedeutend. Jetzt lies mir bitte noch einmal diese Stelle vor! Sie enthält irgend etwas, auf das ich meine Hand nicht legen kann, aber es scheint mir wichtig.«

Der lange Priester starrte ein paar Sekunden auf das Blatt. Im Raum war es still, bis eine Welle von Geschrei und anfeuernden Rufen, von der Entfernung gedämpft, zum Fenster hereindrang wie ein Nebel. Strangyeards Mund zuckte.

»Lies«, forderte Jarnauga ihn noch einmal auf.

Der Priester räusperte sich.

». . . Und so stieg Johan hinab in die Tunnel unter dem Hochhorst – dampfende Schlote und schwitzende Gänge, erfüllt vom Atem Shurakais. Unbewaffnet bis auf Speer und Schild war er, und selbst das Leder seiner Stiefel qualmte, als er sich dem Lager des Feuerdrachen näherte; und es besteht kaum ein Zweifel, daß er soviel Angst hatte wie kaum jemals später in seinem langen Leben . . .«

Strangyeard hielt inne. »Was nützt uns das, Jarnauga?« Ganz in der Nähe schlug etwas dröhnend in die Erde; es klang, als sause ein Riesenhammer nieder. Strangyeard überhörte es stoisch. »Willst du . . . soll ich weiterlesen? Den ganzen Kampf zwischen König Johan und dem Drachen?«

»Nein.« Jarnauga winkte mit der knotigen Hand. »Nimm den letzten Absatz.«

Der Priester blätterte vorsichtig einige Blätter um.

». . . Und so geschah es, daß er wieder heraustrat ans Licht, obwohl niemand mehr auf seine Rückkehr gehofft hatte. Die wenigen, die am Höhleneingang zurückgeblieben waren – auch das ein Zeichen großer Tapferkeit, denn wer konnte wissen, was vor der Tunneltür eines gereizten Drachens alles geschehen mochte? –, stießen vor lauter Freude und Erstaunen gewaltige Flüche aus – vor Freude, weil sie Johan von Warinsten lebendig aus der Höhle des Lindwurms wiederkehren sahen, und vor Erstaunen über die riesige Klaue, mit purpurnen Schuppen und krummen Krallen, die er über der

blutenden Schulter trug. Und als sie ihm laut rufend voraneilten und sein Pferd im Triumph durch die Tore von Erchester führten, kamen die Menschen an die Fenster und auf die Straßen gelaufen und glotzten ihn an. Manche sagen, daß diejenigen, die Johan am lautesten ein schreckliches Ende und für sich selber die furchtbarsten Folgen der Tat des jungen Ritters prophezeit hatten, ihm jetzt für seine Heldentat am eifrigsten Beifall spendeten. Als sich die Nachricht verbreitete, waren die Gassen im Nu von jubelnden Bürgern gesäumt, die Johan Blumen streuten, als er vorbeiritt, Hellnagel hoch erhoben wie eine brennende Fackel, quer durch die Stadt, die fortan die seine war. . .«

Seufzend legte Strangyeard die Blätter der Handschrift sanft in das Zedernholzkästchen zurück, in dem er sie aufbewahrte. »Eine wunderbare und erschreckende Geschichte, würde ich sagen; und Morgenes, hmmm, ja, er formuliert es großartig, aber was nützt es uns? Ohne Mangel an Respekt, verstehst du.«

Jarnauga schielte auf seine eigenen, hervortretenden Knöchel und legte die Stirn in Falten. »Ich weiß nicht. Da ist etwas – irgend etwas steckt in dieser Geschichte. Ob mit Absicht oder nicht, Doktor Morgenes hat etwas darin verborgen. Himmel und Wolken und Steine! Ich kann es fast mit Händen greifen! Ich komme mir vor, als wäre ich blind!«

Wieder flutete ein Schwall von Lärm durch das Fenster, laute, besorgte Rufe, dann das Klirren schwerer Rüstungen, als draußen ein Trupp Wachsoldaten über den Burganger rannte.

»Ich glaube nicht, daß uns noch viel Zeit zum Grübeln bleibt, Jarnauga«, sagte Strangyeard endlich.

»Ich auch nicht«, bestätigte der Alte und rieb sich die Augen.

Den ganzen Nachmittag brandete die Flut von König Elias' Heer gegen Naglimunds steinige Klippen. Das matte Sonnenlicht schlug glitzernde Spiegelscherben aus poliertem Metall, als Welle auf Welle gepanzerter und behelmter Soldaten die Leitern hinaufströmte, heldenhaft abgewehrt von den Verteidigern. Hier und da fand die Streitmacht des Königs für kurze Zeit eine Lücke in dem Ring finsterer Männer und störrischer Steine, wurde aber immer wieder zurückgeschlagen. Der dicke Ordmaer, Baron von Uttersall, stopfte für lange Minuten ganz allein eine dieser Breschen, kämpfte Hand gegen Hand mit den Soldaten, die von unten die Leitern emporkletterten, erschlug vier von ihnen und hielt die übrigen auf, bis Hilfe kam, obwohl er selbst dabei tödlich verwundet wurde.

Es war Prinz Josua persönlich, der einen Wachtrupp zu ihm führte, den Mauerabschnitt sicherte und die Leitern zerstörte. Josuas Schwert Naidel war ein Sonnenstrahl, der durch Blätter tanzt, so geschwind sauste es hin und her und verwandelte lebende Männer in tote, während die Angreifer unhandliche Breitschwerter oder viel zu kurze Dolche schwangen.

Der Prinz weinte, als man Ordmaers Leiche fand. Die beiden waren keine Freunde gewesen, aber Ordmaer war gestorben wie ein Held, und im Pulsschlag der Schlacht erschien sein Sterben Josua plötzlich wie ein Sinnbild des Todes überhaupt – des Todes aller dieser Spießkämpfer und Bogenschützen und Fußsoldaten auf beiden Seiten, die jetzt unter dem kalten, wolkigen Himmel in ihrem Blute lagen und starben. Der Prinz befahl, den großen, schlaffen Körper des Barons in die Burgkapelle hinunterzutragen. Leise fluchend gehorchten seine Männer.

Als die rot gefärbte Sonne auf den westlichen Horizont zukroch, schien König Elias' Heer nachzulassen, der Ansturm schwächer zu werden: Die Versuche, durch die herunterzischenden Pfeilsalven die Belagerungsmaschinen an die Vormauer heranzuschieben, wirkten allmählich halbherzig, und beim ersten Widerstand von oben fingen die Hinaufkletternden an, ihre Leitern im Stich zu lassen. Schwer fiel es Erkynländern, Erkynländer zu töten, selbst auf Befehl des Hochkönigs, und noch schwerer, wenn die eigenen erkynländischen Brüder fochten wie in die Enge getriebene Dachse.

Bei Sonnenuntergang tönte aus den Zeltreihen ein klagender Hornruf über das Schlachtfeld, und Elias' Truppen begannen sich zurückzuziehen. Die Verwundeten und viele ihrer Toten nahmen sie mit, die mit Tierhäuten bedeckten Belagerungsmaschinen und die Sicherheitskästen der Mineure ließen sie für die Angriffe des nächsten Morgens stehen. Wieder erklang das Horn und die Trommeln wurden geschlagen, laut und wie um die Verteidiger daran zu erinnern, daß das riesige

Heer des Königs gleich dem grünen Ozean wieder und immer wieder seine Wellen gegen sie anbranden lassen könne. Irgendwann, schienen die Trommeln zu verkünden, müßte selbst der hartnäckigste Stein zerbröckeln.

Die Belagerungstürme, die vor den Mauern aufragten wie einsame Obelisken, waren eine weitere unübersehbare Erinnerung daran, daß Elias wiederkommen würde. Die feuchten Häute, die sie bedeckten, schützten sie vor Schaden durch bloße Brandpfeile, aber darüber hatte sich Eadgram, der Oberste der Wachen, schon den ganzen Tag Gedanken gemacht. Er hatte sich bei Jarnauga und Strangyeard Rat geholt und schließlich einen Plan ersonnen.

Noch während die letzten Angreifer den Hang hinab auf ihr Feldlager zuhinkten, ließ Eadgram von seinen Schützen mit Öl gefüllte Weinschläuche auf die Wurfarme der beiden kleinen Steinschleudern von Naglimund laden. Sobald die Arme hochschnellten, sausten die Ölsäcke über das freie Feld vor den Mauern und zerplatzten an der Lederverkleidung der Türme. Danach war es nicht schwer, ein paar Brandpfeile mit pechgetränkten Spitzen durch die blaue Dämmerung zu schicken. Sekunden später hatten sich die vier gewaltigen Türme in lodernde Fackeln verwandelt.

Die Männer des Königs konnten nichts tun, um das Feuer zu löschen. Als das orangerote Licht über den Zinnen flackerte, klatschten die Verteidiger auf den Wällen in die Hände und stampften und riefen, erschöpft, aber ermutigt.

Als der König, in seinen weiten, schwarzen Mantel gehüllt, wie eine Schattengestalt aus dem Lager hervorritt, spotteten die Verteidiger von Naglimund. Als er sein unheimliches Schwert hob und wie ein Wahnsinniger nach Regen schrie, der die feurigen Türme löschen sollte, lachten sie unbehaglich. Erst nach einer ganzen Weile, während der Elias hin und her ritt und sein kohlschwarzer Umhang im kalten Wind wehte, erkannten sie allmählich aus dem furchtbaren Zorn in seiner Stimme, daß der König wirklich erwartet hatte, der Regen, den er gerufen hatte, werde auch kommen, und daß er außer sich vor Wut war, weil das nicht geschehen war. Das Gelächter wurde zu angstvollem Schweigen. Einer nach dem anderen hörten die Verteidiger von Naglimund auf zu jubeln und stiegen von den Mauern, um ihre Wunden versorgen zu lassen. Schließlich hatte die Belagerung kaum begonnen. Eine Unterbrechung war nicht in Sicht, und keine Ruhe diesseits des Himmels.

»Ich habe schon wieder diese seltsamen Träume, Binabik.«
Simon hatte sein Pferd neben Qantaqa gelenkt, dem Rest der Gesellschaft ein paar Meter voraus. Es war ein klarer, aber schneidend kalter Tag, ihr siebter auf dem Ritt über die Weiße Wüste.
»Was für Träume?«
Simon rückte die Maske zurecht, die der Troll ihm gefertigt hatte, einen Fellstreifen mit Schlitzen zum Schutz vor dem grellen Glitzern des Schnees. »Vom Grünengel-Turm ... es kann auch ein anderer Turm sein. Letzte Nacht habe ich geträumt, er wäre blutüberströmt.«
Binabik spähte unter seiner eigenen Maske hervor und deutete auf einen dünnen, grauen Streifen, der sich am Horizont am Fuß der Berge entlangzog. »Das, ich bin sicher, ist der Rand des Dimmerskogs – oder des *Qilakitsoq*, wie mein Volk ihn treffender nennt: des Schattenwaldes. Wir müßten ihn in ein bis zwei Tagen erreicht haben.«
Simon starrte den öden Streifen an und fühlte, wie ohnmächtige Wut in ihm kochte.
»Der verdammte Wald ist mir scheißegal«, bemerkte er giftig, »und Eis und Schnee und immer wieder Eis und Schnee hängen mir zum Hals heraus. Wir werden in dieser gräßlichen Wildnis erfrieren und sterben! Und was ist mit meinen Träumen?«
Der Troll hüpfte einen Moment auf Qantaqas Rücken mit, als die Wölfin über eine Reihe kleiner Schneewehen hinwegsetzte. Durch den Gesang des Windes konnte man Haestan hören, der jemandem etwas zurief.
»Ich bin bereits erfüllt von Sorgen«, verkündete Binabik gemessen, als wolle er seine Rede dem Rhythmus ihres Vorwärtskommens anpassen. »Wach lag ich in Naglimund zwei Nächte und quälte mich, welchen Schaden ich verursachen würde, wenn ich dich auf diese Reise mitnähme. Ich weiß nicht, was deine Träume bedeuten, und die einzige Art, es herauszufinden, wäre es, auf der Straße der Träume zu gehen.«

»Wie damals bei Geloë?«

»Aber ohne Hilfe habe ich kein Vertrauen in meine Kraft dazu – nicht hier, nicht jetzt. Es ist möglich, daß deine Träume uns Hilfe bringen könnten, aber dennoch scheint es mir unklug, jetzt die Traumstraße aufzusuchen. Ich kann nur sagen, daß ich getan habe, was mir am besten schien.«

Simon dachte brummend darüber nach. *Hier sind wir jetzt. Binabik hat recht. Wir sind jetzt alle hier, viel zu weit, um noch zurückzukönnen.*

»Ist Inelu...«, mit Fingern, die nicht allein vor Kälte zitterten, schlug er das Zeichen des *Baumes*, »ist der Sturmkönig... der Teufel?« fragte er endlich.

Binabik zog die Stirn in tiefe Falten.

»Der Teufel? Der Feind eures Gottes? Warum fragst du das? Du hast Jarnaugas Worte gehört – du weißt, was Ineluki ist.«

»Ja, schon.« Ihn schauderte. »Es ist nur... ich sehe ihn in meinen Träumen. Jedenfalls glaube ich, daß er es ist. Rote Augen, das ist eigentlich alles, was ich erkenne, alles andere ist schwarz... wie verkohlte Scheite, in denen man noch glühende Stellen sieht.« Beim bloßen Gedanken daran wurde ihm übel.

Der Troll, die Hände in der Halskrause der Wölfin vergraben, zuckte die Achseln. »Er ist nicht euer Teufel, Freund Simon. Aber trotzdem ist er etwas Böses, oder zumindest glaube ich, daß das, was er will, für uns alle Böses bedeutet. Das ist schlimm genug.«

»Und... der Drache?« fragte Simon nach einer Weile zögernd. Binabik drehte scharf den Kopf und sah ihn aus seltsamen geschlitzten Augen an.

»Drache?«

»Der auf dem Berg lebt. Dessen Namen ich nicht aussprechen kann.«

Binabik lachte laut auf; sein Atem war wie eine Wolke. »Igjarjuk ist sein Name. Tochter der Berge, viele Sorgen hast du, junger Freund! Teufel! Drachen!« Mit dem Finger seines Handschuhs fing er eine Träne auf und hielt sie in die Höhe. »Schau her!« lachte er. »Als ob es nötig wäre, noch mehr Eis zu machen!«

»Aber es *war* ein Drache da!« versetzte Simon hitzig. »Alle haben es gesagt.«

»Vor langer Zeit, Simon. Es ist ein verrufener Ort, aber ich denke, daß das vor allem auf seine Abgelegenheit zurückzuführen ist. Die Legenden der Qanuc erzählen, daß dort einst ein riesiger Eiswurm lebte, und mein Volk meidet den Ort, aber ich glaube, daß er heutzutage wahrscheinlich nur ein Schlupfwinkel für Schneeleoparden und ähnliches Getier ist. Das heißt nicht, daß es dort nichts Gefährliches gäbe. Die *Hunen*, wie wir sehr wohl wissen, treiben sich neuerdings überall herum.«

»Heißt das dann, daß ich in Wirklichkeit gar keine Angst zu haben brauche? Nachts gehen mir immer die schrecklichsten Dinge durch den Kopf.«

»Ich habe nicht gesagt, daß du keine Angst zu haben brauchst, Simon. Wir dürfen nie vergessen, daß wir Feinde haben; und manche von ihnen scheinen in der Tat große Macht zu besitzen.«

Wieder eine kalte Nacht in der Öde; wieder ein Lagerfeuer in der dunklen Leere der Schneefelder. Nichts auf der ganzen Welt wäre Simon lieber gewesen, als zusammengerollt in Naglimund im Bett zu liegen, unter Decken versteckt, und wenn auch die blutigste Schlacht in der ganzen Geschichte von Osten Ard unmittelbar vor seiner Tür getobt hätte. Er war überzeugt, wenn jetzt jemand käme und ihm einen warmen, trockenen Schlafplatz anböte, würde er lügen oder töten oder Usires' Namen unnützlich führen, nur um diesen Platz zu ergattern. Er saß da, in seine Satteldecke gewickelt, damit die Zähne nicht so klapperten, und war ganz sicher, er könnte fühlen, wie ihm die Wimpern an den Lidern festfroren.

In der endlosen Finsternis hinter dem schwachen Schein des Feuers jappten und heulten die Wölfe und führten lange und klagende, komplizierte Gespräche miteinander. Vor zwei Nächten, als die Gesellschaft zum ersten Mal ihren Gesang vernommen hatte, war Qantaqa den ganzen Abend nervös um das Lagerfeuer herumgestrichen. Inzwischen hatte sie sich an das nächtliche Rufen ihrer Artgenossen gewöhnt und reagierte nur manchmal mit einem bedrückten Winseln.

»W-warum s-sagt sie ihnen nicht auch mal w-was?« erkundigte Haestan sich besorgt. Als Mann der Ebenen des erkynländischen

Nordens liebte er die Wölfe ebenso wenig wie Sludig, obwohl er für Binabiks Reittier fast so etwas wie Zuneigung entwickelt hatte. »W-warum erklärt sie ihnen nicht, s-sie s-sollten weggehen und andere Leute quälen?«

»So wie die Menschen leben auch nicht alle, die zu Qantaqas Art gehören, in Frieden miteinander«, erwiderte Binabik, was für niemanden eine Beruhigung darstellte.

Heute abend tat die große Wölfin tapfer ihr Bestes, das Heulen nicht zu beachten, indem sie zu schlafen vorgab – aber sie verriet sich, als sie die gespitzten Ohren den lauter werdenden Rufen zudrehte. Das Wolfslied, fand Simon, als er sich fester in seine Decke kauerte, war so ziemlich der einsamste Klang, den er je gehört hatte.

Warum bin ich nur hier? fragte er sich grübelnd. *Warum sind wir alle hier? In diesem grauenhaften Schnee suchen wir nach einem Schwert, an das seit Jahren überhaupt niemand mehr gedacht hat. Inzwischen sitzen die Prinzessin und alle anderen Leute in der Burg und warten darauf, daß der König sie angreift. Hirnverbrannt! Binabik ist im Gebirge, im Schnee, auf-gewachsen – Grimmric, Haestan und Sludig sind Soldaten – was die Sithi wollen, weiß Ädon allein. Aber wieso bin ich hier? Welche Dummheit!*

Das Heulen verstummte. Ein langer Zeigefinger berührte Simons Hand. Er fuhr vor Schreck zusammen.

»Lauschst du den Wölfen, Seoman?« erkundigte sich Jiriki.

»D-das ist schwer zu vermeiden.«

»Sie singen solch wilde Lieder.« Der Sitha schüttelte den Kopf. »Und gleichen euch Sterblichen. Sie singen davon, wo sie gewesen sind und was sie gesehen und gewittert haben. Sie erzählen einander, wo die Elche ziehen und wer sich mit wem gepaart hat, aber meistens rufen sie nur *Ich bin! Hier bin ich!*« Jiriki lächelte mit verschleierten Augen und beobachtete das verglimmende Feuer.

»Und Ihr g-glaubt, das w-würden auch w-wir Sterblichen sagen?«

»Mit Worten und ohne Worte«, erwiderte der Prinz. »Du mußt versu-chen, es mit unseren Augen zu sehen. Den *Zida'ya* kommt euer Geschlecht oft wie Kinder vor. Ihr seht, daß die langlebigen Sithi nicht schlafen, daß wir die lange Nacht der Geschichte hindurch wach bleiben. Ihr Menschen wollt, wie die Kinder, mit den Älteren am Feuer aufbleiben, um die Lieder und Geschichten zu hören und dem Tanz zuzuschauen. « Er machte eine Gebärde, als sei die Dunkelheit ringsum voller unsichtbarer Festgäste.

»Aber das könnt ihr nicht, Simon«, fuhr er freundlich fort. »Ihr dürft nicht. Eurem Volk wurde die Gabe des letzten Schlafes verliehen, so wie es unserer Art gegeben ist, die ganze Nacht unter den Sternen zu wandeln und zu singen. Vielleicht liegt sogar in euren Schlafträumen ein Reichtum, den wir *Zida'ya* nicht verstehen. «

Die Sterne am schwarzen Kristallhimmel schienen davonzugleiten und tiefer in der weiten Nacht zu versinken. Simon dachte an die Sithi und ein Leben, das kein Ende hatte, und konnte sich nicht vorstellen, wie das sein mochte. Eiskalt bis ins Mark – bis in die Seele, so schien es ihm – beugte er sich dichter zum Feuer und zog die feuchten Fausthandschuhe aus, um seine Hände zu wärmen.

»Aber auch die S-sithi *können* sterben, n-nicht w-wahr?« erkundigte er sich vorsichtig und verfluchte sein vom Frost verursachtes Gestotter.

Jiriki neigte sich zu ihm. Seine Augen waren schmal geworden. Einen entsetzten Moment glaubte Simon, der Sithi wolle ihn seiner dreisten Frage wegen schlagen. Statt dessen griff Jiriki nach Simons zitternder Hand und hielt sie schräg.

»Dein Ring«, sagte er und starrte auf den fischförmigen Schnörkel darauf. »Ich hatte ihn noch nicht bemerkt. Von wem hast du ihn?«

»Von m-meinem . . . m-meinem M-meister, k-könnte m-man wohl sagen«, stammelte Simon. »D-doktor M-morgenes vom Hochhorst. Er hat ihn mir nachgeschickt, zu Binabik. « Der kühle, kräftige Griff der Hand des Sithiprinzen verwirrte ihn, aber er wagte sich nicht daraus zu lösen.

»Dann gehörst du zu denen deiner Rasse, die *das Geheimnis* kennen?« fragte Jiriki und musterte ihn scharf. Die Tiefe seiner goldenen Augen, denen der Feuerschein die Farbe von Rost gab, war erschreckend.

»G-geheimnis? N-n-nein! Nein, ich k-kenne k-kein Geheimnis. «

Jiriki starrte ihn an und hielt ihn mit seinen Augen so fest, als hätte er Simon mit beiden Händen am Kopf gepackt.

»Aber warum gab er dir dann den Ring?« fragte Jiriki hauptsächlich sich selber und ließ kopfschüttelnd Simons Hand los. »Und ich selbst gab dir einen Weißen Pfeil! Wahrlich, einen seltsamen Weg haben die Ahnen uns geführt.« Er drehte sich um und starrte in das schwach flackernde Feuer. Simons Fragen wollte er nicht beantworten.

Geheimnisse, dachte Simon erbost, noch mehr Geheimnisse! Binabik hat welche. Morgenes hatte welche. Und die Sithi sind voll davon! Ich habe alle Geheimnisse satt. Warum hat man gerade mich für diese Art von Bestrafung ausgesucht? Warum will mir jeder dauernd seine blöden Geheimnisse aufdrängen?

Er weinte eine Weile lautlos vor sich hin, umarmte zitternd seine Knie und wünschte sich lauter unmögliche Dinge.

Am Nachmittag des nächsten Tages erreichten sie die östlichen Ausläufer des Dimmerskogs. Obwohl ein dichter weißer Schneemantel den Forst bedeckte, schien er trotzdem das zu sein, was Binabik von ihm gesagt hatte: ein Ort der Schatten. Die Gesellschaft trat nicht unter sein Dach und hätte es vielleicht nicht einmal getan, wenn ihr Weg in diese Richtung geführt hätte, so bedrohlich war die Stimmung, die von dem Wald ausging. Die Bäume wirkten trotz ihrer Größe – und es waren Riesen unter ihnen – zwergwüchsig und verkrüppelt, als krümmten sie sich verbittert unter ihrer Last aus benadelten Ästen und Schnee. Die Durchlässe zwischen den schiefen Stämmen schienen aberwitzig gewunden und ähnelten von einem riesenhaften, berauschten Maulwurf gegrabenen Tunneln, die am Ende in gefährliche, rätselhafte Tiefen führten.

Simon, der fast lautlos an ihnen vorüberritt – nur die Hufe seines Pferdes knirschten leise im Schnee –, stellte sich vor, er folge den gähnenden Pfaden in die von Borkensäulen getragenen, weiß überdachten Hallen des Dimmerskogs, bis er endlich – wohin kam? Was mochte dort drinnen liegen? Vielleicht das dunkle, heimtückische Herz des Waldes, ein Ort, an dem die Bäume miteinander einatmeten und – schuppig Ast an Ast reibend – endlose Gerüchte weitergaben oder durch Zweige und gefrorene Blätter boshaften Wind ausatmeten?

Auch in dieser Nacht lagerten sie im Freien, obwohl sich ganz in ihrer Nähe der Dimmerskog duckte wie ein schlafendes Tier. Aber keiner wollte die Nacht unter den Ästen des Waldes verbringen, vor allem Sludig nicht, der mit Geschichten über die gräßlichen Wesen aufgewachsen war, die in den bleichen Gängen zwischen den Bäumen lauerten. Den Sithi schien es nichts auszumachen, aber auch Jiriki war einen Teil des Abends damit beschäftigt, sein schwarzes Hexenholzschwert zu ölen. Wieder kauerte die kleine Schar um ein ungeschütztes Feuer, und den ganzen langen Abend wehte der messerscharfe Ostwind über sie hin, ließ überall große Springbrunnen aus Schnee in die Höhe schießen und spielte in den Wipfeln des Dimmerskogs. Als sie sich schlafenlegten, umgab sie das knarrende Geräusch des Waldes und der vom Wind gepeitschten Äste, die sich aneinander rieben.

Zwei weitere langsame Tagesritte führten sie um den Wald herum und über das letzte Stück offener eisiger Fläche an die Ausläufer des Gebirges heran. Die Landschaft war eintönig, und die Schneekruste glitzerte im grellen Tageslicht, bis Simon vom Zusammenkneifen der Augen Kopfweh bekam; aber es schien etwas wärmer zu werden. Zwar fiel immer noch Schnee, aber der beißende Wind drang nicht mehr so durch Mantel und Überrock wie draußen vor dem breiten Windschatten der Berge.

»Seht!« rief Sludig und deutete nach dem abschüssigen Vorfeld des Gebirges.

Zuerst sah Simon nur die allgegenwärtigen schneebedeckten Felsen und Bäume. Dann, als sein Blick die Reihe der niedrigen Hügel im Osten entlangglitt, erkannte er eine Bewegung. Zwei merkwürdig aussehende Gestalten – oder waren es vier, sonderbar vermischt? – zeichneten sich auf der eine Achtelmeile entfernten Kammhöhe ab.

»Wölfe?« fragte er beunruhigt.

Binabik ritt mit Qantaqa aus der Gruppe der anderen heraus, bis beide sich deutlich vom Rest abhoben. Dann nahm er die hohlen Hände in ihren Handschuhen zum Mund. *»Yah aqonik mij-ayah nu tutusiq, henimaatuq?«* rief er. Seine Worte hallten kurz wider und erstarben dann in den weißverhüllten Hügeln. »Eigentlich sollte man hier nicht rufen«, flüsterte er dem verwirrten Simon zu. »Weiter oben könnte es Lawinen auslösen.«

»Aber wen rufst du?«

»Sch.« Binabik winkte mit der Hand. Sofort kamen die Gestalten ein

Stückchen den Kamm herunter und auf die Gefährten zu. Jetzt merkte Simon, daß es sich um zwei kleine Männer handelte, die auf zottigen, krummgehörnten Widdern saßen. Trolle!

Einer von ihnen antwortete. Binabik hörte aufmerksam zu und drehte sich dann lächelnd zu seinen Kameraden um.

»Sie wünschen zu wissen, wohin wir reisen, und ob das nicht ein fleischfressender Rimmersmann ist, den wir bei uns haben, und ob er unser Gefangener sei?«

»Hol sie der Teufel!« knurrte Sludig. Binabiks Lächeln wurde breiter, und er sah wieder nach dem Kamm hinauf.

»*Binbiniqegabenik ea sikka!*« schrie er. »*Uc sikkan mo-hinaq da Yijar-juk!*«

Die beiden runden Köpfe in den Pelzkapuzen sahen ihn einen Augenblick an, verständnislos wie von der Sonne geblendete Eulen. Gleich darauf schlug sich der eine mit der Hand auf die Brust, während der andere mit dem Arm einen weiten Kreis beschrieb. Sie rissen ihre Tiere herum und galoppierten in einer Wolke von Pulverschnee den Kamm hinauf und davon.

»Was war das?« fragte Sludig gereizt.

Binabiks Grinsen machte einen etwas gezwungenen Eindruck. »Ich habe ihnen gesagt, daß wir unterwegs zum Urmsheim sind«, erklärte er. »Der eine hat das Zeichen gemacht, mit dem man sich vor Bösem schützt, der andere benutzte einen Zauber gegen Wahnsinnige.«

Die Gesellschaft schlug den Weg in die Berge ein und lagerte in einer felsigen Mulde, die sich in den Mantelsaum des Urmsheim schmiegte.

»Hier sollten wir die Pferde und alles sonst Entbehrliche zurücklassen«, meinte Binabik, nachdem er sich das geschützte Gelände angesehen hatte.

Jiriki schritt nach dem Eingang des Tales, lehnte sich zurück und starrte zum zerklüfteten, schneebedeckten Haupt des Urmsheim hinauf, dessen Westwand die sinkende Sonne rosig färbte. Der Wind blähte den Mantel des Prinzen und blies ihm die Haare ins Gesicht wie lavendelblaue Wolkenfetzen.

»Es ist lange her, daß ich diesen Ort erblickt habe«, bemerkte er.

»Habt Ihr den Berg schon einmal bestiegen?« fragte Simon, der sich mit der Gurtschnalle seines Pferdes abplagte.

»Ich habe niemals die andere Seite des Gipfels gesehen«, antwortete der Sitha. »Das wird etwas Neues für mich sein – das östlichste Reich der *Hikeda'ya* zu betrachten.«

»Der Nornen?«

»Damals zur Zeit der Trennung wurde ihnen alles Land nördlich der Berge abgetreten.« Jiriki stieg die Schneerinne wieder hinauf. »Ki'ushapo, du mußt mit Sijandi einen Unterstand für die Pferde bauen. Sieh dort drüben – unter den überhängenden Felsen wachsen ein paar kleine Büsche; das kann gut sein, wenn das Heu knapp wird.« Er fiel in die Sithisprache, und An'nai und die beiden anderen machten sich daran, ein dauerhafteres Lager zu errichten, als die Männer es seit dem Verlassen der ›Jagdhütte‹ bisher genossen hatten.

»Simon, schau, was ich mitgebracht habe!« rief Binabik. Der Junge ging an den drei Soldaten vorbei, die kleinere Bäume gefällt hatten und sie nun zu Brennholz spalteten. Der Troll hockte auf der Erde und zog in Ölhaut verpackte Bündel aus seiner Satteltasche.

»Der Schmied in Naglimund hielt mich für ebenso verrückt, wie ich klein bin«, lächelte Binabik, als Simon näherkam, »aber er hat mir angefertigt, was ich haben wollte.«

Aus den aufgeschnürten Bündeln kamen allerlei merkwürdige Gegenstände zum Vorschein: mit Stacheln besetzte Metallplatten mit Riemen und Schnallen, wunderliche Hämmer mit spitzen Köpfen und Geschirre, die aussahen, als wären sie für sehr kleine Pferde bestimmt.

»Was ist das alles?«

»Um den Bergen den Hof zu machen und sie für uns zu gewinnen«, feixte Binabik. »Sogar wir Qanuc, so leichtfüßig wir auch sind, klettern nicht ungerüstet auf die höchsten Gipfel. Sieh, das hier schnallt man an die Stiefel« – er zeigte auf die Stachelplatten – »und dies hier sind Eispickel – sehr nützlich sind sie. Sludig wird sie sicher kennen.«

»Und die Geschirre?«

»Damit können wir uns aneinanderseilen. Wenn dann Graupelschauer kommen oder wir auf Drachenschnee oder zu dünnem Eis

gehen und einer von uns stürzt, können die anderen sein Gewicht
halten. Hätte die Zeit gereicht, hätte ich auch ein Geschirr für Qantaqa vorbereiten lassen. Sie wird sich aufregen, wenn sie zurückbleiben muß, und es wird einen traurigen Abschied geben.« Der Troll
ölte und polierte und summte dabei ein leises Lied vor sich hin.
Simon starrte Binabiks Gerätschaften stumm an. Irgendwie hatte er
sich vorgestellt, eine Bergbesteigung wäre ungefähr so wie das Erklettern der Stufen im Grünengel-Turm: steil aufwärts, aber im wesentlichen nicht schwieriger als eine anstrengende Wanderung. Aber dieses Gerede von Abstürzenden und dünnem Eis . . .
»Ho, Simon, Bursche!« Das war Grimmric. »Komm her und mach
dich nützlich. Sammel ein paar von den Spänen auf. Wir wollen noch
einmal ein richtig schönes Feuer machen, bevor wir uns da oben in
den Bergen umbringen.«
Wieder ragte nachts in seinen Träumen der weiße Turm auf. Verzweifelt klammerte sich Simon an seine schlüpfrigen Wände, während
unter ihm die Wölfe heulten und über ihm eine schwarze Gestalt mit
roten Augen die boshaften Glocken läutete.

Der Schankwirt sah auf, den Mund schon zum Sprechen geöffnet,
schwieg dann aber. Er blinzelte und schluckte wie ein Frosch.
Der Fremde war ein Mönch in schwarzer Kutte und Kapuze, das
Gewand vielfach mit dem Schmutz der Straße bespritzt. Was an ihm
auffiel, war seine Größe: Er war ziemlich lang, dabei rund wie ein
Bierfaß und so breit, daß der Schankraum, ohnehin nicht besonders
hell, sich merklich verdunkelt hatte, als er sich zur Tür hinein-
drängte.
»Ich . . . ich bedaure sehr, Vater.« Der Wirt lächelte einschmei-
chelnd. Hier war ein ädonitischer Gottesmann, der aussah, als könne
er einem die Sünde aus allen Poren quetschen, wenn ihm danach
zumute war. »Wonach fragtet Ihr?«
»Ich habe gesagt, daß ich im ganzen Dockviertel in allen Gassen in
sämtlichen Kneipen war und kein Glück gehabt habe. Mir tut das
Kreuz weh. Gib mir einen Krug von deinem besten.« Er stampfte an
einen Tisch und ließ sein Gewicht auf eine ächzende Bank sinken.
»Dieses verdammte Abaingeat hat mehr Gasthäuser als Straßen.«

Seine Aussprache, stellte der Wirt fest, war die eines Rimmersmannes. Das erklärte das nackte, rosige Aussehen seines Gesichtes; der Wirt hatte gehört, den Männern aus Rimmersgard wüchsen so dichte Bärte, daß sie sich dreimal am Tag rasieren müßten – die wenigen jedenfalls, die ihren Bart nicht einfach stehen ließen.

»Wir sind eine Hafenstadt, Vater«, meinte er und setzte einen ordentlichen Humpen vor den finsterblickenden Mönch hin. »Und so, wie heutzutage die Dinge liegen«, er verzog achselzuckend das Gesicht, »gibt es eben viele Fremde auf der Suche nach einer Unterkunft.«

Der Mönch wischte sich den Schaum von der Oberlippe und runzelte die Stirn. »Ich weiß. Eine verdammte Schande. Der arme Lluth ...«

Der Wirt sah sich unruhig um, aber die erkynländischen Wachsoldaten in der Ecke achteten nicht auf sie. »Ihr sagtet, Ihr hättet kein Glück gehabt, Vater«, bemühte er sich, das Thema zu wechseln. »Darf ich fragen, wonach Ihr sucht?«

»Nach einem Mönch«, knurrte der große Mann, »das heißt natürlich, nach einem Mönchsbruder von mir – und nach einem Jungen. Ich habe alle Docks von oben bis unten nach ihnen abgekämmt.«

Der Inhaber der Schenke lächelte und polierte mit seiner Schürze einen Metallkrug. »Und hierhin hat es Euch zuletzt verschlagen? Vergebt mir, Vater, aber ich fürchte, Euer Gott wollte Euch prüfen.«

Der Lange brummte etwas und sah dann von seinem Bier auf. »Was meinst du damit?«

»Sie waren hier, alle beide – wenn sie es sind.«

Das befriedigte Lächeln gefror auf seinem Gesicht, als der Mönch von seiner Bank aufsprang. Sein gerötetes Gesicht war plötzlich nur wenige Zoll von dem des Wirtes entfernt.

»Wann?«

»V-vor zwei, drei T-tagen – ich weiß es nicht mehr genau ...«

»Weißt du es wirklich nicht mehr genau«, erkundigte der Mönch sich drohend, »oder willst du nur Geld?« Er klopfte auf seine Kutte. Der Schankwirt wußte nicht, ob es eine Geldbörse oder ein Messer war, auf die der seltsame Gottesmann da klopfte; er hatte den Usires-

Anhängern nie recht getraut, und das Leben in der weltoffensten Stadt von Hernystir hatte seine Meinung von ihnen nicht verbessert.

»O nein, Vater, wirklich nicht! Sie ... sie waren vor ein paar Tagen hier. Fragten nach einem Schiff, das die Küste hinuntersegelt – nach Perdruin. Der Mönch war ein kleiner Kerl ... kahlköpfig? Der Junge mit schmalem Gesicht und schwarzem Haar? Sie waren hier.«

»Wo hast du sie hingeschickt?«

»Zum alten Gealsgiath, unten beim *Eirgid Ramh* – das ist die Schenke mit dem gemalten Ruder an der Tür, am Ende der Landzunge!«

Er brach bestürzt ab, als die gewaltigen Hände des Mönchs sich um seine Schultern legten. Der Wirt, ein durchaus kräftig gebauter Mann, fühlte sich so sicher gehalten wie ein Kind. Gleich darauf schwankte er unter einer rippenzerquetschenden Umarmung und konnte nur noch dastehen und nach Luft ringen, als ihm der Mönch einen goldenen Imperator in die Hand drückte.

»Möge der gnädige Usires deine Schenke segnen, Hernystiri!« röhrte der große Mann, daß sich weit draußen auf der Straße Köpfe umdrehten. »Das ist der erste glückliche Moment in meinem Leben, seit ich diese gottverfluchte Suche angefangen habe!« Er donnerte zur Tür hinaus wie jemand, der aus einem brennenden Haus stürzt.

Der Wirt holte unter Schmerzen Atem und hielt die Münze fest, die von der mächtigen Pranke des Mönches noch warm war.

»Verrückt wie die Mondkälber, diese Ädoniter«, sagte er. »Irrsinnig.«

Sie stand an der Reling und sah Abaingeat davongleiten, bis es der Nebel verschlang. Der Wind zerzauste ihr kurzgeschnittenes schwarzes Haar.

»Bruder Cadrach!« rief sie. »Kommt her! Gibt es etwas Herrlicheres?« Sie deutete auf den stetig wachsenden Streifen grünes Meer, der sie von der nebligen Küstenlinie trennte. Über dem schäumenden Kielwasser des Schiffes kreisten und kreischten die Möwen.

Der Mönch, hinter einen Stapel festgezurrter Fässer geduckt, machte eine schlaffe Handbewegung. »Wenn es Euch nur gefällt ... Malachias. Ich bin noch nie ein großer Seefahrer gewesen. Weiß Gott, ich glaube auch nicht, daß diese Reise das ändern wird.« Er wischte sich Gischt – oder Schweiß – von der Stirn. Seit sie an Bord gegangen waren, hatte Cadrach noch keinen Tropfen Wein angerührt.

Miriamel sah auf und bemerkte zwei Hernystiri-Matrosen, die sie vom Vorderdeck aus neugierig betrachteten. Sie senkte den Kopf, ging zu dem Mönch hinüber und setzte sich neben ihn.

»Warum seid Ihr mit mir gekommen?« fragte sie nach einer Weile. »Das ist etwas, das ich immer noch nicht verstehe.«

Der Mönch blickte nicht auf. »Ich kam, weil die Herrin Vara mich dafür bezahlte.«

Miriamel zog ihre Kapuze herunter. »Nichts ist besser geeignet als das Meer, einen an wirklich wichtige Dinge zu erinnern«, bemerkte sie ruhig und lächelte. Cadrach lächelte matt zurück.

»Ach ja, beim Guten Gott, das stimmt«, stöhnte er. »Mich erinnert es daran, daß das Leben süß und die See trügerisch ist, und daß ich ein Narr bin.«

Miriamel schaute zu den sich blähenden Segeln auf und nickte. »Das sind Dinge, die man nicht vergessen sollte«, erklärte sie feierlich.

XLII

Unter dem Udunbaum

»Es geht eben nicht schneller, Elias«, grollte Guthwulf. »Es geht nicht. Naglimund ist eine harte Nuß . . . sehr hart . . . aber das wußtet Ihr . . .« Er hörte selber, wie verwaschen seine Sprache klang; er hatte sich Mut antrinken müssen, um seinem alten Gefährten überhaupt unter die Augen zu treten. Der Graf von Utanyeat fühlte sich in der Gesellschaft des Königs nicht mehr wohl, schon gar nicht, wenn er ihm schlechte Nachrichten zu überbringen hatte.

»Du hattest vierzehn Tage Zeit. Ich habe dir alles gegeben – Truppen, Belagerungsmaschinen – alles!« Der König zupfte an seiner Gesichtshaut herum und zog die Stirn in Falten. Er wirkte erschöpft und kränklich und hatte Guthwulf nicht einmal in die Augen gesehen. »Ich kann nicht länger warten. Morgen ist Mittsommerabend. «

»Und wieso ist das wichtig?« Guthwulf, dem es eiskalt und flau im Magen war, drehte sich um und spie das fade gewordene Stück Citrilwurzel aus, auf dem er herumgekaut hatte. Das königliche Zelt war so feucht und modrig wie der Boden eines Brunnens. »Noch nie hat jemand in nur vierzehn Tagen eine der großen Festungen eingenommen, selbst wenn sie schlecht verteidigt wurden – es sei denn durch Verrat; und diese Naglimunder kämpfen wie in die Enge getriebene Ratten. Habt Geduld, Hoheit, wir brauchen nur Geduld. In ein paar Monaten könnten wir sie aushungern. «

»Monate!« Elias stieß ein hohles Gelächter aus. »Monate, sagt er, Pryrates!«

Der rote Priester zeigte ein skelettartiges Lächeln. Jäh verstummte das Lachen des Königs, und er senkte das Kinn bis fast auf den Knauf des langen, grauen Schwertes, das zwischen seinen Knien stand. Dieses Schwert besaß etwas, das Guthwulf unheimlich war, obwohl er wußte, daß es töricht war, sich von einem bloßen Gegenstand derart beeinflussen zu lassen. Aber wohin Elias auch ging, seit einiger Zeit hatte er ständig das Schwert bei sich, als sei es ein verzärtelter Schoßhund.

»Heute ist deine letzte Chance, Utanyeat.« Die Stimme des Königs kam dick und schwer. »Entweder ihr öffnet das Tor, oder ich muß... andere Maßnahmen ergreifen.«

Guthwulf stand schwankend auf. »Seid Ihr von Sinnen, Elias? Seid Ihr nicht bei Euch? Wie können wir denn... die Mineure sind noch nicht halbwegs unter der Mauer durch...« Schwindlig verstummte er und überlegte, ob er zu weit gegangen war. »Warum sollte es darauf ankommen, daß morgen Mittsommerabend ist?« Wieder beugte er das Knie und sagte flehend: »Sprecht mit mir, Elias.«

Der Graf hatte einen Ausbruch seines erzürnten Königs befürchtet, zugleich aber die schwache Hoffnung gehabt, daß sich die alte Kameradschaft doch wieder einstellen könnte. Beide Erwartungen wurden enttäuscht.

»Du kannst das nicht verstehen, Utanyeat«, erwiderte Elias, und seine starren, rotgeränderten Augen hefteten sich auf die Zeltwand oder die leere Luft. »Ich habe... andere Verpflichtungen. Ab morgen wird alles anders.«

Simon hatte geglaubt, er wisse inzwischen, was Winter sei. Nach dem Ritt durch die trostlose Öde der Wüste, den endlosen weißen Tagen voller Wind und Schnee und brennender Augen war er sicher gewesen, es gebe keine weiteren Lektionen mehr, die der Winter ihn lehren könne. Nach den ersten paar Tagen auf dem Urmsheim wunderte er sich selbst über soviel Unschuld.

Einer hinter dem anderen angeseilt, wanderten sie über die schmalen Eispfade und gruben sorgfältig Zehen und Ferse in den Boden, ehe sie den Schritt wirklich taten. Manchmal trieb sie aufkommender Wind vor sich her wie Laub, und sie mußten sich an die eisige Flanke des Urmsheim pressen und dort kleben bleiben, bis das Wehen nachließ. Auch der eigene Halt war etwas Trügerisches; Simon, der sich als

Herrscher über die Gipfel des Hochhorstes immer für einen beachtlichen Kletterer gehalten hatte, sah sich über schmale Wegspuren rutschen, mühsam festgekrallt, bei denen keine zwei Ellen zwischen Wand und Abgrund lagen und nur eine wirbelnde Wolke von Pulverschnee den Pfad von der fernen Erde trennte. Der Blick vom Grünengel-Turm, der ihm einst als Höhepunkt der Welt erschienen war, kam ihm jetzt so kindisch und harmlos vor wie die Aussicht von einem Schemel in der Burgküche.

Vom Bergpfad aus konnte er bald auch andere Bergspitzen und die Wolkenwirbel sehen, die sie umgaben. Unter ihm ausgebreitet lag der Nordosten von Osten Ard, aber in so großer Ferne, daß er lieber nicht hinsah. Aus solcher Höhe hinabzuschauen tat nicht gut. Es führte dazu, daß sein Herz raste und ihm der Atem in der Kehle stecken blieb. Simon wünschte sich aus tiefster Seele, unten geblieben zu sein; jetzt aber lag seine ganze Hoffnung, je wieder herunterzukommen, im Weiterklettern.

Er stellte fest, daß er jetzt oft betete, und hoffte, daß die Erhabenheit der Umgebung seine Worte noch schneller zum Himmel aufsteigen lassen würde.

Die schwindelnden Höhen und sein schnell abnehmendes Selbstvertrauen waren erschreckend genug, aber Simon war durch das Seil um seine Mitte auch mit allen seinen Gefährten verknüpft, mit Ausnahme der nicht angeseilten Sithi. Das bedeutete, daß er sich nicht nur eigener Fehler wegen Sorgen machen mußte; der Fehltritt eines anderen konnte sie wie Gewichte an einer Angelschnur alle hinabziehen und kopfüber in die grenzenlosen, wirbelnden Tiefen stürzen lassen. Sie kamen qualvoll langsam voran, aber keiner, Simon am wenigsten, hätte es anders gewollt.

Aber nicht alle Lehren, die der Berg ihm erteilte, waren unangenehm. Obwohl die Luft so dünn und ätzend kalt war, daß er manchmal das Gefühl hatte, der nächste Atemzug könne ihn zum Eisblock erstarren lassen, erzeugte gerade diese Eiseskälte der Atmosphäre in ihm eine sonderbare Begeisterung, ein Gefühl von Offenheit und Körperlosigkeit, so als wehe ein aufrüttelnder Wind mitten durch ihn hindurch.

Das eisige Antlitz des Berges selbst war von schmerzhafter Schönheit.

Simon hatte sich im Traum nicht vorgestellt, daß Eis Farbe haben könnte; die zahme Sorte, die er kannte, die zur Ädonzeit die Dächer des Hochhorstes mit Girlanden verzierte und im Jonever die Brunnen bedeckte, war diamantklar oder von milchigem Weiß. Im Gegensatz dazu erschien ihm der Eispanzer des Urmsheim, vom Wind und der scheinbar fernen Sonne verformt, verzerrt, uneben, wie ein Traumbild voller Farben und fremdartiger Gebilde. Große Eistürme, von seegrünen und violetten Adern durchzogen, ragten weit über die Köpfe der mühsam Kletternden hinaus. An anderen Stellen waren die Eisklippen abgebrochen und in Kristallbrocken zerfallen, mit edelsteinartigen, rauhen Kanten, in stürmischem Blau geätzt, die in mosaikhafter Verwirrung durcheinanderlagen wie die zurückgelassenen Steinblöcke eines Riesenbaumeisters. Ein Stück weiter standen die schwarzen Gebeine zweier erfrorener, längst abgestorbener Bäume wie im Stich gelassene Posten am Eingang einer in weißen Nebel gehüllten Spalte. Die Sonne hatte die Eiswand, die zwischen ihnen entstanden war, pergamentdünn geschmolzen, so daß die mumifizierten Bäume Torpfosten zum Himmel zu sein schienen, das Eis zwischen ihnen ein schimmernder, vergänglicher Fächer, der das Tageslicht in einen glühenden Regenbogen aus rubin- und nektarinenrotem Licht auflöste, goldene, lavendelblaue und blaßrosige Strudel, von denen Simon überzeugt war, daß neben ihnen selbst die berühmten Fenster der Sancellanischen Ädonitis so stumpf wie Teichwasser und Kerzenwachs aussehen würden.

Doch noch während seine strahlende Oberfläche ihre Augen betörte, schmiedete das kalte Herz des Berges finstere Pläne gegen die ungebetenen Gäste. Am späten Nachmittag des ersten Tages, während Simon und seine sterblichen Gefährten sich noch an den ungewohnt bedächtigen Schritt zu gewöhnen versuchten, den ihnen Binabiks Schuhdorne aufzwangen (die Sithi, die solche Hilfsmittel verachteten, kletterten trotzdem fast genauso langsam und vorsichtig wie die anderen), verdunkelte sich der Himmel so jäh und vollständig wie ein Löschblatt, über das man Tinte schüttet.
»Hinlegen!« schrie Binabik gellend, während Simon und die beiden Erkynländer noch neugierig auf die Stelle starrten, an der eben noch

die Sonne am Himmel gestanden hatte. Hinter Haestan und Grimmric hatte Sludig sich bereits in den harten Schnee geworfen. »Flach auf den Boden!« brüllte der Troll. Haestan zerrte Simon nach unten.

Noch während er sich fragte, ob Binabik weiter vorn auf dem Pfad etwas Gefährliches gesehen hätte – und wie es dann um die beiden Sithi stand, die schon hinter der Biegung verschwunden waren, die der Pfad um einen Teil der südöstlichen Flanke des Urmsheim machte –, hörte Simon, wie sich das Geräusch des Windes, seit Stunden ein leises, stetiges Pfeifen, zum Aufkreischen steigerte. Er spürte ein Zupfen, dann ein heftiges Zerren und grub durch den Pulverschnee die Finger in das darunterliegende Packeis. Gleich darauf drang ihm krachend ein Donnerschlag in beide Ohren. Das erste Dröhnen hallte noch unten im Tal wider, als ihn bereits ein zweites schüttelte wie Qantaqa eine gefangene Ratte. Wimmernd krallte er sich am Boden fest, während die Knochenfinger des Windes ihn zerkratzten und über ihm immer wieder der Donner rollte, als sei der Berg, an den sie sich klammerten, der Amboß eines ungeheuren und entsetzlichen Schmiedes.

Das Gewitter hörte so übergangslos auf, wie es eingesetzt hatte. Noch lange Minuten, nachdem das Schreien des Windes sich gelegt hatte, verharrte Simon dort, wo er lag, die Stirn gegen den eisigen Boden gepreßt. Als er sich endlich aufsetzte, summte es ihm in den Ohren. Aus den Tintenklecksen der Wolken tauchte die weiße Sonne auf. Hinter ihm saß Haestan, verstört wie ein Kind, mit blutender Nase, den Bart voller Schnee.

»Bei Ädon!« fluchte er. »Beim leidenden, geschundenen, sorgenden Ädon und Gott dem Allerhöchsten!« Er wischte sich die Nase mit dem Handrücken ab und starrte töricht auf den blutigen Streifen auf seinem Pelzhandschuh. »Was . . .?«

»Ein Glück, daß wir auf einer breiten Stelle des Pfades standen«, sagte Binabik und richtete sich auf. Obwohl auch er voller Schnee war, sah er beinahe fröhlich aus. »Die Gewitter kommen hier schnell.«

»Schnell . . .« murmelte Simon und blickte nach unten. Er hatte den Knöchel seines rechten Stiefels mit den Dornen durchbohrt, die an den linken geschnallt waren, und es stach so, daß es bestimmt untendrunter blutete.

Einen Augenblick später erschien Jirikis schlanke Gestalt an der Wegbiegung.

»Habt ihr jemanden verloren?« schrie er. Als Binabik zurückrief, alle seien in Sicherheit, grüßte der Sitha spöttisch zu ihm herüber und verschwand wieder.

»Ich sehe keinen Schnee an ihm«, bemerkte Sludig unfreundlich.

»Berggewitter sind sehr schnell«, erwiderte der Troll. »Aber Sithi auch.«

Die Gruppe verbrachte die erste Nacht im Hintergrund einer flachen Eishöhle an der Ostwand des Berges. Die Außenkante des schmalen Pfades war nur fünf oder sechs Ellen von ihnen entfernt, und dahinter wartete der schwarze Abgrund. Simon saß da und schlotterte in der alles durchdringenden Kälte, von Jirikis und An'nais leisem Singen zwar getröstet, aber nicht gewärmt, und ihm fiel etwas ein, das einst, mitten in einem schläfrigen Nachmittag, Doktor Morgenes zu ihm gesagt hatte, als Simon sich über das Leben im überfüllten, kein Alleinsein gestattenden Dienstbotenflügel beklagte.

»*Nimm dir nie einen* Ort *als Heimat*«, hatte der alte Mann erklärt, in der Frühlingswärme zu faul, um mehr als einen Finger zu heben. »*Such dir eine Heimat in deinem eigenen Kopf. Das, was du dazu brauchst – Erinnerungen, Freunde, denen du vertrauen kannst, Liebe zum Lernen und anderes mehr – wirst du schon finden.*« Morgenes hatte gegrinst. »*Auf diese Art wird deine Heimat dich begleiten, wohin es dich auch verschlägt. Nie brauchst du darauf zu verzichten – solange du nicht den Kopf verlierst, natürlich....*«

Simon wußte immer noch nicht so ganz, was der Doktor gemeint hatte; eigentlich war er sicher, daß er sich nichts sehnlicher wünschte, als wieder eine Heimat zu haben. Schon nach einer Woche war ihm Vater Strangyeards kahles Zimmer in Naglimund fast so vorgekommen. Dennoch war etwas Romantisches an der Vorstellung, auf freier Straße zu leben und seine Heimat dort zu finden, wo man gerade Rast machte, wie ein Hyrka-Pferdehändler. Doch war er auch zu anderem bereit. Langsam hatte er den Eindruck, schon seit Jahren unterwegs zu sein – wie lange war es eigentlich in Wirklichkeit?

Als er anhand der Mondwechsel sorgfältig zurückgerechnet hatte, dort, wo er sich nicht mehr recht erinnern konnte, mit Binabiks Hilfe, war er völlig verdutzt, als er feststellte, daß es ... weniger als zwei Monate waren! Erstaunlich, aber wahr: der Troll bestätigte seine Vermutung, daß drei Yuven-Wochen vergangen waren, und Simon wußte genau, daß seine Reise in jener unheilvollen Steinigungsnacht begonnen hatte – in den letzten Stunden des April. Wie sich in diesen sieben Wochen doch die Welt verändert hatte! Und, dachte er dumpf, als er taumelnd in Schlaf sank, überwiegend zum Schlechteren.

Am späten Morgen kletterten die Männer gerade über eine massive Eisscholle, die von der Schulter des Berges abgeglitten war und jetzt wie ein riesiges weggeworfenes Paket quer über ihrem Pfad lag, als Urmsheim zum zweiten Mal zuschlug. Mit einem gräßlichen, mahlenden Geräusch verfärbte sich ein langer Keil der Eisscholle von Blaugrau zu Weiß und brach ab. Er rutschte Grimmric unter den Füßen weg und stürzte zerbröckelnd den Berg hinunter. Dem Erkynländer blieb nur noch Zeit zu einem kurzen, überraschten Aufschrei. Eine Sekunde später torkelte er in die Spalte, die der Keil hinterlassen hatte, und war verschwunden. Noch ehe Simon einen Gedanken fassen konnte, merkte er, wie Grimmrics Sturz ihn nach vorn riß. Er stolperte und streckte verzweifelt die Hand aus, um sich an der Eiswand festzuhalten, aber die schwarze Spalte kam immer näher. In hilflosem Entsetzen sah er durch den Riß des Pfades einen dünnen Streifen leere Luft und darunter die unbestimmten Umrisse der eine halbe Meile tiefer liegenden Klippen. Er schrie und merkte, daß er weiter rutschte. Vergeblich krallten sich seine Finger in den eisglatten Pfad.

Binabik war der erste am Seil. Weil er schnell und erfahren war, gelang es ihm, sich sofort nach vorn zu werfen, als er das Eis brechen hörte; Gesicht nach unten, lag er flach auf der Erde, klammerte sich mit der einen behandschuhten Hand am Eis fest und trieb mit der anderen Pickel und Dornen so tief hinein, wie es nur irgend ging. Dann packte Haestans breite Hand Simon am Gürtel, aber selbst das Gewicht des bärtigen Wachsoldaten konnte ihr unausweichliches Weiterrutschen nicht aufhalten. Grimmrics verborgene Last zog sie nach unten. Unter dem Rand der Spalte schrie er kläglich und schwang hin und her, am Seil über schneewirbelndem Nichts hängend. Ganz hinten stemmte sich Sludig gegen den Boden und brachte Simons und Haestans Vorwärtsbewegungen für einen Augenblick zum Stehen. Angstvoll schrie er nach den Sithi.

An'nai und Prinz Jiriki kamen bereits den Bergpfad herunter. Sie sprangen leichtfüßig wie Schneehasen über die pudrige Oberfläche. Hastig schlugen sie die eigenen Pickel tief in das Eis und befestigten mit raschen Knoten das Ende von Binabiks Seil daran. Der Troll, dadurch befreit, kletterte mit den beiden Sithi um den Rand der Spalte herum und nach hinten zu Sludig, um ihm zu helfen.

Simon spürte, wie der Zug an seinem Gürtel stärker wurde. Langsam wich die Spalte vor ihm zurück. Er glitt rückwärts. Er würde nicht sterben! Wenigstens nicht in diesem Augenblick. Während er wieder Halt zu finden versuchte, bückte er sich nach einem heruntergefallenen Fausthandschuh, und sein Kopf hämmerte.

Nachdem jetzt die gesamte Schar an den Seilen zog, gelang es endlich, Grimmric – inzwischen bewußtlos, das Gesicht in der Kapuze grau – durch die Lücke im Eis nach oben zu hieven und in Sicherheit zu schleifen. Auch als er wieder wach war, dauerte es noch Minuten, bis Grimmric seine Gefährten wiedererkannte, und er schlotterte wie in tödlichem Fieber. Sludig und Haestan bauten aus zwei Pelzmänteln eine Bahre, um ihn zu tragen, bis man anhalten und lagern konnte.

Als sie eine tiefe Kluft fanden, die so weit in den Berg hineinreichte, daß hinten das Gestein zutagetrat, hatte die Sonne die Mitte des Himmels noch kaum überschritten, aber es blieb ihnen nichts übrig, als schon jetzt ihr Lager aufzuschlagen. Mit Brennholz, das sie am Fuß des Urmsheim zusammengesucht und für Anlässe wie diesen mitgeschleppt hatten, zündeten sie ein kleines, kaum kniehohes Feuer an. Bibbernd und mit klappernden Zähnen lag Grimmric daneben und wartete auf den Trolltrank, den Binabik mühevoll zubereitete, indem er Kräuter und Pulver aus seinem Rucksack mit geschmolzenem

Schnee verrührte. Niemand mißgönnte dem Soldaten die kostbare Hitze.

Im Laufe des Nachmittages stieg der schmale Sonnensplitter, der wie ein Pfeil in die Kluft eingedrungen war, an den blauen Wänden hinauf und verschwand dann, und eine noch stärkere und qualvollere Kälte setzte ein. Simons Muskel bebten wie Lautensaiten, und trotz der Pelzkapuze schmerzten ihn die Ohren. Er merkte, wie er – so kopfüber und hilflos, wie er auf die nackte Leere der Spalte zugerutscht war – in einen Wachtraum hineinglitt. Aber statt der öden Kälte, die er erwartet hatte, empfing ihn sein Traum mit warmen, duftenden Armen und hieß ihn willkommen.

Es war wieder Sommer – wie lange mochte das her sein? Doch nein, die Jahreszeiten hatten ihren Kreis endlich wieder vollendet, und die heiße, erwartungsvolle Luft war voller Bienengesumm. Die Frühlingsblumen hingen jetzt prall und überreif am Stengel, knusprig braun an den Rändern wie Judiths Hammelpasteten, die in den Öfen der Burg brutzelten. In den Feldern unterhalb der Hochhorstmauern färbte sich das Gras langsam gelb, um die alchimistische Umformung einzuleiten, die bis zum Herbst dauern würde – bis es dann in goldenen, duftenden Garben aufgestapelt dalag und das Land wie mit kleinen Häuschen übersät aussah.

Simon konnte die Hirten schläfrig vor sich hin singen hören, während sie ihre blökenden Schützlinge über die Wiesen führten; es klang wie ein Echo der Bienen. Sommer! Bald, das wußte er, würden die Feste beginnen . . . das Sankt-Sutrins-Fest, Hlafmansa . . . aber zuerst das, was er am liebsten hatte: Mittsommerabend . . .

Mittsommerabend, wenn alles anders war als sonst und man sich verkleidete, wenn maskierte Freunde und kostümierte Feinde sich unerkannt in der atemlosen Dunkelheit begegneten, wenn die ganze schlaflose Nacht hindurch Musik spielte, der Heckengarten mit Girlanden aus Silberbändern geschmückt war, und lachende, springende Figuren die Stunden des Mondes bevölkerten . . .

»Seoman?« Eine Hand berührte seine Schulter und rüttelte ihn sanft. »Seoman, du weinst ja. Wach auf.«

»Die Tänzer . . . die Masken . . .«

»Wach auf!« Wieder schüttelte ihn die Hand, diesmal kräftiger. Er schlug die Augen auf und schaute in Jirikis schmales Gesicht, nur Stirn und Wangenknochen im trüben, schrägen Licht.

»Du scheinst einen Angsttraum gehabt zu haben«, sagte der Sitha und hockte sich neben Simon nieder.

»Aber... das war es eigentlich gar nicht.« Er schauderte. »Es war S-sommer... es war M-mittsommerabend.«

»Aha.« Jiriki hob die Brauen und zuckte dann geschmeidig die Schultern. »Ich glaube, du bist vielleicht durch Reiche gewandert, in denen du dich nicht aufhalten solltest.«

»Was könnte am Sommer schädlich sein?«

Wieder zuckte der Sithiprinz die Achseln und holte aus seinem Mantel – mit der Gebärde eines Lieblingsonkels, der ein Spielzeug aus der Tasche zieht, um ein flennendes Kind abzulenken – einen glänzenden, in einen zierlich geschnitzten Holzrahmen gefaßten Gegenstand hervor.

»Weißt du, was das ist?« fragte Jiriki.

»Ein... ein Spiegel.« Simon verstand nicht, worauf der Sitha hinauswollte. Wußte er, daß Simon den Spiegel in der Höhle in den Händen gehabt hatte?

Jiriki lächelte. »Ja. Ein ganz besonderer Spiegel, mit einer sehr langen Geschichte. Weißt du, was man mit einem solchen Spiegel anfangen kann? Außer sich das Gesicht zu rasieren, wie die Menschen das tun?« Er strich Simon mit dem ausgestreckten, kühlen Finger über die flaumige Wange. »Kannst du es dir denken?«

»Etwas s-sehen, das w-weit w-weg ist?« erwiderte Simon nach einem Augenblick des Zögerns und wartete auf den Ausbruch, der bestimmt folgen würde.

Der Sitha machte große Augen. »Du hast von den Spiegeln des *Schönen Volkes* gehört?« fragte er endlich voller Verwunderung. »Kommen sie immer noch in euren Geschichten und Liedern vor?«

Simon hätte jetzt leicht der Wahrheit aus dem Weg gehen können. Statt dessen überraschte er sich selber.

»Nein. Ich habe hineingeschaut, als wir in Eurer... Jagdhütte waren.«

Zu seiner noch größeren Überraschung machte Jiriki bei diesem

Geständnis nur ein noch erstauneteres Gesicht. »Du hast andere Orte darin gesehen? Mehr als ein Spiegelbild?«

»Ich sah . . . ich sah die Prinzessin Miriamel . . . m-meine Freundin.« Er nickte und strich über ihren blauen Schal, den er sich um den Hals geknotet hatte. »Es war wie ein Traum.«

Der Sitha starrte düster auf den Spiegel, nicht zornig, sondern als wäre das Glas die Oberfläche eines Teiches, unter der ein unsichtbarer Fisch dahinschoß, den er gern finden wollte.

»Du bist ein junger Mann von großer Willenskraft«, erklärte er schließlich langsam, »größer, als du selbst es weißt – entweder das, oder es haben dich auf irgendeine Weise andere Mächte berührt . . .« Er sah von Simon wieder auf den Spiegel und schwieg eine Weile.

»Dieser Spiegel ist uralt«, fuhr er dann fort. »Er soll eine Schuppe des Urwurmes sein.«

»Was bedeutet das?«

»Der Urwurm, das ist der Wurm, von dem es in vielen Sagen heißt, er ringele sich um die Welt. Wir Sithi jedoch sehen den Wurm als etwas, das alle Welten gleichzeitig umschlingt, die wachenden und die träumenden . . . die, die waren, und die, die sein werden. Er beißt sich selbst in den Schwanz, so daß er weder Ende noch Anfang hat.«

»Ein Wurm? Meint Ihr einen D-d-drachen?«

Jiriki nickte, eine abrupte Bewegung wie bei einem Vogel, der nach Körnern pickt. »Es heißt auch, alle Drachen stammten von diesem Urwurm ab, und jeder sei geringer als sein Vorgänger. Igjarjuk und Shurakai waren weniger gewaltig als ihre Mutter Hidohebhi, die ihrerseits nicht so ungeheuer war wie ihr Vater Khaerukama'o der Goldene. Wenn das alles stimmt, werden die Drachen eines Tages ganz aussterben – sofern sie es nicht schon getan haben.«

»D-das w-wäre gut«, meinte Simon.

»Wirklich?« Wieder lächelte Jiriki, aber seine Augen blieben kalte, glänzende Steine. »Die Menschen werden groß, während die großen Lindwürmer . . . und andere . . . kleiner werden. Das scheint der Lauf der Welt zu sein.« Er streckte sich mit der bebenden, glatten Anmut einer soeben erwachten Katze. »Der Lauf der Welt«, wiederholte er.

»Aber ich habe diese Schuppe des Urwurmes hervorgeholt, weil ich dir etwas zeigen wollte. Möchtest du es sehen, Menschenkind?«
Simon nickte.

»Diese Reise war nicht einfach für dich.« Jiriki warf über die Schulter einen schnellen Blick auf die anderen, die um Grimmric und das winzige Lagerfeuer kauerten. Nur An'nai sah auf, und zwischen den beiden fand ein unerklärlicher, blitzschneller Gedankenaustausch statt. »Schau«, sagte Jiriki.

Der Spiegel, den er in der hohlen Hand hielt wie einen kostbaren Schluck Wasser, schien sich zu kräuseln. Aus seiner Dunkelheit, nur gespalten von einem zackigen, hellgrauen Streifen, dem Spiegelbild des Himmels über der Kluft, in der sie saßen, schienen langsam grüne Lichtpunkte zu wachsen wie seltsame Pflanzensterne, die am Abendhimmel keimten. »Ich will dir einen wirklichen Sommer zeigen«, erklärte Jiriki leise, »wirklicher als alle, die du bisher erlebt hast.«

Die schimmernden grünen Flecken begannen zu flackern und miteinander zu verschmelzen, funkelnde Smaragdfische, die an die Oberfläche eines schattigen Teiches stiegen. Simon fühlte, wie er in den Spiegel hineingezogen wurde, obwohl er seinen Platz nicht verließ und sich nur darüberbeugte. Aus dem einen Grün wurden viele, so viele Schattierungen und Töne, wie es überhaupt gab. Gleich darauf hatten sie sich in ein erstaunliches Gewirr von Brücken, Türmen und Bäumen aufgelöst: eine Stadt und ein Wald, ineinandergewachsen, mitten aus einer grasigen Ebene in die Höhe geschossen – keine Stadt, über die ein Wald hinweggewachsen war wie in *Da'ai Chikiza*, nein, eine blühende, lebendige Verschmelzung von Pflanze und poliertem Stein, von Myrte, Jade und Viridian.

»*Enki-e-Shao'saye*«, flüsterte Jiriki. Das Gras auf der Ebene neigte sich üppig im Wind; scharlachrote, weiße und himmelblaue Banner wehten wie Blumen von den ausladenden Türmen der Stadt. »Die letzte und großartigste Stadt des Sommers.«

»Wo . . . ist . . . sie?« hauchte Simon, hingerissen und bezaubert von soviel Schönheit.

»Nicht *wo*, Menschenkind . . . frag lieber, *wann*. Die Welt ist nicht nur größer, als du weißt, Seoman, sie ist auch viel, viel älter. *Enki-e-*

Shao'saye ist schon lange zu Staub zerfallen. Es lag im Osten des großen Waldes. «

»Zerfallen?«

»Es war der letzte Ort, an dem Zida'ya und Hikeda'ya noch zusammenlebten, vor der großen Trennung. Es war eine Stadt voller Handwerkskunst, vor allem aber voller Schönheit; selbst der Wind in den Türmen machte Musik, und die Lampen in der Nacht leuchteten so hell wie Sterne. Nenais'u tanzte im Mondlicht an ihrem Waldteich, und die bewundernden Bäume neigten sich, um ihr zuzuschauen. « Er schüttelte langsam den Kopf. »Das alles ist nicht mehr. Es war der Sommer meines Volkes. Jetzt stehen wir weit im Herbst. «

»Ist nicht mehr?« Simon konnte die Tragödie noch immer nicht fassen. Ihm war, als könne er in den Spiegel hineingreifen und einen der nadelspitzen Türme mit dem Finger berühren. Er fühlte, wie ihm Tränen in die Augen stiegen. Keine Heimat! Die Sithi hatten ihre Heimat verloren . . . einsam und heimatlos durchstreiften sie die Welt.

Jiriki strich mit der Hand über den Spiegel, der sich sofort trübte. »Dahin«, sagte er. »Aber solange es eine Erinnerung gibt, bleibt auch der Sommer. Und selbst der Winter vergeht. « Er sah Simon lange an, und der Ausdruck von Kummer und Entsetzen im Gesicht des Jungen ließ endlich ein kleines, vorsichtiges Lächeln auf Jirikis Züge treten.

»Sei nicht traurig«, meinte er schließlich und klopfte Simon leicht auf den Arm. »Noch ist das Helle nicht ganz aus der Welt verschwunden – noch nicht. Und nicht alle schönen Orte sind verfallene Ruinen. Noch gibt es *Jao é-Tinuka'i*, die Wohnung meiner Familie und meines Volkes. Vielleicht, wenn wir beide heil von diesem Berg hinunterkommen, wirst du es eines Tages sehen. « Er grinste sein seltsames Grinsen, als habe er einen Plan. »Vielleicht . . . «

Der Rest des Aufstieges zum Urmsheim – drei weitere Tage auf schmalen, gefährlichen Pfaden, kaum mehr als Eisbänder, oder mit mühsam hineingehackten Hand- und Fußrasten über glatte, glasige Eisfelder, zwei weitere Nächte voll heimtückischer, zähneknirschender Kälte – verging für Simon wie ein flüchtiger, wenn auch schmerzhafter Traum. In der furchtbaren Müdigkeit, die ihn quälte, klammerte er sich an Jirikis Geschenk des Sommers – denn es *war* ein Geschenk, das verstand er – und war getröstet. Während seine tauben Finger sich mühsam festkrallten und die erstarrten Füße sich anstrengten, auf dem Weg zu bleiben, dachte er daran, daß es irgendwo Wärme und Dinge wie ein Bett und saubere Sachen geben würde – sogar über ein Bad würde er sich freuen! Das alles wartete irgendwo da draußen, wenn er es nur schaffte, den Kopf weit genug einzuziehen, um lebendig wieder von diesem Berg herunterzukommen.

Wenn man sich einmal wirklich Gedanken darüber machte, grübelte, gab es gar nicht so vieles im Leben, das man *wirklich* brauchte. Zuviel Wünsche zu haben war schlimmer als Habgier: Es war Dummheit – Verschwendung kostbarer Zeit und Mühe.

Langsam arbeitete sich die kleine Schar um das Bergmassiv herum, bis die Sonne, wenn sie morgens aufging, ihnen über die rechte Schulter schien. Die Luft wurde schmerzhaft dünn und zwang sie, häufig stehenzubleiben und Atem zu holen; selbst der zähe Jiriki und der geduldige An'nai bewegten sich langsamer, die Glieder schwer wie von lastenden Gewändern. Die Menschen schleppten sich mühsam vorwärts. Nur der Troll machte eine Ausnahme. Grimmric war dank der Stärke des Qanuc-Elixier wieder auf die Beine gekommen, schlotterte und hustete jedoch beim Klettern.

Von Zeit zu Zeit schwoll der Wind an und trieb die Wolken, die die Schultern des Urmsheim dicht umgaben, auseinander wie zerfetzte Gespenster. Langsam kamen dann auch die schweigenden Nachbarn des Berges zum Vorschein, zerklüftete Gipfel, hoch über der Erde von Osten Ard in erhabene Gespräche vertieft, unbekümmert um die unwürdige und winzige Landschaft zu ihren Füßen. Binabik, der die körperlose Luft des Daches der Welt so bequem atmete, als säße er in der Vorratskammer von Naglimund, zeigte seinen keuchenden Gefährten den breiten, felsigen Mintahoq im Osten und mehrere andere Berge, die die Troll-Fjälle von Yiqanuc begrenzten.

Sie stießen ganz überraschend darauf, als sie noch gut die Hälfte des Berges vor sich hatten. Gerade kämpften sie sich mühsam über einen Felsvorsprung, das Halteseil zwischen ihnen straff wie eine Bogensehne, jeder Atemzug ein Brennen in den Lungen, da hörten sie von einem der Sithi, der vorausgeklettert und nicht mehr zu sehen war, einen seltsamen, pfeifenden Aufschrei. So schnell sie nur konnten, stürzten die Gefährten den Felsen hinauf; die Frage, was wohl dort auf sie wartete, blieb unausgesprochen. Binabik, der erste am Seil, blieb oben auf dem Kamm stehen, ein wenig schwankend, um das Gleichgewicht zu halten.

»Tochter der Berge!« Der Troll rang nach Atem. Eine Dampfwolke strömte aus seinem Mund. Er stand da und rührte sich nicht. Simon kletterte vorsichtig die letzten paar Schritte zu ihm hinauf. Zuerst sah er weiter nichts vor sich als ein neues, weites Tal voller Schnee. Gegenüber erhob sich die weiße Bergwand, die rechte Seite stand der Luft und dem Himmel offen, und eine Reihe verschneiter Klippen zog sich an der Flanke des Urmsheim in die Tiefe. Simon drehte sich um und wollte Binabik fragen, warum er gerufen hätte. Die Frage erstarb ihm auf den Lippen.

Auf der linken Seite grub das Tal sich tief in den Berg hinein. Der Talboden stieg an, während sich die hohen Wände immer mehr einander näherten. An ihrem höchsten Punkt, vom Boden hinaufreichend bis in das Dreieck graublauen Himmels, ragte ihnen der Udunbaum entgegen.

»Elysia, Mutter Gottes!« sagte Simon mit brechender Stimme. »Mutter Gottes«, wiederholte er.

Angesichts der ungeheuerlichen, aberwitzigen Unwahrscheinlichkeit der Erscheinung hielt er sie im ersten Augenblick tatsächlich für einen Baum – einen titanischen Eisbaum, tausend Fuß hoch, dessen Myriaden Äste in der Mittagssonne funkelten und blitzten, während eine Krone aus Nebel die unfaßbar hohe Spitze verhüllte. Erst als er endlich selbst glaubte, daß es Wirklichkeit war, was er da sah – daß ein solches Wunder in einer Welt existieren konnte, die auch so profanen Dingen wie Schweinen, Gartenzäunen und Rührschüsseln Platz bot –, erkannte er allmählich, was tatsächlich vor ihm lag: ein gefrorener Wasserfall, entstanden aus jahrelang heruntergetropftem, geschmolzenem Eis und Schnee, gefangen in Millionen Eiszapfen, ein kristallenes Maßwerk über einem zerklüfteten, steinernen Grat, der den Stamm des Udunbaumes bildete.

Jiriki und An'nai standen nur wenige Ellen oberhalb der Talmulde wie angewurzelt und blickten zu dem Baum auf. Simon folgte Binabik und stieg nicht ohne Mühe zu ihnen hinunter; er fühlte, wie sich das Seil um seine Mitte spannte, als Grimmric oben ankam und ebenfalls zu Stein erstarrte, und wartete dann geduldig ab, bis es Haestan und Sludig genauso ergangen war. Endlich waren sie alle, stolpernd und geistesabwesend, durch den tiefen Schnee auf den Talboden hinuntergeklettert. Die Sithi sangen leise vor sich hin und kümmerten sich nicht um ihre menschlichen Gefährten. Lange Zeit sprach keiner ein Wort. Die Majestät des Udunbaumes schien allen den Atem zu rauben, und die Männer standen nur da und starrten, als sei ihr Inneres von allem leer.

»Wir wollen weitergehen«, sagte endlich Binabik. Simon schrak zusammen und war plötzlich wütend auf den Troll, dessen Stimme ihm vorkam wie ein frecher Eindringling.

»D-d-das ist d-das verd-dammteste Ding, d-das ich je gesehen habe«, stotterte Grimmric.

»Hier ist der alte schwarze Einaug zu den Sternen hinaufgestiegen«, bemerkte Sludig leise. »Gott verzeih mir die Sünde, aber ich kann seine Gegenwart noch fühlen.«

Binabik schlug den Weg über die offene Talsohle ein. Die anderen, vom am Geschirr des Trolls befestigten Seil weitergezogen, folgten schnell. Der Schnee war schenkelhoch und erlaubte nur ein langsames Vorwärtskommen. Nachdem sie mit Mühe ungefähr dreißig Schritte zurückgelegt hatten, riß Simon den Blick von dem Schauspiel los und sah nach hinten. An'nai und Jiriki waren nicht mitgekommen; die beiden Sithi standen Seite an Seite, als warteten sie auf etwas.

Sie stapften weiter. Die Talwände beugten sich noch tiefer zu ihnen hinunter, wie fasziniert von den seltenen Wanderern. Simon sah jetzt, daß der Sockel des Eisbaumes aus einer riesigen, von Löchern durchsetzten Halde verstreuter Gerölltrümmer bestand, verdeckt von den herabhängenden unteren Ästen – die natürlich keine wirklichen Äste waren, sondern unzählige, übereinandergeflossene Schichten geschmolzener und wieder gefrorener Eiszapfen, die untere immer breiter als die nächsthöhere, so daß die untersten Zweige über dem Felsengewirr eine Decke bildeten, halb so groß wie ein Turnierplatz.

Sie waren inzwischen so nah herangekommen, daß die gewaltige Eissäule fast durch das Dach des Himmels hindurchzureichen schien. Als Simon unter Schmerzen den Kopf zurücklegte, um einen letzten Blick auf die kaum sichtbare Baumspitze zu werfen, überkam ihn eine Welle von Überraschung und Furcht. Sekundenlang wurde ihm schwarz vor Augen.

Der Turm! Aus meinen Träumen! Der Turm mit den Ästen! Benommen stolperte er und fiel in den Schnee. Haestan streckte wortlos die breite Hand aus und hob ihn auf. Simon wagte einen zweiten Blick in die Höhe, und ein Angstgefühl, das mehr war als nur Schwindel, überschwemmte ihn.

»Binabik!« schrie er. Der Troll, der gerade in der violetten Dunkelheit verschwinden wollte, die der Schatten des Udunbaumes war, drehte sich hastig um.

»Still, Simon!« zischte er. »Wir wissen nicht, ob wir nicht durch laute Worte scharfes Eis lockern, was wir dann sehr bedauern würden.«

Simon lief durch den klebrigen Schnee weiter, so schnell er konnte.

»Binabik, das ist der Turm, von dem ich geträumt habe – ein weißer Turm mit Ästen wie ein Baum! Das ist er!«

Der Troll musterte die Haufen von gewaltigen Felsblöcken und Steintrümmern an der dunklen Unterseite des Baumes. »Ich dachte, du hättest den Glauben gehabt, es wäre der Grünengel-Turm im Hochhorst, den du sahst?«

»Ja, das habe ich auch – das heißt, es war etwas von beiden. Aber ich hatte diesen hier ja noch nie gesehen, darum wußte ich nicht, daß ein Teil davon auch ein Teil *hiervon* war! Verstehst du?«

Binabik zog die buschigen schwarzen Brauen hoch. »Wenn wir das nächste Mal Zeit finden, werde ich die Knöchel werfen. Jetzt aber haben wir einen Auftrag, der noch unerfüllt ist!«

Er wartete, bis die Nachzügler herangekommen waren, bevor er fortfuhr. »Es ist mein Gedanke«, erklärte er, »daß wir bald ein Lager aufschlagen sollten. Danach können wir die letzten Tageslichtstunden dazu benutzen, nach Zeichen von Colmunds Schar oder dem Schwert *Dorn* zu suchen.«

»Werden sie«, Haestan deutete auf die weit zurückgebliebenen Sithi, »dabei helfen?«

Bevor Binabik eine Meinung dazu äußern konnte, stieß Grimmric einen aufgeregten Pfiff aus und deutete auf die Steintrümmer. »Seht doch!« rief er. »Ich denke, hier war schon jemand vor uns. Seht euch nur die Steine da oben an!«

Simon folgte den Fingern des Soldaten zu einer Stelle etwas weiter oben zwischen den Felsen am Hang. Dort waren im Eingang eines der höhlenartigen Löcher mehrere Reihen Steine aufgeschichtet.

»Du hast recht!« rief Haestan. »Er hat recht! So gewiß, wie Tunaths Gebeine von Norden nach Süden liegen – da oben hat sich jemand ein Lager gebaut.«

»Vorsichtig!« mahnte Binabik eindringlich, aber Simon hatte bereits sein Geschirr abgestreift und war in das Geröll hineingeklettert. Dort, wo er vorsichtig die Füße hinsetzte, lösten sich kleine Lawinen. In wenigen Augenblicken hatte er die Höhle erreicht und blieb, auf einem lockeren Stein schwankend, davor stehen.

»Diese Mauer wurde ganz bestimmt von Menschen errichtet!« rief er aufgeregt nach unten. Die Öffnung der Höhle war vielleicht drei Ellen breit, und jemand hatte eilig, aber nicht ungeschickt, im Eingang Felsen aneinandergeschichtet – vielleicht, um die Wärme nicht hinauszulassen, vielleicht auch, um Tiere am Eindringen zu hindern.

»Schrei nicht, Simon, freundlicherweise«, warnte Binabik. »Wir sind gleich bei dir.«

Ungeduldig sah Simon zu, wie die anderen zu ihm hinaufstiegen. Alle Gedanken an dünne Luft und tödliche Kälte waren für den Augenblick vergessen. Als Haestan gerade über den Steinhaufen klettern wollte, erschienen auch die beiden Sithi unter den überhängenden Ästen des Udunbaumes. Nachdem sie einen kurzen Blick auf die Szene geworfen hatten, näherten sie sich der Höhle so gewandt wie zwei von Ast zu Ast hüpfende Eichhörnchen.

Simon brauchte einen Moment, bis sich sein Blick an das tiefere Dunkel im Inneren der niedrigen Höhle gewöhnt hatte. Als er endlich wieder etwas sehen konnte, dauerte es keine weitere Sekunde, bis seine Augen groß wurden vor Entsetzen.

»Binabik! Es ist . . . sie sind . . .«

Der Troll, der aufrecht stehen konnte, wo Simon hocken mußte, schlug sich mit dem Handballen aufs Brustbein.

»*Qinkipa!*« sagte er. »Sie haben auf unser Kommen gewartet.«

Überall in der Höhle lagen gebräunte Menschenknochen. Die Skelette, nackt bis auf Ausrüstungsgegenstände und Schmuck aus verwittertem schwarzem und grünem Metall, saßen an die Höhlenwände gelehnt da. Eine dünne Eisschicht lag über ihnen wie schützendes Glas.

»Ist das Colmund?« fragte Simon.

»Usires steh uns bei«, würgte hinter ihm Sludig, »nur weg von hier! Die Luft muß voller Gift sein.«

»Hier ist kein Gift«, erwiderte Binabik tadelnd. »Und ob das Herrn Colmunds Leute sind, nun, es scheint mir eine starke Wahrscheinlichkeit zu sein.«

»Es ist eine interessante Frage, wie sie wohl gestorben sein mögen.« In der kleinen Höhle klang Jirikis Stimme erstaunlich laut. »Wenn sie froren, warum drängten sie sich dann nicht wärmesuchend aneinander?« Er deutete auf die in der Kammer verstreuten Knochen. »Und wenn ein Tier sie getötet hat – oder sie sich gegenseitig umbrachten –, wieso sind dann die Knochen so sorgfältig geordnet, als habe sich einer nach dem anderen ordentlich zum Sterben hingelegt?«

»Es gibt Geheimnisse hier, über die eines Tages lange zu sprechen sich lohnt«, entgegnete der Troll, »aber wir haben andere Pflichten, und das Licht schwindet schnell.«

»Kommt alle her«, sagte Sludig mit einer Stimme von schrecklicher Eindringlichkeit, »hierher!«

Er stand vor einem der Skelette. Obwohl die Knochen zu einem rostroten Haufen zusammengesackt waren, hatte es immer noch das Aussehen eines mitten im Gebet vornüber gefallenen Menschen, der mit ausgestreckten Armen gekniet hatte. Zwischen den Knochen der beiden Hände, die halb unter Eis versteckt waren wie Steine in einer Schale mit Milch, lag ein langes, in froststarres, moderndes Öltuch gewickeltes Bündel.

Jäh schien alle Luft aus der Höhle zu weichen. Ein angespanntes, erstickendes Schweigen legte sich auf die Versammelten. Der Troll und der Rimmersmann knieten nieder, als wollten sie dem Beispiel der uralten Gebeine folgen, und begannen mit den Eispickeln auf das gefrorene Bündel einzuhacken. Das Öltuch splitterte wie Borke. Ein langer Streifen sprang ab. Darunter zeigte sich tiefe Schwärze.

»Es ist kein Metall«, sagte Simon enttäuscht.

»*Dorn* ist auch nicht aus Metall«, brummte Binabik, »jedenfalls aus keinem Metall, das du je gesehen hast.«

Sludig gelang es, die Spitze seines Pickels unter das versteinerte Tuch zu schieben, und mit Haestans kräftiger Hilfe rissen sie einen zweiten Streifen herunter. Simon schnappte nach Luft. Binabik hatte recht: Was da wie ein kohlschwarzer Schmetterling aus dem Gefängnis seiner Verpuppung zum Vorschein kam, war kein gewöhnliches Schwert; es war ein Schwert, wie er es noch nie erblickt hatte: so lang wie der Raum zwischen den ausgebreiteten Armen eines Mannes, von Fingerspitze zu Fingerspitze, und schwarz. Die Reinheit dieser Schwärze wurde von den Farben, die an seiner Schneide funkelten, nicht getrübt, so als sei diese Klinge so übernatürlich scharf, daß sie selbst das matte Licht in der Höhle noch in Regenbogen zerschnitt. Wäre die Silberschnur nicht gewesen, die sich als Halt für die Hand um den Griff schlang und das freiliegende Stichblatt und den Knauf so pechschwarz ließ wie den Rest der Klinge, hätte es den Anschein gehabt, als stehe das Schwert überhaupt in keiner Beziehung zu den Menschen. Vielmehr hätte es trotz seiner Symmetrie wie etwas natürlich Gewachsenes gewirkt, die reine Essenz natürlicher Schwärze, durch Zufall manifestiert in der Gestalt eines wundervollen Schwertes.

»*Dorn*«, flüsterte Binabik, und seine Zufriedenheit hatte einen Unterton von Ehrfurcht.

»*Dorn*«, wiederholte Jiriki, und Simon konnte sich *seine* Gedanken, als er das Schwert bei seinem Namen nannte, nicht einmal annähernd vorstellen.

»Dann ist es das also wirklich?« fragte Sludig. »Es ist sehr schön. Was konnte sie töten, solange sie eine Klinge besaßen wie diese?«

Alle starrten weiter auf die Waffe. Endlich richtete sich Grimmric, dem Höhleneingang am nächsten, aus der Hocke auf und schlug die dünnen Arme um sich.

»Wie der Troll sagen würde, ›Schwerter kann man nicht essen‹. Ich mache uns Feuer für die Nacht.« Er trat vor die Höhle und streckte sich. Dabei pfiff er vor sich hin; die Melodie, zuerst leise, erklang bald lauter.

»In den Felsspalten wächst Gestrüpp, das vielleicht zusammen mit unserem Anmachholz brennen wird«, rief Sludig ihm nach.

Haestan beugte sich vor und berührte die schwarze Klinge vorsichtig mit dem Finger. »Kalt«, lächelte er. »Ist ja auch kein Wunder, was?« Er wandte sich, merkwürdig schüchtern, an Binabik. »Darf ich es aufheben?«

Der Troll nickte. »Aber vorsichtig.«

Haestan ließ die Finger unter den schnurumwickelten Griff gleiten und zog, aber das Schwert rührte sich nicht. »Festgefroren«, meinte er. Wieder zog er, diesmal fester, aber mit genauso wenig Erfolg. »Richtig fest angefroren«, keuchte er und zerrte mit aller Macht. Sein Atem stieg als Wolke empor.

Sludig lehnte sich hinüber, um ihm zu helfen. Draußen vor der Höhle hörte Grimmric zu pfeifen auf und murmelte etwas Unverständliches.

Als Rimmersmann und Erkynländer gemeinsam anpackten, bewegte sich das schwarze Schwert endlich, aber anstatt mit einem Ruck die Fesseln des Eises zu durchbrechen, glitt die Klinge lediglich ein kleines Stück zur Seite und blieb dort liegen.

»Es ist nicht angefroren«, schnaufte Sludig. »Es ist schwer wie ein Mühlstein. Wir können es zu zweit kaum bewegen!«

»Wie bekommen wir es dann den Berg hinunter, Binabik?« fragte Simon. Am liebsten hätte er gelacht. Es war alles so albern und sonderbar – ein Zauberschwert zu finden und es dann nicht mitnehmen zu können! Er streckte die Hand aus und fühlte das tiefe, kalte Gewicht des Schwertes – und noch etwas. Wurde es warm? Ja, irgend etwas wie unbestimmtes Leben regte sich unter der kalten Oberfläche, wie eine schlafende Schlange, die langsam erwacht – oder bildete er sich das nur ein?

Binabik betrachtete die unbewegliche Klinge und kratzte sich nachdenklich im zottigen Haar. Da kam Grimmric in die Höhle zurück, wild mit den Armen rudernd. Noch während sich alle nach ihm umdrehten, brach er in die Knie und sackte vornüber, schlaff wie ein Mehlsack.

Ein schwarzer Pfeil, eine andere Art von Dorn, bebte in seinem Rükken.

Blaues Licht badete die Silbermaske und malte ihre Umrisse in bleichem Feuer. Das Gesicht unter der Maske war einst Vorbild ihrer gemeißelten, unmenschlichen Schönheit gewesen, aber kein lebendes Wesen wußte heute noch, was die Maske bedeckte. Seitdem Utuk'kus Gesicht für immer unter ihren schimmernden Linien verschwunden war, hatte die Welt sich unzählige Male gedreht.

Die bläulich überhauchte Maske wandte sich und betrachtete die riesige Steinhalle und ihre tiefen Schatten. Sie musterte ihre hin und her eilende Dienerschar, die sich mühte, ihre Befehle zu erfüllen. Ihre Stimmen erklangen in Liedern zu ihrem Preis und Gedenken; ihre weißen Haare flatterten im ewigen Wind der Halle der Harfe. Beifällig lauschte sie dem Echo der dröhnenden Hexenholzhämmer im endlosen Irrgarten der Gänge, die das gefrorene Nakkiga durchzogen, den Berg, den die Nornen *Maske der Tränen* nannten. Bei den Menschen hieß ihr Wohnort Sturmspitze, und Utuk'ku wußte, daß er sie in ihren Träumen verfolgte . . . und das war gut so. Das silberne Gesicht nickte befriedigt. Alles war bereit.

Die Harfe, die im Nebel über dem Großen Brunnen schwebte, stöhnte plötzlich auf – ein trostloser Ton, wie Wind in den hohen Pässen. Die Nornenkönigin wußte, daß es nicht *seine* Stimme war – nicht *Er*, der die Atmende Harfe zum Singen und Heulen bringen, *Er*, dessen wildes Lied die gesamte Brunnenhalle von unfaßlichen Melodien widerhallen lassen konnte. Eine geringere Stimme war es, die durch die Harfe kroch, in ihren unendlichen Rätseln gefangen wie ein Insekt in einem versiegelten Labyrinth.

Sie hob einen in silberweißem Handschuh steckenden Finger wenige Zoll über den schwarzen Stein ihres Thrones und machte eine winzige Gebärde. Das Stöhnen wurde lauter, und im Nebel über dem Brunnen zitterte etwas und wurde sichtbar – das graue Schwert Jingizu, das in schmerzhaftem Licht pulsierte. Jemand hielt es fest, eine Schattengestalt, die Hand ein formloser Knoten um Jingizus Griff.

Utuk'ku verstand. Sie brauchte den Bittsteller nicht zu sehen. Das Schwert war da, weit wirklicher als jeder Sterbliche, dem sein Besitz für eine kurze Weile gestattet war.

Wer tritt vor die Königin der Hikeda'ya? fragte sie, obwohl sie die Antwort längst wußte.

Elias, Hochkönig von Osten Ard, erwiderte die Schattengestalt. *Ich habe mich entschlossen, die Bedingungen Eures Meisters anzunehmen.*

Das Wort ›Meister‹ erregte ihren Unwillen. *Sterblicher,* entgegnete sie endlich mit königlicher Lässigkeit, *was du wünschst, sollst du erhalten. Aber du hast lange gewartet... fast zu lange.*

Es gab... Das Schattenwesen mit dem Schwert in der Hand schwankte, als sei es erschöpft. Wie fleischlich, wie schwach doch diese Sterblichen waren! Wie hatten sie es nur fertiggebracht, so viel Schaden anzurichten? *Ich dachte,* fuhr es fort, *es würde alles... anders ausgehen. Jetzt willige ich ein.*

Natürlich willigst du ein. Und du sollst erhalten, was dir versprochen wurde.

Habt Dank, o Königin. Auch ich werde Euch geben, was ich versprochen habe.

Natürlich.

Sie senkte die behandschuhten Finger, und die Erscheinung verschwand. Tief im Inneren des Brunnens glühte ein rotes Licht auf, als Er kam. Er nahm die Harfe in Besitz, und sie vibrierte in einer Note vollendeten Triumphes.

»Ich... ich will nicht sterben«, keuchte Grimmric. Blutigen Schaum auf Kinn und Wangen, die schiefen Zähne bleich im aufgerissenen Mund, sah er aus wie ein Hase, den die Hunde gefangen und zerrissen haben. »Es... es ist so verdammt kalt.« Ein Schauer überlief ihn.

»Wer war das?« quiekte Simon, der vor Schreck und Panik die Herrschaft über seine Stimme verloren hatte.

»Ganz gleich«, murmelte Haestan und beugte sich über seinen am Boden liegenden Landsmann, »sie haben uns hier drin wie Ratten in der Falle.«

»Wir müssen weg!« fauchte Sludig.

896

»Wickelt euch die Mäntel um den Arm«, sagte Binabik und holte das Blasrohr aus seinem Wanderstab. »Wir haben keine Schilde gegen die Pfeile, aber das wird wenigstens eine Hilfe sein.«

Ohne ein Wort zu sagen schritt Jiriki über den dahingestreckten Grimmric hinweg nach dem Höhleneingang. An'nai kam mit schmalen Lippen hinterher.

»Prinz Jiriki . . . ?« begann Binabik, aber der Sithi achtete nicht auf ihn.

»Kommt«, sagte Sludig, »wir können sie nicht allein hinausgehen lassen.« Er hob sein Schwert von dem Mantel, auf den er es gelegt hatte.

Während die anderen den Sithi zur Öffnung der Höhle folgten, warf Simon einen Blick auf das schwarze Schwert *Dorn*. Sie hatten einen so langen Weg zurückgelegt, um es zu finden – sollten sie es jetzt verlieren? Was war, wenn sie entkamen, aber von der Höhle abgeschnitten wurden und nicht zurückkehren konnten? Er legte die Hand auf den Griff und spürte wieder das seltsame Erbeben. Er zog daran, und zu seiner Verblüffung bewegte die Klinge sich. Ihr Gewicht war gewaltig, aber mit Hilfe beider Hände schaffte er es, sie von dem gefrorenen Höhlenboden zu lösen.

Was war das? Ihm schwindelte. Zwei starke Männer hatten das Schwert nicht heben können, und ihm gelang es? *Magie?*

Vorsichtig schleppte Simon die lange, qualvoll schwere Klinge zu seinen Gefährten hinüber. Haestan nahm gerade seinen Mantel ab, aber anstatt ihn um den Arm zu wickeln, legte er ihn sanft über Grimmric. Der Verwundete hustete und spie wieder Blut. Beide Erkynländer weinten.

Bevor Simon ein Wort über das Schwert sagen konnte, trat Jiriki aus der Höhle und stellte sich auf den davorliegenden Felsvorsprung, keck wie ein Gaukler.

»Zeigt euch!« schrie er, und die eisigen Talwände warfen schallend das Echo zurück. »Wer wagt es, die Gefährten Prinz Jirikis anzugreifen, Shima'onaris Sohn, Sproß des Hauses der Tanzenden Jahre? Wer will Krieg führen mit dem Ziday'a?«

Wie als Antwort kam ein Dutzend Gestalten die steilen Talwände hinunter und blieb in einem Abstand von hundert Ellen vom Fuß des

Udunbaumes stehen. Sie waren alle bewaffnet, trugen Blendmasken und weiße Kapuzenmäntel und zeigten auf der Brust das dreieckige Mal der Sturmspitze.

»Nornen?« ächzte Simon und vergaß für eine Sekunde den seltsamen Gegenstand in seinen Armen.

»Das sind keine Hikeda'ya«, antwortete An'nai kurz. »Es sind Sterbliche, die Utuk'kus Befehl folgen.«

Einer der Verhüllten machte einen hinkenden, steifbeinigen Schritt nach vorn und nahm die Maske ab. Simon erkannte die sonnverbrannte Haut und den fahlen Bart. »Entfernt Euch, Ziday'a«, sagte Ingen Jegger, und seine Stimme klang langsam und kalt. »Der Jäger der Königin hat keinen Streit mit Euch. Es sind die Sterblichen, die sich hinter Euch ducken, die sich mir widersetzen und denen ich nicht erlauben kann, diesen Ort zu verlassen.«

»Sie stehen unter meinem Schutz, Sterblicher.« Prinz Jiriki klopfte auf sein Schwert. »Geh nach Hause und setz dich wieder unter Utuk-'kus Tisch – hier gibt es keine Krümel für dich.«

Ingen Jegger nickte. »So sei es.« Er winkte nachlässig mit der Hand, und sofort hob einer der Jäger den Bogen und schoß. Jiriki sprang zur Seite und riß Haestan, der unmittelbar hinter ihm gestanden hatte, mit sich. Der Pfeil zersplitterte an einem Felsen neben dem Höhleneingang.

»Hinlegen!« schrie der Prinz. Gleichzeitig sandte An'nai seinerseits einen Pfeil ab. Die Jäger unten zerstreuten sich, wobei sie einen der ihren mit dem Gesicht nach unten im Schnee liegen ließen. Simon und seine Gefährten hasteten in großen Sprüngen über die schlüpfrigen Felsen zum Fuß des Eisbaumes. Pfeile zischten an ihnen vorbei.

Es dauerte nur Minuten, bis die mageren Pfeilvorräte beider Seiten erschöpft waren, allerdings nicht ohne daß Jiriki einen zweiten von Ingens Räubern durchbohrt hatte, indem er das Auge des fliehenden Mannes so säuberlich mit dem Pfeil traf, als schösse er einen Apfel von einer Steinmauer. Neben dem Sithi-Prinzen wurde Sludig ins Fleisch des Oberschenkels getroffen, aber der Pfeil war vorher von einem Stein abgeprallt, und der Rimmersmann konnte die Spitze herausziehen und hinkend Deckung suchen.

Simon duckte sich hinter einer Felsnase, die ein Teil des Udunbaum-

Stammes war, und verwünschte sich, weil er seinen Bogen und die kostbaren Pfeile oben in der Höhle gelassen hatte. Er sah zu, wie An'nai, dessen Köcher inzwischen auch leer war, den Bogen fortwarf und das schlanke, dunkle Schwert aus der Scheide zog; das Gesicht des Sitha war so ungerührt, als repariere er Zäune. Simon war ganz sicher, daß man ihm die überwältigende Angst an der Nasenspitze ansehen müßte, das Herz, das immer wieder aussetzte, das hohle Gefühl im Magen. Er sah hinunter auf *Dorn* und fühlte wieder, wie etwas darin zum Leben erwachte. Die Schwere hatte sich verwandelt, belebt, als wäre sie voller summender Bienen; das Schwert kam ihm vor wie ein gefesseltes Tier, das den verlockenden Duft der Freiheit einatmet und sich zu regen beginnt.

Ein Stückchen weiter links, auf der anderen Seite des steinernen Stammes, schlichen Haestan und Sludig nach vorn, indem sie die riesigen, herabhängenden Eisäste als Deckung benutzten. Unten im Tal sammelte Ingen, jetzt sicher vor Pfeilen, seine Jäger zum Angriff.

»Simon!« zischte jemand. Erschrocken fuhr der Junge herum und sah Binabik, der über seinem Kopf auf der Felsnase hockte.

»Was machen wir jetzt?« fragte Simon und versuchte dabei erfolglos, seiner Stimme einen gleichmütigen Klang zu geben. Der Troll seinerseits starrte fassungslos auf *Dorns* schwarze Länge hinunter, die sich in Simons Arme schmiegte wie ein Kind.

»Wie...?« begann Binabik, das runde Gesicht voller Staunen.

»Ich weiß nicht. Ich habe es einfach hochgehoben. Ich weiß wirklich nicht! *Was machen wir jetzt?*«

Der Troll schüttelte den Kopf. »Du bleibst, wo du bist. Ich werde helfen, so gut ich kann. Ich wünschte nur, ich hätte einen Speer.« Er sprang leichtfüßig nach unten und überschüttete Simon im Vorbeijagen mit einer Wolke von kleinen Steinchen.

»Für Josua Ohnehand!« brüllte Haestan und stürmte unter den vorspringenden Ästen des Udunbaumes hervor und in das weiße Tal hinunter. Sludig hinkte zielstrebig hinterdrein. Sobald sie den Tiefschnee erreichten, wurden sie langsamer; es sah aus, als liefen sie durch Sirup. Ingens Jäger kamen ihnen im gleichen zögernd-tödlichen Tanz entgegen.

Haestan hob das schwere Schwert, aber noch bevor er den Angreifern gegenüberstand, fiel die erste Gestalt im weißen Mantel und umklammerte mit den Händen ihren Hals.

»Yiqanuc!« schrie Binabik triumphierend und hockte sich hin, um sein Blasrohr neu zu stopfen.

Das Tal hallte von Schwertgeklirr wider, als Ingens erste Männer auf Haestan und Sludig trafen. Zwar folgten ihnen die Sithi, die leichtfüßig über den Schnee flogen, auf dem Fuße, aber dennoch waren die Gefährten weit in der Minderzahl. Eine flache Klinge traf Haestans Schädel unter der Kapuze, und er ging in einer Wolke von Schnee zu Boden. Nur An'nai, der sich mit einem Satz vor ihn stellte, verhinderte, daß er sofort aufgespießt wurde.

Klingen blinkten im matten Sonnenlicht, und Wut- und Schmerzensschreie übertönten beinahe noch das Klirren des Metalls. Simon sah mit sinkendem Mut, daß Binabik, dessen übrige Dornen sich gegen die dicken Mäntel der Jäger als wirkungslos erwiesen hatten, das lange Messer aus dem Gürtel zog.

Wie kann er so tapfer sein? Er ist doch so klein – sie werden ihn töten, bevor er nahe genug an sie herankommt!

»Binabik!« schrie er und sprang auf. Er schwang das schwere schwarze Schwert über den Kopf und spürte, wie ihn die entsetzliche Last niederzwingen wollte, während er noch vorwärtsstolperte.

Plötzlich hob sich unter seinen Füßen die Erde. Breitbeinig torkelte er weiter. Es kam ihm vor, als wanke der ganze Berg. Ein grollendes Aufkreischen durchbohrte ihm die Ohren. Es klang, als schleife man einen schweren Felsblock durch einen Steinbruch. Die Kämpfenden hielten verblüfft inne und starrten auf ihre Stiefel.

Mit einem neuen grausigen Schrei des gefolterten Eises begann sich der Boden zu wölben. Mitten im Talgrund, nur wenige Ellen von der Stelle, an der Ingen Jegger mit weit aufgerissenen Augen in entsetzter Verwirrung stand, schob sich eine mächtige Eisscholle nach oben und richtete sich splitternd und bockend auf. Schnee fiel in großen Wehen von ihr herunter.

Von der jähen Bewegung des Erdbodens nach vorn geschleudert, taumelte Simon und stürzte vorwärts. *Dorn* fest umklammert, kam er genau in der Mitte zwischen den beiden Parteien zum Halt. Aber niemand schien ihn zu bemerken, alle standen wie angewurzelt, als hätte das Eis des Udunbaumes ihr Blut in lähmenden Frost verwandelt. Sie stierten das Unfaßliche an, das jetzt durch den Schnee brach.

Der Eisdrache.

Aus der neu entstandenen Spalte stieß ein mannshoher Schlangenkopf, weißschuppig, das Maul voller Zähne, die starren Augen blau und wolkig. Auf seinem langen Hals wiegte er sich geschmeidig nach allen Seiten, als beobachte er neugierig die winzigen Geschöpfe, die ihn aus jahrelangem Schlummer erweckt hatten. Dann schoß er mit grausiger Schnelligkeit vor und packte einen der Jäger mit seinen Kiefern, biß ihn entzwei und verschlang seine Beine. Der zerquetschte, blutige Leib fiel in den Schnee wie ein fortgeworfener Lumpen.

»*Igjarjuk!* Es ist Igjarjuk!« rief Binabik mit dünner Stimme. Der elfenbeinglänzende Kopf schnappte nach einem zweiten weißgekleideten Leckerbissen. Als die übrigen, die Gesichter leer vor Grauen, auseinanderstoben, griffen weiße Füße mit gespreizten Klauen nach dem Rand der Spalte, und der lange Drachenleib, auf dessen Rücken seltsam bleiches Fell wucherte, gelblich wie altes Pergament, kroch langsam empor. Ein peitschenartiger Schwanz von der Länge einer Turnierbahn fegte zwei weitere schreiende Jäger in den Abgrund.

Simon saß betäubt im Schnee. Er konnte das Ungeheuer, das auf dem Rand der Eisspalte hockte wie eine Katze auf der Stuhllehne, einfach nicht fassen. Jetzt senkte sich der Kopf mit der langgestreckten Schnauze, um ihn zu betrachten, und die trüben, blauen Augen, die niemals blinzelten, musterten ihn mit gelassener, uralter Bosheit. Simon tat der Kopf weh, als versuche er durch Wasser hindurchzuschauen – diese Augen, die so hohl waren wie Gletscherspalten! Es sah ihn, ja, es *erkannte* ihn auf irgendeine Weise – es war so alt wie die Gebeine der Berge, so weise und grausam und achtlos wie die Zeit selbst.

Die Kiefer öffneten sich und ein schwarzer Zungensplitter zischte hervor wie ein Messer und kostete die Luft. Der Kopf nickte näher.

»*Ske'i,* Hidohebhi-Brut!« rief eine Stimme, und gleich darauf war An'nai auf den Rücken des Untiers gesprungen. Er hielt sich im dikken Pelz fest, hob singend sein Schwert und hackte auf ein schuppiges Hinterbein ein. Simon kam auf die Füße und stolperte rückwärts. Der Drache hob den Schwanz und schleuderte den Sitha fort. An'nai flog fünfzig Ellen durch die Luft und landete am steilen Außenrand des Tales im Schnee, wo er zusammenbrach, nur noch Nebel zwischen sich und der Tiefe. Mit einem Aufschrei der Wut und Verzweiflung rannte Jiriki ihm nach.

»Simon!« brüllte der Troll. »*Lauf!* Wir können dir nicht helfen!«

Noch während er rief, lichtete sich der Nebel, der Simons Verstand getrübt hatte. Schon war er aufgesprungen und lief hinter Jiriki her. Binabik, der am anderen Rand der Spalte gestanden hatte, warf sich, als der Drache von neuem zuschnappte, nach hinten, und die gewaltigen Kiefer schlossen sich mit einem Krachen, als fiele ein eisernes Tor ins Schloß, über leerem Raum. Der Troll versank in einer Eisspalte und war nicht mehr zu sehen.

Jiriki, reglos wie eine Statue, saß über An'nais Körper gebeugt. Als er auf ihn zustürmte, warf Simon einen kurzen Blick über die Schulter und stellte fest, daß Igjarjuk von der zerbrochenen Eiszinne heruntergeglitten war und ihm durch das kleine Tal folgte. Die kurzen Beine gruben sich tief in das Eis, während er sich über den Boden schob und die Entfernung zwischen sich und seiner stolpernden Beute rasch immer mehr verringerte. Simon wollte Jirikis Namen rufen, aber seine Kehle war wie zugeschnürt; alles, was er herausbrachte, war ein ersticktes Ächzen. Der Sitha drehte sich um. Seine Bernsteinaugen leuchteten. Er stand auf und stellte sich neben den Körper seines Kameraden, das lange, runenbedeckte Hexenholzschwert kampfbereit vor sich.

»Komm, Uralter!« schrie Jiriki. »Komm und koste *Indreju*, du Bastardkind Hidohebhis!«

Simon verzog das Gesicht und wühlte sich weiter auf den Prinzen zu. *Unnötiges Geschrei – der Drache kommt von ganz allein zu uns.*

»Stell dich hinter mich«, wollte Jiriki gerade sagen, als Simon ihn endlich erreicht hatte. In diesem Augenblick kippte der Sitha jäh nach hinten; der Schnee unter ihm hatte nachgegeben. Jiriki rutschte rückwärts an den Talrand und in die leere Weite darunter. Vergeblich versuchte er sich im Schnee festzuhalten, kam in letzter Sekunde zum Stehen, blieb an den Boden gekrallt hängen; seine Füße baumelten über dem Nichts. Eine Elle daneben lag unbeachtet An'nai, ein blutiges Gewirr von Armen und Beinen.

»Jiriki . . .!« Simon verstummte. Hinter ihm ertönte ein Geräusch wie Donner. Er wirbelte herum und sah die gewaltige weiße Masse Igjarjuks auf sich zukommen. Im Takt zur Bewegung der Beine, die ihn vorwärtstrugen, peitschte sein Kopf von einer Seite zur anderen. Simon machte einen Sprung nach der von Jiriki und An'nai entfernten Seite, rollte durch den Schnee und kam wieder auf die Füße. Die blauen Untertassenaugen wichen nicht von ihm, und das Tier, keine hundert Schritte entfernt, schwenkte um und folgte.

Simon merkte plötzlich, daß er noch immer *Dorn* umklammert hielt. Er hob es in die Höhe. Es war auf einmal so leicht wie eine Weidengerte und schien unter seinen Händen zu singen wie ein Tau im Wind. Er schaute kurz hinter sich: ein paar Schritte fester Boden, dann leere Luft. In den wirbelnden Nebeln über dem Abgrund schwebte einer der fernen Gipfel – weiß, ruhig, gelassen.

Usires steh mir bei, dachte er, *warum ist der Drache so lautlos?* Sein Geist schien lose in seinem Körper zu treiben. Eine Hand stahl sich zu Miriamels Schal, dann packte er von neuem den silberumspannten Griff. Vor ihm türmte sich Igjarjuks Kopf, der Rachen wie ein schwarzes Loch, das Auge eine blaue Laterne. Die Welt schien aus Schweigen zu bestehen.

Was sollte er als letztes rufen?

Während der frostige Moschus des Drachen schon zu ihm herüberwehte, ein Gestank nach saurer, kalter Erde und nassen Steinen, erinnerte er sich an das, was Jiriki einst über die Sterblichen gesagt hatte.

»Hier bin ich!« schrie er und ließ *Dorn* pfeifend auf das tückische Auge zusausen. »*Ich bin . . . Simon!*«

Die Klinge traf, und ein Schwall schwarzen Blutes überströmte ihn, brannte wie Feuer, wie Eis, versengte sein Gesicht; und etwas Großes, Weißes stürzte krachend auf ihn zu und riß ihn hinab ins Dunkel.

XLIII

Dem Erdboden gleich

Das Rotkehlchen landete auf einem niedrigen Ulmenast. Seine orangefarbige Brust leuchtete wie verlöschende Glut. Es drehte langsam den Kopf nach allen Seiten und betrachtete den Kräutergarten. Dabei zwitscherte es ungeduldig, als sei es unzufrieden, alles so verwahrlost vorzufinden.

Josua sah es fortfliegen, in einem Bogen über die Gartenmauer, dann steil aufwärts über die Zinnen der inneren Burg. Sekunden später war es nur noch ein schwarzer Fleck in der hellgrauen Morgendämmerung.

»Das erste Rotkehlchen seit langer Zeit. Vielleicht ist es ein Zeichen der Hoffnung in diesem finsteren Yuven.«

Der Prinz drehte sich überrascht um. Hinter ihm auf dem Weg stand Jarnauga, den Blick auf die Stelle gerichtet, an der gerade noch der Vogel gesessen hatte. Der Alte, dem die Kälte nichts anzuhaben schien, war nur mit Hosen und einem dünnen Hemd bekleidet; die weißen Füße waren nackt.

»Guten Morgen, Jarnauga«, sagte Josua und zog den Mantel um den Hals ein wenig enger, als lasse ihn die Unempfindlichkeit des Rimmersmannes die Kälte nur noch stärker spüren. »Was führt dich so früh in den Garten?«

»Mein alter Körper braucht wenig Schlaf, Prinz Josua«, lächelte der andere. »Und ich könnte Euch das gleiche fragen, wenn ich die Antwort nicht zu kennen glaubte.«

Josua nickte trübe. »Seit ich zum ersten Mal die Verliese meines Bruders betrat, habe ich nicht mehr gut geschlafen. Zwar wohne ich inzwischen bequemer, aber auch wenn ich nicht mehr in Ketten liege, läßt mich doch die Sorge nicht zur Ruhe kommen.«

»Es gibt viele Arten von Gefangenschaft«, nickte Jarnauga.

Eine Weile wanderten sie schweigend durch das Gewirr der Pfade. Der Garten war einst der Stolz der Herrin Vara gewesen, nach ihren peinlich genauen Anweisungen angelegt – für ein Mädchen, das im Planwagen geboren war, tuschelten die Hofleute des Prinzen, legte sie wirklich übertrieben viel Wert auf Eleganz. Jetzt freilich war der Garten vernachlässigt, zum einen des schlechten Wetters wegen, zum anderen wegen allzuvieler weit dringlicherer Dinge, die getan werden mußten.

»Irgend etwas stimmt nicht, Jarnauga«, sagte Josua endlich. »Ich kann es fühlen. Ich kann es beinahe riechen, wie ein Fischer das Wetter. Was brütet mein Bruder aus?«

»Mir scheint, er tut sein bestes, um uns alle zu töten«, erwiderte der alte Mann, und ein bitteres Grinsen verzog sein ledriges Gesicht. »Ist es das, was ›nicht stimmt‹?«

»Nein«, erklärte der Prinz ernsthaft. »Nein. Das ist ja gerade das Bedenkliche. Seit einem Monat wehren wir ihn ab, unter bitteren Verlusten – Baron Ordmaer, Herr Grimsted, Wuldorcen von Caldsae und Hunderte wackerer freier Männer –, aber es ist jetzt fast vierzehn Tage her, daß er den letzten wirklichen Angriff unternommen hat. Seine Attacken waren . . . eher beiläufig. Er tut nur so, als belagere er uns. Warum?« Er setzte sich auf eine niedrige Bank, Jarnauga neben ihn. »Warum?« wiederholte er.

»Nicht immer wird eine Belagerung mit Waffengewalt gewonnen. Vielleicht will er uns aushungern.«

»Aber warum greift er dann überhaupt an? Wir haben unseren Gegnern schreckliche Verluste zugefügt. Warum wartet er nicht einfach ab? Es sieht aus, als lege er nur Wert darauf, uns in unseren Mauern festzuhalten und selber draußen zu bleiben. Was hat Elias vor?«

Der Alte zuckte die Achseln. »Wie ich Euch schon gesagt habe: Ich sehe vieles, aber das, was in den Herzen der Menschen liegt, überschreitet die Kraft meiner Augen. Bisher haben wir überlebt. Seien wir dankbar.«

»Das bin ich auch. Aber ich kenne meinen Bruder. Er gehört nicht zu denen, die geduldig dasitzen und abwarten. Es liegt etwas in der Luft, irgendein Plan . . .« Er verstummte und starrte auf ein verwildertes Hohnblatt-Beet. Die Blüten hatten sich nicht geöffnet, und unter den ineinandergewachsenen Stengeln stand frech das Unkraut, wie Aasfresser sich unter eine sterbende Herde mischen.

»Er hätte ein großartiger König sein können, weißt du«, sagte Josua unvermittelt, als beantworte er eine unausgesprochene Frage. »Es gab eine Zeit, in der er nur stark war und kein Tyrann. Das heißt, er war zwar manchmal grausam, als wir jünger waren, aber nur mit dieser unschuldigen Grausamkeit, die große Jungen den kleineren gegenüber zeigen. Er hat mir sogar manches beigebracht – Schwertfechten, Ringen . . . Von mir hat er nie etwas gelernt. Er hat sich für die Dinge niemals interessiert.« Der Prinz lächelte traurig.

»Wir hätten sogar Freunde sein können . . .« Der Prinz faltete die langen Finger und blies warmen Atem hinein. »Wenn nur Hylissa am Leben geblieben wäre.«

»Miriamels Mutter?« fragte Jarnauga leise.

»Sie war sehr schön, eine südliche Schönheit – schwarze Haare, weiße Zähne. Sehr scheu war sie; aber wenn sie lächelte, war es, als habe man eine Lampe entzündet. Und sie liebte meinen Bruder – so gut es ihr möglich war. Aber sie hatte auch Angst vor ihm: so laut, so groß. Und sie war sehr klein . . . schlank wie eine Weide . . . erschrak, wenn man nur ihre Schulter berührte . . .« Der Prinz sprach nicht weiter, sondern saß gedankenverloren da. Durch die Wolken am Himmel floß wäßriger Sonnenschein und brachte ein wenig Farbe in den öden Garten.

»Ihr klingt, als hättet Ihr viel von ihr gehalten«, meinte der alte Mann sanft.

»Oh, ich liebte sie.« Josua sprach in sachlichem Ton, den Blick noch immer fest auf das Hohnblattgestrüpp gerichtet. »Ich brannte vor Liebe zu ihr. Ich betete zu Gott, mich von dieser Liebe zu befreien, obwohl ich wußte, daß ich dann nur noch eine leere Hülle sein würde, ihres lebendigen Kernes beraubt. Nicht, daß meine Gebete mir etwas genützt hätten. Und ich glaube, auch sie liebte mich; oft sagte sie, ich sei ihr einziger Freund. Niemand kannte sie so gut wie ich.«

»Ahnte Elias etwas davon?«

»Natürlich. Er hatte jeden im Verdacht, der bei den Festveranstaltungen des Hofes auch nur neben ihr stand, und ich war ständig an ihrer Seite. Aber immer in Ehren«, fügte er hastig hinzu und unterbrach sich sofort wieder. »Warum nehme ich das so wichtig, selbst heute noch? Usires vergib mir, ich wünschte nur, wir *hätten* ihn betrogen!« Josua biß die Zähne zusammen. »Ich wünschte, sie wäre meine tote Geliebte und nicht nur die verstorbene Gattin meines Bruders.« Er starrte anklagend auf den vernarbten Fleischklumpen, der aus seinem rechten Ärmel ragte. »Ihr Tod liegt auf meinem Gewissen wie ein großer Stein – es war meine Schuld! Mein Gott, wir sind ein vom Unheil verfolgtes Geschlecht.«

Er hielt inne, als sich auf dem Pfad Schritte näherten.

»Prinz Josua! Prinz Josua, wo seid Ihr?«

»Hier«, rief der Prinz zerstreut, und einen Augenblick später tauchte einer seiner Wachsoldaten hinter einer Heckenwand auf.

»Mein Prinz!« keuchte er und beugte das Knie. »Herr Deornoth bittet Euch, sofort zu ihm zu kommen!«

»Sind sie schon wieder unter den Mauern?« fragte Josua, stand auf und schüttelte sich den Tau vom wollenen Mantel. Seine Stimme klang noch immer unbeteiligt.

»Nein, Herr«, antwortete der Wachsoldat, und sein Mund unter dem Schnurrbart klappte erregt auf und zu, als wäre er ein bärtiger Fisch. »Es ist Euer Bruder – ich meine, der König, Herr. Er zieht sich zurück. Die Belagerung ist beendet!«

Der Prinz warf Jarnauga einen verwirrten, sorgenvollen Blick zu, als sie hinter dem aufgeregten Wächter den Pfad entlanghasteten.

»Der Hochkönig hat aufgegeben!« schrie Deornoth, sobald Josua mit vom Wind geblähtem Mantel die Treppe hinaufkam. »Seht doch! Er zieht den Schwanz ein und rennt!«

Deornoth drehte sich um und gab Isorn einen kameradschaftlichen Schlag auf die Schulter. Der Herzogssohn grinste, während der neben ihm stehende Einskaldir dem jungen Erkynländer einen finsteren Blick zuwarf, damit er nur nicht auf den Gedanken kam, etwas so Närrisches auch bei ihm zu versuchen.

»Also was ist?« fragte Josua und drängte sich neben Deornoth auf die leicht abgesackte Vormauer. Genau unter ihnen lagen die zerschmetterten Überreste eines Mineurkastens, Beweis für den vergeblichen Versuch, die Vormauer durch Untertunneln zum Einsturz zu bringen. Die Mauer war ein paar Fuß eingebrochen, hatte aber gehalten; Dendinis hatte für Jahrtausende gebaut. Die Mineure hatten die Holzpfeiler, die ihren Tunnel stützten, in Brand gesetzt und waren von den wenigen Steinen, die sie selber gelockert hatten, erschlagen worden.

Drüben lag Elias' Feldlager, ein Ameisenhaufen geschäftiger Betriebsamkeit. Die noch übrigen Belagerungsmaschinen waren umgekippt und zerstört worden, damit niemand sonst einen Vorteil von ihnen hätte; die Vielzahl der Zeltreihen war verschwunden, als hätten Sturmböen sie aufgewirbelt und fortgeweht. Schwache Geräusche – fernes Schreien der Fuhrleute und Peitschengeknall – drangen zu ihnen herauf: Die Wagen des Hochkönigs wurden beladen.

»Er zieht sich zurück!« sagte Deornoth beglückt. »Wir haben es geschafft!«

Josua schüttelte den Kopf. »Warum? Warum sollte er? Wir haben ihm kaum einen Bruchteil seiner Truppen genommen.«

»Vielleicht hat er eingesehen, wie stark Naglimund ist«, meinte Isorn und spähte nach unten.

»Und warum hungert er uns dann nicht aus?« fragte der Prinz. »Ädon! Was geht hier vor? Ich könnte mir noch vorstellen, daß vielleicht Elias selber zum Hochhorst zurückkehrt – aber warum läßt er nicht einmal eine symbolische Belagerung weiterbestehen?«

»Um uns herauszulocken«, meinte Einskaldir gelassen. »In offenes Gelände.« Mit finsterer Miene rieb er mit rauhem Daumen über die Klinge seines Messers.

»Das könnte sein«, erwiderte der Prinz, »aber er müßte mich besser kennen.«

»Josua...« Jarnauga blickte über das abziehende Heer in den Morgendunst, der den nördlichen Himmel verschleierte. »Es stehen seltsame Wolken oben im Norden.«

Die anderen bemühten sich, seinem Blick zu folgen, konnten aber nur die unbestimmten Anfänge der Frostmark erkennen.

»Was für Wolken?« erkundigte der Prinz sich schließlich.

»Sturmwolken. Äußerst ungewöhnlich. Wie keine, die ich jemals südlich des Gebirges gesehen habe.«

Der Prinz stand am Fenster und lauschte dem Raunen des umherstreifenden Windes, die Stirn an den kalten Steinrahmen gepreßt. Unter ihm lag im Mondschein der schmale Hof, und die Bäume schwankten.

Vara streckte einen weißen Arm unter der Pelzdecke hervor.

»Was habt Ihr, Josua? Es ist kalt. Schließt das Fenster und kommt zurück ins Bett.«

Er drehte sich nicht um. »Der Wind geht, wohin er will«, sagte er ruhig. »Man kann ihn nicht vor der Tür lassen und ihn auch nicht einsperren, wenn er wieder hinaus will.«

»Es ist zu spät in der Nacht für Eure Rätsel, Josua«, entgegnete sie. Gähnend fuhr sie sich mit den Fingern durch das tintenschwarze Haar, so daß es auf dem Laken ausgebreitet lag wie schwarze Schlangen.

»Es ist vielleicht zu spät für viele Dinge«, meinte er und setzte sich zu ihr auf das Bett. Seine Hand streichelte sanft ihren langen Hals, aber noch immer sah er zum Fenster hinüber. »Es tut mir leid, Vara. Ich bin ... verwirrend, ich weiß es. Nie war ich der rechte Mann ... für meine Lehrer nicht, für meinen Bruder, für meinen Vater ... und nicht für Euch. Manchmal frage ich mich, ob ich nicht in der falschen Zeit geboren bin.« Er hob den Finger, um über ihre Wange zu streichen, und ihr warmer Atem berührte seine Hand. »Wenn ich die Welt sehe, wie sie sich mir darstellt, empfinde ich nur tiefe Einsamkeit.«

»Einsamkeit?« Vara setzte sich auf. Die Pelzdecke glitt herab, und das Mondlicht malte Streifen auf die glatte Elfenbeinhaut. »Bei meinem Stamm, Josua, Ihr seid ein grausamer Mensch! Immer noch bestraft Ihr mich für den Fehler, der Prinzessin helfen zu wollen. Wie könnt Ihr mein Bett teilen und Euch einsam nennen? Geht fort, Ihr Kopfhänger, schlaft mit Euren kalten Nordmädchen oder in einer Mönchszelle. So geht doch!«

Sie schlug nach ihm, und er packte ihren Arm. Trotz ihrer Schlankheit war sie kräftig und versetzte ihm mit der anderen Hand zwei Schläge, bevor er sich über sie rollen und sie mit seinem Gewicht festhalten konnte.

»Friede, Herrin, Friede!« sagte er und lachte, obwohl sein Gesicht brannte. Vara starrte ihn finster an und wand sich, um freizukommen. »Ihr habt recht«, erklärte er. »Ich habe Euch gekränkt und bitte um Verzeihung. Ich heische Frieden.« Er beugte sich über sie und küßte ihren Hals und die zorngerötete Wange.

»Kommt näher, und ich werde Euch beißen«, zischte sie. Ihr Körper bebte unter seinem. »Ich hatte Angst um Euch, als Ihr in die Schlacht zogt, Josua. Ich dachte, Ihr würdet sterben.«

»Ich hatte nicht weniger Angst, Herrin. Es gibt so vieles auf der Welt, vor dem man sich fürchten kann.«

»Und nun fühlt Ihr Euch einsam.«

»Einsam«, sagte der Prinz und bot ihr die Lippen zum Hineinbeißen, »kann man sich in der vornehmsten und besten Gesellschaft fühlen.«

Ihr Arm, wieder frei, schlang sich um seinen Hals und zog ihn zu ihr. Das Mondlicht tauchte ihre verschlungenen Glieder in Silber.

Josua ließ seinen Beinlöffel in die Suppenschale zurücksinken und beobachtete zornig die kleinen Strudel, die die Oberfläche kräuselten. Der Speisesaal summte vom Lärm vieler Stimmen.

»Ich kann nicht essen. Ich *muß* es wissen!«

Vara, die schweigend, aber mit ihrem gewöhnlichen guten Appetit aß, warf ihm über den Tisch einen beunruhigten Blick zu.

»Was immer auch geschieht, Prinz«, meinte Deornoth schüchtern, »Ihr braucht Eure Kraft.«

»Ihr werdet sie brauchen, um zu Eurem Volk zu sprechen, Prinz Josua«, bemerkte Isorn, den Mund voll Brot. »Die Menschen sind aufgeregt und verunsichert. Der König ist abgezogen. Warum feiern wir kein Fest?«

»Ihr wißt verdammt gut, warum nicht!« fauchte Josua und hob die Hand an die schmerzende Schläfe. »Ihr müßt doch sehen, daß es eine Falle ist – daß Elias niemals so leicht aufgeben würde!«

»Wenn Ihr meint«, antwortete Isorn, schien jedoch nicht recht überzeugt zu sein. »Das heißt aber nicht, daß die Leute, die in der inneren Burg eingepfercht sind wie Vieh –«, er deutete mit der großen Hand auf die Menschenmenge, die sich von allen Seiten um die Tafel des Prinzen drängte (die meisten saßen auf dem Boden oder an den Wänden des Speisesaales, weil Stühle so selten waren, daß nur die Alleredelsten Anspruch darauf hatten) –, »daß *sie* es verstehen werden. Glaubt es einem Mann, der einen Höllenwinter eingeschneit in Elvritshalla verbracht hat.« Isorn biß einen weiteren großen Kanten von seinem Brot ab.

Josua seufzte und wandte sich Jarnauga zu. Der alte Mann, dessen Schlangentätowierungen im Lampenlicht auf unheimliche Art lebendig wirkten, war in ein Gespräch mit Vater Strangyeard vertieft.

»Jarnauga«, sagte der Prinz ruhig. »Du wolltest mir mit über einen Traum sprechen, den du gehabt hast.«

Der alte Rimmersmann entschuldigte sich bei dem Priester.

»Ja, Josua«, antwortete er dann und beugte sich nahe zu ihm, »aber vielleicht sollten wir warten, bis wir unter vier Augen reden können.« Er spitzte die Ohren nach dem Lärm im Speisesaal. »Andererseits könnte uns hier kein Mensch belauschen – und wenn er unter Eurem Stuhl säße.« Er zeigte ein frostiges Lächeln. »Ich habe wieder Träume gehabt«, fuhr er fort, und seine Augen unter den dichten Brauen glänzten hell wie Edelsteine. »Ich besitze nicht die Macht, sie zu rufen, aber manchmal kommen sie von allein. Mit den Männern, die wir zum Urmsheim geschickt haben, ist etwas vorgefallen.«

»Etwas?« Josuas Gesicht war düster und schlaff.

»Ich habe ja nur geträumt«, versetzte Jarnauga abwehrend, »aber ich fühlte ein gewaltiges Aufreißen – Schmerz und Entsetzen – und den Jungen Simon, der rief . . . voller Furcht und Zorn rief er . . . und dann noch etwas anderes . . .«

»Könnte das, was ihnen widerfahren ist, die Ursache des Sturmes sein, den du heute morgen gesehen hast?« fragte der Prinz mit bleischwerer Stimme, als höre er die schlechte Nachricht, auf die er schon lange wartete.

»Ich glaube nicht. Urmsheim liegt in einer Bergkette weiter östlich, hinter dem Drorshullsee und jenseits der Öden.«

»Sind sie noch am Leben?«

»Das kann ich nicht wissen. Es war ein Traum, und nur ein kurzer und wunderlicher.«

Später wanderten die beiden stumm über die hohen Burgmauern. Der Wind hatte die Wolken vertrieben, und der Mond verwandelte die verlassene Stadt unter ihnen in Knochen und Pergament.

Josua starrte in den schwarzen Nordhimmel und stieß dampfend den Atem aus. »Damit ist auch unsere schwache Hoffnung auf *Dorn* dahin.«

»Das habe ich nicht gesagt.«

»Das war auch nicht nötig. Und ich nehme an, du und Strangyeard seid auch nicht näher daran herauszufinden, was aus Fingils Schwert *Minneyar* geworden ist?«

»Leider nein.«

»Was ist dann noch nötig, damit unser Untergang feststeht? Gott hat uns einen grausamen Streich –« Josua brach ab, als der alte Mann ihn am Arm packte.

»Prinz«, sagte er und spähte mit schmalen Augen nach dem Horizont, »Ihr überzeugt mich davon, daß man niemals die Götter herausfordern soll, selbst wenn es nicht die eigenen sind.« Er klang erschüttert, zum ersten Mal alt.

»Was meinst du?«

»Ihr habt gefragt, was man uns noch antun könnte?« Der alte Mann schnaubte in bitterer Belustigung. »Seht Ihr die Sturmwolke, das schwarze Gewitter im Norden? Es kommt auf uns zu – und zwar mit großer Geschwindigkeit.«

Der junge Ostrael aus Runchester stand schlotternd auf der Vormauer und dachte über etwas nach, das sein Vater einmal gesagt hatte.

»Es ist gut, wenn du deinem Prinzen dienst. Siehst ein Stück von der Welt, Junge, wenn du Soldat wirst«, hatte Firsfram ihm erzählt und seinem Sohn die ledrigen Bauernhände auf die Schultern gelegt, während seine Mutter mit roten Augen stumm zugeschaut hatte. »Vielleicht kommst du sogar bis zu den südlichen Inseln oder nach Naglimund, jedenfalls heraus aus diesem verdammten Frostmarkwind.«

Sein Vater lebte nicht mehr. Letzten Winter war er verschwunden, in jenem grausam kalten Decander von Wölfen verschleppt... Wölfen oder etwas anderem, denn es wurde nie eine Spur von ihm gefunden. Und Firsframs Sohn, der das Leben im Süden noch nicht zu kosten bekommen hatte, stand im eisigen Wind auf einer Mauer und fühlte, wie ihm die Kälte bis ins innerste Herz drang.

Ostraels Mutter und Schwestern hausten mit Hunderten anderer Heimatloser unten in Behelfsbaracken in der dicken steinernen Feste von Naglimund. Die Burgmauern boten weit besseren Schutz vor dem Wind als Ostraels hohe Warte, aber selbst Steinmauern, und mochten sie noch so dick sein, konnten die furchtbare Musik des heranziehenden Sturmes nicht abhalten.

Angstvoll, aber unwiderstehlich wurden Ostraels Augen von dem dunklen Fleck angezogen, der brodelnd am Horizont hing und sich im Näherkommen ausbreitete wie graue Tinte, die man in Wasser gießt. Es war ein Klecks, eine leere Stelle, als hätte man die Wirklichkeit dort fortgerieben, eine Stelle, an der der Himmel selbst umzukippen und die Wolken wie durch einen Trichter nach unten zu pressen schien, wo sie sich in eine langsam dahinwirbelnde Masse verwandelten, der Schweif eines Wirbelsturmes. Von Zeit zu Zeit zuckten helle Blitzstacheln über das Gewitter hinweg. Und immer und immer wieder ließ sich das grausige Trommeln vernehmen, fern wie das Prasseln von Regen auf einem festen Dach, hartnäckig wie das Klappern von Ostraels Zähnen.

Die heiße Luft und die sagenhaften, sonnenfleckigen Hügel von Nabban kamen Firsframs Sohn immer mehr wie die Geschichten aus dem Buch Ädon vor, die der Priester erzählte, ein Stückchen imaginärer Trost, der einem durchs Leben half und das Grauen des unausweichlichen Todes verschleiern sollte.

Immer näher kam der Sturm, von Trommeln surrend wie ein Wespennest.

Deornoths Laterne flackerte in der steifen Brise und wäre um ein Haar ausgegangen; er hielt den Mantel davor, bis die Flamme wieder stetig leuchtete. Neben ihm stand Isorn Isgrimnurssohn und starrte in die kalte, von Blitzen zerkratzte Finsternis hinaus.

»Gottes *Baum*! Es ist schwarz wie die Nacht«, stöhnte Deornoth. »Kaum Mittag vorbei, und ich kann fast nichts mehr sehen.«

Isorn öffnete den Mund, einen dunklen Schlitz im blassen, von der Laterne beschienenen Gesicht, aber es kam kein Ton heraus. Seine Kiefer mahlten.

»Alles wird gut«, sagte Deornoth, den die Furcht des jungen Rimmersmannes ansteckte. »Es ist nur ein Gewitter – irgend so ein übler, kleiner Trick von Pryrates...« Noch während er es aussprach, wußte er, daß es eine Lüge war. Die schwarzen Wolken, welche die Sonne verdeckten und die Nacht bis vor die Tore von Naglimund schleiften, brachten eine Angst mit sich, die sich wie eine Zentnerlast auf sein ganzes Ich legte, wie der steinerne Deckel eines Sarkophages. Was war das für eine magische Beschwörung, was für ein Zauber, der ihm diesen eisigen Speer des Grauens tief in die Eingeweide stieß?

Der Sturm trieb weiter auf sie zu, ein Klumpen Schwärze, der sich auf beiden Seiten weit über die Mauern der Burg hinausdehnte und noch die höchsten Zinnen überragte, durchzogen vom blauweißen Flakkern der Blitze. Sekundenlang traten die zusammengekauerte Stadt und das Land ringsum klar hervor, dann versank alles wieder in Finsternis. Die hämmernden Trommelschläge fanden ihr Echo an der Vormauer.

Als der Blitz wieder aufflammte und für eine Sekunde das gestohlene Tageslicht nachäffte, entdeckte Deornoth etwas, das ihn zurückfahren und Isorns breiten Arm so fest umklammern ließ, daß der Rimmersmann zusammenzuckte.

»Hol den Prinzen«, sagte Deornoth mit klangloser Stimme.

Isorn sah auf und vergaß über Deornoths merkwürdigem Benehmen die eigene abergläubische Furcht vor dem Sturm. Das Gesicht des jungen Naglimunders war schlaff und leer wie ein alter Mehlsack, und seine Fingernägel kratzten, von ihm selbst unbemerkt, ein blutiges Rinnsal in Isorns Arm.

»Was... was ist?«

»Hol Prinz Josua«, wiederholte Deornoth. »Schnell!«

Der Rimmersmann warf seinem Freund noch einen Blick zu, schlug das Zeichen des *Baumes* und stolperte den Wehrgang entlang zur Treppe.

Betäubt, bleischwer, stand Deornoth da und wünschte sich nur, am Stierrückenberg gefallen zu sein – auch wenn es ein schimpflicher

Tod gewesen wäre – und nicht sehen zu müssen, was dort unten auf ihn wartete.

Als Isorn mit dem Prinzen und Jarnauga zurückkam, stand Deornoth mit weit aufgerissenen Augen noch immer an derselben Stelle. Man brauchte nicht mehr zu fragen, was er sah, denn der Blitz erhellte jeden Winkel.

Ein riesiges Heer war nach Naglimund gekommen. Aus dem wirbelnden Dunst des Gewitters erhob sich ein unendlicher Wald borstiger Speere. Eine Milchstraße leuchtender Augen glänzte in der Dunkelheit. Wieder rollten die Trommeln wie Donner, und über Burg und Stadt senkte sich der Sturm wie ein gewaltiges, geblähtes Zelt aus Regen, schwarzen Wolken und eisigem Nebel.

Die Augen sahen zu den Mauern hinauf – Tausende glitzernder Augen voll grimmiger Vorfreude. Weißes Haar strömte im Wind, schmale weiße Gesichter unter dunklen Helmen richteten sich nach oben und starrten auf die Wälle von Naglimund. In einem neuerlichen Blitz von Himmelsfeuer blinkten blaue Speerspitzen. Schweigend spähten die Fremdlinge in die Höhe wie eine Armee von Gespenstern, bleich wie Blindfische, durchsichtig wie Mondschein. Die Trommeln bebten. Andere, längere Schatten pirschten im Nebel näher – riesenhafte Wesen in Rüstungen und mit großen, knorrigen Keulen. Wieder bebten die Trommeln und verstummten.

»Barmherziger Ädon, schenke mir Ruhe«, betete Isorn. »In deinen Armen will ich schlafen und in deinem Schoße . . .«

»Wer ist das, Josua?« fragte Deornoth mit einer Stimme so ruhig, als sei er lediglich neugierig.

»Das sind ›Weißfüchse‹ – Nornen«, antwortete der Prinz. »Sie sind Elias' Verstärkungstruppen.« Müde hob er die Hand, als wollte er den Anblick der geisterhaften Legion zudecken. »Die Kinder des Sturmkönigs.«

»Eminenz, ich bitte Euch!« Vater Strangyeard zupfte den alten Mann am Arm, erst sacht, dann immer stärker. Der Alte klammerte sich an die Bank wie eine Haftschnecke, eine kleine Gestalt in der Dunkelheit des Kräutergartens.

»Wir müssen beten, Strangyeard«, wiederholte Bischof Anodis hartnäckig. »Knie nieder!«

Der pochende, hämmernde Lärm des Sturmes wurde lauter. Der
Archivar fühlte den panischen Drang fortzulaufen – einfach weg,
ganz gleich wohin.

»Dies ist... es ist keine natürliche Dämmerung, Bischof. Ihr müßt
hineingehen, jetzt sofort. Bitte.«

»Ich wußte, daß ich nicht hätte hierbleiben sollen. Ich habe Prinz
Josua gesagt, er sollte sich dem rechtmäßigen König nicht widersetzen«, erklärte Anodis anklagend. »Gott zürnt uns. Wir müssen
beten, daß er uns den rechten Weg zeigt – wir müssen seines Marty-
riums am *Baum* gedenken...« Er machte krampfhafte Handbewe-
gungen, als schlage er nach Fliegen.

»Gott? Das hier ist nicht Gottes Werk«, erwiderte Strangyeard, und
sein sonst so freundliches Gesicht verfinsterte sich. »Dies ist das
Werk Eures ›rechtmäßigen Königs‹ – seines und seines zahmen Zau-
berers.«

Der Bischof achtete nicht auf ihn. »Gesegneter Usires«, stammelte er
und wich vor dem Priester in das dunkle Gewirr des Hohnblatt-Beetes
zurück. »Wir, die wir demütig zu dir flehen, bereuen unsere Sünden.
Wir haben uns deinem Willen widersetzt und damit deinen gerechten
Zorn erregt...«

»Bischof Anodis!« rief Strangyeard unruhig und ärgerlich zugleich
und trat einen Schritt näher, um überrascht stehenzubleiben. Eine
dichte, brodelnde Kälte schien sich über den Garten zu legen. Und
während der Archivar noch schaudernd in der immer eisiger werdenden Luft stand, verstummte der Trommelschlag.

»Da ist etwas...« Ein frostiger Wind schlug Strangyeard die Kapuze
ins Gesicht.

»O wahrlich, schwer haben wir gesündigt in unserem Hochmut, wir
armseligen Menschlein!« trompetete Anodis, daß es durch das Hohnblatt raschelte. »Wir b-beten... wir... b-b-beten...« Er wurde
langsamer und seine Stimme seltsam schrill.

»Bischof?«

In der Tiefe des Hohnblattes gab es eine schaudernde Bewegung. Vor
Strangyeard tauchte mit weit aufgerissenem Mund das Gesicht des

alten Mannes auf. Etwas schien nach ihm zu greifen; ringsum spritzte Erde und machte die Ereignisse im Schatten der Pflanzen noch unübersichtlicher. Der Bischof schrie, ein dünner, greinender Laut.

»Anodis!« Strangyeard stürzte sich in das Hohnblatt.

Das Schreien brach ab. Gleich darauf stand Strangyeard vor der zusammengesunkenen Gestalt des Bischofs. Langsam, als offenbare er den Abschluß eines komplizierten Kunststückes, rollte der alte Kleriker zur Seite.

Ein Teil seines Gesichtes war ein roter Blutstrom. Am Boden daneben lag ein schwarzer Kopf wie eine von einem vergeßlichen Kind fortgeworfene Puppe. Der Kopf, emsig kauend, wandte sich grinsend Strangyeard zu. Die winzigen Augen waren bleich wie weiße Johannisbeeren, der schüttere Bart glänzte vom Blut des Bischofs. Im selben Augenblick schossen auf beiden Seiten zwei weitere Köpfe aus der Erde. Der Archivar machte einen Schritt zurück. In seiner Kehle steckte ein Schrei, fest verkeilt wie ein Stein. Wieder bebte der Boden – hier, dort, überall. Dünne schwarze Hände wühlten sich hervor wie Maulwurfsschnauzen.

Strangyeard taumelte zurück und fiel hin. Mühsam schleppte er sich wieder auf den Weg, überzeugt, daß sich jede Sekunde eine feuchtkalte Hand um seinen Knöchel legen würde. Sein Mund war zu einem starren Grinsen der Furcht verzerrt, aber er brachte keinen Ton heraus. Im Gebüsch hatte er die Sandalen verloren und wankte nun auf lautlosen nackten Füßen den Pfad zur Kapelle hinauf. Eine feuchte Decke aus Schweigen schien über der Welt zu liegen; sie erstickte ihn und drückte ihm das Herz ab. Selbst das Krachen der hinter ihm zufallenden Kapellentür wirkte gedämpft. Als er mit zitternden Fingern den Riegel vorschob, sank ein Vorhang aus verschwommenem Grau über seine Augen, und er ließ sich dankbar hineinfallen wie in ein weiches Bett.

Zwischen den Nornen leuchteten jetzt wie Blüten in einem Mohnfeld die Flammen unzähliger Fackeln auf, verwandelten die grausig schönen Gesichter in scharlachrote Umrisse und vergrößerten den Umfang der hinter ihnen lauernden *Hunen* in ihrer Kriegsausrüstung ins Groteske. Soldaten hasteten auf die Burgmauern, nur um in entsetztem Schweigen hinunterzustarren.

Fünf gespenstische Gestalten auf Pferden, so blaß wie Spinnenseide, ritten auf den freien Platz vor der Vormauer. Der Fackelschein spielte in ihren weißen Kapuzenmänteln, und auf den langen, rechteckigen Schilden glomm und pochte die rote Pyramide von Sturmspitze. Furcht schien die Verhüllten zu umgeben wie eine Wolke, die in die Herzen aller drang, die sie erblickten. Die Zuschauer auf den Wällen spürten, wie sie eine schreckliche, hilflose Schwäche erfaßte.

Der vorderste Reiter hob den Speer, die vier hinter ihm folgten seinem Beispiel. Dreimal schlugen die Trommeln.

»Wo ist der Herr von *Ujin e-d'a Sikhunae* – der Falle, die den Jäger fängt?« Die Stimme des ersten Reiters war ein spöttisches, hallendes Stöhnen, wie Wind in einer langen Schlucht. »Wo ist der Herr des Hauses der Tausend Nägel?«

Lange Augenblicke holte der lastende Sturm Atem, bevor die Antwort kam.

»Hier bin ich.« Josua trat vor, ein schmaler Schatten auf dem Torhaus. »Was sucht eine so seltsame Schar von Reisenden an meiner Tür?« Seine Stimme war ruhig, aber es lag ein winziges Zittern darin.

»Nun . . . wir sind gekommen, um nachzusehen, ob die Nägel rostig und wir stark geworden sind.« Die Worte kamen langsam, mit zischender Luft hervorgestoßen, als sei der Reiter das Sprechen nicht gewöhnt. »Wir sind gekommen, Sterblicher, um uns von dem, was uns gehört, ein kleines Stück zurückzuholen. Dieses Mal ist es Menschenblut, das den Boden von Osten Ard netzen wird. Wir sind gekommen, dein Haus dem Erdboden gleich zu machen.«

Die unversöhnliche Kraft und der Haß in der hohlen Stimme waren so machtvoll, daß viele Soldaten aufschrien und von den Mauern flohen, um sich unten in der Burg zu verstecken. Noch während Josua wortlos auf dem Tor stand, durchbrach ein Schrei das Stöhnen und ängstliche Flüstern der Naglimunder.

»Gräber! Es sind Gräber in den Mauern!«

Neben dem Prinzen gab es eine Bewegung. Er drehte sich um. Es war Deornoth, der auf unsicheren Beinen zu ihm heraufgeklettert kam.

»Die Gärten der Burg sind voller *Bukken*«, erklärte der junge Ritter und sah mit großen Augen auf die weißen Reiter.

Der Prinz trat vor. »Ihr sprecht, als wolltet ihr euch rächen«, rief er der bleichen Menge zu. »Aber das ist eine Lüge! Ihr kommt auf Geheiß des Hochkönig – eines Sterblichen. Ihr dient Elias, einem Sterblichen, wie Madenhacker dem Krokodil. Kommt doch! Tut euer Ärgstes! Ihr werdet sehen, daß nicht alle Nägel von Naglimund verrostet sind und es hier immer noch Eisen gibt, das den Sithi den Tod bringen kann!«

Von den auf der Mauer zurückgebliebenen Soldaten stieg ein wilder Jubelschrei auf. Der erste Reiter spornte sein Roß einen weiteren Schritt vorwärts.

»Wir sind die *Rote Hand!*« Seine Stimme war grabeskalt. »Wir dienen keinem außer Ineluki, dem Herrn der Stürme. Die Gründe dafür gehören nur uns – so wie euer Tod nur euch gehören wird!«

Er schwang den Speer über dem Kopf, und wieder rollten die Trommeln. Schrill gellten die Hörner.

»Bringt die Wagen!« schrie Josua vom Dach des Torhauses. »Versperrt den Weg! Sie werden versuchen, das Tor niederzureißen!«

Aber anstatt einen Rammbock zu holen, um den schweren Stahl und die dicken Balken des Tores zu zerschmettern, blieben die Nornen schweigend stehen und sahen zu, wie sich die fünf Reiter ohne Eile in Bewegung setzten. Einer der Wächter auf der Mauer schoß einen Pfeil ab. Ein Dutzend anderer folgte ihm, aber sofern sie die Reiter überhaupt trafen, gingen sie einfach durch sie hindurch; die bleichen Wesen zögerten keinen Schritt.

Wild schlugen die Trommeln, Pfeifen und fremdartige Trompeten stöhnten und kreischten. Die Reiter stiegen ab, nur im Aufblitzen immer wieder sichtbar, und gingen die letzten Schritte bis zum Tor zu Fuß.

Mit schrecklicher Langsamkeit griff der Anführer nach seinem Kapuzenmantel und öffnete ihn. Ein tiefrotes Licht schien daraus hervorzustrahlen. Als er sich den Mantel herunterriß, war es, als drehe er selbst sein Inneres nach außen: Plötzlich war da nur noch Formlosigkeit und schwelendrote Lohe. Die vier anderen taten es ihm nach. Fünf Wesen mit wechselnden, flackernden Umrissen wuchsen empor

und standen enthüllt – größer als vorher, jeder von doppelter Mannshöhe, gesichtslos, wogend wie brennende Purpurseide.

Im augenlosen Gesicht des Anführers öffnete sich ein schwarzer
Mund; er streckte die Arme nach dem Tor aus und legte die Flammen-
hände darauf.

»TOD!« schrie er, und es war, als erschüttere seine Stimme die Mauern bis in ihre Grundfesten. Die eisernen Angeln begannen in stumpfem Orange zu glühen.

»*Hei ma'akajao-zha!*« Die massiven Bohlen verfärbten sich schwarz
und rauchten. Josua, den betäubten Deornoth heftig am Arm zer-
rend, sprang auf die Mauerkrone hinunter.

»*T'si anh pra* INELUKI!«

Schreiend rannten die Soldaten des Prinzen durch die Treppenhäuser
nach unten. Es gab eine Explosion von Licht, ein ohrenbetäubendes
Krachen, lauter als Trommeln oder Donner. Das mächtige Tor zer-
barst zu dampfenden, funkelnden Splittern, und ein tödlicher Scher-
benregen zischte herab. Auf beiden Seiten brach die Mauer zusammen und zerschmetterte Menschen, die zu fliehen versuchten.

In die noch rauchende Mauerlücke sprangen gepanzerte Nornen.
Manche trugen lange Rohre aus Holz oder Knochen, die sie an einem
Ende mit brennenden Fackeln anzündeten. Schreckliche Feuergar-
ben schossen aus diesen Rohren und verwandelten fliehende Soldaten in taumelnde, schreiende Fackeln. Durch die Trümmer drängten
sich riesige Gestalten, die *Hunen*, in den zottigen Fäusten lange,
eisenbeschlagene Keulen. Wie tollwütige Bären brüllend, zerschmetterten sie, was ihnen im Weg stand. Zerschlagene Körper stoben wie
Kegel nach allen Seiten auseinander.

Es gab Soldaten, die tapfer der würgenden Furcht Widerstand leisteten und den Kampf aufnahmen. Ein Riese fiel, zwei Speere in den
Gedärmen, aber gleich darauf waren auch die Speerwerfer tot, von
weißgefiederten Pfeilen durchbohrt. Wie Maden quollen die bleichen Nornen durch den qualmenden Mauerdurchbruch, schreiend
und rufend.

Deornoth zog den stolpernden Josua nach der inneren Burg. Das ruß-
geschwärzte Gesicht des Prinzen war naß von Tränen und Blut.

»Elias hat Drachenzähne gesät«, würgte Josua hervor, während ihn

Deornoth an einem röchelnden Soldaten vorbeizerrte. Deornoth glaubte den jungen Ostrael zu erkennen, der bei der Unterredung mit dem König für sie Posten gestanden hatte, begraben unter einem Dutzend sich windender schwarzer *Bukken*. »Mein Bruder hat die Saat für den Tod aller Menschen gelegt!« tobte Josua. »Er ist wahnsinnig!«

Noch bevor Deornoth antworten konnte – und welche Antwort, fragte er sich sekundenlang, hätte er schon geben können –, bogen zwei Nornenkrieger, in den Helmschlitzen ein feuriges Glühen, um die Ecke der inneren Burg. Sie schleppten ein schreiendes Mädchen hinter sich her. Als sie Deornoth sahen, zischte der eine etwas, führte das dunkle, schlanke Schwert nach unten und zog dem Mädchen die Klinge durch die Kehle. Zuckend brach sie zusammen.

Deornoth fühlte, wie ihm die Galle hochstieg, als er mit erhobenem Schwert vorwärtsstürzte. Der Prinz war noch schneller. Naidel zuckte grell wie der Blitz, der den schwarzen Himmel ätzte – Nachmittag, es war erst Nachmittag!

Das ist also die Stunde, dachte Deornoth wild. Stahl prallte hart auf poliertes Hexenholz. *Es muß Ehre dabei sein*. Ein verzweifelter Gedanke. *Auch wenn es niemand sieht... Gott sieht es...*

Die weißen Gesichter, verhaßt und haßerfüllt, verschwammen vor seinen Augen, in denen der Schweiß brannte.

Kein Höllentraum, kein Holzschnitt in seinen vielen Büchern, keine Warnung seiner sämtlichen ädonitischen Lehrer hatten Vater Strangyeard auf das heulende Inferno vorbereiten können, zu dem Naglimund geworden war. Blitze zischten über den Himmel, Donner brüllte, und die Stimmen von Mördern und Opfern stiegen gemeinsam in die Lüfte wie das Gestammel der Verdammten. Trotz Wind und peitschendem Regen sprangen überall in der Dunkelheit Feuer auf und töteten viele, die hinter dicken Türen Zuflucht vor dem Wahnsinn draußen zu finden gehofft hatten.

Während er durch die Schatten der inneren Gänge hinkte, sah der Archivar, wie Nornen durch die zerstörten Fenster in die Kapelle stiegen, und mußte hilflos mitansehen, wie sie den unseligen Bruder Eglaf abschlachteten, der im Gebet vor dem Altar kniete. Strangyeard brachte es ebenso wenig über sich, dazubleiben und das Grauen auf sich zukommen zu sehen, wie er es schaffte, einem Bruder in Gott zu Hilfe zu eilen. Tränenblind schlich er sich hinaus, das Herz in der Brust schwer wie Blei, und steuerte auf die innere Burg und die Gemächer des Prinzen zu.

Versteckt in der schwarzen Tiefe einer Hecke wurde er Zeuge, wie der standhafte Ethelbert von Tinsett und zwei seiner Wachen von der Keule eines grölenden Riesen zu rotem Brei zermalmt wurden. Zitternd beobachtete er, wie Eadgram, der Oberste der Wachen, aufrechtstehend verblutete, von quäkenden Gräbern überrannt.

Er sah, wie ein anderer zottiger *Hune* eine Hofdame in Stücke riß, während daneben eine Frau auf der Erde kauerte, das Gesicht leer und wahnsinnig.

Überall in der zerstörten Feste fanden diese Tragödien ein tausendfaches Echo; es war ein Alptraum, der kein Ende zu haben schien.

Weinend betete Strangyeard zu Usires. Einerseits überzeugt, daß Gott das Gesicht von Naglimunds Todeskampf abgewandt hatte, andererseits aus verzweifeltem, leidenschaftlichem Instinkt betend, stolperte er zum Vordereingang der inneren Burg. Dort standen inmitten wild umherliegender Leichen zwei versengte, helmlose Ritter und zeigten wie gehetzte Tiere das Weiß ihrer Augen. Es dauerte eine ganze Weile, bis der Archivar Deornoth und den Prinzen erkannte, und einen weiteren, herzlähmenden Augenblick, bis er sie dazu überredet hatte, mit ihm zu kommen.

In den labyrinthischen Gängen des Wohnflügels war es ruhiger. Zwar waren auch hier die Nornen eingedrungen; ein paar Leichen lagen zusammengekrümmt an den Wänden oder ausgestreckt auf den Steinfliesen. Aber die meisten Menschen waren in die Kapelle und den Speisesaal geflohen, und die Nornen hatten sich nicht damit aufgehalten, nach einzelnen zu suchen. Das würde später kommen.

Auf Josuas befehlenden Ruf hin entriegelte Isorn die Tür. Isgrimnurs Sohn bewachte mit Einskaldir und einer Handvoll erkynländischer und Rimmersgard-Soldaten die Herrin Vara und die Herzogin Gutrun. Auch ein paar von den Höflingen hatten hier Zuflucht gesucht, unter ihnen Strupp und der Harfner Sangfugol.

Während der Prinz sich kalt aus Varas tränenreicher Umarmung löste, fand Strangyeard auf einem Lager in der Ecke Jarnauga, um dessen Kopf ungeschickt ein blutgetränkter Verband gewickelt war.

»Das Dach der Bibliothek ist eingestürzt«, erklärte der alte Mann mit bitterem Lächeln. »Ich fürchte, die Flammen haben alles vernichtet.«

Für Vater Strangyeard war das in gewisser Weise der härteste Schlag von allen. Von neuem brach er in Schluchzen aus, und die Tränen liefen ihm sogar unter der Augenklappe hervor.

»Schlimmer. . . es hätte schlimmer sein können«, schluckte er endlich. »Auch du hättest dahingerafft werden können, mein Freund.«

Jarnauga schüttelte den weißen Kopf und zuckte zusammen. »Nein. Noch nicht. Aber bald. Doch etwas habe ich gerettet.« Aus seinen Kleidern zog er die zerknitterten Pergamente mit Morgenes' Handschrift; das oberste Blatt war blutverschmiert.

»Bring es in Sicherheit. Ich hoffe, daß es noch nützlich sein wird.«

Strangyeard nahm das Bündel vorsichtig entgegen, band es mit einer Schnur von Josuas Tisch zusammen und ließ es in die Innentasche seiner Kutte gleiten. »Kannst du stehen?« fragte er Jarnauga.

Der alte Mann nickte behutsam, und der Priester half ihm auf.

»Prinz Josua«, begann Strangyeard und hielt Jarnaugas Ellenbogen fest. »Mir ist etwas eingefallen.«

Der Prinz, in seiner dringenden Beratung mit Deornoth und den anderen unterbrochen, musterte den Archivar ungeduldig.

»Was denn?« Durch die versengten Augenbrauen schien Josuas Stirn weiter denn je hervorzutreten, ein bleicher, gewölbter Mond unter dem kurzgeschorenen Haar. »Soll ich dir vielleicht eine neue Bibliothek bauen?« Draußen wuchs der Tumult. Der Prinz lehnte sich erschöpft gegen die Wand. »Es tut mir leid, Strangyeard. Das war eine dumme Bemerkung. Was ist dir eingefallen?«

»Es gibt einen Weg ins Freie.«

Mehrere schmutzige, verzweifelte Gesichter fuhren herum.

»Was?« fragte Josua und beugte sich gespannt vor. »Sollen wir zum Tor hinausmarschieren? Ich höre, daß man es für uns geöffnet hat.«

Strangyeards Bewußtsein der Dringlichkeit gab ihm die Kraft, den Blick des Prinzen auszuhalten. »Es gibt einen verborgenen Gang, der aus dem Wachraum hinaus und zum Osttor führt«, erklärte er. »Ich sollte es wissen – Ihr habt mich bei den Vorbereitungen für die Belagerung monatelang Dendinis' Pläne der Burg anstarren lassen.« Er dachte an die unersetzlichen Rollen brauner Pergamente, in verblaßter Tinte mit Dendinis' sorgfältigen Notizen bedeckt, jetzt Asche, verkohlt in den Trümmern der Bibliothek. Er kämpfte neue Tränen nieder. »Wenn ... wenn wir es bis d-dorthin schaffen, können wir vielleicht über die *Steige* in die Weldhelmberge fliehen.«

»Und danach?« erkundigte sich Strupp verdrossen. »In den Bergen verhungern? Im Altherzwald von Wölfen aufgefressen werden?«

»Möchtest du vielleicht lieber gleich gefressen werden, und zwar von weniger angenehmen Geschöpfen?« fauchte Deornoth ihn an. Die Worte des Priesters hatten sein Herz schneller schlagen lassen. Die Rückkehr einer schwachen Hoffnung war fast allzu schmerzlich, aber er würde alles in Kauf nehmen, um seinen Prinzen in Sicherheit zu bringen.

»Wir werden uns den Weg freikämpfen müssen«, sagte Isorn. »Ich kann schon hören, wie sich die Nornen im Wohnflügel verteilen. Wir haben Frauen und einige Kinder unter uns.«

Josuas Blick fiel auf fast zwanzig müde, verängstigte Gesichter im Raum.

»Besser draußen zu sterben, als hier lebendig verbrannt zu werden, meine ich«, erklärte er und hob die Hand in einer Gebärde des Segens oder der Selbstaufgabe. »Beeilen wir uns.«

»Noch eines, Prinz Josua«, meldete sich Strangyeard noch einmal zu Wort, während er dem sich mühsam fortschleppenden Jarnauga behilflich war. »Wenn wir das Tunneltor erreichen, müssen wir noch mit einer weiteren Schwierigkeit fertig werden. Der Gang ist zur Verteidigung, nicht zur Flucht gebaut worden. Man kann ihn von innen ebenso leicht öffnen wie schließen.«

Josua wischte sich Asche von der Stirn. »Du willst sagen, daß wir einen Weg finden müssen, ihn hinter uns zu versperren?«

»Wenn wir überhaupt eine Hoffnung auf Flucht haben wollen, ja!«

Der Prinz seufzte. Aus einer Schnittwunde an der Lippe tropfte Blut auf sein Kinn. »Wir wollen erst einmal bis zu diesem Tor kommen. Danach können wir tun, was erforderlich ist.«

Sie stürmten alle auf einmal aus der Tür, zur Verblüffung zweier auf dem Korridor wartender Nornen. Dem vorderen spaltetete Einskaldir krachend mit der Axt den Helm, daß im dämmrigen Gang die Funken stoben. Bevor der andere mehr tun konnte, als das kurze Schwert zu heben, war er zwischen Isorn und einem der Wachsoldaten von Naglimund aufgespießt. Deornoth und der Prinz führten die Hofleute hastig weiter.

Der Schlachtenlärm war weitgehend verstummt. Nur ab und zu hallte ein Schmerzensschrei oder aufsteigender Triumphgesang durch die leeren Flure. Rauch, der in die Augen biß, leckende Flammen und die Spottlieder der Nornen ließen den Wohnflügel wie eine furchtbare Unterwelt, ein Labyrinth am Rande des *Großen Abgrundes* erscheinen.

In den verwüsteten Ruinen des Schloßgartens fielen schnatternde Gräber über sie her. Einer der Soldaten brach, ein zackiges Bukkenmesser im Rücken, tot zusammen, und noch während der Rest der Flüchtlinge die anderen abwehrte, wurde eine von Varas Dienerinnen kreischend in einen Spalt der schwarzen Erde gezerrt. Deornoth sprang vor, um sie zu retten, und durchbohrte einen sich windenden, pfeifenden, schwarzen Körper mit seiner Schwertspitze; aber er kam zu spät. Nur ihr zierlicher Pantoffel, der im regennassen Schlamm lag, zeigte noch, daß sie überhaupt je existiert hatte.

Zwei der gewaltigen *Hunen* hatten die Weinkeller entdeckt und prügelten sich vor dem Wachhaus der inneren Burg betrunken um das letzte Faß. Brüllend vor Wut, gingen sie immer wieder mit Keulen und Klauen aufeinander los. Der Arm des einen Riesen hing schlaff herunter, und der andere hatte eine so fürchterliche Kopfwunde davongetragen, daß sein Gesicht wie ein blutiges Laken aussah. Trotzdem hackten sie weiter aufeinander ein und fauchten sich inmitten des Trümmerhaufens aus zerbrochenen Fässern und zerschmetterten Leichnamen der Verteidiger von Naglimund in ihrer unverständlichen Sprache an.

Josua und Strangyeard duckten sich am Rand der Gärten in den Schlamm und spähten durch den strömenden Regen hinüber.

»Die Tür zum Wachraum ist zu«, sagte Josua. »Vielleicht schaffen wir es über den offenen Hof, aber wenn sie von innen verriegelt ist, bedeutet das unser Ende. Wir können sie nie so schnell aufbrechen.«

Strangyeard zitterte. »Und selbst wenn... dann könnten wir sie nicht mehr hinter uns zuschließen.«

Josua sah auf Deornoth, der gar nichts sagte.

»Trotzdem«, zischte der Prinz, »wir müssen es versuchen. Wir haben keine Wahl.«

Als sie ihren kleinen Trupp formiert hatten, rannten sie in stolpernder Hast los. Die beiden *Hunen,* von denen sich der eine mit den riesigen Zähnen in die Kehle des anderen verbissen hatte, wälzten sich am Boden, in tobendem Kampf ineinander verkrallt wie Götter aus urweltlicher Vorzeit. Ohne die vorüberhuschenden Menschen zu bemerken, streckte einer von ihnen in einem Anfall krampfartigen Schmerzes jäh ein gewaltiges Bein aus und traf den Harfner Sangfugol, der der Länge nach hinschlug. Sofort machten Isorn und der alte Strupp kehrt und halfen ihm auf. Von der anderen Seite des Hofes ertönte ein schriller, erregter Schrei. Ein Dutzend Nornen, davon zwei auf hohen weißen Rossen, fuhr auf den Ruf ihres Kameraden herum. Als sie die Schar des Prinzen bemerkten, erhoben sie ein lautes Geschrei. Die beiden Berittenen spornten die Pferde zum Galopp, vorbei an den mittlerweile bewußtlosen Riesen.

Josua erreichte die Tür und zog. Sie sprang auf, aber noch während die entsetzten Flüchtlinge ins Innere drängten, war der erste Reiter bei ihnen, auf dem Kopf einen hohen Helm, den langen Speer in der Hand.

Mit einem Knurren wie ein in die Enge getriebener Hund stürzte sich der schwarzbärtige Einskaldir auf ihn. Er duckte sich unter dem schlangenartigen Vorstoß der Lanze, sprang in die Höhe und warf sich gegen die Seite des Angreifers. Mit der Hand packte er dessen wehenden Mantel, zog, stürzte herunter und nahm seinen Feind mit sich. Das reiterlose Pferd rutschte auf dem nassen Steinpflaster. Einskaldir kniete über dem Gefallenen und ließ hart die Axt hinabsausen, einmal, zweimal. Blind für seine gesamte Umgebung, wäre er sicher vom Speer des zweiten Nornenreiters durchbohrt worden, hätte nicht Deornoth den Deckel eines zerbrochenen Fasses hochgewuchtet und geschleudert. Er traf und warf den Reiter vom Pferd.

Die heulenden Fußtruppen hatten sie fast erreicht, als Deornoth den schäumenden Einskaldir von dem zerhackten Leichnam des Nornen wegriß. Knapp vor den Angreifern hasteten sie durch die Tür, die Isorn und zwei andere Flüchtlinge hinter ihnen krachend zufallen ließen. Speere donnerten gegen das dicke Holz; gleich darauf rief einer der Nornen mit hoher, schnalzender Stimme.

»Äxte!« sagte Jarnauga. »Soviel verstehe ich von der Sprache der *Hikeda'ya*. Sie holen Äxte.«

»Strangyeard!« schrie Josua. »Wo ist der verdammte Gang?«

»Er ist... es ist so dunkel«, antwortete der Priester mit zitternder Stimme. In der Tat erleuchtete nur der unstete Schein der orangefarbenen Flammen, die sich durch die Dachbalken zu fressen begannen, den Raum. Unter der niedrigen Decke sammelte sich Rauch. »Ich... ich glaube, der Gang ist auf der Südseite«, fuhr Strangyeard fort. Einskaldir und ein paar andere sprangen zur Mauer, um die schweren Wandteppiche abzureißen.

»Die Tür!« bellte Einskaldir, und gleich darauf: »Verschlossen.«

Das Schlüsselloch in der schweren Holztür war leer. Josua starrte sie an. Durch die Tür zum Hof drang krachend die Spitze einer Axtklinge. »Brecht sie auf!« befahl der Prinz. »Und ihr anderen stapelt alles, was ihr findet, vor die Außentür.«

Es dauerte nur Sekunden, bis Einskaldir und Isorn den Riegel aus dem Türpfosten herausgehackt hatten. Deornoth hielt eine unbenutzte Fackel an die glühende Decke, damit sie sich entzündete. Kaum war die Tür aus den Angeln geschlagen, waren sie schon hindurch und flohen den schrägen Gang hinauf. Wieder splitterte ein Stück aus der Tür zum Hof.

Sie rannten mehrere Achtelmeilen weit; die Stärkeren halfen den Schwächeren. Schließlich sank einer der Höflinge weinend zu Boden und konnte nicht weiter. Isorn wollte ihn aufheben, aber seine Mutter Gutrun, selbst zum Umfallen müde, hielt ihn zurück.

»Laß ihn liegen«, erklärte sie. »Er schafft es.«

Isorn sah sie scharf an und zuckte dann die Achseln. Als sie den ansteigenden Gang weiter hinaufliefen, hörten sie den Mann mühsam aufstehen, sie verwünschen und hinterherkommen.

Gerade als die Türen vor ihnen sichtbar wurden, schwarz und schwer im Schein ihrer einzigen Fackel, vom Boden des Ganges bis zur Decke aufragend, hörten sie hinter sich ihre Verfolger. Josua, der das Schlimmste befürchtete, streckte die Hand nach einem der Eisenringe aus und zog. Mit leisem Knarren schwang die Tür in ihren Angeln nach innen. »Usires sei gelobt«, sagte Vater Strangyeard.

»Bringt die Frauen und die anderen hinaus«, befahl Josua, und eine Minute später hatten zwei Soldaten alle durch den Gang und zu den mächtigen Toren hinausgeleitet.

»Jetzt ist es soweit«, erklärte Josua. »Entweder finden wir einen Weg, diese Tür zu versiegeln, oder wir müssen soviele Männer hierlassen, daß die Verfolger aufgehalten werden.«

»Ich bleibe«, brummte Einskaldir. »Ich habe heute nacht Elbenblut gekostet. Es schmeckte nach mehr.« Er klopfte auf seinen Schwertgriff.

»Nein. Es ist meine Aufgabe, und meine allein.« Jarnauga hustete und lehnte sich schwer auf Strangyeards Arm. Dann richtete er sich auf. Der lange Priester schaute den alten Mann an und begriff.

»Ich sterbe«, fuhr dieser fort. »Es war nie mein Schicksal, Naglimund wieder zu verlassen. Das wußte ich von Anfang an. Ihr braucht mir nur ein Schwert dazulassen.«

»Du bist nicht stark genug!« wandte Einskaldir fast ein wenig enttäuscht ein.

»Ich bin stark genug, um *diese* Tür zu schließen«, erwiderte der alte Mann sanft. »Siehst du?« Er deutete auf die riesigen Angeln. »Sie sind sehr fein gearbeitet. Sobald die Tür geschlossen ist, wird eine abgebrochene Klinge in der Angel-Spalte jedem Verfolger den Weg versperren. Geht nun.«

Der Prinz drehte sich um, als wollte er Einwendungen machen; ein klickender Schrei hallte den Gang hinauf. »Also gut«, sagte er leise. »Gott segne dich, alter Mann.«

»Unnötig«, entgegnete Jarnauga. Er zog etwas Glänzendes hervor, das er um den Hals getragen hatte, und drückte es Strangyeard in die Hand. »Seltsam, noch in letzter Stunde einen Freund zu finden.«

Die Augen des Priesters füllten sich mit Tränen, und er küßte den Rimmersmann auf die Wange.

»Mein Freund«, flüsterte er und schritt durch die offene Tür.

Das letzte, was sie von Jarnauga sahen, war sein heller Blick im Schein der Fackel, als er sich gegen die Tür stemmte. Sie schwang zu und dämpfte die Geräusche der Verfolger. Die Riegel an der Innenseite schoben sich fest an ihren Platz.

Sie stiegen eine lange Treppe hinauf und traten endlich in den windigen, regengepeitschten Abend. Der Sturm hatte nachgelassen, und als sie auf dem kahlen Hang unterhalb der bewaldeten *Steige* standen, konnten sie unten in den Ruinen von Naglimund Feuer flackern und schwarze, unmenschliche Gestalten um die hüpfenden Flammen tanzen sehen.

Lange stand Josua da und starrte hinunter, Regenstreifen im rußigen Gesicht. Seine kleine Schar duckte sich zitternd hinter ihn und wartete darauf, den Weg fortzusetzen.

Der Prinz hob die linke Faust.

»Elias!« schrie er, und der Wind hetzte ihm das Echo von den Lippen. »Du hast Tod und Schlimmeres über das Reich unseres Vaters gebracht! Du hast uraltes Böses geweckt und den Königsfrieden zerstört! Du hast mich heimatlos gemacht und vernichtet, was ich liebte!« Er hielt inne und kämpfte mit den Tränen. »*Du bist kein König mehr!* Ich werde dir die Krone entreißen. *Ich werde sie mir holen, das schwöre ich dir!*«

Deornoth nahm ihn beim Ellenbogen und führte ihn vom Wegrand fort. Josuas Untertanen erwarteten ihn, frierend und verängstigt, heimatlos im wilden Weldhelm. Er senkte einen Augenblick, vor Müdigkeit oder weil er betete, den Kopf, dann führte er sie hinein ins Dunkle.

XLIV

Blut und die wirbelnde Welt

Das schwarze Drachenblut hatte sich über Simon ergossen und gebrannt wie Feuer. Im Augenblick der Berührung hatte er gefühlt, wie sein eigenes Leben in den Hintergrund gedrängt wurde. Die furchtbare Essenz durchdrang ihn, versengte seinen Geist und ließ nur Drachenleben übrig. Es war, als sei er selber – in jenem schwindenden Augenblick, bevor sich das Dunkel über ihn senkte – zum geheimen Herzen des Lindwurmes geworden.

Igjarjuks schwelend langsames und kompliziertes Leben nahm ihn gefangen. Er wuchs. Er veränderte sich, und die Verwandlung war schmerzhaft wie Tod und Geburt.

Seine Knochen wurden schwer, fest wie Stein und zugleich reptilienhaft biegsam. Seine Haut verhärtete sich zu Juwelenschuppen, und er fühlte Pelz über seinen Rücken gleiten wie ein Panzerhemd aus Diamanten.

Machtvoll strömte das Herzblut des Drachen in seiner Brust, gewichtig wie die Bahn eines dunklen Sternes in der leeren Nacht, stark und heiß wie die Schmiedefeuer der Erde selbst. Seine Klauen gruben sich in die steinerne Haut der Welt, und sein uraltes Herz pochte ... und pochte ... und pochte ... Er nahm zu an spröder, uralter Klugheit des Drachenvolkes, fühlte als erstes die Geburt seiner Rasse in den Kleinkindertagen der Erde, dann die Last unzählbarer Jahre, die ihn niederdrückte, dunkler Jahrtausende, die an ihm vorbeirauschten wie schäumende Wasser. Er gehörte einer der ältesten aller Rassen an, war einer der Erstgeborenen der abkühlenden Erde, und doch lag er zusammengerollt unter der Oberfläche der Welt wie der winzigste Wurm unter der Schale eines Apfels ...

Das alte schwarze Blut durchbrauste ihn. Immer noch wuchs er und erkannte und benannte alle Dinge auf der wirbelnden Welt. Ihre Haut, die Haut der Erde, wurde seine eigene – die wimmelnde Oberfläche, auf der alles Lebende geboren wurde, wo es kämpfte und unterlag, sich schließlich ergab, um wieder ein Teil von ihm zu werden. Ihre Knochen waren seine Knochen, die Felssäulen, auf denen alles ruhte und durch die er jedes Beben atmenden Lebens fühlte.

Er war Simon. Und doch auch die Schlange. Und trotzdem auch die Erde selbst in ihrer Unendlichkeit und jeder Einzelheit. Und immer noch wuchs er und spürte im Wachsen, wie ihm sein sterbliches Leben entglitt . . .

In der jähen Einsamkeit seiner Majestät fürchtete er, alles zu verlieren, und er griff nach denen, die er gekannt hatte, um sie zu berühren. Er konnte ihr warmes Leben fühlen, sie spüren wie Funken in einer gewaltigen, windigen Schwärze. So viele Leben – so wichtig, so klein . . .

Er sah Rachel – gebückt, alt. Sie saß in einem leeren Zimmer auf einem Schemel, den grauen Kopf in den Händen. Wann war sie so klein geworden? Vor ihren Füßen lag ein Besen, daneben ein säuberliches Staubhäufchen. Der Raum in der Burg wurde schnell dunkler.

Prinz Josua stand auf einem Berghang und schaute hinab. Ein schwaches, flammendrotes Licht färbte sein grimmiges Gesicht. Er konnte Josuas Zweifel und Schmerz erkennen; er wollte ihn berühren und trösten, aber er durfte diese Leben nur sehen, nicht anfassen.

Ein kleiner, brauner Mann, den er nicht kannte, stakte sein Flachboot einen Fluß hinauf. Große Bäume ließen ihre Äste ins Wasser hängen, Wolken von Mücken schwebten in der Luft. Der kleine Mann strich schützend über ein Pergamentbündel, das in seinem Gürtel steckte. Eine Brise fächelte die herabhängenden Zweige, und der kleine Mann lächelte dankbar.

Ein großer Mann – Isgrimnur? Aber wo war sein Bart? – ging auf einem von Wind und Wetter verzogenen Landungssteg auf und ab und starrte auf den sich verfinsternden Himmel und den windgepeitschten Ozean hinaus.

Ein schöner Greis, das lange, weiße Haar wirr, saß da und spielte mit einem Rudel halbnackter Kinder. Seine blauen Augen blickten mild und fern, von Lachfältchen umgeben.

Miriamel, mit kurzgeschnittenen Haaren, schaute von der Reling eines Schiffes nach den dichten Wolken, die sich am Horizont auftürmten. Über ihrem Kopf knatterten und wogten die Segel. Er wollte ihr länger zusehen, aber die Erscheinung wirbelte davon wie ein fallendes Blatt.

Eine hochgewachsene Hernystiri, schwarz gekleidet, kniete in einem Hain aus schlanken Birken vor zwei Steinhaufen, hoch am Hang eines vom Wind verwehten Berges.

König Elias starrte mit rotgeränderten Augen in einen Weinbecher. Leid lag auf seinen Knien. Das graue Schwert war ein wildes Tier, das so tat, als schliefe es . . .

Plötzlich stand Morgenes vor ihm, flammengekrönt, und sein Anblick durchbohrte selbst Simons Drachenherz mit einem Speer aus eisigem Schmerz. Der alte Mann hielt ein riesengroßes Buch in der Hand, und seine Lippen bewegten sich in qualvoll stummen Schreien, als riefe er eine Warnung . . . hüte dich vor dem falschen Boten . . . hüte dich . . .

Die Gesichter glitten davon, bis auf einen letzten Geist.

Ein Junge, dünn und tolpatschig, suchte sich einen Weg durch dunkle unterirdische Tunnel. Er weinte und kroch durch das Labyrinth wie ein gefangenes Insekt. Jede Einzelheit, jede Drehung und Windung rollte sich mühsam vor seinen Augen ab.

Der Junge stand auf einem Berghang unter dem Mond und starrte voller Grauen auf weißgesichtige Gestalten und ein graues Schwert, aber eine dunkle Wolke hüllte den Knaben in ihren Schatten.

Derselbe Junge, etwas älter, stand vor einem hohen weißen Turm. Von seinem Finger blitzte ein goldenes Licht, obgleich der Junge selbst in tiefem, immer dunkler werdendem Schatten stand. Glocken läuteten, und das Dach ging in Flammen auf . . .

Auch ihn umgab jetzt Finsternis, zog ihn fort zu anderen, unheimlicheren Orten – aber er wollte nicht dorthin. Nicht ehe ihm der Name dieses Kindes wieder einfiel, dieses tolpatschigen Jungen, der von nichts eine Ahnung hatte. Er wollte nicht fort; er wollte sich erinnern . . .

Der Name des Jungen war . . . der Name des Jungen war . . . Simon! Simon.

Und dann verschwamm alles vor seinen Augen.

»Seoman«, sagte die Stimme, jetzt ganz laut; er begriff, daß sie ihn schon eine ganze Weile so rief.

Er schlug die Augen auf. Die Farben waren so intensiv, daß er die Lider sofort wieder schloß. Wirbelnde Räder in Silber und Rot tanzten vor der Dunkelheit seiner geschlossenen Augen.

»Komm, Seoman, komm zurück zu deinen Kameraden. Wir brauchen dich hier.«

Er hob die Lider halb, um sich an das Licht zu gewöhnen. Jetzt waren alle Farben weg – es gab nur noch Weiß. Er stöhnte, versuchte sich zu bewegen und merkte, daß er unendlich schwach war, als liege eine schwere Last auf ihm und drücke ihn nieder; gleichzeitig kam er sich so durchsichtig und zerbrechlich vor, als wäre er aus reinem Glas gesponnen. Selbst bei geschlossenen Augen war ihm, als spüre er Licht, das ihn durchdrang und mit einem Glanz erfüllte, der keine Wärme mitbrachte.

Ein Schatten streifte sein empfindliches Gesicht, als besäße er greifbares Gewicht. Etwas Nasses und Kaltes berührte seine Lippen. Er schluckte, empfand jähen Schmerz, hustete und trank noch einmal. Ihm war, als schmecke er jeden Ort, an dem das Wasser je gewesen war – den eisigen Gipfel, die geschwollene Regenwolke, den steinigen Wasserlauf im Gebirge.

Er öffnete die Augen weiter. Es war wirklich alles überwältigend weiß, ausgenommen Jirikis goldenes Gesicht, das sich über ihn beugte. Er lag in einer Höhle, deren Wände bis auf Spuren von dünnen Linien weiß von Asche waren; Pelze, Holzschnitzereien und verzierte Gefäße waren an den Seiten auf dem Steinboden aufgeschichtet. Simons schwere Hände, taub und doch seltsam feinfühlig, umklammerten die Pelzdecke und betasteten schwach das hölzerne Lager, auf dem er ruhte. Wie . . .?

»Ich . . .« Er hustete erneut.

»Dir tut alles weh, und du bist müde. Das war zu erwarten.« Der Sitha runzelte die Stirn, ohne daß seine leuchtenden Augen ihren Ausdruck änderten. »Du hast etwas ganz Furchtbares getan, Seoman, weißt du das? Du hast mir zum zweiten Mal das Leben gerettet.«

»Hmmm.« Sein Kopf reagierte so langsam wie seine Muskeln. Was war eigentlich geschehen? Da war der Berg gewesen . . . die Höhle . . . und der . . .

»Der Drache!« sagte Simon, verschluckte sich und versuchte sich aufzurichten. Die Pelzdecke rutschte zur Seite, und er merkte erst jetzt, wie kalt der Raum war. Unter einem Stück Leder am anderen Ende sickerte Licht herein. Ein plötzlicher Schwindel überkam ihn und machte ihn schlaff. Kopf und Gesicht pochten. Er sank zurück.

»Fort«, antwortete Jiriki kurz. »Ich weiß nicht, ob tot oder nicht, aber er ist fort. Als du zuschlugst, taumelte er an dir vorbei und stürzte in den Abgrund. Im Schnee und Eis der großen Tiefen konnte ich nicht sehen, wohin er fiel. Du hast das Schwert *Dorn* geschwungen wie ein wahrer Krieger, Seoman Schneelocke.«

»Ich...« Er holte unsicher Atem und versuchte es noch einmal. Das Sprechen verursachte ihm Schmerzen im Gesicht. »Ich glaube nicht... daß ich das war. *Dorn*... hat mich *benutzt*. Es *wollte* gerettet werden... glaube ich. Das mag töricht klingen, aber...«

»Nein. Ich denke, daß du recht haben könntest. Schau dort.« Jiriki deutete nach der wenige Fuß entfernten Höhlenwand. Auf dem Mantel des Sithi-Prinzen lag *Dorn* wie auf einem Kissen, schwarz und fern wie der Boden eines Brunnens. War es möglich, daß es in seiner Hand lebendig geworden war? »Es ließ sich ganz leicht hierher tragen«, fügte Jiriki hinzu, »vielleicht wollte es in diese Richtung.«

Diese Worte setzten in Simons Kopf ein langsames Gedankenrad in Bewegung.

Das Schwert wollte hierher kommen – aber was ist hier? Und wie sind wir... O Mutter Gottes, der Drache!

»Jiriki!« keuchte er. »Die anderen! Wo sind die anderen?«

Der Prinz nickte sanft. »Ach, ja. Ich hatte gehofft, ich könnte noch damit warten, aber ich sehe ein, daß es nicht geht.« Er schloß eine Sekunde die großen, hellen Augen.

»An'nai und Grimmric sind tot. Sie sind auf dem Berg Urmsheim begraben.« Er seufzte und bewegte die Hände in einer komplizierten Gebärde. »Du weißt nicht, was es bedeutet, einen Sterblichen und einen Sitha zusammen zu bestatten, Seoman. Es ist nur selten vorgekommen, und seit fünf Jahrhunderten überhaupt nicht mehr. An'nais Taten werden im *Tanz der Jahre*, den Annalen unseres Volkes, weiterleben bis ans Ende der Welt, und so wird auch Grimmrics

Name weiterleben. Sie werden auf ewig miteinander unter dem Udunbaum liegen.« Jiriki schloß die Augen und saß eine Weile schweigend da. »Die anderen . . . nun, sie sind alle am Leben geblieben. «

Simon fühlte, wie ihm das Herz weh tat, aber er verschob alle Gedanken an die beiden Gefallenen auf später. Er starrte an die mit Asche bemalte Decke und sah, daß die Linien dünne Zeichnungen von Riesenschlangen und Tieren mit Stoßzähnen darstellten und sich über die gesamte Decke und alle Wände zogen. Die leeren Augen der Geschöpfe machten ihn unruhig; wenn er zu lange hinschaute, schienen sie sich zu bewegen. Er wandte sich wieder dem Sitha zu.

»Wo ist Binabik?« fragte er. »Ich möchte gern mit ihm sprechen. Ich hatte einen ganz sonderbaren Traum . . . einen ganz sonderbaren Traum . . . «

Noch ehe Jiriki antworten konnte, steckte Haestan den Kopf durch den Höhleneingang. »Der König will nicht mit uns reden«, verkündete er. Dann sah er Simon. »Du bist ja wach, Junge!« krähte er. »Wunderbar!«

»Was denn für ein König?« fragte Simon verwirrt. »Doch nicht etwa Elias?«

»Nein, Junge.« Haestan schüttelte den Kopf. »Nach . . . nach dem, was da oben am Berg geschah, fanden uns die Trolle. Du hast ein paar Tage geschlafen. Wir sind jetzt auf dem Mintahoq – dem Trollberg. «

»Und Binabik ist bei seiner Familie?«

»Nicht ganz.« Haestan warf Jiriki einen Blick zu. Der Sitha nickte. »Binabik – und Sludig – hat der König gefangengenommen. Manche sagen sogar, zum Tode verurteilt. «

»Was? Gefangen?« fuhr Simon auf und sackte sofort wieder auf sein Lager, als sich ein schmerzhafter Reif grausam um seinen Kopf zusammenzog. »Warum?«

»Sludig, weil er ein verhaßter Rimmersmann ist«, erklärte Jiriki. »Und Binabik soll ein schreckliches Verbrechen gegen den Trollkönig begangen haben. Wir wissen noch nicht, was es ist, Seoman Schneelocke. «

Simon schüttelte verdutzt den Kopf. »Das ist Wahnsinn. Ich muß verrückt geworden sein – oder noch träumen.« Er sah vorwurfsvoll auf Jiriki. »Und weshalb nennt Ihr mich immer mit diesem Namen?«

»Warte...«, begann Haestan. Aber Jiriki achtete nicht darauf, sondern zog unter seiner Jacke den Spiegel hervor. Simon setzte sich auf und griff danach, die feine Schnitzerei des Rahmens rauh unter seinen empfindlichen Fingern. Vor der Höhle heulte der Wind, und unter dem Türvorhang wehte kalte Luft ins Innere.

War denn inzwischen die ganze Welt mit Eis bedeckt? Würde er dem Winter überhaupt nicht mehr entkommen?

Unter anderen Umständen hätte ihm der dichte, rotgoldene Bart, der jetzt überall in seinem Gesicht zu wachsen begann, große Freude gemacht; aber in diesem Augenblick sah er nur die lange Narbe, die vom Kinn die Wange hinauf und am linken Auge vorbeilief. Die Haut um sie herum war ganz blaß und sah frisch aus. Er strich darüber, zuckte zusammen und tastete dann mit den Fingern nach seiner Kopfhaut.

Eine lange Haarsträhne war so weiß geworden wie der Schnee am Urmsheim.

»Du bist gezeichnet, Seoman.« Jiriki streckte die Hand aus und berührte mit langem Finger seine Wange. »Ob zum Glück oder Unglück, du bist gezeichnet.«

Simon ließ den Spiegel sinken und vergrub das Gesicht in den Händen.

Noch sind Ineluki und seine schwarzen Scharen nicht besiegt. Viele Gefahren warten auf Simon Schneelocke, Prinz Josua Ohnehand und ihre Gefährten. Die Abenteuer in der versunkenen Wunderwelt von Osten Ard gehen weiter.

Anhang

Anhang

A. Personen

1. Erkynländer

Barnabas	Küster der Burgkapelle auf dem Hochhorst
Beornoth	Räuber in Hans Mundwalds sagenhafter Bande
Breyugar	Graf von Westfold, Oberster der Wachen auf dem Hochhorst
Caleb	Shem Pferdeknechts Lehrling
Colmund	Knappe von Camaris-sá-Vinitta, später Baron von Rodstanby
Deorhelm	Soldat beim *Drachen und Fischer* in Flett
Deornoth, Herr	einer von Josuas Rittern, manchmal auch »die prinzliche Rechte« genannt
Dreosan, Vater	Kaplan auf dem Hochhorst
Eadgram, Herr	Oberster der Wachen von Naglimund
Eahlferend	Simons Vater, ein Fischer, verheiratet mit Susanna
Eahlstan Fiskerne	der Fischerkönig, erster erkynländischer Gebieter auf dem Hochhorst
Eglaf, Bruder	Mönch in Naglimund, Strangyeards Freund
Elias	Prinz, ältester Sohn von Johan dem Priester, später Hochkönig von Osten Ard
Elispeth	Hebamme auf dem Hochhorst
Ethelbearn	Soldat, Simons Gefährte auf der Reise von Naglimund zum Urmsheim

939

Ethelferth	Herr von Tinsett
Fengbald	Graf von Falshire
Freawaru	Wirt des *Drachen und Fischer* in Flett
Godstan	Soldat beim *Drachen und Fischer*
Godwig	Baron von Cellodshire
Grimmric	Soldat, Simons Gefährte auf der Reise von Naglimund zum Urmsheim
Grimmsted, Herr	erkynländischer Adliger, König Josuas Verbündeter
Guthwulf	Graf von Utanyeat, *Hand* des Hochkönigs
Haestan	Wachsoldat in Naglimund, einer von Simons Gefährten
Heahferth	Baron von Allwald
Heanfax	Wirtsjunge in Flett
Helfcene	Burgkanzler auf dem Hochhorst
Hepzibah	Dienstmagd auf dem Hochhorst
Hruse	im Lied Hans Mundwalds Frau
Inch	Gehilfe von Doktor Morgenes, später Schmiedemeister
Isaak	Page auf dem Hochhorst
Jael	Dienstmagd auf dem Hochhorst
Jakob	Wachszieher aus Erchester
Jeremias	Jakobs Lehrling
Johan der Priester	auch Johan Presbyter, Hochkönig von Osten Ard
Josua	Prinz, Johans jüngerer Sohn, Herr von Naglimund, genannt »Ohnehand«
Judith	oberste Köchin auf dem Hochhorst
Langrian	Mönch des Klosters Sankt Hoderund
Leleth	Miriamels kleine Magd
Lofsunu	Soldat, Hepzibahs Auserkorener
Lucuman	Stallknecht in Naglimund
Malachias	Burgjunge auf dem Hochhorst
Marya	Miriamels Magd
Miriamel	Prinzessin, Elias' einziges Kind

Morgenes, Doktor	Träger der Schriftrolle, Arzt und Gelehrter König Johans, Simons Freund und Lehrer
Hans Mundwald	sagenhafter Waldräuber
Noah	König Johans Knappe
Ordmaer	Baron von Utersall, Verbündeter Prinz Josuas
Osgal	Räuber in Hans Mundwalds sagenhafter Bande
Ostrael	Spießkämpfer, Sohn Firsframs aus Runchester
Peter Goldschüssel	Seneschall auf dem Hochhorst
Rachel	Oberste der Kammerfrauen auf dem Hochhorst
Rebah	Küchenmagd auf dem Hochhorst
Ruben der Bär	Burgschmied auf dem Hochhorst
Sangfugol	Josuas Harfner
Sarrah	Dienstmagd auf dem Hochhorst
Scenesefa	Mönch im Kloster Sankt Hoderund
Shem	Pferdeknecht auf dem Hochhorst
Simon (Seoman)	Küchenjunge auf dem Hochhorst
Sophrona	Wäschebeschließerin auf dem Hochhorst
Strangyeard, Vater	Archivar von Naglimund
Strupp	eigentlich Cruinh, Hofnarr König Johans
Susanna	Simons Mutter, Dienstmagd auf dem Hochhorst
Tobas	Hundewärter auf dem Hochhorst
Wuldorcen	Baron von Caldsae

2. Hernystiri

Arthpreas	Graf von Cuimnhe
Bagba	Gott der Rinder und des Viehs
Brynioch von den Himmeln	Himmelsgott

Cadrach-ec-Crannhyr	Mönch unklarer Ordenszugehörigkeit
Cifgha	junge Frau am Taig
Craobhan	alter Ritter, Ratgeber König Lluths
Cryunnos	ein Gott
Dochais	Mönch im Kloster Sankt Hoderund
Efiathe	ursprünglicher Name der Königin Ebekah von Erkynland, genannt »die Rose von Hernysadharc«, König Johans Gemahlin
Eoin-ec-Cluias	sagenhafter Dichter
Eolair	Graf von Nad Mullagh, Gesandter König Lluths
Fiathna	Gwythinns Mutter, Lluths zweite Gemahlin
Gealsgiath	Schiffskapitän, genannt »der Alte«
Gormbhata	sagenhafter Häuptling
Gwelan	junge Frau am Taig
Gwythinn	Prinz, Lluths Sohn, Halbbruder Maegwins
Hathrayhinn, der Rote	Figur in einer Geschichte Cadrachs
Hern	Gründer von Hernystir
Inahwen	Lluths dritte Gemahlin
Lluth-ubh-Llythinn	König von Hernystir
Maegwin	Prinzessin, Lluths ältestes Kind, Gwythinns Halbschwester
Mircha	Regengöttin, Gemahlin Bryniochs
Murhagh Einarm	ein Gott
Penemhwye	Maegwins Mutter, Lluths erste Gemahlin
Rhynn	ein Gott
Sinnach	Prinz, Feldherr in der Schlacht am Knoch
Tethtain	König, einziger Hernystiri-Herr auf dem Hochhorst, genannt »König Stechpalm«
Tuilleth	junger Hernystiri-Ritter

3. Rimmersgarder

Bindesekk	Isgrimnurs Spion
Dror	uralter Kriegsgott
Einskaldir	ein Häuptling der Rimmersmänner
Elvrit	erster König der Rimmersmänner in Osten Ard
Fingil	König, erster Herr auf dem Hochhorst, genannt »der Blutige«
Fraya	uralte Erntegöttin
Frekke	alter Gefolgsmann Isgrimnurs
Gutrun	Herzogin von Elvritshalla, Isgrimnurs Gemahlin
Hani	junger Soldat, von den Bukken getötet
Hengfisk	Mönch im Kloster Sankt Hoderund
Hjeldin	König, Sohn Fingils, genannt »der wahnsinnige König«
Hoderund, Sankt	Priester in der Schlacht am Knoch; Heiliger
Hove	ein junger Soldat, mit Isgrimnur versippt
Ikferdig	König, Hjeldins Stellvertreter, »der verbrannte König«
Ingen Jegger	Schwarz-Rimmersmann, Anführer der Nornenhunde
Isbeorn	Isgrimnurs Vater, erster Herzog von Rimmersgard unter König Johan
Isgrimnur	Herzog von Elvritshalla
Isorn	Sohn von Isgrimnur und Gutrun
Ithineg der Harfner	Figur in einer Geschichte Cadrachs
Jarnauga	»Eisenaugen«, Träger der Schriftrolle aus Tungoldyr
Jormgrun	König von Rimmersgard, von Johan bei Naarved erschlagen
Löken	uralter Feuergott
Memur	uralter Weisheitsgott
Nisses	Ratgeber und Priester Hjeldins, Verfasser des Buches *Du Svardenvyrd*

Sigrita	junge Rimmersfrau, der Strupp einmal den Hof gemacht hat
Skali	Than von Kaldskryke, genannt »Scharfnase«
Skendi	ein Heiliger und Klostergründer
Sludig	junger Soldat, einer von Simons Gefährten
Storfot	Than von Vestvennby
Thrinin	Soldat, von den Bukken getötet
Tonnrud	Than von Skoggey, Herzogin Gutruns Onkel
Udun	uralter Himmelsgott
Uter von Saegard	Soldat, von den Bukken getötet

4. Nabbanai

Aeswides	erster Herr von Naglimund
Anitulles	früherer Imperator
Anodis	Bischof von Naglimund
Antippa, Herrin	Tochter von Leobardis und Nessalanta
Ardrivis	letzter Imperator, Bruder von Benidrivis und Onkel von Camaris
Aspitis Preves	Graf von Eadne, Herr des Hauses Prevan, Benigaris' Freund
Benidriviner	Adelsgeschlecht aus Nabban mit dem Eisvogelwappen
Benidrivis	erster Herzog unter König Johan, Vater von Leobardis und Camaris
Benigaris	ältester Sohn von Herzog Leobardis und Herzogin Nessalanta
Camaris-sá-Vinitta	Leobardis' Bruder, Freund König Johans
Claveer	Adelsgeschlecht aus Nabban mit dem Pelikanwappen
Claves	früherer Imperator
Crexis der Bock	früherer Imperator

Dendinis	Baumeister von Naglimund
Devasalles	Baron, zukünftiger Gatte der Herrin Antippa
Dinivan	Sekretär des Lektors Ranessin
Domitis	Bischof am Sankt-Sutrins-Dom in Erchester
Elysia	Mutter des Usires
Emettin	sagenhafter Ritter
Enfortis	Imperator zur Zeit des Unterganges von Asu'a
Fluiren, Herr	berühmter Johaniner-Ritter, aus dem in Ungnade gefallenen sulianischen Geschlecht
Gelles	Soldat auf dem Markt von Erchester
Granis	Heiliger
Hylissa	Miriamels verstorbene Mutter, Gattin des Prinzen Elias, Nessalantas Schwester
Ingadariner	Adelsgeschlecht aus Nabban mit dem Albatroswappen
Leobardis	Herzog von Nabban, Vater von Benigaris, Varellan und Antippa, verheiratet mit Nessalanta
Mylin-sá-Ingadaris	Graf, Herr des Hauses Ingadarin, Nessalantas Bruder
Nessalanta	Herzogin von Nabban, Gemahlin von Leobardis, Miriamels Tante
Nin Reisu	Niskie an Bord der *Juwel von Emettin*
Nuanni(s)	uralter Meeresgott der Nabbanai
Pelippa	Heilige, Edelfrau aus dem Buch Ädon, genannt »von der Insel«
Plesinnen Myrmenis	auch Plesinnen von Myrme, ein Philosoph
Prevaner	Adelsgeschlecht aus Nabban mit dem Fischadlerwappen
Pryrates, Vater	Priester, Alchimist und Nekromant, König Elias' Ratgeber
Quincines	Abt im Kloster Sankt Hoderund

Ranessin, Lektor	eigentlich Oswin von Stanshire, ein gebürtiger Erkynländer, Oberhaupt der Kirche
Rhiappa	Heilige, in Erkynland unter dem Namen »Rhiap« verehrt
Sulis	abtrünniger Edler, einst Herr auf dem Hochhorst, genannt »der Reiherkönig«
Tiyagaris	erster Imperator
Turis	Soldat auf dem Markt von Erchester
Usires Ädon	nach der ädonitischen Religion der Sohn Gottes
Varellan	Herzog Leobardis' jüngster Sohn
Velligis	Escritor der Mutter Kirche
Vilderivis	Heiliger
Yuvenis	uralter oberster der Götter von Nabban

5. Sithi

Amerasu	Erlkönigin, Mutter von Hakatri und Ineluki
An'nai	Jirikis Vertrauter und Jagdgefährte
Finaju	Sithafrau in einer von Cadrachs Geschichten
Hakatri	Inelukis älterer Bruder, schwer verwundet vom Drachen Hidohebhi
Ineluki	Sithiprinz, jetzt Sturmkönig
Isiki	Sithiwort für Kikkasut (Qanuc), Vogelgott
Iyu'unigato	Erlkönig, Vater von Hakatri und Ineluki
Jiriki i-Sa'onserei	Prinz, Sohn von Shima'onari
Khendraja'aro	Jirikis Onkel
Ki'ushapo	einer von Jirikis Jagdgefährten
Mezumiiru	Sithiwort für Sedda (Qanuc), Mondgöttin
Nenais'u	Sithafrau aus An'nais Lied, lebte in Enki e-Shaosaye

Shima'onari	König der Sithi, Jirikis Vater, Hakatris Sohn
Sijandi	einer von Jirikis Jagdgefährten
Utuk'ku	Königin der Nornen, Herrin von Nakkiga
Vindaomeyo der Pfeilmacher	legendärer Pfeilschmied der Sithi in Tumet'ai

6. Qanuc

Binabik	eigentlich Binbineqegabenik, Ookequks Lehrling, Simons Freund
Chukku	sagenhafter Trollheld
Kikkasut	König der Vögel, ein Gott
Lingit	sagenhafter Sohn Seddas, Vater der Qanuc und Menschen
Ookequk	Singender Mann des Mintahoq-Stammes, Binabiks Meister
Piqipeg der Verschollene	sagenhafter Trollheld
Qinkipa vom Schnee	Göttin des Schnees und der Kälte
Sedda	Mondgöttin
Tohuq	Himmelsgott
Yana	sagenhafte Tochter Seddas, Mutter der Sithi

7. Andere

Er-der-stets-auf-Sand-tritt	ein Wran-Gott
Middastri	Händler in Kwanitupul, ein Freund Tiamaks
Roahog	ein Wran-Töpfer
Sie-die-die-Menschheit gebar	eine Wran-Göttin

Streáwe	Graf von Ansis Pelippé auf Perdruin
Tallistro	berühmter perdruinesischer Ritter der Johaninischen Tafelrunde
Tiamak	Wran-Gelehrter, im Briefwechsel mit Doktor Morgenes
Vara	Josuas Geliebte, Tochter eines Thrithinghäuptlings

B. Orte

Allwald	Baronie zwischen dem Hochhorst und dem südwestlichen Aldheorte
Cellodshire	Baronie westlich vom Gleniwent
Da'ai Chikiza (Sithi)	»Baum der Singenden Winde« – verlassene Sithistadt inmitten des Aldheorte, auf der Ostseite des Weldhelms
Eirgid Ramh (Hernystiri)	Schenke in Abaingeat, Aufenthaltsort des alten Gealsgiath
Enki e-Shaosaye (Sithi)	»Stadt des Sommers« im Osten des Aldheorte, längst verfallen
Ereb Irigú (Sithi)	»Westliches Tor« – der Knoch; in Rimmerspakk: Du Knokkegard
Hewenshire	Stadt im nördlichen Erkynland, östlich von Naglimund
Hullnir	Dorf im Osten von Rimmersgard am Nordostufer des Drorshullvenns
Jao é-Tinukai'i (Sithi)	»Boot auf dem Ozean der Bäume« – einzige noch bewohnte Sithisiedlung, im Inneren des Aldheorte
Jhiná-T'seneí (Sithi)	Stadt in An'nais Lied, jetzt im Meer versunken
Näschen	Berg in Yiqanuc, auf dem Binabiks Eltern den Tod fanden

Moir Brach (Hernystiri)	langer, fingerförmiger Bergkamm am Fuß des Grianspog-Gebirges
Nakkiga (Sithi)	»Maske der Tränen« – Sturmspitze, Berg im äußersten Norden von Osten Ard; in Rimmerspakk: Stormrspeik
Qilakitsoq (Qanuc)	»Schattenwald« – Trollname für den Dimmerskog
Runchester	norderkynländische Stadt in der Frostmark
Sení Anzi'in (Sithi)	»Turm der wandernden Dämmerung« – der große Turm von Tumet'ai
Sení Ojhisá (Sithi)	Ort in An'nais Lied
Skoggey	Landgut in Rimmersgard, östlich von Elvritshalla
T'si Suhyasei (Sithi)	»Ihr Blut ist kühl« – durch Da'ai Chikiza fließender Fluß; auf erkynländisch: Aelfwent
Tan'za-Treppen	große Treppe unter dem Hochhorst, einst der Mittelpunkt Asu'as
Tumet'ai (Sithi)	Stadt im Norden, östlich von Yiqanuc, vom Eis begraben
Ujin e-d'a Sikhunae (Sithi)	»Falle, die den Jäger fängt« – Sithiname für Naglimund

C. Geschöpfe

Aeghonwye	Maegwins Zuchtsau
Atarin	Camaris' Roß
Bukken	unterirdisches Gräbervolk, klein, dünn und tödlich
Croich-ma-Feareg	sagenhafter Hernystiri-Riese
Einauge	Ookequks Widder
Hidohebhi	der Schwarze Lindwurm, Mutter der Drachen Shurakai und Igjarjuk, getötet von Ineluki; bei den Hernystiri: Drochnathair

Igjarjuk	Eisdrache des Urmsheim
Khaerukama'o	der Goldene Drache, Vater Hidohebhis
Niku'a	Ingen Jeggers Nornen-Leithund
Qantaqa	Binabiks Wolfsfreundin
Rim	ein Ackergaul
Shurakai	Feuerdrache, von Johan Presbyter unter dem Hochhorst getötet; aus seinen Knochen besteht der Drachenbeinthron
Urwurm	Sithi-Mythos: der Urdrache, von dem alle anderen abstammen

D. Sonstiges

Baum	siehe Usiresbaum
Citril	saure, aromatische Wurzel zum Kauen
Ciyan	Nabbanai-Buschobst, sehr selten
Dorn	Camaris' Sternenschwert
Eber und Speere	Feldzeichen Guthwulfs von Utanyeat
Hellnagel	Johan Presbyters Schwert, in das ein Nagel aus dem Holz des *Baumes* und der Fingerknochen des heiligen Eahlstan Fiskerne eingelassen sind
Feuerdrache und *Baum*	Feldzeichen König Johans
Hohnblatt	blühende Kräutersorte
Ilenit	kostbares, schimmerndes Metall
Indreju	Jirikis Hexenholzschwert
Kvalnir	Isgrimnurs Schwert
Leid	von Ineluki aus Eisen und Hexenholz geschmiedetes Schwert, sein Geschenk an Elias; Sithi: Jingizu
Lu'yasas Stab	eine Linie aus drei Sternen am nordöstlichen Viertel des Himmels zu Anfang des Yuven
Mantinges	ein Gewürz

Mezumiirus Netz	Sternhaufen; bei den Qanuc: Seddas Decke
Minneyar	König Fingils eisernes Schwert, wird in Elvrits Linie weitervererbt
Naidel	Josuas Schwert
Oinduth	Herns schwarzer Speer
Rhynns Kessel	Metallgefäß, das die Hernystiri zur Schlacht ruft
Säule und *Baum*	Emblem der Mutter Kirche
Schnellkraut	ein Gewürz
Shent	Geschicklichkeitsspiel der Sithi
Sotfengsel	Elvrits Schiff, in Skipphaven begraben
Usiresbaum	der Hinrichtungsbaum, an dem man Usires vor dem Tempel des Yuvenis in Nabban mit dem Kopf nach unten aufhängte, jetzt das geheiligte Symbol der ädonitischen Religion

Die Feiertage

2. Feyever	Lichtmeß
25. Marris	Elysiamansa
1. Avrel	Allernarrentag
30. Avrel	Steinigungsnacht
1. Maia	Belthainnstag
23. Yuven	Mittsommerabend
15. Tiyagar	Sankt-Sutrins-Tag
1. Anitul	Hlafmansa
20. Septander	Sankt-Granis-Tag
30. Octander	Allerheiligen
1. Novander	Allerseelen
21. Decander	Sankt-Tunaths-Tag
24. Decander	Ädonmansa

Die Monate

Jonever	Tiyagar
Feyever	Anitul
Marris	Septander
Avrel	Octander
Maia	Novander
Yuven	Decander

Die Wochentage

Sonntag, Mondtag, Tiastag, Udunstag, Drorstag, Fraytag, Satrinstag

E. Worte und Sätze

1. Nabbanai

Ädonis Fiyellis extulanin mei	»Rette mich, getreuer Ädon«
Cansim Felis	»Lied der Freude«
Cenit	»Hund«
Cuelos	»Tod«
Duos wulstei	»So Gott will«
Escritor	»Schreiber«; einer der Ratgeber des Lektors
Hue Fauge	»Was ist hier los?«
Lektor	»Leser« bzw. »Sprecher«; Oberhaupt der Kirche
Mansa sei Cuelossan	»Totenmesse«
Mulveiz nei cenit drenisend	»Laßt schlafende Hunde ruhen«
Oveiz mei	»Hört mich«
Sa Asdridan Condiquilles	»Der Eroberer-Stern«

Tambana Leobardis eis	»Leobardis ist gefallen«
Timior cuelos exaltat mei	»Möge die Todesfurcht mich erheben«
Vasir Sombris, feata concordin	»Schatten-Vater, willige ein in diesen Pakt«

2. Hernystiri

Brynioch na ferth ub strocinh . . .	»Brynioch hat sich abgewendet«
E gundhain sluith, ma connalbehn	»Wir haben gut gekämpft, lieber Freund«
Feir	»Bruder« oder »Kamerad«
Goirach	»irrsinnig« oder »wild«
Sithi	»die Friedfertigen«

3. Rimmerspakk

Im todsten-grukker	»Ein Grabräuber«
Vaer	»Hütet euch!«
Vawer es do ükunde	»Wer ist dieses Kind?«

4. Qanuc

Aia	»Zurück«
Bhojujik mo qunquc	»Wenn dich die Bären nicht fressen, ist es Zuhause« (Redensart)
Binbiniqegabenik es sikka! Uc Sikkam mohinaq da Yijarjuk!	»Ich bin . . . (Binabik)! Wir wollen zum Urmsheim!«
Boghanik	»Bukken« (Gräber)
Chash	»Wahr« oder »Richtig«
Chok	»Renn!«

Crohuk	Rimmersmann
Hinik	»Geh!« oder »Geh weg!«
Ko muhuhok na mik aqa nop	»Wenn es dir auf den Kopf fällt, weißt du, daß es ein Felsen ist.« (Redensart)
Mikmok hanno so gijiq	»Wenn du ein hungriges Wiesel in der Tasche herumtragen willst, ist das deine Sache« (Redensart)
Nihut	»Greif an!«
Ninit	»Komm!«
Sosa	»Komm sofort her!« (Befehlsform)
Ummu	»Jetzt«
Yah aqonik mij-ayah nu tutusiq, henimaatuq	»He, Brüder, haltet an und sprecht mit mir«

5. Sithi

Aí Samu'sithech'a	»Heil Samu'sithech'a«
Asu'a	»Schaut-nach-Osten«
Hei ma'akajao-zha	»Reißt sie (die Burg) nieder«
Hikeda'ya	»Kinder der Wolke« (Nornen)
Hikka	»Träger«
Im sheyis t'si keo'su d'a Yana o Lingit	»Um des gemeinsamen Blutes unserer Ahnen (Yana und Lingit) willen«
Ine	»Es ist«
Isi-isi'ye	»Es ist tatsächlich so«
Ras	respektvolle Bezeichnung, etwa »Herr«
Ruakha	»Sterbend«
S'hue	»Edler Herr«
Ske'i	»Halt!«
Staj'a Ame	»Weißer Pfeil«
Sudhoda'ya	»Kinder des Sonnenuntergangs« (Sterbliche)
T'si anh pra Ineluki	»Beim Blute Inelukis!«
T'si e-isi'ha as-irigú	»Es ist Blut am östlichen Tor!«

T'si im T'si	»Blut um Blut!«
Ua'kiza Tumet'ai nei-	»Lied vom Untergang Tumet'ais«
R'i'anis	
Zida'ya	»Kinder der Morgendämmerung«
	(Sithi)

Tad Williams

Der Drachenbeinthron
Roman
Aus dem Amerikanischen von Verena C. Harksen
Band 13073

Der Abschiedsstein
Roman
Aus dem Amerikanischen von Verena C. Harksen
Band 13074

Die Nornenkönigin
Roman
Aus dem Amerikanischen von Verena C. Harksen
Band 13075

Der Engelsturm
Roman
Aus dem Amerikanischen von Verena C. Harksen
Band 13076

Fischer Taschenbuch Verlag

fi 1922 / 3

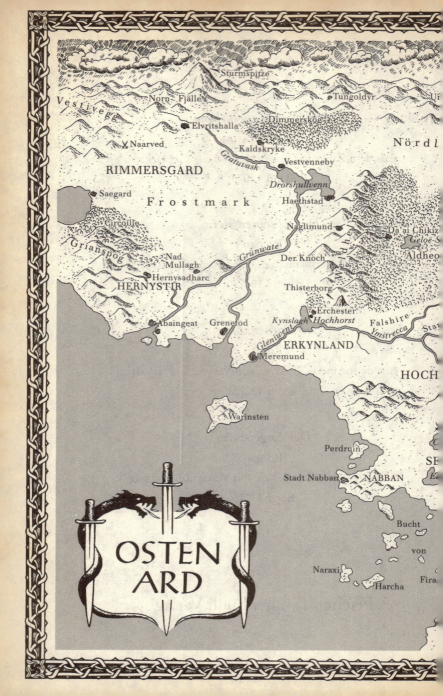